黄氏補千家注紀年杜工部詩史

肆

〔唐〕杜甫 撰

〔宋〕黄希 黄鶴 補注

彭燕 胡永傑 點校

杜詩宋元注本叢書

劉躍進 主編

鳳凰出版社

黄氏補千家集注杜工部詩史卷之二十七

去蜀 新添。廣德二年作。

補注 **鶴曰**：詩云「五載客蜀郡，一年歸梓州」，按公乾元己亥冬至成都，距廣德二年爲五載，而實應元年秋至廣德元年秋在梓州，爲一年。此當是廣德二年在閬州作，時嚴武未再鎮蜀，所以欲下瀟湘。末云「安危大臣在」，謂吐蕃入寇，有子儀諸公可恃也。

五載客蜀郡，一年歸梓州。如何關塞阻，轉作瀟湘游。萬事已黄髮，殘生隨白鷗。安危大臣在，何必淚長流。

放船 新添。永泰元年作。

補注 **鶴曰**：詩云「收帆下急水」，又云「已泊城樓底」，當是永泰元年自忠、渝下雲安作。

收帆下急水，卷幔逐回灘。江市戎戎暗，山雲淰淰寒。荒林無徑入，獨鳥怪人看。已泊城樓底，何曾夜色闌。

哭嚴僕射歸櫬永泰元年作。

補注鶴曰：嚴武以永泰元年四月薨，公亦離成都，游嘉、戎、渝、忠，至雲安，今詩云「一哀三峽暮」，當是其年在渝、忠作。

素幔隨流水，歸舟返舊京。 **洙曰：**舊京，故國。**修可曰：**盧子諒詩：「南望舊京路。」**老親知**洙曰：一作「如」。**宿昔，**按新史：「武卒，母哭且曰：『今而後吾知免爲官婢矣。』」**趙曰：**言嚴公之母尚健如宿昔耳，舊注所引非是。**部曲異平生。** **洙曰：**言部曲有異於存日也。宋鮑昭東武吟：「將軍既即世，部曲亦罕存。」後漢光武紀注：「大將軍營有五部、三校尉，部下有曲，曲有軍候一人。」補注希曰：李廣傳：「廣行無部曲行陣〔陣〕。」師古曰：「續漢書百官志：將軍領軍，皆有部曲，大將軍營五部，部校尉一人，部下有曲，曲有軍候一人。」**風送蛟龍雨，** **洙曰：**見「蛟龍得雲雨」注。**師曰：**子美詩云：「蛟龍得雲雨。」言賢者之得勢。今云「風送蛟龍雨」，雨被風吹斷，則蛟龍失勢可知。**天長驃騎營。** **洙曰：**晉齊獻王攸遷驃騎將軍，時當罷營，兵士數千人戀攸恩德，不肯去。**一哀三峽暮，遺後見君情。** **師曰：**遺後者，謂恩德遺與後人，使人哀思之不忘。則君之情可見矣。

宴戎州楊使君東樓永泰元年作。

補注鶴曰：唐志：「戎州本犍爲郡。」與嘉州皆犍爲地也。公以永泰元年五月去成都，之嘉、戎，此詩云

「輕紅擘荔枝」，當是其年六月作。山谷在戎州有和任道食荔枝詩云：「六月連山柘枝紅。」又有廖致平送緑荔枝詩云：「誰能同此絶勝味，唯有老杜東樓詩。」蓋本此詩有「勝絶驚身老」之句也。

勝絶驚身老，情忘發興奇。座從歌妓密，樂任主人爲。重碧拈洙曰：一作「酟」。**春酒，輕紅擘**洙曰：一云「酌」，又「掌」。**荔枝。**洙曰：曹子建七啓云：「春清縹酒。」注：「縹，深碧色。」蜀都賦：「旁挺龍目，側生荔枝。」**蘇曰**：歐陽文忠公曰：「酟，當作『拈』。」李充閩中行云：「擘荔枝，濕輕紅。酌竹葉，艷深緑。」**趙曰**：舊本作「酟春酒」，非也，善本作「拈」。則元稹元日詩：「羞看稚子先拈酒。」白樂天歲假詩云：「歲酒先拈辭不得。」荔子雖有數種，而膜皆帶粉紅，黄魯直在戎州（時）（詩）王公權家荔子緑（酒）廖致平家緑荔枝詩〔一〕：「試傾一杯重碧色，快（擘）（剥）千顆輕紅肌〔二〕。」**補注** **希曰**：「春」字作「筒」字，張君房載：「歷城北有使君林，魏正始中，鄭公慤於三伏之際率僚避暑於此，取大荷葉盛酒，以簪刺，令與柄屈通，莖輪囷如象鼻，傳翕之，名爲碧筒。歷下皆效之，云酒味雜蓮氣，香冷勝於它酎。」郡國志：「僰仕施夷中〔三〕，多以荔枝爲業，園植萬株樹，收一萬五千斛〔四〕。」唐志：「戎州貢荔枝煎。」九域志：「戎州有荔枝園。」此故云。**樓高欲愁思，横笛**

〔一〕 時，據杜陵詩史卷二一，乃「詩」之訛。

〔二〕 擘，據杜陵詩史、分門集注卷一〇、九家集注卷二七及山谷詩集卷一三廖致平送緑荔支爲戎州第一詩，乃「剥」之訛。

〔三〕 住，蜀中廣記卷一五、六三引此語作「在」。

〔四〕 一萬五千，太平寰宇記卷七九劍南西道八戎州「荔枝園」條引郡國志作「一百五十」。

未休吹。

渝州候嚴六侍御不到先下峽永泰元年作。

補注 **鶴曰**：唐志：「渝州本漢巴郡。」永泰元年，公去成都，經嘉、戎至此作。

聞道乘驄發，立之曰：漢桓典號驄馬御史，指嚴侍御也。**沙邊待至今。不知雲雨散，**洙曰：宋玉高唐賦：「湫兮如風，淒兮如雨。風止雨霽，雲無處所。」王粲詩：「風流雲散，一別如雨。」師曰：雲雨散，喻別離也。**虛費短長吟。**洙曰：古詩有長短吟〔一〕。**山帶烏蠻闊，**洙曰：嶲州西有烏、白蠻。**江連白帝深。**洙曰：公孫述以永安爲白帝城。師曰：此言阻遠也。**船過一柱觀，**洙曰：梁劉孝綽江津寄劉之遴詩：「經過一柱觀，出入三休臺。」**留眼**洙曰：一作「滯」〔二〕。**共登臨。**

聞高常侍亡忠州作。**鮑曰**：高適也。本傳繼廣德元年後言：「召爲刑部侍郎、左散騎常侍。」

補注 **鶴曰**：按舊史云：「適練兵於蜀，臨吐蕃，以牽制之。師出無功，而松、維等州尋爲蕃兵所陷，以嚴

〔一〕長短，據九家集注卷二七，當爲「短長」之誤。

〔二〕「洙曰」之注，原在「留」字下，據王洙本卷一四，九家集注卷二七乙正。

武代還，用爲刑部侍郎，轉散騎常侍。永泰元年正月卒。」今詩云「蜀使忽傳亡」，當是其年在成都作。梁權道編在忠、渝間詩内，然是年公至忠、渝已是六、七月，不應適正月卒而今始聞之。

歸朝不相見，蜀使忽傳亡。虚歷金華省，洙曰：班固傳：「王鳳薦班伯，召見宴昭殿〔一〕，誦説有法，拜爲中常侍。時上方嚮學，鄭寬中、張禹朝夕入説尚書、論語於金華殿中，詔伯受焉。」注：「金華殿在未央宫。」**何殊地下郎。**洙曰：世説：「顔回爲地下修文郎。」**致君丹檻折，**洙曰：見折檻詩注。**哭友白雲長。**蘇曰：山巨源哭嵇中散曰：「白雲央央，我心悲傷。揮哭望雲，雲路阻長。」**獨步詩名在，**洙曰：適有詩名於時。趙曰：曹子建與楊德祖書曰：「昔仲宣獨步於漢南。」田曰：南史：「沈約謂王筠文章之美，可謂後來獨步。」**祇令故舊傷。**

宴忠州使君姪宅永泰元年作。

補注 鶴曰：詩云「出守吾家姪」，則爲杜使君也。忠州唐屬山南道，蓋近夔州矣。永泰元年作。

出守吾家姪，洙曰：出守，守土也，刺史也。**殊方此日歡。自須游阮巷〔二〕，**洙曰：晉阮咸與叔

〔一〕昭，據漢書卷一〇〇上叙傳上，乃「昵」之訛。
〔二〕巷，四庫本作「舍」。

父籍爲竹林之游，居道南，諸阮居道北，北阮富而南阮貧也。**師曰**：阮咸比姪，子美自比籍，乃知叔姪之相得也。**不是怕湖灘。** **洙曰**：忠州下惡灘也。**樂助長歌逸，** **洙曰**：一作「送」。**杯饒旅思寬。昔曾如意舞，** **趙曰**：王戎嘗以如意起舞。**師曰**：如意者，乃鐵如意，石崇以鐵如意擊碎珊瑚樹即此。**牽率强爲看。**

禹廟永泰元年作。

[補注]**鶴曰**：詩云「禹廟空山裏，秋風落日斜」，又云「早知乘四載，疏鑿控三巴」，蓋夔州本巴東郡，而忠乃析巴東之臨江置。又渝州有巴縣。此詩當是永泰元年秋在渝、忠間作。

禹廟空山裏，秋風落日斜。 **蘇曰**：楊修：「晚蟬噪秋風，飢鴉鬧斜日。」**荒庭垂橘柚，古屋畫龍蛇。** **洙曰**：招魂：「仰觀刻桷，畫龍蛇。」[補注]**希曰**：楚辭九歌：「河伯云：魚鱗屋兮龍堂。」王逸注云：「河伯所居，以魚鱗蓋屋〔蓋屋〕，堂朱畫蛟龍之文。」又天問：「屈原放〔述〕（逐）愁悴〔一〕，見楚有先王之廟及公卿祠堂，

〔一〕述，據楚辭章句卷三，乃「逐」之訛。

圖畫天地山川神靈，琦瑋（遹）（僪佹）。休息其下，俛見圖畫[一]，呵而問之。」雲氣生虛壁，洙曰：一作「清虛壁」[二]。江聲走白沙。早知乘四載，洙曰：史記河渠書云：「夏書曰：予乘四載[三]，十三年三過（家）不入門。陸行乘車，水行載舟，泥行蹈毳，山行即橋。」一作「輂」。疏鑿洙曰：一作「流落」。控三巴。洙曰：郭璞江賦：「巴東之峽，夏后疏鑿。」趙曰：按樂史寰宇記於渝州記云：「閬、白二水東西流，三曲如『巴』字，是謂三巴。」鄭曰：十道志：「渝州巴縣，并巴東、西，是爲三巴。」

題忠州龍興寺所居院壁 永泰元年作。

補注 鶴曰：公以永泰元年秋至忠州，寓居於寺，故有此作。

忠州三峽內，洙曰：蜀都賦：「經三峽之峥嶸。」注：「三峽，巴東永安縣有高山相對，相去可二十（文）（丈）左右，崖甚高，人謂之峽，江水過其中。」井邑聚雲根。趙曰：雲根，言石也，張協詩：「雲根臨八極。」小市常争米，孤城早閉門。空看過客淚，莫覓主人恩。蘇曰：楚人侵鄖，鄖閉門常早。過客，子美自

[一] 俛，楚辭章句卷三作「仰」。

[二] 清虛壁，王洙本卷一四，九家集注卷二七作「嘘青壁」。

[三] 「予乘四載」句，據九家集注，乃引書益稷中語，與史記河渠書誤混。

稱。主人，指張君，上篇有宴忠州張君宅。補注希曰：唐志：「忠州本臨州，州有五縣，而户止六千七百。」則并邑聚石，蕭條可知，宜有争米之風。主人，謂使君姪，而蘇注云使君是張君，一字之誤，容或有之，而詩云「出守吾家姪」，亦有誤乎？謂之張君，殊不考，决非東坡之言。**淹泊仍愁虎，深居賴獨園。**洙曰：金剛經：「給孤獨園。」

旅夜書懷 永泰元年作。

補注鶴曰：詩云「名豈文章著，〔名〕（官）應老病休」，當是永泰元年去成都舟下渝、忠時作〔一〕。又云：「危檣獨夜舟。」

細草微風岸，危檣獨夜舟。定功曰：王仲宣詩：「獨夜不能寐。」**星垂平野闊，月湧大江流。**洙曰：王仲宣詩〔二〕：「大江流日夜。」**名豈文章著，官應老病休。飄飄何所似，天地**洙曰：一作「外」。**一沙鷗。**

〔一〕渝忠，四庫本作「渝州」。
〔二〕王仲宣，據文選卷二六謝朓暫使下都夜發新林至京邑贈西府同僚詩，乃「謝玄暉」之訛。

別常徵君永泰元年作。

補注 **鶴曰**：詩云「兒扶猶杖策，卧病一秋强」，又還居夔州郭詩云「伏枕雲安縣」，當是永泰元年冬在雲安作，故又云「寒衣寬總長」。

兒扶猶杖策，卧病一秋强。白髮少新洗，寒衣寬總長。蘇曰：曹子建詩：「〔庾〕（瘦）覺衣寬長，愁知酒淺淡。」**故人憂見及，**革曰：見及，猶云訪及也。**此別淚相忘。各逐萍流轉，來書細作行。**

十二月一日三首永泰元年作。

補注 **鶴曰**：公以永泰元年秋至雲安，而明年春晚還居于夔州城，今詩云「今朝臘月春意動，雲安縣前江可憐」，當是在雲安〔竹〕（作）〔一〕。

今朝臘月春意動，雲安縣前江可憐。鄭曰：十道志：「雲安，在夔州，本漢朐䏰縣也。」**一聲何**

〔一〕竹，據四庫本，乃「作」之訛。

處送書雁〔一〕，百丈誰家上瀨船〔二〕。**蘇曰**：古離别曲：「百丈牽船上水遲。」鍾會呼挽船索爲百丈，今舟人皆呼之。**趙曰**：百丈者，牽船篾。**補注**希曰：漢書「下瀨將軍」注引伍子胥有下瀨船，故反用之。又「湁湁下瀨」，師古曰：「瀨，疾流也。」一本作「上水船」。未將梅蕊驚愁眼，更取椒花媚遠天。明光起草人所羨，**鄭曰**：長安志：「明光殿，在東内。」肺病幾時朝日邊。**洙曰**：漢王商借明光殿起草作制誥也。相如病肺多渴，遂卧疾于茂陵。**趙曰**：晉明帝云：「只聞人自長安來，不聞人自日邊來。」其後人遂以日邊爲帝都。

寒輕市上山煙碧，日滿樓前江霧黄。負鹽出井此溪女，**補注**鶴曰：唐志奉節縣有永安井，而九域志謂大昌縣有泉鹽井，今云「負鹽出井此溪女」，則雲安亦有之，何史第云雲安有鹽官？打鼓發船何郡郎。新亭舉目風景切，茂陵著書消渴長。**趙曰**：晉王導傳：「洛京傾覆，中州士人避亂江左，每至暇日，邀出新亭飲宴。周顗中坐而嘆曰：『風景不殊，舉目有江山之異。』皆相視流涕，惟(道)〔導〕愀然變色曰：『當共戮力尅復神州，何至相對作楚囚泣耶？』衆收淚而謝。」茂陵著書，乃相如事。春花不愁不爛熳，楚客唯聽棹相將。

即看燕子入山扉，豈有黄鸝歷翠微。短短桃花臨水岸，輕輕柳絮點人衣。**蘇曰**：張麗

〔一〕書，四庫本作「春」。
〔二〕瀨，王洙本卷一四、九家集注卷二七、杜陵詩史卷二一、分門集注卷二皆作「水」。

華游園，有柳絮點衣，謂後主：「何能點人衣？」主曰：「輕薄物，（誠）（試）卿意也[一]。」**趙曰**：十二月一日作詩而有燕子、桃花之類，何也？此義在末句所謂「他日一杯難强進」者也，此蓋逆道其事耳。 **春來準擬開懷久，老去親知見面稀。他日一杯難强進，重嗟筋力故山違。**

又雪 永泰元年冬作。

補注 **鶴曰**：題云「又雪」，而詩又云「南雪不到地」「峽深豺虎驕」，當是永泰元年冬作，若曰大曆元年，則史書是冬無雪。 豺虎，指崔旰軍。

南雪不到地， **洙曰**：風（上）（土）記云：「南方無雪。」**青崖霑未消。微微向日薄，脉脉去人遥。冬熱鴛鴦病，峽深豺虎驕。愁邊有江水，焉得北之朝。** **趙曰**：言當愁之際，觀江水，止是朝東，安得折入北朝，我乘之以歸長安而朝上乎？

奉漢中王手札 永泰元年作。

補注 **鶴曰**：詩云「剖符來蜀道，歸蓋取荆門」，當是王貶蓬州刺史，以路梗不得歸京，今將出峽，作書報

[一] 誠，據分門集注卷二，乃「試」之訛。

公，而公復以此詩。詩又云「主人留上客，避暑得名園」「淹泊俱崖口，東西異石根」，當是王在歸州爲太守留度夏，而公在雲安也，故詩又云：「悲秋宋玉宅，失路武陵(原)〔源〕。」當是永泰元年。

國有乾坤大，王今叔父尊。 **洙曰**：王讓皇弟之子，代宗之叔父也。**剖符來蜀道，歸蓋取荆門。** **洙曰**：夷陵有荆門山，其狀如闕然。**趙曰**：謂之「取」者，取道之取也。**峽險通舟過，江長注海奔。** **主人留上客，避暑得名園。** **趙曰**：主人，指爲郡者。**前後緘書報，分明饌玉恩。** 補注 **希曰**：左思吴都賦云：「矜其宴居，則朱服玉饌。」古詩：「饌玉待鐘鳴。」唐駱賓王謂盛饌曰炊金饌玉。**天雲浮絶壁，風竹在華軒。** **趙曰**：言名園中如此。**已覺良宵永，何看駭浪翻。** **洙曰**：海賦：「驚浪雷奔，駭水迸集。」**趙曰**：言秋水稍定，不復見駭浪。**入期朱邸雪，洙曰**：唐制，諸侯各置邸京師，故有邸吏。朱邸，言邸有朱户。以冬爲入期，故言雪。**朝旁紫微垣。** **洙曰**：晉志：「紫宫垣，一曰紫微，(天)〔大〕帝之坐[一]，天子之所居也。」**枚乘文章老，洙曰**：西京雜記：「枚乘文章敏疾。」**趙曰**：梁孝王時，枚乘在諸文士之間年最高。**河間禮樂存。** **洙曰**：漢景帝時，河間獻王德，武帝時來朝，獻雅樂，對三雍宫。又立博士，修禮樂，被服儒術。**悲秋宋玉宅，洙曰**：哀江南賦：「誅茅宋玉之宅。」**趙曰**：宋玉宅在歸州。**失路武陵源。** **洙曰**：見「如逢

〔一〕天帝，據四庫本、九家集注卷二七、杜陵詩史卷二六、分門集注卷九及晉書卷一一天文志上「紫宫垣十五星」，乃「大帝」之訛。

武陵路」詩注。淹薄俱崖口，東西異石根。夷音迷咫尺，洙曰：楚俗語多夷音。鬼物傍洙曰：一作「倚」。黄昏。洙曰：蕪城賦：「木魅山鬼，昏見晨趨。」犬馬誠爲戀，洙曰：曹子建表：「不勝犬馬戀〔王〕（主）之情。」史記：「丞相翟青曰：『臣不勝犬馬之心。』」趙曰：公又言其有懷君之心。狐狸不足論。洙曰：張綱傳：「豺狼當路，安問狐狸？」從容草奏罷，宿昔奉清樽。

贈崔十三評事公輔

補注鶴曰：詩曰「舅氏多人物」，則評事乃公之舅，何以不如他詩云「十三舅」？當有脱字。詩又云「且有元戎命」「入幕諸彦集」「教練羽林兒」，當是崔爲羽林軍帥屬官。梁權道編在永泰元年雲安詩内，然詩云「去帆隨」，則非雲安作。

飄飄西極馬〔一〕，洙曰：漢郊祠歌云：「天馬來西極。」來自渥洼池。趙曰：言崔公有天馬之妙，而所從來之遠也。漢郊祠歌曰：「馬生渥洼水中。」颯飄定洙曰：一作「寒」。山桂，師曰：定山，當作「鄧山」，鄧林有桂。西極馬，鄧山桂，比崔公之才。低徊風雨枝。趙曰：選詩：「桂枝生自直。」不宜低徊，今桂所以低

〔一〕飄飄，四庫本作「飄飄」。

回者，風雨之故也。以譬崔評事之美材而困於邊徼之小官。**彥輔曰**：飆，音習，唐韻云：「颯飆，大風也。」**我聞龍正直，道屈爾何爲。****趙曰**：如龍之直，而怪其屈在僚屬。**且有元戎命，****洙曰**：屈道而起，謂有元戎之命。**悲歌識者知。****趙曰**：元戎，節度使也。**官聯辭冗長，****洙曰**：文賦：「固無取乎冗長。」**鄭曰**：長，直亮切，多也。**師曰**：時王思禮爲帥，表請崔爲幕職，故云云。冗長，不急之務也。**行路洗欹危。****洙曰**：當闕公正之路。**脱劍主人贈，****趙曰**：主人，指元戎也。伍子胥解劍贈漁父。**去帆春色隨。陰沉鐵鳳闕，****洙曰**：陸佐公石闕銘：「蒼龍玄武之制，銅爵鐵鳳之工。」**教練羽林兒。****洙曰**：宣帝紀：「羽林孤兒。」注：「天有羽林、星林，諭若林木之盛。羽有羽翼鷙擊之意，故以名武官焉。」百官表：「取從軍死事者之子養，羽林官教以五兵，號曰羽林孤兒。」**補注** **希曰**：鐵鳳，見大雲寺贊公房詩注。武德十二年置十三衛，同州道爲羽林軍。垂拱元年置左右羽林軍，領羽林郎六千人。乾元間，左右羽林並昇同金吾四衛。舊史：「寶應二年甲申六月，以前淮西節度使、安州刺史王仲昇爲羽林軍大將軍、知軍事，仍兼御史大夫。」寶應二年即廣德元年，至是二年，未考仲昇尚知軍事否？**天子朝侵早，雲臺仗數移。****趙曰**：言天子多難，侵早訓兵練卒，故所御非一處，而數移雲臺之仗矣。**分軍應供給，百姓日支離。****洙曰**：支離，言不親。**黠吏因封己，公才或守雌。****洙曰**：老子：「知其雄，守其雌。」**趙曰**：封厚也，言貪吏乘之以封己，廉吏閔之以柔克也。公正美崔公之才，守雌柔之道，不乘勢刻削以稽於封己〔一〕，則其才爲可尚爾。**燕王買駿骨，**洙曰：燕昭王以金帛市駿骨，人知好駿馬，不遠千里而來。**渭老得熊羆。**洙曰：見「田獵舊非熊」注。**活國名公在，**補注希曰：文選孫楚與孫皓書曰：「愛民活國。」俗本多作「治國」，非是。南史：「王廣之子珍國爲南譙太守，高帝手敕云：『愛人活國，甚副吾意。』」**拜壇群寇疑。冰壺動瑤碧，**洙曰：鮑昭：「清如玉壺冰。」**野水失蛟螭。**黄曰：謂寇賊將就擒也。**入幕諸彦集，**洙曰：别賦：「捨金閨之諸彦。」**渴賢高選宜。騫騰坐可致，九萬起於斯。**趙曰：方當渴賢，而崔君宜應高選，必能騫騰如鵬飛之九萬里矣。黄曰：言崔奮迅自此始。**復進出矛戟，昭然開鼎彝。**洙曰：銘功鼎彝。**會看之子貴，嘆及老夫衰。豈但江曾決，**洙曰：孟子：「若決江河。」**還思霧一披。**洙曰：衛瓘見樂廣，曰：「若披雲霧，睹青天。」**暗塵生古鏡，拂匣照西施。舅氏多人物，**孫曰：崔乃子美之舅氏，其人物爲世所重。多，重也。**無慚困翮垂。**

長江二首 永泰元年作。

補注鶴曰：詩云：「衆水會涪萬，瞿塘争一門。朝宗人共挹，盗賊爾誰尊。」按瞿塘在夔州東一里，而雲

〔一〕稽，杜陵詩史卷二三、分門集注卷一八作「嵇」，四庫本作「期」，九家集注卷二七作「私」。

安在州西百三十里。盜賊，指崔旰。則是永泰元年作，是時公在雲安。雲安與萬州爲鄰，故使君一灘占兩境。觀此詩「朝宗人共挹」「萬國奉君心」之句，殆心乎愛君，雖見水而不忘也。

衆水會涪萬，洙曰：涪、萬，峽中二郡名。**瞿塘争一門。**洙曰：瞿塘爲三峽之門。**朝宗人共挹，**趙曰：人以其朝宗，所共挹取，若盜賊者，敢犯順爲不義，將欲使誰尊爾乎？禹貢：「江、漢朝宗于海。」**盜賊爾誰尊。孤石隱如馬，高蘿垂飲猿。**師曰：巴東有灔澦石，高二十許丈，及秋至，則纔如馬。猿緣蘿垂而飲水。**歸心異波浪，何事即飛翻。**趙曰：言波浪飛翻而流去，歸心飛翻不得往，所以爲異。**浩浩終不息，乃知東極臨。**洙曰：一作「深」。趙曰：言水之必東。**衆流歸海意，萬國奉君心。色借瀟湘闊，**趙曰：瀟湘在潭州。**聲驅灔澦深。**一作「沉」。**未辭添霧雨。**趙曰：江海不讓衆流以爲大，雖霧雨之微，亦可添益其流。**接上遇衣襟。**

哭台州鄭司户蘇少監廣德二年秋作。

補注 **鶴曰：**蘇、鄭同是廣德二年死，詳見八哀詩注。考此詩，有「俗依綿谷異，客對雪山孤」「瘧癘殞巴水，瘡痍老蜀都」，蓋廣德元年公在綿、梓、閬，二年以嚴武鎮蜀，再歸成都依之，故云。此詩當是廣德二年秋作[一]。

故舊誰憐我，平生鄭與蘇。存亡不重見，喪亂獨前途。豪俊人誰在[二]，文章掃地無。羈游萬里闊，凶問一年俱。白日中原上，清秋大海隅。夜臺當北斗，泉路著東吴。得罪台州去，時危棄碩儒。移官蓬閣後，穀貴殁潛夫。補注鶴曰：廣德二年自秋及冬，米斗千錢，而二公死，詳見八哀蘇公詩下。流慟嗟何及，銜冤有是夫。道消詩發興，心息酒爲徒。許與才雖薄，追隨迹未拘。班揚名甚盛，嵇阮逸相須。會取君臣合，寧詮品命殊。賢良不必展，廊廟偶然趨。勝決風塵際，功安造化罏。補注希曰：莊子：「以天地爲大罏，造化爲大冶。」從容詢舊學，慘澹閟陰符。擺落嫌疑久，哀傷志力輸。俗依綿谷異，客對雪山孤。童稚思諸子，交情列友于[三]。情乖清酒送，望絶撫墳呼。虐痢殞巴水，瘡痍老蜀都。飄零迷哭處，天地日榛蕪。

[一] 二，原殘損作「一」，此據四庫本及題下繫年。
[二] 人誰，四庫本作「何人」。
[三] 情，四庫本、杜陵詩史卷三二作「朋」，九家集注卷二七、分門集注卷二二作「期」。

承聞故房相公靈櫬自閬州啓殯歸葬東都有作二首 **楷曰**：房琯，字次律，河南人。永泰元年作。

補注 **鶴曰**：房以廣德元年死於閬州，而權瘞于彼，二年春晚，公有詩別其墓。今詩云「孤魂久客間」，則此詩作於永泰元年，是時公在雲安，故詩云「遠聞」。又云「風塵終不解」，蓋指其年吐蕃、迴紇、党項羌軍寇邊。

遠聞房太守，歸葬陸渾山。 **洙曰**：伊、洛間有陸渾山，昔辛有適伊川，見被髮而祭者，言此地當夷，後爲陸渾之戎所有，山因而得名。**鄭曰**：十道志：「山在洛陽。」**趙曰**：舊本作「太守」，非，善本作「太尉」。蓋琯謫漢州刺史，召拜刑部尚書，道病卒，贈太尉，不應呼之爲太守也。補注 **鶴曰**：太守，作「太尉」是。此詩前公已有別房太尉墓詩，不應今反稱太守，若上以漢州太守死，則詩又不應言「安石竟崇班」。唐志：「河南府，本洛州，有陸渾山。」按舊史：「琯又河南人，與東平呂向於陸渾、伊陽山中讀書。廣德元年八月四日卒于閬州僧舍。」而公有祭文，乃是其年九月二十三日，末云「何當旅櫬，得出江雲」，蓋當時權瘞于寺，亦有墓，故公又有別太尉墓詩。此詩又云：「他日嘉陵淚，仍霑楚水還。」嘉陵江在果州，果與梓、閬爲鄰。楚水，夔已下之江也。

一德興王後， **洙曰**：同德以興王業也，伊尹咸有一德。**孤魂久客間。孔明多故事，** **洙曰**：蜀志：「陳壽上言奏故蜀丞相諸葛亮故事：『亮佐危國〔一〕，負阻不賓。德澤被無疆，自古以來，未之有倫也。』」**安石竟崇班。** **洙曰**：謝安薨，帝三日臨于朝堂，賜東園祕器、朝服，贈太傅，謚曰文〔靜〕（靖）。詔府中備凶儀。及葬，加

〔一〕亮佐，四庫本作「扶」，三國志卷三五諸葛亮傳作「亮毗佐」。

殊禮，依大司馬〔亘〕（桓）温故事。**師曰**：孔明多故事，喻房公奏議可爲朝廷典故。安石竟崇班，喻房公死後竟追賜褒崇之也。〔加移〕（嘉陵）縣，屬閬州。**他日嘉陵淚**，**鄭曰**：〔加〕（嘉）陵，江名。**仍霑楚水還**。

丹旐飛飛日，**洙曰**：丹旐，銘旌也。寡婦賦：「龍轜儼以星駕，飛旐翩以啓路。」**初傳發閬州**。**風塵終不解**，**趙曰**：時吐蕃未息也。**江漢忽同流**。**師曰**：風塵終不解，言盗賊未息，而房公忽與江漢同游，故嘆惜之。**劍動新身匣**，**趙曰**：善本作「親身」，方有義。**書歸故國樓**。**蘇曰**：陳惇放歸故國，載書一千卷，歸家起樓。**盡哀知有處**，**爲客恐長休**。

雲安九日鄭十八携酒陪諸公宴 永泰元年作。

補注 **鶴曰**：案，公永泰元年初秋至雲安，故除〔章〕（草）詩有「焉能待初秋」之句[一]。今詩題云「雲安九日」，當是其年。鄭十七、鄭十八，兄弟也，故後有答鄭十七郎一絶，意鄭是雲安人。詩云「萬國皆戎馬」，是年八月僕固懷恩及吐蕃、回紇等入寇。

寒花開已盡，**菊蕊獨盈枝**。**舊摘人頻異**，**輕香酒暫隨**。**地偏初衣袂**，**洙曰**：陶潛：「身遠

〔一〕章，據卷一一除草詩，乃「草」之訛。初秋，除草詩作「高秋」。

地自偏。」秋興賦：「御袂衣。」山擁更登危。**洙曰：**風俗記：「九日登高，以禳災厄。」萬國皆戎馬，酣歌淚欲垂。

答鄭十七郎一絶大曆元年作。

補注 **鶴曰：**詩云「把文驚小陸」，即指其弟鄭十八也。詩又云「花殘步屐遲」，當是大曆元年春作，公是年春晚方遷夔。

雨後過畦潤，花殘步屐遲。**蘇曰：**曹植：「花殘惜春，步屐自遲。」把文驚小陸，**洙曰：**小陸，陸雲。**蘇曰：**王融見張充文，曰：「子文章如小陸，小陸瘦而散。」好客見當時。**洙曰：**當時，鄭莊者也〔一〕。

將曉二首永泰元年作。

補注 **鶴曰：**梁權道編在大曆元年雲安詩内，然詩云「寒沙蒙薄霧，落月去清波」，非春月所言，當是永泰元年冬作〔二〕。

〔一〕者，四庫本、九家集注卷二七無此字。
〔二〕永，原作「氷」，據四庫本改。

石城除擊柝，鐵鎖欲開關。鼓角悲荒塞，星河落曉山。**趙曰**：擊柝以言警夜，静則除之〔一〕。**補注**希曰：重門擊柝、抱關擊柝，固不待注，而古樂府木蘭女詩云：「朔氣傳金柝，寒光照鐵衣。」則柝亦有金爲者。夔州有石城，乃地名。曉，一本作「曙」。巴人常小梗，**洙曰**：謂段子璋反也。蜀使動無還。**趙曰**：吐蕃未息，所以蜀使輒無還。垂老孤帆色，飄飄犯百蠻。**補注**鶴曰：豈專指段子璋而言？謂上元元年劍南東川節度兵馬使段子璋反，伏誅，乾元元年劍南西川兵馬使徐知道反，伏誅，永泰元年劍南西山兵馬使崔旰反，殺成都節度使郭英乂，故曰「動無還」。若趙云「吐蕃未息，蜀使無還」，殊不相關。飄飄，一本作「飄颻」。

軍吏回官燭，舟人自楚歌。**洙曰**：項籍傳：「聞軍中皆楚歌。」**補注**希曰：高帝紀：「四面皆楚歌。」師古曰：「爲楚人之歌，猶言吴歈、越吟耳。」寒沙蒙薄霧，落月去清波。壯惜身名晚，衰慚應接多。歸朝日簪笏，筋力定如何。**補注**南史：「沈慶之詩：朽老筋力盡，徒步歸南國。」

懷錦水居止二首大曆元年作。

補注鶴曰：詩云「軍旅西征僻，風塵戰伐多」，當是大曆元年在雲安作。蓋指吐蕃之亂及張獻誠、柏茂

〔一〕静，九家集注作「曉」。

林、楊子(林)(琳)共起兵討崔旰，是時蜀中大亂，而人心不摇，故詩又云：「猶聞蜀父老，不廢舜謳歌。」

軍旅西征僻，風塵戰伐多。**趙曰：**永泰元年，僕固懷恩誘吐蕃等寇奉(西)(天)，京師大震，帝召子儀屯涇陽，故曰「西征」。**猶聞蜀父老，****洙曰：**猶，一作「獨」。司馬相如有難蜀父老。**不忘舜謳歌。**忘，無放切。**洙曰：**孟子曰：「謳歌者不謳歌堯之子，而謳歌舜。」**天險終難立，****洙曰：**劍門天設之險也。難立，無德不可恃。**趙曰：**易曰：「天險不可升也。」**師曰：**子美以崔旰亂成都，避亂東川。然旰雖叛，民心未忘唐室，雖據劍門之險，終難自立。**柴門豈重過。****鄭曰：**重，再也。**洙曰：**謂思草堂未可再到。**朝朝巫峽水，遠逗錦江波。****洙曰：**錦江水與巫峽相通。

萬里橋南宅，百花潭北莊。**洙曰：**浣花草堂在萬里橋之南，地有百花潭。**趙曰：**舊本作「橋南」，非是，蓋公詩又云「萬里橋西一草堂，百花潭北即滄浪」。**層軒皆面水，****修可曰：**宋玉招魂：「高堂邃宇，檻層軒。」**老樹飽經霜。雪嶺界天白，錦城曛日黄。****洙曰：**雪嶺、錦城，並見上嚴中丞詩注。**惜哉形勝地，回首一茫茫。****洙曰：**張孟陽劍閣銘曰：「形勝之地，匪親勿居。」

子規大曆元年作。

補注 **鶴曰：**詩云「峽裏雲安縣」，又云「眇眇春風見」，當是大曆元年作。

峽裏雲安縣，江樓翼瓦齊。兩邊山木合，終日子規啼。**洙曰**：子規，杜鵑也。眇眇春風見，蕭蕭夜色凄。客愁那聽此，故作傍人低。**趙曰**：一本作「故傍旅人低」，非是。

立春大曆元年作。

補注**鶴曰**：詩云「巫峽寒江那對眼」，又云「此身未知歸定處」，當是大曆元年在雲安作。

春日春盤細生菜，**趙曰**：齊人月令曰：「凡立春日食生菜，取迎新之意。」忽憶兩京梅發時。**趙曰**：以紀兩京當立春已有菜也。盤出高門行白玉，**趙曰**：行白玉盤也。補注**鶴曰**：汲黯傳：「見高門。」晉灼曰：「三輔黄圖：未央宫中有高門殿。」鮑宣傳：「豈徒欲使臣美食大官，重高門之地哉。」晉灼亦曰：「殿名。」公憶爲拾遺時。菜傳纖手送青絲。**蘇曰**：東晉李鄂立春日命蘆菔、芹芽爲菜盤饋貺，江淮人效之。古詩云：「蘆菔白玉縷，生菜青絲盤。」巫峽寒江那對眼，杜陵遠客不勝悲。**趙曰**：言巫峽傍江地寒，那得此菜？對眼宜乎其悲也。此身未知歸定處，呼兒覓紙一題詩。

漫成一首大曆元年作。

補注**鶴曰**：詩云「船尾跳魚撥刺鳴」，當是大曆元年自雲安發船下夔州時作。

江月去人只數尺，趙曰：梁虞騫詩[一]：「月光移數尺。」**風燈照夜欲三更。沙頭宿鷺聯拳静，**洙曰：一作「起」。趙曰：聯拳者，相並相續之貌。**船尾跳魚撥**洙曰：一作「跋」。**剌鳴。**洙曰：撥剌，躍而有聲也。夢符曰：按張平子賦：「控飛狐之撥剌兮，射嶓冢之封〔冢〕（狼）[二]。」

南楚 大曆元年作。

補注 鶴曰：題云「南楚」，又詩云「正月蜂相見」，當是大曆元年在雲安作。通典：「夔州，春秋魚國，後屬楚。」巫山縣乃楚置，故雲安亦可言楚。

南楚青春異，暄寒早早分。無名江上草，隨意嶺頭雲。正月蜂相見，非時鳥共聞。杖藜妨躍馬，洙曰：蔡澤曰：「吾躍馬食肉四十年，亦足矣。」**不是故離群。**蘇曰：公自言適楚本避地而已，非離群也。師曰：南地與北異，冬反暖，春却寒，故有「春寒料峭」之語。杖藜，貧賤也。躍馬，富貴也。子美避地而〔作〕（甘）於貧賤[三]，非故意離群，乃不得已也。

[一] 虞騫，據藝文類聚卷一、文苑英華卷一五二，乃「劉瑗」之訛。
[二] 冢，據九家集注卷二七、杜陵詩史卷二二、分門集注卷二五、文選卷一五，乃「狼」之訛。
[三] 作，據杜陵詩史卷二四、分門集注卷四，乃「甘」之訛。

移居夔州郭大曆元年作。

補注 **鶴曰**：公以大曆元年春晚移居夔州城，此當是其時作，故詩云「春知催柳別」。

伏枕雲安縣，遷居白帝城。春知催柳別，趙曰：古有折楊柳曲，多言離別也。**江與**洙曰：一作「已」。**放船清。農事聞人説，山光見鳥情。禹功饒斷石，且就土微平。**洙曰：沿峽皆因開鑿而成，故少平土，惟夔州稍平爾。

船下夔州郭宿雨濕不得上岸別王十二判官 補注 **鶴曰**：大曆元年春晚，自雲安遷居夔州時作。

大曆元年作。

依沙宿舸船，石瀨月娟娟。洙曰：謝靈運有「回谿石瀨，茂林修竹」詩，鮑昭玩月詩：「娟娟似娥眉。」**風起春燈亂，江鳴夜雨懸。晨鐘雲外濕，勝地石堂煙。**趙曰：石堂，夔州佳處。**柔艣輕鷗外，含凄覺汝賢。**趙曰：舡艣在輕鷗之外，忽忽遂行，不得如鷗之游漾，所以含情而覺鷗之勝我也。

入宅三首大曆二年作。

補注 **鶴曰**：公大曆二年移居赤甲。按公赤甲詩云：「卜居赤甲遷居新，兩見巫山楚水春。」知此詩作於大曆二年春，故詩云「春色漸多添」。

奔峭背赤甲，斷崖當白鹽。 **洙曰**：謝靈運詩：「孤客傷逝湍，徒旅苦奔峭。」赤甲、白鹽，瞿唐峽口二山。**趙曰**：赤甲，本「岬」字。按水經注：「南連基白帝山，甚高大，其石背赤〔一〕，土人云如人袒(脾)(胛)，故謂之赤岬(幽)(山)。白鹽高可千餘丈，人見其高大〔二〕，因名之。」**鄭曰**：寰宇記：「赤甲城，公孫述所築。樹木土石悉赤，如人袒臂，故云赤甲。在縣北。」補注 **希曰**：十道四州記云：「其城大，雨不可入，當時人皆赤甲袒肩而築之，故曰赤甲。」寰宇記云：「赤甲城是魚復縣舊基。」故下篇云：「水生魚復浦。」**客居愧遷次，** **洙曰**：次，舍也。遷次，由移居也。**春色漸多添。花亞欲移竹，鳥窺新卷簾。衰年不敢恨，勝概欲相兼。**

亂後居難定，春歸客未還。水生魚復浦， **洙曰**：魚復，白帝舊名。**鄭曰**：十道志：「夔州，古魚國，漢魚復縣地。」**雲暖麝香山。** **定功曰**：後漢郡國志：「巴郡魚復，古之庸地。」夔州圖經：「麝香山，州東南一百五十五里，山(在)(出)麝香〔三〕，故以名之。」補注 **鶴曰**：寰宇記云：「麝香山在秭歸縣東南一百一十里，多麝。」今於夔州云者，武德二年前秭歸屬夔也。唐志云：「武德二年，析秭歸縣置歸州。」故後篇亦言宋玉宅。

〔一〕背，疑爲「皆」之訛，九家集注卷二二、水經注卷三三江水一作「悉」。
〔二〕大，杜陵詩史卷二四、分門集注卷七、九家集注卷二七、水經注卷三三江水一作「白」。
〔三〕在，據杜陵詩史、分門集注、九家集注，乃「出」之訛，四庫本作「有」，當爲館臣臆改。

半頂梳頭白，過眉拄杖班。相看多使者，一一問函關。洙曰：時寇亂未平，關中之信未通爾。峽口風常急，江流氣不平。只應與兒子，飄轉任浮生。宋玉歸州宅，洙曰：歸州有宋玉宅，今亡矣。雲通白帝城。吾人淹老病，旅食豈才名。

赤甲大曆二年作。

補注鶴曰：詩云「兩見巫山楚水春」，知是與入宅詩同時作。

卜居赤甲遷居新，兩見巫山楚水春。炙背可以獻天子，趙曰：列子：「宋國有田夫，暨春東作，自曝於日，不知天下有綿纊狐貉。顧謂其妻曰：『負日之暄，人莫知者，以獻吾君，將有重賞。』」美芹由來知野人。洙曰：嵇康書：「野人有快炙背而美芹子〔之〕（者）〔一〕，欲獻之至尊，雖有區區之意，亦已疏矣。」荆州鄭薛寄書近，蜀客郄岑非我鄰。洙曰：鄭、薛、郄、岑，皆公之故舊，見于前詩注。笑接郎中評事飲，病從深酌道吾真。師曰：子美以病斷酒，今郎中、評事深酌，勸子美，道子美真性嗜此，如何不飲？甫亦難逆其意，而云「病從深酌道吾真」。補注鶴曰：舊注云見于前注。初無鄭，是江陵鄭少尹，薛是石首薛明

〔一〕之，據四庫本、杜陵詩史、分門集注、九家集注，乃「者」之訛。

府，岑是岑嘉州，郄是梓州(郝)(郄)使君。評事必崔評事，公在夔多有詩與之，第未詳郎中爲何人。

上白帝城二首大曆元年作。

補注 鶴曰：寰宇記：「盛弘之荆州記：『巴東郡峽上北岸有一山，孤特甚峭，巴東郡據以爲城。』注：水經云：『白帝山北緣馬嶺，接赤甲山，其間平處相去八十五丈，東西七十丈，東傍瀼溪，即以爲隍。』後漢初，公孫述據蜀，自以承漢土運，故曰白帝城。」當是大曆元年公初至夔時作，故云「山歸萬古春」，又云「兵戈猶擁蜀」，指崔旰之變也。

江城含變態，一上一回新。天欲今朝雨，山歸萬古春。英雄餘事業，洙曰：白帝城，公孫述所築，後爲劉備屯戍之地。衰邁久風塵。洙曰：公自言。取醉他鄉客，相逢故國人。兵戈猶擁蜀，趙曰：乃大曆元年崔旰之叛，戰于梓州。賦斂尚輸秦。洙曰：時國用不足，多賦斂也。補注 鶴曰：秦乃峙糧備吐蕃之所。大曆二年，吐蕃雖遣使來朝，終不忘備也。不是煩形勝，深慚畏損神。師曰：秦，謂關中也。時干戈用事，國用不足，賦斂亡藝，惟以煩刑勝之。民之輸賦於關中者，非其本心也，特迫於刑政之煩苛，故曰「賦斂强輸秦」。子美慮叛亂未已，祇畏奔走而耗損精神也。

白帝空祠廟，洙曰：公孫述廟，述自號白帝。孤雲自往來。江山城宛轉，棟宇客徘徊。勇略今何在，當年亦壯哉。**洙曰**：述始爲王莽導江卒正，更始時起兵討宗成、王岑之亂，破之，遂有蜀土，僭立爲帝，號成家。立十二年，爲光武所誅。後人將酒肉，**洙曰**：凡舟人往來，皆祠之。虚殿日塵埃。谷鳥鳴還過，林花落又開。多慚病無力，騎馬入青苔。

愁魯曰：强戲爲吴體。大曆元年作。

補注 **鶴曰**：詩云「十年戎馬暗南國」，又云「巫峽泠泠非世情」，當是大曆元年夔州作。

江草日日唤愁生，巫**洙曰**：一作「春」。峽泠泠非世情。盤渦鷺浴底心性，**趙曰**：郭璞賦：「盤渦谷轉。」獨樹花發自分明。十年戎馬暗南國，**洙曰**：自安史亂後，天下草草不安者十餘年。異域賓客老孤城。**洙曰**：公本北人，而寓南國，故云異域。渭水秦山得見否，人今罷病虎縱横。**洙曰**：渭水、秦〔川〕（山）〔一〕，皆關中風物也。時方罷弊，賊寇充斥，而未可歸，故云「得見否」。**師曰**：草唤愁生，言起歸心也。巫峽之水泠泠不斷，世情疏絶，非水長流之比也。盤渦，乃碾硙之水。鷺浴自得，子美心性亦鷗鷺安閑之比也。獨樹花發自分明，喻子美不徇乎流俗也。渭水、秦山，乃子美故鄉。

〔一〕 川，九家集注卷二七、分門集注卷一三作「山」，據詩文，以「山」爲是。

江雨有懷鄭典設 大曆二年春作。

補注 鶴曰：詩云「岸高瀼滑限西東」，當是大曆二年春作。是年公自赤甲遷瀼西。

春雨闇闇塞峽中，早晚來自楚王宮。 鄭曰：襄王故宮。 補注 鶴曰：寰宇記：「楚宮在縣西北二百步，在陽臺古城内，即襄王所游之地。」**亂波分披已打岸，弱雲狼藉不禁風。寵光蕙葉與多碧，** 趙曰：孔雀賦：「天雨之施，惠於蕙葉。」〔一〕**點注桃花舒小紅。谷口子真正憶汝，** 見「谷口但窮耕」注。**岸高瀼滑限西東。** 洙曰：滑，一作「闊」。夔有澗水出於山谷間，謂之瀼，居人分其左右，謂之瀼東、瀼西。

雨不絶 廣德二年作。

補注 鶴曰：詩云「院裏長條風乍稀」，當是廣德二年在嚴公幕中作。院裏，如簡院内諸公、立秋日院中有作是也。梁權道編在大曆元年夔州作，豈非泥「行雲莫自濕仙衣」之句？然「行雲」字只是假用其字，非直指巫山而言，殆不考末句「不得安流逆浪歸」，正爲欲歸溪上，若在夔州作，則逆浪歸何所？梁亦只據舊次耳。

鳴雨既過漸細微，映空摇颺如絲飛。 洙曰：古詩：「密雨如散絲。」**階前短草泥不亂，院裏長**

〔一〕「孔雀賦：天雨之施，惠於蕙葉」，九家集注卷二七作「魏鍾會孔雀賦：『五色點注，華羽參差。』天雨之施，蕙葉有寵光之義，其于桃花纔小開苞，有點注之狀。使字不亦新乎」，則「天雨之施，惠於蕙葉」係誤把趙次公注語作鍾會孔雀賦中語。

條風乍稀。舞石旋應將乳子，**洙曰**：湘川記：「零陵有石燕，雨過則飛，如燕子[一]。」行雲莫自濕仙衣。**洙曰**：謂高唐神女也，朝爲行雲，暮爲行雨。眼邊江舸何怱促，舸，嘉我切。未得一作「待」。安流逆浪歸。

崔評事弟許相迎不到應慮老夫見泥雨怯出必愆佳期走筆戲簡

大曆二年作。

補注 **鶴曰**：詩云「浮雲不負青春約，細雨何孤白帝城」，又云「身過花間霑濕好，醉於馬上往來輕」，非大曆元年初到夔州作，蓋是年春晚方遷居，不應詩語如此。當是大曆二年。

江閤要賓許馬迎，午時起坐自天明。浮雲不負青春色，細雨何孤白帝城。身過花間霑濕好，醉於馬上往來輕。虛疑皓首衝泥怯，實少銀鞍傍險行。

晝夢

大曆二年作。

補注 **鶴曰**：梁權道編在大曆元年夔州詩內，然是年公自雲安遷居時已是春晚，而今詩云「二月饒睡昏昏然」，當是二年二月作。

[一] 燕子，九家集注卷二七、杜陵詩史卷二四、分門集注卷一作「生燕」。

二月饒睡昏昏然，不獨夜短晝分眠。桃花氣暖眼自醉，蘇曰：呂安行鏡湖岸上，桃花爛熳，謂王恂曰：「醺得眼醉，殷紅泛眩。」江總詩云：「惱殺未歸客，桃花醺眼醉。」**春渚日落夢相牽。故鄉門巷荆棘底，趙曰：**不歸之久，而生荆棘矣。**中原君臣豺虎邊。趙曰：**言盜賊也。王粲詩：「盜賊如豺狼。」**安得務農息戰鬥，普天無吏横索錢。洙曰：**時多横賦暴斂也。**趙曰：**吏乘軍須之勢，又至於暴横，求索肆爲，可傷也。

熟食日示宗文宗武洙曰：熟食日，即寒食節也。秦人呼寒食爲熟食日，言其不動煙火，預辦熟食物過節也。齊人呼爲冷節，又云禁煙。補注**鶴曰：**詩云「風花白帝城」，當是大曆二年在夔州作，蓋元年春晚方遷夔，三年正月已下峽。梁權道編在元年，恐非。大曆二年作。

消渴游江漢，羈栖尚甲兵。幾年逢熟食，萬里逼清明。趙曰：寒食日更不舉火，而冷食其物，故謂之寒食，亦謂之熟食。補注**鶴曰：**會要云：「天寶十年二月敕：禮標納火之禁，語有鑽燧之文。今後寒食，並禁火三日。」以其不動煙火，故先爲熟食，因以爲名。漢律曆志：「大梁，初胃七度，穀雨。今曰清明。中昴八度，清明。今曰穀雨。」**松柏邛山路**[一]**，風花白帝城。田曰：**十道志曰：「邛山在洛陽縣北。」俗以寒食省

〔一〕邛，九家集注卷二七作「邙」。「田曰」中「邛」字同。

墳，子美先塋在邛，而其身流寓，於寒食不得展省，故有此句。**鄭曰**：寰宇志：「邛州因邛來山爲名。水經注：『邛來山在漁嘉嚴道縣[一]。』」汝曹催我老，回首淚縱橫。**補注** **希曰**：唐制，寒食文武百官有墓塋域在城外并京畿外者，任〔在〕（往）拜掃[二]。今公有隴墓在洛陽，而流落遠方，不得拜掃，故因時感傷，至於淚縱橫也。

又示兩兒 大曆二年作。

補注 **鶴曰**：題云「又示」，則與上篇同時作。

令節成吾老，他時見汝心。**趙曰**：令節，指寒食也。浮生看物變，爲恨與年深。長葛書難得，**鄭曰**：春秋時鄭地，今縣屬許州。江州涕不禁。平聲。團圓思弟妹，**蘇曰**：季湛中秋日登仲宣樓，拊欄自語，似有吊古之恨，更值團圓，忍不思弟妹共觀耶？**趙曰**：長葛、江州，必其弟妹所在。行坐白頭吟。**趙曰**：卓文君作白頭吟諷相如。

黃氏補千家集注杜工部詩史卷之二十七

〔一〕漁，據水經注卷三六「青衣水」，乃「漢」之訛。
〔二〕在，據四庫本及唐會要卷二三「寒食拜掃」，乃「往」之訛。

黄氏補千家集注杜工部詩史卷之二十八

陪諸公上白帝城樓宴越公堂之上大曆元年作。

洙曰：越公，楊素也，有堂在城上，畫像尚存。**補注** **鶴曰**：詩云「此堂存古制，城上俯江郊」，蓋初見也，當是大曆元年春晚作。

此堂存古制，城上俯江郊。落構垂雲雨，**趙曰**：雲頽而下，雨落于空，皆有垂之義。荒階蔓草茅。柱穿蜂溜蜜，棧缺燕添巢。坐接春杯氣，心傷艷蕊梢。**蘇曰**：左希登西樓曰：「艷蕊傷客心，和風吹薄袂。」英靈如過隙，**洙曰**：見「身世白駒〔摧〕（催）」注。宴衎願投膠。**洙曰**：古詩：「以漆投膠中〔一〕。」**趙曰**：指公孫〔就〕（述）之英靈如過隙而逝亡，則今日宴衎，當願如以膠投漆，結綢繆之好也。莫問東流水，生涯未即拋。

〔一〕以漆投膠中，杜陵詩史卷二四同此，據九家集注卷二八、分門集注卷五、文選卷二九古詩十九首客從遠方來，乃「以膠投漆中」之訛。

傷春五首廣德二年作。

師古曰：時避寇，在蜀作。〔補注〕**鶴曰**：詩云「巴山春色静」，又詩中備言吐蕃陷京、代宗出幸之事，當是廣德二年在閬州作。而梁（懷）〔權〕道編在廣德元年綿州作，不考代宗幸陝在元年十月，而十（二）月始還京〔一〕，若在元年作，何由有「春光日自濃」之句？當是二年無疑。楚辭招魂：「目極千里兮傷春心。」故以爲題。

天下兵雖滿，**趙曰**：謂廣德元年吐蕃陷京師，車駕幸陝。**春光**洙曰：一作「青春」。**日自濃。西京疲百戰**，**趙曰**：吐蕃留京師，聞郭子儀軍至，驚潰，子儀復長安。**北闕任群兇。****蘇曰**：除符：「北闕震蕩，群凶若不誅鋤，恐逼洛汭。」**趙曰**：指言程元振、魚朝恩之徒。〔補注〕**鶴曰**：唐以鳳翔爲西京。蓋至德二載、代宗廣德元年，吐蕃入寇，陷鳳翔以西，故鳳翔爲戰争之地。蒙塵，謂代宗幸陝。然幸陝乃十月丙子，至十二月即還京矣。此詩云乃春作，是廣德二年。**關塞三千里**，**趙曰**：公在閬中望乘輿所在，有三千里關塞之隔矣。**煙花一萬重。蒙塵清露急**，**洙曰**：見「至尊尚蒙塵」注。**御宿且**一作「有」。**誰供。**〔補注〕**鶴曰**：通鑑：「上至陝，百官稍有至者。郭子儀引三十騎自御宿川循山而東，（謂）王延昌曰：『六軍將士逃潰者，多在商州，今速往收之。』」**殷復前王道**，**洙曰**：商之中宗、高宗能復前王之道。**周遷舊國容。****洙曰**：平王東遷於洛邑。**蓬萊足雲氣，應合總從龍。****趙曰**：豈言蓬萊殿乎？蓋言群臣當盡隨駕，易「雲從龍」也。雲以比群

〔一〕十月，據舊唐書卷一〇代宗紀，當爲「十二月」之誤。

臣，龍比天子。

鶯入新年語，花開滿故枝。天清洙曰：一作「青」。風卷幔，草碧水通池。牢落官軍速，蕭條萬事危。洙曰：憂時之心切，故於萬事未見其安也。鬢毛元自白，淚點向來垂。不是無兄弟，其如有別離。洙曰：言雖有兄弟，而爲喪亂阻隔，不得相保爾。巴山春色静，北望轉逶迤。洙曰：巴山，蜀山也。補注希曰：巴與蜀自別，巴指梓、閬而言也。楚辭遠游載：「雲旗之逶迤。」

日月還相鬥，星辰屢合洙曰：一云「亦屢」。圍。洙曰：漢天文志：「五星所行，合散犯守，陵歷鬥食，彗孛飛流，日月薄蝕。」韋昭曰：「星相擊爲鬥。」不成誅執法，焉得變危機。洙曰：天文志：「南宫南四星，名執法；中，端門。」趙曰：廣雅曰：「熒惑，謂之罰星，或謂之執法。」今指熒惑而言，則指程元振之熒惑人主也。大角纏兵氣，洙曰：天文志：「大角者，（大）〔天〕王帝座廷，其兩旁曰攝提。」魏都賦：「奸回内贔，兵纏紫微。」趙曰：京師兵又滿矣，故曰「纏兵氣」。鉤陳出帝畿。洙曰：西都賦：「周以鉤陳之位。」注：「鉤陳，王者法之，主行宫也。」煙塵昏御道，洙曰：黄道也。耆舊把天衣。洙曰：一云「固無牽白馬，幾至著青衣」。蘇曰：煬帝幸維陽〔一〕，朝廷耆艾把天衣，諫不止。趙曰：父老不欲車駕之行，皆牽挽帝衣。行在

〔一〕維陽，四庫本、杜陵詩史卷一九同此，分門集注卷二作「維楊」，當爲「維揚」之誤。

諸軍闕，蘇曰：漢帝諸軍闕食，肆掠居民。趙曰：言軍士稀少。來朝大將稀。洙曰：吐蕃陷京師，天子幸陝，諸鎮畏程元振、魚朝恩讒構，莫肯奔命。朝廷所恃者，郭子儀一人而已。趙曰：言藩鎮不朝。賢多隱屠釣，王肯載同歸？洙曰：賢者避地，自隱於屠釣，王能爲文王載呂望事否？蘇曰：甯元：「自古賢人哲士，或抱關擊柝，或隱迹屠釣，或雜漁樵。」師曰：日月相鬥，星辰合圍，言天示變異，故盜賊興。執法者，大將之權也。不命將以誅之，則危機不得息。大角纏兵氣，言禄山陷京師，天王之位尚妖氛所纏繞也。鉤陳者，天子之仗。出帝畿，言帝出幸。耆舊把天衣，言父老皆攀車駕。

再有朝廷亂，難知消息真。近傳王在洛，復道使歸洙曰：一作「通」。秦。洙曰：謂傳者不一也。奪馬悲公主，登車泣洙曰：一作「哭」。貴嬪。補注希曰：和政公主下嫁柳潭[一]，安禄山陷京師，主奪潭馬，載寧國公主，身與潭徒步日百里。蕭關迷北上，洙曰：漢武行幸雍，通回中道，遂北出蕭關。迷北上，謂東行陝，故下句有「欲東巡」之句。滄海欲東巡。洙曰：秦始皇東巡海上，銘石勒功。敢料安危體，猶多老大臣。豈洙曰：一作「得」。無嵇紹血，霑灑屬車塵。洙曰：晉書忠義傳：「紹以天子蒙塵，承詔馳詣行在所，值王師敗績於蕩陰，百官及侍衛莫不散潰，唯紹端冕，以身捍衛。紹被害，血汚御服。及

[一] 潭，原作「渾」，據四庫本改。下同。

事定，左右欲浣衣，帝曰：『此嵇侍中血，不可去。』」司馬相如諫獵書云：「犯屬車之清塵。」**師曰**：吐蕃再陷京城，代宗幸陝，故云「再亂」。滄海欲東巡，言代宗幸陝，如始皇之東巡，勞民動衆也。敢料安危體，言朝廷老臣猶多國體，未遽危也。豈無嵇紹血，言艱難之際，衛帝者豈無忠臣義士如嵇侍中者乎？**補注** **希曰**：漢制，大駕（屬車）八十一乘。**師古曰**：「屬者，言其相連續不絶也。屬，之欲反。」

聞說洙曰：一作「道」。**初東幸，孤兒却走多。** **洙曰**：宣帝紀注：「取從軍死事者之子養，羽林官教以五兵，號曰羽林孤兒。少壯者令從軍也。」**趙曰**：此篇聞官軍逃亡之詩。却走，退却而走也。**補注** **鶴曰**：此詩五首多言出幸，然皆追紀當時事，如此篇云「聞說初東幸，孤兒却走多」，足驗其非當出幸時所作。是時公在閬中，故曰「巴山」。殆是巴閬僻遠，聞京師事常後時，故廣德二年春方知元年冬事，因以發其感憤之意，遂名曰「傷春」云。**難分太倉粟，** **洙曰**：漢太倉之粟，紅腐不可食。**趙曰**：言其既走，則雖有太倉之粟，而難與之也。**競棄魯陽戈。** **洙曰**：魯陽公與韓遘戰酣，日暮，援戈而揮之，日爲反三舍。**趙曰**：言戈可以麾戰而反棄之，爲可痛矣。**胡虜登前殿，** **洙曰**：吐蕃陷京師也。**王公出御河。** **洙曰**：出，奔也。**得無洙曰**：一作「忍爲」。**中夜舞，** **洙曰**：晉春秋曰：「祖逖，字士稚，與司空劉琨雄豪著名。時與琨同辟司馬、州主簿，情好綢繆，共被而寢。中夜聞雞鳴，起舞，曰：『此非惡聲。』」**誰洙曰**：一作「宜」。**憶大風歌。** **洙曰**：漢高帝作大風歌云：「大風起兮雲飛揚，安得猛士兮守四方。」**師曰**：代宗出幸，禁軍皆逃竄。難分太倉粟，言國用乏也。競棄魯陽戈，言兵敗北也。英雄之士於斯時豈無覬覦如劉琨者，故曰「得無中夜舞」。誰憶大風歌，言無人守四方也。**春色生烽燧，**洙曰：見悲青坂詩注。**幽人泣薜蘿。**洙曰：謂賢者泣於草野爾。趙曰：幽人，公自謂也。**君臣重修德，猶足見時和。**洙曰：巴、閬僻遠，傷春罷始知春前已收宫闕。

暮春題瀼西新賃草屋五首大曆二年作。

補注 鶴曰：詩云「久嗟三峽客，再與暮春期」，當是大曆二年在瀼西作，是年公方自赤甲遷瀼西，故詩又云「旅食瀼溪雲」。

久嗟三峽客，再與暮春期。修可曰：樂史寰宇記：「渝州有三峽之名，曰西峽、巴峽、巫峽。明月峽在夔州之西，即西峽也。」**百舌欲無語，**趙曰：反舌無聲，在芒種後十日，今謂之欲無語，則暮春之時也。師曰：百舌，江東人謂之信鳥，逢春則效百鳥語，故名百舌。**繁花能幾時。谷虚雲氣薄，波亂日華遲。戰伐何由定，哀傷不在兹。**洙曰：百舌，反舌也，禽名。

此郊千樹橘，不見比封君。洙曰：李衡種甘橘千樹，號千頭木奴。前漢貨殖傳：「蜀、漢、江陵千樹橘，比其人皆與千户侯等〔一〕。」**養拙干戈際，全生麋鹿群。**蘇曰：陳遂曰：「幸得全生於麋鹿群中盡老

〔一〕比，據漢書貨殖傳，乃「此」之訛。

矣。」補注希曰：潘岳〔閬〕（闕）中記曰：「辛孟年七十，與麋鹿同游，世謂之鹿仙。」**畏人江北草，旅食瀼西雲。** 蘇曰：言其客路萍迹，無定計也。古詩云：「旅食如閑雲。」趙曰：畏人在於江北之草間，旅食在於瀼西之雲裏，公之自嘆也。師曰：畏人江北草，言草動則驚，恐盗伏其中也。**萬里巴渝曲，** 洙曰：前漢禮樂志：「巴渝鼓員三十六人。」師古曰：「巴，巴人也。渝，渝人也。當高祖初爲漢王，得巴渝人，與之定三秦滅楚國，存其武樂也。巴渝之樂因此始也。巴即今巴州，渝即今渝州，本蜀都之地。」**三年實飽聞。** 趙曰：自永泰元年至今大曆二年，爲三年矣。補注鶴曰：公以永泰元年五月下忠、渝，至夔，大曆三年正月出峽。今詩題曰「暮春題瀼西新賃草堂」，而詩亦有「再與暮春期」之句，則是大曆二年暮春涉三甲子，故云三年。

綵雲陰復白，錦樹曉來青。身世雙蓬鬢， 趙曰：言身已老而雙鬢如蓬矣。**乾坤一草亭。** 趙曰：言天地之間有此瀼西一草亭也。**哀歌時自短，** 師曰：古詩有短長吟。**醉舞爲誰醒。細雨荷鋤立，** 蘇曰：晁詠因思詩，荷鋤立雨中，衣濕不自覺，人皆愛其苦學。**江猿吟翠屏。** 洙曰：見「眷言終荷鋤」并「却略羅翠屏」注〔二〕。黄曰：陶淵明：「帶月荷鋤歸。」

壯年學書劍， 洙曰：項籍少年學書，不成，去學劍。**他日委泥沙。** 洙曰：言不見用於世。趙曰：公

〔一〕却略羅翠屏，據臨川文集卷三六，乃王安石化城閣詩中句。

自嘆於流落也。事主非無禄，浮生即有涯。高齋依藥餌，絶域改春華。喪亂丹心破，**蘇曰**：辛毗：「值此喪亂，兵戈未定，丹心復將破矣。」王臣未一家。**趙曰**：詩所謂「率土之濱，莫非王臣」也。欲陳濟世策，已老尚書郎。**洙曰**：見「老儒不用尚書郎」詩注。**趙曰**：公官是尚書工部員外郎，故云。不息豺虎鬥〔一〕，**洙曰**：見「豺虎正縱横」注。**趙曰**：豺虎以言盜賊。空慚鴛鷺行。**洙曰**：公曾任拾遺，籍占朝列。時危人事急，風逆羽毛傷。落日悲江漢，中宵淚滿床。

承聞河北諸道節度入朝歡喜口號絶句十二首

補注 **鶴曰**：案末篇云「十二年來多戰場」，當是大曆二年作。然此詩十二首非止言一時事，乃是述安史及吐蕃之亂，而歸於李懷仙之能説諸節度，郭子儀之能息其戰伐，當逐篇以事觀之。蓋河北自寶應元年史朝義未縊死前，諸鎮已多降者，死後無不歸順。案舊史，李懷仙廣德元年檢校侍中，爲幽州節度使。子儀二年兼雲州大都督，單于、鎮北大都護。又（无）〔充〕朔方招撫使。故能使河北諸道節度入朝，如太原節度使辛雲京以是年來朝是也。

〔一〕不，九家集注卷二八、杜陵詩史卷二四、分門集注卷七同此，王洙本卷一四、四庫本作「未」。

禄山作逆降天誅，更有思明亦已無。 洙曰：安禄山、史思明。補注希曰：安禄山以至德二載爲嚴莊所殺，史思明未幾又殺安慶緒，奪其位，乾元二年自稱大聖燕王。事見通鑑。**洶洶人寰猶不定，時時戰鬥欲何須。** 洙曰：時尚有反者。

社稷蒼生計必安，蠻夷雜種錯相干。周宣漢武今王是， 洙曰：周宣中興，漢武雄略，言除去暴亂如漢武，恢復帝業如周宣也。**孝子忠臣後代看。** 趙曰：此篇望諸節度之忠孝如此。

喧喧道路多歌 洙曰：一作「好童」。〔一〕**謡，河北將軍盡入朝。始是乾坤王室正，却教江漢客魂銷。** 洙曰：言亦望朝廷徵用也。趙曰：公因喜諸節度入朝，而傷其流落，未可還闕朝〔玉〕（王）〔二〕。魂銷者，所以重嘆也。

北 洙曰：又云「不」。**道諸公無表來，茫然庶事遣人猜。擁兵相學干戈鋭，使者徒勞萬里迴。** 洙曰：吐蕃之亂，諸道節度無一人救援者，朝廷遣使敦諭，竟不至。補注希曰：吐蕃廣德元年入寇，代宗自十月徵諸道兵，不至，柳伉所謂「四方叛」是也。

〔一〕「洙曰」之注，原誤在「謡」字下，據九家集注卷二八乙正。
〔二〕玉，據四庫本、九家集注卷二八、杜陵詩史卷二四、分門集注卷一五，乃「王」之訛。

鳴玉鏘金盡正臣，洙曰：西征賦：「飛翠緌〔一〕，拖鳴玉，以出禁門者衆矣。」趙曰：鳴玉鏘金，言諸節度之貴。稱爲正臣，則公豈待之以忠義耶？修文偃武不無人。洙曰：武成云：「乃偃武修文。」興王會静妖氛氣，聖壽宜過一萬春。蒼舒曰：世説：「晉武帝問孫皓：『聞南人好作爾(汝)歌，頗爲不〔二〕？』皓正飲酒，因舉觴勸帝而言〔三〕：『昔與汝爲鄰，今與汝爲臣。上汝一杯酒，令汝壽萬春〔四〕。』帝悔之。」英雄見事若通神，聖哲爲心小一身。洙曰：不役天下以自奉。燕趙休矜出佳麗，洙曰：古詩：「燕趙多佳人，美者顔如玉。」宫闈不擬選才人。洙曰：唐制，才人正二千石。趙曰：此篇喜諸節度入朝，既喜其入朝，却防其媚悦而獻佳麗，故預以爲戒。才人，宫中之爵號。抱病江天白首郎，趙曰：公晚年爲尚書工部員外郎也，其字依傍馮唐白首爲郎矣。空山樓閣暮春光。衣冠是日朝天子，草奏何人入帝鄉〔五〕。澶漫山東一百州，韓曰：澶漫，不供貌。削成如桉抱青丘。鄭曰：削平也。青丘，在青州千乘

〔一〕緌，九家集注、文選卷一〇潘岳西征賦作「緌」。
〔二〕「爲」上，四庫本有「能」字。不，四庫本作「否」。
〔三〕而言，四庫本作「歌云」。
〔四〕令，四庫本作「願」。
〔五〕人，九家集注、杜陵詩史、分門集注同此，四庫本、王洙本卷一四作「時」。

縣。**苞茅重入歸關内，王祭還供盡海頭。** 洙曰：左傳：「齊桓問罪楚國，曰：『爾(貢)苞茅不入，王祭不共，無以縮酒。』」

東逾遼水北滹沲， 洙曰：遼水，遼東國水也。山海經云：「大戲之山，滹沲之水出焉。」今在饒陽縣北。

星象風雲喜共和。紫氣關臨天地闊， 趙曰：紫氣關，言函谷關也，周時尹喜爲關吏，望其有紫氣，云當有聖人入關。**黄金臺貯俊賢多。** 洙曰：燕(昭)王置千金於臺上，以延天下之士，謂之黄金臺。

漁陽突騎邯鄲兒， 夢符曰：後漢：「世祖克邯鄲，置酒高會，從容謂馬武曰：『吾得漁陽上谷突騎，欲令將之。』」**酒酣並轡金鞭垂。意氣即歸雙闕舞，雄豪復遣五陵知。** 洙曰：漁陽突騎、邯鄲游俠，其豪俊勇決古有名稱也。五陵，漢之五陵，亦豪俠所聚之地。復遣五陵知，謂復遣爲王臣也。補注 鶴曰：原涉傳：「諸豪及長安五陵諸爲氣節者皆歸慕之。」師古曰：「五陵爲長陵、安陵、陽陵、茂陵、平陵也。」班固西都賦：『南望杜霸，北眺五陵。』然則霸陵、杜陵不在五陵之數也。」

李相將軍擁薊門，白頭惟有赤心存。 蘇曰：馬援曰：「吾白頭老顔，赤心壯志尚存。」趙曰：李相，則節度之稱相公。將軍，則節度之稱將軍者。擁薊門，乃河北諸道節度矣。補注 鶴曰：李相將軍，意是指李懷仙。懷仙廣德元年爲史朝義僞范陽節度使，因中使駱奉仙請降，又遣兵追朝義而縊之，代宗授以檢校侍中，幽州、盧龍等軍節使。事見舊史并通鑑。幽州有薊縣，故云。自是與蔣嵩、田承嗣、張忠志等分河朔而帥之，稱蕃臣。懷仙大曆三年爲其麾下所殺，第未詳何以謂將軍。惟有，一本作「雖老」。竟能盡説諸侯入，知有從來天子尊。趙曰：盡，喜悦諸侯之入朝，蓋天子從來有至尊之勢。

十二年來多戰場，天威已息陣堂堂。洙曰：孫子：「堂堂之陣。」天威，天子之威。神靈漢代中興主，功業汾陽異姓王。補注鶴曰：以代宗比漢宣帝。子儀以寶應元年建卯日爲河中、朔方等節度使，進封汾陽郡王。

得舍弟觀書自中都已達江陵今茲暮春月末合行李到夔州悲喜相兼團圓可待賦詩即事情見乎詞[一]大曆二年春作。

補注鶴曰：題云「今茲暮春月末合到夔州」，當是大曆二年春作，蓋元年暮春方自雲安遷居夔州。

爾到江陵府，何時到峽州。亂離生有別，修可曰：楚詞云：「悲莫悲於生别離。」聚集病應瘳。颯颯開啼眼，朝朝上水樓。老身須付託，白骨更何憂。

[一] 合，四庫本、王洙本卷一四、九家集注卷二八及題下黄鶴注在「行李」下。

喜觀即到〔傷〕（復）題短篇二首大曆二年作。

補注 **鶴曰**：詩云「應論十年事」，又云「終南萬里春」，則是觀自河南來也。公乾元元年冬自華州之東都，二年春尚留，自元年至大曆二年恰十年。當是大曆二年作。

巫峽千山暗，終南萬里春。 **洙曰**：終南山在長安，言去家萬里也。**病中吾見弟，書到汝爲人。** **洙曰**：始爲亂離所隔，則莫知生死也，及書到方知其爲人。**意答兒童問，來經戰伐新。** **趙曰**：兩句通義，自戰伐中來，兒童見之必有所問，已意具一一答之也。**泊船悲喜後，款款話**一作「議」。**歸秦。**

待爾嗔烏鵲， **沈曰**：西京雜記：「鵲噪則行人至。」**抛書示鶺鴒。** **趙曰**：待弟而來，怒烏鵲之〔下〕（不）實[一]。下言喜弟來，故抛書示之。**枝間喜不去，原上急曾經。** **洙曰**：詩：「鶺鴒在原，兄弟急難。」**江閣嫌津柳，** **洙曰**：嫌其隔望眼也。**風帆數驛亭。** **洙曰**：數其驛程也。**應論十年事，愁絶始星星。** **蘇曰**：張禹對鏡，悲鬢始變星星。**趙曰**：舊本作「然絶」[二]，非是。星星，言鬢之白也。

〔一〕待弟而來怒烏鵲之下實，杜陵詩史卷二四、分門集注卷九宗族門作「待弟而來怒烏鵲之不實」，九家集注卷二八作「待其弟來怒烏鵲之不實」，林繼中杜詩趙次公先後解輯校戊帙卷之二作「待弟未來怒烏鵲之不實」，則「而」乃「未」之訛，「下」乃「不」之訛。

〔二〕然，四庫本作「撚」，按，九家集注引趙注云：「舊本作『然絶』，一作『撚絶』，當以『撚絶』爲正。」

喜聞盜賊蕃寇總退口號五首大曆三年作。

補注 鶴曰：詩云「大曆三年調玉燭」，當是其年作。案舊史：「二年，吐蕃九月寇靈州，進寇邠州。十月，靈州奏破吐蕃二萬，京師解嚴。」通鑑云：「十月，路嗣恭破吐蕃於靈州城下，斬首二千餘級。吐蕃引去。」今詩云「今春喜氣滿乾坤，南北東西拱至尊」，當是蕃寇二年退，而詩作於明年之春，故云「三年」。一本作「二年」，而梁權道從而編詩於二年，然元年無吐蕃之亂，雖新史云：「九月，吐蕃陷原州。」而舊史、通鑑俱不言。案志，原州廣德元年已陷吐蕃。詩又云：「蕭關隴水入官軍。」唐志：「蕭關縣在武州。」九域志：「隴水縣在隴州。」而唐志隴州無此縣。蕭關與靈州相近，正是指吐蕃寇靈州，而路嗣恭破之也。

蕭關隴水入官軍，趙曰：蕭關在靈州之傍，隴水則隴州之水。鄭曰：縣屬原州。**青海黃河卷塞雲。**洙曰：見「蕭關迷北上」并「(州)(君)不見青海頭」。趙曰：青海在西，吐蕃之地，黃河則自積石而往。卷塞雲，則無復戰伐，而塞雲卷散也。**北極轉愁龍虎氣，西戎休縱犬羊群。**師曰：蕭關、隴水，皆(奏)(秦)地。北極，喻君。轉愁龍虎氣，言中國氣盛，胡人愁恐也。

贊普多教使入秦，洙曰：贊普，吐蕃主帥。**數通和好止煙塵。**洙曰：按新史本傳：「至德三年，吐蕃使使來請討賊，且修好。」**朝廷忽用哥舒將，殺伐虛悲公主親。**洙曰：吐蕃先爲哥舒翰所殺，不敢近青海。趙曰：開元末，吐蕃金城公主薨，遣使來告，又因請和。明皇不許，以哥舒翰節度隴右。翰攻拔石堡，又擒其相，又破洪濟。

崆峒西極過崑崙，**趙曰**：崆峒在西郡之西，崑崙又在崆峒、西極之西，詩人廣大言其從化之地遠也。

駝馬由來擁國門。逆氣數年吹路斷，蕃人聞道漸星奔。**趙曰**：劉孝標廣絶交論：「靡不望影星奔。」

勃律天西采玉河，**鄭曰**：唐西域傳：「大勃律西與小勃律接。」**堅昆碧碗最來多。****夢符曰**：右按，唐書：「于闐國距京師九千七百里，有玉河，國人夜視月光盛處，〔州〕（必）得美玉[一]。」**鄭曰**：堅昆國在康居西，葱嶺北。**趙曰**：碧碗出堅昆國。**舊隨漢使千堆寶，少答胡王萬匹羅。****趙曰**：舊日以千堆寶隨漢使入貢，而中國所少答者，特萬匹羅。**師曰**：晉平居〔海〕（誨）爲張鄴使于闐判官[二]，作行程記云：「其國采玉之地，玉河在于闐城外，其源出崑山，西流一千三百里至于闐界牛頭山，乃流爲三河：一曰白玉河，在城東；二曰緑玉河，在城西；三曰烏玉河，在緑玉河西。其源雖一，而其玉隨地而變。每歲五六月，大水暴漲，則玉隨流而至。至秋水退，乃可采，人謂之撈玉。」堅昆，亦胡也。

今春喜氣滿乾坤，南北東西拱至尊。大曆三年調玉燭，**趙曰**：爾雅曰：「時和爲玉燭。」**玄元皇帝聖雲孫。****師曰**：爾雅：「四時和爲通正，四氣和爲玉燭。」邢昺疏曰：「四時和氣，温潤明照，故曰玉

[一] 州，據杜陵詩史、分門集注、九家集注、新唐書卷二二一上西域傳上于闐，乃「必」之訛。

[二] 海，據九家集注卷二八及通志卷六六藝文略第四蠻夷，乃「誨」之訛。

子爲雲孫。」注：「言輕遠如浮雲。」唐以老子爲聖祖，封玄元皇帝，故曰「聖雲孫」。

燭。」又釋：「親孫之子爲曾孫，曾孫之子爲玄孫，玄孫之子爲來孫，來孫之子爲昆孫，昆孫之子爲仍孫，仍孫之

即事 大曆二年作。

補注 **鶴曰**：此詩當是大曆二年暮春作，若謂元年，則公方自雲安移居于夔，其詩云「春知催柳別」，又阻久雨，已非今「花氣渾如百和香」之時矣。

暮春三月巫峽長， **洙曰**：盛弘之荆州記：「巴〔州〕（東）三峽巫峽長。」**晶晶行雲浮**一作「無」。**日光。** 晶，胡子切。**趙曰**：陶淵明詩云：「晶晶川上平。」**雷聲忽送千峰雨，花氣渾如百和香。** 和，胡卧切。**洙曰**：古詩：「博山爐中百和香，鬱金蘇合與都梁。」**蘇曰**：解濟游樂游園，云：「日烘花氣，如百和香惹衣，雅然宜數數行樂。」**補注** **希曰**：漢武帝時，月支國嘗進百和香。**黄鶯過水翻迴去，燕子銜泥濕不妨。飛閣卷簾圖畫裏，虚無只少對瀟湘。** **趙曰**：雖眼前之山水如畫圖，而其所虚無，只欠少瀟湘爲對也。

見螢火 大曆二年作。

補注 **鶴曰**：詩云「巫山秋夜螢火飛」，當是大曆二年作。二年之秋在瀼西及東屯居，今詩又云「忽驚屋裏

琴書冷，復亂檐前星宿稀」，是時已有定居矣。

巫山秋夜螢火飛，簾疏巧入坐人衣。**趙曰：**言入於坐人之衣也。忽驚屋裏琴書冷，復亂檐前星宿稀。却繞井欄添箇箇，偶經花蕊弄輝輝。滄江白髮愁看汝，來歲如今歸未歸。

送十五弟侍御使蜀大曆元年作。

補注 **鶴曰：**「數杯巫峽酒，百丈内江船」，又云「未息豺狼鬥」，蓋指崔旰輩相攻，當是大曆元年。

喜弟文章進，添余别興牽。數杯巫峽酒，百丈内江船。**洙曰：**水自（消）（渝）上合者〔一〕，謂之内江，自渝由戎、瀘上蜀者，謂之外江。未息豺狼鬥，戰爭。空催犬馬年。**洙曰：**以自稱其年，故從卑賤。晉陶侃臨終上表曰：「臣猶爲犬馬之齒，故尚可少延。」歸朝多便道，搏擊望秋天。**洙曰：**便道，間道也。**田曰：**舊唐史：「（栢）（桓）彦範舉楊嶠爲御史〔二〕，嶠不樂搏擊之任。」**師曰：**御史之擊搏奸回，如鷹逢秋擊搏鳥獸。

〔一〕消，據分門集注卷九、九家集注卷二八，乃「渝」之訛。
〔二〕栢，據九家集注、舊唐書卷一八五下陽嶠傳，乃「桓」之訛。

暮春大曆元年作。

補注鶴曰：詩云「卧病擁塞在峽中」，當是大曆元年初還夔州時作。蓋公在雲安已卧病矣。

卧病擁塞在峽中，瀟湘洞庭虛映空。趙曰：言瀟湘、洞庭虛在彼處映空，而我卧病於此，不得見之也。楚天不斷四時雨，蘇曰：蜀邛郲山後四時常無晴日，梁、益稱爲漏天。古詩：「地近漏天經歲雨。」巫峽長吹千里風。洙曰：巫峽多風。沙上草閣柳新暗，城邊野池蓮欲紅。暮春鴛鷺立洲渚，挾子翻飛還一叢。趙曰：叢，聚也，言鴛鷺與子叢聚也。

晴二首大曆元年作。

補注鶴曰：詩云「久雨巫山暗」，當是大曆元年初到夔州時作。公方還居，時有雨，濕不得上岸，又有雨不絶詩。

久雨巫山暗，新晴錦繡文。洙曰：江山晴明，風物鮮麗，若錦繡也。碧知湖外洙曰：一作「上」。草，趙曰：洞庭湖之外遂連青草湖也。補注希曰：湖外草非指青草湖而言，止是見巫山之文如錦繡，因以知湖草之碧耳。加一「知」字，可明其非見也。紅見海東雲。趙曰：言日出之處紅雲也。竟日鶯相和，摩霄鶴數群。野花乾更落，風處急紛紛。

啼烏争引子〔一〕，鳴鶴不歸林。下食遭泥去，高飛恨久陰。雨聲衝塞盡，日氣射江深。迴首周南客，**洙曰**：太史公留滯周南。驅馳魏闕心。**洙曰**：天子之門兩闕，謂之象魏。**夢符曰**：吕氏春秋曰：「中山公子牟謂詹子曰：『身在江海之上，心居魏闕之下，奈何？』」

雨大曆元年作。

補注 **鶴曰**：詩云「干戈盛陰氣，未必自陽臺」，當是指崔旰、〔拍〕（柏）茂林、楊子琳輩相攻。大曆元年作。

始賀天休雨，還嗟地出雷。**洙曰**：雷出地奮，豫。**補注** **希曰**：既雨而雷，乃陽縱陰盛之證，故干戈不息。詩云「蛟龍鬥不開」，當是張獻誠、楊子琳、〔柏〕（柏）茂林並起兵討崔旰。驟看浮**洙曰**：一作「巫」。峽過，密作渡江來。牛馬行無色，**洙曰**：秋水篇：「不辨牛馬。」蛟龍鬥不開。干戈盛陰氣，**蘇曰**：月令：「天地不時，陽衰陰盛，君弱臣强，即生兵戈。」未必自陽臺。**洙曰**：因陰氣盛而多雨，非必來於陽臺也。陽臺，謂暮爲行雨。

〔一〕烏，四庫本作「烏」，蕭注本卷一五此字校云：「烏，蔡甲本作『鳥』，誤。」

月三首大曆二年作。

補注鶴曰：當是大曆二年作，然三首非一時而成，以其俱在夔作，故題曰三首。梁權道編在元年，然第二篇云「羇栖秋裏見，二十四迴明」，蓋公自永泰元年秋至雲安，及今二年秋爲二十四迴明也。然第三首云：「萬里瞿塘峽，春來六上弦。」則是三月詩，故云非一時而成。

斷續巫山雨，天河此夜新。洙曰：天河，銀漢。**若無青嶂月，愁殺白頭人。**蘇曰：李愬隱首陽山，中秋夕携酒，友人曰：「若無明月，豈不愁人也？」**魍魎多**洙曰：一作「移」。**深樹，**洙曰：月明則魍魎遁逃，故多深樹。**蝦蟆動半輪。**洙曰：月中有蝦蟆、白兔。**故園當北斗，**洙曰：北斗，辰極也，公家在長安。趙曰：説者謂，長安上直北斗。**直想照西秦。**

併照巫山出，新窺楚水清。補注希曰：舊史志云：「巫山，漢巫縣，屬南郡，隋加『山』字，以巫山硤爲名。舊治巫子城。」新史志云：「巫山縣，有巫山。」夔本春秋魚國，後屬楚，有楚宮，水故謂之楚水。**羇栖秋見裏**〔一〕**，**洙曰：一作「愁裏見」。**二十四迴明。**趙曰：指言在夔歷望夜凡二十四迴也。**必驗升沉體，**洙曰：以其朝暮也。**如知進退情。**洙曰：謂不違弦望。**不違銀漢落，**洙曰：鮑明遠詩：「夜移衡漢落。」

〔一〕秋，四庫本作「愁」。

亦伴玉繩横。**洙曰**：謝靈運詩[一]：「玉繩低建章。」**趙曰**：玉繩，星〔合〕（名）[二]。凡夜深則玉繩低。**補注** 希曰：春秋元命苞：「玉衡南兩星爲玉繩星。」

萬里瞿塘峽，**洙曰**：一作「月」。春來六上弦。時時開暗室，**趙曰**：言在夔州凡六見上弦也。故故滿青天。爽合風襟静，當空淚臉懸[三]。**趙曰**：公以羈旅在外，傷時感舊也。南飛有烏鵲，**洙曰**：古詩：「月明星稀，烏鵲南飛。」夜久落江邊。

園大曆二年作。

補注 **鶴曰**：詩云「畦蔬繞茅屋，自足媚盤餐」，當是大曆二年夏居瀼溪時作，故詩又云「碧溪摇艇闊」。

仲夏多流水[四]，清晨向小園。碧溪摇艇闊，**蘇曰**：何遜京口詩云：「碧溪水色闊，摇艇煩舟子。」朱果爛枝繁。始爲江山静，終防市井喧。畦蔬繞茅屋，自足媚盤餐。**趙曰**：媚，宜也。左傳：「盤餐加璧。」

[一] 謝靈運，據文選卷二六謝朓暫使下都夜發新林至京邑贈西府群僚詩，乃「謝玄暉」之訛。
[二] 合，據杜陵詩史卷二九、分門集注卷一、九家集注卷二八，乃「名」之訛。
[三] 當空，四庫本作「高當」。
[四] 多流水，杜陵詩史卷二五、分門集注卷一〇、王洙本卷一四、九家集注卷二八作「流多水」。

歸大曆二年作。

補注 **鶴曰**：詩云「東西却渡船」，當是指瀼東西而言，乃大曆二年作。

束帶還騎馬，東西却度船。林中才有地，峽外絶無天。**洙曰**：夔州居山水間，在峽中，故號爲稍平。**趙曰**：若盧仝詩：「低頭雖有地，仰面若無天。」虚白高人静，**洙曰**：莊子謂：「虚室生白。」喧卑俗累牽。**洙曰**：喧卑，囂雜貌，以俗累之牽人者如此。**趙曰**：鮑明遠舞鶴賦：「歸人寰之喧卑。」他鄉悦遲暮，不敢廢詩篇。

諸葛廟大曆二年作。

補注 **鶴曰**：詩云「久游巴子國，屢入武侯祠」，當是大曆二年。而梁〔懷〕(權)道編在元年，恐非。

久游巴子國，**程曰**：寰宇記：「夔州，春秋時夔子國，後爲楚地。秦滅楚，置郡，即爲巴郡。」屢入武侯祠。竹日斜虚寢，溪風滿薄帷。君臣當共濟，賢聖亦同時。翊戴歸先主，并吞更出師。**洙曰**：翊戴，言輔翊尊戴劉氏也。并吞，謂出師表有并吞中國之志。蟲蛇穿畫壁，巫覡醉蛛絲。覡，研歷切。**夢符曰**：右按，前漢志：「民之精爽不二，齊肅聰明者，神或降之，在男曰覡，在女曰巫。使制神之處位，爲之牲器。」以見廟弊，巫覡醉於蛛絲中也。欻憶吟梁父，躬耕起未遲。**洙曰**：亮耕南陽，作梁父吟。**趙**

曰：舊本作「也未遲」，非。

豎子至大曆二年作。

補注鶴曰：詩云「豎子」，即阿段，公嘗遣同女奴阿稽往問刈稻，及有示獠奴阿段者，猶今之小奚也。當是大曆二年作。

楂梨且洙曰：一作「纔」。**綴碧，**楂，莊加切。**梅杏半傳黄。小子幽園至，輕籠熟棕香。**補注希曰：棕有二種，潘岳賦所謂「二棕曜丹白之色」也。**山風猶滿地**〔一〕**，野露及新嘗。欹枕**洙曰：一作「欲寄」。**江湖客，提携日月長。**趙曰：豎子所摘來之熟棕，正欲寄遠，而道路長阻，費時日也。師曰：壺中日月長，携持日月，長携壺以將柰之〔二〕。

舍弟觀歸藍田迎新婦送示二首大曆二年作。

補注鶴曰：詩云「汝去迎妻子，高秋念却迴」，又云「滿峽重江水，開帆八月舟」「此時同一醉，應在仲宣

〔一〕地，四庫本作「把」。
〔二〕「柰之」下，疑有脱文。

樓」，是大曆二年夏作。

汝去迎妻子，高秋念却迴。即今螢已亂，好與雁同來。東望西江水，趙曰：舊作「水」，善本作「永」是。蜀江謂之西江，公欲泛舟南下，以楚之上游，而西江之盡處在其東，故東望其永。詩：「江之永矣，不可方思。」彦輔曰：水，當作「永」。南游北户開。趙曰：成南游則見北户之開。吴都賦云：「開北户以向日。」卜居期静處，會有故人杯。蘇曰：郭林宗曰：「吾當北居静處，期友人野酌放浪。」趙曰：卜居静處，當有故人之來。

楚塞難爲路，洙曰：一作「别」。藍田莫滯留。衣裳判白露，鞍馬信清秋。滿峽重江水，開帆八月舟。補注希曰：重江，謂江非一，如北江、中江、大江之水，皆自峽下荆州，故云。此時同一醉，應在仲宣樓。趙曰：王粲，字仲宣，劉表時在荆州，（田）（因）登樓而作賦，其後指荆州樓爲仲宣樓。

季夏送鄉弟韶陪黄門從叔朝謁從，才用切。大曆元年。

補注鶴曰：詩云「比來相國兼安蜀」，當是杜鴻漸大曆元年爲劍南節度，二年歸朝，韶陪從其歸。黄門，謂鴻漸以黄門侍郎同平章事鎮蜀。唐志：「龍朔二年，改黄門侍郎曰東臺侍郎，乾元元年，又曰黄門。」蓋漢有給事黄門侍郎，晉有黄門侍郎。

令弟尚爲蒼水使，趙曰：吴越春秋：「禹登衡岳以祭，夢見赤繡衣男子，稱玄夷蒼水使者，曰：『聞帝使文命于斯〔一〕，故來候之。』」**名家莫出杜陵人。**洙曰：杜陵有南、北杜，最爲名家。**比來相國兼安蜀，**洙曰：杜鴻漸以相國入蜀，平崔旰之難，尋表旰爲節度使，還朝。**歸赴朝廷已入秦。捨舟策馬論兵地，**趙曰：以同行，二人所以可論兵矣。**拖玉腰金報主身。**洙曰：西征賦：「拖鳴玉，以出入禁門。」腰金，帶也。鄭曰：拖，託何切，曳也。**莫度清秋吟蟋蟀，**洙曰：潘安爲黄門，作秋興賦云：「蟋蟀鳴乎軒屏。」**早聞黄閣畫麒麟。**趙曰：漢武帝畫功臣於麒麟閣上也。師曰：時崔旰成都作亂，杜鴻漸以黄門侍郎領相職，入蜀平其亂，遂還朝，故有「相國安蜀」「歸朝入秦」之語。昔潘安爲黄門，作秋興賦云：「蟋蟀鳴乎軒屏。」子美勉鴻漸莫空度時節，淹留於蜀，早歸論功，畫象于麒麟閣也。

熱三首大曆元年作。

補注 **鶴曰：**詩云「十年可解甲」，當是大曆元年在夔州作。蓋禄山天寶十四載十一月反，其亂方息，而吐蕃又入寇，至是凡十年。又詩語不及瀼溪也。

〔一〕 文，據吴越春秋卷四越王無余外傳，乃「丈」之訛。

雷霆空霹靂，雲雨竟虚無。炎赫衣流汗，低垂氣不蘇。乞爲寒水玉，願作冷秋菰。革曰：寒水玉，水精也。菰，蒲也。成於冷秋，二物皆凉，故願爲之。何似兒童歲，風凉出舞雩。洙曰：冠者五六人，童子六七人，浴乎沂，風乎舞雩，詠而歸。

瘴雲終不滅，師曰：瘴雲，乃炎瘴之雲。瀘水復西來。洙曰：瀘，龍都切。孫曰：瀘水出瀘州，屬蜀道。補注鶴曰：唐志「嶲州」云：「又經菁口、會川四百三十里至河子鎮城，又三十里渡瀘水。」「姚州」下云：「自嶲州南至西瀘，經陽蓬、鹿谷、菁口、會川四百五十里至瀘州，乃南渡瀘水。」即孔明所渡者。孫謂出瀘州，則非，殆水經其州耳。閉户人高卧，蘇曰：黄起雨中見竇朴，朴家貧，揜蓬門高卧，長嘯自若。起嘆曰：「袁安卧雪，人俱稱賢，竇夫子雨中高卧，不讓古人也。」歸林鳥却迴。趙曰：人高卧而但睡，鳥不安而又飛，以見其熱之甚矣。峽中都似火，江上只空雷。想見陰宮雪，風門颯踏開。孝祥曰：宫中暑月積雪爲山，取其陰凉。

朱李沉不冷，雕胡炊屢新。洙曰：魏文帝書：「浮甘瓜於清泉，浸朱李於寒水。」沈休文：「長袂屢以拂，雕胡方自炊。」將衰骨盡痛，被褐洙曰：一作「暍」。味空頻。趙曰：暍，音於歇反，傷暑也。夏禹扇暍，武王亦扇暍。欻許律反。翕炎蒸景，飄颻征伐人。十年可解甲，爲爾一霑巾。洙曰：憫其經寒暑而不得休息也。蘇曰：孫約征伐，十年不解甲兵。師曰：雕胡，即菰米。被褐，言其賤也。身賤而味重，併享此，寧不傷征戍者十年不得解甲乎[一]？

返照大曆二年作。

補注 **鶴曰**：詩云「楚王宮北正黄昏」，又云「不可久留豺虎亂」，當是大曆二年作。豺虎，謂楊子琳之徒攻擊未已也。明年春果下峽。

楚王宮北正黄昏，白帝城西過雨痕。返照入江翻石壁，歸雲擁樹失山村。 **趙曰**：如鮑昭詩：「霧失交河城。」**衰年肺病唯高枕，絶塞愁時早閉門。不可久留豺虎亂，** **蘇曰**：燕寧與子祝書曰：「晉地豺虎正亂，不可久留，速鞭馬來關中，甚佳。」**南方實有未招魂。** **趙曰**：公自言也。客於南楚，魂魄飛越，實爲未招也。補注 **鶴曰**：公屢以諸鎮之强比豺虎，是時瀘〔川〕（州）刺史楊子琳攻崔旰未已，公潛其將變，故云。明年果陷成都，殺夔州别駕張忠。因楚辭招魂云：「魂兮歸來，南方不可以止。」故用其語以自喻。

示獠奴阿段 **鄭曰**：獠，魯皎切。大曆元年作。

補注 **鶴曰**：獠奴，乃公之隸人也，前所謂豎子阿段者。公有引水〔時〕（詩），乃大曆元年作，此亦其時

[一] 戍，四庫本作「伐」。

作也。

山木蒼蒼落日曛，竹竿裊裊細泉分。**洙曰**：以竹引水也。郡人入夜争餘瀝，**趙曰**：以筒引水，其水涸塞不通，故郡人止争餘瀝耳。稚子尋源獨不聞。病渴三更迴白首，**趙曰**：惟阿段者，獨能尋源修筒，水而至焉。公有渴疾，賴此水爲多。傳聲一注濕青雲。**趙曰**：以修筒之後，水來之聲自傳聞矣。曾驚陶侃胡奴異，怪爾常穿虎豹群。**洙曰**：此詩全章皆引泉事，惟陶侃胡奴，傳記不録。**蘇曰**：侃得胡奴，甚不喜語言，常默坐。侃一日出郊，執鞭隨之，胡僧見而驚禮曰：「此海山使者也，因念墮下。」侃異之。至夜失其所在。**師曰**：此詩乃命獠奴以竹引水以濟病渴。常穿虎豹群，言入山以理水筒也。

簡吳郎司法大曆二年作。

補注 **鶴曰**：詩云「有客乘舸自忠州，遣騎安置瀼西頭」，又云「風江颯颯亂帆秋」，蓋公大曆二年秋自瀼西遷東屯，故以草堂借吳郎也。當是大曆二年作。

有客乘舸自忠州，遣騎安置瀼西頭。**洙曰**：前詩注所謂瀼東、瀼西者。古堂本買藉疏豁，借汝遷居停宴游。**趙曰**：借吳司法，自舟中遷來，以居停宴游。雲石熒熒高葉曉，**洙曰**：一作「曙」。風江颯颯亂帆秋。却爲姻婭過逢地，**夢符曰**：按爾雅：「婦父母、婿之父母相謂爲婚姻，兩婿相謂爲亞。」

注：「詩云：『瑣瑣姻婭。』今江東人呼同門爲僚婿。」**許坐曾軒數散愁。**

又呈吴郎 大曆二年作。

補注 **鶴曰：** 詩云「堂前撲棗任西鄰，無食無兒一婦人」，當是西鄰有寡婦困窮者，告吴郎使聽其竊園利也。同前篇一時作。

堂前撲棗任西鄰， **夢符曰：** 按漢王吉傳：「東家棗垂吉庭，其妻取棗啖吉，吉知，去婦。鄰人欲伐樹，吉乃還婦。里語曰：『東家棗完，去婦復還。』」**趙曰：** 公舊嘗見有撲棗者矣，今告吴郎以任從之。**無食無兒一婦人。不爲困窮寧有此，** **蘇曰：** 東晳赴孝廉舉，謂友人曰：「不爲養親困窮，寧有此態耶？」**祇緣恐懼轉須親。** **趙曰：** 言探斯婦之情，乃困窮所致。又告吴郎當念其恐懼，宜更親之。**即防** **洙曰：** 一作「知」。**遠客雖多事，使** **洙曰：** 一作「便」。**插疏籬却甚真。** **趙曰：** 言雖任鄰婦取棗，然吴郎以遠方來，當謹藩籬以防他寇，亦不害爲真耳。**已訴徵求貧到骨，正思戎馬淚盈巾。**

黄氏補千家集注杜工部詩史卷之二十八

黄氏補千家集注杜工部詩史卷之二十九

七月一日題終明府水樓二首大曆元年作。

補注 鶴曰：詩云「楚江巫峽半風雨，清簟疏簾看弈棊」，當是大曆元年在夔州作。意終明府是奉節宰，故又云「爲政風流今在兹」。

高棟層軒已自凉，秋風此日灑衣裳。**洙曰**：招魂：「高堂邃宇，檻層軒。」劉公幹詩：「涕泣灑衣裳。」**定功曰**：春秋緯書：「高棟深宇。」齊王（儉）〔踐〕〔餞〕從兄詩[一]：「念别開曾軒。」翛然欲下陰山雪，**洙曰**：范彦龍詩：「寒沙四面平，飛雪千里驚。風斷陰山樹，霧失交河城。」陰山，匈奴山名，吐谷渾西附陰山，其地四時常有冰雪，雖六、七月，雨雹甚盛。不去非無漢署香。**洙曰**：尚書郎，漢置，四人，口含雞舌香，以其奏事答對，欲使氣息芬芳。**趙曰**：署，指書省署也。公官爲工部員外郎，其在省也，自宜應有含香之制。今以爲客，不去耳。絶壁過雲開錦繡，**洙曰**：夔峽路有錦繡岩。疏松隔水奏笙簧。**洙曰**：天籟是也。看

[一]「齊王」下，據九家集注卷二九及藝文類聚卷二九人部十三别上所載齊王儉後園餞從兄豫章詩，脱「儉」字。踐，據九家集注、藝文類聚，乃「餞」之訛。

君宜著王喬履，真賜還疑出尚方。洙曰：終明府，功曹也，兼攝奉節令，故有此語。仁觀奏即真也。後漢方術傳：「王喬顯宗世爲葉令。喬有神術，每月朔常自縣詣臺朝。帝怪其來數而不見車騎，密令太史伺望之，言其臨至輒有雙鳧從東南飛來。於是候鳧至，舉羅張之，但得一雙舄焉。乃詔尚方診視，則四年中所賜尚書官屬履也。」前漢百官公卿表：「尚方，主作禁器物。」師古曰：「尚方，少府之屬官也，作供御之器物也。」宓子彈琴邑宰日，洙曰：呂氏春秋曰：「宓子賤治單父，彈琴，身不下堂而治之。」終軍棄繻英妙時。洙曰：終軍傳：「年十八，選爲博〔上〕〔士〕。初，軍從濟南當詣博士，步入關，關吏與軍繻，軍問：『以此何爲？』吏曰：『爲復傳還，當以合符。』軍曰：『〔文天〕〔丈夫〕西游〔一〕，不復傳還。』棄繻而去。後爲謁者使，行郡國，建節東出關，關吏識之，曰：『此使者乃前棄繻生也。』」承家節操尚不泯，師曰：潘安仁西征賦：「終童山東之英妙，賈生洛陽之少年。」承家，言繼終軍家風也。爲政風流今在兹。可憐賓客盡傾蓋，洙曰：鄒陽傳曰：「古語：白頭如新，傾蓋如故。」文穎曰：「傾蓋，猶交蓋駐車也。」何處老翁來賦詩。洙曰：公自謂也。傳：「鄭〔十〕〔七〕子賦詩〔二〕。」魏文帝曰：「已成老翁，但未白頭。」楚江巫峽半雲雨，洙曰：宋玉高唐賦：「妾在巫山之陽，高丘之隈。朝爲行雲，暮爲行雨。」清簟疏簾看弈棋。洙曰：謝玄暉：「珍簟清夏

〔一〕文天，據杜陵詩史卷二三、分門集注卷五、九家集注卷二九，乃「丈夫」之訛。

〔二〕十，據左傳襄公二十七年，乃「七」之訛。

室。」江淹賦：「夏簟清兮晝不暮。」魏文帝書：「彈棋間設，終以博弈。」

送李八秘書赴杜相公幕新添。大曆二年作。

補注鶴曰：案舊史，杜鴻漸大曆二年六月戊戌自蜀入朝，而今詩云「貪趨相府今晨發，恐失佳期後命催」，又云「巫峽秋濤天地迴」，當是大曆二年七月作。

青簾白舫益州來，蘇曰：劉濬自益州歸荆渚，白舫百棹，皆繡帆青簾，多載妓女，峽人呼爲天上樓船。**巫峽秋濤天地迴。石出倒聽楓葉下，**洙曰：灩滪堆。**櫓搖皆指菊花開。貪趨相府今晨發，恐失佳期後命催。南極一星朝北斗，**洙曰：晉天文志：「北極，北而最尊者也。天運無窮，三光迭曜，而星辰不移，故曰『居其所而衆星共之』，人君之象也。」趙曰：南極，以言李公在楚而往，是爲南極之星。北斗，指長安，蓋上直北斗，而號北斗城也。**五雲多處是三台。**洙曰：五雲，五色雲也。三台，上台、中台、下台也。趙曰：晉天文志：「三台六星，兩兩而居，三公之位也。」指杜相。補注鶴曰：晉天文志又云：「老人一星，在弧南，一曰南極。」蓋此星喻杜鴻漸之老也。

秋日夔府詠懷奉寄鄭監審李賓客之芳一百韻[一]　一云「千字」。大曆元年作。

補注　鶴曰：詩云「飄零仍百里」，謂雲安至夔百三十里，今又自雲安飄零至夔也。當是大曆元年秋作。

絶塞烏蠻北，洙曰：（雋）（巂）州以西有蠻，號烏白。孤城白帝邊。洙曰：公孫述更魚復縣爲白帝城。飄零仍百里，蘇曰：吴靖爲長沙令，一日自（漢）（嘆）曰：「讀五車書，辛苦十年，不得綴鴛鷺班。髮白蹤迹飄零，尚爲百里。陶元亮復何人耶？」消渇已三年。洙曰：司馬相如有消渇病。雄劍鳴開匣，洙曰：雷焕得雙劍於酆城，劍有雌雄。群書滿繫船。洙曰：一云「所向皆窮轍，餘生且繫船」。亂離心不展，洙曰：詩：「亂離莫矣[二]。」不展，謂憂心如結也。衰謝日蕭然。洙曰：名迹消泯也。筋力妻孥問，洙曰：一作「覺」。菁華歲月遷。洙曰：陶徵士（詩）（誄）[三]：「菁華隱没。」注：「菁華，猶英華也。」登臨多物色，陶冶賴詩篇。洙曰：登高臨遠，多有景物，所以象其變態者，有詩以陶成之爾。陶，如陶者之埏埴。冶，如冶工之鎔鑄。峽束滄江起，岩排石樹圓。趙曰：善本作「古」字，作「石樹」非[四]。拂雲霾楚氣，

[一] 之芳，原刻爲大字，杜陵詩史卷二七同此，四庫本「審」「之芳」皆作大字，此據上「審」字例及分門集注卷一八、九家集注卷二九改爲小字。

[二] 莫，九家集注作「瘼」。

[三] 陶徵士詩，四庫本、杜陵詩史、分門集注同此，據九家集注及文選卷五七顔延年陶徵士誄并序，乃「陶徵士誄」之訛。

[四] 「作石樹」上，原有一墨丁，四庫本作「此」，杜陵詩史無字或墨丁，分門集注作「舊」。

鄭曰：霾，謨皆切，風雨上〔一〕。泰伯曰：此句謂霧瘴之氣拂雲天也。朝海蹴吴天。趙曰：言江漢朝宗于海，其勢蹴踏吴國之天也。煮井爲鹽速，洙曰：蜀都賦曰：「濱以鹽池。」注：「巴東北新井縣水出〔也〕〔地〕〔二〕，如涌泉，可煮以爲鹽。」補注 希曰：唐志，奉節縣有永安井鹽官，雲安、大昌亦俱有鹽官。九域志：雲安軍，本雲安縣，而云有章井一鹽場，團雲一鹽井。大寧監，本大昌縣，而云有泉鹽井。按方輿記：「伏牛山左右山有鹽井，州人置竈，煮以充用。」燒畬度地偏。畬，詩遮切。度，達各切。洙曰：峽土瘠确，暖氣晚達，故民燒地而耕，謂之火耕，亦謂之畬田。有時驚叠嶂，洙曰：任彦升詩：「叠嶂易成響。」何處覓平川。洙曰：峽中無川也。鸂鶒雙雙舞，獮猴壘壘懸。洙曰：壘壘，重叠貌。碧蘿長似帶，錦石小如錢。蘇曰：黄牛峽出錦石，圓如錢，上有五綵花紋。隋煬帝時，張异來獻，帝號曰春池叢玉。春草何曾歇，洙曰：謝靈運詩：「芳草亦未歇。」寒花亦可憐。洙曰：張景陽詩：「寒花發黄彩。」師曰：夔地暖，春草寒花，四時不斷。獵人吹戍火，趙曰：謂之戍火，則有屯戍在白帝城也，獵人至其上。野店引山泉。洙曰：峽民依山而居，故鮮水，常以竹引山泉而食。師曰：自「峽東滄江起」至「野店引山泉」，皆述夔風景也。喚起搔頭急，洙曰：西京雜記：「武帝過李夫人，就取玉簪搔頭，自此後宫人搔頭皆用玉。」搔頭，〔刀〕〔乃〕抓頭也。

〔一〕上，原作「土」，蓋爲刻工刻反，四庫本、杜陵詩史、分門集注作「土」，當以「上」爲是。
〔二〕也，分門集注同此，杜陵詩史作「池」，九家集注作「地」，當以「地」爲是。

何遜云：「金粟裏搔頭。」**師曰**：喚起，鳥也，晨鳴之鳥喚人睡起，因以得名。前輩詩云：「喚起窗全曙，催歸日未西。」東坡謂：「喚起、催歸，二鳥名。」古人用事，後世不知，多作虛字解釋，其失前賢之旨遠矣。**扶行幾屐穿**。**洙曰**：阮孚性好屐，客有詣孚，正見自蠟屐，因自嘆曰：「未知一生能著幾緉屐？」神色自閑暢。**師曰**：扶，竹杖也〔一〕。扶行遍歷，故屐齒穿。**兩京猶薄產，四海絶隨肩**。**洙曰**：公有田在韋杜。絶隨肩，言無故舊也。**幕府初交辟**，**洙曰**：蔡邕薦邊讓於何進，曰：「幕府初開，博選清英。」**郎官幸備員**。**洙曰**：公爲郎備員。備，備數而已，言不事事。**趙曰**：嚴武東、西川爲節度使，辟公爲參謀，故云「交辟」。時公爲尚書工部員外郎。備員，公自謂也。**補注** **鶴曰**：申屠嘉傳：「爲丞相，備員而已。」儒林傳：「文學掌故補郡屬，備員。」師古曰：「備員者，示以升擢之非（藉）（籍）實用也。」**瓜時猶旅寓**，**洙曰**：莊八年：「齊侯使連稱、管至父戍葵丘，瓜時而往，曰：『及瓜而代。』」**萍泛若夤緣**。**洙曰**：謝靈運詩：「蘋萍泛（深沉）（沉深）。」**藥餌虛狼籍**，**洙曰**：謝靈運詩：「藥餌情所止，衰疾忽在斯。」陸賈：「名聲籍甚。」注：「言狼籍甚盛。」**秋風灑靜便**。**趙曰**：謝靈運詩：「還得靜者便。」**開襟驅瘴癘**，**洙曰**：峽多嵐瘴，氣候蒸濕，故多瘴癘。憂愁鬱結者，易爲所困，故開襟以驅之。**明目掃**洙曰：一作「拂」。**雲煙**。**洙曰**：史：「明目張膽。」（顏）延年詩：「城闕生雲

〔一〕竹，杜陵詩史、分門集注作「行」。

煙。」蘇曰：魯肅：「雲煙掃盡，明目望遠。」**高宴諸侯禮，**趙曰：赴藩侯之宴會。**佳人上客前。**洙曰：古詩：「主人愛上客。」**哀箏傷老大，**洙曰：魏文帝書：「哀箏順耳。」**華屋艷神仙。**洙曰：曹子建箜篌引：「空存華屋處，落落歸丘山。」古詩：「金屋羅神仙。」**南内開元曲，常時弟子傳。**鄭曰：明皇所在。補注鶴曰：按唐志：「興慶宫在皇城東南，距京城之東。開元初置，至十四年又增廣之，謂之南内。」**法歌聲變轉，滿坐涕潺湲。**洙曰：都督柏中丞筵，(開)〔聞〕梨園弟子李仙奴歌。明皇雜録云：「天寶中，上命宫中女子數百人爲梨園弟子，皆居宜春北院。上素曉音律，時有馬仙期、李龜年、賀懷(志)〔智〕皆洞知律度。安禄山自范陽入覲，亦獻白玉簫管數百事，皆陳於梨園。自是音響殆不類人間。其後李龜年流落江南，每遇良晨勝景〔一〕，爲人歌闋，座上聞之者，莫不掩泣而罷酒。有梨園法曲及霓裳曲，至今尚存。」**吊影夔州僻，**洙曰：言獨客夔州，旁無親舊，惟與影相吊而已。李令伯陳情表：「煢煢孑立，形影相吊。」**回腸杜曲煎。**洙曰：宋玉高(石)(唐)賦〔口〕(曰)：「感心動(且)〔耳〕，回腸(傷)氣。」〔二〕趙曰：公在長安，家于杜曲，故懷杜曲而回腸煎熬也。**即今龍厩水，莫帶犬戎羶。**洙曰：犬戎，吐蕃是也，謂陷京師。趙曰：兩京龍厩門，苑馬門也，故憂以今龍厩門邊之水，莫爲犬戎所羶污乎。**耿賈扶王室。**洙曰：耿、賈，後漢二十八將耿弇、賈復也。論曰：「賈、

〔一〕晨，杜陵詩史、分門集注同此，四庫本、九家集注作「辰」。

〔二〕「高石賦口感心動且回腸氣」句，四庫本、杜陵詩史、分門集注亦均有多處脱訛之誤，據九家集注、文選卷一九校正。

耿之洪烈。」又：「翼扶王運。」**蕭曹供御筵**[一]。**洙曰：**蕭、曹之功，尊拱漢室。**趙曰：**思廟堂大臣有耿、賈、蕭、曹者，可以伐叛而息兵。**秉威滅蜂蠆，洙曰：**左傳：「公卑邾不設備，臧文仲曰：『蠭蠆有毒，而況國乎？』」**戮力效鷹鸇。洙曰：**左傳：「季文子使太史克對曰：『先大夫臧文仲教行父事君之禮，曰：見有禮於其君者，事之，如孝子之養父母也。見無禮於其君者，誅之，如鷹鸇之逐鳥雀。』」**舊物森猶在，洙曰：**哀元年傳：「祀夏配天，不失舊物。」**凶徒惡未悛。洙曰：**左傳：「子家亦無悛志。」注：「悛，改痛也。」**國須行戰伐，人憶止戈鋋。洙曰：**言人厭兵革也。光武紀：「道未方古，亦止戈之武焉。」東都賦：「戈鋋彗雲。」注：「矛稍也。」**奴僕何知禮，恩榮錯與權。洙曰：**公孫洪傳贊曰[二]：「衛青奮於奴僕。」言以恩而假奴僕以權，任人之失也。**蘇曰：**公孫遨叱衛青曰：「爾奴僕庸夫也，焉知禮義？」青神色頓挫。**胡星一彗孛，洙曰：**前漢天文志：「昴曰旄頭，胡星也。」張晏曰：「彗，所以除舊布新也。」孛氣似彗也。**師曰：**胡星，指安史亂。**黔首遂拘攣。洙曰：**秦本紀：「更民曰黔[三]。」應劭曰：「黔亦黎黑也。」漢曹褒傳：「寮拘攣[四]，難與圖始。」

〔一〕供，九家集注、王洙本卷一五作「拱」。
〔二〕洪，避宋宣祖諱，遵照底本。
〔三〕更民曰黔，四庫本、杜陵詩史、分門集注同此，九家集注作「更民名曰黔首」，史記卷六秦始皇本紀作「更名民曰黔首」。
〔四〕寮，四庫本、杜陵詩史、分門集注同此，九家集注作「諸寮」，後漢書卷三五曹褒傳作「群寮」，則其上當脱「諸」或「群」字。

〔生〕(注)〔一〕:「拘攣,猶拘束也。」**哀痛絲綸切**,**洙曰**:前漢西域傳贊:「武帝末年,遂棄輪臺之地,下哀痛之詔。」禮緇衣:「子曰:王言如絲,其出如綸。」**煩苛法令蠲**。**洙曰**:前漢:「高祖約法三章,蠲削煩苛。」業成陳始王,**洙曰**:詩七月:「陳王業也。」言因時而變,陳王業之艱難,以警時君也。**歐曰**:言肅宗成中興之業。**兆喜出于畋**。**洙曰**:齊世家:「太公望吕尚以漁釣奸周西伯〔二〕。將出獵,卜之曰:『所獲非熊,非驪〔三〕,非虎,非羆,所獲霸王之輔。』於是西伯獵,果遇太公望於渭陽,載與俱歸,立爲師。」**宫禁經綸密**,**台階翊戴全**。**洙曰**:梁竦傳:「宫省事密,莫有知者。」台階,事見建都詩注。**熊羆載吕望**,**鴻雁美周宣**。**洙曰**:美其能勞來還〔四〕,定安集。

側聽中興主,**洙曰**:側聽,諦聽也。**丞民**:「宣王任賢使能,周室中興焉。」**長吟不世賢**。**洙曰**:曹子建曰:「不世之賢。」**趙曰**:言王室中興,本乎得賢,而鄭與李乃所謂賢者,故吟詠而思之。**音徽一柱數**,**洙曰**:梁劉孝綽江津寄劉之遴詩:「經過一柱觀,出入三休臺。」**道里下牢千**。**洙曰**:下牢關,在巫峽之南。

〔一〕 生,四庫本、杜陵詩史、分門集注同此,據九家集注、後漢書卷三五曹褒傳,乃「注」之訛。

〔二〕 奸,杜陵詩史、分門集注同此,四庫本、九家集注作「干」,按,史記卷三二齊太公世家作「奸」,張守節正義云「奸,音干」,則「奸」與「干」義同。

〔三〕 驪,杜陵詩史、分門集注同此,四庫本、九家集注及史記作「彲」。

〔四〕 還,杜陵詩史、分門集注、九家集注作「旋」。

趙曰：公自注：「鄭在江陵，李在夷陵。」一柱觀在荆州。渚宫故事：「宋臨川王於羅公淵上立觀，甚大，而惟一柱。」言江陵也。下牢關在峽州，言夷陵也。**師曰**：一柱觀、上牢、下牢，皆在夔峽。音徽一柱數，言得李、鄭音書之頻數也。道里下牢千，言鄭在江陵，李在夷陵，與子美相距凡千里，時不絶音問也。**鄭李光時論，文章並我先。趙曰**：以四子皆能文者，比鄭、李也。**陰何尚清省，梅曰**：言其文清新而警省於人。**沈宋欻聯翩。趙曰**：陰，何前代，而二公比之，彼尚清省，未爲富艷〔一〕。沈、宋近代，欻然追逐，與之相聯翩也。陰則陰鏗，何則何遜，沈則沈佺期，宋則宋之問。**梅曰**：聯翩，文疾速也。**律比崑崙竹，洙曰**：前漢律（歷）〔曆〕志：「黄帝使伶倫去大夏之西，崑崙之陰取竹之嶰谷，斷兩節間而吹之，以爲黄鍾之宫。」**音知燥濕絃。洙曰**：伯牙彈琴，意在山，子期曰：「巍巍乎。」意在水，子期曰：「蕩蕩乎。」伯牙死，遂絶絃。**修可曰**：劉孝標廣絶交論曰：「撫絃徽音，未達燥濕變響。」**風流俱善價，洙曰**：王衍、樂廣宅心事外，見重於時，天下言風流者，惟王、樂爲首。見晉書。**愜當久忘筌。趙曰**：上四句以言二公之文章也。文賦：「誇目者尚奢，愜心者貴當。」王弼：「明象猶筌者，所以在魚，得魚而忘筌也。」**置驛常如此，洙曰**：鄭當時孝景時爲太子舍人，每五日洗沐，常置驛馬長安諸郊，請謝賓客，夜以繼日，常恐不遍。**登龍蓋有焉。洙曰**：李膺獨持風裁，以聲名自高，士

〔一〕未，原作「木」，據四庫本、分門集注、九家集注改，杜陵詩史作「我」。

有被延接者，名爲登龍門。趙曰：上句言鄭監之好客，下句言李賓客待士。雖云隔禮數，洙曰：名位不同，禮亦異數。隔，猶不同。不敢墜周旋。洙曰：左傳：「奉以周旋，不敢失墜。」高視收人表，洙曰：曹子建與楊德祖書曰：「足下高視於上京。」趙曰：任彦昇撰王文憲集序曰：「經師人表。」虚心味道玄。洙曰：老子：「虚其心。」又：「玄之又玄。」馬來皆汗血，洙曰：見馬詩注。鶴唳必青田。洙曰：永嘉記：「青田有雙白鶴，年年生子，長便去。」鮑昭詩：「獨鶴方朝唳。」羽翼商山起，洙曰：見收京詩注。趙曰：以言李賓客者太子官也，故用四皓事。蓬萊漢閣連。洙曰：西都賦：「修塗飛閣，自未央而連桂宫。」又云：「瀛（州）〔洲〕、方壺、蓬萊，皆起於中央。」趙曰：以言鄭監乃秘書監也，故用「蓬萊」字。後漢書曰：「學者稱東觀爲老氏藏室、道家蓬萊也。」唐秘書監掌圖書、秘記，即漢之東觀也。管寧紗帽净，洙曰：見嚴中丞枉駕見過詩注。江令錦袍鮮。洙曰：陳書：「江總爲尚書令，能屬文，於五言七言尤善，然傷於浮艷，故爲後主所幸。日與後主游宴後亭，當時謂之狎客。」東郡時題壁，蘇曰：南史：「柳惲詩云：『亭皋木葉下，隴首秋雲飛。』琅邪王融見而嘆賞，因題東壁。」惲，于粉切。南湖日扣舷。洙曰：舷，船唇也。扣，擊也。郭（璞）〔璞〕江賦云：「詠采菱以扣舷。」鄭曰：南湖，在夷陵。遠游臨絶境，洙曰：遠游，履名。洛神賦云：「踐遠游之文履。」古詩云：「足下雙遠游。」佳句染華牋。洙曰：華牋，蜀牋也。趙曰：世説：「孫興（公）作天台賦，以示范榮期，每至佳句，則曰：『是我輩語。』」每欲孤飛去，洙曰：謝（玄暉）〔惠連〕雪賦：「瞻雲（鳩）〔雁〕之孤飛。」徒爲百

慮牽。洙曰：江淹詩：「撫枕懷百慮。」**生涯已寥落，**洙曰：生涯，言己之生計也。寥落，無成也。**國步尚難行不進之貌。**洙曰：一作「乃」，一作「巧」。**迍邅。**洙曰：〔柔桑〕（桑柔）詩〔一〕：「國步斯頻。」易屯卦：「〔迍〕（屯）如邅如。」難行不進之貌。**衾枕成蕪没**〔二〕**，池塘作棄捐。**趙曰：公自注云：「平生多病，卜築遺懷。」〔國〕（因）亂離，故寢處宴安之地，皆蕪没棄捐也。蘇曰：江總：「池塘荒廢，筆硯棄捐。」**別離憂怛怛，**當割切。洙曰：〔但〕（怛）怛，傷慘不安貌。**伏臘涕漣漣。**洙曰：臘，夏曰嘉平，殷曰清祀，周曰大蜡，漢改爲臘。伏臘，人所以祭祖也。公在殷鄉〔三〕，故於伏臘多有所感。史記：「秦德公始爲伏。」師曰：曆忌釋曰：「伏者何也？金氣伏藏之日也。〔一〕（四）時代謝，皆以相生。立春木〔伐〕（代）水，水生木。立夏火〔伐〕（代）木，木生火。立冬水〔伐〕（代）金，金生水。立秋金〔伐〕（代）火，金畏火。故至庚日必伏。庚者，金也。」〔四〕陰陽書言：「從夏至〔後〕第三庚爲初伏，第四庚爲中伏，立秋後初庚爲末伏，故謂之三伏。」高堂隆魏臺訪議曰：「何以用未祖丑臘？對曰：按月令：孟冬十月，臘先祖五祀，謂薦田獵所得禽獸，故謂之臘。左傳曰：虞不臘矣。聞〔之〕（先）師曰：王者各以其行之盛祖，以其終臘。水始於申，盛於子，終於辰，故水行之君，以子祖辰臘。火始於寅，盛於午，終於

〔一〕柔桑，四庫本、杜陵詩史、分門集注同此，據九家集注及詩經大雅桑柔，乃「桑柔」之倒誤。
〔二〕成蕪没，原作「無成没」，據四庫本、杜陵詩史、分門集注、九家集注、王洙本卷一五改。
〔三〕殷鄉，疑爲「異鄉」之訛。
〔四〕「曆忌釋曰」一段，有多處訛誤，據藝文類聚卷五、太平御覽卷三一所引校正。

戌，故火行之君，以午祖戌臘。木始於亥，盛於卯，終於未，故木行之君，以卯祖未臘。金始於巳，盛於酉，終於丑，故金行之君，以酉祖丑臘。土始於未，盛於戌，終於辰，故土行之君，以戌祖，辰臘。魏土德，宜以戌祖辰臘也。」〔一〕又風俗通曰：「臘者，獵也，因獵取獸以祭先祖。或曰：臘，接也，新故交接，大祭以報功也。」補注鶴曰：漢郊祀志：「作伏祠。」孟康曰：「六月，伏日也，周時無，至此乃有之。」師古曰：「伏者，謂陰氣將起，迫於殘陽，而未得升，故爲藏伏，因名伏日也。」又陳勝傳：「臘月，莊賈殺勝。」張晏曰：「秦之臘月，夏之九月。」臣瓚曰：「建丑之月也。」師古曰：「史記云：『十二月，涉死。』瓚説是也。」又嚴延年傳：「母欲從延年臘。」師古曰：「建丑之月爲臘祭。」又楊惲傳：「歲時伏臘。」露菊班豐鎬，下老切。洙曰：秦紀：「豐、鎬之間，帝王之都。」秋蔬洙曰：一作「菰」。影澗瀍。洙曰：豐、鎬在長安，澗、〔廛〕（瀍）在洛陽，皆公生涯所在之鄉。共誰論昔事，蘇曰：張華：「昔事歷歷記，獨坐共誰論。」幾處有新阡。洙曰：風俗通：「南北曰阡。」富貴空回首，洙曰：言富貴亦外物也。空回首，言倐忽間爾。喧爭懶著鞭。趙曰：劉琨曰：「常恐祖生先吾著鞭也。」兵戈塵漠漠，江漢月娟娟。洙曰：時天下亂離，惟江漢可以避難。趙曰：選詩云：「娟娟新月體。」局促看秋燕，洙曰：局促，言不得自肆也。秋燕，言欲歸而未得爾。蕭疏聽晚蟬。蘇曰：張翮渭南詩云：「蕭索渭南客，馬上聞晚蟬。撩我故鄉思，攪我心懸懸。」雕蟲蒙記憶，洙曰：楊子曰：「童子雕蟲篆刻。」

〔一〕「高堂隆魏臺訪議曰」一段，據初學記卷四所引校正。

蘇曰：王武子：「遠蒙雕蟲，知君子記憶。」烹鯉問沉綿。**洙曰**：古樂府詞：「呼兒烹鯉魚，中有尺素書。」**趙曰**：言二公記憶其能賦詩，故致尺書以問其病體也。沉綿者，若久病之謂也。卜羡君平杖，**洙曰**：嚴君平卜筮於成都市，以爲卜筮者賤業而可以惠衆，人有邪惡非正之問，則依蓍龜爲言利害，各因勢道之以善。從吾言者，已過半矣。裁日閱數人，得百錢足自養，則閉肆下簾而授老子。阮修宣子常步〔一〕，以百錢挂杖頭，至酒店便獨酣暢，家無儋石之儲也。偷存子敬氈。**洙曰**：見「舊物森猶在」注。囊虚把釵釧，米盡折花鈿〔二〕。**趙曰**：言皆賣易之也。甘子陰涼葉，茅齋八九椽。陣圖沙北岸，**洙曰**：桓温傳：「初，諸葛亮造八陣圖於魚復平沙之上。」市暨瀼西巔。**洙曰**：公自注：「市暨，夔人語也。江水横通山谷處，方人故謂之瀼也。」羈絆心嘗折，**洙曰**：江淹别賦：「心折骨驚。」栖遲病即痊。**趙曰**：每爲事物羈絆，故其心嘗折，今得栖遲，可以養而痊也。紫收岷嶺芋，**洙曰**：一云「紫秧岷下芋」〔三〕。前漢貨殖傳：「蜀卓氏曰：『吾聞岷山之下，沃野千里，下有蹲鴟，至死不飢。』」師古曰：「蹲鴟，謂芋也。其根可食，以充糧，故無飢年。」**趙曰**：此以下紀草堂所有也。白種陸家**洙曰**：一作「池」。蓮。色好梨勝頰，穰多栗過拳。**洙曰**：蜀都賦：「紫梨

〔一〕步，四庫本、杜陵詩史、分門集注同此，九家集注無此字，據晉書卷四九阮修傳，其下當脱「行」字。

〔二〕折，四庫本、杜陵詩史、分門集注、九家集注皆作「拆」，王洙本作「坼」。

〔三〕秧，杜陵詩史、分門集注同此，四庫本、王洙本、九家集注作「秧」。

津潤，樼栗鋍發。」**敕厨唯一味，**蘇曰：段干木見客，供庖唯笋羹瀹笋，乃曰：「家貧山居，唯此一味。」客曰：「清奇雅味。」**求飽或三鱣。**洙曰：楊震傳：「鸛雀銜三鱣魚飛集講堂前。」注：「鱣，似蛇，一音善。」**兒去看魚笱，**洙曰：一云「俗異鄰蛟室」。詩「敝笱在梁」也。蘇曰：孫林終日溪上守魚笱獨坐，吟嘯自得，忘形若此，人皆愛之。**人來坐馬韉。**定功曰：戰國蘇秦少與張儀友。秦在趙爲相，儀至趙，使人白秦，秦必激之，令儀於城東門外，坐以破馬韉，進之粗食。儀憤，乃西入秦，昭王善之，拜爲相。儀嘆曰：「馬韉之事乃至是乎？」人來坐馬韉，言貧無席坐也。**縛柴門窄窄，**洙曰：一云「柴門窄小小」。**通竹溜涓涓。**洙曰：縛柴，縛柴爲門也。通竹，引泉以竹也。陶淵明（詩）（辭）：「泉涓涓而始流。」**塹抵公畦稜，**魯鄧切。洙曰：京師農人指田遠近多云幾稜。耒曰：公畦，官園也。**村依野廟壖。**而宣切。洙曰：晁錯傳：「鑿太湖廟渜垣[一]。」師古曰：「堧者，内垣之外游地也。」壖，人緣切。**缺籬將棘拒，倒石賴藤纏。借問頻朝謁，何如穩晝眠。**趙曰：言懶不出仕。補注 希曰：南史：「蕭景宗詩[二]：『借問霍去病，何如路傍人[三]。』」此激其律[四]。**誰云**

[一] 鑿太湖廟渜垣，四庫本同此，杜陵詩史、分門集注作「鑿太湖廟堧垣」，據九家集注、漢書卷四九晁錯傳，乃「鑿太上廟堧垣」之訛。
[二] 蕭景宗，據南史卷五五曹景宗傳，乃「曹景宗」之訛。
[三] 「借問霍去病，何如路傍人」句，南史曹景宗傳作「借問行路人，何如霍去病」。
[四] 激，當爲「傚」之訛。

行不逮，**洙曰**：語：「古者言之不出，耻躬之不逮。」自覺坐能堅。**洙曰**：馬援曰：「大丈夫窮當益堅，老當益壯。」霧雨銀章澀，**洙曰**：前漢公卿表：「銀章印龜劍〔一〕，其文曰章，謂刻其官之章也〔二〕。」馨香粉署妍。**洙曰**：粉署，郎署也。**趙曰**：公時乃工部員外郎，不能詣省中，徒想其官署之妍美耳。省謂之蘭者，以其諸郎官（幄）（握）蘭含香也，故云馨香〔三〕。又謂之畫省，以粉畫之也，故云粉署。紫鸞無近遠，黄雀任翩翾。許緣切。**趙曰**：上句以譬高才之人，則不論遠近而往。下句則公自謙，如黄雀之小，徒任翱翔而已。紫鸞者，紫色之鸞也。困學違從衆，**洙曰**：與俗俯仰而已。孔子：「拜下，違衆。麻冕，從衆。」明公各勉旃。**洙曰**：楊惲傳：「方當盛漢之隆，願勉旃，無多談。」**趙曰**：勉二公之爲功名也。聲華夾宸極，**洙曰**：言李、鄭聲華足以夾輔宸極。早晚到星躔。**洙曰**：郎官象列星，諸侯象四七，宰相法三台，皆星躔。早晚，言非久拔用之也。懇諫留匡鼎，**洙曰**：匡衡傳：「諸儒爲語曰：『無説詩，匡鼎來。』」服虔曰：「鼎，猶言當之也，言匡且來

〔一〕銀章印龜劍，四庫本、杜陵詩史同此，分門集注「劍」作「鈕」，漢書卷一九上百官公卿表「皆銀印青綬」句下顔師古注引漢舊儀作「銀印背龜鈕」，則「劍」乃「鈕」之訛。

〔二〕其，據漢書百官公卿表顔師古注，當爲「某」之誤。

〔三〕幄，據杜陵詩史、分門集注、九家集注，乃「握」之訛。

也。」應邵曰：「鼎，方也。」張晏曰：「〔康〕（匡）衡，（少）時字鼎〔一〕，長乃易字稚圭。世傳衡與貢禹書〔二〕：上言『衡敬報』，下言『匡鼎白』，知是字也。」師古曰：「服、應二説是也。」傳載衡言日食事，甚切到。**鄭曰**：西京雜記：「匡衡，小名鼎。」**諸儒引服虔。** **洙曰**：後漢儒林傳：「服虔，字子慎，少以清苦建志，入太學受業，善著文，舉孝廉。」**不逢**洙曰：一作「過」。**輸鯁直，會是正陶甄。宵旰憂虞軫，** **洙曰**：宵衣旰食。**黎元疾苦駢。雲臺終日畫，** **洙曰**：馬援傳：「顯宗圖畫建武中興名臣列將於雲臺。」**青簡爲誰編。** **洙曰**：青簡，殺竹青爲簡也。春秋序：「小事簡牘而已。」青簡，乃史臣所以記事者。編，編條也。**田曰**：文選載劉向別録：「治青竹作簡書，謂之青簡。」**余曰**：後漢吴祐傳「青簡」注：「火炙簡，令汗，取其青易書，復不蠹，謂之汗簡。」**行路難何有，** **洙曰**：古有行路難詩。**招尋興已專。由來具飛檝，** **洙曰**：木玄虚海賦：「飛迅鼓檝。」**暫擬控鳴弦。** **洙曰**：西域傳：「控弦者十餘萬。」**身許雙峰寺，** **田曰**：釋氏要覽云：「曹溪在韶州雙峰寺下，昔晉武帝曹叔良宅也〔三〕。」**門求七祖禪。** **洙曰**：雙峰，寺名。釋書有六祖，此言七祖，不知其故。**田**

〔一〕時，四庫本作「初」，漢書卷八一匡衡傳作「少時」。
〔二〕書，原與下句「上言」二字合作「上書言」，乃倒誤，據漢書匡衡傳乙正。
〔三〕晉武帝曹叔良，四庫本、杜陵詩史、分門集注同此，九家集注「帝」作「侯」，據趙殿成王右丞集箋注卷一九送衡嶽瑗公南歸詩序「曹溪學者」下注引舊志，當爲「魏武帝玄孫曹叔良」之誤。

曰：按佛書，毗婆尸佛、尸棄佛、毗舍浮佛、拘留孫佛、〔勾〕（拘）那含牟尼佛[一]、迦葉佛、釋迦牟尼佛謂之（天竺）七祖，其所説七偈乃禪〔原〕（源）也。**師曰**：按佛書，毗婆尸佛、尸棄佛、毗舍浮佛、拘留孫佛、拘那含牟尼佛、迦葉佛、釋迦牟尼佛謂之天竺七祖，其所説七偈乃禪源也。自達磨至慧能，謂之中華六祖。由五祖而上，蓋梁、隋、開元以前人。六祖慧能入滅於唐睿宗先天元年，而子美於是年始生。六祖之道，至肅宗上元初方盛，故肅宗自曹溪請其衣鉢歸内供養。子美於是漂泊在蜀，以（此）考之[二]，則六祖與子美蓋同時先後人也，故所求禪言七祖而不言六祖也。因是詩注云「不知其故」，乃叙其世次而辨之。**落帆追宿昔，衣褐向真詮。洙曰**：天台賦：「披毛褐之森森。」真詮，佛法也。**趙曰**：言於彼處落帆，乃是宿昔之願，其衣褐之身專爲依向真詮也。褐者，布衣之謂。**安石名高晉，洙曰**：公自注云：「鄭高簡，得謝太傅之風。」**昭王客赴燕。洙曰**：公自注云：「李宗親，有燕昭之美。」**途中非阮籍，洙曰**：阮籍時率意獨駕，不由徑路，車迹所窮，輒〔動〕（慟）哭而返。**查上似張騫。洙曰**：因話録：「漢書載張騫窮河源，言其奉使之遠，實無天河之説。唯張茂先博物志説近世有人居海上，每年八月見槎來不違時。賫一年糧，乘之到天河，見婦人織，丈夫飲牛。遣問嚴君平，云某年某月日客星犯牛、斗，即此人也。後人相傳云『得織女支機石，時以問君平』，都是虚憑河之説[三]。今成都嚴真觀

〔一〕勾，杜陵詩史、分門集注同此，據四庫本、九家集注及下文，乃「拘」之訛。

〔二〕此，原爲墨丁，據四庫本、杜陵詩史、分門集注補。

〔三〕虚憑河，四庫本、杜陵詩史、分門集注同此，趙璘因話録卷五作「憑虚」。

有一石，呼爲支機石，皆云當時君平留之。寶曆中，余下第還家，於京師途中逢官差遞夫〔兒〕（舁）張騫槎〔一〕。先在東都禁中，今准詔索有司取進，不知是何物也。前輩詩往往有東君槎者〔二〕，相襲訛謬矣。縱出雜詩〔三〕，亦不足據也。」**披拂雲寧在，洙曰**：拂，一作「㾭」〔四〕。衛瓘見樂廣曰：「瑩然若披雲霧，睹青天。」**淹留景不延。洙曰**：劉安招隱士詩云：「援桂枝兮聊淹留。」**風期終破浪，師曰**：子美淹留江漢，年已老矣。破浪，謂下峽歸故里，故曰「他日辭神女」。**水怪莫飛涎。洙曰**：孔子世家：「水之怪，龍、罔象。」韋昭曰：「龍，神獸也，非常見，故曰怪。」海賦：「其浪則有天琛水怪，鮫人之室。」江賦：「揚〔以〕（鬐）掉尾〔五〕，憤浪飛涎。」**趙曰**：言我之風期，必破浪而往，告爾水怪，毋爲孽也。南史：「宗慤詩〔六〕：『願乘長風，破萬里浪。』」**他日辭神女，洙曰**：宋玉有神女賦，廟在巫山。**傷春怯杜鵑。洙曰**：蜀都賦：「烏生杜鵑之魄。」見華陽風俗録。**蘇曰**：曹晏游巴江，聞杜鵑，語友人曰：「吾年來傷春，怯聞此聲，使我心索然。」**淡交隨聚散，洙曰**：禮：「君子之交淡如水。」**澤國繞迴旋。洙曰**：言地多陂澤，故言澤國。**本自依迦葉，洙曰**：王簡栖頭陀寺碑：「以法師

〔一〕京師，四庫本、杜陵詩史、分門集注同此，因話録作「京洛」。兒，據杜陵詩史、分門集注、因話録卷五，乃「舁」之訛。
〔二〕東君，四庫本、杜陵詩史、分門集注同此，因話録作「張騫」。
〔三〕詩，四庫本、杜陵詩史、分門集注同此，因話録卷作「書」。
〔四〕㾭，四庫本同此，杜陵詩史作「瘤」，王洙本、分門集注、九家集注作「晤」。
〔五〕以，據杜陵詩史、分門集注、九家集注，乃「鬐」之訛。
〔六〕詩，四庫本同，杜陵詩史、分門集注、九家集注作「曰」。

景行大迦葉，故以頭陀爲稱首。」注：「大迦葉，佛大弟子也。」何曾藉偓佺。藉，去聲。偓，音渥。佺，音詮。洙曰：列仙傳：「偓佺，(魏)〔槐〕里采藥父也〔一〕。食松實，形體生毛數寸，能飛行，捷走馬〔二〕。」揚雄甘泉賦(去)〔云〕：「雖方征橋與偓佺兮〔三〕，猶彷彿其若夢。」師古曰：「偓佺，仙人名。」鑪峰生轉眄〔四〕，洙曰：廬山東南有香煙山〔五〕，孤峰(突)起〔六〕，游氣籠其上，氛氳若香煙。」橘井尚高褰。洙曰：神仙蘇耽種橘鑿井以救鄉里之有病者，以井泉服一橘葉，即已。東走窮歸鶴，洙曰：遼東歸鶴，見卜居詩注。南征盡跕鳶。跕，的協切。洙曰：馬援傳云：「吾在浪泊、西里間，虜未滅之時，下潦上〔云〕(霧)〔七〕，毒氣薰盛〔八〕，仰視飛鳶跕跕墮水中。臥念少游平生時語，何可得也？」晚聞多妙教，卒踐塞前愆。塞，悉則切。洙曰：妙教，釋教也。釋書云：「能修其教者，足以追塞前業也〔九〕。」顧愷丹青列，洙曰：晉顧愷(之)尤善丹青，圖寫特妙。愷之每畫

〔一〕魏里，四庫本、杜陵詩史、分門集注同此，九家集注作「槐里」，列仙傳卷上偓佺作「槐山」，則「魏」乃「槐」之訛。

〔二〕捷，杜陵詩史、分門集注同此，四庫本、九家集注、列仙傳作「逐」。

〔三〕橋，據九家集注、漢書卷八七上揚雄傳，乃「僑」之訛。

〔四〕眄，四庫本作「盼」。

〔五〕香煙山，杜陵詩史同此，九家集注、分門集注作「香鑪山」。

〔六〕「起」上，四庫本、杜陵詩史、分門集注同此，據九家集注，脱「突」字。

〔七〕云，據四庫本、杜陵詩史、分門集注、九家集注及後漢書卷二四馬援列傳，乃「霧」之訛。

〔八〕盛，杜陵詩史、分門集注同此，四庫本、九家集注及後漢書卷二四馬援列傳作「蒸」。

〔九〕「足」上，四庫本有「自」字。前，九家集注作「宿」。

人成，或不與目精〔一〕，人問其故，曰：「四體妍蚩，本無闕少，於妙處傳神寫照，正在阿堵中。」頭陁琬琰鎸。洙曰：姓氏英賢録云：「王簡栖作頭陁寺碑文：『頭陁寺者，沙門釋慧宗之所立也。敢寓言於雕篆，庶髣髴乎衆妙。』」琬琰，鎸碑也。衆香深黯黯，洙曰：法華經云：「曉燒衆名香煙〔二〕。」天台賦：「衆香馥以揚。」師曰：如戒〔青〕（香）〔三〕、定香、慧香、解脱香之類。幾地肅阡阡〔四〕。洙曰：潘岳籍田賦〔五〕：「蟬冕（熲）以灼灼兮〔六〕，碧色肅其芊芊。」師曰：幾地，謂釋氏自第一地至第十地修行，言有漸也。勇猛爲心極，洙曰：經云：「猛勇精進。」清羸任體孱。洙曰：孱，鋤連切，弱也。陳書：「姚察居憂，齊素日久，後主見察羸瘠，爲之動容。」金篦空刮眼，篦，邊迷切。鏡象未離銓。洙曰：一云「平等未難銓」。釋書：「涅盤經云：『如目盲人爲治目，故造詣良醫，即以金篦刮其眼〔摸〕（膜）〔七〕。』」補注 鶴曰：法苑珠林：「後周張元，其祖失明。元讀經燃燈，夢一翁以篦療之，後三日，果痊。」餘見文公上方注。

〔一〕精，四庫本、杜陵詩史、分門集注、世説新語卷下之上巧藝第二十一同此，晉書卷九二顧愷之傳作「睛」。
〔二〕煙，九家集注無此字。
〔三〕青，四庫本、杜陵詩史同此，據分門集注，乃「香」之訛。
〔四〕阡阡，杜陵詩史同此，四庫本、分門集注、九家集注、王洙本作「芊芊」。
〔五〕籍，分門集注、九家集注同此，杜陵詩史作「藉」，四庫本作「耤」，字通。
〔六〕熲，原脱，九家集注、杜陵詩史、分門集注作「顈」，此據文選卷五一補。
〔七〕摸，杜陵詩史作「模」，據分門集注、九家集注，乃「膜」之訛。

贈李八秘書別三十韻大曆二年作。

補注鶴曰：「台星入朝謁，使節有吹噓」，台星，指杜鴻漸入朝。當是大曆二年秋七月。

往時中補右，扈蹕上元初。洙曰：扈，扈從也。蹕，鳴蹕也。天子之出，鳴蹕以清道。後漢輿服志：「蘭臺令、史，皆執蹕〔一〕，以督整（專驅）（車騎）〔二〕，謂之護駕。」補注鶴曰：文三王傳：「出（稍）（稱）警〔三〕，入言蹕。」師古曰：「警者，戒肅也。蹕，止行人也。言出入者，互文耳，出亦有蹕。」漢儀注：皇帝出殿則傳蹕，止人清道也。**反氣凌行在，**洙曰：天子所幸，謂之行在。反氣，謂賊未破也。**妖星下直廬。**洙曰：見收京詩注。陸機詩（夫）（云）：「厭直承明廬。」**六龍瞻魏闕〔四〕，**洙曰：易：「時乘六龍。」蕭何作漢宫闕記。**萬騎略姚墟。**洙曰：蔡邕獨斷曰：「大駕備千乘萬騎。」帝王世紀曰：「瞽瞍之妻曰握登，生舜于姚墟，故得姓氏於姚氏也。」**玄朔巡**洙曰：一作「回」。**天步，**洙曰：詩：「天步斯頻。」**神都憶帝車。**洙曰：武后以東都爲神都。時天子尚在蜀，故言「憶」。後漢輿服志：「以携龍、角爲帝車。」**一戎纔汗馬，**洙曰：書：「一戎衣，天下大定。」公孫弘：「臣愚駑，無汗馬之勞。」師古曰：「未嘗從事軍旅也。」**百姓免爲魚。**洙曰：昭元年：

〔一〕執蹕，四庫本、杜陵詩史卷二八、分門集注卷一八簡寄門中、九家集注卷二九同此，後漢書輿服志上作「執注」。

〔二〕專驅，四庫本、杜陵詩史、分門集注同此，據九家集注、後漢書輿服志上，乃「車騎」之訛。

〔三〕稍，據漢書卷四七文三王傳，乃「稱」之訛。

〔四〕魏，杜陵詩史、分門集注、九家集注、王洙本卷一五作「漢」。

「劉子曰：『美哉禹功，明德遠矣。微禹，吾其魚乎。』」**蘇曰**：漢中河决，蕭望之塞定，人曰：「百姓免此回爲魚。」事見塞河碑。**通籍蟠螭印**，**洙曰**：通籍，注籍者爲二尺竹牒，(尺)〔記〕其年紀〔一〕、名字、物色，懸之宫門。案省相應，乃得(入)〔二〕。蟠螭，謂印鼻紐上文也。**夢符曰**：按漢舊儀：「天子六璽，皆玉螭虎紐也。」補注 **希曰**：魏相傳：「光夫人顯及諸女皆通籍長信宫。」師古曰：「謂禁門之中，皆有名籍，通出入也。」**差肩列鳳輿。事殊迎代邸**，**洙曰**：高帝崩，呂産欲危劉氏，周勃爲丞相，陳平、朱虚侯劉章共誅諸呂，遂奉天子法駕，迎代王於代邸，立爲孝文皇帝。**喜異賞朱虚**。**洙曰**：齊哀王弟章入宿衛於漢高后，封爲朱虚侯，以呂禄女妻之。後呂禄、呂産作亂，章與太尉周勃、丞相平等誅之，章乃先斬呂産。文帝益封朱虚侯二千(石)〔户〕，黄金一千斤。**寇盗方歸順**，**洙曰**：歸順，歸降納款。**乾坤欲晏如**。**洙曰**：寧静也。**不才同補衮**，**洙曰**：謂作拾遺也。「衮職有闕，仲山甫補之。」〔三〕**奉詔許牽裾**。**洙曰**：魏辛毗，字佐治。文帝欲徙冀州十家十萬户實河南，毗諫，帝怒，不答，起入，毗隨而引其裾。帝怒，良久乃出，曰：「佐治卿持我何太急邪？」毗曰：「今徙既失人心，又已無食〔四〕。」帝遂徙半。**鴛鷺叨雲閣**，**洙曰**：古詩：「厠迹鴛鷺行，」謂侍從列也。潘安仁：

〔一〕尺，據杜陵詩史、分門集注、九家集注，乃「記」之訛。
〔二〕「乃得」下，據杜陵詩史、分門集注、九家集注，脱「入」字。
〔三〕「衮職有闕，仲山甫補之」上，四庫本、杜陵詩史、分門集注同此，在「洙曰」下，九家集注在「趙曰」下，其前有「詩」字。
〔四〕已無食，四庫本、杜陵詩史、分門集注同此，三國志卷二五魏書辛毗傳作「無以食」。

「高閣連雲。」騏驎滯玉除。**洙曰**：一作「石渠」，屬李秘書也〔一〕。**補注** **希曰**：蘇武傳：「扶輦下除。」師古曰：「除，謂門屏之間。」文園多病後，**洙曰**：司馬相如傳：「相如嘗有消渴疾，後拜爲孝文園令。」中散舊交疏。**洙曰**：嵇康爲中散。飄泊哀相見，平生意有餘。風煙**洙曰**：一作「塵」。巫峽遠，臺樹楚宫虚。**洙曰**：一作「除」。觸目非論故，新文尚起予。**洙曰**：語：「起予者商也。」清秋凋碧柳，別浦落紅蕖。消息多旗幟，**洙曰**：高紀：「張旗幟於山上。」經過嘆里閭。**洙曰**：爲喪亂，多凋弊。戰連脣齒國，**洙曰**：僖五年傳：「晉侯假道於虞，以伐虢，宫之奇諫曰：『虢，虞之表也，虢亡，虞必從之。此所謂輔車相依，唇亡齒寒者，其虞、虢之謂。』」軍急羽毛書。**洙曰**：魏武帝奏事曰：「若有急，則插羽於檄，謂之羽檄。」幕府籌頻問，**洙曰**：李廣幕下省文書〔二〕。師古曰：「幕府者，以軍幕爲義。」山家藥正鋤。**洙曰**：秘書北卧青城山下。台星入朝謁，使節有吹噓。西屬災長弭〔三〕，南翁憤始攄。對敭抗士卒，**洙曰**：敭，余章切。益稷曰：「時而颺之。」注：「颺道。揚，舉也〔四〕。」畢命：「對揚文、武之光命。」乾没費倉儲。乾，

〔一〕屬，四庫本、杜陵詩史、分門集注同此，九家集注作「謂」。
〔二〕幕下，當作「幕府」，漢書卷五一李廣傳作「莫府」。
〔三〕屬，四庫本、杜陵詩史、分門集注同此，據王洙本卷一五、九家集注，乃「蜀」之訛。
〔四〕颺道揚舉也，四庫本、杜陵詩史、分門集注同此，九家集注無「颺道」二字，尚書正義卷五益稷「時而颺之」句孔穎達正義原文作「樂官掌頌詩言以納諫，以詩之義理或微，人君聽之，若有不悟，當正其義而揚道之。揚，舉也，舉而道向君也」，則「颺道」下脱「之」字。

居寒切。**洙曰**：張湯傳：「湯始爲小吏，乾没，與長安富賈田甲、魚翁叔之屬〔受〕（交）私〔一〕。」服虔曰：「乾没，謂成敗也〔二〕。」如淳曰：「豫，居物以待之，得利爲乾，失利爲没。」**勢藉兵須用，功無禮忽諸。御鞍金騕褭**〔三〕，**洙曰**：漢書音義曰：「騕褭者，神馬也。赤喙黑身，與飛兔同，明君有德則至。」**宫硯玉蟾蜍。洙曰**：西京雜記：「晉靈公冢，甚〔環〕（瓌）壯〔四〕，四角皆以石爲玃犬捧燭，石人男女四十餘，皆立侍。棺器無復形兆，〔户〕（尸）猶不壞〔五〕，孔竅中皆有金玉。其餘器物皆朽爛不可别，惟有玉蟾蜍一枚，大如拳，腹空，容五合水，光潤如新，〔玉〕（王）取以盛其書〔蹢〕（滴）〔六〕。」**拜舞銀鉤落，洙曰**：銀鉤，字也，猶詔書。**恩波錦帕舒。洙曰**：西京雜記言：「秘閣圖書，皆表以牙籤，覆以錦帕。」**此行非不濟，良友昔相於。去棹依顔色，沿流想疾徐。沉綿疲井臼，洙曰**：馮衍傳：「兒女常自操井臼。」**倚薄似樵漁。乞**去聲。**鄭曰**：〔云〕

〔一〕受，據杜陵詩史、分門集注、九家集注，乃「交」之訛。
〔二〕謂，杜陵詩史、分門集注作「謝」，史記卷一二二、漢書卷一五九張湯傳服虔注作「射」。
〔三〕褭，四庫本、九家集注作「裹」。下同。
〔四〕環，四庫本、九家集注同此，杜陵詩史、分門集注作「壞」，據西京雜記卷六，皆「瓌」之訛。
〔五〕户，杜陵詩史同此，據四庫本、分門集注、九家集注，乃「尸」之訛。
〔六〕「光潤如新玉取以盛其書蹢」句，杜陵詩史同此，分門集注作「光潤如新玉取以盛其書滴」，四庫本作「光潤如新玉取以盛水滴硯」，按，西京雜記卷六作「光潤如新王取以盛（一作『爲』）書滴」，則「玉」乃「王」（指廣川王去疾）之訛，「蹢」乃「滴」之訛。

（去）既切〔一〕，與人物。**米煩佳客，鈔詩聽小胥。**鈔，楚交切。**洙曰：**小吏也。**杜陵斜晚照，****洙曰：**漢書元帝紀：「杜陵在長安南五十里。」**潏水帶寒淤。**潏，以律切。淤，衣居切。**洙曰：**潏，水名也。杜陵、潏水，公之故（涅）〔里〕。**莫話青溪髮，****鄭曰：**在荆州，鬼谷子學仙處。**蕭蕭白映梳。****蘇曰：**黄休：「年老多病，素髮映梳，燈下不辨蠅頭，世事疏也。」

寄劉峽州伯華使君四十韻　大曆二年作。

補注 **鶴曰：**詩云「林居看蟻穴，野食待魚罾」，又云「秋來尚鬱蒸」，當是大曆二年在瀼西作。

峽内多雲雨，秋來尚鬱蒸。**洙曰：**高唐賦：「朝爲行雲，暮爲行雨。」應璩書：「處涼臺而有鬱蒸之煩。」**遠山朝白帝，****洙曰：**見白帝城詩注。**深水謁****洙曰：**一作「出」。**夷陵，****洙曰：**峽州有夷陵縣。補注 **鶴曰：**歐陽六一公云：「夷陵者，楚之西境，昔春秋書荆以狄之，而詩人亦曰蠻荆。」地濱大江。**遲暮嗟爲客，西南喜得朋。****洙曰：**易：「西南得朋。」**哀猿更起坐，****趙曰：**聞哀猿之聲，不覺起坐。更，音平聲。**落雁失飛騰。****趙曰：**以言其身如雁之落，而失於飛騰也。**伏枕思瓊樹，****洙曰：**江淹（賦）〔詩〕云「願一見顔色，不異

〔一〕云，四庫本、杜陵詩史、分門集注皆同此，據集千家注杜工部詩集卷一七引鄭注，乃「去」之訛。

瓊樹枝」矣。**趙曰**：李陵贈蘇武詩：「思得瓊樹（枝），以解長飢渴。」**臨軒對玉繩**。星名。**洙曰**：謝玄暉詩：「玉繩低建章。」**青松寒不落**，**洙曰**：歲寒若青松色。何敬祖詩：「青青陵上松，亭亭高山柏。光色冬夏茂，根柢無凋落。」**趙曰**：以言劉使君之勁節。**碧海闊逾澄**。**洙曰**：器宇若碧海。十洲記：「扶桑在碧海之中。」**趙曰**：以言劉使君之寬量。**昔歲文爲理**，**群公價盡增**。**洙曰**：尚文之世，群公皆馳譽得時，其價增。**鐃曰**：言玄宗之世以文理天下也。**家聲同令聞**，**鄭曰**：聞，亡運切，名達也。以令聞爲家聲。**時論以儒稱**。**洙曰**：以儒名世。**趙曰**：此言劉使君先世家聲與公祖杜審言同休，當時士論並以儒稱之歸劉、杜氏。**太后當朝肅**，**多才接迹昇**。**翠虛捎魍魎**，捎，所交切。**洙曰**：甘泉賦：「捎夔魍魎扶猲狂〔一〕。」**洙曰**：一作「臨」。**丹極上鯤鵬**。**洙曰**：莊子：「鯤化爲鵬。」**趙曰**：太后，指則天也。言棄捐不才如捎魍魎，賢者得君如上（鵾）（鯤）鵬。**師曰**：翠虛，言山林之間。捎拂魍魎，喻小人遠遁也。下言賢者奮迅於丹霄也。**宴引春壺滿**，**洙曰**：一作「酒」。**趙曰**：此言太后寵賜大臣如此〔二〕。**恩分夏簟冰**。**洙曰**：錫，宣賜冰也。江淹

〔一〕捎夔魍魎扶猲狂，「扶」當爲「抶」之誤，「猲」原作「獝」，此從四庫本；此句文選卷七作「捎夔魖而抶獝狂」，漢書卷八七上揚雄傳作「梢夔魖而抶獝狂」。

〔二〕「太后」下，九家集注卷二九、杜陵詩史卷二三、分門集注卷一八有「朝所」二字。

〔詩〕（賦）：「夏簟清兮晝不暮〔一〕。」**蘇曰**：魏明帝賜許玩黄藤蚪紋簟、玉井冰，以表優恩。**雕章五色筆**，**洙曰**：江淹夢得五色筆，由是文藻日進。**田曰**：齊蕭慤秋夜賦詩云：「芙蓉露下落，楊柳月中疏。」高林以爲斯文雕章間出〔二〕。**紫殿九華燈**。**洙曰**：西京雜記：「元日燃九華燈於南山上，照見百里。」謝玄暉詩：「紫殿肅陰陰。」**學並盧王敏**，**洙曰**：唐文苑傳：「盧照鄰與楊炯、王勃、駱賓王以文詞齊名，海内稱四人爲四傑。」**書偕褚薛能**。**洙曰**：褚遂良、薛稷也。遂良之書得王逸少之體，稷外祖魏徵家多褚書，稷鋭意模學，時無及者。**老兄真不墜**，**小子獨無承**。**洙曰**：言伯華所學，真不墜古人大體，惟己無所承於前輩。**近有風流作**，**聊從月窟徵**。**蘇曰**：庾凱：「聞足下近有風流佳客，不惜寄雲卧野人。」顔延年宋郊祀歌：「月窟來賓，日際奉土。」注云：「窟，窟也。」一作「峽」，又作「月繼」，非。**放蹄知赤驥**，**洙曰**：列子：「周穆王有赤驥。」**晁曰**：喻其才馳騁也。**捩翅服蒼鷹**。**洙曰**：（捩）一作「校」。此一對，皆言文才俊逸。**蘇曰**：盧充曰：「赤驥失秣，駑駘見欺，放蹄始知俊逸。」馬融語友人曰：「蒼鷹捩翅，百禽咸服。」真儒一言，群詞俱挫。」**晁曰**：服其豪邁也。**卷軸來何晚**，**襟懷庶可憑**。**會期吟諷數**，**益破旅愁凝**。**洙曰**：凝結也。**雕刻初誰料**，**洙**

〔一〕暮，文選卷一六江淹别賦同此，九家集注作「寐」。

〔二〕高林，疑有誤，明彭大翼山堂肆考卷二三二載此事云：「蕭仁祖慤秋夜賦詩曰：『芙蓉露下落，楊柳月中疏。』邢子才甚愛之，語人曰：『仁祖之文，可謂雕章間出。』顔黄門亦云：『吾愛其蕭散宛然在目，而盧思道之徒雅所不愜。』」

神曰：一作「解」。揚子：「或問：『雕刻衆形，匪天歟？』」纖毫欲自矜。**趙曰**：言纖毫皆妙而可矜誇也。融躡飛動，**田曰**：列子曰：「心凝形釋，骨肉都融，不覺形之所寄〔一〕，足之所履，隨風東西。」戰勝洗侵淩。**田曰**：韓子〔音〕（昔）云：「子夏見曾子，曰：『（何）肥？』對曰：『戰勝，故肥。』曾子曰：『何謂也？』對曰：『吾入見先王之義，則榮之，出見富貴〔二〕，又榮之，兩者戰於胸中，未知勝負，故臞。今先王之義勝，故肥也。』」妙取筌蹄棄，**洙曰**：易：「得魚忘筌，得兔忘蹄。」高宜百萬層。**洙曰**：言格致高遠也。白頭遺恨在，**趙曰**：公之自嘆也。青竹幾人登。**洙曰**：青竹，青簡也，猶書於青簡者能幾人。回首追談笑，勞歌跼寢興。**鄭曰**：跼，渠六切，不伸也。**趙曰**：追懷劉使君之談笑，勞我之歌詠，而跼蹐於寢興之間也。年華紛已矣，世事莽相仍。**洙曰**：嵇康書曰：「世故繁其慮，七不堪也。」刺史諸侯貴，**洙曰**：翟方進奏曰：「古選諸侯，賢者以爲州伯。今部刺史，居牧伯之位，秉一州之統，請罷刺史，置州牧。」郎官列宿應。**洙曰**：漢明帝云：「郎官上應列宿，出宰百里，非其人，民受其殃。」潘生驂閣遠，**洙曰**：一云「潘安雲閣遠」，又潘安仁賦：「高閣連雲。」黄霸璽書增。**洙曰**：黄霸爲潁川太守，治爲天下第一，天子以霸治行終長者，又下詔稱揚，賜關

〔一〕寄，九家集注卷二九、杜陵詩史卷二二、分門集注卷一八作「倚」。
〔二〕「富貴」下，據韓非子喻老，當脱「之樂」二字。

内侯，黄金百斤。」循吏傳云：「二千石有治理效者，輒報璽書勉勵，增秩賜金。」乳贙號攀石，洙曰：乳虎也。趙曰：此以下公自叙也。贙，音畎。田曰：爾雅：「贙有力。」注：「出西海大秦國，似狗，多力獷惡。」舊注謂乳虎，非也。饑鼯訴落藤。鼯，化胡切。洙曰：蕪城賦：「階閗麏鼯。」藥囊親道士，趙曰：以其病，故求服食於道士。灰劫問胡僧。洙曰：武帝穿昆明池，悉是灰墨，有外國胡道人云此是天地劫灰之餘。憑久烏皮綻，洙曰：烏皮几也。蘇曰：宋明不仕，杜門注黄老書，孫登惠烏羔皮裹几，歲久，憑皆破綻，自號守一先生。簪稀白帽棱。洙曰：管寧嘗著白帽。趙曰：言髮少之故。白帽，白紗帽也。補注希曰：隋書：「宋、齊之間，帽或白紗高屋。」餘見別董頲詩。林居看蟻穴，蘇曰：焦林郊居，終日看蟻穴運壤，怡然自樂，人莫識其意也。野食待魚罾。洙曰：罾，魚網也。筋力交彫喪，飄零免戰兢。蘇曰：高翊致仕，語弟曰：「昔居諫省，日夕如履冰戰兢，今遂飄零，幸免此，亦佳事也。」皆爲百里宰，趙曰：言身爲郎官，其時自可以爲百里宰。正似六安丞。夢符曰：按後漢：「桓譚數言事，忤旨，出爲六安丞。忽忽不樂，道病卒。」趙曰：公言房琯無罪，忤肅宗，遂棄不省之，正如桓譚之忤旨也。姹女縈新〔裹〕（裏），姹，陟駕切。洙曰：姹女，神女也，善燒煉，因而得乘煙仙去。修可曰：漢魏真人參同契曰：「河上姹女，靈而最神，得火則飛，不染垢塵。」注云：「河上，即是真汞也。」又參同契曰：「丹砂，木精，得金乃并。」漢真人大丹訣曰：「姹女隱在丹砂中。」

注：「姹女，录也〔一〕。」以二書考之，則姹女非神仙人。丹砂冷舊秤。**洙曰**：葛洪求爲勾漏令，就采丹砂而已。但求椿壽永，**洙曰**：莊子曰：「古有大椿者，以八千歲爲春，以八千歲爲秋。」莫慮杞天崩。**洙曰**：杞國人憂天崩墜，身無所寄。鍊骨調情性，**洙曰**：文子曰：「太上養神，其次養形。」張兵撓棘矜。巨申切。**洙曰**：徐樂傳：「舊棘矜〔二〕。」師古曰：「棘，戟也。矜者，棘之杷。」秦銷兵器，故但有戟之杷耳。養生終自惜，伐數必全懲。**洙曰**：嵇康有養生論。七發云：「伐性斧。」**趙曰**：言養生終自惜，而時之用兵伐叛，必全懲之。政術甘疏誕，詞場愧服膺。**洙曰**：顔子：「拳拳服膺。」展懷詩誦魯，**洙曰**：魯諸侯而有頌德者，以德可歌誦也。割愛酒如澠。**趙曰**：公自注云：「左傳：有酒如澠。」咄咄寧書字，**洙曰**：世説：「殷中軍名浩，被廢，在長安〔三〕，終日嘗晝空作字〔四〕。揚州吏人尋議之〔五〕，竊視，唯作『咄咄怪事』四字而已。」冥冥欲避矰。**洙曰**：揚子：「鴻飛冥冥，弋人何慕焉？」江湖多白鳥，天地有青蠅。**洙曰**：詩：「青蠅，以喻讒。」**鮑曰**：與「白鷗没浩蕩，萬里誰能馴」同意，指言自適也。青蠅，言有讒也。**修可曰**：

〔一〕录，據九家集注，明彭大翼山堂肆考卷一五〇仙人姹女引漢真人歌，乃「汞」之訛。
〔二〕舊，據九家集注及漢書卷六四上徐樂傳，乃「奮」之訛。
〔三〕長安，據世説新語卷下之下黜免第二十八，乃「信安」之訛。
〔四〕嘗晝，世説新語黜免第二十八作「恒書」。
〔五〕吏人尋議之，據世説新語黜免第二十八，乃「吏民尋義逐之」之訛脱。

按白鳥有二説：一説謂鷗鷺之類，詩言「白鳥鶴鶴」是也，喻賢者之潔白，乃棄置江湖之間。一説謂白鳥，蚊蚋也，以譬則小人。言賢者居亂世，欲隱則爲蚊蚋所嚼，欲出則爲青蠅所污，是無逃於天地之間矣。

王十五前閣會大曆元年作。

補注　**鶴曰**：詩云「楚岸收新雨，春臺引細風」，又云「病身虚俊味」，當是大曆元年春作。公有送王十五扶侍還黔中詩。

楚岸收新雨，春臺引細風。情人來石上， **趙曰**：鮑昭詩[一]：「留〔釣〕（酌）待情人[二]。」**鮮鱠出江中。** **趙曰**：枚乘七發云：「鮮鯉之鱠。」**鄰舍煩書扎，** **洙曰**：司馬相如傳[三]：「扎，〔水蘭〕（木簡）之薄小者，時未多用紙，故給扎以書録。」**肩輿强老翁。** **趙曰**：筍輿來送公也。**病身虚俊味，** **趙曰**：以病不能食，而虚其俊美之味。**何幸飫兒童。** **趙曰**：饋食於公，持之以歸，燕及兒曹也[四]。

[一] 鮑昭，九家集注卷二九、杜陵詩史卷二二、分門集注卷一〇作「鮑明遠」。
[二] 釣，據九家集注卷二九及文選卷三〇鮑照玩月城西門廨中一首詩，乃「酌」之訛。
[三] 「司馬相如傳」下，九家集注有「注云」二字。
[四] 曹，九家集注、杜陵詩史、分門集注作「輩」。

寄韋有夏郎中大曆元年作。

補注 **鶴曰**：詩云「歸楫生衣臥」，謂歸舟雖理而未動，所以生衣，當是大曆元年作。

省郎憂病士，蘇曰：潘安仁：「荷省郎常來慰問，知有憂病士之誠。」**書信有柴胡。****洙曰**：藥名也。郭璞聞景倩病，作書令童送柴胡及真茶數兩[一]。**飲子頻通汗，懷君想報珠。****洙曰**：四愁詩：「何以報之明月珠。」**蘇曰**：沈佺期回波辭云：「姓名雖蒙齒録，袍笏未復牙緋。」子美用「飲子」對「懷君」，亦「齒録」「牙緋」之比也。**親知天畔少，藥餌峽中無。****洙曰**：峽俗信鬼，病則禱祠而不服藥，故峽中藥最少。**歸楫生衣臥，****趙曰**：以上水更不須楫，所以生衣而臥。生衣者，生水衣於其上也。**春鷗洗翅呼。猶聞上急水，早作取平塗。萬里皇華使，爲僚記腐儒。****洙曰**：詩：「皇皇者華。」君遣使臣也。文七年傳：「荀林父曰：『同官爲僚，吾常同僚，敢不盡心乎？』」漢高祖罵酈食其曰：「腐儒幾敗乃公事。」**師曰**：仇池翁曰：「沈佺期回波辭云：『姓名(未)(雖)蒙齒録[二]，袍笏未復牙緋。』子美用『飲子』對『懷君』，亦『齒録』『牙緋』之比也。」又古今詩話云：「古之文章自應律度，未以音韻爲主。自沈約增崇韻學之後，巧之語[三]，

[一]「郭璞」二句，似僞蘇注之語，九家集注卷二九唯有「藥名也」三字，無此二句。

[二]未，據上文及杜陵詩史卷二二，乃「雖」之訛。

[三]巧之語，杜陵詩史同此，四庫本作「詩之」，分門集注卷二四作「巧其辭語」，九家集注、詩人玉屑卷二引古今詩話作「浮巧之語」，則「巧」上當脱「浮」字。

體製漸多，始有蹉對、假對、雙聲、疊韻之類。如『自朱邪之狼狽，致赤子之流離』，不惟『赤』對『朱』，『邪』對『子』，兼『狼狽』『流離』乃獸名對鳥名。又如『厨人具雞黍，稚子摘楊梅』，以『雞』對『楊』之類，皆爲假對。」子美以「飲子」對「懷君」，及惡樹詩「枸杞因吾有，雞栖奈爾何」，殆亦所謂假對也。柴胡可煎爲飲子，喫之通汗。夔峽間多險阻，唯州稍平，故子美云「林中纔有地，峽外更無天」。此言「早作取平塗」，欲其來就此平地相見也。

寄常徵君大曆元年作。

補注 **鶴曰**：詩云「開州入夏知凉冷，不似雲安毒熱新」，蓋謂徵君永泰元年秋曾訪公雲安，是時秋熱爲甚。今在開州，故寄以詩，所以於詩尾及之。當是大曆元年夏。

白水青山空復春， **趙曰**：言徵君本在白水青山之間，今以其不在，所以空復春也。 **徵君晚節旁風塵。** **洙曰**：徵君，以其曾爲朝廷禮聘而不起，故謂之徵君。 **蘇曰**：顔延年：「陶徵君晚節彌高，肯作風塵態？」 **楚妃堂上色殊衆，海鶴階前鳴向人。** **洙曰**：海鶴非階墀之物，而今鳴向人者，言徵君晚節也。 **趙曰**：上句言徵君如楚妃之妍，有絶衆之色；下句言徵君如海鶴之高，非階墀之物，而今鳴向人。 **萬事糾紛猶絶粒，** **洙曰**：賈誼賦：「糾錯相紛。」 **一官羈絆實藏身。** **趙曰**：舊注云公自言，則公已不爲官，不可謂之羈絆也。開州入夏知涼冷，不似雲安毒熱新。

寄岑嘉州大曆二年作。

魯曰：州據蜀江外。**趙曰**：岑參也。補注 **鶴曰**：詩云「贈子雲安雙鯉魚」，又云「不見故人十年餘」，按公與參嘗同省，乾元元年戊戌，公出華州司功，方相別，至大曆三年戊申十一年，方應「十餘年」之句。然公是春已出峽，此詩當是大曆二年作，亦可稱「十年餘」。其曰雲安魚者，在夔皆可言也。

不見故人十年餘，不道故人無素書。**洙曰**：古詩：「中有尺素書。」願逢顏色關塞遠，**洙曰**：江淹詩：「願一見顏色。」豈意出守江城居。**洙曰**：顏延年：「一麾乃出守。」外江三峽且相接，斗酒新詩終自疏。補注 **鶴曰**：黔州有江曰內江，資州、簡州有江曰中江，則有外江必矣。而書志俱不言有外江，意嘉州之汶江即外江也。是時公在夔而岑在嘉〔一〕，嘉與峽程記謂遂、蜀爲峽郡者相近〔二〕，故云「且相連」。謝朓每篇堪諷誦，**蘇曰**：羊蓋曰：「謝公篇什〔與〕〔俱〕無塵俗氣韻〔三〕，自可諷誦，足有開發。」謝〔眺〕〔朓〕字

〔一〕嘉，四庫本作「嘉州」，無下之「嘉」字。
〔二〕謂遂蜀，四庫本作「遂謂蜀」。
〔三〕與，四庫本無此字，杜陵詩史卷二一、分門集注卷一九作「俱」。

玄暉。**馮唐已老聽吹噓。**洙曰：見「(自有)(白首)願爲郎」詩注[一]。趙曰：公自以馮唐爲比，而聽其有吹噓之者。**泊船秋夜經春草，**趙曰：公初至雲安是去年秋，故云「泊船秋夜」，今又見春，故云「經春草」。**伏枕青楓限玉除。**洙曰：見贈李八秘書詩注。趙曰：青楓，乃言楚地，公卧病於此。限玉除，謂限隔不能見君也。**眼前所寄選何物，贈子雲安雙鯉魚。**洙曰：古詩：「客從遠方來，遺我雙鯉魚。」

覽物大曆元年作。

洙曰：一云「峽中覽物」。補注鶴曰：「巫峽忽如瞻華嶽，蜀江猶似見黄河」，當是大曆元年夏在夔見巫峽、蜀江而思華州也，故詩又云「憶在潼關詩興多」。

曾爲(椽)(掾)吏趨三輔，洙曰：三輔，京兆、扶風、馮翊也。公曾爲(椽)(掾)。趙曰：公曾爲華州功曹，故曰(椽)(掾)吏。華爲扶風。**憶在潼關詩興多。**蘇曰：王納曰：「吾憶在洛陽，詩興甚多，今老矣，終日思一二字，無處下筆。」趙曰：公華州所有詩[二]，即潼關之詩興矣。補注希曰：舊史志謂華州爲上輔，故

[一] 自有，據杜陵詩史卷二一、分門集注卷一九，乃「白首」之訛，按，「白首願爲郎」句，卷三五所附韋迢早發湘潭寄杜員外院長詩中作「白首尚爲郎」。

[二] 所有詩，九家集注卷二九作「所賦之詩」。

因扶風在三輔之數云。潼關在華州華陰縣，即桃林之塞也。新史志：華陰有潼關，又有嶽祠，及黃河亦經華而東。故下句又云。**巫峽忽如瞻華嶽，蜀江猶似見黃河。**華，胡化切。**師曰：**華嶽、黃河，皆子美故鄉，公今客中見巫峽、蜀江，遂想像有感，故曰「忽如瞻華嶽」「猶似見黃河」也。**舟中得病移衾枕，****趙曰：**言其得病在雲安舟中，而移衾枕於客居屋舍之下。**洞口經春長薜蘿。****洙曰：**謝靈運詩：「想見山(河)(阿)人，薜蘿若在眼。」**形勝有餘風土惡，幾時回首一高歌。****洙曰：**雖號形勝之地，而風土不類中原。公曾有南楚詩云：「南楚青春異，暄寒早早分。」

憶鄭南玭 **鄭曰：**音泚。大曆元年作。

補注 **鶴曰：**鄭南，當是華州鄭縣之南。玭，玉色，言石之似玭，故詩云：「石影銜珠閣，泉聲帶玉琴。」今曰「憶之」，當是在蜀作，梁編在大曆元年。

鄭南伏毒寺，**趙曰：**舊本作「毒守」，難解；師民瞻本作「毒(守)(手)[一]」，無義；一本作「毒寺」，却似有義，蓋寺名伏毒而在江心，故以到江心爲瀟洒也。**瀟洒到江心。石影銜珠閣，泉聲帶玉琴。****趙曰：**

[一] 守，據分門集注卷一三、九家集注卷二九，乃「手」之訛。

言泉之似玉琴之聲也。風杉曾曙倚，雲嶠憶春臨。萬里蒼茫水，**洙曰**：一作「外」。龍蛇只自深。**趙曰**：言滄浪水徒爲龍蛇之深藏，不似鄭南江心之可到。

懷灞上游大曆二年作。

補注 **鶴曰**：灞水，在長安，志所謂「京城左臨灞岸」是也。而詩云「悵望東陵道，平生灞上游」，又云「春濃停野騎，江漢一歸舟」，則是在夔懷長安也。大曆二年作。

悵望東陵道，**洙曰**：蕭何傳：「召平，故秦東陵侯。種瓜長安城東，世謂東陵瓜。」平生灞上游。**洙曰**：灞水也。春濃停野騎，夜宿敞雲樓。離別人誰在，**趙曰**：所與同游灞上之人，今既離別，復誰在乎？經過老自休。眼前今古意，江漢一歸舟。**洙曰**：古詩：「天際識歸舟。」

雨大曆元年作。

補注 **鶴曰**：詩云「萬木雲深隱，連山雨未開」，又云「清涼破炎毒，衰意欲登臺」，當是大曆元年夔州作。

萬木雲深隱，連山雨未開。風扉掩不定，**蘇曰**：吴芮山居，扉不用横木，遇風即開掩。**趙曰**：風扉，舟中之門也。**水鳥過仍迴。蛟館如鳴杼**[一]，直吕切。**洙曰**：文選：「蛟人織綃於泉室。」**趙曰**：以在舟中視大江，云不若有蛟人之館而聽其鳴杼。**樵舟豈伐枚。洙曰**：樵人於木無所取材，止采薪而已。**清涼破炎毒，衰意欲登臺。**

晚晴 大曆元年作。

補注 **鶴曰**：詩云「峽雨落餘飛」，當是在夔州作。又云「熊羆覺自肥」，謂崔旰之亂未弭，當是大曆元年作。

返照斜初散，浮雲薄未歸。江虹明遠飲，洙曰：楚詞：「虹霓紛其朝霞兮，久淫淫而霖雨。」漢燕王〔且〕（旦）謀反[二]，大虹下〔干〕（于）宫中，飲井水竭。**峽雨落餘飛。鳧鶴終高去，洙曰**：喻避世之士能高舉遠引也。**熊羆覺自肥。洙曰**：喻貪暴者賊民以自豐也。**蘇曰**：秦純詩：「麒麟鸞鳳何時見，豺虎羆熊日覺肥[三]。」工部當離亂之際，託意此詩，極工。**秋分客尚在，竹露夕微微。**

[一] 蛟，四庫本作「鮫」，字通。下同。
[二] 且，四庫本作「具」，據九家集注卷二九及漢書卷六三武五子傳燕刺王旦，皆爲「旦」之訛。
[三] 羆熊，四庫本作「熊羆」。

夜雨大曆二年作。

補注 **鶴曰**：詩云「天寒出巫峽，醉別仲宣樓」，當是大曆二年秋作，明年正月果出峽。

小雨夜復密，迴風吹早秋。野凉侵閉户，趙曰：已閉户矣，凉氣透之，故云「侵閉户」。**江滿帶維舟。**趙曰：公言江水既添滿，而有維舟在岸也。任彦昇詩序：「維舟久之，郭生方至爾。」**通籍恨多病，**洙曰：公通籍朝省，以病不赴。**爲郎忝薄游。**洙曰：檢校尚書工部員外郎，則已自愧其忝竊於薄薄游〔官〕（宦）矣〔一〕。漢卜式不願爲郎。**天寒出巫峽，醉別仲宣樓。**洙曰：王粲，字仲宣，有樓在荆州。

更題大曆二年作。

補注 **鶴曰**：大曆二年秋作，與前一詩俱有意於出峽，况又謂之「更題」，故有「直怕巫山雨」之句。其曰「同舍晨趨侍，胡爲淹此留」，蓋動歸朝之念。

只應踏初雪，騎馬發荆州。直怕巫山雨，真傷白帝秋。趙曰：公在夔州，乃巫山、白帝之側，故指其多雨而當秋時，可傷也。**群公蒼玉佩，**洙曰：晉公卿禮秩：「特進、尚書令、僕射皆佩水蒼玉。」**蘇**

〔一〕　官，分門集注卷一作「宦」，「官」當爲「宦」之訛。

曰：朱椿：「昨日見王遵，緑衣佩蒼玉，於群公中風姿尤異。」天子翠雲裘。洙曰：禮：「孟冬之月，天子始裘。」趙曰：宋玉賦：「主人之女，爲日之承華〔一〕，上翠雲之裘〔二〕。」同舍晨趨侍，胡爲淹此留。洙曰：言同舍皆在侍從，已何爲而留此？公之志嘗在朝廷，而不爲時之所用如此。

峽隘大曆二年作。

補注 鶴曰：詩云「聞説江陵府，雲沙静眇然」，又云「水有遠湖樹，人今何處船」，當是大曆二年在夔州有意於往荆南，故作，明年果至江陵。

聞説江陵府，洙曰：荆州也。雲沙静眇然。白魚如切玉，朱橘不論錢。水有遠湖樹，人今何處船。趙曰：所謂欲往江陵之人，其船今在何處？公自言也。青山各在眼，却望峽中天。趙曰：若巫（峽）之青山在眼〔三〕，仰望峽中之天矣〔四〕。意謂峽山兩立，纔能見其天也已。補注 鶴曰：謝靈運詩

〔一〕爲日之乘華，九家集注卷二九作「爲承日之華」，據四庫本及藝文類聚卷二四人部八諷引宋玉諷賦，乃「翳承日之華」之訛。
〔二〕上，據四庫本及藝文類聚卷二四引宋玉諷賦，乃「披」之訛。
〔三〕峽，原脱，據九家集注卷二九補。
〔四〕「仰望」上，九家集注有「却」字。

云：「想見山中(人)〔三〕，薜荔若在眼。」

存殁口號二首

四子皆游於藝，故甫志之。大曆元年作。

補注 鶴曰：每篇言詩畫者，一存一亡，故曰「存殁口號」。鄭虔以廣德二年死，而今詩云「鄭公粉繪隨長夜」，則梁(懷)(權)道編在大曆元年作爲是。

席謙不見近彈棋， 道士席謙，吴人，善彈棋。後漢：梁冀能彈棋。注引藝經：「彈棋，兩人對局，白黑棋各六枚，先列棋相當，更先彈也。棋局以石爲之。」古今詩話：「彈棋有譜一卷，皆唐賢所爲。其局方二尺，中心高如覆盆，其顛爲小壺，四角微起。」李商隱詩：『玉作彈棋局，中心最不平。』謂其中尊也。」**畢曜仍傳舊小詩。** 玉臺集：「畢曜善爲小詩。」**玉局他年無限笑，** 洙曰：一作「事」。搜神記：「昔有人騎入南谷山中，見一小池，横石橋，遂驟馬過橋。見二少年臨池弈棋，置白玉棋局，見騎馬者，拍手負局而走。」薛曰：按道藏：「成都地神湧出，扶一玉局。」補注 希曰：張道陵修道既成，老君降於成都，地涌玉局。今爲觀，在門内。」**白楊今日幾人悲。** 洙曰：陶潛挽歌：「荒草何茫茫，白楊亦蕭蕭。」趙曰：此言幾人爲之悲感，特有我而已。

〔三〕人，原脱，據四庫本補，按，「想見山中人，薜荔若在眼」二句，九家集注及文選卷二二謝靈運從斤竹澗越嶺溪行詩作「想見山阿人，薜蘿若在眼」。

鄭公粉繪隨長夜，曹霸丹青已白頭。公自注：高士滎陽鄭虔善畫山水，曹霸善畫馬。天下何曾有山水，人間不解重驊騮。**趙曰**：言無人珍重而藏其畫也。

日暮大曆二年作。

補注 **鶴曰**：詩云「牛羊下來夕，各已閉柴門」，又云「石泉流暗壁，草露滴秋根」，當是大曆二年在瀼西作。

牛羊下來夕，**洙曰**：詩：「日之夕矣，牛羊下來。」各已閉柴門。風月自清夜，江山非故園。石泉流暗壁，草露滿秋根[一]。**洙曰**：一作「滴秋原」。沈休文詩：「樹頂鳴風飈，草根滴露霜。」頭白燈明裏，何須花燼繁。**洙曰**：世俗謂有喜事則燈結花，今公頭白老矣，何用喜爲哉？故不須燈燼繁華也。

秋日寄題鄭監湖上亭三首大曆元年作。

補注 **鶴曰**：鄭監，即鄭審。湖在峽州，而公在夔，故云「寄題」。當是大曆元年作。

碧草違春意，**洙曰**：别賦：「春草碧色。」沅湘萬里秋。沅，音元。**洙曰**：沅、湘，二水名。池要山

[一] 「滿秋根」及注「一作滴秋原」，王洙本卷一五作「滴秋根」「一作滿秋原」，九家集注卷二九作「滿秋原」「一作滴秋根」。

簡馬，洙曰：見「習池未覺風流盡」注。月静庾公樓。洙曰：晉庾亮在武昌，諸佐吏殷浩之徒乘秋夜共登南樓，俄而不覺亮至，諸人將起而避之。亮徐曰：「諸君可住，老子於此處興復不淺。」便據胡床與浩等談詠竟夕。其坦率行多此類〔一〕。磨滅餘篇翰，蘇曰：吴湘曰：「一代風流磨滅殆盡，唯有餘篇遺翰，氣焰焰然。」平生一釣舟。趙曰：此兩句公自言也。高唐寒浪減，髣髴識昭丘。洙曰：登樓賦：「北彌陶牧，西接昭丘。」補注鶴曰：長楊賦：「從者彷彿，骫屬而還。」師古曰：「彷彿，讀曰髣髴。」

新作湖邊宅，還聞賓客過。自須開竹徑，誰道避雲蘿。趙曰：既開竹徑，則其徑顯豁，豈是隱避於雲蘿之間乎？官序潘生拙，洙曰：潘岳閑居賦：「拙者絶意乎寵榮之事。」才名賈誼多。洙曰：本傳言：「誼年少，頗通諸家之書，文帝召爲博士。每詔令議下，諸老先生未能言，誼盡爲之對。」捨舟應卜地，鄰接意如何。趙曰：公欲往江陵，故有「鄰接」之問。

暫住蓬萊閣，終爲江海人。趙曰：鄭爲秘書監，即漢之東觀。後漢東觀書曰〔二〕：「學者稱東觀爲老氏藏室、道家蓬萊山。」今鄭君退居，斯江海之人矣。揮金應物理，師曰：張景陽詩：「昔在西京時，朝野多歡娱。藹藹東都門，群臣祖二疏。朱軒耀金城，供帳臨長衢。達人知止足，遺榮忽如無。揮金樂當年，歲暮不

〔一〕「行」下，據晉書卷七三庾亮傳，脱「己」字。
〔二〕後漢東觀書，據九家集注卷二九及後漢書卷二三竇章傳，「東觀」當爲衍文。

留儲。」按疏廣爲太傅，兄子受爲少傅，乞骸骨歸，上加賜黄金二十斤，太子贈以五十斤。既歸日，具酒食待族人賓客，相與娱樂。故子美有「揮金應物理」句。補注希曰：一本作「暫阻蓬萊客」。謝靈運憶山中行詩〔一〕：「本（爲）〔自〕江海人。」陶淵明詩：「雖無揮金事，濁醪聊可持。」**拖玉豈吾身。**洙曰：西征賦：「飛翠緌，拖鳴玉，以出入禁門者衆矣。」**羹煮秋蓴弱〔二〕，杯迎露菊新。**洙曰：陶淵明詩：「秋菊有佳色，裛露掇其英。泛此忘憂物，遠我達世情。一觴雖獨進，杯盡壺復傾。」**賦詩分氣象，佳句莫頻頻。**

謁真諦寺禪師大曆元年作。

補注鶴曰：詩云「凍泉依細石，晴雪落長松」，當是在夔州作。從舊次，大曆元年冬作。

蘭若山高處，洙曰：蘭若，寺名。**煙霞障幾重。凍泉依細石，晴雪落長松。**洙曰：天台賦：「落落之長松。」**問法看詩妄，觀身向酒慵。未能割妻子，卜宅近前峰。**趙曰：如宋周顒，長於佛理，於鍾山西立隱舍，終日長蔬，雖有妻子，獨處之。此於卜宅近寺翁爲可譬也〔三〕。

〔一〕憶山中行，據藝文類聚卷二六人部第十言志引謝靈運詩、晉書卷六七謝靈運傳，下所引詩本無題，非出自此篇。
〔二〕弱，四庫本、王洙本、九家集注作「滑」。
〔三〕翁，據九家集注卷二九，乃衍文。

覆舟二首大曆元年作。

補注**鶴曰**：詩云「巫峽盤渦曉」，當是大曆元年秋在夔州作。

巫峽盤渦曉，洙曰：江賦：「衝巫峽以迅激。」又：「盤渦谷轉。」**黔陽貢物秋。丹砂同隕石，**洙曰：僖十六年：「隕石于宋五。」**翠羽共沉舟。**洙曰：洛神賦：「或拾翠羽。」鄒陽書：「積羽沉舟。」**羈使空斜影，**羈旅也。**趙曰**：此寫出押船使者，船覆而無聊之意。**龍居閟積流。**洙曰：龍居，寶之所歸聚也。**篙工幸不溺，俄頃逐輕鷗。**洙曰：言其能(溷)(泅)爾[一]。**竹宮時望拜，**洙曰：前漢禮樂志：「正月上辛，用事甘泉圜丘，常有神光如(漢)(流)星(上)(止)集于祠壇[二]。天子自竹宮而望拜。」**趙曰**：詳味此篇，蓋因祠享而貢物也。**黄曰**：竹宮、桂館事，皆語諷玄宗好神仙。補注**希曰**：公在夔作此詩，時明皇已升遐久矣，豈是諷其好神仙？趙注云「因祠祀而貢物，故有此句」爲是。**桂館或求仙。**洙曰：前漢郊祀志：「公孫卿曰：『仙人可見，上(往)常(處)(遽)[三]，以故不見。今陛下可爲館如緱氏城，置棗(脯)[四]，神人宜可致。仙人好樓居。』於是長安創飛廉、桂館。」師古曰：「飛廉及桂館，二

[一] 溷，據九家集注，乃「泅」之訛。
[二] 「漢」「上」，據分門集注卷一〇、九家集注卷二九、漢書卷二二禮樂志，乃「流」「止」之訛。
[三] 上常處，九家集注、漢書卷二五下郊祀志下作「上往常遽」，則「處」乃「遽」之訛。
[四] 棗，九家集注作「棗脯」，漢書卷二五下郊祀志下作「脯棗」。

館名。」姹女凌波日，姹，陟駕切。**洙曰：**曹子建洛神賦：「凌波微〔涉〕（步），羅襪生塵。」桓帝童謡「河間姹女工數錢」也。神光照夜年。**趙曰：**所謂「神光如流星」是已。此四句言祠神而神降之[一]。徒聞斬蛟劍，**洙曰：**荆佽飛得寶劍，渡江中流，兩蛟繞舟，幾没。佽飛拔劍斬蛟，乃得濟。無復爨犀船。**洙曰：**温嶠爨犀以照水怪。使者隨秋色，迢迢獨上天。**洙曰：**張騫也。**趙曰：**上天，以言見帝也。

秋清 大曆二年作。

補注 鶴曰：詩云「十月江平穩，輕舟進所如」，當是大曆二年謀出峽，故有此作。

高秋蘇肺氣，白髮自能梳。**補注 希曰：**商那和修録云：「商那和修問毱多：『〔如〕（汝）年幾耶[二]？』答曰：『我年十七。』師曰：『〔如〕（汝）身十七，姓耶[三]？』答曰：『師髮已白，爲髮白耶？心白耶？』師曰：『但髮白，非心白耳。』」藥餌憎加減，**洙曰：**謝靈運詩：「藥餌憎所止[四]，衰疾忽在斯。」門庭悶掃除。

〔一〕 祠神，九家集注作「祠享」。
〔二〕 如，據宋釋普濟撰五燈會元卷一西天祖師三祖商那和修尊者，乃「汝」之訛。下同。
〔三〕 姓耶，五燈會元作「性十七耶」。
〔四〕 憎，據九家集注卷二九、文選卷二二謝靈運游南亭詩，乃「情」之訛。

洙曰：陳蕃不事一室，志掃除天下。**杖藜還客拜，**補注 **希曰：**莊子：「原憲杖藜應門。」**愛竹遺兒書。趙曰：**王子猷愛竹，(几)(凡)遺兒書[一]，則題字竹上。**十月江平穩，輕舟進所如。**

哭王彭州掄 大曆元年作。

補注 **鶴曰：**詩云「巫峽長雲雨」，當是在夔州作。詩又云「兵戈聞兩觀，寵辱事三朝」。蜀路江干窄，彭門地里遥。解龜生碧草，諫獵阻清霄」，則王當廣德年間爲彭州，而今方替罷，遂死也。此詩大曆元年作。

執友驚淪没，趙曰：禮記：「執友稱其仁也。」**斯人已寂寥。新文生沈謝，洙曰：**沈約、謝靈運也。**異骨降松喬。洙曰：**王君平謂茅盈曰：「子有異骨，可學仙。」(漢)(魏)文帝[二]：「壽命非松喬，(誰能)得神仙[三]。」赤松子、王喬也。**北部初高選，趙曰：**言其初官得京畿尉也，故用「北部」事。曹操年二十除洛陽北部尉，舊注謂北部太守，豈有才起身便爲太守乎？**東堂早見招。洙曰：**晉郤詵還還雍州刺史，武帝於東堂會問詵曰：「卿自以爲何如？」詵對曰：「臣舉賢良對策，爲天下第一，猶桂林之一枝，崑山之片玉。」帝笑。

[一] 几，據杜陵詩史卷二三、分門集注卷三，乃「凡」之訛。
[二] 漢文帝，據九家集注卷二九、文選卷二二游覽載魏文帝芙蓉池作，乃「魏文帝」之訛。
[三] 誰能，原脱，據文選卷二二游覽載魏文帝芙蓉池作補。

侍中奏免詵官，帝曰：「吾與之戲，不足（怪）爾〔一〕。」**蛟龍纏倚劍，** **趙曰：** 言禁從之地，變化者如蛟龍纏繞其所倚之劍。**鸞鳳夾吹簫。** **趙曰：** 鸞與鳳夾其所吹之簫也。秦有簫史，教弄玉以吹簫，而鳳凰降。舊注於此句下注：「王子晉。」誤惑學者。子晉乃是吹笙，非簫也。**歷職漢庭久，** **洙曰：** 職，任也。**中年胡馬驕。** **洙曰：** 謂安史亂。**兵戈聞兩觀〔二〕，** **洙曰：** 東京賦：「建象魏之兩觀。」**寵辱事三朝。** **趙曰：** 謂明皇、肅宗與當日代宗。**蜀路江干窄，** **洙曰：** 見「謾勞車馬駐江干」注。**彭門地里遥。** **洙曰：** 彭門，地名，屬彭州。**鄭曰：** 即彭州，兩峰相對，曰天彭。**解龜生碧草，** **洙曰：** 謝靈運：「解龜在景平。」謂解去所佩龜印。**諫獵阻清霄。** **洙曰：** 司馬長卿上書諫獵。**頃壯戎麾出，叨陪幕府要。** **趙曰：** 言王在彭州而參成都節度軍謀矣。**補注** **希曰：** 唐人多言戎麾，如杜佑制「出總戎麾」是也。**將軍臨氣候，** **趙曰：** 指言總戎之人。**壯士塞風飆。** **趙曰：** 指言戰鬥之士。**井渫** **洙曰：** 又作「滿」〔三〕。渫，悉列切。**泉誰汲，** **洙曰：** 易井之九三：「井渫不食，爲我心惻，可用汲。」注：「言潔己不見用也。」**烽疏火不燒。** **趙曰：** 凡軍旅所在，必先論井泉，凡有警，必頻舉烽燧。今井泉不汲，而烽火不燒，則無事矣。皆以王君參謀所致而然。**前籌多自暇，** **洙曰：** 張

〔一〕「不足」下，據晉書卷五二郄詵傳，當脱「怪」字。
〔二〕聞，王洙本卷一五、九家集注卷二九作「闇」。
〔三〕滿，據九家集注、王洙本卷一五，乃「漏」之訛。

良：「借箸前籌〔一〕。」隱几接終朝。隱，去聲。洙曰：孟子隱几而卧。翠石俄雙表，洙曰：蔡伯喈：「樹碑表墓。」寒松竟後彫。洙曰：語：「歲寒然後知松柏之後凋也。」贈詩焉敢墜，染翰欲無聊。蘇曰：晁建中：「僻居山林，經年不識車馬，養成懶散。或答親友書，亦無聊染翰，誰復著書者耶？」再哭經過罷，洙曰：橋玄見曹植〔二〕，曰：「天下將亂，安生民者，其在君乎？」後玄死，植經過玄墓，輒愴凄致祭，感其知己也。趙曰：聞其死，已哭矣，靈櫬從夔州經過，則公又再哭。離魂去住銷。洙曰：言去者有思念之心，住者有思念之意〔三〕，故皆銷魂也。之官方玉折，洙曰：蕭望之便道之官。王褒：「死如(五)(玉)折也。」寄葬與萍漂。洙曰：寄葬莽也。趙曰：追悼其纔赴任而遂如玉折，又傷念其寄殯若萍泛未安也。曠望渥洼道，洙曰：渥洼水出龍馬，謂王之如龍馬不可復見也。霏微河漢橋。洙曰：烏鵲填河爲橋，以度牛、女，謂王之魂當在仙境矣。趙曰：言王君之喪未能歸鄉。言其所出陸馬所經之塗，與夫渡橋而往，方其曠望之間，霏微之眇矣。天馬篇：「天馬徠，循東道。」此所謂「道」也。河漢橋，如世傳織女渡河，而烏鵲爲橋也。舊注引王之魂當在仙境〔四〕，非是。

〔一〕借箸前籌，九家集注作「願借前箸而籌之」，史記卷五五留侯世家作「臣請藉前箸爲大王籌之」，則「借箸前籌」當爲「借前箸而籌之」之倒脱之誤。

〔二〕曹植，據九家集注、後漢書卷五一橋玄傳，乃「曹操」之訛。下同。

〔三〕思，九家集注作「憂」。

〔四〕注，杜陵詩史、分門集注作「所」。

夫人先即世，令子各清標。巫峽長雲雨，洙曰：見「峽内多雲雨」注。秦城近斗杓。洙曰：斗杓，斗極也。鄭曰：杓，卑遥切，柄也。馮唐毛髮白，歸興日蕭蕭。趙曰：公自嘆其留滯空老，因君之喪不即歸鄉而感傷也。

夔府書懷四十韻大曆元年作。

補注 鶴曰：詩云「緑林寧小寇，雲夢欲難追」，當是大曆元年作，指崔旰之亂未已矣。

昔罷河西尉，初興薊北師。洙曰：公召試集賢，授河西尉，不拜，而安禄山反。鮑明遠詩有出自薊北門。不才名位晚，洙曰：事見詩年譜。蘇曰：鄭洗：「不才無遠見，致此名位迂晚〔一〕，誤被恩私。」敢恨省郎遲。趙曰：嚴武再爲東、西川節度，辟公爲參謀，公方爲尚書工部員外郎。扈聖崆峒日，洙曰：見「常思仙仗過崆峒」詩注。趙曰：肅宗幸平凉，公爲左拾遺，扈從乘輿矣。端居灩澦時。洙曰：謂居夔州也。灩澦在瞿塘江中。萍流仍汲引，樗散尚恩慈。洙曰：萍之無根，任漂流也。樗散，莊子「樗櫟不才而壽」者。公自言蹤迹萍流，仍爲人汲引，嚴公辟請也。不才而猶蒙恩，謂除京兆功曹不赴也。蘇曰：孔融：「以樗

〔一〕迂，杜陵詩史卷二七、分門集注卷二三同此，四庫本作「已」，當是館臣臆改。

散不才，尚賴恩慈之厚也。」**遂阻雲臺宿，**洙曰：一作「靈臺」。宿，直宿也。趙曰：公以病不得歸直也。雲臺，南宮臺名，乃顯宗畫二十八將於南宮雲臺是也。**常懷湛露詩。**洙曰：湛露，天子燕諸侯詩。**翠華森遠矣，**洙曰：南都賦：「望翠華之葳蕤。」趙曰：翠華者，天子之旗也。**白首颯凄其。**洙曰：謝靈運詩：「懷賢亦凄其。」**拙被林泉滯，生逢酒賦欺。文園終寂寞，**洙曰：司馬相如拜爲孝文園令。**漢閣自磷緇。**洙曰：揚雄自投天祿閣，見「但取不磷緇」注。**病隔君臣議，**洙曰：公以病辭召。**慚紆德澤私。**趙曰：公被召命，以病不行，徒荷私恩也。**揚鑣驚主辱，**洙曰：漢書：「主辱臣死。」鑣，馬銜也。**拔劍撥年衰。社稷經綸地，**洙曰：時方艱難，有賴於經綸也。**風雲際會期。**洙曰：後漢：「咸能感會風雲。」**血流紛在眼，**洙曰：謂方事戰爭也。趙曰：揚子：「川谷流人之血。」**涕泗亂交頤。**鮑曰：卞和泣玉於荆山下，三日三夜，淚盡繼之以血。黄祖：「涕泗交頤，仰天不能告。」公自喻不見用也。**四瀆樓船泛，**趙曰：樓船，大舟，所以載兵，所以運糧。漢有樓船將軍。**中原鼓角悲。**洙曰：人心悲憤，故鼓角之聲亦悲爾。**賊壕連白翟，**洙曰：左傳有長狄、白狄。**戰瓦落丹墀。**洙曰：後漢：「昆陽屋瓦皆落。」補注 希曰：梅福傳：「涉赤墀之塗。」應劭曰：「以丹淹泥，塗殿上也。」**先帝嚴靈寢，**靈，一作「虚」。趙曰：指言肅宗也，空虚其寢。師曰：言肅宗收京，修寢廟也。**宗臣切受遺。**洙曰：蕭何傳：「一代宗臣。」公孫弘傳：「受遺則霍光、金日磾。」師曰：言受遺詔，立代宗也。**恒山猶突騎，**洙曰：恒山，河北。補注 希曰：晁錯傳：「輕車突騎。」師古曰：「言其驍鋭可用衝突敵人也。」遼海競張旗。洙曰：遼東也。田父嗟膠漆，洙曰：見「天下朋友皆膠漆」注。行人避蒺藜。趙曰：膠漆，所以爲弓。誅求之多，則田父以供輸爲嗟也。鐵蒺藜，所以禦馬，所在布蒺藜於地，而行人避之。周易：「據于蒺藜。」總戎存大體，洙曰：總戎，元帥也，時代宗爲帥。蘇曰：王衍總戎握符，貴其持重，不可輕敵，使節制，存其大體。降將飾卑詞。楚貢何年絶，洙曰：左傳：「齊責楚曰：『爾貢苞茅不入，王祭不供，無以縮酒。』」堯封舊俗疑。蘇曰：作辨〔一〕：孟子云：「堯、舜之民，比屋可封；桀、紂之民，比屋可誅。」信如此説，則堯時諸侯滿天下，桀時大辟遍四海。故公所以疑之。長吁翻北寇，趙曰：指言安、史也。一望卷西夷。趙曰：今有西夷之禍。一望，思欲席卷之也。不必陪玄圃，趙曰：言己身，以譬不必在朝列也。葛仙（公）傳云：「崑崙一曰玄圃，仙人所居耳。」超然待具茨。洙曰：莊子徐無鬼：「黄帝將見（太蒐）（大隗）于具茨之山，至于襄城之野，七聖皆迷，遇牧馬童子，問塗焉。」在滎陽密縣東。凶兵洙曰：凶，一作「休」。鑄農器，洙曰：老子曰：「兵者凶器。」講殿辟書幃〔二〕。洙曰：東方朔傳：「文帝集上書囊爲殿幃。」廟筭高難測，洙曰：廟堂之籌筭也。高難測，假意以譏時無善謀者。天

〔一〕作辨，不知何義，疑有誤，按，其下之文出自東坡全集卷九二齊高帝欲等金土之價。
〔二〕幃，四庫本、九家集注作「帷」。下同。

憂實在茲。**趙曰**：天子之憂每在此耳。**形容真潦倒，洙曰**：嵇康書云：「潦倒粗疏。」**答效莫支持。洙曰**：答效，猶報國也。**使者分王命，群公各典司。恐乖均賦斂，不似問瘡痍。洙曰**：喪亂之際，公私窘急，所分之命、所典之司必未至於均賦斂、問瘡痍也。瘡痍，言民傷爾。補注**鶴曰**：廣德元年，考功郎中裴謂出爲河東道租庸鹽鐵等使。謂請入計，召見便殿，問謂：「榷酤之利，一歲出入幾何？」久之不對。上復問之，對曰：「臣有所思。」上曰：「何思？」對曰：「臣自河東來，其間所歷三百里，見農人愁嘆，穀菽未種。誠謂陛下軫念，先問人之疾苦，而乃責臣以利。孟子曰：『理國者，仁義而已，何以利爲？』」蓋是時諸侯之出，咸以榷利爲先，若謂之念人疾苦者鮮矣。大曆元年詔云：「千金之費，重困吾人。」蓋爲此，是年減京兆府稅。**萬里煩供給，蘇曰**：張華：「出師萬里，恐煩長安供給。」**孤城最怨思。趙曰**：孤城，指言夔州。**緑林寧小患，洙曰**：後漢劉玄傳：「諸亡命共攻離鄉聚，藏於緑林中。」緑林山在今荆州當陽縣東北。**詠曰**：謂荆楚復亂也。**雲夢欲難追。洙曰**：韓信傳：「信初之國，行縣邑，陳兵出入。有告信欲反，書聞，上患之，用陳平謀，僞游於雲夢者。信果來朝，遂擒以歸。」**詠曰**：恐其難擒也。**即事須嘗膽，洙曰**：越句踐既脱會稽之難，思有以報吴，出入嘗膽。**蒼生可察眉。洙曰**：言時多盜賊也。列子：「〔却〕（郄）雍能視盜〔一〕，察眉知之，千

〔一〕却，據九家集注卷二九、列子説符第八，乃「郄」之訛。

無一遺。」**蘇曰**：東方朔言：「蒼生憂樂，見其眉，事可察。」近世注工部詩者，妄引事，真可爲笑。**議堂猶集鳳，蘇曰**：班孟堅曰：「高林論議者，皆駕鳳騎鯨之士。」**正觀是元龜**〔一〕。**洙曰**：言欲求治，當以正觀爲元龜也。龜，言有先知之靈爾。**處處喧飛檄，洙曰**：左太冲詩云：「邊城苦鳴鏑，羽檄飛京都。」**家家急競錐。洙曰**：江淹書云：「競錐刀之利。」**孝祥曰**：其賦歛之急如此。**蕭車安不定，趙曰**：漢蕭育傳：「哀帝（時）南郡多盜賊〔二〕，拜育爲太守。以育耆舊名臣，乃以三公安使車載育入殿中受策〔三〕，曰：『南郡盜賊爲害，朕甚憂之。以太守威信素著，故委之官，其爲民除害，安元元而已。』」舊注所引非特無義，又以蕭育爲望之誤矣。**蜀使下何之。洙曰**：蕭望之爲郡，常有飛雉隨車飛翔。司馬相如爲郎，使蜀諭巴蜀父老。**趙曰**：公之詩意乃言今日遣使在寡誅求、除盜賊之事，非若相如諭蜀父老也。**師曰**：言朝廷遣人安撫之，猶不服。畢竟將何往，言無所逃也。**釣瀨疏墳籍，洙曰**：後漢嚴光披羊裘，釣澤中，後人名其釣處爲嚴陵瀨。疏墳籍，言典籍所稀載也。**耕岩進弈棋。洙曰**：揚子：「谷（口）鄭子真不詘其志〔四〕，耕于岩石之下。」**趙曰**：此公自叙。釣瀨，

〔一〕正觀，應作「貞觀」，當爲避宋仁宗趙禎之諱而改，四庫本作「貞觀」。
〔二〕時，原脱，據九家集注、漢書卷七八蕭育傳補。
〔三〕安，據四庫本、九家集注、漢書蕭育傳，當爲衍文。
〔四〕口，原脱，據九家集注補。

則以嚴子陵自比。耕岩，則以鄭子真自比。疏墳典、進弈棋，乃閑曠而然。**地蒸餘破扇，蘇曰**：司空達：「嶺南蒸濕，北人乍居，殊不宜風土，破扇嘗不釋手。」**冬暖更纖絺。洙曰**：覽物詩所謂「形勝有餘而風土惡」，此見之矣。**趙曰**：以夔之風土多暄也。**豺遘哀登楚，洙曰**：王仲宣七哀詩：「西京亂無象，豺虎方遘患。」又：「南登灞陵岸，回首望長安。」**趙曰**：乃是荆州之樓，此謂登楚。哀登楚者，哀登楚之人也。**麟傷泣象尼。洙曰**：史記：「魯哀公西狩獲麟，孔子見之，曰：『吾道窮矣。』喟然嘆曰：『莫我知夫。』」公道不行於時，故悲嘆若孔子之見麟。**趙曰**：孔子之生，其父母禱之於尼丘，故名丘。而傳記又載，孔子之首象其山，故云。**衣冠迷適越，趙曰**：言欲離夔而南下且未能，所以「迷適越」。莊子曰：「宋人資章甫而適諸越，越人斷髮文身，無所用之也。」**藻繪憶游睢。夢符曰**：按陳孔璋與魏文帝書曰：「游睢渙者，學藻繪之綵。」傳云：「睢、渙之間出文章，故其黼黻絺繡、日月華蟲，以奉宗廟服御焉。」述異志曰：「睢、渙二水，波文皆若五色，其人多文章，故名績水。」又九州要記曰：「睢、渙之間出文章，天子郊廟御服出焉。」尚書所謂「厥篚織文」者也，睢水在南都。**賞月延秋桂，洙曰**：沈休文詩：「山中咸可悦，賞逐四時移。春光發隴首，秋風生桂枝。」**傾陽逐露葵。洙曰**：曹子建表：「若葵藿之傾太陽。」**大庭終反樸，趙曰**：幸天下之治平，反淳樸也。大庭氏，至德之世也。**京觀且僵尸。** **洙曰**：翟方進傳曰：「古者伐不敬，取其鯨鯢築武庫[一]，封以爲大戮，於是乎京觀以懲淫慝[二]。」**補注** **希曰**：翟方進傳注，師古曰：「京，高丘也。觀，謂如闕形。」**高枕虛眠晝，哀歌欲和誰。** **洙曰**：左太冲：「哀歌和漸離，謂若傍無人。」**南宮載勛業，** **洙曰**：後漢永平中，顯宗追感前世功臣，乃圖畫二十八將於南宮雲臺。**凡百慎交綏。** **洙曰**：左傳：「交綏而退。」**蘇曰**：此兩句深戒大臣及諸將，欲功成圖像，當以交綏爲慎，勿使其志之不堅，而後可也。**師曰**：自「釣瀨」以下，乃子美自述。傾陽、逐露葵，言慕君也。綏乃車綏，慎交綏，當以兵爲可戒。

送李功曹之荊州充鄭侍御判官重贈大曆元年。

補注 **鶴曰**：公自寶應元年後游東川，屢欲往荊州，在夔又因詩屢及宋玉之宅，此詩以李功曹之荊州，故又言之，是大曆元年作。

曾聞宋玉宅，每欲到荊州。 **洙曰**：韓愈爲江陵法曹，亦云：「宋玉亭邊不得見。」哀江南賦：「誅茅之宅。」**師曰**：按余知古(諸)(渚)宮故事曰：「庾信因侯景之亂，自建康遁歸江陵，居宋玉故宅。宅在城北三

[一] 庫，漢書翟方進傳作「軍」。

[二] 「京觀」上，九家集注、漢書翟方進傳有「有」字。

里，故其賦云：『誅茅宋玉之宅，穿徑臨江之府。』子美在夔詠懷古迹云：「摇〔摇〕（落）深知宋玉悲[一]，江山故宅空文藻。」又移居夔州入宅詩云：「宋玉歸州宅，雲通白帝城。」疑歸州亦有宋玉宅，非止於荆州。**此地生涯晚，遥悲水國秋。孤城一柱觀，落日九江流。** **洙曰：**見「九江落日醒何處，一柱觀頭眠幾回」注。**使者雖光彩，青楓遠自愁。** **洙曰：**阮籍詩：「上有楓樹林，遠望令人悲。」

上卿翁請修武侯廟遺像缺落時崔卿權夔州

補注 **鶴曰：**公大曆元年至夔，時乃柏都督，公嘗爲柏作謝上表，又有陪柏中丞陪宴將士二首[二]。其詩作於冬，則崔卿權州必在二年，此當是二年作。

大賢爲政即多聞， **趙曰：**言多有傳聞之善政也。**刺史真符不必分。尚有西郊諸葛廟，卧龍無首對江濆。** **洙曰：**徐庶謂先主曰：「諸葛孔明，卧龍也。」

〔一〕摇摇，據九家集注卷二九及後卷三〇詠懷古迹五首其二，乃「摇落」之訛。
〔二〕陪，據後卷三一，乃「觀」之訛。

孤雁大曆元年作。

彥輔曰：一云「後飛雁」，公值喪亂，羈旅南土，而見於詩者，(志)嘗在於鄉井[一]，故託意於孤雁也。末章譏不知我而譊譊者。**補注** **鶴曰**：詩云：「孤雁不飲啄，飛鳴聲念群。誰云一片影，相失萬里雲[二]。」蓋託孤雁以念兄弟也，似是大曆元年在夔州作，梁編亦然。

孤雁不飲啄，飛鳴聲念群。 **洙曰**：一作「聲聲飛念群」。 **誰憐一片影，相失萬重雲。** **師曰**：鮑當孤雁詩云：「更無聲接緒，空有影相隨。」孤則孤矣，豈若子美有「不飲啄」「念群」之語，孤之中乃有不孤之念，而「誰憐一片影，相失萬重雲」又有不盡之意乎？ **望盡似猶見，哀多如更聞。野鴉無意緒，鳴噪自紛紛。**

遣愁大曆元年作。

補注 **鶴曰**：詩云「漸惜容顏老，無由弟妹來」，當是大曆元年在夔州作，二年，弟觀至自江陵矣。

養拙蓬爲户，茫茫何所開。江通神女館， **洙曰**：見「神女峰娟妙」注。 **地隔望鄉臺。** **洙曰**：見「日落望鄉臺」注。 **補注** **希曰**：九域志載：「夔州有大仙廟，即巫山神女祠。」望鄉臺在利州，而成都亦有之，

[一] 「嘗」上，杜陵詩史卷二二、分門集注卷二三、九家集注卷二九有「志」字。

[二] 里，據詩文，乃「重」之訛。

事，迴首一悲哀。

故云「地隔」也。漸惜容顏老，**洙曰**：傷時不可再也。無由弟妹來。**洙曰**：以道路阻隔也。兵戈與人

奉寄李十五秘書二首文嶷。大曆元年作。

補注 **鶴曰**：詩云「暫留魚復浦，同過楚王臺」，則是公大曆元年在夔州作。按寰宇記云：「奉節縣北三十里有赤〔田〕（甲）城〔一〕，舊魚復縣基故也。」李時在雲安縣，故寄以此詩。詩云「秋風早下來」，後公有贈別詩亦云「解榻秋露懸」，是秋宋至白帝〔二〕。

避暑雲安縣，秋風早下來。**蘇曰**：阮瑀曰：「乘此秋風，挂帆東下，江南〔薄〕（蓴）鱸可喜。」暫留魚復浦，**洙曰**：巴東，漢魚復縣。同過楚王臺。**洙曰**：楚襄王與宋玉游雲夢之臺。猿鳥千崖窄，秦曰：謂夔峽之地多崖嶂而少平地也。江湖萬里開。竹枝歌未好，畫舸且遲回〔三〕。**洙曰**：竹枝歌，巴渝之遺音也，惟峽人善唱。**趙曰**：竹枝歌惟夔峽〔歌人〕（人歌）之爲未好〔四〕，則離出夔峽聽好音也。補注 希

〔一〕赤田城，據太平寰宇記卷一四八夔州奉節縣，乃「赤甲城」之訛。
〔二〕宋，據詩題，乃「李」之訛。
〔三〕且，四庫本、九家集注卷二九作「莫」。
〔四〕歌人，據九家集注、杜陵詩史卷二五、分門集注卷一九，乃「人歌」之訛。爲，九家集注無此字。

曰：黄魯直云：「竹枝歌，本出三巴，其流在湖湘耳。」

行李千金贈，趙曰：美其行贐之多。余曰：左傳云：「行李之往來。」杜預注云：「行李，使人也。」衣冠八尺身。飛騰知有策，意度不無神。班秩兼通貴，趙曰：唐制，秘書郎從六品上，謂之通貴。公侯出異人。趙曰：左傳：「公侯之子孫，必復其始。」李秘書必宗室之子矣。玄成負文彩，世業豈沉淪。洙曰：漢韋賢，其先韋孟，少子玄成，皆以經術名家。趙曰：韋玄成，少好學，修父業。爲相七年，守正持重不及父賢，而文采過之。

即事大曆二年作。

洙曰：一云「天畔」。補注鶴曰：詩云「未聞細柳散金甲」，當是指大曆二年九月吐蕃寇邠、靈州，京師戒嚴。此詩當是其時作，故詩又云：「三寸黄甘猶自青。」梁（懷）（權）道編在元年，然舊史、通鑑大曆元年不云吐蕃入寇。但新史云陷原州，然原州已是廣德元年陷矣。以此論之，不是元年作甚明。

天畔群山孤草亭，江中風浪雨冥冥。洙曰：楚辭：「雷填填兮雨冥冥。」一雙白魚不受釣，蘇曰：魯璘隱嵩山，不仕，傲曠。鄉有大夫，不廉，行惡，一日見璘垂釣，問曰：「先生今日得多少魚？」璘曰：「此池淺，無巨鱗，有白魚一雙，長二三寸，不受釣。」大夫者沮而歸。三寸黄甘猶自青。師曰：甘以三寸者入貢，三寸猶青，以（其）〔未〕成就[一]，其加大可知。多病馬卿無日起，**洙曰**：謝靈運：「有疾象長卿。」窮途阮籍幾時醒。**洙曰**：見「至今阮籍等，熟醉爲身謀」注。未聞細柳散金甲，**洙曰**：周亞夫細柳營。蔡文姬詩：「金甲耀朝日。」腸斷秦州流濁涇[二]。**彦輔曰**：公有弟妹在秦州[三]。**補注** **鶴曰**：公弟妹避亂在山東、河南、鍾離，無在秦州。按通鑑，廣德元年七月，吐蕃入大（囊）〔震〕關[四]，秦州與洮、渭、臨等州俱陷，至是未復，故有「腸斷」之句。

黄氏補千家注紀年杜工部詩史卷二十九

[一] 其，據杜陵詩史卷九，乃「未」之訛。
[二] 秦州，王洙本卷一五、九家集注卷二九作「秦川」。
[三] 秦州，九家集注作「秦川」。
[四] 大囊關，據資治通鑑卷二二三，乃「大震關」之訛。

黄氏補千家集注杜工部詩史卷之三十

灩滪大曆二年作。

補注鶴曰：此詩言水漲，故曰「灩滪既没孤根深」。按舊史，大曆二年，河東、河南、江浙、淮南、福建等道五十五州奏水災。蜀雖不預，宜亦水高，當是其年作。

灩滪既没孤根深，洙曰：「灩滪如馬，瞿塘莫下。灩滪如象，瞿塘莫上」，此峽人以灩滪爲水候也。既没則尤漲，不可下矣。西來水多愁太陰。洙曰：言陰氣太盛也。江天漠漠鳥飛去[一]，風雨時時龍一吟。舟人漁子歌迴首，洙曰：海賦：「舟人漁子。」江賦：「蘆人漁子。」〔沽〕（估）客胡商淚滿襟[二]。蘇曰：南海有列婦，夫戰死，行哭水畔，胡商賈客見之皆泣下，遂投水而死。今有廟焉，劉非熊作記。予親見灩滪。寄語舟航惡年少，休翻鹽井横黄金。洙曰：一作「擲」。鄭曰：横，户孟切，不以理也。

[一] 飛，杜陵詩史卷二二、分門集注卷四同，四庫本、九家集注卷三〇作「雙」。
[二] 沽，據四庫本、王洙本卷一五、九家集注、分門集注，乃「估」之訛。

洙曰：蜀都（賦）：「家有鹽井之泉〔一〕。」**補注** **希曰**：南史何妃傳：「楊郎好年少〔二〕。」**鶴曰**：昭帝紀：「發三輔及郡國惡少年屯遼東。」師古曰：「惡少年，謂無賴子弟也。」蜀多鹽井，而夔亦有之，見前注。

白帝大曆元年秋作。

補注 **鶴曰**：詩云「戎馬不如歸馬逸，千家今有百家存」，當是指崔旰之亂，大曆元年秋作。

白帝城中雲出門， **趙曰**：謝靈運詩：「岩高（雲若）（白雲）屯。」舊作「雲出門」，無義。**白帝城下雨翻盆。** **洙曰**：雲行雨施爾。翻盆，言其勢之暴也。**高江急峽雷霆鬥，** 江爲峽所束，故波聲若雷霆也。**翠木長藤日月昏**〔三〕。**洙曰**：一作「古」。**戎** **洙曰**：一作「去」。**馬不如歸馬逸，千家今有百** **洙曰**：一作「十」。**家存。** **洙曰**：言殘敝也。**哀哀寡婦誅求盡，慟哭秋原何處村。** **洙曰**：時征役並興，民死於役，故多寡婦也；暴賦橫斂，故多誅求也。此言軍旅之際，民不聊生如此。

〔一〕 鹽井之泉，據文選卷四左思蜀都賦，乃「鹽泉之井」之倒誤。
〔二〕 年少，南史卷一一鬱林王何妃傳同此，四庫本作「少年」。
〔三〕 長，杜陵詩史卷二二、分門集注卷一、九家集注卷三〇作「蒼」。

黃草廣德元年作。

鄭曰：峽中記：「三峽、劍側多黃草生，虎豹資之。」故云。**補注鶴曰**：詩云「聞道松州已被圍」，按舊史，廣德元年十二月，吐蕃陷松州、維州，而今詩云被圍，則是作於其年秋。是時公在梓、閬，不應言錦水，殆是因兵戈而思成都，故云。詩又云「黃草峽西船不歸，赤甲山下行人稀」者，亦是因山南之亂而言，非公在夔作也。舊次非，詳見注。

黃草峽西船不歸，赤甲山下行人稀。**趙曰**：舊作「少人稀」[一]，惟蔡伯世本作「人行稀」，是。黃草峽在涪州，峽之西則蜀中矣。言水行之船不歸，陸行之人稀少，此所以致疑道路之梗塞也。**秦中驛使無消息，蜀道兵戈有是非。****趙曰**：望秦中之驛使，則無消息，聞蜀道之兵戈，或是或非，未敢必料也。蔡伯世曰：「是時蜀中多故。」冬日詩公自注曰[二]：「傳聞官軍自圍普、遂。」可見之矣。**鮑曰**：崔寧之亂，郭英（義）（乂）犯寧家室，寧逐之，是也。以大義責之，則寧以偏裨逐大將，非也。**補注鶴曰**：寰宇記：赤甲城在夔州，而黃草峽在涪州。涪、夔皆唐山南道。乾元元年，來瑱與山南東道防禦使裴（茂）（茙）戰于（穀）（榖）水[三]。明年廣德元年，山南兵馬使梁崇義以來瑱誅，自鄧州勒衆還襄州，殺李昭、薛南陽，脅制衆心。是時夔、涪水陸之

[一] 少，據九家集注卷三〇，乃「行」之訛。
[二] 冬日詩，九家集注卷三〇作「冬日池詩」，按，此處所引乃卷三二有嘆詩題下注。
[三] 穀水，據舊唐書卷一一四來瑱傳，乃「榖水」之訛。

道不通，故云「船不歸」「行人稀」也。秦中驛使，謂使吐蕃者。通鑑：寶應元年建寅月，吐蕃遣使請和。廣德元年四月，遣御史大夫李之芳等使于吐蕃，爲虜所留，二年乃得歸。故曰「無消息」。蜀道兵戈，謂段子璋寶應元年反，徐知道乾元元年反。鮑注非。**萬里秋風吹錦水，****洙曰：**成都記：「濯錦江，秦相張儀所作。笮橋東，下枕水，舊錦里〔勝〕（城）基址〔由〕（猶）在〔一〕，此水濯錦即鮮明，它水不得。太原公濬而闢之，堅其岸而疏大之，澄而陽之，水居者以虹橋跨水，綵畫相鮮。」**誰家別淚濕羅衣。****蘇曰：**王洎聞砧詩：「空閨少婦聽，別淚滿羅衣。」**莫愁劍閣終堪據，****蘇曰：**姜維曰：「劍閣堪據，實蜀路要之處。」**聞道松州已被圍。****洙曰：**松州，在西山，吐蕃之南鄙也。**蘇曰：**梁元帝解松州之圍。**趙曰：**勿謂劍閣之險可恃，而欲割據，雖松州在劍閣之内，已有圍之者矣。此所以戒守土之臣也。

吹笛大曆元年作。

補注 **鶴曰：**詩云「胡騎中宵堪北走」，趙注以爲指史朝義。按朝義之死，在廣德元年正月，則梁權道不應編在大曆元年，此當是指吐蕃而言。按通鑑：永泰元年，吐蕃與迴紇入寇，子儀免冑釋甲，投鎗而進，回紇酋長皆下馬羅拜。子儀責之云云，再成和約。吐蕃聞之，夜引兵遁去。故當在大曆元年作。

〔一〕勝，據九家集注，乃「城」之訛。由，據九家集注，乃「猶」之訛。

吹笛秋山風月清，誰家巧作斷腸聲。洙曰：鮑明遠：「離聲斷客情。」又：「行子心腸斷[一]。」蘇曰：阮晟聞笛，曰：「客中月夜聞此聲韻，使人腸斷。」**風飄律呂相和切，**洙曰：馬融笛賦[二]：「律呂既和，哀聲互降。」**月傍關山幾處明。**洙曰：向秀月夜聞笛，遂作懷舊賦。**胡騎中宵堪北走，**洙曰：言笛聲怨切，能動鄉思，胡人聞之當北走矣。師曰：晉劉琨爲并州刺史，常爲胡騎所圍。琨乘月登樓清嘯，賊聞之長嘆；中夜吹胡笳，則又有流涕噓欷，有懷土之思，遂棄圍而去。笳，胡笛也。**武陵一曲想南征。**洙曰：王徽之聞桓伊善笛，一日相逢於江次，謂伊曰：「聞君善笛，請爲我一弄。」伊已貴顯，素聞徽之名，便爲據胡床三弄而去，賓主竟不言。伊爲南征將軍。**故園楊柳今搖**一作「摧」。**落，何得愁中却盡生。**蘇曰：桓伊善笛，撰折楊柳，尤盡巧妙，後人不能盡其指訣。

垂白

一云「白首」。大曆元年秋作。

補注 鶴曰：詩云「垂白馮唐老」，當是廣德二年爲工部員外郎後作。又云「江喧長少睡，樓迥獨移時」，當是大曆元年秋在夔州作。蓋廣德二年秋在嚴公幕中，永泰元年秋在雲安，皆未嘗樓居，唯大曆元年在夔州居

[一] 行，杜陵詩史卷一〇、分門集注卷一六、九家集注卷三〇、文選卷二六鮑明遠東門行詩同此，四庫本作「游」。

[二] 笛賦，文選卷一八作「長笛賦」。

西閣。

垂白馮唐老，洙曰：見「名慚白首郎」注。補注 希曰：杜周傳：「老姊垂白。」師古曰：「言白髮下垂也。」**清秋宋玉悲。**趙曰：見宋玉九辯，云：「悲哉秋之爲氣也。」**江喧長少睡，樓迥獨移時。多難乃旦切。身何補，無家病不辭。**趙曰：公攜妻（奴）〔孥〕入蜀〔一〕，而今云「無家」，豈專以故鄉爲家者乎？**甘從千日醉，**洙曰：中山有酒，飲者一醉千日，玄石飲之〔二〕，千日乃醒。**未許七哀詩。**師曰：曹子建等七哀詩，云七哀，謂痛而哀，義而哀，感而哀，怨而哀，耳目見聞而哀，口嘆而哀，鼻酸而哀。子建謂漢末征役别離〔三〕，婦人哀嘆，故賦此詩；仲宣則哀漢室之亂；孟陽則前哀人事之遷變，後哀王室之漸亂，故其題皆曰「七哀」。

草閣大曆二年秋作。

補注 鶴曰：草閣當在瀼西、東屯間，故云「柴扉永不關」，又云「泛舟慚小婦」，乃大曆二年秋作。

草閣臨無地，洙曰：頭陀寺碑：「飛閣逶迤，下臨無地。」**柴扉永不關。**洙曰：范彦龍：「有客款柴

〔一〕奴，據九家集注卷三〇，乃「孥」之訛。
〔二〕玄石，九家集注作「劉玄石」。
〔三〕謂，九家集注、六臣注文選卷二三曹植七哀詩題下吕向注作「爲」。

扉。」陶潛：「門雖設而常關。」魚龍迴夜水，洙曰：見「（木）（水）落魚龍夜」注。竊觀「水落魚龍夜」，自是隴右有魚龍川也，恐此「魚龍」非矣。田曰：正謬云：此詩乃夔州所作，舊注於下云「隴」，豈可言秦之魚龍川乎？按酈元水經曰：「魚龍以秋日爲夜。龍秋分而降，蟄寢於淵，故以秋日爲夜也。」星月動秋山。師曰：子美言「魚龍」「夜水」，「魚龍寂寞秋江冷」也。漢武故事曰：「東方朔曰：『星辰動摇，民勞之應。』」久洙曰：一作「夕」。露晴洙曰：一作「清」。初濕，高雲薄未還。泛舟慚小婦，飄泊損紅顔。

江月大曆元年作。

補注鶴曰：詩云：「江月光於水[一]，高樓思殺人。」當是大曆元年在夔州西閣作。

江月光如水，高樓思殺人。思，息吏切。洙曰：庾肩吾月詩：「樓上徘徊月，窗中愁殺人[二]。」天邊長作客，老去一霑巾。洙曰：見月而感流落也。補注思，去聲，與「江漢思歸客」同作，亦當是去聲。玉露團清影，洙曰：謝惠連：「團團滿葉露。」銀河没半輪。洙曰：公月詩云：「不隨銀漢落，亦伴玉繩横。」誰家挑錦字，洙曰：别賦：「織錦曲兮泣已盡，迴文詩兮影獨傷。」注：織錦爲迴文詩，以寄遠。燭滅洙

[一] 於，詩文作「如」，王洙本卷一五、九家集注卷三〇、分門集注卷一作「於」。
[二] 殺，九家集注作「思」。

曰：一作「滅燭」。**翠眉嚬。** **蘇曰**：鮑昭遠古樂府[一]：「空閨燭初滅，撫懷嚬翠眉。」

洞房大曆元年作。

補注 **鶴曰**：自此詩至鬥雞四篇，皆因明皇升遐而感傷之。案明皇以廣德元年三月葬泰陵，今詩云「園陵白露中」，則是廣德元年後作。而鬥雞詩云「仙游終一閟，女樂久無香」，則去葬年爲遠矣。梁權道編在大曆元年，恐是。

洞房環珮冷，玉殿起秋風。 **蘇曰**：楊妃過温湯行云：「玉殿空掩扉，秋風動琪樹。昔日繁華事，盡逐流波去。」介甫、永叔俱稱絶題。**趙曰**：此篇思長安而懷帝闕也。楚辭：「修容修態[二]，〔亘〕（絙）洞房[三]。」

補注 **希曰**：三輔黄圖有大玉堂、小玉堂，殿今謂玉殿，其本於此。**秦地應新月，龍池滿舊宮。** **洙曰**：興慶宮，明皇潛龍之地也，有龍池在焉。**繫舟今夜遠，清漏往時同。** **洙曰**：漏聲依舊也。**萬里黄山北，**

[一] 鮑昭遠，當爲「鮑明遠」之訛，或「鮑昭」之衍。
[二] 修容，據九家集注卷三〇、楚辭章句卷九宋玉招魂，當爲「姱容」之誤。
[三] 亘，楚辭章句卷九宋玉招魂作「絙」，「亘」當係避宋諱改。

園陵白露中。**洙曰**：東方朔（傳）〔一〕：「微行始（出）〔二〕，北至池陽，西至黄山。」晉灼曰：「宫名，在槐里。」**趙曰**：按傳云：〔唐〕（武）帝微行而至黄山〔三〕。蓋右扶風槐里縣有黄山宫。補注**希曰**：漢宣帝王后傳：「合葬杜陵，稱東園。」師古曰：「雖同塋兆，而别爲墳，王后陵次宣帝陵東，故曰東園。」

宿昔

洙曰：詠天寶中事也。補注**鶴曰**：詩云「落日留王母，微風倚少兒」，蓋指貴妃與諸姨也。

宿昔青門裏，**逸曰**：青門，京城東門。**蓬萊仗數移。**數，色角切。**逸曰**：蓬萊，殿名。補注**鶴曰**：龍朔二年，高宗置仗，朝會之仗，三衛蕃上，分爲五仗。元獨有蓬萊殿〔四〕，蓋有蓬萊宫。**花驕迎雜樹，****洙曰**：天寶中最重木芍藥，群花不可比其貴盛。**趙曰**：言雜樹之花，則如桃李之屬。沈約望春詩：「春風摇雜樹。」**龍喜出平池。****洙曰**：柳芳傳信記云：「天寶中，興慶宫小龍常游於宫垣南溝水中。」**落日留王母，****洙曰**：漢武帝内傳云：「西王母與上元夫人降帝，美容貌，神仙人也。」**微風倚少兒。****趙曰**：王母以言楊貴妃，少兒以

〔一〕傳，原脱，據九家集注補。
〔二〕「始」下，九家集注有「出」字。
〔三〕唐帝，據九家集注、漢書卷六五東方朔傳，乃「武帝」之訛。
〔四〕元，疑爲「不」之誤。

言妃之諸姨矣。少兒，則衛少兒也。**宫中行樂秘，** **夢符曰：** 按前漢書：「周仁爲人陰重不泄，得幸，入卧内。於後宫秘戲，仁常在旁，終無言。」**少有外人知。**

能畫

補注 **鶴曰：** 詩云「能畫毛延壽，投壺郭舍人」，毛與郭皆漢人，公託以喻明皇爲技巧所移。**能畫毛延壽，** **洙曰：** 西京雜記：「杜陵畫工毛延壽善爲人形，醜好老少，必得其真。」補注 **希曰：** 毛延壽，即畫王嬙者。昭帝以延壽畫昭君不實，遂殺之。**投壺郭舍人。** **洙曰：** 西京雜記：「武帝時，郭舍人善投壺，以竹爲矢，不用棘也。能激矢令還，一矢百餘反，謂之驍。言如博之豎（棋）於輩中爲驍傑也[一]。每爲武帝投壺，輒賜金帛也。」**每蒙天一笑，** **修可曰：** 太平御覽載神異傳曰：「東王公與玉女投壺，（設）（投）而不接[二]，天爲之笑，（問）（開）口流光，今電是也。」**師曰：** （元）（玄）宗時，承平日久，驕逸遂生，百技皆能感動帝意。詩故云云。**復以物皆春[三]。** 補注 **希曰：** 一本作「復似物初春」。此二句蓋接「能畫」「投壺」而言。**政化平**

[一] 「豎」下，九家集注卷三〇、西京雜記卷五有「棋」字。

[二] 設，據九家集注卷三〇，乃「投」之訛。

[三] 以，四庫本、九家集注作「似」。

如水，洙曰：言無偏詖也[一]。皇恩斷若神。洙曰：言不可測也。時時用抵戲，亦未雜風塵。洙曰：抵戲，謂角抵也。今兩兩相當，角力量其技爾。趙曰：言至用抵戲而止，不甚雜民俗之風塵事也。補注鶴曰：西域傳：「作巴渝漫衍[二]、海中碭極、漫衍魚龍、角抵之戲。」

鬥雞

鮑曰：東城父老傳云：「明皇以乙酉生，而喜鬥雞，兆亂之象也。」補注鶴曰：明皇好鬥雞，又教舞（馬）四百蹄，及於梨園自教法曲，必盡其妙。故詩言「鬥雞」「舞馬」「女樂」，而終有「寂寞驪山道，清秋草木黃」之句，蓋致感傷意也。

鬥雞初賜錦，洙曰：楊妃外傳云：「國忠始以鬥雞供奉。」趙曰：明皇好鬥雞，有（覃）（賈）昌者，以善養雞蒙寵，當時爲之歌曰：「生兒不用識文字，鬥雞走馬勝讀書。賈家小兒年十三，富貴榮華代不如。」惟此，則「賜錦」可知矣。舊所引國忠事皆妄。舞馬既登床。洙曰：既，一作「解」。明皇常令教舞（馬）四百蹄，目之爲某家驕，其曲謂之傾杯樂，奮首鼓尾，無不應節。又施三層木床，乘馬於上，抃轉如飛，命壯士舉馬舞於榻上。

[一] 詖，四庫本作「陂」。
[二] 漫衍，據漢書卷九六下西域傳下，乃「都盧」之訛。

安禄山亂，馬散落人間。田承嗣〔行〕（得）之〔一〕，一日軍中大享，馬聞樂而舞，承嗣以爲妖而殺之。簾下宫人出，樓前御柳**洙曰：**一作「曲」。長。仙游終一閟，女樂久無香。**洙曰：**謂禄山亂，天子出幸，女樂流散也。**趙曰：**仙游，言明皇上昇矣，宜女樂之久無香也。寂寞驪山道，清秋草木黄。**洙曰：**言不復行幸也。**定功曰：**傷嘆之也。秋風辭曰：「草木黄落兮雁南飛。」

鸚鵡大曆元年作。

魯曰：一云「翦羽」。注皆是禰衡賦。**補注** **鶴曰：**此詩句句含不遇之意，公蓋託以自況。梁權道編在大曆元年夔州詩内，真夔州所作也。

鸚鵡含愁思，聰明憶别離。**洙曰：**禰衡賦「性辯（慧）而能言，才聰明以識機」也。翠衿渾短盡，紅觜謾多知。**洙曰：**紺趾丹〔趾〕（觜）〔二〕，緑衣翠衿。未有開籠日，**洙曰：**閉以彫籠，剪其翅羽。鷦鷯賦：「鸚鵡慧而入籠。」空殘宿舊枝。**洙曰：**想昆山之高峻，思鄧林之故枝。世人憐復損，何用羽毛

〔一〕行，據四庫本、杜陵詩史卷二六、分門集注卷六，乃「得」之訛。

〔二〕趾，據杜陵詩史卷二三、分門集注，乃「觜」之訛。

奇。**洙曰**：雖同族於毛羽〔一〕，故殊智而異心。

歷歷大曆元年作。

補注 **鶴曰**：詩云「巫峽西江外」，又云「爲郎從白首，卧病數秋天」，當是大曆元年夔州作。

歷歷開元事，分明在眼前。 **洙曰**：開元太平之事也。**無端賊盜起〔二〕，忽已歲時遷。巫峽西江外，** **趙曰**：蜀江從西來，故謂之西江。**秦城北斗邊。爲郎從白首，** **夢符曰**：按後漢張衡思玄賦：「尉尨眉而郎潛兮，逮三世而遘武。」注：尉，謂都尉顔駟也。尨，蒼雜色也。遘，遇也。漢武故事曰：「上至郎署，見一老郎，鬢皓白，問何時爲郎，何其老也？對曰：『臣姓顔名駟，以文帝（時）爲郎〔三〕。文帝好文而臣好武，景帝好老而臣尚少，陛下好少臣已老，是以三葉不遇也。』上感其言，擢爲會稽都尉。」**趙曰**：懷長安也。長安城謂之北斗城。**卧病數秋天。**

〔一〕毛羽，九家集注、文選卷一三禰衡鸚鵡賦作「羽毛」。
〔二〕賊盜，王洙本卷一五、九家集注卷三〇作「盜賊」。
〔三〕「文帝」下，據九家集注卷三〇、文選卷一五張衡思玄賦李善注，脱「時」字。

江上大曆元年作。

補注 鶴曰：詩云「江上日多雨，蕭蕭荆楚秋」，當是大曆元年夔州作。夔，古荆州之域，又後爲楚地也。

江上日多雨，蕭蕭荆楚秋。高風下木葉，洙曰：洞庭(皮)(波)兮木葉下。永夜攬貂裘。洙曰：蘇季子不得用而貂裘弊。勛業頻看鏡，洙曰：惜其功名未遂而身老也。修可曰：庾信詠懷詩云：「匣中取明鏡，披圖自照看。」行藏獨倚樓。趙曰：所以念深矣。時危思報主，衰謝不能休。

中夜

補注 鶴曰：詩云「高堂戰伐塵」，又云「胡雛負恩澤」，蓋謂大曆二年吐蕃入寇。當於其年，詳見注。

中夜江山静，危樓望北辰。長爲萬里客，有愧百年身。洙曰：鮑明遠：「争先萬里途，各事百年身。」蘇曰：孔融：「中夜不寐，翻覆生計，無補於世，有愧百年身後之名，取羞於子孫。」故國風雲氣，洙曰：顔延年：「故國多喬木，空城凝塞雲。」史記：「風雲〔一〕，天(地)之客氣者也。」高堂戰伐塵。胡雛負恩澤，嗟爾太平人。趙曰：當時史朝義之亂未除，而公興感亂階自禄山也。洙曰：明皇嘗寵禄山坐於金雞障

〔一〕風雲，史記卷二七天官書作「雲風」。

下，肅宗以爲言，上曰：「胡有異相，吾厭之。」**師曰**：望北辰，言思君也。雲從龍，風從虎，喻君臣會聚。子美家京城，今客萬里之遠，故望風雲之氣有所感傷也。**補注** **鶴曰**：公作泛溪詩云：「落景下高堂。」作南〔溪〕（池）詩云：「高堂亦明〔神〕（王）。」作夔州絶句云：「閬風玄圃與蓬萊，中有高堂天下無。」則高堂是西方之地名，兹云「高堂戰伐塵」者，乃指吐蕃入寇。胡雛，當是指吐蕃也。唐嘗以公主和親，其恩澤不爲不厚，而吐蕃負恩入寇，故云。

江漢 大曆二年作。

補注 **鶴曰**：詩云「江漢思歸客」，又云「秋風病欲蘇」，當是大曆二年夔州作。

江漢思歸客，乾坤一腐儒。 **余曰**：古今詩話云：「楊大年不喜杜詩，謂之〔材〕（村）夫子。有鄉人以杜詩强大年，不服，因曰：公試爲我續『江漢思歸客』一句。大年亦爲屬對，鄉人曰：『乾坤一腐儒。』大年似少屈。」**片雲天共遠，永夜月同孤。落日心猶壯，秋風病欲蘇。古來存老馬，不必取長途。** **洙曰**：田子方出，見老馬於道而問焉。其御曰：「故公家畜也。」子方以束帛贖之，窮〔土〕（士）歸心。**趙曰**：韓子曰：「管仲、隰朋從〔威〕（桓）公伐孤竹[一]，迷〔感〕（惑）（失道）[二]。管仲曰：『老馬之智可用也。』乃放老馬而隨

[一] 威公，據九家集注卷三〇、杜陵詩史卷三〇、分門集注卷一三、韓非子卷七説林上，乃「桓公」之訛。

[二] 迷感，據九家集注、杜陵詩史、分門集注、韓非子卷七説林上，乃「迷惑失道」之訛脱，四庫本作「迷道」，當是館臣臆改。

之，遂得道焉。」公之意自比於老馬，雖不能取長途，而猶可以知道解惑也。

洛陽大曆元年作。

補注鶴曰：此詩非言洛陽事，而題曰「洛陽」，蓋其初無題，第取首二字而云。其前如灩澦至江漢，其後如驪山至吾宗，皆此類也。當在夔州作，大曆元年。

洛陽昔陷没，胡馬犯潼關。洙曰：禄山先陷東都，乘勝犯關。趙曰：天寶十四載，禄山陷東京，所謂「洛陽（昔陷没）」也[一]。次年遂陷潼關。**天子初愁思，都人慘别顏。清笳去宫闕，翠蓋出關山。**洙曰：幸蜀也。**故老仍流涕，龍髯幸再攀。**趙曰：黄帝鼎既成，〔垂龍〕（龍垂）胡髯而〔上〕（下）迎[二]，群臣從上七十餘人，餘小臣不得上，乃悉持龍髯。補注鶴曰：流涕，謂二聖還京，時士庶涕泣者。按舊史帝紀：「肅宗入長安，士庶涕泣拜抃曰：『不圖今日復見吾君。』」又：「上皇至自蜀，士庶舞抃路側，曰：『不圖今日再見二聖。』」通鑑云：「上入西京，百姓奉迎，二十里不絶，有泣者。」

〔一〕昔陷没，原脱，據九家集注卷三〇補。
〔二〕垂龍，據九家集注、史記卷二八封禪書，乃「龍垂」之倒誤。上，據九家集注、史記卷二八封禪書，乃「下」之訛。

驪山大曆元年作。

補注鶴曰：此爲明皇升遐，追紀當時事而言，同是大曆元年作。

驪山絶望幸，洙曰：謂不復行幸也。**花蕚罷登臨。**洙曰：明皇友愛，於上都建花蕚相輝之樓，爲諸王燕集之地。**地下無朝燭，**洙曰：陶潛：「幽室一已閉，千年不復朝。」劉向傳：「秦始皇帝葬於驪山之阿，下錮三泉，上崇山墳。石槨爲游宮，人膏爲燈（蜀）（燭）[一]，水銀爲江海，黄金爲鳧雁。」趙曰：朝，音朝覲之朝。凡朝在早，則秉燭而朝。今地幽閟，無朝見之燭。舊注誤以朝爲晨朝，失公本意。師曰：此句言玄宗已仙去矣。**人間有賜金。**趙曰：言（王）（生）時所賜金有留在人間也[二]。**鼎湖龍去遠，**洙曰：見「先帝弓劍遠」注。**銀海雁飛深。**趙曰：何遜經孫氏陵詩云：「銀海終無浪，金鳧會不飛。」**萬歲蓬萊日，**趙曰：句似難解，蓋言天子如平日[三]。平時蓬萊殿中之日懸於殿（間）[四]，今則懸在舊羽林中爾。羽林，謂今守護陵寢者。**長懸舊羽林。**洙曰：蓬萊，殿名也。羽林，星名，漢有羽林軍。**補注**鶴曰：禮樂志：「芬樹羽林，雲景杳冥。」師古曰：「言所樹羽葆，其盛若林，芬然衆多。」今言蓬萊殿唯有羽葆，而明皇不見耳。若以羽林爲軍，不可

[一] 蜀，據四庫本、分門集注卷一五，乃「燭」之訛。

[二] 王，據九家集注卷三〇、分門集注卷一五，乃「生」之訛。

[三] 平日，九家集注作「日之明」。

[四] 「殿」下，杜陵詩史卷二六、分門集注、九家集注有「間」字。

言「懸」。

提封大曆元年作。

補注 **鶴曰**：時吐蕃之亂雖未甚息，而海内舉皆歸心，故詩云「莫慮犬羊侵」。同是大曆元年作。

提封漢天下，洙曰：東方朔傳：「提封頃畝。」師古曰：「亦謂提舉四方之内，總計其數也。」**萬國尚同心。**洙曰：民未有離德也。**借問懸車守，何如儉德臨。**洙曰：懸車束馬，言至險也。言以險爲守，莫若守之以儉德也，此吴起對魏〔文〕（武）以「在德不在險」以此[一]。**時（徵）〔徵〕俊乂入，**洙曰：言當搜賢以自輔也。**草竊**洙曰：一作「莫慮」。**犬羊侵。**洙曰：犬羊，戎狄也。**願戒兵猶火，恩加四海深。**洙曰：言用兵莫若以恩也。左傳：「衆仲曰：『兵猶火也，弗戢將自焚。』」蘇曰：陳群：「皇恩溥加海岱。」

白露大曆二年作。

補注 **鶴曰**：詩云「圃開連石樹，船渡入江溪」，又舊次在夔州詩内，當是大曆二年在瀼西往東屯作。

〔一〕魏文，據史記卷六五吴起列傳，乃「魏武」之訛。

白露團甘子，洙曰：見「玉露團清影」注。清晨散馬蹄。洙曰：鮑明遠：「附身散馬蹄。」〔一〕圃開連石樹，船渡入江溪。憑几看魚樂，洙曰：莊子與惠子觀魚於濠梁，而羨魚之樂也。迴鞭急洙曰：一作「至」。鳥栖。洙曰：王正長：「鳥思栖故枝。」師曰：回鞭急者，以日暮鳥栖林也。漸知秋實美，幽徑恐多蹊。

孟氏大曆二年作。

補注鶴曰：詩云「孟氏好兄弟」，當是指孟十二倉曹與十四主簿，乃大曆二年夔州作。公又有九月一日過孟倉曹主簿，亦云「來因孝友偏」，與此詩「養親」「承顏」等句合。

孟氏好兄弟，養親唯小園。洙曰：爲園以養親也。承顏胝手足，洙曰：禹手足胼胝。坐客强盤飧。洙曰：左傳：「盤飧置璧。」負米力葵外，洙曰：子路負米。趙曰：致力以治葵也。讀書秋樹根。補注希曰：南史：「〔史〕（沈）攸之言：『早知窮達有命，恨不十年讀書。』」今觀此詩，知孟氏兄弟甘於負

〔一〕鮑明遠，乃「曹植」或「曹子建」之訛。附，乃「俯」之訛；按，文選卷二七行旅下曹子建白馬篇有「俯身散馬蹄」句。

米力葵之窮，不待十年，而讀書又賢於攸之遠矣。卜鄰慚近舍，訓子覺先門[一]。洙曰[二]：一作「誰門」。先門，爲孟母訓子擇鄰也。

吾宗大曆元年作。

衛倉曹崇簡。補注鶴曰：杜氏出祁姓，帝堯裔孫劉累之後，在周爲唐杜氏。成王滅唐，以封弟叔虞，改封唐氏子孫於杜城，故稱唐使君爲族弟。按世系表：崇簡出襄陽房，爲益州司馬參軍。正與公同宗。後有寄從孫崇簡詩，而今詩又云「吾宗老孫子」，以其非若唐使君之爲同族，故曰「吾宗」。後詩在大曆二年作，則今詩當是元年作。

吾宗老孫子，質朴古人風。耕鑿安時論，衣冠與世同。在家常早起，蘇曰：劉〔崐〕（琨）常早起治蔬圃，自力桔槔。憂國願年豐。語及君臣際，經書滿腹中。趙曰：言凡語論之間，及於君臣之際，必反覆論議[三]，用其腹中之書而證明之也。

[一] 覺，四庫本、九家集注卷三〇作「學」。
[二] 洙曰，杜陵詩史卷二六、分門集注卷一九同此，四庫本作「蘇曰」。
[三] 論議，四庫本作「議論」。

第五弟豐獨在江左近三四載寂無消息覓使寄此二首大曆元年作。

補注 鶴曰：詩云「十年朝夕淚，衣袖不曾乾」，案公天寶十五載丙申避亂與諸弟相別，至大曆元年丙午爲十年。當是其年在夔州作，故詩又云「楚設關城險」。

亂後嗟吾在，羈栖見汝難。 **草黄騏驥病，**洙曰：公以騏驥自託也。蘇曰：陳畯卧病，梁杓過門，曰：「霜勁草黄，騏驥病矣，駑駘何得快駛？」蓋君子不得時，小人自肆也。少游一日來，問曰：「細味工部詩，皆拾古人句語，綴補作詩，平穩安帖，若神施鬼設，腹中幾個國子監耶？」予喜此談，遂援筆記之。**沙晚鶺鴒寒。**趙曰：詩：「鶺鴒在原，兄弟急難。」**楚設關城險，**洙曰：左傳：「屈完對齊威曰：『君若以德綏諸侯，誰敢不服？君若以力，楚國方城以爲城，漢水以爲池。』」注：「言其險固也。」**吴吞水府寬。**趙曰：吴則江左，至吴而積水之多，故云「水府寬」。**十年朝夕淚，衣袖不曾乾。**

聞汝依山寺，杭州定越州。趙曰：（趙）（題）正云五弟獨在江左〔一〕，不指名其州，則亦傳聞而未審也。**風塵淹别日，**趙曰：兵戈謂之風塵。**江漢失**洙曰：一作「共」。**清秋。**趙曰：言我秋時在此，而不見其弟，爲相失也。**影著啼猿樹，**趙曰：公自言所在之處。盧照鄰巫山高云：「莫辨啼猿樹。」**魂飄結蜃**

〔一〕趙，據杜陵詩史卷二六、分門集注卷九，乃「題」之訛。

樓。**洙曰**：史：「海傍蜃氣，象樓臺。」**趙曰**：指言弟〔豊〕（豐）所在之處，故深思之也。**師曰**：陳藏器云：「車螯，是大蛤，一名蜃，能吐氣爲樓臺。」明年下春水，東盡白雲求。**趙曰**：所以成「杭（州）定越州」之句。

巫峽弊廬奉贈侍御四舅别之澧朗〔一〕大曆元年〔二〕。

補注 **鶴曰**：侍御舅之澧州、朗州也。題曰「巫峽弊廬」，而詩云「赤眉猶世亂」，則是在夔州作。時崔旰倡亂，有乘時爲盜者，故云。當在大曆元年作。

江城秋日落，山鬼閉門中。行李淹吾舅，**洙曰**：行李，猶行使也。誅茅問老翁。屈原誅茅。赤眉猶世亂，**洙曰**：光武平赤眉之亂。青眼只途窮。**洙曰**：阮籍善爲青白眼，以白眼待俗客，青眼待佳客。傳語桃源客，人今出處同。**師曰**：桃源在澧，秦人避亂之所。子美以今世之亂，竄避荆楚，亦與秦人同出處也。

〔一〕 弊，四庫本作「敝」，字通。下同。
〔二〕 「元年」下，四庫本有「作」字。

溪上大曆二年作。

補注鶴曰：詩云「峽内淹留客，溪邊四五家」，當是大曆二年秋在瀼西作。「古苔生迮地」，一本「苔」作「苔」。

峽内淹留客，溪邊四五家。古苔生迮洙曰：一作「濕」。鄭曰：迮，側格切，迫也。地，秋竹隱疏花。塞俗人無井，洙曰：峽俗多引泉或負水以自給。山田飯有沙。西江使船至，時復問京華。洙曰：心未嘗忘王室也。蘇曰：王粲曰：「聞江西有使者船至，煩問洛陽消耗。」

樹間廣德二年作。

補注鶴曰：詩云「岑寂雙甘樹，婆娑一院香」，當是廣德二年在成都府中作。

岑寂雙甘樹，洙曰：鮑明遠舞鶴賦：「去帝鄉之岑寂。」婆娑一院香。補注希曰：本草唐本注：「柚皮厚，味甘，不如橘皮薄，味辛而苦酸者，名胡甘。」爾雅釋：「凡木枝葉婆娑，曰茂。」交柯低几杖，垂實礙衣裳。滿歲如松碧，趙曰：言歲寒如松也。同時待菊黄。幾迴霑葉露，乘月上胡床〔一〕。

〔一〕上，四庫本、九家集注卷三作「坐」。

八月十五夜月二首永泰元年作。

補注鶴曰：按史，永泰元年八月，僕固懷恩及吐蕃、迴紇、党項羌、渾、奴剌寇邊，故有「刁斗皆催曉」之句。是時公在雲安，故詩又云「稍近巫山峽，猶銜白帝城」。梁權道編在大曆元年夔州詩内，然是年八月却無兵戈之擾，不應詩又云「張弓倚殘魄，不獨漢家營」。後十六夜、十七夜二篇非同時作。

滿目飛明鏡，歸心折大刀。洙曰：古詩：「藁砧今何在，山上復有山。何當大刀頭，破鏡飛上天。」謂殘月也。趙曰：延篤與李文德書「焕兮爛兮其滿目」是也。庾信磨鏡詩：「明鏡如曉月。」〔一〕師曰：唐吴兢樂府古題要解：「『藁砧今何在』，砧，砆也，問夫何處也。『山上復有山』，重山爲『出』字，言夫出不在也。『何當大刀頭』，刀頭有環，問夫何時還也。『破鏡飛上天』，言月半缺當還也。」歸心折大刀，蓋子美旅泊巫山，中秋見月，心念還歸爾。題云「八月十五夜月」，又言「明鏡」而不言「破鏡」，即非殘月。**轉蓬行地遠，**趙曰：公自謂也。

攀桂仰天高。趙曰：言月中桂也。劉安招隱士云：「攀桂枝兮長淹留。」補注希曰：選曹子建詩：「轉蓬離本根，飄飄隨長風。」説苑：「魯哀侯棄國走齊，齊侯曰：『君何年少棄國之早？』哀侯曰：『是猶亂蓬惡於本根，而發於枝葉，秋風一起，根且拔矣。』」趙以爲公自謂，豈非以公之困於遷逐而言乎？然則公於詩中亦多用「轉蓬」字，偶於此發，公自傷之意耳。**水路疑霜雪，林栖見羽毛。此時瞻白兔，直欲數秋毫。**洙曰：

〔一〕磨鏡，庚子山集卷四作「塵鏡」；曉月，作「明月」。

月中有白兔，以其明徹無所不照，故可數秋毫矣。**蘇曰**：元典秋夜望月，坐至中宵。人問其久坐，典曰：「仰瞻白兔，直欲數其秋毫耳。」

稍下巫山峽，猶銜白帝城。 **趙曰**：稍下、猶銜，言月也。**氣沉全浦暗，輪側半樓明**〔一〕。**刁斗皆催曉，** 刁，丁聊切。**洙曰**：刁斗，軍營中以警夜者。**補注** **鶴曰**：李廣傳：「不擊刁斗自衛。」孟康曰：「以銅作鐎，晝炊飯食，夜擊持行夜，名曰刁斗。」**蟾蜍且自傾。** **洙曰**：張衡靈憲云：「夫月者，衆陰之精〔二〕，積而成獸，象蟾、兔。」**張弓倚殘魄，不獨漢家營。** **洙曰**：軍營有「偃月」名。**趙曰**：時與吐蕃交兵，則張弓於夜，皆倚曉月之殘魄，不獨漢營爲然，虜營亦然也。

十六夜玩月 大曆元年作。

補注 **鶴曰**：詩云「巴童渾不〔語〕（寢），半夜有行舟」，夔州古巴子國地，公有諸葛廟詩云「久游巴子國」是也。然則此詩當在夔作，大曆元年。

〔一〕側，九家集注卷三〇、杜陵詩史卷二七、分門集注卷一作「仄」。

〔二〕衆陰之精，九家集注（按，宋本佚此篇，洪業杜詩引得本作「□□□之宗」，文淵閣四庫全書本「宗」誤作「忠」）、張衡集靈憲作「陰精之宗」。

舊挹金波爽，洙曰：前漢：「月穆穆以金波。」**皆傳玉露秋。關山隨地闊，秦曰**：謂故鄉遠也。補注**希曰**：公於月詩多用「關山」字，如曰「關山空自寒」「關山同一照」與此是也。蓋本樂府有關山月，又王褒詩：「關山夜月明。」**河漢近人流。洙曰**：魏文帝：「仰看明月光，天漢回西流。」**秦曰**：謂夔州地高，去河漢爲近。**谷口樵歸唱，孤城笛起愁。巴童渾不寢，半夜有行舟。**

十七夜對月大曆二年作。

補注**鶴曰**：詩云「江村獨老身」，又云「茅齋依橘（柚）（柚）」，當是大曆二年在瀼西作。

秋月仍圓夜，江村獨老身。捲簾還照客，倚仗更隨人〔一〕。**光射潛（蚪）（虯）動**〔二〕，**洙曰**：謝靈運：「潛（蚪）（虯）媚幽姿。」**明翻宿鳥頻。洙曰**：樂府：「月明星稀，烏鵲南飛。」**趙曰**：宿鳥，字出文選，言無定名。舊引「烏鵲南飛」，全不相干也。**茅齋依橘柚，清切露華新。**

〔一〕仗，四庫本作「杖」。
〔二〕蚪，九家集注卷三〇作「斗」，據王洙本卷一五，乃「虬」之訛。下同。

傷秋 大曆二年作。

補注 鶴曰：梁權道編在大曆元年夔州詩内，然是年無大兵戈，於「將軍思汗馬，天子尚戎衣」之句不協。當是二年，蓋其年九月吐蕃寇靈州、邠州，京師戒嚴。

林僻來人少，補注 希曰：林僻，一本作「（林）（村）僻[一]」。山長去鳥微。高秋收畫扇，洙曰：一云「藏羽扇」。班姬詠扇詩：「常恐秋風至，凉飇奪炎熱。棄捐篋笥中，恩情中道絶。」久客掩柴扉。洙曰：范彦龍云：「有客款柴扉。」懶慢頭時櫛，洙曰：嵇康書：「懶與慢相成。」艱難帶減圍。洙曰：謝惠連：「腰帶（唯）（準）疇昔，（卜）（不）知今是非。[二]」將軍思汗馬，洙曰：見收京詩注。趙曰：吐蕃未息。天子尚戎衣。洙曰：見「社稷一戎衣」詩注。白蔣風飇脆，殷檉曉夜稀。洙曰：白蔣，茭草也。殷檉，檉柳也。鄭曰：説文：「蔣，菰也。」唐雅曰：「蔣，菰，其末謂之雕胡。」殷，烏閑切，赤黑色。檉，丑成切。爾雅曰：「檉，河柳。」補注 希曰：爾雅注，郭云：「赤莖小楊。」陸云：「皮赤，枝葉似松。」何年減豺虎，似有故園歸。洙曰：王仲宣（公）（七）哀詩：「西京亂無象，豺虎方構患。南登灞陵岸，回首望長安。」張孟陽七哀詩：「季葉喪

[一] 林，據四庫本、王洙本卷一五，乃「村」之訛。

[二] 唯，杜陵詩史卷二八作「准」，據分門集注卷二、文選卷三〇謝惠連擣衣詩，乃「準」之訛。卜，據九家集注卷三〇、文選卷三〇謝惠連擣衣詩，乃「不」之訛。

亂起，盗賊如豺虎[一]。」

秋峽大曆二年作。

補注 **鶴曰**：詩云「江濤萬古峽，肺氣久衰翁」，又云「門巷落丹楓」，當是大曆二年東屯作。

江濤萬古峽，肺氣久衰翁。不寐防巴虎，全生狎楚童。 **趙曰**：言爲客於外，年老而不敢待[二]，雖童稚亦狎熟，免其猜忌爲害，乃所以全生也。**衣裳垂素髮，** **洙曰**：秋興賦：「素髮(飄)(颯)以垂領。」**門巷落丹楓。** **洙曰**：謝靈運：「曉霜楓葉丹。」**常怪商山老，兼存翊贊功。** **洙曰**：四皓也，見「羽翼思商老」注。

秋興八首大曆元年作。

補注 **鶴曰**：詩云「巫山巫峽氣蕭森」，又云「叢菊兩開它日淚[三]，孤舟一繫故園心」，當是大曆元年夔州

[一] 盗賊，杜陵詩史、分門集注、文選卷二三張孟陽七哀詩作「賊盗」。
[二] 待，據九家集注卷三〇，乃「恃」之訛。
[三] 它，四庫本作「他」。

作。時艤舟以俟出峽，自永泰元年至雲安，及今爲菊兩開也。

玉露凋傷楓樹林，洙曰：李密詩：「金風蕩佳節，玉露凋晚林。」巫山巫峽氣蕭森。洙曰：張景陽：「荒楚鬱蕭森。」江間波浪兼天湧，塞上風雲接地陰。叢菊〔雨〕（兩）洙曰：一作「重」。開他日淚，趙曰：此句涵蓄[一]，蓋公於夔州見菊花者二年矣，方叢菊之開，皆是他日傷感之淚[二]。孤舟一繫故園心。寒衣處處催刀尺，白帝城高急暮砧。洙曰：郭泰機：「皎皎白素絲，織爲寒女衣。良工秉刀尺，棄我忽如遺[三]。」

夔府孤城落日斜，每依南斗望京華[四]。趙曰：蓋長安上直北斗，號北斗城也。舊本「南斗」，非。聽猿實下三聲淚，洙曰：見雨晴「有猿揮淚盡」注。奉使虛隨八月查。洙曰：見「查上似張騫」注。畫省香爐違伏枕，趙曰：畫省，以粉畫之，謂之畫省。初學記載應劭漢官儀曰：「尚書郎入直臺，廨中給女侍史二人，執香爐燒薰，以從入臺。」違伏枕，則違去畫省香爐者，以伏枕之故也。山樓粉堞隱悲笳。洙曰：

[一] 涵，分門集注卷二作「含」。
[二] 傷感，四庫本、九家集注卷三〇、分門集注作「感傷」。
[三] 如，九家集注、杜陵詩史卷二八、分門集注、文選卷二五郭泰機答傅咸詩作「若」。
[四] 南斗，四庫本作「北斗」。

堞，城堞也。粉，謂飾以堊土也。胡人卷蘆葉吹之以爲笳。請看石上藤蘿月，已映洲前蘆荻花。**趙曰**：北山移文云：「秋桂遺風，春蘿罷月。」

千家山郭静朝暉，日日一作「一日」。江樓坐翠微。**洙曰**：見「熊羆守翠微」詩注。信宿漁人還泛泛，**趙曰**：詩：「泛泛楊舟。」清秋燕子故飛飛。**趙曰**：江總別詩：「黄鵠飛飛遠。」匡衡抗疏功名薄，**洙曰**：匡衡傳：「有日蝕地震之變，上問以政事得失，衡遂上疏，上悦其言。後愛幸，寵於皇后、太子。衡爲少傅，數上疏陳便宜，言多法義，上以爲任公卿。」劉向傳經心事違。**洙曰**：劉向傳：「漢初立穀梁春秋，召更生受穀梁，講論五經於石渠。後更名向。」**趙曰**：公其心事〔一〕，欲如劉向傳經于朝，而乃違背不偶也。同學少年多不賤，五陵衣馬自輕肥。**夢符曰**：按文選范彦龍贈張徐州詩：「田家采樵去，薄暮方來歸。還聞稚子説，有客款柴扉。儐從皆珠玳，裘馬悉輕肥。軒蓋照墟落，傳瑞生光輝。」又：「劍騎何翩翩，長安五陵間。」**蘇曰**：劉嵩謂兒童曰：「若曹不見我同學少年，皆衣錦食肉。若等不力學，復何爲終身之計耶？」**趙曰**：西都賦：「北眺五陵。」言長陵、安陵、陽陵、茂陵、平陵，高貴豪傑之家所居。

聞道長安似弈棋，**洙曰**：弈棋，互勝負也。百年世事不勝**洙曰**：一作「堪」。悲。王侯第宅皆

〔一〕「其」上，據九家集注，脱「言」字。

新主，**洙曰**：以喪亂而易主也。左太冲：「濟濟王城内，赫赫王侯居。」[一] **文武衣冠異昔時**。**洙曰**：非故舊也。**直北關山金鼓振**，**洙曰**：時河北尚用兵也。**趙曰**：言夔州之北用兵，乃隴右、關輔間也。舊本輒云河北尚用兵，考之大曆二年，豈有此事乎？**征西車馬羽書遲**。**洙曰**：征西興於漢代，以張遼爲征西大將軍也。一作「馳」。**趙曰**：西，指吐蕃。征西者，將軍之號也。**魚龍寂寞秋江冷，故國平居有所思**。秦有魚龍川。**修可曰**：草閣、秋興詩，乃夔州所作，豈可言秦之魚龍川乎？按酈元水經曰：「魚龍以秋日爲夜，龍秋分而降，蟄寢於淵，故以秋日爲夜也。」**趙曰**：言故國平時之事，今有所思也。

蓬萊宮闕對南山，承露金莖霄漢間。**洙曰**：漢武帝置金露盤。西都賦：「〔遊〕（抗）仙掌以承露，擢雙立之金莖。軼埃壒之混濁，鮮顥氣之清英。」補注 **希曰**：按地理志云：「高宗以風痹，厭西内湫濕，龍朔三年始大興葺[二]，曰蓬萊宮。」南山，即志所謂寧民令顔昶入南山水入京[三]。大曆元年，尹黎幹自南山開漕渠抵景風、延喜門以入苑。蓋京城前直此山也。**西望瑶池降王母**，**洙曰**：漢武帝内傳：「七月七日，西王母降，漢武帝夜忽見天西南如有白雲起，俄頃王母至。」**趙曰**：周穆王觴王母於瑶池之上，今云「望瑶池」，則望其自瑶池

[一] 「濟濟王城内，赫赫王侯居」二句，九家集注作「濟濟王城内，赫赫五侯居」，文選卷二一左思詠史八首作「濟濟京城内，赫赫王侯居」。
[二] 三年，宋王應麟玉海卷一五七宫室宫三作「二年」。
[三] 顔昶，册府元龜卷四九七邦計部河渠作「顔旭」。入，册府元龜作「引」。

而降也。**東來紫氣滿函關。** **洙曰：**老子傳注：「列仙傳曰：『關令尹喜者，周大夫也。善學星宿，服精華，隱德行仁，時人莫知。老子西游，喜先見其氣，知真人當過，候物色而迹之，果得。老子亦知其奇，爲著書。與老子俱之流沙之西，服巨勝實，莫知其所終。亦著書九篇，名關令子。』」**雲移雉尾開宮扇，** **洙曰：**見「雲横雉尾高」注。**趙曰：**高宗有雊雉之祥，服章多用翟羽，故有雉尾扇。今公言天子雉扇，則天子御朝用。**日繞龍鱗識聖顔。** **一卧滄江驚歲晚，** **趙曰：**公自謂也。**幾回青瑣點朝班。** **趙曰：**想望省中諸公之朝也。青瑣者，漢未央宮中門名。補注 **希曰：**幾回，猶言幾時歸也。原涉傳：「至官無幾。」師古曰：「無幾，言無多時也。」五行志：「其幾何？」師古曰：「言當幾時也。」若如舊注以爲數，則與上句不相屬。

瞿唐峽口曲江頭，萬里風煙接素秋。 **洙曰：**瞿唐、曲江，雖南北萬里相遠，而秋止一色也。**花萼夾城通御氣，芙蓉小苑入邊愁。** **洙曰：**花萼樓、芙蓉園，皆長安宮禁故事。**趙曰：**花萼，明皇樓名。芙蓉苑在敦化坊，本天子游幸之地，而今乃有邊愁入於其間，以紀吐蕃之亂嘗陷京師故也。補注 **鶴曰：**舊史云：「南内〔日〕（曰）興慶宮〔一〕，在東内之南隆慶坊。自東内達南内，有夾城複道，西南隅有花萼相輝、勤政務本之樓。」又：「開元二十年，築夾城入芙蓉園。」**珠簾繡柱圍黄鶴，** **洙曰：**昭陽殿織珠爲簾，風至則鳴如珩珮之

〔一〕日，據舊唐書卷三八地理志一，乃「曰」之訛。

聲。**趙曰**：言繡窠作雙鶴，圓，而用黄綫繡爲鶴也[一]。舊解惑於「黄鶴」二字，便以爲黄鶴樓，非也。**錦纜牙檣起白鷗。迴首可憐歌舞地，秦中自出帝王州**[二]。**洙曰**：謝玄暉鼓吹曲云：「江南佳麗地，金陵帝王州。」

昆明池水漢時功，武帝旌旗在眼中。 **洙曰**：初，武帝欲征昆明夷，爲有滇河，乃作池以習水戰，因而得名。**補注** **希曰**：高宗問許敬宗：「漢武開昆明池，實何年？」對曰：「元狩三年，將伐昆明，實爲此池，以（隸）（肄）戰[三]。」又寰宇記云：「宋元嘉二十三年，築堤以堰水爲池。」輿地志：「齊武帝理水軍於此池中，號曰昆明池。」故沈約登覆舟山詩：「南瞻儲胥館，北眺昆明池。」**織女機絲虚月夜，石鯨鱗甲動秋風。** **洙曰**：西京雜記：「昆明池刻玉石爲鯨，每至雷雨，鯨常鳴吼，鬐尾皆動。漢世祭之以祈雨，往往有驗。」西都賦：「集乎豫章之宇，臨乎昆明之池。左牽牛，（右）織女[四]，似雲漢之無涯。」**修可曰**：西都賦注：「武帝鑿昆明池，於左右作牽牛、織女，以象天河。」**波漂菰米沉雲黑，** **洙曰**：西京雜記：「太液池邊皆是彫胡、緑節之類。菰之有米者，長安人謂爲彫胡；菰之有首者，謂之緑節。」**趙曰**：言菰之多，其望之長遠，黯黯如雲之黑也。**露冷**

[一] 「圓」下，九家集注有「狀」字。黄，據九家集注，乃「黄」之訛。
[二] 出，四庫本作「古」。
[三] 隸，據新唐書卷一二三上許敬宗傳，乃「肄」之訛，四庫本作「習」，當是館臣臆改。
[四] 「織女」上，據九家集注、文選卷一班孟堅西都賦，脱「右」字。

蓮房墜粉紅。 **洙曰**：蓮房，蓮花也。**修可曰**：蓮房墜粉紅，謂蓮實上花葉墜也。爾雅：「荷，芙蓉蕖[一]，其華菡萏，其實蓮，其中的。」郭璞注云：「蓮，謂房也。的，房中子也。」以此考之，則蓮房非花矣。唐本草圖經云：「菰，又謂之茭白。歲久者中心生白臺，如小兒臂，謂之茭手。其臺中有黑者，謂之茭鬱。至後結實，乃彫胡米也。」沉雲黑，其茭鬱乎？**關塞極天唯鳥道，** **洙曰**：言道路多狹，所通者鳥道而已。**沈曰**：南中地志：「交趾郡治龍偏縣[二]，自興古鳥道四百里。」**江湖滿地一漁翁。** **趙曰**：公自謂也。

昆吾御宿自逶迤， **鄭曰**：晉灼曰：「昆吾，地名，有亭。」顏師古曰：「御宿苑，在長安城南。」孟(東)(康)曰[三]：「諸宫別觀，不許人往來。上宿，皆宿於此，故名御宿。」**趙曰**：昆吾、御宿，皆地名，以長安志考之，在萬年縣西。補注 **鶴曰**：子虛賦：「琳珉昆吾。」張揖曰：「昆吾，山名也。出善金。」通鑑云：「郭子儀引三十騎自御宿川循山而東，謂王延昌曰：『六軍將士逃潰者，多在商州，今速往收之。并發武關防兵，數日間，北出藍田，以向長安，吐蕃必潰。』」則御宿川在京兆府之境甚明。**紫閣峰陰入渼陂。** **洙曰**：一云「紫閣峰陰入渼陂，昆吾御宿自逶迤」。**鄭曰**：渼，莫彼切，今本作「漾」，如亮切，非是。**趙曰**：紫閣峰，終南山之峰名。香

[一] 蓉，據九家集注、爾雅卷下釋草第十三，乃衍文。
[二] 龍偏縣，據舊唐書卷四一地理志四「嶺南道安南都督府」，乃「龍編縣」之訛。
[三] 孟東，據宋宋敏求長安志卷一一縣一「萬年 御宿川」，乃「孟康」之訛。

稻啄餘鸚鵡粒，碧梧栖老鳳凰枝。洙曰：古今詩話云：「『紅飯啄餘鸚鵡粒，碧梧栖老鳳凰枝』，此語反而意奇。退之詩云：『舞鑑鸞窺沼〔一〕，行天馬度橋。』亦效此理。」**佳人拾翠春相問，**趙曰：費昶春郊望美人詩：「芳郊拾翠人。」**仙侶同舟晚更移。**洙曰：李膺、郭林宗同舟而濟，人望之爲仙舟。**綵筆昔曾干氣象，白頭吟望苦低垂。**洙曰：卓文君有白頭吟。趙曰：公自言其昔日曾携綵筆題詩，干歷其氣象。今老矣，白頭吟詠而望之，其頭苦於低垂。

社日兩篇

大曆元年作。

補注 鶴曰：詩云「鴛鷺回金闕，誰憐病峽中」，又云「歡娛看絶塞，涕淚落秋風」，當是大曆元年秋社在夔州作。

九農成德業，百祀發光輝。報效神如在，馨香舊不違。洙曰：少皞氏以九扈爲九農正。共工氏有子曰勾龍，能平水土，故祀以爲社。語：「祭神如神在。」又左傳云：「所謂馨香，無讒慝也。」補注 鶴曰：按天寶元年十月九日敕：「社爲九土之尊，稷乃五穀之長，春祈秋報，祀典是尊。」今秋社，故云「報效」。

〔一〕鑑，九家集注作「鏡」，字通。

「馨香」二字，本周書，非起於左傳也。**南翁巴曲醉，**蘇曰：晉初南隱者自號南翁，人莫知來歷。因社日至，衆會，上願聽巴歌，乞此一日醉。**北雁塞聲微。尚想東方朔，詼諧割肉歸。**洙曰：東方朔傳：「伏日詔賜從官肉，太官丞日晏不來，朔獨拔劍割肉，謂其同官曰：『社日當蚤歸〔一〕，請受賜。』即懷肉去。太官奏之，詔朔自責。朔曰：『拔劍割肉，一何壯也。割之不多，又何廉也。歸遺細君，又何仁也。』」蘇曰：此社日，詩所載乃是伏日，或云誤使事，或云大手筆寓意而已。鮑曰：按十二諸侯年表：「秦德公二年，初作伏，祠社，磔狗四門〔二〕。」則祠社用伏日。此詩用伏日事，何疑？

陳平亦分肉，太史竟論功。洙曰：陳平傳：「里中社，平爲宰，分肉甚均。里父老曰：『善哉！陳孺子之爲宰。』平曰：『嗟呼！使平得宰天下，亦如此肉矣。』」**今日江南老，他時渭北**洙曰：一作「水」。**童。**洙曰：公生於渭北，老於江南。**歡娱看絶塞，涕淚落秋風。**趙曰：公言流落於此，故涕淚在秋風之中落也。**鴛鷺迴金闕，**洙曰：鴛鷺，公卿也。趙曰：金闕，天子之闕，言公卿之自金闕迴者，誰念我也。**誰憐病峽中。**洙曰：公自傷也。

〔一〕社，據九家集注卷三〇，史記卷六五東方朔傳，乃「伏」之誤。
〔二〕「四門」上，據史記卷一四十二諸侯年表，脱「邑」字。

秋野五首大曆元年作。

補注 鶴曰：詩云「繫舟蠻井絡，卜宅楚村墟」，當是大曆元年在夔州作。是時賃居瀼西。

秋野日蔬蕪，洙曰：謝玄暉詩：「邑里向蕪蔬〔一〕。」寒江動碧虚。繫舟蠻井絡，洙曰：蜀都賦：「岷山之精，上爲（升）（井）絡。」趙曰：楚在春秋爲蠻夷。卜宅楚村墟。洙曰：夔州，楚附庸。棗熟從人打，葵荒欲自洙曰：一作「且」。鋤。蘇曰：左思（曰）（自）鋤園葵，客（間）（問）：「其勤如此？」左曰：「去其（猶）（蕕）草耳。」〔二〕盤飧老夫食，分減及溪魚。洙曰：一作「行」。〔三〕

易識浮生理，難交一物違。洙曰：物不可違其性也。水深魚極樂，林茂鳥知歸。洙曰：見「林茂鳥（春）（有）歸，水深魚知聚」詩。吾老甘貧病，榮華有是非。趙曰：吾老矣，自安於貧病，而無他念。於榮華非不羨也，而有是與非。秋風吹几杖，不厭北洙曰：一作「此」。山薇。洙曰：夷、齊隱於首陽山，采薇而食之。蘇曰：殷竦，晉宣帝兩徵不起，里人勸其仕，竦曰：「老子不厭此山蕨薇，君其謂予何人？」

〔一〕蕪蔬，據文選卷三〇謝玄暉始出尚書省詩，當爲「疏蕪」之誤。
〔二〕「洙曰」句，據九家集注卷三〇，當在「從」字下。
〔三〕「蘇曰」之注，有多處訛誤，據杜陵詩史卷二六校正。

皆服其量。**補注** 希曰：陸〔機〕（璣）曰〔一〕：「薇，山菜也。莖葉似小豆，蔓生，味如豆藿，亦可食。祭祀用之。」北山，猶言「北山有萊」也。

禮樂攻吾短，山林引興長。 **洙曰**：嵇康書：「〔濟〕（儕）類見寬〔二〕，不攻其過。」又云：「至爲法禮之士所繩〔三〕，疾之如〔言〕（讐）〔四〕。」又云：「有入山林而不反之論。游山澤，觀魚鳥，心甚樂之也。」**掉頭紗帽側，** **洙曰**：莊子在宥篇：「爵躍掉頭。」紗帽，見「管寧紗帽静」〔託〕（註）〔五〕。」**曝背竹書光。** **洙曰**：竹書，古簡册也。**趙曰**：所謂竹簡之書也，暗用郝隆曬腹中書也。**風落收松子，天寒割蜜房。** **洙曰**：蜜房，蜂房也。**趙曰**：班固終南頌曰：「蜜房溜其顛。」**稀疏小紅翠，** **趙曰**：言秋花也。**駐屐近微香。**

遠岸秋沙白，連山晚照紅。 **洙曰**：海賦：「波如連山。」**潛鱗輸駭浪，** **洙曰**：海賦：「駭浪暴洒。」**趙曰**：言魚以深爲樂〔六〕，而峽水之深，則輸寫駭浪。**歸翼會高風。** **洙曰**：魏文帝：「適與高風會〔七〕。」**修可**

〔一〕陸機，據宋羅願撰爾雅翼卷四釋草薇，乃「陸璣」之訛。
〔二〕濟，據杜陵詩史、九家集注、文選卷四三嵇康與山巨源絶交書，乃「儕」之訛。
〔三〕法禮，九家集注、分門集注、文選作「禮法」。
〔四〕言，據四庫本、九家集注，乃「讐」之訛。
〔五〕託，據杜陵詩史、分門集注、九家集注，乃「註」之訛。
〔六〕「魚」上，九家集注卷三〇有「潛」字。
〔七〕高，九家集注、文選卷二九魏文帝雜詩二首其二作「飄」。

曰：「張翰曰：『如歸翼得高風，翱翱投林中〔一〕。』古詩云：『翩翩歸雁翅，更得高秋風。』」砧響家家發，洙曰：謝惠連：「檮高砧響發，楹長杵聲哀。」樵聲箇箇同。洙曰：峽中樵人常唱大昌歌以吊柳青，每聲闋即呼「柳青」，不知所爲也〔二〕。飛霜任青女，賜被隔南宫。洙曰：淮南子云：「霜神青女。」注云：「青女，天神青天〔王〕（玉）女〔三〕，主霜雪。」後漢：「樂崧嘗直南宫〔四〕，家貧無被。帝聞而嘉之，詔大官賜尚書郎已下食，并給帷被。」公雖爲郎而在〔位〕（外）〔五〕，故云「隔」爾。

身許騏驎畫，洙曰：見「今代騏驎閣」注。年衰鴛鷺群。洙曰：公晚方登朝籍。大江秋易盛，空峽夜多聞。〔遥〕（徑）隱千重石〔六〕，帆留一片雲。兒童解蠻語，鄭曰：解，佳買切，識也。不必作參軍。洙曰：世說：「郝隆爲南蠻參軍，上巳日作詩曰：『娵隅〔濯〕（躍）清池〔七〕。』桓温問：『何物？』答

〔一〕翱翱，分門集注作「翱翔」，四庫本作「翱以」。

〔二〕「不知」上，九家集注、分門集注有「然」字。

〔三〕王，據四庫本，乃「玉」之訛。青天玉女，淮南子卷三天文訓高誘注作「青霄玉女」，「霄」字，初學記卷三引作「要」，太平御覽卷一四、一六引作「夭」，以「要」爲是；則「青天玉女」乃「青夭玉女」之形訛，「夭」又爲「要」之音訛。

〔四〕樂崧，後漢書卷四一鍾離意傳附藥崧傳作「藥崧」。

〔五〕位，據四庫本、九家集注，乃「外」之訛。

〔六〕遥，據杜陵詩史、分門集注、四庫本，乃「徑」之訛。

〔七〕濯，據世說新語卷下排調，乃「躍」之訛。

曰：『名魚爲娵隅〔一〕。』溫曰：「何爲作蠻語？」隆曰：『千里投公，始得一蠻府，那得不蠻語也！』

詠懷古迹五首大曆元年作。

補注鶴曰：詩詠三峽、五溪與宋玉之宅、昭君之墓，先主、孔明之廟，而懷其人，當是大曆元年至夔州後作。

支離東北風塵際， **洙曰：** 莊子人間世注云〔二〕：「形體支離不全貌。」**蘇曰：** 徐懿：「老年病體支離，漂泊萬里，又值西北風塵。」**趙曰：** 言祿山之亂時在賊也。**漂泊西南天地間。** **洙曰：** 漂泊，言無定止。**三峽樓臺淹日月，** **洙曰：** 三峽，謂瞿唐、巫山、黄牛也。**趙曰：** 夔之上游則月峽，下游則巴峽、巫峽，此三峽也。補注鶴曰：峽程記云：「三峽即明月峽、巫山峽、廣澤峽。」其有瞿唐、灩澦、燕子、屏風之類，皆不在三峽之數，何王、趙之未思也？此云三峽，蓋指巫山爲第三峽，非兼明月、廣澤而言。下篇謂蜀主幸三峽，亦此義也。**五溪衣服共雲山。** **洙曰：** 五溪，蠻夷所居，馬援所征之地。衣服，言異制也。共雲山，言與之雜處。**夢符曰：** 按後漢：「武威將軍劉尚擊武陵五溪蠻夷。」注：「酈元注水經云：『武陵有五溪，謂雄溪、樠溪、酉溪、潕溪、辰溪，悉蠻夷所居，皆槃瓠之子孫也。』今辰州界。」**羯胡事主終無賴，** **洙曰：** 祿山負恩也。無賴，言無所倚賴。

〔一〕「名」上，據九家集注、世説新語，脱「蠻」字。

〔二〕「注云」上，據九家集注卷三〇、杜陵詩史卷二七、分門集注卷一三、莊子人間世「支離攘臂於其間」句下郭象注，當脱「支離疏」三字。

詞客哀時且未還。**洙曰**：公自言傷時也。**庾信平生最蕭瑟，暮年詩賦動江關。****洙曰**：周書：「庾信，字子山。雖位望通顯，常有鄉關之思，乃作哀江南賦以致其意。略云：『壯士不還，寒風蕭瑟。』」

搖落深知宋玉悲，**洙曰**：宋玉，一作「爲主」。九辯云：「悲哉秋之爲氣也，蕭瑟兮草木搖落而變衰。」又曰：「竊獨悲此凛秋。」**風流儒雅亦吾師。****蘇曰**：江總曰：「宋玉不惟文章亘絶，風流儒雅自可爲後生師範。」補注 **希曰**：宋玉宅在歸州，歸與夔爲鄰，公至夔，故有此作。**悵望千秋一灑淚，****洙曰**：謝靈運詩：「灑淚眺連崗。」**蕭條異代不同時。****洙曰**：漢文帝見相如上林賦，恨不與之同時。**江山故宅空文藻，****洙曰**：哀江南賦：「誅茅宋玉之宅。」**雲雨荒臺豈夢思。****洙曰**：爲（王）（玉）嘗賦陽臺事也。**趙曰**：宋玉所言「朝雲」「暮雨」，託興以言夢中事。**最是楚宮俱泯滅，舟人指點到今疑。****洙曰**：疑神女之事也。

群山萬壑赴荆門，生長明妃尚有村。**洙曰**：歸州有昭君村，下有香溪，俗傳因昭君而草木皆香，故曰香溪。**一去紫臺連朔漠，****洙曰**：江淹恨賦：「若夫明妃去時，仰天太息。紫臺稍遠，關山無極。搖風忽起，白日西匿。隴雁少飛，代雲寡色。望君子兮（可）（何）期〔一〕，終蕪（荒）（絶）於異域〔二〕。」**獨留青冢向黄**

〔一〕君子，四庫本、九家集注作「君王」，按，文選六臣注本卷一六「王」下注：「五臣作子。」
〔二〕於，九家集注、文選作「兮」。

昏。 **洙曰**：昭君墓也。**夢符曰**：按圖經：「昭君臺，與山山南二里。漢掖庭待詔王嬙，字昭君，南郡秭歸人。舊注云[一]，邑人閔昭君不回，立臺以祭，今有昭君村。」**田曰**：單于既死，子達立，昭君謂達曰：「將爲漢？將爲胡？」曰：「爲胡。」於是昭君服毒而死。單于舉國葬之。胡中多白草，而此冢獨青。前代詞人多作歌詩以吊之。**畫圖省識春風面，環珮空歸月夜魂。** **蒼舒曰**：漢元帝宮人頗多，嘗令畫工圖之，有欲呼者，披圖以召，故宮人多行賂於畫工。王昭君姿容甚麗，無所苟求，工遂毁其狀。後匈奴求美女，帝以昭君充行。既召見，帝悦之，而名字已去，遂不復留。帝怒，殺畫工毛延壽。**千歲琵琶作胡語[二]，分明怨恨曲中論。** **洙曰**：昭君初適匈奴，在路愁怨，遂於馬上彈琵琶以寄其恨。至今傳之，謂之昭君怨。**夢符曰**：釋名：「推手向前曰琵，却手向後曰琶，因以爲名。」漢遣烏孫公主，念其行道，使知音者馬上奏琵琶以慰之。

蜀主窺吴幸三峽，崩年亦在永安宫。 **洙曰**：劉先主以孫權襲關羽之故，東征三吴，爲將陸議所破。於秭歸步歸魚復，改爲永安，遂卒於永安。補注 **鶴曰**：案蜀志：「章武三年四月癸巳，先主殂於永安宫，年六十三。」夔有其廟，故作此以懷之。**翠華想像空洙曰**：一作「寒」。**山裏，** **洙曰**：翠華，軍蓋。想像，猶髣髴。**趙曰**：翠華，天子之旗也。**玉殿虚無野寺中。** **洙曰**：山有卧龍寺，先主祠在焉。**古廟杉松巢水**

[一] 注，九家集注作「經」。
[二] 歲，四庫本作「載」。

鶴，補注希曰：春秋繁露曰：「鶴，水鳥也。夜半水立，感其生氣，則益喜而鳴，故曰水鶴。」歲時伏臘走村翁。洙曰：言民猶祭祀。武侯祠屋長鄰近，一體君臣祭祀同。洙曰：公自注云：「殿今爲寺，廟在宫東。」補注鶴曰：漢魏丙贊：「君爲元首，臣爲股肱，明其一體相待而成也。」魏〔證〕（徵）傳亦云〔一〕：「君臣同心，是謂一體。」

諸葛大名垂宇宙，洙曰：謂孔明之名垂於天下。宗臣遺像肅清高。洙曰：漢以蕭何爲宗臣，以功業爲時所宗尚也。言孔明勛烈見於後世者，亦可擬蕭何。三分割據紆籌策，洙曰：三分，謂魏、蜀、吴。當時孔明多籌策。萬古雲霄一羽毛。洙曰：言聲名飛揚，獨步萬古。伯仲之間見伊吕，趙曰：言孔明在二公之間也。魏文帝論：「傅毅之於班固，伯仲之間耳。」指揮若定失蕭曹。洙曰：謂功垂成而亮薨。福移漢祚難恢復，洙曰：天福不可復再。志決身殲軍務勞。洙曰：孔明在軍，罰二十已上，皆親覽。補注希曰：本司馬仲達有「食少事煩」之嘆也。

送田四弟將軍將夔州柏中丞命起居江陵節度陽城郡王衛公幕大曆元年作。

洙曰：一云「夔府送田將軍赴江陵」。補注鶴曰：柏中丞，即公爲夔府柏都督謝上表者，詳見前注。當

〔一〕魏證，據四庫本、新唐書卷九七魏徵傳，當作「魏徵」，或爲訛誤，或係避宋仁宗趙禎諱而改。

〔見〕(是)大曆元年秋作，明年卿二翁權夔州矣。

離筵罷多酒，起地發寒塘。 **趙曰**：言田公所起發之地在夔州寒塘也。 **回首中丞座，** **洙曰**：見「周行獨坐榮」注。 辭中丞而行，猶回首顧戀也。御史中丞謂之獨座。 **馳牋異姓王。** **洙曰**：見八哀臨淮王詩注。 **趙曰**：漢有異姓諸侯王也。 **燕辭楓樹日，** **趙曰**：楚地多楓也。 **雁度麥城霜。空醉山翁酒，遥憐似葛强。** **洙曰**：葛强，山簡愛將也。襄陽童謡曰：「舉鞭向葛强，何如并州兒？」

九月一日過孟十二倉曹十四主簿大曆二年。

補注 **鶴曰**：詩云「藜杖侵寒露，蓬門啓曙煙」，則孟之所居不在城市。按公賦孟氏詩云：「下鄰憐近舍。」當是大曆二年作。

藜杖侵寒露，蓬門啓曙煙。力稀經樹歇，老困撥書眠。秋覺追隨盡，來因孝友偏。 **趙曰**：言今來孟氏家，因重其兄弟孝友偏篤也。 **清談見滋味，爾輩可忘年。** **洙曰**：爲忘年之契也。 **趙曰**：禰衡始弱冠，孔融年四十，爲忘年友。

過客相尋大曆二年作。

補注 **鶴曰**：詩云「窮老真無事，江山已定居」，當是大曆二年卜居瀼西時作，故詩又云「地幽忘盥櫛」也。

窮老真無事，江山已定居。地幽忘盥櫛，洙曰：地幽故得遂疏慵也。客至罷琴書。惟以琴書自樂也。挂壁移筐果，呼兒問煮魚。洙曰：樂府：「呼兒烹鯉魚。」時聞繫舟檝，及此問吾廬。洙曰：陶潛：「吾亦愛吾廬。」趙曰：公自言凡有舟檝過往，必來見之也。

孟倉曹步趾領酒醬二物滿器見遺老夫

趙曰：夏侯湛賦：「詰朝之暇，步趾前廡。」補注鶴曰：詩云「楚岸通秋屐，胡床面夕畦」，當是大曆二年秋作。

楚岸通秋屐，胡床面夕畦。藉糟分汁滓，洙曰：劉伶酒德頌：「枕麴藉糟。」趙曰：周禮（酒）正[一]：「二曰醴齊，云醴（由）（猶）體也，成而汁滓相將，如今恬酒矣。」甕醬落提携。補注希曰：甕醬，用史記貨殖傳「醬醯千坻」之義[二]。飯糲添香味，趙曰：粗糲之飯也。朋來有醉泥。理生那免俗，洙曰：竹林七賢傳：「阮咸曰：『未能免俗。』」方法報山妻。師曰：酒醬乃生計日用之物，不免求所造之方法，以告其家人也，故云「方法報山妻」。

[一] 「正」上，據九家集注卷三〇、周禮注疏卷五天官冢宰下「酒正」，脱「酒」字。

[二] 醬醯，史記卷一二九貨殖列傳作「醯醬」。

課小豎鋤斫舍北果林枝蔓荒穢淨訖移床三首大曆二年作。

洙曰：一云「秋日閑居」。補注 鶴曰：詩云「背堂資僻遠，在野興清深」，又云「寒水光難定，秋山響易哀」，當是大曆二年在瀼西作。

病枕依茅棟，荒鋤淨果林。背堂資僻遠，在野興清深。山雉防求敵，洙曰：詩：「雉鳴求其牡。」趙曰：雉性强而善鬥。江猿應獨吟。趙曰：應，平聲。以鋤斫果林荒穢，淨其枝蔓，則猿來少，應有獨吟而已。洩雲高不去，洙曰：見「洩雲蒙清寒」注。隱几亦無心。洙曰：莊子：「〔東〕（南）郭子綦隱几〔一〕，嗒然似喪其耦。」注：「言心形兩忘也。」

衆壑生寒早，長林卷霧齊。青蟲懸就日，朱果落封泥。洙曰：一作「〔伐〕（成）〔二〕」。以泥封其接枝也。薄俗防人面，洙曰：人，一作「狸」。蘇曰：使人面獸心之義。舊引左氏「人心不同，如其面焉」，止其面之不同，於「防」字無義。全身學馬蹄。洙曰：莊子有馬蹄篇言：齕草飲水，適足其身，馬之真性。有善治馬者出，則馬失真性，而不得盡其生也。趙曰：所謂「馬蹄可以踐霜雪，毛可以禦風寒，齕草飲水，翹足而陸，此馬之真性也」。吟詩坐迴首，隨意葛巾低。

〔一〕東郭，九家集注卷三〇、莊子齊物論作「南郭」。

〔二〕伐，據杜陵詩史卷二七、分門集注卷一〇、九家集注，乃「成」之訛。

籬弱門何向，**趙曰**：言籬觸處損壞，門無定向也。沙虛岸只**洙曰**：一作「自」。摧。日斜魚更食，客散鳥還來。寒水光難定，秋山響易哀。天涯稍曛黑，**洙曰**：謝靈運詩：「朝游窮曛黑。」倚杖更徘徊。**蘇曰**：陶侃每見山水佳麗之地，莫不怡然倚杖徘徊，至興罷而已。

峽口二首大曆元年作。

補注 **鶴曰**：題云「峽口」，當是在夔州作。又云「秋氣動衰顔」，「蘆花留客晚」，當是大曆元年秋作。是年柏中丞爲都督，公爲作謝上表。柏嘗送菜，則賜金可知，故又云「諸侯數賜金」。

峽口大江間，**洙曰**：一作「闊」。西南控百蠻。**洙曰**：施、黔（連）五溪之蠻也。城欹連粉堞，**鄭曰**：達〔協〕（協）切〔一〕，城上垣。岸斷更青山。開闢當一作「多」。天險，**洙曰**：天設之險也，言險因開闢而後通爾。防隅一水關。**洙曰**：峽口有關，斷以鐵鎖。亂離聞鼓角，秋氣動衰顔。**趙曰**：以身逢亂離，聞鼓角聲所以感動衰顔也。

時清關失險，世亂戟如林。去矣英雄事，荒哉割據心。**洙曰**：當公孫述、劉備之際，夔爲要

〔一〕協，據四庫本、杜陵詩史卷二七、分門集注卷四，乃「協」之訛。

衝。**趙曰**：皆以英雄而割據一隅也。**蘆花留客晚，楓樹坐猿深。疲薾煩親故**，薾，乃結切。**蘇曰**：麻緗隱居終南山不仕，常有親知見緗，緗曰：「疲薾之人，何煩親故往來存問？」**諸侯數賜金**。數，色角切。**洙曰**：言多得諸侯贈遺也。**蒼舒曰**：主人中丞頻分（明）（月）俸〔一〕。**趙曰**：公自注云：「主人柏中丞頻分明俸。」蓋節度，古諸侯也，因言諸侯所貽之金，得稱賜金。補注**希曰**：漢書食貨志注，師古曰：「諸賜言黄金者，皆與之金，不言黄者，一金與萬錢。」此用其字。

村雨　廣德二年作。

補注**鶴曰**：詩云「挈帶看朱紱」，則是公得賜緋未久時作，當是廣德二年在草堂作，故又云：「松菊新霑洗，茅齋慰遠游。」

雨聲傳兩夜，寒事颯高秋。挈一作「攬」。**帶看朱紱**，**洙曰**：公任郎官，故朱紱。**開箱睹黑裘**。**洙曰**：蘇季（子）不得用〔二〕，而貂裘弊黑〔三〕。**世情只益睡**，**洙曰**：世態凋弊，不可瞻想，莫若自隱於睡。

〔一〕明，據九家集注卷三〇，乃「月」之訛。下同。
〔二〕「蘇季」下，據九家集注，脱「子」字。
〔三〕弊，四庫本作「敝」，字通。下同。

盜賊敢忘憂？洙曰：所憂者盜賊未平。松菊新霑洗，茅齋慰遠游。

寒雨朝行視園樹大曆二年作。

補注 鶴曰：詩云「散騎未知雲閣處，啼猿僻在楚山隅」，當是在夔州作。然謂之「視園樹」，而詩中又言桃李、梔子、紅椒、丹橘、黄甘〔一〕，則是瀼西之園也。詩必作於大曆二年冬。

柴門雜樹向千株，丹橘黄甘此地無。趙曰：江南種橘，江北成枳，則知甘橘惟楚地之所有耳。江上今朝寒雨歇，籬中秀洙曰：一作「邊新」。色畫屏紆〔二〕。桃蹊李徑年雖故，洙曰：李廣贊：「諺曰：桃李不言，下自成蹊。」師古曰：「蹊爲徑道也。言桃李以其華實之故，非有所召呼，而人争歸，來往不絶，其下自然成徑。以喻人，懷誠信之人故能潛有所感。」梔子紅椒艷色殊。洙曰：一作「艷復殊」。鎖石藤梢元自落，到天松骨見來枯。林香出實垂將盡，葉蔕辭枝洙曰：一作「柯」。不重蘇。愛日

〔一〕甘，四庫本作「柑」，當是館臣臆改。
〔二〕紆，四庫本作「舒」。

恩光蒙借貸[一]，洙曰：冬日可愛。補注希曰：文選江淹上書吴王[二]：「借以恩光[三]。」而「愛日」則用左傳「冬日可愛」字也。清霜殺氣得憂虞。洙曰：釋（名）云：「霜者，喪也。其氣慘毒，物皆喪也。」趙曰：仲秋之月，殺氣侵盛。衰顔動覓藜床坐，洙曰：管寧家貧，坐藜床欲穿，爲學不倦。緩步仍須竹杖扶。洙曰：費長房投竹杖於葛陂，化龍而去。散騎未知雲閣處，啼猿僻在楚山隅。洙曰：潘安仁秋興賦：「寓直于散騎之省，高閣連雲。」

偶題大曆元年作。

補注鶴曰：詩云「江峽繞蛟螭」，當是大曆元年在夔州時作，故又曰「聖朝兼盜賊」，時吐蕃之亂未息也。

文章千古事，得失寸心知。趙曰：言文章垂不朽之事，其得其失蓋吾心自知之。作者皆殊列，名聲豈浪垂。洙曰：言以文章名，必有所長也。騷人嗟不見，洙曰：世之言文章者，謂文至於齊、梁之間，變而爲風、騷矣。趙曰：指言屈原、宋玉也，文章之祖起於騷。嗟不見，則屈、宋遠矣。漢道盛於斯。洙

[一] 蒙，四庫本作「榮」。
[二] 上書吴王，文選卷三九作「詣建平王上書」。
[三] 借，文選卷三九作「惠」。

曰：漢文章深厚，有古人之風。**趙曰**：言漢有司馬遷、相如、劉向、王褒之屬，傷今不復見古人也。**師曰**：文章惟漢爲渾厚森嚴，故曰「漢道盛於斯」，「心從弱歲疲」。**前輩飛騰入，餘波綺麗爲。****洙曰**：綺麗，騷人之作也。**趙曰**：文章至於綺麗，乃騷、雅之末流，故謂之餘波。**後賢兼舊利**〔一〕，**洙曰**：利，一作「列」〔二〕。後之作者兼騷人之體也。**歷代各清規。****趙曰**：所謂遞相祖述也。**法自儒家有，心從弱歲疲。****趙曰**：公自謂也。吾之用心，自弱冠時疲苦至今也。**永懷江左逸，****洙曰**：江左，晉元帝渡江所都也。阮籍之流，文多尚逸。**趙曰**：江左則嵇、阮、鮑、謝之徒，文選多采取焉，故公永懷之。**多病****洙曰**：一作「謝」。**鄴中奇。****洙曰**：鄴，魏所都。文帝好文，故作者多尚奇。江文通云：「關西、鄴下，既已罕同；河外、江南，〔嶺〕（頗）爲異法〔三〕。」補注希曰：詩：「終其永懷。」**騄驥皆良馬，麒麟帶好兒。****趙曰**：麒麟之子，仍是麒麟，故云「帶好兒」。**車輪徒已斲，****洙曰**：莊子：「〔威〕（桓）公讀書，輪扁以爲聖人之糟粕。〔威〕（桓）公曰：『寡人讀書，輪人安得議乎？』輪扁曰：『以臣之事觀之，夫斲輪，徐則甘而不固，疾則苦而不入。不徐不疾，得之於手，應之於心，口不能言，有數存焉於其間。臣不能以喻臣之子，臣之子亦不得受之於臣，是以行年七十而老斲輪。古人

〔一〕利，四庫本、九家集注卷三〇作「制」。
〔二〕「利一作列」句，四庫本作「制一作例」，九家集注作「或作利作列」。
〔三〕嶺，據九家集注、分門集注卷一六、文選卷三一江淹雜體詩三十首序，乃「頗」之訛。

之與其不可傳也，死矣。然則君之所讀者，古人之糟粕已。」**堂構肯仍虧**〔一〕。**洙曰**：書曰：「若考作室，既底法〔二〕，厥子乃弗肯堂，矧肯構？」**謾作潛夫論**，**洙曰**：後漢：「王符，字節信。隱居著書，以譏當時失得，不欲章顯其名，故號曰潛夫論。」**虛傳幼婦碑**。**洙曰**：曹操與楊修讀曹娥碑，陰有八字曰「黄絹幼婦外孫齏臼」，修解得，操行〔二〕〔三〕十里乃悟，云：「黄絹是色絲，色絲『絶』字也。幼婦，少女，少女『妙』字也。外孫，女子，女子『好』字也。齏臼之器受辛，『辤』字也。言『絶妙好辤』。」與楊合。操曰：「有智無智，校三十里。」**緣情慰漂蕩**，**洙曰**：文賦：「詩緣情而綺靡。」**抱疾屢遷移**。**經濟慚長策**，**洙曰**：言無經濟之才。**飛栖假一枝**。**洙曰**：鷦鷯賦：「巢不過一枝。」左太冲：「巢林栖一枝，可爲達士模。」**塵沙傍蜂蠆**，**鄭曰**：傍，滿浪切，近也。**江峽繞蛟螭**。**洙曰**：蜂蠆、蛟螭，皆毒物也，言避患難不暇耳。**趙曰**：言栖托於夔州之地如此，非有譬托。**蕭瑟唐虞遠**，**洙曰**：沈休文論：「虞夏以來，遺文不睹。」**聯翩楚漢危**。**洙曰**：江文通雜體詩序：「夫楚謡漢風，既非一〔體〕〔骨〕。魏製晉造，固亦〔二〕〔一〕體。」**趙曰**：傷戰主之不能安〔三〕。**聖朝兼盜賊**，**洙曰**：胡虜爲中原之亂也。**趙曰**：言前有安、史，今有吐蕃是也。**異俗更喧卑**。**洙曰**：公北人而在南，故呼

〔一〕肯，王洙本、九家集注、杜陵詩史、分門集注作「惜」。
〔二〕底，據九家集注、尚書注疏卷一三大誥，乃「厎」之訛。
〔三〕主，據杜陵詩史、分門集注、九家集注、林繼中杜詩趙次公先後解輯校戊帙卷之八此詩校記十三，乃「争」之訛。

楚人爲「異俗」。喧卑，囂雜貌。**鬱鬱星辰劍，**洙曰：張華夜登樓，望見牛、斗間有異氣，乃酆城寶劍也。**蒼蒼雲雨池。**洙曰：周瑜傳：「蛟龍得雲雨，恐非池中物[一]。」革曰：此一句子美自喻失其所也如此。**兩都開幕府，**洙曰：兩都，東京、西京也。幕府，謂元帥也。補注 希曰：衛青征匈奴，絶大漠，大克獲。帝就拜大將軍於幕中府，故曰幕府。幕府之名，始於此。師古曰：「莫府者，以軍幕爲義，古字通單用耳。軍旅無常居止，故以帳幕言之。廉頗、李牧市租皆歸幕府，非至衛青始有其號。又莫訓大，於義乖矣。」**萬寓插軍麾。**洙曰：謂天下用兵也。**南海殘銅柱，**洙曰：馬援勒功銅柱。師曰：恨無人立功如馬援也。**東風避月支。**洙曰：匈奴傳：「東胡强而月（氏）（氏）盛。」師曰：言避吐蕃之亂也。**音書恨烏鵲，**洙曰：西京雜記：「乾鵲噪則行人至。」**號怒怪熊羆。**洙曰：苦寒行：「熊羆對我蹲。」趙曰：言夔州山居之所有也。**稼穡分詩興，**洙曰：役於營生，不暇吟詠也。**柴荆學（士）（土）宜。**洙曰：習其風俗也。**故山迷白閣，秋水憶黄陂。**洙曰：白閣、黄陂，關中山水。趙曰：白閣，則終南山相附之（止）（山）[二]。皇陂，則皇子陂也，舊以爲黄陂，誤矣。**不敢要佳句，**要[三]，伊遥切。**愁來賦别離。**

[一] 恐，九家集注、三國志卷五四周瑜傳作「終」。
[二] 止，據杜陵詩史、分門集注、九家集注，乃「山」之訛。
[三] 要，原誤刻作「妻」，據四庫本、杜陵詩史、分門集注及詩文改。

雨晴大曆元年作。

補注 **鶴曰**：詩云「雨晴山不改，晴罷峽如新」，當是大曆元年夔州作，故又云「故國愁眉外」也。雨晴，善本作「雨時」。

雨晴山不改，晴罷峽如新。 **洙曰**：言陰晴在雨而不在山也。**天路休殊俗，秋江思殺人。有猿揮淚盡，** **洙曰**：荆州記曰：「巴東三峽長猿聲中，啼至三聲，聞者垂淚。」**無犬附書頻。** **趙曰**：陸機有犬曰黄耳，在洛中使附書歸江左也。**故國愁眉外，長歌欲損神。** **蘇曰**：蔡琰曰：「故國迢遞，回首愁眉之外。」

晚晴吴郎見過北舍大曆元年作。

補注 **鶴曰**：吴郎，乃吴司法也。公有簡吴郎司法詩，又今詩云「圃畦新雨潤」，當是大曆元年秋作。

圃畦新雨潤， **洙曰**：新，一作「佳」。**愧子廢鋤來。竹杖交頭拄，** **趙曰**：費長房投竹杖於葛陂，化龍而去。**柴扉隔徑開。** **蘇曰**：顏延年過陳拱，時秋暮，拱呼童掃徑開門，談論如鮫珠落盤，琅琅可愛。**欲棲群鳥亂，未去小童催。明日重陽酒，相迎自醱醅。** **洙曰**：開酒也。

解悶十二首大曆元年作。

補注 鶴曰：詩云「一辭故國十經秋」，又云「草閣柴扉星散居」，當是大曆元年夔州作。

草閣柴扉星散居，趙曰：庾信寒園即目詩：「寒園星散居。」師曰：夔地多山，少平居，人傍山，故星散。浪翻江黑雨飛初。洙曰：鮑昭：「翻浪揚白鷗。」山禽引子哺紅果，溪友洙曰：一作「女」。得錢留白魚。師曰：得錢不論其價，知魚賤也。

商胡離別下揚州，憶上西洙曰：一作「蘭」。陵故驛樓。爲問淮南米貴賤，蘇曰：王褒：「淮南米價貴賤？吾欲東下。」老夫乘興欲東流。

一辭故國十經秋，每見秋瓜憶故丘。洙曰：一作「侯」。長安東門瓜絶美。趙曰：邵平種瓜長安東門也。公長安人，故有懷鄉之詩。今日南湖采薇蕨，何人爲覓鄭瓜洙曰：一作「袁」。州。洙曰：公自注：「今鄭秘監審。」師曰：瓜州，金陵之别號。鄭審，乃公故人也。

沈范早知何水部，洙曰：謂水部郎中薛據。沈約、范雲，見「能詩何水部」注。曹劉不（持）（待）薛郎中。洙曰：曹子建、劉（公）幹、薛據也。趙曰：若薛據者，恨不與曹子建、劉（公）幹同時。獨當省署開文苑，師曰：子美以文章爲己任，故云。兼泛滄浪學釣翁。趙曰：言薛前在省部，今在荆南，有江湖之樂，斯爲「學釣翁」。

李陵蘇武是吾師， **洙曰：** 世之言五言詩始於蘇武、李陵。 **孟子論文更不疑。** **蘇曰：** 顔延年云：「李陵、蘇武句〔注〕〔法〕可師〔一〕，餘區區輩，不足數。」南子端：「論文究理，惟孟軻之書，使人不疑。」**趙曰：** 指孟雲卿也。 **一飯未曾留俗客，** **蘇曰：** 陶侃未嘗延俗客。 **數篇今見古人詩。** **蘇曰：** 校書郎孟雲卿。

復憶襄陽孟浩然，清詩句句盡堪傳。 **即今耆舊無新語，** **蘇曰：** 殷湛曰：「曹、劉泯迹，文章無宗師。觀者舊區區於毫楮間，淈奇新語〔二〕，何後生者敢爾爲？」 **漫釣槎頭縮項** **洙曰：** 一作「頸」。 **鯿。** **洙曰：** 浩然開元時人，詩云：「梅花殘臘月，柳色半春天。鳥泊隨陽雁，魚藏縮頸鯿〔三〕。」又云：「試垂竹竿釣，果得〔杳〕〔查〕頭鯿〔四〕。」鯿，魚也，楚人云：「長〔有〕〔腰〕粳米〔五〕、縮頭鯿魚，爲美味也。」**趙曰：** 言今耆舊之間，不復造新語以言鯿魚，但謾釣之而已。習鑿齒襄陽耆舊傳云：「漢水中鯿魚甚美，禁人捕，以槎斷水，因謂之槎頭鯿。」**補注** **鶴曰：** 張敬兒爲刺史，齊高帝〔取〕〔求〕此魚，敬兒作六穗船置魚而進〔六〕，作書曰：「奉槎頭縮項鯿一

〔一〕注，據分門集注卷一六，乃「法」之訛。
〔二〕淈，四庫本作「倔」。
〔三〕頸，分門集注同此，杜陵詩史卷二八、九家集注卷三〇、文苑英華卷三一八孟浩然冬至後過吴張二子檀溪别業詩作「項」。
〔四〕杳，據四庫本、杜陵詩史、分門集注、九家集注，乃「查」之訛。
〔五〕有，據杜陵詩史、分門集注、九家集注，乃「腰」之訛。
〔六〕六穗船，九家集注作「六槽船」，苕溪漁隱叢話前集卷一一作「六櫓船」。進，九家集注作「獻」。

千八百頭。」孟浩然又有王昌齡詩云「領南香味有槎頭〔一〕」。

陶冶性靈存底物， **洙曰：** 詩能陶冶情性。 **修可曰：** 梁鍾嶸評阮嗣宗詩：「無雕蟲之工，而詠懷之作可以陶冶靈性幽思。」**新詩改罷自長吟。** **蘇曰：** 謝惠連改詩既罷，無知音者，遇好句自吟而已。 **熟知二謝將能事，** **洙曰：** 玄暉、靈運。 **趙曰：** 公言其稔熟，知謝靈運、謝惠連將作詩爲能事。 **頗學陰何苦用心。** 〔洙〕（**蘇**）**曰**〔二〕**：** 梁術云：「陰鏗、何遜文章傑出諸公，用心太苦。」

不見高人王右丞， **鄭曰：** 本注云：「相國縉。」〔三〕 **藍田丘壑蔓寒藤。** **趙曰：** 右丞，王維也，有別墅在藍田，所謂輞川也。 **最傳秀句寰區滿，未絶風流相國能。** **洙曰：** 唐書王維傳：「字摩〔詰〕（詰）〔四〕。開元中擢進士第，乾元中轉尚書右丞。以詩名盛於時，尤長五言詩。晚年得宋之問藍田別墅，墅在輞口，水周於舍下，竹洲花塢〔五〕。與道友裴迪浮舟往來，彈琴賦詩，嘯歌終日。嘗聚其田園所爲詩，號輞川集。代宗時，弟縉爲宰相，代宗好文，求維文，縉編綴得四百餘篇上之。」

〔一〕「王昌齡詩云領南香味有槎頭」句，文苑英華卷二六八詩題作「送王昌齡之嶺南」，此句作「鄉味有查頭」，則「領南」當由題中誤入詩文，「領」爲「嶺」之形訛，「香」爲「鄉」之音訛。

〔二〕洙曰，杜陵詩史、分門集注作「蘇曰」，「洙曰」當爲「蘇曰」之誤。

〔三〕「本注云相國縉」注，疑當在「相國」句下。

〔四〕詰，據四庫本、杜陵詩史、分門集注，乃「詰」之訛。

〔五〕「竹洲花塢」上，據舊唐書卷一九〇下王維傳，當脱「別漲」二字。

先帝貴妃俱寂寞，荔枝還復入長安。 **洙曰：** 楊貴妃傳：「妃嗜荔枝，必欲生致之。乃置騎，傳送數千里，味色未變至京師。」**炎方每續朱櫻獻，** **趙曰：** 禮記：「仲夏之月，天子以含桃先薦寢廟。」今云「續朱櫻獻」，則亦南方之所貢也。**玉座應悲白露團。** **洙曰：** 謝玄暉詩：「玉座猶寂寞，況乃妾身輕。」**修可曰：** 唐史遺事云：「乾元初，明皇幸蜀回，嶺南進荔枝，上感念楊妃，不覺悲慟。」

憶過瀘戎摘荔枝，青楓隱映石逶迤。京華應見無顏色，紅顆酸甜只自知。 **洙曰：** 蜀無荔枝，惟戎、瀘最多。蓋荔枝常生於嵐瘴之地也。**師曰：** 瀘、戎，二州名。蜀荔枝譜云：「廣南及梓、夔之間所出，大率早熟，肌肉薄，其味甘酸。其精好者，近比閩中之下品〔一〕。」戎州圖載郡國志云：「僰人住西夷中，多以荔枝爲業，園植萬株，樹收百（顆）〔斛〕〔二〕，故戎州有荔枝園户。」

翠瓜碧李沉玉甃， **洙曰：** 玉甃，井也。魏文帝書有云：「浮甘瓜於清泉，沉朱李於寒水。」**赤梨蒲萄寒露成。可憐先不異枝蔓，此物娟娟長遠生。** **趙曰：** 此物，言荔枝也。可憐先與荔枝不異枝蔓，他處所有，而此物長於遠地，娟娟然生，所以嘆異之也。

側生野岸及江蒲，不熟丹宮滿玉壺。 **趙曰：** 此篇山谷云亦貢荔枝之什。蜀都賦：「側生荔枝。」

〔一〕近，九家集注作「僅」。

〔二〕顆，據杜陵詩史、分門集注，乃「斛」之訛。

江〔滿〕〔蒲〕，則自戎、僰而下，例以畝爲蒲，今官私契約皆然，因以押韻。丹宫，神仙之宫，以比禁苑。玉壺，珍貴之器，以言至尊之奉。惟其不熟丹宫而滿玉壺，所以求之於遠也。**雲壑布衣鮐背死，勞生****洙曰**：謝師厚云：「生，當作『人』。」**重馬翠眉須。****洙曰**：重，當作「害」。須，一作「疏」。**定功曰**：此一絶亦言荔枝。歐陽公本〔作〕「勞人害馬翠眉須」。蜀都賦有曰：「邛竹緣嶺〔一〕，菌桂臨崖。旁挺龍眼，側生荔枝。布緑葉之萋萋，結朱實之離離。」按楊貴妃嗜荔枝，必欲生置。乃置騎曉夜傳至京師，色未變。駟召至於老死山谷間，故曰「勞人害馬」也。翠眉，指貴妃也。

復愁十二首大曆二年作。

洙曰：此詩十二首，多感時事而言，故無傳信者則闕之以俟有聞。**補注****鶴曰**：此詩當是大曆二年在瀼溪作，故詩云「巫山猶錦樹」，又云「村船逆上〔奚〕〔溪〕」。時吐蕃寇邠、靈，京師戒嚴，所以又有「萬國尚防寇」之句。

人煙生處僻，**洙曰**：一云「遠處」。**趙曰**：曹子建：「千里無人煙。」**虎迹過新蹄。野鶻翻窺草，****蘇曰**：董卓每視漢獻帝，如野鶻之窺深草，蓋其禽心，自視無異也。工部作是句，深得體法。**村船逆上溪。**

〔一〕邛，四庫本作「筇」。

釣艇收緡盡，昏鴉洙曰：一作「鷗」。**接翅稀。月生初學扇，雲細不成衣。**洙曰：初學扇，謂未甚圓也。不成衣，言細也。趙曰：李義（甫）（府）詞：「鏤月成歌扇，裁雲作舞衣。」**萬國尚防寇，故園今若何。**蘇曰：楊震：「故園今復如何。」趙曰：故園，指長安也。**昔歸相識少，早已戰場多。**

身覺省郎在，趙曰：公任工部員外郎，故云。**家須農事歸。年深荒草徑，老恐失柴扉。**

金絲鏤箭鏃，皂尾製旗竿〔一〕。**一自風塵起，猶嗟行路難。**洙曰：金絲箭、皂尾旗，皆胡服也。正觀銅牙弩〔二〕，田曰：南越志云：「龍川，唐時常有銅弩牙流出水，皆銀黄彫鏤，取之以製弩。」開元錦獸張。趙曰：書曰：「若虞機張。」則所謂錦獸張者，亦弩之物耳。補注希曰：本草：「陶隱居云：『即今人所用射者。』」鶴曰：申屠嘉傳：「以（林）（材）官蹶張。」如淳曰：「材官之多力，能脚踏强弩張之，故曰蹶張。律有蹶張士。」師曰：今之弩，以手張者曰擘張，以足踏者曰蹶張。**花門小前**洙曰：一作「箭」。**好，此物棄沙場。**師曰：唐六典注：「釋名曰：『弩，怒也。有弩怒也〔三〕。其柄曰臂，似人臂也。鈎弦曰牙，似牙齒也。

〔一〕 掣，王洙本卷一五、九家集注卷三〇作「製」。
〔二〕 正觀，當作「貞觀」，係避宋仁宗趙禎之諱而改，四庫本作「貞觀」，當爲館臣臆改。
〔三〕 弩怒，九家集注作「怒勢」，釋名卷七釋兵作「勢怒」。

牙外曰郭，爲牙之規郭也。合名之曰機，如門户樞機，開闔有節也。』」父老云蓋越王弩營也[一]。錦獸張，設射侯也。花門，乃回紇。

胡虜何曾盛，干戈不肯休。閭閻聽小子，談笑覓封侯。趙曰：此篇公蓋憤生事邀功，濫冒榮寵者矣。雖閭閻小人，亦説取封侯也。補注鶴曰：按通鑑：「至德專以官爵賞功，諸將出征，皆給空名告身，自開府、特進、列卿、大將軍，下至中郎將[二]，聽臨事注名。其後又聽以信牒受人官爵，有至異姓王者。及清渠之敗，復以官爵收散卒。大將軍告身一通，纔易一醉。應募入軍者，一切衣金紫，至有朝士僮僕，衣金紫，稱大官，而給賤役者。」唐自惠琮矯詔令崔希逸擊吐蕃，受厚賞，自此吐蕃無歲不入寇。觀「胡虜何曾盛，干戈不肯休」之句，可爲喜功生事、妄開邊釁者之戒。

今日翔麟馬，夢符曰：按唐志：「翔麟，廄名。」續通典：「内有飛龍、翔麟、鳳苑、䳒鸞、告良、六群等大廄。」**先宜駕鼓車。**洙曰：漢文帝以千里馬駕鼓車。**無勞問河北，諸將覺**洙曰：一云「角」。**榮華。**趙曰：言此馬不勞問（惟）〔遺〕河北，諸將角勝於榮華而已[三]。

任轉江淮粟，蘇曰：董祚轉江、湖、淮、浙粟以實河北。補注鶴曰：唐自天寶之後，輿地半爲盜區，所

[一] 「父老云」句，據九家集注，乃上引南越志中語。

[二] 中郎將，據資治通鑑卷二一九，乃「中郎郎將」之訛。

[三] 惟，據九家集注，乃「遺」之訛。「諸將」上，九家集注有「徒使」二字。

賴江、湖之地不失，猶得藉以爲國，故史有「唐得江淮財用濟中興」之語。高帝紀：「故秦苑囿園池，令民得田之。」師古曰：「養鳥獸曰苑。苑有垣曰囿。」休添苑囿兵。由來貔虎士，不滿鳳凰城。趙曰：責天下勤王而已，不在京城之兵多也。

江上亦秋色，火雲終不移。趙曰：餘熱猶在也。巫山猶錦樹，南國且黄鸝。每恨陶彭澤，無錢對菊花。如今九日至，自覺酒須賒。洙曰：陶潛九日無酒，采菊盈把。遠望有白衣人携酒來，乃王弘使人送酒至，遂醉而歸。

病減詩仍拙，吟多意有餘。莫看江總老，洙曰：江總、陳後主狎客也[一]。陳破歸隋，後歸老江南。趙曰：按江總傳：「總尤工五言律詩。」猶被賞時魚。師曰：江總，陳後主狎客也。陳破歸隋，後復歸江南。子美以身未歸故鄉，故託江總以自比。言總雖易主得歸，猶不若子美流落而有銀魚之賜。子美檢校工部，朱紱銀魚。

諸將五首永泰元年作。

補注鶴曰：此詩雖言天寶十四載已來諸將之事，而詩云「滄海未全歸禹貢，薊門何處盡堯封」，則是史朝

[一] 狎客，原脱，據杜陵詩史卷二八、分門集注卷二五補。

義死後河北猶有未歸者。又末篇云「止憶往時嚴僕射」，當是武死後作。武以永泰元年四月死，而公亦以其時去成都，故又云：「錦江春色逐人來，巫峽清秋萬壑哀。」乃永泰元年秋在雲安作。

漢朝陵墓對南山， **洙曰：** 張孟陽七哀詩：「北邙何壘壘，高陵有四五。借問誰家墳，皆云漢世主。恭文遥相望，原陵鬱膴膴。」**胡虜千秋尚入關。** **昨日玉魚蒙葬地，** **洙曰：** 西京雜記：「長安大明宫宣政殿，此殿初就，每夜見數騎[一]，衣鮮麗，游往其間。高宗使巫祝劉明奴、王湛然問其所由。鬼云：『我是漢楚王戊太子，死葬於此。』明奴等曰：『按漢書，戊與七國反，誅死無後，焉得其子葬之此[二]？』鬼曰：『我當時入朝，以路遠不從坐。後病死，天子於此葬我。漢書自有遺誤耳。』明奴因宣詔與改葬，鬼喜曰：『我昔日亦是近屬豪貴，今在天子宫内，出入不安，改卜極爲幸(甚)。今在殿東北，入地丈餘，我死時天子斂我玉魚一雙，今猶未朽，必以此相送，勿見奪也。』明奴以事奏聞，有敕改葬。及發掘，玉魚宛然見在，棺槨之屬朽爛已盡。自是遂絶。」

早時金盌出人間。 **洙曰：** 孔氏(志)怪曰[三]：「盧充家西有崔少府墓，一日見一府舍，(入)門[四]，進見少府，與崔小女爲婚。三日，崔曰：『君可歸，女生男當以相還。』居四年，三月三日臨水戲，忽見崔氏并少府抱兒還

[一] 數騎，九家集注卷三〇作「數十騎」。

[二] 其，九家集注作「有」。之，九家集注、杜陵詩史卷二三、分門集注卷一五作「於」。

[三] 孔氏怪，據九家集注，乃「孔氏志怪」之脱。

[四] 「門」上，據九家集注，脱「入」字。

充，又與盌，并贈詩一首。充取兒、盌及詩，女忽不見。充詣市賣盌，崔女姨曰：『我妹之女嫁而亡，贈以金盌，著棺中。』」田曰：補遺云：「沈炯行經漢武通天臺，爲表奏之，（其奏曰）其略曰〔一〕：『甲帳珠簾，一朝零落。茂陵玉碗，遂出人間。』」今公所言乃茂陵事，但金、玉異爾。舊所引乃女子之事。趙曰：此激怒諸將也。漢朝天子之陵、大臣之墓對南山，自有千秋之固。及胡虜入關，不無侵掠也。**見愁汗馬西戎逼，曾閃朱旗北斗閑**〔二〕。洙曰：子美父名，集中兩處用，皆非是。謂吐蕃（於）（踐）河隴陷京師也〔三〕。趙曰：前既有胡虜發掘陵墓，今又有吐蕃之難，諸將不知禦戎。長安號北斗城。**多少材官守涇渭，**洙曰：漢材官、蹶張，皆武臣也。**將軍且莫破愁顔。**趙曰：爲將軍者，當以防寇爲念，且莫破愁顔而爲樂也。

韓公本意築三城，擬絶天驕拔漢旌。夢符曰：按吕温三受降城碑：「默啜强暴，朔方軍總管韓國公張仁愿請築三受降城，奪據其地。中宗詔許，横議不撓，於是留及瓜之戍，斬奸命之卒。六（城）（旬）雷動〔四〕，三城岳立，以拂雲祠爲中城，東西相去各四百里。過朝那而北，闢斥候迭望，幾二十所。損費億萬，减兵萬人。」趙曰：漢匈奴傳：「自稱爲天之驕子。」而回紇，匈奴之種也，故亦（得）稱天驕。【補注】希曰：三受降城，在唐豐

〔一〕「其奏曰」三字，據杜陵詩史、分門集注，乃衍文。
〔二〕閑，四庫本作「殷」。
〔三〕於，據九家集注，乃「踐」之訛。
〔四〕城，據九家集注、唐文粹卷五九吕温三受降城碑并序，乃「旬」之訛。

州九原郡。按志注：「景龍三年，張仁愿築。」仁愿於河北築三受降城，意欲絶虜路，其後返與回紇和親，資其兵同討安、史，公所以致「諸君何以答升平」之恨。豈謂盡煩回紇馬，翻然遠救朔方兵。洙曰：言築城以備蕃寇，而蕃反爲唐平難也。趙曰：至德元年，郭子儀以朔方、安西、回紇等兵討安慶緒，其後（回紇）恃功侵擾中國。此公所以嘆也。胡來不覺潼關隘，洙曰：謂禄山陷關也。趙曰：此譏哥舒翰之敗。龍起猶聞晉水清。洙曰：謂肅宗起於靈武也。趙曰：河北者，晉地也。肅宗龍飛，而晉水復清。獨使至尊憂社稷，諸君何以答升平。蘇曰：劉毅曰：「至尊獨憂社稷，焦心勞思，諸大夫忍食肉端然安居乎？」

洛陽宫殿化爲烽，洙曰：曹子建：「洛陽何寂寞，宫殿盡燒焚。」休道秦關百二重。洙曰：張孟陽劍閣銘：「秦得百二，併吞山河。」趙曰：祖出前漢：「田肯賀上曰：『陛下治秦中，秦形勝之國也。帶山阻河，持戟百萬，秦得百二焉。』注：「秦地險固，〔三〕（二）萬人足當諸侯百萬人〔一〕。」滄海未全歸禹貢，薊門何處覓堯封。洙曰：言爲盗賊所奄有也。趙曰：滄海，指山東。薊門，言河北。言爲盗賊所陷也。朝廷衮職雖多預，天下軍儲不自供。趙曰：罪朝廷之臣不能補衮也。下言郡國不修貢賦，須上求索而後供也。稍喜臨邊王相國，洙曰：王縉也。文中子：「折衝樽俎不臨邊。」〔二〕補注希曰：王縉由侍中拜河南副元帥，

〔一〕三，據杜陵詩史、分門集注、漢書卷一下高帝紀下，乃「二」之訛。

〔二〕折衝樽俎不臨邊，據山谷集卷九，此乃黄庭堅送顧子敦赴河東三首其一中詩句，九家集注引文中子作「何必臨邊」。

又拜盧龍節度使，故此篇首云「洛陽宫殿化爲烽」。洛陽，唐爲河南府，爲安禄山、史思明所破。肯銷金甲事春農。洙曰：蔡文姬詩：「金甲耀日光。」

回首扶桑銅柱標，趙曰：馬援南征，建銅柱標以勒功。冥冥氛祲未全銷。越裳翡翠無消息，洙曰：前漢西域傳贊：「孝武之世，睹犀布、玳瑁，則建朱崖七郡，自是之後，明珠文甲、通犀翠羽之珍，盈於後宫。」師古注云：「昔周公相成王，越裳氏重九譯而獻白雉。」南海明珠久寂寥。洙曰：賈琮傳：「交趾土多珍異，産明珠[一]、翠羽、犀象、玳瑁，異香美木之屬自出。」殊錫曾爲大司馬，洙曰：東晉石勒侵阜陵，詔加王導大司馬，假以黄鉞，出討之。軍次江寧，帝親踐於郊。總戎皆插侍中貂。洙曰：漢侍中冠武弁大冠，亦曰惠文冠，加璫，附蟬爲文。師曰：子美嘗有「自平宫中吕太一，南海收珠」之句，蓋吕太一爲廣州使，舉兵叛，故翡翠明珠久不貢朝廷。説者多引此詩以解太一之事。總戎皆插侍中貂，言將（師）（帥）邀功[二]，皆居高官也。補注希曰：侍中，門下省之長。時王縉、李光弼諸公皆爲之。炎風朔雪天王地，只在忠良翊聖朝。洙曰：言天子冒風雪於外，所賴者惟忠臣而已。

錦江春色逐人來，趙曰：此篇專言嚴武也。公今至夔，初見春焉，故云「逐人來」。巫峽清秋萬壑

[一] 珠，杜陵詩史、分門集注、九家集注作「璣」。
[二] 師，據杜陵詩史、分門集注，乃「帥」之訛。

哀。**洙曰**：殷仲文詩：「獨有清秋日，能使高興(人)(盡)。」又：「爽籟驚幽律，哀(之)(壑)叩虛牝。」正賴往時嚴僕射，嚴武。共迎中使望鄉臺。**趙曰**：嚴武鎮蜀，辟公爲參謀。望鄉臺，在成都之北，時公隨嚴僕射登此臺迎中使也。主恩前後三持節，**洙曰**：按武傳：「兩鎮蜀，一刺綿州。」軍令分明數舉杯。西蜀地形天下險，安危須仗出群材。**趙曰**：安危，則安其危也。公於八哀之言武：「公來雪山重，(武)公去雪山輕。」正此意也。

九日五首闕一首。大曆二年作。

補注 **鶴曰**：詩云「巫峽蟠江路」，當是大曆二年在夔州作。按舊史，是年九月吐蕃寇邠州、靈州，京師戒嚴。故詩又云：「佳辰對群盜。」

重陽獨酌**洙曰**：一云「少飲」。杯中酒，抱病豈一作「起」。登江上臺。竹葉於人既無分，**洙曰**：張景陽七命：「乃有荆南烏程，豫北竹葉。浮蟻星沸，飛華萍接。」竹葉，酒名也。菊花從此不須開。**洙曰**：荆楚歲時記：「九日登高，飲菊花酒。」殊方日落玄猿哭，**洙曰**：後語：宋玉曰：「子獨不見其玄猿乎？」舊國霜前白雁來。**鮑曰**：筆談：「北方白雁似雁而小，秋深則來。白雁至則霜降，北人謂之霜信。」弟妹蕭條各何往，干戈衰謝兩相催。**洙曰**：干戈與衰老相逼也。

舊日重陽日，傳杯不放杯。即今蓬鬢改，但愧菊花開。**洙曰**：愁見節物也。北闕心長戀，**洙曰**：北闕，帝都也。**趙曰**：不忘君也。西江首獨迴。茱萸賜朝士，難得一枝來。**洙曰**：唐制，九日賜宴及茱萸。

舊與蘇司業，源明。兼隨鄭廣文。虔。采花香泛泛，**洙曰**：一云「簇簇」。坐客醉紛紛。野樹歌還倚，秋砧醒却聞。歡娱兩冥寞，**洙曰**：言蘇、鄭俱亡，而已又流落也。顔延年詩：「衣冠終冥寞〔一〕。」西北有孤雲。**洙曰**：魏文帝：「西北有浮雲。」**孝祥曰**：唐狄仁傑授并州法曹參軍，親在河陽。仁傑登太行山反顧，見白雲孤飛，謂左右曰：「吾親舍其下。」瞻悵久之，雲移乃得去。

故里樊川菊，**洙曰**：樊川，在杜曲。登高素滻源。**洙曰**：滻，所簡切，滻水也。補注**鶴曰**：十道志：「樊川，即杜陵之鄉。漢將軍樊噲食邑於此，故曰樊川。」屬京兆府。公之父嘗爲奉天令，因家焉，因自號杜陵。今曰「故里」者，以此滻水爲長安大川。他時一笑後，今日幾人存。**洙曰**：言節物依然，而人事更變也。巫峽蟠江路，終南對國門。繫舟身萬里，伏枕淚雙痕。**洙曰**：巫峽、終南相去萬里，於流落之際而又伏枕，則羈苦可知矣。爲客裁烏帽，從兒具緑樽。**洙曰**：沈休文：「賓至下塵榻，憂來命緑樽。」

〔一〕寞，九家集注卷三〇、文選卷二三顔延年拜陵廟作詩作「漠」。

佳辰對**洙曰**：一作「帶」。群盜，愁絶更堪論。**洙曰**：當盜賊充斥，道路阻絶，於異鄉逢此佳節，固多愁蹙也。

九日諸人集于林大曆元年作。

補注 **鶴曰**：詩云「九日明朝是」，則不應題云「九日」，當曰「諸人約九日集于林」也。詩又云：「相要舊俗非，老〔夫〕（翁）難早出。」皆相約之辭。梁權道編在大曆元年。

九日明朝是，相要舊俗非。**洙曰**：非昔日游賞之地也。老翁難早出，賢客幸知歸。舊采黄花賸，石證切，亦作「〔賸〕（剩）」〔一〕。**梅曰**：剩，有餘也。新梳白髮微。謾看年少樂，忍淚已霑衣。

蘇曰：王子敬：「昨過嵇公墳，忍淚急趨，迴首不覺霑衣。情動於中，莫可制止也。」

黄氏補千家集注杜工部詩史卷之三十

〔一〕 賸，九家集注卷三〇引趙次公注云「『賸』字俗作『剩』，非」，分門集注卷三云「鄭曰：賸，石證切，亦作剩」，則「賸」乃「剩」之訛。

黄氏補千家集注杜工部詩史卷之三十一

宗武生日寶應元年作。

彦輔曰〔一〕：宗武，小名驥子，曾有詩：「驥子好男兒。」又云：「驥子最憐渠。」**補注** **鶴曰**：梁權道從舊次，編在大曆元年，然詩云「小子何時見，高秋此日生」，則是時宗武不在侍傍。案公熟食日示宗文宗武詩云：「松柏邛山路〔二〕，風花白帝城。」則公在夔時宗武未嘗不隨侍，而詩乃云「小子何時見」，殆非在夔作甚明。意是寶應元年秋在梓州作，是時家在成都也。明年秋晚，公雖往閬，而家在梓，然去家未幾，相距不遠，亦不應形「何時見」之句。當是寶應元年作。

小子何時見，**蘇曰**：王肅思男，謂弟曰：「何時得見小子？」高秋此日生。自從都邑語，已伴老夫名。**洙曰**：禮「自稱曰老夫」者。詩是吾家事，人傳世上情。**趙曰**：既以詩擅名，而世間愛之者

〔一〕彦輔曰，分門集注卷九作「洙曰」。

〔二〕邛，當爲「邙」之誤，參看蕭注本卷一五熟食日示宗文宗武校。

多。熟精文選理，**尹曰**：梁昭明太子賢集古人文詞詩賦爲文選〔一〕，李善嘗受文選於曹憲，後遂解注文選（十六）（六十）卷。休覓綵衣輕。**洙曰**：列女傳曰：「老萊子老養二親，行年七十，嬰兒自娛，著五色綵衣。嘗因取漿水上堂跌仆，因卧地爲小兒啼，或弄烏（烏）（鳥）於親側〔二〕。」**趙曰**：老萊子著五綵衣，戲於親側。此言「熟精文選理」，所以責望其子，而綵衣之輕，使之休覓也。凋瘵筵初秩，**洙曰**：小雅：「賓之初筵，左右秩秩。」箋云：「筵，席也。秩秩，肅敬也。」海賦：「爲凋爲瘵。」欹斜坐不成。流霞分片片，**夢符曰**：按抱朴子：「項曼卿修道山中〔三〕，升天，游紫府。仙人飲流霞一杯，輒不飢渴。」涓滴就徐傾。**洙曰**：河東項曼卿好道，去家三十年而反〔四〕，曰：「去時有數仙人將上天，離（曰）（日）數里〔五〕，止日之旁〔六〕，甚寒凄愴。飢欲食，輒飲我流霞一杯，每數月不飢。」隋江總爲碼碯杯賦：「翠羽流霞之杯。」庾信有示内人詩：「定取流霞氣，將添承露杯。」**趙曰**：抱朴子：「項曼自言至天上，過紫府，金床几晃晃昱昱。仙人以流霞飲之，輒不飢渴。」王立之云項

〔一〕賢，九家集注卷三一無此字，當爲衍文。
〔二〕烏烏，四庫本作「鳥鳥」，據杜陵詩史卷一六、分門集注卷九、藝文類聚卷二〇人部四孝引列女傳，乃「鳥鳥」之誤。
〔三〕項曼卿，九家集注卷三一、抱朴子内篇卷二〇袪惑、王充論衡卷七道虚篇作「項曼都」。
〔四〕三十年，九家集注同此，四庫本作「三年」，按，論衡作「三年」，抱朴子作「十年」。
〔五〕曰，乃「日」之訛，按，論衡卷七道虚篇作「月」，則此句之「曰」及下句之「日」實爲「月」之訛，四庫本作「月」，當係據論衡改。
〔六〕「止」上，四庫本有「而」字。

曼[一]，舊注又誤爲曼卿，故表出之。

又示宗武 寶應元年作。

補注 鶴曰：按公至德元載遣興詩云：「驥子好男兒，前年學語時。」則宗武在至德初方兩三歲。今詩云「覓句新知律，攤書解滿床」，乃八九歲時事。於宗武生日詩後題云「又示」，可知非大曆元年作亦明。至德元載至此十年，宗武度方十歲，故以「十五男兒志」期之。若如梁編在大曆元年，則誠十五歲矣，纔能知律攤書，豈公之子也？故以同上篇爲寶應元年作。

覓句新知律，攤書解滿床。 蘇曰：嵇紹新解覓句，稍知音律。王渾：「阿戎年小，漸解滿床攤書，時問難字，可喜。」**試吟青玉案，** 洙曰：張平子四愁詩：「美人贈我錦繡段，何以報之青玉案。」**莫帶紫羅囊。** 洙曰：晉謝玄少好佩紫羅香囊，叔父安患之，而不欲傷其意，因戲賭取焚之，於此遂止。**假日從時飲**[二]，洙曰：王仲宣登樓賦：「聊假日以銷憂[三]。」師曰：假，乃休假，非假借之假。**明年共我長。** 蘇曰：嵇康顧子

[一] 「云」上，九家集注有「止」字。云，四庫本作「曰」。
[二] 假，四庫本作「暇」。
[三] 假，文選卷一一游覽作「暇」。

紹曰：「阿紹明年共我長矣，〔召〕〔吾〕甚喜爾成人。」應須飽經術，已似愛文章。十五男兒志，洙曰：論語：「吾十有五而志于學。」三千弟子行。曾參與游夏，達者得升堂。洙曰：孔子世家：「孔子以詩、書、禮、樂教弟子，蓋三千焉，身通六藝者七十有二人。」論語：「文學子游、子夏。」又曰：「由也升堂矣。」

夜大曆元年作。

洙曰：一云「秋夜客舍」。補注 鶴曰：詩云「疏燈獨照孤帆宿，新月猶懸雙杵鳴。南菊再逢人卧病，北書不至雁無情」，當是大曆元年夔州作。蓋公以永泰元年秋至雲安，明年春遷居夔州，故云「南菊再逢」。是時公艤舟岸下，故又云「孤帆宿」也。

露下天高秋水清，洙曰：江淹別賦：「露下地而騰〔文〕。」宋玉九辯云〔二〕：「泬寥兮天高而氣清〔三〕，寂寥兮收潦而水清。」空山獨夜旅魂驚。定功曰：王仲宣七哀詩：「獨夜不能寐。」疏燈自照孤帆宿，新月猶懸雙杵鳴。蘇曰：李陵詩：「雙杵聲未斷，新月懸東陽。」南菊洙曰：一作「國」。再逢人卧病，北書不至雁無情。洙曰：范彦龍：「寄書雲間雁，爲我西北飛。」步蟾洙曰：一作「檐」。倚杖看牛斗，趙

〔二〕云，四庫本無此字。

〔三〕寥，九家集注、楚辭章句卷八作「寥」。

曰：當以「步檐」爲正。上林賦云：「步櫩周流。」李善注曰：「步櫩，步廊也。」**銀漢遥應接鳳城**。**趙曰**：鳳城，言長安也。

上白帝城大曆元年作。

彦輔曰：華陽國志：「先主征吴，於夷道還，薨於巴東。治魚復縣，公孫述更名白帝，章武中改曰永安。先主章武元年屯(曰)(白)帝城，遂爲重鎮。後主建興十五年中，吴將全琮來攻，不剋。」補注 **鶴曰**：此詩言城峻樓高，又見工而思夏，因風而憶襄王，當是大曆元年初至夔時作。所以又賦上白帝城二首云：「一上一回新。」

城峻隨天壁，**師曰**：天壁，乃西方室壁之星，言城之高與天壁相隨。**樓高更女墻**。**洙曰**：庾信泛江詩：「春江下白帝，畫舸向黄牛。錦纜回沙磧，蘭橈避荻洲。濕花隨水泛，空巢逐樹流。岸渚多喬木，山城(是)(足)迴樓。」徐敬業登琅邪城云：「登陴起遐望。」注：「(陴)女墻也。」**孝祥曰**：崔豹古今注：「女墻，城上小墻也。亦名睥睨，言於墻上睥睨人也。」**江流思夏后**，**洙曰**：禹貢：「岷山導江，東別爲沱。」左傳：「劉子見河洛，思禹功。」**風至憶襄王**。**洙曰**：宋玉風賦：「楚襄王游於蘭臺之宫，宋玉、景差侍。有風颯然而至，王乃披襟而當之曰：『快哉此風！』」**老去聞悲角，人扶報夕陽。公孫初恃險，躍馬意何長**。**洙曰**：左太冲蜀都賦：「臨谷爲塞，因山爲障，峻阻塍埒長城，豁險吞若巨防。一人守隘，萬夫莫向。公孫躍馬而稱帝，劉宗下輦而自王。」後漢：「公孫述，字子陽。使人詐稱漢使者，假述輔漢將軍、蜀郡太守。述恃其地險衆附，自立爲蜀王，都成都。蜀地肥饒，兵力精强，遠方士庶多歸之，遂立爲天子，號成家。」

宿江邊閣大曆元年作。

補注鶴曰：詩云「鸛鶴追飛盡，豺狼得食喧」，指崔旰輩群起也。當是大曆元年作，故又云：「不眠憂戰伐，無力正乾坤。〔一〕」

暝色延山徑，洙曰：謝靈運詩：「林壑斂暝色。」高齋次水門。薄雲岩際宿，孤月浪中翻。韓曰〔二〕：何遜入西塞示南府同僚詩：「薄雲（天）〔岩〕際出〔三〕，初月波中上。」鸛鶴追飛盡，豺狼得食喧。不眠憂戰伐，無力正乾坤。補注鶴曰：鸛鶴，以喻軍士。豺狼，以喻寇盜。是時蜀有崔旰之亂，河南又有周智光之亂，而吐蕃、回紇又相繼入寇，故云。

別崔潩因寄薛據孟雲卿大曆元年作。

鄭曰：潩，夷記切。補注鶴曰：一本自注云：「内弟赴湖南幕職。」詩云：「荆州遇薛孟」，當是大曆元年

〔一〕韓曰，分門集注卷五同此，杜陵詩史卷二三、九家集注卷三一作「蘇云」。

〔二〕天，據分門集注卷五、九家集注卷三一、逯欽立輯校先秦漢魏晉南北朝詩梁詩卷八，乃「岩」之訛。

在夔州作，故又云：「夙夜聽憂主，飛騰急濟時。」

志士惜妄動，蘇曰：謝安石：「志士之心如石，豈可妄動。」**知深難固辭。趙曰：**志士本惜妄動，而受知之深則難固辭。此以言漢赴幕職於湖南也。**如何久磨礪，但取不磷緇。洙曰：**語：「不曰堅乎？磨而不磷。不曰白乎？涅而不緇。」喻君子雖在（蜀）（濁）亂，不能污也。**趙曰：**言不可以久磨礱淬礪，便以爲利，所貴尚者，取「磨不磷，涅不緇」而已。**夙夜聽憂主，飛騰急濟時。荆州遇薛孟，爲報欲論詩。蘇曰：**阮瞻行程劇曰〔一〕：「煩子寄語友人，欲與子共竹林諸公論詩耳。」

武侯廟大曆元年作。

彦輔曰：成都記云：「諸葛公廟在先主廟故宅，城西復立素像。先主廟西院即武侯廟，前有雙大柏，古峭可愛。內有裴令公所著碑，柳僕射書相國段公古柏文。**補注鶴曰：**詩云「空山草木長」，當是指夔州廟。後有上卿翁請修武侯廟遺像缺落時崔卿權夔州，今詩又云「遺廟丹青落」，與上卿翁詩合。舊注恐非，當在大曆元年作。

遺廟丹青落，空山草木長。補注希曰：陶詩：「孟夏草木長。」**猶聞辭後主，不復卧南陽。洙**

〔一〕行，疑有誤。

曰：蜀志諸葛亮傳：「亮躬耕隴畝，好爲梁父吟。」漢晉春秋曰：「亮家于南陽之鄧縣，在襄陽城(西)二十里[一]，號曰隆中。」徐庶謂先主曰：「諸葛孔明，卧龍也。將軍豈見之乎？」先主病，敕後主曰：「汝與丞相從事，事之如父。」建興元年，封亮武鄉侯。五年，率諸軍北駐漢中，臨發上表辭，卒於軍。魏將軍鍾會至漢川，祭亮之廟，令軍士不得於亮墓所左右芻牧樵采。

八陣圖

大曆元年作。

彦輔曰：亮推演兵法，作八陣圖，咸得其要。〔相〕(桓)温傳：「初，諸葛亮造八陣圖於魚復平沙之上，叠石爲八行，相去二丈。温見之，謂此常山蛇勢也。文武皆莫能識之。」**昱曰**：陣勢八，天、地、風、雲、飛龍、翔鳥、虎翼、蛇蟠，二革二金爲天，三革三金爲地，二革三金爲風，三革二金爲雲，四革三金爲龍，三革四金爲虎，四革五金爲鳥，五革四金爲蛇。**補注** **鶴曰**：寰宇記：「八陣圖在新都縣北三十里。李膺益州記云：『稚子闕北五里，武侯八陣圖。土城四門，中起六十四魁，八八爲行。魁方一丈，高三尺。』又云：『在夔州奉節縣西七里，聚細石爲之。各高五尺，廣十圍，歷然棋布，縱橫相當。中間相去九尺，正中開南北巷，悉廣五尺，幾六十四聚。』」此詩當是大曆元年公初至夔州作，梁權道編亦然。

[一]「城」下，據九家集注卷三一、三國志卷三五蜀書五諸葛亮傳，脱「西」字。

功蓋三分國，**洙曰**：三分，謂魏、吴、蜀也。名成八陣圖。江流石不轉，**余曰**：按永嘉薛氏云：武侯之圖可見者三，一在沔陽之高平舊壘，一在廣都之八陣鄉，一在魚復永安宫南江灘水上。在高平者，自酈道元已言，傾褫難識。在廣都者，隆土爲基，魁以江石。四門二首，六十四魁，八八成行。兩陣俱立，陣周四百七十二步。其魁百有二十。在魚復者，因江爲勢，積石憑流。前蔽壁門，後依却月，縱横皆八魁，間二丈。偃月内面，九六鱗差。廣都舊無聞焉，惟見於李膺益州記，其言魁行皆八，財舉其半〔一〕。趙抃成都記稱：「耆老之説，〔之〕（以）爲江石兵數魁〔二〕，應六十四卦。」則知兩陣二首之意，以體乾坤門户，法象之所由生也。然其陣居平地，束於門壁，營陣之法具，而奇正之道藴。魚復陣於江路，因水成形。七八以爲經，九六以爲緯，體方於八陣，形圓於却月。壁門可以觀營陣之制，却月可以識奇正之變。故雖長江東注，夏流湍駛，轟雷犇馬，不足以擬其勢；回山卷石，不足以言其怒。峨峨八陣，實激其衝，子石奉如，灘沙攸積。而歷年千數，未嘗回撓，隱若敵國，屹然長城。故桓温以爲常山之蛇，杜甫偉其江流而不轉也。遺恨失吞吴。**洙曰**：習鑿齒曰：「曹操暫自矜伐〔三〕，而天下三分。」**蘇曰**：僕嘗夢見人云是杜子美，謂僕：「世人多誤會吾八陣圖詩，以謂先主、武侯恨不

〔一〕財，宋薛季宣浪語集（文淵閣四庫全書本）卷三〇載八陣圖贊并序作「才」，宋陳傅良歷代兵制（文淵閣四庫全書本）卷三載八陣圖贊并序作「裁」。

〔二〕之，據杜陵詩史卷二二，分門集注卷六，當爲「以」之誤。兵數魁，宋薛季宣浪語集卷三〇載八陣圖贊并序作「蓋兵數魁」，宋陳傅良歷代兵制卷三載八陣圖贊并序作「數魁」。

〔三〕矜，九家集注、杜陵詩史、分門集注作「驕」。

能滅吴。非也。我意本謂吴、蜀脣齒，不當相圖。晉所以能取蜀者，以蜀有吞吴之意，以此爲恨耳。」此説甚長，然子美死近四百年，而猶不忘詩，區區自別其意，此真書生習氣也。**師曰**：劉禹錫嘉話録：「夔州西市俯臨江，沙石下有諸葛八陣圖，聚石分布，宛然尚存。峽水大時，三蜀雪消之際，澒湧滉瀁〔一〕，可勝道哉。大木十圍，枯槎百丈，隨波而下，與水岸齊，人奔上山。則聚石爲堆者，斷可知也。及乎水落川平，萬物皆失故態，諸葛亮（圖）小石之堆，標聚行列，依然如是者近六百年，迨今不動。」然天下三分，如鼎足峙立，蜀之所以不存者，其遺恨失在吞吴而已。使不吞吴，則魏豈能合并哉？

奉送韋中丞之晉赴湖南 大曆二年作。

補注 **鶴曰**：舊史：「大曆四年二月，以湖南都團練觀察使韋之晉爲潭州刺史。」則此詩送韋爲衡州刺史而作也。詩云「峽内憶行春」，韋嘗在峽内作守，故云。後進大夫，卒於潭州，故有哭韋大夫詩。此詩又云「王室仍多故」，乃指吐蕃大曆二年又入寇，京師戒嚴。詩蓋作於其年。

寵渥徵黄漸，洙曰：前漢循吏傳：「黄霸爲潁川太守，户口歲增，治爲天下第一。徵守京兆尹。」**權宜**

〔一〕澒，九家集注、杜陵詩史、分門集注同此，四庫本作「傾」。

借寇頻。**洙曰**：見「河内猶宜借寇恂」注。**湖南安背水。洙曰**：韓信破〔隨〕（趙）[一]，反背水陣。**峽内憶行春。洙曰**：後漢鄭弘傳：「太守行春。」任彦升詩：「涿令行春返，冠蓋溢川坻。」謝夷吾傳：「行春乘柴車。」**王室仍多故，蒼生倚大臣。蘇曰**：晁錯云：「天下蒼生，全倚大臣安養。鼎鼐調羹手，不可容易錯動。」**還將徐孺榻，處處待高人。洙曰**：陳蕃爲徐稚下榻。

謁先主廟大曆元年作。

洙曰：成都記曰：「先主廟，府南八里，惠陵東七十步。齊高帝夢益州有天子鹵簿，詔刺史博覃修立而卑小[二]。後至長沙王鍾，改更構及四面壇屋[三]，置守墓户五百。」**補注 鶴曰**：先主廟雖在成都，而夔亦有之。蓋先主嘗爲吴將所破，步歸魚復，又卒於夔州永安宫，所以亦有廟。此詩云「錦江元過楚」，亦以夔居南楚，先主國於成都而廟於夔，猶錦江之過楚也。「竹送清溪月」，溪乃指豐溪[四]，永安宫在豐溪之側[五]。當是大曆元年作。

[一] 隨，據分門集注卷二一史記卷九二淮陰侯列傳、漢書卷三四韓信傳，乃「趙」之訛。

[二] 博覃，太平寰宇記卷七二劍南西道一益州成都縣作「傅覃」，南齊書卷五三傅琰傳載：「升明二年，太祖擢爲假節督益、寧二州軍事，建威將軍，益州刺史。」則「博覃」當爲「傅覃」之訛，「傅覃」疑又爲「傅琰」之誤。

[三] 構及，據九家集注卷三一，當爲「及構」之誤。

[四][五] 豐溪，疑爲「瀼溪」之誤。

慘澹風雲會，乘時各有人。**洙曰**：古詩：「靄靄風雲會，佳人一何繁。」劉植説李軼書[一]：「以龍虎之姿，遭風雲之時。」中興二十八將論曰：「咸能感會風雲，奮其智勇。」**補注** **希曰**：世説戴[二]：「道壹道人善爲辭，嘗途中逢雪，人問其狀，先集其慘澹[三]。」又陸機江蘺曰[四]：「蒙被風雲會[五]。」易：「時乘六龍以御天。」光武論：「能乘時龍以御天。」力侔分社稷，志屈偃經綸。**洙曰**：屯：「君子以經綸。」**趙曰**：言劉、葛之志屈而不得伸，所以偃仆經綸之業也。復漢留長策，中原仗老臣。**洙曰**：復漢，謂欲興劉氏也。老臣，孔明也。譙周蜀志：「建安二十五年，魏文帝稱尊號，改(元)(年)曰(本)(黄)初。或傳聞漢帝見害，先主乃發喪制服。譙周等上言曰：『大王襲先帝軌迹，亦興於漢中。又大王出自孝景皇帝中山靖王之胄，宜即帝位。』」**趙曰**：先主欲興劉氏而稱漢，其所留之長策，與後主也。所留長策者，欲取中原仗諸葛老臣耳。雜耕心未已，**洙曰**：後主建興十二年春，亮悉大衆由斜谷出，以流馬運，據武功五丈原，與司馬宣王對於渭南。每患糧不繼，使己志不伸，是以分兵屯田，爲久駐之基。耕者雜於渭濱居民之間，百姓安堵，軍無私焉。歐血事酸辛。歐，於口切。

〔一〕劉植，據後漢書卷二一耿純傳，乃「耿純」之誤。
〔二〕戴，当爲「載」之訛。
〔三〕「先集其慘澹」上，據世説新語上卷上言語，當脱「曰」字。
〔四〕江蘺，據文選卷二八陸機塘上行，乃其首二字，非詩題。
〔五〕蒙被，文選卷二八陸機塘上行作「被蒙」。

洙曰：亮與宣王相持百餘日，其年八月，亮疾，病卒于軍，時年五十四。魏書：「亮糧盡勢窮，憂恚歐血，一夕燒營，〔道〕（遁）走入谷。道發病卒。」漢晉春秋曰：「亮卒于郭氏塢。」臣松之以爲：「亮在渭濱，魏人躡迹，勝負之〔期〕（形）未可測量。而云歐血，蓋因亮自亡而自誇大也。夫以孔明之略，豈爲仲達歐血乎？及至劉琨喪師，與晉元帝箋亦云『亮軍敗歐血』，此則引虚記以爲言也。其云入谷而卒，緣蜀人入谷發喪故。」**霸氣西南歇，**洙曰：晉陽秋曰：「有星赤而芒角，自東北（西）南流[一]，投于亮營，三投再還，往大還小。俄而亮卒。」譙周云：「西南上有黄氣[二]。」趙曰：譙周等初勸進曰：「霸氣[三]，願大王應天順民。」今葛亮已死，中原莫圖，則霸氣所以歇也。**雄圖曆數屯。錦江元過楚，劍閣復通秦。**洙曰：言拓地至秦、楚。趙曰：錦江、劍閣，蜀國之土地。過楚通秦，則言本可以混一而不能焉，所以傷之也。**舊俗存祠廟，空山立**洙曰：一作「泣」。**鬼神。**洙曰：襄陽記曰：「亮死，所在各求爲立廟，朝議以禮秩不聽，百姓遂因時節私祭之於道陌上。」**虚檐交鳥道，**趙曰：此是夔州先主廟，廟在山中，故云「交鳥道」。鳥道，則山中之險道也。舊所引乃成都先主廟事，地理錯亂也。補注鶴曰：夔州先主廟在卧龍寺，故曰「空山」。公詠懷古迹亦有「翠華想像空山裏」之句，若是

[一]「南」上，據三國志卷三二諸葛亮傳「亮疾，病卒於軍，時年五十四」句下注引晉陽秋，脱「西」字。
[二]上，九家集注作「數」。
[三]霸氣，杜陵詩史卷二六、分門集注卷六作「西氣」，三國志卷三二蜀書二先主備傳載譙周等勸進之語無此二字，疑爲「西南數有黄氣」之誤。

成都廟，誠不應言「虛檐交鳥道」矣。**枯木半龍鱗。** **洙曰**：成都記：「諸葛亮廟亦在先主故宅，城西復立素像。先主廟西院即武侯廟，廟前有雙大柏，古峭可愛，人云諸葛手植。」襄陽記曰：『亮卒，百姓私祭於道陌上，言事者或以可聽立廟於成都者，後主不從。步兵校尉習隆、中書郎（尚）〔向〕充等共上表曰：『臣聞周人懷召伯之德，甘棠爲之不伐；越王思范蠡之功，鑄（以）金存其像。自漢興以來，小善小德而圖形立廟者多矣。況亮德範遐邇，勳蓋季世，興王室之不壞，實斯人是賴。而蒸嘗止於私門，廟像（問）〔闕〕而莫立，使百姓巷祭，戎夷野祀，非所以存德念功，述追在昔者也。臣愚以爲，宜因近其墓，立之沔陽，使所親屬以時賜祭，凡其臣故吏欲奉祠者，皆限至廟所，斷其私祀，以崇正禮。』於是始從。」**竹送清溪月，** **蘇曰**：黄綬詩云：「娟娟釣絲竹，幾送清溪月。」**苔移玉座春。** **洙曰**：玉座，玉床也。謝玄暉銅雀臺詩：「玉座猶寂寞，況乃妾身輕。」**閭閻兒女換，歌舞歲時新。** **洙曰**：舊俗以四時祀〔一〕，十二月亦祈禱。閭，里門也；閻，里中門也。**蘇曰**：葛稚川再到鄉園，閭井改易，兒女更換，惟緑水青山少不減舊耳。**絶域歸舟遠，荒城繫馬頻。如何對摇落，** **洙曰**：宋玉曰：「草木摇落而變衰。」謝玄暉拜中軍記室辭隋王牋：「皋壤摇落，對之惆悵。岐路東西，或以嗚〔邑〕（唈）。」**趙曰**：此句已下，公言其身之流落，因自比而感嘆也。**況乃久風塵。** **洙曰**：晉總紀論：「悠悠風

〔一〕四時，據九家集注，當爲「四月」之誤。

塵。」**孰與關張並，**洙曰：關羽張飛傳曰〔一〕：「初劉備襲蜀，丞相掾趙戩曰：『劉備其不〔備〕（濟）乎？拙於用兵，每戰則敗〔二〕，奔亡不暇，何以圖人？蜀雖小區，險固四塞，獨守之國，難卒用兵也。』」徵士傅幹曰：『劉備寬仁有度，能得人死力。諸葛達治知變，正而有謀，而爲之相。張飛、關羽〔三〕，勇而有義，皆萬人之敵，而爲之將。此三人者，皆人傑也，以備之略，三傑佐之，何爲不濟？』」諸葛傳：「先主與亮情好日密，關、張等不悦，先主解之曰：『孤之有孔明，猶魚之有水也，願諸君勿復言。』羽、飛乃止。」趙曰：此蓋言諸葛與關羽、張飛之才器，孰與並乎？言不可並矣。**功臨耿鄧親。**洙曰：耿弇、鄧禹。後漢論云：「寇、鄧之高勛，耿、賈之鴻烈。」修可曰：公評品以爲，鄧禹之高勛，耿、賈之洪烈〔四〕，可親近矣。**應天才不小，**洙曰：應，一作「繼」。蜀志：「譙周等上言：『臣聞河圖、洛書，五經讖緯，孔子所甄，驗應自遠。謹按洛書云云，圖書云云。臣聞聖王先天而天不違，後天而奉天時，故應際而生，與神合契。願大王應天順民。』」**得士契無鄰。**洙曰：蜀志：「先主復領益州牧，諸葛亮爲股肱，法正爲謀主，關羽、張飛、馬超爲爪牙，許靖、麋竺、簡雍爲賓友。及董和、黄權、李嚴等，本

〔一〕關羽張飛傳，據三國志卷三二蜀書先主備傳，乃「先主傳」之誤，按，所引之文乃出自先主備傳裴松之注引傅子。
〔二〕則，三國志同此，四庫本作「必」。
〔三〕張飛關羽，三國志同此，四庫本作「關張二將」。
〔四〕洪，杜陵詩史、分門集注、四庫本作「鴻」。

璋之所授用也。吴壹、費觀等，又璋之婚親也。彭羕[一]，又璋之所擯也。劉巴者，宿昔之所忌恨也。皆處之顯任，盡其器能。有志之士無不競勸。」遲暮堪帷幄，洙曰：運籌帷幄之中。飄零且釣緡。洙曰：詩：「其釣維何，維絲伊緡。」向來憂國淚，寂寞洒衣巾。洙曰：謝靈運廬陵王墓下作：「洒淚眺連崗。」蘇曰：孔煒常下憂國之淚。

白鹽山大曆元年作。

補注 鶴曰：山在夔州，詩云「白榜千家邑，清秋萬古船」，當是大曆元年秋作。

卓立群峰外，蟠根積水邊。他皆任厚地，爾獨近高天。白榜千家邑，趙曰：言縣額以白爲牌耳。清秋萬古船[二]。詞人取佳句，刻畫竟誰傳。趙曰：欲以佳句專詠白鹽之狀，雖加刻畫，終難傳播，所以重言於難措辭也。補注 希曰：周顗：「刻畫無鹽。」故公因山名白鹽而謂之。

[一] 彭羕，據三國志卷三二蜀書先主備傳，乃「彭羕」之誤。
[二] 古，四庫本作「估」。

是時崔旰之變未寧。

灩滪堆大曆元年作。

補注**鶴曰**：詩云「干戈連解纜，行止憶垂堂」，謂去留俱危也。當是大曆元年作，故云「江寒出水長」，是

巨石水中央，洙曰：蒹葭：「（遠）（宛）在水中央。」**江寒出水長。沉牛答雲雨，**洙曰：楚俗祈而獲雨，必沉牛以答神貺。補注**鶴曰**：巨石，一本作「巨積」。「沉牛」二字雖見司馬相如傳，注謂：「沉牛，水牛也，能沉没水中。」與此詩意不合。湯東靈湫詩亦云：「曾祝沉豪（午）（牛）。」與此合。當如洙説。**如馬戒舟航。**洙曰：世説「灩滪如馬，瞿塘莫下」，言其險絶。蘇曰：三巴録：「灩滪如象，舟船莫上。灩滪如馬，舟船莫下。長年三老常以此候之。」**天意存傾覆，神功接混茫。**洙曰：莊子繕性：「古之人在混茫之中，與一世而得澹漠焉。」**干戈連解纜，行止憶垂堂。**洙曰：袁盎傳：「千金之子，坐不垂堂。」師古曰：「言富人之子則自愛也。垂堂，謂坐堂外邊，恐墮也。」**趙曰**：干戈之變，解纜之危，二者相連，可不慎乎？

瞿塘懷古新添。大曆元年作。

鄭曰：寰宇記：「夔州瞿塘在州東一里。」補注**鶴曰**：此詩當是公初見瞿塘而作，故備述其險，又言白帝、陽臺之事，乃大曆元年作。

西南萬壑注，勍敵兩崖開。地與山根裂，江從月窟來。削成當白帝，**本中曰**：蜀魚復縣，公孫述更名白帝，自後爲重鎮。空曲隱陽臺。〔補注〕**鶴曰**：寰宇記：「陽雲臺高一百二十步，宋玉賦云『游陽雲之臺』是也。」疏鑿功雖美，**本中曰**：郭景純江賦：「巴東之峽，夏后疏鑿。」陶鈞力大哉。

白帝城樓大曆二年作。

〔補注〕**鶴曰**：此詩當是大曆二年歲晏作，明年正月公出峽，所以有「夷陵春色起，漸擬放扁舟」之句。

江度寒山閣，城高絶塞樓。翠屏宜晚對，**洙曰**：天台賦：「（博）（搏）壁立之翠屏。」**蘇曰**：羊元居山，當户山峰奇秀，每據筠床，終日笑傲，或偃卧看山。客至，謂客曰：「此翠屏宜晚對，爽人心目。」顔魯公名其隱山爲翠屏，今人皆傳之，嘗見人題詩曰：「萬古漸漸立翠屏，昔年不枉占佳名。」白谷會深游。急急能鳴雁，輕輕不下鷗。夷陵春色起，漸擬放扁舟。**蘇曰**：唐劉：「洞庭秋來，橘柚欲熟，酒賤魚肥，吾漸放舟傲蕩君山、湘川耳。」

寄杜位大曆元年作。

魯曰：頃者與位同在故嚴尚書幕。〔補注〕**鶴曰**：「峽中爲客恨」，又云「寒日經檐短」，當是大曆元年冬在雲安作〔一〕，是時吐蕃之亂未寧。

寒日經檐短，窮猿失木悲。**洙曰**：淮南子曰：「猿顛蹶而失木。」又晉書曰：「窮猿奔林，豈暇擇木？」**修可曰**：謝鯤：「如失木之窮猿，但自悲嘯。」**峽中爲客恨，江上憶君時。天地身何往，風塵病敢辭。封書兩行淚，霑洒裛新詩。**

冬深**洙曰**：一云「即日」。永泰元年作。

補注 **鶴曰**：詩云「風濤暮不穩，〔舍〕（捨）棹宿誰門」，當是永泰元年在雲安作。若如梁權道編在大曆元年，則是時公在夔，已定居，不應詩乃爾云。

花葉隨天意，江溪共石根。早霞隨類**洙曰**：一作「〔戾〕（淚）」〔二〕。**影，****趙曰**：言其變態不常，隨所類之影呈現也。**寒水各依****洙曰**：一作「流」。**痕。易下楊朱淚，****洙曰**：楊朱泣岐路，謂其可以南，可以北。**難招楚客魂。****洙曰**：宋玉哀屈原憂愁山澤，魂魄飛散，其命將落，故作招魂，欲以復其精神，延其年壽。

〔一〕大曆元年冬，疑爲「永泰元年冬」之誤，蓋大曆元年春暮已從雲安移居夔州。

〔二〕戾，據杜陵詩史卷二三，乃「淚」之訛。

外陳四方之惡，内崇楚國之美，以諷于君。**風濤暮不穩**〔一〕**，趙曰**：古詩：「風濤暮不止，幾日到蕭湘。」**薛曰**：公欲南下，以歲暮而未成行也。**捨棹宿誰門。**

不寐大曆元年作。

補注 **鶴曰**：詩云「瞿塘夜水黑，城内改更籌」，當是大曆元年夔州作，故又云「多壘滿山谷」，言崔旰之亂未息也。

瞿塘夜水黑，城内改更籌。翳翳月沉霧，輝輝星近樓。洙曰：（張）景陽詩〔二〕：「翳翳結繁雲。」**氣衰甘少寐，心弱恨容**〔三〕一作「和」，又作「多」。**愁。趙曰**：心既弱矣，恨其知愁，則恐以愁而尤弱矣。**多壘洙曰**：一作「恨」。**滿山谷，洙曰**：曲禮：「四郊多壘，卿大夫之辱也。」**桃源無處求。趙曰**：以干戈未息而多壘，非若桃源可以避地。而問桃源何處，則以仙境難造也。

〔一〕穩，四庫本作「息」。
〔二〕「景陽」上，據九家集注卷三一，當脱「張」字。
〔三〕容，九家集注作「知」。

奉送十七舅下邵桂大曆元年作。

補注 鶴曰：公屢以夔爲殊方，爲絶域，今詩云「絶域三冬暮」，當是大曆元年在夔州作，故又云「浮生一病身」。

絶域三冬暮，洙曰：東方朔傳：「三冬文史足用。」**浮生一病身。感深辭舅氏，**洙曰：渭陽詩：「我見舅氏。」**别後見何人。縹緲蒼梧帝，**洙曰：謝玄暉詩：「雲去蒼梧野。」顔延年：「謁帝蒼山溪〔一〕。」檀弓：「舜葬於蒼梧之野。」蒼梧，南越。趙曰：虞舜死於蒼梧之野。指言虞舜，以述十七舅所往之處也。補注 鶴曰：按九域志：「蒼梧山在道州。」而道與邵爲鄰，故云。**推遷孟母鄰。**洙曰：孟子序：「幼被慈母三遷之教。」潘安仁閑居賦：「孟母所以三徙。」注：「孟軻母與軻少居近墓，軻乃戲爲墓。軻母曰：『此非所居。』去居市傍，軻愛戲爲商賈。居學館之旁，遂爲大儒。」**昏昏阻雲水，側望苦傷神。**洙曰：張平子四愁詩：「側身東望〔弟〕（涕）霑翰。」蜀都賦：「望之天迴，即之雲昏。」

送覃二判官大曆元年作。

補注 鶴曰：詩云「蹉跎病江漢，不復謁承明」，當是大曆元年夔州作。覃是時歸長安也。

〔一〕溪，文選卷二六顔延年和謝靈運作「谿」。

先皇弓劍遠，小臣餘此生。**洙曰**：黄帝葬於橋山南，空棺無尸，唯劍舄在。前漢郊祀志：「黄帝采首山銅鑄鼎於荆山下，鼎既成，有龍垂胡髯下，迎黄帝。帝上騎，群臣後宫從上龍七十餘人，龍乃上去。餘小臣不得上，乃悉持龍髯，龍髯拔墮，墮黄帝之弓。百姓仰望黄帝既上天，乃抱其弓與龍髯號。故後世因名其處曰鼎湖，其弓曰烏號。於是天子曰：『嗟乎！誠得如黄帝，吾視去妻子如脱敝屣耳。』」**趙曰**：先皇，指肅宗也。蹉跎病江漢，不復謁承明。**洙曰**：選云：「鯨魚失流而蹉跎。」前漢嚴助傳：「上問所欲，對：『願爲會稽太守。』於是拜之。數年不聞問，賜書曰：『制詔會稽太守，君厭承明之廬。』」張晏曰：「承明之廬在石渠閣外。」曹子建贈白馬王彪詩：「謁帝承明廬。」**蘇曰**：謝宗出守仇池，語友人曰：「吾此行當不復謁承明廬，擇山水秀媚處，吾斂翼卑栖，無意人間世也。」餞爾白頭日，**洙曰**：鄒陽：「白頭如新。」永懷丹鳳城。**趙曰**：指言長安帝城也。秦穆公女弄玉吹簫，鳳集其城，因號丹鳳城。補注**希曰**：舊史：「至德二載十一月戊午，上御丹鳳門下制。」兹云「城」者，門之城也。遲遲戀屈宋，渺渺卧荆衡。**洙曰**：屈原、宋玉。**趙曰**：荆則荆渚，衡則衡山。魂斷航舸失，**趙曰**：望覃判官之去航，黯然作别而魂斷也。天寒沙水清。肺肝若稍愈，亦上赤霄行。**洙曰**：七命：「挂歸翮於赤霄之表。」**趙曰**：亦有意於長安帝京矣。

夜宿西閣曉呈元二十一曹長 大曆二年。

補注**鶴曰**：以後篇口號考之，當是大曆二年冬在夔州作。

城暗更籌急，樓高雨雪微。稍通綃幕霽，趙曰：言天幕之色薄如綃。遠帶玉繩稀。洙曰：謝玄暉詩：「玉繩低建章。」門鵲晨光起，洙曰：一作「喜」。檣烏宿處飛。師曰：謝玄暉詩：「金波麗鳷鵲。」鳷鵲，門名也，故曰「門鵲」。檣，挂帆木，而烏泊其上，故子美公安送李二十九詩又有「檣烏相（皆）（背）發」之句，過南岳入洞庭詩亦云：「莫怪啼痕數，危檣逐夜烏。」然子美發潭州詩又云「檣燕語留人」，則不特檣烏而已，故燕子來舟中作斷句云：「暫語船檣還起去，穿花落水益沾巾。」補注希曰：檣烏非如屋上之烏，真言烏也，特檣上刻爲烏形，以占風耳。晉令（中）（車）駕出入〔一〕，相風在前。相風乃是刻烏於竿上，名之曰相風。晉傅玄相風賦云「栖神烏於竿首，俟祥風之來征」是已。門鵲既非指鵲，則檣烏亦無容謂實爲烏也。寒江流甚細，有意待人歸。蘇曰：蘇綠：「野燕溪草，春風未齊，應有意待還人歸。」

西閣口號呈元二十一大曆二年作。

補注鶴曰：梁權道編在大曆元年，按史，是年冬無雪，長安且無雪，蜀安得有之？而今詩云：「雪崖纔變石。」雖非大雪，然炎方尚至於變石，則長安不應云無。當大曆二年作，史云：「十一月，雨木冰。」可知其有雪矣。

〔一〕中駕，據九家集注，當爲「車駕」之訛。

山木抱雲稠，寒空繞上頭。雪崖纔變石，風〔慢〕（幔）不依樓[一]。社稷堪流涕，**蘇曰**：陳壽：「思社稷事，使人真堪流涕。」安危在運籌。**洙曰**：漢書：「運籌帷幄之中。」看君話王室，感動幾銷憂。

有嘆 大曆二年作。

魯曰：傳蜀官軍自圍普還[二]。**補注** **鶴曰**：詩云「天下兵常門，江東客未還」，當是大曆二年冬夔州作。是年吐蕃入寇，京師兩戒嚴，故云。江東客，公自謂也。

壯心久零落，**趙曰**：魏武帝樂府曰：「烈士暮年，壯心不已。」白首寄人間。**蘇曰**：梁鴻曰：「白首猶寄人間，萍迹可厭。」天下兵常門，江東客未還。**趙曰**：公有所嘆也。窮猿號雨雪，**洙曰**：晉書云：「窮猿投林。」老馬望關山。**洙曰**：管子曰：「老馬之智可用也。」武德開元際，蒼生豈重攀。**洙曰**：武德，高祖年號。開元，明皇年號。**趙曰**：追念祖、宗之盛時也。**補注** **鶴曰**：如趙云「追念祖、宗盛時」，則正觀何以不言？公之意蓋以太宗、肅宗爲皇太子而功高，高祖、明皇遂遜位與之。是時德宗以雍王爲天下兵馬元〔師〕

[一] 慢，據王洙本卷一六、九家集注卷三一、杜陵詩史卷二三、分門集注卷五、四庫本，當爲「幔」之形訛。

[二] 還，九家集注卷三一作「遂」。

(帥),討史朝義,以功兼尚書令,爲太子已三年,故有此句,默寓高祖、明皇之事。

西閣雨望大曆元年作。

補注 **鶴曰:** 詩云「菊蕊淒疏放,松林駐遠情」,當是大曆元年秋在夔州作。

樓雨霑雲幔,山寒著水城。徑添沙面出,湍減石棱生。 **趙曰:** 徑之所以添,以水落而〔少〕(沙)面出〔一〕。湍之所以減,則石露而其棱自生。**菊蕊淒疏放,松林駐遠情。滂沲朱檻濕,** **洙曰:** 詩:「〔彼〕(俾)滂沲矣。」**萬慮倚檐楹。** **洙曰:** 沈休文:「夕自傍檐飛〔二〕。」

不離西閣二首大曆元年作。

補注 **鶴曰:** 詩云「地偏應有瘴,臘近已含春」,當是大曆元年冬作。

江柳非時發,江花冷色頻。地偏應有瘴, **洙曰:** 陶潛詩:「心遠地自偏。」**蘇曰:** 吴宿曰:「盧南

〔一〕少,據四庫本、九家集注卷三一及詩文,乃「沙」之訛。

〔二〕夕自傍檐飛,四庫本作「夕自傍檐楹」,九家集注、分門集注卷五作「夕鳥傍簷飛」,文選卷三〇沈約學省愁卧詩作「夕鳥傍櫩飛」,則「自」當爲「鳥」之訛。

地僻〔二〕，蒸熱有瘴，凡事自養，慎醉飽。」臘近已含春。失學從愚子，無家住洙曰：一作「任」。老身。傳：「何恤無家。」不知西閣意，肯别定留洙曰：一作「何」〔一〕。人。

西閣從人别，人今亦故亭。江雲飄素練，洙曰：一作「葉」。石壁斷空青。田曰：「空青」字，詩人無敢使，惟太白亦云：「山色倒空青。」滄海先迎日，銀河倒列星。平生耽勝事，吁駭始初經。

送鮮于萬州遷巴州大曆元年作。

趙曰：鮮于，名炅，仲通之子也。廣德中爲尚書都官郎，自將相公卿，無不相厚，皆稱交友。補注**鶴曰：**按九域志，萬州至達州二百七十里，而達州至巴州又二百二十里。故詩云：「接近與名藩。」詩又云「寒江觸石喧」，當是大曆元年在夔州作。

京兆先時傑，**趙曰：**京兆者，炅（父仲通）天寶末爲京兆尹〔二〕，弟叔明乾元中亦爲之，長安歌曰：「前尹赫赫，具瞻允若。後尹熙熙，具瞻允斯。」琳琅照一門。**洙曰：**甫有贈鮮于京兆詩。晉史：「忠孝萃一門。」**安石曰：**世説：「有人詣王太尉，遇王安豐、大將軍、丞相在坐，别屋見季胤、平子。還語人曰：『今日之行，觸目

〔一〕盧，分門集注卷五作「瀘」。
〔二〕父仲通，原脱，據杜陵詩史卷二三、分門集注卷二十補。

見琳琅珠玉。』」朝廷偏注意，洙曰：天下安，注意相。接近與名藩。趙曰：自萬遷巴，故云接近。祖帳維舟數，洙曰：疏廣傳：「設祖道供帳。」寒江觸石喧。洙曰：蜀都賦：「觸石吐雲。」看君妙爲政，他日有殊恩。

西閣三度期大昌嚴明府同宿不到大曆元年。

補注 鶴曰：大昌屬夔州，而詩云「金吼霜鍾徹」，當是大曆元年冬在夔州作。

問子能來宿，今疑索故要。趙曰：言不來宿者，蓋疑以我尋索，故要我也。**匣琴虛夜夜，**趙曰：期之不來，遂廢彈琴，故云「虛夜夜」。**手板自朝朝。**夢符曰：按南史：「庾道敏善相手板。」世説：「王子猷以手板拄頰云：『西山朝來別有爽氣〔一〕。』」趙曰：手板，笏也。言嚴明府自持手板以入官府於朝朝也。**金吼霜鍾徹，花催蠟炬銷。**夢符曰：按山海經：「(豐)〔豐〕山之鍾，霜降自鳴。」(豐)〔豐〕山，今在鄧州南陽縣北三十里。又梁劉孝威燭詩：「浮光燭綺席，疑滴(汙)〔汗〕垂花〔二〕。」趙曰：以待嚴君至(曉)也〔三〕。「蠟」字作

〔一〕別，九家集注、世説新語簡傲作「致」。
〔二〕汗，據四庫本、九家集注，乃「汗」之訛。
〔三〕曉，原脱，據九家集注補。

「臘」耳。早皃江檻底，雙影謾飄颻。王喬皃舄。

曉望白帝城鹽山大曆元年作。

補注 鶴曰：詩云「春城見松雪」，當是大曆元年春在夔州作。

徐步移班杖，看山仰白頭。翠深開斷壁，紅洙曰：一作「江」。遠結飛樓。日出清江洙曰：一作「塞」。望，暄和散旅愁。春城見松雪，洙曰：顏延年：「山明望松雪。」始擬進歸舟。洙曰：謝玄暉詩：「天際識歸舟。」

西閣二首大曆元年作。

補注 鶴曰：詩云「巫山小摇落，碧色見松林」，當是大曆元年秋晚作。

巫山小摇落，洙曰：宋玉九辯：「草木摇落而變衰。」燕歌行：「草木摇落露爲霜。」碧色見松林。百鳥各相命，夢符曰：按王粲登樓賦：「鳥相鳴而舉翼。」注：「大戴禮夏小正(之)(云)[一]：『鳴也者，相命

[一] 之，九家集注卷三一作「云」，文選卷一一李善注作「曰」，則「之」乃「云」之形訛。

招魂：「高堂邃宇，檻層軒些。」要路亦高深。洙曰：選：「先據要路津。」朱紱猶紗帽，新詩近玉琴。趙曰：朱紱則朝〔朝〕（服）[一]。紗帽，隱者之巾。功名不早立，衰疾謝知音。哀世非王粲，終然學越吟。洙曰：王粲登樓賦：「莊舄顯而越吟。」

懶心似江水，日夜向滄洲。洙曰：謝玄暉詩：「既〔權〕（歡）懷〔緣〕（禄）情，復叶滄洲趣。」不道含香賤，田曰：應劭漢官儀曰：「始桓帝時，侍中〔刀〕（刁）存年老口臭[二]，上出雞舌香與含之。頗辛螫，不敢咀〔燕〕（嚥），疑有過，賜毒藥。歸舍辭决，家人哀泣，（不知）其故[三]。僚友取其藥驗之，無不嗤笑。」後尚書郎含雞舌香始於此。其如鑷白休。鑷，泥輒切。田曰：南史：「鬱林王年五歲，戲高帝傍。令左右鑷白髮，〔王問〕（問王）[四]：『我誰耶？』答曰：『太翁。』帝笑謂左右曰：『豈有爲人作曾祖而拔白髮乎？』即擲鏡鑷。」經過調碧柳，趙曰：公詩又曰：「清秋凋碧柳。」舊誤作「調碧柳」，非是。蕭索倚朱樓。畢娶何時竟，洙曰：謝

[一] 朝朝，據九家集注，乃「朝服」之訛。
[二] 刀，據四庫本、九家集注，乃「刁」之訛。
[三] 不知，原脱，據九家集注卷三一、分門集注卷五補。
[四] 王問，據九家集注，乃「問王」之倒誤。

靈運謂子尚曰〔一〕：「男娶女（嫁）畢〔二〕，敕斷家事勿復相關。」消中得自由。豪華看古往，趙曰：庾信見游春人詩云：「金穴盛豪華。」服食寄冥搜。洙曰：選：「服食求神仙。」古賦：「遠寄冥搜。」詩盡人間興，兼須入海求。

卜居大曆二年作。

補注 鶴曰：詩云「春耕破瀼西」，當是大曆二年作，公是年三月自赤甲遷居瀼西。

歸羨遼東鶴，洙曰：遼東華表柱有鶴（集）其上曰：「有鳥有鳥丁令威，去家千年今始歸。城郭如故人民非，何不學仙冢纍纍。」吟同楚執珪。洙曰：淮南子：「宣王以執珪封子發，子發辭而不得。」楚法：得子胥，爵執珪。莊舄爲楚執珪，王仲宣賦：「莊舄顯而越吟。」未成游碧海，洙曰：十洲記曰：「扶桑在碧海之中，地去西南萬里。大帝之宫，太真東王君所治。」著處覓丹梯。洙曰：謝靈運詩：「躡步陵丹梯。」雲嶂

〔一〕「謝靈運謂子尚曰」句，「男娶女嫁畢」云云乃東漢尚長（尚，一作向）之事，當是混淆文選卷二六謝靈運初去郡詩「畢娶類尚子」句和李善注引嵇康高士傳所載尚長之事而致誤，詳參文選卷二六及後漢書卷八三向長傳；按，「洙曰」此注與南宋祝穆撰古今事文類聚後集卷一三「喜畢婚嫁」條所載略同，「洙曰」之誤，或係因襲宋人成説。

〔二〕「女」下，據九家集注、後漢書向長傳，脱「嫁」字。

寬江北，春耕破瀼西。 **洙曰：** 南瀼水，管鄣縣也。**趙曰：** 公自赤甲而遷此，江北乃瀼西之地。瀼者，水名，音讓。**鄭曰：** 瀼，奴浪切，水名，今作瀼。**補注** **希曰：** 水經云：「白帝山北緣馬嶺，接赤甲山，東傍瀼溪，即以爲隍。」則瀼溪在白帝山之東。**桃紅客若至，定似昔** **洙曰：** 一作「晉」。**人迷。** **洙曰：** 見「欲問桃花宿」注。

玉腕騮大曆元年作。

洙曰： 江陵節度衛公馬也。**補注** **鶴曰：** 按舊史，衛伯玉廣德二年爲荆南節度等使，尋加檢校工部尚書。此詩云：「（間）（聞）説荆南馬，尚書玉腕騮」，又云「胡虜三年入，乾坤一戰收」，當是大曆元年在夔州作。

聞説荆南馬，尚書玉腕騮。頓驂飄赤汗， **洙曰：** 漢歌：「天馬下，霑赤汗。」**跼蹐顧長楸。** **洙曰：** 詩正月注：「跼，曲也。蹐，累足也。」曹子建名都篇：「走馬長楸間。」**胡虜三年入，乾坤一戰收。** **趙曰：** 禄山、慶緒之亂，三年之際遂仍收復，斯爲「一戰收」矣。衛公之馬豈（止）（正）於此時得用乎？**舉鞭如有問，欲伴習池游。** **洙曰：** 襄陽記：「峴山南習郁大魚池，山季倫每臨此池飲，輒大醉而歸，常曰：『此我高陽（池）也。』城中小兒歌之曰：『山公去何遠，來至高陽池。日夕倒載歸，酩酊無所知。』」

見王監兵馬使説近山有白黑二鷹羅者久取竟未能得王以爲毛骨有異它鷹恐臘後春
生騫飛避暖勁翮思秋之甚眇不可見請余賦詩二首大曆元年作。

補注 **鶴曰**：王監兵馬使，即公爲賦二角鷹者也。今詩云：「玄冬〔戎〕〔幾〕夜宿陽臺」，當與〔三〕〔二〕角鷹歌同是大曆元年在夔州作。正翮搏風，一作「玉翮」。

雲飛玉立盡清秋，趙曰：此詠鷹如雲之飛，如玉之立，皆言其白。盡清秋，即序所謂「臘後春生，騫〔能〕〔飛〕避暖」是也〔一〕。**不惜奇毛恣遠游。在野只教心力破，千人何事網羅求。**趙曰：序云「羅者竟未能得」也。**一生自獵知無敵，**趙曰：庾信詩：「野鷹能自獵，江鷗解獨漁。」**百中争能耻下鞲。**洙曰：史滑稽傳注：「鞲，臂捍也。」東觀記：「太守〔相〕〔桓〕虞署趙勤爲督郵，貪吏自去。虞嘆曰：『善吏如使良鷹，下〔臂〕〔鞲〕命中。』」**鵬礙九天須却避，**趙曰：孔氏志曰：「楚文王雅好田獵，有一人獻一鷹，曰：『非王鷹之疇。』俄而雲際有一物，凝翔飄颻，鮮白而不辨其形。鷹見之，於是竦翮而升，矗若飛電。須臾物墮如雪，血灑如雨，良久有一大鳥墜地而死，度其兩翅，廣數十里。衆莫能知，時有博物君子曰：『此大鵬雛也。始飛焉，

〔一〕是，四庫本作「者」。

故爲鷹所制。』文王乃厚(賔)(賞)獻者[一]。」兔經三窟莫深憂。**洙曰：**馮諼曰：「狡兔所以免於死者，有三窟。今爲君一窟矣。」

黑鷹不省人間有，度海疑從北極來。**洙曰：**元命苞：「瑗光爲鷹[二]。」**趙曰：**北方之極也。北方肅殺之氣，故鷹多生於此。正翮搏風超紫塞[三]，**洙曰：**雁門有紫疆城，草皆紫色，故曰紫塞。**趙曰：**崔豹古今注曰：「秦所築長城，土色皆紫。漢塞亦然。」玄冬幾夜宿陽臺。**趙曰：**善本作「玄」，舊作「立冬」非也。字出梁元帝纂要：「冬曰玄冬。」虞羅自各虚施巧，**洙曰：**隋魏彦深鷹賦：「(可)(何)虞者之多端[四]，運横羅以羈束。」春雁同歸必見猜。萬里寒空衹一日，金眸玉爪不凡材。

鷗大曆元年作。

補注　**鶴曰：**詩云「江浦寒鷗戲」，當是大曆元年夔州作。江，謂大江。浦，謂魚復浦也。

江浦寒鷗戲，無他亦自饒。却思翻玉羽，隨意點春苗。雪暗還須落，**洙曰：**一作「浴」。

[一] 賔，據九家集注、杜陵詩史卷三〇，乃「賞」之訛。
[二] 瑗，九家集注卷三一作「瑶」。
[三] 搏，王洙本卷一六、九家集注、杜陵詩史卷三〇、分門集注卷二三、蕭注本卷一五作「摶」。
[四] 可，據九家集注、初學記卷三〇引魏彦深鷹賦，乃「何」之訛。

風生一任飄。**趙曰**：鷗性耐寒，常以三月風至乃還洲嶼。幾群滄海上，清影日蕭蕭。

猿大曆元年作。

補注**鶴曰**：詩云「艱難人不免」，則是在夔州作，故西閣曝日云：「流離木〔抄〕（杪）猿。」又上後園山脚云：「瘴毒猿鳥落。」梁權道編在大曆元年。

裊裊啼虛壁，蕭蕭挂冷枝。補注**希曰**：爾雅：「猱，一名猿，善攀援樹枝。」郭云：「便攀援者。」故後篇亦云：「猿挂時相學。」艱難人不免，隱見爾如知。**趙曰**：人生不免艱難，由不知隱見之機。若猿則知之，常隱茂林之中。慣習元從衆，**趙曰**：言便捷之慣，衆猿皆如此。全生或用奇。**趙曰**：全生，如搏矢避弓之事。前林騰每及，父子莫相離。

黄魚大曆元年作。

補注**鶴曰**：詩云「日見巴東峽，黄魚出浪新」，當是大曆元年在夔州作。

日見巴東峽，**洙曰**：荆州記：「巴東三峽巫峽長。」黄魚出浪新。脂膏兼飼犬，**洙曰**：韓愈叉魚詩〔一〕：「飼犬驗今朝。」**蒼舒曰**：按鹽鐵論：「江陵之人以魚飼犬。」**逸曰**：王充論衡云：「彭蠡之濱，以魚飼犬。」長大不容身。筒筩相沿久，**洙曰**：筒筩，捕魚器也。**趙曰**：筒筩散布水中，以繫餌，觀其没爲驗，而隨其用以取之也。風雷肯爲神。泥沙卷涎沫，回首怪龍鱗。

白小大曆元年作。

補注 **鶴曰**：詩云「天然二寸魚」，又名之曰白小，當是今所謂麵條魚者，故詩又云：「細微霑水族。」當是大曆元年夔州作。

白小群分命，**洙曰**：物以群分。天然二寸魚。細微霑水族，風俗當園蔬。入肆銀花亂，傾箱雪片虚。生成猶拾〔卵〕（卵）〔二〕，盡取義何如。**洙曰**：西京賦：「獲胎拾〔卯〕（卵）〔三〕，蚳蝝盡取。」

〔一〕叉，原作「乂」，乃「叉」之異體字，此據錢仲聯韓昌黎詩繫年集釋（上海古籍出版社一九八四年）卷二叉魚詩改作「叉」。

〔二〕〔三〕卵，據四庫本、九家集注卷三一、杜陵詩史卷二三、分門集注卷二三，乃「卵」之訛。

麂大曆元年作。

補注 **鶴曰**：詩云「衣冠兼盜賊，饕餮用斯須」，蓋因崔旰之亂而言，當是大曆元年夔州作。

永與清溪別， **蘇曰**：夷陵風俗記曰：「清溪山多麂鹿。」**蒙將玉饌俱。** **洙曰**：爾雅曰：「麂，大麢，〔芼〕（旄）毛[一]，狗尾[二]。」**秦曰**：左太冲吴都賦：「競其區宇，則并疆兼巷；矜其晏居，則珠服玉饌。」**無才逐仙隱，** **蘇曰**：九華隱翁，不知何許人，常驅一白麂往來，人莫識其姓名、年紀。漢武多召不起，後與麂同隱山不出。**不敢恨庖厨。亂世輕全物，微聲及禍樞。** **蘇曰**：王元行永安路，聞有物鳴林中，問樵者曰：「何聲？」曰：「鹿也，鳴即死。」少頃，果爲獵人大獲。元嘆曰：「爲爾之微聲已彰禍機，不可免。」**趙曰**：言亂世輕全生之物，纔聞鹿鳴之微聲，則禍隨之矣。**衣冠兼盜賊，饕餮用斯須。** **洙曰**：文十八年傳：「縉雲氏有不才子，天下之民以比三凶，謂之饕餮。」注：「貪財爲饕，貪食爲餮。」**趙曰**：言衣冠之人行如盜賊，唯知饕餮而已，故使人多害生物以充庖，止在所須之間焉[三]。

〔一〕芼，據爾雅注疏卷一〇釋獸第十八，應作「旄」。
〔二〕尾，爾雅注疏作「足」。
〔三〕所須，據九家集注卷三一，當爲「斯須」之誤，四庫本作「須臾」。

雞大曆元年作。

補注 **鶴曰**：詩云「巫峽漏司南」，當是大曆元年夔州作。

紀德名標五， **洙曰**：田饒曰：「夫雞首戴冠，文也。足持距〔一〕，武也。見敵而鬥，勇也。得食而相呼，義也。鳴不失時，信也。雞有五德。」**初鳴度必三。** **洙曰**：禮文王世子：「雞初鳴，衣服至寢門。」**蘇曰**：雞經：「未曉而必三唱。」古詩：「三唱遠村雞。」**殊方聽有異，** **洙曰**：晉祖逖與劉琨同寢，中夜聞雞鳴，蹴琨曰：「此非惡聲，因起舞。」**失次曉無慚。** **趙曰**：公在夔爲殊方，於殊方而聽雞鳴，有異於中原它日，則以雞失鳴之次。天既曉矣，殊無慚色，此陳壽國志所謂「失旦之雞」者矣。**問俗人情似，充庖爾輩堪。** **蘇曰**：梁繪見群雞而語曰：「爾輩堪充吾席之上庖。」**氣交亭育際，** **趙曰**：梁劉孝綽啓曰：「一物之微，遂留亭育。」**巫峽漏司南。**

別蘇徯赴湖南幕。大曆元年作。

補注 **鶴曰**：公有贈蘇四徯詩云：「君今下荆揚，獨帆如飛鴻。」而此詩云：「北辰爲宇宙，南嶽據江湖。」

〔一〕持，九家集注卷三一作「傅」。

當是大曆元年作。

故人有游子，棄擲傍天隅。**洙曰**：李陵詩：「游子暮何之。」又：「各在天一涯。」他日憐才命，居然屈壯圖。**趙曰**：他日，前日也。常愛憐蘇之才命，以爲必超騰矣，而今居然猶壯圖之屈也。十年猶塌翼，**洙曰**：陳琳檄：「忠義之佐。」「垂頭塌翼。」絶倒爲驚呼。**洙曰**：昔琅琊王澄每聞衛玠言，輒嘆息絶倒，故時人爲之語曰：「衛玠談道，平子絶倒。」消渴今如在，**洙曰**：司馬相如常有消渴病。提携愧老夫。**洙曰**：禮：「長者與之提携，則兩手奉長者之手。」注：「謂牽將行。」又：「自稱曰老夫。」豈知臺閣舊，洗拂鳳凰雛〔一〕。**洙曰**：蜀龐統號鳳雛。易林：「鸞者鳳之雛。」得實翻蒼竹，棲枝把翠梧。**洙曰**：鳳非梧桐「不」棲〔二〕，非竹實不食。北辰當宇宙，南岳據江湖。國帶烟塵色，**趙曰**：時干戈未息，故云「風塵」〔三〕。兵張虎豹符。**洙曰**：杜詩傳：「發兵皆以虎符。」【補注】**希曰**：史記：「漢文帝初與郡守爲銅虎符、竹使符，國家當發兵、遣使者至郡合符，符合乃聽受之。以代古之圭璋。」數論封内事，揮發府中趨。**趙曰**：言蘇徯爲幕客，則數論其湖南封内之事，而能發揮之也。府趨之中，非一人也。古樂府：「冉冉府中趨。」

〔一〕拂，四庫本作「沸」。

〔二〕不，原脱此字，據杜陵詩史卷二九、分門集注卷二一、四庫本補。棲，原左半漫漶難辨，此據四庫本。

〔三〕故云風塵，杜陵詩史、分門集注同此（杜陵詩史「云」訛作「公」），四庫本作「故曰煙塵」，當爲館臣臆改。

贈爾秦人策， **洙曰：**文十三年傳：「秦伯使士會，行，繞朝贈之以策，曰：『子無謂秦無人，吾謀適不用也。』」注：「策，馬撾[一]。臨別授之馬撾，並示己所策〔所策〕以展情[二]。繞朝，秦大夫。」**莫鞭轅下駒。** **洙曰：**灌夫傳：「上怒内史曰：『公平生數言魏其、武安長短，今日廷論，局促效轅下駒。』」應劭曰：「駒者駕著轅下[三]。」張晏曰：「俛頭於車轅下，隨母而已。」

月圓大曆元年作。

補注 **鶴曰：**詩云：「孤月當樓滿，寒江動夜扉」，當是大曆元年在夔州西閣作。

孤月當樓滿，寒江動夜扉。委波金不定， **洙曰：**前漢郊樂歌曰：「月穆穆以金波。」**蘇曰：**羊勝月賦：「金委波而不定，桂照水以常摇。」**照席綺逾依。** **洙曰：**江淹詩：「綺席生浮埃。」**趙曰：**委於波中，則蕩漾而金色不定。照於席上，則與綺繡相依。**未缺空山静，** **趙曰：**言月之尚圓。**高懸列宿稀。** **鄭曰：**宿，悉救切，列星也。**故園松桂** **洙曰：**一作「菊」。**發，萬里共清輝。** **洙曰：**古詩：「千里共明月。」又：

[一] 撾，據左傳注疏卷一九下文公十三年，乃「檛」之訛；下句「撾」亦「檛」之訛。

[二] 所策所策，據左傳注疏卷一九下文公十三年，當作「所策」。

[三] 者駕，史記卷一〇七灌夫列傳正義作「馬加」。

「清輝溢天門。」

中宵大曆元年作〔作〕。

補注 **鶴曰**：詩云「西閣百餘尋，中宵步綺疏」，當是大曆元年作。

西閣百尋餘，洙曰：西京賦：「巨獸百尋。」八尺曰尋。**中宵步綺疏。洙曰**：天台賦：「炯晃於綺疏。」又陸機詩：「玄雲拖朱閣，振風薄綺疏。」**飛星過水白，**過，古禾切。**落月動沙虛。擇木知幽鳥，洙曰**：仲尼曰：「鳥能擇木，木豈能擇鳥。」毛詩：「鳥鳴嚶嚶，出自幽谷。」**潛波想巨魚。洙曰**：古詩：「潛〔蚪〕（虬）思餘波。」漢書：「巨魚縱大壑。」**親朋滿天地，兵甲少來書。**

白帝樓大曆二年作。

補注 **鶴曰**：詩云「臘破思端綺，春歸待一金」，又云「去年梅柳意，還欲攪邊心」，當是大曆二年歲晏作。

漠漠虛無裏，洙曰：陸機：「街巷紛漠漠。」謝玄暉詩：「生煙紛漠漠。」**連連睥睨侵。趙曰**：睥睨，城上女墻也。**師曰**：崔豹古今注：「女墻，城上小墻，言在大墻之上，如女之於夫也。一名睥睨，言於城上睥睨人也。」補注 **希曰**：漢灌夫傳注：「睥睨，旁視也。」**樓光去日遠，峽影入江深。臘破思端綺，洙曰**：古詩：「客從遠方來，遺我一端綺。」春歸待一金。**蘇曰**：王逸少：「春歸待子一金濟貧，兒今束縑，何用也？」客皆掀髯，逸少自若。時懷祖以束縑贈，故有是句。**趙曰**：所以充費，且以爲賞。**補注** **希曰**：漢書：「一金直錢萬。」師古曰：「一金與萬錢。」去年梅柳意，還欲攬邊心。**洙曰**：詩：「祇攪我心[一]。」**蘇曰**：宗壽春日出閶闔，時風物明媚，顧同行曰：「去年梅柳俱有春意，弟妹天涯，何日復得相聚？」惆悵久之。

送王十六判官大曆元年作。

補注 **鶴曰**：此詩當在夔州作。是時蜀客避崔旰之亂，盡下荆南，而王今復入，故詩云：「客下荆南盡，君今復入舟。」乃大曆元年作。

客下荆南盡，君今復入舟。買薪猶白帝，**孫曰**：夔州沽水買薪。鳴櫓少沙頭[二]。**洙曰**：江陵舟船至，泊於郭外沙頭。衡霍生春早，瀟湘共海浮。荒林庾信宅，爲仗主人留。**補注** **希曰**：爾雅疏：「衡山，一名霍山，漢武帝移嶽神於天柱，又名天〔社〕（柱）爲霍[三]。」庾信宅在江陵。

[一] 祇，毛詩正義小雅何人斯作「祇」，字通。
[二] 少，四庫本、九家集注卷三一作「已」。
[三] 社，據上文，當爲「柱」之訛。

奉送卿二翁統節度鎮軍還江陵大曆二年作。

補注鶴曰：卿二翁，姓崔，乃公舅氏，嘗權夔州，故此詩云：「落日渭陽情。」當是大曆二年作。

火旗還錦纜，洙曰：龍旗九〔旗〕（旒）〔一〕，以象大火，諸侯所建。鳥旗〔毛〕（七）旒〔二〕，以象鶉火，州里所建。吳甘寧以錦維舟。趙曰：火旗，朱旗也。還錦纜，則軍從舟中歸矣。甘寧以錦維舟。白馬出江城。趙曰：指言卿二翁也。龐德好騎白馬，號白馬將軍。嘹唳吟笳發，蘇曰：戴享：「塞管吟笳，嘹唳晚風，遷客聞之，心驚意愀。」蕭條別浦清。寒空巫峽曙，落日渭陽情。洙曰：一作「明」。趙曰：巫峽，言夔州。渭陽，言長安。所以懷卿也。留滯嗟衰疾，何時見息兵。蘇曰：馮約曰：「盜賊蜂起，江淮、秦楚，民不奠枕。何時息兵，歸養殘喘？」

閣夜大曆元年作。

補注鶴曰：詩云「歲暮陰陽催短景」，又云「三峽星河影動摇」，當是在夔州作。又云「野哭千家聞戰伐，夷歌幾處起漁樵」，乃大曆元年作，是時崔旰之亂未息。

〔一〕旗，據九家集注卷三一、四庫本，乃「旒」之訛。
〔二〕毛，據九家集注、四庫本，乃「七」之訛。

歲暮陰陽催短景，洙曰：謝靈運雪賦〔一〕：「歲將暮，時既昏。」**天涯霜雪霽寒霄。五更鼓角聲悲壯，洙曰**：顔氏家訓：「問：『一夜何故五更？』曰：『更，歷也，經也。』」**趙曰**：據西清詩話引：「禰衡〔過〕（撾）漁陽〔慘〕（摻）〔二〕，其聲悲壯。」**三峽星河影動揺。修可曰**：西清詩話云：「作詩用事，要如釋語『水中著鹽，飲水乃知鹽味』，此説詩家秘藏也。如子美『五更鼓角聲悲壯，三峽星河影動揺』，人徒見陵轢造化之工，不知乃用故事也。禰衡〔過〕（撾）漁陽慘〔三〕，其聲悲壯。漢武故事：『星辰揺動，東方朔謂民勞之應。』則善用故事豈有迹耶？」**余曰**：百斛明珠云：「七言之麗者，杜子美此二句後寂寥無聞。」**野哭千家聞戰伐，洙曰**：夫子惡野哭者。非其所而哭曰野哭。**夷歌幾洙曰**：一作「數」。**處起漁樵。洙曰**：蜀都賦曰：「陪以白狼，夷歌成章。」**卧龍躍馬終黄土，洙曰**：卧龍，謂孔明也，郭外有孔明廟。躍馬，謂公孫述也，城上有白帝祠。此二人蜀之英雄，言不免歸於土。**人事音書漫寂寥。洙曰**：一云「人事音塵日寂寥」。

白帝城最高樓大曆元年作。

補注 **鶴曰**：題曰「最高樓」，則非前所賦白帝城樓與白帝樓也。當是公大曆元年到夔時登此樓所作，故

〔一〕謝靈運，據文選卷一三，乃「謝惠連」之訛。

〔二〕〔三〕過漁陽慘，據九家集注卷三一，乃「撾漁陽摻」之訛，後漢書卷八〇下禰衡傳作「漁陽參撾」。

詩言其最高者爲至。詩云：「扶桑西枝封斷石。」封，一作「對」。

城尖徑昃洙曰：一作「翼」。**旌旆愁**[一]，**獨立縹緲之飛樓。**洙曰：海賦：「神仙縹緲。」**峽坼雲霾龍虎睡，江清日抱黿鼉游。扶桑西枝封斷石，**洙曰：日出暘谷，浴於咸池，拂於扶桑。山海經云：「大荒之中暘谷上有扶桑，十日所浴。九日居下枝，一日居上枝，皆戴烏。」**弱水東影隨長流。**洙曰：禹貢：「弱水既西。」夢符曰：按淮南子：「弱水自窮石。」（住）（注）[二]：「窮石，在張掖北，其水弱不能勝羽。」趙曰：蓬萊山下弱水也。以弱水在東，故言「東影」。道書言「蓬萊隔弱水三十萬里，不可到」是也。**杖藜嘆世者誰子，**蘇曰：黄晟曰：「子非杖藜嘆世者也，慮人疑子。」**泣血迸空迴白頭。**

覽鏡呈柏中丞大曆元年作。

補注 鶴曰：柏中丞大曆元年爲夔州都督，公以是年至夔，嘗爲柏作謝上表。詩云「膽銷豺虎窟，淚入犬羊天」，蓋以吐蕃自廣德元年至永泰元年入寇，故云。

渭水流關内，洙曰：渭水入于河，故浮渭而東還帝都。**終南在日邊。**洙曰：詩：「終南何有。」毛萇

[一] 昃，王洙本卷一六同此，九家集注卷三一作「仄」。
[二] 住，據四庫本、九家集注卷三一，乃「注」之訛。

曰：「終南，周之名山。」趙曰：西都賦：「帶以洪河、涇渭之川。」又：「表以泰華、終南之山。」則渭水、終南者，長安也。日邊，言帝都。**膽銷豺虎窟，**洙曰：南都賦：「豺虎肆虐。」**淚入犬羊天。起晚堪從事，**趙曰：凡仕有官者必早起，起晚者可堪從事乎？**行遲更覺仙。**趙曰：仙者身輕步疾，老而行遲矣，那更覺爲仙乎？**鏡中衰謝色，萬一故人憐。**趙曰：傷其衰〔者〕（老）[一]，而求憐於柏中丞也。

西閣夜大曆元年作。

補注 鶴曰：詩云「恍惚寒山暮」，又云「盜賊爾猶存」，當是大曆元年作。盜賊，指崔旰也，是時旰之亂未静。

恍惚寒山暮，逶迤白露昏。山虚風落石，樓静月侵門。擊柝可憐子，洙曰：魯擊柝，聞於邾。易：「重門擊柝。」**無衣何處村。**洙曰：詩：「無衣無褐。」**時危關百慮，盜賊爾猶存。**

瀼西寒望大曆元年作。

補注 鶴曰：詩云「瞿塘春欲至，定卜瀼西居」，當是大曆元年冬作。明年春晚，果自赤甲遷居瀼西。

[一] 者，據四庫本、九家集注卷三一，乃「老」之訛。

水色含群動，**洙曰**：陶潛詩：「日入群動息。」朝光切太虛。**洙曰**：天台賦：「太虛寥廓。」年侵頻悵望，**洙曰**：陸機豫〔書〕（章）行[一]：「前路既已多，後塗隨年侵。」興遠一蕭疏。猿挂時相學，鷗行炯自如。瞿塘春欲至，定卜瀼西居。**洙曰**：瀼，水名，管郫縣[二]。江水横通山谷處，市人謂之瀼。**趙曰**：先在赤甲，方移瀼西也。

陪柏中丞觀宴將士二首大曆元年作。

補注 **鶴曰**：公以大曆元年至夔，而柏爲都督，明年崔卿權州矣，則此詩作於元年。詩云：「百戲後歌〔鑣〕（鑣）。」

極樂三軍士，誰知百戰場。**洙曰**：西都賦「觀三軍之殺獲」，又曰「俛仰極樂。」者也。無私齊綺饌，**趙曰**：梁何遜輕薄篇曰：「象床沓繡被，玉盤傳綺食。」久坐密金章。**夢符曰**：按東晉初拜官，相飾供饌。羊曼（拜）丹陽[三]，曰：「客來早者得佳設，日晏則漸不復精。隨客早晚。」時羊固拜臨海守，竟日皆得精饌，

[一] 書，據九家集注卷三一、文選卷二八陸機豫章行，乃「章」之訛。
[二] 管郫縣，疑有訛誤，集千家注杜工部詩集卷一六此詩題下注引洙曰作：「瀼，乃黨切，水名。夔有澗水横通山谷間，市人謂之瀼。居人分其左右，謂之瀼東、瀼西也。」
[三] 「丹陽」上，據晉書卷四九羊曼傳，脱「拜」字。

時以固之豐腆不如曼之真率。**趙曰**：此指將士之金帶耳。鮑明遠建除詩：「左右佩金章。」**醉客霑鸚鵡**，**歐曰**：酉陽雜俎云：「梁宴魏使，魏肇師舉酒勸陳昭儀[一]。俄而酒至鸚鵡杯，徐君房飲不盡，肇師曰：『海蠡蛇蜒[二]，尾翅皆張，非以爲玩，亦以爲罰。今日(直)(真)不得辭[三]。』」**田曰**：鸚鵡，杯名，雕刻海蠡而爲之，像鸚鵡形。昔人以之勸酒，且以爲罰爵。**佳人指鳳凰**。**趙曰**：筵上或畫圖或繡帳上有之，而佳人共指爲言説也。**幾時來翠節**，**特地引紅粧**。**洙曰**：古詩：「娥娥紅粉裝。」**師曰**：薛夢符云：沈約宋書：「南平王鑠上赤鸚，普詔群臣爲賦，袁淑文冠當時。」又後漢：「黄祖之子射大會賓客，有獻鸚鵡者，射舉酒於禰衡曰：『今日無以娱賓，願先生爲之賦。』衡筆不停綴，文無加點。」詳觀是詩，首句云「極樂三軍士」，乃饗軍詩，非可使之賦鸚鵡也。蓋鸚鵡杯名，刻海螺而爲之，昔人以之勸酒，并爲罰爵。南海異物志云：「鸚鵡，螺狀，似霞杯，形如鳥頭，向其腹視似鸚鵡，故以爲名。」佳人指鳳凰，疑是如秦弄玉吹簫，乘鳳凰飛去事。**繡段裝檐額**，**洙曰**：張平子：「美人贈我錦繡段。」**金花帖鼓腰**。**趙曰**：上句則樂工之飾，下句則工所擊之鼓。**一夫先舞劍**，**洙曰**：子路拔劍而舞。項莊舞劍爲樂。**百戲後歌樵**。**洙曰**：李廣傳注：

[一] 陳昭儀，酉陽雜俎卷一二語資作「陳昭」。
[二] 蛇，九家集注卷三一、酉陽雜俎作「蜿」。
[三] 直，據酉陽雜俎，乃「真」之訛。

「〔刀〕（刁）斗以鐎作〔一〕。」**趙曰**：戲爲夔峽樵歌之音也。補注 鐎，一本作「樵」。**江樹城孤遠，雲臺使寂寥。****漢朝頻選將，應拜霍嫖姚。****洙曰**：霍去病爲嫖姚將軍。

奉漢中王手札報韋侍御蕭尊師亡 大曆元年。

補注 **鶴曰**：詩云「秋日蕭韋逝，淮王報峽中」，當是大曆元年在夔州作。蓋永泰元年王已出峽。

秋日蕭韋逝，淮王報峽中。**洙曰**：漢有淮南王，賢王。**少年疑柱史，****洙曰**：王康琚詩：「老聃伏柱史。」老子傳：「老子百有六十餘〔載〕（歲）〔二〕，以其修道而養壽。」**多術怪仙公。****趙曰**：淮王，則漢（淮）南王安〔三〕，其人賢，以比漢中王也。柱史，以言韋侍御。老子爲周柱下史，而韋以少年爲之，疑其不似也。仙公，以言蕭尊師。仙公宜有多術以延生，而死，故怪之也。**不但時人惜，祇應吾道窮。****洙曰**：左傳：「反袂拭面，稱：『吾道窮。』」**一哀侵疾病，相識自兒童。****處處鄰家笛，****洙曰**：向子期思舊賦序：「于時日薄虞

〔一〕刀，乃「刁」之訛。刁斗以鐎作，分門集注卷一五作「刁斗以銅作」，漢書卷五四李廣傳「不擊刁斗自衛」句下注引孟康曰作「刁斗，以銅作鐎」。

〔二〕載，據杜陵詩史卷二三，分門集注卷二二，當爲「歲」之誤。

〔三〕「南」下，據九家集注卷三一，脱「淮」字。

淵，寒木淒然〔一〕，鄰人有吹笛者，〔後〕發聲寥亮〔二〕。追想曩昔游讌之好，感音而嘆，作賦。」飄飄客子蓬。洙曰：曹子建詩：「轉蓬離本根，飄飄隨長風。類此游客子，捐軀遠〔游〕〔從〕戎〔三〕。」强吟懷舊賦，洙曰：潘安仁作懷舊賦。已作白頭翁。洙曰：魏文帝：「已成老翁，但未白頭耳。」

南極大曆元年作。

補注鶴曰：詩云「古城疏落木，荒戍密寒雲」，當是大曆元年冬作。時在夔州。

南極青山衆，趙曰：南極，星名，老人之南極也。晉天文志：「南極在井、柳之中。」正是南方之星，故云，於夔州詩可用矣。補注希曰：南極，當是用爾雅「四極」中「南極」字，言夔州去長安爲遠，非取南極星也。**西江白谷分。古城疏落木，荒戍密寒雲。**洙曰：顔延年詩：「憔悴征戍勤。」又：「故國多喬木，空城〔疑〕〔凝〕寒雲〔四〕。」**歲月蛇常見，**蘇曰：景二年冬，蛇見不蟄，乃政令失時。**風飇虎忽聞。近身皆鳥道，殊俗自人群。睥睨登哀柝，**洙曰：宣十二年傳：「守陴者皆哭。」注：「陴，城上睥睨也。」趙曰：睥

〔一〕木，九家集注、文選卷一六向秀思舊賦序作「冰」。
〔二〕後，據文選卷一六、九家集注，乃衍文。
〔三〕游，杜陵詩史、分門集注、文選卷二九曹植雜詩六首其二作「從」。
〔四〕疑，據文選卷二七顔延年還至梁城作，乃「凝」之訛。

睨，城上小城也。登哀柝，指言白帝城上之事，有屯戍故也。**矛弧照夕曛。** **趙曰**：左傳：「取螯弧以登。」乃鄭之旗名。照（久）（夕）曛，則旗爲日所照。舊作「（才）（矛）弧」，無義。**補注** **希曰**：韓安國傳：「弧矢射獵。」師古曰：「以木曰弧。」又百官志：「教以五兵。」注：「弓、矢、殳、矛、戈、戟。」五行志有檿弧、矛弧，雖亦城戍之所有，然是二物，不應對睥睨。趙注或是，故併記之。**亂離多醉尉，** **尹曰**：南史何敬容傳：「謝郁作書戒之曰：『君侯已得瞻望朝夕，出入禁門，醉（翁）（尉）終不敢呵[一]，灰然不無其（慚）（漸）。』」**愁殺李將軍。** **洙曰**：李廣廢爲庶人，數與故潁陰侯屏居藍田南山中射獵[二]。嘗夜從一騎出，從人田閒（飲），（還）至亭，霸陵尉呵止廣，廣騎曰：「故李將軍。」尉曰：「今將軍尚不得夜行，何故將軍也？」宿廣亭下。

摇落

大曆二年作。

補注 **鶴曰**：詩云「煙塵多戰鼓」，謂大曆二年九月吐蕃寇邠州、靈州，京師戒嚴，當是其年作，故大曆二年九月三十日詩亦云：「年年小摇落，不與故園同。」

摇落巫山暮，寒江東北流。煙塵多戰鼓，風浪少行舟。鵝費羲之墨， **洙曰**：王羲之傳：

[一] 翁，據杜陵詩史卷二八、分門集注卷四、南史卷三〇何敬容傳，乃「尉」之訛。
[二] 「潁陰侯」下，據史記卷一〇九李將軍列傳，當脱「孫」字。

「羲之性愛鵝，會稽有孤居姥，養一鵝，善鳴，求而未能得，遂携親友命駕就看。姥聞羲之至，烹以待之，羲之嘆惜彌日。又山陰有道士養好鵝，羲之看焉[一]，意甚悦，因求市之。道士曰：『爲寫黄庭經，當舉〔鵝〕相贈[二]。』羲之欣然寫畢，籠鵝而歸，甚以爲樂。」補注希曰：羲之爲山陰道士寫道德經，太白乃以爲寫黄庭經，何耶？貂餘季子裘。洙曰：史記：「蘇秦説〔季〕（李）兑[三]，遺之黑貂裘。蘇秦游秦，秦不能用，於是貂裘色敝。」趙曰：戰國策：「蘇秦仕趙，趙王〔負〕（資）貂裘黄金使説秦[四]，書十上而説不行，黑貂之裘弊。」長懷報明主，卧病復高秋。

季秋江村大曆二年作。

補注鶴曰：詩云「黄柑」「錦石」，皆夔州所有，以前篇考之，當是大曆二年作。

喬木村墟古，蘇曰：孫陽云：「重到潛溪，喬木蔽日，村墟故老無一存者。」疏籬野蔓懸。青洙曰：

[一] 看，杜陵詩史卷二六同此，分門集注卷二作「往看」，晉書卷八〇王羲之傳作「往觀」。
[二] 「舉」下，據杜陵詩史、分門集注，脱「鵝」字，晉書王羲之傳、四庫本作「群」。
[三] 季兑，據戰國策卷一八趙策一，當爲「李兑」之訛。
[四] 「蘇秦仕趙，趙王負貂裘黄金使説秦」句，九家集注卷三一、杜陵詩史卷二八、分門集注卷二同此，四庫本作「蘇秦仕趙不用，負貂裘黄金西説秦」，當爲館臣臆改。負，據九家集注卷三一，當爲「資」之訛。

一作「素」。琴將暇日，趙曰：言將琴往江村，當暇日也。白日望霜天。登俎黄柑重，洙曰：鵩鶵賦：「肉不登於俎味。」支床錦石圓。洙曰：史龜策傳：「南方老人用龜支床足。」遠游雖寂寞，難見此山川。

黄氏補千家集注杜工部詩史卷之三十一

黄氏補千家集注杜工部詩史卷之三十二

季秋蘇五弟纓江樓夜宴崔十三評事韋少府姪三首大曆二年作。

補注鶴曰：詩云「峽險江驚急，樓高月迥明」，又云「星落黄姑渚，秋辭白帝城」，當是在夔州作，大曆二年。

峽險江驚急，樓高月迥明。一時今夕會，萬里故鄉情。**蘇曰**：梁里：「起故園萬里之情。」星落黄姑渚，**蘇曰**：蜀記：「黄惠女下巫峽，聞兒亡，乃悲泣累日，而止於水湄，世號其地曰黄姑渚。」秋辭白帝城。老人因酒病，堅坐看君傾。

明月生長好，浮雲薄漸遮。悠悠照遠塞，**洙曰**：月賦：「升素質之悠悠。」悄悄憶京華。**蘇曰**：陸雲：「春來客思，酷憶京華，世事悄悄可憂也。」清動杯中物，**洙曰**：陶淵明詩：「天運苟如此，且盡杯中物。」晉樂廣傳：「嘗有親客，久(閉)〔闊〕不復來〔一〕，廣問其故，答曰：『前在坐蒙賜酒，方欲飲，見杯中有蛇，意甚惡之，既飲而疾。』于時河南厅事壁上有漆弓，畫作蛇，廣意杯中蛇即角影。乃復置酒于前，謂客曰：『酒中

〔一〕閉，據晉書卷四三樂廣傳，乃「闊」之訛。

復有所見否？』答曰：『所見如初。』廣乃告其所以，客醒然，意解，沉痾頓愈。」高隨海上查。**洙曰**：事見「查上覓張騫」注。不眠瞻白兔，**洙曰**：劉孝綽月詩：「攢柯半玉蟾〔一〕，植叢映玉兔〔二〕。」拾遺記：「玄州之南，以水精爲月，刻瑶爲兔。」百過落烏紗。**洙曰**：烏紗帽也。

對月那無酒，登樓况有江。聽歌驚白鬢，笑舞拓秋窗。樽蟻添相續，**洙曰**：子建七啓：「盛以翠樽，酌以雕觴。浮蟻鼎沸，酷烈馨香。」沙鷗並一雙。盡憐君醉倒，更覺片**洙曰**：一作「我」。心降。**洙曰**：詩：「我心則降。」

送孟十二倉曹赴東京選大曆二年作。

補注 **鶴曰**：唐志：「太宗時以歲旱穀貴，東人選者集于洛州，謂之東選。」洛即東京也。殆是自此爲例，故至大曆年間猶然。通典：兩漢有倉曹吏，主倉庫。唐京兆、河南、太原三府置倉曹參軍事各二人，餘各一人。公大曆元年至夔，嘗與孟倉曹兄弟往還，賦「孟氏好兄弟」是也。此當在二年作。

〔一〕 半，杜陵詩史卷二八、分門集注卷一〇、藝文類聚卷一引劉孝綽林下映月詩同此，九家集注卷三一、文苑英華卷一五二劉孝綽林下月影詩作「伴」。

〔二〕 玉，杜陵詩史卷二八、分門集注卷一〇、九家集注、藝文類聚、文苑英華皆作「金」。

君行別老親，此去苦家貧。藻鏡留連客，**夢符曰**：按晉太康四年制曰：「藻鏡銓衡。」**尹曰**：藻鏡，猶藻鑒也。故子美上韋左相詩又有「持衡留藻鑒」之句。又唐舊史：「許子儒長壽中爲天官侍郎。子儒居選部，不以藻鏡爲意，委令史句直，以（爲）心腹〔一〕，注官之次，子儒高枕而卧。時云：『句直平配。』道路以爲口實。」江山憔悴人。**蘇曰**：張湛：「長江遠山供愁眼，具兄解作憔悴與遷人〔二〕。」秋風楚竹冷，夜雪鞏梅春。**補注** **希曰**：夔屬楚地，東都河南府有鞏縣，故云。朝夕高堂念，應宜綵服新。

憑孟倉曹將書覓土婁舊莊大曆二年作。

補注 **鶴曰**：公有先墓在河南，宜又有莊墅〔三〕。土婁，河南地名也。詩云：「平居喪亂後，不到洛陽岑。」又云：「十載江湖客，茫茫遲暮心。」案公以乾元戊戌冬往洛陽，明年春晚歸華州，至大曆二年丁未爲十年。是年作。

平居喪亂後，不到洛陽岑。爲歷雲山問，無辭荆棘深。北風黄葉下，南浦白頭吟。**洙**

〔一〕「以」下，據舊唐書卷一八九上儒學傳上許叔牙傳附許子儒，當脱「爲」字。心腹，舊唐書作「腹心」。
〔二〕具，杜陵詩史卷二八作「其」。
〔三〕宜，四庫本無此字，當爲誤刪。

曰：文君作白頭吟。**夢符曰**：按楚詞：「予交手兮東行〔一〕，送美人兮南浦。波滔滔兮來迎，魚鱗鱗兮媵予。」十載江湖客，茫茫遲暮心。

耳聾大曆二年作。

補注 **鶴曰**：詩云「黄落驚山樹，呼兒問朔風」，當是大曆二年秋晚作。

生年鶡冠子， **黄曰**：袁淑真隱傳曰：「鶡冠子者，楚人，隱居深山中。衣敝履穿，以鶡爲冠，莫測其名，因服成號，著書言道家事。馮諼嘗師之，後顯於趙。鶡冠子懼其薦己，遂與之絶。」鶡者，勇雉也。**歎世鹿皮翁。** **洙曰**：見遣興「但訝鹿皮翁」注。**眼復幾時暗，耳從前月聾。猿鳴秋淚缺，雀噪晚愁空。黄落驚山樹，呼兒問朔風。** **師曰**：鶡冠子，隱人也，常居深山。耳聾，謂妻子曰：「吾免爲巢、由洗清溪耳。」鶡者，勇雉也，其門無已，一死乃止。故趙武靈王爲冠以表武士。是詩所謂鶡冠，非武士所冠，蓋（名異實同）（名同實異）爾〔二〕。

〔一〕予，據楚辭章句卷二九章河伯，乃「子」之訛。

〔二〕名異實同，據杜陵詩史卷二八、分門集注卷一三，乃「名同實異」之訛。

小園大曆二年作。

補注　鶴曰：園，即瀼西果園。詩云「秋庭風落果，瀼岸雨頹沙」，當是大曆二年在瀼西作。

由來巫峽水，本自楚人家。客病留因藥，春深買爲花。秋庭風落果，瀼岸雨頹沙。問俗營寒事，將詩待物華。

自瀼西荆扉且移居東屯茅屋四首大曆二年。

補注　鶴曰：公以大曆二年秋移居東屯，當是其年，魯訔年譜亦云。

白鹽危嶠北，赤甲古城東。平地一川穩，高山四面同。煙霜淒野日，秔稻熟天風。人事傷蓬轉，吾將守桂叢。洙曰：劉安招隱：「桂樹叢兮山之幽。」

東屯復瀼西，一種住青溪。來往兼茅屋，淹留爲稻畦。市喧宜近利，洙曰：西居近市。林僻此無蹊。洙曰：曹子建：「欲還絶無蹊。」若訪衰翁語，須令剩客迷。易巽：「近利市三倍〔一〕。」

道北馮都使，高齋見一川。子能渠細石，吾亦沼清泉。枕帶一作「席」。還相似，柴荆即

〔一〕「近」上，九家集注卷三二有「爲」字。

有焉。斫畬應費日，**夢符曰**：按荆楚多畬田，先縱火熂爐，候經雨，下種。歷三歲，土脉竭，不可復樹藝，但生草木，復熂旁山。唐劉禹錫適連州，畬田行云：「何處好畬田，團團縵山腹。鑽龜得雨卦，上山燒卧木。」又云：「下種暖灰中，乘陽坼牙蘗。蒼蒼一雨後，苕穎如雲發。」爾雅：「一歲曰菑，二歲曰新，三歲曰畬。」易曰：「不菑畬。」皆音餘。畬田凡三歲不可復種，蓋取畬之義也。熂，音餼，燹火燎草也。爐，音盧，火燒山界也。

補注 **希曰**：太玄經文首曰：「雕截之文，徒費日也。」解纜不知年。

牢落西江外，參差北户間。久游巴子宅，**鄭曰**：寰宇記：「夔子國後爲楚所滅，至秦分爲巴郡。」卧病楚人山。幽獨移佳境，清深隔遠關。寒空見鴛鷺，迴首想朝班。**洙曰**：謝靈運：「安排徒空言，幽獨賴鳴琴。」思玄賦：「幽獨守此側陋。」

題柏大兄弟山居屋壁二首 大曆二年作。

補注 **鶴曰**：詩云「叔父朱門貴，郎君玉樹高」，則柏大乃貞節之猶子。柏之子姪除官者多，而柏大兄弟方且精典籍於山居，則其尤賢也。當是大曆二年作。

叔父朱門貴，**洙曰**：郭景純：「朱門何足榮。」郎君玉樹高。補注 **希曰**：古稱貴人之子及身嘗事其父者曰郎君，故藩鎮之子曰郎君。又續仙傳：「韋子威師事丁約，一日辭去，謂子威曰：『郎君得道，尚隔二塵。』山居精典籍，文雅涉風騷。江漢終吾老，雲林得爾曹。哀絃繞白雪，**夢符曰**：按宋玉對楚襄王問曰：「客有歌郢中者，其始下里巴人，國中屬和數千人；其爲陽春白雪，國中屬而和者數十人而已。」又文選鮑昭：「蜀琴抽白雪，郢曲繞陽春。」**尹曰**：哀絃，琴也。記曰：「絲聲哀，哀以立廉，廉以立志。君子聽琴瑟之聲，則思忠義之臣。」琴録曰：「琴曲有幽蘭、白雪、風入松、烏夜啼。俗人非知音者，故未可與之操。」未與俗人操。

野屋流寒水，山籬帶白雲。静應連虎穴，喧已去人群。筆架霑窗雨，書籤映隙曛。籤，子廉切。蕭蕭千里馬，**洙曰**：詩：「蕭蕭馬鳴。」漢文却千里馬。個個五花文。

暝大曆二年作。

補注 **鶴曰**：詩云「日下四山陰，山庭嵐氣侵」，又云「牛羊歸徑險，烏雀聚枝深〔一〕」，當是大曆二年在瀼西作。

日下四山陰，山庭嵐氣侵。**洙曰**：謝靈運：「夕曛嵐氣侵〔二〕。」牛羊歸徑險，**洙曰**：詩：「牛羊下來。」北征賦：「日晻晻其將暮，睹牛羊之下來。」烏雀聚枝深〔三〕。正枕當星劍，收書動玉琴。半扉開

〔一〕〔三〕 烏，四庫本作「鳥」。

〔二〕 侵，九家集注卷三二、文選卷二二謝靈運晚出西射堂詩作「陰」。

燭影，欲掩見清砧。洙曰：星劍，劍上有星文也。玉琴，以玉爲琴徽也。

茅堂檢校收稻二首大曆二年作。

補注 鶴曰：公在夔事種稻，故耕於東屯、瀼西，俱有茅屋，故移居東屯茅屋云：「東屯復瀼西，一種住青溪。來往兼茅屋，淹留爲稻畦。」今云「香稻三秋末」，當是大曆二年瀼西作，蓋是年秋末又自東屯反瀼西也。

香稻三秋末，平田百頃間。喜無多屋宇，幸不礙雲山。御裌侵寒氣，洙曰：秋興賦：「藉莞蒻，御裌衣。」鄭曰：裌，古洽切，複衣。嘗新破旅顏。紅鮮終日有，玉粒未吾慳。夢符曰：按文選：「尺爐重尋桂[一]，紅粒貴瑶瓊。」李善云：「戰國策曰：『蘇秦之楚，三月乃得見王。談卒辭行，楚王曰：『先生不遠千里而臨寡人，寡人曾弗肯（臨）（留），願聞其説。』對曰：『楚國食貴於玉，薪貴於桂，謁者難見於鬼，王難見於帝。今臣食玉炊桂，因鬼見帝，其可得乎？』」

稻米炊能白，秋葵煮復新。誰云滑易飽，老藉軟俱匀。種幸房州熟，苗同伊闕春。補注 希曰：房州，唐屬山南道，與夔州同一道。所種稻之種蓋自房州，如禾譜所載洪州早及太平州稻，禾名品是也。伊闕縣，屬河南府。公有莊墅在河南，故云「苗同伊闕。」無勞映渠碗，自有色如銀。黄曰：魏文車

[一] 爐，文選卷二九張協雜詩十首其十作「罏」。

渠椀賦：「車渠，玉屬也，多纖理縟文，生(干)(于)西國，其俗寶之。惟二儀之普育，何萬物之殊形。料珍怪之上美，無兹椀之獨靈。苞華文之光麗，發浮彩而揚榮[一]。理交錯以連屬，似將離而復并。」又梁陸倕蠡杯銘曰：「用邁羽杯，珍逾渠椀。實同蠡(側)(測)[二]，形均樸滿。」廣雅云：「車渠，石，次玉。」

朝二首大曆元年作。

補注鶴曰：詩云「清旭楚宮南」，又云「巫山冬可怪，昨夜有奔雷」，當是大曆元年夔州作。公有雷詩云：「巫峽中宵動，滄江十月雷。」蓋其時也。

清旭楚宮南，趙曰：清旭，清朝也，江賦：「視雰祲於清旭。」楚宮，則楚王之宮也。霜空萬嶺含。野人時獨往，雲木曉相參。俊鶻無聲過，飢烏下食貪。蘇曰：晁錯：「仰看飛鳥，無聲而過者，俊鶻；乾噪而下者，飢烏。」病身終不動，蘇曰：西方妙華尊者，國王三召不來，使人又召曰：「如不來，王當斬爾。」尊者曰：「斬即斬，吾身終不動。」王聞而異之，加禮焉。摇落任江潭。

[一] 浮，據九家集注、藝文類聚卷八四引魏文帝車渠椀賦，乃「符」之訛。

[二] 側，據九家集注、藝文類聚卷七三陸倕蠡杯銘，乃「測」之訛。

〔帆浦〕（浦帆）晨初發[一]，郊扉冷未開。趙曰：善本作「浦帆」。帆，音去聲，今韻書亦收矣。言方晨朝之際，想江浦之中其帆起發，而郊居之家以寒冷而未開其扉也。村疏黄葉墜，野静白鷗來。礎潤休全濕，洙曰：江淹：「山雲潤柱礎。」夢符曰：按淮南子：「山雲蒸，柱礎潤。」雲晴欲半迴。巫山終可怪，昨夜有奔雷。

晚大曆元年作。

補注 鶴曰：詩云「杖藜尋晚巷，炙背近墻暄」，又云「朝廷問府主，耕稼學山村」，當是大曆元年夔州作。

杖藜尋晚巷，炙背近墻暄。洙曰：嵇康書：「野人有快炙背而美芹子者，欲獻之至尊，雖有區區之意，亦已疏矣。」人見幽居僻，吾知拙養尊。朝廷問府主，耕稼學山村。歸翼飛栖定，寒燈亦閉門。洙曰：曹子建：「歸鳥赴喬林，翩〔翻〕（翩）厲羽翼。」陸士衡：「願假歸鴻翼，翻飛游江汜。」

夜二首大曆二年作。

補注 鶴曰：詩云「虢山無定鹿」，又云「甲兵年數久，賦斂夜深歸」，當是大曆二年夔州作。

[一] 帆浦，據王洙本卷一六、九家集注卷三二、杜陵詩史卷二九、分門集注卷三，當爲「浦帆」之倒誤。

白夜月休弦，燈花半委眠。號山無定鹿，落樹有驚蟬。暫憶江東鱠，洙曰：張翰憶鱸〔魚〕(鱠)〔一〕。兼懷雪下船。洙曰：王子猷乘舟訪戴逵。蠻歌犯星起，重洙曰：一作「空」。覺在天邊。

城郭悲笳暮，村墟過翼稀。甲兵年數久，賦斂夜深歸。暗樹依岩落，明河繞塞微。斗斜人更望，月細鵲休飛。洙曰：樂府：「月明星稀，烏雀南飛。」

東屯月夜大曆二年作。

補注鶴曰：大曆二年秋公自瀼西移居東屯，當是其年作。

抱疾漂萍老，防邊舊穀屯。春農親異俗，歲月在衡門。青女霜楓重，黄牛峽水喧。洙曰：曉霜楓葉丹。青女，霜神名。補注希曰：公在羈旅之中，猶能屯穀以防邊，可見憂國之深矣。韋玄成傳：「使得自安衡門之下。」師古曰：「衡門，謂横一木於門上，貧者之所居也。」峽州夷陵有黄牛峽，南岸高崖間

〔一〕魚，據九家集注卷三二，乃「鱠」之訛。

有(石)色如人牽牛[一]，人黑牛黄。北岩既高[二]，加以江湍紆回，行者謡曰：「朝發黄牛，暮宿黄牛。三朝三暮，黄牛如故。」泥留虎門迹，月挂客愁村。喬木澄稀影，輕雲倚細根。數驚聞雀噪，暫睡想猿蹲。日轉東方白，風來北斗昏。**蘇曰**：漢元帝：「七月有塵埃，大風自北來，北斗爲之昏。」天寒不成寢，無夢寄歸魂。

東屯北俺[三]於驗切。大曆二年作。

補注 **鶴曰**：公以大曆二年秋移居東屯，今詩云「看松霜滴身」，正其時作也。又云「戰地有黄塵」，蓋是年吐蕃寇邠州、靈州，靈州奏破吐蕃二萬。

盗賊浮生困，誅求異俗貧。空村唯見鳥，落日未**洙曰**：一作「不」。逢人。**洙曰**：登樓賦：「白日忽其西匿，鳥相鳴而舉翼。原野(闃)(闃)其無人[四]，征夫行而未息。」步壑風吹面，看松露滴身。遠山回白首，戰地有黄塵。

[一]「色」上，據水經注卷三四江水「又東過夷陵縣南」句下注，當脱「石」字。
[二]北，據水經注，乃「此」之訛。
[三]俺，杜陵詩史卷二八、分門集注卷一三同此，四庫本、九家集注卷三二作「崦」。
[四]闃，據四庫本、九家集注卷三二、文選卷一一王粲登樓賦，乃「闃」之訛。

雲大曆二年作。

補注 **鶴曰**：詩云「收獲辭霜渚，分明在夕岑」，當是大曆二年東屯作。

龍以洙曰：一作「自」。**瞿唐會，江依白帝深。終年常起峽，每夜必通林。收穫辭霜渚，分明在夕岑。高齋非一處，秀氣豁煩襟。**

月大曆二年作。

補注 **鶴曰**：詩云「四更山吐月，殘夜水明樓」，當是在夔州作，而梁權道編在大曆二年。

四更山吐月，趙曰：費昶省中聞擣衣詩〔一〕：「丹墀吐明月。」**殘夜水明樓。**沈曰：詩第二句側入謂之正格，如此句謂之偏格。唐名輩詩多用正格，杜詩用偏格者十無二三。余曰：王直方詩話云：「子美此二句才力富健。」**塵匣元開鏡，**趙曰：庾信鏡詩：「玉匣聊開鏡。」信用之於鏡，而公則以比月，爲(二)〔工〕矣〔二〕。**風簾自上鉤。**洙曰：月詩〔三〕：「纖纖似玉鉤，娟娟若娥眉。」謝玄暉詩：「風簾入雙燕。」趙曰：陳蕭詮詩：

〔一〕「聞」上，據九家集注卷三一，當脱「夜」字，玉臺新詠卷六題作「華觀省中夜聞城外擣衣」，藝文類聚卷六七題作「華光省中夜聽城外擣衣」。

〔二〕二，九家集注、杜陵詩史卷二三、分門集注卷一作「工」，按，上句「用之於」三字上九家集注有「直」字，則當以「工」字爲是。

〔三〕月詩，九家集注作「古詩」，按，所引二句文選卷三〇鮑照玩月城西門廨中作「纖纖如玉鉤」「娟娟似蛾眉」。

「珠簾半上珊瑚鈎。」補注 鶴曰：公以鏡比月，非特此，如「緣空一鏡升」「滿目飛明鏡」是也。然今施之殘月則非，故曰「元開鏡」。隔簾見月，如簾有鈎，曾不因人，故曰「自上」。觀「元」與「自」二字，見公體切用字之妙。**兔應疑鶴髮，蟾亦戀貂裘。** 趙曰：上句公自言其老，下自言其貧。鶴髮，老者之狀，庾信竹杖賦：「子老矣，鶴髮雞皮。」又蘇季子黑貂裘。**斟酌姮娥寡，天寒奈九秋。** 洙曰：見「九秋驚雁字」（注）〔一〕。尹曰：後漢天文志注，張昭載靈憲之言曰：「月，陰精之宗。積而成獸，象兔。陰之類，其數耦。其後有憑焉者。羿請不死之藥於西王母，其妻姮娥竊之以犇月。將往，枚筮之於有黄，占之曰：『吉。翩翩歸妹，獨將西行，逢〔大〕（天）晦芒〔二〕，毋驚毋恐，後且大昌〔三〕。』姮娥託身于月，是名蟾蜍。」春秋元命包云〔四〕：「陽氣成於三〔五〕，故一時三月。陽氣終於九〔六〕，故三月一時，凡九十日。」九秋，以九十言〔七〕。

〔一〕字，據九家集注及本卷天池詩，乃「序」之訛。「九秋驚雁字」下，據九家集注，脱「注」字。
〔二〕大，據後漢書天文志上「今紹漢書作天文志」等句下注，乃「天」之訛。
〔三〕且，後漢書天文志上，作「其」。
〔四〕包，九家集注作「苞」。
〔五〕「陽氣」下，據明陳耀文天中記卷四春，當脱「數」字。
〔六〕陽氣，明陳耀文天中記卷四春作「陽數」。
〔七〕「言」下，九家集注有「之」字。

獨坐二首大曆二年作。

補注鶴曰：詩云「白狗斜臨北，黄牛更在東」，當是夔州詩，又云「水花寒落岸，山鳥暮過庭」，必在東屯作。**水花寒落岸，山鳥暮過庭。竟日雨冥冥，雙崖洗更青。**補注希曰：雙崖，謂瞿塘兩崖也，公有詩云「雙崖壯此門」是〔一〕。**暖老須燕玉，**洙曰：唐寧王有暖玉杯，以爲飲器，不暖而自熱。趙曰：燕玉，婦人也，古詩云：「燕趙多佳人，美者顔如玉。」待燕玉而暖，則孟子所謂「七十非人不暖」也〔二〕。**充饑憶楚萍。**洙曰：家語：「楚昭王渡江，有一物大如斗，圓而赤，取之以問孔子，曰：『此何物也〔三〕？可剖而食。吾昔過陳，聞童謡曰：楚王渡江得萍實，大如斗，赤如日，剖而食之甜如蜜。』」**胡笳在樓上，哀怨不堪聽。**洙曰：晉劉疇避亂，爲賈胡欲害，疇援笳而吹之，作出塞之聲，以動其歸思。群胡皆啼哭而走。**白狗斜臨北，**田曰：水經注：「秭歸白狗峽，蜀江中流，兩面如削，絶壁之際，隱出白石，如狗形，狀具足，故以名焉。」**黄牛更在東。**洙曰：黄牛山在縣北四十五里，周回五十里，高三十一里。盛弘之荆州記曰：「黄牛山有重嶺叠起，其最大高崖間有石，色如人負刀牽牛，人黑牛黄，其狀分明。此崖加之江湍迂回，行

〔一〕「是」下，疑脱「也」字。
〔二〕七十，據禮記注疏卷一三王制、卷二八内則，當爲「八十」之誤，按，「八十非人不暖」出自禮記，非孟子語。
〔三〕此何物也，九家集注卷三二、太平御覽卷六一二學部博物引家語作「此萍實也」。

經信宿，猶尚望見。行者歌曰：『朝發黄牛，暮宿黄牛，一朝一暮，黄牛如故。』今黄牛峽山下有廟，曰洛川王[一]，土人云黄牛神也。」張無盡天角讚曰[二]：「壯哉黄牛，有大神力。輂聚(吕)(巨)石[三]，百千萬億。劍戟牙齒[四]，碨硊江側。壅激波濤，險不可測。威脅舟人，駭怖失色。刲牲釃酒[五]，千載廟食。」**峽雲常照夜，江日會兼風。曬藥安垂老，應門試小童。**夢符曰：按莊子：「子貢往見原憲，憲華冠縱履[六]，杖藜而應門。」亦知**行不逮，苦恨耳多聾。**

雨四首 大曆二年作。

補注 **鶴曰**：詩云「高軒當灧澦」，又云「神女花鈿落」，雖是夔州詩，今以「柴扉臨野碓，半濕擣香秔」「朔風鳴淅淅」「物色歲將宴」等句，當是大曆二年冬瀼西作。

〔一〕洛川王，九家集注卷三二作「洛川王」。

〔二〕「張無盡天角讚曰」之「角」字，宋史卷三五一張商英傳載「張商英，字天覺」，宋陳思編兩宋名賢小集卷一〇六載「張商英，字天覺，號無盡居士」，則「角」當爲「覺」之音訛。

〔三〕吕，據四庫本、陸游入蜀記卷四，乃「巨」之訛。

〔四〕牙齒，陸游入蜀記卷四作「齒牙」。

〔五〕牲，陸游入蜀記卷四作「羊」。

〔六〕縱，莊子讓王作「縰」。

微雨不滑道，斷雲疏復行。紫崖奔處黑，白鳥去邊明。秋日新霑影，**趙曰**：以雨之故，日影朦朧，爲霑影矣。寒江〔落舊〕（舊落）聲[一]。柴扉臨野碓，**鄭曰**：都内切，舂也。半濕擣香杭。**洙曰**：擣，一作「我」。**趙曰**：音庚，稻也。

江雨舊無時，天晴忽散絲。**趙曰**：古詩：「密雨如散絲。」暮秋霑物冷，今日過雲遲。上馬迴休出，看鷗坐不辭。高**洙曰**：一作「層」。軒當灧澦，**鄭曰**：寰宇記：「灧澦堆，在夔州西南二百步，蜀江中心，瞿唐峽口。冬水淺，屹然露，二百餘尺。夏水漲，没水中，十丈。其狀如馬，舟人不敢進。」潤色静書幃[二]。

物色歲將晏，天隅人未歸。朔風鳴淅淅，**洙曰**：謝玄暉：「淅淅就哀〔材〕（林）[三]。」謝惠連：「淅淅振條風。」寒雨下霏霏。補注**鶴曰**：楚辭涉江：「雲霏霏而承宇。」文選廣絶交論曰：「煙霏雨散。」李善注引陸機賦云：「騰煙霧之霏霏。」多病久加飯，**趙曰**：古詩：「上〔膳〕（言）加餐飯[四]。」衰容新授衣。時危

〔一〕落舊，諸本皆作「舊落」，「落舊」當誤。

〔二〕幃，四庫本、九家集注作「帷」。

〔三〕謝玄暉，據文選卷二〇謝靈運鄰里相送方山詩，乃「謝靈運」之訛。材，據九家集注卷三二、文選卷二〇謝靈運鄰里相送方山詩，乃「林」之訛。

〔四〕膳，文選卷二七樂府古辭飲馬長城窟行作「有」，據九家集注、杜陵詩史、分門集注，乃「言」之訛。

覺凋喪，一云「喪亂」。故舊短書稀。

楚雨石苔滋，京華消息遲。山寒青兕叫，江晚白鷗飢。神女花鈿落，**洙曰**：宋玉有神女賦。**夢符曰**：按唐志，「命婦之服兩博鬢，飾以寶鈿金花」也。**趙曰**：神女廟在巫山，山中花即神女所以爲鈿者，被雨而落。鮫人織杼悲。**洙曰**：江賦：「鮫人構館于懸流。」吴都賦云：「泉客潛織而卷綃。」注：「泉客，鮫人也。織輕綃於泉室，出於市間賣之。」繁憂不自整，終日灑如絲。

戲寄崔評事表姪蘇五表弟韋大少府諸姪大曆元年作。

補注 **鶴曰**：詩云「泥多仍徑曲，心醉阻賢群」，又云「高棲憶疏豁，秋興坐氤氲」，當（是）大曆元年居西閣時作。

隱豹深愁雨，**洙曰**：謝玄暉：「雖無玄豹姿，終隱南山霧。」**定功曰**：劉向列女傳：「陶答妻謂其夫曰〔一〕：『妾聞南山有玄豹，霧（雨）〔二〕，七日不下食〔三〕，何也？欲以澤其衣毛而成文章〔四〕，故藏以遠害也。』」潛龍故起

〔一〕陶答，劉向列女傳卷二作「陶答子」。
〔二〕「霧」下，九家集注卷三二、劉向列女傳卷二有「雨」字。
〔三〕「下食」下，九家集注有「者」字。
〔四〕「文章」上，九家集注有「其」字。

雲。**洙曰**：易：「潛龍勿用。」又：「雲從龍。」**泥多仍徑曲，心醉阻賢群。** **洙曰**：中説：「心醉六經。」忍待江山麗，**趙曰**：言忍以待春景也。**還披鮑謝文。** **洙曰**：鮑昭、謝玄暉。**高樓憶疏豁，秋興坐氤氲。**

有感五首 廣德元年。

補注 **鶴曰**：此詩五首，其一言將帥俱受賞而使吐蕃者乃不歸。其二言河北未盡服而討吐蕃者猶不已。其三言河南雖平而盜賊不可不慮。其四言藩鎮爲害而封建不可不守。其五言胡滅之後諸將多疑。皆廣德初事。而梁權道編在大曆二年，然是時吐蕃未嘗留使，不應有「乘槎消息斷」之句。此殆是指李之芳廣德元年使吐蕃，爲虜所留二年乃得歸也。詩又云「受鉞親賢往，卑宫制詔遥」，亦指雍王适廣德元年爲元帥而言。第五首云：「胡滅人還亂，兵殘將自疑。」雖指史朝義滅後僕固懷恩以疑貳而叛，亦是廣德中事。而末云：「願聞哀痛詔，端拱問瘡痍。」意是廣德元年已後逐時有感而作，非止成於一時。

將帥蒙恩澤，兵戈有歲年。至今勞聖主，何以報皇天。白骨〔將〕（新）交戰〔一〕，雲臺舊拓邊。 **趙曰**：言新戰之兵方横白骨，將軍必有意於拓邊而功未立。其在雲臺畫像議功者，則是舊拓邊之功也。**乘槎斷消息，無處覓張騫。** **趙曰**：遣使吐蕃未還，所以用張騫乘槎爲喻。**補注** **鶴曰**：舊史：「廣德元年七

〔一〕將，王洙本卷一六、九家集注卷三二、杜陵詩史卷一八、分門集注卷一五、四庫本皆作「新」，「將」當爲「新」之訛。

月，吐蕃大寇河隴，陷我秦、成、渭三州。入大震關，陷廓、河、鄯、洮、岷等州。盜有隴右之地。」通鑑亦云：「廣德元年七月，吐蕃入大震關，陷河〔一〕、鄯、洮等州，盡有隴右之地。唐自武德以來，開拓邊境，地連西域，皆置府〔二〕、州縣。禄山反後，鳳翔以西，邠州以北，皆爲左衽。」當時戰争之地，宜多白骨。向來拓邊之人，以功畫像雲臺，而今乃開其釁端，連城入寇。追咎既往，誰當任責？故有「雲臺舊拓邊」之句。乃所以深致其感也。通鑑又云：「廣德元年，遣御史大夫李之芳等使吐蕃，爲虜所留，二年乃得歸。」是詩必作於元年或二年之春，故云「乘槎（消息斷）（斷消息）」。

幽薊餘蛇豕，洙曰：爲史思明未平也。趙曰：左傳曰：「吴爲封豕長蛇，薦食上國。」餘蛇豕於幽薊，則今歲廣德元年正月史朝義雖滅，而未有臣服者〔三〕。**乾坤尚虎狼。**洙曰：盜賊充斥也。**諸侯春不貢，**洙曰：藩鎮擅命，基兆於此。**使者日相望。**洙曰：董仲舒傳：「漢家使者，冠蓋相望。」**慎勿吞青海，**洙曰：見「君不見青海頭」注。趙曰：戒之以無事於西羌〔四〕。**無勞問越裳。**洙曰：見「越裳翡翠無消息」注。趙曰：戒之以無事於東夷〔五〕。**大君先息戰，歸馬華山陽。**洙曰：書武成：「歸馬于華山之陽，示天下弗

〔一〕「河」上，四庫本有「廓」字。
〔二〕府，資治通鑑卷二二三作「都督府」。
〔三〕未有，九家集注卷三二作「有未」。
〔四〕〔五〕無事，九家集注作「無有事」。

復用也。」

洛下舟車入，天中貢賦均。 **洙曰：** 周禮天官：「惟王建國。」注：「周公營邑於土中，使居洛邑，治天下，謂之地中。天地之所〔告〕（合）也[一]，四時之所交也，風雨之所會也，陰陽之所和也。然則百物阜安，乃建王國焉。」**趙曰：** 言史朝義既滅，道路亦不阻絶，故舟車入而貢賦均。此指言長安，特用洛陽爲天地之中而貢賦均焉爲譬也。**日聞紅粟腐，** **洙曰：** 文帝太倉之粟紅腐而不可食。**寒待翠華春。** **洙曰：** 翠華，天子車蓋。**趙曰：** 言賜予幣帛之厚，實翠華之春，和氣所及也。上林賦曰：「建翠華之旗。」蓋天子之旗也。**莫取金湯固，** **洙曰：** 賈誼：「金城湯池，帝王萬世之業。」王元長策：「金湯非粟不守。」**長令宇宙新。** **趙曰：** 莊子疏云：「揭天地以趨新，負山岳以捨故。宇宙新則一洗乾坤，而其命惟新矣[二]。」**不過行儉德，盜賊本王臣。** **蘇曰：** 邵輝曰：「今盜賊蜂起，皆吾王之臣，修德不臻之所致。」

丹桂風霜急，青梧日夜彫。由來强幹地， **洙曰：** 西都賦：「强幹弱枝，隆上都而觀萬國。」**未有不臣朝。** **趙曰：** 丹桂耐風霜之物，青梧易彫之物，此引下句譬幹之强壯則枝無勝幹之理，猶主强而臣自歸服也。**受鉞親賢往，卑宫制詔遥。** **洙曰：** 分茅列土，親賢並建。親賢，同姓也，時代宗爲帥。**趙曰：** 〔兵〕

〔一〕告，據九家集注卷三二、分門集注卷一五、周禮注疏卷一天官冢宰第一，乃「合」之訛。

〔二〕惟，四庫本作「維」。

（受）鉞者[一]，授之以節而使之受所以爲元帥也。寶應元年，代宗既即位，五月以雍王适爲天下兵馬元帥。舊注謂代宗爲帥，却是肅宗時矣。**補注** **鶴曰**：按舊史代宗紀：「寶應元年四月，奉節郡王适爲天下兵馬元帥。五月，進封魯王。廣德元年，改封雍王。」而德宗紀云，代宗即位之年五月，爲天下兵馬元帥，改封魯王。八月，改封雍王。自爲異同。通鑑又以爲寶應元年十月爲元帥。卑宫之詔，蓋以諸將侈其居第，嘗下詔禁止之，故云。**終依古封建，洙曰**：封爵建國。**豈獨聽簫韶。洙曰**：書：「簫韶九成。」**趙曰**：勸朝廷非特任元帥而已，終當以封建之制待夫親賢。而爲天子者，豈獨聽簫韶之樂，宴樂而已乎？

胡洙曰：一作「盗」。**滅人還亂，兵殘將自疑。洙曰**：此詩言安、史既平，而僕固懷恩反側也。**登壇名絶假，洙曰**：漢高祖設壇拜韓信爲大將軍，高祖曰：「大丈夫定諸侯，即爲真王耳，何以假爲？」**趙曰**：高祖以韓信爲大將，登壇而拜之。名絶假，則真拜之，非特假節而已。言諸將蒙寵如此，故責以下句之「報主」也。舊注引韓信欲爲假王，非其義。**報主洙曰**：一作「執玉」。**爾何遲。領郡輒無色，之官皆有詞。**

顧聞哀痛詔，洙曰：見「忽聞哀痛詔」注。**端拱問瘡痍。洙曰**：時縉紳皆重内官而不樂外任，故子美有「無色」「有詞」之譏也。

[一] 兵，據杜陵詩史、分門集注，乃「受」之訛。

夜大曆二年作。

補注 **鶴曰**：詩云「嶺猿霜外宿，江鳥夜深飛」，又云「煙塵繞閶闔」，蓋大曆二年在夔州作。以是年九月甲寅吐蕃寇靈州，乙卯寇邠州，子儀屯于涇陽，京師戒嚴，故云。

絶岸風威動，　**洙曰**：蕪城賦：「莿莿風威。」**寒房燭影微。嶺猿霜外宿，江鳥夜深飛。**　**蘇曰**：王詠云：「深夜飛江鳥。」言鳥夜深飛，無安栖處。子美逢亂世漂轉，因用此語。**獨坐親雄劍，哀歌嘆短衣。**　**洙曰**：哀歌嘆短衣，事見甯戚不及骭之嘆也，以爲胡服則非〔一〕。**煙塵繞閶闔，白首壯心違。**

遠游大曆三年作。

補注 **鶴曰**：詩云「塵沙連越嶲，風雨暗荆蠻」，當是大曆三年在荆南作。是年吐蕃兩入寇。梁權道編在二年夔州詩内，若在夔作，不應首句云「江闊浮高棟，雲長出斷山」，又云「雁矯銜蘆内」。

江闊浮高棟，雲長出斷山。塵沙連越嶲，　**夢符曰**：按唐地理志，劍南道蓋古梁州之域，蜀郡、廣漢、犍爲、越嶲、益州、牂柯、巴郡之地。總爲鶉首〔二〕。　**趙曰**：以吐蕃之兵未息也。**補注** **希曰**：唐志：「嶲州，

〔一〕胡，四庫本作「朝」。
〔二〕鶉首，九家集注卷三二作「蜀土」。

越巂郡。」至德二載已後吐蕃大曆二年七月九日[一]，吐蕃兩寇靈州，故云。風雨暗荆蠻。雁矯銜蘆内，洙曰：淮南子曰：「雁從風而飛，以愛氣力；銜蘆而飛，以避矰繳。」張華賦：「又矯翼而增逝。」「徒銜蘆以避繳，終爲戮於此世。」猿啼失木間。洙曰：見「哀哀失木〔猿〕（狖）」注。弊裘蘇季子，歷國未知還。洙曰：見「貂餘季子裘」注。

從驛次草堂復至東屯二首大曆二年作。

補注 鶴曰：題云「復至」，則是大曆二年自東屯歸瀼西後也。公自東屯歸瀼西，嘗有詩云：「東屯復瀼西，一種〔往〕（住）青溪。來往兼茅屋，淹留爲稻畦。」而此詩云：「山險風煙合，天寒橘柚垂。」當是其年冬作。

峽裏歸田客，洙曰：恨賦：「欲通抵見[二]，罷歸田里。」江邊借馬騎。洙曰：語：「有馬者，借人乘之。」非尋戴安道，洙曰：見「山陰」詩。似向習家池。洙曰：見〔王〕（玉）琬騮詩注[三]。山險風煙合，天寒橘柚垂。洙曰：蜀都賦：「户有橘柚之園。」築場看斂積，洙曰：豳詩：「〔十〕（九）月築場圃。」一學

[一] 吐蕃，當誤，或其下有脱文，四庫本作「及」，當爲館臣臆改。
[二] 欲通抵見，據九家集注卷三二、文選卷一六江淹恨賦，乃「敬通見抵」之誤。
[三] 琬，據本書卷三一玉腕騮詩，乃「腕」之訛。

楚人爲。

短景難高卧，**洙曰**：秋興賦：「何微陽之短晷。」謝玄暉詩：「高卧猶在兹。」衰年强此身。山家蒸栗暖，野飯射麋新。**洙曰**：玉色如蒸栗。**趙曰**：左傳「射左麋〔鹿〕（麗）龜[一]」。龜者，麋背之高處也。世路知交薄，門庭畏客頻。**蘇曰**：陸抗家貧，畏客過門。牧童斯在眼，田父實爲鄰。**蘇曰**：黄起云：「編帙作友，田夫爲鄰，全勝薄宦，汩没於市廛塵土間。」

暫往白帝復還東屯大曆二年作。

補注 **鶴曰**：公以大曆二年秋居東屯，此詩當作於其時。

復作歸田去，**洙曰**：見「峽裏歸田客」注。猶殘獲稻功。築場憐穴蟻，**洙曰**：詩：「十月獲稻。」又：「九月築場圃。」拾穗許村童。**趙曰**：以見公之不殘不吝。拾穗，詩：「遺秉滯穗[二]，伊寡婦之利。」落杵光輝白，除芒子粒紅。加餐可扶老，**趙曰**：古詩：「上言加餐飯。」扶老，扶吾身之老也。補注 希

[一] 射左麋鹿龜，九家集注作「射左麋麗龜」，左傳宣公十二年作「射麋麗龜」，則「左」當爲衍文，「鹿」乃「麗」之訛。
[二] 遺秉滯穗，詩小雅大田作「彼有遺秉，此有滯穗」。

曰：淵明歸去來辭〔一〕：「策扶老以流憩。」倉廩慰飄蓬〔二〕。

晨雨大曆二年作。

補注 **鶴曰**：詩云「麝香山一半，亭午未全分」，當是在夔州作。梁權道編在大曆二年。

小雨晨光内，初來葉上聞。霧交纔灑地，風逆旋隨雲。暫起柴荆色，輕霑鳥獸群。**洙曰**：語：「鳥獸不可與同群。」麝香山一半，**鄭曰**：寰宇記云：「麝香山，在縣南一百一十里。」亭午未全分。**洙曰**：天台賦：「羲和亭午。」

天池大曆二年作。

補注 **鶴曰**：詩云「直對巫山出」，則池在夔州。又云「九秋驚雁序，萬里狎漁翁。更是無人處，誅茅任薄躬」，當是大曆二年在瀼西作。

天池馬不到，**洙曰**：天池，山上池也。嵐壁鳥纔通。**蘇曰**：宋玉望岳詩：「嵐壁立萬仞，鳥徑人莫

〔一〕來，原漫漶作「米」，此從四庫本。
〔二〕廩，王洙本卷一六、九家集注卷三二、杜陵詩史卷二九、分門集注卷七皆作「庾」。

通。」百頃青雲(抄)(杪)，曾波白石中。**洙曰**：楚辭：「眇視目層波[一]。」詩：「白石磷磷[二]。」鬱紆騰秀氣，**洙曰**：陸士衡：「紆鬱游子情。」蕭瑟浸寒空。直對巫山出，**洙曰**：一作「峽」。兼疑夏禹功。魚龍開闢有，菱芡古今同。**洙曰**：一作「豐」。聞道奔雷黑，**趙曰**：選賦：「電瞰雷奔[三]。」初看浴日紅。**洙曰**：日出於暘谷，浴於咸池。飄零神女雨，**洙曰**：高唐賦：「暮爲行雨。」斷續楚王風。**洙曰**：宋玉賦：「楚襄王游於雲臺之宮[四]，有風颯然而至，王乃披襟當之。」欲問支機石，如臨獻寶宮。**洙曰**：見「自(徒)(從)獻寶朝(何)(河)宗[五]」。九秋驚雁序，**洙曰**：(曹子建)(陸機)：「丹唇含九秋。」南都(賦)：「結九秋之增傷。」萬里狎漁翁。**洙曰**：一作「樵童」。**蘇曰**：黄霸休官求隱，人問其故，霸曰：「吾欲拏輕舟，適浩蕩，狎漁翁與鷗爾。」更是無人處，誅勞任薄躬。

[一] 眇視目層波，楚辭章句卷九招魂作「娭光眇視目曾波些」。

[二] 磷磷，詩唐風揚之水作「粼粼」。

[三] 電瞰雷奔，文選卷一班固西都賦作「雷奔電激」。

[四] 雲臺之宮，文選卷一三宋玉風賦作「蘭臺之宮」，按，分門集注卷四載：「昱曰：文選風賦雲臺作蘭臺。」則此誤乃黄鶴因襲所據底本而來。

[五] 徒，據本書卷八韋諷録事宅觀曹將軍畫馬圖引詩，乃「從」之訛。河，據前卷八韋諷録事宅觀曹將軍畫馬圖引詩，乃「河」之訛。

反照大曆二年作。

補注 鶴曰：詩云「反照開巫峽」，又云「牛羊識童僕，既夕應傳呼」，當是大曆二年在瀼西作。

反照開巫峽，寒空半有無。已低魚復暗，洙曰：魚復，縣名。補注 希曰：魚復浦與白鹽山，皆在夔州。夔古魚國，魚復之名本此。舊史云：「奉節縣，漢魚復縣，屬巴郡。今縣北三里赤甲城是也。」不盡白鹽孤。洙曰：白鹽，山名。荻岸如秋水，松門洙曰：地名。似畫圖。蘇曰：稽山景物奇秀，王逸少云：「過松門如在畫圖中。」牛羊識童僕，既夕應傳呼。

向夕大曆二年作。

補注 鶴曰：詩云「畎畝孤城外，江村亂水中」，當是大曆二年在瀼西作。

畎畝孤城外，江村亂水中。深山催短景，喬木易高風。洙曰：嘯賦：「清飈振乎喬木。」蘇曰：喬木易得高風。余曰：古今詩話云：「如此二句，了無瑕纇，含蓄深美，殆不可模倣。」鶴下雲汀近，雞栖草屋同。琴書散明燭，長夜始堪終。

曉望大曆二年作。

補注 **鶴曰**：詩云「荆扉對麋鹿，應共爾爲群」，又云「高峰寒上日」，當是大曆二年在東屯作。

白帝更聲盡，陽臺曉色分[一]。**趙曰**：白帝者，白帝城也。陽臺，則宋玉謂「陽臺」也。**高峰寒上日，疊嶺宿霾雲。蘇曰**：仇輝：「疊嶺霾雲，長江激浪。」**地坼江帆隱，蘇曰**：欒廣曰：「地坼山摧，國有大恐。」**天清木葉聞。荆柴對麋鹿**[二]，**應共爾爲群。**

覃山人隱居大曆二年作。

補注 **鶴曰**：公嘗作「南極青山衆」，蓋指夔州而言。今因覃山人在夔州居，故詩云「南極老人自有星」，亦因其在南之極而言。大曆二年作。

南極老人自有星，趙曰：老人星，一名南極，在井、柳之中，乃南方之星。今覃山人隱居此地，自是南極老人星也。**北山移文誰勒銘。洙曰**：齊書孔稚圭：「周彦倫隱鍾山，後應詔出，稚圭作北山移文，其文

[一] 曉，四庫本、王洙本卷一六作「曙」。
[二] 柴，王洙本、九家集注卷三二、杜陵詩史卷二九、分門集注卷三及本詩題下黄鶴注作「扉」。

云：『馳驛煙路〔一〕，勒移山庭〔二〕。』徵君已去獨松菊，**洙曰**：陶潛爲徵君，歸去來云：「松菊猶存。」**補注鶴曰**：徵君之名起於漢矣，黄憲、郭林宗、黔婁、庾乘等傳皆云，魏胡昭隱，管寧傳亦云，豈獨見於陶潛也？哀壑無光留户庭。**洙曰**：殷仲文：「哀壑叩虛（牝）〔三〕。」予見亂離不得已，**蘇曰**：蘇嶷謂嵇康：「子與登肥遯，宜其時也。予兒女滿眼，又值亂離，不得已而返居塵埃中〔四〕，非吾素所願也。」子知出處必須經。高車駟馬帶傾覆，**洙曰**：揚雄解嘲云：「客徒欲朱丹吾轂，不知一跌赤吾之族〔五〕。」悵望秋天虛翠屏。**洙曰**：天台賦：「聳壁立之翠屏〔六〕。」

柏學士茅屋 大曆二年作。

補注鶴曰：唐有弘文、集賢、翰林學士，此稱學士者，雖未詳爲何人，意必前所謂柏大兄弟也。雖然以學

〔一〕馳驛煙路，據九家集注卷三二、文選卷四三孔稚珪北山移文，乃「馳煙驛路」之倒誤。
〔二〕移，杜陵詩史、分門集注、文選同此，九家集注作「銘」。
〔三〕「虛」下，據九家集注、文選卷二二殷仲文南州桓公九井作詩，脱「牝」字。
〔四〕居，四庫本作「車」。
〔五〕「赤吾」上，據漢書卷八七下揚雄傳下，當脱「將」字。
〔六〕聳，九家集注作「搏」，文選卷一一孫綽游天台山賦作「搏」。

士而居茅屋，又且讀書萬卷，亦可知其賢矣。從舊次，爲大曆二年作。

碧山學士焚銀魚， 蘇曰：張褒梁天監中不供學士職，御史欲彈劾，褒曰：「碧山不負吾。」乃焚章長嘯而去。**白馬却走身岩居。** 尹曰：光武臨朝，或有惰容，張湛輒陳諫其失。湛常乘白馬，帝每見曰：「白馬生且復諫。」**古人已用三冬足，** 洙曰：東方朔：「三冬文史足用。」**年少今開萬卷餘。** 洙曰：今，一作「曾」，見「讀書破萬卷」注。**晴雲滿户團傾蓋，** 洙曰：鄒陽：「傾蓋如故。」冠蓋若浮雲。**秋水浮階溜決渠。** 洙曰：張景陽：「階下伏泉通，階上水衣生。」陸士衡：「豐注溢修霤，黄潦侵階除。雲陰結不解，通衢化爲渠。」**富貴必從勤苦得，** 蘇曰：徐陵見弟姪讀書，陵指其書語人曰：「人之富貴，必從此勤苦而得。」**男兒須讀五車書。** 洙曰：莊子天下篇：「惠施多方，其書五車。」

大曆二年九月三十日

補注 鶴曰：詩云「年年小摇落，不與故園同」，蓋在東屯也。

爲客無時了，悲秋向夕終。瘴餘夔子國， 洙曰：魚復，古夔子國。**霜薄楚王宫。** 洙曰：楚王游蘭臺之宫。**草敵虚嵐翠，花禁冷葉紅。年年小摇落，不與故園同。** 蘇曰：同素塞上行云：「八月嚴霜邊岸白，風光豈與故園同〔一〕。」陰鏗云：「秦川風物異，不與故園同。」

十月一日大曆二年作。

補注 **鶴曰**：詩云「夜郎溪日暖，白帝峽風寒」，當是大曆二年在東屯作。

有瘴非全歇，爲冬不亦難〔二〕。**趙曰**：時已十月矣，而瘴尚未全歇，所以爲冬候之難也。**夜郎溪日暖，洙曰**：夜郎，西南夷也，犍爲有夜郎溪。**白帝峽風寒。蒸裹如千室，洙曰**：後漢贊：「一夫得情，千室鳴絃。」〔三〕峽俗以蒸裹爲節物。補注 **希曰**：道家有北斗經，本出於蜀，經云「裹蒸」，則是物蓋蜀之土風所尚，公特拘聲律，遂轉一字耳。今江南亦有名裹蒸者，信微物皆有所從。**燋糟洙曰**：一作「糖」。**幸一柈。夢符曰**：按元微之詩：「雜蓴多〔剥膳〕（剖鱔），和〔羹〕（黍）半蒸菰。」此與蒸裹無異。燒糟，皆荆楚所同者。柈，與「盤」同。**趙曰**：以「糖」爲正。蒸裹、燋糖，皆十月一日之事如此。**兹辰南國重，舊俗自相歡。**

〔一〕光，四庫本作「霜」。
〔二〕不亦，四庫本作「亦不」。
〔三〕「一夫」二句，原無，當爲黄鶴誤删，據杜陵詩史卷二八、分門集注卷二、後漢書循吏列傳補。

戲作俳諧體遣悶二首 **鄭曰**：俳，音排。大曆元年作。

補注 **鶴曰**：俳諧，謂俳優詼諧也。詩云「西歷青羌坂，南留白帝城」，蓋大曆元年公初至夔州時作。怪其習俗之異而記之，故首云「異俗吁可怪」。

異俗吁可怪，斯人難並居。家家養烏鬼， **鄭曰**：養，去聲。**薛曰**：按沈存中筆談：「峽中人謂鸕鷀爲烏鬼，以繩繫其頸，使之捕魚。」此說非也。楚人信巫，以爲烏鬼耳。**田曰**：元稹詩曰：「病賽烏稱鬼，巫占瓦代龜。」注：「南人染病，競賽烏鬼。楚巫列肆〔一〕，悉賣瓦卜。」此在元稹長慶小集，所謂注，則稹有注也〔二〕。**蘇曰**：夔州圖經稱：「峽中人謂鸕鷀爲烏鬼。蜀人臨水居者，皆養鸕鷀，繫其頸，使之捕魚，得魚則倒提出之。至今如此。」或言居人相率十百爲曹，設牲酒於田間，衆操兵杖，群噪而祭烏蠻鬼。言烏蠻戰死者多與人爲厲，歲以此禳之。**余曰**：冷齋夜話云：「川峽路民多供事烏蠻鬼，以臨江，故頓頓食黃魚耳。俗人不解，便作『養畜』字讀，遂使沈存中自差以烏鬼爲鸕鷀也。」**師曰**：按沈存中筆談：「峽中人謂鸕鷀爲烏鬼，以繩繫其頸，使之捕魚。」此說非也。楚人信巫，以烏爲鬼耳。元稹詩曰：「病賽烏稱鬼，巫占瓦代龜。」注：「南人染病，競賽烏鬼。楚巫列肆，悉賣瓦卜。」夢符之說是。養，當讀爲供養之養。補注 **鶴曰**：魯靈光殿賦：「吁可畏也，其駭人乎！」此用其語。烏鬼有四說：曰鸕鷀，曰豬，曰老烏，曰烏蠻鬼耳。沈存中筆談、黃朝英緗素雜記、胡元〔受〕

〔一〕肆，九家集注卷三二、元氏長慶集卷一〇酬翰林白學士代書一百韻詩句下注同此，四庫本作「市」。
〔二〕有，九家集注引趙次公注作「自」。

(任)叢話曰鸕鷀，馬永卿懶〔直〕(真)録、漫叟詩話曰豬，蔡〔寛〕夫詩話、程泰之演繁露、吴虎臣漫録曰老烏神，洪覺範冷齋夜話、邵公濟聞見録、嚴敦常藝苑雌黄曰烏蠻鬼。余嘗評之，若是養鸕鷀與豬，則未爲異俗可怪，當是養鬼無疑。杜田與師注引元稹之説在可取。**頓頓食黄魚。** **鮑曰**：按爾雅注：「鱣，大魚，似鱏而短。口在頷下，邪行無鱗〔一〕，〔内〕(肉)黄，大者長二三丈，江東呼爲黄魚。」故公詩云「脂膏兼飼〔大〕(犬)，長大不容身。」豈有如此大魚可以鸕鷀爲捕者？則知烏鬼乃烏蠻鬼耳。**舊識難爲態，新知已暗疏。** **洙曰**：楚辭：「樂莫樂兮新相知。」**治生且耕鑿，只有不關渠。** **洙曰**：峽俗養烏頭鬼，祭之似人。**趙曰**：交態之態也，難與之(爲)態〔二〕，則其薄矣。楚辭曰：「樂莫樂於新相知。」而至於已暗疏，則其樂又可知，故欲耕鑿耳，不與薄俗相關。

西歷青羌坂， **鄭曰**：水經注：「江水〔遥〕(徑)巫峽，過青羌山坂。」**南留白帝城。於菟侵客恨，** **鄭曰**：菟，同都切，虎名。**洙曰**：於，一作「穀」。宣四年：「初，若敖娶於䢵，生鬥伯比。若敖卒，從其母畜於䢵，〔淫〕(浮)於䢵子之女，生子文焉。䢵夫人使棄諸夢中，虎乳之。䢵子田，見之，懼而歸。夫人以告，遂使(取)之〔三〕，楚人謂乳穀，謂〔人〕(虎)於菟，故命之曰鬥穀於菟，(以)其女妻伯比，實爲令尹子文。」**粔籹作人情。**

〔一〕邪行無鱗，爾雅注疏卷一〇釋魚第十六作「體有邪行甲無鱗」。
〔二〕爲，原脱，據九家集注補。
〔三〕取，原脱，據分門集注卷一三補，左傳宣公四年作「收」。

蒼舒曰：宋玉招魂云：「粔籹蜜餌，有餦餭。」粔籹，以蜜和米煎作之。**蘇曰**：張黔送友人粔籹餳糍。粔籹，今糖餅，蜀人呼粔籹。**鄭曰**：粔，其吕切。籹，尼吕切。**瓦卜傳神語，洙曰**：巫俗擊瓦觀其文理，分析以定吉凶，謂之瓦卜。**夢符曰**：按元微之詩：「病賽烏稱鬼，巫占瓦代龜。」**畬田費火聲。洙曰**：一作「耕」。史記食貨傳：「火耕水耨。」**田曰**：楚俗燒榛種田曰畬，先以刀芟治〔材〕（林）木，〔白〕（曰）斫畬[一]。其刀以木爲柄，刃向曲[二]，謂之畬刀。劉禹錫畬田行：「何處好畬田。」子美夔府詠懷又云：「燒畬度地偏。」**是非何處定，高枕笑浮生。趙曰**：風俗不同，是非焉有定，但付之一睡而已。

刈稻了詠懷大曆二年作。

補注 **鶴曰**：詩云「稻穫空雲水，川平對石門。寒風疏草木，旭日散雞豚[三]」，當是大曆二年初冬作。是年九月、十月吐蕃入寇，故又云「野哭初聞戰」。

稻穫空雲水，川平對石門。洙曰：南都賦：「緣以劍閣，阻以石門。」**趙曰**：此乃夔州詩，而言石門，

〔一〕白，據九家集注卷三二自瀼西荆扉且移居東屯茅屋四首其三「斫畬應費日，解纜不知年」句下注，乃「曰」之訛。

〔二〕向，疑爲「内」之訛。

〔三〕旭，原從「元」從「日」，據四庫本改。

乃下篇「雙崖壯此門」也。舊引蜀都賦：「阻以石門」，舊注云：「石門，在漢中之西。」豈〔于〕（干）夔州事哉〔一〕？非是。**寒風疏草木，旭日散雞豚**〔二〕。**洙曰**：孟子：「雞豚狗彘。」**野哭初聞戰，樵歌稍出村。無家問消息，作客信乾坤。**

瞿塘兩崖大曆二年作。

補注 **鶴曰**：詩云「羲和冬馭近，愁畏日車翻」，當是大曆二年秋晚作。

三峽傳何處，雙崖壯此門。 補注 **希曰**：公作長江云：「瞿塘爭一門。」又作瞿塘懷古詩云：「勍敵兩崖開。」蓋瞿塘乃三峽之門，又兩崖對峙，中貫一江，望之如門也。**入天猶石色，趙曰**：兩面壁立，而高插天。**穿水忽雲根。趙曰**：雲根，亦以言石。**猱玃須髯古，鄭曰**：玃，許縛切，搏也。補注 **希曰**：爾雅：「猱，猿，善援。」釋曰：「猱，一名猿。」又：「玃父，善顧。」釋曰：「大猿也，能玃持人，善顧眄。」郭云：貑玃也，似獼猴而大，色蒼黑。」**蛟龍窟宅尊。洙曰**：江賦：「瑰奇之所窟宅。」**羲和冬馭近，洙曰**：一作「駿」。**近，洙曰**：天台賦：「羲和亭午。」**愁畏日車翻。趙曰**：淮南子注：「日乘車，駕以〔立〕（六）龍，羲和爲之馭。」公以

〔一〕于，據九家集注卷三二，乃「干」之訛。

山之高，故曰去之近。李尤歌曰：「安得壯士翻日車。」

柳司馬至大曆二年作。

洙曰：此詩言中原用兵，民未安居也[一]。**補注** **鶴曰**：詩云「有使歸三峽，相過問兩京。函關猶出將，渭水更屯兵」，當是大曆二年作。是年九月、十〔日〕〔月〕[二]，京師以吐蕃入寇，兩戒嚴，故云。

有使歸三峽，相過問兩京。 **洙曰**：兩京，雍、洛。**函關猶出將，** **洙曰**：尹喜見老子於函關。**渭水更屯兵。** **洙曰**：文王得吕望於渭濱。**設備邯鄲道，** **洙曰**：漢文帝謂慎夫人曰：「此北走邯鄲道。」**和親邏些洙曰**：一作「迯」。**城。** **鄭曰**：邏，力佐切。迯，四箇切。**夢符曰**：按，邏迯，（一）作「邏些」[三]。**薛仁貴爲邏娑道行軍總管**[四]，城在吐蕃中。**修可曰**：邏些，吐蕃都城名也。唐舊史：「吐蕃本南〔京〕〔凉〕秃髮之後[五]，語訛謂之吐蕃。其國都城號爲邏些城，屋皆平頭，貴人處於大氈帳，爲佛廬。」新唐史云：「吐蕃號君長曰

[一] 居，九家集注卷三二、杜陵詩史卷二九、分門集注卷一五皆作「定」。

[二] 十日，據本卷前刈稻了咏懷詩題下注，乃「十月」之訛。

[三] 些，九家集注作「娑」。

[四] 娑，四庫本作「迯」。

[五] 南京，據九家集注卷三二、分門集注卷一五、舊唐書卷一九六上吐蕃上，乃「南凉」之訛。

贊普，〔春〕（居）跋布川或邏娑川〔一〕。」姑蘇及蜀本杜詩作「邏㳅」，惟歐陽文忠公本作「邏些」，當是舊史爲正。**趙曰**：「出將」「屯兵」與夫「設備」「和親」，皆因吐蕃而然也。**幽燕唯鳥去**，**趙曰**：北地猶不通，豈以安、史雖滅，而蕃鎮相繼跋扈耶？**商洛少人行。衰謝身何補，蕭條病轉嬰。洙曰**：劉公幹：「余嬰沉痾疾〔二〕。」**霜天到宮闕，戀主寸心明。**

孟冬大曆元年作。

補注 **鶴曰**：此詩當是大曆元年作。是年秋多雨，七月洛水溢，今故有「暫喜息蛟螭」之句。是冬史書無雪，所以又云寒薄而瘴隨。梁權道編在二年。

殊俗還多事，**趙曰**：公中原人而流落巴夔，故指爲殊俗。**方冬變所爲。破甘霜落爪，嘗稻雪翻匙。巫岫寒都薄**，**趙曰**：楚地暖故也。**烏蠻洙曰**：一作「黔溪」。**瘴遠隨。鄭曰**：梁益記：「嶲州嶲山，其地接諸蠻，部有烏蠻、秋蠻。」**終然減灘瀨，暫喜息蛟螭。洙曰**：南都賦：「憚夔龍兮〔布〕（怖）蛟螭。」**趙曰**：水盛滿則蛟螭橫，既冬則水日落，可以暫息蛟螭之憂。

〔一〕 春，據九家集注、分門集注、新唐書卷二一六上吐蕃，乃「居」之訛。
〔二〕 痾，九家集注、文選卷二三劉楨贈五官中郎將四首其二作「痼」。

悶大曆元年作。

補注**鶴曰**：詩云「瘴癘浮三蜀」，當是大曆元年作。是年冬無雪，瘴癘所宜浮也。

瘴癘浮三蜀，風雲暗百蠻。**趙曰**：此夔州詩而言三蜀、百蠻，蓋夔在三蜀之下，百蠻之北。卷簾唯白水，隱去聲。几亦青山。猿捷長難見，**洙曰**：淮南子：「置猿檻中，非不巧捷。」鷗輕故不還。**洙曰**：南越志：「勃海中有鷗，隨潮上下。」無錢從滯客，有鏡巧催顏。

雷大曆元年作。

補注**鶴曰**：此詩當是大曆元年作。是冬無雪，徭陽常燠，故十月而雷，龍蛇不蟄。

巫峽中宵動，滄江十月雷。**洙曰**：陸士衡：「迅雷中宵激，驚電光夜舒。」龍蛇不成蟄，**洙曰**：易乾：「龍蛇之蟄，以存〔信〕（身）也〔一〕。」天地劃争迴。劃，呼麥切。却碾空山過，深蟠絶壁來。何須妒雲雨，霹靂楚王臺。**趙曰**：宋玉高唐賦言神女云：「朝爲行雲，暮爲行雨。朝朝暮暮，陽臺之下。」而今也雷之不時，若妒神女而霹靂以震之也。

〔一〕信，據九家集注卷三三、分門集注卷一、周易繫辭下，乃「身」之訛。

冬至大曆二年作。

補注鶴曰：詩云「江上形容吾獨老」，又云「杖藜雪後臨丹壑」，當是作於大曆二年，時在瀼西。

年年至日長爲客，忽忽窮愁泥殺人。泥，乃計切。江上形容吾獨老，洙曰：屈原放於澤畔，形容枯槁。天涯洙曰：一作「天邊」。風俗自相親。洙曰：陸士龍：「修路無窮迹，井邑自相循。百城各異俗，千里是良鄰[一]。歡舊難假合，風土豈虛親。」杖藜雪後臨丹壑，鳴玉朝來散紫宸。洙曰：西征賦：「飛翠緌[二]，拖鳴玉，以出入禁門者衆矣。」心折一時無一寸[三]，洙曰：別賦：「使人意（奮）（奪）神駭[四]，心折骨驚。」路迷何處見洙曰：一作「是」。三秦。洙曰：項羽立三秦王。

小至大曆元年作。

補注鶴曰：詩云「岸容待臘將舒柳，山意衝寒欲放梅」，當是大曆元年作。是年冬暖，故云。

[一] 千里是，文選卷二五陸雲答張士然詩作「千室非」。
[二] 緌，九家集注卷三二、文選卷一〇潘岳西征賦作「綏」。
[三] 一時，四庫本、王洙本卷一六、九家集注、杜陵詩史、分門集注皆作「此時」。
[四] 奮，據九家集注、文選卷一六江淹別賦，乃「奪」之訛。

天時人事日相催，冬至陽生春又來。**夢符曰：**按玉燭寶典：「禮夏至小正〔一〕：『十有一月，王狩。』」又沈約宋書曰：「魏晉冬至日，受萬國及百寮稱賀，因小會，其儀亞於歲朝。」甫稱小至，當謂是也。或曰陽爲大，陰爲小，冬至陰極，故曰小至。孝經援神契曰：「冬至陽氣萌。」刺繡五紋添弱綫，吹葭六琯動浮灰。**洙曰：**續漢書：「以葭莩灰實律之端，按歷者候之〔二〕，氣至則灰飛，而通以六律也。」**鄭曰：**刺，七迹切。

補注 **希曰：**史記：「刺繡紋不如倚市門。」紋上添「五」字以對六琯，亦由綫有五色，故云。岸容待臘將舒柳，山意衝寒欲放梅。雲物不殊鄉國異，**洙曰：**左傳：「分至啓閉，以書雲物〔三〕。」教兒且覆掌中杯。

舍弟觀赴藍田取妻子到江陵喜寄三首

補注 **鶴曰：**詩云「朱紱即當隨綵鷁，青雲不假報黄(午)〔牛〕」，又云「巡檐索共梅花笑，冷蕊疏枝半不禁」，當是大曆二年冬作，明年正月果出峽。

汝迎妻子達荆州，消息真傳解我憂。鴻雁影來連峽内，**洙曰：**古詩：「弟兄鴻雁序。」鶺鴒

〔一〕至，據玉燭寶典（叢書集成初編影印古逸叢書本，商務印書館民國二十八年版）卷一一十一月仲冬，當爲衍文。
〔二〕歷，疑爲「曆」之訛。
〔三〕以，九家集注、左傳僖公五年作「必」。

飛急到沙頭。洙曰：詩：「鶺鴒在原，載飛載鳴。」【補注】希曰：江陵，乃古荆州。唐志云：「本荆州南郡。」沙頭，地名，亦在江陵，今爲要市。嶢關險路今虚遠，修可曰：嶢關，當作「嶢關」，音堯，在峽右。漢書：「曹參從高祖西攻嶢關〔一〕。」注：「在（上）洛北，藍田（南）、武關之西〔二〕。」以觀赴藍田，故云。尹曰：嶢關，在上洛北，藍田南，武關之西。漢高祖紀：「秦王子嬰誅趙高，遣將將兵據嶢關。」禹鑿寒江正穩流。洙曰：〔江漢〕（江賦）〔三〕：巴東之峽，夏后疏鑿。朱紱即當隨綵鷁，青春不假報黄牛。他鄉就我生春色，故國移居見客心。馬度洙曰：一作「瘦」。秦山（雲）（雪）正深，北來肌骨苦寒侵。歡劇提攜如意舞，洙曰：一云「王戎好作如意舞」。諸葛亮出軍，常以鐵如意指麾。喜多行坐白頭吟。洙曰：文君作白頭吟。巡檐索共梅花笑，冷蕊疏枝半不禁。

庾信羅含俱有宅，黄曰：庾信因侯景之亂，自建康遁歸江陵，居宋玉故宅。宅在城北三里。羅含爲桓温别駕，以廨舍喧擾，於江陵城西三里小洲上立茅屋而居。布衣蔬食，晏如也。師曰：庾信宅，即宋玉故宅，

〔一〕曹參從高祖西攻嶢關，九家集注卷三二作「秦兵拒嶢關」，按，下引注文乃漢書卷一上高帝紀上「秦王子嬰誅滅趙高遣將將兵距嶢關」句下李奇注，非卷三九曹參傳「從西攻武關、嶢關」句下注，以「秦兵拒嶢關」爲是。

〔二〕在洛北藍田武關之西，有脱文，據九家集注、漢書卷一補。

〔三〕江漢，據九家集注，乃「江賦」之訛。

見送李功曹之荆州詩注。余知古〔諸〕（渚）宮故事[一]：「羅含爲桓温別駕，以廨舍喧擾，於江陵城西三里小洲上立茅屋，伐木爲床[二]，織葦爲席而居。布衣蔬食，晏如也。後安成王在鎮，以其宅借録事劉朗之，見一丈夫，衣冠甚偉，水矜而立[三]，朗之驚問，忽然失之。人謂含有神。」補注鶴曰：「以廨舍喧擾」至「晏如也」，自是晉書本傳語。唐地理志：江陵有府，一曰羅含，因羅含居江陵，因以名府也。九域志亦云：「宋玉宅，庾信所居。」**春來秋去作誰家。短墻若在從殘草，喬木如存可假花。卜築應同蔣詡徑，**洙曰：三輔決録：「蔣詡舍〔下〕（中），竹下惟開三徑，羊仲、求仲從與之游。」**爲園須似邵平瓜。**洙曰：邵平種瓜美，故世謂之邵平瓜。**比年**洙曰：一作「因」。**病酒開涓滴，弟勸兄酬何怨嗟。**

夔州歌十絶句大曆二年作。

補注鶴曰：此詩言夔州景物而及瀼西、東屯，當是大曆二年夏作，故詩云：「雲日如火炎天凉。」

中巴之東巴東山，趙曰：水經：「劉〔漳〕（璋）分三巴，有中巴，有巴西，有巴東。」補注鶴曰：唐志，夔

〔一〕諸，據九家集注卷三二、新唐書卷五八藝文志二，乃「渚」之訛。
〔二〕床，晉書卷九二羅含傳作「材」。
〔三〕水矜，杜陵詩史作「冰矜」，太平寰宇記卷一四六山南東道五荆州江陵縣引渚宮記作「被矜」，太平廣記卷三二六鬼十一劉朗之引述異記作「斂矜」。

州爲巴東郡，故云，猶言巴東郡在中巴之東也。**江水開闢流其間。白帝高爲三峽鎮，夔州險過百牢關。**洙曰：三峽，瞿塘、巫山、黄牛也。蘇曰：辛毗曰：「夔州百牢關，兵馬不可越。」宋曰：十道志：「梁州有百牢關。」師曰：説者以子美「上牢下牢修水關」之句，謂瞿塘之險，百倍於上牢、下牢之關。此説非也。圖經云：「百牢關，孔明所建，故基在今興元西縣泥口化檢玉觀山下。傍臨白馬河，東自梁、洋，北自武興，西入金牛。三泉皆涉北河以濟河之西，兩壁山相對，六十里不斷。嶓冢、漢江水流其間，與白馬河合，緣江乃入金牛、益昌路也。雖不甚險，而爲入川之隘口。」補注希曰：夔州境内有三峽。山，謂西峽巫也〔一〕。白帝，即白帝城，山亦在夔州。今云「鎮」者，正如周禮職方氏所謂「河南曰豫州，其山鎮曰華山」之類。辛毗雖云「夔州百牢關，兵馬不可入」，然此云「夔州險過百牢關」，則關不在夔矣。當是如宋引十道志，師引圖經，在興元府也。

白帝夔州各異城，洙曰：公孫述自稱白帝，故夔有白帝城。蘇曰：風俗記曰：「白帝城據（有）〔百〕牢，至夔州十里。」補注鶴曰：九域志：「夔州有白帝城山。」水經云：「白帝山北緣馬嶺，接赤甲山。其間平處，南北相去八十五丈，東西七十（文）〔丈〕，東傍瀼溪，即以爲隍。後漢初，公孫述據蜀，自以承漢土運，故曰白帝城。」今云「各異城」者，當是白帝故城與今夔州城爲異。蘇注非。**蜀江楚峽混殊名。英雄割據非天意，**蘇曰：武侯曰：「英雄鼎立，割據土疆，誠非天意。」**霸主并吞在物情。**

〔一〕「山謂西峽巫也」句，當有脱誤。

群雄競起向前朝，趙曰：指言已前之代也。**王者無外見今朝。**洙曰：公羊傳曰：「天王出居于鄭。王者無外，此其言『出』，何？不能于母弟也〔一〕。」東都賦：「子徒識函谷之可閉，不知王者之無外。」**比訝漁陽結怨恨，**洙曰：漁陽，禄山舊鎮。趙曰：禄山以怨恨，起兵於漁陽。**元聽舜日舊簫韶。**趙曰：〔此〕（比）明皇時太平爲虞舜之時〔二〕，時明皇寵幸禄山〔三〕，每與之宴，未嘗不奏霓裳之曲。此句含蓄，美中有刺如此。

赤甲白鹽俱刺天，刺，七迹切。洙曰：南都賦：「森尊尊而刺天〔四〕。」蘇曰：裴悰曰：「白鹽揷空，赤甲刺天。峽浪洶湧，鳥道盤紆。」【補注】鶴曰：寰宇記：「奉節縣（北）三十里有赤甲城〔五〕，是舊魚復縣基。」又云：「赤甲城，公孫述築，不生樹木，土石悉赤，如人袒臂，故曰赤甲。與舊白帝城相連。」白鹽山，見前注。九域：「秦州至夔州有白鹽山、赤甲城。」刺天，言其高也。**閭〔閻〕（閻）繚繞接山巔〔六〕。楓林橘樹丹青合，**洙曰：蜀都賦：「家有鹽泉之井，户有橘柚之園。」西京雜記：「中南山有樹〔七〕，直上百丈，無枝，上結叢條

〔一〕不能于母弟，春秋公羊傳注疏卷一二僖公二十四年作「不能乎母」。
〔二〕此，據林繼中輯校杜詩趙次公先後解輯校戊帙卷之三，乃「比」之訛。
〔三〕幸，林繼中輯校杜詩趙次公先後解輯校作「待」。
〔四〕尊尊，九家集注卷三二、文選卷四張衡南都賦作「蓴蓴」。
〔五〕「三十里」上，據太平寰宇記卷一四八山南東道七夔州奉節縣，脱「北」字。
〔六〕闔，四庫本、王洙本卷一六、九家集注、杜陵詩史、分門集注皆作「閻」，「闔」當爲「閻」之訛。
〔七〕中南山，西京雜記卷一作「終南山」。

如車蓋。葉一青一赤，望之班駁如錦繡，長安謂之丹青樹。」**蘇曰**：阮季行南埭上，曰：「紅楓緑橘，如丹青相合。」**補注** **希曰**：唐志：「夔州户有橘。」故橘樹之多，可以入詠。高帝紀：「從複道上。」如淳曰：「複，音復，上下有道，故謂之複。」**複道重樓錦繡懸。** **趙曰**：言其華麗也。

瀼東瀼西一萬家， **孫曰**：瀼，奴朗切。夔有澗水出於山谷之間，謂之瀼溪。人居其左右，謂之瀼東、瀼西。**江北江南春冬花。背飛鶴子遺瓊蕊，** **趙曰**：魏王粲白鶴賦：「食靈岳之瓊蕊。」**相趁鳧雛入**〔槳〕（蔣）牙〔一〕。**洙曰**：其草則蔣蒲（蒹）葭〔二〕。又云：「其沃瀛則有攢蔣叢蒲〔三〕。」

東屯稻畦一百頃，北有澗水通青苗。 **修可曰**：夔有平田，號青苗陂。**晴浴狎鷗分處處，** **洙曰**：孫綽詩：「物我俱忘懷，可以狎鷗鳥。」**雨隨神女下朝朝。** **洙曰**：高唐賦：「朝朝暮暮，陽臺之下。」

蜀麻吴鹽自古通，萬斛之舟行若風。長年三老長歌裏， **洙曰**：峽人謂操舟人爲長年三老。**師曰**：峽人以船頭把篙相水道者曰長年，正梢曰三老。**白晝攤錢高浪中。** **田曰**：梁冀傳：「能意錢之戲。」注：「何承天纂文曰：『詭〔憶〕（億）一〔日〕（曰）射意〔四〕，一〔日〕（曰）射數，即攤錢也。』」**趙曰**：蜀人賭錢名。

〔一〕槳，據四庫本、王洙本卷一六、九家集注卷三二，當爲「蔣」之訛。
〔二〕其草則蔣蒲葭，其上當脱「南都賦」等字。「葭」上，據文選卷四張衡南都賦，當脱「蒹」字。
〔三〕其沃瀛則有攢蔣叢蒲，句出左思蜀都賦。
〔四〕憶，據九家集注卷三二、後漢書卷三四梁統列傳附梁冀，乃「億」之訛。

補注鶴曰：江鄰幾雜誌引此詩作「白馬灘前高浪中」。公詩有「白馬江」之句，又有登白馬潭詩，又刮州有白馬山，巴州有白馬穴，如鄰幾所引，當是夔有此灘名。

憶昔咸陽都市合，趙曰：指長安也。**山水之圖張賣時。**蘇曰：郭秀過巫峽，愛十二峰，立馬久之，嘆曰：「吾昔年責山水圖，疑其妄粧景色。今日親見，勝彼圖十八九矣。」**巫峽曾經寶屏見，楚宫猶對碧峰疑。**

閬風玄圃與蓬壺，鄭曰：酈元水經注：「崑崙之山三級，二曰閬風，一曰玄圃〔一〕。」**中有高堂天下無。**洙曰：南都賦：「崑崙無以侈，閬風不能踰。」趙曰：其上臺觀皆金玉，故曰「天下無」。**借問夔州壓何處，峽門江腹擁城隅。**

武侯祠堂洙曰：一作「生祠」。**不可忘，中有松柏參天長。**洙曰：見「丞相祠堂何處尋，錦（官）〔官〕城外柏森森」「孔明廟前有老柏，黛色參天二千尺」詩。**干戈滿地客愁破，雲日如火炎天涼。**

雨大曆元年作。

補注鶴曰：按舊史，大曆元年正月丁巳朔，則是初八日爲甲子。史又云，自春旱至六月庚子始雨，却與

〔一〕「崑崙之山三級」句，水經注卷一「河水」作「崑崙山有三角，其一角正北干辰星之輝，名曰閬風巔，其一角正西，名曰玄圃臺」。

唐諺合。公是時在雲安。其年十一月甲子日長至方改爲大曆元年，若大曆二年甲子在正月十三日，而立春已在元年十二月二十六、七，無容謂「甲子雨」，已度立春時也。新史差一年。

冥冥甲子雨，洙曰：楚辭：「雷填填兮雨冥冥。」**已度立春時。**趙曰：兩句憂之之辭也。唐諺云：「春雨甲子，赤地千里。」補注鶴曰：或云「春甲子雨，乘船入市」，則與唐諺爲異。然此詩之意正以唐諺而憂也，故接以「輕箑」「纖絺」之句。**輕箑煩相向，**洙曰：秋興賦：「於時乃屏輕箑。」注：「所甲反，扇也。」蘇曰：和用：「夏夜蚊雷，足煩輕箑。」吴人俗呼扇爲箑。**纖絺恐自疑。**洙曰：秋興賦：「釋纖絺」注：「絺，葛也。」公言扇可相向，則纖絺疑其可著矣。**煙添纔有色，風引更如絲。**洙曰：張景陽：「騰雲似湧煙，密雨如散絲。」**直覺巫山暮，**洙曰：高唐賦：「妾在巫山之陽，暮爲行雨。」**兼催宋玉悲。**洙曰：宋玉悲秋。

奉送蜀州柏二別駕將中丞命赴江陵起居衛尚書太夫人因示從弟行軍司馬位

補注鶴曰：梁權道編在大曆二年夔州作，然詩云「楚宫臘送荆門水，白帝雲偷碧海春」，當是元年歲晚作。二年柏已去夔，乃崔卿攝郡矣。中丞，當是柏貞節，詳見前注。

中丞問俗畫熊頻，洙曰：漢制，刺史車畫熊於軾。**愛弟傳書綵鷁新。**洙曰：見「朱紱隨綵鷁」注。**遷轉五州防禦使，起居八座太夫人。**洙曰：後漢制，六曹尚書并令、僕二人，謂之八座。魏以五曹尚書、二僕射（一令）合爲八座〔一〕。宋與魏同。隋以六尚書、左右二僕射合爲八座。唐與同。漢文紀注：「列侯妻稱夫人。列侯死，子復爲列侯，乃得稱太夫人。子不爲列侯則否。」**補注** **鶴曰**：舊史地理志：「夔州貞觀十四年爲都督府，督歸、夔、忠、萬、涪、渝、南七州。天寶元年，改爲雲安郡。至德元年〔二〕，於雲安置七州防禦使。乾元元年，復爲夔州，二年，刺史唐論請升爲都督府。」故公初至夔，有代柏都督謝上表，又有陪柏中丞宴將士詩、送田四舍弟將夔州柏中丞命起居江陵節度衛公詩〔三〕。則中丞即都督。五州，當是七州，傳有訛舛也。後漢岑彭傳：「大長秋以朔望問太夫人起居。」衛伯玉廣德元年拜江陵群牧防禦節度使，尋加檢校工部尚書，封陽城王。其母加鄧國太夫人，以其檢校尚書故也。柏二別駕乃中丞之弟，故云「愛弟傳書」。**楚宮臘送荊門水，白帝雲偷碧海春。與報惠連詩不惜，****洙曰**：謝惠連，乃靈運之弟。**知吾斑鬢總如銀。****洙曰**：秋興賦：「班鬢彪以承弁〔四〕，素髮颯以垂領。」

武夷詹光祖至元丁亥重刊于月崖書堂

〔一〕一令，原脱，據九家集注卷三二補。
〔二〕年，四庫本作「載」。
〔三〕田四舍弟，本書卷二一此詩題中無「舍」字。
〔四〕彪，據文選卷一三，乃「髟」之訛。

黄氏補千家集注杜工部詩史卷之三十三

太歲日大曆三年作。

補注 **鶴曰**：大曆三年太歲戊申，今題云「太歲日」，則又是戊申日，按舊史，大曆三年春正月丙午朔，則戊申乃初三日。或以「巫山坐復春」之句爲在二年，然二年太歲丁未，而正月朔爲壬子，則丁未日乃在二月下旬矣。此詩云「閶闔開黄道，衣冠拜紫宸」，正以新元而言，當是三年正月初三日作。

楚岸行將老，巫山坐復春。 **洙曰**：巫山，夔州。楚置巫山郡，秦昭三十年伐楚，取黔中巫郡是也。漢爲巫郡。今縣北有巫山。**修可曰**：陸機云：「吾將老而爲客〔一〕。」**病多猶是客，謀拙竟何人。** **洙曰**：顔延年：「存没竟何人，炯介在明淑。」**閶闔開黄道，衣冠拜紫宸。** **洙曰**：丘希範侍宴樂游苑：「詰旦開閶闔，馳道聞鳳吹。」離騷：「吾令帝閽開關兮，倚閶闔而望予。」曹植：「閶闔（開），天衢通。」前漢：「游閶闔，觀坐臺。」「天門開，軼蕩蕩〔二〕。」大人賦：「排閶闔而入帝居。」楊炯賦：「閶闔開兮凉風颯。」庾肩吾：「閶闔九門通。」

〔一〕吾，文選卷一六陸機嘆逝賦作「余」。
〔二〕軼，漢書卷二二禮樂志二載郊祀歌十九章天馬作「詄」。

唐韓皋爲中丞，常有所陳，必於紫宸殿對百寮而請，未嘗詣便殿。〔下〕（卞）伯玉中書郎詩曰〔一〕：「大方信包含〔二〕，優渥遂不已。躍鱗龍鳳池，揮翰紫宸裏。」補注希曰：寇榮傳：「閶闔九重。」注：「閶闔，天池陽地，如門也〔三〕。」晉志：「黄道，日之所行。」鶴曰：唐紫宸殿者，正殿名。李鋭上疏：「紫宸殿者，周之路寢，漢之前殿，陛下所以負黼扆，正黄屋，饗萬國，朝諸侯，人臣至敬之所。」**榮光懸日月，**洙曰：中候曰：「榮光出河，休氣四塞。」榮光，即五色也。易繫曰：「懸象著明，莫大乎日月。」趙曰：瞻天顔也，天子之容謂之日月之光。**賜與出金銀。**洙曰：蜀先主傳：「取蜀城中金銀錢賜將士。」**愁寂鴛行斷，**洙曰：選：「鴛鷺之行。」趙曰：公嘗爲左拾遺，今流落於外，故云「鴛行斷」。**參差虎穴鄰。**洙曰：班超曰：「不入虎穴，不得虎子。」吴志：「吕蒙欲從軍，母止之，蒙曰：『不探虎穴，安得虎子？』」趙曰：公自謂在夔州乃與虎狼之穴相近也。**西江元下蜀，**趙曰：楚人指蜀江爲西江。**北斗故臨秦。**修可曰：長安上直北斗，謂之北斗城。**散地逾高枕，**夢符曰：按王弼明爻通變例曰：「投戈散地，則六親不能相保。」趙曰：指言居夔州是閑散之地也。補注希曰：黥布傳：「自戰其地爲散地。」師古曰：「謂在其本地，戀土懷安，故易逃散。」又高帝紀：「足下高枕而王千里。」張

〔一〕下，據九家集注卷三三、藝文類聚卷四八職官部四中書侍郎載卞伯玉赴中書詩，乃「卞」之訛。
〔二〕含，藝文類聚作「容」。
〔三〕「閶闔，天池陽地，如門也」句，後漢書卷一六寇榮傳「而閶闔九重」句下注作「閶闔，門也」。

良傳：「君安得高枕而卧？」生涯脱要津。趙曰：古詩：「先據要路津。」脱要津，則不在鴛鷺之行矣。天邊梅柳樹，相見幾回新。蘇曰：謝奉容：「居江表，佳門前梅柳，幾回見新秋葉，故人無音信，何也？」

元日示宗武大曆三年作。

補注 鶴曰：公以大曆三年正月出峽，而今詩云「不見江東弟，高歌淚數行」，則是其年作。蓋其弟觀隔年已迎家至江陵，公已決意出峽，故以獨不見江東之弟爲憂。時弟豐在江東也。

汝啼吾手戰，吾笑汝身長。趙曰：手戰，老病也。身長，長大也。處處逢正月，迢迢滯遠方。飄零還柏酒，洙曰：周庾信正旦蒙趙王賚酒詩：「柏酒隨銘至〔一〕，椒花逐頌來。」梁庾肩吾詩云：「聊用柏葉酒〔二〕，且奠五辛盤〔三〕。」尹曰：崔寔四〔月〕（民）月令曰：「元日進椒花酒〔四〕。椒是玉衡星精，服之令人身輕能〔走〕（老）〔五〕。柏是仙藥。進酒次第，以年少者爲先。」衰病只藜床。洙曰：管寧家貧，坐藜床欲穿，

〔一〕柏酒，九家集注卷三三、藝文類聚卷七二作「柏葉」。
〔二〕用，九家集注同此，藝文類聚卷三作「開」。
〔三〕且，九家集注同此，藝文類聚卷三作「試」。
〔四〕椒花酒，據九家集注、太平御覽卷二九時序部十四元日，當作「椒柏酒」。
〔五〕能走，據太平御覽，乃「能（音奈）老」之訛。

爲學不倦。**訓諭青衿子，洙曰：**鄭國風：「青青子衿。」毛注：「青領，學子之所服。」鄭箋：「禮：父母在，衣純以青。」**名慚白首郎。洙曰：**前漢：「馮唐以孝廉爲郎中署長，事文帝。帝輦過，問唐曰：『父老何自爲郎？家安在？』具以實言。」（王仲宣）（左太冲）詠史詩：「馮公豈不偉，白首不見招。」顏駟漢文帝時爲郎，至武帝，輦過郎署，見駟厖眉皓髮，問曰：「叟何時爲郎？何其老也？」答曰：「臣文帝時爲郎。文帝好文，而臣好武。景帝好美，臣貌陋。陛下好壯，臣已老矣。是以三朝不遇，故老於郎署。」帝感其言，擢拜會稽都尉。**賦詩猶落筆，洙曰：**（具）（吴）質牋曰：「置酒縱飲，賦詩稱觴[一]。」**蘇曰：**丘希範：「落筆賦詩，四座失色。」**獻壽更稱觴。洙曰：**潘安仁：「稱萬壽以獻觴。」**不見江東弟，高歌淚數行。洙曰：**弟（豊）（豐）在江左，無消息。

遠懷舍弟穎觀等大曆三年作。

補注 鶴曰：詩云「江漢春風起，冰霜昨夜除」，又「舊時元日會，鄉黨羨吾廬」，當是大曆三年正月旦日作。

陽翟空知處，荆南近得書。洙曰：陽翟，屬潁川郡，夏禹所受封也。補注 **希曰：**按唐志，陽翟初隸

[一]「置酒縱飲，賦詩稱觴」二句，九家集注作「置酒樂飲，賦詩稱觴」，文選卷四〇吴質答魏太子箋作「置酒樂飲，賦詩稱壽」。

嵩州，貞觀元年屬許州，龍朔二年隸洛州，會昌三年復屬許州。此詩作於大曆三年，則是時陽翟屬洛州，洛即河南府。公之弟潁所處荆南即江陵，公之弟觀迎婦至彼，所謂「續得書迎就當陽居止」是也。**積年仍遠别，多難不安居。****蘇曰**：岑襄：「晉末兵戈，王室多難，雖有高堂峻宇，不得安居。」**江漢春風起，冰霜昨夜除。雲天猶錯莫，花萼尚蕭疏。****趙曰**：以興兄弟之離隔也。**師曰**：陽翟屬潁川郡，舍弟所在。子美居荆南。玄宗篤友悌，起花萼樓，取「常棣之華[一]，鄂不韡韡。乃燕兄弟之詩」之意。**對酒都疑夢，吟詩正憶渠。**【補注】**鶴曰**：渠，猶言伊，蓋梁、陳以來語。庾信詩：「無事教渠莫相失[二]。」**舊時元日會，鄉黨羨吾廬。****洙曰**：陶潛詩：「吾亦愛吾廬。」

續得觀書迎就當陽居止正月中旬定出三峽

【補注】**鶴曰**：當陽乃江陵屬邑。詩云「頌椒添諷詠」，當是大曆三年元日作。

自汝到荆府，書來數喚吾。頌椒添諷詠，**洙曰**：周庾信正旦詩：「椒花逐頌來。」**禁火卜歡娱。****洙曰**：荆楚歲時記：「去冬節一百五日，即有疾風甚雨，謂之寒食，禁火三日。」琴操：「晉文公與介子綏

[一] 常，四庫本作「棠」。

[二] 無事教渠莫相失，庾子山集卷四代人傷往二首其一作「無事交渠更相失」。

俱遁，子綏割腓股以啖文公。文公復國，子綏無所得，作龍蛇之歌而隱。文公求之不得，乃焚左右木，子綏抱木而死。文公哀之，令人五月五日不得舉火〔一〕。」今陸〔劇〕（翽）鄴中記並云寒食斷火起於子推〔二〕。琴操所云子綏即子推也。又云五月五日，與介有異〔三〕。皆因流俗所傳。據左傳、史記，並無介子推被火焚之事。按周禮司烜氏：「仲春，以木鐸修火，禁於國中。」注云：「爲季春將出火也。」今寒食節氣是（仲）春之末，三月之〔極〕（初）〔四〕，然則禁火蓋周之舊制。**趙曰：**序言正月中旬定出峽，於寒食必相聚矣。**舟楫因人動，形骸用杖扶。天旋夔子峽，洙曰：**魚腹，古夔子峽也。**春近岳陽湖。洙曰：**岳陽湖，在巴陵。**蘇曰：**梁汶曰：「岳陽春近，吾將鼓枻放曠澤國，與簑笠盡老矣。」**鄭曰：**即巴陵洞庭湖。**發日排南喜，傷神散北吁。飛鳴還接翅，洙曰：**小宛詩：「題彼鶺鴒，載飛載鳴。」**行序密銜蘆。洙曰：**春秋繁露：「雁有行列。」傳云：「兄弟之齒雁行。」〔五〕淮南子曰：「雁從風而飛，以愛氣力。銜蘆而飛，以避繒繳。」**俗薄江山好，時危草木蘇。馮唐雖晚達，終覬在皇都。蘇曰：**梁詢曰：「如馮唐垂白，尚冀晚達。」**趙曰：**馮唐，公以自比其白首爲郎也。

〔一〕五月五日，荆楚歲時記引琴操同此，據九家集注，乃「三月五日」之誤。
〔二〕陸劇，據九家集注卷三三、新唐書卷五八藝文志二，乃「陸翽」之訛。
〔三〕介，九家集注、梁宗懔撰荆楚歲時記作「今」。
〔四〕仲，原無此字，據姜彦稚輯校本荆楚歲時記（中華書局二〇一八年）補。極，據荆楚歲時記，乃「初」之訛。
〔五〕傳云兄弟之齒雁行，九家集注、杜陵詩史、分門集注同此，四庫本作「王制云兄之齒雁行」。

將別巫峽贈南卿兄瀼西果園四十畝

趙曰：果園四十畝而公直舉以贈人，此一段美事而古今未嘗揄揚，公之美良可嘆也。補注鶴曰：題云「將別巫峽」，又詩云「正月喧鶯(末)(未)，兹辰放鷁初」，當是大曆三年正月作。

苔竹素所好，萍蓬無定居。洙曰：木玄虛海賦：「萍流而蓬轉。」遠游長兒子，幾地別林廬。雜蕊紅相對，他時錦不如。具舟將出峽，巡圃念携鋤。正月喧鶯(末)(未)，兹辰放鷁初。洙曰：司馬相如賦：「浮文鷁，揚桂枻。」注：「鷁，水鳥。畫其象於舟首，以厭水神。」淮南子曰：「龍舟鷁首，天子之乘也。」雪籬梅可折，風榭柳微舒。託贈卿家有，因歌野興疏。殘生逗江漢，何處狎樵漁。

送大理封主簿五郎親事不合却赴通州主簿前閬州賢子余與主簿平章鄭氏女子垂欲納采鄭氏伯父京書至女子已許他族親事遂停

大曆三年作。

補注鶴曰：梁權道編在大曆三年，今詩云「餘寒折花卉，恨別滿江鄉」，當在是年正月未出峽前作。

禁臠去東床，洙曰：晉謝(琨)(混)：「初，孝武帝爲晉陵公主求婿，謂王珣曰：『主婿但如劉真長、王子敬便足。如王處仲、桓元子，誠可，纔小富貴，便豫人家事。』珣對曰：『謝(琨)(混)雖不及真長，不減子敬。』

帝曰：『如此便足。』未幾，帝崩，袁山松欲以女妻之，珣曰：『卿莫近禁臠。』初元帝始鎮建鄴，公私窘罄，每得一豚，以爲珍膳。項上一臠尤美，輒以薦帝，群臣未嘗敢食，于時呼爲『禁臠』。故珣因爲戲。〔琨〕（混）竟尚主。」王羲之傳：「太尉〔郄〕（郗）鑒使門生求女壻於王導，導令就東廂遍觀子弟。門生歸謂鑒曰：『王氏諸少並佳，然聞信至，咸自矜持，惟一人在東床坦腹食，獨若不聞。』鑒曰：『此正佳婿也。』訪之，乃羲之也，遂以其女妻之。」**趨庭赴北堂。** **洙曰：** 語：「陳亢問於伯魚：有異聞乎？對曰：未也。嘗獨立，鯉趨而過庭，曰：『學詩乎？』對曰：『未也。』『不學詩，無以言。』鯉退而學詩。」鄘詩伯兮：「焉得諼草，言樹之背。」注：「背，北堂也。」疏：「背者何？背之義，婦人所常處者堂也，故知背爲北堂。」士昏禮云：「婦洗在北堂。」注：「房半以北爲北堂者，房室所居之地總謂之堂。」**風波空遠涉，** **蘇曰：** 劉琨至高安，嘆曰：「事不我濟，空遠涉風波。」**琴瑟幾虛張。** **洙曰：** 詩常棣〔一〕：「妻子好合，如鼓瑟琴。」董仲舒：「琴瑟不調，必解而更張之。」**趙曰：** 夫婦以比琴瑟也。公自注云：「幾，音洎。」蓋巨至切。洎，及也。**渥水出騏驥，** **洙曰：** 漢武元鼎四年，馬生渥洼水中。李斐曰：「南陽新野有暴利長，當武帝時，屯田燉煌界，數於此水旁見群野馬，中有奇者，與凡馬異，來飲此水。利長先作〔土〕（土）人持勒靽於旁，後馬玩習久之，乃令人代〔土〕（土）人持勒靽，收得其馬，獻之。以神異此馬〔二〕，

〔一〕　常，四庫本作「棠」。
〔二〕　以，史記、漢書作「欲」。

云從水中出。」師古曰：「渥，音握。」**崑山生鳳凰。** **洙曰**：東京賦：「鳴女床之鳥鳥[一]，舞丹穴之鳳凰。」**兩家誠款款，** **蘇曰**：索靖：「法帖兩家，誠心款款，奈凡作催何[二]」**中道許蒼蒼。** **頗謂秦晉匹，** **洙曰**：襄二十七年傳：「趙孟曰：『晉、楚、齊、秦，匹也，晉之不能於齊，猶楚之不能於秦也。』」又：「秦、晉匹也，何以卑我？」**從來王謝郎。** **洙曰**：晉江左以王、謝爲胄族，嘗通婚。**青春動才調，** **蘇曰**：禰衡：「青春惱客意，處處動微吟。」**白首缺輝光。** **玉潤終孤立，** **洙曰**：晉樂廣，字彦輔，人謂之（水）（冰）鏡。女婿衛玠，字叔寶，時號玉人。故時語曰：「婦翁（水）（冰）清，女婿玉潤也。」**珠明得闇藏。** **洙曰**：漢鄒陽云：「明月之珠，夜光之璧，以闇投（人）於道，衆莫不按劍相盼矣。」**餘寒折花卉[三]，恨别滿江鄉。**

人日兩篇大曆三年作。

彦輔曰：前五後七。董勛問禮俗曰[四]：「正月一日爲雞，二日爲狗，三日爲猪，四日爲羊，五日爲牛，六日爲馬，七日爲人。」則正旦畫雞於門，七日鏤人户上，良爲此也。**補注** **鶴曰**：後篇云「早春重引江湖興」，大曆三

[一] 鳥鳥，文選卷三張衡東京賦作「鸑鳥」。

[二] 凡作催何，分門集注卷九作「凡女催行」。

[三] 拆，四庫本、王洙本卷一七、九家集注卷三三作「折」。

[四] 問禮俗，藝文類聚卷四歲時部中人日同此，北齊書卷三七魏收傳作「答問禮俗」。

年作。

元日到人日，修可曰：西清詩話云：都人劉克窮該典籍，嘗與客論云：「元日至人日，未有不陰時。人
知其一，不知其二，四百年惟子美與克會耳。」起床就架取書與客曰：「此東方朔占書也。歲後八日，一日爲雞，
二日爲狗，三日爲豕，四日爲羊，五日爲牛，六日爲馬，七日爲人，八日爲（穀）〔穀〕。其日晴，主所生之物育，陰
則災。」少陵意謂天寶離亂〔一〕，四方雲擾，幅裂人物，歲歲俱災。此春秋書『王（六）〔正〕月』意耶，深得古人用
心。」**未有不陰時。冰雪鶯難至，春寒花較遲。雲隨白水落，風振紫山悲。蓬鬢稀疏少**〔二〕，
無勞比素絲。蘇曰：柳博：「蓬首愁搔，稀疏之甚，羞比素絲。」

此日此時人共得，一談一笑俗相看。蘇曰：王遇元語弟曰：「一談一笑，世俗酒炙之歡，豈識文
字真樂耶？余元日在善化，因書此詩二篇與楊太守。」**樽前柏葉休隨酒，**洙曰：見元日示宗武詩注。**勝裹
金花巧耐寒。**洙曰：人日造華勝相遺，起於晉代，見賈充李夫人曲云〔三〕：「像瑞圖金勝之形，又像西王母戴
勝也。」歲時記：「人日以七種菜爲羹，剪綵爲花勝以相遺。或鏤金薄爲人勝〔四〕，以像瑞圖之形。」**佩劍衝星聊**

〔一〕離，九家集注卷三三作「罹」。
〔二〕少，四庫本、王洙本卷一七、九家集注作「久」。
〔三〕曲，梁宗懍荆楚歲時記作「典戒」。
〔四〕縷，四庫本及荆楚歲時記作「鏤」。薄，荆楚歲時記作「箔」。

暫拔，洙曰：晉輿服志：「漢自天子至百官，無不佩劍，其後唯朝帶[一]。」晉書：「斗牛之間有紫氣，雷煥曰：『寶劍之精上徹於天。』」匣琴流水自須彈。洙曰：琴有三峽流泉操。趙曰：伯牙志在流水，鍾子期曰：「湯湯哉。」舊注所引却是流泉操也。早春重引江湖興，直道無憂行路難。趙曰：行路難，古曲名，言以直道行之，無往而不可也。

江梅大曆二年作。

趙曰：江邊之梅也，如在嶺曰嶺梅，在野曰野梅，官中所種曰官梅。而後之學者凡見梅便謂之江梅，誤矣。補注 鶴曰：中原土厚梅肥，其花特大，而江南一種花獨小，或名之曰江梅，蓋别北梅也。此詩云「故園不可見，巫岫鬱嵯峨」，則是未定出峽時作，若是大曆三年將去夔時，不應詩意不及之，當是大曆二年。

梅蕊臘前破，梅花年後多。絶知春意早，最奈客愁何。雪樹元同色，江風亦自波。故園不可見，巫岫鬱嵯峨。洙曰：陸機樂府：「雲山鬱嵯峨。」潘安仁：「崇崗鬱嵯峨。」陸又云：「崇山鬱嵯峨。」

[一]「唯朝帶」下，九家集注卷三三、晉書卷二五輿服志有「劍」字。

庭草大曆二年作。

補注**鶴曰**：詩云「步履宜輕過，開筵得屢供」，則作詩時未有放舟出峽之意，當是大曆二年。

楚草經寒碧，庭春入眼濃。舊低收葉舉，趙曰：言舊收斂之葉，以春來而舉起也。**新掩捲牙重。步履宜輕過，開筵得屢供。看花隨節序，不敢强爲容。**

大曆三年春白帝城放船出瞿塘峽久居夔府將適江陵漂泊有詩凡四十韻

補注**鶴曰**：詩言舟行所經之地，至宜都而止，則此詩作於夷陵也。

老向巴人裏，洙曰：傳莊十八年：「巴人伐楚。」**修可曰**：劉〔漳〕（璋）分三巴，以夔爲中巴地也。**今辭楚塞隅。入舟翻不樂，解纜獨長吁。**洙曰：謝靈運：「解纜乃流潮〔一〕。」又：「入舟陽已微。」**趙曰**：楚塞，指白帝城。不樂、長吁，公自傷流離也。**窄轉深啼狖，**余救切。**虛隨亂浴鳧。石苔凌几杖，空翠撲肌膚。**蘇曰：陰亮山行，謂友人曰：「空翠爽人肌膚，泉流清人耳目，乍脱塵鞅，永日忘歸。」**疊壁排霜劍，奔泉濺水珠。**蘇曰：屈平：「亂山横劍，奔泉濺珠。」**杳冥藤上下，濃淡樹榮枯。神女峰娟妙，**

〔一〕乃，據文選卷二〇謝靈運鄰里相送方山詩，乃「及」之訛。

鄭曰：盛弘之荆州記：「巫山有神女峰。」昭君宅有無。鄭曰：寰宇記：「歸州巴東有王昭君宅。」曲留明怨惜，夢盡失歡娱。洙曰：怨惜，一作「怨别」。昭君宅，在夔州。子美負薪行云：「若道巫山女粗醜，何得此有昭君(材)(村)。」石季倫昭君辭曰：「王明君者，本爲王昭君，以觸晋文帝諱，改之。匈奴盛請婚於漢元帝，以後宫良家子明君配焉。昔公主嫁烏孫，令琵琶馬上作樂，以慰其道路之思。其送明君亦爾也。其造新之曲，多哀怨之聲。」神女峰，在巫山，宋玉高唐賦曰：「昔先王游高唐，怠而晝寢，夢見一婦人曰：『妾巫山之女也，願薦枕席。』」又神女賦曰：「楚襄王夜寢，夢與神女遇，其狀甚麗。寐而夢之，寤不自識。」擺闔盤渦沸，洙曰：郭璞江賦：「盤渦谷轉。」欹斜激浪輸。風雷纏地脉，洙曰：江賦：「(疏)(流)風蒸雷。」海賦：「驚浪雷奔。」蘇曰：張禹曰：「迅雷烈風纏地脉。」冰雪曜天衢。洙曰：易：「天之衢，亨。」鹿角真走險，洙曰：文十七年傳：「鄭子家曰：『小國之事大國(之)(也)，德，則其人也；不德，則其鹿也。鋌而走險，急何能擇？』」狼頭如跋胡。洙曰：詩：「狼跋其胡，載疐其尾。」注：「跋，躐也。進則躐其胡，退則跋其尾。」趙曰：鹿角、狼頭，公注：「二灘名。」惡灘寧變色，高卧負微軀。書史全傾撓，裝囊半壓濡。生涯臨臬兀，洙曰：困于臲卼也。死地脱斯須。蘇曰：陶秀行次豫章，嘆曰：「生涯如臬兀，胡不悲憂身世？韓既昨入吴榮死地，脱於斯須之間，今日思之，令人身寒。」不有平川决，洙曰：一作「快」。焉知衆壑趨。乾坤霾漲海，定功曰：言水之渺茫闊遠矣。雨露洗春蕪。蘇曰：史惠曰：「征塵蒙滿蕪草，荷雨露沾洗。」鷗鳥牽絲颺，趙曰：羽如絲也。驪龍濯錦紓。落霞沉綠綺，洙曰：謝玄暉晚望三山詩：「餘霞散成綺，澄江静如練[一]。」殘月壞金樞。洙曰：木玄虚海賦：「大明鑣轡於金樞之穴。」注：「大明，月也。金樞，西方月没之處穴窟也。」泥笋苞初荻，沙茸出小蒲。洙曰：謝靈運詩：「新蒲(合)(含)紫茸，初篁苞綠籜[二]。」補注 希曰：詩韓奕云：「其蔌維何，維笋及蒲。」爾雅：「笋，竹之初生者。」又爾雅「葭蒹」釋云[三]：「詩碩人云：『葭菼揭揭。』陸(機)(璣)云：『亂，或謂之荻。其初生三月中，其心挺出，其下如箸，以銳而細[四]，揚州人謂之馬尾。其萌爲虇。』郭云：『今江東人呼蘆笋爲虇。』」又許慎説文云：「蒲，水草也。」澤陂傳云：「蒲草柔滑。」公以大曆三年正月去夔，故有「正月喧鶯(末)(未)，兹辰放鷁初」之句。此詩荻、笋、蒲、茸等物，皆中春時事，蓋放船在正月，而作詩在二月也。公以三月至江陵，無怪舟中所見如此。雁兒争水馬，夢符曰：按本草：「水馬生水中，善行如馬，亦謂之海馬。」燕子逐檣烏。趙曰：船檣上刻爲烏形也，燕如逐之。絶島容煙霧，環洲納曉晡。洙曰：謝靈運詩：「側徑既窈窕，環洲亦玲瓏。」前聞辨陶牧，洙曰：顔延年：「七澤(謁)

[一] 静，文選卷二七謝朓晚登三山還望京邑詩同此，四庫本作「净」。
[二] 「新蒲」二句，據文選卷二二謝靈運於南山往北山經湖中瞻眺詩，上下句倒誤；合，據四庫本、九家集注、文選，乃「含」之訛。
[三] 葭蒹，據爾雅注疏卷八釋草，當爲「葭華」之誤。
[四] 以，爾雅注疏作「上」。

（藹）荊牧〔一〕。」牧，陶牧也，地名。蘇曰：王粲登樓賦：「北彌陶牧。」注：「陶，鄉名。郊外曰牧。」轉眄拂宜都。洙曰：劉備改夷陵爲宜都。縣郭南畿好，洙曰：路入松滋縣。津亭北望孤。趙曰：懷長安也。勞心依憩息，朗詠劃昭蘇。趙曰：「劃」字，開豁之意。意遺樂還笑，衰迷賢與愚。飄蕭將素髮，洙曰：秋興賦：「素髮颯以垂領。」汩沒聽洪鑪。洙曰：王粲傳：「鼓洪鑪以燎毛髮。」丘壑曾忘返，洙曰：謝靈運詩：「昔余游京華，未嘗廢丘壑。」山林之士入而不復出。文章敢自誣。蘇曰：卜商：「文章繩身之規矩，豈敢自誣。」此生遭聖代，誰分哭窮途。洙曰：顔延年詠阮步兵詩：「窮途能無慟〔二〕？」趙曰：阮籍每行至路窮處，輒慟哭而返。臥疾淹爲客，蒙恩早廁儒。廷爭酬造化，洙曰：王陵傳：「陳平謂陵曰：『面折廷爭，臣不如君。』」蘇曰：張綱曰：「吾廷諍是非，非欲作自己名目，端酬造化，有補王室而益黎民。吾死亦無憾，何況生焉？」趙曰：公言爲拾遺時，嘗論房琯有才，不宜廢，是爲廷諍以酬君王顧遇之恩。樸直乞去既切。江湖。灩澦險相迫，滄浪深可逾。浮名尋已已，懶計却區區。趙曰：肅宗以公言房琯忤旨，出爲華州司功。而流落江湖，迫灩澦，逾滄浪，而無意於浮名，得遂其閑懶矣。喜近天皇寺，

〔一〕 謁，據文選卷二七顔延年始安郡還都與張湘州登巴陵城樓作詩，乃「藹」之訛。
〔二〕 窮途，據九家集注、文選卷二一顔延年五君詠阮步兵詩，乃「途窮」之倒誤。

先披古畫圖。 **夢符曰**：按（諸）（渚）宫故事：「張僧繇避侯景之亂，來奔湘東，承制拜右將軍。僧繇攻畫[一]，爲郡之冠，常於天皇寺柏堂圖盧舍那佛像，夜有奇光發自屋壁。又於堂内圖孔子十哲像，識者謂右軍絶筆。湘東（記室）鮑潤岳謂曰[二]：『釋門之内寫素王之容，雖曰神異無方，豈可夷夏同貫？』僧繇笑曰：『吾誠偶然，安知不利於後？』聞者莫知其旨。及後周滅二教，梁爲附庸，荆楚祠宇，莫不毁撤，唯天皇寺有宣尼像，遂爲國庠。時人嘆其先覺。嘗於此寺畫龍，不時點睛，道俗請之，捨錢數萬。落筆之後，雷雨晦冥，忽失龍，不知所在。唐朝閻立本工畫無對。立本嘗至荆州視僧繇舊迹，曰：『豈虚得名耳[三]。』明日又往觀之，曰：『猶是近代佳手。』明日又往，曰：『名下無虚。』坐卧觀之，留宿其下十餘日而不能去。」**應經帝子渚，** **洙曰**：謝玄暉：「瀟湘帝子游。」江淹王徵君詩：「（比）（北）渚有帝子，蕩漾不可期。」**定功曰**：楚詞云：「帝子降兮北渚。」帝子，謂堯女娥皇、（娥）（女）英也。**同泣舜蒼梧。** **洙曰**：禮：「舜葬于蒼梧之野。」謝玄暉：「雲去蒼梧野。」**朝士兼戎服，君王按湛盧。** **洙曰**：吴越春秋：「越王允常（使）歐冶子作名劍五枚[四]。秦客薛燭善相劍，越王取湛盧

[一] 攻，四庫本作「工」，九家集注作「善」。
[二] 記室，據九家集注補。
[三] 豈，杜陵詩史、分門集注、四庫本作「定」。
[四] 「歐冶子」上，據九家集注，脱「使」字，太平御覽卷三四三兵部七十四劍中引吴越春秋作「聘」。

示之，曰：『善哉！銜金鐵之英，吐銀錫之精，〔寄〕（奇）氣託靈〔一〕，有游出之神。服此劍〔二〕，可以折衝伐敵。人君有逆誅〔三〕，則去之他國。』〔允王〕（允常）乃以湛盧獻吴〔四〕。吴公子光〔殺〕（弑）吴王，湛盧去如楚也。」鮑明遠：「天子按劍怒。」**旄頭初俶擾，**洙曰：始擾亂也。晉天文志：「昴爲旄頭，胡星也。天子出，旄頭、罕畢以前驅也。」**鶉首麗泥塗。**洙曰：晉志：「自東井十六度至柳八度爲鶉首，秦之分野，屬雍州。」趙曰：鶉首分野屬雍州。麗泥塗，此言廣德元年長安陷也。**甲卒身雖貴，書生道固殊。出塵皆野鶴，**洙曰：晉嵇紹在稠人中，昂昂然若野鶴之在雞群。**歷塊匪轅駒。**洙曰：王褒云：「過都越國，蹶如歷塊。」灌夫傳：「上怒内史曰：『公平生數言魏其、武安長短，今日廷論，局促效轅中駒。』」應劭曰：「駒者，駕於轅下。局趣，蹴小之貌。」張晏曰：「俛頭於車轅下，隨母而已。」趙曰：言遭喪亂，甲卒有貴爲節度，爲節度時書生亦有在中者〔五〕，其道殊，故有鶴駒之譬。**伊吕終難降，韓彭不易呼。**洙曰：伊尹、吕望、韓信、彭越。**五雲高太甲，六月曠摶扶。**摶，徒官切。洙曰：莊子：「鵬之徙於南溟也，水擊三千里，摶扶摇而上者九萬里，去以六月息。」

〔一〕寄氣，據九家集注、太平御覽，乃「奇氣」之誤。
〔二〕「服此劍」下，太平御覽有「者」字。
〔三〕誅，據九家集注、太平御覽，乃「謀」之訛。
〔四〕允王，據九家集注、太平御覽，乃「允常」之訛。
〔五〕節度，杜陵詩史、分門集注作「將帥」。

回首黎元病，争權將帥誅。 **趙曰：**言賢材之不得用也。沈佺期移禁司刑詩：「散材仍葺厦，弱羽遽搏扶。」

山林託疲薾，未必免崎嶇。 **洙曰：**莊子齊物論：「苶然疲役〔一〕，而不知其所歸，可不哀邪！」**師曰：**空翠者，垂空翠蔓也，舟過戛人肌膚，故云「空翠撲肌膚」。薛夢符云「水馬生水中，善行如馬，亦謂之海馬」，按陳藏器本草云：「水馬生海中，頭如馬形，長五六寸。」今所在池塘亦有之，差小耳。天皇寺，解在前。臬兀，不安貌。夔地險，稍出江陵則平矣，故曰「不有平川決」。環洲，回環而舟不進也。天子有孝德，則五色雲見，以太甲比代宗。曠，廢也。子美廢斥，故曰「曠搏扶」。争權將帥誅，言崔旰、楊子琳之亂，巴蜀之人困於征役，故云「回首黎元病」。

巫山縣汾州唐十八使君弟宴别兼諸公携酒樂相送率題小詩留于屋壁大曆三年作。

補注 **鶴曰：**詩云「卧病巴東久，今年强作歸」，當是大曆三年正月作。黄魯直嘗用韻戲題巫山縣所謂「巴蜀深留客，吾儂但憶歸」是也。建陽書肆近刊分門集注杜詩，既以寄族弟唐十八使君詩編在「外族門」，而此詩又却編在「送别門」。若以宴别故入「送别門」，而「外族」一門又有奉送二十四舅赴任青城、奉贈侍御四舅别之郎澧、奉酬十一舅惜别之作等詩，皆送别也，倫類不定，如此者甚多，不足責矣。

〔一〕苶，王先謙莊子集釋卷一齊物論此句注：「盧文弨云：苶，當作『茶』。」

臥病巴東久，洙曰：郭璞江賦：「巴東之峽。」今年强作歸。故人猶遠謫，趙曰：故人，指唐使君也。兹日倍多違。接宴身兼杖，聽歌淚滿衣。諸公不相棄，擁別借光輝。

春夜峽州田侍御長史津亭留宴得筵字。大曆三年作。

補注鶴曰：津亭在峽州，即前詩所謂「縣郭南畿好，津亭北望孤」，蓋在「轉眄拂宜都」之後也，故詩又云「始知雲雨峽，忽盡下牢邊」。按唐志，峽州本治下牢戍，又有夷陵縣有下牢鎮。當是大曆三年十月作。

北斗三更席，西江萬里船。杖藜登水榭，揮翰宿春天。白髮煩多酒，明星惜此筵。始知雲雨峽，洙曰：高唐賦云：「巫山之陽，高丘之阻。朝爲行雲〔一〕，暮爲行雨。」忽盡下牢邊。洙曰：下牢，地名也。

泊松滋江亭大曆三年作。

補注鶴曰：松滋，縣名，屬江陵府。當是大曆三年三月作。

〔一〕朝爲行雲，九家集注卷三三、文選卷一九宋玉高唐賦作「旦爲朝雲」。

紗帽隨鷗鳥，扁舟繫此亭。江湖深更白，松竹遠還洙曰：一作「微」。**青。一柱全應近，**洙曰：劉孝綽詩：「經過一柱觀。」**高唐莫再經。**蘇曰：王允下峽，嘆曰：「高唐、灩澦，莫願再經。」**今宵南極**洙曰：一云「南斗」。**外，甘作老人星。**洙曰：前漢天文志：「狼星北地（直）（有）大星〔二〕，曰南極老人。老人見，治安；不見，兵起。常以秋分時候之南郊。」晉志：「老人一星，在弧南。」

行次古城店泛江作不揆鄙拙奉呈江陵幕府諸公大曆三年三月作。

補注 **鶴曰：**詩云「白屋花開裏，孤城麥秀邊」，當是大曆三年三月三日公至江陵時作〔三〕。古城店，近江陵也。詩又云「玉門高德業」，蓋以衛伯玉爲陽城郡王也。

老年常道路，遲日復山川。白屋花開裏，洙曰：王莽傳：「延士（不）（下）及白屋。」師古曰：「白屋，謂庶人以白茅覆屋也。」沈約：「開花已匝樹。」**孤城麥秀邊。**洙曰：宋世家〔三〕：「箕子朝周，過故殷墟，城毀壞，生禾黍。箕子傷之，欲哭則不可，（欲泣）爲其近婦人〔四〕，乃作麥秀之詩以歌詠之。其詩曰：『麥（秀）漸

〔一〕 直，據九家集注卷三三、漢書卷二六天文志，乃「有」之訛。
〔二〕 三日，四庫本無此二字。
〔三〕 宋世家，史記卷三八作「宋微子世家」。
〔四〕 「爲其近婦人」上，史記卷三八宋微子世家有「欲泣」二字。

漸兮，禾黍油油兮[一]。彼狡童兮，不與我好兮。』所謂狡童者，紂也。殷民聞之，皆爲流涕。」向子期思舊賦：「嘆黍離之閔周，悲麥秀於殷墟。」**濟江元自闊，下水不勞牽。風蝶勤依槳，春鷗懶避船。王門高德業，**洙曰：鄒陽曰：「何王之門，不可曳長裾乎？」陸韓卿：「王門所以貴，自古多俊人。」**幕府盛材賢。**洙曰：蔡邕薦邊讓於何進曰：「伏惟幕府初開，博選清英。」**行色兼多病，蒼茫泛愛前。**洙曰：孔子：「泛愛衆。」

乘雨入行軍六弟宅新添。大曆三年作。

補注 鶴曰：行軍六弟，即杜位。前詩送柏二別駕赴江陵因示從弟行軍司馬位是也。分門集注杜詩以此詩入「宗族門」，而寄杜位及杜位宅守歲詩乃編在「別門」，亦猶編寄唐十八使君詩在「外族門」而他詩不預也。唐志，元帥府、節度使、大都督府皆有行軍司馬，掌弼戎政，居則習蒐狩，有役則申戰守之法。公以大曆三年春抵荆南，是時衛伯玉爲節度使，故位爲行軍司馬。此詩當是其時作，故詩云「春城帶雨長」。

曙角凌雲罷，春城帶雨長。水花分塹弱，巢燕得泥忙。令弟雄軍佐[二]，凡材污省郎。

[一] 兮，史記卷三八宋微子世家無此字。
[二] 令，四庫本、王洙本卷一七、九家集注卷三三作「今」。

蘇曰：潘岳：「無長才廣識，謾污省郎，見真儒碩人，厚顔〔汙〕（汗）熱。」**趙曰**：公爲工部員外郎而自謙之辭也。

萍漂忍流涕，衰颯近中堂。

宴胡侍御書堂大曆三年三月作。

洙曰：李尚書之芳、鄭秘監審同集，「歸」字韻。補注**鶴曰**：胡侍御書堂必在荆南，故詩云「江湖春欲暮」，當是大曆三年三月作。

江湖春欲暮，墻宇日猶微。闇闇書籍滿，輕輕花絮飛。翰林名有素，墨客興無違。洙曰：揚雄作長楊賦，籍翰林以爲主人，子墨爲客卿以諷。**趙曰**：指言李尚書、鄭秘監、胡侍御。**今夜文星動，吾儕醉不歸。洙曰**：漢荀、陳德星聚。左傳：「吾儕小人。」「况吾儕乎？」儕，等也。詩：「不醉無歸。」

書堂飲既夜復邀李尚書下馬月下賦絶句補注鶴曰：同上篇一時作。

湖水林風相與清，殘樽下馬復同傾。蘇曰：阮孚居汶上，嵇述往别，飲至夜分散。明日，述下馬叩門曰：「殘樽可移乎〔一〕？」遂醉酣揮鞭而去。其真率如此。**久拚野鶴如雙鬢，遮莫鄰雞下五更。洙**

〔一〕移，杜陵詩史卷二九、分門集注卷一〇作「傾」。

曰：趙典傳：「大儀鵠髮〔一〕。」注：「白髮也。」五更，見和賈舍人早朝大明宮注。

上巳日徐司録林園宴集大曆三年作。

補注鶴曰：上巳，即修褉之日也，晉、宋以來皆以爲節。按唐志，西都、東都、北都、鳳翔、成都、江陵、興元、興德府有司録參軍事二人。此詩當是大曆三年在江陵作。

鬢毛垂領白，洙曰：潘安仁秋興賦：「班鬢彪以承弁〔二〕，素髮颯以垂領。」花蕊亞枝紅。欹倒衰年廢，招尋令節同。薄衣臨積水，吹面受和風。有喜留攀桂，洙曰：劉安招隱士云：「攀援桂枝聊淹留。」無勞問轉蓬。洙曰：曹植詩：「轉蓬離本根。」袁陽源詩：「乃知古時人，所以悲轉蓬。」

奉送蘇州李二十五長史丈之任大曆三年作。

補注鶴曰：大曆三年，公在江陵，會長史之任，故送以此。詩云「赤壁浮春暮」，謂李經赤壁以往蘇州也。

〔一〕大儀鵠髮，「鵠」字底本及國圖全本漫患不清，杜陵詩史、分門集注、九家集注作「大儀鵠髮」，四庫本作「太儀鶴髮」，按，後漢書卷二七宣張王王杜郭吴承鄭趙列傳贊作「大儀鵠髮」，「大儀」乃吴良之字，則以「鵠」爲是。

〔二〕彪，據文選卷一三，乃「髟」之訛。

星坼台衡地，趙曰：中台星坼，張華見誅。而今云「星坼」，則李二十五丈父必是台輔貴人。**曾爲人所憐。洙曰：**前漢五行志：「成帝時歌謡曰：『邪徑敗良田，讒口亂善人。桂樹花不實，黃爵巢其顛。故爲人所羨，今爲人所憐。』」**公侯終必復，洙曰：**閔元年傳：「畢萬筮仕於晉，遇屯之比，辛廖占之曰：『吉。屯固，比入，吉孰大焉？六體不易，合而能固，安而能殺，公侯之卦也。公侯之子孫，必復其始。』」**經術竟相傳。洙曰：**韋賢少子玄成，復以明經歷位至丞相。**食德見從事，洙曰：**易：「食舊德，或從王事，無成。」**克家何妙年。洙曰：**蒙九二：「子克家。」曹植表曰：「終軍以妙年使越。」（潘岳）楊仲武誄：「子以妙年之秀。」**趙曰：**言李公自妙年克家矣。**一毛生鳳穴，夢符曰：**按南史：「謝超宗，父鳳。超宗好學，有文辭，盛德名譽[一]。新安王子鸞母殷淑儀卒，超宗作誄。奏之，帝嗟賞，謂謝莊曰：『超宗殊有鳳毛。』」**三尺獻龍泉。洙曰：**漢高祖：「提三尺，取天下。」師古注：「三尺，劍也。」越絶書：「楚王召風（湖）（胡）子[二]，令之吴越，見歐冶子、干將，使之鑄劍三枚，一曰龍泉。楚王問：『何謂龍泉？』對曰：『龍泉，狀如登高山，臨深淵。』」後漢：「肅宗賜諸尚書劍，特以寶劍自爲名，以尚書韓稜淵深有謀，故得楚龍泉。」**赤壁浮春暮，洙曰：**孫權將周瑜敗曹操於烏林、赤壁。**趙曰：**言赤壁，以形容其所經之地。補注 **希曰：**赤壁有三，一在漢水之側，竟陵之東，一在

[一] 德，杜陵詩史卷二九同此，分門集注卷二一作「傳」，南史卷一九謝靈運傳附謝超宗作「得」。

[二] 湖，據四庫本、越絶書卷一一外傳記寶劍，乃「胡」之訛。

齊安郡之步下，一在江夏郡西南二百里間。按魏武紀及周瑜傳：「操自江陵而下，劉備、周瑜由夏口往逆戰。」則操所敗之地乃在江夏之西南，今屬漢陽縣。李長史自江陵往姑蘇，正經漢陽，故云。**姑蘇落海邊。****洙曰**：越絶書曰：「闔廬起姑蘇臺，三年聚材，五年乃成，高見三百里。」**客問頭最白，惆悵此離筵。**

暮春江陵送馬大卿公恩命追赴闕下

補注 **鶴曰**：題云「暮春江陵」，則是大曆三年三月作。

自古求忠孝，名家信有之。**洙曰**：後漢：「韋彪議曰：『求忠臣必於孝子之門。』」晉卞壼拒蘇峻，力疾戰死，二子見父没〔一〕，相隨赴賊，同時見害。徵士翟湯聞之，嘆曰：「臣死於君，子死於父，忠孝之道，萃於一門云。」**吾賢富才術，此道未磷緇。****洙曰**：論語：「磨而不磷，涅而不緇。」**玉府標孤映，****洙曰**：北山移文：「高霞孤映。」**霜蹄去不疑。****趙曰**：莊子：「馬蹄可以踐霜雪。」**激揚音韻徹，****趙曰**：文選「神氣激揚」，又「音聲凄以激揚」也。**籍甚衆多推。****洙曰**：陸賈游漢庭，名聲籍甚。梁彦升云〔二〕：「客游梁朝，則聲名極

〔一〕 三子，據晉書卷七〇卞壼傳，乃「二子」之訛。
〔二〕 梁彦升，據文選卷三六任彦升宣德皇后令，乃「任彦升」或「梁任彦升」之訛。

甚[一]。」潘陸應同調，洙曰：謝靈運詩：「誰謂古今殊，異代可同調。」趙曰：潘則潘岳，陸則陸機。孫吴亦異時。洙曰：孫武、吴起。北宸徵事業，南紀赴恩私。洙曰：詩：「滔滔江漢，南國之紀。」卿月昇金掌，洙曰：洪範：「卿士惟月。」上官儀詩：「班籍始燕歸，金掌露初晞[二]。」趙曰：卿月，指馬大卿也。昇金掌，譬近於顯要。金掌者，金銅仙人捧露盤之掌也。王春度玉墀。洙曰：春秋：「（玉）（王）次春。」薰風行應律，洙曰：詩[三]：「南風之薰兮。」禮：「八風從律。」湛露即歌詩。趙曰：詩湛露，天子燕諸侯之詩。天意高難問，人情老易悲。樽前江漢闊，後會且深期。

暮春陪李尚書李中丞過鄭監湖亭泛舟得過字。

補注鶴曰：鄭監湖在峽州，殆是公往江陵時過峽州，故游之，遂作此詩。

海内文章伯，洙曰：唐文章三變，而楊、王爲之伯，故子美引而用之。湖邊意緒多。玉樽移晚

[一] 聲名極甚，九家集注卷三三、杜陵詩史卷二九、分門集注卷二一、文選作「聲華籍甚」。
[二] 「班籍始燕歸，金掌露初晞」兩句，全唐詩卷四〇上官儀八詠應制二首其一作「瑶笙燕始歸，金堂露初晞」。
[三] 詩，孔子家語卷八辯樂解作「南風之詩」，九家集注作「舜歌」。

興，古歌辭曰：「上金殿，酌玉樽[一]。」趙曰：曹子建仙人篇曰：「玉樽盈桂酒。」桂楫帶酣歌。趙曰：（梁）元帝烏栖曲曰[二]：「沙棠作船桂爲楫。」春日繁魚鳥，江天足芰荷。鄭莊賓客地，哀白遠來過。洙曰：鄭當時，字莊，置驛馬長安諸郊，請謝賓客，夜以繼日。

夏日楊長寧宅送崔侍御常正字入京得深字韻[三]。

補注 鶴曰：唐地理志，長寧縣屬鎮北大都護府。楊當是江陵人，爲其縣令。詩云「天地西江遠」，公在江陵賦詩，多用「西江」字。齊集書省有正書，秘書省有正字，隋、唐因之。當是大曆三年作。

醉酒揚雄宅，洙曰：揚雄有宅一區，雄家素貧，嗜酒，人稀至門。時有好事者，載酒肴從游學。**升堂子賤琴。**洙曰：宓子賤治單父，彈琴，不下堂而自治。**不堪垂老鬢，還對欲分襟。**蘇曰：黄歇：「秋天索寞，愁對分襟。」**天地西江遠，星辰北斗深。烏臺俯麟閣，**洙曰：御史府中有柏樹，常有野烏栖宿其上。麟閣，正字所居。陳子昂爲麟臺正字。補注 希曰：漢圖籍藏之麒麟、天禄二閣。唐天授初，改秘書省爲

[一] 上金殿酌玉樽，藝文類聚卷七四巧藝部投壺引古歌作「上金殿者玉樽」。
[二] 「元帝」上，據九家集注卷三三、樂府詩集卷四八，脱「梁」字。
[三] 韻，四庫本無此字。

麟閣。長夏白頭吟。**洙曰**：古樂府白頭吟。

和江陵宋大少府暮春後同諸公及舍弟宴書齋[一]大曆三年作。

補注 **鶴曰**：公至江陵已是春晚，此詩云「棣華晴雨好，綵服暮春宜」，正其時也。大曆三年作。

渥洼汗血種， **洙曰**：漢武元鼎四年秋，馬生渥洼水中，作天馬之歌曰：「太一況[二]，天馬下。霑朱汗，沫流赭。」注：「大宛馬汗血，言汗從前肩髆出，如血。」**天上麒麟兒。** **洙曰**：徐陵年數歲，家人攜見寶誌上人，誌以手摩頂曰：「天上石麒麟也。」**才士得神秀，** **洙曰**：孫綽賦：「天台，山岳之神秀。」**書齋聞爾爲。棣華晴雨好，** **洙曰**：常棣之華[三]，宴兄弟之詩。**綵服暮春宜。** **洙曰**：老萊子班衣[四]。**趙曰**：論語：「暮春者，春服既成。」**朋酒日歡會，** **洙曰**：豳七月：「朋酒斯享[五]。」兩樽曰朋。**蘇曰**：荀爽：「朋壺助春歡會。」**老夫今始知。** **蘇曰**：西門卓：「岐路荆棘，人情炎涼，老夫今日始知矣。」

[一] 雨，原無此字，據四庫本、王洙本卷一七、九家集注卷三三補。
[二] 況，九家集注卷三三、杜陵詩史卷三〇、分門集注卷一〇、漢書卷二二禮樂志同此，四庫本作「貺」，史記卷二四樂書作「貢」。
[三] 常，四庫本作「棠」。
[四] 班，四庫本、九家集注卷三三作「斑」，字通。
[五] 享，九家集注、杜陵詩史、分門集注、毛詩正義作「饗」。

夏夜李尚書筵送宇文石首赴縣聯句石首，縣名。

補注 鶴曰：縣屬江陵，在府東南二百里。當是大曆三年公在江陵作。

愛客尚書重，之官宅相賢。子美。洙曰：晉魏舒少孤，爲外家甯氏所養。甯氏起宅，相者云：「當出貴甥。」外祖母以（盛）（魏）氏甥小而慧〔一〕，意謂應之。舒曰：「當爲外氏成此宅相。」酒香傾坐側，帆影駐江邊。之芳。翟表郎官瑞，鳧看令宰仙。彧。洙曰：江淮之南謂雉青質、五彩皆備曰翟。蕭望之爲郎，有雉數十，常度草翔飛〔二〕。王喬爲葉令，有仙術，以舃爲鳧，東南來。雨稀雲葉斷，夜久燭花偏。子美。數語欹洙曰：一作「敧」。紗帽，高文擲綵牋。之芳。興饒行處樂，離惜醉中眠。彧。單父長多暇，河陽實少年。子美。洙曰：單父，宓子賤所治。河陽，潘岳所治。客居逢自出，爲別幾凄然。之芳。洙曰：宇文乃外甥也，故云「自出」。

〔一〕盛氏，據晉書卷四一魏舒傳，乃「魏氏」之訛。

〔二〕「蕭望之爲郎」三句，九家集注卷三三作「蕭廣濟孝子傳：蕭芝至孝，除尚書郎，有雉數十，飛鳴車前」，藝文類聚卷九〇鳥部一雉、太平御覽卷九一七羽族部四雉所引同九家集注，則當以九家集注爲是。

宇文晁尚書之甥崔彧乙六切。**司業之孫尚書之子重泛鄭監前湖**審[一]

補注 **鶴曰**：前詩云「愛客尚書重，之官宅相賢」，又云「客居逢自出」，今題云「宇文晁尚書之甥」，則詩在前篇之先作，故詩云「野水春來更接連」。

郊扉俗遠長幽寂，野水春來更接連。錦席淹留還出浦，葛巾欹側未迴船。 **蘇曰**：羊估酒中迴船[二]，葛巾欹側。**樽當霞綺輕初散，** **洙曰**：謝玄暉詩：「餘霞散成綺。」**棹拂荷珠碎却圓。** **趙曰**：梁元帝詩：「荷珠漾水銀。」**不但習池歸酩酊，** **洙曰**：見玉腕騮詩注。**君看鄭谷去夤緣。** **洙曰**：鄭子真耕於谷口。

黄氏補千家注杜工部詩史卷之三十三

[一] 乙六切，四庫本無此三字。審，原爲大字，四庫本、九家集注卷三三在「鄭監」下，亦爲大字，此據王洙本卷一七改爲小字。

[二] 羊估，杜陵詩史卷三〇同此，四庫本作「羊佑」，分門集注卷二二作「羊祜」。

黄氏補千家集注杜工部詩史卷之三十四

多病執熱奉懷李尚書之芳大曆三年作。

補注 鶴曰：詩云「大水淼茫炎海接」，蓋在江陵所見如此。又「首夏何須氣鬱蒸」，當是大曆三年四月作。

衰年正苦病侵凌，首夏何須氣鬱蒸。 洙曰：古詩：「首夏猶清和。」「（敲）（歊）蒸鬱凌冥〔一〕。」應璩書曰：「處涼臺而有鬱蒸之氣〔二〕。」**大水淼茫炎海接，** 淼，弭沼切。**奇峰硉兀火雲昇。** 洙曰：硉，郎兀切。選詩：「夏雲多奇峰。」淮南子：「旱雲煙火。」趙曰：選賦：「狀滔天以淼茫。」郭璞江賦：「（臣）（巨）石硉矶以前却。」**思霑道暍黄梅雨，** 洙曰：京房傳〔三〕：「暑有暍者。」漢武帝紀：「暍死。暑中熱死也。」〔四〕趙曰：暑病曰暍。思道暍之人以黄梅一雨霑之，此武王扇暍之意，可見公之仁心。鄭曰：暍，於歇切。**敢望宫恩玉**

〔一〕凌，文選卷一九張華勵志詩無此字。

〔二〕氣，九家集注卷三四、文選卷四二應休璉與廣川長岑文瑜書作「煩」。

〔三〕傳，藝文類聚卷五作「易飛候」。

〔四〕暍死暑中熱死也，漢書卷六武帝紀作「民多暍死」，師古曰：「中熱而死也。」

井冰。**洙曰：**後漢書：「琅邪有冰井，厚丈餘。」魚豢魏（畧）（略）：「明帝九龍殿前玉井綺欄〔一〕。」**趙曰：**唐制，百官賜冰，而公嘗爲左拾遺，當預賜冰之列。不是尚書期不顧，**洙曰：**前漢：「陳遵嗜酒，每飲賓客滿堂，輒閉門，取客車轄投井中，雖有急，終不得去。時北部刺史奏事〔二〕，過遵，值其方飲，刺史大窮。候遵霑醉時，突入見遵母，叩頭自白當對尚書，有期會狀。母乃令從後（閤）（閤）出去。」應休璉與滿公琰書曰：「當此之時，仲孺不辭同産之服，孟公不顧尚書之期。」山陰夜雪興難乘。**洙曰：**王徽之嘗居山陰，夜雪初霽，月色清朗，忽憶戴逵。逵時在剡，便夜乘小船詣之，造門不前而返，曰：「乘興而行，興盡而返，何必見安道？」

水宿遣興奉呈群公大曆三年作。

補注 **鶴曰：**詩云「澤國雖勤雨，炎天竟淺泥。小江還積浪，弱纜且長堤。歸路非關北，行舟却向西」，又云「異縣驚虚往，同人惜解攜」，其曰「小江」「異縣」，當是在江陵暫至外邑，邑在江陵之西，故云「行舟却向西」。此詩大曆三年夏作。

魯鈍仍多病，**洙曰：**語：「參也魯。」**蘇曰：**鄭玄：「魯鈍多病，近稍倦書。」逢迎遠復迷。耳聾須

〔一〕「玉井綺欄」上，據三國志卷三明帝紀「是時大治洛陽宫」等句下注引魏略，當脱「爲」字。
〔二〕時北部刺史，九家集注、杜陵詩史、分門集注同此，四庫本、漢書卷九二游俠傳陳遵作「嘗有部刺史」。

畫字，蘇曰：王笠不仕，佯狂詐聾，每説話即畫字。後隱嵩山，隋文累詔不起。髪短不勝篦。澤國雖勤雨，修可曰：穀梁傳：「正月，不雨。言不雨者，勤雨也。」注：「思雨之勤。」炎天竟淺泥。補注鶴曰：周禮：「澤國用龍節。」勤雨，如修可引穀梁之説則是其時不雨，何以下云「炎天竟淺泥」，又云「小江還積浪」？當是言得雨勤數然。以炎天而泥，故淺也。小江還積浪，弱纜且長堤。歸路非關北，俯曰：子美北人，未得歸鄉，故云「歸路非關北」。行舟却向西。暮年漂泊恨，今夕亂離啼。童稚頻書札，洙曰：古詩：「烈士暮年。」又：「遺我一書札。」盤飧詎糝藜〔一〕。洙曰：孔子陳、蔡間〔二〕，七日不火食，藜藿不糝。我行何到此，物理直難齊。洙曰：莊子齊物〔三〕。高枕翻星月，嚴城疊鼓鞞。洙曰：張景陽：「此郭非吾城。」「入聞鞞鼓聲。」定功曰：禮記：「鼓鞞之聲讙。」風號聞虎豹，洙曰：蕪城賦：「風嘷雨嘯。」又苦寒詩：「虎豹夾路啼。」水宿伴鳧鷖。洙曰：蜀都賦：「晨鳧（且）（旦）至，候雁銜蘆。雲飛水宿，哢吭清渠。」異縣驚虛往，洙曰：古樂府：「它鄉復異縣〔四〕。」同人惜解攜。洙曰：易：「出門同人。」蹉跎長泛鷁，趙

〔一〕 飧，王洙本卷一七、九家集注卷三四、杜陵詩史卷三〇、分門集注卷一三同此，四庫本作「飱」，兩者既爲「餐」之異體字，亦可爲「飧」之異體字。

〔二〕 「孔子」下，據荀子宥坐篇，當脱「厄於」二字。

〔三〕 莊子齊物，九家集注作「莊子有齊物篇」。

〔四〕 它鄉復異縣，九家集注、文選卷二七樂府古辭飲馬長城窟行作「他鄉各異縣」。

曰：鷁，大鳥，船首畫之，以驚水神。俯曰：泛鷁，行舟也。展轉屢鳴雞。嶷嶷瑚璉器，洙曰：子貢瑚璉器。夢符曰：謝(琨)(混)問羊孚曰：「何以器？」舉瑚璉。羊曰：「故當以爲接神之器。」陰陰桃李蹊。洙曰：李廣傳：「桃李不言，下自成蹊。」餘波期救涸，洙曰：僖二十三年傳：「其波及晉國者，君之餘也。」莊外篇：「車轍中有鮒曰：『吾得斗升水，可以活矣。』」費日苦輕賁。杖策門闌邃，肩輿羽翮低。自傷甘賤役，誰愍强幽栖。蘇曰：桓簡失意，居九華山，嘆曰：「今日晦迹，朝中故人略無愍强幽栖之心。」巨海能無釣，洙曰：任公子投竿東海。浮雲亦有梯。勛庸思樹立，語默可端倪。贈粟囷應指，洙曰：魯肅家富於財，常散以賑窮乏，結豪士。時周瑜爲居巢長，聞之，往求資糧。肅有米二囷，各三千斛，直指一囷與瑜。瑜奇之，乃結僑、札之交。蒟曰：自「嶷嶷瑚璉器」以下，叙美群公能餽其貧，故有「贈粟」之句。登橋柱必題。洙曰：成都記云：「昇仙橋。司馬相如初西去，題其柱曰：『不乘赤車駟馬〔一〕，不過此橋。』後果以傳車至其處。橋在望鄉臺東南一里，管華陽縣。」丹心老未折，夢符曰：古樂府半溪渡曲〔二〕：「本厠偏伍

〔一〕赤，四庫本作「高」。

〔二〕半溪渡，樂府詩集卷七四雜曲歌辭劉孝威詩作「半渡溪」。

卒[一]，一戰殄凶渠。制賜文犀節，驛報紫泥書。入營陳御蓋，還車乘紫車[二]。皇恩空已重[三]，丹心悵不紓。渡瀘且不畏，凌溪嗟有餘。」時訪武陵溪。**洙曰：**別賦：「心折骨驚。」武陵溪，秦人避亂之處。

奉賀陽城郡王太夫人恩命加鄧國太夫人

補注 **鶴曰：**陽城郡王，乃江陵節度衛伯玉。舊次及梁權道皆以爲大曆三年作，案新、舊史，大曆初，伯玉丁母憂，朝廷以王昂代其任[四]，諷將士云云。遂起復再任。今詩乃賀其母受封，則非三年作甚明。舊史又云：「廣德元年，乘輿幸峽，伯玉有幹略，乃拜江陵尹、荆南節度等使，尋封陽城郡王。」此語蓋在大曆初丁母憂之前，故此詩云「郡依封土舊」，當是伯玉封（玉）〔王〕時母同受封。而舊史帝紀又云：「大曆二年六月壬寅，荆南節度使衛伯玉封陽城郡王。」與傳自異，然丁母憂在大曆初爲是。此詩當在廣德二年後，大曆元年前作。若如紀言，則大曆二年衛之母已死，又元年柏中丞遣柏别駕將命江陵起居太夫人，時已有太夫人之稱矣。

衛幕銜恩重， **夢符曰：**按前漢書晉灼注曰：「衛青征匈奴，絶大（幕）〔莫〕[五]，大克獲。帝就拜大將軍

〔一〕卒，樂府詩集作「伴」。
〔二〕還車，樂府詩集作「還家」。
〔三〕空已重，樂府詩集作「空以重」，注云：「一作『知已重』」。
〔四〕王昂，據舊唐書卷一一五衛伯玉傳，乃「王昂」之訛。
〔五〕幕，據漢書卷五四李廣傳「莫府省文書」句下晉灼注，乃「莫」之訛。

潘輿送喜頻。**洙曰**：潘安閑居賦：「太夫人乃御板輿，升輕軒。」濟時瞻上將，**趙曰**：申言郡王節度江陵，爲上將。錫號戴慈親。富貴當如此，尊榮邁等倫。郡依封土舊，國與太名新[一]。**趙曰**：言郡封雖仍是陽城郡，而夫人之國加爲鄧國，是爲新矣。紫誥鸞回紙，**趙曰**：紫誥，紫錦之誥也。鸞回紙，謂紙上之字有回鸞之勢也。清朝燕賀人。**洙曰**：大厦成而燕雀相賀[二]。遠傳冬笋味，**洙曰**：孟宗後母好笋，令宗冬月求之。宗入竹林慟哭，笋爲之生。更覺綵衣春。奕葉班姑史，**洙曰**：班姑，曹世叔妻，班彪之女，名昭，字惠姬。博學高才。世叔早卒，有節行法度。兄固著漢書，其八表及天文志未及竟而卒，和帝詔昭就東觀藏書閣踵而成之。芬芳孟母鄰。**洙曰**：潘安仁閑居賦：「此里仁以爲美[三]，孟母所以三徙。」義方兼有訓，**洙曰**：左傳：「愛子，教之以義方。」詞翰兩如神。**蘇曰**：王獻之詞語秀麗，筆畫雄勁，兩如神，江左爲獨步。委曲承顔體，鶱飛報主身。可憐忠與孝，雙美畫麒麟。**洙曰**：麒麟，閣名也，上畫忠臣像。

[一] 太，杜陵詩史卷三〇、分門集注卷二二、王洙本卷一七同此，四庫本、九家集注作「大」。
[二] 相賀，九家集注作「來賀」。
[三] 「以爲」上，據文選卷一六潘岳閑居賦，脱「所」字。

江陵望幸 **洙曰**：望車駕臨幸也，時大駕在蜀。廣德元年作。

補注 **鶴曰**：江陵以上元元年九月建都，故詩云「雄都元壯麗」。王内翰云：「望車駕臨幸，時大駕在蜀。」然明皇幸蜀在至德元載，是時未以江陵爲都，當時代宗幸陝時[一]。此詩合是廣德元年，是年代宗幸陝，以衛伯玉有幹略，乃拜江陵尹、荆南節度等使。意是時代宗有意幸江陵，故有此作。梁權道編在大曆三年，殊無義，無乃循舊次耳？故此詩與前篇俱不應編在大曆三年詩内。

雄都元壯麗， **洙曰**：漢高紀：「上見宫室壯麗，怒，蕭何曰：『非壯麗不足重威。』」**望幸欻威神。** **洙曰**：魯靈光殿賦：「景福兮帝室之威神。」甘泉賦：「配帝宫之懸圃兮，象太一之威神。」**趙曰**：顔延年車駕幸京口云「望幸傾五州」也。欻，許勿反。注云：「有所吹起也。」**地利西通蜀，天文北照秦。** **定功曰**：謂長安在荆渚之北。**風煙含越鳥，** **洙曰**：謝玄暉詩：「風煙有鳥路，江漢(恨)(限)無梁。」古詩：「越鳥巢南枝。」**舟楫控吴人。** **未枉周王駕，** **洙曰**：顔延年車駕幸京口詩：「虞風載帝狩，夏諺頌王游。春方動宸駕，望幸傾五州。」又[二]：「周御窮轍迹，夏載歷山川。」周王駕，謂穆王滿。**終期漢武巡。** **洙曰**：漢武行幸雍，幸汾陰、滎陽，還至洛陽，瞻望河洛，巡狩豫州。**甲兵分聖旨，** **蘇曰**：羊祜得聖旨：「來分甲兵，西北防秋。」**居守付**

[一] 當時，疑爲「當是」之訛。
[二] 又，據文選卷二二，其下所引乃出自顔延年應詔觀北湖田收詩。

宗臣。**洙曰**：蕭何傳：「漢之宗臣。」左傳：「君行則居守。」**蘇曰**：趙勝：「大事付宗臣議論。」補注**鶴曰**：宗臣，指郭子儀。按史，雍王适爲關内兵馬元帥，郭子儀副之。復京師，以子儀爲京留守。**早發雲臺仗，恩波起涸鱗。****洙曰**：哀江南賦：「（由）（猶）有雲臺之仗。」涸鱗，見「餘波期救涸」注。

江邊星月二首大曆三年作。

補注**鶴曰**：詩云「江月辭風纜，江星別霧船」，當是大曆三年秋江陵舟中作。

驟雨清秋夜，金波耿玉繩。**洙曰**：謝玄暉詩：「清河晨耿耿[一]，寒渚夜蒼蒼。金波麗鳷鵲，玉繩低建章。」**趙曰**：金波，言月。玉繩，言星。**天河元自白，江浦向來澄。映物連珠斷，****洙曰**：史：「五星如連珠。」**緣空一鏡升。****洙曰**：古詩：「破鏡飛上天。」**餘光憶更漏，況乃露華凝。****洙曰**：謝莊詩：「露華識猿音。」

江月辭風纜，江星別霧船。雞鳴還曙色，鷺浴自晴川。歷歷竟誰種，**洙曰**：謝惠連詩：「亭亭映江月。」古詩：「天上何所有，歷歷種白榆。」**悠悠何處圓。****洙曰**：沈休文詠月：「清光信悠悠[二]。」謝

[一] 清河晨耿耿，文選卷二六謝朓暫使下都夜發新林至京邑贈西府同僚詩作「秋河曙耿耿」。
[二] 悠悠，文選卷三〇沈約應王中丞思遠詠月詩作「悠哉」。

希質月賦[一]：「升清質之悠悠，降澄暉之藹藹。」客愁殊未已，他夕始相鮮。

舟月對驛近寺大曆三年作。

補注鶴曰：題云「舟月」，又詩云「月朗自明船」「朱樓白水邊」，當是大曆三年舟中作。

更深不假燭，月朗自明船。金刹青楓外，洙曰：西京雜記：「以黄金爲刹。」朱樓白水邊。趙曰：馮衍顯志賦：「伏朱樓而四望。」城烏啼眇眇，洙曰：左傳：「叔向曰：『城中有烏[二]，齊師其遁。』」補注希曰：江陵府松滋縣有白水鎮。古樂府有烏夜啼。漢文紀：「以眇眇之身。」師古曰：「眇眇，猶言細末也。」野鷺宿娟娟。蘇曰：張充月賦：「照娟娟之沙鷺。」皓首江湖客，鈎簾獨未眠。

舟中大曆三年作。

補注鶴曰：詩云「風餐江柳下，雨卧驛樓邊」，即前篇所謂「驛近寺」之驛也。當是大曆三年在江陵作。

風餐江柳下，雨卧驛樓邊。蘇曰：「阻風餐柳下，值雨坐蓬窗」，句法絶妙，不知誰詩也，恨不見全

[一] 謝希質，乃「謝希逸」之誤，九家集注卷三四作「謝莊」，按，月賦乃謝莊之作，宋書卷八五謝莊傳載：「謝莊，字希逸。」

[二] 城中，杜陵詩史卷三〇，分門集中卷一同此，四庫本及左傳襄公十八年作「城上」。

篇。與魯直讀至此，遂記而疏之。疑子美亦法此二句而作也。其詩二句在晉文類中。**結纜排漁網，連檣並米船。** **洙曰：** 檣，船上帆竿。**今朝雲細薄，昨夜月清圓。飄泊南庭老，衹應學水仙。** **趙曰：** 公自謂也。

遺悶 大曆三年作。

補注 **鶴曰：** 詩云「地闊平沙岸，舟虚小洞房」，當是大曆三年江陵作。

地闊平沙岸，舟虚小洞房。 **洙曰：** 謝玄暉〔一〕：「洞房殊未曉。」**使塵來驛道，城日避烏檣。** **洙曰：** 一作「烏槍」。**趙曰：** 泊船之處近城，日爲城所障，不照及檣，故曰「避烏檣」。**暑雨留蒸濕，江風借夕涼。** **蘇曰：** 段瑄泛舟，夜聞江風清泠，瑄欣然曰：「馮夷借我一夕之涼。」**行雲星隱見，**賢遍切。**疊浪月光芒。螢鑒緣帷徹，** **趙曰：** 螢光可以照物，故曰「螢鑒」。**蛛絲罥鬢長。** 罥，音畎。**泰伯曰：** 罥鬢，猶掠鬢也。**哀箏猶憑几，**憑，皮孕切。**鳴笛竟霑裳。倚著如秦贅，**之芮切。**洙曰：** 賈誼傳：「秦人家富，子

〔一〕謝玄暉，據文選卷三〇，「洞房殊未曉」乃沈約應王中丞思遠詠月詩中句，則「謝玄暉」乃「沈休文」之訛。

壯則出分。家貧，子壯則出贅。」師古曰：「言其不出妻家〔一〕，亦猶人身之有贅。一說，贅，質也。家貧無有聘（財）〔二〕，則以身爲質也。」**君平曰**：子美寓他鄉，如贅婿然。**過逢類楚狂**。**洙曰**：楚狂接輿。**氣衝看劍匣**，**洙曰**：任彦升：「劍氣淩雲。」又，張華見劍氣衝牛、斗。**穎脱撫錐囊**。**洙曰**：平原君傳曰：「夫賢士之處世也，譬如錐之處囊中，其末立見。毛遂曰：『使遂早得處囊中，乃脱穎而出，非特末見而已。』」**妖孽關東臭，兵戈隴右瘡**。**蘇曰**：班仲升云：「隴右兵戈，瘡痍未艾。」**時清疑武略，世亂跼文場**。**餘力浮于海**，**洙曰**：語：「道不行，乘桴浮于海。」**端憂問彼蒼**。**洙曰**：（見）（月）賦：「端憂多暇」（注）〔三〕。詩：「彼蒼者天。」**百年從萬事，故國耿難忘**。**蘇曰**：辛受：「老年百事俱廢，無心繫戀，唯故國舊友，耿耿難忘。」

江陵節度陽城郡王新樓成王請嚴侍御判官賦七字句同作大曆三年作。

補注 **鶴曰**：公以大曆三年暮春至江陵，而今詩云「樓上炎天冰雪生」，當是其年夏作也。史云伯玉大曆初丁母憂，則是時未再期也，雖曰起復，亦不當作樓命客賦詩。當時士論醜之，宜哉。

〔一〕不出妻家，漢書卷四八賈誼傳作「不當出在妻家」。
〔二〕「聘」下，據分門集注卷一三、漢書賈誼傳，脱「財」字。
〔三〕「見賦端憂多暇注」句，據九家集注卷三四、文選卷一三謝莊月賦，「見」乃「月」之訛，「注」乃衍文。

樓上炎天冰雪生，高飛燕雀賀新成。 **洙曰：** 淮南子：「大厦成而燕雀相賀。」**碧窗宿霧濛濛濕，朱栱浮雲細細輕。** **修可曰：** 晉羊球登西樓賦云：「畫棟浮細細之輕雲，朱栱濕濛濛之飛雨。」王逸少見之，擊節愛羡竟日。**杖鉞褰帷瞻具美，** **洙曰：** 見「杖鉞築疆開意旨」注。賈琮爲冀州刺史，舊典，傳車驂駕，垂赤帷裳，迎於州界。及琮之部，升車言曰：「刺史當遠視廣聽，糾察善惡〔一〕，何有反設垂帷裳以自掩塞乎〔二〕？」乃命御者褰之。百城聞風，自然悚震。**投壺散秩有餘清〔三〕。** **洙曰：** 祭遵投壺雅歌。**自公多暇延參佐，江漢風流萬古情。** **洙曰：** 庾亮鎮武昌，佐吏乘月登樓，不覺亮至。將避之，亮曰：「少住！吾於此興不淺。」陶侃曰：「亮非獨風流，兼有爲政之術〔四〕。」

又作此奉衛王

補注 **鶴曰：** 詩云「三伏炎蒸定有無」，則是與前篇不相遠作。

西北樓成雄楚都，遠開山岳散江湖。二儀清濁還高下， **洙曰：** 陽清爲天，陰濁爲地。**三伏**

〔一〕善，九家集注卷三四、杜陵詩史卷三〇、分門集注卷五、後漢書卷三一賈琮傳作「美」。
〔二〕設，杜陵詩史、分門集注作「投」，九家集注、後漢書賈琮傳無此字。
〔三〕秩，王洙本卷一七、九家集注卷三四作「帙」。
〔四〕術，九家集注、晉書庾亮傳作「實」。

炎蒸定有無。補注鶴曰：王〔垣〕（坦）之傳：「二儀以至公立德。」列子：「清輕者，上爲天；濁重者，下爲地。」又河圖括地象：「兩儀未分，其氣混沌。清濁既分，伏者爲天，偃者爲地。」漢郊祀志：「作伏祠。」孟康曰：「六月伏日也，周時無，至此乃有之。」師古曰：「伏者，謂陰氣將起，迫於殘陽而未得升，故爲藏伏，因名伏日也。立秋之後，以金代火，金畏於火，故至庚日必伏。庚，金也。」推轂幾年唯鎮静，洙曰：推，吐回切。馮唐傳：「推轂遣將。」趙曰：推轂，以言衛王奉命爲將。曳裾終日盛文儒。洙曰：鄒陽：「何王之門不可曳長裾乎？」白頭授簡焉能賦，洙曰：雪賦：「受簡於司馬大夫。」漢書：「登高能賦，可爲大夫。」愧似相如爲大夫。

舟出江陵南浦奉寄鄭少尹審〔一〕大曆三年作。

補注鶴曰：「鳴螿隨泛梗，别燕赴秋菰」，當是大曆三年秋作。是時公移居公安，公安在江陵之南，故出南浦也。時鄭審爲江陵少尹。

更欲投何處，飄然去此都。洙曰：賈誼：「何必懷此都。」形骸元土木，洙曰：嵇紹〔二〕：「土木形

〔一〕審，王洙本卷一七、杜陵詩史卷三〇、分門集注卷一二同此爲小字，作注文，四庫本、九家集注卷三四爲大字，作詩題中文。
〔二〕嵇紹，據晉書卷四九嵇康傳，乃「嵇康」之訛。

骸，龍章鳳姿。」舟楫復江湖。社稷纏妖氣，洙曰：左太冲：「奸回贔〔一〕，兵纏紫微。」〔于〕（干）戈送老儒。百年同棄物，萬國盡窮途。洙曰：見「今日暮途窮」注。雨洗平沙浄，天銜闊岸紆。鳴螿隨泛梗，趙曰：螿，音將，蟬也。螿得梗而託之，故隨泛梗而鳴。蘇曰：蟬屬。郭林宗：「如寒螿隨泛梗，固亦難安。」補注希曰：爾雅釋「蜆」云「蜆，一名寒蜩，又名寒螿。似蟬而小，青赤色」者也〔二〕。別燕赴秋菰〔三〕。洙曰：宋玉：「燕翩翩其辭歸。」蘇曰：李充云：「別燕背人去，雙起秋蒲菰。」趙曰：菰，雕胡也。栖託難高卧，洙曰：孔明高卧南陽。趙曰：言其方有栖託〔四〕，難於高枕以自安也〔五〕。飢寒迫向隅。洙曰：前漢刑法志：「滿堂飲酒，一夫向隅而泣。」寂寥相呴沫，洙曰：莊子：「與其相呴以濕，相濡以沫，孰若相忘於江湖？」浩蕩報恩珠。洙曰：漢武帝昆明之池去魚，後銜明珠報之。又隨侯見傷蛇，以藥封之，蛇銜明珠。溟漲鯨波動，洙曰：謝靈運：「溟漲無端倪。」衡陽雁影徂。洙曰：蜀都賦云：「候雁銜蘆，木落南翔，冰泮北徂。」又應德璉：「將就衡陽栖。」南征問懸榻，洙曰：陳蕃爲樂安太守，郡人周璆字而不名，特爲置一榻，去

〔一〕「贔」上，據文選卷六左思魏都賦，脱「内」字。
〔二〕兩「蜆」字，據爾雅注疏卷九釋蟲第十五，乃「蜺」之訛。
〔三〕赴，杜陵詩史、分門集注同此，四庫本、王洙本卷一七、九家集注作「起」。
〔四〕「有」下，九家集注有「所」字。
〔五〕高枕，九家集注作「高卧」。

則懸之。**東逝想乘桴。** **洙曰**：語：「乘桴浮于海。」**濫竊商歌聽，** **洙曰**：北山移文：「竊吹草堂，濫巾北岳。」七啓云：「此甯子商歌之狀[一]。」**時憂(下)(卞)泣誅。** **洙曰**：楚人卞和以玉璞三獻不遇，楚王遂再刖其足。**經過憶鄭驛，** **洙曰**：鄭莊置驛。**斟酌旅情孤。**

江南逢李龜年 大曆三年作。

【補注】**鶴曰**：梁權道編在大曆三年荆南詩内。按公以是年正月出峽，暮春至江陵，今詩云「落花時節又逢君」，正其時也。

岐王宅裏尋常見，崔九堂前幾度聞。 **洙曰**：公自注云：「即殿中監崔滌、中書令湜之弟。」【補注】**鶴曰**：案舊史[二]，岐王，睿宗子，始名隆範，後避玄宗諱，去二名，曰範。與薛王誅太平公主，並封滿五千户。開元十四年薨，贈太子，謚惠文。王好學，工書。無貴賤，爲盡禮接待。讓皇帝贈云，申、岐王居安興坊[三]。天寶三載，以惠宣太子男略陽公珍爲嗣岐王。公當開元十四年雖已十五歲，有登門之理，然是時未有梨園弟子，當

[一] 狀，據九家集注、文選卷三四曹植七啓，乃「秋」之訛。

[二] 案，四庫本作「按」。

[三] 讓皇帝贈云申岐王居安興坊，當有脱誤，新唐書卷八一讓皇帝憲傳云：「及先天後，盡以隆慶舊邸爲興慶宫，而賜憲及薛王第於勝業坊，申、岐二王居安興坊。」

是指嗣岐王而云。則公見李龜年必在天寶十載已後。**正是江南好風景，落花時節又逢君。** **洙曰**：明皇雜録云：「天寶中，上命宫中女子數百人爲梨園弟子，皆居宜春北院。上素曉音律，時有馬仙期、李龜年、賀懷智，皆洞知律度。安禄山自范陽入覲，亦獻白玉簫管數百事，皆陳於梨園。自是音響殆不類人間有[一]。龜年特承顧遇，於東都大起第宅，僭侈之制逾於公侯。後流落江南，每遇良辰勝景，常爲人歌數闋，座上聞之，莫不掩泣罷酒。」

官亭夕坐戲簡顔十少府 大曆三年作。

補注 **鶴曰**：詩云「南國調寒杵，西江浸日車」，又題云「官亭夕坐」及「簡顔十少府」，顔公安尉也，當是大曆三年公安作。公嘗賦醉歌行，有「神仙中人不易得，顔氏之子才孤標」，正其人也。官亭，當在公安。

南國調寒杵， **趙曰**：庾信夜聽擣衣詩：「調聲不用吟[二]。」**西江浸日車。** **趙曰**：淮南子：「日乘車，駕以六龍，羲和爲馭。」**客愁連蟋蟀，** **洙曰**：詩：「蟋蟀在堂。」**亭古帶蒹葭。** **洙曰**：詩：「蒹葭蒼蒼。」**不返青絲鞚，** **趙曰**：鞚，馬勒也，青絲爲之。**虛燒夜燭花。** **老翁須地主，細細酌流霞。** **修可曰**：抱朴

[一] 有，據太平御覽卷五八三樂部二十一琵琶引明皇雜録，「不類人間」下本有「有中官白秀貞自蜀使迴」等句，則「有」乃删節未盡之字。
[二] 吟，據九家集注卷三四、庾子山集卷三夜聽擣衣詩，乃「琴」之訛。

子載：「項曼卿言到天上〔一〕，仙人以流霞杯飲之。」

秋日荆南述懷三十韻 大曆三年作。

補注 鶴曰：此詩當是大曆三年秋末移公安前作。

昔承推奬分，愧匪挺生材。遲暮宫臣忝，洙曰：陸機詩〔二〕：「矯迹厠宫臣。」**艱危衮職陪。**洙曰：詩：「衮職有闕。」趙曰：公自言當肅宗時，拜拾遺，掌供奉諫諍。**揚鑣隨日馭，**鄭曰：鑣，悲驕切，馬銜也。**折檻出雲臺。**洙曰：朱雲折檻。顯宗畫二十八將於雲臺。見「致君丹檻折」。**罪戾寬猶活，干戈塞未開。**趙曰：上欲誅甫，賴張鎬救之而免。言一出之後，干戈日相尋也。**星霜玄鳥變，**洙曰：古詩：「玉衡指孟冬，衆星何歷歷。白露霑野草，時節忽復易。秋蟬鳴樹間，玄鳥逝安適。」趙曰：玄鳥，燕也。星霜之中見玄鳥變，則不一其年矣。補注 希曰：詩：「天命玄鳥。」毛氏曰：「玄鳥，鳦也。」孔氏曰：「釋鳥云：『燕燕，鳦也，色玄，故又名玄鳥。』月令：「仲春，玄鳥至。」**身世白駒催。**洙曰：莊子知北游：「人生天地之間，若白駒之過郤，忽然而已。」釋文：「白駒，或云日也。郤，本作『隙』。」張良願棄人間事，學道輕舉，吕后强食之曰：

〔一〕項曼卿，九家集注、杜陵詩史、分門集注、抱朴子内篇祛惑第二十作「項曼都」，按，本書卷三一宗武生日詩注文中曾作「項曼卿」。
〔二〕陸機詩，文選卷三一江淹雜體詩三十首題作「陸平原（機）羈宦」。

「人生如白駒之過隙，何自苦如此？」伏枕因超忽，扁舟任往來。九鑽巴噀火，三蟄楚祠雷。洙曰：語：「鑽燧改火。」後漢欒巴噀酒救蜀火，謂之巴噀。火則欒巴所噀之火，以形容其在成都及東川及夔州，凡在蜀地者，九遇清明。鮑曰：山谷簡王觀復曰：「子美入蜀下峽年月，詩中可見，其曰『九鑽巴噀火，三蟄楚祠雷』，則往來兩川九年，在夔州三年可知矣。」趙曰：公以八月在夔、在江陵，是爲雷之三蟄矣[一]。雷以三月而奮[二]，而以八月而蟄也。謂之楚祠雷，則楚人所祠之雷，蓋楚人好祠祭也。補注 希曰：公以乾元二年冬入蜀，大曆三年下峽，恰是九春。其中在夔三年，故曰「三蟄楚祠雷」。楚祠，謂楚襄王所游之地，寰宇記謂夔有古楚宫也。趙謂楚人所祠之雷，則非止謂在夔見三冬。蓋永泰元年秋至雲安，而大曆三年春下峽，所以爲三冬。望帝傳應實，洙曰：見杜鵑詩注。昭王問不迴。洙曰：僖四年傳：「齊侯遂伐楚，楚子使與師言曰：『君處(此)〔北〕海，寡人處南海，唯是風馬牛不相及。不虞君之涉吾地也，何故？』管仲對曰：『爾貢苞茅不入，王祭不供，無以縮酒，寡人是徵。昭王南征而不復，寡人是問。』對曰：『貢之不入，寡君之罪也，敢不共給？昭王之不復，君其問諸水濱。』」蛟螭深作横，户孟切。豺虎亂雄猜。趙曰：此兩句託興，時有跋扈之强臣，賊盜之巨猾故也。素業行已矣，浮名安在哉。蘇曰：李膺：「前輩浮(各)〔名〕安在？争如一樽醇醪，斷送

[一] 「趙曰」此注，删節過甚，致語意不明，九家集注卷三四引趙次公注此處作「〔大曆〕二年之秋八月，元年之秋八月，通三年之秋八月在夔州在江陵，是爲雷之三蟄矣」。

[二] 三月，據九家集注卷三四，乃「二月」之訛。

歲月，何苦區區計較利名耶[一]？」琴烏曲怨憤，庭鶴舞摧頹。洙曰：琴烏曲，烏夜啼也。吴人舞白鶴於市。秋水漫湘竹，洙曰：湘妃揮淚灑竹，竹皆斑。陰風過嶺梅。洙曰：大庾嶺多梅，人號梅嶺。苦搖求食尾，洙曰：司馬子長報任少卿書曰：「猛虎在深山，百獸震恐，及在檻穽之中，搖尾而求食。積威約之漸也。」常曝報恩腮。洙曰：見「浩蕩報恩珠」注。三秦記：「江海集龍門，魚登者化龍，不登者點額曝腮。」結舌防讒柄，探腸有禍胎。洙曰：前漢：「博士結舌而不談。」枚乘傳：「禍生有胎。」蒼茫步兵哭，洙曰：阮籍爲步兵，哭途窮。展轉仲宣哀。趙曰：仲宣，王粲也，以避難流離，作〔七〕（七）哀詩。飢籍家家米[二]，鄭曰：籍，秦昔切。愁徵處處杯。休爲貧士嘆，任受衆人咍。得喪初難識，榮枯劃易該。差池分組冕，合沓起蒿萊。不必伊周地，皆登一作「知」。屈宋才。洙曰：伊尹、周公、屈原、宋玉。漢庭和異域，洙曰：前漢匈奴傳：「和親之論，發於劉敬。是時天下初定，遭平城之難，故從其言，約結和親，賂遺單于，冀以救安邊境[三]。逮至孝文，與通關市，妻以漢女，增厚其賂，歲以千金。而匈奴數背約束，

[一] 利名，四庫本作「名利」。
[二] 籍，四庫本、九家集注作「藉」。
[三] 救，四庫本作「求」。

屢被其害。」晉史坼中台〔一〕。**洙曰**：晉中台坼〔二〕，而張華誅。霸業尋常體，宗臣忌諱災。群公紛戮力，聖慮窅徘徊。**鄭曰**：窅，伊鳥切，深目也。數見銘鍾鼎，**洙曰**：季武子作林鍾之銘，銘魯〔公〕（功）〔三〕。衛孔（俚）〔悝〕鼎銘。真宜法斗魁。**洙曰**：隋志：「北斗一至四爲魁，五至七爲杓。」願聞鋒鏑鑄，**洙曰**：賈誼過秦論：「秦收天下之兵，聚之咸陽，銷鋒鏑，鑄以爲金人十二，以弱天下之兵。」莫使棟梁摧。**洙曰**：衛玠卒，謝琨哭之曰〔四〕：「梁棟折，不覺哀。」**趙曰**：晉陸玩拜司空，謂賓客曰：「以我爲三公，是天下無人矣。」索酒著柱間〔五〕，祝曰：「當今乏才，以爾爲柱石之臣〔六〕，莫傾人梁棟〔七〕。」磐石圭多翦，**洙曰**：漢封子弟磐石之宗。成王封康叔，剪桐葉爲圭。凶門轂少推。**洙曰**：馮唐傳曰：「臣聞上古王者遣將也，跪

〔一〕坼，王洙本卷一七、四庫本同此，九家集注、杜陵詩史、分門集注作「拆」，按二字可通。
〔二〕坼，九家集注、晉書卷三六張華傳作「拆」。
〔三〕公，據九家集注、左傳襄公十九年傳，乃「功」之訛。
〔四〕謝琨，據九家集注、晉書卷三六衛瓘傳附衛玠，乃「謝鯤」之訛。
〔五〕「索酒著柱間」句，九家集注作「索酒酌柱間地」，世説新語卷中之下規箴第十作「有人詣之索美酒，得便自起瀉著梁柱間地」。
〔六〕臣，世説新語作「用」。
〔七〕梁棟，九家集注、世説新語作「棟梁」。

而推轂。」修可曰：唐李衛公對唐太宗曰：「古者命將，受鉞[一]，鑿凶門而出。」垂旒資穆穆，洙曰：禮[二]：「天子穆穆。」祝網但恢恢。洙曰：成湯祝網。老子：「天網恢恢。」赤雀翻然至，黃龍不假媒。洙曰：春秋孔〔魚〕（演）圖曰：「鳥化爲書，孔子奉以告天，赤雀集書上，化爲黃玉。」後漢：「黃龍見于譙。」趙曰：此言祥瑞也。遁甲曰：「赤雀不見，則國無賢。」注：「赤雀，主銜書，陽精〔曰〕（也）。」〔孫〕（瑞）應圖曰：「黃龍者，四龍之長也。王者不漉池而漁，則應和氣而游於池沼。」賢非夢傅野，洙曰：高宗夢得說於傅岩之野。隱類鑿顏坏。洙曰：揚雄傳：「或鑿坏以遁。」莊子[三]：「魯君聞顏闔賢，欲以爲相。使者往聘，因鑿後垣而亡。」坏，壁也。自古江湖客，冥心若死灰。趙曰：莊子：「心可使若死灰。」師曰：唐六典注云：「補闕、拾遺，武后垂拱中置。」子美肅宗時爲左拾遺，故云「陪衮職」。琴録曰：「琴曲有烏夜啼。」吴兢古樂府解題云：「烏夜啼，宋臨川王義慶造也。」鋒鏑鑄，棟梁摧，並見前注。史記：「成王與叔虞戲，削桐葉爲珪，曰：『以此封若。』史佚曰：『天子無戲言，言則史書之，禮成之，樂歌之。』於是遂封叔虞於唐。」李衛公對唐太宗曰：「古者出師命將，齋三日，授之以鉞，推其轂曰：『進退惟時，軍中但聞將軍之令，不聞君命。』」揚鑣隨日馭，謂侍肅宗於靈武

[一] 受，九家集注作「授」。

[二] 禮，九家集注、杜陵詩史、分門集注同此，四庫本作「詩」，按，「天子穆穆」見詩周頌雝，又見禮記曲禮下。

[三] 「莊子」上，疑脱「應劭曰」，按，顏闔鑿後垣而亡事見上引漢書卷八七下揚雄傳下「或鑿坏以遁」句下應劭注，莊子讓王第二十八雖載魯君使人往聘顏闔事，但未載顏闔鑿垣而亡事。

也。折檻出雲臺，謂諫房琯事見逐華州司功也。火九鑽、雷三蟄，則知子美之客夔、巴凡九年矣。望帝，乃蜀帝，其魂化爲杜鵑，父老相傳，其言不虚，子美居楚地，託言昭王不迴之事。蛟螭、豺虎，以喻荆楚盗賊之多，自亂離以來，元勛舊德皆擯棄不用，而武夫年少多驟遷，故子美有「得喪難識」「榮枯易該」之語。而下文又言「差池分組冕，合沓起蒿萊」，又云「賢非夢傅野」，皆託諷濫進者多也。漢庭和異域，言回紇送兵來助唐，求尚主也。晉史拆中台，言房琯得罪也。霸〔易〕（業）尋常體，言雜用霸道也。宗臣忌諱災，言宗臣不敢直言也。磐石圭多翦，言廣封同姓也。凶門轂少推，言命將多非其人也。子美意欲朝廷禮敬大臣，寬大憲網，自然朱鳳來，黄龍至。無使賢人隱遁，則天下不約而自平也。隱類鑿顏坏，公自喻。

秋日荆南送石首薛明府辭滿告别奉薛尚書頌德叙懷斐然之作三十韻大曆三年作。

補注 鶴曰：按新唐書吐蕃傳：「永泰、大曆間，再遣使者來聘，於是户部尚書薛景仙往報。」此詩云「聞道和親入」，又云「跋涉體何如」，則薛尚書乃景仙也。石首乃江陵屬邑，公以大曆三年至荆南，當是其年秋作。

南征爲客久，西候别君初。 趙曰：上句言在江陵也。梁張纘南征賦〔一〕。西候，屬西之時候，乃秋日

〔一〕「南征賦」上，據林繼中輯校杜詩趙次公先後解輯校己帙卷之二，當脱「有」字。

也。**歲滿歸鳧舄，**趙曰：鳧舄，以薛明府之爲縣令[一]，即王喬之乘鳧。**秋來把雁書。**趙曰：得尚書兄之書也。雁書，使蘇武事。**荆門留美化，**洙曰：唐蕭銑屯軍荆門，號荆門軍，在夷陵。鄭曰：荆門，山名。十道志：「荆州江陵縣、郢城縣東南岸有荆門山。」**姜被就離居。**洙曰：續漢書：「姜肱兄弟三人，皆以孝行著名。肱年長，與二弟共被卧，親友如此。」**聞道和親入，**洙曰：見「肯慮白登圍」注。**垂名報國餘。連枝不日並，八座幾時除。**洙曰：見「起居八座太夫人」注。景帝紀注：「凡言除者，除故官就新官。」趙曰：言尚書與薛石首不日相並，如木之連理枝。**往者胡星孛，**洙曰：胡星，旄頭也。孛星光芒短，其光四出，孛孛然。趙曰：指言禄山也。**恭惟漢網疏。**洙曰：漢刑法志：「禁網疏闊。」**風塵相澒洞，**澒，胡孔切。洙曰：洞簫賦：「風澒洞而不絶[二]。」趙曰：凡兵之地，謂之風塵。淮南子曰：「未有天地之時，鴻濛澒洞，莫知其門。」**天地一丘墟。**洙曰：王粲詩[三]：「崤函復丘墟。」趙曰：言人民寡，城郭荒也[四]。**殿瓦鴛鴦坼，**洙曰：鄴都銅雀臺皆鴛鴦瓦。庾信賦：「昔爲一雙瓦，飛入魏王宫。」趙曰：魏文帝問（晉宣王）（周宣）曰：「吾夢殿屋兩瓦墜地，化爲鴛鴦，何也？」宣對曰：「後宫當有暴死者。」帝曰：「吾詐卿耳。」宣曰：「夫夢者，意耳。苟

[一]「以」下，據九家集注卷三四，當脱「言」字。
[二] 澒，九家集注、初學記卷一六樂部下簫第八引漢王褒洞簫賦作「洪」，文選卷一七作「鴻」，注云：「五臣作『洪』。」
[三] 王粲詩，文選卷三一江淹雜體詩三十首題作「王侍中（粲）懷德」。
[四] 城，底本漫漶不清，此據國圖全本、四庫本。

以〔誠〕（形）言，便占吉凶。」言未卒，黄門令奏宫人相殺。**宫簾翡翠虚。****洙曰**：西京雜記有翡翠簾。**鈎陳摧徼道，****洙曰**：西都賦：「周以鈎陳之位，衛以嚴更之署。」又：「周廬千列，徼道綺錯。」**槍櫐失儲胥。****洙曰**：長楊賦：「木擁槍櫐，以爲儲胥。」注：「槍櫐〔一〕，作木槍相櫐爲栅也。儲胥，館名。櫐，力軌切。」**趙曰**：上四句以言京師之陷，而宫殿之毁也。**文物陪巡狩，****趙曰**：指言肅宗幸鳳翔。文物陪，則衣冠集於此。**親賢病拮据。****趙曰**：詩：「予手拮据。」注云：「拮据，撠挶也。」**公時呵猰貐。****洙曰**：猰貐摩牙而食人。**定功曰**：爾雅：「猰貐，類貙，虎牙，食人。」**首唱却鯨魚。****趙曰**：鯨魚，大魚。左傳曰：「取其鯨〔鯨〕（鯢），以爲京觀。」呵猰貐、却鯨魚，以譬却退巨賊之義。**勢愜宗蕭相，****洙曰**：蕭相，謂蕭何也，國之宗臣。**材非一范睢。****趙曰**：公自注：「蓋秦拜范睢爲客卿，卒聽其謀，使五大夫綰伐魏拔懷〔二〕。其相秦也，東伐韓少曲、高平，拔之。又以其謀縱反間於趙，趙以馬服子代廉頗，大破趙於長平。皆范睢之謀。故以比諸將。」**尸填太行道，****洙曰**：大行山，在河北。**血走浚儀渠。****洙曰**：浚儀渠，汴河也。**滏口師仍會，**滏，萬矩切，水名。行，胡剛切。**函關憤已攄。****紫微臨大角，****洙曰**：隋天文志：「紫微，大帝之座也。」又：「大角一星在攝提，天王座也，

〔一〕櫐，九家集注、文選卷九揚子雲長楊賦作「纍」。
〔二〕懷，據九家集注，當爲「韓」之訛。

又名天棟。」趙曰：言肅宗還長安也。皇極洙曰：皇極乘輿，輿子輦屬〔一〕。正乘輿。趙曰：洪範曰：「建用皇極。」史曰：「乘輿返正皇極。」賞從頻峨冕，從，才用切。洙曰：僖二十四年傳：「晉侯賞從亡者。」殊私再直廬〔二〕。洙曰：公自注：「公舊執金吾，新受羽林，前後二將軍。」趙曰：直廬，則直宿殿廬也。豈惟高衛霍，曾是接應徐。洙曰：衛青、霍去病、應德璉、徐公幹。降集翻翔鳳，洙曰：賈誼賦：「鳳凰翔于千仞兮，覽德輝而下之。」趙曰：言兄弟如鳳之翱翔也。追攀絶衆狙。洙曰：莊子：「朝三暮四，衆狙皆怒。」侍臣雙宋玉，洙曰：宋玉，楚大夫。戰策兩穰苴。洙曰：穰苴有司馬兵法。趙曰：以文章言之，則文章如宋玉。以戰策言之，則武略如穰苴。乃所以美薛之兄弟也。鑒澈勞懸鏡，趙曰：公言蒙尚書之鑒照，澄澈如鏡之懸也。荒蕪已荷鋤。洙曰：見「眷言終荷鋤」注。嚮來披述作，洙曰：石首處見公新文一卷〔三〕。重此憶吹噓。洙曰：見「只待吹噓送上天」注。白髮甘凋喪，青雲亦卷舒。經綸功不朽，趙曰：又言薛尚書也。跋涉體何如。洙曰：公自注：「公（須）〔頃〕奉使和吐蕃〔四〕。」見上。應訝耽湖橘，

〔一〕輿子輦屬，九家集注作「天子輦屬」，則「輿子」當爲「天子」之訛。
〔二〕私，四庫本作「恩」。
〔三〕「石首處」句，九家集注其上有「自注」二字。
〔四〕須，據王洙本卷一七、九家集注，乃「頃」之訛。

洙曰：潭州有橘洲。常餐占野蔬。十年嬰藥餌，洙曰：見「藥餌扶吾隨所之」注。萬里狎樵漁。揚子淹投閣，洙曰：見「子雲識字終投閣」注。鄒生惜曳裾。洙曰：鄒陽書：「何王之門不可曳長裾？」趙曰：公自況也。但驚飛熠燿，洙曰：詩：「熠燿宵行。」不記改蟾蜍。洙曰：張景陽：「下車如昨日，蟾蜍四五圓〔一〕。」煙雨封巫峽，江淮略孟諸。洙曰：孟諸，九澤名云。補注希曰：禹貢：「孟諸在豫州之境。」注云：「張魚反，又音諸。左傳、爾雅皆作『孟諸』。宋藪澤也。」漢書：「八藪爲囿。」師古曰：「謂宋有孟諸云云。」湯池雖險固，洙曰：金城湯池。蘇曰：侯本論曰：「金城湯池，雖然險固，亦不可恃。」遼海尚闐淤。弩力輸肝膽〔二〕，休煩獨起予。洙曰：語：「起予者商也。」趙曰：時幽燕猶有不順命者。前漢溝洫志：「填淤反壤之害。」師古曰：「填淤，謂壅泥也。」末句所以激之。師曰：師古曰：「以木摧槍及壘繩連結以爲儲胥〔三〕，有儲蓄以待所須也。」薛尚書嘗奉使回紇，乞兵以助討，故云「聞道和親入，垂名報國餘」。文物陪巡守，言尚書昔隨玄宗幸蜀。親賢病拮据，言皇子皆流離辛苦也。猰㺄，喻盜賊。公時唱大義，以討賊豈特一范雎相秦，但復魏、齊之讎乎？滏口師仍會，言公督諸節度兵會於滏口，收復京師，故曰「函關憤已攄」。皇極正乘輿，

〔一〕蟾蜍，文選卷二九張景陽雜詩十首其八作「望舒」。

〔二〕弩力，杜陵詩史同此，四庫本、王洙本、九家集注、分門集注作「努力」，義同。

〔三〕「以木」句，漢書卷八七下揚雄傳下載長楊賦「木雍槍纍，以爲儲胥」句下顏師古注，「摧」作「擁」，「壘」作「纍」。

言天子還京也。「豈惟高衛霍，曾是接應徐」，德璉、公幹，文士也，天子中興，非特賞功，又禮文儒。而公文倍宋玉，武過穰苴，侍帝廟堂。子美但荷鋤躬耕而已，故曰「荒蕪已荷鋤」。遼海尚填淤，言禄山未平，故子美末章勉薛尚書爲國立功，不獨爲詩以起予也。

哭李尚書之芳大曆三年作。

補注鶴曰：按宗室世系表，之芳乃蔣王惲之孫。又舊史云：「安禄山奏爲范陽司馬，禄山反，自拔歸京師。廣德二年兼御史大夫，使吐蕃，被留二歲乃得歸。拜禮部尚書，改太子賓客。」於後篇云：「還瞻魏太子，賓客減應劉。」舊史云：「廣德二年，使吐蕃。」而通鑑云：「廣德元年四月，遣兼御史大夫李之芳等使于吐蕃，爲虜所留二年乃得歸。」此詩云：「江湖涕泫然。」後篇云：「江雨濕銘旌。」則李之旅櫬不曾歸長安，但客葬於荆州，故詩又云「復〔土〕（塊）昭丘遠」。詩作於大曆三年江陵府，所以復有「湖風井徑秋」之句。

漳濱與蒿里，逝水竟同年。洙曰：李延年分送喪歌爲二等，薤露送王公大人，蒿里送士大夫、庶人。使挽柩〔著〕（者）歌之，爲挽歌。補注希曰：武五子傳：「蒿里召兮郭門閱。」師古曰：「蒿里，死人里。」**欲挂留徐劍，**洙曰：見「把劍〔見〕（覓）徐君」注。**猶迴憶戴船。**洙曰：見「應尋戴安道」注。**相知成白首，**洙曰：潘安仁：「投分寄石友，白首同所歸。」**此別間黄泉。**洙曰：左傳：「不及黄泉。」**風雨嗟何及，江湖涕泫然。**泫，胡畎切。洙曰：詩：「何嗟及矣。」文中子：「泫然流涕。」**修文將管輅，**洙曰：見「修文地下郎」注〔一〕。**趙曰**：言李尚書奇才，如魏之管輅。**奉使失張騫。** **洙曰**：見「查上覓張騫」注〔二〕。**史閣行人在，** **洙曰**：周禮：「大行人，小行人。」**趙曰**：史閣，言書名於史册也。**詩家秀句傳。** **蘇曰**：陸士龍：「題詩對南山，日晚得佳句。」**客亭鞍馬絶，** **彭曰**：此言子美爲客停留於此，李公無復鞍馬來相尋矣。**旅櫬網蟲懸。** **洙曰**：沈休文詩：「網蟲垂户織，夕鳥傍檐飛。」**復塊昭丘遠**〔三〕，**洙曰**：登樓賦：「西接昭丘。」楚昭王墓。**歸魂素滻偏。** **洙曰**：宋玉：「魂兮歸來。」**鄭曰**：滻，所簡切。**趙曰**：素滻，長安之水也。言李尚書乃長安人也。潘安仁西征賦：「地有玄灞素滻〔四〕。」**大臨曰**：此二句言李葬於此。**樵蘇封葬地，喉舌罷朝天。** **洙曰**：李固云：「陛下之有尚書，猶天之有北斗。斗爲天之喉舌，尚書亦猶陛下之喉舌。」**秋色凋春草，王孫若箇邊。** **洙曰**：招隱：「芳草兮萋萋，王孫兮不歸。」**大臨曰**：此言李即與春草爲鄰矣。

〔一〕修文地下郎，疑爲「何殊地下郎」之誤，見本書卷二七聞高常侍亡詩。

〔二〕覓，本書卷二九秋日夔府詠懷奉寄鄭監審李賓客之芳一百韻詩作「似」。

〔三〕塊，杜陵詩史卷三〇、分門集注卷二二同此，四庫本、王洙本卷一七、九家集注皆作「魄」。

〔四〕地，九家集注、文選卷一〇潘岳西征賦作「南」。

重題

補注 鶴曰：謂之「重題」，又詩云「湖風井徑秋」，與前篇「秋色凋春草」叶，當是同時作。

涕灑不能收，哭君餘白頭。兒童相顧盡，洙曰：言少時相顧，今盡於此矣。宇宙此生浮。江雨銘旌濕，洙曰：記曰：「銘，明旌。」湖風井徑秋。洙曰：蕪城賦：「歌曰：邊風急兮城上寒，井徑〔戚〕（滅）兮丘隴殘。」還瞻魏太子，賓客減應劉。洙曰：曹丕書曰：「應、徐、陳、劉〔一〕，一時俱逝矣。」趙曰：公自注云：「公歷禮部尚書，薨于太子賓客。」應則應瑒，劉則劉〔楨〕（楨）。

獨坐 大曆三年作。

補注 鶴曰：詩云「江斂洲渚出」「天虛風物清」，當是江陵作。梁權道亦編在大曆三年荆南詩內。

悲秋回白首，倚杖背孤城。江斂洲渚出，洙曰：謝惠連：「蕭條洲渚際。」天虛風物清。滄溟服洙曰：一作「恨」。衰謝，朱紱洙曰：易：「朱紱方來。」負平生。趙曰：公賜緋矣。負平生，言無所用於時也。仰羨黃昏鳥，投林羽翮輕。師曰：黃昏鳥猶得所歸，子美以久客他鄉，曾歸鳥之不如乎！

〔一〕應徐陳劉，九家集注、三國志卷二一王粲傳載曹丕與元城令吳質書、文選卷四二魏文帝與吳質書作「徐陳應劉」。

暮歸大曆二年作。

補注 **鶴曰**：詩云「南度桂水闕舟楫，北歸秦川多鼓鞞」，當是大曆二年夔州作，而梁權道編在三年荆南詩內。案公三年正月出峽，舟達江陵，秋移公安，有舟中出南浦詩，非無舟楫。又詩云「霜黄碧梧白鶴栖，城上擊柝復烏啼」，則詩乃秋末作。若在大曆三年作，則其年秋在公安，冬移岳陽，有「舟雪洒寒燈」之句，與「闕舟楫」愈不叶。趙注云「城上擊柝爲白帝城」爲是。是年吐蕃寇靈州、邠州，京師戒嚴，故曰「北歸多鼓鞞」。三年雖吐蕃亦寇邠、靈州，京師亦戒嚴，然若在江陵作，則北歸長安不由秦川。

霜黄碧梧白鶴栖，城上擊柝復烏啼。 **趙曰**：白帝城也，易：「重門擊柝。」**修可曰**：琴曲有烏夜啼，宋臨川王義慶造也。**客子入門月皎皎，** **洙曰**：詩：「月出皎兮。」**誰家擣練風凄凄。** **洙曰**：詩：「風雨凄凄。」**南度桂水闕舟楫**〔一〕**，** **師曰**：恨無濟川之才。**北歸秦** **洙曰**：一作「洛」。**川多鼓鞞。** **趙曰**：時吐蕃之兵未息也。**師曰**：言京師尚屯兵以防守也。**年過半百不稱意，明日看雲還杖藜。**

移居公安敬贈衛大郎鈞大曆三年作。

補注 **鶴曰**：公以大曆三年秋移居公安，此詩云「水煙通徑草，秋露接園葵」，乃是時作。

〔一〕度，四庫本、九家集注作「渡」。

衛侯不易得，余病汝知之。雅量涵高遠，清襟照等夷。**尹曰**：袁粲答（王）儉詩[一]：「老夫亦何寄，之子照清襟。」「清氣溢素襟。」[二]**彥輔曰**：夷，平也，謂平交也。平生感意氣，**趙曰**：言意氣之感也。少小愛文辭。**蘇曰**：羊欣少小愛筆研文辭，名公多奇之。河海由來合，風雲若有期。**洙曰**：河出崑崙，千里一曲，九曲入海。古詩：「風雲若遇會。」形容勞宇宙，**洙曰**：陶潛：「寓形宇宙復幾時[三]。」**趙曰**：言憔悴垂老於世。質樸謝軒墀。**趙曰**：言無復仕於朝廷。自古幽人泣，**洙曰**：易：「幽人（正）（貞）吉。」流年壯士悲。**蘇曰**：文選：「流年苒苒，壯士悲感。」水煙通徑草，秋露接園葵。**洙曰**：陸士衡園葵詩：「種葵北園中，零露垂鮮澤。」**趙曰**：述其移居於公安之地也。入邑豺狼鬥，**趙曰**：以比盜賊也。傷弓鳥雀饑。**趙曰**：以比窮困之民也。白頭供宴語，**趙曰**：公自謂也。烏几伴棲遲。**趙曰**：烏皮几也，言遷於公安，唯有此物。**補注** **希曰**：夏侯（孝）若東方朔畫像贊[四]：「棲遲下位。」交態遭輕薄，**洙曰**：古詩：「五陵輕薄兒。」今朝豁所思。

[一] 王，原脱此字，據四庫本、九家集注卷三四補。
[二] 「清氣溢素襟」上，據文選卷二九，當脱「王僧達答顔延年詩」等字。
[三] 宇宙，文選卷四五陶淵明歸去來作「宇内」。
[四] 夏侯若，據文選卷四七夏侯孝若東方朔畫贊，乃「夏侯孝若」之誤，按，晉書卷五五夏侯湛傳載：「夏侯湛，字孝若。」

公安送韋二少府匡贊 大曆三年作。

補注 鶴曰：詩云「時危兵甲黄塵裏，日短江湖白髮前」，是大曆三年秋晚作，是年吐蕃入寇，京師戒嚴。

逍遥公後世多賢，洙曰：韋嗣立封逍遥公，所隱谷曰逍遥谷。田曰：北史：「韋夐，字敬遠，孝寬之兄。志尚夷簡，淡於榮利，號曰逍遥公。」故世系表謂韋氏九房，以夐之後爲逍遥公房，嗣立之後爲小逍遥公（房）〔一〕。師曰：子美稱逍遥公，乃夐，非嗣立。送爾維舟惜此筵。念我能書洙曰：一作「常能」。數字至，將詩不必萬人傳。時危兵甲黄塵裏，日短江湖白髮前。古往今來皆涕淚，斷腸分手各風煙。洙曰：别賦：「造分手而銜涕。」又〔二〕：「分手易前期。」

贈虞十五司馬 上元、寶應間作。

補注 鶴曰：梁權道編在大曆三年公安詩内，今考詩云「百年嗟已半」，若在是年作，則公已五十七歲，當如暮歸詩云「年過半百不稱意」，於此云「百年虚過半」。今不云「過」而云「已」，意是上元、寶應間在浣花作，故云「沙岸風吹葉，雲江月上軒」。若在公安，則未嘗舍舟，所謂「維舟倚前浦」是也。

〔一〕「小逍遥公」下，據九家集注卷三四、杜陵詩史卷三〇、分門集注卷二一、新唐書卷七四上宰相世系表，脱「房」字。

〔二〕又，據文選卷二〇，其下所引乃沈約别范安成詩中句，則「又」當爲「沈約詩」或「沈休文詩」之訛。

遠師虞秘監，世南。今喜識玄孫。形象丹青逼，家聲器宇存。**洙曰**：見「烜赫舊家聲」注。**蘇曰**：龐統：「要識家聲，先看器宇寬卑。」淒涼憐筆勢，浩蕩問辭源。**蘇曰**：江總：「辭源浩蕩，學海淵深。」爽氣金天豁，**洙曰**：王子猷：「西山朝來，致有爽氣。」清談玉露繁。**洙曰**：董仲舒有玉杯、繁露。佇鳴南嶽鳳，**洙曰**：劉公幹：「鳳凰集南嶽，徘徊孤竹根。」**師曰**：衡山，南岳也。欲化北溟鯤。**洙曰**：莊子：「北海有魚，名曰鯤，化爲大鵬〔一〕。」交態知浮俗，**趙曰**：鄭莊傳：「翟公題門曰：『一貧一富，乃知交態。』」儒流不異門。**洙曰**：儒門流，同門異户。過逢連客位，**洙曰**：沈休文詩：「客位紫苔生。」日夜倒芳樽。沙岸風吹葉，雲江月上軒。**洙曰**：別賦：「月上軒而飛光。」百年嗟已半，四座敢辭喧。書籍終相與，青山隔故園。**蘇曰**：南史王筠：「沈約見筠文，咨嗟而嘆曰：昔蔡伯喈見王仲宣稱曰：『王公之孫，吾家書籍悉當相與。』僕雖不敏，請附斯言。」**師曰**：子美欲悉以書籍與虞，庶幾傳子美之業也。

〔一〕「北海有魚」三句杜陵詩史卷三〇、分門集注卷九同此，四庫本作「北冥有魚，其名爲鯤，化而爲鳥，其名爲鵬」。

公安縣懷古大曆三年作。

魯曰：吴大帝推蜀先主爲左將軍、荆州牧，鎮油口，即居此城，時人號備爲左公，故名其城曰公安。**補注** **鶴曰**：詩云「寒天催日短，風浪與雲平」，當是大曆三年秋晚作。

野曠吕蒙營，**洙曰**：吴將吕蒙營於公安。**鄭曰**：十三州志，吴大帝封吕蒙爲孱陵侯，居此地，故曰營。**江深劉備城**。**洙曰**：劉備（知）（曾）爲荆州牧[一]。**寒天催日短**，**蘇曰**：郡平：「客居多事，值寒天，鍾鼓催檐外短日[二]。」**風浪與雲平**。**灑落君臣契**，**趙曰**：先主與諸葛也。**飛騰戰伐名**。**維舟倚前浦**，**長嘯一含情**。**洙曰**：阮籍見孫登，長嘯而返。

公安送李二十九弟晉肅入蜀余下沔鄂

補注 **鶴曰**：公以大曆三年冬發公安，往岳陽，今詩云「檣烏相背發」，蓋其時，故題云「余下沔鄂」，後不果至武昌。

[一] 知，據九家集注卷三四、杜陵詩史卷三〇、分門集注卷一三，當爲「曾」之訛，四庫本作「初」，當爲館臣臆改。

[二] 短日，四庫本作「日短」。

正解柴桑纜，**洙曰**：謝詩[一]：「解纜候前侶。」柴桑，屬潯陽郡。**鄭曰**：柴桑，地名，在江州。仍看蜀道行。**趙曰**：送晉肅入蜀也。檣烏相背發，**趙曰**：檣上刻爲烏形。塞雁一行鳴。南紀連銅柱，**洙曰**：見「南紀標銅柱」注[二]。西江接錦城。**洙曰**：世説：「成都城皆種芙蓉，至秋開，望之若(城)〔錦〕[三]，故號錦城。」憑將百錢卜，飄泊問君平。**趙曰**：嚴君平賣卜於成都，日閲數人，得百錢乃止。

宴王使君宅題二首 大曆三年作。

補注 **鶴曰**：詩云「江湖墮清月」，當是在荆南作。梁權道編在公安詩内，然均不出大曆三年秋。王使君當是閑居邑中，故云「漢主追韓信，蒼生起謝安」。

漢主追韓信，蒼生起謝安。**洙曰**：漢王入關，諸將多逃，蕭何獨追韓信。晉謝安高卧東山，爲蒼生起。吾徒自飄泊，世事各艱難。逆旅招邀近，他鄉意緒寬。補注 **希曰**：意，一本作「思」。不才甘朽質，**洙曰**：楊惲書：「材行朽穢[四]，文質無所底。」高卧豈泥蟠。**洙曰**：楊子：「龍蟠于泥。」**趙曰**：所

[一] 謝詩，據文選卷三一江淹雜體詩三十首，乃「謝法曹惠連詩」之簡稱。
[二] 南紀標銅柱，杜集中無此句，本書卷三〇偶題詩有「南海殘銅柱」句。
[三] 若城，據杜陵詩史卷三〇、分門集注卷二一，乃「若錦」之訛。
[四] 行朽，漢書卷六六楊惲傳作「朽行」。

以自謙也。

泛愛容霜鬢，留歡卜夜闌。洙曰：一作「夜闌」[一]。子美父諱閑，諸家本辨兩處非「閑」字，此亦可知其誤。補注希曰：鬢，一本作「髮」。闌，一本作「閑」。不唯無義，又是公父諱，王内翰云「辨兩處非『閑』字，此可知其誤。」又一本作「夜闌」爲是。自吟詩送老，相勸酒開顔。戎馬今何地，洙曰：古詩：「(戊)(戎)馬遍九州。」鄉園獨在山。補注希曰：在，一本作「舊」。江湖墮清月，趙曰：李白詩：「更看江月墮清波。」酩酊任扶還。蘇曰：嵇康常醉，人扶還家。古詩曰：「但教長酩酊，任自別人扶。」

留別公安大易沙門[二]大曆三年作。

補注鶴曰：沙門，乃僧之通稱。梁會稽沙門惠皎作高僧傳云：「漢始有沙門。」唐(元奘)(玄奘)稱沙門是也。詩云「沙村白雪猶含凍，江縣紅梅已放春」，當是大曆(二)(三)年冬起岳陽時作[三]。

隱居欲就廬山遠，麗藻初逢休上人。洙曰：湯休上人[四]。數問舟航留製作，長開篋笥擬

[一] 夜闌，九家集注卷三四作「夜閑」，王洙本卷一七詩文作「夜閑」，注云：「一作『上夜闌』。」
[二] 大，王洙本卷一七、九家集注卷三四、杜陵詩史卷三〇、分門集注卷八、四庫本作「太」。
[三] 起，疑爲「赴」之訛。
[四] 湯休，九家集注作「湯惠休」，四庫本「湯休上人」下有「也」字。

心神。沙村白雪仍含凍，**師曰**：相如上林賦：「其北則含凍裂地，涉冰揭河。」江縣紅梅已放春。先踏爐峰置蘭若，徐飛錫杖出風塵。**洙曰**：爐峰，香爐峰也，在潯陽廬山，有東西二(村)(林)寺。

黄氏補千家集注杜工部詩史卷之三十四

黄氏補千家集注杜工部詩史卷之三十五

曉發公安數月憩息此縣大曆三年作。

補注 **鶴曰**：大曆三年秋公移居公安，冬深入岳陽，此詩作於其時。詩云「北城擊柝復欲罷」，謂九月吐蕃入寇，京城戒嚴，今已罷矣。

北城擊柝復欲罷，**洙曰**：易：「重門擊柝。」哀七年傳：「魯擊柝，聞於邾。」東方明星亦不遲。**洙曰**：晉(傳云)〔傳玄詩〕(一)：「東方大明星，光影照千里。」詩：「東有啓明，西有長庚。」注曰：「日出謂明星爲啓明，日既入謂明星爲長庚。庚，續也。」箋云：「啓明、長庚，皆有助日之名，而無實光。」**孫炎曰**：明星，太白也，出東方，高三舍而曰太白矣。長庚，不知是何星也，或一星出在東西而異名，或二者別星，未能審也。鄰雞野哭如昨日，**蘇曰**：張禹：「鄰雞哭野，厩馬嘶風。起坐拊髀，望鄉長嘆。」物色生態**洙曰**：一作「生生」。能

(一) 傳云，九家集注卷三五作「傳云時」，據藝文類聚卷一天部上星，所引乃傅玄之詩，則「傳云時」乃「傅玄詩」之訛，後又删去「時」字作「傳云」。

幾時。洙曰：顔延年：「日暮行樂歸[一]，物色桑榆時。」舟楫眇然自此去，蘇曰：鍾繇駕松舟檜楫，眇然下驚波而去。江湖遠適無前期。洙曰：沈休文别范安（咸）（成）[二]：「平生少年（日）[三]，分手易前期。」趙曰：無前期，謂不知所止。此門轉眄已陳迹[四]，洙曰：王羲之：「俛仰之間，已爲陳迹。」藥餌扶吾隨所之。洙曰：謝靈運游南亭詩：「藥餌情所止，衰疾忽在期[五]。」

泊岳陽城下大曆三年作。

補注鶴曰：詩云「舟雪洒寒燈」，當是大曆三年冬深作。

江國踰千里，山城僅百層。洙曰：顔延年賦：「臨廣望，坐百層。」岸風翻夕浪，舟雪灑寒燈。留滯才難盡，洙曰：管輅曰：「酒不可極盡，吾欲持酒以禮，持財以愚[六]，何患之有也？」史太史公自序：

〔一〕樂，據文選卷二一顔延年秋胡詩，乃「采」之訛。

〔二〕范安咸，據文選卷二〇沈休文别范安成詩，乃「范安成」之訛。

〔三〕平生，文選作「生平」，其下脱「日」字。

〔四〕此，王洙本卷一八、杜陵詩史、分門集注同此，四庫本、九家集注（宋本）作「出」。眄，四庫本作「盼」。

〔五〕期，據九家集注、文選卷二二，乃「斯」之訛。

〔六〕「酒不可極盡」四句，有脱訛，九家集注卷三五、初學記卷一八人部中離别第七引管輅此語作「酒不可極，才不可盡，吾欲持酒以禮，持才以愚」。

「太史公留滯周南。」**艱危氣益增。** **洙曰**：馬援曰：「大丈夫窮當益堅，老當益壯。」**趙曰**：史云：「懦夫增氣。」**圖南未可料，變化有鯤鵬。** **洙曰**：莊子：「北溟有魚，其名爲鯤。鯤之大不知其幾千里也。化而爲鳥，其名爲鵬，鵬之背不知幾千里也。」又云：「背負青天，而莫之夭閼焉，而後乃今將圖南也。」

纜船苦風戲題四韻奉簡鄭十三判官泛

補注 **鶴曰**：詩云「漲沙霾草樹，舞雪渡江湖」，當是大曆三年在岳陽時作。

東岸朔風疾〔一〕**，天寒鴝鵒呼。** **洙曰**：西都賦：「鳥則鴝鵒，(汎)(沉)浮往來。」**漲沙霾草樹，** **洙曰**：(白)(丘)希範詩：「森森荒樹齊，析析寒沙漲。」**舞雪渡江湖。** **洙曰**：古詩：「扁舟載風雪，半夜渡江湖。」**定功曰**：鮑昭效劉公幹體云：「(一)(胡)風吹朔雪，千里度龍山。集君瑶臺下〔二〕，飛舞兩楹間〔三〕。」**吹帽時時落，** **洙曰**：孟嘉傳：「嘉爲桓温參軍，既和而正，温重之。九月九日温游龍山，參僚畢集。時佐吏並著戎服，有風吹嘉帽落墮，温謂左右及賓客勿言，且以觀其舉止。」**維舟日日孤。** **洙曰**：詩：「泛泛楊舟，紼纚維

〔一〕東，四庫本、王洙本卷一八、九家集注卷三五作「楚」。

〔二〕下，九家集注、杜陵詩史卷三〇、分門集注卷一二同此，四庫本作「上」，文選卷三一鮑照學劉公幹體詩作「裏」。

〔三〕間，文選作「前」。

之。」**因聲置驛外，**趙曰：題云「簡鄭十三判官」，故使鄭莊置驛事。**爲覓酒家壚。**洙曰：司馬相如傳：「文君當壚。」郭璞曰：「壚，酒壚。」師古曰：「賣酒之處累土爲壚，以居酒甕。四邊隆起，其一面高，形如鍛壚，故名壚耳。」

登岳陽樓大曆三年作。

補注 鶴曰：唐子西云：「過岳陽樓，觀子美詩不過四十字耳，氣象閎放，涵蓄深遠，殆與洞庭争雄，所謂富哉言乎者。」余謂一詩之中，如「吴楚東南〔拆〕（坼），乾坤日夜浮」一聯，尤爲雄偉，雖不到洞庭者，讀之可使胸次豁達。當是大曆三年作。

昔聞洞庭水，鄭曰：在岳州。**今上岳陽樓。**洙曰：風土記曰：「陽羨縣東有太湖，中有包山。山下有洞穴，潛行地中，無所不通，謂洞庭地脈。」**吴楚東南坼，**趙曰：吴與楚地相接，此實道洞庭闊遠之狀。**乾坤日夜浮。**趙曰：言在乾坤之内，其水日夜浮也。語既高妙有力，而言洞庭之光大過於此。〔一〕 補注 希曰：

〔一〕「言在乾坤之内」至「而言洞庭之光大過於此」四句，九家集注卷三五題下注作「范元實詩眼云：望岳詩云『齊魯青未了』，洞庭詩云『吴楚東南坼，乾坤日夜浮』，語既高妙有力，而言東岳與洞庭之大，無過於此」。

渾天儀〔一〕：「天如雞子，地如雞子中黄，孤居天内，〔地〕（天）大地小。表裏有水，四海之水浮于元氣之上，天地各乘氣而立，載水而行。」又水衡記：「天下之至多者，水焉，浮天而載地也。」**親朋無一字，老病有孤舟。**蘇曰：孔伋友人見訪，問：「先生何之？」伋摇溪上孤舟曰：「有此足以養老病，復何愁焉？」**戎馬關山北，憑軒涕泗流。**洙曰：老子：「戎馬〔出〕（生）郊。」張景陽登臺詩〔二〕：「遠望涕泗流。」趙曰：王仲宣登樓賦云：「憑軒檻以遠望〔三〕，向北風而開襟。」

陪裴使君登岳陽樓 大曆四年作。

補注 鶴曰：詩云「雪岸叢梅發，春泥百草生」，當是大曆四年初春作。裴使君必岳守，故用陳蕃事，詩云：「禮加徐孺子。」

湖闊兼雲霧，樓孤屬晚晴。禮加徐孺子，洙曰：後漢：「徐孺子，豫章南昌人。時陳蕃爲太守，

〔一〕渾天儀，據晉書卷一一天文志上、隋書卷一九天文志上引，乃「渾天儀注」之訛。

〔二〕張景陽，據九家集注、文選卷三〇，乃「張孟陽」之訛。登臺詩，文選卷三〇作「擬四愁詩」。按，此句全文九家集注在「趙云」下，作「張孟陽云『登崖遠望涕泗流』」，則此處當係誤「登崖」爲「登臺」，又誤作詩題。

〔三〕遠望，九家集注、杜陵詩史卷三四、分門集注卷五同此，文選卷一一王粲登樓賦作「遥望兮」。

以禮請署功曹，穉不免，之郡[一]，既謁而退。蕃在郡不接賓客，唯穉來時設一榻[二]，去則懸之。後舉有道。」定功曰：徐孺子，公自比也。詩接謝宣城。洙曰：謝玄暉爲宣城郡太守，時之宣城出新林浦向板橋有云：「江路西來永[三]，歸流東北騖。天際識歸舟，雲中辨江樹。」雪岸叢梅發，春泥百草生。敢違漁父問，從此更南征。洙曰：史記屈原傳：「令尹子蘭怒屈原，使上官大夫短原於楚襄王，怒而遷之。原至江濱，被髮行吟澤畔，漁父見而問之曰：『子非三閭大夫歟？何故至此？』原曰：『舉世混濁而我獨清，衆人皆醉而我獨醒，是以見放。』」宋王作招魂辭曰：「獻歲發春兮，汨吾南征些。」

過南嶽入洞庭湖大曆四年作。

補注 鶴曰：題云「過南嶽入洞庭湖」，則當是自潭州回岳陽作。而詩云「欹側風帆滿，微冥水驛孤」，又云「翠牙穿裛槳，碧節吐寒蒲」，正大曆四年正月自岳陽之潭州時作，殆謂自岳陽過南嶽而入洞庭也。梁權道亦編在其年赴湖南詩內。

洪波忽争道，岸轉異江湖。鄂渚分雲樹，衡山引舳艫。洙曰：屈原九章：「乘鄂渚而返顧。」

[一] 郡，九家集注卷三五同此，後漢書卷五三徐穉列傳無此字。
[二] 時，據九家集注、後漢書徐穉列傳，乃「特」之訛。
[三] 西來，九家集注、杜陵詩史卷三〇、分門集注卷五、文選卷二七謝朓之宣城出新林浦向版橋作「西南」。

漢武紀：「舳艫千里。」師古曰：「舳，音軸。艫，音盧。」**鄭曰**：說文云：「舳，舟尾。艫，舟前也。」**翠牙穿裒槳**[一]**，碧節吐寒蒲。** **趙曰**：「槳」字在韻書音「獎」，云：「所以隱船曰槳。」今詳其義，乃「菰蔣」之「蔣」耳，蓋蒲有節而蔣有(呀)〔牙〕也[二]。**補注希曰**：淮南子原道訓篇：「浸潭菰蔣。」許氏注云：「浸潭之(間)〔潤〕[三]，以生菰蔣實。菰者，蔣實也。」菰讀「觚哉」之「觚」，蔣讀「水槳」之「槳」，今公乃作側聲用，何也？本草：「蒲有九節者爲貴。」**病渴身何去，春生力更無。壤童犁雨雪，漁屋架泥塗。欹側風帆滿，微冥水驛孤。悠悠迴赤壁，** **趙曰**：赤壁在夏口之東，武昌之西。**鄭曰**：盛弘之荊州記曰：「薄沂縣沿江一百里南岸名赤壁[四]，周瑜破魏武於赤壁，東西一百六十里。」**浩浩略蒼梧。** **趙曰**：蒼梧在洞庭西南之地，乃永州也。**補注希曰**：九域志載：「蒼梧山，在道州。」**帝子留遺恨，曹公屈壯圖。** **洙曰**：屈平九歌湘君云：「帝子降兮北渚，目眇眇兮愁予。」史記：「舜南巡狩，崩於蒼梧之野。」禮記曰：「舜葬蒼梧，二妃不從。」後漢獻帝紀：「建安十三年，曹操自爲丞相，南征劉表。表卒，少子琮立，以荊州降。操以舟師伐孫權，權將周瑜敗之於烏林赤壁。」周瑜傳：「曹公入荊州，劉琮舉衆降，權延見群下問以計策，瑜曰：『操雖託名漢相，其實漢賊也。操自

[一] 槳，王洙本卷一八、杜陵詩史卷三〇、分門集注卷一二同此，四庫本、九家集注卷三五作「蔣」。

[二] 呀，杜陵詩史、分門集注同此，四庫本、九家集注作「牙」。

[三] 間，據淮南子卷一原道訓高誘注，乃「潤」之訛。

[四] 薄沂縣，據仇兆鰲杜詩詳注卷一三贈王二十四侍御契四十韻詩「敗亡非赤壁」等句下注引盛弘之荊州記，乃「蒲圻縣」之訛。

送死，而可迎之乎？瑜請得精兵三萬人進往夏口〔一〕，爲將軍破之。』權曰：『老賊欲廢漢自立久矣，徒忌二袁、呂布、劉表與孤耳。今數雄已滅，惟孤尚存，與老賊勢不兩立。君言當擊，甚與孤合，此天以授孤也。』遂共圖計逆曹公，遇於赤壁，破之。」聖朝光御極，殘孽駐艱虞。洙曰：蒯通傳：「隨廝養之役者，失萬乘之權；守儋石之禄者，闕卿相之位。」名賢隱鍛鑪。鄭曰：鍛鑪，小冶也。趙曰：此言上雖復長安，而吐蕃猶未息，是爲駐艱虞。才淑隨廝養，洙曰：才淑之人有隨廝養者，名士之賢有隱鍛鑪者。（稽）〔嵇〕康初居貧，與向秀共鍛於（大）〔之〕樹之下，以自贍給。邵平元入漢，洙曰：蕭何傳：「陳豨反，高祖自將，至邯鄲。而韓信謀反關中，呂后用何計誅信。上聞誅信，使使拜何爲相國，益封五千户衛〔二〕。諸君皆賀。邵平者〔三〕，故秦東陵侯，謂何曰：『禍自此始矣。上暴露於外，而君守於内，非被矢石之難，而益君封置衛者，以今者淮陰新反於中，有疑君心。夫置衛衛君，非所以寵君。願君謝封勿受，悉以家財佐軍。』何從其計，上大悦。」張翰後歸吴。洙曰：晉文苑傳：「張翰，吴人，齊王冏辟爲大司馬東曹（椽）〔掾〕。翰因見秋風起，乃思吴中菰米、蓴菜、鱸魚鱠〔四〕，曰：『人生貴得適志，何能羈宦數千里以要名爵乎？』遂命駕而歸。」莫怪啼痕數，危檣逐夜烏。洙曰：檣，挂帆木

〔一〕 進往，據三國志卷五四周瑜傳，乃「進住」之訛。

〔二〕 益封五千户衛，杜陵詩史、九家集注、漢書卷三九蕭何傳作「益封五千户，令卒五百人，一都尉，爲相國衛」。

〔三〕 邵平，漢書卷三九蕭何傳作「召平」。

〔四〕 菰米蓴菜，據九家集注、晉書卷九二張翰傳，乃「菰菜蓴羹」之訛。

也。**趙曰**：檣上刻烏以候風。陰鏗詩：「檣轉向風烏。」

宿青草湖大曆四年作。

補注 **鶴曰**：青草湖，在岳州，與洞庭湖相連，當是大曆四年赴湖南時宿此。

洞庭猶在目，青草續爲名。 **夢符曰**：按岳州圖經：「洞庭湖，在縣西南一里。」荆州記云：「巴陵南有青草湖，與洞庭湖相連，周迴數百里，日月出没其中。」**鄭曰**：十道志：「在岳州。」荆州記：「因青草山爲名，周回八百里。」吴録地志：「巴陵有青草湖，蓋洞庭本指吴縣南所謂太湖是也。」**宿槳依農事，** **趙曰**：楚人於湖中種田，故宿槳依之也。**郵籤報水程。** **趙曰**：舟中所用，以知時也。漏籌謂之郵籤。古詩：「雞人司漏轉更籤[一]。」**寒冰争倚薄，雲月遞微明。湖鴈雙雙起，人來故北征。** **洙曰**：九歌云：「駕飛龍兮北征，邅吾道兮洞庭。」

宿白沙驛 **洙曰**：初過湖南五里。大曆四年作。

補注 **鶴曰**：詩云：「湖外草新青」，又云「萬象皆春氣」，當是大曆四年春赴湖南時經此。

〔一〕轉，據九家集注，乃「傳」之訛。

水宿仍餘照，**洙曰**：謝靈運入彭蠡湖（日）（口）作：「客游倦水宿，風湖難具論〔一〕。」人煙復此亭。驛邊沙舊白，湖外草新青。萬象皆春氣，孤槎自客星。**洙曰**：博物志曰：「仙查犯牛斗，客星於蜀郡問嚴君平。」隨波無限月，**蘇曰**：景差湘江辭云：「隨波無限月，愁殺獨醒人。望月奠蘭酌，流淚沾衣巾。」的的近南溟。**洙曰**：莊子：「鵬鳥海運則將徙於南溟。南溟，天池也。」

湘夫人祠大曆四年作。

洙曰：屈原九歌有湘夫人。韓愈黄陵廟碑云：湘旁有廟曰黄陵，自前古立以祠堯之二女舜二妃者。庭有古碑，斷裂分散在地，其文剥缺，考圖記，言漢荆州牧劉表（兄）立，題碑曰「湘夫人」。今驗其文，乃晉太康九年。又題其額「虞帝二妃之碑」，非劉之立者。秦博士對始皇帝云：「湘君者，堯之二女，舜妃者也。」劉向、鄭玄亦皆以二妃爲湘君。離騷九歌既有湘君，又有湘夫人。王逸之解以爲，湘君者自爲水神，而謂湘夫人乃二妃也，從舜南征三苗不返〔二〕，道死沅、湘之間。山海經曰：「洞庭之山，帝之二女居之。」郭璞疑二女者帝舜之后，不當降小君爲其夫人，因以二女爲天帝之女。以余考之，璞與王逸俱失也。堯之長女娥皇，爲舜正妃，故曰

〔一〕 湖，據文選卷二六，乃「潮」之訛。
〔二〕 返，九家集注同此，馬其昶校注、馬茂元整理韓昌黎文集校注作「及」。

「君」。其二女英自宜降曰「夫人」也〔一〕。故九歌辭謂娥皇爲「君」，謂女英爲「帝子」，各以其盛者言之也〔二〕。禮有「小君」〔三〕，明其正者得稱君也〔四〕。書曰「舜陟方乃死」，傳謂「舜升道南方以死」，或曰「舜死葬蒼梧，二妃從之不及，溺沅、湘之間」。余謂竹書紀年帝王之没皆曰「陟」，陟，昇也，謂昇天也。書：「殷禮陟配天。」言以道終，其德協天也。書紀舜之没云「陟」，與竹書同文也〔五〕。其下言「陟方乃死」者，所以釋「陟」爲「死」也。地之勢東南下，如言舜南巡而死，宜言「下方」，不得言「陟方」也。以此謂舜死葬蒼梧之野，於時二妃從之不及而溺者，皆不可信。**補注** 鶴曰：案九域志，二妃廟在全州。而全在唐爲永州，故今全有零陵郡古城，又灌陽縣舊屬永。公自岳之潭，不應舟出此，當是別有祠在洞庭之上流。山海經云：「洞庭之山，帝之二女居之。」宜有祠也。詩云：「晚泊登汀樹，微馨借渚蘋。」後篇祠南夕望云：「百丈牽江色，孤舟泛日斜。」皆謂舟之所經，則祠在洞庭之上，長沙之下無疑。故韓愈黄陵廟碑云：「以私錢十萬抵岳州，願易廟之圮桷腐瓦於刺史王堪之〔六〕。」此詩當是大曆四年春作。

〔一〕二女英，九家集注、韓昌黎文集校注作「二女女英」。
〔二〕言，九家集注、韓昌黎文集校注作「推言」。
〔三〕小君，九家集注、韓昌黎文集校注卷七作「小君君母」。
〔四〕者，九家集注、韓昌黎文集校注作「自」。
〔五〕「竹書」下，韓昌黎文集校注有「周書」二字。
〔六〕王堪之，韓昌黎文集校注無「之」字，當爲衍文。

肅肅湘妃廟，洙曰：肅肅，敬也。詩思齊：「肅肅在廟。」空墻碧水春。蟲書玉佩蘚，燕舞翠帷塵。晚泊登汀樹，微馨借渚蘋。蒼梧恨不淺，染淚在叢筠。洙曰：湘妃涕泣，以淚揮竹，染竹成班。趙曰：張華博物志云：「舜死，二妃淚下，染竹即班。」補注鶴曰：竹紀云：「湘竹，亦曰湘妃竹，生瀟湘。」亦引博物志云：「舜南巡死於蒼梧，二妃淚下，染竹成班。」二妃爲湘神，故曰湘妃。

祠南夕望

補注鶴曰：與前篇同一時作。

百丈牽江色，洙曰：海賦：「揭百丈〔一〕。」所以牽船也，連竹爲之。孤舟泛日斜。興來猶杖屨，目斷更雲沙。山鬼迷春竹，洙曰：屈原九歌有山鬼詞：「余處幽篁兮終不見，天路險厄兮獨後〔未〕(來)〔二〕。」湘娥倚暮花。洙曰：湘娥，屈平所謂湘君也。郭璞江賦：「協靈運於湘娥〔三〕。」湖南清絶地，萬古一長嗟。蘇曰：徐元詩：「萬古長安景，搔頭一嘆嗟。」

〔一〕丈，原漫漶似「文」，此據四庫本，文選卷一二木華海賦作「尺」。
〔二〕厄，杜陵詩史卷三〇、分門集注卷六、楚辭章句卷二作「難」。
〔三〕運，據九家集注卷三五、杜陵詩史卷三〇、分門集注卷六、文選卷一三郭璞江賦，乃「爽」之訛。

登白馬潭大曆四年作。

補注 **鶴曰：** 詩云「水生春纜沒」，又云「南征且未迴」，舊次在祠南夕望之後，當是大曆四年赴湖南時作。

水生春纜沒，**洙曰：** 吴志孫權傳注：「權爲戕與曹公説：『春水方生，公宜速去。』」日出野船開。宿鳥行猶去，花叢笑不來。人人傷白首，處處接金杯。莫道新知要，**趙曰：** 楚詞云：「樂莫樂於新相知〔一〕。」南征且未迴。**洙曰：** 屈平離騷：「濟沅湘以南征。」

歸雁大曆四年作。

補注 **鶴曰：** 詩云「是物關兵氣，何時免客愁」，當是大曆四年春赴湖南時作，時吐蕃未寧。

聞道今春雁，南歸自廣州。見花辭漲海，**趙曰：** 漲海，海名也。避雪到羅浮。是物關兵氣，何時免客愁。年年霜露隔，不過五湖秋。

〔一〕於，九家集注卷三五、楚辭章句卷二屈原九章少司命作「兮」。

野望大曆四年作。

補注 **鶴曰**：詩云「雲山兼五嶺，風壤帶三苗。野樹侵江闊，春蒲長雪消」，當是大曆四年春作。

納納乾坤大，行行郡國遥。 **洙曰**：古樂府：「行行重行行。」補注 **希曰**：楚辭：「衣納納而掩露。」魏武帝詩：「行行日已遠，人馬同時飢。」**雲山兼五嶺，** **魯曰**：陸機贈顧交阯詩：「伐鼓五嶺表。」**蒼舒曰**：按秦始皇略定〔楊〕（揚）越[一]，謫戍五方，南守五嶺。塞上嶺，一也；騎歸嶺[二]，二也；都龐嶺，三也；略緒嶺[三]，四也；越城嶺，五也。自北徂南，入越之道必由嶺焉[四]。**黄曰**：裴氏廣州記曰：「大庾、始安、臨賀、桂陽、揭陽，是五嶺[五]。」**何曰**：鄧德明南康記曰：「大庾嶺一，桂陽甲騎嶺二，九真都龐嶺三，臨賀萌緒嶺四[六]，始安越嶺五[七]。」**風壤帶三苗。** **洙曰**：舜典：「竄三苗于三危。」注[八]：「三苗，國名，縉雲氏之後，爲諸侯，饕餮[九]。」

〔一〕楊，九家集注卷三五、四庫本作「揚」。
〔二〕騎歸嶺，九家集注同此，通典卷一八四州郡十四古南越、太平御覽卷五四地部十九嶺作「騎田嶺」。
〔三〕略緒嶺，九家集注同此，通典、太平御覽作「甿渚嶺」。
〔四〕嶺焉，九家集注同此，通典作「嶺嶠」。
〔五〕「是」下，九家集注有「爲」字。
〔六〕萌緒嶺，九家集注作「萌渚嶺」。
〔七〕越嶺，據九家集注，乃「越城嶺」之脱。
〔八〕注，原漫漶不清，此據國圖全本，四庫本作「注云」。
〔九〕「饕餮」上，據尚書正義舜典，脱「號」字。

三危，西裔。」昭元年説自古諸侯不用王命者[一]：「虞有三苗，夏有觀、扈。」補注希曰：書注：「三苗之國，左洞庭，右彭蠡。」此詩乃自岳之潭，舟經洞庭，故云。謂之「兼五嶺」者，亦以其地連臨賀、始安也。野樹侵江闊，**春蒲長雪消。扁舟空老去，無補聖明朝。**

入喬口大曆四年春作。

魯曰：長沙北界。補注**鶴曰**：唐志：「潭州有喬口鎮兵。」九域志：「喬口鎮在長沙縣。」當是大曆四年春作。

漠漠舊京遠，洙曰：陸機樂府：「街巷紛漠漠。」盧諶詩：「南望舊京路。」**遲遲歸路賒。殘年傍水國，洙曰**：周禮：「水國用龍節。」顔延年詩：「水國周地險。」**落日對春華。樹蜜早蜂亂，田曰**：樹蜜，椇也。崔豹古今注曰：「椇，一名樹蜜，一名木餳。實形拳曲，核在實外。荆湘多此。」**師曰**：樹蜜，（棋）〔椇〕也[二]，或作「枸」。高大似白楊，多枝而曲，飛鳥喜巢其上，所謂「止椇來巢」是也。而説者謂「蜜」當作「密」，非也。若望兜率寺詩云：「樹密當山徑，江深隔寺門。」自當作「密」。補注**希曰**：本草：「石蜜，陶隱居云即崖蜜

[一] 王，原作「土」，此從四庫本。
[二] 棋，據杜陵詩史卷三〇、分門集注卷三，乃「椇」之訛。

也。又有木蜜，呼爲食蜜，懸樹枝作之。」木蜜即樹蜜，自不必别求，况言輕燕而及江泥，言早蜂而及樹蜜，皆其類也。**江泥輕燕斜。賈生骨已朽，凄惻近長沙。****洙曰**：前賈誼傳：「天子議以誼在公卿之位〔一〕，絳、灌之屬盡害之，迺毁誼曰：『雒陽之人，年少初學，專欲擅權，紛亂諸事。』於是天子後亦疏之，以誼爲長沙王傅。誼既謫去，意不自得，渡湘爲賦弔屈原。後梁王勝墮馬死，誼自傷爲傅亡狀，常哭泣，後歲餘亦死。」老子曰：「其人與骨皆已朽矣。」

銅官渚守風

大曆四年春作。

趙曰：潭州長沙有銅官山〔二〕，云楚鑄錢處，則此渚乃以是得名乎？**鄭曰**：寰宇記：「銅官山，在湘縣南一百一十八里〔三〕，與長沙分縣界。」補注 **鶴曰**：按寰宇記，梓州銅山縣西南五十八里亦有銅官山。又李膺蜀記云：「梓州玄武縣、簡州金水縣競銅官坑。」則梓州亦自有銅官山。公又嘗至梓。然此詩「不夜楚帆落，避風湘渚間」，則在潭州明矣。當是大曆四年春作。

不夜楚帆落，避風湘渚間。水耕先浸草，春火更燒山。補注 **希曰**：三秦記：「趙高燒山，山

〔一〕在，據九家集注、漢書卷四八賈誼傳，當爲「任」之訛。

〔二〕「長沙」下，九家集注卷三五有「縣」字。

〔三〕湘縣，疑爲「臨湘縣」之脱。

雞飛走。**早泊雲物晦，逆行波浪慳。飛來雙白鶴，過去杳難攀。**洙曰：漢武詔：「火耕水耨。」應〔邵〕（劭）曰：「燒草下水種稻。草生高七八寸，因悉芟去，復下水灌之，草死，獨稻長，所謂水耕[一]。」**歐曰：**古樂府虞世南：「飛來雙白鶴，奮翼遠青煙[二]。俱栖集此地[三]，一舉背清田[四]。」**師曰：**古調云：「飛來雙白鶴，乃從西南來。」又古樂府載飛來雙白鶴三篇，梁元帝云：「時從洛北渡，飛向遼東來[五]。」皆過去難攀之意也。

北風大曆四年春作。

洙曰：新康江口，信宿方行。補注**鶴曰：**詩云「春生南國瘴，氣待北風蘇」，當是大曆四年春暖喜得北風而作也。回棹詩云：「衡岳江湖大，蒸池疫癘偏。」蓋其時也。

春生南國瘴，氣待北風蘇。向晚霾殘日，洙曰：詩：「終風且霾。」**趙曰：**爾雅云：「風而雨土爲

[一] 水耕，九家集注同此，漢書卷六武帝紀引應劭曰作「火耕水耨」。
[二] 青，杜陵詩史卷三〇脱此字，分門集注卷一二作「雲」，四庫本、九家集注、文苑英華卷二〇六、樂府詩集卷三九作「淩」。
[三] 此地，九家集注、杜陵詩史、分門集注同此，四庫本、文苑英華、樂府詩集作「紫蓋」。
[四] 清，杜陵詩史、分門集注同此，四庫本、九家集注、文苑英華、樂府詩集作「青」。
[五] 「時從洛北渡，飛向遼東來」二句，杜陵詩史、分門集注作「時從洛浦渡，飛向遼東來」，九家集注、文苑英華、樂府詩集作「時從洛浦渡，飛向遼東城」。

霾。」實言昏曀之狀也。初宵鼓大鑪。**洙曰**：莊子大宗師：「以天地爲大鑪。」王粲（師）傳[一]：「鼓洪鑪以燎毛髮。」爽携卑濕地，**洙曰**：賈誼傳：「誼既以謫居，長沙卑濕，誼自傷悼，乃爲賦。」聲拔洞庭湖。萬里魚龍伏，三更鳥獸呼。**趙曰**：魚龍懼而藏伏，鳥獸驚而呼鳴。滌除貪破浪，**趙曰**：南史：「宗慤云：『願乘長風破萬里浪。』」愁絶付摧枯。執熱沉沉在，**洙曰**：桑柔詩：「誰能執熱，逝不以濯。」凌寒往往須。且知寬疾肺[二]，不敢恨危塗。再宿煩舟子，**洙曰**：莊三年傳：「再宿爲信。」**趙曰**：詩：「招招舟子。」衰容問僕夫。**黄曰**：邵平衰容忘事，時復問僕夫南北。今晨非盛怒，**趙曰**：宋玉風賦：「盛怒於土囊之口。」便道即長驅。隱几看帆席，**洙曰**：海賦：「挂帆席。」莊子：「南郭子綦隱几而坐。」隱，憑也。雲山湧坐隅。

發潭州大曆四年春作。

補注 **鶴曰**：詩云「曉行湘水春」，當是大曆四年春自潭之衡時作。明年雖亦嘗去潭之衡，然是時已夏，故知其爲今年作。

夜醉長沙酒，**洙曰**：謝惠連雪賦：「酌湘吳之醇酎。」曉行湘水春。岸花飛送客，檣燕語留

[一] 師，據九家集注卷三五、三國志卷二一魏書王粲傳，乃衍文。

[二] 疾，四庫本作「病」。

人。賈傳才未有〔一〕，洙曰：賈誼爲長沙王〔大〕（太）傅。褚公書絶倫。洙曰：案唐書：「褚遂良博涉文史，尤工隸書，父友歐陽詢甚重之。太宗嘗謂侍中魏徵曰：『虞世南死後，無人可論書。』徵曰：『遂良下筆遒（勁）〔二〕，甚得王羲之體。』太宗即日召令侍書。太宗嘗出御府金帛購求羲之書迹，天下争賫古書詣闕以獻。當時莫能〔下〕（辨）其真僞〔三〕，遂良備論所出，一無舛誤。永徽元年，高宗將廢皇后王氏，立昭儀武氏爲后，遂良極諫，以爲不可，致笏於殿陛曰：『還陛下此笏。』仍解巾叩頭流血。帝怒，令引出。翌日李勣奏曰：『此乃陛下家事，不合問外人。』帝乃立武昭儀爲皇后，左遷遂良潭州都督，顯慶三年爲〔密〕（愛）州刺史〔四〕。」桓譚以揚雄爲絶倫。補注鶴曰：一本注云褚永徽末放此。褚公置笏解巾，極諫王后不宜廢，高宗若聽其言，安得有武氏之禍？其忠操可謂絶倫矣。書特其小耳。名高前後事，回首一傷神。

雙楓浦大曆四年作。

補注鶴曰：大曆四年去潭州時作。詩云「自驚衰謝力，不道棟梁材」，蓋因楓而自傷也。

〔一〕 未，四庫本作「何」。

〔二〕 「遒」下，據九家集注、杜陵詩史卷三二、分門集注卷一二、舊唐書卷八〇褚遂良傳，脱「勁」字。

〔三〕 下，據杜陵詩史、四庫本，乃「辨」之訛。

〔四〕 三年，舊唐書褚遂良傳作「二年」。密州，據杜陵詩史、分門集注、舊唐書褚遂良傳、新唐書卷一〇五褚遂良傳，乃「愛州」之訛。

輟棹青楓浦，雙楓舊已摧。洙曰：阮籍詩云：「湛湛長江水，下有楓樹林。」自驚衰謝力，不道棟梁材。浪足浮紗帽，皮須截錦苔。江邊地有主，暫借上天迴。趙曰：此用乘槎事也。

迴棹大曆四年作。

趙曰：此公厭衡山之熱，憶峴山之凉，欲迴棹而往，蓋公本襄陽人也。補注鶴曰：魯訔是大曆五年作，然詩不言臧玠之變，當止是大曆四年至衡州畏熱，欲歸襄陽，而卒留于潭。

宿昔試安命，趙曰：莊子云：「知其不可奈何而安之若命。」自私猶畏天。勞生繫一物，趙曰：人之勞生，不免繫著一物，若名若利皆是矣。爲客費多年。衡岳江湖大，鄭曰：荆州記：「衡州南岳也〔一〕，周旋數百里，高四千一十丈。」蒸池疫癘偏。鄭曰：寰宇記：「衡州衡陽縣，蒸水源出縣西。名蒸水者，其氣如蒸也。」山水經云：「蒸水出重安縣南，又東北至臨蒸，至湘渭之蒸口〔二〕。」散才嬰薄俗，有迹負前賢。趙曰：賢者每以迹爲累，故以絶迹爲貴。今有留滯之迹，以爲負愧於前賢矣。巾拂那關眼，趙曰：巾拂，所以莊肅形容之物。瓶罍易滿船。蘇曰：洪嶠解官去長沙，臨行嘆曰：「兒女滿眼，歸無負郭，滿船

〔一〕 州，據杜陵詩史卷三二、分門集注卷一二及初學記卷五地理上衡山第四引荆州記，以「山」爲是。
〔二〕 渭，據元和郡縣志卷三〇江南道五衡州衡陽縣，乃「謂」之訛。

瓶罍，復何益於吾哉？」火雲滋垢膩，洙曰：淮南子曰：「旱雲煙火。」涷雨裛沉洙曰：一作「塵」。綿〔一〕。洙曰：思玄賦：「涷雨霈兮洒途〔二〕。」注：「暴雨也。」補注 鶴曰：爾雅云：「涷雨，乃夏月暴雨。」離騷：『令飄風兮先驅，使涷雨兮灑塵。』」强飯（尊）（蓴）添滑，强，其亮切。洙曰：（薄）（蓴），見「張翰後歸吳」注。端居茗續煎。夢符曰：按茶録：「潭、邵之間渠江中有茶，鄉人每年采擷，其色如鐵，芳（草）（芬）異常〔三〕。」補注 希曰：余嘗官郴，見其土風，唯尚煎茶，客至繼以六七。則知茗續煎者，湖南多如此。太宗皇帝以酒價而信其爲詩史〔四〕，至是亦然。清思漢水上，凉憶峴山巔。趙曰：湘、潭之地最爲卑濕蒸鬱之處，於此豈非懷鄉之語？順浪翻堪倚，洙曰：江賦：「馮夷倚浪以傲睨〔五〕。」迴帆又省牽。吾家碑不昧，洙曰：杜預沉碑峴山之下。王氏井依然。洙曰：王粲宅有井。几杖將衰齒，茅茨寄短椽。灌園曾取適，游寺可終焉。遂性同漁父，洙曰：屈原、莊子皆有漁父篇。成名異魯連。洙曰：史記：「田單屠聊城，歸而言魯連，欲爵之。魯連逃隱於海上，曰：『吾與富貴而詘於人，寧貧賤而輕（出）（世）肆志焉。』」趙曰：如滄

〔一〕涷，王洙本卷一八、杜陵詩史、分門集注同此，據九家集注卷三五、四庫本，乃「涷」之訛。下同。
〔二〕霈，文選卷一五張衡思玄賦作「沛」。兮，九家集注、文選作「其」。
〔三〕草，據九家集注，乃「芬」之訛。
〔四〕「太宗」至「亦然」，四庫本無此十七字。太宗，據本書卷三偪側行「恰有三百青銅錢」句下注及宋劉攽中山詩話，乃「真宗」之訛。
〔五〕馮夷，九家集注、文選卷一二郭璞江賦作「冰夷」。睨，據九家集注、文選，乃「睨」之訛。

浪之漁父，不求名聞。翻異魯仲連，蓋仲連却秦軍，下燕城，雖不受封，猶爲取名也。篙師煩爾送，朱夏及寒泉。**趙曰**：語篙師云：煩爾送我一去，猶於朱夏之際，趁及寒泉之爲可挹也。

奉送王信州崟北歸大曆四年夏作。

補注 **鶴曰**：詩云「太史尚南留」，公自謂也，當是在湖南作。又云「林熱鳥開口，江渾魚掉頭」，大曆四年夏作。

朝廷防盜賊，供給愍誅求。下詔選郎署[一]，傳聲典信州。**洙曰**：一作「能典」[二]。**趙曰**：信州，乃夔州，見唐志。補注 **鶴曰**：唐志固以夔州爲本信州，而亦云潁州汝陰郡本信州。今詩有「壤歌唯海甸」，又用陳蕃下榻事，云「潁川何以酬」，當是王得〔潁〕（潁）。蒼生今日困，天子嚮時憂。井屋有煙起，瘡痍無血流。**趙曰**：追言天子前時以蒼生之困而選王君爲守。其效至於井邑有煙[三]，則逃亡復業矣；瘡痍無血，則誅求不再矣。壤歌唯海甸，**趙曰**：擊壤之歌也。唯海甸，則時淮海無虞也。畫角自山樓。白髮

[一] 選，四庫本作「遷」。
[二] 「洙曰」「典」，原漫漶不清，此據國圖全本、四庫本。
[三] 邑，九家集注卷三五、杜陵詩史卷二五、分門集注卷二一同此，四庫本作「屋」。

寐常早，**趙曰**：公自言也。**荒榛農復秋。趙曰**：言荒年之後又復有秋矣。**解龜踰卧轍，**謝靈運初去郡：「牽絲及元興，解龜在景平。」侯霸爲臨淮太守，被徵，百姓攀轅卧轍不許去。**趙曰**[一]：以徐孺子自比，而指王〔岑〕（崟）爲陳蕃也。言〔岑〕（崟）相待如陳蕃之見孺子，則潁川將何以酬之乎？潁川，陳氏郡號也。**遣騎覓扁舟。洙曰**：劉真長遣騎覓張孝廉船，見晉書。扁舟，小舟也。**徐榻不知倦，洙曰**：陳蕃爲徐孺子下榻，去則懸之。**潁川何以酬。塵生洙曰**：一作「老塵」[二]。**彤管筆，**詩：「彤管有煒。」**寒膩黑貂裘。洙曰**：蘇秦有黑貂裘。**高義終焉在，斯文去矣休。別離同雨散，洙曰**：曹子建[三]：「風流雲散，一別如雨。」劉孝標：「煙飛雨散。」**行止各〔浮雲〕（雲浮）**[四]。劉越石詩：「功業未及建，夕陽忽西流。時哉不我與，去矣若雲浮。」**林熱鳥開口，江渾魚掉頭。趙云**：此言離別之景。**尉佗雖北拜，**陸賈傳：「時中國初定，尉〔越〕（佗）平南越，因王之。高祖使賈賜佗印爲南越王。尉佗魋髻箕倨見賈[五]，賈因説佗：『君王宜郊迎，北面稱臣。』於是佗迺蹶然起坐，謝賈。卒拜佗南越王，令稱臣，奉漢約。歸報，高祖大悦，拜賈爲太中大

[一]「趙曰」此注，據九家集注，應在「徐榻不知倦，潁川何以酬」二句下。
[二] 老，據杜陵詩史、分門集注，乃「生」之訛。
[三] 曹子建，九家集注同此，據文選卷二六王粲贈蔡子篤詩，乃「王仲宣」之訛。
[四] 浮雲，據四庫本、王洙本、九家集注、杜陵詩史、分門集注，乃「雲浮」之倒誤。
[五] 髻，九家集注同此，漢書卷四三陸賈傳作「結」。倨，九家集注同此，漢書卷四三陸賈傳作「踞」。

夫。」太史尚南留。見「周南太史公」注。軍旅應都息，寰區要盡收。九重思諫諍，八極念懷柔。徙倚瞻王室，從容仰廟謀。故人持雅論，絶塞豁窮愁。趙曰：故人，指王信州也。言聞王信州之論，則可以豁旅寓之愁也。復見陶唐理，甘爲汗漫游。洙曰：淮南子：「神仙傳：盧敖見一士，曰：『吾與汗漫期於九垓之外。』」趙曰：言既復唐堯之化，則無心從官，而甘爲方外之士也。

江閣卧病走筆寄呈崔盧兩侍御大曆四年秋作。

補注鶴曰：後有江閣對雨懷行營裴端公，大曆五年平臧玠在潭州，而公已去潭，則江閣不在潭州也。此詩云「長夏想爲情」，又云「滑憶彫胡飯」，則是四年秋作。意江閣在潭州之近境，故四年之秋、五年之初夏皆在焉。

客子庖厨薄，江樓枕席清。衰年病祇瘦，長夏想爲情。滑憶洙曰：一作「喜」。彫胡飯，洙曰：沈休文：「彫胡方自炊。」又，會稽人顧翺少失父，事母至孝。母好食彫胡飯，常躬自采擷。家近太湖，湖中後自生彫胡。香聞錦帶羹。夢符曰：按荆湘有錦帶，春末開花，紅白如錦，其苗亦嫩脆可食。師曰：王彦輔云：「錦帶，吐綬雞也。其肉脆美，堪作臛。」錦帶花則予親見之，謂吐綬雞爲錦帶則傳記所不載。彦輔博學而文，恐其言亦有所據。補注鶴曰：既以錦帶花爲春生，而詩云「長夏若爲情」，又云「滑憶彫胡飯」，當是秋作，則非錦帶花明矣。謂之吐綬雞，固未知所據，不然亦鳥獸中物，如今人稱一種禽爲「練帶」「繡帶」是也。下云「溜匙兼暖腹」，則溜匙指飯，暖腹指羹，又未必是花也。溜匙兼暖腹，誰欲致杯罌。

潭州送韋員外牧韶州大曆四年秋作。

洙曰：迢，或云韋適。【補注】**鶴曰**：詩云「秋天昨夜凉」，當是大曆四年秋作。韶屬嶺南道。

炎海韶州牧，風流漢署郎。分符先令望，**洙曰**：鮑明遠：「將以分符竹。」同舍有輝光。**洙曰**：直不疑爲郎，爲同舍郎疑取金。**趙曰**：公亦是員外郎，故於韋員外可謂之同舍矣。白首多年疾，秋天昨夜凉。洞庭無過雁，書疏莫相忘。**趙曰**：言自洞庭而往彼，雖無過雁以寄書去，而彼中書音信却不可忘也[一]。

潭州留别杜員外院長韶州刺史韋迢。

江畔長沙澤，**洙曰**：一作「驛」。相逢纜客船。大名詩獨步，小郡海西偏。**趙曰**：言子美獨步。曹子建與楊德祖書曰：「仲宣獨步於漢南。」小郡者，韋君自謂韶州也。地濕愁飛鵩，**洙曰**：賈誼爲長

[一] 書音信，四庫本作「書信」，九家集注卷三五作「音信」，「書」字當爲衍文。

沙王太傅，長沙卑濕，但自傷悼，以爲壽不得長，乃爲鵩賦：「有鵩飛入誼舍，止於坐隅。鵩似鴞，不祥鳥。」**天炎畏跕鳶。**馬援曰：「吾在浪泊、西里（聞）〔間〕，虜未滅時，下（僚）〔潦〕上霧，毒氣薰蒸，仰視飛鳶跕跕墮水中。」**去留俱失意，把臂共潸然。****蘇曰：**徐璿：「至固陵，下馬把臂，兩意潸然，久之乃揮淚分首。」

江閣對雨有懷行營裴二端公大曆五年作。

補注**鶴曰：**端公謂裴虬，即道州刺史，同平臧玠之亂者。當是大曆五年作。按通典，唐侍御史凡四員，内供二員，號爲臺端，他人稱之曰端公。虬嘗爲御史，故云。行營，正爲平臧玠而言。舒元輿作御史記[一]，以中丞爲端長，謂中丞爲臺端之長也。

南極一云「南紀」。**風濤壯，****田曰：**詩曰：「滔滔江漢，南國之紀。」説者援是詩以江漢爲南紀，非也，蓋南紀乃分野名。（廣）〔唐〕天文志云[二]：「（是）〔東〕循嶺徼達甌閩中[三]，是謂南紀，所以限蠻夷也。」**趙曰：**顔延年：「春江壯風濤。」**陰晴屢不分。野流行地日，江入度山雲。層閣憑雷殷，長空水面****洙曰：**一

[一] 御史記，文苑英華卷八〇七題作「御史臺新造中書院記」。
[二] 廣天文志，九家集注卷三五、杜陵詩史卷三一同此，據分門集注卷一、新唐書卷三一天文志，「廣」乃「唐」之訛。
[三] 是，據九家集注、新唐書卷三一天文志，乃「東」之訛。

作「面水」。**文。雨來銅柱北，應洗伏波軍。** **洙曰**：伏波，馬援也，嘗征武陵蠻，立銅柱以勒功。**趙曰**：銅柱，在驩州。「洗軍」字，昔武王伐紂，大雨，太公謂之洗兵雨。今因雨自銅柱而來，引起馬援，則遂有「洗伏波軍」之句。

早發湘潭寄杜員外院長韋迢作。

補注 **鶴曰**：此詩語意與前篇送韋員外牧韶州詩多同，又同韻，疑是韋酬杜之詩。前所謂留别杜員外者，當移在此，覽者合以語意求之，况和押一「凉」字。

北風昨夜雨，江上早來凉。楚岫千峰翠， **蘇曰**：景差蘭臺春望：「千峰楚岫碧，萬木郢城陰。」**湘潭一葉黄。故人湖外客，白首尚爲郎。** **趙曰**：杜公晚爲員外郎。馮唐、顔駟白首爲郎。**相憶無南雁，何時有報章。** **薛云**：按文選顔延年和謝監詩[一]：「盡言非報章，聊用〔市〕（布）所懷[二]。」

[一] 謝監，九家集注卷三五、文選卷二六作「謝靈運」。
[二] 市，九家集注作「擴」，據分門集注卷二〇、文選卷二六，乃「布」之訛。

酬韋韶州見寄大曆四年秋作。

補注 **鶴曰**：韋詩云「江上早來凉」，又云「湘潭一葉黄」，當是大曆四年秋作。湘潭屬潭州，舊史云：「後漢湘南縣地。吴分湘南立衡陽，屬衡陽郡。隋廢郡，縣屬潭州。天寶八年移治於洛口，因改爲湘潭。」今韋發湘潭，而公酬於潭州也。

養拙江湖外，朝廷記憶疏。深慚長者轍，洙曰：長者轍，見陳平傳。**趙曰**：言見過之無人也。**重得故人書。**洙曰：古詩：「客從遠方來，遺我一札書。」又：「相去萬里餘〔一〕，故人心尚爾。」**趙曰**：言書問之不至也。**白髮絲難理，蘇曰**：張企：「素髮如絲，無計料理，幾煩梳鏡，時起咨嗟。」**新詩錦不如。雖無南過雁，洙曰**：見「書成無過雁」注。補注 **希曰**：衡陽有回雁峰，相傳雁自此而回。雖無此理，而詩人屢用之。是時公在潭，故云。**看取北來魚。**洙曰：古詩：「呼童烹鯉魚，中有尺素書。」

千秋節有感二首大曆四年作。

補注 **鶴曰**：大曆四年潭州作，詳見注。

〔一〕萬里餘，四庫本、文選卷二九古詩十九首作「萬餘里」。

自罷千秋節，頻傷八月來。先朝常宴會，壯觀已塵埃。**洙曰**：唐玄宗紀：「上以降誕日讌百寮於花萼樓下，百寮表請以每年八月五日爲千秋節，三公以下獻鏡及承露囊。」補注 **鶴曰**：開元十七年八月五日，左相源乾曜、右相張説請以是日爲千秋節，群臣因獻甘露、萬歲壽酒。又永泰元年，獨孤及上表：「玄宗生日，以飲酒宴樂，布慶萬方。」鳳紀編生日，龍池塹劫灰。**趙曰**：唐六典注：「興慶宮池，即玄宗龍潛舊宅。所居此宅東有舊井，忽湧爲小池，常有雲氣或黄龍見其中。至景龍中，其池浸廣，遂鴻洞爲龍池焉。」**饒曰**：漢武帝穿昆明池，悉是灰墨，有外國胡道人云此是天地劫灰之餘。湘川新涕淚，**洙曰**：二妃涕淚灑竹成班。**趙曰**：公自言其身之所在而感泣者也，舊所引謬矣。秦樹遠樓臺。**洙曰**：謝玄暉銅雀詩[一]：「縹帷飄井幹[二]，樽酒若平生。鬱鬱西陵樹，詎聞歌吹聲。」井幹，樓也。**趙曰**：公言去長安之遠，遥望其樹與樓臺，俱不見也。舊所引非是。寶鏡群臣得，金吾萬國迴。**逸曰**：金吾將軍，掌禁衛者。補注 **希曰**：寶鏡，謂王公戚里進金鏡綬帶。百官表：「中尉更名執金吾。」師古曰：「金吾，鳥名也，主辟不祥。故執此鳥之象，因以名官。」衢樽不重飲，白首獨餘哀。**蘇曰**：沈炯漂泊未歸，搔首嘆曰：「今天下兵戈洶洶[三]，弟妹分散，唯獨哀白

[一]「銅雀」下，據九家集注卷三五，脱「臺」字，文選卷二三題作「同謝諮議銅雀臺」，謝宣城集卷二題作「同謝諮議詠銅爵臺」。
[二] 縹，據九家集注、文選，乃「繐」之訛。
[三] 兵戈，四庫本作「戈兵」。

首，余生恐投死無地。」**趙曰**：淮南子曰：「聖人之道，其猶中衢而致樽邪。」今公所言，則謂當時賜宴之酒，群臣皆得霑飲，正如衢樽也。

御氣雲樓敞，含風綵仗高。仙人張内樂，定功曰：宣室志云：「唐玄宗夢仙子〔丁〕（十）餘輩御雲而下，各執樂器而奏之。其度曲清越，殆非人世也。」**趙曰**：鄭棨開天傳（信）紀云〔云〕〔一〕：「玄宗謂高力士曰：『吾昨夜夢游月宫，月宫諸仙娱予以上清之樂，寥亮清越之音，非人間所聞也。吾歸，其曲凄楚動人，杳杳在耳。』力士請名曰紫雲曲。」**王母獻宮桃。****洙曰**：見「九重春色醉仙桃」注。**羅襪紅蕖艷，****趙曰**：言樂人也。洛神賦：「凌波微步，羅襪生塵。」又：「迫而察之，若芙蕖出緑波。」**金羈白雪毛。****洙曰**：曹子建：「白馬飾金羈，連翩西北馳。」**舞階銜壽酒，****洙曰**：舜舞干羽于兩階。劉伶：「銜杯漱醪。」詩：「爲此春酒，以介眉壽。」補注**鶴曰**：即是日群臣所獻萬歲壽酒，及王洙所謂「群臣獻甘露酎酒，上從而讌百僚於花萼樓下」也。**走索背秋毫。****洙曰**：西京賦：「跳丸劍之揮霍，走止索而相逢〔二〕。」**鄭曰**：索，昔各切，繩也。**聖主他年貴，****趙曰**：追念明皇之昔日也。**邊心此日勞。****趙曰**：言今在邊遠之地而感望也。**桂江流向北，滿眼送波濤。****趙曰**：以見公北望長安之切矣。補注**鶴曰**：明皇以寶應元年建巳月崩，千秋節由是而罷，是時公在成

〔一〕開天傳紀，據新唐書卷五八藝文志，當爲「開天傳信記」之訛。云云，當衍一「云」字。

〔二〕止索，九家集注同此，據文選卷二，乃「索上」之訛。

都。今在潭州，距罷節已八年，故首有「頻傷八月來」之句。前篇云「湘川新涕淚」，後篇云「桂江流向北」，蓋以湘水之源自桂州離江〔一〕，而下經零陵以至于潭，今公在潭作此，故云。

晚秋長沙蔡五侍御飲筵送殷六參軍歸（渭）（澧）州覲省詩〔二〕

補注 **鶴曰**：詩云「湖南冬不雪，吾病得淹留」，當是大曆四年冬作。

佳士欣相識， **蘇曰**：祖逖遇梁劭，曰：「久聞佳士聲名，今日欣識風采。」**慈顔望遠游。** **洙曰**：潘安賦：「壽觴舉，慈顔和。」論語：「父母在，不遠游。」**趙曰**：佳士，指殷六也。慈顔，則殷之母也。言望其遠游而歸也。**甘從投轄飲，** **洙曰**：陳遵嗜酒，每大飲，賓客滿座，輒關門，取客車轄投井中，雖有急終不得去。師古曰：「坐閤閉門，又投車轄於井中也。」**趙曰**：言甘從蔡五之飲也。**肯作致書郵。** **洙曰**：殷羨洪喬爲豫章太守，都下士人因羨致書者百餘函。行次石頭，皆棄水中，曰：「沉者自沉，浮者自浮，殷羡不爲致書郵。」**趙曰**：言殷不苟爲人携書也。**高鳥黄雲暮，** **蘇曰**：古樂府云：「黄雲暮四合，高鳥各分飛。寄語遠游子，月圓胡不歸。」**寒蟬碧樹秋。** **趙曰**：江淹：「碧樹先秋落。」**湖南冬不雪，吾病得淹留。**

〔一〕離江，當爲「灕江」之訛。
〔二〕渭州，據四庫本、王洙本卷一八、九家集注卷三五、分門集注卷二一，乃「澧州」之訛。詩，王洙本、九家集注無此字。

湖中送敬十使君適廣陵大曆四年秋作。

補注 **鶴曰**：詩云「秋晚岳增翠，風高湖湧波」，當是大曆四年秋公在潭州作。廣陵乃揚州，故末有「淮海莫蹉跎」之句。

相見各頭白，其如離别何。幾年一會面，今日復悲歌。少壯樂難得，**蘇曰**：梁瑝在囚，嘆曰：「少壯唯難得樂事。」坡又云：「此言真可書紳。」歲寒心匪他。氣纏霜匣滿，**趙曰**：言在匣中而氣騰矣。冰置玉壺多。**洙曰**：樂府：「清如玉壺冰。」**趙曰**：言心之清也。遭亂實漂泊，濟時曾琢磨。形容吾校老，膽力爾誰過。秋晚岳增翠，風高湖湧波。**趙曰**：魏文帝浮淮賦云：「驚風泛湧波〔一〕。」騫騰訪知己，淮海莫蹉跎。

長沙送李十一銜大曆五年作。

補注 **鶴曰**：詩云「與子避地西康州，洞庭相逢十二秋」，今計其年，當是大曆五年作，未幾公即世矣。

與子避地西康州，洞庭相逢十二秋。**趙曰**：初同避地於西康州，凡十二年，秋而復相逢於洞庭。

〔一〕驚風泛湧波，藝文類聚卷八載魏文帝浮淮賦全句爲「於是驚風泛，湧波駭」。

補注 **鶴曰**：西康州，乃同谷縣。按志：「武德元年，以縣置西康州。貞觀元年，州廢，縣屬成州。咸通十三年復置。」公以乾元二年己亥冬至同谷，今詩云「洞庭相逢十二秋」，當是在大曆五年秋作。蓋公是年夏自潭之衡，復欲歸襄陽，故下岳陽復次潭也。**遠愧尚方曾賜履，趙曰**：公嘗爲左拾遺，則蒙尚方賜履矣。**境非吾土倦登樓**〔一〕。**洙曰**：王粲登樓賦：「雖信美而非吾土兮，曾何足以少留。」**久存膠漆應難並，趙曰**：言雖有膠漆之好，而才器相遠爲難比。蓋公自謙也。**一辱泥塗遂晚收。趙曰**：言流落而汨没也。左傳：「使吾子辱在泥塗。」**李杜齊名真忝竊，洙曰**：後漢杜密傳：「黨事既起，密免歸本郡，與李膺俱坐而名行相次，故時人稱『李杜』焉〔二〕。前有李固、杜喬，故亦言也〔三〕。」范〔旁〕（滂）傳〔四〕：「滂詣獄，與母訣，母曰：『汝今得與李、杜齊名，死亦何恨？』」謂李膺與杜密。**朔雲寒菊倍離憂。**

黄氏補千家集注杜工部詩史卷之三十五

〔一〕境，九家集注卷三五同此，四庫本、王洙本卷一八作「竟」。
〔二〕「稱」上，九家集注、分門集注卷二一、後漢書卷六七黨錮列傳杜密傳有「亦」字。
〔三〕亦言，九家集注、後漢書卷六七黨錮列傳杜密傳作「言亦」。
〔四〕旁，據四庫本、九家集注、分門集注，乃「滂」之訛。

黄氏補千家集注杜工部詩史卷之三十六

重送劉十弟判官大曆四年秋作。

補注 **鶴曰**：詩云「他日臨江待，長沙舊驛樓」，當是大曆四年秋在潭州作，故詩又云「别浦雁賓秋」。

分源豕韋派，**洙曰**：韋賢傳：「詩曰：肅肅我祖，國自豕韋。」應劭曰：「在商爲豕韋氏。」**趙曰**：言劉與杜同出也。漢高祖紀贊曰：「春秋：晉史蔡墨有言，陶唐氏既衰，其後有劉累，學擾龍〔一〕，事孔甲，范氏其後也。而大夫范宣子亦曰：『祖自虞以上爲陶唐氏，在夏爲御龍氏，在商爲豕韋氏，在周爲唐杜氏，晉主夏盟爲范氏。』」别浦雁賓秋。**洙曰**：月令：「秋月，鴻雁來賓。」**蘇曰**：張衡云：「賓雁别浦，蘆葦將秋。」年事推兄忝，**洙曰**：張釋之兄事袁盎〔二〕。**趙曰**：劉孝標答郭峙書云〔三〕：「頃年事道〔四〕，容髪衰謝。」年事，蓋言年歲之事

〔一〕擾，原作「擾」，據四庫本改。
〔二〕袁盎，九家集注卷三六同此，據漢書卷五〇張釋之傳，當爲「爰盎」之誤。
〔三〕劉孝標答郭峙書，九家集注同此，據周書卷四一王褒傳，乃「王褒致周弘讓書」之誤。
〔四〕道，據九家集注、周書卷四一王褒傳，乃「遒盡」之訛脱。

也，舊引張釋之兄事袁盎[一]，非是。**人才覺弟優。經過辨酆劍**[二]，**洙曰：**晉書曰：「斗牛之間有紫氣，雷煥曰：『寶劍之精上徹於天耳，在豫章酆城[三]。』令（握）（掘）獄屋基，入地四丈，得石函，中有雙劍，一曰龍泉，一曰太阿。」**意氣逐吴鈎。修可曰：**吴鈎，見出塞詩「含笑（入）（看）吴鈎」注[四]。**趙曰：**舊引鮑明遠詩「錦帶佩吴鈎」，而不講其物。沈存中云：「吴鈎者，刀名也。刀彎，今南蠻用之，謂之葛黨刀也。」**垂翅徒衰老，洙曰：**馮異傳：「始雖垂翅回谿，終能奮翼澠池，可謂失之東隅，收之桑榆。」**先鞭不滯留。趙曰：**劉琨與親舅書曰[五]：「某枕戈待旦，志梟逆虜，常恐祖生先吾著鞭耳。」**本枝凌歲晚，高義豁窮愁。他日臨江待，長沙舊驛樓。**

奉贈盧五丈參謀琚大曆四年作。

鄭曰：琚，斤於切。**洙曰：**丈人使自江陵，在長沙待恩旨，先支率錢米。補注**鶴曰：**唐志：元帥、副元

〔一〕袁盎，當爲「爰盎」之訛。
〔二〕酆，王洙本卷一八、九家集注同此，四庫本作「豐」。
〔三〕酆，四庫本、晉書卷三六張華傳作「豐」。
〔四〕「出塞」上，據九家集注、本書卷五後出塞五首其一，當脱「後」字。入，據四庫本、九家集注、本書卷五後出塞五首其一，乃「看」之訛。
〔五〕舅，據晉書卷六二劉琨傳，乃「故」之訛。

帥府有行軍參謀，關豫軍中機密。開元十二年罷，尋復置。詩云「恭惟同自出」，蓋公之祖母盧氏即所誌范陽太君者，參謀其族之長，故云。後有送盧十四弟詩，亦其族子也。大曆四年潭州作。

恭惟同自出， **洙曰：** 左傳：「我之所自出。」謂我甥也。**補注** **希曰：** 竇融傳：「孝景皇帝出自竇氏。」注云：「出，生也。」爾雅曰：「男子謂姊妹之子曰出。」**妙選異高標。入幕知孫楚，** **洙曰：** 孫楚，字子荆。石苞都督揚州事，孫楚爲參軍。**披襟得鄭僑。** **趙曰：** 左傳：「季札聘於鄭，見子産，如舊相識。」**丈人藉才地，** **趙曰：** 丈人，指言盧五參謀。**門閥冠雲霄。老矣蓬迎拙，相於契託饒。** **趙曰：** 言雖衰老，拙於逢迎，而與盧所以契託饒縱也。**賜錢傾府待，争米駐船遥。** **趙曰：** 題注所謂「支率錢米」也。**補注** **希曰：** 待，一本作「侍」，謂江陵府也。**鄰好艱難薄，氓心杼軸焦。** **夢符曰：** 按揚雄方言：「土作謂之杼，木作謂之軸。」「大東小東，杼軸其空。」又後漢劉騊駼書曰〔一〕：「杼柚空於公私之求〔二〕。」**趙曰：** 盧之使江陵也，當艱難之際，杼軸空而民心焦敖，不可多斂以爲鄰好之奉也。**客星空伴使，** **洙曰：** 見「釣瀨客星懸」注。**趙曰：** 客星，公自謂也。伴使，以言伴盧之爲使星也。舊注引嚴陵事，雖有「客星」兩字，而惑亂其義矣。**寒水不成潮。素髮乾垂領，** 乾，居寒切。**洙曰：** 秋興賦：「素髮颯以垂領。」**銀章破在腰。** **蘇曰：** 張嵩清儉守節，

〔一〕劉騊駼，九家集注卷三六同此，據後漢書卷五七劉陶傳，乃「劉陶」之訛。
〔二〕柚，後漢書卷五七劉陶傳同此，四庫本作「軸」。

爲〔邑〕（巴）西令[一]。官滿，駕柴車載書數百卷，腰垂破銀章，辭邑人而去。邑人惜其去，懇留於隋文帝，即日擢爲巴西太守。有德政遺愛碑尚在。余爲兒童時聞先子對客談此。**説詩能累夜，醉酒或連朝。** **洙曰：**中山有酒，一醉千日。**趙曰：**公自言也。**藻翰惟牽率**[二]**，洙曰：**左傳：「牽率老夫。」**湖山合動摇。** **蘇曰：**王逸少：清氣壯節摇湖山。**時清非造次，興盡却蕭條。天子多恩澤，蒼生轉寂寥。休傳鹿是馬，洙曰：**趙高指鹿爲馬。**莫信鵩爲鴞**[三]。**洙曰：**見「地濕愁飛鵩」注。**未解依依袂，還斟泛泛瓢。流年疲蟋蟀，洙曰：**詩：「蟋蟀在堂，歲聿云暮[四]。」古詩：「四時更變化，歲暮一何速。晨風懷苦心，蟋蟀傷局促。」**體物幸鷦鷯。** **洙曰：**莊子：「鷦鷯巢林，不過一枝。」文賦[五]：「體物而瀏湸[六]。」張茂先作鷦鷯賦。**辜負滄洲願，洙曰：**謝玄暉詩：「復叶滄洲趣。」**蘇曰：**嵇紹云：「年來名利汩没，未遂休閑，深負滄洲願心。」

〔一〕邑西，據杜陵詩史卷三一、分門集注卷一八及後云「擢爲巴西太守」，乃「巴西」之訛。
〔二〕惟，王洙本卷一八、九家集注同此，四庫本作「爲」。
〔三〕爲，九家集注、杜陵詩史、分門集注同此，四庫本、王洙本卷一八作「如」。
〔四〕云，九家集注同此，毛詩正義唐風蟋蟀作「其」。
〔五〕「文賦」上，四庫本有「陸機」二字，九家集注無。
〔六〕「體物」上，九家集注、四庫本有「賦」字。湸，四庫本、九家集注作「亮」，字通。

誰云晚見招。**趙曰**：此公感激之言。揚雄檄虛賦曰〔一〕：「世有黃公者，起於滄洲，精神養性，與道漂游〔二〕。」（左）太沖詩曰〔三〕：「馮公豈不偉，白首不見招。」李陵云：「陵雖孤恩，漢亦負德。」孤負，本只是「孤獨」之「孤」，舊注「辜負」〔四〕，流傳之誤。**師曰**：前漢朱博傳：「賁閥閱詣府。」師古注曰：「伐，功勞也。閱，所經歷也。」車千秋傳曰：「千秋無伐閱。」勞注〔五〕：「伐，積功也。閱，所經也〔六〕。」唐六典：「以上通用烏頭大門，又曰表揭，又曰閥閱。」義（謝）（訓）云〔七〕：「表揭，閥閱是也，俗呼爲檽星門。」是詩所謂「閥閱冠雲霄」者，蓋言盧氏積日積月立功，而致表揭高於雲霄。「賜錢傾府待，爭米駐船遥」，謂盧氏待恩旨未到，先支錢米，以民心焦勞也。寒水不成潮，言水淺也，峽人以春水生乃行船。自「素髮」以下，乃子美自述。休傳鹿是馬，言天子聰明也。莫信鵩如鴞，言莫愁遷謫也。滄洲，神仙所居之地也。

〔一〕檄虛賦，據九家集注、文選卷二七謝玄暉之宣城出新林浦向版橋詩「復協滄洲趣」句下李善注，乃「檄靈賦」之訛。

〔二〕漂，九家集注同此，文選卷二七謝朓之宣城出新林浦向版橋詩「復協滄洲趣」句下李善注引揚雄檄靈賦作「浮」。

〔三〕「太沖」上，據九家集注，脱「左」字。

〔四〕舊注，九家集注作「舊本」，杜陵詩史、分門集注作「舊作」。

〔五〕勞注，九家集注同此，據漢書卷六六車千秋傳，乃「師古曰」之訛。

〔六〕所經，九家集注同此，漢書卷六六車千秋傳顏師古注作「經歷」。

〔七〕謝，據九家集注、杜陵詩史、分門集注，乃「訓」之訛。

登舟將適漢陽大曆四年秋作。

補注**鶴曰**：詩云：「春宅棄汝去，秋帆催客歸。」公以大曆四年至潭州，因居焉，故名春宅。則詩當在是年秋作，其後不果歸漢陽。是年十一月吐蕃寇靈州，蓋自大曆元年以來，無歲無其禍，故又云「中原戎馬盛。」

春宅棄汝去，趙曰：公二月到潭州，因居焉。則自春所有之宅名之曰春宅。**秋帆催客歸。**趙曰：將歸秦也。**庭蔬尚在眼，浦浪已吹衣。**蘇曰：江淹云：「浦浪輕花泛，沙風吹客衣。」**生理飄蕩拙，**蘇曰：吴産：「飄蕩牢落，拙治生計，幾爲人笑，吾愧於朋友。何日反故山，采杞菊，枕石漱泉，遂此麋鹿之性？」**有心遲暮違。**趙曰：遲暮，晚年也。楚詞：「傷美人之遲暮。」**中原戎馬盛，遠道素書稀。**修可曰：古詩：「呼兒烹鯉魚，中有尺素書。」**塞雁與時集，檣烏終歲飛。**趙曰：帆檣之上刻爲烏形，〔敢〕（取）以占風〔二〕。**鹿門自此往，**趙曰：龐德公携妻子隱於鹿門。**永息漢陰機。**洙曰：見「煮井復猾猾」注〔三〕。

暮秋將歸秦留别湖南幕府親友大曆五年作。

補注**鶴曰**：大曆五年秋，公欲北首而卒，故誌云：「竟以寓卒，殯於岳陽。」雖與史異，然當以詩爲定。若

〔二〕敢，據九家集注卷三六、杜陵詩史卷三一、分門集注卷一二，乃「取」之訛。
〔三〕煮井復猾猾，據本書卷六鹽井詩，乃「汲井歲榾榾」之訛。

以此詩爲四年秋作，則前篇題云「將適漢陽」，此題又云「將歸秦」，不應一時所鄉不同，故知爲大曆五年作。

水闊蒼梧野，洙曰：謝玄暉詩：「雲去蒼梧野，水還江漢流。」**天高白帝秋。途窮那免哭，**洙曰：顔延年：「途窮能無慟。」**身老不禁愁。**蘇曰：孔伸年老失意[一]，不禁愁恨。**大府才能會，諸公德業優。北歸衝雨雪，誰憫弊貂裘。**洙曰：一云「俱愍弊貂裘」，見「季子貂裘弊」注。趙曰：公以蘇（武）（秦）自比也。

送盧十四弟侍御護韋尚書靈櫬歸上都二十（四）韻[二]大曆四年冬作。

補注 鶴曰：詩云「清霜洞庭葉，故就別時飛」，當是大曆四年冬作。蓋公又有舟中懷盧十四侍御弟云：「朔風吹桂水。」則是其冬在潭州作。盧侍御乃公之祖母盧氏姪孫，故呼爲弟。韋尚書即後篇哭韋大夫之晉。

素幕渡江遠，朱幡登陸微。洙曰：漢二（十）（千）石朱輜兩輪。趙曰：朱幡，丹旐也。舊引漢二千石朱兩轓，誤矣。「轓」字從車，「幡」字從巾，義不同也。補注 鶴曰：素幕既渡江，而朱幡乃登陸，則又非丹旐矣。若是丹旐，則與之俱渡江矣。當是軍校送之者。衛青傳：「傳校獲王。」師古注：「校者，營壘之稱，故謂軍

[一] 伸，杜陵詩史卷三一、分門集注卷二一作「神」。
[二] 二十四韻，王洙本卷一八、九家集注卷三六、杜陵詩史卷三一，分門集注卷二二皆作「二十韻」，詩亦共二十韻，則「四」乃衍文。

之一部爲一校。或曰幡旗之名，非也，每軍一校，則別爲幡耳。」悲鳴駟馬顧，**趙曰**：有戀〔生〕（主）之意〔一〕。失涕萬人揮。**洙曰**：陸士衡：「揮淚廣川陰。」又：「得與故人揮。」〔二〕參佐哭辭畢，門闌誰送歸。從公伏

補注 **希曰**：參佐，謂佐史參軍也。類要所謂「參佐使局」，舊有用此二字者，劉三復亦云「參佐賓筵」。

事久，之子俊才稀。長路更執紼，此心猶倒衣。**洙曰**：詩：「自公召之，顛倒裳衣。」感恩義不小，**蘇曰**：夏侯勝：「感恩戀德，義實不小。」懷舊禮無違。墓待龍驤詔，**修可曰**：唐史遺事：「武后幸洛陽，至閿鄉縣，〔東〕（車）騎不進〔三〕。召巫問之，巫曰：晉龍驤將軍王濬云：『臣墓在道南〔四〕，每爲樵采所苦。聞大駕至，故哀求。』后遂詔〔云〕（去）墓百步〔五〕，不得樵采。」子美八哀詩亦云：「虛無馬融笛，悵望龍驤〔塋〕（塋）。」**趙曰**：晉王濬爲龍驤將軍，卒，葬柏谷中大營塋域。待龍驤詔，則言盧尚書之墓如王濬者也。臺迎獬豸威。**趙曰**：獬豸，侍御史冠也。獬豸，獸名，知人曲直，而觸不直者。此言韋尚書靈櫬至上都，而送之者盧侍御也。深衷見士則，雅論在兵機。**趙曰**：世說：「鄧艾年十二，至潁川，讀陳〔大〕（太）丘碑文〔六〕，曰：『言爲世

〔一〕生，據九家集注、分門集注，乃「主」之訛。
〔二〕得與故人揮，據文選卷二六，乃范雲贈張徐州謖詩中之句。
〔三〕東，據九家集注，乃「車」之訛。
〔四〕道，九家集注作「縣」。
〔五〕云，據四庫本、九家集注，乃「去」之訛。
〔六〕陳大丘，據九家集注、世説新語卷上之上言語第二，乃「陳太丘」之訛。

範，行爲士則。』遂自名範，字士則。」補注希曰：衷，一本作「哀」。戎狄乘妖氣，塵沙落禁闈。趙曰：禁闈，天子之内也。此言吐蕃陷京師也。往年朝謁斷，修可曰：言去上都之久，而斷朝謁也。他日掃除非。但促銅壺箭，洙曰：漏刻銘：「箠筩方圓之制[一]。」注：「金謂壺。」又云：「銅史司刻，金徒抱箭。」休添玉帳旂。趙曰：玉帳，將軍之帳也[二]。補注希曰：抱朴子外篇：「軍在太一玉帳之中，不可攻也。」動詢黄閣老，洙曰：見「扈聖登黄閣」注。肯慮白登圍。洙曰：前漢匈奴傳：「高帝至平城，步兵未盡到，冒頓縱精兵三十萬圍於白登七日，漢兵中外不得相救。高帝乃使間厚遺閼氏，迺謂冒頓曰：『兩主不相困。今得漢地，單于終不能居之。』取閼氏之言，迺爲開一角。於是高帝從解角直出，與大軍合，而冒頓遂引兵罷。使劉敬結和親之約。」趙曰：言天子雖屢詢大臣，而莫知以白登之圍爲慮者。此豈勸親征之徒歟？（朱忠）（宋志）曰[三]：「三公黄閣。」鄭曰：白登，地名，在平城東南十餘里。萬姓瘡痍合，蘇曰：邢元云：「萬姓瘡痍始合，兵甲尚未全息，恐西北乘勢再爲患也。」趙曰：言其困於誅求役使也。群兇洙曰：一云「雄」。嗜欲肥。趙曰：言將帥乘此爲驕也。刺規多諫諍，趙曰：所望於盧侍御也。端拱自光輝。儉約前王體，風流

[一] 箠筩，九家集注作「金筩」，文選卷五六陸倕新刻漏銘作「金筒」，則「箠筩」乃「金筒」之訛。
[二] 將，原漫漶不清，此據國圖全本、四庫本。
[三] 朱忠，九家集注、杜陵詩史、分門集注作「宋忠」。按，九家集注引此語作「三公黄閣，前史無有此義」云云，乃出自宋書卷一五禮志二，則「朱忠」「宋忠」皆「宋志」之訛。

後代希。**趙曰：**言盧侍御之登對所論之事如此。**對敭期特達，**敭，與「揚」同。**衰朽再芳菲。****趙曰：**言對敭天子之前，當在特達，而勿委靡，則衰朽之人再獲芳菲。言同受其樂也。**空裏愁書字，****洙曰：**見「咄咄〔咄〕（正）書空」注。**山中疾采薇。****洙曰：**伯夷傳：「登彼首陽〔一〕，采其薇兮〔二〕。」**撥杯要忽罷，抱被宿何依。****蘇曰：**聶授抱被隨王肅梋宿。**趙曰：**撥杯者，揮杯也。既別矣，撥杯之相要忽罷，平昔抱被就宿，今又何依也？**眼冷看征蓋，兒扶立釣磯。清霜洞庭葉，故就別時飛。****洙曰：**楚辭湘夫人：「洞庭波兮木葉下。」

哭李常侍嶧二首大曆三年作。

鄭曰：嶧，夷益切。補注**鶴曰：**唐志：「左右散騎常侍，隸門下、中書〔有〕（省），掌規諷過失，侍從顧問。」左爲左貂，右爲右貂，故詩云「猶想映貂金」。詩又云：「江漢哭君時。」當是大曆三年在荆南作，而粱權道編在四年潭州詩内。潭不應言江漢也。考詩，當是李死於嶺南而歸葬長安，公逢於江漢間而哭之。

一代風流盡，**蘇曰：**曹桴曰：「子建没，陳、劉俱逝，一代風流從此盡矣。後世誰氏可繼高名？」**趙曰：**

〔一〕首陽，四庫本、史記卷六一伯夷列傳作「西山兮」。
〔二〕兮，四庫本同此，九家集注、杜陵詩史、分門集注、史記伯夷列傳作「矣」。

南史：「張緒死，其從弟融於緒靈前酌飲慟哭曰：『阿兄風流頓盡。』」**修文地下深。** **洙曰：** 見「修文地下郎」注。顏淵爲地下修文郎。**斯人不重見，** **蘇曰：** 山巨(原)(源)哭嵇(原)(康)曰[一]：「中散死，埋玉重泉，沉珠滄海，不重見斯人矣。」**趙曰：** 孔子言伯牛之疾曰：「斯人也，而有斯疾也！」蓋嗟其人之賢也。**將老失知音。** **洙曰：** 伯牙以鍾子期爲知音，子期死，而牙絶絃。**蘇曰：** 鮑叔云：「將老矣，遽失知音。」**趙曰：** 指李常侍如子期也。曹丕與吳質書曰：「昔伯牙絶絃於鍾子期，仲尼覆醢於子路，痛知音之難遇，傷門人之莫逮也。」**短日行梅嶺，寒山** **洙曰：** 一作「江」。**落桂林。** **趙曰：** 言李常侍之櫬自廣南來也。大庾嶺多梅，故謂之梅嶺。廣志曰：「桂生於高山之嶺，其類自爲林。」**補注** **希曰：** 史記東越傳：「令諸校屯豫章梅嶺。」山海經云：「桂林八柱在賁禺東[二]。」賁禺[三]，即番禺也。若以桂州爲桂林，則梅嶺非桂林所經之路。**長安若箇畔，猶想映貂金。** **洙曰：** 侍中冠貂蟬。阮修以貂蟬換酒。

[一] 「山巨原」「嵇原」，乃「山巨源」「嵇康」之訛，據分門集注卷二二、四庫本校正。
[二] 八柱，據四庫本、山海經卷一〇海内南經作「八樹」。
[三] 賁禺，四庫本、山海經作「番隅」。

其二

青瑣陪雙入，銅梁阻一辭。**洙曰**：見「通籍踰青瑣」注。蜀有銅梁縣。**補注希曰**：表記：「一辭而退。」風塵逢我地，江漢哭君時。次第尋書扎，呼兒檢贈詩。**洙曰**：古詩：「遺我一書扎。」又：「呼兒烹鯉魚。」文選有「贈答詩」。發揮王子表，不愧史臣詞。**定功曰**：常侍者，宗室之子也，故用「王子表」字。前漢書有王子侯表。

哭韋大夫之晉大曆四年夏作。

補注鶴曰：公有送韋中丞赴湖南詩，兹云「韋大夫」，則韋在湖南升大夫矣。詩云「誰繼方隅理，朝難將相權」，當是韋鎮湖南，死於鎮所。大曆四年夏作，故詩又云：「城府深朱夏。」

淒愴郇瑕邑，**洙曰**：左傳：「晉謀去故絳，諸大夫曰：『必居郇瑕氏之地。』」**鄭曰**：郇，須倫切，國名。差池弱冠年。**洙曰**：曲禮上：「二十曰弱冠。」士人叨禮數，**補注希曰**：士人，一本作「丈人」，一本作「大人」。文律早周旋。**洙曰**：左傳：「與君周旋。」臺閣黄圖裏，**洙曰**：三輔黄圖。又漢宫闕詔〔一〕。簪裾

〔一〕 漢宫闕詔，九家集注卷三六同此，漢書卷九二游俠傳萬章傳「章在城西柳市」句下顔師古注曰：「漢宫闕疏云細柳倉有柳市。」則「漢宫闕詔」當爲「漢宫闕疏」之訛。

貢紫蓋邊。洙曰：沈休文碑：「陪龍駕於伊洛，〔待〕（侍）紫蓋於咸陽[一]。」尊榮真不忝，端雅獨翛然。鄭喜音容閑[二]，洙曰：見「切效貢公喜」注。馮招疾病纏。洙曰：左太沖：「馮公豈不偉，白首不見招。」聯綿曰：馮，馮唐。南過駭蒼卒[三]，上采莽切，下七没切。北思悄聯綿。洙曰：洞簫賦：「吟氣遺往[四]，聯綿飄儌[五]。」又云：「翩綿聯以牢落[六]。」鵩鳥長沙諱，洙曰：見「地濕愁飛鵩」注。犀牛蜀郡憐。洙曰：見石犀牛行[七]。素車猶慟哭，寶劍欲高懸。洙曰：見「把劍覓徐君」注。漢道中興盛，韋經亞相傳。洙曰：建武、永平〔未〕（末）盡中興之美[八]。韋賢，不如教子一經。沖融標世業，磊落映時賢。城府深朱夏，江湖眇霽天。倚樓闕樹頂，洙曰：古詩：「西北有高樓，交疏結綺窗。」飛旐泛堂前。洙曰：寡

[一] 待，據九家集注、文選卷五九沈約齊故安陸昭王碑文，乃「侍」之訛。
[二] 閑，四庫本、九家集注卷三六作「間」。
[三] 蒼，四庫本作「倉」。
[四] 往，據九家集注、文選卷一七王褒洞簫賦，乃「嚮」之訛。
[五] 飄，九家集注同此，文選作「漂」。儌，杜陵詩史卷三〇、分門集注卷二三作「懺」，四庫本本作「徹」，九家集注、文選作「撇」。
[六] 聯，文選作「連」。
[七] 石犀牛行，本書卷七作「石犀行」，據九家集注，其下脱「注」字。
[八] 未，據杜陵詩史卷三〇，乃「末」之訛。

婦賦：「飛旆翩以啓路。」帟幕欹風燕[一]，洙曰：帟幕霄懸。笳簫急暮蟬。興殘虛白室，洙曰：莊子：「虛室生白。」迹斷孝廉船。洙曰：世説：「張憑舉孝廉，負其才，自謂必參時彥。初欲詣劉真長，鄉里及同舉者共笑之。張遂往詣，真長延之上座，清言彌日，因留宿至曉。張退，劉曰：『卿且前去，當取卿共詣撫軍。』張還船，同旅問何處宿，張笑而不答。須臾真長遣傳教覓張孝廉船，同旅宛愕[二]。即同載詣撫軍，至門，劉進曰：『下官今日與公得一太常博士。』撫軍與之言，咨嗟稱善，即用爲太常博士。」童孺交游盡，喧卑俗事牽。老來多涕淚，情在强詩篇。誰繼方隅理，朝難將帥權。春秋褒貶例，名器重雙全。師曰：郇瑕，晉地，韋大夫靈櫬歸晉，故子美淒愴以傷之。子美少與公結交，故云「差池弱冠年」。王陽在位，貢禹喜而彈冠。子美上韋左丞詩云：「竊效貢公喜。」今已死，故曰「貢喜音容間」。子美擬效馮公之招隱，奈爲疾病所纏而已。鵩鳥長沙諱，子美自言斥逐，困於此地也。犀牛蜀郡憐，言蜀人（畏）（思）韋之德也[三]。綺樓關樹頂，言奠樓之高也。帟幕欹風燕[四]，言子美之失韋，無所栖託，如燕之巢於風幕也。惟名與器不可以假人，韋之化去，朝廷慎難，不輕以帥權授人，故云「誰繼方隅理」。

[一] 欹，四庫本、九家集注作「旋」，王洙本卷一八作「疑」。
[二] 宛，四庫本作「驚」，世説新語卷上之下文學第四作「惋」。
[三] 畏，據杜陵詩史、分門集注，乃「思」之訛。
[四] 欹，四庫本作「旋」，杜陵詩史作「疑」。

舟中夜雪有懷盧十四侍御弟大曆四年冬作。

補注 鶴曰：此詩當是盧送韋大夫歸柩，公對雪而懷之也，故有「暗度南樓月」之句。南樓，在武昌，庾亮與諸佐吏共登者。必盧過鄂，故云。在大曆四年冬作。

朔風吹桂水，大雪夜紛紛。暗度南樓月，寒深北渚雲。洙曰：北渚有帝子。燭斜初近見，舟重竟無聞。不識山陰道，聽雞更憶君。蘇曰：郭璞寄宋平詩云：「夜夢江山遠，聞雞更憶君。」趙曰：語林曰：「王子猷居山陰，大雪，夜開室命酌，四望皎然。因懷招隱詩〔一〕，忽憶戴安道。」

對雪

北雪犯長沙，胡雲冷萬家。晏〔洙〕〔殊〕曰〔二〕：北地多雪，長沙南郡，偶有此，故云。補注 希曰：唐張謂長沙風土碑曰〔三〕：「遁甲所謂『沙土之地，雲陽之墟，可以長往，可以隱居』者焉。」隨風且閑一作「開」。

〔一〕懷，九家集注卷三六、杜陵詩史卷三一、分門集注卷一、世説新語卷下之上任誕第二十三作「詠」。
〔二〕晏洙曰，四庫本作「晏注曰」，杜陵詩史卷五作「晏曰」，分門集注卷一作「晏殊曰」，則「洙」乃「殊」之訛。
〔三〕風土，唐文粹卷五四作「土風」。

葉[一]，**趙曰**：當作「開」，言雪隨風灑於葉上而開也。**帶雨不成花。金錯囊垂罄**[二]，**洙曰**：張平子云：「美人贈我金錯刀。」趙壹云：「不如一囊錢。」杜云此，專言錢也。漢王莽鑄大錢，又造錯刀，以金錯其文。此錢形之如刀而金錯之之證。**蘇曰**：〔科〕（种）文云[三]：「共君莫惜醉，罄此金錯囊。」**銀壺酒易賒。** 補注 **希曰**：後漢劉盆子傳：「吕母釀醇酒，年少來酤者皆賒與之。」又高祖紀：「貰酒。」注：「賒酒也。」**無人竭浮蟻，趙曰**：浮蟻，酒也，祖出釋名，曰：「酒有泛齊，浮蟻在上。」**有待至昏鴉。洙曰**：公自注：「何遜詩：『城陰度塹黑，昏鴉接翅歸。』」王立之評曰[四]：「昏鴉亦常語，何必引遜句？後作絶句却云：『釣艇收緡盡，昏鴉接翅稀。』」 補注 **希曰**：公作絶句作此詩之前[五]，而公於此方引遜句，何也？豈不以「昏鴉」常用之字，猶有所本，故再用之乃引遜爲證，欲人不輕用字也。

〔一〕閑，杜陵詩史卷五，分門集注卷一作「間」。
〔二〕垂，王洙本卷一八、九家集注、杜陵詩史、分門集注作「徒」，四庫本作「從」。
〔三〕科，據杜陵詩史，分門集注，乃「种」之訛。
〔四〕王立之評曰，杜陵詩史、分門集注乃注家格式，非「洙曰」中所引，九家集注作「趙云：王立之詩話云」。
〔五〕作，四庫本作「在」。

冬晚送長〔卿〕（孫）漸舍人歸州[一]大曆三年冬作。

補注 **鶴曰**：此詩梁權道編在大曆四年，而詩云「西戎鄠杜傍」，却是年京師無吐蕃之禍。案史，三年八月，吐蕃寇靈州、邠州，京師戒嚴。九月，又入寇，京師〔戎〕（戒）嚴。邠去京師不滿四百里，所以言在鄠杜之傍。若四年，雖寇靈州，而京師未嘗戒嚴，殆與詩句不叶。又詩云「南客瀟湘外」，蓋是時公在岳陽，故云。四年公在潭，正在瀟湘間，自不言「外」矣。當是三年冬晚作無疑。

參卿休坐幄，蕩子不歸鄉。 **洙曰**：古詩：「蕩子行不歸。」**蘇曰**：顔延年古樂府：「嫁得游蕩子，一去未還鄉。秋夜不肯明，教妾卧幽房。」**趙曰**：公自言也。公爲劍南節度參謀，謂之參卿。公前爲之，而今罷，此所謂「休坐幄」。列子曰：「人有去鄉土游於四方而不歸者，世謂爲狂蕩之人也。」補注 **希曰**：以運籌帷幄，故用「坐幄」字，以明其罷參謀。古詩：「今爲蕩子婦，蕩子不知歸[二]。」注：「婦人比夫爲蕩子，言夫從征役也。」臣之事君，亦猶女之事夫，故比而言之。**南客瀟湘外，** **趙曰**：公北人也，而在湘潭，是爲南客。**西戎鄠杜傍。** **洙曰**：宣帝尤樂杜、鄠之間。杜屬京兆，鄠屬扶風。**蘇曰**：漢明帝曰：「今西戎猖獗，若不禦備，恐犯鄠杜。」鄠縣、杜陵俱屬京兆。**趙曰**：吐蕃之兵未息也。**師曰**：參卿，言長孫坐於帷幄爲參謀也。蕩子，子美自

〔一〕長卿，據王洙本卷一八、九家集注卷三六、杜陵詩史卷三一、分門集注卷二一及本詩「西戎鄠杜傍」句下引「師曰」，乃「長孫」之訛。

〔二〕不知歸，文選卷二九古詩十九首青青河畔草作「行不歸」。

稱。鄠杜，乃京城，吐蕃陷之，故云「西戎鄠杜傍」。**衰年傾蓋晚，**洙曰：鄒陽：「傾蓋如故。」**費日繫舟長。**趙曰：言舟留滯而未行也。**會面思來扎，**洙曰：古詩：「會面安可知。」又：「客從遠方來，遺我一扎書[一]。」**銷魂逐去檣。**洙曰：別賦：「黯然銷魂。」**雲晴鷗更舞，風逆雁無行。**趙曰：列子云：「鷗鳥舞而不下。」詩云：「兩驂雁行。」**匣裏雌雄劍，吹毛任選將。**

暮冬送蘇四郎徯兵曹適桂州大曆四年冬作。

補注 鶴曰：通典，漢司隸屬官有兵曹從事史，蓋有軍事則置。唐三都、督府、上中下州皆有之。詩云「盧綰須征日，樓蘭要斬時」，蓋指大曆四年十二月桂州人朱濟反，容管經略王翃敗之。此當是其時作。

飄飄蘇季子，六印佩何遲。洙曰：蘇季子言：「吾若有雒陽負郭三頃田[二]，安能佩六國相印乎？」**早作諸侯客，兼工古體詩。**洙曰：見「諸侯老賓客」注。陸士衡有擬古詩。**爾賢埋照久，**洙曰：阮步兵詩：「沉醉似埋照。」**余病長年悲。盧綰須征日，**洙曰：盧綰傳：「上使召綰，稱病不行，上怒曰：『綰果反。』使樊噲擊綰。高祖崩，綰遂將其衆亡入匈奴，以爲東胡盧王。爲蠻夷所侵奪，居歲餘死。」**樓蘭要斬時。**

[一] 一扎書，文選卷二九古詩十九首孟冬寒氣至作「一書札」。
[二] 三，據九家集注卷三六、史記卷六九蘇秦列傳，乃「二」之訛。

洙曰：見「此道未磷緇」注。**歲陽初盛動，**趙曰：十二月二陽生矣。**王化久磷緇。**洙曰：見「樓蘭斬未還」注。**爲入蒼梧廟，看雲哭九疑。**師曰：山海經云：「南方蒼梧之淵，舜之所葬。」湘中記曰：「九疑山在營道縣，九山相似，行者疑惑。」荆州記曰：「九疑山盤基數郡之界，連峰接岫，競遠争高，含霞卷霧，分隔天日。」郡國志曰：「九疑山有九峰，曰丹朱，曰石城，曰樓溪（形如樓），曰娥皇（下有舜如〔一〕），曰舜源，曰女英（舜墓在此峰下），曰（肅韻）（簫韶）〔二〕，曰紀峰，曰紀林。有九（十）（水）〔三〕。」補注 希曰：武帝紀：「望祠虞舜于九疑〔四〕。」師古曰：「其山九峰，形勢相似，故曰九疑。」又列仙傳：「舜游南，有（王）（玉）城瑶闕，曰九疑之都。」桂與（金）（全）相鄰〔五〕，全復鄰於道，蘇徯適桂，道所從出，故云。

風疾舟中伏枕書懷呈湖南親友三十六韻。

補注 鶴曰：題云「呈湖南親友」，而詩云「故國悲寒望，群雲慘歲陰」「鬱鬱冬炎瘴，濛濛雨滯淫」，當是大

〔一〕如，杜陵詩史卷三一、分門集注卷二一作「妃」，據太平御覽卷四一地部六九疑山引郡國志，乃「池」之訛。
〔二〕肅，杜陵詩史、分門集注作「簫」，據太平御覽引郡國志，乃「簫」之訛。
〔三〕十，據太平御覽引郡國志，乃「水」之訛。
〔四〕祠，四庫本、漢書卷六武帝紀作「祀」。
〔五〕金，據四庫本，乃「全」之訛。

曆四年冬作，故詩又云：「書信中原闊，干戈北斗深。」指是年吐蕃寇靈州而云。

軒轅休製律，洙曰：甫自注云：「伏羲造瑟，神農作琴，舜彈五弦〔舉〕（琴）歌南風之篇（有）矣[一]。」史記：「黄帝名曰軒轅。」前漢律曆志：「黄帝使伶倫自大夏之西、崑崙之陰取竹之解谷生[二]，有竅厚均者[三]，斷兩節間而吹之，以爲黄鍾之宫。制十二筒以聽鳳鳴，其雄鳴爲六，雌鳴亦六，〔此〕（比）黄鍾之宫[四]，而皆可以生之，是爲律本。」**虞舜罷彈琴。**洙曰：樂記：「舜作五弦之琴，以歌南風。」**尚錯雄鳴管，**趙曰：前所謂「十二筒以聽鳳之鳴，其雄鳴六」也。**猶傷半死心。**洙曰：枚乘七發云：「龍門之桐，高百尺而無枝，其根半死半生，冬則風雪之所激。」**聖賢名古邈，羈旅病年侵。**洙曰：范蔚宗：「聞道雖已積，年力互頹侵。」陸士衡詩：「前路既已多，後塗隨年侵。」趙曰：言造琴律之聖賢，其名已古遠矣。**舟泊常依震，**洙曰：震，東方也，有震澤。**湖平早見參。**洙曰：早，一作「半」。參，曉星也。鮑昭詩[五]：「曉星正參落。」**如聞馬融笛，**洙

[一] 舉，據王洙本卷一八、九家集注卷三六，乃「琴」之訛。弦，王洙本、九家集注作「絃」。「矣」上，王洙本、九家集注有「有」字。

[二] 伶倫，九家集注同此，漢書卷二一上律曆志上作「泠綸」。解谷，漢書律曆志上同此，九家集注作「嶰谷」。

[三] 有，據九家集注、漢書律曆志上，乃「其」之訛。

[四] 此，九家集注同此，據漢書律曆志上，乃「比」之訛。

[五] 鮑昭，九家集注作「鮑照」，據文選卷二七，乃「謝朓」或「謝玄暉」之誤，按，四庫全書總目宋景文筆記提要云：「以鮑照作昭爲誤，而不知唐避武后之諱。」則「昭」乃唐人避武后「曌」字諱而改。參，文選卷二七謝玄暉京路夜發詩作「寥」。

曰：馬融好吹笛，有長笛賦，序云：「性好音律，能鼓琴吹笛。」若倚仲宣襟。洙曰：王粲登樓賦云：「憑軒檻以遥望兮，向北風而開襟。」故國悲寒望，洙曰：顔延年：「息徒顧將夕，極望梁陳分。故國多喬木，空城凝寒雲。」趙曰：故國，長安也。悲當寒望之中。群雲慘歲陰。洙曰：謝惠連（雲）（雪）賦：「歲將暮，時既昏。寒風積，愁雲繁。」水鄉霾白屋，楓岸叠青岑。蘇曰：顧穆：「洞庭楓岸遠，幾叠青岑高。」趙曰：「江水湛湛兮，上有楓。」〔一〕楚岸多楓，故曰楓岸。鬱鬱冬炎瘴，洙曰：張平子：「鬱鬱不得志。」濛濛雨滯淫。洙曰：東山：「零雨其濛。」「勃海方淫滯。」〔二〕鼓迎方祭鬼，趙曰：楚俗好巫祀。彈落似鴞禽。洙曰：賈誼鵩賦：「鵩鳥似鴞。」鮑曰：莊子：「見彈而求鴞炙。」興盡纔無悶，洙曰：王子猷興盡而返。易：「遯世而無悶。」愁來遽不禁。生涯相汩没，時物自蕭森。洙曰：自，一作「正」。張景陽：「溪壑無人迹，荒林鬱蕭森〔三〕。」疑惑尊中弩，修可曰：抱朴子曰：「予祖郴爲汲令（注：風俗通作汲令應郴）〔四〕，以夏至日請主

〔一〕「江水」二句上，據九家集注、杜陵詩史、分門集注，脱「楚詞曰」三字。
〔二〕「渤海」句上，據文選卷二六陸厥奉答内兄希叔詩，當脱「陸厥詩」或「陸韓卿詩」等字。
〔三〕溪，九家集注同此，文選卷二九張景陽雜詩十首其九作「磎」。林，九家集注同此，文選作「楚」。
〔四〕予祖郴，四庫本、太平御覽卷二三時序部八夏至引抱朴子作「予祖彬」。應郴，四庫本、藝文類聚卷六〇軍器部弩引風俗通作「應彬」。

簿杜宣飲酒，北壁上有懸赤弩，照於杯中，如蛇。宣惡之，及飲得病[一]。後郴知之[二]，延宣於舊處置酒，其見如初。因謂宣曰：『此弩影耳。』宣疾遂瘳。」此與樂廣傳蛇影事大相類，特弓與弩異耳。**淹留冠上簪。****洙曰：**淹留冠上簪，公猶未能遂棄冠冕也。移文：「〔借〕（昔）聞〔披〕（投）簪逸海岸[三]。」**趙曰：**冠簪，卿大夫之禮也。**牽裾驚魏帝，****洙曰：**辛毗諫帝，帝怒，起，引帝裾。**趙曰：**言爲左拾遺時諫房琯之材不宜廢，而肅宗怒之也。**投閣爲劉歆。****趙曰：**揚子雲校書天禄閣上，以劉歆嘗問奇字，而歆以言祥得罪。有司誤以連子雲，子雲爲投閣。今云「爲劉歆」，則是言琯既貶邠州刺史，而公出爲華州司功也。**狂走終奚適，****蘇曰：**王修曰：「吾狂坐走諸侯門，終身必〔意〕（竟）奚適[四]？」乃束書隱三茆山。**微才謝所欽。****洙曰：**陸士衡：「寤寐靡安豫，願言思所欽。」**吾安藜不糝，****洙曰：**孔子藜羹不糝。**汝貴玉爲琛。****趙曰：**言湖南親友也。貴玉爲琛，琛者，寶也。詩云：「來獻其琛。」**烏〔九〕（几）重重縛，鶉衣寸寸針。****趙曰：**鶉衣，即「衣如懸鶉」之謂。**哀傷同庾信，**庾信作哀江南〔賦〕。**述作異陳琳。****趙曰：**陳琳健於章奏，曹公見其〔激〕（檄）而頭風愈。今公自謙以爲述作不能似之。**十暑岷山葛，****洙曰：**葛，蜀布也。十暑不易，言其貧也。**三霜楚户砧。****洙曰：**三

[一] 病，九家集注、杜陵詩史、分門集注、太平御覽作「疾」。
[二] 郴，四庫本作「彬」。
[三] 借，據九家集注、文選卷四三孔稚珪北山移文，乃「昔」之訛。披，據九家集注、文選，乃「投」之訛。
[四] 意，據杜陵詩史卷三二、分門集注卷一三，乃「竟」之訛。

霜，居楚三易星霜。叨陪錦帳坐，**洙曰**：郎官有錦帳，見漢百官志。**趙曰**：公爲尚書工部員外郎故也。郎官賜錦帳綬被。久放白頭吟。**趙曰**：公以老而吟詠耳。白頭吟本是卓文君以相如晚年置妾而作，今公借用之也。反樸時難遇〔一〕，**洙曰**：老子：「還淳反樸。」忘機陸易沉。**趙曰**：史記：「東方朔坐席中，酒酣，據地歌曰：『陸沉於俗。』」文選：「道勝貴陸沉。」注：「無水而沉，謂之陸沉。」應過數粒食，**洙曰**：鷦鷯賦：「巢林不過一枝，每食不過數粒。」得近四知金。**洙曰**：漢書〔二〕：「王密懷金遺楊震，曰：『夜無知者。』震曰：『天知，地知〔三〕，子知，我知，是四知。』遂不受。密慚而退。」春草封歸恨，**洙曰**：劉安招隱：「王孫游兮不歸，春草生兮萋萋。」源花費獨尋。**洙曰**：見「欲問桃花宿」注。轉蓬憂悄悄，**洙曰**：見「生涯獨轉蓬」注。柏舟詩：「憂心悄悄。」行藥病涔涔。**洙曰**：鮑明遠有行藥至城東橋詩，注謂：「昭有疾服藥〔四〕，行以宣導之。」漢霍光夫人顯謀毒許后，后〔兔〕（免）身，取附子并合大醫大丸飲之〔五〕。有〔須〕（頃），涔涔也〔六〕：「藥中

〔一〕 過，王洙本卷一八、九家集注作「遇」。
〔二〕 漢書，據九家集注、後漢書卷五四楊震傳，乃「後漢書」之訛。
〔三〕 地知，後漢書楊震傳作「神知」。
〔四〕 昭，文選卷二二鮑照行藥至城東橋詩劉良注同此，九家集注作「照」。
〔五〕 大醫，漢書孝宣許皇后傳同此，九家集注作「太醫」，按，「大」與「太」通。
〔六〕 涔涔也，九家集注作「頭岑岑也」，四庫本、漢書孝宣許皇后傳作「我頭岑岑也」。

得無毒乎？」對曰：「無。」遂加煩懣而崩。**瘞夭追潘岳，**趙曰：公必有喪子之禍，但無所考矣。潘岳西征賦曰：「天赤子於新安，坎（洛）（路）側而瘞之〔一〕。」補注 希曰：瘞，或作「痊」，或作「疾」，非。鶴曰：潘岳傷弱子序曰：「三月壬寅，弱子生。五月，之長安，次於新安之千秋亭。甲辰而弱子夭，乙巳瘞于亭東。」趙云公必有喪子之禍，而不明其爲喪宗文。師能引序語，而乃以爲悼嚴武之亡。按武死於永泰元年四月，去大曆四年作詩時已五年，又不應用瘞夭事。元微之誌：「嗣子宗武不克葬。」則宗文爲早世甚明。蓋大曆二年有熟食日示宗文宗武詩，又有示兩兒詩，明年出夔，二子尚無恙。今詩云「瘞夭」，又大曆五年卒時唯存宗武，故誌云「宗武不克葬」，則宗文誠夭矣。意是四年自潭之衡時喪宗文，以與聶令有舊，故瘞於耒陽，而公死，不果徙也。不然何以下句又用「渴死」事？**持危覓鄧林。**洙曰：山海經云：「夸父死，棄其杖而爲鄧林。」列子云：「夸父不量力，欲返日影，逐之於嵎谷之際。渴欲得飲，赴飲河、渭，不足，將走北飲大澤，未至，道渴而死。棄其杖，尸膏肉所浸，生鄧林，彌廣數千里焉。」**蹉跎翻學步，**洙曰：阮籍：「娱樂未終極，白日忽蹉跎。」壽陵餘子學步於邯鄲，失其故步，匍匐而反。趙曰：公自傷隨流俗也。**感激在知音。**趙曰：公自傷其無識之者。子期死，伯牙絶絃，終身不復鼓。**却假蘇張舌，**洙曰：蘇秦、張儀也。**高誇周宋鐔。**洙曰：莊子說劍：「王曰：『天子之

〔一〕洛，據九家集注、文選卷一〇潘岳西征賦，乃「路」之訛。

劍何如？』曰：『天子之劍，以燕石爲鋒〔一〕，齊岱爲鍔，晉魏爲脊，周宋爲鐔，韓魏爲鋏矣。』」**納流迷浩汗**，**蘇曰**：孔融：「子不見東海納萬流浩汗，不溢不驚。君子之量當亦如此。」**峻址得嶔崟。城府開清旭**，**蘇曰**：言諸公在幕府也。**松筠起碧潯**。**趙曰**：公自言其舟之所在。潯，韻書云：「旁深也。」**披顔争倩**〔二〕，**趙曰**：言往披承諸公之顔，争爲倩倩以相待。詩云：「巧笑倩兮〔三〕。」主在乎言笑也〔四〕。**逸足競駸駸**。**洙曰**：詩〔五〕：「載驟駸駸。」**趙曰**：以駸馬比諸公也。**朗鑒存愚直**，**趙曰**：愚直，公自謂也。朗鑒，則所以望諸公也。**皇天實照臨**。**洙曰**：左傳：「皇天后土，實聞此言〔六〕。」**公孫仍恃險**，**洙曰**：後漢公孫述恃其地險衆附，有異志。蜀都賦：「長城結險〔七〕，呑若巨防。一夫守隘，萬夫臭向。公孫躍馬而稱帝，劉宗下輦而自王。」**侯景未生擒**。侯景，陷臺城者。**書信中原闊，干戈北斗深。畏人千里井**，**趙曰**：蘇氏演

〔一〕燕石，九家集注、莊子説劍作「燕谿石城」。
〔二〕顔争倩，原漫漶不清，此據國圖全本、四庫本。
〔三〕笑，原漫漶不清，此據國圖全本、四庫本。
〔四〕主在乎，原漫漶不清，此據國圖全本、四庫本。
〔五〕「洙曰」「詩」，原漫漶不清，此據國圖全本、四庫本。
〔六〕此言，左傳注疏僖公十五年作「君之言」。
〔七〕結，九家集注、文選卷四左思蜀都賦作「豁」。

義小説載：「金陵記曰：南計吏止于傳舍間[一]，及將就路，以馬殘草瀉於井中而去，謂無再過之期。不久復由此，飲於此井，遂爲昔時剉(即)(節)刺喉而死[二]。故後人戒之曰：『千里井，不瀉剉[三]。』」問俗九州箴。洙曰：揚雄傳贊曰：「箴莫善於虞箴，作州箴。」晉灼曰：「九州之箴。」戰血流依舊，洙曰：見「邊城流血成海水」注。軍聲動至今。葛洪尸定解，洙曰：後漢方術傳注：「尸解者，言將登仙，假託爲尸，以解化也。」葛洪傳：「卒，年八十一，視其顔色如生，體亦柔軟。舉尸入棺，甚輕，如空衣也。以爲尸解得仙[四]。」許靖力還任。洙曰：蜀志曰：「許靖，字木[五]。少與從弟劭俱知名，並有人倫臧否之稱，而私情不協，排靖，不得齒叙也。」趙曰：王朗與靖書曰：「足下周游江湖，以暨南海，可謂遍矣。」如靖之力，還可勝任，此公言南征而避難。家事丹砂訣，洙曰：葛洪爲勾漏令，求丹砂。無成涕作霖。洙曰：甫注云：「伏(戲)(羲)(退)(造)瑟[六]，神農氏作琴，舜彈五絃(舉)(琴)[七]，歌南風之篇，有矣。」師曰：莊子載孔子之言曰：「方且與世違而心不屑與

[一]「南」上，蘇氏演義卷下引金陵記有「江」字。
[二]銼即，據四庫本、九家集注，乃「銼節」之訛，按，蘇氏演義卷下引金陵記作「莝」，無「節」或「即」字。
[三]銼，九家集注同此，蘇氏演義卷下引金陵記作「莝」。
[四]「以爲」上，九家集注、晉書卷七二葛洪傳有「世」字。
[五]木，據九家集注、三國志卷八蜀書許靖傳，乃「文休」之訛脱。
[六]伏戲，乃「伏羲」之訛；退，乃「造」之訛；據王洙本、杜陵詩史、分門集注校正。
[七]舉，據王洙本，乃「琴」之訛。

之俱，是陸沉者也，其市南宜僚耶[一]。」文選詩：「道勝貴陸沉。」注：「無水而沉，謂之陸沉。」史記：「武帝時，齊人東方朔坐席中，酒酣，據地歌曰：『陸沉於俗，避世金馬[二]。』」律所以調八風，舜琴亦歌南風，阜財解慍。今風疾，足見時律不調，故曰「尚錯雄鳴管」。如聞馬融笛，言嚴武死也。若倚仲宣襟，言子美無所依也。鼓迎非祭鬼，巴蜀多淫祀，如事烏鬼之類。昔賈誼困於長沙，忌鵩鳥，今子美亦然，故云「彈落似鴞禽」。疑惑尊中弩，言久病也。淹留冠上簪，言不用也。牽裾驚魏帝，諫房琯事也。子美爲房琯得罪，亦若子雲投閣爲劉棻故也。劉棻嘗從雄學作奇字，既而棻得罪，事逮雄，使者收雄，雄遂投閣。今作劉歆，未知所以。謝所欽，言諸公禮待也。十暑岷山葛，言十年在蜀。三霜楚户砧，言三年在楚。反樸時難遇，言不見治平也。「應過數粒食，得近四知金」，言諸公餽食賜金也。春草封歸恨，言不得歸鄉也。源花費獨尋，言尚避亂也。瘞天追潘岳，悼嚴武之亡也。持危覓鄧林，言武之死，朝廷失大材也。子美亦失其故步，而感激在於諸公之知己。葛洪尸定解，以喻武

[一] 「其」上，莊子則陽有「是」字。

[二] 「避世金馬」下，原有「按前漢書：『衛青爲大將軍，霍去病爲驃騎將軍，定令令秩與大將軍等。自是青日衰，而去病日益貴。故之（據漢書卷五五霍去病傳，乃「人」之訛。）門下多去事去病，輒得官爵，惟獨任安不肯去。』子美是詩首句云：『昔在嚴公幕，俱爲蜀使臣。』及有『塤篪』『金石』『食恩』之語。元注云：『嚴公没後，老母在堂，使君温清之問，甘肥之禮，名數若己之闈庭焉。太夫人傾逝，又撫孤之情，不減骨肉。』以是考之，足以見蕭使君如任安之事衛青，有終始之義。元注引與司馬遷書責以古賢臣之義，非是」一段，乃下篇奉贈蕭二十使君詩「終始任安義」句下注文，係誤入，此據四庫本删。

之化去。武以金石得病而（徂）（殂）[一]，故云[二]。

奉贈蕭二十使君大曆五年作。

補注鶴曰：詩云「迴雁五湖春」，當是大曆五年潭州作。詩曰：「昔在嚴公幕，俱爲蜀使臣。艱危參大府，前後間清塵。王晁聊暫出，蕭雉只相馴。」蓋蕭自嚴公幕去而宰縣，公有蕭明府（宴）（實）處覓桃栽詩[三]，乃其人也。

昔在嚴公幕，俱爲蜀使臣。艱危參大府，前後間清塵。洙曰：嚴再鎮成都，今復參幕[四]。公自注：「嚴再領成都，余復參幕府。」趙曰：蕭於嚴公初鎮時入幕，而公在其再來時，遂爲「間」也。起草鳴先路，趙曰：言蕭自嚴幕而往爲舍人矣。唐制，舍人凡詔、旨、制、敕、璽書、册命，皆起草[五]。乘槎動要津。洙曰：見「虛乘八月槎」注。古詩：「先據要路津。」趙曰：以言其貴也。王晁聊暫出，洙曰：見「遠愧尚方

[一] 徂，據分門集注、四庫本，乃「殂」之訛。
[二] 「故云」下，原有「巢許山林志，子美自謂隱晦，而以夔龍期蕭使君」三句，乃下篇奉贈蕭二十使君詩中「夔龍廊廟珍」句下注，係誤入，此據四庫本删。
[三] 宴，四庫本作「晏」，據本書卷二二，乃「實」之訛。
[四] 今，疑爲「公」之訛。
[五] 「起草」下，四庫本有「也」字。

曾賜履」注。**蕭雉只相馴。** **洙曰**：蕭望之爲郎，有雉隨車。魯恭爲中牟令，翟雉馴於桑下。**趙曰**：蕭廣〔齊〕（濟）孝子傳[一]：「蕭芝至孝，除尚書郎，有雉數十（頭）飲啄宿止[二]。當上直，送至岐路。下直入門，飛鳴車前[三]。」舊注引蕭望之，惑後學矣。**終始任安義，** **洙曰**：前漢任安，字少卿，爲益州刺史。（與）司馬遷書[四]，責以古賢臣之義也。**修可曰**：前漢：「衛青爲大將軍，霍去病爲驃騎將軍，禄秩與大將軍等[五]。自是青日衰，而去病日益貴。故人門下多去事去病〔去病〕，輒得官爵，惟任安不肯去。」子美詩首云：「昔在嚴公幕，俱爲蜀使臣。」及有「塤篪」「金石」之語。元注云：「嚴公既没，老母在堂，使君温清之問，若己之閨庭焉。及太夫人傾逝，又撫孤之情，不減骨肉。」以是考之，足以見蕭使君如任安之事衛青，有終始之義。注引司馬遷[六]，責以古賢臣之義，非是。**荒蕪孟母鄰。聯翩匍匐禮，** **洙曰**：詩：「凡民有喪，匍匐救之。」**意氣死生親。** **洙曰**：公自注云：「嚴公殁後，老母在堂，使君温〔清〕（凊）之問，甘脆之禮，名數若己之庭闈焉。〔大〕（太）夫人傾逝，

〔一〕蕭廣齊，乃「蕭廣濟」之訛，據四庫本、九家集注卷三六、隋書卷三三經籍志二、舊唐書卷四六經籍志上校正。

〔二〕頭，原無此字，據四庫本、九家集注、藝文類聚卷九〇鳥部一雉引蕭廣濟孝子傳補。

〔三〕前，九家集注同此，四庫本、藝文類聚引蕭廣濟孝子傳作「側」。

〔四〕與，原無此字，據四庫本補。

〔五〕「禄秩」上，九家集注、漢書卷五五霍去病傳有「定令令」三字。

〔六〕司馬遷，據前引「洙曰」、上篇誤引此注，乃「與司馬遷書」之訛。

喪事又首諸孫〔一〕。主典撫孤之情，不減骨肉。則膠漆之契可以見矣。**趙曰**：所謂「一死一生，乃見交情」也。〔二〕**張老存家事**，**趙曰**：禮記檀弓：「晉獻文子成室，晉大夫發焉，張老曰：『美哉輪焉！美哉奂焉！歌於斯，哭於斯，聚國族於斯。』」今公以張老比蕭使君，言能存嚴公之家，令諸孫奉太夫人喪事，哭於斯，聚國族於斯，不失其家也。**嵇康有故人**。**洙曰**：康臨死，謂子曰：「山公在，汝不孤矣。」**食恩慚鹵莽**，**趙曰**：言蕭使君之心，舊食嚴公之恩，尚慚報之鹵莽。**鏤骨抱酸辛**。**趙曰**：言蕭使君銜嚴公之恩，銘鏤肌骨，常抱酸辛。阮嗣宗詩：「淒愴抱酸辛〔三〕。」**巢許山林志**，**趙曰**：公以巢父、許由自比也。**夔龍廊廟珍**。**洙曰**：巢父、許由、夔與龍也。**趙曰**：言蕭使君也。夔則典樂之夔。龍則納言之龍。如二人之材，當在廟堂也。**師曰**：子美自謂隱晦，而以夔、龍期蕭使君。〔四〕**鵬圖仍矯翼**，**洙曰**：見泊岳陽樓詩注。**熊軾且移輪**。**趙曰**：言蕭使君如大鵬之圖南，仍矯奮其翼，固當遂晉擢矣。而且爲太守，故憑熊車以移輪也。**磊落衣冠地**，**蒼茫土木身**。**洙曰**：嵇康土木形骸。**塤篪鳴自合**，**洙曰**：絶交論：「道協膠漆，志婉（變）〔孌〕於塤篪〔五〕。」**金石瑩逾新**。

〔一〕喪，九家集注作「襄」。

〔二〕「主典撫孤之情」至「趙曰所謂一死一生，乃見交情也」數句，原作「主典撫孤之趙曰所謂一死情不減骨肉，則膠漆之契可以見矣」，多有脱亂，此參考王洙本卷一八、四庫本、九家集注、林繼中輯校杜詩趙次公先後解輯校己帙卷之七而改補。

〔三〕抱，九家集注、藝文類聚卷三六引阮籍詠懷詩作「懷」。

〔四〕「師曰」及其下二句，原無，而上篇文末有之，乃誤置，此據四庫本移於此。

〔五〕變，據九家集注、文選卷五五劉孝標廣絶交論，乃「孌」之訛。

洙曰：文賦：「被金石而德廣，流管絃而日新。」重憶羅江外，鄭曰：寰宇記：「本涪城縣地。天寶元年爲羅江縣。」同游錦水濱。趙曰：羅江，屬綿州；錦水，則成都也。結歡隨過隙，蘇曰：王陽：「與子結歡，眼隨過隙之駒。」趙曰：莊子曰：「人生一世，如白駒過隙。」懷舊益沾巾。洙曰：潘安仁懷舊賦：「涕泣流而沾巾〔一〕。」曠絶含香舍，趙曰：後漢尚書郎口含鷄舌香，以其奏事，欲使氣芬芳也。公爲員外郎而不得坐省，所以爲「曠絶」。稽留伏枕辰。洙曰：張茂先詩：「伏枕終遥昔，寤言莫予應。」趙曰：詩：「展轉伏枕。」停驂雙闕早，洙曰：謝玄暉詩：「停驂我悵望。」迴雁五湖春。洙曰：沈休文：「旋雁每迴翔〔二〕。」趙曰：張勃吴録：「五〔五〕（湖）者〔三〕，太湖之别名。」不達長卿病，趙曰：長卿有消渴之疾，而公亦有之。從來原憲貧。洙曰：見「寧甘原憲貧」注〔四〕。監河受貸粟，一起轍中鱗。洙曰：見莊子「轍魚」事。

〔一〕泣，九家集注同此，據文選卷一六潘岳懷舊賦，乃「泫」之訛。
〔二〕旋，據分門集注、文選卷三〇沈約詠湖中雁詩，乃「旅」之訛。
〔三〕五，據九家集注、杜陵詩史、分門集注、四庫本，乃「湖」之訛。
〔四〕寧，據九家集注、本書卷一奉贈韋左丞丈廿二韻詩，乃「難」之訛。

奉送二十三舅録事之攝郴州崔偉

補注鶴曰：「衰老悲人世，驅馳厭甲兵」，又云「氣春江上別」，當是大曆五年作，時臧玠爲亂。

賢良歸盛族，趙曰：周禮：「友行以尊賢良。」賢則行之傑，良則才之美。吾舅盡知名。徐庶高交友，趙曰：以言崔舅。徐庶，字元直。其所與游者，諸葛亮、龐士元、司馬德操之流而已。劉牢出外甥。洙曰：桓玄曰：「何無忌，劉牢之外甥，酷似其舅。今舉大事[一]，孰謂無成[二]？」趙曰：公以無忌自比也。泥塗豈珠玉，趙曰：言崔舅謂明珠白玉之質[三]，豈宜辱在泥塗？環堵但柴荆。衰老悲人世，驅馳厭甲兵。氣春江上別，洙曰：謝玄暉：「江上徒離憂。」淚血渭陽情。洙曰：詩：「我送舅氏，曰至渭陽。」舟鷁排風影，林烏反哺聲。洙曰：束皙補亡詩：「嗷嗷林烏，受哺于子。」趙曰：言崔舅侍太夫人以行也。李善注文選有曰：「純黑而反哺者，烏子[四]。」永嘉多北至，洙曰：永嘉之亂，元帝渡江，衣冠多自北至。鄭曰：永嘉，晉年號。趙曰：言崔舅自北而來。句漏且南征。洙曰：葛洪求爲句漏令，以有丹砂也。楚詞：

〔一〕今，九家集注卷三六、杜陵詩史卷三二同此，晉書卷八五何無忌傳作「共」。

〔二〕孰謂，九家集注同此，晉書何無忌傳作「何謂」，分門集注卷九作「孰爲」。

〔三〕謂，九家集注、杜陵詩史、分門集注同此，四庫本作「爲」。

〔四〕子，據九家集注、文選卷一九束皙補亡詩李善注，乃「也」之訛。

「〔油〕（汩）吾南征。」**鄭曰**：勾漏，邑名，屬交趾。**必見公侯復，洙曰**：左傳：「公侯必復其始〔一〕。」**趙曰**：此句可以見崔舅貴人子孫也。**終聞盜賊平。郴州頗凉冷，橘井尚凄清。趙曰**：橘井，在郴州。神仙蘇耽於山下鑿井種橘，救鄉里之疾病者。**補注 希曰**：橘井，在郴州城東，蘇耽之故宅。宅今爲觀，井之水每酌則有金星，云丹影如此。予官郴，嘗目睹其實。**從役何蠻貊，居官志在行。洙曰**：論語：「言忠信，行篤敬，雖蠻貊之邦，行矣。」左傳：「當官而行，何强之有。」

送魏二十四司直充嶺南掌選崔郎中判官兼寄韋韶州〔二〕大曆五年春作。

補注 鶴曰：詩云：「故人湖外少，春日嶺南長。爲報韶州牧，新詩昨寄將。」韋韶州即韋迢。迢有早發湘潭寄杜員外詩云：「湘潭一葉黄。」蓋大曆四年秋矣。則此詩當是五年春作，時臧玠未爲亂，公尚在潭州。

選曹分五嶺，洙曰：見「雲山兼五嶺」注。**趙曰**：言崔郎中充嶺南掌選也。**使者歷三湘。洙曰**：顔延年：「三湘謂洞庭〔三〕，七澤藹荆牧。」注：「江、湘、沅水皆會巴陵洞庭陂，號爲三湘。」**趙曰**：言崔郎中出使歷

〔一〕「公侯」下，據九家集注、左傳閔公元年，脱「之子孙」三字。
〔二〕「兼」下，據王洙本卷一八、九家集注卷三六，脱「寄」字。
〔三〕謂，九家集注同此，據文選卷二七顔延年始安郡還都與張湘州登巴陵城樓作，乃「淪」之訛。

三湘也。按寰宇記云：「湘潭、湘鄉、湘源。」**才美膺推薦，**趙曰：言魏爲人所薦而爲判官也。**君行佐紀綱。**洙曰：左傳：「紀綱之僕。」趙曰：言魏君之行，（崔佐君）（佐崔君）之紀綱也[一]。**佳聲期**洙曰：一作「斯」。**共遠，**趙曰：魏、崔皆著佳聲而共遠矣。**雅節在周防。明白山濤鑒，**洙曰：山濤典選，吏部並得其才。再居十餘年，一官（間）（闕）輒啓數人，甄拔人物，各爲題目，稱爲山公啓事。趙曰：戒魏君之佐選事當以公也。**嫌疑陸賈裝。**洙曰：陸賈説尉佗，佗（賜）賈橐中裝直千金[二]，（佗送羽）（它送亦）千金[三]。趙曰：又戒魏司直以廉也。**故人湖外少，春日嶺南長。**蘇曰：謝孚竄嶺外，春日語客曰：「昔年洛下狂歌痛飲，唯嫌日短。今窮居嶺南，偏覺日長，要黑不能。吾其奈何？子因有感書示翟夫子[四]。」**憑報韶州牧，新詩昨寄**一作「夜」。**將。**

送趙十七明府之縣大曆五年春作。

補注　鶴曰：詩云「江花報邑人」，又云「卧疾却愁春」，當是大曆五年春潭州作。

[一] 崔佐君，據九家集注，乃「佐崔君」之倒誤。
[二] 「佗」下，據九家集注、杜陵詩史卷三二、分門集注卷二一、漢書卷四三陸賈傳，脱「賜」字。
[三] 佗送羽，據漢書陸賈傳，乃「它送亦」之訛。
[四] 子，分門集注卷二一作「予」。

連城爲寶重，洙曰：虞子京[一]：「連城既僞往，荆玉得真還[二]。」茂宰得才新。蘇曰：謝玄暉和伏武昌登孫權故城詩：「雄圖悵若兹，茂宰深遐(䁖)(睠)。」太白贈義興宰亦云：「天子思茂宰，天枝得英材。」山雉迎舟楫，江花報邑人。洙曰：語：「山梁雌雉。」趙曰：上句則禽鳥知所馴，下句則草木知所喜，皆美言之。補注希曰：正言魯恭馴雉及潘岳一縣之花事，雖隱而顯。論交翻恨晚，趙曰：公與趙君晚方論交也。卧病却愁春。惠愛南翁悦，餘波及老身。趙曰：言施惠愛而南人喜悦，公自謂老身亦霑餘波。

燕子來舟中作大曆五年作。

補注鶴曰：詩云「湖南爲客動經春，燕子銜泥兩度新」，當是大曆五年潭州作。

湖南爲客動經春，燕子銜泥兩度新。洙曰：見「銜泥附炎熱」注。舊入故園嘗識主，如今社日遠看人。可憐處處巢居洙曰：一作「君」。室，洙曰：古詩：「思爲雙飛燕，銜泥巢君室。」何異飄飄託此身。暫語船檣還起去，穿花落水益霑巾。

[一] 虞子京，據九家集注卷三六、文選卷二一盧諶覽古詩，乃「盧子諒」之訛。
[二] 得，九家集注同此，文選卷二一盧諶覽古詩作「亦」。

同豆盧峰貽主客李員外賢子棐知字韻

補注鶴曰：按唐宰相表：「豆盧，本姓慕容氏，北人謂『歸義』爲『豆盧』，因賜以爲氏，居昌黎棘城。」又唐百官志：「主（谷）（客）郎中、員外郎各一人，掌二王後、諸藩朝見之事，屬禮部。」從舊次，在大曆五年潭州作。

練金歐冶子，噴玉大宛兒。洙曰：張景陽七命：「楚之（賜）（陽）劍，歐冶所營。」鄭曰：吴越春秋：「干將與歐冶子作劍，采五山之精，合六金之英，煉而爲劍。」定功曰：穆天子東游黄澤，使宫樂謡曰：「黄之澤，其馬歕玉，皇人壽穀。」又賈復顧兒謂弟曰：「此吾宗大宛兒也，一日千里亦可。」歕、噴同。趙曰：此兩句以美李員外。補注希曰：會稽郡有君邪溪[一]，即歐冶子鑄劍之處。西域傳：「馬汗血，言其先天馬子。」注：「孟康曰：言大宛國有高山，其上有馬，不可得。因取五色母馬置其上與集[二]，生駒，皆汗血，因號曰天馬子。」「練」字，當作「煉」。符彩高無敵，田曰：曹子建七啓曰：「（苻）（符）彩照爛[三]。」魏文帝車渠椀賦：「發（苻）（符）采而揚榮。」趙曰：傳玄乘輿馬賦曰：「（苻）（符）采横發。」大率言（苻）（符）光雜穆也。聰明達所爲。夢蘭

[一] 君邪溪，乃「若邪溪」之訛，太平寰宇記卷九六江南東道八越州會稽郡載：「若耶之溪涸而出銅也，古歐冶子鑄劍之所。」

[二] 上，漢書卷九六上西域傳上大宛國作「下」。

[三] 爛，九家集注、文選卷三四曹植七啓作「爛」。

他日應，洙曰：左傳：「鄭文公賤妾燕姞夢天使與己蘭，曰：『以（爲是）（是爲）爾子[一]，（詩）（以）蘭有國香[二]，人服媚之。』既而文公與之蘭而御之，辭曰：『妾幸而有子，將不信，敢徵蘭乎？』穆公名曰蘭也。」**折桂早年知。洙曰**：見「禮闈新折桂」注。**爛熳通經術，光芒刷羽儀。洙曰**：沈休文湖中雁詩：「刷羽同摇漾。」易：「（鳴）（鴻）漸于陸，其羽可用爲儀。」**謝庭瞻不遠，洙曰**：晉史謝（大）（太）傅：「諸子若芝蘭玉樹，生於庭階。」**潘省會於斯。趙曰**：潘安仁云：「寓直于散騎之省。」今公乃工部員外郎，李乃主客員外郎，盧亦必官是，是省郎之人相會於斯。**唱和將雛曲，田翁號鹿皮。洙曰**：見「（漢）（嘆）世鹿皮翁」注。

歸雁二首大曆五年春作。

補注**鶴曰**：詩云「萬里衡陽雁，今年又北歸」，又云「塞北春陰暮，江南日色曛」，當是大曆五年春潭州作。

萬里衡陽雁，今年又北歸。洙曰：應德璉詩：「朝雁鳴雲中，音響一何哀。問子游何鄉，戢翼正徘徊。言我塞門來，將就衡陽棲。往春翔北土，今冬客南淮。」**雙雙瞻客上，一一背人飛。**補注**希曰**：公在

[一] 爲是，據九家集注、左傳宣公三年，乃「是爲」之倒誤。爾，九家集注、左傳作「而」。
[二] 詩，據九家集注、分門集注卷二一、左傳宣公三年，乃「以」之訛。

南而雁北飛，故曰「背人」。**雲裏相呼疾，沙邊自宿稀。繫書無浪語**〔一〕，**洙曰**：見「雖無南過雁」注。**蘇曰**：孔琛：「憑雁繫書真浪語耳，其迷過於刻劍、守〔楮〕（株）者〔二〕。」**愁寂故山薇。**

再吟

補注 **鶴曰**：詩云：「却過清渭影，高起洞庭群。」「傷弓流落羽，行斷不堪聞。」公以自喻也。

欲雪違胡地，洙曰：謝靈運詩：「季秋邊朔苦，旅雁違霜雪。」**先花別楚雲。洙曰**：月令：「雁〔比〕（北）鄉。」管子曰：「雁〔秋北春南〕（春北秋南）〔三〕。」言其避寒也。楚，南也，故曰「先花別楚雲」。**却過清渭影，高起洞庭群。塞北春陰暮，江南日色曛。傷弓流落羽，洙曰**：史盈引虚弓而雁落〔四〕，人問之，曰：『此雁傷弓也。』**行斷不堪聞。**〔**洙**〕（**蘇**）**曰**〔五〕：嚴僅囚於上蔡，自嘆曰：「縲絏憂羈，不忍聞斷行旅雁。」愴然久之，獄吏惻然。

〔一〕無，四庫本、王洙本卷一八、九家集注卷三六作「元」。
〔二〕楮，據四庫本、杜陵詩史卷三二、分門集注卷二三，乃「株」之訛。
〔三〕秋北春南，據四庫本、管子卷一〇戒第二十六，乃「春北秋南」之訛。
〔四〕史盈，據九家集注卷三六，乃「更盈」之誤，按，戰國策卷一七楚四作「更羸」。
〔五〕洙曰，據杜陵詩史卷三二、分門集注卷二三，乃「蘇曰」之訛。

小寒食舟中作大曆五年作。

補注 鶴曰：公在潭率舟居，此當是大曆五年作。小寒食，如小至之類，前寒食一日也。詩云「看雲直北至長安」，一本作「是長安」。

佳辰强飲食猶寒，隱於斬切。**几蕭條帶鶡冠。**洙曰：漢輿服志：「〔號〕（虎）賁[一]、武騎皆鶡冠。」南郭子綦隱几卧。趙曰：鶡冠者，隱人之冠也。袁淑真隱傳：「鶡冠子。」舊注引虎賁、武騎之冠，誤矣。

春水船如天上坐，趙曰：魯直言：「前人詩有『水面船如天上坐』，杜公改一『春』字，而精神炯然，可謂點鐵成金。」余曰：邵氏聞見録云：「少陵此句本沈雲卿『船如天上坐，人似鏡中行』『船如天上去，魚似鏡中懸』也。或以此論少陵之妙，予謂少陵所以獨立千載之上者，不但有所本也，三百篇之中果何本哉？」**老年花似霧中看。**尹曰：張歎至秦，嘆曰：「老年看花眼眩，如隔霧縠，誰於燭下數牛毛也[二]。」**娟娟戲蝶過閑幔，片片輕鷗下急湍。雲白山青萬餘里，愁看直北至長安**[三]。洙曰：鮑明遠：「灞陵望長安。」[四]徐敬業：

[一] 號，據九家集注卷三六、後漢書卷三〇輿服下，乃「虎」之訛。

[二] 誰，杜陵詩史卷三一、分門集注卷三同此，四庫本作「謂」。

[三] 至，杜陵詩史、分門集注同此，王洙本卷一八、九家集注卷三六、四庫本作「是」。

[四] 「鮑明遠灞陵望長安」句，九家集注、杜陵詩史同此，分門集注作「鮑明遠：灞陵望長安，河陽視京縣」，據文選卷二七，「鮑明遠」乃「謝玄暉」之訛。

「登陴起遐目，回首見長安。」**蘇曰**：何遜古道難云：「直北長安道，愁看別離人。」

清明二首大曆四年作。

補注鶴曰：詩云「不見定王城舊處，長懷賈傅井依然」，當是大曆四年初到潭州時作，故詩又云「湖色春光净客船」。

朝來新火起新煙，洙曰：周禮司烜氏：「仲春以木鐸修火禁於國中。」**趙曰**：唐制，清明日賜百官新火。賈島詩曰：「晴風吹柳絮，新火起厨煙。」**湖色春光净客船。繡羽衝花他自得，**射雉賦有綺翼、緰頭、衮背〔一〕。**補注希曰**：衝花，一本作「衘花」。自，又作「白」。然「衝」勝「衘」，「自」勝「白」，今本爲是。**紅顔騎竹我無緣。洙曰**：郭伋傳：「小兒騎竹馬。」**胡童結束還難有，楚女腰肢亦可憐。不見定王城舊處，洙曰**：長沙定王。**鄭曰**：寰宇記：「潭州長沙縣，定王廟在縣東一里。廟連岡，高七丈，俗謂之定王岡。」**長懷賈傅井依然。洙曰**：今長沙賈太傅誼廟有井存焉。韓愈井詩亦云：「賈誼宅中今始見，葛洪墓上亦曾窺。」**修可曰**：盛弘之荆州記曰：「湘州南寺之東賈誼宅有井，小而深，上斂下大，狀如壺，即誼所穿井。」

〔一〕緰頭，據九家集注卷三六、文選卷九潘岳射雉賦，乃「繡頸」之訛。

誼宅今爲陶侃廟，種〔相〕（柑）〔一〕，猶有存者。」**鄭曰**：寰宇記：「誼廟在長沙縣南六十里，廟即誼宅，中有井，上圓下方。」**虚霑焦舉爲寒食**〔二〕，**洙曰**：事見桓譚新論。後漢：「〔焦〕（周）舉博學〔三〕，遷并州刺史。太原一郡，舊俗以介子推焚骸，有龍忌之禁。至其亡月，咸言神靈禁舉火，由是士民每冬中〔徹〕（輒）一月寒食〔四〕，莫敢煙爨，老小不堪，歲多死者。舉既到州，乃作吊書以置子推之廟，言盛冬去火，殘損民命，非賢者之意。以宣示愚民，使還預温食〔五〕。由是衆惑稍解，風俗頗革。」新序曰：「晉文公反國，介子推無爵，遂去而之綿上。文公求之不得，乃焚其山，推遂不出而死。」**實籍君平賣卜錢**〔六〕。**洙曰**：見上「憑〔傳〕（將）百錢卜」注〔七〕。**鍾鼎山林各天性，濁醪粗飯任吾年。****夢符曰**：按酒經曰：「醪，汁滓酒也。」世本曰：「儀狄始作酒醪，變五味。」**蘇曰**：梁勰告友人曰：「五斗粟非所欲也。洛中有薄田、桑柘、蔬園，老夫率兒女輩操耒耜紝織，與鄰里往來。濁醪粗飯，任此天年。庶免風波岐路易翻覆耳。」**趙曰**：擊鍾而食，列鼎而烹，富貴人之事也。山林則隱逸之

〔一〕相，據九家集注卷三六、杜陵詩史卷三一、分門集注卷三，乃「柑」之訛，四庫本作「柏」，當爲館臣臆改。
〔二〕焦舉，王洙本卷一八、九家集注、杜陵詩史、分門集注同此，四庫本作「周舉」。
〔三〕焦舉，四庫本、九家集注、後漢書卷六一周舉傳作「周舉」。
〔四〕徹，據後漢書卷六一周舉傳，乃「輒」之訛。
〔五〕預，九家集注、後漢書周舉傳無此字。
〔六〕籍，四庫本、王洙本卷一八、九家集注卷三六作「藉」，字通。君平，王洙本、九家集注、杜陵詩史、分門集注皆作「嚴君」。
〔七〕傳，據九家集注、本書卷三四公安送李二十九弟晉肅入蜀余下沔鄂詩，乃「將」之訛。

人，處貧賤而甘之，與好富貴者各天性耳〔一〕。既無盛饌，姑且濁醪粗飯而已。

此身飄泊苦西東，右臂偏枯半耳聾〔二〕。趙曰：出素問：「黄帝言風曰：『或爲偏枯。』」寂寂繫舟雙下淚，洙曰：賈誼傳：「不繫之舟。」悠悠伏枕左書空。洙曰：見「稽留伏枕辰」及「咄咄正書空」注〔三〕。師曰：右臂既偏枯，書空者唯左而已。十年蹴踘將雛遠，洙曰：劉向別録：「蹴踘，黄帝所造，本兵勢也。或云起於戰國。」按踘與毬同，古人踘蹴以爲戲〔四〕。趙曰：成公綏嘯賦：「〔以〕（似）鴻雁之將雛〔五〕。」師曰：十年蹴踘，言軍興也。將雛遠，謂挈子遠游。補注 希曰：漢藝文志：「蹴鞠二十五篇。」師古曰：「鞠，以韋爲之，實以物，蹴蹋之以爲戲也。」萬里鞦韆習俗同。洙曰：古今藝術曰〔六〕：「鞦韆，北方戲，以習輕趫。」旅雁上雲歸紫塞，孝祥曰：崔豹古今注：「秦所築長城，土皆紫色，漢塞亦然，故稱紫塞。」子美〔宫〕（官）池

〔一〕各，九家集注作「皆」。

〔二〕枯，原作「柘」，據四庫本改。下同。

〔三〕咄咄正書空，九家集注卷三六作「咄咄已書空」，按，杜集中無此句，本書卷一九對雪詩有「愁坐正書空」句，卷二九寄劉峽州伯華使君四十韻有「咄咄寧書字」句，或爲其誤。

〔四〕踘蹴，據九家集注、分門集注，乃「蹴踘」之倒誤。

〔五〕以，據四庫本、九家集注、文選卷一八，乃「似」之訛。

〔六〕古今藝術，九家集注作「古今藝術圖」，按，隋書卷三四經籍志三載：「古今藝術二十卷。」唐張彦遠歷代名畫記卷三載：「古今藝術圖五十卷。既畫其形，又説其事，隋煬帝撰。」二者或爲同書。

春雁詩又有「青春欲盡急還鄉，紫塞寧論〔上〕（尚）有霜」之句。**家人鑽火用青楓。** **洙曰**：鑽燧改火，春取榆柳之火以順陽行火氣。**秦城樓閣煙花裏，漢主山河錦繡中。** 補注 **希曰**：舊本注云：「荆州，劉備所自起，故子美言『漢主山河』。」今本不載，然詳詩意，此蓋指長安而云。公思故鄉也，所以接云「風水春來洞庭闊，白蘋愁殺白頭翁」。**風水春來洞庭闊，白蘋愁殺白頭翁。** **洙曰**：風水，一作「春去」。**趙曰**：四句懷長安而嘆其在湘潭也。

贈韋七贊善大曆五年作。

補注 **鶴曰**：唐東宫官有左右贊善大夫各五人，掌傳令、諷過失、贊禮儀。韋贊善必韋見素之後。見素位至宰相，贈司空，故詩云「爾家最近魁三象」。見素與公皆京兆人，故又云「鄉里衣冠不乏賢」。若韋思謙父子，乃鄭州人。詩又云「洞庭春色悲公子」，當是在潭州作，大曆五年。

鄉里衣冠不乏賢，杜陵韋曲未央前。 **洙曰**：未央殿基在長安。杜陵、韋曲，地名也。**蘇曰**：袁粲幼孤，祖哀之，曰愍孫〔一〕。少好學，有清才，叔父淑雅重之，語子弟曰：「我門不乏賢，愍孫必當復三公。」古雍曲

〔一〕「曰」上，杜陵詩史卷三〇、分門集注卷一九同此，四庫本有「名之」二字，當爲館臣臆補。

引云：「杜陵茂樹，韋曲紫花〔一〕，照未央之宫前，當昆明之池左，風物富秀。」爾家最近魁三象，洙曰：公自注云：「斗魁下兩兩相比，曰三台。」時論同歸洙曰：一作「因侵」。尺五天。洙曰：公自注：「俚語曰：『城南韋杜，去天尺五。』」北走關山洙曰：一作「河」。開雨雪，洙曰：蕪城賦：「南馳蒼梧漲海，北走紫塞鴈門。」南游花柳塞雲煙。塞，悉則切。洙曰：雲，一作「風」。洞庭春色悲公子，蝦菜忘歸范蠡船〔二〕。洙曰：句踐既滅吴，范蠡乘扁舟泛五湖。蘇曰：郭林宗：「蝦菜菰米，足以度歲，使人忘歸。」

酬寇十侍御錫見寄四韻復寄寇〔三〕大曆五年作。

補注鶴曰：詩云「故泊洞庭船」，又云「春深把臂前」，當是大曆五年潭州，去年春深，公入衡矣。

往别郇瑕地洙曰：見上「凄愴郇瑕邑」注。于今四十年。來簪御府筆〔四〕，洙曰：魏略曰：「殿中

〔一〕紫，杜陵詩史、分門集注作「繁」。
〔二〕蝦，四庫本作「鰕」。
〔三〕「酬」上，杜陵詩史卷三一同此，四庫本、王洙本卷一八、九家集注卷三六、分門集注卷一九有「奉」字。
〔四〕府，四庫本作「史」。

侍御史簪白筆，側階而直〔一〕。上問曰：『此何官也？』辛毗對曰：『御史，簪筆書過，以記不依法〔二〕。』」補注希曰：御史所居之署，漢謂之御史府。故泊洞庭船。詩憶傷心處，洙曰：楚詞：「目極千里傷心處〔三〕。」春深把臂前。洙曰：廣絶交論：「自昔把臂之英，金蘭之友。」趙曰：言在郇瑕相别之時。南瞻按百越，黄帽待君偏。趙曰：前漢：「鄧通以濯船爲黄頭郎〔四〕。」顔師古注曰：「濯船，能授濯行船也〔五〕。土勝水，其色黄，故刺船之郎皆著黄帽，因號曰黄頭郎也。」今寇君既按百越，則所在處常艤舟以待，故其帽偏也。師曰：郇瑕，晉地。子美與寇别於晉地，迨今凡四十年。頭簪御史筆，來客荆、衡間，故云「泊洞庭船」。此子美自述也。公爲拾遺，故簪白筆。黄帽，乃竹籜爲冠。按百越，言寇按察楚、越之郡。

酬郭十五判官大曆四年作。

補注鶴曰：郭詩云：「衡陽紙價頓能高」，而此詩云「喬口橘洲風浪促，繫帆何惜片時程」，當是公在衡，

〔一〕直，九家集注作「立」，太平御覽卷六八八服章部五「白筆」條引魏略作「坐」。
〔二〕記，九家集注、太平御覽引魏略作「奏」。
〔三〕目極千里傷心處，九家集注、文選卷三三宋玉招魂作「目極千里兮傷春心」。
〔四〕濯，四庫本作「櫂」，下同。按，漢書卷九三鄧通傳作「濯」，顔師古注云：「濯，讀曰櫂。」
〔五〕授，九家集注作「插」，漢書鄧通傳顔師古注作「持」。

郭在潭，大曆四年也。喬口、橘洲，並在潭州，詳見上注。

才微歲老尚虚名，卧病江湖春復生。藥裹關心詩總廢，花枝照眼句還成。只同燕石能星隕，洙曰：左傳：「隕石于宋五，隕星也[一]。」又：「星隕如雨。」**自得隋珠覺夜明。**洙曰：隋侯之珠，夜光之璧。**喬口橘洲風浪促，繫帆何惜片時程[二]。**洙曰：橘洲，見「橘洲田土仍膏腴」注。師曰：宋之愚人得燕石于梧臺之側，藏之以爲大寶。周客聞而觀焉，主人齋七日，端冕(元)(玄)服以發寶，革櫃十重。客見，俛而掩口，胡盧而笑曰[三]：「此燕石也，其與瓦甓不殊。」主人大怒曰：「盲瞽之言。」藏愈固，守愈謹。藥裹關心，言治病也，無暇於詩篇。隋珠，喻郭判官詩。喬口、橘洲，乃荆衡之地。繫帆何惜片時程，欲郭來訪己也。

衡州送李大夫七丈勉赴廣州大曆四年作。

補注 鶴曰：按史，勉自江西觀察使入爲京兆尹兼御史大夫。今隆興有石幢載牧守名爵，勉在張鎬之後，魏少游之前，而少游以大曆二年代去，鎬以廣德二年九月死。則勉爲江西觀察使當是其年九月後，其爲京兆尹

[一] 隕星也，九家集注卷三六同此，左傳僖公十六年無此句，「隕石于宋五」句下杜預注云：「隕，落也。」「隕星也」或爲其誤。
[二] 繫，王洙本卷一八、九家集注、杜陵詩史卷三二、分門集注卷二〇同此，四庫本作「驚」。下同。
[三] 胡盧，九家集注同此，太平御覽卷五一地部十六石上引闕子作「盧胡」。

當在大曆元年。又四年十二月，廣州人馮崇道反，桂州人朱濟時反，殘亂十餘州，勉遣將李觀率容州刺史王翃討平之。則勉是四年秋冬之交赴廣州，故此詩有「北風隨爽氣」之句。公是年在衡，以畏熱歸潭，終歲舟居，明年又自潭之衡。今題曰「衡州」，蓋誤也，當作潭州。

斧鉞下青冥， 洙曰：禮：「賜斧鉞，然後殺。」蘇曰：何敬祖：「將軍新持斧鉞，總握虎（苻）〔符〕，自青冥來鎮岷、隴。」**樓船過洞庭。** 洙曰：漢武征南越，作樓船。**北風隨爽氣，** 洙曰：登樓賦：「向北風而開襟。」王子猷：「西山致有爽氣。」**南斗避文星。日月籠中鳥，** 洙曰：潘安〔一〕：「池魚籠鳥。」**乾坤水上萍。王孫丈人行，** 洙曰：匈奴云：「漢天子我（文）〔丈〕人行。」**垂老見飄零。** 師曰：諸侯賜斧鉞，然後誅殺。青冥，天也〔二〕。言天子賜李以節鉞。樓船，船上有樓櫓。過洞庭，迤邐之廣州。北風隨爽氣〔三〕，言自北而南，帶爽氣而來。南斗避文星，北斗以南，公一人而已。籠中鳥局促不得騁，子美客居局促如籠鳥。飄泛如水萍，豈意垂老之年，尚見飄零失所乎！行，音「項」，儔也。

〔一〕潘安，九家集注卷三六作「潘安仁」。
〔二〕天，原漫漶不清，此據國圖全本、四庫本。
〔三〕北，原漫漶不清，此據國圖全本、四庫本。

過洞庭湖 **鮑曰**：洪玉甫云有人得之江中石刻，直方詩話亦云。大曆五年作。**補注****鶴曰**：詩云「破浪南風正，回檣畏日斜」，既曰「回檣」，又曰「南風」「畏日」，則非大曆四年春自岳之潭經洞庭時作，當是大曆五年自湖南歸襄陽時之作。

蛟室圍青草，龍堆隱本中曰：一作「擁」。**白沙。護堤**本中曰：一作「江」。**盤古木，迎棹舞神鴉。破浪南風正，回檣**本中曰：一作「歸舟」。**畏日斜。湖光與天遠，直欲泛仙槎。**本中曰：一作「雲山千萬叠，底處上星槎」。

聞惠子過東溪新添。**蘇曰**：右一篇劉斯立得於管城人家。大曆二年作。

補注**鶴曰**：詩云「崖蜜松花熟，山杯竹葉春」，非湖南作，意東溪指瀼東而言也。大曆二年作。洪駒甫詩話云：「劉路左車爲余言，嘗收得唐人雜編時人詩册，有老杜送惠二歸故居詩。」即此也。

惠子白驢瘦，歸溪唯病身。**補注****希曰**：白驢，一本作「白駒」。**皇天無老眼，空谷滯斯人。崖**一作「（嚴）（巖）」[一]。**蜜松花熟，**一作「古」。**定功曰**：本草：「蜜，一名白蜜，一名崖蜜，在高山岩石之

[一] 嚴，據四庫本、九家集注卷三六、杜陵詩史卷三二、分門集注卷一九，乃「巖」之訛。

間。」圖經云：「近宣州有黃連蜜，色〔味黃〕（黃，味）小苦[一]。雍、洛間有梨花蜜，如凝脂。亳州太清宫有檜花蜜，色小赤。並以蜂采其花作之，而性之温良亦相近。」崖蜜松花熟，亦蜂采松花而成蜜也。山杯**本中曰**：一作「村醪」。竹葉春。**修可曰**：吴地志曰：「吴興烏程酒有名。」張華輕薄篇曰：「蒼梧竹葉青，宜城九醖酒[二]。」故張景陽七命云：「弗南烏程[三]，豫北竹葉。」**田曰**：陳陰鏗竹詩：「葉醖宜城酒。」柴門了生事，黄**本中曰**：一作「園」。綺未稱臣。

黄氏補千家集注杜工部詩史卷之三十六

[一]「味黃」，據杜陵詩史，乃「黃味」之訛。

[二]青，樂府詩集卷六七作「清」。酒，樂府詩集作「醴」。

[三]弗，據分門集注、文選卷三五，乃「荆」之訛。

黄氏補千家注紀年杜工部詩史

叁

〔唐〕杜甫 撰
〔宋〕黄希 黄鶴 補注
彭燕 胡永傑 點校

鳳凰出版社

杜詩宋元注本叢書
劉躍進 主編

黄氏補千家集注杜工部詩史卷之十九

奉留贈集賢院崔于二學士天寶十一載作。

補注 **鶴曰**：唐百官志：「集賢殿書院學士、直學士、侍讀、學士修撰掌刊緝經籍。凡圖書遺逸，賢才隱滯，則承旨以求之。」韋述集賢記注：「開元五年，始有制於東京乾元殿之東廊排寫四庫書。六年冬，車駕入京，始令乾元殿書籍於京大内麗正殿安置。十三年，改集仙殿爲集賢殿，改麗正書院爲集賢書院，以張説、徐堅並爲集賢學士。」公以天寶九載獻賦，明皇奇之，俾待詔集賢，召學官試文章。然再降恩澤，止送隸有司參列選序〔一〕。今詩云：「青雲猶契闊，陵厲不飛翻。」「謬稱三賦在，難述二公恩。」蓋其時作也。天寶十一載。

昭代將垂白， **洙曰**：昭代，猶明時也。**途窮乃叫閽。** **洙曰**：公因不第，乃獻賦。阮籍哭途窮。思玄賦：「叫帝閽。」**氣衝星象表，詞感帝王尊。** **洙曰**：公嘗有詩云：「往年文彩動人主。」**修可曰**：此言獻三大禮賦也。賦獻而上悦之。**天老書題目，春官驗討論。** **洙曰**：春官，宗伯。**趙曰**：言召試文章，所謂「集賢學士如堵墻，觀我落筆中書堂」時也。補注 **鶴曰**：天老，指宰相，猶云元〔光〕（老）、堂老。東觀記：「趙喜行

〔一〕 序，四庫本作「席」。

太尉事[一]，三葉在位，爲國元老。」史補云：「宰相曰堂老。」按公天寶九載預獻正賦[二]。考史云：「九載制，自今告獻太清宫及太廟，改爲朝獻。十載正月壬辰，朝獻太清宫。癸巳，朝享太廟。甲午，有事于南郊。」故公爲三大禮，一朝獻太清宫，二朝享太廟，三有事于南郊，而朝（堂）〔享〕太廟賦云：「壬辰，既格于道，祖乘輿，即以是日致齋于九室。」則爲十載大禮明矣。史以爲天寶三載，吕公年譜又以爲十三年，何考之不詳？雖蔡興宗、魯訔年譜以爲在十載，而梁權道編此詩於十四載，亦是以爲獻賦在十三載矣。此詩當獻賦後待詔集賢院、命宰相試文授官時作，崔、于乃是時考文者也。**倚風遺鶂路，**鶂，倪歷切。**隨水到龍門。****劉歆曰：**龍門，在封州。三秦記：「魚登者化爲龍。」**竟與蛟螭雜，**寧**洙曰：**一作「空」。**無燕雀喧。****洙曰：**言不能自致霄漢，故雜蛟螭也。燕雀，喻小人。**青雲猶契闊，陵厲不飛翻。****趙曰：**公以文采動人主矣，意其遂騰踏進用，止授河西尉，不行，改右衛率府兵曹而已。此公所以嘆也。**儒術誠難起，家聲庶已存。****洙曰：**見「烜赫舊家聲」注。**故山多藥物，****蘇曰：**張揩：「故山幸多藥物，足以度流年，何必塵埃中踆踆老死乎？」**趙曰：**故山，指襄陽。**勝概憶桃源。欲整還鄉旆，長懷禁掖垣。****洙曰：**劉（禎）〔楨〕贈徐公幹詩[三]：「誰謂相去遠，隔

[一] 趙喜，後漢書卷三章帝紀作「趙憙」。
[二] 正，疑爲「三」之訛。
[三] 劉禎，杜陵詩史、分門集注同此，據九家集注、四庫本，乃「劉楨」之訛。

此西掖垣。拘限清切禁，中情無由宣。思子沉心曲，長嘆不能言。」趙曰：懷崔、(干)〔于〕二學士也。謬稱三賦在，難述二公恩。師曰：叫閽，言叫天子之門而訴之。詞感帝王，謂獻三賦而帝悦之也。天老，乃天子之老，指宰相。春官，禮部也。帝命宰相試文章，故天老出題目而春官考之。倚風遺鶂路，隨水到龍門，言不登第也。公既不第，不免與蛟螭混而爲燕雀所笑。青冥猶契闊〔一〕，言卑栖而遠於天也。儒術誠難起，言爲儒冠所誤也。禁中有東西兩掖，垣乃禁墻也。甫既不用，遂有歸故山采藥怡養之意，故云欲整還鄉旆。

故武衛將軍挽詞三首天寶九載作。

補注 鶴曰：武衛將軍之名，起於魏許褚。唐職官志：「左右武衛大將軍各一員，將軍各二員，掌統領宫禁警衛之法。」梁權道編在天寶十四載，然是年十一月禄山反，今詩云「嚴警當寒夜」，又云「王者今無戰」，似非其時。今以「黄河十月冰」之句求諸通鑑謂「天寶八載冬，冰合」，意將軍是年死，詩作於九載公歸奏賦時。

嚴警當寒夜，前軍落大星。洙曰：晉陽春秋曰〔二〕：「有星赤而芒角，自東北西南流，投于諸葛亮營，

〔一〕冥，杜陵詩史、分門集注同此，四庫本及詩文作「雲」。

〔二〕晉陽春秋，杜陵詩史卷四、分門集注卷二二同此，九家集注卷一九、三國志卷三五蜀書五諸葛亮傳「亮疾病，卒于軍，時年五十四」句下注作「晉陽秋」。

而亮卒。」壯夫思敢決，哀詔惜精靈。**趙曰**：思其敢決邁往之氣也。王者今無戰，**洙曰**：鍾士季檄蜀文：「王者之師，有征無戰。」書生已勒銘。**洙曰**：班孟堅爲竇憲〔德〕（作）勒燕然山銘〔一〕。**秦曰**：書生，公自謂也，當爲之勒銘。封侯意疏闊，編簡爲誰青。

其二

舞劍過人絶，**洙曰**：高祖紀：「項莊請以劍舞。」鳴弓射獸能。**洙曰**：曹子建詩：「攬弓〔健〕（捷）鳴鏑〔二〕，驅上彼南山。左挽因右發，一縱兩禽連。」銛鋒行愜順，**趙曰**：言舞劍之絶也。猛噬失蹻騰。蹻，音橋。**趙曰**：言射獸之能也。赤羽千夫膳，**修可曰**：家語：「赤羽若日，白羽若月。」千夫膳，言所膳者千兵也。**師曰**：赤雨千夫膳〔三〕，赤雨言落葉也。黄河十月冰。横行沙漠外，**洙曰**：所向無前，故曰横行。神速至今稱。**洙曰**：岑彭兵至蜀，公孫述以杖擊地曰：「是何神也。」補注 **希曰**：河西有赤水軍，李光弼嘗爲

〔一〕德，杜陵詩史同此，據分門集注、九家集注卷一九，乃「作」之訛。

〔二〕健，杜陵詩史、分門集注作「捷」，據九家集注、文選卷二七曹植名都篇，乃「捷」之訛。

〔三〕雨，詩文作「羽」，此引師注作「雨」，不知係師注之音訛，還是其所見之本确作「雨」；按，蕭注本卷一校云：「羽，三蔡本云：一作雨。今按，宋百家本、宋千家本、宋分門本引師曰以『赤雨』爲説。」

河西兵馬使，充赤水軍使。疑「赤羽」是「赤水」，「水」訛而爲「羽」，「赤羽」於「千夫膳」無義。書：「千夫長，百夫長。」注：「師帥，卒帥。」此言千夫膳，謂師徒食於將軍者衆，可見其爲軍帥。漢書：「樊噲曰：臣願得十萬衆，横行匈奴中。」公晚出左掖詩：「春殿晴曛赤羽旗。」注：「以赤鳥羽爲旗。」不言其所本。考儀衛志，無赤羽旗。

其三

哀挽青門去，洙曰：哀挽，哀歌也。漢書：「霸城門，民間所謂青門。」新阡絳水遥。路人紛雨泣，洙曰：諸葛亮亡，人皆野哭。時可曰：曹子建作王仲宣誄曰：「延首嘆息，雨泣交(頤)〔頸〕[一]。」趙曰：詩：「涕泣如雨[二]。」補注希曰：三輔黄圖曰：「長安城東出南頭第一門曰霸城門，或曰青門。」絳水，指絳州而言，唐志：絳有絳川府[三]。而水則水經所謂「澮水出河東絳縣」也。絳在京兆之東垂六百里，置阡於此，宜謂之遥也。五行志：「無雲而雨爲雨泣。」天意颯風飈。部曲精仍鋭，見「部曲異平生」注。匈奴氣不驕。孫曰：氣不驕，言畏其威也。無由睹雄略，大樹日蕭蕭。馮異傳：「諸將並坐論功，異常獨屏樹下，軍中

〔一〕頤，據九家集注、杜陵詩史、分門集注、文選卷五六，乃「頸」之訛。
〔二〕涕泣，四庫本作「泣涕」。
〔三〕絳有絳川府，四庫本作「絳屬晉州」。

號曰大樹將軍。」

九日藍田崔氏莊乾元元年作。

補注鶴曰：藍田，在京兆東南七十里。梁權道編在至德元載陷賊中作，魯訔年譜亦然。雖公是年自鄜州赴行在爲賊所得，然在賊營則不應更能遠至藍田。又是時兩宫奔竄，四海驚擾，公豈獨有「興來今日盡君歡」之理？意是乾元元年爲華州司功時至藍田有此作，蓋以後篇東山草堂詩知之，詳見其詩注。公在華州時尚能至東都，孰謂不能至藍田？華至藍田八十里爾。

老去悲秋强自寬，洙曰：宋玉曰：「悲〔伐〕（哉）秋之爲氣也。」**興來今日盡君歡。羞將短髪還吹帽，**洙曰：孟嘉九日爲風吹帽。**笑倩傍人爲正冠。**趙曰：借「李下不正冠」也。補注希曰：正其衣冠，語自有之，何必借此？魏陳思王植十歲善屬文，太祖嘗視其文曰：「汝倩人耶？」跪進曰：「云云，奈何倩人？」**藍水遠從千澗落，**洙曰：三秦記曰：「藍田有洲方三十里，其水北流，出銅鐵玉石。」**玉山高並兩峰寒。**洙曰：前漢地理志：「藍田，山出美玉。」晏曰：玉山與秦山、華山峙立，故云「高並兩峰寒」。補注希曰：藍水，指南山水而云。武德三年，嘗〔祈〕（析）藍田置玉山縣〔一〕，貞觀三年省，則自有玉山也。以後詩論之，則玉

〔一〕祈，杜陵詩史卷五録「希曰」同此，據宋敏求長安志卷一六「藍田縣」，乃「析」之訛。

山乃東山。**明年此會知誰健，**一云「在」。**蘇曰：**阮瞻元日會親友，曰：「人生如風中燭，樽酒何必拒其滿？不知明年今日再開此會，誰是强健？」**醉**一作「再」。**把茱萸子細看。** **夢符曰：**按西京雜記：「武帝宮人賈蘭佩茱萸[一]，食〔飲餌〕（餌飲）、菊花酒[二]。」

崔氏東山草堂乾元元年作。

補注 **鶴曰：**詩云「何爲西莊王給事，柴門空閉鎖松筠」，按舊史，王維晚年得宋之問藍田別墅，在輞口。此云王給事者，蓋維爲禄山迎置洛陽，拘於普施寺，後肅宗還京，正從僞之罪，維以詩及弟縉納官代罪之故，得爲太子中允、庶子、中書舍人，復拜給事中。舊注謂被張通儒禁在東山，此詩有所嘆息，故云，然是時維未得此別墅[三]。詩意謂維有此別墅，却再仕朝廷，遂令門鎖松筠，不如我之放蕩。以此論之，當同前詩是乾元元年作。其復爲給事中，舊史言之，而新史不載。

愛汝玉山草堂静，高秋爽氣相鮮新。有時自發鍾磬響， **師曰：**言無鄰築也。**落日更見漁**

[一] 賈蘭，西京雜記卷三作「賈佩蘭」。
[二] 食飲餌菊花酒，杜陵詩史同此，分門集注、初學記卷四「九月九日」引西京雜記作「食餌飲菊花酒」，西京雜記作「食蓬餌飲菊華酒」。
[三] 是，四庫本無此字。

樵人。盤剥白鴉谷口栗，飯煮青泥坊底芹。洙曰：白鴉谷、青泥坊，皆地名。石曰：坊，音防，即堤邊也。何爲西莊王給事，柴門空閉鎖松筠。趙曰：唐史鄭虔傳：「安禄山反，遣張通儒〔却〕（劫）置百官於東都〔一〕。」鮑曰：王維時被張通儒禁在東山，此詩有所嘆息，故云。

對雪天寶十五載作。

補注鶴曰：詩云「戰哭多新鬼」，又云「數州消息斷」，當是天寶十五載，梁權道亦編在陷賊中詩内。趙次公以爲十四載禄山反，今歲又陷東京，此之謂消息斷。

戰哭一作「國」。多一作「〔若〕（苦）」。新鬼，洙曰：見「新鬼煩冤舊鬼哭」注。愁吟獨老翁。亂雲低薄暮，急雪舞回風。洙曰：洛神賦：「若流風之舞回雪。」瓢棄樽無緑，杜曰：酒亦曰緑酒，沈休文云：「憂來命緑樽。」爐存火似紅。數州消息斷，愁坐正書空。洙曰：時方亂離，故數州斷消息。殷浩書空作「咄咄怪事〔二〕」。

〔一〕却，杜陵詩史卷五、分門集注卷七同此，據新唐書卷二〇二鄭虔傳，乃「劫」之訛。

〔二〕「殷浩書空」云云，據杜陵詩史卷三一、分門集注卷一，乃「趙曰」所引。

月夜至德元載作。

補注 **鶴曰**：至德元載八月，自鄜州赴行在，爲賊所得時作，故詩云「遥憐小兒女，未解憶長安」。至德元載，即天寶十五載。

今夜鄜州月，閨中只獨看。**鄭曰**：鄜，芳無切，今陝西路保大軍。**趙曰**：公以家避難鄜州，秋八月，挺身赴朝廷，獨轉陷賊中。閨中，指其家也。公在賊中而懷鄜州耳。遥憐小兒女，未解憶長安。香霧雲鬟濕，清輝玉臂寒。何時倚虚幌，雙照淚痕乾。**鄭曰**：幌，帷也。**趙曰**：江文通擬王徵（君）詩〔一〕：「練藥（燭）（矚）虚幌〔二〕。」雙照者，以言月照其夫妻相會之時也。**師曰**：時寇亂，甫以家寄鄜州，禄山陷都城，甫故里焚劫蕩盡。虚幌，謂無人也。

遣興至德元載作。

補注 **鶴曰**：詩云「天地軍麾滿，山河戰角悲。儻歸免相失，見日敢辭遲」，當是至德元載陷賊中作。

〔一〕擬王徵，九家集注卷一九、杜陵詩史卷五、分門集注卷一同此，據文選卷三一江淹雜體三十首王徵君，脱「君」字。

〔二〕練，九家集注、杜陵詩史、分門集注同此，文選作「鍊」，義同。燭，杜陵詩史作「囑」，分門集注作「蠋」，據九家集注、文選，乃「矚」之訛。

驥子好男兒，洙曰：驥子，公子宗武也，見宗武生日詩注。前年學語時。問知人客姓，誦得老夫詩。洙曰：老夫，公自謂也。世亂憐渠小，家貧仰母慈。洙曰：嵇叔夜：「母〔凡〕（兄）鞠育〔一〕，有慈無威。」鹿門携不遂，洙曰：龐德公携妻子入鹿門山隱。雁足繫難洙曰：一作「無」。期。洙曰：一云「鹿門携有處，鳥道去無期」。蘇武雁足繫書，事見上。天地軍麾滿，山河戰角悲。儻歸免相失，見日洙曰：一作「爾」。敢辭遲。

元日寄韋氏妹至德〔三〕（二）載作〔二〕。

補注鶴曰：詩云「京華舊國移」，謂肅宗行京在靈武〔三〕；「不見朝正使」，謂國亂道梗，使客不至。當是至德二載元日，時陷賊中。公乾元寓居同谷縣，作七首。

近聞韋氏妹，迎在漢鍾離。洙曰：〔豪〕（濠）州〔四〕，鍾離縣。補注鶴曰：濠州，是爲鍾離郡，唐屬河

〔一〕凡，據九家集注卷一九、杜陵詩史卷一二、分門集注卷九、文選卷二三嵇康幽憤詩，乃「兄」之訛。
〔二〕至德三載，下文黄鶴注云「當是至德二載元日，時陷賊中」，按，杜甫陷賊中在至德元載八月至二載四月之間，則「三」乃「二」之訛。
〔三〕京，四庫本作「宫」。
〔四〕豪，據九家集注卷一九、杜陵詩史卷五、分門集注卷三、四庫本、舊唐書卷四〇地理志三，乃「濠」之訛。

南道。鍾離，徐之別封也。公乾元中寓居同谷，作七首，其四云：「有妹有妹在鍾離，良人早歿諸孤癡。」即此妹也。**郎伯殊方鎮，京華舊國移。**趙曰：以祿山之亂而奔移也。莊子：「有舊國舊都，望之暢然。」**春城迴北斗，郢樹發南枝。**趙曰：長安城曰北斗城，方春回於北斗之城，乃樹木發南枝於郢地之日，以紀元日公在長安，而妹在鍾離也。鄭曰：王彥輔云，或云「郢」字誤「印」，以意考之，當作「嶺樹」，故王公注：「大庾嶺梅，南枝落而北枝開。」補注 希曰：春城，疑是秦城，如太歲日詩云「北斗故臨秦」也。長安上直北斗，而斗杓以盛春而回，故云。楚辭哀郢云：「望長楸而太息兮，涕其若霰。」注：「顧望楚都，見其大道長樹，悲而太息。」則郢樹亦不爲無所自。公之意殆謂秦城已北斗之回，郢樹已南枝之發，而獨不見正使之來，所以啼痕垂於滿面也。**不見朝正使，啼痕滿面垂。**趙曰：重紀亂離，四方之使隔絕故也。補注 希曰：天寶六載十一月敕：「中書、門下奏，今後賀正使並取元日，隨京官例，序立便見。」此云不見者，道路隔絕也。

春望至德二載作。

補注 鶴曰：詩云「國破山河在」，當是至德二載春作，梁亦編在此年。是時公陷賊中，故曰「城春草木深」。

國破山河在，洙曰：劉越石云：「家國破亡，親友凋殘。」**城春**洙曰：一作「荒」。**草木深。感時花濺淚，恨別鳥驚心。**梅曰：花鳥常時可娛之物，今睹之濺淚心驚，其憂可知。**烽火連三月，家書抵萬**

金。**蘇曰**：王筠：久在沙場，得家書抵得萬金。顔師古曰：「王筠意思真堪笑，却把家書抵萬金。」**趙曰**：考此作於天寶十五載之正月，蓋禄山反於十四載之十一月，至此烽火連三月也。補注**鶴曰**：天寶十五載正月，明皇未幸蜀，方且命嗣吴王祇〔李〕隨李光弼等討安禄山〔一〕，安得謂之國破？是時公携家在奉先，五月方入鄜，道路未絶，書非難達。趙注以十四載之十一月至次年正月爲三月，失於不考，當是至德二載三月陷賊營時作。三月者，直指三月而云。**白頭搔更短，渾欲不勝簪。洙曰**：司馬公曰：「『牂羊墳首，三星在罶』，言不可久。古人爲詩，貴於意在言外，使人思而得之，故言之者無罪，聞之者足以戒也。近世詩人唯杜子美最得詩人之體，如：『國破山河在，城春草木深。感時花濺淚，恨别鳥驚心。』山河在，明無餘物矣；草木深，明無人矣；花鳥平時可娱之物，見之而泣，聞之而悲，則時可知矣。他皆類此，不可遍舉。」**修可曰**：鮑照行路難云：「白髮零落不勝簪。」

憶幼子至德二載作。

洙曰：字驥子，時隔絶在鄜州。補注**鶴曰**：詩云「驥子春猶隔，鶯歌暖正繁」，則是公在長安，故與之相隔。此詩當在至德二載春，謂之春猶隔，則去年已隔，至春猶未見也。

〔一〕祇李，四庫本作「祇季」，舊唐書卷七六吴王恪傳作「祇」，無「李」字。

驥子春猶隔，鶯歌暖正繁。別離驚節换，聰慧與誰論。澗水空山道，柴門老樹村。趙曰：指言鄜州寄〔象〕（家）之地。憶渠愁只睡，一作「卧」。炙背俯晴軒。師曰：甫作此詩，恨不得見也。

一百五日夜對月 至德二載作。

補注 鶴曰：荆楚歲時記曰：「去冬至一百五日即有疾風甚雨，謂之寒食。據曆，合在清明前二日，亦有云去冬至一百六日。」詩云「無家對寒食，有淚如金波」，謂身陷賊中，而家在鄜州，當是至德二載作。

無家對寒食，有淚如金波。洙曰：前漢：「歌：月穆穆，以金波。」斫却月中桂，清光應更多。師曰：桂所以礙月之光，無桂則無所礙。形所以爲人之累，無身則無患矣。仳離放紅蕊，想像嚬青娥。洙曰：謝靈運詩：「想像崑山姿。」趙曰：詩：「中谷有蓷，有女仳離。」舊本「娥」作「蛾」，翠眉之謂也。倪曰：宋南平王白紵舞曲曰：「佳人舉袖羅青娥。」牛女漫愁思，秋期猶渡河。洙曰：牽牛、織女二星。世説：「牛、女隔河而居，每七夕則渡河而會。」趙曰：因月〔祈〕（所）感〔一〕，故起牽牛、織女興，言二星離而終聚。師曰：甫對月娥而思妻子矣。牛、女猶有會之期，甫久别家，曾牛、女之不若也。

〔一〕祈，杜陵詩史卷五、分門集注卷一同此，據九家集注卷一九，乃「所」之訛，四庫本作「有」。

大雲寺贊公房二首本四首，二首在前卷。至德二載作。

補注 鶴曰：以前兩首考之，當是至德二年陷賊中時作。

心在水精域，趙曰：江總大莊嚴寺碑云：「光遍水精之域。」蓋佛寺莊嚴，皆以金寶故也。衣霑春雨時。洞門盡徐步，深院果幽期。馬曰：謝靈運詩：「平生協幽期。」師曰：甫與贊公有期於洞門，徐步以待，雖春雨沾衣，不爲之避。到一作「倒」。扉開復閉，撞鍾齋及茲。醍醐長發性，洙曰：釋氏言：「聞正法如食醍醐然。」趙曰：陶〔潛〕（隱）居云〔一〕：「佛經稱乳成酪，酪成酥，酥成醍醐。醍醐乃酥、酪之精液也。」覺範曰：〔出〕（世）説云：「淳酪養性，人無妒心。」則醍醐之能發性，抑可知已。飲食遇扶衰。把臂有多日，洙曰：絶交論：「把臂之英。」開懷無愧辭。洙曰：開懷，言露底裏。黄鶯度結構，洙曰：見「新亭結構罷」注。紫鴿下罘罳。余曰：前漢文帝紀：「未央宫東闕罘罳災。」師古曰：「罘罳，謂連闕曲閣也。以覆重刻垣墉之處，其形罘罳然。一曰屏也。罘，音浮。」愚意會所適，花邊行自遲。湯休起我病，微笑索題詩。洙曰：沙門惠休，姓湯氏，善屬文。趙曰：僧〔易思〕（湯惠）善詩與文〔二〕，以比贊公也。

〔一〕陶潛居，杜陵詩史卷五同此，據九家集注卷一九、分門集注卷八，乃「陶隱居」之訛，按，陶隱居乃陶弘景，非陶潛。又按，陶隱居云，九家集注作（杜田）杜補遺注。

〔二〕易思，據杜陵詩史，乃「湯惠」之訛。

細軟青絲履，光明白氎巾。**鄭曰**：氎，達協切，毛布也。**洙曰**：以白氎布爲巾。深藏供老宿，取用及吾身。**洙曰**：老宿，僧之年老而有宿德(昔)(者)[一]。以供老宿之物而奉吾，所以言其敬。**時可曰**：南史：「高昌國多草木，有草實如繭，中絲如細纑，名爲白氎，國人取織以爲布。」自顧轉無趣，交情何尚新。道林才不世，**洙曰**：支遁，字道林，有才辯。惠遠德過人。**洙曰**：高僧惠遠有夙德。雨瀉暮檐竹，風吹青一作「春」。井芹。天陰對圖畫，最覺潤龍鱗。**師曰**：天陰對圖畫，言二人相對，如畫圖中人也。揚子：「攀龍鱗，附鳳翼。」最覺潤龍鱗，言攀附贊公而有所滋潤也。補注**鶴曰**：貨殖傳：「答布皮革千石。」孟康曰：「答布，白氎也[二]。」師古曰：「粗厚之布也。其價賤，故與皮革同其量，非白疊也。」馬援傳：「都布單衣。」注云：「東觀記云：『都』作『答』。史記曰：答布。前書音義曰：答布，白疊布也。」漢中王瑀使回紇歸，獻白氎等物。本草：「白氎，草也，出高昌國，粗者名(吉其)(古貝)[三]，細名白氎。」

[一] 昔，據九家集注、分門集注，乃「者」之訛。
[二] 氎，漢書卷九一貨殖傳載孟康注作「疊」。
[三] 吉其，據舊唐書卷一九七南蠻西南蠻傳婆利國，乃「古貝」之訛。

喜聞官軍已臨賊寇二十韻[一]至德二載作。

補注 鶴曰：詩云「胡虜潛京縣」，謂安、史本蕃種。又云「花門騰絶漠」，謂迴紇助討賊收京。當是至德二年作。詩又云：「元帥歸龍種，司空握豹韜。」按史：至德二年閏八月丁卯，廣平王俶爲天下兵馬元帥，郭子儀副之。則此詩九月作，蓋是月方與賊戰也，詳見注。

胡虜潛京縣， 洙曰：虜，一作「騎」。 趙曰：至德二年，子儀以朔方兵討安慶緒于灃水[二]，慶緒奔於陝郡，此之謂潛京縣。京縣者，京師之縣也。**官軍擁賊壕。** 洙曰：城壕也。**鼎魚猶假息，穴蟻欲何逃。** 洙曰：鼎魚、穴蟻言雖假息，終不能逃死。 趙曰：南史：「丘遲與陳伯之書：而將軍魚游於鼎沸之中。」異苑曰：「桓謙，太元中忽有人皆長寸餘，悉被鎧持槊，從埳中緣機登竈。蔣山道士以沸湯澆所入處，寂不復出，因掘之，有斛許大蟻死在穴中。」補注 希曰：後漢謝夷吾：「第五倫擢爲督郵，使收烏程長按罪。夷吾到縣，無所驗，但望閤伏哭而還。白倫曰：『切以占候，知長當死，游魂假息，非刑所加。不收之。』倫聽其言。至月餘，長果暴卒。」**帳殿羅玄冕，** 洙曰：以帳爲殿。羅玄冕，言君臣聚集[三]。 趙曰：庾肩吾曲水聯句：「回川入帳殿。」玄冕，卿大夫之服。補注 鶴曰：舊史：「開元十三年十一月景戌，至岱宗頓云云。壬辰，御帳殿，受朝賀。」

[一] 寇，四庫本作「境」，按，蕭注本卷四校：「題目，『寇』，二蔡本作『境』。」

[二] 灃，原作「澧」，據四庫本改。

[三] 集，據九家集注卷一九、杜陵詩史卷六、分門集注卷一五，乃「諜」之訛。

蓋行幸時以幄帟爲殿也。唐志：「尚舍局奉御直長，掌殿庭祭祀，張設汛掃。行幸則設三部帳幕，有古帳、大帳、次帳、小次帳、小帳凡五等，各三部，其外則蔽以排城。」**轅門照白袍。** **沈曰**：周禮：「以車轅爲門。」梁陳慶之所統之兵，悉著白袍，所向披靡。**秦山當警蹕，** **趙曰**：肅宗在鳳翔也。**沈曰**：前漢：「出稱警，入稱蹕，止行人也。」**漢苑入旌旄。** **洙曰**：言内地漸復。**趙曰**：漢苑，上林苑也。**路濕一云「失」。羊腸險，雲橫雉尾高。** **洙曰**：羊腸坂也，在太行，天下之險也。光武贊：「金湯失險。」崔豹古今注：「高宗有雉鴝[一]，服章多用翟羽，故有雉尾扇。」**趙曰**：慶緒弑父之年[二]，光弼敗其衆于太原郡，今杜公所謂羊腸者，指太原，非太行山也。天子所居，雲横其上，黄帝戰于涿鹿之野，上常有雲氣。**沈曰**：皇甫謐地書：「太原北九十里有羊腸。」

補注 潞州長〔安〕(子)縣有廢鳩山[三]，漳水出，有羊腸坂。又太原嵐州有羊腸坂，石磴縈回，若羊腸焉。又後漢鄧訓傳注：「酈元水經注云：『汾陽故城，積粟所在，謂之羊腸倉。在晉陽西北，石磴縈委，若羊腸，故以爲名。今嵐州界羊腸坂是也。』」文選魏武苦寒行：「羊腸險詰曲，車輪爲之摧。」注引〔漢〕(吕)氏春秋[四]：「九山，曰太行，曰羊腸坂。」

[一] 「雉鴝」下，初學記卷二五器物部扇第七引崔豹古今注有「之祥」二字。

[二] 弑，原作「杙」，據四庫本改。

[三] 長安縣，乃「長子縣」之訛，宋歐陽忞輿地廣記卷一八河東路上載：「中長子縣……屬潞州，唐因之。有廢鳩山，漳水所出，有羊腸坂。」

[四] 漢氏春秋，據文選卷二七李善注、吕氏春秋卷一三有始，乃「吕氏春秋」之訛。

行、羊腸，其山盤行如羊腸[一]，在太原晉陽地。」前漢地理志：「上黨壺關縣有羊腸坂，言委曲如羊腸之盤也。」然前數郡，唐皆在河東路，距靈武、鳳翔爲遠，此云羊腸，當是指肅宗自靈武次鳳翔所經之路，若羊腸坂之險耳，非指太原也。爾雅「鶡雞」，郭云：「即鶡雞[二]，長尾，走且鳴。」説文：「鶡[三]，長尾雉，走鳴。乘輿以尾爲防釳，著馬頭上。」舊注謂之扇者，非。**五原空壁壘，**洙曰：五丈原，地名，近長安。時賊退敗，故壁壘空。趙曰：長安縣之外有畢原、白鹿原、少陵原、高陽原、細柳原，正得原[四]，謂之五原也。舊注謂五丈原，非是。補注鶴曰：五原屬鹽州，僑治靈州。貞觀元年州省，縣隸靈州，二年復置州，天寶元年更郡曰五原。謂肅宗即位於靈武，今次鳳翔，漸可還京，所以五原空存壁壘。若如趙注，則長安有六原矣。**八水散風濤。**洙曰：關内八水，一涇，二渭，三滻，四灞，五澇，六浩[五]，七灃，八潏。散風濤，言寇亂漸平。趙曰：言風濤止息之意。**今日看天意，游魂貸爾曹。乞降那更得，尚詐莫徒勞。**趙曰：賊窘則乞降，〔點〕(黠)則尚詐，今安賊既

[一] 行，據文選卷二七李善注，當爲「紆」之訛。

[二] 「爾雅鶡雞，郭云即鶡雞」句，爾雅注疏卷一〇原文作：「鶡雉。注：即鶡鷄也。」

[三] 鶡，説文解字卷四上「鳥部」作「鷸」。

[四] 正得原，杜陵詩史、分門集注同此，四庫本作「正德原」，按，此句九家集注録「趙曰」作「正得原之名者恰有五」，又云「然則五原者，殆指正名之五原乎」，則「正得原」非原名，黄鶴等節引不确，四庫本又誤改「得」爲「德」。

[五] 五澤六浩，「澤」「浩」疑爲「澇」「滈」之誤，初學記卷六地部中涇水第九注引關中記云：「涇與渭、洛爲關中三川，與渭、灞、滻、澇、潏、灃、滈爲關中八水。」

爲官軍所臨，欲望如是不可也。**元帥歸龍種，司空握豹韜。** **趙曰**：以廣平王俶爲天下兵馬元帥，往收長安，是爲代宗也。以司空郭子儀副之。太公六韜有豹韜也。**前軍蘇武節，** **洙曰**：軍，一作「旌」。蘇武至海上，杖漢節，旌毛盡落。言前軍皆守節之士。**左將呂虔刀。** **洙曰**：晉書：「呂虔爲刺史，有佩刀，相者曰：『三公可佩。』虔乃贈別駕王祥，曰：『苟非其人，刀或爲害，以卿有公輔之量，故相與也。』」言左將皆輔相之才。**兵氣回飛鳥，** **趙曰**：言氣之陡噴，可彗飛鳥回也。回，如回天之回。**威聲没巨鼇。** **洙曰**：威聲雄重。**趙曰**：巨鼇，贔屓之物，威聲所加，乃至没之。比狂賊懾服之意。**戈鋋開雪色，** **洙曰**：東都賦：「戈鋋彗雲。」注：「矛稍也。」**弓矢向秋毫。** **洙曰**：秋毫，言極末也。（兮）〔弓〕矢向，言雖微必中。**天步艱方盡，** **洙曰**：詩：「天步艱難。」**時和運更遭。** **趙曰**：選云：「遭遇嘉運。」**誰云遺**一作「貴」。**毒螫，** **洙曰**：一作「蠆」。西京賦：「蕩亡秦之毒螫。」螫，行毒也。遺，無遺也。**已是沃腥臊。** **洙曰**：如以湯沃去腥臊也。**睿想**一作「思」。**丹墀近，** **趙曰**：言車駕有可還之勢也。**神行羽衛牢。** **趙曰**：神行，天子之行也。羽衛，葆羽之衛。牢，則安而無警也。**花門騰絶漠，拓羯渡臨洮。** **洙曰**：燕山銘〔一〕：「經磧鹵，絶大漠。」**石曰**：臨洮，郡名。

〔一〕 燕山銘：據文選卷五六班固封燕然山銘，乃「燕然山銘」之訛。

鄭曰：十道志：「洮郡[一]，秦、漢、魏置，皆吐谷渾所處。」**補注** **鶴曰**：花門，謂回紇，公有留花門是也。回紇同朔方、安西、南蠻、大食討安慶緒，故言花門。又云拓羯者，以此。通鑑云：「九月丁亥，元帥廣平王俶將朔方等軍及回紇、西域之衆十五萬，號二十萬，發鳳翔。壬寅，至長安城西，陳於香積寺北，灃水之東[二]，賊衆十萬陳於其北。是日斬賊首六萬級。」**此輩感恩至，羸俘何足操**。**洙曰**：言回紇感恩而助順，其勇鋭所向無前。**趙曰**：時用朔方、安西、回紇等兵。花門，回紇；拓羯，安西是也。**師曰**：此輩感帝德，争來助唐討賊，然賊已係羸，不足執也。**鋒先衣染血**，**洙曰**：太宗平劉武周，躬臨矢石，血㵎兩袖。**騎突劍吹毛**。**洙曰**：吹毛，言其利也，古有吹毛之劍。**喜覺都城動，悲吹子女號**[三]。**家家賣釵釧，只待獻香醪**。**洙曰**：董卓傳：「吕布殺卓，馳賫赦書，以令(官)(宫)陛内外。士卒皆稱萬歲，百姓歌舞於道，長安中士女，賣其珠玉衣裝市酒肉相慶者，填滿街肆[四]。」**補注** **希曰**：鄧訓傳：「家家爲訓立祠。」

喜達行在所三首

彦輔曰：更始立光武爲蕭王，悉令罷兵，詣行在所。蔡邕獨斷曰：「天子以四海爲家，謂所居爲行在所。」

[一] 洮郡，杜陵詩史、分門集注同此，乃「臨洮郡」之訛。
[二] 灃，原作「澧」，據四庫本改。
[三] 吹，杜陵詩史、分門集注同此，四庫本作「憐」，王洙本卷九、九家集注作「連」。
[四] 肆，四庫本作「市」。

時子美自京竄至鳳翔。補注鶴曰：漢書言：「行所巡至。」猶言行在所。平帝紀有「在所」，「元狩六年，〔徵〕（徵）詣行在所」。顏注以「在」以「行」爲二字，則是行所、在所。今云行在所，是至德二載夏，公自賊營逃至鳳翔行在所時作，此詩當在喜官軍已臨賊寇前〔一〕。至德二載作。

西憶岐陽信，洙曰：岐陽，在鳳翔西，左傳：「成王有岐陽之蒐。」鄭曰：十道志：「岐陽，漢扶風杜陽之地。」無人遂却迴。眼穿當落日，心死著寒灰。洙曰：庚桑楚曰：「心若死灰。」別賦：「骨肉悲而心灰。」霧樹行相引，霧，一作「茂」。師曰：言甫冒霧露奔行在。蓮峰望或一作「忽」。開。洙曰：華山有蓮花峰。趙曰：一作「連峰」，謂華州蓮花峰也，非是，當以連山爲正。所親驚老瘦，辛苦賊中來。洙曰：奔走憔悴，故所親驚其老瘦。漢書師古曰：「所親，素所親任也。」

愁思胡笳夕，洙曰：言陷賊久，厭胡笳也。李陵〔二〕：「胡笳動兮邊馬鳴。」沈曰：胡笳，胡人卷蘆葉吹之。一作「樂」。凄凉漢苑春。趙曰：漢苑，漢儀注：「養鳥獸者，通名爲苑。」雖春而凄凉，言殘敝也。生還今日事，洙曰：後漢班超妹昭上書請超曰：「丐超餘年，一得生還，復見闕庭。」間道暫時人。洙曰：間道，言伺間隙之道而行。班超從間道至疏勒。師曰：暫時人，言不敢具性命也。司隸章初睹，洙曰：更始

〔一〕寇，四庫本作「境」。
〔二〕李陵，據九家集注卷一九、後漢書卷八四列女傳董祀妻傳，乃「蔡琰」之訛。

以光武行司隸校尉，人見司隸僚屬，皆歡喜不自勝，老吏或垂泣曰：「不圖今日復見漢官威儀。」由是識者皆屬心焉。**南陽氣已新。** **洙曰**：後漢光武紀云：「望氣者蘇伯阿爲王莽使至南陽，遥望見春陵郭，唶曰：『氣佳哉，鬱鬱葱葱。』」**黄曰**：此二句指肅宗中興也。**喜心翻倒極，嗚咽淚沾巾。** **師曰**：樂極則哀繼之，此詩人抑揚之意。

死去憑誰報，歸來始自憐。猶瞻太白雪，喜遇武功天。 **洙曰**：楚詞：「私自憐兮何極。」太白，山也。武功，縣名，屬鳳翔。**趙曰**：太白山在郿縣，鳳翔之屬縣也。武功在唐不屬鳳翔，但近鳳翔爾。公詩所以顯言歸行在也。**沈曰**：録異記曰：「金星之精墜於終南圭峰之西，因號爲太白。其精化爲白石，狀如美玉，常有紫氣覆之。」**補注鶴曰**：太白山在鳳翔。天寶八載，太白山人李渾言太白山金星洞有「帝福壽」玉版石記，求得之，乃封太白山爲神應公。武功，屬京兆。公云至鳳翔，則喜近京兆，漸可以還京師也。**影静千官裏，心蘇七校前。** **洙曰**：公入朝，鮮當途之交，故言影静。心蘇，言憂釋而心蘇也。前漢刑法志：「京師有南北軍屯，武帝内增七校。」注：「中壘、屯騎、步兵、越騎、射聲、虎賁(一)。」**補注**嚴助傳：「奉千官之供。」師古

(一)「中壘」云云，此句九家集注卷一九、漢書卷二三刑法志注引「晉灼曰」作：「中壘、屯騎、步兵、越騎、長水、胡騎、射聲、虎賁，凡八校尉。胡騎不常置，故此言七也。」杜陵詩史卷六、分門集注卷一五所録已脱「長水、胡騎」，黄鶴録此亦脱，又删去「凡八校尉」等句。四庫本有「長水」，無「胡騎」，當是清人所補。

曰：「千官，猶百官也，多言之耳。」今朝漢社稷，新數中興年。洙曰：凡王室中否而再興，謂之中興，如周宣、漢光武時。唐有安史之亂，故云。

得家書至德二載作。

補注鶴曰：詩云「二毛趨帳殿，一命侍鸞輿〔一〕」，當是至德二載在鳳翔行在作。時未往鄜州迎家，故又云「西郊白露初」。

去憑游客寄，革曰：一云「休汝騎」。趙曰：言出游彼處客寄之人。來爲附家書。今日知消息，他鄉且舊居。趙曰：公寄居在鄜，已是他鄉，故知消息而喜耳。熊兒幸無恙，洙曰：後漢蘇竟傳：「〔公〕君執事無恙〔二〕？」爾雅曰：「恙，憂也。」公孫弘傳：「何恙不已？」師曰：熊兒，甫小女。補注鶴曰：風俗通云：「噬蟲曰恙。古者人多野宿，爲恙所噬，故早相見必相勞問曰：『無恙乎？』」驥子最憐渠。革曰：驥子，公之子宗武。臨老羈孤極，革曰：謂流離孤苦。傷時會合疏。符曰：以時無交舊也。二毛趨

〔一〕 鸞，四庫本作「鑾」，字通。下同。
〔二〕 公，據九家集注卷一九、後漢書卷三〇上蘇竟傳，乃衍文。

帳殿， **洙曰：** 二毛，言鬢毛二色，謂班白也。帳〔設〕（殿），謂行在以帳爲殿。左：「宋公曰[一]：君子不禽二毛。」黄巢之屯，八角帳幄，皆象宫殿。**一命侍鑾輿。** **洙曰：** 公至行在，授左拾遺。**師曰：** 周有一命再命之士，一命，言官卑也。**北闕妖氛滿，** **洙曰：** 北闕，帝闕也。妖氛，謂未收復也。**趙曰：** 時安慶緒方熾。**西郊白露初。** **洙曰：** 謂肅殺之威漸生。**凉風新過雁，秋雨欲生魚。** **饒曰：** 甫得家書，故云新過雁。**農事空山裏，眷言終荷鋤。** **洙曰：** 宋陶潛雜詩：「種豆商山下[二]，草盛豆苗稀。晨興理荒穢，帶月荷鋤歸。」**倪曰：** 甫欲棄官歸老之意。

奉贈嚴八閤老[三]

鮑曰： 嚴武也。至德初，房琯薦爲給事中。收長安，拜京兆尹。稱閤老，時爲給事中。**師曰：** 臺閤之長謂之閤老。**補注** **鶴曰：** 按舊史，遷給事中在收長安之前。今云「閤老」，蓋給事中屬門下省。唐開元元年曰黄門省，又有給事黄門侍郎，故詩云「扈聖登黄閤」。此詩在至德二載作。雖武至德初用房琯薦而累遷至給事中，

〔一〕宋公，九家集注作「宋襄公」。
〔二〕商，據九家集注、陶淵明集卷二歸園田居五首其三，乃「南」之訛。
〔三〕閤，四庫本作「閣」，字通。下同。

則在二載，是年公亦爲拾遺，故又曰「官曹可接聯」。左拾遺屬門下省。**扈聖登黃**一云「今日登扈」[一]。**閣，明公獨妙年。****洙曰**：扈，扈從也。宋〔忠〕〔志〕曰[二]：「三公黃閣，前史無此義。禮記：『士韠與天子同，公侯、大夫則異。』鄭玄注：『士賤，與君同，不嫌。』夫朱門洞啓，當陽之正色。三公之與天子，禮秩相亞，故黃其閣以示謙不敢斥天子[三]。疑是漢舊制[四]。」陳三公之制，開黃閣聽事。明公，相尊美之稱。蔡文姬謂曹公曰：「明公厩有萬馬。」妙年，少年也。**補注****鶴曰**：陳蓋用漢制也。漢舊儀：「丞相聽事閤曰黃閤。」然則給事中何以得云登黃閣？蓋給事中屬門下省，其長曰侍中，與中書令參總而顓判省事，即宰相也。給事掌分判省事，故得同登黃閣。按舊史，武在收長安後爲京兆少尹，兼御史中丞，時年三十五。則爲給事時年三十一也，豈非妙年？**蛟龍得雲雨，****洙曰**：吳志周瑜傳：「上疏孫權曰：劉備以梟雄之姿，而關羽、張飛熊虎之將，猥割土地以資業，恐蛟龍得雲雨，終非池中物。」**鵰鶚在秋天。****洙曰**：秋天，鷙鳥擊搏之時也[五]，在秋天得其時也。**客禮容疏放，官曹可**一作「許」。**接聯。****師曰**：甫性疏放，雖屬

[一] 一云今日登扈，九家集注卷一九在「扈聖登」下，作「一云今日登」，杜陵詩史卷六、分門集注卷一九亦在「扈聖登」下，作「一云今日登扈」，則衍「扈」字，黃鶴移於「黃」字下，乃不知「扈」爲衍文而誤。
[二] 宋忠，九家集注、杜陵詩史、分門集注同此，據太平御覽卷二〇六職官部四「總叙三公」、宋書卷一五禮志二，乃「宋志」之訛。
[三] 斥，四庫本作「比」，按，太平御覽、宋書 禮志、杜陵詩史、分門集注作「斥」。
[四] 疑，據太平御覽，當爲「宜」之訛，宋書 禮志作「蓋」。
[五] 搏，杜陵詩史同此，九家集注、分門集注、四庫本作「摶」。

官曹，而嚴每以客禮優之。新詩句句好，**蘇曰**：王獻之帖云：「早得新詩，披味句句皆好。」應任老夫傳。**趙曰**：欲廣傳嚴公之詩句。

留别賈嚴二閣老兩院補闕

洙曰：得聞字。嚴武、賈至。按新書：「公家寓鄜，彌年艱窶，詔許公自往視。」**補注** **鶴曰**：唐志：「垂拱二年，置左右補闕二員，掌供奉、諷諫。」按公至德二載六月十二日薦岑參狀，左補闕乃韋少遊、裴薦。而賈爲中書舍人，嚴爲給事中。此詩乃是年秋往鄜州省家時作。詩云「一秋常苦雨」，而舊史第云：「三月癸亥，大雨，至癸酉不止。」此又可以補史之闕。

田園須暫往，**魯曰**：陶潛歸去來〔一〕：「田園將蕪，胡不歸？」**師曰**：甫家在鄜，詔許公視之，故云須暫往。**補注** **希曰**：漢汲黯傳已云：「隱於田園。」戎馬惜離群。**洙曰**：老子：「戎馬生於郊。」禮記：「離群索居。」**師曰**：惜離群，言惜别也。去遠留詩别，愁多任酒醺。一秋常苦雨，今日始無雲。山路晴吹角，那堪處處聞。**洙曰**：處處聞，言所在有兵。

〔一〕歸去來，九家集注卷一九、杜陵詩史卷六、分門集注卷二二同此，四庫本下有「辭」字。

晚行口號至德二載作。

補注鶴曰：詩云「三川不可到，歸路晚山稠」，當是至德二載往鄜州時作，詳見注。

三川不可到，洙曰：時三川在賊境。左傳：「周之亡也，其三川震。」注：「涇、渭、洛水也。」趙曰：三川，鄜州縣名也。地理志注：「華池水、黑水、洛水所會，故謂三川。」舊注引西周三川，却是説長安矣，不知其名偶同，眩惑學者矣。補注鶴曰：新、舊史志皆以華池、黑水、（路）〔洛〕水會同，因名爲三川縣。縣乃隋置。新史云：「禄山亂，天子入蜀，甫避走三川。肅宗（立）〔一〕，自鄜州羸服欲奔行在，爲賊所得。」又云：「甫家寓鄜，彌年艱窶，孺弱至餓死，因許甫自往省視。」故有此作。歸路晚山稠。師曰：山重疊也。落雁浮寒水，飢烏集戍樓。洙曰：戍樓，防戍之樓也。師曰：言兵敗散，故烏集之。市朝今日異，蘇曰：江總亂後歸金陵，過秦淮，覽物彷徨，長嘆市朝人情異於曩日。本中曰：謂經亂，風物變也。喪亂幾時休。遠愧梁江總，還家尚黑頭。洙曰：江總在陳，後主即位，授尚書令。京城陷，入隋，後歸老江南。

獨酌成詩至德二載作。

補注鶴曰：詩云「醉裏從爲客」，又云「苦被微官縛，低頭愧野人」，當是往鄜州迎家時作。

〔一〕立，原脱，據新唐書卷二〇一杜甫傳補。

燈花何太喜，洙曰：西京雜記云：「樊噲問陸賈曰：『自古人君皆云受命于天，有瑞應，豈有是乎？』賈應曰：『有之，夫目瞤得酒食，燈花得錢財，小既有徵，大亦宜然。』」**酒綠正相親。**綠，一作「色」。**醉裏從爲客，**師曰：言爲客得醉，且以寬釋也。**詩成覺有神。**洙曰：如有神助也。趙曰：禰衡之能文章，曰思若有神。**兵戈猶在眼，儒術豈謀身。**師曰：言兵戈之際，儒道非可圖富貴。**苦被微官縛，低頭愧野人。**何曰：低頭，言愧而不能仰視也。蘇曰：鮑噉放逸，傲世不仕。士大夫多枉駕過廬，不問高下，皆平揖，未嘗低折，人目爲後輩卧龍。一日部使者謁噉，少頃弟昭曰：「子卑賤如此，如何不深雲笑傲？作此態，豈不愧野人耶？」

收京三首至德二載作。

補注 鶴曰：此詩梁權道編在至德二載，然第三首又似乾元元年作，意三篇非同時作也。

仙仗離丹極，洙曰：謂大駕出幸也。**妖星照玉除。**洙曰：晉天文志：「妖星，一曰彗星，二曰孛星，三曰天棓，四曰(地)(天)槍，五曰天(攙)(欃)，六曰蚩(尤)旗，七曰天衝，八曰國(星)(皇)，九曰昭明，十曰司危，十一曰天(攙)(讒)彗，十二曰五殘，十三曰六賊，十四曰獄漢，十五曰旬始，十六曰天鋒，十七曰燭星，十八曰蓬星，十九曰長庚，二十曰四填，二十一曰地維。」曹子建曰：「凝霜依玉除。」除，階也。西都賦曰：「玉除彤庭。」**師曰**：言禄山陷京闕。**須爲下殿走，** **洙曰**：世説：「熒惑入(南)斗，天子下殿走。」謂避亂。**不可好樓居。** **洙曰**：一云「得非群盗起，難作九重居」。史武紀：「公孫卿曰：『仙人可見，但仙人好樓居。』於是上令長安作蜚簾桂觀，甘泉作延壽觀焉[一]。」**趙曰**：公以仙人比天子也。**師曰**：玄宗好神仙。故有「好樓居」之句。**暫屈汾陽駕，** **洙曰**：莊子：「堯往見四子藐姑射之山，汾水之陽。」釋文云：「按汾水出太原。」**聊飛燕將書。** **洙曰**：史記魯仲連傳：「燕將攻下聊城，聊城人或讒之，燕將懼誅，因保守聊城，不敢歸。齊田單攻聊城歲餘，(壬)(士)卒多死，而聊城不下。仲連乃爲書約之，矢射城中遺將。將見仲連書，泣三日，猶豫不能自定，喟然嘆曰：『與人刃我，寧自刃？』乃自殺。」**依然七廟略，** **洙曰**：天子七廟。**趙曰**：兵謀謂之廟略，蓋謀於七廟之中也。**師曰**：謂復立宗廟也。**更與萬方初。** **趙曰**：與民更始之義。**生意甘衰白，天涯正寂寥。忽聞哀痛詔，又下聖明朝。** **洙曰**：漢武帝末年下哀痛之詔。

補注 **希曰**：嵇康養生論曰：「積損成衰，從衰得白，從白得老。」**鶴曰**：肅宗至德二載十二月壬申御丹鳳樓，下制云：「早承聖訓，嘗讀禮經，義切奉先，恐不克荷。云云。」十二月戊午朔，又御丹鳳門，下制大赦。此所謂哀痛之詔也。**羽翼懷商老，** **洙曰**：漢高祖時，戚夫人以寵，將移動太子。吕后用張良計，召四皓，使侍太子。

[一]「延壽觀」上，據史記卷一二孝武本紀，脱「益」字。

朝，高祖見而問之，四人各以姓名對。上曰：「煩公調護太子。」四人趨去。上指示戚夫人曰：「彼羽翼已成，難動矣。」商老[一]，四皓。**文思憶帝堯。** **洙曰：** 堯典：「放勛欽明文思。」又曰：「聰明文思。」**鮑曰：** 乾元元年正月戊寅，上皇御宣政殿，授皇帝傳國受命寶符。公云「羽翼懷商老，文思憶帝堯」，謂裴冕、杜鴻漸等輔相肅宗，猶商山四皓輔漢太子。玄宗傳授，猶堯授舜也。**叨逢罪己日，** **洙曰：** 罪己詔也。左：「臧文仲曰：禹、湯罪己，其興也勃焉。」**霑洒望青霄。** **蘇曰：** 青園翁曰：「秦鹿未息，四海如斯，終日洒淚沾衣，仰霄漢而已。」**師曰：** 今覩肅宗能刻責奮厲[二]，猶有所仰望也。

汗馬收宮闕，春城鏟賊壕。賞應歌杕杜，歸及薦櫻桃。 **洙曰：** 漢蕭何傳：「未有汗馬之勞。」詩杕杜，勞還役也，反而勞之者。歸，一作「福」。禮記月令：「仲夏之月，羞以含桃，先薦寢廟。」即櫻桃也，今所謂朱櫻是也。前漢叔孫通傳：「古者有春嘗果，今櫻桃熟，可獻。願陛下出，因取櫻桃獻宗廟。上許之。」**鄭曰：** 鏟，平也。**補注** **鶴曰：** 嚴助傳亦曰：「煩汗馬之勞乎。」或謂廣平王俶、郭子儀與朔方、安西、回紇諸軍以至德二載九月復京師，十月肅宗至自靈武。而今詩云「春城鏟賊壕，歸及薦櫻桃」，何也？意此篇期以三載之事如此，不然乃乾元元年作。賞應歌杕杜，謂「應」云者，未爲而當爲也。元年二月丁未，果賞成都、靈武扈從功

[一] 商老，九家集注、杜陵詩史、分門集注同此，四庫本作「商山」。
[二] 覩，杜陵詩史、分門集注同此，四庫本作「觀」。

臣，三品已上與一子官，五品已下與一子出身，六品已下量與改轉。歸及薦櫻桃，謂明年可親享太廟。果元年四月，九廟成，迎神主入新廟，上親享九廟。是假仲夏薦含桃之義，以明親享也。**雜虜橫戈數，功臣甲第高。** **洙曰：** 武帝爲霍去病治第。第，宅也。甲第，甲猶言甲乙之次第，謂第一之第。田蚡治宅，甲(謂)(諸)第。**補注** **鶴曰：** 楊盈川碑云：「匈奴未滅，甲第何高？」按舊史馬璘傳：「安史大亂之後，内臣、戎帥，競務奢豪，亭館第舍，力窮乃止。璘之第，中堂費錢二十萬貫。」又郭英(又)(乂)恃富而驕，於京城創起甲第，窮極奢靡。雜虜，謂回紇、吐蕃諸外夷叛服不常也。**萬方頻送喜，無乃聖躬勞。** **師曰：** 此聖主之勛勞，人臣不宜貪大功以爲己力。諷之之辭。

月至德二載作。

補注 **鶴曰：** 詩云「干戈知滿地，(沐)(休)照國西營」，當在至德二載作。詳見注。

天上秋期近，人間月影清。入河蟾不没， **洙曰：** 庾肩吾望月詩：「渡河光不濕。」**補注** **鶴曰：** 肅宗以天寶十五載七月甲子即位於靈武，故託言而云秋期。靈武，唐雖在關内道，而魏明帝置靈州，初在河北。唐志「靈州」亦云：「黄河外有豐安等城。」故以月入河不没其光，喻肅宗入靈武不失其業也。**搗藥兔長生。** **夢符曰：** 按後漢張衡靈憲序曰：「月者，陰宗之精，積而成獸，象兔，陰之類，其數耦，其後有憑焉。羿請不死之藥於西王母，姮娥竊之，以奔月，是爲蟾蜍。」只益丹心苦，能添白髮明。干戈知滿地，休照國西營。洙曰：時官軍營於國西。休照，爲征夫見月而感。補注鶴曰：通鑑云：「至德二載八月，王伯倫、李椿攻中渭橋，殺賊守者千人，乘勝至苑門。賊有先屯武功者奔歸，自是賊不復屯武功矣。」按，武功在長安西北，國西營當是指賊營，故云休照。若官軍陳於長安城西香積寺，乃是年九月旋即敗賊而復京師，(宣)(豈)虞見月而感？

哭長孫侍御至德二載作。

補注鶴曰：長孫侍御，即後有送長孫九侍御赴武威判官者。此詩不言爲判官事，而言其爲詩流，與夫「才思闊」，則與此合。意是得武威之命，未到而死。當是至德二載。周置御史，掌邦國、都鄙及萬民之治，令以贊冢宰。漢因置十五員，唐四人。

道爲詩書重，孝祥曰：人誰不讀書？但誦其章句而不明其道，不足重也。長孫之學獨爲可重，以其達道故也。名因賦頌雄。禮闈曾擢桂，憲府舊乘驄。洙曰：禮闈，禮部所設，以取士也。郄詵對武帝云：「臣舉賢良對策，爲天下第一，猶桂林一枝。」御史所居之署，漢謂之御史府，亦謂之憲臺，唐龍朔中爲東宫憲府。桓典拜侍御史，常乘驄馬。補注希曰：唐初考功試進士，開元二十四年徙禮部，以春官侍郎主之，則長孫擢第在開元二十四年之後。類要亦云：「持綱憲府。」孫樵新書亦言之。流水生涯盡，趙曰：子在川上曰：「逝者如斯夫。」宋曰：生涯盡，言其清貧也。浮雲世事空。唯餘舊臺柏，蕭瑟九原中。趙曰：漢朱博爲御史大夫，其府列柏樹，常有野烏數千栖宿其上。檀弓注：「卿大夫之墓，地在九原。」補注 希曰：御史臺侍御史廳前有兩柏，總章中，李元同〔一〕、張仁禕爲侍御史所植也。杜易簡爲之贊云：「爰有貞柏，徙植清堂。」楚辭：「蕭瑟兮草木摇落而變衰。」

奉送郭中丞兼太僕卿充隴右節度使三十韻

鮑曰：郭英乂也。至德二載加隴右節度使，傳與詩合。補注 鶴曰：舊史言，至德初，英乂遷隴右節度使，兼御史中丞，不言兼太僕卿。新史言，禄山亂，拜秦州都督、隴右采訪，至德二年加隴右節度使，不言兼御史中丞與太僕卿。公此詩題曰「送郭中丞兼太僕卿充隴右節度使」，殆有補於二史之闕，信其爲詩史也。當是至德二載作。唐制，中丞二人，正四品下。太僕寺卿一人，從三品，卿掌厩牧輦輿之政。以中丞而兼卿，所以爲加恩。至德二載作。

詔發西山將〔二〕，洙曰：辛慶忌贊曰：「山東出相，山西出將。」秋屯隴右兵。洙曰：屯，一作「營」。唐書郭英乂傳：「英乂，知運之季子。肅宗興師朔野，英乂以將門子，特見任用。」趙曰：英乂先爲秦州都督，乃

〔一〕 元，避宋聖祖諱，遵照底本。
〔二〕 西山，四庫本作「山西」。

加隴右節度使，故公詩云即非山西之出將事。**鄭曰**：屯，聚也。**凄涼餘部曲，****趙曰**：秦州部曲也。**燀**一作「烜」。**赫舊家聲。****洙曰**：謂知運先朝亦爲隴右節度使也。宋鮑昭東武吟[一]：「將軍既即世，部曲亦空存。」[二]漢光武紀注：「大將軍營有五部，部下有曲。」司馬子長報任少卿書曰：「李陵（此）（既）生降[三]，頽其家聲。」**鵰鶚乘時去，****師曰**：言得時則駕也。**驊騮顧主鳴。****趙曰**：二句美英乂也。**師曰**：言戀王室也。忠臣之志，不忘於君。**艱難須上策，容易即前程。****洙曰**：策，策略也。容易，猶無難也。言其功名策略，足以自取富貴無難。**斜日當軒蓋，高**一作「歸」。**風卷旆旌。****修可曰**：夏侯湛禊賦：「清風捲旆。」**師曰**：高風，八月也。**松悲天水冷，沙亂雪山清。****洙曰**：天水郡，漢武帝元鼎三年置。後漢明帝紀：「祁連，山名也，即天山，一名雪山，今名（析）（折）羅漢山[四]，在伊州北。」**沈曰**：其山至高，冬夏有雪，故曰雪山。**補注****鶴曰**：開山圖經云：「漢陽西南有祁山。」九域志（云）亦於秦州云有祁山。然公與嚴武詩多言雪山，如「公來雪山重，公去雪山輕」，皆指西山而言。今郭自西山遷隴右，故詩首云「詔發西山將」，則雪山似指西山而言。蓋天水已言秦州，則雪山乃言西山無疑。喻郭在兩鎮，而虜皆懷惠不敢擾邊也。**和虜猶懷惠，****洙曰**：和，和好也。

[一] 鮑昭，九家集注卷一九作「鮑照」。
[二] 即，九家集注、文選卷二八作「下」。空，文選作「罕」。
[三] 此，據九家集注、四庫本、漢書卷六二司馬遷傳，乃「既」之訛。
[四] 析，據杜陵詩史卷六、分門集注卷二一、後漢書卷二顯宗孝明帝紀，乃「折」之訛。

惠，恩惠也。**防邊不敢驚。**趙曰：指言吐蕃也。**古來於異域，鎮静示専征。**洙曰：専征，請受斧鉞之賜，得專征伐。**燕薊奔封豕，**洙曰：薊縣，燕之所都。昭王在隨，申包胥如秦乞師曰：「吴爲封豕、長蛇，以薦食上國。」豕之性善突，故以喻禄山。**周秦觸駭鯨。**洙曰：按新史：「禄山之亂，英乂授秦州都督、隴右采訪使。賊將高嵩擁兵入汧隴，英乂僞勞之，既而伏兵發，盡虜其衆。」駭鯨，言若鯨魚之駭，難禦也。陳琳檄云：「若駭鯨觸細網。」言易決也。趙曰：禄山反幽州，陷河北，陷東京，陷京師，此所謂奔突幽薊，而觸冒周秦也。

中原何慘黷，餘孽尚縱横。洙曰：文選：「上慘下黷[一]。」殘孽，餘寇也。趙曰：禄山既誅，慶緒爲寇，此所謂尚縱横也。**箭入昭陽殿，**趙曰：言禍亂及於宫中也。**笳吟細柳營。**洙曰：笳者，胡人捲蘆葉吹之以作樂也，故曰胡笳。趙曰：細柳，周亞夫之營，在長安。笳吟細柳，言胡人之笳乃在漢營也。**内人(細)(紅)袖泣[二]，王子白衣行。**趙曰：言王子避亂，白衣而行也。**宸極妖星動，**洙曰：虞翻别傳曰：「仰瞻宸極。」趙曰：妖星，注見前。**園陵殺氣平。**洙曰：陵，一作「林」。**空餘金椀出，**椀，一作「盌」。洙曰：光武紀：「赤眉焚西京宫室，發掘園陵。」注：「園，謂山墳。」金椀出，見「早時金椀出人間」注。趙曰：漢武事：「有持金椀賣於市。」**無復繐帷輕。**洙曰：魏武帝遺令堂上施六尺床，張繐帷。此言賊凌暴園陵也。**毁**

[一] 慘，文選卷四七陸機漢高祖功臣頌作「摻」。
[二] 細，九家集注、杜陵詩史、分門集注、四庫本皆作「紅」，則「細」乃「紅」之訛。

廟天飛雨，焚宮火徹明。**洙曰：**項羽入咸陽，殺降王子嬰，燒其宮室，火三月不滅。**蘇曰：**周盤龍焚紫翠宮，綺羅經火，徹明不滅。**罘罳朝共落，棆桷夜同傾。****洙曰：**言賊焚毁宗廟及宮室。漢書注，師古曰：「罘罳，謂連闕曲閣也。」**蒼舒曰：**按詩：「方斲是虔。」注：「椹謂之虔。升景山，掄林木[一]，取松柏易直者，斲而遷之，正於椹上，以爲桷也。」**三月師逾整，群胡勢就烹。瘡痍親接戰，勇決冠垂成。****洙曰：**此言英乂躬冒矢石，功冠垂成。垂成，猶欲成也。**趙曰：**此微言英乂之敗，而激其再立功也。是時英乂戰于武功，敗績，故有「瘡痍」之譬，且言其功垂成。**妙譽期元宰，****趙曰：**美其可爲相[二]。**補注** **希曰：**元宰，乃冢宰。穀梁所謂「王會宰周公于葵丘」是也。又後漢酈炎：「絳、灌臨衡宰。」王猛疏曰：「鼎宰崇重。」茲云元宰[三]，猶謂元侯、元弼。**殊恩且列卿。****趙曰：**言其兼太僕卿也。**幾時回節鉞，戮力掃攙搶[四]。**上初銜，下楚耕切。**洙曰：**成十三年傳：「戮力同心。」釋文云：「〔攙〕(欃)槍，妖星也。」前漢天文志：「石氏：『見〔攙〕(欃)雲，如〔生〕(牛)。』甘氏：『不出三月，乃生天〔搶〕(槍)。』石氏：『見〔搶〕(槍)雲，如馬。』甘氏：『不出三月，乃生

[一] 林，九家集注、分門集注同此，四庫本、毛詩正義商頌長發鄭玄箋作「材」。

[二] 「可」下，四庫本、九家集注有「以」字。

[三] 云，四庫本作「者」。

[四] 攙搶，王洙本卷一〇、杜陵詩史、分門集注同此，九家集注、四庫本作「欃槍」，按，晉書卷一二天文志載：「妖星，一曰彗星，二曰孛星，三曰天棓，四曰天槍，五曰天欃。」當以「欃槍」爲是。下同。

天〔攙〕（欃）。』」謝宣遠子房詩：「鴻門銷薄蝕，垓下隕攙搶。」圭竇三千士，洙曰：儒行：「儒有華門、圭竇。」注：「門旁窬，穿墻爲竇，如圭。」僖二十四年：「秦伯送衛於晉三千人，實紀綱之僕。」雲梯七十城。洙曰：雲梯，攻城〔其〕（具），高長上與雲齊，可依雲而立，所以攻敵之城中。〔宋〕（楚）王令公輸作雲梯以攻宋[一]，墨子設守宋之備，九攻而墨子九却之。耻非齊說客，洙曰：酈生嘗爲說客，漢王使說齊王田廣，罷歷下兵。淮陰侯乃度兵襲齊，齊以酈生賣已，遂烹之。甘似魯諸生。洙曰：叔孫通傳：「臣願徵魯諸生，與臣弟子共起朝儀。」趙曰：公自言也。蓋以謂圭竇之貧士尚有三千，而下七十城亦有爲雲梯之具者，如我曾無說客之談，時有諸生之事而已。蓋自責其無補於戰也。通籍微班忝，洙曰：此公自言得通朝籍也。微班，言位下也。前漢元帝紀：「令從官、給事官，司馬中者，得爲大父母、父母、兄弟通籍。籍者，爲三尺竹牒，記其年紀、名字、物色，縣之宫門，案省相應，乃得入也。」周行獨坐榮。洙曰：詩：「置彼周行。」箋云：「周之列位也。」後漢宣秉拜御史中丞，光武特詔御史中丞與中隸校尉、尚書令會同，並專席而坐，故京師號曰三獨坐。時英乂爲中丞。隨肩趨漏刻，蘇曰：漢宣帝置行刻漏，賜十郡列卿。短髮寄簪纓，寄，一作「愧」。徑欲依劉表，洙曰：魏志：「王粲以西京擾亂，皆不就辟，乃之荆州，依劉表。」還疑厭禰衡。洙曰：還疑，一云「能無」。後漢文苑

[一] 宋王，杜陵詩史、分門集注同此，四庫本作「楚王」，據墨子公輸第五十，以「楚王」爲是。

傳禰衡：「孔融愛衡材，數稱述於曹操，操欲見之，不肯往。操懷忿，以其才名，不欲殺之，送與劉表。表先服其才名，甚賓禮之。後侮慢表，表耻不能容，以江夏太守黄祖性急躁，故送衡與之。卒爲祖所殺。」**漸衰那此别，忍淚獨含情。** **蘇曰**：劉機含情忍淚，夜起薊門。**廢邑狐狸語，** **洙曰**：襄十四年傳：「南鄙之田，狐狸所居，豺狼所嘷。」**空村虎豹争。** **洙曰**：空村，言無居人。虎豹争，盜賊縱横故也。**人頻墜塗炭，** **洙曰**：仲虺之誥：「有夏昏德，民墜塗炭。」言民之危險，若蹈泥墜火。**公豈忘精誠。元帥調新律，前軍厭舊京。** **鮑曰**：謂廣平王將復京師也。**安邊仍扈從，**才用切。**莫作後功名。** **洙曰**：莫作，一云「無使」〔一〕。時代宗爲元帥，期於收復，公勉郭令立功名，無後衆人也。**趙曰**：新律，是師律之律。舊京，指言長安。更云「仍扈從」，則望長安收復，而車駕復還也。**師曰**：前軍壓舊京，言前軍已收京，而鎮壓之尚賴諸將安邊扈駕。此勉郭公之辭。

送楊六判官使西蕃

至德二載作。

補注 **鶴曰**：詩云「帝京氛祲滿」，又云「送遠秋風落」，當是至德二載未復京師前。是年吐蕃遣使來，請討賊，且修好，肅宗遣給事中南巨川往報聘。楊其贊巨川以行者，故有「慎爾參籌畫」之句。

〔一〕 無，原作「元」，據九家集注、杜陵詩史、分門集注、四庫本改。

送遠秋風落，西征海氣寒。帝京氛祲滿，洙曰：氛祲，不祥之氣，言胡塵污染帝室。趙曰：往吐蕃，度青海，故云海氣寒也。蓋京師猶未復，故曰氛祲滿也。人世別離難。蘇曰：季珏〔一〕：「人世萬事〔二〕，惟別離最難。」絶域遥懷怒，和親願結歡。敕書憐贊普，贊普，吐蕃王名。兵甲望長安。馬曰：望長安，言欲入寇。宣命前程急，惟良待〔子〕（士）寛〔三〕。子雲清自守，今日起爲官。洙曰：揚子雲仕宦不達，寂寞自守。起爲官，以子雲比楊判官也。垂淚方投筆，言以戎事爲憂，故垂淚投筆，如班超投筆而起，志在功名。傷時即據鞍。洙曰：劉尚深入五溪〔四〕，軍没，馬援因復請行，時年六十二。帝愍其老，未許之，援自請曰：「臣尚能被甲上馬。」帝令試之，援據鞍顧〔眄〕（盼），示可用。儒衣山鳥怪，蘇曰：桑聞再歸中條，時春鳥嘐戛，聞嘆曰：「山鳥亦怪我儒衣歸。」漢節野童看。趙曰：蘇武杖漢節牧羊。邊酒排金盞，一作「盌」。夷歌捧玉盤。草肥蕃一作「輕」。馬健，洙曰：胡人至秋則草肥馬健，思入寇。雪重拂廬乾。修可曰：拂廬，蕃帳名。趙曰：吐蕃聯毳帳以居，號大小拂廬也。慎爾參籌畫，從兹正羽翰。

〔一〕季珏，杜陵詩史卷六、分門集注卷二一作「季珪」。
〔二〕世，杜陵詩史、分門集注同此，四庫本作「間」。
〔三〕子，據九家集注、杜陵詩史、分門集注、四庫本，乃「士」之訛。
〔四〕「劉尚深入五溪」句上，四庫本有「馬援傳」三字，按，九家集注、杜陵詩史、分門集注皆無此三字，四庫本當爲館臣校補所致。

鄭曰：何干切，羽也。**歸來權可取，九萬一朝摶。** **晁曰**：言當以功名自致遠大。**黄曰**：言刷整羽翼，飛騰之兆在此時也。

憶弟二首乾元元年作。

洙曰〔一〕：時歸在南陸渾莊。【補注】**鶴曰**：詩云「且喜河南定，不問鄴城圍」，當是乾元元年春作。是時公在長安，故詩又云「東西消息斷」，謂公在西京，而弟在東也。

喪亂聞吾弟，飢寒傍濟州。 **鄭曰**：水名，禹貢有濟河，此因水名州。**人稀書不到，** **蒴曰**：以道路榛梗，人稀少而難行。**兵在見何由。** 【補注】**希曰**：韓信傳：「然則何由？」**憶昨狂催走，** **洙曰**：狂催走，謂避亂出奔如狂。**無時病去憂。即今千種恨，惟共水東流。** **師曰**：濟屬山東，弟居(木)(水)東〔二〕，故恨與水東流也。

且喜河南定，不問鄴城圍。 **洙曰**：安慶緒棄東都走也。**趙曰**：至德二載復東京，故喜也。**炎曰**：鄴城，史思明所據。【補注】**鶴曰**：至德二載十一月，克河南郡縣，而相州至乾元二年三月猶未解圍。以其弟在

〔一〕洙曰，分門集注卷九同此，杜陵詩史卷八作「彦輔曰」。
〔二〕木，杜陵詩史、分門集注無此字，四庫本作「水」，則「木」乃「水」之訛。

濟陽，故喜河南之定。**百戰今誰在，三年望汝歸。****洙曰**：東山：「周公東征也，三年而歸。」三章言其室家之望汝也。」**鮑曰**〔一〕：公自天寶十四載乙未冬因亂而相別，至乾元戊戌，是爲三春，故曰「三年望汝」。**故園花自發，****師曰**：花自發，言無主也。**春日鳥還飛。****洙曰**：言草木禽鳥尚得其所，而人遭亂離，不得相保爾。**斷絶人煙久，東西消息稀。**

得舍弟消息乾元元年作。

補注 **鶴曰**：詩云「亂後誰歸得，它鄉勝故鄉〔二〕」，爲舍弟在它鄉而公在故鄉〔三〕，故云。當是乾元元年作。

亂後誰歸得，他鄉勝故鄉。**蘇曰**：崔審與友人曰：「江南兵火，全不如舊聞。三峽人物富，盛況勝故鄉，何頻頻發吟思耶？」**趙曰**：休明之際，則它鄉雖樂〔四〕，不如還家。惟亂離則它鄉安處，自足居也。**直洙曰**：一作「昔」。**爲心厄苦，久念****洙曰**：一作「得」。**與存亡。****趙曰**：以弟存亡在念也。若「主在與在，主

〔一〕鮑曰，分門集注同此，杜陵詩史作「趙曰」，按，九家集注無此注，當以「鮑曰」爲是。
〔二〕它，詩文及四庫本作「他」。
〔三〕它，四庫本、九家集注卷一九、杜陵詩史卷五、分門集注卷九作「他」。
〔四〕它，四庫本作「他」。下同。

汝書猶在壁，汝妾已辭房。**洙曰：**李陵書「生妻〔夫〕（去）室」也。舊〔大〕（犬）知愁恨[一]，垂頭傍我床。亡與亡」之義。

鄭駙馬池臺喜遇鄭廣文同飲至德二載作。

補注　**鶴曰：**詩云「燃臍郿塢敗」，指禄山死，則是此詩在至德二載作，蓋禄山以是年正月爲安慶緒所弑。公是時陷賊中，而鄭駙馬池臺在河南新安縣，不聞公陷賊時至東都。豈張敦儒拘諸官於東都[二]，時公以陷賊，亦暫拘東都，故得與鄭虔相遇而同飲？詩所以有「握節漢臣回」之句，期禄山死後皆可以全身而歸也。梁權道編在乾元元年，然至德二載十二月已定從僞者之罪，虔在其中，貶台州司户，公在諫省，不應乾元元年尚與之同飲，爲留連之舞。又與詩云「握節漢臣回」不叶，再味「别離經死地，披寫忽登臺」之句，是公未爲拾遺前作無疑。

不謂生戎馬，**洙曰：**老子：「戎馬生於郊。」何知共酒杯。燃臍郿塢敗，**洙曰：**董卓傳：「吕布殺卓，使皇甫嵩攻卓弟旻於郿塢，殺其母妻男女，盡滅其族。乃尸卓於市，天時始熱，卓素充肥，脂流於地，守尸吏

[一] 大，據四庫本、九家集注卷一九、杜陵詩史卷五、分門集注卷九，乃「犬」之訛。
[二] 張敦儒，據舊唐書卷二〇〇上安禄山傳、資治通鑑卷二一八，當作「張通儒」。

燃火置卓臍中，光明達晝。**師曰**：此言禄山伏誅也。**握節漢臣回。****洙曰**：蘇武杖漢節牧羊，起卧操持，節毛盡，十九年還歸。**師曰**：此言鄭自賊歸也。**白髮千莖雪，丹心一寸灰。****洙曰**：言爲憂患所困，而心已無物矣，故云一寸灰。**別離經死地，披寫忽登臺。****師曰**：披寫，言剖懷也。**重對秦簫發，**見「秦女善吹簫」注。**俱過阮宅來。****師曰**：以虔之疏放，比之阮籍也。**留連**一作「醉留」。**春夜舞，淚落强徘徊。****洙曰**：一云「醉連春苑夜，舞淚落徘徊」。

臘日至德二載作。

補注 **鶴曰**：詩云「還家初散紫宸朝」，當是至德二載扈從還京師時作。嚴延年傳：「母欲從延年臘。」師古曰：「建丑之月爲臘祭，因會飲，若今之蜡節也。」

臘日常年暖尚遥，今年臘日凍全消。侵陵雪色還萱草，**洙曰**[二]：萱草，乃忘憂草，今俗云萬年韭，雪霜不凋[三]。補注 **希曰**：崔豹古今注曰：「欲蠲人之憂，則贈以丹棘。」丹棘，一名忘憂。嵇康養生論從而曰：「萱草忘憂。」按詩：「焉得諼草，言樹之背。」孔氏曰：「諼，訓忘，非草名。」爾雅曰：「諼，忘也。」後人誤

[二] 洙曰，分門集注卷三同此，杜陵詩史卷六作「沈曰」。

[三] 雪霜，四庫本作「霜雪」。下同。

以庭萱爲諼草，至玉篇始作萲與萱同[一]。王洙謂俗云萬年韭，雪霜不凋。非萱草，何嘗不凋也？第初茁土時，往往不畏霜雪耳。**漏泄春光有柳條。縱酒欲謀良**一作「長」。**夜醉，還家初散紫宸朝。鄭曰**：紫宸，志：「宣政殿北曰紫宸門，內有紫宸殿。」即內衙正殿。**口脂面藥隨恩澤，翠管銀罂下九霄。洙曰**：唐制，臘日宣賜口脂、面藥及賜宴。**趙曰**：唐制，臘日賜面藥。翠管、銀罂，所以盛之也。**定功曰**：太平御覽載盧公家範：「凡臘日上澡豆及頭膏[二]、面脂、口脂。」**補注鶴曰**：唐志：「中尚署令、丞，臘日獻口脂。」

紫宸殿退朝口號

鄭曰：長安志：「宣政殿北曰紫宸門，內有紫宸殿。」即內衙正殿。**補注鶴曰**：唐會要云「龍朔二年六月七日制蓬萊宮諸門、殿、亭等名。三年四月二十五日，始御紫宸殿聽政，百寮賀新宮成。開元十六年，補遺施敬本、張烜、李鋭等謂：『紫宸殿者，漢之前殿，周之露寢[三]，陛下饗萬國，朝諸侯，人臣至敬之所。』」是也。今詩云「宮中每出歸東省」，當是乾元元年爲拾遺時作。

戶外昭容紫袖垂，洙曰：唐制，昭容正二品，係九嬪。**雙瞻御座引朝儀。蒼舒曰**：按唐制，天子

[一] 篇，原字下部作「第」，此從四庫本。

[二] 「澡豆」下，太平御覽卷二八時序部十八臘有「袋」字。

[三] 露寢，唐會要卷三〇「大明宮」條作「路寢」。

坐朝，宫人引至殿上。至天祐二年十二月，詔曰：「宫嬪女職，本備内任，今後每遇延英坐日，只令小黄門祇候引從，宫人不得出内。」**趙曰**：應用〔朝〕（昭）儀二人爲引[一]，謂之瞻，則回瞻也。**香飄合殿春風轉，花覆千官淑景移**。景，一作「日」。**師曰**：淑景，淑日也[二]。**晝漏聲**一作「稀」。**聞高閣報，****趙曰**：以閣之高而傳之遠也。**天顔有喜近臣知**。**洙曰**：言近臣密邇清光[三]。**宫中每出歸東省，會送夔龍集**一作「到」。**鳳池**。**洙曰**：夔、龍，舜之良臣。夔典樂，龍納言。鳳池，荀勖爲中書令，及罷，云：「奪我鳳凰池。」**趙曰**：唐制，左拾遺〔領〕（隸）門下省[四]，而門下省在東，故曰東省。

曲江二首乾元元年作。

補注 **鶴曰**：按後篇云：「朝回日日典春衣，每日江頭盡醉歸。」當是乾元元年爲拾遺在京師作。

一片花飛減却春，**蘇曰**：丘豫見庭中花落，謂友人曰：「飛此一片，減却青春色，不趁行樂，復待何時耶？」**風飄萬點正愁人。且看欲盡花經眼，莫厭傷多酒入脣。江上小堂巢翡翠，****蘇曰**：宋丘

[一] 朝儀，九家集注卷一九作「昭容」，杜陵詩史卷七、分門集注卷六作「昭儀」，則「朝」乃「昭」之訛。
[二] 淑日，杜陵詩史、分門集注作「日景」。
[三] 光，原作「允」，據四庫本改。
[四] 領，據九家集注，乃「隸」之訛。

蒙爲南陽守，政善廉愛，有翡翠巢于堂。庾信詩：「翡翠本微物，知愛巢高堂。」花一作「苑」。邊高冢卧麒麟。趙曰：冢前有石麒麟，蓋富貴之家。西京雜記云是秦始皇驪山墓上物也。今詩言卧，則冢荒廢，故公落句有感焉。細推物理須行樂，何用浮名絆此身。浮，一作「榮」。余曰：絆，音半，馬縶。師曰：曲江舊時風景頗佳麗，爲京城勝游，自禄山焚蕩之後，無復向時奢華，是以堂巢翡翠，〔家〕（冢）卧麒麟。一盛一衰，其理不常，觀此理則人生不可不行樂矣。

朝回日日典春衣，趙曰：王長元古意：「思淚點春衣。」每日江頭盡醉歸。〔朱〕（洙）曰：日出，陳遵醉歸。酒債尋常行處有，人生七十古來稀。洙曰：孫濟，權之叔也。嗜酒，不治産業，常醉，欠人酒緡。人皆笑之，濟怡然自若，謂人曰：「尋常行坐處，欠人酒債，欲貨此緼袍償之。」古詩云：「典盡春衣無可奈，尋常行處欠人錢。」古詩：「人生不滿百，常懷千歲憂。晝短苦夜長，何不秉燭游。」補注鶴曰：賈誼傳：「彼尋常之污瀆兮。」應劭曰：「八尺曰尋，倍尋爲常。」故以對「七十」。然江南逢李龜年詩云：「岐王宅裏尋常見，崔九堂前幾度聞。」則又未嘗拘以數對也。尋常、幾度，皆俗語。穿花蛺蝶深深見，一作「舞」。點水蜻蜓款款飛。洙曰：一作「緩緩」。趙曰：司馬遷云：「效其款款之愚。」補注希曰：詩大雅板篇云：「老夫灌灌。」毛傳云：「灌灌，猶款款也。」又爾雅「懽懽」釋，亦引板篇毛傳所云，又引鄭箋云：「老夫諫女，款款然。」懽、灌，音義同。**傳語風光共流轉，暫時相賞莫相違。** **洙曰**：馬少憐春日詩〔一〕：「傳語春光道，先歸何處邊。」公參用之焉。言相與賞玩，莫相違戾。此豈語同舍郎〔二〕？

曲江對酒乾元元年作。

補注 **鶴曰**：詩云：「懶朝真與世相違」，又云「吏情更覺滄洲遠」，當是乾元元年爲拾遺在京師作。

苑外江頭坐不歸， **趙曰**：苑外者，芙蓉苑之外也，曲江在苑北。**水精春**一作「宫」。**殿轉霏微。** **趙曰**：以水精言春殿，蓋狀其清幽也。**桃花細逐楊花落，** **洙曰**：一云「桃花欲共梨花語」。**黄鳥時兼白鳥飛。** **蘇曰**：古倚欄曲云：「紅雨亂和春雨落，白鳥時兼黄鳥飛。」工部用語有體法，復用古人語者，以爲龜鑑。補注 **希曰**：爾雅曰：「皇黄鳥。」郭云：「黄離留，亦名摶黍。」陸云：「黄鸝留，黄栗、黄鶯、倉庚、商庚、鶩黄、楚雀其名。」毛詩：「綿蠻黄鳥。」亦是鶯。白鳥，鷗鷺之類。公詩所謂「白鳥去邊明」「江湖多白鳥」是也。**縱飲久判人共棄，** **鄭曰**：判，普官切，正作拚，棄。**懶朝真與世相違。吏**一作「含」。**情更覺滄洲遠，**

〔一〕 馬少憐，四庫本作「馮少憐」，九家集注卷一九作「馮小憐」，杜陵詩史卷七、分門集注卷三作「馬小憐」，按，劉克莊後村詩話續集卷一作隋煬帝詩。

〔二〕 郎，四庫本作「耶」，按，此句九家集注作「此豈語同舍之省郎乎」，杜陵詩史、分門集注作「此豈語同舍郎乎」，則作「郎」爲是，四庫本誤改。

老大悲傷未拂衣。 **洙曰**：謝玄暉：「復叶滄洲趣。」古樂府：「老大徒悲傷。」**師曰**：縱飲久判人共棄，甫性放誕，與世相忤，爲人所棄，故縱飲懶朝，無復顧惜。蓋任真如此，然爲薄宦所縶，不遂滄洲之期，至於老大悲傷，不能拂衣而去也。滄洲，神仙之境。

曲江對雨乾元元年作。

補注**鶴曰**：詩云「何時詔此金錢會，暫醉佳人錦瑟傍」，當是乾元元年爲拾遺在京師時作。

城上春雲覆苑墻，江亭晚色静年一作「天」。**芳。** **魯曰**：沈休文三月三日詩：「年芳俱在斯。」

林花著雨燕脂一作「支」。**落，水荇牽風翠帶長。** **洙曰**：荇，水草也，相連而生，故曰翠帶。**龍武新軍深駐輦，芙蓉别殿謾焚香。** **洙曰**：開元二十六年，析左右羽林軍置左右龍武軍，以左右萬騎營隸焉。芙蓉城連曲江。**趙曰**：言駕深駐曲江，不復幸芙蓉苑，則别殿焚香爲謾耳。**師曰**：唐諱「虎」，故改龍虎軍爲龍武。補注**鶴曰**：如舊注，則不見「新軍」「别殿」之義，案志：「至德二載，左右神武兩軍賜名天騎。」今詩作於次年，故曰新軍。又志云：芙蓉園在京城南内，築夾城入園中，有殿。而曲江又連芙蓉苑，駕常游幸其中，亦有殿，故曰别殿。公詩云「江頭宫殿鎖千門」是也。**何時詔**一作「重」。**此金錢會，暫**一作「爛」。**醉佳人錦瑟傍。** **蘇曰**：開元别記：「明皇與妃子在花萼樓下，以金錢遠近爲限賽，其元擲于地者以金觥爲賞〔一〕。」今里巷皆效之，諺曰「卓親」。**趙曰**：劇談録載：「開元中，都人游賞曲江盛于中和、上巳節。即賜宴臣僚，會于山亭，賜太常教坊樂。」推此，則賜金錢會者，賜金錢爲宴也。**師曰**：開元天寶遺事：「内庭妃嬪至春時於禁中結伴擲金錢爲戲。」**薛曰**：按李商隱詩有錦瑟篇，其詞曰：「錦瑟無端五十弦，一弦一柱思華年。」或云是美人名。補注 **鶴曰**：按貞元九年二月，中書、門下奏云：「中和節初賜宴錢給百官，宰臣已下於曲江合宴。」此「賜金錢會」也。漢惠帝紀：「二千石錢二萬，將軍四十金。」晉灼曰：「此言四十金，實金也。下凡言黄金，真金。不言黄，謂錢也。」

早朝大明宫呈兩省寮友新添。　**賈至**

銀燭朝天紫陌長，禁城春色曉蒼蒼。千條弱柳垂青鎖，百囀流鶯滿建章。劍佩聲隨玉墀步，衣冠身染御爐香。共沐恩波鳳池裏，朝朝染翰侍君王。

和賈至舍人早朝大明宫乾元元年作。

洙曰：舍人先世掌絲綸。**鄭曰**：長安志：「東内大明宫。」補注 **鶴曰**：按舊史，京師西有大明、興慶

〔一〕元，據宋陳元靚編歲時廣記卷二「擲金錢」引開元别紀，當作「無」。

宫[一]，謂之三内。東内有大明宫，在西内之東北。會要云：「貞觀八年十月，營永安宫。九年正月，改名大明宫。龍朔二年，改名蓬萊宫。咸亨元年二月四日，改蓬萊宫爲含元殿。長安元年，復改爲大明宫。」此當是乾元元年諫省作。

五夜漏聲催曉箭，**洙曰：**顔氏家訓云：「或問：一夜何故五更？更何所訓？答曰：魏漢以來[二]，謂爲甲夜、乙夜、丙夜、丁夜、戊夜，又云一鼓、二鼓、三鼓、四鼓、五鼓，亦云一更、二更、三更、四更、五更。皆以五爲節。更，歷也，經也。鼓五四更爾[三]。」**趙曰：**五夜，指言五更初也[四]。**師曰：**箭乃漏箭，軍中傳箭以直更。五夜，謂五鼓，天將曉也。**補注** **希曰：**漢儀：「中黄門持五夜。」**九重**一作「天」。**春色醉仙桃。****洙曰：**天子之門九重。漢武故事：「西王母賫其桃七枚獻帝，帝欲留核種之，王母笑曰：『此桃一千年生，一千年結實，人壽幾何？』遂止。」西王母指東方朔曰：『仙桃三熟，此兒已三偷。』」**師曰：**凡詩稱春者，皆酒也。醉仙桃，言入朝飲酒，其色如春。**旌旗日暖龍蛇動，宫殿風微燕雀高。****余曰：**百斛明珠云：「七言之偉麗者，杜子美如此二句，後寂寥無聞。」**朝罷香煙携滿袖，****蘇曰：**韋賢詩曰：「御爐香滿袖，丞相出朝時。」**詩成珠玉在**

[一]「宫」上，據舊唐書卷三九地理志一「關内道京師」，當脱「三」字。
[二]魏漢，九家集注卷一九、杜陵詩史卷七、分門集注卷六同此，四庫本作「漢魏」，當爲館臣所校改。
[三]鼓五四更，九家集注作「鼓凡五更」，據顔氏家訓卷六書證第十七，當爲「故曰五更」之訛。
[四]言，四庫本無此字。

揮毫。欲知世掌絲綸美，趙曰：賈至，曾之子也。曾於開元間掌制誥。玄宗幸蜀，拜至起居舍人，帝曰：「昔先天誥命，乃父爲之辭，今兹命册，乃爾爲之，兩朝盛典出卿家，父子可爲繼美矣。」𡸁曰：記緇衣篇：「王言如絲，其出如綸。王言如綸，其出如綍。」池上于一作「如」。今有鳳毛。有，一作「得」。時可曰：宋謝鳳子超宗有文辭，補新安王常侍，作王母殷淑儀誄，帝大嗟賞。謝莊曰：「超宗殊有鳳毛。」

同前新添。　**王維**

絳幘雞人送曉籌，尚衣方進翠雲裘。九天閶闔開宫殿，萬國衣冠拜冕旒。日影纔臨仙掌動，香煙欲傍衮龍浮。朝罷須裁五色詔，佩聲歸到鳳池頭。

同前新添。　**岑參**

雞聲紫陌曙光寒〔一〕，鶯囀皇州春色闌。金鎖曉鍾開萬户〔二〕，玉階仙仗擁千官。花迎劍佩星初落，柳拂旌旗露未乾。獨有鳳凰池上客，陽春一曲和皆難。

〔一〕聲，九家集注、分門集注、四庫本作「鳴」。
〔二〕鎖，九家集注、分門集注同此，四庫本作「闕」。

宣政殿退朝晚出左掖

鄭曰：掖，夷益切。長安志：「宣政門内有宣政殿，殿東有東上閤門，西有西上閤門。」故以掖稱。補注**鶴曰**：舊史：「高宗龍朔二年置正殿，曰含元。含元之後曰宣政，宣政左右有中書、門下二省。」公爲左拾遺，屬門下，故曰左掖。當是乾元二年春作。

天門日射黄金榜，洙曰：崔融詩：「金榜照晨光，銅鈎起夕涼。」**春殿晴曛赤羽旗。**洙曰：以赤鳥羽爲旗。**宫草微微，**一云「霏霏」。**承委珮**〔一〕，洙曰：曲禮：「主佩垂則臣佩委。」**爐煙細細駐游絲。**洙曰：游絲，蛛絲之游散者，香煙似之。**雲近蓬萊常五色，雪殘鳷鵲亦多時。**洙曰：蓬萊，殿名。趙曰：鳷鵲，漢觀名，在甘泉宫。秦曰：謝玄暉詩：「金波麗鳷鵲。」借漢殿觀名以比當時之禁掖。**侍臣緩步歸青瑣，**洙曰：青瑣，門也，以青畫户邊鏤中，天子制也。**退食從容出每遲。**昱曰：羔羊詩：「自公退食。」

題省中壁乾元元年作。

補注**鶴曰**：既謂之題省中壁，又詩云「衮職曾無一字補」，當是乾元元年爲拾遺時作。省，謂門下省也。

〔一〕珮，四庫本作「佩」，字通。

掖垣竹埤梧十尋，**趙曰**：禁掖之垣墻也。竹埤，當側聲，皮靡切。國語：「訟垣不生埤[一]。」注云[二]：「埤，下濕也。」又音卑。**補注** **希曰**：高后紀：「入未央宫掖門。」師古曰：「非正門，而在兩旁，若人之臂掖也。」掖垣即此義，公在左掖，故云。十，一本作「千」。**洞門對雪**一作「霤」。**常陰陰**。**師曰**：董賢傳：「重殿洞門。」注：「洞門，謂門之相當也。」**定功曰**：對雪，當作「對霤」。左太冲吴都賦云：「增岡重阻，列真之宇。玉堂對霤，石室相距。」蓋是詩有鳴鳩乳燕、落花游絲之話[三]，乃春時，非可言「雪」，傳寫之誤耳。**蘇曰**：魯直常云：「唐省中皆青壁畫雪。」**落花游絲白日静**，**洙曰**：梁簡文帝春日詩：「落花隨燕入，游絲帶蝶驚。」**鳴鳩乳燕青春深**。**腐儒衰晚謬通籍**，**洙曰**：黥布傳：「上置酒，對衆折隋何曰[四]：『腐儒！爲天下安用腐儒哉？』」通籍，見「通籍微班忝」注。**退食遲回違寸心**。**衮職曾無一字補**，**洙曰**：詩：「衮職有闕，仲山甫補之。」注：「衮，君之上服。補之，善補過也。」**趙曰**：公前爲拾遺，故用補衮事。**許身愧比雙南金**。**洙曰**：古詩：「美人贈我緑綺琴，何以報之雙南金。」**師曰**：甫自賊歸，謁肅宗，肅宗授左拾遺，得通籍禁省。退食遲回違寸心，言老年仕宦，非其本心，況無忠言以補天子，無以報君恩之重，故云「許身愧比雙南金」。

〔一〕 訟垣，據國語卷一四晉語八，當作「松柏」。
〔二〕 云，四庫本無此字。
〔三〕 話，九家集注卷一九作「語」。
〔四〕 隋何，九家集注、漢書卷三四黥布傳作「隨何」。

春宿左省乾元元年作。

補注鶴曰：公爲左拾遺，屬門下省，而門下省在東，故曰左省。乾元元年作。

花隱掖垣暮，啾啾栖鳥過。星臨萬户動，月傍九霄多。不寢聽金鑰，因風想玉珂。丘河切[一]。洙曰：玉珂，鳴珂也。蒼舒曰：通典：「老鵰入海爲珬[二]，可截作馬勒，謂之珂。」趙曰：公有封事欲上，故聽開門且想朝馬鳴珂也。明朝有封事，洙曰：言事欲其密，故封之以達。數問夜如何。趙曰：詩：「夜如何其。」師曰：萬户，指宫中之門也。月傍九霄，言親近天子也。聽金鑰，恐天子門開，群臣入朝，風傳玉珂之聲，故數問夜如何。玉珂，導者所鳴之珂，或云馬，非也。補注鶴曰：貞觀三年，太宗始於太極殿聽政，令文武官各上封事，極言得失。又唐志：「補闕、拾遺，掌供奉諷諫，大事廷諍，小則上封事。」今封事欲上，而至於數問夜之如何，其憂國愛君之意展轉于中。視岑參所云「自覺諫書稀」者，爲不侔矣。

送翰林張司馬南海勒碑乾元元年作。

補注鶴曰：唐志，翰林無司馬，唯王府長史下有司馬一人。又元帥府有行軍司馬，行軍左右司馬。大都

[一]「丘何切」上，分門集注卷六有「鄭曰」。
[二] 珬，通典卷一八八南蠻下扶南作「玳」。

督府、上下州有司馬。今題云翰林張司馬，豈非以司馬而居翰林之事？按唐韋執誼翰林故事云：「翰林院者，在右銀臺門內，麟德殿西重廊之後，天下以藝能伎術召見者之所處也。」唐百官志又云：「翰林院者，待詔之所也。乘輿所在，必有文詞、經學之士，下至卜、醫、伎術之流，皆直於別院。」今題云勒碑，詩云「碑到百蠻開」，其文又是相國已製，則張非文詞、經學之士明矣。殆鐫工之精者。梁權道編在乾元元年，亦從舊次耳。按南詔傳：「玄宗詔何履光以兵定南詔境，立馬援銅柱乃還。」蓋在天寶七載，恐是此時往勒碑。其後鮮于仲通、楊國忠討之皆敗。

冠冕通南極，趙曰：冠冕，指言張司馬。南極，指言南〔陶〕〔海〕地。**文章落上台。**洙曰：謂相國製文。**詔從三殿去，碑到百蠻開。**洙曰：唐有三殿學士。趙曰：李〔肇〕翰林志：「院在麟德殿西廂重廊之後。」故曰「三殿出」者，言詔自翰林院，經三殿而出也。舊注云唐有三殿學士，何所據而亂立名字耶？師曰：三殿，謂蓬萊、拾翠、紫微是也。學士直院，故詔從三殿去。**補注**鶴曰：阮嗣宗奏記：「以〔舍〕〔含〕一之德，據上台之位。」又摯〔盧〕〔虞〕册隴西王太尉文曰：「進登上台。」則上台指宰相而云也。李肇云：「爲翰林院，在右銀臺門之北，第一門東向，榜曰翰林之門。入門直西爲學士院，其北爲學士院〔一〕，又北爲少陽院，東臺三殿。」又公之祖審言有蓬萊三殿侍宴奉敕詠終南山應制，則三殿乃殿名，當是指此。又越王係傳亦云：「夜入三殿收

〔一〕學士院，據李肇翰林志卷二〇七職官部五太尉，乃「翰林院」之訛。

係。」又會要云：「會昌元年六月，於三殿造九天道場，駕幸三殿。」高帝紀：「百粤之兵。」服虔曰：「非一種，若今言百蠻也。」鄭吉傳：「拊循外夷[一]。」師古曰：「夷、蠻、戎、狄，亦四方之總稱，故史傳曰百蠻。」**野館濃花發，春帆細雨來。**師曰：此言春時之别。**不知滄海上，天遣幾時迴。**

晚出左掖 乾元元年作。

補注 鶴曰：詩云「晝刻傳呼淺，春旗簇〔伏〕（仗）齊」，當是乾元元年春在諫省作。

晝刻傳呼淺，洙曰：新漏刻銘云：「衛宏載傳呼之節，較而未詳。」**春旗簇仗齊。**洙曰：春旗，羽衛。**退朝花底散，歸院柳邊迷。樓雪融城濕，宫雲去殿低。避人焚諫草，騎馬欲雞栖。**洙曰：高士廉每有獻納，必焚其稿。文選：「雞登栖而斂翼。」師曰：騎馬出左掖，雞欲栖于〔時〕（塒），謂日之夕矣。

補注 希曰：唐馬周焚章表。魏陳群每上封事，輒削其稿。通鑑云：「故事，宰相午後六刻乃出。〔杜〕（林）甫奏[二]，今太平無事，巳時即還第。軍國機務，皆決於私家。」今觀此詩，不唯至午，且至於雞栖，雖曰時丁多事，自應如此，亦裴冕、苗晉卿輩知所以懲監也。

[一] 夷，漢書卷七〇鄭吉傳作「蠻」。

[二] 杜甫，據資治通鑑卷二一五「天寶五載四月」，乃「林甫」之訛。

曲江陪鄭八丈南史飲乾元元年作。

補注 **鶴曰**：詩云「近侍只今難浪迹」，當是乾元元年在諫省時作，是時未貶華州司功也。

雀啄江頭黃柳花，鵁鶄鸂鶒滿晴沙。自知白髮非春事，趙曰：春事，嬉游賞玩，皆年少之所宜，故白髮則非春事矣。**且盡芳樽戀物華。近侍即今難浪迹，**魯曰：近侍，謂爲拾遺。**此身那得更無家。丈人文力猶强健**〔一〕**，豈傍青門學種瓜？**師曰：邵平種瓜長安城東門。末章勉鄭公出仕，未可遽隱。

送賈閣老出汝州乾元元年春作。

鮑曰：按紀：「二年，九節度師潰，汝州刺史賈至奔於襄、鄧。」而傳不書，隱之也。紀與詩合。補注 **鶴曰**：至傳不書出汝州，而書出蒲州，今考此詩云：「艱難歸故里，雲山紫邏深。」則至誠守汝州。蓋至之父曾，河南洛陽人，而汝州唐屬河南道，與河南又爲鄰，而紫邏山亦在汝州。傳不書，史失之。其奔襄鄧在乾元二年三月。今詩云「西掖梧桐樹，空留一院陰」，又云「去住損春心」，則是在元年春作，公是時在左掖。

西掖梧桐樹，空留一院陰。洙曰：喻賈之德猶足庇覆一院也。**趙曰**：賈歷中書舍人，而省在月華

〔一〕文，九家集注卷一九、四庫本作「才」。

宫殿青門隔，洙曰：言奔走之勞，而減少年之心也。**雲山紫邏深，**趙曰：王立之云：「九域圖：汝州有紫邏山。」故云。**人生五馬貴，莫受二毛侵。**趙曰：漢官儀：「太守五馬。」蓋天子六馬，而諸侯五馬。師曰：昔王羲之出守永嘉，庭列五馬，後人皆援爲太守事。彦輔曰：潘岳秋興賦：「予生三十有二，而見二毛班白也〔一〕。」補注希曰：南齊柳元伯之子五人，皆領郡，號五馬。然趙引漢官儀之説爲是。彦輔引潘岳賦證二毛，然當以左傳語爲始。

送鄭十八虔貶台州司户傷其臨老陷賊之故闕爲面辭情見于詩〔二〕

趙曰：按唐史：「虔以禄山反，陷賊，僞授虔水部郎中，潜以密章達靈武。賊平，與王維等並囚宣〔揚〕（陽）〔三〕。然皆善畫，崔圓使繪齋壁，虔等即祈解於圓，卒免死，貶台州。」補注鶴曰：按通鑑：「至德二載十二月，崔器、吕諲言：『陷賊官，準律皆應處死。』李峴云：『概以叛法處死，恐乖仁恕之道。』於是上從峴議，以六等定罪，以三等者流貶。」虔在次三等之數，故止貶台州司户，所以詩云「垂死中興時」，又云「蒼惶已就長途往」。

〔一〕班，四庫本作「斑」，字通。
〔二〕辭，四庫本、九家集注卷一九、杜陵詩史卷七、分門集注卷二一作「别」。
〔三〕宣揚，據新唐書卷二〇二鄭虔傳，乃「宣陽里」之誤。

當是至德二載十二月作。梁權道編在乾元元年，若十二月定罪，正月就道，則無容闕爲面別也。至德二年作。

鄭公樗散鬢如絲，洙曰：莊子有樗散之材，言不合世用。**酒後常稱老畫師。**洙曰：虔善畫，常獻詩畫明皇，御批號爲三絕。**萬里傷心嚴譴日，百年垂死中興時。**洙曰：時初復京師，虔以污賊貶。**蒼惶已就長途往，邂逅無端出餞遲。便與先生應永訣，九重泉路盡交期。**洙曰：言交契之期[一]，死生不替。

題鄭十八著作丈[二]乾元元年作。

補注 鶴曰：虔以至德二年十二月貶台州，而今詩云「春深逐客一浮萍」，當是乾元元年三月作。

台州地闊一作「僻」。**海冥冥，雲水長和島嶼青。**洙曰：台州，鄭貶所。**亂後故人雙別淚，春深逐客一浮萍。**洙曰：以虔貶，故稱逐客。浮萍，言隨流也。秦李斯在逐客中上書。**酒酣懶舞誰相拽，詩罷能吟不復聽。第五橋東流恨水，皇陂岸北結愁亭。**洙曰：第五橋、皇（坡）（陂），皆長安郭外送别之地。**賈生對鵩傷王傅，**洙曰：見「地顯愁飛鵩」注。趙曰：以言虔遷謫也。**蘇武看羊陷賊**

[一] 交，四庫本作「結」。
[二] 文，王洙本卷一〇作「主人」，杜陵詩史卷七、四庫本作「虔」，九家集注卷一九、分門集注卷一九作「丈」，則當爲「丈」之訛。

庭。**洙曰**：見「握節漢臣迴」注。**趙曰**：言虔爲賊所劫，而不附賊也。可念此〔心〕（公）懷直道〔一〕，也霑新國用輕刑。**洙曰**：懷，一作「常」。周禮秋官：「大司寇之職，一曰刑新國，用輕典。」禰衡實恐遭江夏，**洙曰**：見本卷送郭中丞詩。方朔虛傳是歲星。**趙曰**：神仙傳：「傳説上據辰尾爲宿，歲星降爲東方朔。」窮巷悄然一云「一朝」。車馬絶，案頭乾死讀書螢。**洙曰**：車胤聚螢讀書。

端午日賜衣乾元元年作。

補注**鶴曰**：公乾元元年端午見諫省，未出爲華州司功，宜與宮衣之賜，故有此作。

宮衣亦有名，**師曰**：受之當有名也，賜之豈可無名？賜之無名是濫賞也。端午被恩榮。細葛含風軟，香羅疊雪輕。補注**鶴曰**：高紀：「賈人毋得衣錦繡綺縠絺紵罽。」師古曰：「絺，細葛也。」香羅疊雪，言其色白且輕，亦如地理志所謂「冰紈」。師古曰：「布帛之細，其色鮮潔如冰。」自天題處濕，**師曰**：謂賜從天子。當暑著來清。意内稱長短，**洙曰**：一云「恰稱身長短」。終身荷聖情。一作「明」。**師曰**：言長短皆稱意，足見君恩之重。

〔一〕心，王洙本、九家集注作「翁」，杜陵詩史、分門集注作「公」，則當爲「公」之訛。

贈畢四曜玉臺後集載曜詩二首。乾元元年作。

補注**鶴曰**：公在秦州有賀畢曜除監察詩，云與之有故，遠喜遷官，乃乾元二年作。今詩云：「才大今詩伯，家貧苦宦卑。同調嗟誰惜，論文笑自知。」則公在長安時贈之，當是乾元元年。

才大今詩伯，**趙曰**：詩伯，蓋宗師之稱也。**家貧苦宦卑。飢寒奴僕賤，顔狀老翁爲。同調嗟誰惜，****洙曰**：謝靈運：「誰謂古今殊，異代可同調。」**師曰**：同調，言才調之同。**論文笑自知。流傳江鮑體，**江文通、鮑明遠。**相顧免無兒。****洙曰**：伯道無兒。**趙曰**：唐宗嘗曰〔一〕：「蘇〔瓌〕（瓌）有子，李嶠無兒。」免無兒，言各有子以傳世業。

酬孟雲卿乾元元年作。

補注**鶴曰**：詩云「明朝牽世務，揮淚各西東」，當〔時〕（是）乾元元年六月出爲華州司功將行時作〔二〕。

樂極傷頭白，更深愛燭紅。相逢難袞袞，**趙曰**：袞袞，相繼之意，字出晉書：「張華讀史，袞袞可聽。」**師曰**：言際會不得數也。**告別莫怱怱。****魯曰**：張〔芳〕（芝）云：「怱怱不暇草書。」**但恐天河落，****洙**

〔一〕唐宗，九家集注卷一九、杜陵詩史卷七、分門集注卷一九同此，林繼中輯杜詩趙次公先後解輯校乙帙卷之五作「玄宗」。
〔二〕時，據四庫本，乃「是」之訛。

曰：鮑明遠：「夜移衡漢落。」劉曰：寓意祿山之亂，恐朝廷傾陷也。**寧辭酒盞空。**趙曰：飲盡而空也。

明朝牽世務，揮淚各西東。

奉贈王中允維乾元元年作。

鮑曰：王維，字摩詰，累遷給事中。祿山反，爲賊所得，祿山素知其才，迎至洛陽，迫爲給事中。祿山大宴凝碧池，維聞甚悲，作詩悼痛。賊平，下獄，以詩聞行在，肅宗憐之，下遷太子中允。補注鶴曰：唐志：「左春坊中允二人，掌侍從、贊相、駁正、啓奏。」維遷中允在至德二載，今云「一病緣明主，三年獨此心」，當是乾元元年作。

中允聲名久，如今契闊深。共傳收庾信，趙曰：侯景之亂，梁簡文帝使庾信率宮中文武千餘人營於朱雀航。及景至，信以衆奔江陵。梁元帝承制，除信御史中丞。以言王維初以祿山之脅，授僞命，肅宗憐維，釋其死，下遷中允。**不比得陳琳。**洙曰：陳琳避難冀州，袁紹初使典文章，作檄以告劉備，言曹公失德，不堪依附，反譏曹公父子。後紹敗，曹公得琳，愛其才，不之責。趙曰：言王維在賊中，祿山大宴，梨園樂工皆泣，維賦詩痛悼，則異乎陳琳矣。**一病緣明主，三年獨此心。窮愁應有作，試誦白頭吟。**師曰：甫自言得肺疾，只緣思君也。言在寇庭未嘗以忘於君，身雖困辱，而此心無變。洙曰：虞卿窮愁著書。白頭吟以人情樂新而厭故。蘇曰：張跋欲娶妾，其妻曰：「子試誦白頭吟，妾當聽之。」跋慚悚而止。補注鶴曰：舊史云：「玄宗出幸，維扈從不及，爲賊所得。維服藥取痢，僞稱瘖病。」新史亦云。今曰一病者，正以維僞病而言，豈公自謂？自天寶十五載至乾元元年爲三年，其戴君之心未嘗有二，故終以白頭吟喻其不改節也。西京雜記：「司馬相如將聘茂陵女子爲妾，卓文君作白頭吟以自絶，相如感之乃止。其詞云：『凄凄重凄凄，嫁娶不須啼。願得一心人，白頭不相離。』」

奉陪鄭駙馬韋曲二首乾元元年春作。

補注 **鶴曰**：鄭駙馬，即潛曜。韋曲，地名，在長安，公贈韋七贊善詩云「杜陵韋曲未央前」是也。今詩云「野寺垂楊裏，春畦亂水間」，又云「白髮好禁春」，當是乾元元年春作。

韋曲花無賴，家家惱殺人。趙曰：古詩云：「蕭蕭愁殺人。」**渌樽須盡日，**趙曰：沈休文詩：「憂來命渌樽。」鄭曰：渌，龍玉切，本作「醁」，美酒也。**白髮好禁**一作「傷」。鄭曰：禁，居吟切，勝也。**春。石角鈎衣破，**沈曰：石角，石菱角也。**藤枝**一作「蘿」。**刺眼新。**刺，七亦切。**何時占叢竹，頭戴小烏巾。**蘇曰：劉岩隱逸不仕，常著緇衣、小烏巾。師曰：甫意欲卜居，植竹以怡情也。

野寺垂楊裏，春畦亂水間。美花多映竹，好鳥不歸山。師曰：託言猶在仕途，未能拂衣林下也。**城郭終何事，風塵豈駐顔。**趙曰：言城中多風塵，徒催人老耳。**誰能共公子，薄暮欲俱還。**

師曰：甫意欲與鄭於暮年還政，以自養也。

寄左省杜拾遺新添。 **岑參**

聯步趨丹陛，分曹限紫微。曉隨天仗入，暮惹御香歸。白髮悲花落，青雲羡鳥飛。聖朝無闕事，自覺諫書稀。

奉答岑參補闕見贈乾元元年春作。

補注 **鶴曰**：公至德二載六月十二日，同左右拾遺裴薦、孟昌浩、魏齊聃、左補闕韋少遊薦參爲近侍。其狀云：「今諫諍之路大開，獻替之臣未備。」是時參試大理評事，攝監察御史，今題云「奉答岑參補闕」，則是薦後除參補闕，亦可謂言聽矣。詩云「冉冉柳條碧，娟娟花蕊紅」，當是乾元元年春作。

窈窕清禁闥，罷朝歸不同。**師曰**：岑爲補闕，屬中書，居右署。甫爲拾遺，屬門下，居左署。故云歸不同。君隨丞相後，我往一作「住」。日華東。**蘇曰**：郭偲家住日華門東畔。**趙曰**：拾遺在百官志皆隸門下省，而省在(日)華門之東[一]。杜公爲左拾遺，故云云。補注鶴曰：拾遺，左屬門下，右屬中書，通典所載也。當是岑補闕居右署，而公居左署，故不同。不獨公云罷朝歸不同，岑亦有「分曹限紫微」之句，紫微，指中書而云。趙云岑兼官乃隨丞相，恐未必然。所居既異，歸路自應不同，其隨丞相之後，亦適然耳。岑詩云「暮惹御香歸」，則非歸省治事也。

冉冉柳枝碧，娟娟花蕊紅。故人得佳句，獨贈白頭翁。

送許八拾遺歸江寧覲省甫昔時嘗客游此縣於許生處乞瓦棺寺維摩圖樣志諸篇末乾元元年作。

補注鶴曰：江寧郡，唐爲昇州，志云：至德二載，以潤州江寧縣置。公開元末嘗游此。許當是二載六月後爲拾遺，蓋是年六月十二日公同遺補薦岑參，時許不預名。此詩當是乾元元年作。

詔許辭中禁，慈顔赴北堂。洙曰：詩：「焉得諼草，言樹之背。」注：「背，北堂也。」北堂，母氏也。一云「天(語)(詔)辭中禁[二]，家榮赴北堂」。聖朝新孝理，洙曰：以孝理天下。祖席倍輝光。洙曰：祖

[一] 日，原脱，據九家集注卷一九補。

[二] 語，據九家集注卷一九，乃「詔」之訛。

席，飲餞也。漢祖二疏。一云「行子倍恩光」。內一作「贈」。帛擎偏重，宮衣著更香。淮陰新夜驛，京口渡江航。洙曰：淮陰、京口，皆江南地名。鄭曰：淮陰，楚州。京口，潤州。春隔雞人晝，洙曰：雞人，宮中司曉者。言許方歸江寧，當隔雞人報曉爾。秋期燕子涼。秋期，還也。賜書詩父老，壽酒樂城隍。洙曰：一云「竹引趨庭曙，山添扇枕涼。十年過父老，幾日賽城隍」。薛曰：按古樂府：「前有一樽酒，主人行壽。今日合來，（坐）者皆令富且貴[一]。欲令主人三萬歲，終歲不知老。爲吏當高遷，賈市得萬倍。桑蠶當大得，主人宜子孫。」看畫曾飢渴，追蹤限一云「恨」。淼茫。鄭曰：淼，大水貌。虎頭金粟影，神妙獨難忘。洙曰：虎頭，維摩相也。金粟，釋有金粟也。修可曰：愷之，字長康，小字虎頭，晉陵無錫人。多才氣，尤工丹青，傳寫形勢，莫不絶妙。曾於瓦棺寺北殿畫維摩詰，畫訖，光曜月餘日。師曰：王洙注以虎頭爲維摩相，大誤矣。薛曰：按王簡栖頭陀寺碑：「金粟（如）來儀[二]，文殊戾止。」發迹經曰：「净明大士是往古金粟如來。」補注 希曰：歐陽（論）（詢）藝文類聚引世説：「顧愷之爲虎頭將軍。」然今世説不載。歷代名畫記云：「愷之小字虎頭。」按祖庭事苑：「十門辨惑論云：維摩是金粟如來。」吉藏法師謂出思惟三昧經，自云未見其本，今諸經目録中無此經名，何也？

[一] 「者」上，據樂府詩集卷六五陳張正見前有一樽酒行，當脱「坐」字。

[二] 如，文選卷五九無此字。

因許八奉寄江寧旻上人乾元元年作。

補注 鶴曰：詩云「聞君話我爲官在」，又因許拾遺以寄之，當是乾元元年作。

不見旻公三十年，封書寄與淚潺湲。補注 鶴曰：楚辭：「横流涕兮潺湲。」詩作於乾元元年戊戌，而云不見三十年，溯而計之，當在開元十七年己巳。然公進三大禮賦表云：「浪迹於陛下豐草長林，實自弱冠之年。」則其游吴越乃在開元十九年，是年公年二十歲，當以表爲是。**舊來好事今能否，老去新詩誰與**一作「爲」。**傳。棋局動隨尋**一作「幽」。**澗竹，袈裟憶上泛湖船。聞君話我爲官在，頭白昏昏只醉眠。**

至德二載甫自京金光門出道歸鳳翔乾元初從左拾遺移華州掾與親故别因出此門有悲往事乾元元年作。

補注 鶴曰：此詩作於乾元元年之六月，雖史不載移掾月日，而七月已有代華州郭使君進滅寇狀。

此道昔歸順，西郊胡正煩。洙曰：公昔自賊中間道歸行在。趙曰：言其逃賊之行在，是爲歸順。言當歸順時，正值胡在西郊爾。**至今猶破膽，應有未招魂。**洙曰：言履艱危，膽破魂飛也。宋玉有招魂文。近得一作「〔恃〕（侍）」[一]。歸京邑，移官豈一作「遠」。至尊。洙曰：言移外官非天子意也。無才日衰老，駐馬望千門。趙曰：凝望於宫禁，徬徨不忍去也。師曰：甫陷禄山軍中，竄歸鳳翔，謁肅宗，故云歸順。後論房琯事，移華州司功，非出天子之意，蓋讒邪毀傷之也。漢武帝宫中有千門萬户，駐馬望千門，蓋戀君不忍去也。

寄高三十五詹事

鮑曰：高適，肅宗奇之，除揚州大都督，李輔國惡其才，下除太子詹事。補注鶴曰：按志：「太子詹事，正四品上[二]。詹事，秦官，掌皇太子宫。詹事掌東宫三寺、十率府之政令，少詹爲之貳。」梁權道編在乾元二年秦州作。按新、舊史本傳云：「至德二載，永王璘敗，李輔國數短於上前，左授太子少詹事。」此詩云「兵戈久索居」，則是爲詹事已久，當是乾元元年作。

安穩高詹事，兵戈久索居。洙曰：蕭索也。子〔貢〕（夏）離群索居[三]。時來如一作「知」。宦達，

[一] 恃，杜陵詩史卷八、分門集注卷一三同此，據四庫本、王洙本卷一〇，乃「侍」之訛。

[二] 太子詹事正四品上，據舊唐書卷四二、卷四四職官志一、三，太子詹事爲正三品，太子少詹事爲正四品上；又據舊唐書卷一一一高適傳，高適所授乃太子少詹事。

[三] 子貢，據九家集注卷一九、杜陵詩史卷九、四庫本、禮記檀弓上，乃「子夏」之訛。

歲晚莫情疏。魯曰：言無隨世態。**天上多鴻雁，池中足鯉魚。相看過**古禾切。**半百，不寄一行書。**洙曰：蘇武繫書雁足。古詩：「呼童烹鯉魚，中有尺素書。」古人言音信，多以此二物，或謂之鱗羽。趙曰[一]：劉諭：「故人各在異方，不能寄一行書通關中消息。」

路逢襄陽少府入城戲呈楊員外綰乾元元年作。

彦輔曰：甫赴華州日，許寄員外茯苓。補注鶴曰：按綰本傳：「綰，華州華陰人。」新史不言爲員外郎，舊史云：「肅宗即位，綰自賊中冒難赴行在，除起居舍人，知制誥。歷司勛員外郎。」新史務簡而事多遺，類如此。此詩當是乾元元年作。

寄語楊員外，山寒少茯苓。師曰：史記龜策傳云：「茯苓在兔絲之下，狀如飛鳥之形。新雨已，以夜晴，兔絲去之，即篝燭此地，火滅，記其處，明日乃掘取，〔八〕（入）地四尺至七尺，得矣。」**歸來稍暄暖，**一云「候和」。**當爲斸青冥。**鄭曰：斸，斫也。師曰：斸，以錐刺地也。**翻動**一作「倒」。**神仙窟，**洙曰：茯苓，松〔枝〕（脂）所化[二]，斸之乃得。世言華山神仙所居，地多茯苓。**封題鳥獸形。**唐曰：茯苓以鳥獸形者

〔一〕趙曰，杜陵詩史、分門集注同此，九家集注「趙云」中無劉諭云云，疑爲「蘇曰」之訛。

〔二〕枝，杜陵詩史卷八同此，據九家集注卷一九、四庫本，乃「脂」之訛。

爲尚[一]。補注 希曰：後漢靈帝中平元年，郡國生異草，備龍蛇鳥獸之形。此借用其字。**兼將老藤杖，扶汝醉初醒。**

題鄭縣亭子 乾元元年作。

補注 **鶴曰**：鄭縣，隸華州。詩云「鄭縣亭子澗之濱」「雲斷岳蓮臨大路」，當是乾元元年赴華州司功時作。

鄭縣亭子澗之濱，户牖憑高發興新。 **洙曰**：言臨高多發新興。**雲斷岳蓮臨大路，**一作「道」。**趙曰**：指言蓮花峰也。**天晴**一作「清」。**宫柳暗長春。** **趙曰**：指言長春宫也，在同州朝邑縣，皆華山所臨。**巢邊野雀群欺燕，花底山蜂遠趁人。更欲題詩滿青竹，晚來幽獨恐傷神。** **洙曰**：野雀欺燕，山蜂趁人，皆感時而作，故末有幽獨傷神。**趙曰**：舊注謂感時而作，非也。此實道其事，而似譏之爾。蓋公以論房琯不宜廢，帝怒而出之，當時無嫉之者。

望嶽 乾元元年作。

補注 **鶴曰**：詩云「西岳崚嶒竦處尊」，是爲西岳作。西岳在華州，當是乾元元年赴華州司功時作。

[一] 尚，九家集注、杜陵詩史作「上」。

西岳崚嶒一云「棱危」。竦處尊，華岳也。諸峰羅立一作「列」。似兒孫。洙曰：言序列而不敢與岳争長。安得仙人九節杖，拄到玉女洗頭盆。洙曰：仙人有九節杖，笻杖亦有九節。玉女洗頭盆，因山形而名。蘇曰：列仙傳：「王烈〔魯〕（曾）授赤城老人九節蒼藤竹杖[一]，行地，馬不能追。」三峰記：「華山云臺上有石盆，可容水數斛，明瑩如玉，俗呼爲玉女洗頭盆。」修可曰：集神録[二]：「明〔皇〕（星）玉女者，居華山，服玉漿。白日昇天中頂白龜，其廣數畝，高三仞，其側有梯磴，達皆見玉女祠前有白石〔臼〕[三]，號玉女洗頭盆。」秦曰：張衡思玄賦云：「載太華〔之玉女〕兮[四]，召洛浦之宓妃。」即明星玉女也。補注 希曰：真誥：「楊〔義〕（羲）〔布〕（夢）蓬萊仙翁拄九節杖而視白龍[五]。」閬州天目山上亦有玉女池。車箱入谷無歸一作「回」。路，箭栝通天有一門。稍待秋風涼冷後，高尋白帝問真源。洙曰：白帝，西方之帝。趙曰：言白

[一] 魯，據明彭大翼山堂肆考卷一八二器用杖「王烈蒼藤」條引列仙傳，乃「曾」之訛。
[二] 集神録、九家集注卷一九、杜陵詩史卷三〇、分門集注卷四同此，四庫本作「集仙録」，按，太平廣記卷五九女仙四明星玉女作「集仙録」。
[三] 白石，九家集注、杜陵詩史作「白石臼」，四庫本作「五石臼」，當脱「臼」字。
[四] 「太華」下，據九家集注、文選卷一五，脱「之玉女」三字。
[五] 楊義布，據梁陶弘景真誥卷一七，乃「楊羲夢」之誤。

帝，則華岳乃西方之鎮也。梁（劉）孝儀和昭明太子詩[一]：「降道訪真源。」

至日遣興奉寄北省舊閣老兩院故人二首乾元元年作。

補注 **鶴曰**：詩云「去歲茲辰捧御床」，謂至德二載，至德二載至日在近侍也[二]。又云「孤城此日堪腸斷」，則在華州也。當是乾元元年。

去歲茲辰捧御床，五更三點入一作「出」。**鵷行。** **師曰**：鵷鷺之行，喻縉紳之列。**余曰**：唐上官儀傳：「簉羽鴛鷺。」補注 **鶴曰**：杜審言守歲侍宴應制詩云：「季冬除夜接新年，帝子王臣捧御筵。」此用其意與字。**欲知趨走傷心地，** **洙曰**：此言爲華〔椽〕（掾），趨走參謁郡將也。**正想氤氳滿眼香。** **洙曰**：御爐香煙。**無路從容陪語笑，有時顛倒著衣裳。** **趙曰**：東方未明詩[三]：「顛倒衣裳。」**師曰**：言行之遽也。**何人錯憶窮愁日，愁日愁隨一綫長。** **洙曰**：一云「日日愁隨一綫長」。歲時記云：「宮中以紅綫量

[一] 梁孝儀，杜陵詩史、分門集注同此，九家集注作「劉孝義」，藝文類聚卷七六有梁劉孝儀和昭明太子鍾山解講詩，則「梁」下脱「劉」字。

[二] 至德二載，四庫本無此四字，疑爲衍文。

[三] 詩，四庫本在「東方未明」之上，按，杜陵詩史卷八作「東方未明篇：顛倒衣裳」，九家集注卷一九作「詩：東方未明，顛倒衣裳」，則底本不誤，四庫本乃臆改。

日影，至日日影添一綫。」**蘇曰**：唐雜録謂宫中以女工揆日之長短，冬至後日晷漸長，比當日增一綫之功[一]。黄魯直云此説是。

憶昨逍遥供奉班， **趙曰**：唐拾遺掌供奉諷諫。 **去年今日侍龍顔。** **洙曰**：漢高祖隆準而龍顔。

麒麟不動爐煙上， **蘇曰**：漢武時月氏進七寶麒麟爐、百和香、續絃膠。 **孔雀徐開扇影還。** **鮑曰**：孝明時南蠻進白孔雀尾扇。 **趙曰**：以言至日受賀之儀。 **玉几**一作「座」[二]。 **由來天北極，朱衣只在殿中間。** **洙曰**：周禮：「〔王〕左右玉几[三]。」**孝祥曰**：言拾遺只在殿中間與侍御史同立，所謂「立螭頭」是也。 補注 **鶴曰**：玉几，字書亦有之，公爲拾遺時未賜緋，所謂「青袍朝士最困者」是也。又公有送班司馬入京詩云：「正殿引朱衣。」當是奉引者。唐儀衛志云：「朝日，殿上設黼扆、躡席、熏爐、香案。御史大夫領屬官至殿西廡，從官朱衣傳呼，促百官就班。」朱衣其此歟？ **孤城此日堪腸斷，** **趙曰**：公在外，不得預朝賀而懷之耳，故有「腸斷」之句。 **愁對寒雲雪滿山。** **洙曰**：舞鶴賦：「冰塞長河，雪滿群山。」

[一] 當，四庫本作「常」，按，九家集注、杜陵詩史作「當」，苕溪漁隱叢話前集卷一〇作「常」。
[二] 座，杜陵詩史作「坐」。
[三] 王，九家集注，周禮注疏卷二〇司几筵無此字，乃衍文。

得舍弟消息二首天寶十五載作。

補注　**鶴曰**：梁權道編此詩在乾元元年華州詩内，然詩云「兩京三十口」，殆是在京師作。又詩中無言爲拾遺、移司功之意，乃云「烽舉新酣戰，雖在命如絲」等語，是天寶十五載避賊時作。

近有平陰信，　**鮑曰**：平陰，屬河南郡。**遥憐舍弟存。側身千里道，**　**洙曰**：言避賊不得正行。**寄食一家村。**　**補注**　**希曰**：韓信寄食於漂母。**烽舉新酣戰，**　**洙曰**：烽舉〔一〕，時有寇則舉。　**趙曰**：淮南子：「魯陽公與韓戰，戰酣日暮，援戈而麾之。」**啼垂舊血痕。不知臨老日，招得幾人**一作「時」。**魂。汝懦歸無計，**　**鄭曰**：懦弱也。**吾衰往未期。浪傳烏鵲喜，**　**洙曰**：西京雜記：「乾鵲噪而行人至。」**深負鶺鴒詩。**　**洙曰**：常棣詩：「鶺鴒在原，兄弟急難。」**生理何顔面，**　**蘇曰**：何敬祖：「生理荒凉，家風零替，重見故人，揣心撫膺，夫何顔面？」**憂端且歲時。兩京三十口，雖在命如絲。**　**魯曰**：言雖不死，亦若絲之欲絶，可謂至危矣。

〔一〕　舉，九家集注卷一九、杜陵詩史卷九、分門集注卷九皆作「燧」。

寄高適新添。寶應元年作。

補注 **鶴曰**：詩云「北闕更新主」，謂代宗初即位，當是寶應元年作。是時公在成都，而適召還矣，故曰「南星落故園」。

楚隔乾坤遠，難招病客魂。詩名唯我共，世事與誰論。北闕更新主，南星落故園。定知相見日，爛熳倒芳樽。

黄氏補千家集注杜工部詩史卷之十九

黄氏補千家集注杜工部詩史卷之二十

秦州雜詩二十首乾元二年作。

鄭曰：寰宇記：「魏(黄)初中分隴右爲秦州[一]。」**師曰**：甫論房琯事，貶華州司功。屬關輔饑，棄官去，客秦州，遂有此作。補注 **鶴曰**：公以乾元二年夏之秦，史云：「貧采橡栗自給。」此詩當是其年秋作。

滿目悲生事，因人作遠游。 **師曰**：因琯有此游也。**遲迴度隴怯，浩蕩及**一作「入」。**關愁。**

水落魚龍夜，山空鳥鼠秋。 **洙曰**：秦有魚龍川。鳥鼠，谷名，禹貢所謂「鳥鼠同穴」者。**蘇曰**：倦游録：「隴州地名魚隴，出石魚。掘地破石得之，多鰍鯽之形，鱗鬣俱備，狀如描畫。」魚龍，古之陂澤也，豈非魚生其中，山頹塞久，而土凝爲石，遂留形迹。此詩正謂隴川[二]。**沈曰**：太平御覽載水經注：「有一水出天水縣西，山人謂之小隴山。其水出五色魚，俗以爲龍，而莫敢捕，謂是水爲魚龍水。」**鄭曰**：鳥鼠共爲雌雄[三]，同穴而處。

[一] 黄初，原脱「黄」字，據太平寰宇記卷一五〇隴右道一秦州補。

[二] 川，分門集注卷四同此，杜陵詩史卷九作「州」。

[三] 雌，原爲墨丁，此據四庫本。

補注希曰：舊史太宗紀：「貞觀四年十月，幸隴州，十三日，校獵於魚龍川。」自是隴州地名。書：「終南、惇物，至于鳥鼠。」注：「三山名，言相望。」又：「西傾、朱圉、鳥鼠。」注云：「渭水所出，在隴西之西。」爾雅釋：「鳥鼠同穴山，在隴西首陽縣。」隴西，唐爲渭州，唐志：「高宗上元二年，更渭源爲首陽。儀鳳三年，省首陽入渭源。」有鳥鼠同穴山，一名青雀山。**西征問烽火，心折此淹留。**洙曰：別賦：「心折骨驚。」趙曰：時有吐蕃之亂。蘇曰：王戎：「非吾願在此淹留，每想故園風物，客心將折。」

秦州山一作「城」。**北寺，勝迹**一云「傳是」。**隗囂宫。**洙曰：後漢隗囂據隴西天水郡。寺即隗囂故居。**苔蘚山門古，**一作「故」。**丹青野殿空。月明垂葉露，雲逐度溪風。**蘇曰：李隱尋友人不見，謂童曰：「何往？」童不答。又曰：「主人何往？」童曰：「白雲無心，逐風渡溪耳。」李驚異久之。**清渭無情極，愁時獨向東。**師曰：言東望燕薊之亂，故愁也。

州圖領同谷，驛道出流沙。洙曰：同谷，縣名。流沙，地名。鄭曰：寰宇記：「成州，禹貢梁州之域，古西南夷地。天寶元年改爲同谷郡。」流沙，西域地名。補注鶴曰：秦州，天寶元年改爲天水郡，依舊都督府，督天水、隴西、同谷三郡，故云「領同谷」，非謂領同谷縣也。圖，乃圖志之謂。流沙，即書所謂「西被于流沙」也。唐使者使吐蕃，過鄯州之西赤嶺分界牌，即經莫離那録驛，又至衆龍驛、劉驛、婆驛之類，其名非一，近贊普牙帳曰勃令驛，故曰驛道。**降虜兼千帳，居人有萬家。馬驕珠汗落，**趙曰：傅玄乘輿馬賦：「流汗如珠。」胡舞白蹄斜。蹄，一作「題」。夢符曰：按南史裴子野傳：「時西北遠邊有白題入貢，莫知所出，子野曰：『漢潁陰侯斬白題一人。』」服虔曰：「白題，胡名也。」年少臨洮子，洙曰：子，一作「至」。臨洮，郡名。西來亦自誇。師曰：臨洮通羌胡，其人驍勇善戰，願隨王師擊賊，故云。補注鶴曰：臨洮人勇勁，可備戎，如通鑑載「大曆二年，李抱玉使右軍都將臨洮李晟擊吐蕃。晟將千人出大震關，至臨洮，屠定秦堡」是也。

鼓角緣邊郡，川原欲夜時。秋聽殷地發，彥輔曰：殷，盛也。風散入雲悲。趙曰：此詠鼓角也，當秋而聞，則可悲矣。抱葉寒蟬靜，歸山獨鳥遲。蘇曰：古詩有「夕鳥背山遲」，又「歸林孤鳥遲」。逸曰：獨鳥，失群之鳥，公自喻也。萬方一作「年」。聲一概，趙曰：時東有安史之亂，西有吐蕃之擾，故曰「聲一概」。吾道竟何之。洙曰：戎馬之際，天下皆有鼓角聲，人方以武事爲急，吾道何所施？趙曰：孔子云：「吾道非耶！」莊子：「芒乎何之[一]？」

南使宜天馬，由來萬匹强。趙曰：此篇專賦天馬也。出漢書：「初天子發易卜之，曰：『神馬當從西北來。』得烏孫馬(號)(好)，名天馬[二]。」補注鶴曰：此篇雖專賦天馬，然豈無因而賦？蓋秦州有馬池，源出嶓冢山，開山圖云：「隴西神馬山有泉池，龍馬所生。」故云。浮雲連陣没，秋草遍山長。洙曰：遍，一作

[一] 芒，杜陵詩史、分門集注同此，四庫本、九家集注卷二〇作「茫」。

[二] 號，杜陵詩史同此，九家集注、分門集注二三作「好」。名，杜陵詩史、分門集注同此，四庫本作「曰」，九家集注作「名曰」。

「滿」。**聞説真龍種，仍殘老驌驦。**洙曰：天馬徠龍種也。仍殘，一云「空餘」。趙曰：左傳：「唐成公如楚，有兩驌驦。」唐人語以「餘」爲「殘」，蓋言所餘驌驦，遺而不用於戰，故哀鳴思戰鬥也。豈非公自況耶？補注希曰：一本注云：「真龍種，喻元帥代宗也。老驌驦，喻己不見用。」**哀鳴思戰鬥，迥立向蒼蒼。**師曰：言己雖有千里之才，奈老而不用何？

城上胡笳奏，山邊漢節歸。趙曰：言用兵以禦吐蕃也。使蘇武持漢節事，言通使於吐蕃爾。**防河赴滄海，奉詔發金徽。**蒼舒曰：按續唐通典，羈縻州有金徽，隸振武軍也。趙曰：防河之士，自金徽而發也。鄭曰：金徽，隴右地名。補注鶴曰：唐會要：「單于都護府，永徽元年九月，左衛中郎高偘置單于、瀚海二都督府[一]。瀚海領金徽、新黎等七都督府，仙蕚、賀蘭等八州。」舊注謂金徽隸振武軍，按舊唐志：「朔方節度使統經略安北都護、振武等七軍府。」注云：「振武軍在單于東都護府。」又：「元和七年正月，振武界黄河溢，毁東受降城。」茲河患所以當防也。滄海，本號渤海郡，去海爲近。又九域志：「濱州有秦臺。」郡國志云：「秦始皇東游，築此臺，以望東海。」當是河水東入海，防其泛溢者，雖非一處，而大概河之上流狹隘，尤宜堤防，故於金徽爲急也。**士苦形骸黑，**趙曰：士卒勞苦之故。**旌一作「林」疏鳥獸稀。那堪往來戍，恨解鄴城圍。**洙曰：鄴城，史思明所據。恨解圍者，言士苦於征戍，而恨賊之未平也。

[一] 都督府，唐會要卷七三「單于都護府」作「都護府」。

莽莽萬重山，孤城山一作「石」。谷間。無風雲出塞，不夜月臨關。趙曰：今秦州有無風塞、不夜城，後人因杜詩而爲之名也。田曰：齊地記曰：「齊地有不夜城，蓋古者有月夜中照於東境，故萊子立此城以不夜爲名。」師曰：云不夜，蓋取月明如晝也。屬國歸何晚，洙曰：蘇武歸漢，爲典屬國。樓蘭斬未還。洙曰：傅介子傳：「先是，龜茲、樓蘭嘗殺漢使者，介子持節使，誅斬樓蘭王安歸首，懸之北闕，以直報怨，不煩師衆。其封介子爲義陽侯〔一〕。」煙塵一一作「獨」。長望，衰颯正摧一作「催」。顏。

聞道尋源使，從天此路回。洙曰：張騫尋河源。趙曰：時遣使吐蕃，云尋源使，借張騫以爲官。牽牛去幾許，洙曰：博物志：「昔有人乘查泛河，忽忽不知晝夜，至一處，多見織女，有一丈夫牽牛，渚次飲之。歸問嚴君平，曰：『某日客星犯牛女。』」宛馬至今來。逸曰：宛馬每入貢，置牧監於茲。一望幽燕隔，何時郡國開。洙曰：時幽燕在賊境，郡國未安寧。東征健兒盡，羌笛暮吹哀。洙曰：士多死亡，哀憤氣形於羌笛。補注鶴曰：天寶十四載十一月，於京師召募十萬，號天武健兒。時禄山反，兵籍少，旋募之也。

今日明人眼，臨池好驛亭。叢篁低地碧，高柳半天青。洙曰：叢篁低地，高柳半天〔二〕，是亦

〔一〕其，杜陵詩史、分門集注同此，四庫本作「詔」。
〔二〕高，九家集注、杜陵詩史、分門集注同此，四庫本作「碧」。

傷君子沉下位也。**師曰**：竹有節，喻君子；柳質柔脆，望秋先零，喻小人。稠疊多幽事，**洙曰**：稠疊，猶重疊。喧呼閲使星。**洙曰**：時亂，民喜見使者，故喧呼。晉志：「流星，天使。」**趙曰**：往來使吐蕃者。老夫如有此，不異在郊坰。

雲氣接崑崙，涔涔塞雨繁。羌童看渭水，使客向河源。**蘇曰**：黄河記云：「雲氣浩漫，遠接崑崙。」**趙曰**：言吐蕃之兵窺覰渭水。**洙曰**：張騫奉使西域，尋黄河源。**師曰**：此句甫自比也。**補注** **鶴曰**：山海經曰：「崑崙山有琅玕樹。」爾雅云：「海内西經云：『帝之下都，崑崙之墟，方(入)〔八〕百里，高萬仞。』」渭水，在關内道，唐志云：「其大川涇、渭。」華州有渭津關，有漕渠，自苑西引渭水，因石渠會灞、滻，經廣運潭，至縣入渭。按書注：「渭水自於鳥鼠，故曰導渭自鳥鼠同穴。」河源所自，古今所不能知，故書但言「導河積石」，以紀其始功之地。然爾雅云：「河出崑崙墟。」釋云：「崑崙，山名。墟，山下基也。」言河源出於崑崙山下之基。按唐志：「儀鳳三年，鄯州置鄯城縣，有(上)〔土〕樓山，有河源軍，西六十里有臨蕃城。」唐遣使入吐蕃，必經此，故云。煙火軍中幕，牛羊嶺上村。所居秋草静，正閉小蓬門。

蕭蕭古塞冷，漠漠秋風一作「雲」。低。黄鵠翅垂雨，**蒼舒曰**：按文選：「黄鵠一遠則〔一〕，千里顧徘徊。」蒼鷹飢啄泥。**洙曰**：公自傷也。**補注** **希曰**：古者「鵠」與「鶴」字通用。爾雅「鷹、鶆、鳩」，釋曰：「春

〔一〕則，九家集注、杜陵詩史、分門集注同此，四庫本、文選卷二九古詩四首作「別」。

秋曰：「爽鳩氏司寇，鷹鷙故云司寇。」郭云：「鶆，當云鷞。」昭十七年：「鷞鳩氏，司寇。」注：「爽鳩，鷹也。」薊門誰自北，漢將獨征西。趙曰：薊門，指安史，言收復燕薊者誰也？征西，則指言討吐蕃，漢有征西將軍。不意書生耳，薛曰：南史：「沈慶之曰：耕當問奴，織當問婢，今欲伐國，而與白面書生輩謀，事何由濟？」臨衰厭一作「見」。鼓鞞。

山頭南一作「東」。郭寺，水號北流泉。師曰：水萬折必東，其勢順也。今而北流，其逆如此，叛臣之謂乎？〔泰〕〔秦〕曰[一]：詩云：「滮池北流。」蓋亦惡其逆爾[二]。老樹空庭得，清渠一邑傳。補注鶴曰：九域志云：「郡有清水，本秦中所封，爲附庸之地，故有清水縣。」渠亦因此而名歟[三]？至德二載五月，子儀〔乃〕〔及〕慶緒將安守忠戰于清渠，敗績。清渠在京城之西，詩非引此。秋花危石底，師曰：秋花非元物，況危於石底？公之命意自傷，類如此。晚景卧鍾邊。一作「前」。俛仰悲身世，溪風爲颯一作「肅」。然。

傳道東柯谷，鄭曰：秦地名。深藏數十家。對門藤蓋瓦，映竹水穿沙。瘦地翻宜粟，陽坡可種瓜。田曰：毛文錫茶譜云：「宣州宣城縣有塢如山，其東爲朝日所燭，號曰陽坡。」船人近相報，但

[一] 泰曰，據杜陵詩史卷九，乃「秦曰」之訛。
[二] 爾，四庫本作「耳」。
[三] 此，底本漫漶，此據國圖全本、四庫本。

恐失桃花。**彥輔曰**：桃花，水也。

萬古仇池穴，**鄭曰**：在成州。潛通小有天。**洙曰**：世説：「仇池有地穴通小有洞中，出神魚，食之者仙。」**蘇曰**：趙德麟曰：仇池，小有洞天之附庸也。王仲至謂余曰：吾嘗奉使過仇池，有九十九泉石，萬山環之，可以避世，如桃源。**鮑曰**：按唐志：「成州同谷縣有仇池，與秦城接壤。」**修可曰**：引茅君傳：「大天之内有玄中洞三十六所，第一王屋山之洞，周回萬里，名曰小有清虚之天。」【補注】**鶴曰**：秦州記：「仇池山，本名維山〔一〕，形如覆囊，上廣百頃，壁立萬仞。」漢書：「氐人所居也，方百頃，四面斗絶。其山下石上玉，形如覆壺。在今成州上禄縣。」水經云：「翚縣士社津有山臨河〔二〕，其間有穴，潛通淮浦。有渚，謂之鮪渚。」亦潛通之義也。

神魚人不見〔三〕，福地語真傳。**洙曰**：仙經有福地、鎮地，皆以名山，或洞府爲之。**夢符曰**：按道書有三十六洞天，七十二福地。真誥曰：「金陵者，洞墟之膏腴，句曲之福地。履之者萬萬，知之者無一。」内經福地志曰〔四〕：「伏龍之地，在柳谷之西，金壇之右，可以高洒〔五〕，金陵之福地〔六〕。」近接西南境，長懷十九泉。**師**

〔一〕維山，太平寰宇記卷一三四山南西道二鳳州河池縣引秦川記作「仇維山」。
〔二〕士社津，水經注卷五作「五社津」。
〔三〕人，四庫本作「久」。
〔四〕内經，梁陶弘景真誥卷一一作「名山内經」。
〔五〕洒，據梁陶弘景真誥卷一一，乃「栖」之訛。
〔六〕「金陵」上，真誥有「正」字。

曰：公有卜居之意。**何時一茅屋，送老白雲邊。**

未暇泛滄海，悠悠兵馬間。塞門風落木，洙曰：一云「塞風寒落木」。**客舍雨連山。阮籍行多興，龐公隱不還。東柯遂**一作「放」。**疏懶，休鑷鬢毛斑。師曰**：南史：「鬱林王年五歲，戲高帝傍。帝令左右鑷白髮，問王：『我誰耶？』答曰：『太翁。』帝笑謂左右曰：『豈有爲人作曾祖而拔白髮乎？』即擲鏡、鑷。」子曰：「道不行，乘桴浮于海。」

東柯好崖谷，不與衆峰群。落日邀雙鳥，覺範曰：落日，喻暮年。邀雙鳥，言欲與妻子隱居于此。**晴天卷片雲。補注鶴曰**：辨命論云：「丹雲不卷。」**野人吟險絶**(一)**，水竹會平分。采藥吾將老，童兒未遺聞。**

邊秋陰易夕，不復辨晨光。洙曰：鮑昭詩：「晨光復泱漭。」**檐雨亂淋幔，山雲低度墻。蘇曰**：公宙過友人舍，問其墻低，友人曰：「使山雲易度耳。」**鸊鵜窺淺井，蚯蚓上深堂。鄭曰**：水鳥，不卵生，口吐其雛，正作「鶩」。**師曰**：喻細民飢而無食。**洙曰**：深，一作「高」。鸊鵜窺淺井，無食也。蚯蚓上深堂，言至空也。**蘇曰**：譏小人得志也。**補注希曰**：爾雅「鶩鶚」，釋曰：「別一名也。」字林：『似鴟而黑。』郭云：即

(一) 吟，杜陵詩史、分門集注同此，王洙本卷一〇、九家集注作「矜」。

鸕鷀也。」井深則有魚，未可測；井淺而窺，徒勞矣。**車馬何蕭索，門前百草長。趙曰**：張仲蔚所居，蓬蒿滿門，寂無車馬。

地僻秋將盡，山高夜未歸。塞雲多斷續，邊日少光輝。警急烽常報，傳聞檄屢飛。薛曰：按前漢書：「長安匈奴大入，烽火通於甘泉。」〔一〕**洙曰**：鮑明遠詩：「羽檄起邊亭，烽火入咸陽。」**師曰**：説文曰：「檄以木簡爲書，長尺二，以徵軍也。」魏武奏事曰：「若有急，則插以雞羽，謂之羽檄。」補注**鶴曰**：賈誼傳：「斥候望烽燧。」文穎曰：「邊方備胡寇，作高土櫓，櫓上作桔槔，桔槔頭兜零，以薪草置其中，常低之，有寇即火然舉之以相告，曰烽。」師古曰：「夜則舉烽。」陳琳爲魏祖草檄。韓愈送侯參謀詩亦云：「檄筆無與謀。」則檄亦有文也。**西戎外甥國，爲尚主也。蒼舒曰**：按唐書：「景龍四年，以金城公主下嫁吐蕃。乾元元年，肅宗以幼女寧國公主下降回紇。」爾雅曰：「妻之父爲外舅。」郭璞曰：「謂我舅者，（吾）謂之甥〔二〕，然則亦呼壻爲甥。」唐書：「贊普遣名悉獵奉表言：甥先帝舅顯親也。」**何得近天威**。近，一作「迕」。**洙曰**：天子之威也。左傳：「齊侯曰：天威不違顏咫尺。」

鳳林戈未息，魚海路常難。魯曰：鳳林、魚海，皆地名。補注**鶴曰**：河州有鳳林縣，北有鳳林關，

〔一〕「長安匈奴大入，烽火通於甘泉」句，漢書卷九四上匈奴傳上作「胡騎入代句注邊，烽火通於甘泉、長安」。

〔二〕「謂之甥」上，據九家集注、爾雅注疏卷三「母黨」，脱「吾」字。

見唐志。戈未息，言吐蕃入寇也。候火雲峰峻，**洙曰**：烽候之火。夏雲多奇峰。懸軍幕井乾。**洙曰**：懸軍，謂路險阻，懸之使下也。鄧艾伐蜀，懸軍深入。幕，一作「暮」。**夢符曰**：按周官：「挈壺氏掌挈壺，以令軍井。凡軍事，縣壺以序聚柝。」**趙曰**：易：「井收勿幕。」注：「井口曰收。勿幕，則勿遮幕之。」風連西極動，月過北庭寒。故老思飛將，**彦輔曰**：李廣飛將。何時議築壇。**師曰**：漢祖築壇拜將。甫思得如信者出焉。唐堯真自聖，**趙曰**：謂肅宗也。**逸曰**：君自聖，則忠讜不聞，甫微言以託諷也。野老復何知。**趙曰**：公自謂也。曬藥能無婦，應門亦有兒。**洙曰**：李令伯表：「内無應門五尺之童。」世説：「荀淑使叔明應門，慈明行酒。」**師曰**：應，音因，當門户幸有兒子。藏書聞禹穴，**洙曰**：司馬遷年十歲誦古文，二十四而南游江淮，上會稽，探禹穴，窺九疑。**趙曰**：言禹穴藏書也。讀記憶仇池。憶，一作「悟」。**蘇曰**：許靖過仇池，樹下有碑，靖駐馬一覽無遺，人皆稱賞。爲報鴛行舊，**趙曰**：指言平日同禁省之人。鷦鷯在一枝。**趙曰**：莊子：「鷦鷯巢林，不過一枝。」**韓曰**：甫之執友皆在鵷行〔二〕，想其子必有所託，故云云。

〔二〕甫，杜陵詩史、分門集注作「父」。鵷，杜陵詩史、分門集注同此，四庫本作「鴛」。

月夜憶舍弟乾元二年作。

補注鶴曰：詩云「戍鼓斷人行，秋邊一雁聲」，當是乾元二年秦州作，是年九月，史思明陷東京及齊、汝、鄭、滑四州，宜戍鼓之未仆。二弟在許，一在齊，皆在河南，故憶之。

戍鼓斷人行，洙曰：戍樓鼓也。秋邊一雁聲。洙曰：言孤也。露從今夜白，月是故鄉明。有弟皆分散，洙曰：一云「羈旅」。趙曰：公之二弟，方賊亂時，一在齊州，一在陽翟。無家問死生。寄書長不達，況乃未休兵。師曰：一雁聲，言其兄弟隔絶遂孤也。當亂離流落，故曰「無家」也。

宿贊公房彥輔曰：贊，大雲寺主，謫此安置。乾元二年作。

補注鶴曰：詩云「隴月向人圓」，又言菊荒蓮倒，當是乾元二年晚秋在秦州作。

杖錫何來此，秋風已颯然。雨荒深院菊，霜倒半池蓮。師曰：昔慧遠禪師與陶淵明結白蓮社，甫平昔與贊公游從，亦其比也。今之霜倒半池蓮，言蓮社冷落也。補注希曰：此特言宿贊公房時景物，如此爾，豈爲蓮社冷落而言？若以蓮喻蓮社冷落，則菊將安喻？放逐寧違性，洙曰：性安窮達，不以放逐而違爾。虛空不離禪。洙曰：釋經以禪宗爲空門。相逢成夜宿，隴月向人圓。補注希曰：晉劉惔傳：「卿今日作此面向人耶。」

東樓乾元二年作。

補注 **鶴曰**：詩云「傳聲看驛使」，蓋使吐蕃者經此，當是乾元二年秦州作。

萬里流一作「行」。**沙道，征西過此門。** **洙曰**：流沙，地名，老子西涉流沙而不返。晉漢有征西將軍官。**趙曰**：泛言西行之人出此西門耳。一本作「西征過北門」，義非。補注 **鶴曰**：流沙，在西之極，吐蕃所居之域，中國使吐蕃者，道出於此。漢書有「西征」〔三〕〔二〕字，師古以爲以日爲喻，故言西征。然此云征西，猶言往西耳，往西則過此門。趙注爲是。**但添新戰骨，** **蘇曰**：袁耽：「數年相持邊疆，沙場但添新戰骨爾。」**不返舊征魂。** **洙曰**：一云「但添征戰骨，不返死生魂」。**樓角凌風迥，城陰帶水昏。傳聲看驛使，送節向河源。** **趙曰**：時遣使與吐蕃和，借使張騫奉使尋河源事。

雨晴 **洙曰**：一作「秋〔霧〕〔霽〕」〔一〕。乾元元年作。

補注 **鶴曰**：詩云「塞柳行疏翠」，又云「胡笳樓上發」，當是乾元元年秦州作〔二〕。

天際一作「外」。**秋雲薄，從西萬里風。今朝好晴景，久雨不妨農。** **洙曰**：以得時也。**蘇**

〔一〕霧，據九家集注、杜陵詩史卷九、分門集注卷一，乃「霽」之訛。

〔二〕上「元」字，原泐損，此據四庫本。

曰：元狩年中，雖久雨，不妨農事。塞一作「岸」。**柳行疏翠**〔一〕**，山梨結小紅。胡笳樓上發，一雁入高空。****修可曰**：張祐詩〔二〕：「萬人齊指處，一雁落寒空。」同此。

寓目**趙曰**：左傳楚子玉之語曰〔三〕：「得臣與寓目焉〔四〕。」乾元二年作。

補注 **鶴曰**：詩云關雲、塞水〔五〕、羌女、胡兒，當是在秦州作，乾元二年。詩又云「一縣葡萄熟〔六〕」，指隴西所出而言也。

一縣蒲萄熟，**沈曰**：永徽圖經曰：「蒲萄生隴西五原煌山谷〔七〕，今處處有之。」**秋山苜蓿多。****洙曰**：西域人好飲蒲萄酒，馬食苜蓿，貳師伐宛〔八〕，將種歸中國。**沈曰**：神農本草云：「苜蓿味苦，平，無毒，主安

〔一〕塞，原泐損，國圖全本作「寒」，乃後人添改所致，不可據，此據四庫本。
〔二〕張祐，分門集注同此，杜陵詩史作「張佑」，九家集注引「趙曰」作「張祜」，「祐」「佑」當皆「祜」之訛。
〔三〕之，原泐損，此據四庫本。
〔四〕焉，原泐損，此據四庫本。
〔五〕塞，原泐損，此據四庫本。
〔六〕一，原泐損，此據四庫本。
〔七〕蒲，原泐損，此據四庫本。
〔八〕師，原泐損，此據四庫本。

中〔一〕，利人，可久食。」**鬬雲常帶雨，塞水不成河。羌女輕**一作「摇」。**烽燧，趙曰**：燃火曰烽；舉炬曰燧。**胡兒制**一作「製」〔二〕。**駱駝。自傷遲暮恨，喪亂飽經過**〔三〕。

山寺乾元二年作。

補注**鶴曰**：范成大嶺海志云：「鸚鵡出炎方，稍北中冷，則發瘴噤〔四〕。」秦地寒，宜無鸚鵡，而梁權道編此詩在秦州作〔五〕。按鸚鵡賦云：「命虞人於隴抵〔六〕，閉以雕籠，剪其羽翅。」秦，隴右州也〔七〕，故有之。公賀薛璩、畢曜遷官詩在秦州，亦曰「隴俗輕鸚鵡」〔八〕，則此詩正在秦州作，乾元二年。

野寺殘僧少，山園細路高。麝香眠石竹，鸚鵡啄金桃。洙曰：麝，鹿也。**蘇曰**：麝香，鳥

〔一〕主，原泐損，此據四庫本。
〔二〕製，四庫本作「摯」，王洙本云「一作掣」，蕭注本校：「『製』當是『掣』字之誤。」
〔三〕喪，原泐損，此據四庫本。
〔四〕「噤」下，據范成大桂海虞衡志志禽，當脱「戰」字。
〔五〕詩，原漫漶不清，此據國圖全本、四庫本。
〔六〕抵，據文選卷一三，乃「坻」之訛。
〔七〕州，原漫漶不清，此據四庫本。
〔八〕俗，原漫漶不清，此據四庫本。

名〔一〕。石竹，野花。麝香之鳥，其骨極小，石竹之花微弱，叢生而纖短，麝香所以能眠〔二〕。釋者以爲「麝，鹿也」，豈能眠於石竹？或以謂釋者是〔三〕。**師曰**〔四〕：天厨禁臠云：「麝香，小鳥也。」與蘇注同〔五〕。**補注** **希曰**：爾雅：「麝父麢足。」釋曰：「字林云：小鹿，有香，其足似麞，故云麢足。郭云：脚似麢〔六〕，有香。」文嵇叔夜養生論：「麝食柏而香。」本草云：「麝香，形似麞，嘗食柏五葉〔七〕，得香。又夏自食蛇多，至寒香滿。入春懷急痛，以脚剔去，置矢溺中覆之〔八〕，時有常處。」漢異域志「能言鳥」注云：「鸚鵡，説文：鶯母，能言鳥也。」貞觀間，（唐）（康）國獻黄桃〔九〕，大如鵝卵，其色如金，亦呼爲金桃。茲云者，亦其類歟？**鶴曰**：崇仁饒焯景仲與余言，嘗見武林有金桃，色如杏，七八月熟。因知東都事略所記外國進金桃、銀桃種，命植之御苑，即此也。**亂水通人過，**

定功曰：詩：「涉渭爲亂。」**懸崖置屋牢。** **蘇曰**：姚崇：「梵僧居麥積山下，以岩造成屋，今自爲石岩寺。」上

〔一〕名，原漫漶不清，此據四庫本。
〔二〕麝，原漫漶不清，此據四庫本。
〔三〕謂，杜陵詩史卷九、分門集注卷八同此，四庫本作「爲」。
〔四〕師，原漫漶不清，此據四庫本。
〔五〕注，原漫漶不清，此據四庫本。
〔六〕麢，原漫漶不清，此據四庫本。
〔七〕柏，原漫漶不清，此據四庫本。
〔八〕矢，原漫漶不清，此據四庫本。
〔九〕唐，據通典卷一九三「康居」條、唐會要卷一〇〇「雜録」，乃「康」之訛。

方重閣晚[一]，百里見纖毫。

即事乾元二年作。

補注 **鶴曰**：詩云[二]：「人憐漢公主，生得渡河歸。」謂寧國公主乾元二年八月丙辰自迴紇歸[三]，當是其年作。

聞道花門破，和親事却非。人憐漢公主，生得渡河歸。 **趙曰**：回紇助討祿山有功，乾元元年請婚[四]，肅宗以寧國公主下嫁。明年，可汗死，公主以無子得歸[五]。補注 **鶴曰**：花門破，謂迴紇。乾元元年和親後，嘗使王子骨啜勒、宰相帝〔里〕（德）等率騎討賊[六]。明年，迴紇與九節度攻相州，王師潰[七]，帝德奔京師，帝厚賜遣還。俄而可汗死，公主歸。故云。**秋思抛雲髻，**一作「鬟」[八]。**腰支剩**一作「勝」。**寶衣。群凶**

[一] 方，原漫漶，此據四庫本。
[二] 云，四庫本作「曰」。
[三] 八，原漫漶不清，此據四庫本。
[四] 乾元，「元」字原漫漶不清，此據四庫本。
[五] 公，原漫漶不清，此據四庫本。
[六] 子，原漫漶不清，此據四庫本。骨啜勒，舊唐書卷一九五回紇傳作「骨啜特勒」。帝里，據舊唐書回紇傳及下文，乃「帝德」之訛。
[七] 師，原漫漶不清，此據四庫本。
[八] 作鬟，原漫漶不清，此據四庫本。

猶索戰，**蘇曰**：王世充：「群兇兵猶索戰，但持重吾軍，然後大事可成。」迴首意多違。

遺懷乾元二年作。

補注 **鶴曰**：詩云寒城、塞日，皆是指秦州而言，乾元二年作。

愁眼看霜露，寒城菊自花。**蘇曰**：古出塞云：「寒城菊自花，曠野木脱盡。」子美全用，深有包蓄。木脱盡，言無歲寒之志，交情薄也。菊自花，不似澆培，乃君子以道自營也〔一〕。天風隨斷柳，客淚墮清笳。水净城陰直，山昏塞日斜。夜來歸鳥盡，啼殺後栖鴉。**趙曰**：以其無枝可栖，故啼之多爾。

天河乾元二年作。

補注 **鶴曰**：公爲小人所間，自拾遺出爲華州司功，故託天河以自喻，而有「縱被微雲掩，終能永夜清」之句。此詩當是乾元二年七月在秦州作，所以又有「伴月落邊城」之句。

常時任顯晦，秋至最分明。**洙曰**：天河至秋則顯見，人自謂銀河。縱被微雲掩，終能一作

〔一〕營，原漫漶不清，此據四庫本。

「當」。永夜清。魯曰：賢人雖爲群小所掩，然終不害其明。含星動雙闕，伴月落邊城。補注希曰：雙闕，當是指龍門。按韋述東都記：「龍門號雙闕。」牛女年年渡，趙曰：齊諧記曰：「桂陽武丁忽謂其家曰：『牛女渡河，諸仙悉還宮，吾向已被召，不得停。』明日失丁所在。」何曾風浪生。洙曰：世説：「牽牛、織女二星，七夕渡河相會。」

初月 至德二載作。

補注鶴曰：師古謂，肅宗乾元初子美在秦州避亂作，而梁權道編在乾元二年。按，至德二載十月還京，子美扈從，當在是年秋作。蓋詩意屬肅宗即位於靈武，詩曰「影斜輪未安」，喻其未正位於京師也。成都府詩云：「初月出未高，衆星尚争光。」亦此意。餘見注。

光細洙曰：一云「常時」。弦欲上，影斜輪未安。魯曰：魄未圓滿也。微升古塞外，已隱暮雲端。洙曰：言易落也。蒼舒曰：魏泰云：「夏鄭公評杜公初月詩曰：『微升古塞外，已隱暮雲端。』以謂意屬肅宗。鄭公善評詩者也。秦觀云：退之詩：『煌煌東方星，奈此衆客醉。』其順宗時乎？東方，謂憲宗在東宮也。」此論與此詩合。補注希曰：鄧通傳「徼外」注，師古曰：「徼，猶塞也。東北謂之塞，西南謂之徼，塞者，以障塞爲名。」肅宗即位於靈武，於國爲北，故云。河漢不改色，趙曰：言月出便隱，惟河漢不以月之隱而改色也。補注鶴曰：亦喻肅宗即位。河漢之地雖不至於改色，而關山之地尚多擾擾，其與「影斜輪未安」皆喻肅宗未還京，而天下尚未安寧也。關山空自寒。庭前有白露，暗滿菊花團。

歸燕乾元二年作。

彥輔曰：此詩公託意以自喻也。補注鶴曰：公見歸燕而傷己之未歸，故有「故巢儻未毀，會傍主人飛」之句。舊次在乾元二年秦州詩內，梁編亦然。

不獨避霜雪，其如儔侶稀。四時無失序，八月自知歸。洙曰：言四時迭運，自得其序，而以炎涼往來者，乃燕之自知爾。春色豈相訪，衆雛還識機。故巢儻未毀，會傍主人飛。傍，去聲。師曰：此詩公託意以自況也。避霜雪，言避亂也。四時迭運，自有炎涼，公之去就非若俗態之奔競也。故巢，喻故鄉。

促織乾元二年作。

補注鶴曰：促織，趨織也，詳見注。自此至除架五詩，皆託以喻人，當是乾元二年秦州作。

促織甚微細，洙曰：促織，秋蟲也。補注希曰：爾雅釋曰：「蟋蟀，一名蛩，今促織也，亦名青蛚。」唐風云：『蟋蟀在堂。』陸〔機〕（璣）云[二]：似蝗而小，正黑，有光澤。一名蛩，一名蜻蛚，楚人謂之王孫，豳人謂之趨織[三]。里語云『趨織鳴，懶婦驚』是也。」今詩曰「故妻難及晨」，本此詩也。七月云：「十月蟋蟀入我床下。」又古今注：「促織，一名梭機，莎雞，一名絡緯。」哀音何動人。草根吟不穩，床下夜相親。**趙曰：**人多置床下也。久客得無淚，故妻難及晨。悲絲一作「絃」。與急管，感激異天真。**師曰：**促織，常夜鳴，甚哀切。

擣衣乾元二年作。

補注 **鶴曰：**詩云「亦知戍不返」，又云「一寄塞垣深」，是時安史之亂既未息，又備吐蕃也。乾元二年作。

亦知戍不返，**趙曰：**婦人知其〔去〕（夫）戍邊而不返。秋至拭清砧。已近苦一作「暮」。寒月，況經一作「驚」。長別心。**洙曰：**言征戍之苦，不保其生死。寧辭擣衣倦，一寄塞垣深。**洙曰：**垣，城墻也。用盡閨中力，君聽空外音。**洙曰：**砧聲也。**師曰：**此詩言征戍之苦。秋至拭砧，作寒衣送至塞垣邊城也。盡閨中之力擣衣，其砧聲音聞于空外，使人不忍聽也。故云。

[二] 陸機，據爾雅注疏卷九，乃「陸璣」之訛。

[三] 豳，爾雅注疏作「幽州」，「豳」乃「幽」之訛。

螢火乾元二年作。

補注 **鶴曰：**爾雅云：「螢火，一名即炤。」本草：「一名夜光，一名熠燿。」傳曰：「螢載火而寒。」一名（梜）（挾）火，一名夜火，一名宵燭。」今詩云「幸因腐草出，敢近太陽飛」，蓋指李輔國輩以宦者近君而撓政也。乾元二年秦州作。師云：「喻小人起於微賤，而侵凌大德之士。」

幸因腐草出，洙曰：月令：「腐草化爲螢。」**敢近太陽飛。**洙曰：太陽之光固非螢火之可近，喻小有才而侵侮大德者。**未足臨書卷，時能點客衣。隨風隔幔小，帶雨傍林微。**補注 **鶴曰：**爾雅釋云：「腐草得暑濕之氣爲螢，至秋而天沉陰，數雨，螢火夜飛之時也。」詩東山云：「『熠燿宵行。』」兹云「敢近太陽飛」，又云「帶雨傍林微」，蓋本此。**十月清霜重，飄零何處歸。**師曰：螢出於腐草，喻小人起於微賤而侵凌大德之士，一旦時清，必蒙擯斥，故云「飄零何處歸」。

蒹葭乾元二年作。

補注 **鶴曰：**爾雅釋：「葭，一名葦，即今之蘆也，葦之未成者，一名蒹〔一〕。」郭云：「似萑而細，高數尺，江東

〔一〕「葦之未成者一名蒹」句，爾雅注疏卷八作「葦之未成者蒹，一名薕」。

呼爲蒹適[一]。秦風云：『蒹葭蒼蒼。』」從舊次，乾元二年作。

摧折不自守，洙曰：生質衰脆，不能自守。秋風吹若何。暫時花戴雪，墮木葉沉波[二]。洙曰：言非歲寒之質。體弱春苗早，叢長夜露多。江湖後搖落，亦一作「只」。恐歲蹉跎。

苦竹乾元二年作。

補注 鶴曰：戴凱之竹譜云：「亦有紫苦竹，處處有之。」又梧州思安縣有黄苦竹、白苦竹之名，東越謂之高苦竹。同上年作。

青冥亦自守，軟弱强扶持。强，其兩切。洙曰：猶强自振立也。味苦夏蟲避，叢卑春鳥疑。軒墀曾不重，剪伐欲一作「亦」。無辭。幸近幽人屋，蘇曰：崔浩菜賦：「種近幽人之屋，藏當野客之窗。」霜根結在兹。師曰：言此竹質雖疲軟，然得其所託，亦足以保其生矣。

[一] 蒹適，爾雅注疏卷八作「蒹薖」。

[二] 墮木，杜陵詩史卷一〇、分門集注卷二四同此，四庫本、王洙本作「幾處」，王洙本校云：「一云墮水。」

除架**洙曰**：瓜架也。乾元二年作。

補注**鶴曰**：詩云「束薪已零落，瓠葉轉蕭疏」，又云「寒事今牢落，人生亦有初」，當是秋冬之交，公將赴同谷，以秦人待我不如始至也。同上年作。

束薪已零落，瓠葉轉蕭疏。幸結白花了，寧辭青蔓除。秋蟲聲不去，暮雀意何如。**洙曰**：架除而鳥失栖也。寒事今牢落[一]，人生亦有初。**洙曰**：言瓜未生之初，則作架以承之；纔結花，則有將實之望，而其意稍怠矣，故架壞則除去而不修也。亦猶人事鋭始而怠終。**趙曰**：人生未嘗無初，公之初在太平之時[二]，文采動上，聲譽烜赫，本不如是之牢落也。

夕烽乾元二年作。

補注**鶴曰**：詩云照秦、過隴，則是在秦州，當乾元二年九月史思明陷東京(反)(及)齊、汝、鄭、滑四州之後，十月李光弼與思明戰于河陽之時。思明敗，故此詩云「每日報平安」，當在其年作。**師古曰**：晝則燃燧，夜則舉烽，故題曰夕烽。

[一] 牢，原漫漶不清，此據國圖全本、四庫本。

[二] 之，杜陵詩史卷一〇、分門集注同此，四庫本無此字。下「之」字同。

夕烽來不近，每日報平安。 **趙曰：** 有警急之報，則舉烽火以相應。**補注** **鶴曰：** 烽有報平安火，如哥舒翰潼關之敗，翰麾下來告急，上遣李福等將監牧兵赴潼〔一〕，及暮平安火不至，上始懼，是也。**塞上傳光小，雲邊落點殘。照秦通警急〔二〕，過隴自艱難。** **趙曰：** 言安史之兵猶出没隴上也。**聞道蓬萊殿，** **鄭曰：** 長安志：「殿在東内，紫宸殿北」。**千門立馬看。**

秋笛 乾元二年作。

補注 **鶴曰：** 詩云「他日傷心極〔三〕，征人白骨歸」，蓋秦當攻守吐蕃之俗〔四〕，今聞笛聲之悲，故有此作。乾元二年秋。

清商欲盡奏，奏苦血沾衣。 **趙曰：** 五音惟商最悲，今欲盡奏以全其曲，則聞者必揮涕而繼之以血也。**他日傷心極，征人白骨歸。** **趙曰：** 他日士有死於戰，以白骨歸，聞此聲尤傷心也。**相逢恐恨過，**

〔一〕李福，據資治通鑑卷二一八，乃「李福德」之訛。
〔二〕秦通，原漫漶不清，此據國圖全本、四庫本。
〔三〕他，原漫漶不清，此據國圖全本、四庫本及詩文。
〔四〕俗，疑爲「地」之訛。

故作發聲微。不見秋雲動，悲風稍稍飛。**洙曰**：言笛聲哀切，風雲亦爲之淒慘。

送遠乾元二年作。

補注 **鶴曰**：公以乾元二年冬去秦，而此詩云「帶甲滿天地」，當是指其年史思明之亂方殷，而李光弼等平之。又詩云「草木歲月晚，關河霜雪清」，則作詩時公將去秦也。

帶甲滿天地，**洙曰**：盜賊充斥，時方用兵。胡爲君遠行。親朋盡一哭，**洙曰**：楚辭：「悲莫悲於生別離。」鞍馬去孤城。草木歲月晚，關河霜雪清〔一〕。別離已昨日，因見古人情。**蘇曰**：張翰命駕歸吳，一世高其節。阮攸嘆曰：「讀陳留范蠡遺史，因此知季世，見古人情矣。」

觀兵乾元二年作。

補注 **鶴曰**：詩云「北庭送壯士」，按，北庭即鎮西、北庭節度之兵。元帥謂李嗣業。乾元元年九月，嗣業會九節度攻鄴，是時公有觀安西兵赴關中待命詩，今詩云「莫守鄴城下，斬鯨遼海波」，乃鄴師未潰之前作，公意欲且平吐蕃也。當是乾元二年春作，非秦州詩。

〔一〕清，原漫漶，此據國圖全本、四庫本。

北庭送壯士，洙曰：燕太子送荆軻於易水上，軻歌曰：「壯士一去不復還。」**貔虎數尤多。洙曰**：書：「如虎如貔。」**師曰**：時回紇送兵三千助討賊，故云云。**精鋭舊無敵，洙曰**：精鋭，猶勇敢也。**邊隅今若何。趙曰**：此望其必勝，而憂之之辭。**妖氛擁白馬，元帥待雕戈。趙曰**：妖氛，指言吐蕃之兵。待雕戈，則待北庭之賜也。古鼎銘曰：「王命虎臣，賜爾和鸞、黼黻、雕戈。」**莫守鄴城下，斬鯨遼海波。師曰**：元帥，代宗也。時九節度兵圍賊將慶緒於相州，甫欲誅其渠魁，故云云。**趙曰**：思明據城（宋）（未）下[一]，公謂可以緩圖，且於遼海斬鯨，則以吐蕃爲急也。**補注鶴曰**：吐蕃自至德元載陷威戎、神威等軍，（石）（百）谷等城[二]。二載，又陷西平，乾元元年，又陷河源。其侵陵之氣方張，公所以欲其先斬遼海之鯨也。

廢畦乾元二年作。

補注鶴曰：詩云「秋蔬擁霜露」，當是秋晚作。從舊次，則乾元二年作，時公已有去秦之意矣。

秋蔬擁霜露，豈敢惜凋殘。暮景數枝葉，天風吹汝寒。緑霑泥滓盡，香與歲時闌。生意春如昨，悲君白玉盤。

[一] 宋，據九家集注卷二〇，乃「未」之訛。
[二] 石谷城，據資治通鑑卷二一九「至德元載末」，乃「百谷城」之訛。

不歸乾元二年作。

【補注】**鶴曰**：詩云「河間尚征伐」，按唐志，瀛州爲河間郡，屬河北。當是禄山自范陽反，河北諸郡望風反解時。公之從弟死於城中。天寶十四載十一月至乾元元年爲三年，今云「面上三年土，春風草自生」，則是經三春[一]，當是乾元二年春，公是時在東都。而梁權道編在秦州作，非。

河間尚征伐，宋曰：河間，郡名。此詩甫從弟經亂離未歸也。**汝骨在空城。**趙曰：此言公之從弟有死而寄骨於其處。**從弟人皆有，終身恨不平。數金憐俊邁，**師曰[二]：數金，謂初時知錢數也。**總角愛聰明。面上三年土，春風草又生。**師曰：言三年飄蕩風埃之中，今春草又生也。

天末懷李白趙曰：白於至德二載坐永王璘而謫夜郎，故公在秦州懷之而作。

【補注】**鶴曰**：趙注乾元二年春秦州作，今考詩云「應共冤魂語，投詩贈汨羅」，謂白有捉月之事，當在寶應元年後。

涼風起天末，君子意如何。洙曰：月賦：「雲斂天末。」【補注】**希曰**：陸士衡詩：「借問欲何爲，涼風

[一] 是，原漫漶不清，此據國圖全本、四庫本。
[二] 師，原漫漶不清，此據國圖全本、四庫本。

起天末〔一〕。」白亦自有詩云：「滄波渺川汜，白日隱天末。」鴻雁幾時到，江湖秋水多。文章憎命達，魑魅喜人過。趙曰：譬小人害君子之意。師曰：自古文章之士命運多蹇滯〔二〕。魑魅，言貶所窮僻。應共冤魂語，投詩贈汨羅。琪曰：指屈原也。馬曰：若原不遇，投汨羅江死，故甫有是句。

獨立乾元二年作。

補注鶴曰：詩云「空外一鷙鳥，河間雙白鷗」，又云「天機與人事，獨立萬端憂」，鷙鳥喻得時則可以擊物，白鷗喻失時則可以遂性。公爲拾遺，爲小人所間，遂遲回於秦華間，因睹草露蛛絲而知天機之與人事，於是不能無憂。其憂也，豈爲己而已？詩在乾元二年秦華間作。

空外一鷙鳥，河間雙白鷗。師曰：皆得其勢也。飄颻搏擊便〔三〕，容易往來游。趙曰：搏擊〔四〕，謂鷙鳥也。往來游，言白鷗也。白鷗往來，不知鷙之將搏擊，此可爲寒心矣。草露亦多濕，蛛絲仍

〔一〕「借問」二句，文選卷二四陸機爲顧彦先贈婦二首其二作「借問嘆何爲？佳人眇天末」。

〔二〕滯，四庫本無此字。

〔三〕搏，四庫本作「摶」。

〔四〕搏，杜陵詩史、分門集注同此，九家集注、四庫本作「摶」。下同。

未收。**師曰**：詩云：「豈不夙夜，謂行多露。」露犯之則濡，蛛絲易染惹人，甫官拾遺〔一〕，宜若鷙鳥獨立，遇事則誅擊奸回。時抗疏論房琯，反爲小人沾惹，以朋黨至於斥逐，故有「草露多濕」「蛛絲未收」之句。**天機近人事，獨立萬端憂。****蘇曰**：蘇笱獨立西樓，俛仰身世，憂患萬端。

日暮 乾元二年作。

補注 **鶴曰**：詩如前篇言羌婦、胡兒，當亦在秦州作。乾元二年。

日落風亦起，城頭烏毛訛〔二〕。**修可曰**：按後漢五行志：「桓帝時京師童謠云曰〔三〕：『城上烏，尾畢逋〔四〕。』蓋言處高利獨食，不與下共，謂人主多聚斂也。」**師道曰**：訛，以言驚動也。**黃雲高未動，白水已揚波〔五〕。羌婦語還哭，胡兒行且歌。將軍別上馬，夜出擁雕戈。****蘇曰**：馬援夜出擊五蠻，陣換馬自備，遂横戈而出。

〔一〕官，原漫漶不清，此據國圖全本、四庫本。
〔二〕毛，王洙本卷一〇、九家集注卷二〇、杜陵詩史卷一〇、分門集注卷三、四庫本皆作「尾」，「毛」當爲「尾」之訛。
〔三〕時，原泐損，此據國圖全本、四庫本。云曰，四庫本無「曰」字，九家集注無「云」字，當有一字爲衍文。
〔四〕逋，原泐損，此據國圖全本、四庫本。
〔五〕揚，原泐損，此據國圖全本、四庫本。

空囊乾元二年作。

補注 **鶴曰**：詩云「翠柏苦猶食，晨霞朝可〔飧〕（飡）」，正史謂在秦州拾橡栗以自給之意[一]，當是乾元二年作。

翠柏苦猶食， **修可曰**：楚辭云：「山中人兮采杜若，飲泉石兮飯松柏。」又列仙傳云：「仙人偓佺食松柏之實。」**晨霞朝可餐。** **田曰**：楚辭云：「餐六氣而飲沆瀣，漱正陽而飡朝霞。」注：「陵陽子明經云[二]：『春食朝霞者，日始出赤氣也。』華陽真妃〔實〕（曰）[三]：『日者霞之實，霞者日之精，君唯聞服日之法，未聞餐霞之法也[四]。』」**師曰**：甫欲餐霞食柏，高遁于世。**世人共鹵莽，吾道屬艱難。** **不爨井晨凍，** **洙曰**：樵蘇不爨，清談而已。**趙曰**：以不爨，故不及井，而井晨凍矣。**無衣床夜寒。** **洙曰**：七月詩：「無衣無褐，何以卒歲。」**囊空恐羞澀，留得一錢看。** **蘇曰**：晉阮孚山野自放，嗜酒。日持一皂囊，游會稽，客問：「囊中何物？」但

[一] 在，原漫漶不清，此據國圖全本、四庫本。
[二] 陵，原泐損，此據國圖全本、四庫本。
[三] 實，杜陵詩史同此，據九家集注、分門集注、四庫本，乃「曰」之訛。
[四] 「君唯聞」二句，九家集注作「君唯聞服日實之法，未知餐霞之精也」。

一錢看囊，庶免其羞澀。**趙曰**：趙壹之文章雖滿腹[一]，不如一囊錢也。**師曰**：甫嘗云：「語言少味無阿堵物[二]。」少味者，羞澀之謂也。**補注**希曰：梁武帝詩書云[三]：「羊欣書似婢作夫人，不堪位置，而舉止羞澀[四]，終不似真。」蘇注已盡，似不必更注此，第蘇注多引小説[五]，又或以爲非蘇所注，故又筆之於後。

病馬 乾元二年作。

補注鶴曰：詩云「天寒關塞深」，當是在秦州作。乾元二年。

乘爾亦已久，天寒關塞深。塵中老盡力，歲晚病傷心[六]。**趙曰**：田子方出野，見病馬，問御

[一] 章，九家集注、杜陵詩史、分門集注作「籍」。

[二] 語言少味無阿堵，乃黄庭堅次韻外舅謝師厚喜王正仲三丈奉詔相南兵回至襄陽捨驛馬就舟見過三首其三中詩句，非杜甫語。物，當爲衍文。

[三] 梁武帝詩書，「詩」當爲「評」之訛，按，唐韋續纂墨藪卷一作「梁武帝書評」。

[四] 澀，原漫漶不清，此據國圖全本、四庫本。

[五] 引，原漫漶不清，此據國圖全本、四庫本。

[六] 晚、傷，原漫漶不清，此據國圖全本、四庫本。

者，對曰：「此故公家畜也[一]，罷而不能爲用[二]，故出放之。」曰：「少盡其力，老棄其身，仁者不爲也[三]。」命束帛贖之。**毛骨豈殊衆，馴良猶至今。物微意不淺，感動一沉吟。** **師曰**：此詩託意人君始用其才[四]，終乎捐棄，而失之寡恩也。

蕃劍乾元二年作。

補注 **鶴曰**：詩云「風塵苦未息，持女奉明(玉)(王)」，又舊次與梁編皆在乾元二年秦州詩内，則「風塵」云者，指思明雖敗於李光弼，而未息也。

致此自僻遠，又非珠玉裝。如何有奇怪，每夜吐光芒。 **趙曰**：斗、牛之間有紫氣。**虎氣必騰上，龍身寧久藏。** **趙曰**：孔章臨亡[五]，戒其子以劍自隨。後其子爲建安從事，劍忽躍出，見二龍相隨。**風塵苦未息，持女奉明王[六]。**

[一] 畜，原漫漶不清，此據國圖全本、四庫本。
[二] 罷而不，原漫漶不清，此據國圖全本、四庫本。
[三] 不，原漫漶不清，此據國圖全本、四庫本。
[四] 才，原泐損，此據四庫本。
[五] 亡，原漫漶不清，此據國圖全本、四庫本。
[六] 女，杜陵詩史、分門集注同此，九家集注、四庫本作「汝」，字通。

銅瓶

補注 此詩當與蕃劍同時作。乾元二年作。

亂後碧井廢，時清瑤殿深。師曰：銅瓶所以汲水以濟人者也，喻賢者宣君之恩以及衆，世亂則棄捐於寒〔勞〕（甃）[一]，時清可收用於瑤殿。補注 希曰：漢禮樂志：「眺瑤堂。」師古曰：「以瑤飾堂。」此云瑤殿，亦其義。銅瓶未失水，百丈有哀音。側想美人意，應悲寒甃沉。蛟龍半缺落，猶得折黃金。

觀安西兵過赴關中待命二首乾元元年作。

補注 鶴曰：按，安西節度，至德元載更名鎮西，故乾元二年九節度圍鄴之師潰後[二]，李光弼退守河陽，時周摯逼中潬，遣荔元禮擊之[三]，摯遁去，以功知鎮西、北庭行營節度使。則安西之兵元年已赴關中，是時節度蓋李嗣業也，嗣業以乾元二年正月卒。通鑑所謂「九月庚寅，命朔方節度郭子儀，淮西魯炅，鎮西、北庭李嗣業七節度將步騎二十萬討安慶緒，李光弼、王思禮助之」是也。此詩當是乾元元年華州作，不曰鎮西，而曰安西，循舊名也。梁權道編在二年作，非。

[一] 勞，據杜陵詩史、分門集注，乃「甃」之訛。
[二] 師，原漫漶不清，此據國圖全本、四庫本。
[三] 荔元禮，舊唐書肅宗紀、資治通鑑卷二二一作「荔非元禮」。

四鎮富精鋭，摧鋒皆絶倫。 **洙曰**：言多勇鋭，能摧鋒陷陣也。唐職官志：「四鎮通於柔遠。」通典：「鎮（西）（東）將軍，後漢末魏武帝爲之。鎮南將軍，劉表爲之，魏張魯、晉杜元凱並爲之。鎮西將軍，後漢劉表、魏鍾（離）（會）[一]、鄧艾爲之。鎮北將軍，南魏明帝太和中置[二]，劉靖、許允並爲之。各一人。宋時四鎮與中軍通爲雜號，後魏加『大』，次尚書令。」**夢符曰**：按，唐武后時，右鷹揚衛將軍王孝傑擊吐蕃，大破其衆，復取四鎮，更置安西都護府於龜兹，以兵鎮守。又唐志：「四鎮都督府，謂龜兹、于闐、焉耆、疏勒也。」**補注** **鶴曰**：舊史地理志：「安西節度撫寧西域，統龜兹、于闐、焉耆、疏勒四國，故謂之四鎮。」注云：「都護府治所在龜兹國城内，管戍兵二萬四千人[三]，馬二千七百匹。」新史云：「初治西州，後徙治龜兹，至德元載更名鎮西，後復。」**還聞獻士卒，足以静風塵。** **老馬夜知道，** **洙曰**：齊桓公失道，管仲使隨老馬而得出。老馬多智也。**師曰**：老馬，喻哥舒翰老將。**補注** **鶴曰**：哥舒翰天寶十五載已降安禄山，此豈是喻舒翰？師注非。若以老馬喻主將，則謂李嗣業。**蒼鷹飢著人。** 著，直略切。**洙曰**：晉載記言：「慕容垂猶鷹也，飢則附人，飽則高飛。」**師曰**：

[一] 鍾離，據通典卷二九職官十一武官下四鎮將軍，乃「鍾會」之訛。
[二] 南，據通典卷二九職官十一武官下四鎮將軍，當爲衍文。
[三] 四，原漫漶不清，此據國圖全本、四庫本。

鷹飢，喻禄山未高也。**臨危經久戰**〔一〕**，用意始知神。** **洙曰：**精熟戰陳〔二〕，用意若神〔三〕。**師曰：**當此時，正好使之立功，以充其志願，故云云。

奇兵不在衆， **洙曰：**史：「兵以正合，以奇勝。」傳云：「留侯用奇兵，不必衆多，雖多，不精鋭，而無益。」**萬馬救中原。** **洙曰：**蔡琰謂曹公曰：「明公厩有萬馬。」**談笑無河北，** **洙曰：**言談笑可以却敵。**趙曰：**禄山之叛，河北一帶已陷没，今言安西兵之精鋭，主將於談笑之間可以蔑無河北矣。**心肝奉至尊。** **洙曰：**言至誠也。**孤雲隨殺氣，飛鳥避轅門。** **蒼舒曰：**項羽傳「將入轅門」是也。**石曰：**轅門，以車爲軍門，兵屯嚴肅，雖飛鳥不敢過。**竟日留歡樂，**歡，一作「觀」。**城池未覺喧。** **洙曰：**言軍令整肅，不囂亂也。

送人從軍乾元二年作。

補注 **鶴曰：**王仲宣詩：「從軍有苦樂，借問所從誰。」詩云弱水、陽關，在甘州、〔汝〕（沙）州，皆屬隴右道，當是乾元二年在秦州作。

〔一〕久，原泐損，此據國圖全本、四庫本。
〔二〕陳，杜陵詩史、分門集注同此，九家集注、四庫本作「陣」，字通。
〔三〕若，四庫本作「如」。

弱水應無地，陽關已近天。今君渡沙磧，累日斷人煙。洙曰：弱水，水也，以其力不能載物，故謂之弱水。陽關，地名。趙曰：無地，言水多也。近天，言山高也。余曰：唐王維詩：「勸君更盡一杯酒，西出陽關無故人。」後人爲陽關曲唱之。補注鶴曰：禹貢：「導弱水，至于合黎。」而唐志：「合黎山，在甘州張掖縣。」弱水，柳子厚所謂「西海之山有水，散涣無力，不能負芥」者。陽關，唐志云：「在沙州壽昌縣西。」二地乃備吐蕃之所。按唐志：「西州西南有南平、安昌兩城，百二十里至天山，西南入谷，經礌石磧，二百二十里至銀山磧。」又：「北庭大都護府有小磧。」又云：「伊麗河西行千里，至碎葉城，水皆北流入磧。」今曰沙磧，則沙乃流沙之類，自是兩名。八哀詩首篇贈司空王思禮詩云「意無流沙磧」是也。又「自中國往高昌，從武威西北有捷徑，度沙磧千餘里，四面茫然，無有蹊徑，唯以人畜及駝糞爲驗。」餘見王思禮詩注。**好武寧論命，**洙曰：志於功名。**封侯不計年。**洙曰：有功即封。趙曰：言其從軍乃緣好武，於是用命之秋，故不論命。有功封侯，漢制也。不計年，所以激發之。**馬寒防失道，**師曰：李廣征匈奴，失道，當斬，贖爲庶人。此戒之之辭。**雪没錦鞍韉。**

送靈州李判官新添。乾元二年作。

補注鶴曰：詩云「近賀中興主，神兵動朔方」，謂至德二載史思明降後，河北悉爲唐有。後思明再叛，郭子儀還東都，經營河北。李光弼乾元二年又爲幽州大都督府長史兼河北節度使，故稱神兵。詩又云「將軍專策略」，當是指王思禮是年七月爲關内、路府節度兼太原尹、北京留守〔一〕，故亦可謂「神兵動朔方」也。此詩當是乾元二年在秦州作。

羯胡腥四海，回首一茫茫。血戰乾坤赤，氣迷日月黄〔二〕。將軍專策略，幕府盛才良。近賀中興主，神兵動朔方。

野望乾元二年作。

補注 **鶴曰：** 詩云「獨鶴歸何晚，昏鴉已滿林」，公以鶴自喻，以鴉喻小人，謂己之所以未歸者，由小人衆多。而詩又云「遠水兼天净，孤城隱霧深」，則是秦州作，同上年。

清秋望不極，迢遞起曾陰〔三〕。 **趙曰：** 晉陸（仲）〔冲〕詩〔四〕：「層巒起曾陰〔五〕。」**遠水兼天净，孤城隱霧深。葉稀風更落，山迥日初沉。獨鶴歸何晚，昏鴉已滿林。** **洙曰：** 譏小人衆多也。**趙曰：**

〔一〕路，據舊唐書卷一一〇王思禮傳，乃「潞」之訛。
〔二〕氣，杜陵詩史卷三二同此，九家集注卷二〇、分門集注卷二一、四庫本作「氛」。
〔三〕曾，四庫本作「層」，字通。
〔四〕陸仲，據杜陵詩史卷一五、分門集注卷五、九家集注卷二〇、藝文類聚卷二八人部十二游覽，乃「陸冲」之訛。
〔五〕起，九家集注卷二〇、藝文類聚作「有」。

何遜詩：「昏鴉接翅歸。」

示姪佐

魯曰：佐草堂在東柯谷。乾元二年作。

補注 鶴曰：一本題下注云：「佐草堂在東柯谷。」東柯在秦州，公秦州雜詩有云「聞道東柯谷，深藏數十家」是也。今以詩云「多病秋風落」，定爲乾元二年九月作，蓋十月公已入同谷。世系表：「佐是襄陽房殿中侍御史暐之子。」

多病秋風落，師曰：七月秋風起，八月風高，九月風落。君來慰眼前。自聞茅屋趣，只想竹林眠。師曰：甫欲得佐共住，故云。滿谷山雲起，侵籬澗水懸。嗣一作「阮」。宗諸子姪，早覺仲容賢。洙曰：阮咸，字仲容，籍之姪也。任達不拘，與叔父籍爲竹林之游。

佐還山後寄三首

補注 鶴曰：還山，謂還東柯谷也。同上年作。

山晚黄雲合，歸時恐路迷。澗寒人欲到，村黑鳥應栖。野客茅茨小，田家樹木低。舊諳疏懶叔，須汝故相攜。趙曰：嵇康性復疏懶。

白露黄粱熟，分張素有期。已應春得細，頗覺寄來遲。味豈同金菊，香宜配緑葵。趙曰：潘安仁賦有：「緑葵含露。」老人他日愛，正想滑流匙。

幾道泉澆圃，交横落幔坡。葳蕤秋葉小，洙曰：小，一本作「少」。隱映野雲多。隔沼連香芰，通林帶女蘿。甚聞霜薤白，重惠意如何。分引泉水以灌園，故交横而落也。幔坡，言青翠如幔。葳蕤，衰貌。秋葉，言黄落之葉。女蘿，乃松蘿也。

從人覓小胡孫許寄乾元二年作。

補注鶴曰：詩云「人説南州路」，則詩在西北作，當是寓秦州時。梁權道編在乾元二年秦州詩内〔一〕。

人説南州路，山猿樹樹懸。舉家聞若欬，又作「挽」，一云「共愛」。爲寄小如拳。預哂愁胡面，趙曰：晉傳玄鷹賦：「狀如愁胡。」初調見馬鞭。許求聰慧者，童稚捧應顛。

秋日阮隱居致薤三十束鄭曰：薤菜，葉似韭。乾元二年作。

補注鶴曰：公以乾元二年夏至秦州，有貽阮隱居詩云：「塞上得阮生。」則阮乃秦州人。此詩同是其年

〔一〕乾元，四庫本作「大曆」。秦州，四庫本作「夔州」。

作。薤至秋，江南人已不食，而阮當秋日乃致於公，又公作詩寄佐姪，亦有「甚聞霜薤白，重惠意如何」之句，豈秦地寒，故尚堪食耶？

隱者柴一作「荆」。**門内，畦蔬繞舍秋。盈筐承露薤，**洙曰：詩卷耳：「不盈頃筐。」挽歌：「薤上露。」**不待致書求。束比青芻色，**魯曰：詩云：「青芻一束〔二〕。」**圓齊玉箸頭。衰年關鬲冷，味暖併**一作「腹」。**無憂。**唐曰：薤情暖〔三〕，益老人，故云「關節」也。鬲，胸也。

秦州見敕一作「除」。**目薛三璩授司議郎畢四曜除監察與二子有故遠喜遷官兼述索居三十韻**乾元二年作。

補注 鶴曰：唐百官志：「司議郎二人，掌侍從、規諫、駁正、啓奏。凡皇太子可傳於史册者，録爲記注。貞觀十八年方置，以比給事中。監察御史十五人，掌分察百寮、巡按州縣。」云云。六典云：「八人，武德初方

〔二〕青，杜陵詩史卷一〇、分門集注卷一六同此，四庫本作「生」。

〔三〕情，杜陵詩史同此，四庫本作「清」，分門集注作「性」，「情」當爲「性」之訛，按，九家集注卷二〇引趙次公注曰：「薤性暖。」

置。貞觀二十二(人)(年)〔一〕，加二人。」今詩云「秋風動關塞」，當是乾元二年春作〔二〕。

大雅何寥闊，斯人尚典刑。**洙曰**：詩：「雖無老成人，尚有典刑。」交期余潦倒，材力爾精靈。**洙曰**：嵇康書：「足下舊知吾潦倒，粗疏不切事情。」精靈，猶精明也。二子身同日〔三〕，諸生困一經。文章開突奧，**洙曰**：突，又作「陵」〔四〕，東北隅也，一云「窟」也。突奧，深邃貌，荀子：「突奧之内，枕簟之上。」鄭曰：突，拖没切。爾雅：「傳謂之突。」奧，方到切，室之西南隅曰奧。遷擢潤朝廷。**趙曰**：潤，如德潤身之潤。舊好何由展，新詩更憶聽。别來頭併白，**秦曰**：古詩：「相看俱白頭。」相見眼終青。**洙曰**：阮籍善爲青白眼，見佳客則爲青眼，見俗客即爲白眼。伊昔貧皆甚，同憂心一作「歲」。不寧。棲遑分半菽，浩蕩逐流萍。**洙曰**：劉孝標絶交論：「莫肯廢其半菽，罕有落其一毛。」流萍，喻流落如萍之在水也。**趙曰**：祖出漢書項羽：「歲飢人貧，卒食半菽。」俗態猶猜忌，一云「猜忍」。妖氛忽杳冥。獨慚投漢閣，**洙曰**：見「子雲識字終投閣」注。俱議哭秦庭。**洙曰**：吴入郢，申包胥求救於秦，秦兵未出，包胥哭於秦

〔一〕人，據唐六典卷一三御史臺，乃「年」之訛。
〔二〕春，據杜詩詳注卷八本詩題下引黄鶴注，乃「秋」之訛。
〔三〕身，四庫本作「陞」，王洙本卷一〇作「聲」。
〔四〕陵，杜陵詩史卷一〇、分門集注卷二三作「突」。

庭者七日，勺水不入於口。**還蜀祇無益，因梁亦固扃。** **洙曰**：司馬相如還蜀。梁孝王怒鄒陽，下獄，吏將殺之，陽從獄中上書，王立出之。**華夷相混合，宇宙一羶腥。** **洙曰**：言胡兵亂華也。**帝力收三統，** **夢符曰**：按前漢書：「三統謂天統、地統、人統，爲夏、商、周之三正也。」**趙曰**：周得天統，商得地統，夏得人統，言天、地、人皆歸之也。**天威總四溟。** 天威，見秦州雜詩注。**舊都俄望幸，清廟肅惟馨。** **洙曰**：顔延年車駕幸京口詩：「春方動宸駕，望幸傾五州。」張平子南都賦頌曰：「真人南巡，睹舊里焉。」詩清廟注：「清廟，謂有清明之德者之宫也。天有清明之德而文王象之，故以名詩。」書：「明德惟馨。」**趙曰**：舊都，指言長安。望幸，言車駕還而再見宗廟也。**補注** **鶴曰**：文帝紀：「上幸甘泉。」如淳曰：「蔡邕云：天子車駕所至，民臣以爲僥幸，故曰幸。」至德二載九月，復京師，左僕射裴冕告太清宫、郊廟。十一月作九廟神主，告享于長樂殿。乾元元年四月辛亥，祔神主于太廟。甲寅，朝享于太廟，有事于南郊。故云。**雜種雖**一作「難」。**高壁，** **洙曰**：漢書：「羌胡雜種，類不一也。」[一]高壁，言壁壘尚高深也。**長驅甚建瓴。** **洙曰**：高祖紀：「若高屋之上建瓴水。」言其勢順而易爲力也。**焚香淑景殿，** **鄭曰**：長安志：「殿在西内，絲綵院西。」**漲水望雲亭。** **法駕初還日，群公若會星。** **洙曰**：言帝初收復，還宫日，百官之輳於朝者，若聚星焉。**補注** **希曰**：梅福傳：

[一] 壁，四庫本作「壘」。下同。

「當户牖之法坐。」師古曰：「正坐也，猶言法宮、法駕。」西都賦亦云：「乘鸞輿，備法駕。」律歷志注〔一〕：「孟康曰：太初上元甲子夜半朔日冬至時〔二〕，七曜皆會聚斗、牽牛分度。」**宮臣仍點染，**洙曰：宮臣，謂薛受司議也，屬東宮。趙曰：點染，爲文字也。**柱史正零丁。**洙曰：畢受御史，老聃爲柱下史。點染、零丁，言未盡其才也。趙曰：零丁，介獨貌。**官忝趨栖鳳，朝回嘆**一作「欲」。**聚螢。**車胤聚螢。**喚人青騕褭，不嫁惜娉婷。**洙曰：張易之出塞行：「騕（裊）（褭）青緑騎，娉婷紅粉妝。」趙曰：言二公初不自眩鬻，以駿馬、佳人爲喻。師曰：凡此皆甫自喻不見用於世。**掘劍知埋獄，提刀見發硎。**洙曰：劍埋於酆城獄，張華夜見其氣在斗牛間，使人掘之。庖丁解牛十九年，而刀刃若新發硎。鄭曰：硎，音刑，砥石。梅曰：此二句喻薛、畢二子幾年埋没，今始奮發，殆見遇事剸裁也。**侏儒應共飽，**洙曰：東方朔傳：「方待詔公車，俸禄薄，未得省見。久之，朔紿侏儒曰：『上以若曹無益於縣官，欲盡殺若曹。』侏儒大恐啼泣，朔教曰：『上即過，叩頭請罪。』居有頃，聞上過，侏儒皆號泣頓首，上問何爲，對曰：『東方朔言上欲盡誅臣等。』上知朔多端，召問朔何恐侏儒爲，對曰：『臣朔生亦言，死亦言，侏儒長三尺餘，俸一囊粟，錢二百四十。臣朔長九尺餘，亦俸一囊粟，錢二百四十。侏儒飽欲死，臣朔飢欲死。臣言可用，幸異其禮，不用，罷之，無令但索長安米。』上大笑，因使待詔

〔一〕歷，當爲「曆」之誤。
〔二〕朔日，漢書卷二一上律曆志第一上「五星如連珠」句下孟康注作：「朔旦。」

金馬門，遂稍稍得進用焉。」趙曰：以言二公猶未甚顯拔，與侏儒共飽耳。漁父忌偏醒。洙曰：屈原既放，行吟澤畔，顏色憔悴。漁父問曰：「子非三閭大夫歟，何故至此？」屈原曰：「衆人皆醉，惟我獨醒。」漁父曰：「何不哺其糟而啜其醨？」趙曰：公自比屈原之放逐，以漁父忌其獨醒也。旅泊窮清渭，長吟望濁涇。趙曰：公在秦州而憶長安故也。羽書還似急，洙曰：以鳥羽插檄書上，馳告四方，故云羽書。高祖曰：「吾以羽檄徵天下兵。」烽火未全停。洙曰：烽，燧也。未全停，尚有餘烽也。師老資殘寇，戎生及近坰。忠臣辭憤激，烈士涕飄零。上將盈邊鄙，元勛溢鼎銘。洙曰：銘功鍾鼎也。仰思調玉燭，誰定握一作「淬」。青萍。洙曰：爾雅曰：「四時調謂之玉燭。」玉燭調，猶燮理也。青萍，劍名也。陳孔章答東阿王牋：「君侯體高俗之才，秉青萍、干將之器，拂鍾無聲，應機立斷。」隴俗輕鸚鵡，洙曰：鸚鵡賦：「命虞人於隴坻，閉以雕籠，剪其羽翅。」趙曰：公自況也。原情類鶺鴒。洙曰：詩：「鶺鴒在原，兄弟急難。」趙曰：指與二公如兄弟之急難也。秋風動關塞，高卧想儀形。

寄彭州高三十五使君適虢州岑二十七長史參三十韻乾元二年作。

補注 鶴曰：新舊史皆以適由太子少詹事出爲蜀州刺史，遷彭州，而考公前後詩，則有不然者。以適如史云先刺蜀而移彭，則何爲乾元二年公在秦州有此詩題云「寄高彭州」，又有「彭門劍閣外」之句？而適贈杜拾遺詩云「傳道招提客」，又具官云蜀州刺史高適。又有追酬高蜀州人日見寄詩，而適詩云「人日題詩寄草堂」。蓋招提客指公上元元年方到成都，時居浣花寺，而是年人日未有草堂，當是二年寄之。以此三詩論，則是先刺彭而後移蜀。然公有因崔五侍御寄高彭州詩又云：「百年已過半。」則公上元二年後五十一歲所作也，何爲適又却在彭？是可疑者。嘗考二史，適以至德二載二月永王敗後，爲李輔國數短於上前，左授少詹事，則下除當在是年之夏。而公有寄高詹事詩云：「安穩高詹事，干戈久索居。」謂其索居之久，則詩是乾元二年作，是時未出爲刺史也。史又云：「乾元二年五月，貶李峴爲蜀州刺史。」而此詩亦是年秋作，既題云「寄高彭州」，又中不言刺蜀，第云「諸侯非棄擲〔一〕」，則是初得刺彭無疑。柳芳曆亦云：「適乾元初刺彭州。」蓋史誤其先後耳，當以詩爲是。其寄高彭州一絶云：「秋至轉飢寒。」與此詩云「今我獨凄涼」意亦同，又俱是秋作，殆與此詩作時相去不遠，正不必以「百年過半」爲在上元二年後疑之。凡近五十者，皆可謂百年過半也，如乾元元年作立秋後題詩，是時公年方四十七，亦云「惆悵年半百」。

故一作「古」。

人何寂寞，今我獨凄涼。老去才難盡，秋來興甚長。 洙曰：潘安仁有秋興賦。補注 希曰：晉鍾毓嘆魏舒曰：「吾之不足以盡卿才，云云。」又江淹、任昉，人皆謂之才盡。 物情尤可見，師曰：目有所見，則心有所感，故云云。 詞客未能忘。 洙曰：詞客，謂高、岑也，俱以詩名世。 海内知名

〔一〕擲，原漫漶不清，此據四庫本、國圖全本。

士，雲端各異方。**洙曰**：彭在蜀，號在山南。高岑殊緩步，沈鮑得同行。**洙曰**：沈休文、鮑明遠，言高、岑可與沈、〔謝〕（鮑）並驅也。意愜關飛動，篇終接混茫。**趙曰**：以言二子之詩其妙如此。沈佺期祭文：「思合飛動，才冠卿雲。」舉天悲富駱，**洙曰**：富嘉謨爲文皆以經典爲本，時人欽慕，文體爲之一變。駱賓王嘗作帝京篇，當時以爲絶唱。近代惜盧王。**洙曰**：盧照鄰、王勃也。照鄰爲鄧王典簽，王重其文，待以相如。勃六歲能文，與兄勔、〔助〕（勮）才相類，人謂之王氏三珠樹。悲、惜，各以才不容於世故也。似爾官仍貴，前賢命可傷。傷上四人。諸侯非棄擲，半刺已翱翔。**洙曰**：刺史古之諸侯，庾亮與郭游書曰〔一〕：「別駕與刺史同流，（宣）王化於萬里〔二〕。任居刺史之半，安可非其人？」**趙曰**：諸侯，以言高適爲刺史。半刺，以言參爲長史。詩好幾時見，書成無使將。**趙曰**：言公在秦州欲寄書於二公也。男兒行處是，客子鬥身强。羈旅推賢聖，**洙曰**：孔孟皆羈旅。**趙曰**：公自言孔孟皆如此，不獨我也。沉綿抵咎殃。三年猶瘧疾，一鬼不銷亡。**趙曰**：公言其病之沉綿也，世言瘧鬼，故云。隔日搜脂髓，增寒抱雪霜。**洙曰**：此言瘧之狀也。徒然潛隙地，有靦屢鮮妝。**洙曰**：俗言辟瘧鬼必伏於幽隙之地，不爾即

〔一〕郭游，通典卷三二職官十四州郡上總論州佐引庾亮集作「郭豫」，太平御覽卷二六三職官部六十一別駕引庾亮集作「郭遜」。
〔二〕「王化」上，據通典、太平御覽引庾亮集，脱「宣」字。

畫易容貌〔一〕。**鄭曰**：靦，說文：「面見也。」何太龍鍾極，**蒼舒曰**：〔抱〕（按）廣韻〔二〕：「龍鍾，竹名，世言龍鍾取此義，謂其年老如竹之枝葉摇曳，不能自禁持也。」于今出處妨。**趙曰**：言病而妨出入。無錢居帝里，盡室在邊疆。**洙曰**：寓同谷也。劉表雖遺恨，龐公至死藏。**趙曰**：後漢龐公居峴山之南，未嘗入城府。荆州刺史劉表數延請，不能屈，竟隱於鹿門山不反。」心微傍魚鳥，**魯曰**：嵇康游山觀魚〔陽〕（鳥）〔三〕，而心甚樂之。肉瘦怯豺狼。**洙曰**：豺狼類貪暴者。隴草蕭蕭白，洮雲片片黄。彭門劍閣外，**洙曰**：劍閣，劍關也，在蜀。**定功曰**：後漢郡國志「湔〔氐〕（氏）道」注〔四〕：「蜀王本紀曰：縣前有兩石，對如闕，號曰彭門。」虢略鼎湖傍。**洙曰**：虢有〔朔〕（湖）城〔五〕，乃鼎湖也。**夢符曰**：按史記：「黄帝采首山之銅，鑄鼎於荆山下，鼎成，乘龍而昇天，號鼎湖。」此近虢略，未知孰是。荆玉簪頭冷，**趙曰**：荆山之玉也，爲岑君而言。巴牋染翰光。**洙曰**：荆玉出虢。巴牋，蜀牋也。**趙曰**：爲高君而言。烏麻蒸續曬，丹橘露應嘗。豈異神仙宅，俱兼山水鄉。竹齋燒藥竈，花嶼讀書床。更得清新否，遥知對屬忙。**洙曰**：言吟詩

〔一〕畫，九家集注卷二〇、杜陵詩史卷一〇、分門集注卷一八同此，四庫本作「盡」。
〔二〕抱，據九家集注卷二〇，乃「按」之訛。
〔三〕陽，杜陵詩史同此，據九家集注、分門集注、四庫本，乃「鳥」之訛。
〔四〕氐，據後漢書郡國志五蜀郡，乃「氏」之訛。
〔五〕朔，據九家集注，乃「湖」之訛。

也。**趙曰**：言二子才思清新也。**舊官寧改漢，淳俗本歸唐。** **師曰**：號本晉地，詩晉國風曰：「此晉也，而謂之唐，本其風俗憂深思遠，乃有堯之遺風焉。」故云云。**濟世宜公等，**補注**希曰**：房玄齡傳：「太宗曰：守文之難，與公等成之。」**安貧亦士常。** **趙曰**：安貧，公自言也。**蚩尤終戮辱，胡羯漫猖狂。** **洙曰**：史記：「蚩尤最爲暴，黄帝能伐之。」胡羯，安史也。**會待妖氛靜，論文暫裹糧。** **師曰**：甫欲寇平裹糧就高、岑共論文章也，故有末句。

寄岳州賈司馬六丈巴州嚴八使君兩閣老五十韻乾元二年作。

補注**鶴曰**：詩云「隴外翻投迹」，當是乾元二年秦州作。按史，賈至由中書舍人出慰安蒲州，坐小法，貶岳州司馬。寶應初，召復故官。然乾元二年九節度師潰時，至自汝州奔襄、鄧，公又有送賈閣老出汝州詩，則是由中舍出汝州，史失書。當是自汝貶岳州司馬也。嚴武至德初赴肅宗行在，房琯薦爲給事中。收長安，拜京兆少尹。坐琯事，貶巴州刺史。則乾元初在巴州矣。

衡岳啼猿裏，巴州鳥道邊。 **洙曰**：言州居山之險絶處也。李白云：「西當太白有鳥道。」道徑微窄，止能容鳥過而已〔一〕。趙曰：南中八志曰：「交趾郡治龍編縣，自古興馬道〔二〕，四百里。以其險絶，獸猶無蹊，人所莫由，特上有飛鳥之道耳。」故人俱不利，一作「別」。謫宦兩悠然。開闢乾坤正，趙曰：言收復二京矣。榮枯雨露偏。洙曰：言澤不均也。趙曰：言二子不得受聖恩而謫去也。長沙才子遠，釣瀨客星懸。洙曰：漢賈誼，洛陽才子也，黜爲長沙王傅。嚴子陵釣瀨，光武徵之，太史奏客星犯于帝座。謂嚴使君也。憶昨趨行殿，洙曰：天子行幸所止曰行殿。補注 希曰：漢文帝紀應劭：「舊典，天子行幸所至，必先遣靜室令先遣按行清靜殿中。」殷憂捧御筵。彦輔曰：言自賊中赴鳳翔。討胡愁李廣，奉使待張騫。趙曰：討强胡未捷，則愁李廣；使之未還，則待張騫。無復雲臺仗，虚修水戰船。洙曰：漢武作昆明池以習水戰，中有戈船、樓船百艘，上建樓櫓。趙曰：言行宫草創，不復嚴整法仗也。〔便言〕（庾信）哀江南賦〔三〕：「猶有雲臺之仗。」蒼茫城七十，洙曰：酈食其憑軾下齊七十餘城。流落劍三千。洙曰：莊子説劍：「昔趙文王喜劍，劍士來門而客三千餘人，日夜相擊於前。」畫角吹一作「歌」。秦晉，洙曰：一作「塞」。春秋時秦晉通姻，又爲敵國。旄頭俯澗瀍。洙曰：澗、瀍，二水也，在伊、洛間。趙曰：此言安、史，前漢天

〔一〕止，杜陵詩史卷九、分門集注卷一八同此，四庫本作「只」。

〔二〕馬，九家集注卷二〇、杜陵詩史、分門集注作「鳥」。

〔三〕便言，四庫本、杜陵詩史、分門集注皆同此，據九家集注卷二〇，乃「庾信」之訛。

文志：「昴爲旄頭，胡星也。」小儒輕董卓，洙曰：董卓廢立，凶暴無道，忍性矯情。擢用群士，以尚書韓馥等爲刺史，馥等到官，與袁紹之徒十餘人各興義兵，同盟討卓。有識笑苻堅。洙曰：苻堅違衆伐晉，遂至破敗；撫畜鮮卑，苻融諫之，不聽，後爲鮮卑所亡。故爲有識者所笑。趙曰：小儒有識，公自謂也。董卓、苻堅，指安、史也。浪作禽填海，洙曰：山海經曰：「發鳩之山有鳥名精衛，本赤帝之女，嬉游於東海，溺而死，不返。化爲精衛，常取西山木石以填東海。」江淹詩：「精衛銜木石，誰能測幽微。」那將血射天。洙曰：商本紀：「帝乙無道，爲偶人，謂之天神。與之博，令人爲行，天神不勝。乃僇辱之，爲革囊盛血，仰而射之，命曰射天。」趙曰：皆言安、史之不知量也。萬方思助順，助順，助天子也。一鼓氣無前。晏曰：言得衆助，故所向必破。左傳：「曹劌曰：夫戰，氣也〔一〕，一鼓作氣，再而衰，三而竭。」陰散陳倉北，晴熏太白巔。洙曰：陳倉郡，陳寶鳴雞在焉，北近長安〔池〕（也）〔二〕。太白，山名。亂麻尸積衛，洙曰：武五子贊：「秦始皇即位三十九年，内平六國，外攘四夷，死人如亂麻。」衛地，河北、〔湘〕（相）衛之間也〔三〕。破竹勢臨燕。洙曰：杜預傳：「今兵威已震，勢如破竹，數節之後，迎刃而解。」燕地，范陽，禄山巢穴也。法駕還雙闕，洙

〔一〕氣，杜陵詩史、分門集注同此，四庫本、九家集注作「勇氣」。
〔二〕池，據杜陵詩史、分門集注、九家集注，乃「也」之訛。
〔三〕湘，據杜陵詩史、分門集注、九家集注，乃「相」之訛。

曰：天子還京也。西都賦：「乘鑾輿，備法駕。」王師下八川。見「八水散風濤」注。此時霑奉引，趙曰：公爲拾遺，掌供奉，故云。佳氣拂周旋。洙曰：光武紀論曰：「氣佳哉，鬱鬱葱葱。」貔虎開金匣，洙曰：書：「如虎如貔。」麒麟受玉鞭。洙曰：〔京〕〔涼〕州記[一]：「咸寧二年，發張駿陵，得鞭，飾以珊瑚。」趙曰：麒麟，以言御馬。」按蘇〔鴞〕〔鶚〕杜陽編[二]：「代宗嘗賜郭子儀九花虬馬并紫玉鞭轡。」侍臣諳入仗，厩馬解登仙。趙曰：法仗復備，皆侍臣所舊諳入者矣。時可曰：淮南子：「乘黄，獸名，龍翼馬身，黄帝乘之而仙。」花動朱樓雪，城凝碧樹煙。洙曰：江淹詩：「碧樹露阡阡，生煙紛漠漠。」顔延年詩：「空城凝寒雲。」衣冠心慘愴，故老淚潺湲。洙曰：九辯：「倚結軫太息，涕潺湲沾軾。」九歌：「横流涕兮潺湲。」哭廟悲風急，見「及夫哭廟後」注。朝正暮景鮮[三]。朝正，元日朝會。月分梁漢米，洙曰：梁漢間所出者。米月分，廩給也。春得水衡錢。洙曰：宣帝本始二年春，以水衡錢爲平陵，徙民，起第宅。應劭曰：「水衡與少府皆天子私藏耳。縣官公作，當仰給司農，今出水衡錢，言宣帝即位爲異政也。」晉灼曰：「食貨志：初大司農管鹽鐵，官布多，故置水衡，欲以主鹽鐵。及楊可告緡，上林則物衆，乃令水衡主上林。上林三官主鐵錢也。」内

[一] 京，據杜陵詩史、分門集注、九家集注、藝文類聚卷八三寶玉部上玉、卷八四寶玉部下馬瑙，乃「涼」之訛。
[二] 鴞，據九家集注，乃「鶚」之訛。
[三] 暮，四庫本、杜陵詩史、分門集注、九家集注、王洙本卷一〇皆作「霽」。

蕊繁於纈，魯曰：內蕊，宮花也。鄭曰：纈，文繒也。宮花軟勝綿。恩榮同拜手，出入一作「處」。最隨肩。洙曰：書：「皋陶曰拜手稽首〔一〕。」禮：「五年之長，則肩隨之。」晚著華堂醉，寒重繡被眠。轡齊兼秉燭，趙曰：言並轡而行也。書枉滿懷牋。趙曰：言在禁掖時往來書尺也。每覺昇元輔，深期列大賢。趙曰：言二公之才器可爲宰輔也。秉鈞方咫尺，洙曰：詩節南山：「秉國之鈞。」左傳：「不違顏咫尺。」鎩翮再聯翩。洙曰：顏延年：「鸞翮有時鎩。」注：「鎩，殘也。」謝靈運：「聯翩何窮也。」趙曰：言爲宰執不遠，而乃謫去，如鳥之鎩翮也。無己曰：淮南子：「飛鳥鎩羽。」許慎注：「鎩，殘羽。」禁掖朋從改，一作「換」。微班性命全。青蒲甘受一作「就」。戮，洙曰：漢元帝疾，史丹以親密侍疾，候上寢，直入卧內，頓首伏青蒲〔誅〕(諫)〔二〕。趙曰：公以拾遺爲職，故使青蒲事。白髮竟誰憐。洙曰：左太冲：「馮唐豈不〔傳〕(偉)〔三〕，白首不見招。」弟子貧原憲，諸生老伏虔。趙曰：公自比原憲、伏虔也。公本傳云：「入太學，受業，有雅才。」以其入學之故，故云「諸生老伏虔」爾。師資謙未達，鄉黨敬何先。舊好腸堪

〔一〕曰，四庫本、杜陵詩史、分門集注、九家集注皆同此，據尚書虞書益稷，應在「拜手稽首」下。

〔二〕誅，據九家集注，乃「諫」之訛。

〔三〕傳，據四庫本、九家集注，乃「偉」之訛。

斷，洙曰：謝靈運：「楚人心（者）（昔）絶[一]，越客腸今斷。」鮑明遠：「行子心腸斷。」新愁眼欲穿。逸曰：穿，破也。趙曰：公懷二公也。翠乾危棧竹，鄭曰：棧，棚也。紅膩小湖一作「池」。蓮。賈筆論孤憤，洙曰：屬賈司馬。嚴君賦幾篇。逸曰：屬嚴使君。定知深意苦，莫使衆人傳。貝錦無停織，洙曰：詩：「萋兮菲兮，成是貝錦。」趙曰：貝錦，以喻讒也。朱絲有斷絃。洙曰：鮑昭：「直如朱絲繩。」趙曰：嘆二子無知音而戒之也。浦鷗防碎首，霜鶻不空拳。趙曰：兩句通意，謂二子如浦鷗，言官如霜鶻，既不空拳，期於必中，則鷗當有碎首之防矣。其戒之至也。地僻昏炎瘴，趙曰：言岳州近南，爲有瘴。山稠隘石泉。言巴山在亂山間也[二]。且將棋度日，應用酒爲年。典郡終微眇，嚴使君也。治中實棄捐。洙曰：賈司馬也。晉職官志：「州置别駕、治中、從事。」趙曰：治，平聲。二公在禁掖而出，斯爲「微眇」「棄捐」矣。安排求傲吏，洙曰：謝靈運：「居常以待終，處順故安排。」定功曰：莊子嘗爲漆園吏，楚威王聘之，欲以爲丞相，謂使者曰：「亟去，無污我。」故曰傲吏。比興展歸田。洙曰：陶淵明：「田園將蕪胡不歸。」去去才難得，洙曰：語：「才難，不其然乎？」趙曰：古詩：「去去復去去。」蒼蒼理又玄。洙曰：

[一] 者，據四庫本、九家集注、杜陵詩史、文選卷二六謝靈運道路憶山中詩，乃「昔」之訛。

[二] 巴山，杜陵詩史、分門集注「趙曰」同此，九家集注「趙云」作「巴州」。

蒼蒼，天也，言天理玄妙。莊子：「天之蒼蒼，其正色耶。」**趙曰**：謂天理難喻也。老子曰：「玄之又玄。」古人

稱逝矣，洙曰：漢高紀[一]：「吾亦從此逝矣。」**吾道卜終焉。**洙曰：終，窮也。吾道窮於此乎？**隴外翻投**

迹，漁陽復控弦。趙曰：言安慶緒復熾也。**笑爲妻子累，甘與歲時遷。親故行稀少，**洙曰：時亂

而離散，故親故稀少。**兵戈動接聯。**洙曰：接迹聯屬也，充斥也。**他鄉饒夢寐，失侶自迍邅。多病**

加淹泊，長吟阻静便。如公盡雄俊，志在必騰騫。洙曰：一云「公如盡憂患，何事有陶甄」。趙曰：

言二公不久復用也[二]。

寄張十二山人彪三十韻乾元二年作。

補注 鶴曰：詩云「流轉依邊徼，逢迎念席珍」，當是乾元二年秦州作。唐隱居者多稱山人，如稱李泌曰衣

白者山人是也，自後如稱南山人、水北山人、少室山人之類，皆是。

獨卧嵩陽一作「雲」。**客，三違潁水春。艱難隨老母，慘澹向時人。**師曰：時彪避禄山，隱居

嵩陽，凡三年矣，故云三違。違，别也。補注 鶴曰：嵩陽爲河南屬邑，彪蓋邑人也。以禄山天寶十四年陷東

[一] 漢高紀，四庫本、杜陵詩史同此，分門集注作「漢高祖紀」，九家集注作「漢高祖曰」。

[二] 「復用」上，杜陵詩史、分門集注同此，四庫本有「將」字，九家集注有「當」字。

京，故携母避亂，所以有「艱難隨老母，慘澹向時人」之句。自天寶十五載春至乾元二年秋，爲三違春矣。河南大川曰汝，曰潁，故云潁水。謝氏尋山屐，洙曰：宋謝靈運好登山，陟嶺必造幽峻，常著木屐，上山則去前齒〔一〕，下山則去後齒。陶公漉酒巾。洙曰：陶潛在家酒熟，取頭上葛巾漉酒，畢，還復著之。群兇彌宇宙，此物在風塵。黄曰：此物，指彪也。歷下辭姜被，趙曰：後漢姜肱有兄弟四人，居貧，作一布被而共之。關西得孟鄰。洙曰：見「荒蕪孟母鄰」注。早通交契密，晚接道流新。静者心多妙，先生藝絶倫。草書何太古，一云「應甚苦」。詩興不無神。洙曰：公詩云：「下筆如有神。」曹植休前輩，洙曰：曹植能詩。休，言爲張所掩。張芝更後身。洙曰：言山人草書若張芝再生。數篇吟可老，一字買堪貧。將恐曾防寇，深潛託所親。寧聞倚門夕，洙曰：薛包事母至孝，凡出入，必有時，未嘗違也。至期，母必倚門望之，包必至矣。盡力潔餐晨。洙曰：束廣微補亡南陔詩：「馨爾夕膳，潔爾晨餐。」疏懶爲名誤，彦輔曰：嵇康書：「〔信〕（性）復疏懶〔二〕，筋駑肉緩。」驅馳喪我真。索居猶寂寞，洙曰：禮：「離群索居。」猶，一作「尤」。相遇益愁辛。洙曰：江淹嵇中散詩：「鍾鼓或愁辛。」流轉依邊徼，洙曰：邊

〔一〕則，四庫本無此字。

〔二〕信，據九家集注卷二〇、文選卷四三嵇康與山巨源絶交書，乃「性」之訛。

徼，邊境也。**逢迎念席珍。** 洙曰：儒行：「席上之珍以待聘。」**時來故舊少，亂後別離頻。世祖修高廟，** 洙曰：後漢祭祀志：「光武建武二年正月，立高廟于洛陽，四時祫祀。高帝爲太祖，一歲〔豆〕（五）祀[一]。」**文公賞從臣。** 洙曰：僖二十四年：「晉侯賞從亡者，介之推不言禄，禄亦弗及推。」**商山猶入楚，** 洙曰：見「羽翼懷商老」注。**渭水不離**一作「知」。**秦。** 洙曰：見「欲問桃花宿」注。趙曰：源，本指言桃源也。**存想青龍秘，** 洙曰：青龍，道家存想之術。**騎行白鹿馴。** 洙曰：周義真入龍矯山[二]，見羨門子乘白鹿而行。**耕岩非谷口，** 洙曰：揚子：「谷口鄭子真耕于岩石之下。」**結草即河濱。** 洙曰：河上公，不知姓，結草河濱，讀老子。漢景帝親問道，以素書授帝。云云。**肘後符應驗，** 洙曰：葛洪有肘後方數卷。**囊中藥未陳。旅懷殊不愜，良覿眇無因。** 洙曰：謝靈運詩：「引領冀長覿[三]。」**自古皆悲恨，浮生有屈伸。此邦今**一作「全」。**尚武，** 洙曰：方以武濟於時。**何處且依仁。** 洙曰：語：「依於仁。」**鼓角凌天籟，** 洙曰：莊子：「女不聞天籟乎？」**關山〔信〕（倚）月輪。** 洙曰：古今注：「有月重輪。」**官場羅鎮磧，賊火**

[一] 豆，分門集注卷一六同此，據九家集注、杜陵詩史、四庫本，乃「五」之訛。

[二] 周義真，藝文類聚卷七八靈異部上仙道引真人周君傳作「周義山」。龍矯山，藝文類聚引真人周君傳作「蒙山」，按，藝文類聚引真人周君傳云：「紫陽真人周義山……聞有欒先生，得道，在蒙山，能讀龍嶠經，乃追尋之。入蒙山，遇羨門子，乘白鹿。」

[三] 長，九家集注、文選卷三〇作「良」。

近洮岷。**趙曰**：言官之戰場也。言四鎮皆置官場，收賦斂以供軍也。**洙曰**：洮岷，地名，屬隴右。**孫曰**：言吐蕃入寇于此。補注**鶴曰**：磧，已詳見上注。鎮，如北庭大都護府有神山鎮，又有大漢、小磧，安西大都護府有胡弩、固城等鎮是也。洮岷，謂洮州、岷州，皆去秦不遠。**蕭瑟論兵地，蒼茫鬥將辰。大軍多處所，餘孽尚紛綸。高興知籠鳥，**彥輔曰：潘岳秋興賦：「猶池魚籠鳥，而有江湖山藪之思。」**斯文起**一作「豈」。**獲麟。**洙曰：孔子西狩獲麟〔一〕。師曰：張之高興，視如籠鳥之局促，其文不遇，如孔子傷麟出非其時也。**窮秋正搖落，迴首望松**一作「湘」。**筠。**洙曰：松筠有歲寒之操。

寄李十二白二十韻 乾元二年作。

補注**鶴曰**：按白至德元年坐繫潯陽獄，至德二載，以宋若思將兵赴河南道，過(尋)〔潯〕陽，釋囚，辟爲參謀，乾元元年，長流夜郎。而此詩云：「五嶺炎蒸地，三危放逐臣。」則是在長流之後。從舊次，當在乾元二年秦州作。

昔年有狂客，號爾謫仙人。筆落驚風雨，詩成泣鬼神。洙曰：賀知章，會稽人，自號四明狂客，見白文章，乃嘆曰：「子謫仙人也。」驚，一作「聞」。驚風雨，言敏速。泣感鬼神。**蘇曰**：李白墓銘云：「公

〔一〕「孔子」下，據左傳哀公十四年，當闕「觀」或「聞」字。

在長安時，秘書監賀知章吟公烏栖曲，云：『此詩可以哭鬼神。』」**補注** **希曰**：李白憶賀監詩序曰：「太子賓客賀公，於紫極宫一見，呼余爲謫仙人，因解金龜换酒爲樂。」蒼頡作字，鬼神夜哭。**聲名從此大，汩没一朝伸。** **洙曰**：按史言：「知章言白玄宗〔一〕，召見金鑾殿，奏頌一篇。賜食，帝爲調羹，召供奉翰林。」**文彩承殊渥，流傳必絶倫。** **洙曰**：帝嘗召白爲樂章，白已醉，援筆成文，婉麗精巧，無留思。帝愛其才，數宴見。**龍舟移棹晚，** **趙曰**：玄宗泛白蓮池，觀既合〔二〕，召白作（字）（序），時白被酒，命高力士扶登舟。**獸錦奪袍新。** **洙曰**：白外傳云：「白作樂章，賜錦袍。」**白日來深殿，青雲滿後塵。乞歸優詔許，** **洙曰**：白爲高力士所譖，自知不爲親近所容，懇求還山，帝賜金放還。**遇我宿**一作「夙」。**心親。** **趙曰**：公詩集中屢與白詩，交情可見矣。**未負**一作「遂」。**幽栖志，兼全寵辱身。劇談憐野逸，嗜酒見天真。** **洙曰**：嗜，好也。揚雄家貧，嗜酒。**醉舞梁園夜，** **洙曰**：雪賦：「梁王不悦，游於兔園。」今汴州乃梁園故地。**行歌泗水春。** **洙曰**：孔子行歌於泗水之上。泗水，今泗濱是也。**才高心不展，道屈善無鄰。處士禰衡俊，** **洙曰**：平原處士禰衡，字正平，見「諸公厭禰衡」注。**趙曰**：黄祖太子射，賓客大會，有獻鸚鵡者，舉酒於衡前，曰：「禰處士，今日無用娱賓，願先生賦之。」**諸生原憲貧。** **洙曰**：見「難甘原憲貧」注。**稻粱求未足，** **洙曰**：

〔一〕「言白」下，據九家集注卷二〇，當脱「於」字。
〔二〕觀既合，據九家集注、唐范傳正唐左拾遺翰林學士李公新墓碑銘并序，疑爲「歡既洽」之訛。

廣絶交論：「分鴻鶩之稻粱。」薏苡謗何頻。洙曰：馬援征交趾，載薏苡種還，人謗之，以爲明珠大貝。喻白之遇讒也。五嶺炎蒸地，三危放逐臣。洙曰：見「雲山分五嶺，風壤帶三苗」注。補注希曰：張耳傳：「南有五嶺之戍。」師古曰：「西自衡山之南，東窮于海，一山之限耳，而别標名，則有五。」裴氏（黄）（廣）州記云：「大庾、始安、臨賀、（持）（桂）陽、揭陽，是爲五嶺。」書注：「三危西裔。」白坐爲永王璘府僚，長流夜郎。五嶺、三危與夜郎接境，故云。幾年遭鵩鳥，洙曰：賈誼作長沙王傅，不得志，有鵩集于舍隅，遂作鵩鳥賦。獨泣向麒麟。洙曰：王翰古峨眉怨：「朝晡泣對麒麟樹，樹下蒼苔日漸班。」趙曰：孔子見麟而泣，曰：「出非其時，吾道窮矣。」蘇武先還漢，趙曰：蘇武在匈奴十九年而還，白比武則先還也。黄公豈事秦。趙曰：黄公，四皓之一，避秦，居商山。以比白之不從永王璘也。楚筵辭醴日，趙曰：言白在永王璘，如申公見楚王，待之不設醴而辭行也。梁獄上書辰。洙曰：白坐事下潯陽獄。鄒陽於梁孝王獄中上書，即出之。已用當時法，誰將此義陳。趙曰：蓋言（永璘王）（永王璘）本待白之薄，而白豈與謀哉？當時不知察，而施之以法也，誰將以此義陳之？老吟秋月下，病起暮江濱。莫怪恩波隔，乘槎與問津。洙曰：博物志：「有居海者，八月乘查而上天（天），犯牽牛星。」孔子使子路問津焉。趙曰：言如白之才器，當蒙上知，而恩波頓隔，欲上天與問之也。

黄氏補千家集注杜工部詩史卷之二十

黄氏補千家注紀年杜工部詩史卷二十一

蜀相上元元年作。

補注 **鶴曰**：蜀相，謂諸葛武侯。當是上元元年作。公雖以乾元二年歲暮至成都，而此詩言「映階碧草」「隔葉黄鸝」，當是次年春日也。

丞相祠堂何處尋，錦官城外柏森森。 **洙曰**：蜀諸葛亮傳：「先主建安二十六年即帝位，册亮爲丞相，録尚書事。」祠堂，孔明廟也。成都記：「府城，亦呼爲錦官城，以江山明麗，錯雜如錦也。廟有古柏，武侯手植之。」補注 **鶴曰**：華陽國志：「成都夷里橋南岸道西有城，故錦官也。」諸葛公在先主廟，故宅城西[一]，前有雙大柏。

映階碧草自春色， **洙曰**：江文通别賦：「春草碧色。」**隔葉黄鸝空**一作「多」。**好音。** **洙曰**：王僧達詩：「楊園流好音。」**三顧頻繁天下計**[二]，**洙曰**：本傳：「徐庶謂先主曰：『諸葛孔明，卧龍也，將軍宜

[一] 諸葛公，疑爲「諸葛廟」或「諸葛祠」之誤；故宅城西，疑有脱文；按，太平寰宇記卷七二劍南道一益州載：「諸葛武侯祠在先主廟西，府城西有故宅。」

[二] 繁，四庫本、九家集注卷二一作「煩」。

枉駕顧之。』先主凡三往乃見。」又亮上疏曰：「先主不以臣卑鄙，猥自枉屈，三顧於草廬之中。」言先主之自見亮，亮爲先主而仕，皆爲天下大計。補注鶴曰：王莽傳：「鄭重頻煩也。」三國志費禕：「以奉使稱能，頻煩至吳。」**兩朝開濟老臣心。**洙曰：先主於永安病篤，召見，屬以後事，謂亮曰：「君才十倍曹丕，必能安國定大事。若嗣子可輔，輔之，如其不才，君可自取。」亮泣曰：「臣敢竭股肱之力，効貞信之節，繼之以死。」又亮表云：「興漢室〔一〕，還於舊都，此臣所以報先帝而忠陛下之職分也。」兩朝，謂先主及禪也。**出師未捷**洙曰：一云「未戰」，又「未用」。**身先死，長使英雄淚滿襟。**洙曰：閔其志不遂也。本傳云：「十二年春，亮悉大衆由斜谷出，以流馬運。據武功五丈原，與司馬宣王對於渭南，相持百餘日。其年八月，亮疾，卒于軍。軍退，司馬宣王案行其營壘處所，曰：『天下之奇才。』」師曰：亮欲合一天下，未及出師一戰而死，使亮未死，則吳魏豈能保其土地哉？

卜居上元元年作。

洙曰：屈原作卜居一首。原往太卜鄭詹尹家，卜己宜何所居，因述其詞。成都記：「草堂寺，府西七里，(去)浣花亭三里，寺極宏麗，有名僧履空居其中。杜員外居處逼近，常恣游焉。」鮑曰：上元元年歲次庚子，公

〔一〕漢，原漫漶不清，此據國圖全本、四庫本。

年四十九，在成都，劍南節度使裴冕爲卜成都西郭浣花溪，作草堂居焉。所謂「主人爲卜林塘幽」是也。前注以主人爲嚴武，非。**趙曰**：緣楚辭，屈原有卜居一篇，故得倚以名詩。公又有卜居一篇，則在夔州也。**補注** **鶴曰**：公有寄題草堂詩云：「經營上元始，斷〔于〕（手）寶應年。」則此云「卜居」，當是上元元年作。

浣花流一作「之」。**水水西頭，主人爲卜林塘幽。** **洙曰**：浣花，溪名。主人，嚴武也。**鄭曰**：在成都。**趙曰**：主人，謂地主，或所館置之人，不可指爲嚴武也。**補注** **鶴曰**：寰宇記：「浣花溪在成都西郭外，地屬犀浦縣。」公至成都時，裴冕爲節度，已爲卜居浣花溪上寺，今云主人，指裴冕也。浣花與百花潭相接。**已知出郭少塵事，** **洙曰**：梁張纘啓：「常願卜居幽僻，屏避喧塵。」**更有澄江銷客愁。** **洙曰**：謝玄暉詩：「澄江静如練。」**無數蜻蜓齊上下，一雙鸂鶒對沉浮。東行萬里堪乘興，須向山陰上**一作「入」。**小舟。** **洙曰**：蜀有萬里橋，在浣花之東。昔孔明送吴使至此，曰：「萬里之行，從此始矣。」因是得名。乘興，欲效王子猷月夜泛舟謁戴安道也。山陰，王子猷所居之地。

一室上元元年作。

補注 **鶴曰**：一室，即草堂也。當是上元元年。

一室他鄉遠， **洙曰**：遠，一作「老」。後漢陳蕃曰：「大丈夫處世，當掃除天下，安事一室乎？」**空林暮**

景懸。**洙曰**：江文通詩：「秋日懸清光。」**趙曰**：張景陽雜詩：「鳴鶴聒空林。」正愁聞塞笛，獨立見江船。巴蜀來多病，**洙曰**：成都記：「其西即隴之南首，故曰隴蜀。以與巴接，復曰巴蜀。」荆蠻去幾年。**洙曰**：荆蠻，楚也，詩謂之「蠻荆」。太史公得漢古文春秋，乃知中國之虞與荆蠻、句吴兄弟也。應同王粲宅，留井峴山前。**洙曰**：峴山，荆楚也，今屬襄陽。有井焉，人呼爲仲宣井，云王粲故宅也。補注**鶴曰**：魏志：「王粲，字仲宣，山陽人。以西京擾亂，乃之荆州，依劉表。」公以此喻入蜀依裴公。

梅雨上元元年作。

彦輔曰：梅熟而雨曰梅雨，江東呼爲黄梅雨。**趙曰**：周處風土記云：「夏至前雨名黄梅雨，沾衣服皆敗黦。」補注**鶴曰**：裨雅云：「江湘、二浙四五月間梅欲黄落，則水潤土溽，柱礎皆汗，蒸鬱成雨，謂之梅雨。沾衣敗污，故自江以南，三月雨謂之迎梅，四月雨謂之送梅。」然則蜀亦不異江南也。此詩在成都作，第未詳何年，今以詩云「茅茨疏易濕」，意是上元元年草堂初成時。

南京犀浦道，**洙曰**：玄宗幸蜀，改成都(府)，置尹，視二京，號爲南京。**鮑曰**：至德二載十二月戊午，大赦，以蜀郡爲南京。**杜田曰**：肅宗至德二年，以蜀郡爲南京。舊注以玄宗所改，非。**師曰**：原叔以爲玄宗改，誤矣。補注**希曰**：按舊史，肅宗至德二載十二月戊午，改蜀郡爲南京，爲成都府。郡有犀浦縣，熙寧間方省爲鎮，入郫。又蜀江有伏犀灘，水有黄牛，從僰溪出，上此崖化爲石。又蜀郡有石犀，李冰以壓水怪，犀浦之名往往本此。四月熟黄梅。湛湛長江去，洙曰：阮籍詩：「湛湛長江水，上有楓樹林。」冥冥細雨來。洙曰：隋煬帝江都夏詩：「梅黄雨細麥秋横，楓樹蕭蕭江水平。」補注希曰：楚辭：「雷填填兮雨冥冥。」又：「湛湛江水兮上有楓。」茅茨疏易濕，洙曰：茅茨，以茅覆屋也。庾信小園賦：「穿漏兮茅茨。」雲霧密難開。竟日蛟龍喜，盤渦與岸回。洙曰：瓠子歌曰：「蛟龍騁兮方遠游。」郭璞江賦：「盤渦谷轉，凌濤山頽。」師曰：水之蟠聚而洄洑者，故與岸回旋。蛟龍喜，以水漲故也。

爲農上元元年作。

補注鶴曰：公嘗有「南京久客耕南畝」之句，今又爲此詩，當是上元元年營草堂後作。

錦里煙塵外，江村八九家。洙曰：華陽國志：「錦江，織錦濯其中，則鮮明，濯他江，必不好，故命曰錦里。」公居在近郊，無氛埃[一]，故云煙塵外。補注希曰：寰宇記載：「華陽志云：夷里橋南岸道西有城，故錦官也，命曰錦里。」公居在錦里之外，故云。圓荷浮小葉，細麥落一作「墜」。輕花。卜宅從兹老，爲農去國賒。洙曰：顔延年詩：「去國還故里，幽門樹蓬藜。」遠慚勾漏令，鄭曰：交趾邑[二]。不得問丹

[一] 氛，四庫本作「塵」。
[二] 鄭曰交，原漫漶不清，此據國圖全本、四庫本。邑，杜陵詩史卷一二、分門集注卷七同此，四庫本作「也」。

砂。**洙曰**：晉葛洪，字稚川。從祖玄，吴時學道得仙，號曰葛仙翁[一]。其鍊丹秘術，悉得真法。以年老，欲鍊丹砂，以期遐壽，聞交趾出丹，求爲勾漏令。帝以洪資高，不許，洪曰：「非欲爲榮，以有丹砂。」帝從之。**補注** **希曰**：寰宇記：「勾漏山在容州，云是葛玄鍊丹之處。」九域志：「容州有古勾漏縣城。」又云：「勾漏山，即洞天之一。」而唐志交州交趾郡無邑名，勾漏何也？

有客上元元年作。

補注 **鶴曰**：詩云「幽棲地僻經過少」，又云「莫嫌野外無供給」，當是上元元年在草堂作。莫嫌，一作「不嫌」。

幽棲地僻經過少， **洙曰**：謝叔（原）（源）游西池詩[二]：「逍遥越城肆，願言屢經過。」謝靈運詩：「恣此永幽棲，豈伊年歲别。」**老病人扶再拜難。豈有文章驚海内，謾勞車馬駐江干。** **洙曰**：詩：「置之河之干兮。」注：「干，涯也。」梁范雲詩：「江干遠樹浮[三]。」**竟日淹留佳客坐，百年粗糲腐儒餐。** **洙曰**：粗糲，粗衣糲食也。腐儒，見題省中壁詩注。**莫嫌野外無供給，乘興還來看藥欄。**

[一] 號，原漫漶不清，此據國圖全本、四庫本。
[二] 原，據九家集注卷二一、文選卷二二，乃「源」之訛。
[三] 浮，四庫本作「雲」，按，據九家集注卷二一、杜陵詩史卷一二、分門集注卷二〇、藝文類聚卷二九人部十三别上，以「浮」爲是。

狂夫上元元年作。

補注 **鶴曰**：詩言「風含翠篠」「雨裛紅蕖」，當是上元元年夏作。

萬里橋西一一作「新」。**草堂，百花潭水即滄浪。** **洙曰**：公築居浣花里，在萬里橋之西。萬里橋事見卜居詩注，其注云：「蜀有萬里橋，在浣花之東。昔孔明送吳使至此，曰：『萬里之行，從此始矣。』因得名。」成都記：「杜員外別業在百花潭，臺猶在。」補注 **鶴曰**：萬里橋在成都門外，非在浣花之近。寰宇記云：「杜甫宅接浣花溪，地名百花潭。」圖經云：「本冀國任夫人居。夫人幼時有僧過其家，遍身瘡穢，夫人事之甚謹。一日令浣衣，皆膿血，夫人不生嫌惡，遂就溪濯之，蓮花隨手出於潭中。後貴，因名。」楚地雖有滄浪水之名，而二字大率言水之貌。選詩云：「垂影釣滄浪。」今詩意以潭水似滄浪之水而云。**風含翠篠娟娟靜，雨裛紅蕖冉冉香。** **洙曰**：謝靈運詩：「緑篠媚清漣。」**趙曰**：選詩云：「柔條紛冉冉。」**厚禄故人書斷絶，恒飢稚子色凄凉。** **洙曰**：言交態薄也。杜元凱曰〔一〕：「僻居林下，謝絶人事。厚禄故交，音書斷絶，晚進小子，不足與言，他其如予何？」補注 **希曰**：後漢陳遵爲河南太守，至官，召吏十人作私書，謝京師故人。**欲填溝壑唯疏放，自笑狂夫老更狂。** **洙曰**：公以狂自隱爾。舊史言，公於成都浣花里〔二〕，結廬枕江，與田

〔一〕「杜元凱曰」數句，似僞蘇注口吻，九家集注卷二一引此注無此數句。

〔二〕都浣，原漫漶不清，此據國圖全本、四庫本。

畯野老相狂蕩。嚴武過之，有時不冠〔一〕。其傲誕如此。

賓至上元元年作。

補注 **鶴曰**：詩云「臨江卜宅新」，當是上元元年草堂作。

患氣經時久，師曰：甫有肺疾，故云。**臨江卜宅新。**洙曰：舊史所謂結廬枕江也。**喧卑方避俗，疏快頗宜人。有客過茅宇，呼兒正葛巾。**洙曰：諸葛亮葛巾手扇〔二〕，指麾三軍，司馬宣王聞之，嘆曰：「名士也。」**自鋤稀菜甲，小摘爲情親。**師曰：物雖薄，出於力之所致。

王十五司馬弟出郭相訪兼遺營草堂資

補注 **鶴曰**：題謂遺營草堂資，又詩云「憂我營茅棟，携錢過野橋」，當是上元元年初營草堂時作。

客裏何遷次，江邊正寂寥。修可曰：陳樂昌公主詩：「今日何遷次，新官對舊官。」**肯來尋一老，**

〔一〕不冠，原漫漶不清，此據國圖全本、四庫本。

〔二〕手扇，杜陵詩史卷一二同此，九家集注卷二一作「羽扇」，分門集注卷二〇作「毛扇」，藝文類聚卷六七服飾部巾帽引語林作「白毛扇」，疑「手」爲「毛」之訛。

趙曰：詩〔一〕：「不〔憖〕(愁)遺一老。」愁破是今朝。**蘇曰**：阮簡久寓西山〔二〕，一日友人携酒炙雞往見〔三〕，阮大笑曰：「今朝愁腸破矣。」其曠放如此。憂我營茅棟，携錢過野橋。他鄉唯表弟〔四〕，還往莫辭遥。

師曰：漢初應曜隱於淮陽山中，與四皓俱徵，曜獨不至，時人語曰：「南山四皓，不如淮陽一老。」曜即應劭八代祖。次，乃次舍。遷次，謂遷卜此居。愁破，言客來破吾之愁也。

堂成上元元年作。

補注**鶴曰**：公之初至成都，居於浣花溪寺，久之，公乃營草堂於寺側。今方堂成，故作此詩。而詩云「頻來語燕定新巢」，當是上元元年三月作。

背郭堂成蔭白茅，**洙曰**：以白茅覆也。緣江路熟俯青郊。榿林礙日吟風葉，**洙曰**：榿，木名也，不材，可充薪而已，惟蜀地最宜種。籠竹和煙滴露梢。**洙曰**：竹有籠、筀名。**趙曰**：榿木、籠竹，正川中之物。**鄭曰**：籠，力鍾切，蜀有以鍾籠竹。暫止一作「下」。飛烏將數子，頻來語燕定新巢。旁人

〔一〕詩，九家集注卷二一，作「左傳」。

〔二〕阮簡，杜陵詩史卷二一、分門集注卷二〇同此，四庫本作「阮籍」。

〔三〕人、炙雞，原漫漶不清，此據國圖全本、四庫本。

〔四〕唯，原泐損，此據國圖全本、四庫本。

錯比揚雄宅，懶墮一作「慢」。無心作解嘲。**洙曰**：揚雄傳：「有田一廛，有宅一區，世世以農桑爲業。哀帝時，丁傳、董賢用事，雄方草太玄，或嘲雄以玄尚白，而雄解之，號曰解嘲。」左太冲詠史詩：「寂寂揚雄宅，門無卿相輿。」

田舍上元元年作。

補注 **鶴曰**：詩云「田舍清江曲，柴門古道傍」，又云「櫸柳枝枝弱，枇杷樹樹香」，當是上元元年初夏作。

田舍清江曲，亦作「上」。柴門古道傍。草深迷市井，地僻懶衣裳。**蘇曰**：穆政：「林居地僻，見客，衣裳亦懶著。吾雖放曠如此，不識客意如何？」櫸柳枝枝弱，**鄭曰**：櫸，居許切，正作「柜」。枇杷樹樹香。鸕鷀西日照，曬翅滿魚梁。**洙曰**：鸕鷀，水鳥也，蜀人以之捕魚。**趙曰**：陶侃母責其爲漁梁吏，而寄鮓。

進艇上元元年作。

補注 **鶴曰**：詩云「南京久客耕南畝」，又云「並蒂芙蓉本自雙」，謂之久客，則當是上元二年作。

南京久客耕南畝，**洙曰**：明皇幸蜀，號成都爲南京，置尹，比兩都。北望傷神卧北窗。晝引老妻乘小艇，晴看稚子浴清江。俱飛蛺蝶元相逐，並蒂芙蓉本自雙。茗飲蔗漿携所有，瓷罌無謝玉爲缸。**洙曰**：鄒陽酒賦：「醪醴既成，緑瓷既啓。」宋玉招魂云：「濡鱉炮羔，有蔗漿些。」

西郊上元元年作。

補注 **鶴曰**：詩云「西郊向草堂」，又云「江路野梅香」，當是上元元年冬作。

時出碧雞坊，**洙曰**：漢郊祀志：「宣帝時，或言益州有金馬、碧雞之神，可醮祭而致，遣王褒持節而求之。」故成都有碧雞坊。**鄭曰**：梁益記：「成都之坊一事有二[一]，第四曰碧雞坊。」西郊向草堂。**洙曰**：成都記：「草堂寺[二]，府西七里。」市橋官柳細，**洙曰**：成都記：「市橋水中有石犀，蓋吳漢爲賊將延岑所破之處。」**鄭曰**：酈（道）元水經注：「益州西南石牛門曰市橋。」**趙曰**：按樂史寰宇記（云）於成都府載：「市橋在州西。」**補注** **希曰**：公孫述傳：「市橋即七星橋之一橋。」李膺益州記：「中星橋，市橋也，在今成都縣西南四里。」寰宇記：「常璩云：石牛門曰市橋。華陽國志：市橋，星橋之五[三]。」陶侃課諸營種柳，都尉夏施盜柳，種之於

[一] 一事有二，據杜詩詳注卷九注引梁益記，乃「百有二十」之訛。
[二] 寺，九家集注卷二一作「去」。
[三] 「星橋」上，據太平寰宇記卷七二引李膺益州記，脱「七」字。

己門。江路野梅香。**趙曰**：市橋、江路，皆草堂所經之地。傍架齊書帙，看題減一作「檢」。藥囊。無人競**洙曰**：一云「與」，一作「覺」。來往，疏懶意何長。**趙曰**：荆公本作「覺來往」，甚善，余嘗讀梁徐〔姚〕〔悱〕婦題甘蕉示人曰[一]：「夕泣已非疏，夢啼真太數。惟當夜枕知，過此無人覺。」舊本作「競」，又作「執」，誤矣。

所思上元二年作。

補注 **鶴曰**：詩云「故憑錦水將雙淚」，當是在成都作，上元二年。

苦憶荆州醉司馬，崔吏部〔猗〕〔漪〕[二]。謫官一作「居」。樽俎一作「酒」。定常開。九江日落醒何處，**洙曰**：禹貢：「九江孔殷。」地理志：「九江，在今廬江潯陽縣南，皆東，合爲大江。」然則江以南水，以大小，俗呼爲江。應劭謂江自潯陽合爲九道。潯陽記有九江之名，一曰烏江，二曰蚌江[三]，三曰烏白江，四曰嘉

[一] 徐姚，據九家集注、玉臺新咏卷一〇，乃「徐悱」之訛。
[二] 猗，據九家集注卷二一、舊唐書卷一〇肅宗紀，乃「漪」之訛。
[三] 蚌江，九家集注卷二一作「蜂江」，四庫本作「蚌江」。

𢃇江，五曰畎江〔一〕，六曰白源江〔二〕，七曰廪江，八曰提江，九曰菌江〔三〕。補注洙曰：江賦云：「流九派于潯陽。」又潯陽記：「九江，在潯陽郡北五里，名曰烏江。遠則百餘里，是大禹所疏，桑落洲上三百餘里合流。」又太康地記曰：「九江，劉歆以爲湖漢九水入彭蠡澤也〔四〕。」荆州之水亦合於潯陽，荆州又距九江不大遠，故云。一柱

觀頭眠幾回。 洙曰：荆州路畔有一柱觀，在山上，（土）〔士〕人呼爲木履觀。梁劉孝綽江津寄劉之（遴）〔遴〕詩〔五〕：「經過一柱觀，出入三休臺。」**可憐懷抱向人盡，欲問平安無使來。故憑錦水將雙淚，好過瞿塘灩澦堆。** 洙曰：瞿塘，峽名。灩澦，石名也，在水中〔六〕。荆州記云：「灩澦如馬，瞿唐莫下。灩澦如象〔七〕，瞿唐莫上。」蓋人以爲水則也。

〔一〕畎江，九家集注、四庫本作「畖江」。
〔二〕白源江，九家集注、四庫本無「白」字。
〔三〕菌江，四庫本作「箘江」。
〔四〕彭蠡澤，四庫本無「澤」字。
〔五〕遴，據九家集注，乃「遴」之訛。
〔六〕中，原漫漶不清，此據國圖全本、四庫本。
〔七〕象，原漫漶不清，此據國圖全本、四庫本。

江村上元元年作。

補注鶴曰：詩云「長夏江村事事幽」，當是上元元年夏作。

清江一曲抱村流，趙曰：此言浣花溪之澄清也。舊注以爲清江縣，却是施州矣。長夏江村事事幽。洙曰：沈佺期詩：「坐看長夏曉。」自去自來一作「歸」。堂上燕，相親相近水中鷗。老妻畫紙爲一作「成」。棋局，稚子敲針作釣鉤。師曰：妻比臣，夫比君。棋局，直道也。針本全直，而敲曲之，言老臣以直道成帝業，而幼君壞其法。稚子，比幼君也。此天厨禁臠之説也。或説老妻以比楊妃，稚子以比禄山，蓋禄山爲妃養子。棋局，天下之喻也，妃欲以天下私禄山，故禄山得以邪曲包藏禍心。此説爲得之，雖然，甫之意亦不如此。老妻、稚子〔一〕，乃甫之妻子，其肯以己妻子而託意於淫婦逆臣哉？理必不然。皆村居與妻子適情以自樂耳。補注希曰：楚辭：「以直針而勾兮〔二〕，又何魚之能得？」蓋傷直道之難行。稚子，蓋指小人邪曲以干世也。多病所須唯藥物，微軀此外更何求。何，一作「無」。

江漲上元元年作。

補注鶴曰：詩云「江漲柴門外」，當是上元元年在草堂作。

〔一〕稚，原漫漶不清，此據國圖全本、四庫本。
〔二〕「勾」上，據楚辭章句卷一三哀命，當脱「爲」字。

江漲柴門外，兒童報急流。**蘇曰**：李栩居〔淫〕（漄）水上讀書，謝絶賓客。一日，漄漲，兒童報曰：「急流至。」栩怡然自若，整卷几上書，徐徐而出，人皆服其量。下床高數尺，倚杖没中洲。**趙曰**：鮑明遠詩：「倚杖牧雞豚。」細動迎風燕，輕摇逐浪鷗。漁人縈小楫，容易拔**洙曰**：又云「伇」，一作「捩」。船頭。

野老上元元年作。

補注 **鶴曰**：詩云「城闕秋生畫角哀」，又云「片雲何事傍琴臺」，當是上元元年初秋作。詩又云「王師未報收東郡」，蓋以乾元二年九月，史思明陷東京及濟、汝、鄭、滑四州。通鑑云：「上元元年六月，田神功破思明之兵於鄭州。」然東京與諸郡猶未復，故云。

野老籬前江岸迴〔一〕，柴門不正逐江開。漁人網集澄潭下，**趙曰**：謂百花潭也。賈客船隨返照來。**鄭曰**：賈，公土切，行曰商，坐曰賈。長路關心悲劍閣，**洙曰**：劍門也。閣，棧道也。片雲何意**洙曰**：一作「事」，又云「行雲幾處」。**趙曰**：「事」字一作「意」，不若「事」之快。傍琴臺。**鄭曰**：十道志：

〔一〕 前，原漫漶不清，此據國圖全本、四庫本。

「成都有琴臺，即相如與文君貰酒處，今海安寺。」補注 希曰：寰宇記：「相如宅在州西四里。益都耆舊傳云：『在少城中笮橋下有百餘步。又有琴臺，今爲金花等寺。』」王師未報收東郡，馬曰：滑州。城闕秋生畫角哀。趙曰：成都改爲南京，故公自注得稱城闕。

雲山上元元年作。

補注 鶴曰：詩云「神交作賦客，力盡望鄉臺」，當是在成都作，上元元年。是年羌、渾、党項寇涇、隴，史思明入東京，故詩云「京洛雲山外，音書静不來。」

京洛雲山外，音書静不來。神交作賦客，洙曰：神交作賦客，謂宋玉也。山濤、阮籍爲神交，喻不涉形迹，似神交而已。趙曰：京洛言長安與洛陽也。賦客，指班、張也。望長安、洛陽之音書而不來，故神交於賦客而已，非謂宋玉也。力盡望鄉臺。洙曰：成都記：「望鄉臺，隋蜀王秀所築〔一〕。」鄭曰：益州記：「昇仙亭夾路有二臺，一曰望鄉臺。」衰疾江邊卧，親朋日暮迴。白鷗元水宿，何事有餘哀。

〔一〕蜀王，原漫漶不清，此據國圖全本、四庫本。

遺興乾元二年作。

補注**鶴曰**：詩云「地卑荒野大，天遠暮江遲」，不當是成都詩，當是乾元二年秦州作。而舊次與梁權道俱編在成都詩内。

干戈猶未定，弟妹各何之。**洙曰**：言避亂奔散，不知其所適。拭淚霑襟血，梳頭滿面絲。**趙曰**：以思憶而痛悼之極。地卑荒野大，天遠暮江遲。衰疾那能久，應無見汝期。一作「時」。**蘇曰**：鄧廩送子南遷，執手悵恨久之，語曰：「汝去萬里，吾殘喘如桑榆末景，應無再見汝時〔一〕，宜自勉力。」

北鄰上元元年作。

補注**鶴曰**：此與下篇皆指草堂之鄰，故云「時來訪衰疾」，當是上元元年。公詩多以縣令爲明府，此詩云明府者，其王明府歟？王與公游，公亦有詩以與之。

明府豈辭滿，**洙曰**：後漢張湛傳「明府」注：「郡所居曰府。明府者，尊高之稱。前漢韓延壽爲東郡太守，門卒謂之明府。亦其義也。」藏身方告勞。**洙曰**：詩：「不敢告勞。」青錢買野竹，白幘岸江皋。**洙曰**：劉隗岸幘大言，意氣自若。**趙曰**：青錢，蜀人語，謂見錢也。補注**鶴曰**：後漢光武紀注：「漢官儀曰：

〔一〕汝，原漫漶不清，此據國圖全本、四庫本。

『幘者，古之卑賤不冠者之所服。』方言：『覆髻謂之幘，或謂之承露。』」又謝奕爲桓温司馬，岸幘嘯詠。青錢，如謂青銅錢是也，未必用蜀人語，蓋白幘正是言幘之白者。**愛酒晉山簡，趙曰**：山簡每出嬉游，多之池上，置酒輒醉，名之曰高陽池。**能詩何水曹。洙曰**：梁書：「何遜，字仲言，八歲能賦詩，沈約愛其文，嘗謂遜曰：『吾每讀卿詩，一日三復，猶不能已。』其爲名流所稱如此。爲安武王參軍，兼水部郎。」**時來訪老疾，步屧到蓬蒿。洙曰**：三輔決録注曰：「張仲蔚隱身不仕，所居蓬蒿没人。」**孫曰**：屧，悉協切，履薦也。

南鄰上元元年作。

修可曰：左太沖詩云：「南鄰擊鍾磬。」有此「南鄰」字，故公取以爲題。**補注 鶴曰**：詩云「錦里先生烏角巾」，又云「相逢柴門月色新」，正是草堂之鄰。先生，其所謂南鄰朱山人者乎？上元元年作。

錦里先生烏角巾，洙曰：巾之有角者。郭林宗遇雨而角折，人皆折角以效之。**園收芋栗一作「粟」。不全貧。洙曰**：史記：「卓氏曰：吾聞汶山之下沃野下有蹲鴟。」注：「大芋也。」成都風俗(記)曰〔一〕：「大飢不飢，蜀有蹲鴟。」言有所濟爾。**蘇曰**：舊本作「粟」。甫以其園只收芋栗，故謂之貧。然猶有芋栗

〔一〕成都風俗，九家集注卷二一作「成都風俗記」。

可收，所以不爲全貧，若更收栗，則不可爲貧矣。**補注希曰**：莊子疏：「芧[一]，橡子也。」〔以〕（似）栗而小。蹲鴟猶可使人不飢，若有之，亦不可爲貧矣。**慣看賓客洙曰**：又作「朋友」，一本作「門户」。**兒童喜，趙曰**：慣看賓客則常喜，即與魏野詩云「兒童不慣見車馬，走入蘆花深處藏」異矣。**得食階除鳥雀馴。蘇曰**：黄湛養鳥雀數百，就掌中取食，俱無疑忌，自號林泉逸老。**補注希曰**：長安志云：「興善寺素和尚齋時，鳥雀就掌中取食。」况於階除乎？**秋水纔一作「雖」。深四五尺，野航一作「艇」。恰受兩三人。趙曰**：世多疑此謂之航，豈止恰受兩三人乎？余觀詩云：「誰謂河廣，一葦杭之。」如今之一葉舟也。杭，即航也，則野航不必名其大矣。**補注鶴曰**：詩云：「誰謂河廣，一葦杭之。」毛氏曰：「杭，度也。」杭非舟航之航。雖野航不當以大小論，要不必引此爲證。蕭何世家：「多者兩三人。」**白沙翠竹江村暮，相送一作「對」。柴門一作「籬門」[二]。月色新。**

赴青城縣出成都寄陶王二少尹上元元年作。

補注鶴曰：唐志：「成都府有少尹二人，從四品下，掌二府州之事，歲終則更次入計。」此當是上元元年

[一] 芧，晉郭象注莊子注逍遥游作「芧」。
[二] 門，王洙本卷一一、九家集注卷二一作「南」。

作。青城乃蜀州外邑，在成都之西，故公嘗暫至焉。魯訔年譜亦以爲在是年。

老被樊籠役，洙曰：一云「老耻妻孥笑」。**貧嗟出入勞。客情投異縣，詩態憶吾**一作「君」。**曹。東郭滄江**一作「浪」。**合，**洙曰：蜀城之東，二水合流而南下，土人謂之合水。**西山白雪高。**洙曰：西山近接維、松，上有積雪，經夏不消。**文章差底病，**趙曰：差，病校也。蓋公尚投異縣以干〔戈〕（求）〔一〕，雖有文章〔二〕，可差得病乎〔三〕。**迴首興滔滔。**

因崔五侍御寄高彭州適一絶上元二年作。

補注 鶴曰：高適爲彭州，詳見上注。今詩云「百年已過半」，當是寶應元年公年五十一歲作，而適上元二年已代崔光遠爲劍南節度，當是上元二年作。雖其年方五十，不應言已過半，恐「已」字誤。彭州至成都不滿百里。

百年已過半，秋至轉飢寒。蘇曰：黄旦：「秋至，人皆實其倉箱，吾見飢寒相逼。」**爲問彭州牧，**

〔一〕干戈，據九家集注卷二一，乃「干求」之訛。
〔二〕「雖有」上，九家集注有「自悼」二字。
〔三〕「病」上，九家集注有「何」字。

何時救急難。**師曰**：此一絶。詩：「兄弟急難。」故云。

野望因過常少仙

補注 **鶴曰**：少仙，當是常徵君。公有寄常徵君詩云：「徵君晚節旁風塵。」當是晚年却出仕。此詩當是上元元年在青城作。

野橋齊度馬，**孫曰**：蜀多以竹爲橋，參差不齊，今云野橋齊可度馬。秋望轉悠哉。竹覆青城合，江從灌口來。**洙曰**：青城，山名。灌口，地名。昔秦守李冰疏鑿離堆，以灌蜀土，因而得名。補注 **鶴曰**：青城山在興元府，而蜀州有青城縣，縣亦有青城山。其州又有灌口府〔一〕，寰宇記：「灌口山在西嶺。」又云在彭州九隴縣鎮城西。李膺益州記云〔二〕：「清水路西七里灌口。」此云「江從灌口來」，則不指益州灌口府也。入村樵徑引，嘗果栗園開〔三〕。落盡高天日，幽人未遣回。

〔一〕府，原漫漶不清，此據國圖全本、四庫本，按，元和郡縣志卷三二、太平寰宇記卷七三彭州九隴縣有灌口鎮，無灌口府。
〔二〕記云，原漫漶不清，此據國圖全本、四庫本。
〔三〕園，杜陵詩史卷一四、分門集注卷五同此，四庫本作「皺」，按，王洙本卷一一作「皺」，九家集注卷二一作「皺」。

出郭上元元年作。

補注 **鶴曰**：詩云「遠煙鹽井上，斜景雪峰西」，當是在成都作。又云「故國猶兵馬，他鄉亦鼓鼙」，謂上元元年羌[一]、渾、党項寇涇、隴，史思明陷東京，而段子璋反，陷綿州，劉展反，陷昇、潤州，西原蠻又寇邊。當是上元元年在成都作。

霜露晚凄凄，高天逐望低。遠煙鹽井上，洙曰：蜀都賦：「家有鹽井。」立之曰[二]：遠煙，蓋煮鹽也。**斜景雪峰西。**洙曰：雪山也。立之曰：斜景，落日也。**故國猶兵馬，**洙曰：公長安人也。**他鄉亦鼓鼙。江城今夜客，還與舊烏啼。**

過南鄰朱山人水亭廣德二年作。

趙曰：此篇公歸草堂所作也。所謂南鄰，豈前者錦里先生乎？補注 **鶴曰**：詩云「歸客村非遠」，當是廣德二年自閬州歸草堂時作，趙注所以謂公歸草堂所作也。梁權道編在上元元年，恐於歸客不合。

相近竹參差，相過人不知。幽花欹滿樹，小水細通池。歸客村非遠，趙曰：公自言也。

[一] 年羌，原漫漶不清，此據國圖全本、四庫本。
[二] 立，原漫漶不清，此據國圖全本、四庫本。

殘樽席更移。看君多道氣，從此數追隨。**趙曰**：曹子建公讌詩：「飛蓋相追隨。」

恨別乾元二年作。

補注**鶴曰**：詩云「聞道河陽近乘勝」，當是乾元二年冬成都作，故又云「草木變衰行劍外」。

洛城一別四二作「三」。千里，胡騎長驅五六年。**洙曰**：一云「六七年」。公因避亂入蜀。補注**鶴曰**：天寶十四載禄山反，至乾元二年爲五年，而其勢未艾，將涉明年，故云五六年。是年十月乙巳，李光弼敗史思明於河陽。草木變衰行劍外，**洙曰**：宋玉九辨：「草木摇落兮變衰。」兵戈阻絶老江邊。**洙曰**：道路梗阻，未可歸也。思家步月清宵立，憶弟看雲白日眠。聞道河陽近乘勝，司徒急爲破幽燕。**洙曰**：幽燕，安史巢穴。司徒，李光弼也，新破賊于河南三橋故也。**趙曰**：乾元二年，司徒李光弼敗史思明於河陽。幽燕，思明窟穴也。

寄賀蘭銛廣德元年作。

鄭曰：銛，息廉切。補注**鶴曰**：詩云「朝野歡娱後，乾坤震蕩中」，謂廣德元年收京後，吐蕃之亂未息。考公贈别賀蘭銛詩亦云：「國步初反正，乾坤尚風塵。」與此詩合，當在廣德元年作，是時公在閬州。而梁權道編在上元元年，恐非，詳見贈别詩注。

朝野歡娛後，洙曰：張景陽詠史詩：「昔在西京時，朝野多歡娛。」**乾坤震蕩中。相隨萬里日，總作白頭翁。**洙曰：曹丕書：「已成老翁，但未白頭耳。」**歲晚仍分袂，江邊更轉蓬。勿云俱異域，**洙曰：古詩：「與君俱異域。」**飲啄幾回同。**

寄楊五桂州上元元年作。

鮑曰：名譚。因州參軍段子之任即廣州。段，功曹也，楊五長史蓋自桂徙廣，段子從之。補注鶴曰：桂州，唐屬嶺南道，中都督府。詩云「江邊送孫楚」，指段子爲功曹而云，當是上元元年在成都作。

五嶺皆炎熱，宜人獨桂林。梅花萬里外，雪片一冬深。洙曰：五嶺有梅嶺，因以得名[一]。補注鶴曰：山海經云：「桂林有八桂[二]，在番禺東。」且桂州雖居嶺外，然治古始安，隸荆州之零陵，非秦漢時桂林，故白樂天亦云：「桂林無瘴氣。」兹所以宜人也。嶺南無雪，獨桂林有之，范成大云：「靈川、興安之間，兩山蹲踞，中容一馬，謂之嚴關。朔雪至關輒止，大盛則度關至桂州城下，不復南矣。」北城舊有樓，曰雪觀，所以

[一] 「五嶺有梅嶺，因以得名」二句，九家集注作「五嶺有桂，以桂得名」，疑皆有脱誤。

[二] 八桂，山海經卷一〇海内南經、九家集注引作「八樹」。

誇南州也。聞此寬相憶，爲邦復好音。江邊送孫楚，遠附白頭吟。**洙曰**：晉孫楚字子荊，嘗參石苞〔嘌隨〕（驃騎）軍事。

逢唐興劉主簿弟上元二年。

補注 **鶴曰**：莫州有唐興縣，神龍元年二月四日改武昌縣爲唐興。台州有唐興，上元二年六月改始豐爲唐興。又道州有唐興，貞觀八年改梁興爲唐興，天寶元年八月二十四日復爲延唐。遂州有唐興，亦是與道州唐興同日改爲蓬溪。蓋莫、台、道、遂四州皆有唐興，此詩云「劍外官人冷」，當是指遂州而言，然唐志云：「天寶元年更唐興爲蓬溪。」而唐會要又云：「天寶元年八月二十四日，改爲蓬溪。」而公上元二年爲邑宰王潛作唐興縣客館記，及此詩俱題云「唐興劉主簿」，何也？無乃因舊名而云耳？此詩當是上元二年與簡王明府詩同時作。

分手開元末，連年絶尺書。**洙曰**：古詩：「中有尺〔孫〕（素）書。」江山且相見，戎馬未安居。**洙曰**：戎馬之際，方奔走避亂，未安所止。劍外官人冷，**洙曰**：蜀在劍外。關中驛騎疏。輕舟下吴會，**洙曰**：都會之會，謂當全吴都會之地。主簿意何如。**趙曰**：公欲往兩浙[一]，而問主簿之意如何。**補注** **希曰**：地理志：「吴亦江東之一都會也。」公初到蜀，已有東下之意。陳書：「高祖謂蔡凝曰：卿意何如？」

[一] 兩，原漫漶不清，此據國圖全本、四庫本。

和裴迪登新津寺寄王侍郎上元元年作。

王時爲蜀牧。補注鶴曰：成都雖有新津橋，而蜀州有新津縣，又有下篇和裴迪蜀州東亭送客逢梅見寄詩，則寺亦在蜀州，當是上元元年作。蜀州至成都纔百里，宜可以唱和。詩云「老夫貪佛日，隨意宿僧房」，或是公暫如新津時與裴同至寺，故有此作。案宰相世系表，裴迪出洗馬裴，天常之後[一]。

何限一作「恨」。**倚山木，吟詩秋葉黄。蟬聲集古寺，鳥影度寒塘。風物悲游子，**蘇曰：江淹過灞陵，秋深葉脱，嘆曰：「何限風物寥落，祇悲游子故園之思。」**登臨憶侍郎。**補注希曰：「登臨」二字，本出宋玉賦：「登山臨水送將歸。」又謝靈運有登臨海嶠詩。**老夫貪佛日，隨意宿僧房。**田曰：金光明經云：「佛日大悲，滅一切闇。」

敬簡王明府上元二年作。

補注鶴曰：明府，當是遂州唐興縣宰王潛也。公上元二年辛丑歲嘗爲王作唐興客館記，前有逢唐興劉主簿詩，此殆因劉而簡之。詩云「鷹秋怕苦籠」，上元二年秋作。

葉縣郎官宰，洙曰：後漢方術傳：「王喬爲葉令，有神術，即古仙人王子喬也。」明帝云：「郎官上應列

[一] 天常，新唐書卷七一上宰相世系表一上作「天壽」。

宿，出宰百里。」**鄭曰**：葉，失涉切。唐韻：「縣名，在汝州。」周南太史公。**洙曰**：司馬遷傳：「是歲，天子始建漢室之(圭)(封)〔一〕，而太史公留滯周南，不得從事，發憤且卒。」如淳曰：「周南，洛陽也。」張晏曰：「自陝以東，皆周南之地也。」神仙才有數，流落意無窮。驥病思偏秣，鷹秋怕苦籠。看君用高義，耻與萬人同。

重簡王明府上元二年作。

補注 **鶴曰**：詩云「甲子西南異，冬來只薄寒」，當是上元二年冬作。

甲子西南異，**洙曰**：言西南寒者，有異中土。冬來只薄寒。江雲何夜静，一作「盡」。蜀雨幾時乾。**洙曰**：楚詞：「泥污后土兮何時乾？」行李須相問，**洙曰**：襄八年傳：「知武子使行人子員對之曰：君有楚命，亦不使一介行李告(子)(于)寡君〔二〕。」注：「行李，行人也。」窮愁豈有一作「自」。寬？君聽鴻雁響，恐致稻粱難。

〔一〕 圭，據分門集注卷一九、史記卷一三〇太史公自序，乃「封」之訛。
〔二〕 子，杜陵詩史卷一二作「予」，據分門集注卷一九、四庫本、左傳襄公八年，乃「于」之訛。

建都十二韻寶應元年作。

彦輔曰：建都，以蜀爲南京也，置尹，比二京。**鮑曰**：寶應元年歲次壬寅，公年五十一歲，在成都。建卯月辛亥，建五都，以京兆府爲上都，河南府爲東都，鳳翔府爲西都，江陵府爲南都，太原府爲北都，故有是詩。**補注** **鶴曰**：詩云「建都分魏闕，下詔闢荊門」，則建都當是指江陵爲南都。按舊史：「上元元年九月甲午，以荊州爲南都，州曰江陵府，官吏制置同京兆。」而鮑以爲寶應元年建都，則非，蓋上元元年初建，二年停四京及南都之號，寶應元年復建五都。荊門正指江陵，而魏闕分爲北都也。此詩寶應元年作。以詩云「窮冬客江劍」，乃避成都之亂入梓州〔一〕，時梓、劍相鄰，是年復建五都，故有此作，江陵望幸詩所以有「雄都元壯麗」之句。

蒼生未蘇息，胡馬半乾坤。 **洙曰**：半天下也。**議在雲臺上，** **洙曰**：後漢議功於雲臺。**誰扶黄屋尊？** **洙曰**：黄屋，天子車蓋，此指言誰爲安王室者。**建都分魏闕，下詔闢荊門。恐失東人望，其如西極存。** **洙曰**：東人，謂關中父老也，時明皇在蜀，故云西極。**時危當雪耻，** **洙曰**：洗雪也。耻，國耻也。**計大豈輕論？雖倚三階正，** **洙曰**：東方朔傳云：「願陳泰階六符。」應劭曰：「泰階，天之三階也，上

〔一〕都，原漫漶不清，此據國圖全本、四庫本。

階爲天子，中階爲諸侯、公卿、大夫，下階爲士、庶人。三階平，則是謂太平，天下大安[一]。」終愁萬國翻。牽裾恨不死，洙曰：魏文帝欲遷冀州士以實河南，辛毗諫，帝不答而起，毗引其裾。漏網辱殊恩。洙曰：漢刑法志：「網漏吞舟之魚。」永負漢庭哭，洙曰：賈誼傳：「可爲慟哭。」遥憐湘水魂。洙曰：屈原沉湘。窮冬客江劍，隨事有田園[二]。風斷青蒲節，霜埋翠竹根。衣冠空穰穰，洙曰：史記貨殖傳：「天下穰穰，皆爲利往。」關輔久一作「遠」。昏昏。願枉一作「唯駐」。長安日，光輝照北原。

歲暮廣德元年作。

補注 鶴曰：詩云「邊隅還用兵，煙塵犯雪嶺」，當是指吐蕃廣德元年陷松、維、保三州。雪嶺，近維州也，九域志云：「南至雪嶺二百六十里。」梁權道編在上元元年成都詩内，然考史及通鑑，是年與二年及寶應元年，雪嶺無警，雖吐蕃寶應元年十二月寇秦、成、渭三州，然無關於雪嶺。

歲暮遠爲客，邊隅還用兵。煙塵犯雪嶺，趙曰：此篇全言吐蕃之亂也。西山近接維、松，上有積

[一]「則是謂太平天下大安」句，九家集注、杜陵詩史卷一二、分門集注卷四同此，四庫本、漢書卷六五東方朔傳注引應劭曰作「則天下大安，是爲太平」。

[二]事，原漫漶不清，此據國圖全本、四庫本。

雪，經夏不消，人謂之雪山也。**鼓角動江城。天地日流血，洙曰：**謂多戰鬥。**朝廷誰請纓？洙曰：**終軍願請長纓，以繫狂虜。**濟時敢愛死，寂寞壯心驚。趙曰：**公自悼其有濟時之志，而壯心已消故也。

和裴迪登蜀州東亭送客逢早梅相憶見寄上元元年冬作。

補注 **鶴曰：**此詩當是與和裴迪登新津寺詩同年作，然此詩題云「逢梅相憶見寄」，則是上元元年冬在成都作。迪與王維善，維與迪游輞川，賦詩相酬爲樂。

東閣官梅動詩興，還如何遜在揚州。蘇曰：梁何遜作揚州法曹，廨舍有梅花一株，花盛開，遜吟詠其下。後居洛，思梅花，再請其往，從之。抵揚州，花方盛，遜對花彷徨終日。**此時對雪遥相憶，送客逢春**一作「花」。**可自由。幸不折來傷歲暮，若爲看去亂鄉**一作「春」。**愁。江邊一樹垂垂發，蘇曰：**吴防雪梅賦：「照寒溪之艷艷，帶冷雪之垂垂。」想子美雪中見梅作也。今梅花中用「垂垂」字，但可雪中梅花，即用之。**朝夕催人自白頭。**

寄贈王十將軍承俊大曆元年春作。

補注 **鶴曰：**詩云：「纏結青驄馬，出入錦城中。」則王將軍在成都，而公作詩寄之，則不得云公在成都作。

而梁權道編在上元二年，則是年公在成都也。以期王將軍不至考之，當是在永泰間，在成都欲至夔，所以公大曆元年冬以期之不至而作詩。此當在大曆元年春作。

將軍膽氣雄， **趙曰**：孫子(荆)曰[一]：「并敵一向，奪其膽氣。」**臂懸兩角弓。** **蘇曰**：趙括每出，乘高馬，左右懸二白角弓。**纏結青驄馬，出入錦城中。時危未受鉞，** **趙曰**：受鉞則爲大將矣。**勢屈難爲功。賓客滿堂上，何人高義同。**

游修覺寺上元元年作。

補注 **鶴曰**：詩云「吾得及春游」，蓋公以乾元二年季冬至成都，及春游之，所以有是句。當在上元元年。

野寺江天豁，山扉花竹幽。詩應有神助， **修可曰**：謝靈運嘗於永嘉西堂思詩，竟日不就，忽夢見惠連，即得「池塘生春草」，大以爲工。常云：「此語有神助，非吾語也。」**吾得及春游。徑石相**一作「深」。**縈帶，川雲自**一作「免」[二]。**去留。禪枝宿衆鳥，** **趙曰**：庾信安昌寺碑云：「禪枝四静。」公於佛寺，每用

[一] 孫子，據九家集注卷二一，乃「孫子荆」之脱誤，按，「并敵一向」句出自孫子兵法，「并敵一向，奪其膽氣」出自孫楚（字子荆）爲石仲容與孫皓書。

[二] 免，王洙本卷一一、九家集注卷二一作「晚」，「免」當爲「晚」之訛。

佛家書，斯爲當體。漂轉暮歸愁。**師曰**：言衆僧得所栖託，傷己漂轉，曾衆僧之不若也。

後游上元元年作。

補注 **鶴曰**：當是一春兩游之，故詩云「江山如有待，花柳更無私」，同上年作。

寺憶曾游處，橋憐再渡時。江山如有待，花柳更無私。**趙曰**：言游者皆得見之，無所私也。

野潤煙光薄，沙暄日色遲。客愁全爲減，捨此復何之。

題新津北橋樓得郊字。上元元年作。

補注 **鶴曰**：新津縣在蜀州，上元元年公嘗暫如新津，此詩殆其年作也。又云「池水觀爲政」，當是與仕於蜀州者同登，故分韻得「郊」字。

望極春城上，開筵近鳥巢。白花檐外朵，青柳檻前梢。池水觀爲政，**洙曰**：澄清而不撓。

厨煙覺遠庖。**洙曰**：言觀厨煙知其不親庖厨。西川供客眼，一作「遠」〔一〕。唯有此江郊。**蘇曰**：向兆

〔一〕一作遠，原漫漶不清，此據國圖全本、四庫本。

曰：「唯有此江郊可喜。」故挂冠援老，率兒童操舟回。

奉酬李都督表〔文〕（丈）早春作上元元年作。

補注 **鶴曰：**蜀之都督府獨多，未詳李爲何人，然詩云「力疾坐清曉」，當是上元元年作。蓋公初至蜀有一室詩云「巴蜀來多病」，有客詩云「老病人扶再拜難」，賓至詩云「患氣經時久」，雲山詩云「衰病江邊卧」，詩言疾者甚多。

力疾坐清曉，趙曰：晉載記：「姚弋仲求見石虎，虎力疾見之。」師曰：力疾，言雖病猶力起坐也。**采詩悲早春**〔一〕。**轉添愁伴客，**蘇曰：王當避地江表，徒步唯有愁恨伴遂，無情悰作文字，後醉，作放步行。**更覺老隨人。紅入桃花嫩，青歸柳葉新。望鄉應未已，四海尚風塵。**

登樓廣德二年作。

趙曰：此聞代宗車駕還長安之作。補注 **鶴曰：**按史，崔旰以永泰元年閏月辛亥寇成都，郭英乂死于靈池，是時公已在雲安，明年大曆元年春尚在雲安。今此詩云「錦江春色來天地，玉壘浮雲變古今」，若以西山寇

〔一〕采，杜陵詩史卷一三、分門集注卷二同此，王洙本卷一一、九家集注卷二一作「來」。

盜爲崔旰，則是大曆元年作，公在雲安，不應言「錦江春色來天地」。王注、師注爲非。意是廣德二年作，指吐蕃廣德元年十二月陷松、維州而言，西山近維州故也。廣德二年春晚，公避亂還成都，故贈王侍御有「猶得見殘春」之句[一]。故此詩亦言「錦江春色」，詩又云「北極朝廷終不改」者，亦謂吐蕃陷京師，立廣武郡王承宏爲皇帝，將欲改命，而旋爲郭子儀克復，代宗還京，終不爲吐蕃所廢。趙注爲是。

花近高樓傷客心，萬方多難此登臨。錦江春色來洙曰：一作「水流」。**天地，玉壘浮雲變古今。**洙曰：左太冲蜀都賦云：「夫蜀都者，擴雲關以爲門，包玉壘而爲宇。」玉壘，山名也，湔水出焉，在成都西北岷山界，蜀有銅梁、玉壘。補注希曰：笮橋江水亦名濯錦江，俗云以此濯錦鮮明。唐志：「玉壘山在彭州導江縣。」又華陽國志：「玉壘山出璧玉。」漢志：「玉壘山，湔水所出。」**北極朝廷終不改，西山寇盜莫相侵。**洙曰：時崔旰起兵於西山。師曰：此二句諷崔旰反成都，不能爲朝廷之害。**可憐後主還祠廟**[二]，**日暮聊爲梁甫吟**[三]。師曰：諸葛亮佐先主圖收復，功未就而亮卒。及後主即位，祠祭亮廟，嘆無人爲之助。亮未達時作梁甫吟，故甫因旰之亂，傷朝廷無諸葛之才。補注鶴曰：公正以代宗還京，而李光弼死，故以比後

[一] 猶得見殘春，此爲本書將赴成都草堂途中有作先寄嚴鄭公五首其二中詩句，全句爲「故園猶得見殘春」，此注云「贈王侍御」，誤。
[二] 廟，原漫漶不清，此據國圖全本、四庫本。
[三] 爲，原漫漶不清，此據國圖全本、四庫本。

主之失孔明也〔一〕。

春歸廣德二年作。

趙曰：此言歸當春時，非言春色之歸也。**補注** **鶴曰**：詩云「別來頻甲子，歸到忽春華」，當是廣德二年避亂歸成都時作。梁權道編在上元二年，恐於「別來頻甲子」之句不合。

苔徑臨江竹，茅檐覆地花。別來頻甲子，歸到忽春華。**師曰**：甫避崔旰亂，適東川，後復以春時歸草堂，見江竹無恙，唯落花覆地，故下文云「別來頻甲子」。甲子，記時節也，如「甲子混泥塗」，皆言歷時之久，及歸草堂，倏忽又春華也。內翰不明「春歸草堂」，謂春色歸去，遂以「忽」爲「輕忽」，誤矣。**倚杖看孤石，****蘇曰**：謝安所居有石一株，安常倚杖相對吟嘯，終日忘歸，北齊謝洙名之爲玉笋峰，唐柳公權榜其亭曰獨秀峰。**傾壺就淺沙。遠鷗浮水静，輕燕受風斜。世事雖多梗，吾生亦有涯。****洙曰**：莊子曰：「吾生也有涯。」**此身****洙曰**：一作「且應」。**醒復醉，乘興即歸家。**

〔一〕明，原漫漶不清，此據國圖全本、四庫本。

歸雁廣德二年作。

補注 **鶴曰**：詩云「春來萬里客[一]，亂定幾年歸」，當是同前篇，在廣德二年作。

春**洙曰**：一作「東」。來萬里客，亂定幾年歸。腸斷江城雁，高高向**洙曰**：一作「正」。北飛。

師曰：甫客居萬里外，睹雁北飛，傷己未有歸期，曾雁之不若也。

三絶句寶應元年作。

彦輔曰：此三絶皆慼交道凋敝，風俗衰薄也。初章言新合之情不能久，則莫若不見之也。次章言疏數之無常也。三章言莫若以歲寒自守也。公當亂離之際，奔走流落，而無上下之交，故見於詩者，率皆如此。**補注** **鶴曰**：詩云「無數春笋滿林生，柴門密掩斷人行」，固當在成都時作。梁權道編在上元二年，然公經營草堂方植竹，乃在上元元年，一年之間，笋生未應至無數，當在寶應元年斷手之歲。

楸樹馨香倚釣磯，**鄭曰**：楸，此由切。**洙曰**：楸，一作「春」。**補注** **希曰**：爾雅釋「椅梓」，郭云：「即楸。」陸(機)(璣)疏云：「梓者，楸之類理白色而生子者[二]。」斬新花蕊未應飛[三]。不如醉裏春風

[一] 來萬，原漫漶不清，此據國圖全本、四庫本及詩文。
[二] 類，爾雅注疏卷九釋木作「疏」。
[三] 「斬」「應」，原漫漶不清，此據國圖全本、四庫本。

盡，可洙曰：一作「何」。忍醒時雨打稀〔一〕。師曰：此詩譏後進暴貴，雖可爲一時榮觀，奈何恩重才薄〔二〕，眼見其零落〔三〕，不若未受恩眷之時〔四〕。雨比天恩，以雨多故，致花易壞也〔五〕。

門外鸕鷀久不來，沙頭忽見眼相猜。自今已後知人意，一日須來一百迴。蘇曰：齊縣見童癡且鄙，鞭撲不時，妻曰：「但以財使之。」果善事。人笑謂妻曰：「一日一百迴，亦須來往矣。」工部造法，宜體之。師曰：此詩言貪利小人畏君子之譏其短也〔六〕。然君子以蒙養正，瑜瑾匿瑕〔七〕，山藪藏疾，不發其隱。而小人來，革面諂諛，不能愧耻也。

無數春笋滿林生，柴門密掩斷人行。會須上番看成竹，趙曰：上番，乃川語，上番則成竹，故謂上筤竹。客至從嗔不出迎。師曰：前篇言花始雖斬新，終爲風吹雨打以至零落。此詩言笋初生終乎成竹，而有「客至從嗔不出迎」之語，蓋言唯君子守道爲歲寒，異夫小人之暴貴易壞也。

〔一〕醒，原漫漶不清，此據國圖全本、四庫本。
〔二〕奈，原漫漶不清，此據國圖全本、四庫本。
〔三〕見其，原漫漶不清，此據國圖全本、四庫本。
〔四〕恩眷，原漫漶不清，此據國圖全本、四庫本。
〔五〕花，原漫漶不清，此據國圖全本、四庫本。
〔六〕詩言，原漫漶不清，此據國圖全本、四庫本。
〔七〕瑕，原漫漶不清，此據國圖全本、四庫本。

客至上元二年作。

魯曰：喜崔明府相過。**補注鶴曰**：詩云「舍南舍北皆春水」，又云「盤飧市遠無兼味〔一〕」，當在浣花作。然詩花已成徑，酒有舊醅，皆非上元元年經營時事，當在二年作。若云在寶應元年作，則其年秋旱，無春水如此。

舍南舍北皆春水，但見一作「有」。群鷗日日來。花徑不曾緣客掃，**蘇曰**：王武仲隱居，羊欣相訪，武仲曰：「君子宜去，吾不可啓關，恐踏碎滿徑落花。」欣嗟賞久之而歸。蓬門今始爲君開。盤飧市遠無兼味，**趙曰**：潘岳作夏侯湛誄有云：「重珍兼味。」樽酒家貧只舊醅。肯與鄰翁相對飲，隔籬呼取盡餘杯。

遣意二首上元二年作。

補注鶴曰：詩云：「孤村春水生」，又云「細雨夜移燈」，當同是上元二年作。

囀枝黄鳥近，泛渚白鷗輕。一徑野花落，孤村春水生。衰年催釀黍，**蒼舒曰**：春秋緯

〔一〕飧，四庫本作「飱」。下同。

曰：「凡黍爲酒，陽據陰乃能動，故以麥釀黍爲酒。」細雨夜移橙。洙曰：橙〔一〕，香橙也，柑屬〔二〕。補注希曰：上林賦：「黄甘橙楱〔三〕。」漸喜交游絶，幽居不用名。洙曰：陶淵明〔四〕：「歸去來兮，請息交以絶游。」程曰：息交絶游〔五〕，不好聲名故爾。

檐影微微落，宋曰：微微落，言月斜，故檐影落水而斜。津流脉脉斜。野船明細火，宿雁聚圓沙。雲掩初弦月，趙曰：庾肩吾七夕詩：「初弦值早秋。」香傳小樹花。鄰人有美酒，稚子夜一作「也」。能賒。蘇曰：馬舉好飲〔六〕，夜聞鄰家有酒，使童兒去賒，鄰家以雙瓶贈之。舉欣焉曰：「非一作「寒」。老好飲〔七〕，喜稚子能賒。」

黄氏補千家注紀年杜工部詩史卷第二十一

〔一〕橙，原漫漶不清，此據國圖全本、四庫本。
〔二〕柑，原泐損，此據國圖全本、四庫本。
〔三〕楱，四庫本作「榛」。
〔四〕陶淵，原泐損，此據國圖全本、四庫本。
〔五〕息交，原泐損，此據國圖全本、四庫本。
〔六〕舉，原漫漶不清，此據國圖全本、四庫本。
〔七〕「老」下，疑脱「夫」字。

黄氏補千家注紀年杜工部詩史卷之二十二

琴臺上元二年作。

補注 **鶴曰**：寰宇記云：「琴臺在州西四里。」益部耆舊傳云：「少城中笮橋下有琴臺。」十道志云：「果州左濱西漢水，叢薄蔚然，名相如琴臺。」九域志：「果州有相如故宅。」而於成都亦云，豈果州所載者乃隋蜀王所增者？此詩當是上元二年在成都作。

茂陵多病後，洙曰：相如後居茂陵，常病渴。**尚愛卓文君。**洙曰：文君，臨邛卓氏女，少寡，好音。相如以琴心挑之，文君夜奔相如。相如與歸成都。**酒肆人間世，**洙曰：相如既歸成都，家居徒四壁立，乃之臨邛，賣車騎酤酒，文君當壚，自滌器於市。**琴臺日暮雲。**洙曰：成都記：琴臺院，以司馬相如琴臺得名。而非相如舊臺〔一〕，在浣花溪正路〔二〕，金花寺北相，號海安寺。梁蕭藻鎮蜀，增建樓臺，以備游觀。元魏伐蜀，下

〔一〕相如舊臺，杜陵詩史卷一三、分門集注卷一三同此，四庫本作「其舊」。

〔二〕「在」上，四庫本有「舊臺」二字。

營於此，掘爲塹，得大〔壅〕（甕）二十餘口〔一〕，蓋所以響琴也。隋蜀王秀更增五臺，并舊爲六。**野花留寶靨，**鄭曰：靨，益涉切，頰輔也。趙曰：以譬寶靨花鈿。**蔓草見羅裙。**蘇曰：江總妻一日見庭草，作詩曰：「雨過草芊芊，連雲鎖南陌。門前君試看，似妾羅裙色。」**歸鳳求皇意〔二〕，寥寥不復聞。**修可曰：徐陵玉臺新詠載相如琴臺歌云：「司馬相如游臨邛，富人卓王孫女新寡，竊於壁間窺之，相如鼓琴歌挑之：『鳳兮鳳兮歸故鄉，遨游四海求其皇。』」蘇曰：何遜聽琴，畢，謂客曰：「吾恐伯牙絶絃之後，此意寥寥，世不復聞，今日何期再洗吾耳也。」

漫成一首上元二年作。

補注鶴曰：詩云「江皋已仲春，花下復清晨」，當是在浣花作。從舊次，上元二年。

野日一作「月」。**荒荒**一作「茫茫」。**白，江流泯泯清〔三〕。**師曰：泯，絶也，言其絶清。補注希曰：張有復古編云：「湣，古『活』字。」泯泯，當是「湣湣」，如詩「北流活活」之義。傳寫之誤耳。**渚蒲隨地有，**趙

〔一〕 壅，據九家集注卷二二、四庫本，乃「甕」之訛。
〔二〕 皇，四庫本作「凰」。下同。
〔三〕 江，王洙本卷一一、九家集注卷二二、杜陵詩史卷一三、分門集注卷二作「春」。

曰：梁簡文帝晚春詩：「渚蒲變新節。」村徑逐門成。只作披衣慣，常從漉酒生。洙曰：陶潛以葛巾漉酒。眼邊無俗物，多病也身輕。蘇曰：仝紹獨居一小室，前後種松竹，窗下列圖史，燒香默坐。語曰：「眼前無俗物撓，雖病，身亦安穩。」

江皋已仲春，洙曰：謝靈運歌：「白日麗江皋。」師曰：皋，緩也，江岸其土性緩，故云江皋。花下復清晨。仰面貪看鳥，回頭錯應人。讀書難字過，師曰：言老年讀書，但識大義，不能逐字經意也。對酒滿壺頻。近識峨嵋老，石曰：峨嵋山在蜀。補注希曰：峨眉山在嘉州，唐志嘉州有峨嵋縣，而山乃在羅同縣〔一〕。眉州得名者，以武德二年析嘉州置故也。知余懶是真。

春水上元二年作。

補注鶴曰：詩云「朝來没沙尾，碧色動柴門」，當是上元二年在浣花作。

三月桃花浪，趙曰：韓詩於「溱與洧，方涣涣兮」注云：「謂三月桃花水下時也。」鄭曰：桃花開時水乃漲，云桃花水。補注希曰：溝洫志：「來春桃華水盛。」師古曰：「月令：仲春之月，始雨水，桃始華。」蓋桃方

〔一〕羅同縣，據元和郡縣圖志卷三二劍南道嘉州、舊唐書卷四一地理志四劍南道嘉州，乃「羅目縣」之訛。

華時，既有雨水，川谷冰泮，衆流猥集，波瀾盛長，故謂之桃華水。而韓詩傳云「三月桃華水」，又見杜欽傳。**江流復舊痕。朝來没沙尾，碧色動柴門。接縷垂芳餌，**洙曰：水深可以垂釣。**連筒灌小園。已添無數鳥，**趙曰：古詩：「寄語故林無數鳥，會入群裏比毛衣。」**争浴故相喧。**

江亭上元二年作。

補注 鶴曰：詩云「坦腹江亭暖」，又云「故林歸未得」，雖是在浣花作，而未詳何年。從舊次，上元二年。

坦腹江亭暖，洙曰：王羲之東床坦腹。**長吟野望時。水流心不競，雲在意俱遲。寂寂春將晚，欣欣物自私。**洙曰：陶淵明歸去來：「木欣欣以向榮。」補注 希曰：詩：「無（然）憲憲〔一〕。」注：「憲憲，猶欣欣也。」**故林歸未得，排悶强裁詩。**蘇曰：劉公幹曰：「吾非好吟詠，强裁排悶耳。」師曰：萬物感傷，而各遂其性，甫以故林歸未得，以至憂悶，殆不若夫欣欣之物邪。

村夜上元元年作。

補注 鶴曰：詩云「村春雨外急，鄰火夜深明」，此兩句在浣花，在瀼西、東屯皆可用。然又云「胡羯何多

〔一〕「無」下，據詩經大雅板，脱「然」字。

難」，蓋指安史也，當是上元元年浣花作。是年十一月，史思明遣田承嗣將兵徇淮西，王同芝將兵徇陳，許敬江將兵徇兗、鄆，薛鄂將兵徇曹州。首句云「肅肅風色起」，一本作「蕭蕭」，皆秋時也。梁權道從舊次編在二年，若果二年，則是年段子璋反，李奐奔成都，不應詩不及而及安史也。

蕭蕭風色暮，江頭人不行。村春雨外急，鄰火夜深明。胡羯何多難，漁樵寄此生。蘇曰：梁革曰：「衣冠我非敢倚，甘寄生於漁樵中，盡此天年。」**中原有兄弟，萬里正含情。**

畏人寶應元年作。

補注 鶴曰：詩云「萬里清江上，三年落日低」，當是寶應元年作，蓋言公抵成都恰三年。而梁權道編在上元二年〔一〕，似非。

早花隨處發，春鳥異方啼。萬里清江上，趙曰：公所居在萬里橋西也。**三年**洙曰：一作「峰」。**落日低。畏人成小築，褊性合幽栖。**蘇曰：殷亮：「性器褊窄，才術無能，肉食非我所宜，幽栖林泉，平生心足矣。」**門徑**一作「徑没」。**從榛草，無心待**洙曰：一作「走」。**馬蹄。**蘇曰：崔豹：「讀書尚無暇，誰有心待輪蹄來往？」

〔一〕編，原漫漶不清，此據國圖全本、四庫本。

可惜寶應元年作。

補注**鶴曰**：詩云「可惜歡娱地」，地指成都也，意是寶應元年春作。

花飛有底急，趙曰：謂有甚底事。**老去願春遲。可惜歡娱地，都非少壯時。寬心應是酒，遣興莫過詩。此意陶潛解，吾生後汝期。**趙曰：淵明所樂，詩酒而已，公恨不與同時。**師曰**：陶潛以早悟棄官而歸，今甫當衰老而困於羈旅，故云「吾生後汝期」。

落日寶應元年作。

補注**鶴曰**：詩云「溪邊春事幽」，溪，浣花也，同是寶應元年春作。

落日在簾鉤，溪邊春事幽。芳菲緣岸圃，洙曰：楚詞：「芳菲滿堂。」**樵爨倚灘舟。**洙曰：應璩：「樵蘇不爨。」**趙曰**：言樵爨之舟倚灘而泊者也。**啅雀争枝墜，飛蟲滿院游。濁醪誰造汝，一酌散千憂。**洙曰：一云「一酌罷人憂」。東方朔曰：「夫積憂者，得酒而解。」

洙曰：一作「酌酒」〔一〕。

〔一〕酒，王洙本卷一一、九家集注卷二二作「罷」。

獨酌寶應元年作。

補注 **鶴曰**：前篇云「濁醪誰造汝，一酌散千憂」，此詩乃繼此而作。獨酌，即酌濁醪也。

步屧深林晚，開樽獨酌遲。仰蜂粘落絮，洙曰：一作「蕊」。**趙曰**：蜂黏花蕊是也，一作「落絮」，非是。**行**行列之行。**蟻上枯梨。薄劣慚真隱，洙曰**：謝靈運詩：「彼美丘園道，喟焉傷薄劣。」**師曰**：隱有真有假，如杜淹之隱嵩山，徼求利禄，此所謂仕塗之捷徑耳。甫以薄劣而遁世，故云真隱，非有意於軒冕也。

補注 **希曰**：宋何尚〔元〕（之）致仕方山，爲退居賦，以明所守。後還攝職，袁淑乃録古人隱士有迹無名者爲真隱傳，以嗤焉。**幽偏得自怡。本無軒冕意，不是傲當時。蒼舒曰**：右按，莊子曰：「今之所謂得志者，軒冕之謂也。軒冕在身，非性命也，物之儻來，寄者也。」

遠游廣德元年作。

補注 **鶴曰**：詩云：「竹風連野色，江沫擁春沙」，而下又云「似聞胡騎走」，爲寶應元年冬十月，諸軍發陝州，攻史朝義，朝義屢敗，將輕騎數百東走，僕固懷恩進克東京及河陽，十一月露布至京師，朝義自濮州北渡河，帥衛州兵來戰，又敗走。此詩當是廣德元年春作，前此不聞其敗走。而舊次并梁權道編在二年，似非。

賤子何人記，師曰：賤子，甫自稱。何人記，猶言君不録用之也。**迷方著處家。洙曰**：言所至即安。**趙曰**：迷方，則漫行而不知所定止也。鮑照擬古云：「南國有儒生，迷方獨淪誤。」**竹風連野色，江沫擁春沙。種藥扶衰病，吟詩解嘆嗟。似聞胡騎走，失喜問京華。**洙曰：失喜，言出於不自覺。

徐步上元二年作。

補注 **鶴曰**：詩云「整履步青蕪」，當是在浣花作，又云「芹泥隨燕觜，花蕊上蜂鬚」，乃春月作，從舊次，爲上元二年。

整履一作「屐」。**步青蕪，荒庭日欲晡。**洙曰：晡，向午也。**芹泥隨燕觜，**蘇曰：梁王覺爲佞人奪權，故人慰問，指庭下泥笑謂客曰：「非久當隨燕觜，污君子雕梁。」蓋譏執政非特達賢者，大抵晉唐人率多以燕雀指人。王覺能説，工部善用，補綴之工尤妙耳。**花蕊上蜂鬚。把酒從衣濕，吟詩信杖扶。敢論才見忌，**洙曰：賈誼以才見忌。**實有醉如愚。**

寒食上元二年作。

補注 **鶴曰**：詩云「汀煙」「竹日」，又云「田父要皆去」，當是在浣花作，從舊次，爲上元二年。

寒食江村路，一作「樹」。**風花高下飛。汀煙輕冉冉，竹日净暉暉。田父**一作「舍」。**要皆**

去，**趙曰**：要，平聲，言有招要則皆去也。**鄰家鬧**一作「問」。**不違**。**蘇曰**：董寧淳至，每有借問，不違人意，甚喜得良鄰。**趙曰**：當作「問」，言鄰家之問亦不違而受之。**師曰**：甫既卜居浣花溪上，日與田父野老相狎蕩，故有「田父要皆皆去，鄰家問不違」之語。不違者，不逆其情。問，乃問遺也。**地偏相識盡，雞犬亦忘歸**。一作「機」。**趙曰**：陶淵明所謂「心遠地自偏」也。

高柟上元二年作。

鄭曰：那含切，木名，葉似桑，子似杏而酸，俗作「柟」，爾雅云「梅柟」。補注**鶴曰**：按公有柟樹爲風雨所拔歌云：「倚天柟樹草堂前。」則此云高柟，即草堂前之柟也。又此詩云「江邊一蓋青」，而歌云「浦上童童一蓋青」，故知爲即此柟，風雨拔於永泰之初，則此詩當作於上元間。從舊次，爲上元二年。**柟樹色冥冥，江邊一蓋青**。**洙曰**：劉先主所居，籬角一樹，遠望若車蓋。**近根開藥圃，接葉製茅亭**。**落景陰猶合，趙曰**：言枝葉濃茂也。**微風韻可聽。尋常絶醉困，卧此片時醒**。

惡樹上元二年作。

補注**鶴曰**：惡樹，不才（本）（木）也，如榿木之類是也。當在上元二年作。

獨繞虚齋徑，常持小斧柯。幽陰成頗雜，惡木翦還多。 **洙曰**：陸士衡云：「熱不息惡木陰。」**蘇曰**：王筠野中吟曰：「蘭薰種而不茂，樗蕕剪而還多。」此明君子道消，小人道長也。**枸杞固吾有，** **趙曰**：以惡木蔽障，而枸杞不生，因公翦去雜陰而有也。**補注** **希曰**：爾雅：「杞，一名枸繼。」郭云：「今枸杞也。」詩四牡：『集于苞杞。』陸(機)(璣)疏云：『一名苦杞，一名地骨，葉及子服之，輕身益氣。』」**雞栖奈汝**一作「以」。**何？** **趙曰**：翦去木枝，似妨雞栖，故云。**師曰**：枸杞，嘉蔬也。雞栖，嘉木也。惡樹既翦，則枸杞、雞栖遂得生長，故云，因言有「奈汝何」，猶小人既去，則君子道長矣。**方知不材木，**一作「者」。**生長謾婆娑。** **洙曰**：莊子言：「櫟社之樹，匠伯不顧，弟子問之，匠伯曰：『彼散木也，無所可用，故能若是之壽也。』」

石鏡上元二年作。

洙曰(一)：成都記：「武都山精化爲女子，蜀王開明納爲妃。無幾物故，王哀之，取武都山土築爲冢，蓋地數畝，以石鏡表其門。」**補注** **鶴曰**：蜀記云：「蜀王妃物故，蜀(土)(王)遣五丁於武都擔(士)(土)爲冢，蓋地數畝，高七丈，上有一石，厚五寸，徑五尺，瑩徹，號曰石鏡。」又寰宇記：「新都縣麗元山，平地特起，四絶，高三丈，有石鏡雙，廣五尺。」然味詩意，蓋表冢者爲是。又唐志，合州有石鏡縣。而此當以成都記爲定。上元二年。

(一) 洙曰，分門集注卷一三同此，杜陵詩史卷一三作「彦輔曰」。

蜀王將此鏡，送死至空山。冥寞憐香骨，**趙曰**：謝惠連祭古冢文：「號爲冥寞君。」提携近玉顔。衆妃無復嘆，千騎亦虚還。**趙曰**：言送葬之騎。獨有傷心石，埋輪玉宇間[一]。**洙曰**：見石笋行注。

聞斛斯六官未歸 上元二年作。

補注 **鶴曰**：詩云「土銼冷疏煙」，蜀人以釜爲銼，王褒「土銼無煙」是也。此詩當在成都作，從舊次，上元二年。 斛斯，覆姓，名融，公所謂「南鄰愛酒伴」者。

故人南郡去，去索作碑錢。本賣文爲活，**洙曰**：唐書言：「以文獲財，未有似李邕者。」**蘇曰**：段湛家貧，賣文爲活，後子孫多歷顯要。**趙曰**：夫爲人作碑，以至遠去索錢，爲可傷矣。其求碑之人，亦可鄙矣。

補注 **鶴曰**：南郡，江陵府也。王隱君歌云[二]：「前度相逢正賣文，一錢不直休云云[三]。」翻令室倒懸。**趙曰**：孟子云：「猶解倒懸。」言其室中飢餓，不啻倒懸。荆扉深蔓草，土銼冷疏煙。**蘇曰**：王褒家貧，土銼

[一] 玉，王洙本卷一一、九家集注卷二二、杜陵詩史卷一三、分門集注卷一三作「月」。
[二] 王，文苑英華卷三四二陸龜蒙丁隱君歌作「丁」。
[三] 休，文苑英華作「虚」。

經日無煙。土銼，瓦鍋也。**鄭曰**：銼，粗卧切。唐韻：「蜀呼鈷鏻[一]。」老罷休無賴，歸來省醉眠。**師曰**：唐史拾遺：「斛斯子明，尤工碑銘，四方以金帛求其文者，歲不減十萬，隨得隨費，家人至貧窶不給。」故甫末章深以爲戒也。

絶句漫興九首上元元年夏作。

趙曰：題名「漫興」，蓋言眼前之景而漫成耳，别無譏刺。**補注** **鶴曰**：詩云「熟知茅齋絶低小，江上燕子故來頻」，又云「懶慢無堪不出村，呼兒日在掩柴門」，當是上元元年在浣花溪作。

眼見一作「前」。客愁愁不醒，無賴春色到江亭[二]。即遣花開深造次，便覺一作「教」。鶯語太丁寧。

手種桃李非無主，野老墻低還是家。**趙曰**：野老，公自況也。恰似春風相欺得，夜來吹折數枝花。

熟一作「耐」。知茅齋絶低小，江上燕子故來頻。銜泥點污琴書内，一作「困」。更接飛蟲

[一] 鈷，原作「鍩」，此據杜陵詩史卷一三、分門集注卷二〇改。
[二] 色，原漫漶不清，此據國圖全本、四庫本。

打著人。師曰：已上甫自傷爲客而爲小人見欺也。

二月已破三月來，漸老逢春能幾回。莫思身外無窮事，且盡生前有限杯。洙曰：張翰詩[一]：「使有身後名，不如即時一杯酒。」

腸斷春江一云「江春」。欲盡一作「白」。頭，杖藜徐步立芳洲。顛狂柳絮隨風去，蘇曰：嵇叔夜見豪少年上巳游恣，嵇揖頤長嘯久，乃作柳篇云：「有縱其輕薄兮，飄舞隨風。」輕薄桃花逐水流。洙曰：柳絮桃花，非久固之物，欲隨風逐水，無有定止，此詩亦譏以勢利相交。

懶慢無堪不出村，呼兒日在掩柴門。蒼苔濁酒林中静[二]，碧水春風野外昏。

糝徑楊花鋪白氈，點溪荷葉疊青錢。筍根稚子無人見，鮑曰：説者引唐人食筍詩云：「稚子脱錦綳。」謂稚子爲筍。贊寧雜誌：「竹根有鼠，大如貓，其聲類人，名竹豚，亦名稚子。」今按，稚，即「雉」字，字畫小訛耳。若以筍爲稚子，則鳧雛復是何物？筍詩雖以稚子脱綳喻筍，非便（謂）稚子爲筍也[三]。蘇曰：筍是稚子，乃竹根稚子。葛琰云：「竹根數稚子，喜無人見，采送阿洪爲早饌。」阿洪乃葛洪也，琰，洪叔也。趙曰：

[一] 張翰詩，據晉書卷九二張翰傳，所引乃張翰答人之語，非其詩中語。

[二] 中，原泐損，此據國圖全本、四庫本。

[三] 謂，原脱，據杜陵詩史卷一三、分門集注卷二補，四庫本作「以」。

是稚雞〔子〕（之）子耳[一]，西京雜記：「太液池，其間鳧雛、稚子布滿充實[二]。」稚子性好伏，〔沉〕（況）其身小[三]，在笋之傍難見。緣近世本誤作稚子，故起紛紛之説。夫既謂之笋根稚子，則稚子别是一物，豈仍是笋耶？沙上鳧雛傍母眠。**師曰**：稚子，説者不一，或以爲竹留，或以爲雉雛，或以爲笋，皆非也。殊不知稚子乃甫之子宗文也。甫有二子，一曰宗文，字稚子；二曰宗武，字驥子。如云「驥子春猶隔，鶯歌暖正繁」，乃憶幼子之詩也。借驥子以偶鶯歌，正似此以稚子對鳧雛之類是也。蓋謂小兒戲於竹邊，偶尋不見，遂至感物以興己意，其理灼然。

舍西柔桑葉可拈，江上細麥復纖纖。人生幾何春已夏，**洙曰**：魏武帝短歌行：「對酒當歌，人生幾何？」不放香醪如蜜甜。**蘇曰**：巴子歌：「香醪甜似蜜，峽魚美可膾。」

隔户一云「户外」。楊柳弱嫋嫋，**修可曰**：宋鮑明遠詩：「嫋嫋柳垂道。」恰似十五兒女腰。誰謂朝來不作意，狂風挽斷最長條。

[一] 子子，據九家集注卷二二，乃「之子」之訛。
[二] 稚，九家集注作「鶴」。實，九家集注作「積」。
[三] 沉，據九家集注乃「況」之訛。

戲爲六絶上元二年作。

補注 鶴曰：詩言作文，未詳何時作，梁權道編在上元二年成都詩内，亦從舊次而編也。此詩固在成都作，第未決知作於何年耳。

庾信文章老更成，凌雲健筆意縱横。趙曰：庾信文章綺麗，爲世所尚，(哀)江南賦尤見稱於世，謂若相如作大人賦，飄然有凌雲之氣。補注 希曰：後漢周舉傳：「五經縱横周宣光。」南史范曄傳：「諸序論筆勢縱横，真天下奇作。」**今人嗤點流傳賦，**田曰：(于宅)(干寶)晉紀云：「蓋世共嗤點以爲灰塵，而相詬病矣。」**不覺前賢畏後生。**洙曰：周庾信，字子山，有盛才。文章綺麗，爲世人所尚，謂之庾體。宿學後生，竟相模範。

楊王盧駱當時體，洙曰：楊炯、王勃、盧照鄰、駱賓王，以文詞齊名，天后初，海内呼爲楊王盧駱，號爲四傑。補注 鶴曰：宋之問祭杜審言文云：「國有至寶，家獻靈珠〔一〕，復有王、楊、盧、駱，繼之以子躍天衢。王也服參卿於西陜，楊也終遠宰於東吴，盧則哀其栖山而卧疾，駱則不能保族而全軀。由運然耶，莫以福壽〔二〕；將神忌也，不得華實斯俱。惟靈昭昭，度越諸子，言必得俊，意常通理。衆轍同遵者擯落，群心不際者探擬。」以

〔一〕家獻，原漫漶不清，此據四庫本。
〔二〕「福壽」下，據文苑英華卷九七八宋之問祭杜學士審言文，脱「自衛」二字。

之問稱其祖者如此，宜輕薄爲文者可哂。公雖戲爲六絶，而俱言作文大概，欲人以庾信爲法，而以楊、王、盧、駱爲戒[一]，蓋亦默寓其祖得作文之正體也。**輕薄爲文哂未休。爾曹身與名俱滅，不廢江河萬古流。**裴行儉曰：『士之致遠，先器識，後文藝。勃等雖有文才，而浮躁淺露，豈享爵禄之器也？』**歐曰：**唐史：「李敬玄重楊炯、盧照鄰、駱賓王、王勃[二]，必當顯貴。

縱使盧王操翰墨，劣於漢魏近風騷。**趙曰：**此又舉照鄰與勃也，言漢魏之文去古未遠，終有風騷之氣，而盧王之文比之爲劣。**龍文虎脊皆君馭，****修可曰：**漢天馬歌：「騂騮駿驥，龍文虎脊。」武帝時西域大宛馬，虎脊，魚目，龍文，鳳頸，尾如蒲梢也。**歷塊過都見爾曹。**過，古禾切。**洙曰：**見「學並盧王敏」注。王褒頌：「過都越國，蹶若歷塊。」

才力應難跨數公，凡今誰是出群雄[三]。或看翡翠蘭苕上，**趙曰：**郭景純詩：「翡翠戲蘭苕，容色更相鮮。[四]」言珍禽在芳草間交相暉映，而公借用言文章也[五]。**未掣鯨魚碧海中。****洙曰：**言今之爲文

[一] 楊、王，四庫本作「王、楊」。
[二] 炯，原漫漶不清，此據國圖全本、四庫本。
[三] 雄，原泐損，此據國圖全本、四庫本。
[四] 蘭苕容色更，原泐損，此據國圖全本、四庫本。
[五] 借用，原泐損，此據國圖全本、四庫本。

者，止得小巧而已。

不薄今人愛古人，清詞麗句必爲鄰。竊攀屈宋宜方駕，恐與齊梁作後塵。**趙曰**：此公之志也。公必欲追逐屈宋，而與之並駕者，唯恐不超越齊梁，而翻與之作後塵。蓋齊梁體格輕麗，公所不取也。

未及前賢更勿疑，遞相祖述復先誰。別裁僞體親風雅，**夢符曰**：右按，南史：「徐陵多變舊體，有新意。」轉益多師是汝師。**師曰**：遞相祖述，言齊梁相習爲輕薄之文，無有慨然以風雅正體倡先者。多師，言意尚不一也。

江漲上元二年作。

補注 **鶴曰**：詩云「江發蠻夷漲，山添雨雪流」，當是夏作。蜀山高而陰，多雪，常難消，故至盛夏然後始解，濟之以雨，江流愈漲。按舊史：「上元二年七月，霖雨至，八月朔方止。」豈是時耶？梁〔懷〕（權）道編在其年。

江發蠻夷漲，**洙曰**：蜀水之源皆出夷地。山添雨雪流。大聲吹地轉，**洙曰**：海賦：「又似地軸〔一〕，

〔一〕 又，原漫漶不清，此據國圖全本、四庫本。

拔挺而争迴〔一〕。高浪蹴天浮。**洙曰**：海賦：「浮天無岸。」游仙詩：「高浪駕蓬萊。」魚鱉爲人得，蛟龍不自謀。**洙曰**：七發：「横暴之極，魚鱉失勢。」輕帆好去便，吾道付滄洲。**洙曰**：公以道之不行，故有乘桴之意。

晚晴上元二年作。

補注 **鶴曰**：詩云「村晚驚風度，庭幽過雨霑」，當在浣花作，從舊次，爲上元二年。夕陽薰細草，一本作「黄」，殊失之。

村晚驚風度，庭幽過雨霑。夕陽薰細草，**洙曰**：别賦：「陌上草薰。」江色映疏簾。書亂誰能帙，杯乾自可添。**蘇曰**：王符好飲，閉户獨酌，自歡自飲。時聞有餘論，未怪老夫潛。**夢符曰**：右按，後漢王符著潛夫論〔二〕。

〔一〕拔挺，九家集注卷二二、文選卷二二作「挺拔」。争，原漫漶不清，此據國圖全本、四庫本。
〔二〕論，原漫漶不清，此據國圖全本、四庫本。

朝雨上元二年作。

補注 **鶴曰**：詩云「黄綺終辭漢[一]，巢由不見堯」，蓋公自謂。詩又云「草堂樽酒在[二]，幸得過清朝[三]」，當是上元二年秋作，寶應則在梓矣。

涼氣曉蕭蕭，江雲亂眼飄。**趙曰**：周庾信詩：「驚花亂眼飄。」風鴛藏近渚，雨燕集深條。黄綺終辭漢，**師曰**：漢四皓黄公、綺里季，太子厚幣招之，既定太子位，遂辭漢歸商山。巢由不見堯。**洙曰**：巢父、許由，古之隱者，列子曰：「堯以天下讓許由。」草堂樽酒在，幸得過清朝。

送裴五赴東川上元二年作。

補注 **鶴曰**：詩云「何日通燕塞」，當是在廣德元年史朝義未死前。詩是上元二年成都作，若以爲寶應元年，則公是年秋亦在梓州矣。

故人亦流落，高義動乾坤。何日通燕塞，相看老蜀門。東行應暫別，北望〔若〕（苦）銷

[一] 綺終辭，原漫漶不清，此據國圖全本、四庫本及詩文。
[二] 在，原漫漶不清，此據國圖全本、四庫本及詩文。
[三] 幸，原漫漶不清，此據國圖全本、四庫本。

魂[一]。凛凛悲秋意，非君誰與論。

奉簡高三十五使君上元元年作。

補注 鶴曰：高詹事出爲蜀、彭二州刺史，詳見上注矣。今詩云「天涯喜相見，披豁對吾真」，當是上元元年秋作，故云「行色秋將晚」。

當代論才子，如公復幾人？驊騮開道路，鷹隼出風塵。行色秋將晚，交情老更親。天涯喜相見，披豁對吾真。

送韓十四江東省覲

補注 鶴曰：詩云黄牛峽、白馬江，以言韓出峽所經之處，則公在上流矣。從舊次，爲上元二年在成都作。

兵戈不見老萊衣，洙曰：見「休覓綵衣輕」注。嘆息人間萬事非。我已無家尋弟妹，君今

[一] 若，原漫漶不清，國圖全本作「若」，據四庫本及王洙本卷一一，當爲「苦」之訛。

何處訪庭闈？黄牛峽静灘聲轉，洙曰：盛弘之（前）〔荆〕州記[一]：「宜都（四）〔西〕陵峽中有黄牛山[二]，山上有黄牛（商）〔崗〕[三]，江湍縈迴。」白馬江寒樹影稀。洙曰：江陵縣有白馬洲。【補注】鶴曰：按九域志：興元府有白馬山，巴州有白馬穴，鼎州有白馬湖。寰宇記：綿州有白馬潭，江陵有白馬洲。此雖未詳以何爲言，然公有登白馬潭詩，夔州歌云：「白晝攤錢高浪中。」而江鄰幾雜志引此詩作「白馬灘前」，當是夔州有此地名，與黄牛峽不遠，皆出峽之所經也。此別應須各努力，故鄉猶恐未同一作「堪」。歸。師曰：峽與江皆險阻，甫因戒之，欲其慎重也。

贈杜二拾遺上元元年蜀州刺史高適作。

傳道招提客，洙曰：招提，佛寺。詩書自討論。佛香時入院，僧飯屢過門。聽法還應難，尋經剩欲翻。趙曰：舊注誤引莊子「繙十二經」爲翻十二部經，非也。莊子言「繙十二經」，以説老子，其云「繙」者，委曲敷衍之謂，非翻譯爾。十二經，解者以爲六經、六緯，非

洙曰：支遁與許詢同講維摩經，互爲設難。

〔一〕前州記，據九家集注卷二二、藝文類聚卷七山部上總載山、説郛卷六一上，乃「荆州記」之訛。
〔二〕四，據九家集注卷二二、説郛卷六一上，乃「西」之訛。
〔三〕商，據杜陵詩史卷一四，乃「崗」之訛。

佛十二部經也。**草玄今已畢，此後更何言。** **洙曰**：揚子雲作太玄經，解嘲曰：「時方草太玄。」**師曰**：此詩乃高適作以贈子美，故後篇子美用以酬高適。

酬高使君相贈上元元年作。

補注 **鶴曰**：高詩云「傳道招提客」，而公酬之又云「古寺僧牢落，空房客寓居」，則是公初到成都時居於浣花寺時也，上元元年。疑蜀州是彭州，詳見寄彭州高三十五使君虢州岑長史詩下。

古寺僧牢落，空房客寓居。故人供禄米，鄰舍與園蔬。雙樹容聽法， **洙曰**：釋書言佛説法於祇園樹下。**三車肯載書。** **洙曰**：法華經：「火宅喻三車，牛車、羊車、鹿車也。」**草玄吾豈敢，賦或似相如。** **洙曰**：司馬相如善爲賦。

草堂即事上元二年作。

補注 **鶴曰**：詩云「荒村建子月，獨樹老夫家」，當是上元二年十一月在成都作。蓋上元元年公營草堂，而二年以十一月爲歲首，故云。

荒村建子月， **趙曰**：肅宗上元元年九月壬寅，大赦，去尊號，又去上元號，稱元年，以十一月爲歲首，以斗所建辰爲名。**獨樹老夫家。****趙曰：**王褒送葬詩：「平原看獨樹。」**雪裏江船渡，風前徑竹斜。寒魚依密藻，宿鷺起圓沙。蜀酒禁愁得，無錢何處賒。**

廣州段功曹到得楊五長史書功曹却歸聊寄此詩〔一〕寶應元年作。

補注**鶴曰：**詩云「銅梁書遠及」，以寰宇記、方輿記云梓州有銅梁山，則當是公寶應元年在梓州時得書而有此作，然送功曹歸之詩又云：「時寄錦官城。」則在成都，當以此詩爲是。豈非在蜀皆可言銅梁？餘見送功曹詩注。通典：兩漢有功曹史，主選署、功勞。北齊諸州有功曹參軍。唐曰司功參軍，開元初，京尹及諸都督府並曰功曹參軍。廣州爲中都督，故置。

衛青開幕府，洙曰：李廣傳注云：「衛青伐匈奴，絶大漠，克獲，帝就拜大將軍於幕中，故曰幕府。」幕府之名始於此也。**楊僕將樓船。****洙曰：**漢征南越，以楊僕爲樓船將軍。**漢節梅花外，趙曰：**漢遣使者，必持節。廣州大庾嶺多梅花，故言梅花外。州近海，故言海水邊。**春城海水邊。**上注。**銅梁書遠及，洙曰：**銅梁、玉壘，皆成都地名。補注**鶴曰：**唐志：銅梁山屬合州石鏡縣，亦有銅梁縣。合州與渝、果州爲鄰。

〔一〕「楊五長史」下，四庫本有「譚」字。

寰宇記：銅梁山有二，屬梓州、合州。益部耆舊傳云〔一〕：「楚襄王滅巴子，封庶子於濮江之南，曰銅梁侯。」十道志云：「銅梁在涪江之南。」方輿記云：「梓州有銅梁。」益州記云：「巴蜀分於合州青石山。」**珠浦使將旋。** **洙曰**：廣州合浦出珠。**師曰**：甫在蜀報楊以書，附段功曹還，故云「珠浦使將旋」。**貧病他鄉老，煩君萬里傳。**

得廣州張判官叔卿書使還以詩代意寶應元年。

補注 **鶴曰**：叔卿，其雜述所謂「魯之張叔卿」者歟？叔卿與孔巢父同不遇，巢父後爲給事中、御史大夫，晚節未爲不遇。而叔卿自此詩云判官之後，他無所聞，信乎其窮也。詩云「宇宙蜀城偏」，又云「遥從月峽傳」，當是在梓州，同楊長史書得之。趙次公云：荊州記：「巴蜀有明月峽〔二〕。」而巴蜀之分在合州青石山，而峽程記云瀘、合、遂、蜀四郡皆峽之郡。蜀與成都鄰，故亦可用明月峽也。同上年作。

鄉關胡騎遠，宇宙蜀城偏。忽得炎州信， **洙曰**：廣在南，故謂之炎州。**遥從月峽傳。** **洙曰**：

〔一〕益部，四庫本作「益州」。
〔二〕巴蜀，藝文類聚卷六地部峽引庾仲雍荊州記作「巴楚」。

夷陵有明月峽。**趙曰**：荆州記：「巴蜀有明月峽[一]。」**孫曰**：十道志：「渝州有明月峽。」**雲深驃騎幕，****洙曰**：霍去病爲驃騎將軍。**趙曰**：張公居幕中也。**夜隔孝廉船。****洙曰**：劉(恢)〔惔〕爲丹陽尹[二]，張憑詣(恢)〔惔〕，(恢)〔惔〕留宿，明日乃還船。須臾(恢)〔惔〕出，傳教求張孝廉船，召同載，時人榮之。**却寄雙愁眼，相思淚點懸。**

送段功曹歸廣州 寶應元年春作。

補注 **鶴曰**：詩云「南海春天外，功曹幾月程」，當是寶應元年春作，故詩云：「幸君因旅客，時寄錦官城。」若在梓州作，則公是時有意於出峽，屢見之詩，必不言「時寄錦官城」矣。

南海春天外，功曹幾月程。峽雲籠樹小，湖日落一作「蕩」。**江明。交趾丹砂重，****趙曰**：交州(出)丹砂[三]，葛稚川求爲勾漏令。見上。**韶州白葛輕。****蘇曰**：胡歗寄王稽韶陽白葛巾一匹，稽製爲凉�帔，王逸少與銘其紳，世號三表衣。**幸君因旅**一作「估」。**客，時寄錦官城。****鐃曰**：錦官城即蜀也。

[一] 巴蜀，藝文類聚引庾仲雍荆州記作「巴楚」。
[二] 恢，據九家集注卷二二、晉書卷七五張憑傳，乃「惔」之訛。下同。
[三] 「丹砂」上，據九家集注卷二二，脱「出」字。

魏十四侍御就弊廬相别寶應元年作。

補注 **鶴曰：**題云「就弊廬相别」，又詩云「江邊問草堂」，當是在草堂作，從舊次，爲寶應元年。詩又云：「書迹及滄浪。」公詩所謂「百花潭下即滄浪」也。

有客騎驄馬，**趙曰：**桓典爲御史，常乘驄馬，人爲之語曰：「行行且止，避驄馬御史。」故公用以比魏侍御也。**江邊問草堂。遠尋留藥價，惜别到文場**〔一〕。**師曰：**留藥價，言有所餽也。到文場，言傾寫詩章也。**入幕旌旗動，****洙曰：**入王儉幕爲蓮花池。**歸軒錦繡香。時應念衰疾，書迹****洙曰：**一作「疏」。**及滄浪。**

徐九少尹見過上元二年冬作。

魯曰：唐以少尹爲行軍長史，有節度使即謂之行軍司馬也。補注 **鶴曰：**少尹與行軍自不同，按唐志：「西都、東都、北都、鳳翔、成都、河中、江陵、興元、興德府，尹各一人，少尹二人。」初不言以少尹爲行軍長史，但云永徽中改尹爲長史。又志云天下兵馬元帥府有行軍長史、行軍司馬。今詩與徐少尹，而云「行馬數騎來」，當是其時成都尹兼節制兵馬，以討亂，故少尹兼行軍也。詩又云「何當看花蕊，欲發照江梅」，當是上元二年冬作。

〔一〕到，杜陵詩史卷一四、分門集注卷二一同此，四庫本作「倒」。

而梁權道編在寶應元年，然是年公在梓。

晚景孤〔材〕（村）僻，行軍數騎來。交新徒有喜，禮厚愧無才。賞静憐雲竹，忘歸步月臺。何當看花蕊，欲發照江梅。

范二員外邈吴十侍御郁特枉駕闕展待聊寄此作上元二年作。

補注 鶴曰：詩云「野外貧家遠，〔材〕（村）中好客稀」，當在浣花作，當是上元二年。

暫往比鄰去，洙曰：比，近也，音毗。空聞二妙歸。洙曰：衛瓘與尚書郎索靖俱善草書，時人號爲一臺二妙。幽栖誠簡略，衰白已光輝。野外貧家遠，村中好客稀。蘇曰：柳下惠、莊周好客稀少。論文或不愧，重肯款柴扉？洙曰：范彦龍贈張徐州詩：「還聞稚子説，有客款柴扉。」

王十七侍御掄許携酒至草堂奉寄此詩便請邀高三十五使君同到上元二年冬作。

補注 鶴曰：王侍御終於彭州刺史，公有哭王彭州掄詩。此詩云「皂蓋能忘折野梅」，當是上元二年冬作，時高適刺蜀州。高在蜀，則有城守，不應可邀至草堂，意是高同崔光遠平段子璋，後崔不能戢將士大掠，天子怒，以適代其節度，時在成都，故邀之。按舊史適本傳：「崔光遠攻段子璋，斬之，西川牙將花驚定者，恃勇，既誅子璋，大掠東蜀。天子怒光遠不能戢軍，乃罷之，以適代光遠爲成都尹、西川節度。」然公今詩不曰高尹，而仍謂爲高使君。又是年建子月光遠卒，建丑月旋以嚴武爲成都尹。則適實未嘗代光遠爲尹，殆是攝節度事而在成都。如崔瓘爲臧玠所殺，衡州刺史陽濟平之，而公詩云「中丞連帥職，封内權得按」是也。嚴武寶應元年召歸，爲京尹，充山陵橋道使，後却不見成都別除尹。史云：「代宗即位，吐蕃陷隴右，漸逼京畿。適練兵於蜀，臨吐蕃南境，以牽制之。〔帥〕(師)出無功，而松、維等州尋陷，代宗以嚴武代還。」必寶應元年五月至廣德元年十二月，乃適尹成都。不知公何以無一詩與之，獨有寄高常侍詩云「總戎楚蜀應全未」。

老夫臥穩朝慵起，白屋寒多暖始開。江鸛一作「鶴」。巧當幽徑浴，鄰雞還過短墻來。繡衣屢許携家醖，**洙曰**：漢侍御有繡衣直指，出討奸猾，治大獄。劉〔恢〕(惔)每一見，令人欲倒家釀。皂蓋能忘折野梅？**洙曰**：續漢志：「二千石，皂蓋，朱兩幡。」戲假霜威促山簡，須成一醉一云「醉裏」。習池迴。**趙曰**：霜威，言王侍御，謂御史風霜之任。山簡，指高公，簡傳無習池字〔一〕，惟出襄陽記，曰：「峴山南習郁大池，山季倫每臨此池，大醉而歸。」

〔一〕字，杜陵詩史、分門集注同此，四庫本作「事」。

王竟攜酒高亦同過共用寒字。上元二年冬作。

補注 鶴曰：同上年作。

臥病荒郊遠，通行小徑難。故人能領客，攜酒重相看。自愧無鮭菜，蘇曰：梁受友人至，曰：「家貧，愧無鮭菜以待君子。」蜀人重鮭菜。趙曰：鮭，户皆切，晉人以魚爲鮭菜也。又南史：「庾杲之清貧自業，食惟生韮雜菜，任昉戲之曰：『誰謂庾郎貧，食鮭〔一〕。』」**空煩卸馬鞍。移時勸山簡，頭白恐風寒。**

少年行二首上元二年作。

補注 鶴曰：梁權道編在寶應元年成都作。今詳詩云「巢燕養雛渾去盡」，當是夏作，而是年夏公在〔錦〕綿州，當是上元二年。

莫笑田家老瓦盆，蘇曰：陳暄好飲，一日貴客過，笑暄用陶器，暄曰：「莫笑此老瓦盆，多見興廢也。」客無語。**自從盛酒長兒孫。**長，一作「養」。補注 希曰：漢有居官長子孫者，此用其語意。**傾銀注瓦驚人眼，共醉終同卧竹根。**修可曰：酒譜云：「共醉終同卧竹根，爲飲器，事見江淹集。」然遍閱江集，並無

〔一〕食鮭，九家集注卷二二、南史卷四九庾杲之作「食鮭嘗有二十七種」。

竹根事，惟庾信報趙王賜酒詩曰：「野爐燃樹葉，山杯捧竹根。」此以竹根爲飲器。子美謂卧竹根者，但謂醉卧竹林中，且理甚易曉，若以竹根爲酒器，失之太鑿。**趙曰**：言與田家自瓦盆中喫酒，共醉卧竹根之傍耳。**田曰**：竹根爲飲器，引庾信報趙王賜酒詩，然予切疑之。以爲酒器，豈得謂之「卧」乎？**補注** **希曰**：以竹根爲酒杯，世固有之，田謂疑酒器不得謂之「卧」，豈不聞酒尊之能眠，故曰「墻角數尊猶未眠」是也。但既曰「注瓦」，自是以瓷爲飲器矣，無容更用竹根杯，當是醉眠於竹下。

巢燕養雛渾去盡，江花結子已一作「也」〔一〕。**無多。黄衫年少來宜數，不見堂前東逝波。**

趙曰：黄衫〔二〕，想唐人富貴家之服。**補注** **鶴曰**：武德四年八月，敕庶人服紬絁布，其色通用黄，飾用銅鐵，婦人從夫色。雖有令，仍許通著黄。此云黄衫，似非爲庶人而言。按李適傳：「凡天子饗會游豫，唯宰相及學士得從云云。從行給翔麟馬，品官黄衣各一。」則宰相、學士亦有時而黄衣也。

野人送朱櫻寶應元年作。

補注 **鶴曰**：詩云「西蜀櫻桃也自紅」，當是在成都作，從舊次，爲寶應元年。

〔一〕也，原泐損，此據國圖全本、四庫本。
〔二〕趙曰、黄，原漫漶不清，此據國圖全本、四庫本。

西蜀櫻桃也自紅，野人相贈滿筠籠。數回細寫愁仍破，萬顆勻圓訝許同。憶昨賜霑門下省，退朝擎出大明宫。**修可曰**：唐李綽歲時記云：「四月一日，内園進櫻桃，寢廟薦訖，頒賜各有差。」金盤玉箸無消息，此日嘗新任轉蓬。**補注** **希曰**：食貨志：「社間嘗新。」李適傳云：「天子夏宴蒲萄園，賜宰相、學士朱櫻。」金盤玉箸，謂賜時所用之器也。

即事寶應元年作。

補注 **鶴曰**：此爲舞者作，未詳屬誰，從舊次，爲寶應元年成都作。

百寶裝腰帶，真珠絡臂韝。**洙曰**：馬后傳：「蒼頭衣緑韝。」注：「臂衣，以縛左右手，於事便也。」傳：「董君緑幘傅韝。」注：「韋昭曰：『人形如射韝[二]，以縛左右手。』師古曰：『韝，即今之臂韝。』」。**補注** **希曰**：史記滑稽傳：「淳于髡云：『若親有嚴客，髡帣韝鞠跽，詩酒於前[一]。』注：「韝，臂捍也。」又東方朔笑時花近眼，舞罷錦纏頭。**洙曰**：錦纏頭，以賞歌舞者。開元間，富人王元寶常會賓客，親友問曰：「昨日高會，有何

[一] 詩，據史記卷一二六淳于髡傳，乃「侍」之訛，四庫本作「賜」。
[二] 人，據漢書卷六五東方朔傳，當爲衍文。

佳談？」元寶視屋良久〔一〕，曰：「但費錦纏頭爾。」

贈花卿上元二年作。

補注 **鶴曰**：公有戲作花卿歌，爲花驚定，平段子璋者。此詩意亦爲其作，必花有善謳者。當是上元二年作。

錦城絲管日紛紛，半入江風半入雲。 補注 **希曰**：遯齋閑覽云：「王羲之蘭亭記不獨『天朗氣清』，春言秋景，以此不入選，『絲竹管絃』，語亦重複。」然羲之亦本張禹傳「後堂理絲竹筦絃」。今公云「絲管」爲是。**此曲秖應天上有，** **夢符曰**：宣室志：「元宗夢仙子十輩，御卿雲而下，列於庭，各執樂器而奏之。其度曲清越，殆非人世也。及樂闋，有一仙子前曰：『陛下知此樂乎？此神仙紫雲之曲也。』」**人間能得幾回聞。**

少年行寶應元年作。

補注 **鶴曰**：詩云「臨階下馬坐人床。不通姓名粗豪甚」，謂富貴之子不閑於禮者，未詳何人。梁權道編

〔一〕「屋」下，據九家集注卷二二，當脱「角」字。

在寶應元年成都作。床，如云「胡床」之類。

馬上洙曰：一云「騎馬」。**誰家白面**洙曰：一云「薄媚」。**郎，臨階下馬坐人床。不通姓字粗豪甚，指點銀瓶索酒嘗。**蘇曰：潘河陽過，婦女共指曰：「誰家白面郎？」補注希曰：黄庭經云：「問誰家子在我身。」又曹子建樂府：「借問誰家子。」樂天采地黄者詩：「携來朱門家，賣與白面郎。」則唐以貴人子弟爲白面郎。南史：「袁粲率爾步往，亦不通主人。」

蕭八明府寔處覓桃栽

上元二年作〔一〕。

補注鶴曰：詩云「春前爲送浣花村」，當是隔年詩，上元元年作。梁（懷）〔權〕道編在寶應元年，而公是年夏已送嚴武至綿州，因避亂於梓閬矣。此必經營草堂垂就時求之，不然亦是上元二年歲下作。考公廣德二年歸草堂，有題桃樹詩云：「五株桃樹亦從遮。」則雖覓百根，而不果栽也。

奉乞桃栽一百根，春前爲送浣花村。河陽縣裏雖無數，洙曰：潘岳爲河陽令，種桃李花，人號曰「河陽一縣花」。**濯錦江邊未滿園。**

〔一〕上元二年，四庫本作「上元元年」，按，下文黄鶴注云「當是隔年詩，上元元年作」，仇兆鰲杜詩詳注卷九題下注亦云「黄鶴注：數首俱上元元年初營草堂時作」，則「二年」乃「元年」之訛。下同。

從韋二明府續處覓錦竹三數叢〔一〕寶應元年作。

補注 鶴曰：考竹譜、竹紀〔二〕，無錦竹，以俟博聞者。「錦」云者，必其色錯雜如錦，而竹紀有蒸竹，有菡墮竹，其皮類繡，豈此類歟？韋亦未詳爲何人。從舊次，爲寶應元年。

華軒藹藹他年到，錦竹亭亭出縣高。江上舍前無此物，幸分蒼翠拂波濤。蘇曰：阮籍居家有竹，欲分蒼翠，但數箇而已，粗欲補闕也。師曰：華軒則言韋明府下車來，種錦竹已成矣，故就韋乞。

憑何十一少府邕覓榿木數百栽上元元年作。

補注 鶴曰：詩云「草堂塹西無樹林」，當是上元元年作。以榿木易長，故欲三年之後成十畝之陰。若候寶應斷〔子〕〔手〕之年而求之〔三〕，則公無意於故園矣。梁編爲非。公有贈別何邕詩在後，當是綿谷尉與公爲鄉人，見後篇述。

草堂塹西無樹洙曰：一作「木」。**林，非子誰復見幽心。飽聞榿木三年大，與致溪邊十畝陰。**洙曰：蜀人以榿爲薪，三年可燒。

〔一〕錦竹，王洙本卷一一作「綿竹」。下同。
〔二〕紀，四庫本作「記」。下同。
〔三〕子，據寄題江外草堂詩「斷手寶應年」句，乃「手」之訛。

憑韋少府班覓松樹〔栽子〕（子栽）[一]上元元年作。

補注 鶴曰：當是與覓榿木時同作，乃上元元年。公有涪江泛舟送韋班詩，當是涪江尉，與公爲鄉人，見後注。

落落出群非櫸柳，洙曰：天台賦：「蔭落落之長松。」青青不朽豈楊梅。欲存老蓋千年意，爲覓霜根數寸栽。洙曰：一云「來」。

又於韋處乞大邑瓷碗上元二年作。

補注 鶴曰：梁權道編在寶應元年，然是年夏公已去草堂。詩云「急送茅齋也可憐」，當是上元二年。

大邑燒瓷輕且堅，扣如哀洙曰：一作「寒」。玉錦城傳。君家白碗勝霜雪，急送茅齋也可憐。

詣徐卿覓果子栽上元二年作。

補注 鶴曰：公嘗爲徐卿賦二子歌，即其人也。當是上元二年作。詩云「果園坊」，乃徐之所居處。

〔一〕栽子，據九家集注卷二二、杜陵詩史卷一二、分門集注卷二四、四庫本，乃「子栽」之倒誤。

草堂少花今欲栽，不問緑李與黄梅。洙曰：西京雜記：「初修上林苑，群臣各獻名果，制爲美〔石〕(名)〔一〕，以標奇麗。李十五種内有緑李。」石笋街中却歸去，果園坊裏爲求來。

贈別何邕寶應元年作。

補注鶴曰：何邕即前所謂何十一少府。詩云「綿谷元通漢」，當是何爲綿谷尉，又云「五陵花滿眼，傳語故鄉春」，則何與公同京兆人也。按綿谷屬利州，而利與劍州爲鄰，劍至綿不滿三百里。公寶應元年送嚴武至綿時，作此詩以送之。

生死論交地，何由見一人。洙曰：鄭當時傳：「一死一生，乃知交情〔二〕。」悲君隨燕雀，洙曰：公孫弘傳：「鴻漸之翼，困於燕雀。」薄宦走風塵。綿谷元通漢，沱江不向秦。趙曰：綿谷，縣名，屬利州。言何公所往利州而去，得歸漢上也。洙曰：沱江，在蜀城北三十里，水不入秦。補注鶴曰：漢水自集閬而下，與利州之水合流，故綿谷能通漢，如何自綿谷而歸京也。岷山之江別而爲沱，故禹貢曰：「江別爲沱。」毛詩曰：「江有沱。」其流入荆州，故不通秦。公以自喻在蜀不得歸秦也。五陵花滿眼，傳語故鄉春。蘇

〔一〕石，據九家集注卷二三、西京雜記卷一，乃「名」之訛。
〔二〕知，九家集注卷二二、杜陵詩史卷一五、分門集注卷二一、四庫本作「見」。

曰：張翃送友人入關〔一〕，曰：「憑君傳語故園春色，來歲相期。」友人笑而去。

贈別鄭錬赴襄陽寶應元年作。

補注 鶴曰：詩云「柴門老病身」，當是公在浣花作。首云「戎馬交馳際」，蓋指寶應元年史朝義陷營州，羌、渾、奴剌陷梁州，河東、河中軍皆亂故也。當是其時作。詩又云「地闊峨眉晚，天高峴首春」，可謂精對。

戎馬交馳際，柴門老病身。蘇曰：王子敬見戴文，文曰：「公子意厚，時過柴門，來慰病身，所謂歲寒知松柏之操也。」**把君詩過日，**蘇曰：晉索靖語魏玄同曰：「弊居謝絶人事，病中無以慰牢落，把君詩軸過日，足有發益。」**念此別驚神。地闊峨眉晚，**洙曰：一作「曉」。峨眉山在蜀地。**天高峴首春。**趙曰：言鄭之赴襄陽也。峴首在襄陽，羊叔子墮淚碑所在也。**爲於耆舊内，試覓姓龐人。**洙曰：龐德公隱於鹿門，屬襄陽。

重贈鄭錬絶句

補注 鶴曰：詩云「鄭子將行罷使臣，囊無一物獻尊親」，夫爲使臣而囊無一物，亦可謂之賢。今之爲使

〔一〕張翃，杜陵詩史、分門集注同此，四庫本作「張翊」。

者，視此可愧。

鄭子將行罷使臣，囊無一物獻尊親。江山路遠羈離日，裘馬誰爲感激人。蘇曰：江總曰：「今出入無馬，禦寒無裘，誰是感激之士，憫此遷客？」趙曰：言乘肥衣輕之人，誰感激而憐鄭之貧也。

黄氏補千家注紀年杜工部詩史卷之二十二

黄氏補千家集注杜工部詩史卷之二十三

奉和嚴中丞西城晚眺十韻寶應元年作。

補注鶴曰：題云「嚴中丞」，則是寶應元年作，同年有説旱云：「初，中丞嚴公節制劍南日，奉此説。」今詩云「廉頗出將頻」，謂武屢爲蜀郡守帥矣。又云「政簡移風速」「層城臨媚景，絶域望餘春」，史謂：「上元二年建丑月，以武爲成都尹。」而此詩作於寶應元年之春，故云。魯訔年譜亦云是年武至成都，公和此詩。

汲黯匡君切，洙曰：前漢：「汲黯以數切諫，不得久留内，遷於東海太守。武帝曰：『古有社稷之臣，如汲黯，近之矣。』」**廉頗出將頻。**洙曰：史記：「廉頗，趙之良將，頻爲趙將兵破齊魏。」**直詞才不世，雄略動如神。**洙曰：取汲黯之直言、廉頗之雄略，以美嚴公也。**政簡移風速，**洙曰：史記世家：「太公至國，修政，因其俗，簡其禮，故五月而報政成。周公曰：『政不簡不易，民不有近。』」**詩清立意新。**余曰：吕氏童蒙訓：「老杜詩云：『詩清立意新。』最是作詩用力處，蓋不可循習陳言，只規摹舊作也。」**層城臨媚**洙曰：一作「暇」。**景，絶域望餘春。**洙曰：層城，高城也。絶域，遠域也。言蜀與京畿遠絶。**旗尾蛟龍會，樓頭燕雀馴。**洙曰：禮：「蛟龍爲旗。」師曰：公之德及鳥獸也。補注希曰：燕雀且馴，在民可知，此政簡移風速之證。古者信及豚魚，化行蝗虎，不過如此。**地平江動蜀，天闊樹浮秦。** **趙曰**：此兩句張大城上所望之遠也。**帝念深分閫，** **洙曰**：馮唐曰：「上古王者之遣將也，跪而推轂曰：『閫以内者，寡人制之；閫以外者，將軍制之。』」**軍須遠算緡。** **洙曰**：軍須，師旅之費也。漢武帝元狩四年初算緡錢。李旻曰：「緡，絲也，以貫錢。出算二十也。」師古曰：「謂有儲積錢者，其緡貫而税之。」**花羅封蛺蝶，瑞錦送麒麟。** **洙曰**：蛺蝶、麒麟，羅錦上絲繡也。**蘇曰**：漢武時，西域獻蛺蝶羅，日本國貢麒麟錦十端，金花眩人眼目。**趙曰**：言嚴公入貢，不忘朝廷也。**辭第輸高義，** **洙曰**：霍去病傳：「上爲治第，令視之，對曰：『匈奴未滅，無以家爲。』由此上益重愛之。」**觀圖憶古人。** **洙曰**：馬援傳：「顯宗圖畫建武名臣列將於雲臺，以椒房故，不及馬援。東平王蒼觀圖，言於帝曰：『何故不畫伏波將軍像？』帝笑而不言。」**征南多興緒，事業闇相親。** 晉杜預作征南將軍。興緒，公自爲緒，以預爲祖。

嚴中丞枉駕見過 寶應元年作。

洙曰〔一〕：嚴自東川除西川，敕令兩川都節制。一本云「嚴黄門枉駕見過」。**補注** **鶴曰**：按史，廣德二年

〔一〕洙曰，分門集注卷二〇同此，杜陵詩史卷一五作「彦輔曰」，九家集注卷二三作「自注」。

正月，令劍南東西川合爲一道，以黃門侍郎嚴武爲節度。此詩既曰「川合東西」，而題曰「嚴中丞」，何也？**趙曰**：公自注云：「嚴自東川除西川，敕令都節制。」則是未合爲一道時，故得稱爲中丞。蓋廣德元年十月，武方拜黃門侍郎。當是寶應元年權令兩川都節制時作。若以一本作「嚴黃門」爲是，則廣德二年武再尹成都時，公已入其幕府，不應詩云「扁舟不獨如張翰，白帽兼應似管寧」。

元戎小隊出郊坰，**洙曰**：詩六月：「元戎十乘，以先啓行。」注：「元，大也。夏后曰鉤車，先正也；殷曰寅車，先疾也；周曰元戎，先良也。」爾雅曰：「邑外謂之郊，林外謂之坰。」補注 **希曰**：董賢傳：「統辟元戎。」師古曰：「元戎，大衆也。」今觀詩意，以武爲元戎，則詩注爲「大」者，乃公所本。**問柳尋花到野亭。川合東西瞻使節，****洙曰**：玄宗在蜀，合東西兩川爲一道，以武爲尹。**地分南北任流****洙曰**：一作「孤」。**萍。****趙曰**：公自言也。自蜀望長安，則長安爲北，而蜀爲南也。**扁舟不獨如張翰，****洙曰**：晉文苑傳：「張翰，字季〔膺〕（鷹）〔一〕。會稽賀循赴命入洛，經吳閶門，於船中彈琴。翰初不相識，乃就循言談，便相欽悅。翰曰：『吾亦有事北京。』便同載即去，而不告家人。後爲齊王〔曹〕囧曹掾，因見秋風起，思蓴、鱸，遂命駕南歸。」**白帽應兼似管寧。****洙曰**：魏青龍中，徵命管寧，不至，居海上，常著白帽、布襦袴而已。補注 **希曰**：貨殖傳：「乃乘扁舟。」孟康曰：「特舟也。」白帽，見別董頲詩注。**寂寞****洙曰**：一作「今日」。**江天雲霧裏，何人道有少**

〔一〕 季膺，杜陵詩史、分門集注同此，九家集注、四庫本及晉書卷九二張翰傳作「季鷹」。

微星。**洙曰**：隋天文志：「少微四星在太微西，士大夫之位也。一名處士，明黄則賢士舉。」

江畔獨步尋花七絶句 寶應元年作。

補注 **鶴曰**：江畔，一本作「江上」。詩云「東望少城花滿煙」，當是在浣花作，從舊次，爲寶應元年。

江上被花惱不徹，無處告訴只顛狂。走覓南鄰愛酒伴，經旬出飲獨空床。 **洙曰**[一]：斛斯融，吾酒徒。**補注** **希曰**：公有南鄰詩，又有過南鄰朱山人水亭詩，而舊注以爲斛斯融。融即斛斯六官也，公有聞斛斯六官未歸詩云：「歸來省（酒）（醉）眠。」則又似是酒徒。

稠花亂蕊畏一作「裹」。**江濱，行步欹危實怕春。詩酒尚堪驅使在，未須料理白頭人。**

江深竹静兩三家，多事紅花映白花。報答春光知有處，應須美酒送生涯。

東望少城花滿煙， **洙曰**：梁益記云：「少城，張儀城。」**蒼舒曰**：按左太沖蜀都賦：「亞以少城，接乎其西，市廛所舍，賈商之淵。」注：「少城，小城也，在城西，市在其中。」**百花高樓更可憐。** **補注** **希曰**：百花樓，百花潭上之樓也。**誰能載酒開金盞，** **洙曰**：盞，（其）（一）作「鎖」[二]。揚雄家素貧，耆酒，人希至其門，

[一] 洙曰，九家集注卷二三作「自注云」。
[二] 其，據杜陵詩史、分門集注、四庫本，乃「一」之訛。

有好事者載酒從學。喚取佳人舞繡筵。

黄師塔前江水東，春光懶困倚微風。桃花一簇開無主，可愛深紅愛一作「映」。淺紅？

黄四娘家花滿蹊，千朵萬朵壓枝低。留連戲蝶時時舞，自在嬌鶯恰恰啼。**蘇曰**：齊魯大臣，史失其名，黄四娘者，獨何人哉？因託是詩而不朽。

不是愛花即欲死，只恐花盡老相催。繁枝容易紛紛落，嫩葉一作「蕊」。商量細細開。

春水生二絶上元二年作。

補注 **鶴曰**：詩云「門前小灘渾欲平」，當是在浣花作。梁權道編在寶應元年，然是年春旱，自十月不雨，至建卯月，而旱説所由作也[一]。當是上元二年。

二月六夜春水生，**洙曰**：孫權傳：「春水方生。」門前小灘一作「籬」。渾欲平。鸕鷀鸂鶒莫漫喜，吾與汝曹俱眼明。**趙曰**：二禽見水生而喜，公語之以「與汝曹俱眼明」，則公可謂與物委蛇，而同其波矣。

[一] 旱説，王洙本卷一九作「説旱」。

一夜水高二尺强，數日不可更禁當。南市津頭有船賣，無錢即買繫籬傍。

春夜喜雨上元二年作。

補注 **鶴曰**：詩云「花重錦官城」，則是成都詩。梁權道亦編在寶應元年，然是年春旱，當是上元二年作。

好雨知時節，**洙曰**：洪範：「休應則時若。」當春乃發生。一作「及」〔一〕。隨風潛入夜，潤物細無聲。如膏也。野徑雲俱黑，江船火獨明。曉看經一作「紅」。濕處，花重錦官城。**洙曰**：蜀城，人以江山明媚，錯雜如繡，故多呼錦官城。

江頭五詠

彦輔曰：王筠有才名，沈約重之。約於郊居作齋〔閭〕（閣）〔二〕，請筠爲草木十詠〔三〕，書之於壁，皆直寫之辭〔四〕，不加篇題。約曰：「此詩指物呈形，無假題署。」補注 **鶴曰**：江頭，即前所謂「江畔獨步尋花」處，以是日

〔一〕一作及，據王洙本卷一一、九家集注卷二三、杜陵詩史卷一一、分門集注卷一，三字應在「乃」字下。
〔二〕閭，據九家集注卷二三，乃「閣」之訛。
〔三〕筠、草，原漫漶不清，此據國圖全本、四庫本。爲，九家集注、分門集注卷二四同此，杜陵詩史卷一一、四庫本作「作」。
〔四〕之辭，九家集注、杜陵詩史、分門集注同此，宋書卷三三王筠傳作「文辭」，四庫本作「之並」。

所見入詠。從舊次，爲寶應元年作。五篇皆有意寓，當熟味之。

丁香

丁香體柔弱，亂結枝猶墊。**鄭曰**：都念切，下也。細葉帶浮毛，疏花披素艷。深栽小齋後，庶近幽人占。晚墮蘭麝中，休懷粉身念。**洙曰**：言丁香結實則墮於蘭麝間，而有粉身之患也。

補注 **鶴曰**：此篇言公見棄遠方，漁樵爲伍，不復更懷末路之榮，自貽粉身之患。

麗春

補注 **鶴曰**：此篇言競進者多，而公獨流轉遠僻，少有知己者。

百草競春華，麗春應最勝。少須好顏色，多漫枝條剩。紛紛桃李枝，處處總能移。如何貴此重[一]，**洙曰**：一作「稀如可貴重」。却怕有人知。

[一] 重，九家集注卷二三、杜陵詩史卷一一、分門集注卷二四同此，四庫本作「種」。

梔子

魯曰：漢書曰：「梔茜園。」注：「梔支子也。」本草曰：「支子，一名木丹。」晉宫閣名曰華林囿者，梔子五株。名山志曰：「樓石山多梔子。」齊謝朓有墻（花）（北）梔子樹詩〔一〕，梁簡文帝有詠梔子花詩。補注 **鶴曰**：此篇言公飽歷風霜雨露，而獨見遺於外也。佛書：「爲薝蔔花，佛説：譬如入薝蔔林中，唯嗅薝蔔，不聞餘香。」禪月詩云：「白薝蔔花露滴滴。」山谷云：「染梔子花六出，雖香不濃郁。山梔子花八出，一株可香一園。」

梔子比衆木，人間誠未多。於身色有用， **洙曰**：蜀人取梔子色以染帛。**與道氣傷和。** 梔性絶冷〔二〕。**紅取風霜實，** **洙曰**：實經霜則紅。**青看雨露柯。無情移得汝，貴在映江波。**

鸂鶒

彦輔曰：臨海異物志：「鸂鶒，水鳥，毛有五色，食短（狐）（菰）〔三〕。其在溪中，無毒氣。」補注 **鶴曰**：此篇言公失位于外，無心孤進，雖有留滯之嘆，而無搏擊之虞。

〔一〕花，據九家集注、藝文類聚卷八九木部中梔子，乃「北」之訛。
〔二〕冷，原漫漶不清，此據四庫本。
〔三〕狐，杜陵詩史卷一一、分門集注卷二三同此，據九家集注，乃「菰」之訛。

故使籠寬織，須知動損毛。看雲莫悵望，失水任呼號。六翮曾經剪，夢符曰：按韓詩外傳曰：「鴻飛千里，特六翮耳。」孤飛卒未高。且無鷹隼慮，留滯莫辭勞。洙曰：謝惠連鸂鶒賦：「〔推〕（摧）羽翮於翩翻〔一〕。」又云：「宛羈畜於籠樊。」

花鴨

補注 鶴曰：此篇言公以直言受妒，而出居于外，雖有一飽之適，猶以先鳴爲戒。

花鴨無泥滓，階前一作「中庭」。每緩行。羽毛知獨立，黑白太分明。洙曰：諸葛謂張温：「其人於清濁太明，善惡〔不〕（太）分〔二〕。」不覺群心妒，休牽衆眼驚。稻粱霑一作「知」。汝在，作意莫先鳴。

野望寶應元年作。

補注 鶴曰：詩首云「西山白雪三城戍，南浦清江萬里橋」，當是在成都作。公以寶應元年四月送嚴武至

〔一〕推，據九家集注、分門集注卷二三、藝文類聚卷九二，乃「摧」之訛。
〔二〕不，據九家集注卷二三、分門集注卷二三、三國志吴書張温傳後引會稽典録，乃「太」之訛。

綿州，遂入梓州。秋歸，挈家往梓。此詩未去綿時作。

西山白雪三城戍，洙曰：按新史高適傳〔一〕：「上皇還京，復分劍南爲兩節度，百姓弊於調度，而西山三城列戍。適上疏論之，不納。」蘇曰：西山，雪嶺。松州，蕃界也。趙曰：舊本作「三年」，非。**南浦清江萬里橋。**鄭曰：成都第三橋。趙曰：公草堂在萬里橋西。**海内風塵諸弟隔，天涯涕淚一身遥。**洙曰：寇亂，諸弟離散，獨公一人入蜀。**唯將遲暮供多病，未有涓埃答聖朝。跨馬出郊時極目，不堪人事日蕭條。**

官池春雁〔二〕

寶應元年作。

補注 鶴曰：漢州城西池，乃房琯所鑿，今曰官池，即城西池也。公送嚴武至綿，道出漢，故至官池。按九域志，成都北至漢，不滿百里，而漢東北至綿，不滿二百里。蓋漢在成都、綿州之間。當是寶應元年五月，而今詩云「青春欲盡」，何也？

自古稻粱多不足，至今鸂鶒亂爲群。且休悵望看春水，更恐歸飛隔暮雲。師曰：雁有

〔一〕高適，原漫漶不清，此據國圖全本、四庫本。

〔二〕官池春雁，王洙本卷一二、九家集注卷二三、杜陵詩史卷一五、分門集注卷二三作「官池春雁二首」。

序，喻兄弟。寇亂，諸弟離散，有阻隔，故云「歸飛隔暮雲」。

青春欲盡急還鄉，紫塞寧論尚有霜。**洙曰**：蕪城賦：「北走紫塞、鴈門。」翅在雲天終不遠，力微矰繳絶須防。**夢符曰**：按文選班固兩都賦：「撫鴻罿，御矰繳。」**師曰**：矰繳，言以繩繫矢而射之。

水檻遣興二首 寶應元年作。

補注 **鶴曰**：公有水檻在草堂前，嘗賦水檻詩云「茅軒駕巨浪」是也。此詩云「去郭軒楹敞，無村眺望賒。」，又云「蜀天常夜雨，江檻已朝晴」，又云「澄江平少岸」，則作是詩時方雨而霽，當在寶應元年建巳月得雨後，前乎此旱也。

去郭軒楹敞，無村眺望賒。澄江平少岸，幽樹晚多花。細雨魚兒出，微風燕子斜。城中十萬户，此地兩三家。補注 **希曰**：唐志〔一〕：「成都户十六萬九百五十。」此云「城中十萬户」，雖未必及此數，亦誇其盛耳。

蜀天常夜雨，**尹曰**：蜀雅州常多陰雨〔二〕，號曰漏天。江檻已朝晴。葉潤林塘密，衣乾枕席

〔一〕唐，原漫漶不清，此據國圖全本、四庫本。
〔二〕蜀雅州，九家集注卷二三作「黎雅州」。

清。不堪祇老病，何得尚浮名。淺把涓涓酒，深憑送此生。

屏迹二首

用拙存吾道，幽居近物情。桑麻深雨露，燕雀半生成。村鼓時時急，漁舟箇箇輕。杖藜從白首，**趙曰**：莊子：「原憲杖藜而應門。」心迹喜雙清。**蘇曰**：阮瑀白首杖藜來往，亦鄉里中風流事。謝靈運齋中讀書詩曰：「昔余游京華，未嘗廢丘壑。矧乃歸山川，心迹雙寂寞。」**梅曰**：心迹雙清，無塵俗氣也。

晚起家何事，無營地轉幽。竹光團野色，舍一作「山」。影漾江流。失學從兒懶，長貧任婦愁〔一〕。百年渾得醉，一月不梳頭。

寄題杜二錦江野亭成都尹嚴武作。

漫向江頭把釣竿，懶眠沙草愛風湍〔二〕。莫倚善題鸚鵡賦，**洙曰**：禰衡爲黄祖作鸚鵡賦，筆不

〔一〕婦，原漫漶不清，此據國圖全本、四庫本。
〔二〕草愛，原漫漶不清，此據國圖全本、四庫本。

停綴，文不加點。何須不著鵕鸃冠。洙曰：佞幸傳：「孝惠時，皆冠鵕鸃冠，貝帶，傅脂粉，化閎籍之屬也。」鵕鸃，鳥名也，以羽飾於冠。趙曰：以子美之才如禰衡而剛直，不肯爲侍中冠鵕鸃，厠佞臣之側。補注希曰：師古云：「鵕鸃，鷩鳥也。似山雞而小冠，背毛黄，腹下赤，項緑色，其尾毛紅赤，光（悉）（采）鮮明[一]。今俗呼爲山雞，其實非也。」腹中書籍幽時曬，洙曰：郝隆七月七日曬腹於庭中，人問之，曰：「我曬腹中書。」肘後醫方静處看。洙曰：葛洪傳：「洪抄金匱藥方一百卷，肘後要急方四卷。」興發會能馳駿馬，終須直到使君灘。洙曰：駿，一作「五」。補注希曰：九域志：「使君灘，在萬州，而雲安亦有之。」

奉酬嚴公寄題野亭之作寶應元年作。

補注鶴曰：稱「公」而不曰「鄭公」，未封鄭也，爲中丞、大夫時作，如後篇云「中丞嚴公」是也。詩云「枉沐旌麾出城守」，即前所謂「嚴中丞枉駕見過」，當在寶應元年。

拾遺曾奏數行書，洙曰：公曾任左拾遺。懶性從來水竹居。奉引濫騎沙苑馬，洙曰：赭白馬賦：「弭雄姿以奉引[二]。」公有沙苑馬詩。趙曰：拾遺掌供奉，則騎馬以奉引。幽栖真釣錦江魚。謝安

[一] 悉，據漢書卷五七上司馬相如傳，乃「采」之訛。
[二] 雄，原漫漶不清，此據國圖全本、四庫本。

不倦登臨費，洙曰：以謝安比嚴公也。安寓居會稽，與王羲之、高陽許詢、桑門支遁游處，出則漁弋山水。每往臨安山中，坐石室，臨濟谷〔一〕，放情丘壑。然每游賞處，必以妓女從之。**阮籍焉知禮法疏。**洙曰：阮籍性疏懶，至爲禮法之士疾之如讎焉。師曰：唐於沙苑置坊監養馬。甫爲拾遺，侍肅宗收復京師。奉引者，導駕也。武數過子美草堂，携酒餽遺頗厚，故云「謝安不倦登臨費，阮籍焉知禮法疏」。公自釋不著鵕鸃冠之罪也。**杜沐**洙曰：一作「今日」。**旌麾出城府，草茅無**洙曰：一作「荒」。**徑欲教鋤。**洙曰：卜居賦：「寧誅鋤草茅，以力耕乎。」

中丞嚴公雨中垂寄見憶一絶奉答二絶

補注 鶴曰：詩云「雨映行宫辱贈詩」，當是寶應元年建巳月得雨時作。行宫，謂明皇嘗幸成都，故云。

雨映行宫辱贈詩，元戎肯赴野人期。洙曰：一云「元戎欲動野人知」。**江邊老病雖無力，强擬晴天理釣絲。**

何日雨晴雲出溪，白沙青石光洙曰：一云「洗」。**無泥。只須伐竹開荒徑，拄杖穿花聽馬**

〔一〕濟，晋書卷七九謝安傳作「澮」。

嘶。洙曰：一作「鳥啼」。趙曰：側聽嚴公之馬嘶也。

謝嚴中丞送青城山道士乳酒一瓶寶應元年作。

補注 鶴曰：題云「嚴中丞」，則是寶應元年。

山瓶乳酒下青雲，氣味濃香幸見分。鳴鞭走送憐漁父，趙曰：謝靈運詩[一]：「鳴鞭適大阿」。漁父，公自謂也。**洗盞開嘗對馬軍。**洙曰：軍州謂馬軍，蓋以騎兵送酒。趙曰：公自注：「軍州謂驅使騎爲馬軍。」以漁父對馬（軍）[二]，字爲工矣。師曰：遣馬軍走送乳酒。補注 希曰：錦屏山題名有記河南府使馬軍送新酒者。漁父以亦避世隱身而言。

嚴公仲夏枉駕草堂携酒饌寶應元年作。

魯曰：得寒字。一云「鄭公枉駕携饌訪水亭」[三]。補注 鶴曰：既題云「嚴公」，則是寶應元年嚴未赴召時

[一] 謝靈運，九家集注卷二三作「謝惠連」，據玉臺新詠卷六吴均與柳惲相贈答六首其二，乃「吴均」之訛。
[二] 軍，原脱，據九家集注卷二三、杜陵詩史卷一五、分門集注卷二〇補。按，「馬軍」下，杜陵詩史無「字」字，此處或是訛「軍」爲「字」。
[三] 一，原漫漶不清，此據國圖全本、四庫本。

作。按舊史紀：「元年四月庚戌朔十八日丁卯，肅宗崩于長生殿，是月二十日己巳，代宗即位。」史云「代宗即位，召武」者，非即位之日也，故五月猶能枉駕草堂。若以一云「鄭公枉駕携饌訪水亭」爲是，則此詩不在廣德二年五月，即在永泰元年五月作。然鄭公廣德二年春再鎮蜀，而公以是年春晚歸草堂，有「猶得見殘春」之句，而所謂「水檻」者，已爲水損。水檻詩云：「游子久在外，門户無人持。高岸尚爲谷，何傷浮柱攲。」則非其年亦明。永泰五月[一]，嚴公已薨。當在寶應元年五月作。

竹裏行厨洗玉盤，花邊立馬簇金鞍。 **蒼舒曰：** 古樂府對酒行：「金樽清（俊滯）（復滿）[二]，玉盤亟來親。」又白馬行：「白馬黄金鞍，蹀躞柳城前。」又輕薄篇：「象床沓繡被，玉盤傳騎食[三]。」**非關使者徵求急，** **趙曰：** 莊子載：「顔闔守陋閭，魯君之使者至，闔對曰：『恐聽者謬，而遺使者罪，不若審之。』使者還，反審之，復求之不得矣。」**自識將軍禮數寬。** **洙曰：** 嵇康書云：「阮籍爲禮法之士所繩，賴大將軍保持之[四]。」**百年地闢柴門迥，五月江深草閣寒。看弄漁舟移白日，老農何有罄交歡。** **趙曰：** 老農，公自言也。

[一]「永泰」下，當脱「元年」二字，按，舊唐書卷一一七嚴武傳載：「永泰元年五月，嚴武卒。」
[二] 俊滯，據玉臺新咏卷六張率對酒詩，乃「復滿」之訛。
[三] 騎，玉臺新咏卷五何遜輕薄篇作「綺」。
[四] 大，原漫漶不清，此據國圖全本、四庫本。

嚴公廳宴同詠蜀道畫圖得空字。寶應元年。

補注 鶴曰：題云「嚴公廳」，則是寶應元年作。

日臨公館靜，畫列地圖雄。劍閣星橋北，洙曰：華陽記：「李冰造七星橋，上應七星。」松州雪嶺東。洙曰：西山有松州，當吐蕃要衝也。趙曰：雪嶺在今威州之外，冬夏常雪。華夷山不斷，吴蜀水相通。興與煙霞會，清樽幸不空。

奉送嚴公入朝十韻寶應元年夏作。

補注 鶴曰：詩云「鼎湖瞻望遠，象闕憲章新」，正謂肅宗晏駕，代宗即位。又云：「宫鶯罷囀春」，乃寶應元年夏作。

鼎湖瞻望遠，趙曰：前漢郊祀志：「黄帝采首山銅鑄鼎於荆山下，鼎既成，龍有垂胡髯下迎，後世因名其處曰鼎湖。」象闕憲章新。洙曰：陸佐公石闕銘以爲：「象闕之制，其來已遠，春秋設舊章之教，經禮垂布憲之文。」四海猶多難，中原憶舊臣。與時安反側，自昔有經綸。感激張天步，洙曰：劉越石詩：「鄧生何感激，千里來相求。」從容静塞塵。南圖回羽翮，洙曰：莊子：「夫鵬九萬里而圖南。」趙曰：言嚴公入朝，如鵬之圖南也。北極捧星辰。漏鼓還思晝，宫鶯罷囀春。空留玉帳術，趙曰：唐藝文志有玉帳經一卷，蓋兵書也。愁殺錦城人。**趙曰**：人思戀之也。閤道通丹地，**洙曰**：禁中謂之彤庭，言丹地也。張正〔已〕（見）艷歌：「執戟趨丹地[一]。」江潭隱白蘋。**洙曰**：柳〔渾〕（惲）詩：「汀洲采白蘋。」**趙曰**：公自言也。爾雅曰：「萍之大者曰蘋也。」此生那老蜀，不死會歸秦。公若登臺輔，臨危莫愛身。**洙曰**：言當殺身成仁。

酬別杜二嚴武新添[二]。

獨逢堯典日，再睹漢官時。未效風霜勁，空慚雨露私。夜鍾清萬户，曙漏拂千旗。並向斜亭謁[三]，俱承別館追。斗城憐舊路，鍋水惜歸期[四]。峰樹還相伴，江雲更對垂。試回滄海棹，莫妒敬亭詩。祇是書應寄，無忘酒共持。但令心事在，未肯鬢毛衰。最悵巴山裏，清猿惱夢思。

〔一〕張正已，據九家集注卷二三、分門集注卷二一、樂府詩集卷二八，乃「張正見」之訛。趙、樂府詩集卷二八作「超」。
〔二〕嚴武新添，分門集注卷二〇同此，四庫本作「新添嚴武作」。
〔三〕斜亭，九家集注卷二三、分門集注卷二〇同此，四庫本作「殊庭」。
〔四〕鍋水，分門集注同此，九家集注、四庫本作「渦水」，仇兆鰲杜詩詳注卷一一作「涪水」。

與嚴二歸奉禮別新添。廣德元年作。

補注 鶴曰：詩云：「遥聞盛禮新」，又云「山東群盗散，闕下受降頻」，當是廣德元年在閬州作，故詩又云：「巴俗自爲鄰。」舊次在嚴公入朝詩後，而梁權道從而編在寶應元年，非，詳見注。唐志：「太常寺奉禮二人，掌朝會、祭祀、君臣之版位。」漢大鴻臚有治禮郎，後齊爲奉禮，後周爲理禮，隋又爲奉禮，唐因之。

別君誰暖眼，將老病纏身。出涕同斜日，臨風看去塵。商歌還入夜，巴俗自爲鄰。尚愧微軀在，遥聞盛禮新。山東群盗散，闕下受降頻。補注 鶴曰：山東群盗，謂來瑱自襄陽朝京師，分諸將戍福昌、南陽。瑱誅，戍者潰。是時薛嵩以四州降，張忠志以五州降，張獻誠以汴州降，李懷仙以幽州降，田承嗣以魏州降，故云「受降頻」。其降在寶應元年冬、廣德元年春。諸將歸應盡，題書報旅人。

送嚴侍郎到綿州同登杜使君江樓宴得心字。

補注 鶴曰：嚴公寶應元年赴召時未爲黄門侍郎，其再以黄門侍郎尹成都又薨於官，乃題之者誤。此詩寶應元年五、六月作。

野興每難盡，江樓延賞心。歸朝送使節，落景惜登臨。稍稍煙集渚，微微風動襟。重船依淺瀨，輕鳥度層陰。檻峻背幽谷，窗虚交茂林。燈光散遠近，月彩静高深。城擁朝來客，**師曰**：言滿城擁送侍郎之來。天横醉後參。**師曰**：參，西方之宿，蜀在西，以江樓之高逼於參星。窮途衰謝意，苦調短長吟。此會共能幾，諸孫賢至今。**師曰**：杜使君乃宗人。不勞朱户閉，自待白河沉。**趙曰**：白河，謂銀河也。**師曰**：白河沉，言天曙不現。不勞閉户，坐待白河沉也。

奉濟驛重送嚴公四韻寶應元年作。

補注 **鶴曰**：奉濟驛，在綿州。同是寶應元年作。

遠送從此别，青山空復情。補注 **希曰**：謝玄暉詩：「嬋娟空復情。」幾時杯重把，昨夜月同行。列郡謳歌惜，三朝出入榮。**洙曰**：三朝，武仕明皇、肅、代也。江村獨歸處一作「去」。寂寞養殘生。

巴西驛亭觀江漲呈竇使君廣德元年春作。

補注 **鶴曰**：綿州號巴西郡。詩云「萬井逼(春)(舂)容」，則非寶應元年夏作，當是廣德元年春自梓州送辛員外，暫至綿州時作，後有又呈竇使君詩亦云：「日兼春有暮。」梁權道以又呈詩爲廣德元年作，却以此詩并又一首爲寶應元年作，何不考也？

宿雨南江漲，波濤亂遠峰。補注希曰：按志，蜀有中江、北二江，而不言南江。巴西爲綿州，今云「巴西驛亭觀江漲」，則所謂南江，其岷江歟？岷山出茂州，而茂與綿爲鄰。孤亭淩噴薄，洙曰：見「直氣森噴薄」注。萬井逼〔春〕（舂）容。趙曰：記注：「〔春〕（舂）容，謂重〔繫〕（擊）鍾也。」霄漢愁高鳥，黄曰：鳥愁，言不得其食。泥沙困老龍。蘇曰：吴漢：「老龍失勢，暫困泥沙。」天邊同客舍，携我豁心胸。

又一首補注鶴曰：與前篇同時作。

轉驚波作怒，即恐岸隨流。賴有杯中物，還同海上鷗。黄曰：列子：「海上人好鷗鳥，其父欲取玩之，明日之海上，鷗鳥舞而不下。」關心小剡縣，傍眼見揚州。補注希曰：剡〔溪〕（縣），漢置，屬會稽郡，而揚州在淮南。公觀江漲於巴西驛亭而及此者，蓋借以喻水之大也。爲接情人飲，朝來減片愁。

又呈竇使君廣德元年春作。

補注鶴曰：詩云：「向晚波微緑」，又云「日兼春有暮」，皆是言春，當是廣德元年春作。

向晚波微緑，連空岸脚青。日兼春有暮，愁與醉無醒。漂泊猶杯酒，踟躕此驛亭。相看萬里別，同是一浮萍。

遣憂新添。廣德元年作。

補注 **鶴曰：**詩云「亂離知又甚」，又云「隋氏留宫室，焚燒何太頻」，當是廣德元年吐蕃陷京師時作。代宗惟不受諫，故程、元載輩又從而召亂〔一〕，太常博士柳伉上疏，其詞切直，豈虚言哉？公至是亦有「受諫無今日」之句，可謂憂國之言也。

亂離知又甚，消息苦難真。受諫無今日，臨危憶古人。紛紛乘白馬，攘攘看黄巾〔二〕。

隋氏留宫室，焚燒何太頻。

早花新添。廣德元年作。

補注 **鶴曰：**詩云「西京安穩未」，又云「臘月巴江曲」，當是廣德元年十二月閬州作。

西京安穩未，不見一人來。

補注 **鶴曰：**西京，謂長安。志云：「天寶六年曰西京，至德二年曰中京，上元二年復曰西京，肅宗元年曰上都。」按紀：「上元二年曰上都。」志誤。此云「西京安穩未」，又云「臘月

〔一〕程、元載，當爲「程元振」之誤，或爲「程元振、元載」之誤。
〔二〕看，九家集注卷二三、杜陵詩史卷三二、分門集注卷一三同此，四庫本作「著」。

巴江曲[一]」。爲廣德二年十月吐蕃陷京師[二]，代宗幸（峽）〔陝〕，十二月至自陝。不曰上都，而曰西京者，循其舊名也。臘月巴江曲，山花已自開。盈盈當雪杏，艷艷待香梅。直苦風塵暗，誰憂客鬢催。

巴山新添。廣德元年作。

補注**鶴曰**：此詩廣德元年十一月公在閬州作。閬居巴子國之中，故曰「巴山前」，詩所謂「臘月巴江曲」是也。代宗以是年十二月還京，而此云「乘輿恐未回」，故知其爲十一月作。梁權道編在寶應元年，非。

巴山遇中使，云自陝城來。盜賊還奔突，乘輿恐未迴。天寒邵伯樹，地闊望仙臺。狼狽風塵裏，群臣安在哉。**余曰**：漢武帝立望仙臺。

收京新添。廣德二年十二月作。

補注**鶴曰**：既題爲「收京」，又詩云「衣冠却扈從，車馬已還宮」，則是廣德二年十二月作。

[一] 臘，原漫漶不清，此據國圖全本、四庫本及詩文。

[二] 廣德二年，據舊唐書卷一一代宗紀，乃「廣德元年」之訛。

復道收京邑，兼聞殺犬戎。衣冠却扈從，車馬已還宫。剋復誠如此，扶持在數公。莫令回首地，慟哭起悲風。

巴西聞收京送班司馬入京新添。廣德二年作。

補注鶴曰：巴西，指綿州。當是廣德二年春公在綿州作，故詩云「劍外春天遠，巴西敕使稀」，與後篇當合爲一。隋志：「上州置司（馬）〔一〕，煬帝罷，置贊務。」唐上中下州皆有司馬。梁權道編在廣德元年收京後，是不考「劍外春天遠」之句也。

聞道收宗廟，鳴鑾自陝歸。傾都看黄屋，正殿引朱衣。**本中曰：**黄屋，車蓋也。劍外春天遠，巴西敕使稀。念君經世亂，匹馬向王畿。

送司馬入京新添。廣德二年作。

補注鶴曰：與前篇同作，後人妄分爲二，當合爲一，題曰送班司馬入京二首。班司馬，意是班宏，按舊史

〔一〕「司」下，據隋書卷二八百官志下，脱「馬」字。

云：「爲高適劍南判官，累拜大理司直，攝監察御史。」疑誤以司直爲司馬也。

群盜至今日，先朝忝從臣。嘆君能戀主，久客羨歸秦。黄閣長司諫，丹墀有故人。向來論社稷，爲話涕霑巾。

花底新添。廣德元年春作。

補注 鶴曰：當在遣憂之前，廣德元年春，同柳邊，在梓州作。

紫萼扶千蕊，黄鬚照萬花。忽疑行暮雨，何事入朝霞。恐是潘安縣，堪留衛玠車。蘇曰：潘岳爲河陽令，植桃李花，人號曰「河陽一縣花」。衛玠在群伍中有異，所至看者如堵，號爲「璧人」，常乘白羊車。深知好顔色，莫作委泥沙。

柳邊新添。廣德元年春作。

補注 鶴曰：詩云「漢南應老盡〔一〕」，當是在梓州作，廣德元年春。

只道梅花發，那知柳亦新。枝枝總到地，葉葉自開春。紫燕時翻翼，黄鸝不露身。漢

〔一〕老，原漫漶不清，此據國圖全本、四庫本及詩文。

南應老盡，霸上遠愁人。

城上廣德元年作。

補注 **鶴曰：** 詩云「八駿隨天子，群臣從武皇」，當是廣德元年十二月閬州作。而梁權道編在是年春綿州作，徒惑於「草滿巴西緑」之句，而不知代宗未出幸也。要之，綿、閬皆可爲巴西，詳見注。

草滿巴西緑，空城白日長。風吹花片片，春動水茫茫。八駿隨天子， **洙曰：** 王子年拾遺記：「周穆王巡行天下，馭八龍之駿，名曰絶地、翻羽、奔宵、超影、逾輝、超光、騰霧、挾翼。穆王神智遠謀，使車轍迹周於四海。」**群臣從武皇。** **趙曰：** 漢武帝初幸汾陰，至洛陽，寢尋於泰山[一]。其所巡幸，周萬八千里。**遥聞出巡守，早晚遍遐荒。** **趙曰：** 不敢言天子蒙塵，姑以巡守微言之。**師曰：** 禄山亂，玄宗出幸蜀，蜀在巴之西。昔周穆王、漢武帝皆出巡守，以比玄宗之西幸也。天子諱言出奔，特云巡守，亦若春秋書天王出狩於河陽是也。補注 **鶴曰：** 明皇以天寶十五載六月幸蜀，是時公在畿縣，無由言「草滿巴西緑」。師注爲非。至於引春秋以比唐君之出奔，正是此詩當是言代宗廣德元年幸陝。代宗還京在十二月甲午，時已逼歲，公未之知也，故云春動巴西，地暖而草已緑滿，亦其當然。梁權道以此遽謂是元年春作，殊失之。

〔一〕寢，杜陵詩史卷一九同此，九家集注卷二三、分門集注卷五、漢書卷二五上郊祀志上作「寖」。

玩月呈漢中王寶應元年作。

補注 鶴曰：漢中，今興元府。漢中王，名瑀，讓皇帝之子，乾元二年使回紇回，以東率百官馬得罪[一]，貶蓬州長史。寶應元年，公在章梓州水亭與之同會，有「近屬淮王至」之句。此詩當同時在梓州作，故云「江月滿江城」也。詩又云「歸舟應獨行」，乃瑀自是出峽。梁權道亦編在寶應元年。

夜深露氣清，江月滿江城。浮 洙曰：一作「游」。**客轉危坐，歸舟應獨行。關山同一照，烏鵲自多驚。欲得淮王術，風吹暈已生。**洙曰：古詩：「千里共明月。」樂府：「月明星稀，烏鵲南飛。」淮南子：「月隨灰而暈闕。」注云：「以蘆灰環月，缺其一面，暈亦隨而闕。」鄭曰：日月傍氣。田曰：樂府關山月云：「天寒光轉白，風生暈欲生[二]。」補注 希曰：照，或作「點」，嘗見善本如此，故東坡有「一點明月」之詞。如淳曰：「暈讀曰『運』。」孟康曰：「日旁氣。」圓覺經：「雲駛月暈。」

陪王漢州留杜綿州泛房公西湖廣德元年作。

補注 鶴曰：西湖在漢州，即前所謂城西池也。當是公廣德元年再至漢州，故有此作。若以爲寶應元年

[一] 東率，疑爲「諫收」之誤，新唐書卷八一李瑀傳載：「肅宗詔收群臣馬助戰，瑀與魏少游持不可，帝怒，貶蓬州長史。」
[二] 上「生」字，九家集注卷二三、文苑英華卷一九八王褒關山月作「多」。

夏到漢時作，則詩不應云「春池賞不稀」。又其年杜綿州未去巴西，公與嚴武嘗同登樓，今至漢州，意是受代而之成都，故公又有巴西驛亭觀江漲呈竇使君詩及又呈竇使君詩。巴西驛即在綿州，皆春作也。

舊相恩追後，春池賞不稀。 **洙曰**：房琯相肅宗，以事責官〔一〕，後爲漢州刺史。湖，琯所鑿也。**闕庭分未到，舟檝有光輝。** **豉化蓴絲熟，** **洙曰**：世説：「王武子前有羊酪，指示陸雲，雲曰：『千里蓴羹，但未下鹽豉。』」**師曰**：唐吴筠隱不仕，帝賜以湖，爲扁舟之樂。甫雖未蒙朝廷之賜，然舟檝亦有光輝矣。本草云：「蓴生水中，葉似凫葵，采莖堪啖，花黄白，子紫色。三月至八月，莖細如釵股，通名爲絲蓴。」**刀鳴鱠縷飛。** **趙曰**：潘安仁西征賦云：「饔人切縷，鸞刀若飛。」**使君雙皂蓋，灘淺正相依**〔二〕。 **洙曰**：漢二千石皂蓋朱幡。

舟前小鵝兒 **洙曰**：漢州城西北角官池作。

補注 **鶴曰**：以舊注，當是寶應元年作。

〔一〕責，九家集注卷二三、杜陵詩史卷二〇、分門集注卷一〇同此，四庫本作「謫」。

〔二〕依，原漫漶不清，此據國圖全本、四庫本。

鵝兒黄似酒，對酒愛新鵝。引頸嗔船逼，無行亂雁多〔一〕。補注希曰：爾雅注引聘禮云：「私覿愉愉焉，出如舒雁。」鄭注云：『威儀自然，而有行列也。』」鵝，一名舒雁。羲之愛其宛頸，而今乃引頸，所以見其嗔也。翅開遭宿雨，力小困滄波。客散層城暮，狐狸奈若何。

得房公池鵝

補注鶴曰：房琯上元元年八月爲漢州刺史，鑿城西池。寶應二年四月拜特進、刑部尚書，在路遇疾，八月薨於閬州。公有祭文。是年改廣德。此詩當作於其年拜特進時，故有「鳳凰池上應回首」，蓋期之再入也。廣德元年作。

房相西池鵝一群，眠沙泛浦白於雲。鳳凰池上應迴首，洙曰：見「鳳沼接亨衢」注。爲報籠隨王右軍。師曰：王羲之性愛鵝，道士常以鵝易其字。

黄氏補千家集注杜工部詩史卷之二十三

〔一〕雁，王洙本卷一二、九家集注卷二三、杜陵詩史卷一五、分門集注卷二三作「眼」。

黄氏補千家集注杜工部詩史卷之二十四

戲作寄上漢中王二首王新誕明珠。廣德元年作。

補注 **鶴曰**：詩云「秋風嫋嫋吹江漢」，當是在梓州作，與玩月詩同時，乃廣德元年。

雲裏不聞雙雁過，掌中貪見一珠新。 **洙曰**：三輔決録曰：「孔融見韋〔乞〕（元）將〔一〕，（與）其父書曰〔二〕：不意（雙生老）（雙珠生）於老蚌〔三〕。」**蘇曰**：馬梵賀人有子曰：「欣得掌中之一珠。」**秋風嫋嫋吹江漢，** **洙曰**：謝靈運：「嫋嫋秋風過。」湘夫人云〔四〕：「嫋嫋兮秋風。」**只在他鄉何處人。**

謝安舟楫風還起， **洙曰**：謝安嘗與孫綽等泛海，風起浪涌，諸人並懼，安吟嘯自若。舟人以安爲悦，猶去不止。風轉急，安徐曰：「如此將何歸耶？」舟人默然，即回。衆咸服其雅量。**梁苑池臺雪欲飛。** **洙**

〔一〕韋乞將，據九家集注卷二四、藝文類聚卷五三治政部下奉使、太平御覽卷五一八宗親部八子引三輔要録，乃「韋元將」之訛。
〔二〕「其父」上，據九家集注、太平御覽卷五一八宗親部八子引三輔要録，脱「與」字。
〔三〕雙生老，據四庫本、九家集注、杜陵詩史卷二八、分門集注卷九，乃「雙珠生」之訛。
〔四〕湘，原漫漶不清，此據國圖全本、四庫本。

曰：謝靈運雪賦〔一〕：「歲將暮，時既昏，寒風積，愁雲繁。梁王不悦，游於兔園，俄而微霰零，落雪下〔二〕。」杳杳東山携漢妓，**洙曰**：謝靈運携妓游東山〔三〕。**趙曰**：戲言漢中王。謝安携妓東山之興杳杳然。泠泠修竹待王歸。**修可曰**：修竹，梁孝王園名也。續漢書：「梁王兔園多植竹。」即所謂修竹園。地志云：「孝王東苑方三百里，苑中有雁池、修竹園。」

投簡梓州幕府兼簡韋十郎（官）〔四〕

補注 **鶴曰**：梁權道編在寶應元年梓州作，然詩云「幕下郎官安穩無，從來不奉一行書」，則不在梓州作，當是在漢州，以後篇知之。

幕下郎官安穩無〔五〕，**趙曰**：出佛書：「問世尊曰：世尊安穩否？」從來不奉一行書。補注 **希曰**：幕下郎官謂韋十，以郎官而入梓州之幕。唐多以朝士入州幕，如韋應物寄洪州幕府盧侍御是也，應物詩亦

〔一〕謝靈運，據文選卷一三，乃「謝惠運」之訛。
〔二〕落，四庫本、文選卷一三謝惠運雪賦作「密」。
〔三〕謝靈運，當爲「謝安」之誤。
〔四〕「郎」下，據九家集注卷二四、杜陵詩史卷二〇、分門集注卷一九，脱「官」字。
〔五〕郎，原漫漶不清，此據國圖全本、四庫本。

云：「冰壺幕下清。」因知貧病人須棄[一]，能使韋郎迹也疏。時作。

答楊梓州廣德元年作。

補注 **鶴曰**：詩云「悶到房公池水頭，坐逢楊子鎮東州」，蓋謂公在漢州遇楊也。當是廣德元年再至漢州時作。

悶到楊洙曰：一作「房」。**公池水頭，坐逢楊子鎮東州。**洙曰：梓州，東川也[二]。**却向青溪不相見，回船應載阿戎游。**洙曰：阮籍謂王渾曰：「與卿語，不若與阿戎談。」阿戎，謂王戎也，渾之子。師曰：楊梓州先人嘗守，鑿池一百頃，引水爲農田利。今在梓州青溪之西，號楊公池。今子又再守此州，故甫詩有「載阿戎游」之語。補注 希曰：鑿池百頃爲農田利，史必書之，而志皆不載，不知師注何所本。「楊公」作「房公」爲是，蓋公在漢州逢楊子去守梓州也。若池爲楊公池，在梓州，其子又從而鎮此州，詩必不爾云也。

贈韋贊善别寶應元年作。

補注 **鶴曰**：詩云「扶病送君發，自憐猶未歸。江漢故人少，音書從此稀」，當是寶應元年梓州作。公又有

[一] 棄，原漫漶不清，此據國圖全本、四庫本。

[二] 東川，分門集注卷一〇同此，杜陵詩史卷二〇、四庫本作「東州」。

贈韋贊善詩，梁權道編在大曆五年潭州，則韋亦流轉南州，不得歸也。韋乃韋見素之後，詳見後注。唐志：東宫有一名贊善大夫〔一〕，各五人，掌傳令、諷過失、贊禮儀。

扶病送君發，自憐猶不歸。祇應盡客淚，復作掩荆扉。江漢故人少，音書從此稀。往還二十載，歲晚寸心違。蘇曰：張季鷹秋日北園詩：「旅途驚歲晚，歸興與心違。」工部用語，補綴尤有工巧，了不見痕迹，後進可爲師範。

送李卿曄〔二〕廣德元年作。

補注 鶴曰：詩云「王子思歸日，長安已亂兵。霑衣問行在，走馬向承明」，當是廣德元年十二月作。按宗室世系表：「曄，大鄭王房淮安忠公琇之子，終刑部侍郎。」

王子思歸日，長安已亂兵。趙曰：王子，指李曄，時有吐蕃之亂也。**霑衣問行在，**趙曰：代宗車駕出幸陜也。**走馬向承明。**趙曰：承明，漢殿名。**暮景巴蜀僻，春風江漢清。晉山雖自棄，魏闕尚含情。**趙曰：按宣室志載庶史：「有道士尹君者，隱晉山，不食粟，嘗餌柏葉。北門從事嚴綬敬事之。」

〔一〕東，原漫漶不清，此據國圖全本、四庫本。一名，據舊唐書卷四四職官三東宫官屬，乃「左右」之訛。
〔二〕曄，王洙本卷一二、杜陵詩史卷一八、分門集注卷九同此，四庫本作「煜」。

莊子言：「身在江湖之上，心游魏闕之下。」

絶句 **趙曰**：或云「江邊踏青」，乃成都事。每以三月三日出郊，言踐踏青草，故謂之踏青。廣德元年作。

補注 **鶴曰**：梁權道編在寶應元年梓州作。案公是年夏送嚴武至綿州，尋避亂至梓，已是秋，豈踏青之時？當是廣德元年春。

江邊踏青罷，迴首見旌旗。風起春城暮，高樓鼓角悲。 **修可曰**：唐李綽歲時記云：「三月上巳，有錫宴群臣於曲江，傾都人物於江頭禊飲踏青[一]。」補注 **希曰**：盧公範饋餉儀：「三月三日上踏青鞋。」

九日登梓州城 寶應元年作。

補注 **鶴曰**：公於寶應元年、廣德元年皆在梓州，今以後篇詩云「去年登高郪縣北」考之，則此詩在寶應元年作。此詩云「兵戈與關塞，此日意無窮」，蓋指史朝義之亂未已，而党項羌又入寇也。

伊昔黄花酒，如今白髮翁。追歡筋力異，望遠歲時同。弟妹悲歌裏，朝廷醉眼中。 **蘇曰**：索休曰：「近戮子胥，朝廷在吾醉眼中矣。」**兵戈與關塞，** **趙曰**：兵戈，以言戰鬥。關塞，以言屯戍。時吐

[一] 傾，原漫漶不清，此據國圖全本、四庫本。

蕃之亂，既戰復守也。**此日意無窮。**

九日奉寄嚴大夫 **趙曰：**時嚴武歸朝，以御史中丞進爲大夫，故云。

補注 **鶴曰：**嚴武以寶應元年夏赴召，公送至綿，尋入梓，故有「何路出巴山」之句。蔡興宗、魯訔年譜所載同，然武夏離成都，而九日尚在巴嶺，何其遲遲如此？必是路梗。

九日應愁思，經時冒險艱。不眠持漢節， **趙曰：**謂嚴武充明皇、肅宗山陵橋道使也。補注 **希曰：**高帝紀注，師古曰：「節以毛爲之，上下相重，取象竹節，因以爲名。將命者，持之以爲信。」趙注以爲武充橋道使故云，殊非是。時武未到闕，尚在巴嶺也。**何路出巴山。** **趙曰：**公自言也，蓋公時方在梓，久客厭倦，而欲出耳。**小驛香醪嫩，重岩細菊班。遥知簇鞍馬，迴首白雲間。** **趙曰：**公遥想其簇鞍馬而迴首白雲，以望之北。嚴武所謂「杜二見憶」者，謂此也。

巴嶺答杜二見憶嚴武作。

卧向巴山落月時， **趙曰：**指言杜公也。**兩鄉千里夢相思。** **趙曰：**嚴與杜各在一鄉，相去千里，而夢想之也。**可但步兵偏愛酒，** **洙曰：**阮籍聞步兵厨多美酒，營人善釀，求爲校尉。**也知光禄最能詩。**

洙曰：謝光禄名莊，字希逸，所著文章四百餘首，仕至光禄大夫。江頭赤葉楓愁客，洙曰：楚辭：「湛湛江水兮上有楓。」籬外黄花菊對誰。趙曰：列以問杜公也，使淵明「采菊東籬下」句。跂馬望君非一度，趙曰：答杜前篇「簇鞍馬」之語。冷猿秋雁不勝悲。薛曰：此詩洪覺範謂之〔滑吞〕〔骨含〕蘇李體〔一〕，見前卷題省中院壁注。

懷舊 趙曰：懷蘇源明也，公平生所最善，今已死，而追悼之，故曰「懷舊」。永泰元年作。

補注 鶴曰：詩云「地下蘇司業」，蓋指源明也。源明以廣德二年死，此詩當作於永泰元年，是年公在成都，亦有哭蘇少監鄭司户詩。梁權道編此詩於雲安作。

地下蘇司業，親情獨有君。洙曰：司業即源明也，新史云：「雅善杜甫。」那因喪一作「哀」。亂後，鄭曰：喪，息郎切。便有一作「作」。死生分。老罷知明鏡，悲來望白雲。自從失詞伯，不復更論文。趙曰：王充論衡：「文詞之伯。」師曰：時源明已死，故云「地下知明鏡」，言覽鏡知其衰老。古有白雲篇。觀蘇之篇詠，則情不勝其悲。

〔一〕滑吞，據九家集注卷二四、分門集注卷三，乃「骨含」之訛。

所思趙曰：古樂府云：「有所思。」故公倚以爲題。虔以禄山之污，貶台州司户。乾元二年作。

補注鶴曰：鄭虔之貶在至德二載十二月，其去在乾元元年，是時公在諫省，而此詩云「台州信所傳」，何也？無乃議罪之時公不與聞？既謂之「信所傳」，則當是乾元二年未去諫省時作。

鄭老身仍竄，台州信洙曰：一作「始」[一]。**所傳。**洙曰：鄭老，虔也。以賊污[二]，貶台州。**爲農山澗曲，卧病海雲邊。世已疏儒素，**蘇曰：梁珩：「世方用兵戈，與儒業相疏，三代典謨慮後此掃地。」**人猶乞酒錢。**洙曰：公嘗贈虔詩云：「賴得蘇司業，時時與酒錢。」**徒勞望牛斗，無計斸龍泉。**趙曰：使牛斗之間有紫氣。龍泉，劍名也。斸之爲言掘也。以劍比虔之在台州，如劍之埋於土中，徒望其衝斗牛之氣，無由掘顯之也。師曰：台州屬吴，吴應牛斗之域。昔雷焕掘劍於豐城獄，上常有紫氣，夜衝牛斗。斸，謂掘取之也。喻虔有衝斗氣，朝廷不用，故云「無計斸龍泉」。

不見魯曰：近無李白消息。乾元二年作。

補注鶴曰：詩云「不見李生久」，蓋以公自開元中與白同游齊、兖，至乾元元年白流夜郎，時可謂久矣。

[一] 洙曰一作始，據王洙本卷一二、九家集注卷二四，應在「所」字下。

[二] 賊污，杜陵詩史卷一五、分門集注卷一九作「污賊」。

此詩當是二年作，故云「世人皆欲殺」。梁權道編在寶應元年梓州作，不知是年白已死矣。

殺， **趙曰**：白會赦，還潯陽，坐事下獄。此衆人欲殺之證也。**吾意獨憐才。敏捷詩千首，飄零酒一**

不見李生久，佯狂真可哀。 **趙曰**：箕子被髮佯狂。唐史載：以永王璘之累，流夜郎。**世人皆欲**

杯。匡山讀書處， **鄭曰**：匡廬山也。**頭白好歸來。** **洙曰**：新史載白始隱岷山，後客任城，居徂徠山，而不載匡山也。**修可曰**：范傳正李白新墓碑云：「白之先客居蜀之彰明，太白生焉。」彰明，綿之屬邑，有小、大匡山，白讀書於大匡山，有讀書臺尚存。其宅在清廉鄉，後廢爲僧房，號隴西院。蓋以太白得名。所謂匡山，乃彰明之大匡山，非匡廬也。補注 **鶴曰**：李白望廬山五老峰詩云：「九江秀色可攬結，吾將此地鎖雲松。」望廬山瀑布水詩云：「而我游名山，對之心益閑。且諧宿所好，永願辭人間。」又南康軍圖經云：「李白性喜名山，飄然有物外志，以廬阜水石佳處，遂往游焉。至五老峰，愛其險峭奇勝，曰：『天下之壯觀也，卜築於此，吾將老焉。』今峰下有書堂舊基。白後北歸，猶不忍去，乃指廬山曰：『與君再會，不敢寒盟，丹崖綠壑，神其鑒之。』」故白送姪嵩游廬山序又云：「慚未歸於名山。」指廬山而言也。然則指廬山而言，亦未必不是。元和十二年丁酉，白樂天有祭匡山文。

題玄武禪師屋壁寶應元年作。

補注 **鶴曰**：高僧傳：「宋曇摩密多爲連眉禪師，又爲大禪師。」蓋僧之尊稱也。以舊次前後篇詩觀之，當是寶應元年梓州作。

何年顧虎頭，**趙曰**：世説載，顧愷之爲虎頭將軍。舊注以爲僧相，誤矣。**滿壁畫瀛洲**〔一〕。**修可曰**：顧愷之，小字虎頭，晉陵無錫人。多才氣，尤工丹青，傳寫形勢，莫不絶妙。曾於瓦棺寺北殿畫維摩詰，畫訖，光耀月餘日。**赤日石林氣**，**青天江海**洙曰：一作「水」。**流**。**錫飛常近鶴**，**洙曰**：天台賦：「振金策之鈴。」鈴，飛錫杖也。**田曰**：圖經：「舒州潛山最奇絶，而山麓尤勝，誌公與白鶴道人欲之，同謀於梁武帝。帝以二人悉具靈通，俾各以物識其地，得者居之。道人云：『某以鶴止處爲記。』誌公云：『某以卓錫處爲記。』已而鶴先飛去，至麓將止，忽聞空中錫飛聲，誌公之錫遂卓於山麓。道人不懌，然以前言不可食，遂各以所識室築焉〔二〕。」**杯渡不驚鷗**。**洙曰**：高僧傳：「杯渡者，不知其名姓，常乘木杯渡河，因名焉。不修細行，不甚精持，飲酒食肉，與俗人不殊。」**趙曰**：傳燈録載：「劉宋時杯渡者，不知姓名，嘗乘木杯渡水。嘗宿一家，竊一金像去，主人追之至孟津，浮木杯渡河，無假風棹，輕疾如飛。」不驚鷗，使列子「海人有狎鷗」之意。**似得廬山路**，**真隨惠遠游**。**洙曰**：世説：「遠公在廬山，雖老，講論不輟。弟子中或有墮者，遠公曰：『桑榆之光，理無遠照，但願朝陽之輝，時與並光明耳。』」**沈曰**：昔陶淵明與惠遠游從，結白蓮社，甫以比之。

〔一〕瀛洲，四庫本作「滄洲」。

〔二〕室築，四庫本、分門集注卷八、九家集注卷二四作「築室」。

聞官軍收河南河北新添。廣德元年春作。

補注 鶴曰：按通鑑：「史朝義屢敗於寶應元年之冬至廣德元年，田承嗣説令親往幽州發兵還〔穎〕(救)莫州〔一〕，請自留守莫州。朝義既去，承嗣即以城降，送朝義母、妻子於官軍。」又：「范陽節度使李懷仙已因中使駱奉仙請降。至温泉驛，懷仙遣兵追之，朝義窮蹙，縊于林中。」今詩云「劍外忽傳收薊北」，正謂此也。又云「青春作伴好還鄉」，乃廣德元年春作。

劍外忽傳收薊北，初聞涕淚滿衣裳。却看妻子愁何在，漫卷詩書喜欲狂。趙曰：讀書之際，聞已收薊北，得妻子有長聚之慶，所以漫卷之而喜欲至於狂也。**白首放歌須縱酒，青春作伴好還鄉。即從巴峽穿巫峽，便下襄陽向洛陽。**余曰：田園在東京。

涪江泛舟送韋班歸京得山字。廣德元年春作。

補注 鶴曰：涪江在梓州，故有涪城縣詩云：「傷春一水間。」當是廣德元年春在梓州作。

追餞同舟日，傷春洙曰：一作「心」。**一水間。**趙曰：古詩云：「相望一水間。」**飄零爲客久，衰老羡君還。花遠**洙曰：一作「雜」。**重重樹，雲輕處處山。**趙曰：一作「花遠」，非，蓋「重重樹」則已有

〔一〕穎，據資治通鑑卷二二二，乃「救」之誤。

遠意，不可疊用也。天涯故人少，更益鬢毛斑。

春日梓州登樓二首廣德元年春作。

補注 鶴曰：詩云「江水流城郭，春風入鼓鞞」，當是廣德元年春作。又云「戰場今始定」，蓋以史朝義已死。

行路難如此，登樓望欲迷。身無却少壯，迹有但羈栖。江水流城郭，春風入鼓鞞。洙曰：石勒聞鼓鞞之聲。雙雙新燕子，依舊已銜泥。洙曰：古詩：「思爲雙飛燕，銜泥巢君堂。」師曰：甫言久客，一身羈栖，今日登樓，所見景物如此，不無所感。

天畔登樓眼，隨春洙曰：一作「風」。入故園。趙曰：指洛陽也。戰場今始定，移柳更洙曰：一作「豈」。能存。趙曰：史朝義已滅，戰場雖定，而故園舊所移柳更能存乎？更，疑辭也。補注 希曰：李華曰：「此古戰場也，常覆三軍。」今云「定」，則不復用兵矣。移柳，正用陶（依）（侃）課諸營種柳事[一]，言既寢兵，則可移柳，而柳亦可存也。厭蜀交游冷，蘇曰：廖岸遷居，人問其故，曰：「厭此交態寒冷，故有所適耳。」思吳勝事繁。歐曰：晉張翰守官於洛，及秋風起，忽思吳蓴菜、鱸魚之興，遂棄官歸。甫既厭蜀，欲適吳楚，故

[一] 陶依，據晉書卷六六陶侃傳，乃「陶侃」之訛。

有「思吳」之句。**應須理舟楫，長嘯下荆門。** **定功曰**：袁山松宜都山川記曰：「南崖有山名荆門，北崖有山名虎牙，二山相對，有象門然。」

遣憤永泰元年作。

補注 **鶴曰**：詩云「聞道花門將，論功未盡歸」，當是永泰元年。子儀與回紇再盟，藥葛羅帥衆追吐蕃，子儀使白元光帥精騎與之俱，殺吐蕃於靈臺西原萬計，又破之於涇州。於是回紇胡禄督等二百餘人入見，前後贈賚繒帛十萬匹，府藏空竭，税百官俸以給之。此所以爲可憤也，事見通鑑。詩云：「蜂蠆終含毒，雷霆可震威。莫令鞭血地，再濕漢臣衣。」可謂身在江湖，而心存王室也。

聞道花門將， **洙曰**：回紇也。**論功未盡歸。** **自從收帝里，** **趙曰**：長安也。**誰復總戎機。** **蜂蠆終懷毒，** **洙曰**：左傳：「君無謂邾小，蜂蠆有毒，況國乎？」**蘇曰**：武黨廟記：「張良謂蕭何曰：黥布輩如蜂蠆，逐時暫親近人，其懷毒之性不革。」**雷霆可震威。** **洙曰**：賈山傳：「人主之威，非特雷霆也。」**趙曰**：大意以回紇助討史朝義，恐其恃功難制，欲早加威以絶止之。**莫令鞭血地，再濕漢臣衣。** **洙曰**：時回紇恃功陵暴，此詩之作，蓋有所警也。**師曰**：禄山亂，回紇以兵助討賊，其後恃功桀驁，故「蜂蠆終懷毒」，欲帝震之以威，無使彼再陷禄山之陷京闕也〔一〕。漢書云：「禁中非刑人鞭血之地。」鞭血地，指禁中也。花門將，即回紇之將。

送竇九歸成都廣德元年作。

補注 **鶴曰**：竇九，意是檢察竇侍郎者，故詩云「持節」。廣德元年梓州作。

文章亦不盡，竇子才縱横。非爾更持節，何人符大名。讀書雲閣觀，問絹錦官城。我有浣花竹，題詩須一行。

贈裴南部新添。廣德元年作。

補注 **鶴曰**：南部，縣名，屬閬州。詩云「塵滿萊蕪甑，堂横單父琴」，是裴爲南部宰。元年公至閬州時贈之。

塵滿萊蕪甑，堂横單父琴。 **蘇曰**：范丹，字史雲，爲萊蕪令，清貧，人歌曰：「釜中生魚范萊蕪，甑中

〔一〕上「陷」，杜陵詩史卷一九、分門集注卷一五作「效」，四庫本作「蹈」。

生塵范史雲。」宓子賤爲單父宰，彈琴，不下堂而治。人皆知飲水，公輩不偷金。**本中曰：**鄧攸爲吴郡，載米之郡〔一〕，惟飲吴水而已。同舍郎誣直不疑偷金，不疑買償之。梁獄書應作，去聲。秦臺鏡欲臨。獨醒時所嫉，群小謗能深。即出黄沙在，應須白髮侵。使君傳舊德，已見直繩心。

奉送崔都水翁下峽 新添。廣德元年作。

補注 **鶴曰：**詩云「無數涪江筏」，當是廣德元年梓州作。觀末句則知公有意於到夔矣。

無數涪江筏，**鄭曰：**筏，房越切，海中桴。嗚橈總發時。**鄭曰：**橈，如招切，楫也。别離終不久，宗族忍相遺。白狗黄牛峽，**鄭曰：**十道志：開州有白狗峽，又有黄牛峽。朝雲暮雨祠。所過憑問訊，過，古禾切。到日自題詩。

郪城西原送李判官兄武判官弟赴成都府 **鄭曰：**郪，七稽切，縣名，在梓州。廣德元年春作。

補注 **鶴曰：**詩云「野花隨處發，高柳著行新」，當是廣德元年春作。

〔一〕郡，杜陵詩史卷三二、分門集注卷一九、晉書卷九〇鄧攸傳同此，九家集注卷二四作「官」。

憑高送所親，久坐惜芳辰。遠水非無浪，**趙曰**：以言其行路之辛苦。他山自有春。**蘇曰**：阮咸歸陳留，衆留咸曰：「看洛中春罷去。」王尚曰：「他山春色，甚可人意，清泉白石，清人耳目，比洛中，無塵土氣味。」野花隨處發，官**洙曰**：一作「妖」。柳著行新。行，胡岡切。天際傷愁別，離筵何太頻。**師曰**：甫與二判官於情最親，臨此送別，言其此去如遠水不能無風浪，他山雖有春，兄弟不得同賞，以至野花官柳，觸目使人不能無傷感也。

題鄭原郭三十二明府茅屋壁與前篇同時作。

補注 **鶴曰**：詩云「雲散灌壇雨，春青彭澤田」，當是在梓州作，與前篇同時。

江頭且繫船，爲爾獨相憐。雲散灌壇雨，**鄭曰**：博物志：「太公爲灌壇令。」春青彭澤田。補注 **希曰**：彭澤，縣名，雖在江州，以郭明府爲縣令，故用淵明事。淵明有田種秫。頻驚適小國，一擬問高天。補注 **希曰**：楚辭有天問。別後巴東路，逢人問幾賢。

客夜寶應元年作。

補注 **鶴曰**：公寶應元年自綿至梓，時家在成都，秋晚方迎家，再至梓。今云「老妻書數紙，應〔未悉〕（悉未）

歸情」，當是在梓州作。若如梁權道編在是年閬州詩内，則家固同在也。

客睡何曾著，秋天不肯明。入簾殘月影，高枕遠江聲。補注 希曰：葉挺嘗云：「『客睡何曾著，秋天不肯明』，工在『不肯』字。」入簾，一本作「捲簾」。計拙無衣食，途窮仗友生。洙曰：見「今日暮途窮」注。伐木詩：「不如友生。」老妻書數紙，應悉未歸情。

陪王侍御宴通泉東山野亭寶應元年作。

補注 鶴曰：通泉，縣名，屬梓州。當是寶應元年冬十一月，公至通泉時作。梁權道編在廣德元年，非。唯蔡興宗、魯訔年譜編在寶應元年。

江水東流去，清樽日復斜。異方同宴賞，何處是京華。亭景臨山水，村煙對浦沙。狂歌遇形勝，得醉即爲家。蘇曰：阮宣：「飄流往來人間，居止何地？曰：得醉處即爲家。」

客亭寶應元年秋作。

補注 鶴曰：與客夜詩同是寶應元年秋在梓州作。

秋窗猶曙色，木落更天洙曰：一作「高」。風[一]。日出寒山外，江流宿霧中。聖朝無棄物，蘇曰：王祥：「聖世物無大小，皆料材適用，無棄擲者。」老病已成一作「衰」。翁。多少殘生事，飄零似轉蓬。

行次鹽亭縣聊題四韻奉簡嚴遂州蓬州二使君諮議諸昆季廣德元年作。

魯曰：此詩奉簡嚴遂州兩兄弟，以比蜀之名士。補注鶴曰：鹽亭縣屬梓州，當是廣德元年公自梓州至鹽亭時作。公是年春夏在梓。鹽亭縣在梓州東九十里，遂州與梓州爲鄰，蓬州則鄰於閬州，而閬與梓又爲鄰也。嚴非梓州人則所領州近梓，故公有此詩。

馬首見鹽亭，高山擁縣青。雲溪花淡淡，洙曰：一作「漠漠」。春郭水泠泠。全蜀多名士，洙曰：蜀都賦：「近則江漢炳靈，世載其英。鬱若相如，皭若君平。王褒暐曄而秀發[二]，揚雄含章而挺生。」趙曰：多名士，指言當日之人。嚴家聚德星。洙曰：陳仲（子）（弓）從諸子造荀季和[三]，德星聚，太史

[一] 木落，杜陵詩史卷一八、分門集注卷一二同此，王洙本卷一二、九家集注卷二四、四庫本作「落木」。
[二] 暐曄，九家集注卷二四作「暐煜」，杜陵詩史卷一九、分門集注卷一二作「暐曄」，文選卷二四作「韡曄」。
[三] 陳仲子，據九家集注、杜陵詩史、分門集注、藝文類聚卷一天部上星、太平御覽卷七天部七星下引宋劉敬叔異苑，乃「陳仲弓」之訛。

奏賢人聚也。長歌意無極，好爲老夫聽。

倚杖洙曰：鹽亭縣作。趙曰：鮑昭有「倚杖牧雞豚」之句，故公倚以爲題。廣德元年春作。

補注鶴曰：詩云「山縣早休市，江橋春聚船」，當是廣德元年春作。

看花雖郭外，倚杖即溪邊。山縣早休市，江橋春聚船。狎洙曰：一作「野」。鷗輕白浪，歸雁一作「鳥」。喜青天。物色兼生意，凄涼憶去年。

洙曰：子列子有狎鷗翁，言忘〔杖〕（機）[一]，故物亦不懼。趙曰：言可狎之鷗游泳乎白浪之中[二]。

泛江送魏十八倉曹還京因寄岑中允參范郎中季明廣德元年作。

補注鶴曰：詩云「帝鄉愁緒外，春色淚痕邊」，指玄宗、肅宗將葬，當是廣德元年梓州作。是年岑參自虢州長史歸爲太子中允。

遲日深春洙曰：一作「江」。水，洙曰：詩：「春日遲遲。」輕舟送別筵。帝鄉愁緒外，春色淚

[一] 子列子，九家集注卷二四無上「子」字。杖，據四庫本、九家集注卷二四，乃「機」之訛。
[二] 白浪，九家集注、杜陵詩史、分門集注作「白日」。

痕邊。見酒須相憶，將詩莫浪傳。補注希曰：朝野僉載：「咸亨中謡曰：莫浪傳，阿婆瞋[一]。」若逢岑與范，爲報各衰年。

送路六侍御入朝廣德元年春作。

補注鶴曰：詩云「劍南春色還無賴，觸忤愁人到酒邊」，當是廣德元年春梓州作。

童稚情親四十年，洙曰：言相得於總角。中間消息兩茫然。更爲後會知何地，忽漫相逢是別筵。不分桃花紅勝錦，蘇曰：李夫人病起，南園桃花盛開，李不悦，武帝問其故，李曰：「不分桃花如錦，惱人病眼。」帝感其言，遂去其花，爲一國笑。生憎柳絮白於綿。劍南春色還無賴，觸忤愁人到酒邊。師曰：甫與路侍御相得於總角之時，中間不得消息[二]，未知後會在何處，言今春色使人愁悶，不若以酒消遣之。

[一] 傳，朝野僉載卷一、太平廣記卷一六三讖應孝和、全唐詩卷八七八作「語」。瞋，朝野僉載、太平廣記、全唐詩作「嗔」。
[二] 不得消，原漫漶不清，此據國圖全本、四庫本。

泛江送客 廣德元年作。

補注 鶴曰：詩云「二月頻送客，東津江欲平」，當是廣德元年公暫游左綿時作。東津在綿州，按打魚歌云：「綿州江水之東津。」

二月頻送客，東津江欲平。煙花山際重，舟楫浪前輕。淚逐勸杯落，愁連吹笛生。洙曰：馬融去京逾年，有洛客逆旅吹笛，暫聞之，甚悲感。離筵不隔日，那得易爲情。洙曰：離筵，祖席也。

上牛頭寺 廣德元年作。

補注 鶴曰：寺在梓州，當是廣德元年作。牛頭山在梓州，九州記云：「葛仙翁嘗游於此。」

青山意不盡，衮衮上牛頭。趙曰：衮衮，相繼不絶之義。補注 希曰：寰宇記云：「牛頭山，在梓州郪縣西南二里，高一里，形似牛頭，四面孤絶。下有長樂寺，樓閣煙花爲一方之勝概。」無復能拘礙，真成浪出游。花濃春寺静，竹細野池幽。何處鶯啼切，移時獨未休。

望牛頭寺 廣德元年作。

補注 鶴曰：詩云「春色浮山外」，而上篇云「花濃春寺静」，當是與之同時作。

牛頭見鶴林，**邁曰**：鶴林，即靈仙觀也。梯徑繞幽深。**洙曰**：一作「秀麗一何深」。春色浮**洙曰**：一作「流」。山外，天河宿**洙曰**：一作「没」。殿陰。**詠曰**：言殿高，通天河也。傳燈無白日，**洙曰**：釋書以燈諭法，謂能破暗也。六祖相傳一法，故云傳燈，故釋書有傳燈録。**趙曰**：此言長明燈也，借「傳燈」字言之。燈所以照夜，而白日亦有燈，故云「無白日」。布地有黄金。**洙曰**：見「長者自布地」注。**趙曰**：言佛宇有黄金布地。休作狂歌老，回看不住心。**洙曰**：釋書有不住相。**趙曰**：佛書有住相，而公用之，取於無所住而生其心之義也。

上兜率寺兜，當侯切。

補注 **鶴曰**：寺在梓州，當是廣德元年作。

兜率知名寺，**洙曰**：佛書有兜率天宫，故取以名寺。真如會法堂。**洙曰**：真如，禪理也。**趙曰**：佛書言：「真如實際。」江山有巴蜀，**趙曰**：江山自有巴蜀時便有之，此乃羊叔子所謂「自有宇宙來，便有此山」之義。**補注** **鶴曰**：此謂江山占巴郡、蜀郡之地，蓋劍南道古梁州之域，漢巴郡、蜀郡之地。寺在梓州，故云，非謂江山自有巴蜀時便有之。棟宇自齊梁。庾信哀雖久，何顒好不忘。**洙曰**：何顒，後漢人，尚氣節，感友人之義，與李膺善。後爲宦者所陷，亡匿汝南間，所至皆親其豪傑[一]。袁紹愛慕之，私與往來，結奔走之友。**趙曰**：庾信作哀江南賦，所以哀者，以金陵瓦解，而身竄荒谷。後漢黨事起，顒私入洛陽，從袁紹計議，其爲求救援，以濟其患。蓋公言身已流離，有庾信之哀，而哀愁之中不忘交好何顒者[二]，有救之之心也。**師曰**：言甫所至，爲人所好，詩所謂「在彼無惡，在此無斁」是也。白牛車遠近，**趙曰**：法華經云：「有〔太〕（大）白牛，肥壯多力，以駕寶車。」蓋喻大乘也。且欲上慈航。**夢符曰**：按清凉禪師序般若心經云：「般若者，苦海之慈航，昏衢之巨燭也。」

望兜率寺

補注 **鶴曰**：與前篇同時作。

樹密當山徑，江深隔寺門。霏霏雲氣重，**洙曰**：九章曰：「霰雪紛其無垠兮，雲霏霏而乘宇[三]。」閃閃浪花翻。不復知天大，空餘見佛尊。時應清盥罷，隨喜給孤園。**洙曰**：釋書有給孤園，又

[一] 親，九家集注卷二四、杜陵詩史卷一七、分門集注卷八、後漢書卷六七黨錮列傳何顒傳同此，四庫本作「稱」。

[二] 「何顒」上，九家集注有「如」字，杜陵詩史、分門集注有「也」字，「也」當爲「如」之訛；黄鶴所據本當同杜陵詩史、分門集注有「也」字，疑係因文義不通而爲黄鶴所删。

[三] 乘，據九家集注卷二四、楚辭章句卷四九章惜誦，乃「承」之訛。

有給孤長者。

甘園廣德元年作。

補注 **鶴曰**：詩云「春日清江岸」，又云「白雪避花繁」，橘之開花在春晚，當是廣德元年作。

春日清江岸，千甘二頃園。青雲著 **洙曰**：一作「羞」。 **葉密，白雪避花繁。** **洙曰**：郭璞柑贊：「花染繁霜，葉鮮翠藍〔一〕。」**趙曰**：本言密葉如雲，白花如雪，而變其語云「雲羞」「雪避」，乃公新奇之句。

結子隨邊使，開筒近至尊。 **洙曰**：蜀柑歲入貢。**蘇曰**：隋文帝好食柑，蜀中摘（董）（黄）柑〔二〕，即以蠟汗其蔕，用筠籃盛封之〔三〕，使不泄香氣。**後於桃李熟，終得獻金門。** **洙曰**：公自（記）（託）意於末章〔四〕。

數陪李梓州泛江有女樂在諸舫戲爲艷曲二首廣德元年春作。

補注 **鶴曰**：詩云「競將明媚（景）（色），偷眼艷陽天」，當是廣德元年春作。

〔一〕藍，四庫本作「籃」，按，杜陵詩史卷二四、分門集注卷一〇、九家集注卷二四作「藍」，藝文類聚卷八七菓部柚引郭璞柚贊此句作「實染繁霜，葉鮮翠藍」。

〔二〕董，據杜陵詩史、分門集注，乃「黄」之訛。

〔三〕籃，杜陵詩史、分門集注作「筒」。

〔四〕記，杜陵詩史同此，據分門集注、九家集注，乃「託」之訛。末章，四庫本作「章末」，九家集注作「末句」。

上客迴空騎，佳人滿近船。江清歌扇底，**洙曰**：以扇自障而歌，故謂之歌扇。野曠舞衣前。玉袖凌風並，金壺隱浪偏。補注**希曰**：玉袖，如霍光傳所謂「玉衣」，子虛賦所謂「玉綏」，蓋以玉爲飾也。競將明媚色，偷眼艷陽天。**洙曰**：一作「年」。**趙曰**：公言佳人自衒其美色，偷眼瞻視春光，以争相勝之意。鮑明遠詩：「兹辰自爲美，當避艷陽天〔一〕。」

白日移歌袖，青霄近笛床。翠眉縈度曲，**鮑曰**：古詩云：「度曲翠眉低。」補注**鶴曰**：前漢元帝紀：「自度曲，被歌聲。」應劭曰：「自隱度作新曲，因持新曲以爲歌詩聲也。」臣瓚曰：「度曲，謂歌終更授其次，謂之度曲。西京賦曰：『度曲未終，雲起雪飛。』張衡舞賦亦曰：『度終復位，次受二八。』」師古曰：「應、荀二説皆是。」雲鬢儼分行。立馬千山暮，迴舟一水香。使君自有婦，莫學野鴛鴦。**修可曰**：古樂府陌上桑羅敷行云：「使君謝羅敷，寧可共載車？羅敷前致詞，使君一何愚。使君自有婦，羅敷自有夫。」李梓州泛江，有女樂，公用此以諷之。

登牛頭山亭子廣德元年作。

補注**鶴曰**：詩云「猶殘數行淚，忍對百花叢」，當是廣德元年作，與上牛頭寺同一時作。

〔一〕天，杜陵詩史卷一七、分門集注卷一〇同此，九家集注卷二四、文選卷三一鮑照學劉公幹體作「年」。

路出雙林外，亭窺萬井中。洙曰：市井也。江城孤照日，山洙曰：一作「春」。谷遠含風。

兵革身將老，關河信不通。趙曰：吐蕃猶盛也。猶殘數行淚，忍對百花叢。

陪李梓州王閬州蘇遂州李果州四使君登惠義寺廣德元年春作。

補注 鶴曰：詩云「春日無人境」，又云「鶯花隨世界」，當是廣德元年春在梓州作，魯訔年譜亦云在是年。

春日無人境，虚空不住天。修可曰：取佛書不住相意，謂天運無常，以成四時。覺範曰：不住者，言無著也。鶯花隨世界，樓閣倚山巔。洙曰：倚，一作「寄」。爾雅、釋名：「山頂曰冢，亦曰巔。」遲暮身何得，洙曰：言衰老而未有所得也。登臨意惘然。誰能解金印，趙曰：所以諷四使君也。瀟洒共安禪。洙曰：一云「三軍將五馬，若箇合安禪」。蘇曰：王得至少室山寺，愛其瀟洒，顧弟待曰：「好解金印，共此安禪，庶免榮華之累。」弟笑而不答。補注 希曰：法華經偈曰：「安禪合掌。」

送何侍御歸朝彦輔曰：李梓州泛舟筵上作〔一〕。廣德元年作。

補注 鶴曰：詩云「舟楫諸侯餞」，又云「春日垂霜鬢」，當是廣德元年泛江作。

〔一〕李梓州，王洙本卷一二、杜陵詩史卷一七、分門集注卷二一同此，九家集注卷二四作「章梓州」。

舟楫諸侯餞，**趙曰**：言李梓州作泛舟之筵也〔一〕。車輿使者歸。**洙曰**：御史乃使者。山花相映發，水鳥自孤飛。春日垂霜鬢，天隅把繡衣。**洙曰**：漢御史繡衣，持斧。故人從此去，**洙曰**：一作「遠」。寥落寸心違。

江亭送眉州辛别駕昇之得蕪字。廣德二年作。

補注 **鶴曰**：公有江亭王閬州筵餞蕭遂州，則江亭在閬州，當是廣德二年春公在閬州作。梁權道編在梓州作，恐非。

柳影含雲幕，**洙曰**：一作「重」。江波近酒壺。異方驚會面，終宴惜征途。**趙曰**：曹子建詩：「終宴不知疲。」沙暖低風蝶，天晴喜浴鳧。别離傷老大，意緒日荒蕪。**蘇曰**：孔孟傷别離情，悰唯傷老大。

涪城縣香積寺官閣鄭曰：涪城，梓州縣。廣德元年作。

補注 **鶴曰**：長安亦有香積寺，代宗爲元帥，率諸軍屯于香積寺是也。此寺在梓州涪城縣，不得不以涪城

〔一〕李梓州，杜陵詩史同此，九家集注、分門集注作「章梓州」。

縣冠寺名之上，不如牛頭寺、兜率寺直以寺言。涪城在梓州西北五十五里。詩云「寺下春江深不流」，亦當是廣德元年春作。

寺下春江深不流，山腰官閣迥添愁。含風翠壁孤雲細。背日丹楓萬木稠。小院回廊春洙曰：一作「青」[一]。寂寂，浴鳧飛鷺晚悠悠。諸天合在藤蘿外，昏黑應須到上頭。洙曰：釋書有諸天，皆言勝樂事，公之末章因以見志也。蘇曰：常（宗）（琮）侍煬帝游寶山[二]，帝曰：「幾時到上方？」琮曰[三]：「昏暗應須到上頭。」左右失笑。帝曰：「淳古君子也。」

戲題寄上漢中王三首寶應元年作。

洙曰：時王在梓州。初王乃斷酒不飲，篇中有戲[四]。補注鶴曰：案漢中王傳：「肅宗詔收群臣馬助戰，瑀與魏少遊持不可，帝怒，貶蓬州長史。」而舊史魏少遊傳云率群臣馬在乾元二年十月。今詩云「成都老客星，一別五愁螢」，謂公自乾元（六）（元）年出華州時與王別，至寶應元年爲五年，則公是年在成都，故曰「成都老客

[一] 青，杜陵詩史卷一七、分門集注卷八同此，王洙本卷一二、九家集注卷二四作「清」。
[二] 宗，杜陵詩史卷一七、分門集注卷八同此，四庫本及後文作「琮」。
[三] 琮曰，原作注者格式，國圖全本同，此據四庫本、杜陵詩史、分門集注及宋祝穆古今事文類聚前集卷三五仙佛部上方改。
[四] 洙曰，杜陵詩史卷二〇作「彥輔曰」。「戲」下，王洙本卷一二、九家集注卷二四有「述」字。

星」。而趙注謂此梓州詩，爲非。王注謂王時在梓州，亦非。蓋詩云「不能隨皂蓋」，則王尚在蓬州。雖當更代，而道梗，未得歸，故詩又云「群盜無歸路」。今考此云「不能隨皂蓋」，及奉漢中王手札詩云「剖符來蜀道」，皆是太守事，疑史誤。且魏少遊是時以衛尉卿貶渠州長史，而瑀以親王，無容亦貶長史，當是刺史，而史誤爲長史無疑。

西漢親王子，洙曰：王讓皇帝之子，汝南王璡弟也。補注希曰：蔡邕獨斷：「漢制，皇子封王，其實諸侯也。周末諸侯或稱王，漢天子稱皇帝，故以王號加之，總名諸侯王。」封德彝曰：「漢所封，惟帝子若親昆弟，其屬遠，非大功不立。」成都老客星。洙曰：公自喻也。趙曰：嚴〔武〕（陵）與光武同宿〔二〕，史占客星犯帝座。百年雙白鬢，一別五愁洙曰：一作「飛」。螢〔三〕。洙曰：五飛螢，則歲五換矣。忍斷杯中物，蘇曰：吳術好飲酒，因醉詬權貴，遂誡飲。阮宣命飲，術曰：「近斷飲。」宣歐其背曰：「看看老逼癡漢，忍斷杯中物耶？」抑而飲之。祇看座右銘。洙曰：崔子玉有座右銘。不能隨皂蓋，趙曰：皂蓋，指漢中王也。漢二千石朱轓皂蓋。補注希曰：漢中王貶蓬州長史，長史、別駕不應稱皂蓋。孔恂爲別駕，別駕車有屏星，如刺史車。豈皂蓋亦然耶？自醉逐浮萍。

〔二〕嚴武，據九家集注卷二四、杜陵詩史卷二〇，乃「嚴陵」之訛。

〔三〕愁，王洙本、九家集注、四庫本作「秋」。

策杖時能出，王門異昔游。洙曰：謂其斷酒也。已知嗟不起，師曰：王以酒得病，遂斷飲。未許醉相留。蜀酒濃無敵，洙曰：蜀都賦：「觴以醥清，一醉累月。」江魚美可求。終思一酩酊，净掃雁池頭。鄭曰：西京雜記：「梁孝王苑有雁池。」

群盗無歸路，衰顔會遠方。尚憐詩警策，洙曰：文賦：「立片言以居要，乃一篇之警策。」趙曰：梁鍾嶸作詩品曰：「陳思贈吊，仲宣七哀，公幹思友，阮籍詠懷，靈運鄴中，士衡擬古，陶公詠貧之製，惠連搗衣之作，皆五言之警策者。」猶憶酒顛狂。魯衛彌尊重，蕕曰：語云：「魯衛之政，兄弟也。」漢中王與兄璡俱領重鎮。徐陳略喪亡。洙曰：魏文帝與王粲書云：「徐、陳、應、劉，一時俱逝，何數年之間，零落略盡！」趙曰：言王賓客多喪。空餘枚洙曰：一作「故」。叟在，應念早升堂。洙曰：枚叟，公自喻也。趙曰：雪賦：「延枚叟。」

陪章留後侍御宴南樓得風字。廣德元年夏作。

補注 鶴曰：按舊史：「梓州刺史章彝初爲武判官，及是小不副意，召赴成都殺之。」乃在廣德二年再鎮成都時。則前所謂李梓州者，乃寶應元年及廣德元年之春在梓州，而是年之夏至二年，則章侍御守梓州也。此詩云「朝廷燒棧〔比〕（北）」，事亦在廣德元年，當是其年夏末作。

絶域長夏晚，趙曰：非吾鄉而在遠，亦可用絶域矣。補注 鶴曰：「凡材茂行，可使絶域」，漢武帝詔也。當時絶域指匈奴遠國而言，公今於蜀亦云者，蓋蜀在漢亦夷地也。**兹樓清宴同。朝廷燒棧北，鼓角滿天東。**洙曰：謂在大散之北也。高祖入漢(中)[一]，張良説高祖燒絶棧道，攻破大散。雅州在蜀之西地，地多雨，名漏天。滿，一作「漏」。趙曰：因宴南樓而望長安也。補注 鶴曰：廣德元年，吐蕃陷隴右諸州，詔焚大散關。公在成都言之，則「燒棧北」也。是時史朝義已自殺，東郡又隔，年已無事，鼓角不至於滿天東。舊注「漏天」或是，猶言朝廷在燒棧之北，鼓角在漏天之東。雅州屬西川，而梓爲東川故也。又寰宇記云：「巂州有漏天。」巂亦屬西川。**屢食將軍第，**蘇曰：吴罕屢乞食於將軍第宥[二]，俱蒙魚味。」**仍騎御史驄。**洙曰：見「憲府舊乘驄」注。唐曰：甫以避亂，食章公之宅，騎章公之馬，叙其恩禮之厚。**本無丹竈術，**洙曰：道家燒丹之事。修可曰：江文通别賦：「華陰上士，服食還仙。術既妙而猶學，道以寂而未傳。守丹竈而不顧，鍊金鼎而方堅。」**那免白頭翁。**洙曰：言無丹竈之術以延年也。**寇盗狂歌外，形骸痛飲中。**洙曰：以酒自隱爾。**野雲低渡水，檐雨細隨風。出號江城黑，**趙曰：夜傳號令，此節度府之事也。**題詩蠟炬紅。**趙曰：言宴中明燭而題詩。**此身醒復醉，不擬哭途窮。**洙曰：阮籍以酒自隱，故得免難，出不由徑，遇途

[一]「漢」下，據杜陵詩史卷一七、分門集注卷五，脱「中」字。
[二] 宥，分門集注作「宅」。

窮則慟哭而反。公自言取籍之自隱於酒，而不仿其哭窮途也。

臺上得涼字。

補注鶴曰：詩云「改席臺能迴」，當是自南樓復宴臺上而作也。

改席臺能迴，趙曰：改席，則自南樓改於臺上也。**留門月復光。雲霄遺暑濕，**洙曰：蒸鬱也。**山谷進風涼。老去一杯足，**洙曰：不如生前一杯酒。**誰憐屢舞長。**洙曰：賓之初筵：「屢舞傞傞。」**何須把官燭，似惱鬢毛蒼。**

送王十五判官扶侍還黔中得開字。廣德元年作。

補注鶴曰：詩云「大家東征逐子回」，又云「青青竹笋迎船出」，當是王侍母於夏初歸。黔中郡，即黔州采訪使之所治。舊次廣德元年。

大家東征逐子回，洙曰：後漢：「曹世叔妻者，班彪之女，名昭，字惠姬。和帝數召入宫，令皇后、貴人師事焉，號曰大家。子穀爲陳留長垣縣長，大家隨至官，作東征賦以叙行李。」趙曰：大家，指言王判官母。**風生洲渚錦帆開。**洙曰：煬帝以錦爲帆。**青青竹笋迎船出，白白江魚入饌來。**修可曰：楚國先賢傳：「孟宗至孝，母好食笋，冬月無之，宗入林中哀號，笋爲之生。」後漢列女傳：「姜詩及妻龐氏並至孝，母好飲江水，嗜魚鱠，又不獨食。夫婦嘗力作鱠，呼鄰母共之。舍側忽有泉湧，味如江水，每旦輒出雙鯉，常供二母之膳。」王判官侍母回黔，故有此句。**離別不堪無限意，艱危深仗濟時才。黔陽信使應稀少，**鄭曰：寰宇記：「黔州黔陽郡。」**莫怪頻頻勸酒杯。**蘇曰：蕭鳳使玉門關，弟肅勸酒頻頻，謂兄曰：「醉中庶使分袂不悲。」

隨章留後新亭會送諸君新添。廣德元年作。

補注鶴曰：諸君，一本作「諸軍」，然作「君」者爲是[一]。新亭，在梓州。當是廣德元年作。

新亭有高會，行子得良時。補注希曰：漢項羽傳：「飲酒有高會。」行子得良時，亦楚辭「日吉兮辰良」，又「歷吉日兮吾將行」之義。**日動映江幕，風鳴排檻旗。絶葷終不改，歡酒欲無詞。已墮峴山淚，**鄭曰：在襄陽，羊（祐）（祜）作鎮日，立碑記功於此。**因題零雨詩。**

[一] 君，原漫漶不清，此據四庫本。

倦夜廣德二年作。

補注**鶴曰**：詩云「竹凉侵卧内，野月滿庭除」，當是在浣花作，廣德二年自閬州歸，未爲參謀時。詩又云「萬事干戈裏」，蓋吐蕃之亂未已。

竹凉侵卧内， **趙曰**：漢書：「引入卧（代）（内）。」**野月滿庭隅。重露成涓滴，**墮也。**稀星乍有無。** **洙曰**：明滅也。**暗飛螢自照，** **蘇曰**：王璡：「如飛螢自照。」言其勢焰尋常也。**水宿鳥相呼。** **洙曰**：蜀都賦云：「雲飛水宿。」**修可曰**：師曠禽經曰：「陸鳥曰栖，水鳥曰宿。」又曰：「凡鳥朝鳴曰嘲，夜鳴曰咴。林鳥以朝嘲，水鳥以夜咴。」**蘇曰**：江淢：「水鳥相呼。」言其欲共安居也。補注**希曰**：春秋繁露曰：「鶴，水鳥也，夜半水立，感其生氣，則益喜而鳴。」**萬事干戈裏，空悲清夜徂。** **師曰**：古詩云：「良馬白日足，壯士中夜心。」甫有感（詩）（時）之志〔一〕，而不見用於時，故「空悲清夜徂」。

悲秋寶應元年作。

補注**鶴曰**：詩云「家遠傳書日」，又云「群盗尚縱横」，當是寶應元年秋在梓州未歸迎家時作，是時史朝義與吐蕃之亂未已。

〔一〕感詩，九家集注卷二四作「感時」，則「詩」爲「時」之訛，杜陵詩史卷一八、分門集注卷三作「成時」。

凉風動萬里，群盗尚縱横。家遠傳洙曰：一作「待」。**書日，秋來爲客情。**洙曰：此二事皆情意之極者。**愁窺高鳥過，**洙曰：高鳥，言東西南北猶得所適。**老逐衆人行。**洙曰：老者尚爲衆人[一]，亦悲時之不與也。**始欲投三峽，何由見兩京。**

對雨廣德元年作。

補注 鶴曰：此詩當作於廣德元年，梁權道亦編在此年。詩云「雪嶺防秋急」，謂是年吐蕃入寇，公將入閬州，故曰「不愁巴道路」。

莽莽天涯雨，江邊獨立時。不愁巴道路，趙曰：指言梓（川）（州）也[二]。**恐濕漢旌旗。雪嶺防秋急，**趙曰：雪嶺，在松、維州之外。**繩橋戰勝遲。**洙曰：見「防秋」「却背五繩橋」注。趙曰：以岷江湍急，不可爲梁，乃竹繩爲橋，駕虚而渡。**西戎甥舅禮，**洙曰：言父尚公主，則子爲甥，中國爲舅也。**未敢背**

[一] 衆人，杜陵詩史卷一七、分門集注卷二同此，據九家集注卷二四，其下當脱「行」字。
[二] 川，四庫本、杜陵詩史卷一七、分門集注卷一作「州」。

恩私。 **趙曰：** 景龍〔二〕〔三〕年以金〔賊〕〔城〕公主妻贊普〔一〕，今公望其篤甥舅之禮，而勿背焉。**師曰：** 時回紇恃功，欲入寇，甫不愁飄轉道路之間，恐關中復遭污辱也，故託意言「不愁巴道路，恐濕漢旌旗」。胡人秋高馬肥，常入寇，故曰防秋。雪嶺、繩橋，皆蜀中，蜀人以竹綍爲橋，名曰繩橋。**補注** **鶴曰：** 九域志云：「雪嶺，距威州二百六十里，山有九峰，上有積雪，春夏不消。」威，即維州。高適傳：「適出西山三城置戍，論東西兩川當合爲一。」即雪嶺也。唐志注：「唐興，有羊灌田、朋笮、繩橋三守捉城。」今指繩橋，蓋三城之一，非謂岷江以竹繩爲橋也。

警急 **趙曰：** 時高適代崔光遠領西川節度使。廣德元年作。

補注 **鶴曰：** 崔光遠憂恚而死在上元二年，以適代光遠在其年建丑月，而松州陷於吐蕃却在廣德元年十二月。趙注爲非。此詩云「松州會解圍」，則是在未陷時作，公時在閬州。

才名舊楚將，妙略擁兵機。 **趙曰：** 以美高適也。**玉壘雖傳檄，松州會解圍。** **洙曰：** 傳檄，言

〔一〕景龍二年，四庫本、杜陵詩史卷一七、分門集注卷一同此，九家集注卷二四引「趙曰」作「景龍三年」，以「三年」爲是，按，資治通鑑卷二〇八載景龍元年夏四月辛巳以上所養雍王守禮女金城公主妻吐蕃贊普，卷二〇九載景龍三年十一月乙亥吐蕃贊普遣其大臣尚贊咄等千餘人逆金城公主，景雲元年正月丁丑命左驍衛大將軍楊矩送之，己卯上自送公主至始平，二月癸未還宮。金賊公主，據九家集注，乃「金城公主」之訛。

吐蕃入寇，檄書相聞也。**趙曰**：廣德元年吐蕃取隴右，十二月遂亡松、維、保三州。補注**鶴曰**：高適至德間爲揚州大都督府長史、淮南節度使，故曰舊楚將。玉壘山，在彭州導江縣，有玉壘記。**和親知計拙，公主漫無歸。****洙曰**：見留花門注。**趙曰**：吐蕃方請和，繼而又叛。補注**希曰**：和親，謂以安成〔一〕、金城公主降吐蕃，而卒不免其入寇，所以爲計拙。舊注云見留花門注，然非回紇也。**青海今誰得，西戎實飽飛。****洙曰**：曹公言呂布：「猶鷹也，飽則飛去。」按唐書：「適代崔光遠爲節度，吐蕃取隴右，適出兵南鄙，以牽制之。既無功，遂亡松、維二州。」**趙曰**：言青海爲吐蕃所有，其勢如鷹之飽而飛揚，不就縶紲也。

王命廣德元年作。

補注**鶴曰**：詩云「牢落新燒棧」，謂廣德元年燒大散關。「蒼茫舊築壇」，謂是年吐蕃寇近(幾)〔畿〕，旋命子儀禦敵，子儀久閑廢，纔得二十騎而行。詩又云「巴西道路難」，巴西，閬州也。時公在閬州，當是廣德元年十月作。

漢北豺狼滿，巴西道路難。**趙曰**：漢與巴相連，蓋吐蕃入寇之地。**血埋諸將甲，骨斷使臣鞍。****趙曰**：廣德元年，使李之芳、崔倫往聘吐蕃，留不遣。虜破邠州，入奉天，天子幸陝。使臣，指李之芳、崔

〔一〕安成，疑爲「文成」之訛。

倫矣。骨斷，則憂懼而骨欲斷折之義。補注鶴曰：「諸將」云者，如渭北行營兵馬使呂〔同〕〔月〕將將精卒二千與吐蕃戰於盩厔〔一〕，兵盡爲虜所擒，而六軍逃潰者，多在商州，諸將縱兵暴掠是也。御史大夫李之芳等使吐蕃，爲虜留，兩年不歸。事並見通鑑。**牢落新燒棧，**洙曰：漢高紀：「張良説漢王燒絶棧道。」棧即閣也，今謂之閣道。**蒼茫舊築壇。**洙曰：漢王齋戒設壇場，拜韓信爲大將軍。趙曰：時雍王〔眊〕〔适〕爲兵馬元帥〔二〕，子儀副之，而禦奉天之寇委子儀。則舊築壇指郭令公也。**深懷喻蜀意，慟哭望王官。**洙曰：司馬相如有喻巴蜀檄。時段子璋反東川，適與崔光遠逆戰，斬之。光遠不戢兵，遂大掠，至有斷士女腕取金者，故民怨哭而欲聞王命也。補注鶴曰：段子璋事在上元二年，與此詩相距二年，所引非。蓋廣德二年吐蕃陷松、維、保三州，及雲山新築二城，西川節度使高適不能救，於是劍南西山諸州亦入於吐蕃矣。巴蜀之人陷新夷虜，所以慟哭望王官之至。巴蜀諸州既陷，則血埋諸將之甲又可知矣。

征夫廣德元年作。

補注鶴曰：詩云「十室幾人在。千山空自多」，時廣德元年，吐蕃陷松、維州，高適在蜀調征夫防守，故有

〔一〕 吕同將，據資治通鑑卷二二三「廣德元年」，乃「吕月將」之訛。

〔二〕 眊，九家集注卷二四、杜陵詩史卷一七及舊唐書卷一二德宗紀作「适」。

此作。自警急至此，三首皆爲高適作，所以譏其不能禦虜也。首冠以「才名舊楚將，妙略擁兵機」之句，而其下皆敗北之事，則機略可見矣。

十室幾人在，千山空自多。路衢唯見哭，城市不聞歌。**洙曰**：民苦役，故多怨哭。漂梗無安地，**蘇曰**：宗壽：「已身如水上浮梗，南北無安身之地。」**趙曰**：此公自言爾，蓋旅寓之人如梗之飄蕩，於義分明。銜枚有荷戈。**洙曰**：漢紀：「章邯夜銜枚擊項梁。」師古曰：「銜枚者，止言語讙囂，欲令敵人不知其來也。周官有銜枚氏。枚狀如(著)(箸)[一]，横銜之。」**蘇曰**：吴起中夜起，謂裨將曰：「防彼銜枚荷戈，衝突吾寨。」官軍未通蜀，吾道竟如何。

惠義寺園送辛員外 廣德元年。

補注 **鶴曰**：惠義寺，在梓州，當是廣德元年作。

朱櫻此日垂朱實，郭外誰家負郭田。萬里相逢貪握手，高才仰望足離筵。

[一] 著，據九家集注卷二四、漢書卷一上高帝紀上，乃「箸」之訛。

又送廣德元年作。

補注 **鶴曰**：魯訔年譜云：「公送辛員外暫至綿。」今詩云「直到綿州始分首」，則魯之説爲是。廣德元年作。

雙峰寂寂對春臺，萬竹青青照客杯。洙曰：一作「送」。**細草留連侵坐軟，殘花悵望近人開。同舟昨日何由得，並馬今朝未擬迴。直到綿州始分首，江頭樹裏共誰來。**

章梓州橘亭餞成都竇少尹得凉字。新添。

補注 **鶴曰**：此詩一本作兩首，自「衰老應爲難離别」已下題曰「長流」，然合爲一者是。當在廣德元年秋作，是年九月公至閬。

秋日野亭千橘香，玉杯錦席高雲凉。主人送客何所作，音佐。**行酒賦詩殊未央。衰老應爲難離别，賢聲此去有輝光。預傳籍籍新京兆，青史無勞數趙張。**補注 **希曰**：成都前號南京，公故借京尹事，用前漢趙廣漢：行京兆尹，滿歲爲真。張敞亦爲京兆尹，故吏民語曰：「前有趙張，後有三王。」

送元二適江左廣德元年作。

補注 **鶴曰**：詩云「風塵爲客日」，謂廣德元年九月吐蕃入寇，此詩是時作。

亂後今相見，秋深復遠行。風塵爲客日，趙曰：公言其遭戰鬥之時，旅泊於外。**江海送君情。**晉室丹陽尹**洙曰**：温嶠爲丹陽尹。**公孫白帝城。****洙曰**：公孫據白帝城。**師曰**：丹陽尹，指元二適丹陽也。白帝城，甫自言客居夔州也。**經過自愛惜，取次莫論兵。****洙曰**：元嘗應孫吴科舉。

章梓州水亭洙曰〔一〕：時漢中王兼道士席謙在會，同用荷字韻。廣德元年作。

補注 **鶴曰**：魯訔、梁權道皆以爲在廣德元年，然是年春梓州是李使君，夏方是章彝爲刺史。詩云「秋水席邊多」，當是其秋作。

城晚通雲霧，亭深到芰荷。吏人橋外少，**蘇曰**：尹伯吉爲丹陽令，好飲，語友人曰：「可同過橋飲，彼處吏人少。」潘岳詩：「貪杯避吏人。」**秋水席邊多。近屬淮王至，****洙曰**：淮南王劉安，以比漢中王。**高門薊子過。**薊，居例切。**洙曰**：家家迎薊子，以比席道士也。**趙曰**：後漢薊子訓有神異之術，士大夫嚮

〔一〕 洙曰，杜陵詩史卷一八作「彦輔曰」。

慕之。今公此句，以尊章梓州之能致異人也。**荆州愛山簡，吾醉亦長歌。****洙曰**：山簡習池事，以比章梓州也。**趙曰**：以山簡比章留後。山簡每出嬉游，多之池上，置酒輒醉。時有童兒歌曰：「山公出何許，每至高陽池。日夕倒載歸，酩酊無所知。」公言「吾醉亦長歌」，則效童兒之爲歌矣。

送陵州路使君之任廣德元年作。

補注 **鶴曰**：「幽燕通使者」，謂史朝義廣德元年正月縊死，而河北盡平。詩又云「秋天正摇落」，當是廣德元年秋在梓州作。陵州，唐屬東川。

王室比多難，高官皆武臣。**洙曰**：時方急於賞功，故武臣在高位。**蘇曰**：宋鋮：「近世兵戈擾擾，而高爵厚禄皆武官，高牙大飾金紫[一]，煌煌駭人耳目。我輩頭白作冷局官，復何益哉？」**幽薊通使者[二]，****洙曰**：時安史之亂平，而幽薊路通矣。**岳牧用詞人。國待賢良急，君當拔擢新。佩刀成氣象，****洙曰**：晉書：「吕虔爲刺史，有佩刀，相者曰：『以三公可服。』虔乃贈别駕王祥，曰：『苟非其人，刀或爲害。卿有公輔之量，故相與也。』」**行蓋出風塵。****趙曰**：時方吐蕃之亂，而刺史之蓋出風塵以往也。**戰伐乾坤破，****洙**

[一] 飾，杜陵詩史卷一八同此，分門集注卷二一作「旆」。
[二] 薊，四庫本、杜陵詩史、分門集注作「燕」。下同。

元興曰：所在殘敝也。**瘡痍府庫貧。**洙曰：軍用匱乏之急也。**衆寮宜潔白，萬役但平均。**蘇曰：「今世事若此，諸公宜潔正廉白，不可學日前貪饕。」又王子敬：「萬民徭役，宜科使平均，自無怨謗。」**霄漢瞻佳士，**蘇曰：張景陽：「近數佳士，致身在於霄漢之上。」趙曰：指路君自此遷擢，當在霄漢。**泥塗任此身。**趙曰：公自言也。**秋天正摇落，回首大江濱。**

薄暮廣德元年作。

補注鶴曰：詩云「高秋心苦悲」，又云「寒花隱亂草」，當是廣德元年秋在閬州作，是年公九月至閬矣。

江水最深地，洙曰：此指蜀江。**山雲薄暮時。寒花隱亂草，**師曰：寒花已非其時，甫自比衰年也。**宿鳥擇**洙曰：一作「探」。**深枝。**趙曰：左傳：「鳥則擇木，木豈能擇鳥？」師曰：鳥志在奮飛，宿鳥已有栖息之地，甫自比無飛騰之志也。**舊國見何日，高秋心苦悲。人生不再好，鬢髮白**洙曰：一作「自」。**成絲。**

東津送韋諷攝閬州録事新添。廣德元年作。

補注鶴曰：東津，在綿州，打魚歌云：「綿州江水之東津」是也。當是廣德元年送辛員外暫至綿州時作。

梁權道編在寶應元年梓州詩内。

聞説江山好，憐君吏隱兼。寵行舟遠泛，惜别酒頻添。推薦非承乏，操持必去嫌。它時如按縣〔一〕，不得慢陶潛。

惠義寺送王少尹赴成都分得峰字。新添。廣德元年春〔竹〕〔作〕。

補注 鶴曰：公嘗陪李梓州四使君登惠義寺，則寺在梓州。今詩云「騎馬行春徑」，當是廣德元年春作。

苒苒谷中寺，娟娟林表峰。欄竿上處遠〔二〕，結構坐來重。騎馬行春徑，衣冠起暮鍾。雲門青寂寞，此别惜相從。

西山三首廣德元年作。

補注 鶴曰：詩云「雨雪閉松州」，當是廣德元年十二月松州被圍時作。

夷界荒山頂，蕃州積雪邊。洙曰：成都記：「西山冬夏積雪。」築城依洙曰：一作「連」。白帝，

〔一〕它，杜陵詩史卷二二、分門集注卷二一同此，九家集注卷二四、四庫本作「他」。

〔二〕竿，四庫本、九家集注卷二四作「干」。

轉粟上青天。 洙曰：白帝城在夔州，此西山詩而言「築城依白帝」，恐傳者誤矣。趙曰：兩句通義。公孫述自號白帝，其所築城在高山上，本曰白帝城。今公言高山上築城依倣白帝，所以轉粟之難，如上青天。補注希曰：白帝，西方之帝也。今築城於西山之上，言其高可依於白帝，故下曰「轉粟上青天」，非指公孫述城而言，但假用其字耳。夔州白帝城在赤甲相近，其山初不大高，豈西山所依倣者？高適疏謂：「今所界吐蕃城堡，不過平戎已西數城，邈在窮山之巔，垂於險絶之末，運糧於束馬之路，坐甲於無人之鄉。」故此云轉粟如上天之難也。**蜀將分旗鼓，** 趙曰：以吐蕃陷松、維、保三州，勢迫近蜀，故分旗鼓以禦之。**羌兵助鎧鋋。** 洙曰：一作「井泉」。**西南背和好，殺氣日相纏。** 趙曰：以吐蕃背先帝時盟好，而爲寇不已。

辛苦三城戍，長防萬里秋。 洙曰：明皇還蜀後，復分東西兩川爲兩節度。西山列防秋三戍，民罷（干）（于）役，高適論之，不聽。**煙塵侵火井，雨雪閉松州。** 洙曰：雪賦：「火井滅。」蜀都賦：「火井沉熒於幽泉，高焰飛煽於天垂。」趙曰：火井雖在邛州，大率是蜀地名，言吐蕃迫蜀中也。孫曰：蜀志云：「火井在臨邛。」補注鶴曰：唐志雖云火井在邛州，有火井縣，而九域志又云有火井在蓬州。蓬與果、巴州爲鄰，而邛與雅州爲鄰，雅去羈縻羅嚴州不滿三百里。此當指邛而言。松州與維州唐屬西川，自廣德元年後，吐蕃復置行州，以首領爲刺史、司馬矣。**風動將軍幕，** 洙曰：一云「蓋」。**天寒使者裘。漫山賊營壘，迴首得無憂？** 洙曰：漫山，言賊壘之多也。

子弟猶深入，趙曰：子弟，言充兵之人也。**關城未解圍。蠶崖鐵馬瘦，灌口米船稀。**洙曰：蠶崖、灌口，並西山隘口地名。趙曰：蠶崖在西山關隘處，灌口在今永康軍。戰馬不足充戰而瘦，米船以運多不繼而稀，此爲可憂矣。程曰：灌口山在永康軍導江縣，李膺益州記云：「清水路西七里灌口，古所謂天彭闕。」補注希曰：唐志云：「彭州導江縣有蠶崖關。」寰宇記：「蠶崖關在永康軍西北四十七里。」洙曰：寰宇記：「灌口山在西嶺，有天彭闕。」又云：「有灌口鎮，在彭州九隴縣。」唐志：「蜀州有灌口府。」然則蠶崖、灌口皆指彭州而言也。**辯士安邊策，元戎決勝威。**洙曰：元戎，元帥也。史：「決勝千里。」**今朝烏鵲喜，**洙曰：西都雜記云〔一〕：「乾鵲噪而行人至。」**欲報凱歌歸。**補注希曰：文選：「淮徐獻捷，河兗凱歸。」

薄游廣德元年作。

補注鶴曰：詩云「巴城添淚眼」，按唐志，閬州、綿州皆爲巴西郡。公廣德元年皆至兩郡，然至綿乃是春晚，至閬乃是秋晚，祭房公文乃是年九月二十三日。此詩云「病葉多先墜，寒花只暫香」，當是在閬州作。

淅淅風生砌，洙曰：謝惠連：「淅淅振條風。」**團團月隱墻。**洙曰：班婕妤：「團團似明月。」**遥空**

〔一〕西都雜記，九家集注卷二四作「西京雜記」。

秋雁滅，半嶺暮雲長。病葉多先墜，寒花只暫香。巴城添淚眼，今夕復清光。趙曰：公以薄游之無定，見月而添淚也。

黄氏補諸儒集注杜工部詩史卷之二十四

黄氏補千家集注杜工部詩史卷之二十五

送梓州李使君之任

魯曰[一]：故陳拾遺，射洪人也，篇末有云。寶應元年作。

補注 **鶴曰**：按公廣德元年有陪李使君泛江、陪李梓州四使君登惠義、又秋有章梓州橘亭水亭等詩，及史云「梓州刺史章彝爲嚴武召至成都殺之」，乃廣德二年。則李使君之任乃在寶應元年夏，故詩云「火雲揮汗日，山驛醒心泉」，是時公在綿州。詩又云「遇害陳公殞，于今蜀道憐。君行射洪縣，爲我一潸然。」則是公未訪陳拾遺故宅及到陳拾遺學堂前作也。公是年十一月至射洪，有此二詩。

籍甚黄丞相，能名自潁川。 **洙曰**：前漢循吏傳：「黄霸爲潁川太守，咸稱神明，治爲天下第一，聲名籍甚，後爲丞相。」**近看除刺史，** **洙曰**：前漢景帝紀注：「凡言除，除故官就新官也。」**還喜得吾賢。五馬何時到，** **洙曰**：古陌上（桑）羅敷行[二]：「使君從南來，五馬立踟躇。」**雙魚會早傳。** **趙曰**：囑李使君早寄書也。古樂府：「客從遠方來，遺我雙鯉魚。呼兒烹鯉魚，中有尺素書。」**師曰**：昔王羲之守永嘉，庭列五馬。此

[一] 魯曰，杜陵詩史卷一九、分門集注卷二一同此，九家集注卷二五作「公自注」。
[二] 「古陌上」下，據杜陵詩史、分門集注，脱「桑」字。

二句言使君幾時到任，早寄書達甫。**老思笻竹杖，冬要錦衾眠。** **洙曰：** 一云「笻竹柱」[一]。漢張騫在大夏時見笻竹杖，云賈人市之於身毒國。漢朱寵爲太尉，家貧，布被。帝聞之，賜錦被。**趙曰：** 公從李使君要此二物也。笻竹，蜀中所出，蜀都賦云：「笻竹緣嶺。」注云：「中實而高節，可以作杖。」錦衾雖是錦被，而字出詩：「錦衾爛兮。」蜀中有錦，故公及之。**補注** **希曰：** 蜀記云：「漢張騫奉使尋河源，得高節竹，植於邛山。今緣嶺皆是，堪爲杖，號曰邛竹杖。」古詩：「凛凛歲云暮，螻蛄多鳴悲。凉風率已厲，游子寒無衣。錦衾遺洛浦，同袍與我違。」此用其意也。**鶴曰：** 戴愷之竹譜：「邛竹，一名扶彦[二]。」竹記云：「邛州多生笻竹，俗謂之扶老竹。」又云：「出邛山。」**不作臨歧恨，** **洙曰：** 陳陰鏗送始興王詩：「背飛傷客念，臨歧惆聖情。」**唯聽舉最先。** **洙曰：** 京房舉最，當遷。注：「以課最被舉。」**火雲揮汗日，** **洙曰：** 淮南子：「旱雲煙火生。」**趙曰：** 隋盧思道詩[三]：「火雲赫而四舉。」史記云：「臨（溜）〔淄〕揮汗如雨[四]。」**山驛醒心泉。** **遇害陳公殞，** **洙曰：** 子昂後爲縣令段簡收繫，憂憤死獄中。**于今蜀道憐。君行射洪縣，爲我一潸然。** **洙曰：** 射洪，屬梓州。

[一] 笻竹柱，據王洙本卷一三、杜陵詩史、分門集注，乃「笻杖柱」之訛。

[二] 扶彦，疑爲「扶竹」之訛，按，明曹學佺蜀中廣記卷六三：「戴凱之竹譜曰：邛竹，高節實中，狀如人剡，俗謂之扶老竹。」元李衎竹譜卷六：「笻竹，又名扶竹，又扶老竹，又名慈悲竹。」

[三] 詩，乃「賦」之訛，按，「火雲赫而四舉」出盧思道納凉賦。

[四] 臨溜，乃「臨淄」之訛，史記卷六九蘇秦列傳載：「臨菑之塗，車轂擊，人肩摩，連衽成帷，舉袂成幕，揮汗成雨。」

鄭曰：潸然，涕流貌。

王閬州筵奉酬十一舅惜別之作廣德元年作。

補注 **鶴曰**：詩云「千崖秋氣高」，當是廣德元年九月至閬州作。時吐蕃、党項與僕固懷恩之亂方殷，故有「群盜尚如毛」之句。

萬壑樹聲滿， **洙曰**：顧愷之言：「千岩競秀，萬壑争流。」**千崖秋氣高。** **洙曰**：宋玉曰：「悲哉秋之爲氣也，天高而氣清。」**浮舟出郡郭，别酒寄江濤。良會不復久，此生何太勞。窮愁但有骨，群盜尚如毛。** **洙曰**：窮愁而瘦極也。群盜尚多，故如毛。**吾舅惜分手，使君寒贈袍。** **洙曰**：范雎見須賈，賈曰：「范叔一寒如此。」乃取綈袍以賜之。**沙頭暮黄鶴，失侣自**一作「亦」。**哀號。** **趙曰**：自，當以「亦」爲正，言人别而哀，黄鶴失侣亦然也。

閬州奉送二十四舅使自京赴任青城新添。

補注 **鶴曰**：詩云「聞道王喬舄」，當是其舅爲青城宰。青城，蜀州之邑也。又云「涪江醉泛船」，廣德元年作。

聞道王喬舄，名因太史傳。如何碧雞使，把詔紫微天。**定功曰**：王褒傳曰：「方士言益州有金馬、碧雞之寶，可祭祀致也。宣帝使褒往祀焉。」秦嶺愁回馬，涪江醉泛船。**鄭曰**：秦嶺在秦川〔一〕。

補注**鶴曰**：唐志：「秦川有秦嶺縣〔二〕，貞觀十七年省，大中二年先收復，權隸鳳翔府，三年來屬。」涪江雖出合州，而水經云：「涪江水東南合射江。」則梓、閬皆可言也。青城漫污雜，吾舅意淒然。

放船廣德元年秋作。

補注**鶴曰**：詩云「送客蒼溪縣」，又云「黄知橘柚來」，當是廣德元年秋閬州作。

送客蒼溪縣，**鮑曰**：唐志：「蒼溪，屬閬州。」補注**希曰**：蒼溪，唐屬閬中，舊史志云：「漢分宕渠置漢昌縣，屬巴郡，改漢昌爲蒼溪。」九域志云：「州西北四十里。」山寒雨不開。直愁騎馬滑，故作泛舟回。**趙曰**：孟浩然詩：「爲多山水樂，頻作泛舟行。」青惜峰巒過，黄知橘柚來。**鮑曰**：言舟行湍移，景物如畫，雖速而不言速也。江流翠自在，坐穩興悠哉。

〔一〕秦川，九家集注卷二五作「秦州」。

〔二〕秦川，當作「秦州」，舊唐書卷四〇地理志三載隴右道秦州有秦嶺縣，貞觀十七年廢。

奉待嚴大夫寶應元年作。

補注 鶴曰：此詩皆以爲武廣德二年再鎮成都，公待其至，故有此作。然武是時以黄門侍郎、鄭國公出爲成都尹，公所與詩有曰嚴中丞、嚴大夫、嚴侍郎、嚴鄭公，皆隨武所受官而稱之，如是年自閬州將赴草堂途中先寄嚴鄭公是也。若是其時作，顧曰嚴大夫，何耶？按舊史：「武出爲綿州刺史，劍南、東川節度使兼御史中丞。上皇誥以劍南兩川合爲一，拜武成都尹兼御史大夫，充劍南節度。」而公上武説早在寶應元年建巳月則云：「中丞嚴公節制劍南日，奉此説。」又與史異。今觀詩，如曰「不知旌節隔年回」，蓋史云「上元二年建丑月以武爲成都尹」，而詩作於寶應元年之正月，故云。若廣德二年武再鎮蜀，乃是二月，不應有「隔年回」之句。諸將詩第五首爲武作也，詩云：「主恩前後三持節。」而通鑑亦云：「武再鎮劍南。」則武嘗三鎮蜀。趙以寶應元年正月權令兩川都節制爲第一，六月專以節制西川，阻徐知道反，不得進，爲第二，廣德二年正(月)以兩川合一節度，而武以黄門侍郎來，爲第三。然玄宗以上元元年七月移居西内，高力士、陳玄禮等阻，遷謫。上寢不擇，豈復更預國事？史云「爲綿州，誥以劍南(西)(兩)川合爲一〔一〕，拜武成都尹」者，意在乾元二年裴冕爲尹之前，是時止是節制也。合以此時爲一，而寶應元年再尹爲二，廣德三年爲兩川節度者爲三〔二〕。此詩是寶應元年作，故又云「殊方又喜故人來，重鎮還須濟世才。」新史云：「貶巴州刺史，久之，遷東川節度。上皇合劍南爲一道。」而不言爲

〔一〕 西川，據舊唐書卷一一七嚴武傳，乃「兩川」之訛。
〔二〕 廣德三年，據上文，乃「廣德二年」之訛。

綿州。案房琯傳，貶巴(川)〔州〕在乾元元年六月，當是自巴遷綿。

殊方又喜故人來，重鎮還須濟世才。 **洙曰**：時武再鎮蜀。**鄭曰**：重，直隴切，厚也。**常怪偏裨終日待，不知旌節隔年回。** **洙曰**：偏裨，諸將校也。旌節，麾幢也。楊國忠兼領劍南，每幸驪山，必以旌節前引。**補注** **希曰**：左傳云：「偏師而偏裨。」又已見馮奉世傳矣。唐職官志：「天寶中，緣邊禦戎之地置八節度使，受命之日，賜之旌節。」武爲劍南節度，故云。**欲辭巴徼啼鶯合，遠下荆門去鷁催。** **洙曰**：公自言欲辭蜀而入楚。**趙曰**：此言蓋船首畫鷁，以驚水怪。**師曰**：鷁，舟。已督舟將行。**補注** **希曰**：子虛賦：「浮文鷁。」張楫曰〔一〕：「水鳥也，畫其象於船首。」淮南子：『龍舟鷁首，天子之乘也。』」**身老時危思會面，** **洙曰**：古詩：「道路阻且長，會面安可知？」**一生襟** **洙曰**：一作「懷」。**抱向誰開。** **洙曰**：言人不己知。

奉寄高常侍 **洙曰**：一云「寄高三十五大夫」。永泰元年作。

補注 **鶴曰**：梁權道編在廣德二年閬州作。按舊史，適代崔光遠爲成都尹、西川節度。然崔光遠以上元二年建子月卒，而建丑月已除嚴武爲尹，則適代光遠爲尹者，攝也。武來，即仍守蜀州。史又云：「代宗即位，吐蕃逼京畿，適練兵臨吐蕃南境，以牽制之。師出無功，而松、維等州爲賊兵所陷。以嚴武代還。」則適爲成都

〔一〕張楫，漢書卷五七上司馬相如傳上此句下注作「張揖」。

尹在寶應元年夏，武歸朝之後，而適代還乃在廣德二年三月也。史又云：「代還，用爲刑部侍郎，轉散騎常侍。永泰元年正月卒。」今題云「寄高常侍」，又詩云「今日朝廷須汲黯」，則適在朝明矣。又云「天涯春色催遲暮，別淚遥添錦水波」，當是永泰元年正月在成都作。若謂在廣德二年春，則是時適未出蜀，又公未歸成都。意作詩未久，適已卒。

汶上相逢年頗多，洙曰：地理志：「汶水出泰山萊蕪。」蜀亦有汶川，〔山西出〕（出西山）〔一〕。**修可**曰：魯之汶，今在鄆州，論語有「吾必在汶上」之語，非蜀之汶川矣。**飛騰無那故人何。**鄭曰：那，乃箇切。洙曰：故人，指侍御也。**趙曰**：高適與公皆拜拾遺，其後高爲散騎常侍，則其飛騰明矣。**總戎楚蜀應全未，**洙曰：爲帥也。**趙曰**：總戎，大將之事。適先除揚州大都督、淮南節度使，又出爲彭、蜀二州刺史，蓋言雖總戎於楚、蜀，而猶未焉。**尹曰**：適代崔光遠節度西川，又守彭州，故云「總戎楚蜀應全未」者，言年未及老也。**方駕洙曰**：一作「價」。**曹劉不啻過。**洙曰：方，齊也。言文才過於曹丕、劉楨也。不啻，猶過多也。**修可**曰：方駕，並駕也。劉孝標廣絶交論曰：「遒文麗藻，方駕曹王。」注謂曹植、王粲。此言曹劉，乃曹植、劉楨，非曹丕也。**今日朝廷須汲黯，**洙曰：漢書：「汲黯在朝，淮南寢謀。」言黯之材足以折衝千里爾。時寇賊充斥朝廷，須如汲黯者。**中原將帥憶廉頗。**洙曰：馮唐傳：「文帝輦過郎署，問馮唐曰：『言李齊之賢。』唐對

〔一〕山西出，九家集注卷二五、杜陵詩史卷一九作「出西山」。

曰：『齊尚不如廉頗、李牧之爲將也云云。』上既聞廉頗、李牧爲人，迺拊髀曰：『嗟乎！吾獨得廉頗、李牧爲將，豈憂匈奴哉？』天涯春色催遲暮，別淚遥添錦水波。**趙曰**：時高在成都，起發赴召，故云。

奉寄章十侍御 **彦輔曰**：時初罷梓州刺史、東川留後，將赴朝廷。一云「寄梓州張使君」。

補注 **鶴曰**：二史皆云嚴武殺梓州刺史章彝，則章罷梓州刺史不當更赴朝廷，而詩云「朝覲從容問幽側，勿云江漢有垂綸」，則又是送其入朝。豈非將行時爲武所殺？當是廣德二年作。

淮海惟揚一俊人，**洙曰**：禹貢：「淮海惟揚州。」**耒曰**：章彝，（陽）（揚）州人。金章紫綬照青春。**洙曰**：「百官公卿侯表：「金印紫綬。」師古曰：「漢儀云：『銀印皆龜（劍）（鈕），其文曰章。』謂刻曰某官之章。」」**孝祥曰**：青春，言年少也。指麾能事回天地，**洙曰**：唐張玄素有回天之力，能回人主之意也。**趙曰**：指麾所能之事，雖天地亦可回，所以大言之。**歐曰**：時段子璋反，章討平之，故云。訓練强兵動鬼神。**趙曰**：言威力所致然。湘西不得歸關羽，**洙曰**：蜀將關羽，先主收江南諸郡，乃拜羽爲襄陽太守。先主西走益州，拜羽董荆州事。河内猶宜借寇恂。**洙曰**：後漢寇恂：「光武取河内，拜恂爲太守，行大將軍。後（潁州）（潁川）盗賊群起，帝曰：『潁川迫近京師，當以時定，惟卿能平之。』即日車駕南征，恂從至潁川。盗賊悉降，而竟不拜郡，百姓遮道曰：『願從陛下復借寇君一年。』乃留恂鎮撫吏人，納餘降也。」**黄曰**：甫意美章善守東川，恐如闕，寇不得去也。**朝覲從容問幽側，勿云江漢有**洙曰：一作「老」。**垂綸。**晁曰：甫自言也。

補注 希曰：諸侯之見天子曰朝，書云「群后肆朝」是也；天子之見諸侯曰覲，書云「乃日覲四岳群牧」是也。文選沈約恩幸論：「明揚幽側，惟才是與。」

將赴荆南寄别李劍州廣德二年春作。

補注 鶴曰：劍州，唐爲晉安郡，本始州，先天二年更名。詩云「使君高義驅今古，寥落三年坐劍州」，唐刺史其以三年爲任也。公寶應元年至廣德二年三月游綿、梓、閬，其在梓、閬屢欲出峽，故作此詩。以嚴武再鎮成都，復往依之。此詩當在廣德二年春作，故曰「春風回首仲宣樓」。

使君高義驅今古，寥落三年坐劍州。但見文翁能化俗，洙曰：前漢循吏傳：「文翁來爲蜀郡太守，仁愛好教化，見蜀地僻陋，有蠻夷風，乃選郡縣小吏開敏有才者張叔等十餘人，親自飭厲，遣詣京師受業博士。數歲，蜀生皆成就歸，文翁以爲右職。又修起學宮於成都市，招下縣子弟以爲學官子弟，爲除更繇，使傳教令，出入閨門。吏民見而榮之，繇是大化，蜀地學於京師者比齊魯焉。至武帝時，乃令天下郡國皆立學校官，自文翁爲之始。文翁終於蜀，吏民爲立祠堂，祭祀不絶。至今巴蜀好文雅，文翁之化也。」**焉知李廣未封侯。**洙曰：李廣傳：「初廣與從弟李蔡俱爲郎，蔡積功，武帝封爲樂安侯，廣不得爵邑，官不過九卿。常與望氣王朔言之，朔曰：『將軍自念，豈嘗有恨者乎？』廣曰：『吾爲隴西守，羌嘗反，吾誘降者八百餘人，詐而同日殺之。至今恨，獨此耳。』朔曰：『禍莫大於殺已降，此乃將軍不得封侯。』」**路經灧澦雙蓬鬢，天入滄浪一釣舟。** **趙曰**：灧澦堆，在巫峽之口。滄浪，則楚漁父所謂「滄浪之水」也。**戎馬相逢更何日，春風回首仲宣樓。** **洙曰**：荆州有仲宣樓，魏志：「王粲，字仲宣。年十七，司徒辟詔，除黄門侍郎，以西京擾亂，皆不就。乃之荆州，依劉表。遂登江陵城樓，作賦云。」**趙曰**：方當戎馬之亂，果何日乎？舊注遂謂荆州有仲宣樓，非也。

奉寄别馬巴州

彦輔曰：時甫除京兆功曹，在東川。上元二年作。

補注 **鶴曰**：詩云「功曹非復漢蕭何」，按史云：「流落劍南，結廬成都西郭，召補京兆功曹，不至。會嚴武節度劍南東、西川，往依焉。」則公除功曹在上元二年冬，嚴武節度兩川之前。而蔡興宗年譜以爲廣德元年補功曹，又云「春日有寄馬巴州詩，注云：『時除功曹，在東川。』而本傳與集記作上元間，舊譜作永泰年，皆誤。」殊不知舊注乃薛彦輔之言爾。舊譜固誤矣，而謂本傳有集記爲誤，可乎？蓋武表公爲節度參謀，又在廣德二年秋武再鎮成都時。若曰除功曹在元年，則武是時尚在京師。以公平時屢起故鄉之念，何憚不因此而歸舊里？惟其召在上元間，草堂方成，道路多梗，而嚴武又來蜀，是以不赴。王原叔記亦以爲召補功曹，以道阻，不赴。此詩云「扁舟繫纜沙邊久」，又是在東川作。公在浣花未嘗不繫舟也，當是上元二年作。馬巴州，未詳何人，意是上元二年死於遂州者。

勛業終洙曰：一作「真」。歸馬伏波，洙曰：謂馬巴州也。馬援封伏波將軍，少有大志，以功名自許。功曹非復漢蕭何。洙曰：功曹，公自謂也。前漢蕭何爲沛王吏掾。修可曰：劉貢父作詩話稱：「杜甫云『功曹非復漢蕭何』，按，曹參嘗爲功曹，非蕭何也。」王定國云：「高祖紀：『何爲主吏。』孟康注曰：『主吏，功曹也。』貢父之言誤矣。」二説皆非，按吴志：「虞翻爲孫策功曹，策曰：『孤有征討事，未得還府，卿復以功曹爲吾蕭何，守會稽耳。』」扁舟繫纜沙邊久，南國浮雲水上多。趙曰：公欲爲荆楚之行，尚留東川，故繫纜久而空望南國也。此詩蓋公雖除京兆功曹，乃有南往之興，而不赴矣。獨把漁竿終遠去，難隨馬翼一相過。知君未愛春湖色，興在驪駒白玉珂。洙曰：前漢儒林傳：「王式詔除爲博士，既至舍中，會諸大夫、博士，共持酒肉勞式。博士江公心嫉式，謂歌吹生曰：『歌驪駒。』式曰：『聞之於師：客歌驪駒，主人歌客毋庸歸。今日諸君爲主人，日尚早，未可也。』」驪駒，逸詩，見大戴禮，客欲去，歌之。文穎曰：「其辭云：『驪駒在門，僕夫具存。驪駒在路，僕夫整駕。』」公言馬巴州不以我欲游江湖，其興在於朝覲見君。驪駒、白玉珂，則早朝騎馬之事。古詩：「驪駒在門。」珂者，馬口中鳴珂也，以白玉爲之。

泛江廣德二年作。

補注 鶴曰：詩云「長日容杯酒，深江净綺羅。亂離還奏樂，飄泊且聽歌」，當是廣德二年春在閬州作。

方舟不用楫，**趙曰**：方舟，並船也，字出爾雅。**大臨曰**〔一〕：隨流也。補注**希曰**：酈食其傳亦云：「方舟而下。」師古曰：「方，併也。」極目總無波。**洙曰**：招魂曰：「目極千里兮傷春心。」長日容杯酒，深江淨綺羅。**大觀曰**：言江花色淨如綺羅也。亂離還奏樂，飄泊且聽歌。故國流清渭，如今花正多。

陪王使君晦日泛江就黄家亭子二首廣德二年。

補注**鶴曰**：王使君，即王閬州也。晦日，爲唐令節。當是廣德二年正月晦日作。

山豁何時斷，江平不肯流。稍知花改岸，始驗鳥隨舟。結束多紅粉，**趙曰**：古詩：「娥娥紅粉粧。」歡娱恨白頭。**蘇曰**：陳(死)〔苑〕曰：「青春風物雖好歡娱，獨恨白頭翁不得馳逐五陵年少。」非君愛人客，晦日更添愁。**洙曰**：添，一作「禁」。蔡伯世曰：「古以正月盡爲令節，曰晦日。」其説是。

有徑金沙軟，無人碧草芳。野畦連蛺蝶，**趙曰**：裴子野雲詩：「栖葉如連蝶。」江檻俯鴛鴦。日晚煙花亂，風生錦繡香。**趙曰**：言花如錦綉而有香也。不須吹急管，衰老易悲傷。

〔一〕大臨曰，原未作杜詩注家格式，此據杜陵詩史卷一九、分門集注卷一〇改。

南征廣德二年春作。

補注 **鶴曰**：詩云「春岸桃花水」，而題曰「南征」，當是廣德二年春在閬州作。

春岸桃花水，洙曰：謝靈運詩：「海鷗戲春岸。」庾信詩：「流水桃花色，春洲杜若香。」**雲帆楓樹林。**洙曰：阮籍詩：「湛湛長江水，上有楓樹林。」**偷生長避地，**洙曰：李陵書曰：「陵豈偷生之士？」論語：「賢者避世，其次避地。」**適遠更霑襟。**洙曰：王仲宣詩：「遠身適荆蠻。」四愁詩：「側身南望涕沾襟。」**老病南征日，**洙曰：招魂曰：「汩吾南征。」趙曰：公言其將適楚也。**君恩北望心。**趙曰：公既有功曹之命，爲領君恩矣，所以北望長安也。補注 **鶴曰**：出處皆荷君恩，豈以京兆功曹之命爲領君恩而後北望哉？況是時不起功曹已久。**百年歌自苦，未見有知音。**洙曰：古詩：「人生不滿百，常懷千歲憂。」又云：「不愁歌者苦，但傷知音稀。」**師曰**：峽人以二月桃花發時春水生，謂之桃花水。水漲，可以下峽，甫自蜀南征吴、楚，故云。

久客廣德二年作。

補注 **鶴曰**：詩云「羈旅知交態，淹留見客情。衰顔聊自哂，小吏最相輕」，又云「狐狸何足道，豺虎正縱横」，當是廣德二年在閬州莫有相知者，故有此作。

羈旅知交態，洙曰：鄭當時傳：「翟公大書其門曰：『一死一生，乃知交情。一貧一富，乃知交態。』」

淹留見俗情。**蘇曰**：張遼：「漂泊淹留，始見世俗人情。」炎凉俯仰，皆時世體態，仁者必不爲也。哀顏聊自哂，小吏最相輕。**蘇曰**：何晏見梁王，王不爲禮，晏叱曰：「小吏何敢侮予？」去國哀王粲，**洙曰**：王仲宣七哀詩：「西京亂無象，豺虎正遘患。復棄中國去，遠身適荆蠻。」傷時哭賈生。**洙曰**：賈誼上書言時事云：「可爲痛哭者一，可爲流涕者二，可爲太息者六。」狐狸何足道，豺虎正**洙曰**：一作「亂」。縱横。**洙曰**：孟陽七哀詩：「季葉喪亂起，盗賊如豺虎。」張綱傳：「豺狼當道，安問狐狸？」**趙曰**：時吐蕃之亂未息也。

春遠永泰元年作。

補注 **鶴曰**：詩云「故鄉歸未得，地入亞夫營」，當是永泰元年春在浣花作。時吐蕃雖退，而是年二月戊寅党項羌寇富平。富平屬京兆府，故諸將營於近畿。詩又云「春遠獨柴荆」，謂是年正月已歸溪上。梁權道編在廣德二年閬州作，與詩多不叶。

肅肅花絮晚，菲菲紅素輕。**趙曰**：兩句通義，紅以言花，素言絮也。日長唯鳥雀，**蘇曰**：周素：「山居風暖日長，不謝賓客，俯檐把盞，但聞鳥雀啁啾，亦足爲幽人之樂。」春遠獨柴荆。**趙曰**：言無往來之人。數有關中亂，何曾劍外清。故鄉**洙曰**：一作「園」。歸不得，地入亞夫營。**趙曰**：指言長安屯兵，乃公之故鄉而爲軍營矣。亞夫營，在長安，文帝時單于入寇，亞夫屯軍細柳營。

暮寒廣德二年作。

補注 **鶴曰**：詩云「戍鼓猶長擊」，當是廣德二年春在閬州作。閬與梓、利、巴、劍、果州爲鄰。時吐蕃新陷松、維、保三州，故戍鼓未静也。

霧隱平郊樹，洙曰：江淹詩：「千里何蕭條，白日隱寒樹。」**趙曰**：言霧遮掩其樹。**風含廣岸波。沉沉春色静，慘慘暮寒多。戍鼓猶長擊，趙曰**：言吐蕃亂，今尚防戍。**林鶯遂不歌。忽思高宴會，朱袖拂雲和。洙曰**：古詩：「今日良宴會。」周禮春官大司樂：「雲和之琴瑟。」玄謂：「雲和、空桑、龍門，皆山名。」東京賦：「孤竹之管，雲和之瑟。」**趙曰**：漢祖置酒高會。朱袖，紅袖也。

雙燕廣德二年作。

補注 **鶴曰**：詩云「旅食驚雙燕」，又云「今秋天地在，吾亦離殊方」，當是廣德二年春在閬州作。公有意於出峽，未知嚴武再鎮蜀也。

旅食驚雙燕，洙曰：一作「雙飛燕」。**銜泥入此堂。洙曰**：古詩：「思爲雙飛燕，銜泥巢君堂。」**應**

補注 **希曰**：爾雅：「燕燕，又名鳦。」詩云：「燕燕于飛。」蓋燕方春時，以其匹至，故曰「于飛」，以言其雙也。

同避燥濕，夢符曰：左傳：「子罕曰：『吾儕小人，皆有闔廬，以避燥濕寒暑。』」**且復過炎涼。養子風塵**

際，來時道路長。**趙曰**：梁吳均燕詩：「問余來何遲，山川幾紆直。」今秋天地在，吾亦離殊方。**禹偁曰**：此詩子美托物以見己意。

百舌廣德元年、二年間作。

補注**鶴曰**：詩云「重重祇報春」，而舊次在閬州詩内，今未詳爲何年作，要不出廣德元年、二年也。

百舌來何處，重重祇報春。知音兼衆語，整翮豈多〔情〕（身）。花密藏難見，**洙曰**：一云「難相見」。枝高聽轉新。過時如發口，君側有讒人。**鮑曰**：王直方詩話：「山谷云：余讀周書月令『反舌有聲，讒人在側』，乃解杜詩『過時如發口，君側有讒』人之句。」按，周書月令乃周公時訓也。朝野僉載：「百舌春〔轉〕（囀）夏止，唯食蚯蚓。正月凍開，蚓出而來，十月蚓藏而往。」**蒼舒曰**：按呂氏春秋：「反舌有聲，佞人在側。」**十朋曰**：反舌，鳥，能反復其舌，隨百鳥之鳴。補注**希曰**：禮記：「仲夏，反舌無聲。」鄭氏云：「反舌，百舌鳥。」正義云：「百舌鳥者。蔡云：『蟲〔名〕（鳴）蛙也，今謂之蝦蟇。』通卦驗曰：『博勞鳴，蝦蟇無聲。』蟜夙問曰：『蝦蟇五月得水，適當聒人耳，何反無聲？是以知蝦蟇非。反舌，反舌鳥，春始鳴，至五月稍〔至〕（止），其聲數轉，故名反舌。』」又興州有音聲子，云是百舌之類。今公此詩云「花密藏難見，枝高聽轉新」，益知非蝦蟇矣。

地隅廣德二年作。

補注 **鶴曰**：詩云「江漢山重阻，風雲地一隅」，當是廣德二年閬州作。禹貢荆州：「江、漢朝宗于海。」注：「二水經此而入海。」閬州，唐屬山南道，志云：「古荆、梁二州之域。」

江漢山重阻，風雲地一隅。 **洙曰**：李陵詩：「風波一失所，各在天一隅。」**石曰**：此句謂其流徙，不止於故常之地。**年年非故物，** **趙曰**：遷徙不常，所見非故舊之物。**處處是窮途。** **洙曰**：遭亂而道不行爾。**趙曰**：顔延年詩：「窮途能無慟？」**喪亂秦公子，** **洙曰**：謝靈運擬魏公子鄴中詩[一]：「王粲家本秦川，貴公子孫，遭亂流寓，自傷情多。」**悲凉楚大夫。** **洙曰**：屈平[二]、宋玉皆楚大夫。**平生心已折，** **洙曰**：江淹別賦：「心折骨驚。」**行路日荒蕪。**

游子廣德二年作。

補注 **鶴曰**：詩云「巴蜀愁誰語，吴門興杳然」，當是廣德二年閬中作。是時以嚴武再鎮蜀，欲往之而尚在閬，下峽之意不遂，故曰「吴門興杳然」。

[一] 擬魏公子鄴中詩，九家集注卷二五下有「序」字，文選卷三〇作「擬魏太子鄴中集詩」。
[二] 屈平，四庫本、杜陵詩史卷二九、分門集注卷二二作「屈原」。

巴蜀愁誰語，吴門興杳然。 **趙曰**：此篇公欲南下，而尚在巴蜀，留滯而愁也。**九江春草外，** **洙曰**：九江，江名，見所思詩注。**三峽暮帆前。** **洙曰**：見「忠州三峽内」注。**厭就成都卜，** **洙曰**：史記：「嚴君平避世，賣卜於成都市中。」**休爲吏部眠。** **洙曰**：晉書：「畢卓爲吏部郎，比舍郎釀熟，卓因醉夜至其甕間盗飲之，爲掌酒者所縛。明旦視之，乃畢吏部也。」**趙曰**：言休爲酒而眠，以爲留滯也。**蓬萊如可到，** **洙曰**：庾信哀江南賦云：「舟楫路遥，星漢非乘槎可上；風飈道阻，蓬萊無可到之期。」前漢郊祀志：「自（武宣、昭）（威宣、燕昭）使人入海求蓬萊、方丈、瀛洲，有三神山者，在渤海中，去人不遠，蓋以常有到者。未至，望之如雲，及到，三神山反居水下。水臨之患，且至則風引船而去[一]，終莫能至[二]。」**衰白問群仙。** **洙曰**：世説：「蓬萊有群仙及不死之藥。」

歸夢 廣德二年作。

補注 **鶴曰**：詩云「伐叛已三朝」，又云「雨急青楓暮，雲深黑水遥」，當是廣德二年閬州作，詳見注。

道路時通塞，江山日寂寥。 **趙曰**：以時當用兵，道路或通或塞，故江山氣象，日日蕭索。**偷生惟**

[一] 去，原漫漶不清，此據國圖全本、四庫本。
[二] 終，原漫漶不清，此據國圖全本、四庫本。

一老，伐叛已三朝。**洙曰**：明皇、肅宗、代宗三朝。**雨急青楓暮，雲深黑水遥。夢歸歸未得，洙曰**：一云「夢魂歸亦得」。**不用楚辭招。趙曰**：言南下之景，蓋楚地多楓。**洙曰**：華陽、黑水惟梁州。**蘇曰**：班彪：「雲黄藏黑水，雪白認青城。」**趙曰**：言懷長安也。黑水在鄠、杜之間，去長安爲近。**師曰**：楚岸多青楓，甫客居荆楚，懷想故鄉，故云。**洙曰**：宋玉哀屈原，故作招魂。補注**鶴曰**：公詩屢言楓林，如曰「獨嘆楓香林」，蓋指閬州南池。今在閬，又曰「雨急青楓暮」，意是地名，所以對黑水。按寰宇記：「嶲州越嶲縣有黑水云，杜甫詩曰『雲深黑水遥』是也。」九州要記亦云：「臺登縣有奴諾川，鸚鵡山、黑水之間。」招魂云：「魂兮歸來，故居些[一]。」今歸未得，故云「不用楚辭招」。

江亭王閬州筵餞蕭遂州

洙曰：一云「閬州王使君江亭餞蕭遂州」。

補注**鶴曰**：題云「王閬州筵」，而云「春色是他鄉」，則是廣德二年春作。

離亭非舊國，洙曰：莊子：「舊國望之暢然。」**春色是他鄉。老畏歌聲繼，洙曰**：一作「短」。**愁隨舞曲長。**一天開**洙曰**：一作「悲」。**寵餞，洙曰**：後漢蘇章順帝時遷冀州刺史，故人爲清河太守。章行郡，按其奸贓，乃請太守，爲設酒殽，陳平生之好，甚歡。太守喜，曰：「人皆有一天，我獨有二天。」章曰：「今夕

[一] 「故居」上，據楚辭章句卷九宋玉招魂，脱「反」字。

蘇孺文與故人飲，私恩也。明日冀州刺史案事，公法也。」遂舉正其罪。五馬爛生光。洙曰：古陌上（桑）羅敷行：「使君從南來，五馬立踟躕。」川路風煙接，洙曰：謝玄暉詩：「馳驛不可接〔一〕，何況隔兩鄉。風煙有鳥路，江漢無限梁。」俱宜下鳳凰。洙曰：黄霸爲潁川太守，是時鳳凰神爵數集郡國，潁川（尤多）。師曰：閬與遂皆屬蜀道，故云「川路風煙接」。昔蕭史、王喬皆神仙人也，蕭與秦女跨鳳而去，喬亦飛乘雙鳧。今云「俱宜下鳳凰」，豈非皆不凡歟！

絶句二首在成都作。

補注 鶴曰：梁權道編在廣德二年閬州作，然公歸成都與王侍御詩有「猶得見殘春」之句〔二〕，而此詩云「今春看又過，何日是歸年」，則當在成都作矣。

遲日江山麗，春風花草香。趙曰：爲春日所照，景象佳麗也。泥融飛燕子，沙暖睡鴛鴦。

江碧鳥逾白，山青花欲燃。今春看又過，何日是歸年？

〔一〕驛，藝文類聚卷三五人部十五贈答、文選卷二六謝脁暫使下都夜發新林至京邑贈西府同僚詩作「暉」。
〔二〕猶得見殘春，此爲將赴成都草堂途中有作先寄嚴鄭公五首其二中句，全句作「故園猶得見殘春」，見本卷後文；此注云「歸成都與王侍御詩」，當誤。

滕王亭子二首彦輔曰：在玉臺觀内，王調露中任閬州刺史云。一云「閬州玉臺觀滕王亭子作，王曾典此州」。

補注鶴曰：按二史，滕王元嬰自壽州刺史移隆州刺史，後隆州避玄宗諱，改爲閬州。亭在玉臺觀，故嬰嘗游憩于此。詩云「春日鶯啼修竹裏，仙家犬吠白雲間」，又云「寂寞春山路，君王不復行」，當是廣德二年春作。

君王臺榭枕巴山，補注希曰：閬州，古巴子國地，所以舊謂之巴西郡。故山亦謂之巴山，其指雲臺山而言歟。述巴志：「一名天柱山，張道陵升仙之山也。」**萬丈丹梯尚可攀。**洙曰：謝靈運詩：「（灑）（躧）步臨丹梯。」謝玄暉敬亭山詩：「要欲追奇趣，即此凌丹梯。」**春日鶯啼修竹裏，仙家犬吠白雲間。**洙曰：神仙傳：「淮南王丹成上昇，雞犬舐其鼎，亦仙去。今天上有雞鳴犬吠。」**清江碧石傷心麗，**趙曰：追感滕王之殁，空餘景在耳。**嫩蕊濃花滿目班。人到于今歌出牧，來游此地不知還。**

寂寞春山路，君王不復行。古墻猶竹色，虚閣自松聲。鳥雀荒村暮，雲霞過客情。尚思歌吹入，千騎把霓旌。洙曰：高唐賦：「不見其底，虚聞松聲。」又云：「蜺爲旌，翠爲蓋。」梁孝王傳：「得賜天子旌旗，千乘萬騎。」吹，盡僞切。

玉臺觀二首滕王造。趙曰：觀在高處，其中有臺，號曰玉臺也。廣德二年作。

補注鶴曰：九域志云：「故老相傳云，唐刺史滕王嘗於此游憩。」此詩當與滕王亭子詩同年作。

中天積翠玉臺洙曰：一作「虛」。**遥，上帝高居絳節朝。**洙曰：列子曰：「周穆王築臺，號曰中天臺。」樂府：「歌閶闔，觀玉臺。」注：「帝之所居。」修可曰：顔延年應詔詩：「攢素既森藹，積翠亦葱芊。」注：「松柏重布曰積翠。」趙曰：以臺之高而在道觀，故指爲上帝之高居而群仙絳節所朝之處也。補注希曰：漢禮樂志「玉臺觀」，應劭注云：「玉臺，上帝之所居。」**遂有馮夷來擊鼓，**洙曰：曹子建洛神賦：「馮夷鳴鼓，女媧清歌。」馮夷乃河伯。師曰：張平子思玄賦注：「馮夷者，弘農華陰潼鄉首里人，服八石，得水仙，爲河伯。」抱朴子釋鬼篇曰：「馮夷，華陰人，以八月上庚日渡河溺水死。天帝署爲河伯，生羽翰，言飛仙也。」**始知嬴女善吹簫。**洙曰：秦本紀：「大費佐舜，是爲伯翳，舜賜姓嬴氏。」列仙傳：「蕭史，秦女弄玉之夫也，教弄玉吹簫，作鳳凰鳴，而作鳳凰臺，吹其上。一旦，夫妻隨鳳仙去。」**江光隱見黿鼉窟，**洙曰：(李)(木)華海賦：「或屑没於黿鼉之穴。」**石勢參差烏鵲橋。**洙曰：淮南子：「烏鵲填河成橋而渡織女。」**更有紅顔生羽翰，便應黄髮老漁樵。**

浩劫因王造，洙曰：一作「起」。劫，猶世也，頭陀碑云：「功濟塵劫。」趙曰：公言道觀多使道書，度人經曰：「惟有元始浩劫之家。」師曰：劫，蓋以俗謂塔之一級、二級爲一劫、二劫，子美岳麓道林二寺行亦曰：

「塔劫宮墻壯麗敵。」若以爲世劫之劫，則玉臺乃滕王於高宗調露中任閬州刺史日所造，去子美未百年，豈可言「浩劫因王造」乎？**平臺訪古游**。**洙曰**：梁孝王大治宮室，爲複道，自宮連屬於平臺。如淳曰：「平臺在大梁東北。」**趙曰**：以梁王平臺比之。**綵雲簫史駐**，見前詩注。**文字魯恭留**。**洙曰**：景帝二年〔一〕，魯恭王餘初治宮室，壞孔子舊宅以廣其居，聞鍾磬琴瑟之聲，遂不敢〔遂〕（壞）。復於其壁中得古文經傳云。**趙曰**：以魯恭比滕王也。**宮闕通群帝**，**洙曰**：道書云：「天有群帝，而大帝最尊。」群帝，五方之帝也。**乾坤到十洲**。**洙曰**：道書中有十洲記，皆言神仙境土。**定功曰**：東方朔十洲記：「漢武帝既見西王母，言説八方巨海之中祖洲、瀛洲、元洲、炎洲、長洲、鳳麟洲、聚屋洲〔二〕、流洲、生洲、充洲〔三〕，云十洲，並是人迹所稀絶處。」**人傳有笙鶴，時過北山頭**。**洙曰**：列仙傳云：「王子喬，周靈王太子晉也，好吹笙，作鳳鳴。游伊洛間，道士浮丘公接上嵩山三十餘年，後來於山上，告桓良曰：『告我家，七月七日〔徒〕（待）我緱氏山頭〔四〕。』果乘白鶴駐山頂，望之不得到，舉手謝時人而去。」

〔一〕帝，原漫漶不清，此據四庫本。
〔二〕聚屋洲，雲笈七籤卷二六十洲三島載「十洲」作「聚窟洲」。
〔三〕充洲，雲笈七籤卷二六十洲三島載「十洲」作「玄洲」。
〔四〕徒，四庫本作「俟」，分門集注卷八作「待」，據杜陵詩史卷一九，乃「待」之訛。

渡江廣德二年作。

補注 **鶴曰**：詩云「春江不可渡，二月已風濤」，意是廣德二年公自閬歸成都時作，梁權道亦編在是年。

春江不可渡，蘇曰：河記曰：「春江桃花泛漲，吾弟舟重，不可迅渡，恐風浪驚兒女輩。」**二月已風濤。**洙曰：顔延年云：「春江壯風濤，蘭野茂荑英。」**舟楫欹斜疾，**洙曰：一作「甚」。**魚龍偃卧高。渚花張素錦，汀草亂青袍。**趙曰：古詩：「青袍似春草。」**戲問垂綸客，悠悠見汝曹。**洙曰：見，一作「是」。

喜雨永泰元年作。

補注 **鶴曰**：詩云「南國旱無雨」，按史，永泰元年，自春不雨，四月已巳乃雨。詩又云「巢燕」「林花」，皆四月間事，當是其年作。梁權道編在廣德二年閬州作。既渡江詩云「春江不可渡，二月已風濤」，爲廣德二年閬州作，而此詩云「南國旱無雨」，亦編在廣德二年閬州詩内，何不考之甚？

南國旱無雨，今朝江出雲。趙曰：南國，荆楚也。安石曰：記云：「山川出雲爲風雨。」故曰「江出雲」。**入空纔漠漠，洒迥已紛紛。巢燕高飛盡，林花潤色分。晚來聲不絶，**洙曰：一作「更急」。**應得夜深聞。**

送韋郎司直歸成都廣德元年作。

補注鶴曰：詩云「別筵花欲暮，春日鬢俱蒼」，又云「爲問南溪竹，抽梢合過墻」，則非廣德二年閬州詩。蓋其年春暮公已歸成都，縱未離閬州，亦當已知嚴武再鎮蜀，行往依之，而此詩殊無此意。疑是廣德元年梓州作，梁編亦不考。

竄身來蜀地，同病得韋郎。洙曰：以避難奔入蜀，故言竄身。韋亦避難，故言同病。天下兵戈滿，江邊歲月長。別筵花欲暮，春日鬢俱蒼。洙曰：一云「春鬢色俱蒼。」爲問南溪竹，洙曰：一云「笋」。抽梢合過墻。趙曰：公自注：「余草堂在成都西郭。」則南溪者，又草堂傍近之名。

將赴成都草堂途中有作先寄嚴鄭公五首

補注鶴曰：詩云「得歸茅屋赴成都，真爲文翁再剖符」，當是廣德二年自閬州歸成都作，故曰「寄嚴鄭公」。

得歸茅屋赴成都，洙曰：潘安仁秋興賦：「偃息不過茅屋茂林之下。」真洙曰：一作「直」。爲文翁再剖符。洙曰：謂嚴再鎮成都也。文翁見李劍州詩注。剖符，分符也。漢制，符皆有合契，當給符者止給一半，留一半京師。但使閭閻還揖讓，洙曰：循吏傳：「孝宣興於閭閻。」師古曰：「閭，里門也。閻，里中門也。」敢論松竹久荒蕪。洙曰：陶淵明云：「田園將蕪胡不歸？」又曰：「三徑就荒，松菊猶存。」魚知丙穴猶來美，**洙曰**：左太冲蜀都賦：「嘉魚出於丙穴。」劉淵林注曰：「丙穴，在漢中沔陽縣北，有魚穴二所，常以三月取之。」丙，地名也。任豫益州記曰：「嘉魚，鱗似鮨魚。」**師曰**：水經曰：「丙穴出嘉魚，常以二月出[一]，十月入。水泉懸注，魚自穴下遠入水[二]，穴口向丙，故曰丙穴。」又酉陽雜俎曰：「丙穴魚食乳水，食之甚是温。」神農本草云：「嘉魚味甘，食之令人肥健悦懌。」此乳穴中小魚，常食乳水，所以益人。子美稱丙穴魚美，其以此歟？**補注鶴曰**：寰宇記云：「夷惜水在嘉州東北五十里，源出巂州界，中有嘉魚，長三尺。每年二月隨水而下，八月逆水而上。蜀都賦：『嘉魚出於丙穴。』蓋以此也。」又：「邛州大邑縣有嘉魚穴，其魚秋冬則乘流而出入，春夏嚇鰓於(嚴)〔巖〕間[三]。時人往往采之，世傳謂之魚穴。」又：「萬州梁山縣。柏枝山在縣東南十五(里)，尋江源記云：『景穴有嘉魚，其味甚美。』景穴出柏枝山。唐諱『丙』，故曰景穴。興州順政縣。丙水出丙穴，穴口闊五六尺，去地七八尺，泉源垂注，有嘉魚常以三月出穴下。」然則蜀多丙穴，而此詩公自閬赴成都有云，當是指大邑縣魚穴，蓋成都西南至邛州纔百五十里耳。酒憶郫筒不用酤。郫，(賓)〔賔〕彌切[四]。**洙曰**：成都記曰：「郫縣因水得名，蜀王杜宇所都。」華陽風俗録曰：「郫人刳竹之大者，傾春釀於筒，閉以藕絲，

[一] 二，據水經注卷二七沔水，乃「三」之訛。
[二] 遠，九家集注卷二五作「還」，水經注卷二七沔水作「透」。
[三] 嚇，太平寰宇記卷七五劍南西道四邛州大邑縣作「隱」。
[四] 賓，據四庫本、九家集注卷二五，乃「賔」之訛。

苞以蕉葉[一]。信宿馨達於竹外，然後斷之以獻，俗號爲郫筒酒也。」**修可曰**：郫出大竹，土人截以盛酒，故號郫筒。李商隱詩：「錦石爲棋子，郫筒當酒壺。」**蘇曰**：山濤治蜀之郫城，用筠管釀酴醾作酒，浹旬方開，香聞百步，故蜀人傳其法。**趙曰**：言酒不須酤，而從嚴公飲耳。**五馬舊曾諳小徑，蘇曰**：古今風俗通(巨)(曰)：「王逸少出守永嘉，庭列五馬，綉鞍金勒，出即鞚之。」**幾回書札待潛夫。洙曰**：五馬，見餞蕭遂州詩注。**趙曰**：後漢王符隱居著書，作潛(天)(夫)論。**詠曰**：潛夫，甫自比。

其二

處處青江帶白蘋，洙曰：白蘋，水草也。**趙曰**：爾雅：「苹之大者曰蘋。」**故園猶得見殘春。趙曰**：故園，指成都也。**雪山斥候無兵馬，洙曰**：雪山，蜀之西山也。無兵馬，罷三城戍也。**(大)(天)覺曰**：無兵馬，言靖亂也。**錦里逢迎有主人。洙曰**：成都記：「錦里城，呼爲錦城。」公與嚴故德，故有「主人」之說。**蘇曰**：王褒歸蜀，謂人曰：「逢迎有賢(上)(主)人。」**補注希曰**：戰國策：「燕太子逢迎却行。」**休怪兒童延俗客，不教鵝鴨惱比鄰。**比，頻脂切。**蘇曰**：魏陸勖居櫟陽，性淡正潔，嘗見童驅鵝鴨，出顧四之

[一] 苞，四庫本作「包」。

曰：「不曾使惱比鄰。」客伏其清謹。**趙曰**：比鄰者，比近之鄰也。習池未覺風流盡，况復荆州賞更新。**洙曰**：晉山簡，字季倫，永嘉三年出爲征南將軍，鎮襄陽。于時四方寇亂，朝野危懼，簡優游，惟酒是耽。諸習氏，荆上豪族，有佳園池，簡每出戲游，多池上飲，名曰高陽池。**（洙）（師）曰**[一]：武每訪草堂，酣飲賦詠，故比之習池之游。荆州賞更新，言武之來宴賞復無窮也。**補注****希曰**：風流盡，見南史張（緒）傳。斥候，見賈誼、西域傳，誼傳云：「斥候望烽燧，不得卧。」

其三

竹寒沙碧浣花溪，**洙曰**：梁益記：「溪水出湔江，居人多造綵牋，故號浣花。」菱**洙曰**：一作「橘」。刺藤梢咫尺迷。**補注****希曰**：橘刺，一作「菱刺」。橘頌：「曾枝剡棘，圓果摶兮。」注：「剡，利也。棘，橘刺，若棘也。」過客徑須愁出入，居人不自解東西。**鄭曰**：解，佳買切，曉也。**趙曰**：以蓬蒿之礙也。書簽藥裹封蛛網，**洙曰**：沈休文詩：「網蟲垂户織。」野店山橋送馬蹄。肯藉荒庭春草色，**洙曰**：一云「新月色」。天台賦：「藉萋萋之纖草。」別賦：「春草碧色。」先判一飲醉如泥。判，普官切。**洙曰**：後漢周

[一] 洙曰，據杜陵詩史、分門集注，乃「師曰」之訛。

澤，字穉都，爲太常，清潔循行，盡敬宗廟。嘗卧疾齋宫，其妻哀澤老疾，闚問所苦。澤大怒，以妻子犯齋禁，遂收詔獄謝罪。當世疑其詭激，時人爲之語曰：「生世不諧，作太常妻，一歲三百六十日，三百五十九日（齋）〔齋〕，一日不齋醉如泥。」

其四

常苦沙崩損藥欄，也從江檻落風湍。新松恨不高千尺，**洙曰**：魯連子：「〔庚〕（東）方有松，縱高千仞，無〔故〕（枝）也。」惡竹應須斬萬竿。**洙曰**：去其惡者，留其善者。生理祇憑黄閤老，**洙曰**：黄閤，見贈嚴八閤老詩注。**薖曰**：言甫生計皆仰於嚴鄭公。衰顏欲付紫金丹。**洙曰**：神仙有金丸，可以延年却老。**蒼舒曰**：按樂府歌行〔一〕：「定取金丹作幾服，能令華表得千年。」**沈曰**：丹陽抱陽山人大藥證曰：「煉鉛爲粉，化緑爲塵，自然伏火，去鉛取丹。更入華池，還源反色，再入神室，更養火六十日，成紫金火丹。若人服食，化腸爲筋，變髓凝骨，自然不死。」三年奔走空皮骨，**蘇曰**：王蒴：「三年奔走邊鄙，老夫但存皮骨，誰敢有勞王事？」信有人間行路難。**洙曰**：言爲憂患所迫而癯瘠也。古詩有行路難。

〔一〕歌行，分門集注卷一九作「長歌行」，按，詩句乃出自庾信燕歌行。

其五

錦官洙曰：一作「館」。城西生事微，師曰：言土田薄有也。烏皮几在還思歸。洙曰：以烏皮裹几也。昔去爲憂亂兵入，今來已恐鄰人非。洙曰：恐經亂離而人物改變。側身天地更懷古，洙曰：側身，言無所容。坡曰：張融：「側身俯仰天地間，懷古吊今，轉增凄惻。」回首風塵甘息機。洙曰：息，忘也。馬援：「回首往事，甘自息機。」共説總戎雲鳥陣，洙曰：元帥也。雲鳥，陣名。薛曰：按唐獨孤及風后八陣圖記：「天命聖者以廣戰術，俾懸衡於未然，察變於倚數，握機制勝，作爲陣圖。」田曰：太公六韜：「以車騎分爲鳥雲之陣。」所謂鳥雲者，鳥散而雲飛，變化無窮者也。不妨游子芰荷衣。洙曰：北山移文：「焚芰製，裂荷衣。」趙曰：總戎，以言嚴公。游子，公自謂也。補注希曰：唐人以節度使爲總戎。李觀邠寧節度享軍記云：「仗鉞總戎。」

别房太尉墓廣德二年作。

彦輔曰：閬州。太尉，名琯，常與嚴武等交結，貶邠州刺史。上元元年爲漢州刺史，寶應二年拜刑部尚書，在路遇疾，廣德元年卒於閬州僧舍，年六十七。補注鶴曰：按舊史：「廣德元年八月四日，卒於閬州僧舍。」而新史云：「寶應二年，召拜刑部尚書，道病卒。」酉陽雜俎云：「邢和璞居嵩、潁間，房琯問邢終身事，邢言：『降魄之處，非館非寺，病起於魚餐，而休於龜茲板。』其後房公舍閬州紫極宮，見有治龜茲板者，始憶邢之言。有頃，刺史具魚膾邀房，房悟云云。」按公祭房公文云：「廣德元年，歲次癸卯，九月辛丑朔二十二日壬戌。」其中有云：「撫墳日落，把劍秋高。」意與八月四日爲合。是年公自梓游閬，明年春(日)(自)閬歸成都，而今詩云：「唯見林花落，鶯啼送客(間)(聞)。」殆詩作於二年春，別其墓而歸成都也。

他鄉復行役，駐馬別孤墳。近淚無乾土，趙曰：言淚多而濕之也。**低空有斷雲。對棋陪謝傅，**洙曰：晉謝安傳：「安，贈太傅。初苻堅入寇，諸將敗走，相繼次于淮、淝，京師震恐，加安征討大都督。姪謝玄入問計，安夷然無懼色，玄不敢言。乃令張玄重請問，遂命駕出墅，親朋畢集。至夜還，指授帥將各當其任。玄等既破堅，有驛書至，安方對客圍棋，看書既竟，便攝於床上，了無喜色，棋如故。客問之，徐啓云：『小兒遂已破賊。』既罷，還內，過户限，心喜甚，不覺屐齒折。其矯情鎮物如此。」**把劍覓徐君。**洙曰：新序曰：「延陵季子將西聘晉，帶寶劍以過徐君，徐君不言，而色欲之。季子爲有上國之事，未獻也，然心許之矣。使於晉，顧返，則徐君死，於是以劍帶徐君墓樹而去。」逢原曰：謝傅、徐君，指房太尉也。**唯見林花落，鶯啼送客聞。**

自閬州領妻子却赴蜀山行三首廣德二年作。

補注 鶴曰：詩云：「不成向南國，復作游西川」，正是廣德二年春再歸成都依嚴武時作，故詩又云：「汩汩避群盜，悠悠經十年。」

復作游西川。不成向南國，**趙曰**：言自閬而欲南下之計不成。我生無倚著，**洙曰**：言身爲物所役，水亦虚徒相照，而不得優游睹賞之也。魂傷山寂然。物役水虚照，**趙曰**：盡室，全家也。左傳：「盡室以行。」莊子：「畏途者十殺一人，則父子兄弟相戒。」**師曰**：甫初欲游荆楚，今聞嚴武再鎮成都，故云：「不成向南國，復作游西川。」畏途者，言道路盗賊險阻也。盡室畏途邊。

汩汩避群盗，悠悠經十年。

長林偃春色，迴，一作「首」。復意猶迷。衫裛翠微潤，**洙曰**：蜀都賦：「鬱葐蒕以翠微。」山色之輕縹也。**趙曰**：言山中翠微之氣潤裛衣服也。馬銜青草嘶。棧一作「徑」。懸斜避石，**洙曰**：棧，閣道也。橋斷却尋溪。何日兵戈盡，飄飄愧老妻。

行色遞隱見，**洙曰**：孔子見盗跖，回，遇柳下惠於魯東門，曰：「車馬有行色，得微往見盗跖耶？」**師曰**：言山環合，其身遞隱見也。人煙時有無。僕夫穿竹語，稚子入雲呼。轉石驚魑魅，**洙曰**：天台賦：「始經魑魅之途。」**趙曰**：山中之人以其有魑魅，而轉石驚之。抨弓落狖鼯。**洙曰**：狖，猿屬也。鼯，鼠也。荀卿：「鼯鼠五技而窮。」**蘇曰**：陸績爲黔江太守〔一〕，官署後多鼯，抨弦即驚墮。**鄭曰**：抨，波耕切，訓彈

〔一〕陸績，四庫本作「陸續」，杜陵詩史卷一九作「崔績」。

也。補注希曰：爾雅「鼯鼠」釋曰：「狀似小狐，似蝙蝠肉翅，脚短，爪長，尾三尺許，聲如人呼，食火煙。能從高赴下，不能從下上高。」**真供一笑樂，似欲慰窮途。**

山館廣德元年作。

補注鶴曰：詩云「南國晝多霧，北風天正寒」，當是廣德元年自閬州暫往梓州時作。「世亂敢求安」，爲吐蕃陷京師而蜀亦備吐蕃之急也。梁權道編在廣德二年途中寄嚴鄭公詩後，却於「北風天正寒」之句不叶，蓋二年歸成都乃二、三月之交。

南國晝多霧，北風天正寒。蘇曰：張茂先：「北風凛烈，天色正寒，游子不歸，吾心如割。」**路危行木杪，身遠宿雲端。**洙曰：鮑明遠詩：「雲端楚山見，林表吴岫微。」**山鬼吹燈滅，厨人語夜闌。**趙曰：楚詞有山鬼篇，此山館乃楚地。晉傅玄詩：「厨人進藿茹，有酒不盈杯。」**雞鳴問前館，世亂敢求安？**

贈王二十四侍御契四十韻廣德二年作。

補注鶴曰：詩云「一別星橋夜，三移斗柄春」，當是廣德二年春自閬州歸成都時作。觀詩所言，王蓋成都人。

往往雖相見，蘇曰：蘇章曰：「與子相別，往往難得再相見。」補注希曰：吴王傳：「寡人金錢在天下者，往往而有。」師古曰：「言處處郡國皆有之。」漢書屢有此字，見董仲舒傳、咸宣、匈奴等傳。飄飄愧此身。不關輕紱冕，洙曰：冕，冠冕也。紱，朱紱也。皆朝服，言此身之不仕，非輕禄仕也，不得志而已。俱是避風塵。洙曰：兵氛也，竇融拔起風塵之中。趙曰：公以左拾遺出爲華州功曹，而遂自罷官，若輕紱冕者。但以風塵之警，不得不避亂也。一別星橋夜，洙曰：華陽記〔一〕：「李冰造七星橋，上應七星。」三移斗柄春。洙曰：公羊隱元年：「春，王正月。」注：「春者，天地開閉之端。斗指東曰春。」趙曰：以志時也。斗杓隨時而指於昏，指東則爲春。三移，則三年矣。敗亡非赤壁，洙曰：周瑜爲曹公作書與孫權曰〔二〕：「昔赤壁之役，遭罹疫氣，燒船自還，以避惡也，非周瑜水軍所能挫抑也。江陵之守，物盡穀殫，無所復據，徙民還師，又非瑜之所能敗也。」馬曰：赤壁近江陵。尹曰：言潼關之敗，兩京遂陷，其禍酷烈，殆非赤壁之比。奔走爲黄巾。洙曰：漢靈帝中平元年春，巨鹿人張角自稱黄天，其部師有三十六萬，皆著黄巾，同日反叛。炎曰：黄巾，以喻禄山者也。補注希曰：非指禄山，指段子璋、徐知道反，盜賊因之爲亂者也。子去何蕭灑，洙曰：孔德璋

〔一〕華陽記，杜陵詩史卷二〇、分門集注卷一八同此，九家集注卷二五作「華陽地志」。

〔二〕周瑜，據杜陵詩史、分門集注、九家集注、文選卷四二阮元瑜爲曹公作書與孫權，乃「阮元瑜」之訛。

北山移文〔一〕：「蕭灑出塵之想。」余藏異隱淪。**洙曰**：見「行歌非隱淪」注。**朋曰**：甫因奔走避寇，遂成隱淪，非本志也，故曰「異隱淪」。**書成無過雁**，**洙曰**：蘇武傳：「昭帝即位，數年，匈奴與漢和親，漢求武等，匈奴詭言武死。後漢使復至匈奴，常惠請其守者與俱，得夜見漢使，具自陳道，教使者謂單于言：『漢天子射上林中，得雁，足有繫帛書，言武等在某澤中。』使者大喜，如惠語，以責單于。單于視左右而驚，謝漢使曰：『武等實在。』」范彥龍詩：「寄書雲中雁，爲我西北飛。」**衣故有懸鶉**。**洙曰**：荀子曰：「子夏貧，衣若懸鶉。」**恐懼行裝數**，色角切。**蘇曰**：王敬：「恐懼行裝，數煩遷挈。」**伶俜臥疾頻**。**蘇曰**：賈瞻：「伶俜萬里，不宜風土，頻頻疾作。」**夢符曰**：伶俜，失所貌。**曉鶯工迸淚**，**秋月解傷神**。**洙曰**：聞鶯而泣，見月而傷，公之不得志於時可知矣。**蘇曰**：王粲：「觀秋月，懷弟妹故里而傷神。」**趙曰**：春鶯秋月，人所賞玩，而鶯所工者，在於迸人之淚，月所解者，在於傷人之神，則以亂離疾病之所感也。補注 **希曰**：秋月倍傷神，乃東坡夫人語，今乃引此，必非東坡之言也。胡元任、葛常之、嚴敦常諸公皆以爲老杜事實者，考之史傳，略不見一事，閩、蜀所刊杜集又以入注。余固知其僞也，不敢遽去，亦俾後人得以考其僞。今復證以此事，益可知其僞矣。**會面嗟黧黑**，**洙曰**：李斯傳：「二世責問，斯曰：『禹鑿龍門，手足胼胝，面色黧黑。』」**趙曰**：列子載楊朱之語曰：「面目黧黑。」**含淒話苦辛**。**洙曰**：陸機：「慷慨含辛楚。」古詩：「坎軻長苦辛。」**接輿還入楚**，**洙曰**：論語：「楚狂接

〔一〕孔，原爲墨丁，此據四庫本。

輿。」師曰：言甫自蜀適荆衡也。」王粲不歸秦。洙曰：謝靈運曰：「王粲家本秦川，貴公子孫，遭亂流寓，自傷情多。詩曰：『整裝辭秦川，〔抹〕（秣）馬赴楚壤。』」趙曰：公嘆其不得歸長安，故以王粲爲比。師曰：自喻不得歸故鄉也。錦里殘丹竈，趙曰：以景物明煥錯雜如錦，故曰錦里。别賦云：「守丹竈而不顧。」花溪得釣綸。洙曰：浣花溪，見上注。詩：「其釣維何，維絲伊緡。」注：「緡，綸也。」消洙曰：一作「宵」。中祇自惜，趙曰：消中，消渴也，司馬相如常有消渴病。晚起索誰親。趙曰：爲況蕭索，無親之者。又音求索之索，言求誰親我乎？亦通。以俟明識。伏柱聞周史，洙曰：史記：「周太史儋見秦孝公。」或曰儋即老子也。王康琚詩：「伯夷竄首陽，老聃伏柱史。」師曰：柱史，比王公。乘槎似漢臣。洙曰：見「查上憶張騫」詩注。趙曰：兩句指言王侍御。上句以御史之官，故用老子比之，老子爲周柱下史。下句豈王侍御嘗使吐蕃乎？别篇有云「魂斷使臣鞍」「查上似張騫」。鴛鴻不易狎，龍虎未宜馴。趙曰：言王侍御如鴛鴻、龍虎之莫能狎馴也。客即挂冠至，洙曰：葛洪挂冠不仕。交非傾蓋新。洙曰：鄒陽傳：「白頭如新，傾蓋如故。」師曰：時公守漢州〔一〕，甫往依之，公一見如舊，不以甫貧賤爲耻。故甫嘆世之勛貴不易親近，比之鴛鴻、龍虎，而有取於公之傾蓋。由來意氣合，直取性情真。浪迹同生死，趙曰：言共遭亂離而爲友，即同生同死

〔一〕漢州，九家集注卷二五作「漢州」。

也。無心恥賤貧。洙曰：樂窮通也。偶然存蔗芋，洙曰：蜀都賦：「瓜疇芋區，甘蔗辛薑。」幸各對松筠。洙曰：歲寒之物也。粗飯依他日，洙曰：公孫〔洪〕(弘)脱粟飯。窮愁怪此辰。洙曰：虞卿窮愁。女長裁褐穩，男大卷書勻。趙曰：四句通義，言粗糲之飯，依如他日，所以窮愁者。繼以男長女大，則婚嫁之事迫矣。湔口江如練，湔，普崩切。洙曰：湔口，岷江所經也，謝玄暉詩：「澄江静如練。」趙曰：此已下言王侍御所居也。樂史寰宇記：「李冰擁江作湔口，湔堰在導江縣。」蠶崖雪似銀。洙曰：蠶崖，關名，在西山也。名園當翠巘，野棹没青蘋。洙曰：宋玉風賦：「風生於地，起於青蘋之末。」屢喜王侯宅，時邀洙曰：一作「逢」。江海人。趙曰：王侯宅，普言之，而王侍御亦在其中矣。江海人，公自況也。追隨不覺晚，洙曰：江文通：「月出照園中，冠佩相追隨。」款曲動彌旬。但使芝蘭秀，洙曰：謝玄〔暉〕少爲叔父安所器重，安嘗戒約子弟輩曰：「子弟亦何豫人事，而正欲使其佳。」諸人莫有言者，(玄)答曰：「譬如芝蘭玉樹，欲使其生於庭階耳。」安悦。何須棟宇鄰。趙曰：陶淵明答龐參軍四言詩：「歡心孔洽，棟宇唯鄰。」公居在成都浣花，〔注〕(王)侍御在導江，故有此句。山陽無俗物，洙曰：向秀與嵇康爲竹林之游，作思舊賦云：「濟黄河以泛舟兮，經山陽之舊居。」師曰：言王門下無俗客也。鄭驛正留賓。趙曰：史記：「鄭莊爲太子舍人，嘗置驛馬於長安諸郊，請謝賓客，夜以繼日。」出入並鞍馬，光輝參洙曰：一作「忝」。席珍。洙曰：儒行：「儒有席上之珍。」趙曰：鮑明遠云：「鞍馬光照地。」重游先主廟，洙曰：見謁先主廟注。師曰：

自此句以下，甫又傷嚴武之死，朋舊彫喪，今幸遇王侍御，禮待之隆，可以駐足。**更歷少城闉。****洙曰**：少城，張儀城。**石鏡通幽魄，****洙曰**：見石鏡詩注。**琴臺隱絳脣。****洙曰**：文君挑琴心事。鮑明遠蕪城賦：「若夫歌堂舞閣之基，玉貌絳脣，莫不(理)(埋)魂幽石，委骨窮塵。」**趙曰**：蜀王葬其妃，徇以石鏡[一]。琴臺，則司馬相如彈琴之所。**送終惟糞土，結愛獨荆榛。置酒高林下，****師曰**：自此句以下，叙甫之依王也。**觀棋積水濱。****趙曰**：此以結上句，初以石鏡送終，今墓中之人已糞土矣；以琴結夫婦之情，今則徒生荆棘矣。既往之事爲可吊，則置酒觀棋，以遣懷耳。**區區甘累趼，****洙曰**：謂奔走避難，故累趼也。**趙曰**：莊子云：「百舍重趼而不息。」**鄭曰**：趼，古典切。**稍稍息勞筋。****蘇曰**：秦伯犁歸永嘉十餘年，謝絶人事，杜門著書。人勸其仕，秦曰：「邇來漸覺耳目清爽，勞筋稍息，何再爲耶？」**網聚粘圓鯽，絲繁煮細蓴。****洙曰**：蓴菜也。陸雲曰[二]：「千里蓴羹。」**趙曰**：此又言歸成都之樂也，本草云：「鯽魚合蓴作羹，食良。」**長歌敲柳癭，****洙曰**：柳癭，木之節目，如疣。**鄭曰**：癭，於郢切，瘤也。**小睡憑藤輪。****洙曰**：蒲團也，以藤爲之。**農月須知課，田家敢忘勤。**忘，無放切。**浮生難去食，****洙曰**：洪範：八政，一曰食。食者萬物之始，人之所本。

[一] 徇，四庫本、杜陵詩史、分門集注同此，九家集注作「殉」，字通。

[二] 陸雲，當爲「陸機」之訛，按，世説新語卷一言語：「陸機詣王武子，武子前置數斛羊酪，指以示陸曰：『卿江東何以敵此？』陸云：『有千里蓴羹，但未下鹽豉耳。』」則「陸雲」當是誤解「陸(機)云」所致。

良會惜清晨。**洙曰**：曹子建名都賦〔一〕：「雲散還城邑，清晨復來還。」列國兵戈暗，今王德教淳。安聞除猰貐，**鄭曰**：上烏八，下勇主切，獸名。**修可曰**：爾雅：「猰貐，類貙，虎牙，食人，迅走。」山海經曰：「少減山有獸〔二〕，狀似牛，而赤身，人面，馬足，名曰窫窳，聲如嬰兒。」則窫窳自是一獸，注引窫窳證猰貐，非也。**師曰**：猰貐，比盜賊，當從爾雅説〔三〕。休作畫麒麟。**洙曰**：見「今代麒麟閣」注。**趙曰**：但以除猰貐爲心，不必志於繪畫麒麟閣上也。洗眼看輕薄，**趙曰**：輕薄，言交道之不終者，蓋公有激而云。虚懷任屈伸。莫令膠漆地，萬古重雷陳。**洙曰**：古詩：「以膠投漆中，誰能别離此。」後漢陳重與同郡雷義同爲舉辟，更相推讓，鄉里爲之語曰：「膠漆自爲堅，不如雷與陳。」**趙曰**：公之望王侍御者，至矣。

黄氏補千家集注杜工部詩史卷之二十五

〔一〕名都賦，四庫本、杜陵詩史、分門集注同此，文選卷二七作「名都篇」。

〔二〕少減山，四庫本、杜陵詩史同此，分門集注作「少城山」，據爾雅注疏卷一一疏引山海經，乃「少咸山」之訛。

〔三〕爾，原殘損，此從四庫本。

黄氏補千家集注杜工部詩史卷之二十六

寄董卿嘉榮十韻 廣德二年作。公時在成都，蓋是年春自閬歸草堂，而

補注 **鶴曰**：詩云「犬羊曾爛熳，宫闕尚蕭條」，當是廣德二年作。

今詩云「秋天憶射鵰」。

聞道君牙帳，防秋近赤霄。**洙曰**：曹子建關中詩〔一〕：「高牙乃建。」牙，大旗也。兵家書：「牙旗，將軍之旗，立於元帥帳前，故謂之牙旗。」補注 **鶴曰**：唐志：「佛堂二百八十里至勃令驛鴻臚館，至贊普牙帳。」赤霄，言三城之高也。高適謂「邈在窮山之巔」是也。下臨千雪嶺，**洙曰**：西山記曰：「上有積雪，經夏不消。」却背五繩橋。**洙曰**：岷江湍急，不可爲梁，乃以竹繩爲橋〔二〕，駕虚而渡。**鄭曰**：即岷江笮橋。海内久戎服，**洙曰**：用兵日久。京師今晏朝。**洙曰**：漢明帝論：「日晏坐朝，幽枉必達。」**趙曰**：以前日用兵之久，而今日罷兵，則可以晏朝也。犬羊曾爛熳，**洙曰**：應劭曰：「鮮卑隔在漠北，犬羊爲群。」宫闕尚蕭條。**洙**

〔一〕曹子建，據文選卷二〇，乃「潘安仁」之訛。

〔二〕竹繩爲橋，四庫本作「竹橋」。

曰：孫子荊書：「四海蕭條，非復漢有。」趙曰：以吐蕃爲患之久，故前日嘗陷京師，今尚蕭條。猛將宜嘗膽，洙曰：李陵書：「猛將如雲。」越王勾踐反國，苦身勞思，置膽於坐，坐卧即仰膽，飲食亦嘗膽，曰：「汝忘會稽之耻耶？」趙曰：猛將，指董嘉榮也。龍泉必在腰。洙曰：見「三尺獻龍泉」詩注。黃圖遭污辱，洙曰：天子圖籍也。趙曰：有三輔黃圖之書，言宫殿名號與京畿地理也。月窟可焚燒。洙曰：長楊賦：「西壓月窟。」又言：「月窟雖高，猶可燒之也。」蘇曰：吴術曰：「大〔文〕（丈）夫按劍横行沙塞，取月支之首，焚其窠窟。」章炳壯其言，薦爲游擊將軍。趙曰：指言吐蕃巢穴也。會取干戈利，趙曰：此戒董卿之辭。〔千〕（干）戈利，取書「敵乃干，穀乃戈」之義。無令斥候驕。洙曰：西域傳：「斥候百人，五分之夜，擊刁斗自衛。」趙曰：無令其驕，則號令嚴肅也。斥候，兵家探候也。居然雙捕虜，洙曰：後漢世祖建武四年，拜馬武捕虜將軍。顯宗初，西羌寇隴西，覆軍殺將，朝廷患之，復拜武捕虜將軍。自是一嫖姚。洙曰：霍去病爲嫖姚校尉。落日思輕騎，蘇曰：何斌輕騎數百，轉戰至日暮，斬馘擒酋首。秋天憶射鵰。修可曰：北史：「斛律金子光，見一大禽，射之，正中其頸，形如車輪而下，乃雕也。邢〔予〕（子）高嘆曰〔一〕：『此射鵰手也。』人號爲落鵰都督。」雲臺畫形像，洙曰：見「雲臺終日畫」注。皆爲掃氛妖。洙曰：掃氛妖，言能靖患亂也。趙

〔一〕邢予高，據九家集注卷二六、北史卷五四斛律金傳附斛律光傳，當作「邢子高」。

曰：所以激昂董卿也。漢雲臺畫二十八將之像，以其有功掃氛妖也。

寄司馬山人十二韻廣德二年作。

補注鶴曰：詩云「關内昔分袂，天邊今轉蓬」，當是廣德二年未歸成都作。

關内昔分袂，洙曰：謝惠連詩：「飲餞野亭館，分袂澄湖陰。」天邊今轉蓬。洙曰：曹子建詩：「轉蓬離本根。」驅馳不可説，蘇曰：劉韻曰：「年來驅馳，不可與子細説，恐子心折。」談笑偶然同。道術曾留意，先生早擊蒙。洙曰：蒙，卦。家家迎薊子，洙曰：後漢方術傳：「薊子訓有神異之道，到京師，公卿已下候之者，坐上常數百人，皆爲設酒脯，終日不匱。後因遁去，遂不知所止。」處處識壺公。洙曰：費長房傳：「市中有老翁，懸一壺於肆頭，及市罷，輒跳入壺中，市人莫之見。長房於樓上睹之，異焉，因往再拜。」長嘯峨嵋北，潛行玉壘東。洙曰：江賦：「峨嵋爲泉陽之揭，玉壘作東別之標。」曾曰：潛行，言晦迹也。

補注希曰：壺公，詳見真人謝元三洞神仙記。峨嵋山在嘉州，今曰「嘯其北」，則山人嘗至眉、雅。玉壘山在茂州，今曰「行其東」，則山人嘗至彭、綿。有時騎猛虎，虚室使仙童。髮少何勞白，梅曰：此以下甫自嘆也。顏衰肯更紅。望雲悲轗軻，洙曰：陶潛詩：「望雲慚飛鳥，臨水愧游魚。」畢景羨冲融。洙曰：謝希逸賦：「餘景就畢。」韓曰：言司馬養和氣如陽春也。喪亂形仍役，蘇曰：徐邈：「喪亂之際，形役心勞。」

趙曰：陶淵明云：「既自以心爲形役。」淒涼信不通。懸旌要路口，**趙曰**：史記云：「搖搖懸旌，無所終薄。」倚劍短亭中。**修可曰**：宋玉賦云：「倚長劍兮天外。」**康曰**：懸旌、倚劍，言屯戍之兵以防寇盜。永作殊方客，殘生一老翁。相哀骨可换，亦遣馭清風。**洙曰**：莊子云：「列子御風而行，泠然善也。」

寄李十四員外布十二韻 廣德二年作。

洙曰：新除司議郎兼萬州别駕，雖尚伏枕，已聞理裝。補注 **鶴曰**：詩云「正是炎天闊」，當是廣德二年夏在草堂作，故又云：「悶能過小徑，自爲摘嘉蔬。」

名參漢望苑，**洙曰**：漢博望苑，武帝爲戾太子置之，使通賓客，從其所好。職述景題輿。**洙曰**：周景爲豫州刺史，辟陳蕃爲别駕。蕃不就，景題别駕輿曰：「陳仲舉坐也。」巫峽將之郡，荆門好附書。**趙曰**：預囑其不相忘也。遠行無自苦，**蘇曰**：王粲：「遠行異域，無勞自苦，事事慎重。」内熱比何如。**洙曰**：内熱，言熱中也。莊子：「我其内熱歟？」正是炎天闊，那堪野館疏。黄牛平駕浪，**洙曰**：黄牛，峽名。郭景純：「高浪駕蓬萊。」畫鷁上凌虚。**修可曰**：張平子西京賦「鷁首」注云：「船頭畫鷁鳥，厭水神。」試待盤渦歇，**洙曰**：郭璞江賦：「盤渦谷轉，凌濤山頹。」**趙曰**：水漲則有盤渦，今勸其且休行，故曰「待盤渦歇」。方期解纜初。**洙曰**：江淹：「解纜候前侶，還望方鬱陶。」悶能過小徑，自**洙曰**：一作「日」。

爲摘嘉蔬。**洙曰**：陶淵明：「歡言酌春酒，摘我園中蔬。」**趙曰**：自此已下，約李員外訪其居也。**渚柳元幽僻，村花不掃除。宿陰繁素㮋，洙曰**：潘安仁閑居賦：「素㮋丹白之色。」**過雨亂紅蕖。洙曰**：紅蕖，蓮花。**寂寂夏先晚，泠泠風有餘。江清心可瑩，洙曰**：郭景純詩[一]：「前有寒泉井，聊可瑩心神。」**竹冷髮堪梳。**堪，一作「宜」。**直作移巾几，秋帆發弊廬。夢符曰**：按春秋左氏：「張趯謂太叔曰：『自子之歸也，小人糞除先人之弊廬。』」**師曰**：黄牛峽浪高與峽齊，故云「平駕浪」。畫鷁，船也。上凌虛，謂船逆水而上，如凌虛空。盤渦，言水洄洑如碾碓。然甫意欲待峽水稍平穩，即解纜訪李，故末章又云「直作移巾几，秋帆發弊廬」。

歸來廣德二年作。

補注 **鶴曰**：詩云「門開野鼠走，秩散壁魚乾」，當是廣德二年初歸草堂時作。

客裏有所過，洙曰：一作「適」。**歸來知路難。趙曰**：此篇叙其久往東劉而歸也[二]。**門開野鼠**

[一] 郭景純，據文選卷二二招隱詩二首，乃「左太沖」之訛。
[二] 東劉，疑爲「東川」之訛。

走，散秩壁魚乾[一]。洙曰：謝玄暉詩[二]：「陵澗尋我屋，散（秋）（秩）問所知。」定功曰：壁魚，白魚也。俗傳壁魚入道經函中，因蠹食「神仙」字，則身有五色。人得而吞之，可致神仙。沈曰：郭璞注：「衣、書中蟲，今人謂之壁魚。」洗杓開洙曰：一作「斟」。新醞，低頭拭小盤。洙曰：一云「著小冠」。憑誰給麴糵，洙曰：書：「若作酒醴，爾惟麴糵。」細酌老江干。洙曰：干，涯也。趙曰：司空飲酒詩[三]：「開君一壺酒，細酌對春風。」

王録事許修草堂資不到聊小詰寶應元年作。

補注 鶴曰：此詩梁權道編在閬州歸後作，今觀詩云「昨屬愁春雨，能忘欲漏時」，而公廣德二年暮春方歸，不應詩乃云爾。當是寶應元年未去綿州時作。

爲嗔王録事，不寄草堂貲。昨屬愁春雨，能忘欲漏時。

[一] 散秩，四庫本作「帙散」。
[二] 謝玄暉，據文選卷二五謝靈運酬從弟惠連詩，乃「謝靈運」之訛。
[三] 司空飲酒，庾子山集卷四題作「答王司空餉酒」。

寄邛州崔録事（廣德二年作）[一]。

補注 鶴曰：詩云「應愁江樹遠，怯見野亭荒」，當是廣德二年歸在草堂作。又云「聞在果園坊」，坊在成都城中，公爲徐卿覓桃栽亦云：「崔時在府中。」

邛州崔録事，聞在果園坊。 洙曰：坊名，在成都。 **久待無消息，終朝有底忙。應愁江樹遠，** 洙曰：謝玄暉詩：「中流辨江樹。」 **怯見野亭荒。** 洙曰：謝惠連詩：「飲餞野亭館。」 **浩蕩風煙外，誰知酒熟香。**

過故斛斯校書莊二首老儒艱難，病於庸蜀，嘆其殁後方受一官。

補注 鶴曰：斛斯，即斛斯六，乃草堂之鄰，公所謂「酒伴」者。詩云「此老已云殁，鄰人嗟未休」，廣德二年作。

此老已云殁，鄰人嗟未休。竟無宣室召， 洙曰：文帝召賈誼於宣室。 **徒有茂陵求。** 洙曰：謝玄暉詩：「廣平聽方籍，茂陵將見求。」司馬相如病免，家居茂陵，天子曰：「司馬相如病甚，可往從悉取其書。」所忠往，而相如已死，無遺書。問妻，對曰：長卿未嘗有書也，時時著書，人又取去。長卿未死時，爲一卷書，曰：『有使來求書，奏之。』其遺扎言封禪事，天子異之。 **妻子寄他食，園林非昔游。空餘繐帷在，**

[一] 廣德二年作，據四庫本補。

洙曰：謝玄暉詩：「繐帷飄井幹。」〔陸士衡注繐細布而疏者爲靈帳裙繐帳之冥漠也〕（陸士衡文：「悼繐帳之冥漠。」儀禮鄭注：「凡布細而疏者，謂之繐。」趙曰：繐帳，靈帳也。）〔一〕淅淅野風秋。

燕入非傍舍，趙曰：燕仍入其舍。鷗歸祇故池。斷橋無復板，卧柳自生枝。洙曰：池館依舊，而人不見也。趙曰：梁（劉）孝威詩：「卧柳尚還生。」遂有山陽作，洙曰：見贈王侍御契詩注。多慚鮑叔知。洙曰：鮑叔與管仲交，貧則知其困而容之，達則知其賢而舉之，管仲曰：「生我者父母，知我者鮑叔。」素交零落盡，洙曰：劉孝標絶交論：「斯賢達之素交，歷萬古而一遇。素交盡，利交興。」謝靈運：「萬事俱零落。」白首淚雙垂。

立秋雨院中有作李泰伯曰〔二〕：此詩在嚴武書院中作〔三〕。

補注 鶴曰：題曰「院中」〔四〕，又詩云「暮齒借前籌」，當是嚴公奏爲參謀，在幕中作。按公有院中晚晴懷西

〔一〕「陸士衡注繐細布而疏者爲靈帳裙繐帳之冥漠也」句，四庫本作「儀禮鄭注：凡布細而疏者，謂之繐。趙曰：繐帷，靈帳也」，皆有脱亂等誤，此參考四庫本、文選卷六〇陸機弔魏武帝文并序補正。
〔二〕李，原漫漶不清，此據國圖全本、四庫本。
〔三〕嚴，原漫漶不清，此據國圖全本、四庫本。
〔四〕中，原漫漶不清，此據國圖全本、四庫本。

郭茅舍詩，又有正月三日歸溪上簡院内諸公[一]，則當時指帥屬公廨爲院[二]，故院中晚晴云「院中」[三]，一作「使院」。李泰伯指爲嚴武書院，恐非。

山雲行絶塞，大火復西流。**洙曰**：張景陽詩：「大火流坤維。」**夢符曰**：按左傳哀十二年：「冬十二月，螽。仲尼曰：『丘聞之，火（復）〔伏〕而後蟄者畢。今火猶西流，司曆過也。』」又爾雅云：「大火，（請）〔謂〕之大辰。」注：「大火，心也。」飛雨動華屋，蕭蕭梁棟秋。**洙曰**：謝玄暉詩：「朔風吹飛雨，蕭條江上來。既洒百常觀，復集九（城）〔成〕臺。」窮途愧知己，**趙曰**：指嚴鄭公也。暮齒借前籌。**洙曰**：張良：「願借前箸以籌之。」**趙曰**：言其晚年而得嚴府參謀也。已費清晨謁，**希聲曰**：甫言日過武廳謀府事。那成長者謀。**趙曰**：又自謀之辭。解衣開北户，高枕對南樓。樹濕風涼進，江喧水氣浮。禮寬心有適，**趙曰**：言嚴公待以寬禮。節爽病微瘳。**趙曰**：時節清爽，公素有肺疾，惟氣爽則少蘇也。主將歸調鼎，吾還訪舊丘。**洙曰**：主將，謂嚴公也。言公還朝秉政日，吾當遂歸計也。鮑明遠詩：「去鄉三十載，復得還舊丘。」**補注** **希曰**：鼎鉉，三公之任。侯霸爲司徒，嚴子陵遺之書曰「君房位至鼎足」是也。公期嚴武歸處

[一] 月三，原漫漶不清，此據國圖全本、四庫本。
[二] 院，原漫漶不清，此據國圖全本、四庫本。
[三] 故，原漫漶不清，此據國圖全本、四庫本。

公相之任，而已遂託以歸鄉也。公京兆人，所以云「舊丘」。

軍城早秋鄭國公嚴武作[一]。

昨夜秋風入漢關，朔雲邊雪滿西山。更催飛將追驕虜，**洙曰**：漢，匈奴號李廣爲飛將。莫放沙場匹馬還。**洙曰**：吐蕃常入積石軍取麥，哥舒翰殺之，隻馬無還。**修可曰**：春秋僖公公羊云：「匹馬隻輪無返者。」

奉和廣德二年作。

補注 **鶴曰**：嚴武以廣德二年九月敗吐蕃於當狗城，十月克吐蕃鹽川城，此詩和其軍城早秋，則是其年七月作。

秋風嫋嫋動高旌，**洙曰**：九歌：「嫋嫋兮秋風。」高旌，旌旗也。玉帳分弓射虜營。**蘇曰**：賀若弼征可汗，夜分勁弓射虜營，皆破，繼而追殺大捷。**趙曰**：帳，大將軍之帳。補注 **希曰**：抱朴外篇：「軍在太一

[一] 鄭國公，杜陵詩史卷二〇、分門集注卷三同此，四庫本無此三字。

玉帳之中，不可攻也。」**已收滴博雲間戍，**趙曰：滴博，城名。雲間戍，以言其高也。**欲奪蓬婆雪外城。**洙曰：滴博、蓬婆，皆西山地名。趙曰：蓬婆，吐蕃城名，以其遠在雪山之外。補注鶴曰：滴博，西山城名。雲間，以言其高也。公所謂「轉粟上青天」，而高適所謂「窮山之巔」是也。蓬婆，乃吐蕃城名，故云「欲奪」。按唐書吐蕃傳：「蕭〔昇〕（炅）[一]、杜希望、王昱分道碎赤嶺碑。昱以劍南兵入攻安戎城，築二少壘左右之，兵次蓬婆嶺，輸劍南粟餉軍。」

院中晚晴懷西郭茅舍

廣德二年作。

院中，一云「使院」。補注鶴曰：詩云「幕〔將〕（府）秋風日夜清」，當是廣德二年秋作。又云「浣花溪裏花饒笑，肯信吾兼吏隱名」，明年果歸溪上。

幕府秋風日夜清，洙曰：武帝拜霍去病大將軍於幕府中，故號幕府也。**澹雲疏雨過高城。葉心朱實堪時落，**洙曰：劉越石：「朱實隕勁風，繁英落素秋。」**階面青苔先自生。**洙曰：沈休文詩：「賓除綠錢滿，客位紫苔生。」**復有樓臺銜暮景，不勞鍾鼓報新晴。浣花溪裏花饒笑，肯信吾兼**洙曰：一作「今」。**吏隱名。**洙曰：公嘗爲嚴公參謀，故云「吏隱」。趙曰：汝南先賢傳：「鄭〔欽〕（敬）吏隱於

〔一〕蕭昇，據新唐書卷二一六上吐蕃傳，乃「蕭炅」之訛。

蟻陂之陽〔一〕。」

到村廣德二年作。

補注 **鶴曰**：詩云「老去參戎幕」，當是廣德二年秋作。

碧澗雖多雨，**洙曰**：謝玄暉詩：「銅陵映碧澗，石磴〔寫〕（瀉）紅泉。」補注 **希曰**：碧澗、紅泉，乃靈運題華子岡詩，非玄暉，今在建昌軍麻源第三谷。**秋沙先**洙曰：又云「亦」。**鄭曰**：先，先見切，後也。**少泥。蛟龍引子過，荷芰逐花低。老去參戎幕**，**趙曰**：爲劍南節度參謀也。**歸來散馬蹄。洙曰**：曹子建詩：「俯身散馬蹄。」**稻粱須就列**，**洙曰**：爲貧而仕也。**榛草即相迷。趙曰**：言離草堂而入使院，則榛草反相迷也。**蓄積思江漢**，**洙曰**：蓄積，猶鬱，以瀉其鬱結爾。**頑疏惑町畦。洙曰**：嵇康云：「匪降自天，實由頑疏。」町畦，隴畝也。**蒼舒曰**：南華真經人間世篇曰：「彼且爲無町畦，亦與之無町畦。」**趙曰**：思歸也。**暫酬知己分，還入故林棲。洙曰**：王正長：「人情舊鄉客，鳥栖思故林。」**蘇曰**：鹿岑曰：「山野性豈能拘禄仕？旦夕即還故林，單栖一枝，私心足矣。」**趙曰**：知己，謂嚴武，言既酬報知己之

〔一〕鄭欽，據藝文類聚卷九引汝南賢傳、後漢書卷二九郅惲傳，乃「鄭敬」之訛。

分，乃遂歸故林。

宿府 廣德二年作。

補注 **鶴曰**：詩云「清秋幕府井梧寒」，當是廣德二年秋在府中作。

清秋幕府井梧寒， **洙曰**：梧桐也。 **趙曰**：魏明帝詩：「雙梧生枯井〔一〕。」**獨有江城蠟炬殘。永夜角聲悲自語，中天月色好誰看。** **蘇曰**：李固：「邊角風急，永夜無寐，時唯自語。」鄭當時：「中天月色皎潔，故人流落千里，不知渠與誰看也。」**風塵荏苒音書絶，關塞蕭條行路難。已忍伶俜十年事，** **洙曰**：伶俜，猶零丁也，流落貌。**强移栖息一枝安。** **洙曰**：莊子言鵬、鷃事而云：「鷦鷯巢於深林，不過一枝。」以其性各有極，苟足其極，則不知其所以然矣。」

遣悶奉呈嚴公二十韻 廣德二年作。

蘇曰：嚴武在蜀，對客多聘筆扎，甫醉曰：「不謂嚴挺之有此兒！」武怒，甫徐曰：「我乃杜審言孫，擬捋

〔一〕 雙梧生枯井，九家集注卷二六作「雙梧生空井」，藝文類聚卷八八作「雙桐生空井」。

虎鬚爾。」合坐大笑，彌縫之。武曰：「與公等言，何至上及祖考乎？」深銜之。甫歸草堂，遂有此詩。補注 鶴曰：公歸溪上在永泰元年正月三日，而此詩云「清秋鶴髮翁」，則是入幕未久便有此作。（苦）（若）武果銜之，不應復留許久。考公入幕後詩，多不樂處幕中，然此後與嚴武同賦詩尚多。武死，公尤惓惓，益知注第因史有是言云耳，豈真東坡之言哉？此詩作於廣德二年秋。

白水魚竿客，清秋鶴髮翁。洙曰：鶴髮，言老也。趙曰：庾信作賦：「子老矣，鶴髮雞皮。」胡爲來幕下，袛合在舟中。洙曰：言體性疏散，止可與漁樵爲偶，不當爲幕客也。黄卷真如律，大臨曰：言詩書以禮法繩人。青袍也自公。洙曰：詩：「自公退食。」大臨曰：言不卑小官也。老妻憂坐痹，卑利切。幼女問頭風。平地專欹倒，分曹失異同。趙曰：言其散秩，在府中所坐之曹，不專其事，而分之不知爲異爲同也。補注 希曰：漢食貨志：「迺分遣御史、廷尉正監分曹。」師古曰：「曹輩，分輩而出爲吏也。」鶴曰：此句承上「坐痹」「頭風」也，言疾作則有時欹倒，不辨異同也。禮甘衰力就，義忝上官通。洙曰：謂能容之於散秩也。趙曰：公得預府幕。上官，指嚴武。疇昔論詩早，洙曰：公與嚴公先以文才相知。光輝仗鉞雄。洙曰：仗鉞，言嚴公作鎮也。寬容存性拙，洙曰：公嘗斥嚴公父名，公不以爲忤。翦拂念途窮。**洙曰**：謂嚴武奏請爲簽謀也。劉孝標絶交論：「顧眄增其倍價〔一〕，翦拂使其長鳴。」**露裛思藤架**，**洙曰**：詩：「厭浥行露。」**煙霏想桂叢**。**洙曰**：言身雖在幕中，而嘗有山林之志。**信然龜觸網**，**洙曰**：龜策傳：「預且觸網〔去〕〔云〕〔二〕。」**直作鳥窺籠**。**洙曰**：秋興賦：「池魚籠鳥而有江湖山藪之思。」**趙曰**：言身雖在幕府，而有懷草堂，故如龜之在網，鳥之在籠。**西嶺紆村北**，**師曰**：自此句以下乃公述草堂之興，而有歸休之意，故末章云：「會希全物色，時放倚梧桐。」物色，言形體衰老，冀保其天年，遂其真性。倚梧桐，以自樂也。**南江繞舍東**。補注**希曰**：舊史云：「於浣花里結廬枕江。」南江，即大江，山海經：「岷山，大江所出。峽山，中江所出。崌山，北江所出。」今九域志資州有中江。**竹皮寒舊翠**，**椒實雨新紅**。**浪簸船應拆**，**杯乾甕即空**。**蘇曰**：蘇定戲友人曰：「薪盡火滅，杯乾甕空。」**藩籬生野徑**，**斤斧任樵童**。**洙曰**：自「西嶺」至此，皆志在草堂。**束縛酬知己**，**蹉跎效小忠**。**洙曰**：言性雖疏散，當束縛以酬知己。年雖蹉跎，不足以負任責，亦當效小忠也。**周防期稍稍**，**太簡遂怱怱**。**曉入朱扉啓**，**昏歸畫角終**。**不成尋**

〔一〕眄，杜陵詩史卷二〇同此，分門集注卷一七、四庫本及文選卷五五劉孝標廣絶交論作「盼」。

〔二〕預且，史記卷一二八龜策傳作「豫且」；去，據分門集注，乃「云」之訛；按，此句九家集注卷二六載王洙注作「史記龜策傳：神龜抵網，而遭漁者得之」，史記原文作：「宋元王二年，江使神龜使於河，至於泉陽，漁者豫且舉網得而囚之，置之籠中。夜半，龜來見夢於宋元王。王曰：『我爲江使於河，而幕網當吾路。泉陽豫且得我，我不能去。』」

別業，**大觀曰**：別業，指草堂也。未敢息微躬。烏鵲愁銀漢，**洙曰**：爲填河也。**炎曰**：烏鵲填河以渡牛女，甫意謂雖參幕府，無以補濟，故曰「愁銀漢」。駑駘怕錦幪。**洙曰**：非其飾也。會希全物色，時放倚梧桐。**趙曰**：言如烏鵲之微，力不任於填河，駑駘之蹇，不足以被錦幪之飾，所望於故人者，幸全其物色而放令倚於梧桐也。

送舍弟頻赴齊州三首〔一〕廣德二年作。

補注 **鶴曰**：詩云「岷嶺南蠻北，徐關東海西。此行何日到，送汝萬行啼」，是頻自成都赴齊州。廣德二年作。

岷嶺**孫曰**：岷峨也，在蜀。南蠻北，**洙曰**：南詔蠻也。徐關東海西。**洙曰**：徐關，齊地。此行何日到，送汝萬行啼。絶域惟高枕，**趙曰**：絶域，言異方也。清風獨杖藜。危時暫相見，衰白意都迷。**補注** **希曰**：列子云：「穆王意迷心荒。」

風塵暗不開，汝去幾時來。兄弟分離苦，形容老病催。江通一柱觀，**鄭曰**：荆州有一柱

〔一〕頻，九家集注卷二六作「潁」，蕭注本卷一一疑「頻」爲「潁」之訛。

觀，土人呼爲木履觀。**日落望鄉臺。**洙曰：成都記：「隋蜀王秀所創。」**客意長東北，齊州安在哉。**

諸姑今海畔，兩弟亦山東。趙曰：齊州近海，則是山東矣。補注鶴按：公作范陽太君盧氏墓誌：審言之女，薛氏所出者，適魏上瑜、裴榮期、盧正均，皆前卒。盧氏所出者，適京兆王佑、會稽賀撝。會稽瀕於海也。**去旁干戈覓，來看道路通。短衣防戰地，**洙曰：趙武靈王好胡服，（士）〔土〕皆短服。趙曰：時吐蕃未息，故戎服，以在防戰之地。**匹馬逐秋風。莫作俱流落，長瞻碣石鴻。**洙曰：絶交論：「附騏驥於旄端〔一〕，軼歸鴻於碣石。」注：「海畔山也。」

嚴鄭公階下新松得霑字。廣德二年作。

補注鶴曰：詩云「移根方爾瞻，細聲聞玉帳」，又題曰「嚴鄭公」，當是廣德二年。蓋是年正月武到成都方栽。詩云「未見紫煙集，虛蒙清露霑」，蓋自喻也。

弱質豈自負，移根方爾瞻。洙曰：詩：「民具爾瞻。」**細聲聞**洙曰：一作「侵」。**玉帳，疏翠近珠簾。未見紫煙集，虛蒙清露霑。何當一百丈，欹蓋擁高檐。**蘇曰：阮瑀松賦：「擁高檐，碧似

〔一〕騏驥於，杜陵詩史卷二〇、分門集注卷九同此，四庫本作「麒麟於」，九家集注卷二六作「騏驥之」，文選卷五五劉孝標廣絶交論作「驅驥之」。

欹蓋。」

嚴鄭公宅同詠竹得香字。廣德二年作。

補注 鶴曰：當是廣德二年夏作。詩云「但令無剪伐，會見拂雲長」，蓋諷武也，明年武果死。

綠竹半含籜，洙曰：謝靈運詩：「初篁包綠籜。」**新梢纔出墻。色侵書帙晚，陰過酒樽涼。雨洗娟娟静，風吹細細香。但令無翦伐，會見拂雲長。**洙曰：此二詩公之措意極爲深遠，以意逆志，觀者當自知矣。

奉觀嚴鄭公廳事岷山沲江畫圖十韻得忘字。

補注 鶴曰：題曰「嚴鄭公廳事」，則是廣德二年作。

沲水臨中座，鄭曰：寰宇記：「在成都府新繁縣。」**岷山到**洙曰：一作「對」。**北堂**[一]。洙曰：江賦：「惟岷之導江水所出也。」書：「岷山導江。」今蜀縣花丘及漢中沔陽皆有沱水。**白波吹粉壁，青嶂插**

[一] 到，四庫本作「赴」。北，四庫本作「此」。

光。雪雲虚點綴，沙草得微茫。嶺雁隨毫末，川蜺飲練光。**洙曰**：曉霜楓葉丹。**趙曰**：暗谷處非真是雨而暗，丹楓非真是遭霜而丹，皆以言畫也。**秋成**洙曰：一作「城」。**玄圃外**，**洙曰**：崑崙山有玄圃。**蒼舒曰**：楚辭曰：「朝發軔於蒼梧兮，夕余至乎玄圃。」注：「玄圃，神山也。」淮南子曰：「崑崙玄圃，惟絶通天。」**景物洞庭傍**。**洙曰**：洞庭，湖名。**趙曰**：皆以形容其畫，乃其景也。**繪事功殊絶，幽襟興激昂。從來謝太傅，丘壑道難忘**。**洙曰**：太傅，謝安也。安雖貴，而東山之志不忘。**師曰**：顧長康畫鯤在石岩裏，人問其故，顧曰：「謝〔玄〕〔云〕一丘一壑〔一〕，自謂過之，此子宜置丘壑中。」又謝安寓居會稽，與羲之、支遁游，出則漁(弋)山水。每往臨安山中，坐石室，放情丘壑。及薨，贈太傅。

晚秋陪嚴鄭公摩訶池泛舟得溪字。廣德二年作。

魯曰：池在使府内，蕭摩訶所開，因是得名。**鄭曰**：摩訶池即污池也，在錦城西。補注 **鶴曰**：當是廣德二年作，前此武尹成都，未嘗涉秋也，凡言秋者，皆是年作。

〔一〕玄，據世説新語下卷上巧藝第二十一，乃「云」之訛。

湍駃風醒酒，洙曰：謝靈運：「浩浩夕流駃。」鄭曰：駃，苦夬切。馬曰：駃，疾貌。船行霧起堤[一]。高城秋自落，雜樹晚相迷。坐觸鴛鴦起，巢傾翡翠低。莫須驚白鷺，爲伴宿青溪。趙曰：公指浣花溪。

陪鄭公秋晚北池臨眺新添。廣德二年作。

補注 鶴曰：詩云「何補參軍乏，歡娛到薄躬」，公時在幕中也，當是廣德二年作。自遣悶奉呈嚴公後，與之詠竹、泛舟、觀岷沲圖及陪北池臨眺，皆分韻賦詩，武若銜之，豈復情分還密如此？不知史何所本而云？

北池雲水閣，華館闢秋風。獨鶴元依渚，衰荷且映空。采菱寒刺上，踏藕野泥中。素檝分曹往，金盤小徑通。萋萋露草碧，片片晚旗紅。杯酒霑津吏，衣裳與釣翁。異方初豔菊，故里亦高桐。摇落關山思，淹留戰伐功。嚴城殊未掩，清宴已知終。何補參軍乏，本中曰：一作「事」。歡娛到薄躬。

[一] 行，王洙本卷一三、九家集注卷二六、杜陵詩史卷二〇、分門集注卷一〇作「回」。

是時作。

初冬廣德二年作。

補注 **鶴曰**：詩云「垂老戎衣窄」，爲廣德二年十月嚴武攻吐蕃鹽川城，克之，公時在幕府，故亦衣戎衣也。

垂老戎衣窄，洙曰：垂老，臨老也。戎衣窄，爲作簽軍謀。**歸休寒色深。**趙曰：時方戍防吐蕃。**漁舟上急水，獵火著高林。日有習池醉，**趙曰：山簡在襄陽，習氏有佳園池，簡日醉焉。**愁來梁甫吟。**趙曰：公以諸葛自比也。師曰：甫云此句，其志厭唐室之亂可知。**干戈未偃息，出處遂何心。**

正月三日歸溪上有作簡院内諸公永泰元年作。

補注 **鶴曰**：溪上，指浣花溪也。詩云「白頭趨幕府，深覺負平生」，於是不復入幕。當是永泰元年。

野外堂依竹，籬邊水向城。蟻浮仍臘味，洙曰：酒也。周庾信謝賜酒詩：「浮蟻對春開。」**鷗泛已春聲。**洙曰：南越志：「鷗，水鳥也，在漲海中隨潮上（十）（下），三月風至乃去。」蘇曰：耿昇曰：「門前池水已有春色。」客曰：「如何？」昇曰：「今日鷺浴鷗泛，漣漪灩灩。」**藥許鄰人斸，**趙曰：公之不吝如此。**書從稚子擎。**趙曰：言文書多任稚子也。師曰：子美詩有「天寒斸茯苓」之句，言以鐵（稚）（椎）斸地而得之。

補注 **鶴曰**：種藥本以濟世，故許鄰人斸收；書本以教人，故從稚子擎。公之志趣如此，與隔形骸而分爾汝者異矣。白頭趨幕府，深覺負平生。**趙曰**：公嘆老而猶仕耳。

弊廬遣興奉寄嚴公寶應元年作。

補注 **鶴曰**：題云「弊廬遣興」，而詩云「（清）（情）依節制尊」，則是寶應元年武節制兩府時作也。若廣德二年、永泰元年春，武雖俱在成都，而是時正合東、西川爲節度使矣，不應云「節制」。梁權道不考此，而編在永泰元年歸溪上後作。詩又云「還思長者轍，恐避席爲門」，蓋寶應元年武曾過浣花，故曰「還思」，公是時有「小隊尋花到野亭」之句也。此詩題不曰「鄭公」，而曰「嚴公」，則可知矣。

野水平橋路，春沙映竹村。風輕粉蝶喜，花暖蜜蜂喧。把酒宜深酌，題詩好細論。府中瞻暇日，江上憶詞源。**趙曰**：隋文藝傳云：「筆有餘力，詞無竭源。」迹忝朝廷舊，**洙曰**：公仕三朝。情依節制尊。**洙曰**：公之入蜀，惟依嚴公。節制，持節專制也。還思長者轍，恐避席爲門。**洙曰**：見「寧紆長者轍」注。**趙曰**：欲枉嚴公之駕，故用陳平事以激之。

春日江村五首永泰元年作。

補注 **鶴曰**：詩云「迢遞來三蜀，蹉跎又六年」，又云「扶病垂朱紱，歸休步紫苔」，又云「郊扉存晚計，幕府愧群才」，當是永泰元年歸溪上後作。

農務村村急，洙曰：農務，田事。**春流岸岸深。乾坤萬里眼，時序百年心。茅屋還堪賦，**洙曰：秋興賦：「偃息不過茅屋茂林之下。」**桃源自可尋。艱難昧**洙曰：一作「賤」。**生理，飄泊到如今。**

迢遞來三蜀，趙曰：蜀郡、廣漢郡、犍爲郡爲三郡也〔一〕。**蹉跎又六年。**洙曰：又，一作「有」。趙曰：公自乾元二年冬到蜀至今乾元七年〔二〕，凡六年矣。補注鶴曰：公以乾元（二年）冬入蜀〔三〕，至永泰元年乃六年。趙注云「至今乾元七年凡六年」，乾元安得有七年？**客身逢故舊，**洙曰：得嚴公薦舉也。**發興自林泉。過懶從衣結，**洙曰：〔黄京威〕（董京威輦）衣百結衣〔四〕。**頻游任履穿。**洙曰：東郭先生履穿，行雪中，著地處皆足迹。**藩籬頗無限，恣意向**洙曰：一作「買」。**江天。**師曰：言江天恣意賞眺，不費錢買也。

種竹交加翠，栽桃爛熳紅。經心石鏡月，到面雪山風。洙曰：石鏡、雪山，皆蜀中故事，已見

〔一〕三郡，四庫本、杜陵詩史卷二一、分門集注卷二同此，據九家集注卷二六，乃「三蜀」之訛。

〔二〕至今乾元七年，四庫本、杜陵詩史、分門集注同此，九家集注卷二六作「至是」，按，乾元共三年，「乾元七年」誤。

〔三〕「乾元」下，據杜陵詩史、分門集注、九家集注卷二六引黄鶴注，脱「二年」二字。

〔四〕黄京威，四庫本、杜陵詩史、分門集注作「董京威」，九家集注作「董威輦」，按，晉書卷九四董京傳：「董京，字威輦。」

前注。**赤管隨王命**，**洙曰**：漢官儀：「尚書令、僕、丞、郎月給赤管大筆一雙。」公爲檢校尚書工部（員外郎），故云「赤管」也。**銀章付老翁**。**趙曰**：銀章方賜。朱，朱服也，故次篇有「垂朱紱」之句。補注**鶴曰**：或謂上元二年冬，嚴武鎮成都，奏公爲節度參謀、檢校工部員外郎，賜緋魚，故有「赤管」「銀章」之句。然廣德元年方以京兆功曹而不赴，又上元二年已後詩未嘗言朱、銀事，則是廣德二年奏除即賜緋爲明。漢百官表：「凡吏秩比二千石以上，皆銀印青綬。」師古曰：「漢舊儀云：『銀印背紐，其文曰章。』謂刻曰某官之章。」唐雖無賜印者，而公謂銀章，因其有隨身魚而言耳。**豈知牙齒落**，**蘇曰**：李笴有子在江南，久不至，語其妻曰：「阿陳豈知我牙齒豁落，如桑榆倒景，何與子相見耶？」**名玷薦賢中**。

扶病垂朱紱，**歸休步紫苔**。**洙曰**：紱，古蔽膝也，象冕服，以韋爲之。曹子建：「俯伏朱紱〔一〕。」休沐也〔二〕，漢制，五日一下休沐。沈休文詩：「客位紫苔生。」補注**希曰**：韋賢傳：「黼衣朱紱。」師古曰：「朱紱，爲朱裳，畫爲亞文也。亞，古『弗』字，故因謂之『紱』，又作『韍』。」按歐公集古録載周武王錫毛伯敦銘：「乃命汝赤芾同冕。」高紀：「高祖嘗告歸之田。」李斐曰：「休謁之名。」孟康曰：「古者名吏休假曰告。」今曰歸休，謂歸溪

〔一〕伏，杜陵詩史、分門集注、文選卷三七曹子建求自試表及三國志卷一九曹植傳作「愧」。

〔二〕休，原漫漶不清，此據國圖全本、四庫本。

上。郊扉存晚計，**洙曰：**顔延年：「側同幽人居，郊扉常晝閑〔一〕。」幕府愧群材。**趙曰：**衛青傳云：「開幕府。」蓋設幕以爲府也。燕外晴絲捲，鷗邊水葉開。**蘇曰：**阮籍詩：「〔洛〕（浴）鷗開水葉，戲蝶避風絲。」鄰家送魚鱉，問我數能來。

群盜哀王粲，**通曰：**王粲避亂客荊州。中年召賈生。**趙曰：**文帝召賈誼至宣室。**補注** **希曰：**〔子〕（梁）元帝懷舊志序〔二〕：「中年承〔之〕（乏）〔三〕。」又謝安傳有云。登樓初有作，**洙曰：**王粲在荊州，思歸，作登樓賦。前席竟爲榮。**洙曰：**賈生對文帝於宣室，言鬼神事，帝不覺前席。宅入先賢傳，**洙曰：**先賢傳載王粲宅。〔斗〕（才）高處士名〔四〕。異時懷二子，春日復含情。**洙曰：**二子，謂王粲、賈誼也。**師曰：**昔王粲依劉表于荊州，思歸，作登樓賦。子美在蜀依嚴武，故以比之。然子美以晚年得嚴武薦檢校工部，比之賈生文帝前席之也。**補注** **希曰：**食貨志：「異時筭軺車。」師古曰：「異時，言往時也。」

〔一〕閑，據杜陵詩史、分門集注、文選卷二六，乃「閉」之訛。
〔二〕子元帝，據藝文類聚卷三四人部十八懷舊，乃「梁元帝」之訛。
〔三〕之，據藝文類聚卷三四人部十八懷舊，乃「乏」之訛。
〔四〕斗，據杜陵詩史、分門集注，乃「才」之訛。

絶句六首廣德二年作。

補注 鶴曰：詩云「舍下笋穿壁」，當是草堂作。公上元元年種竹，則元年與寶應二年笋未能穿壁，當是廣德二年春晚自閬州歸草堂時作。

日出籬東水，雲生舍北泥。竹高鳴翡翠，沙僻舞鵾雞。洙曰：九辯：「鵾雞啁哳而悲鳴。」趙曰：公孫(乘)月賦：「鵾雞舞於蘭渚。」

藹藹花蕊亂，飛飛蜂蝶多。趙曰：江總詩：「黃鵠飛飛遠。」幽栖身懶動，客至欲如何。

急雨梢溪足，斜暉轉樹腰。隔巢黃鳥竝，翻藻白魚跳。洙曰：藻，水草也。

鑿井交棕葉，開渠斷竹根。扁舟輕裊纜，小徑曲通村。〔一〕

舍下笋穿壁，蘇曰：顧榮苦志讀書，村居疏漏，笋穿壁生，日惟一盂粥，而手不釋卷。庭中藤刺洙曰：一作「到」。刺，七亦切。簷。地晴絲冉冉，江白草纖纖。

江動月移石，溪虛雲傍花。鳥栖知故道，帆過宿誰家。蘇曰：宋選送弟入洛，登舟挂席東下，選凝竚久之，語經君曰：「帆過南浦，今夜清風明月，宿水涘誰家？」

〔一〕「急雨」「鑿井」兩首，王洙本卷一三、杜陵詩史卷三一、分門集注卷二五、九家集注卷二六皆「鑿井」首在前，「急雨」首在後。

絶句四首寶應元年作。

補注 **鶴曰**：詩云「門泊東吳萬里船」，以公別詩參考，則泊船乃上元、寶應間事。又詩云「因驚四月雨聲寒」，當是寶應元年四月作。若永泰元年春，公亦在草堂，而四月嚴武卒，公行出蜀，恐非此年作。蓋笋長而別開門，則未有去草堂之意也。

堂西長笋別開門，塹北行椒却背村。 **趙曰**：行椒，蓋成行者。**梅熟許同朱老喫，松高擬對阮生論。** **洙曰**：朱、阮，劍外相知。補注 **希曰**：陸〔機〕（璣）云〔一〕：「椒樹似茱萸，葉堅而滑澤，蜀人作茶，吳人作茗，皆合煮以爲香。今成皋諸山間有椒，謂之竹葉椒。」朱老，當是南鄰朱山人。阮生，豈阮隱居歟？阮居秦州，故云擬對之而論松之高也。

欲作魚梁雲覆湍， **洙曰**：覆，一作「復」。**鄭曰**：魚梁，地名。**因驚四月雨聲寒。青溪先有蛟龍窟，竹石如山不敢安。** **趙曰**：魚梁，劈竹積石，横截中流，以爲聚魚之區也。以溪下有蛟龍，時興雲雨，雖以魚梁人之所利也，而公不敢犯害以就利。異乎〔出〕（世）人徑行直前〔二〕，惟利是謀矣。

兩箇黃鸝鳴翠柳， 補注 **希曰**：伐木詩：「鳥鳴嚶嚶。」郭云：「嚶嚶，兩鳥鳴也。」**一行白鷺上青**

〔一〕陸機，據三國吳陸璣撰毛詩草木鳥獸蟲魚疏卷上「椒聊之實」疏，乃「陸璣」之訛。

〔二〕出人，據杜陵詩史卷二一、分門集注卷二五，乃「世人」之訛，四庫本作「出入」，當爲館臣臆改。

天。窗含西嶺千秋雪，**洙曰**：西山白雪，四時不消。門泊東吴萬里船。**趙曰**：公之志，每欲南下，其所泊於門外之船，乃欲往東吴萬里之船也。

藥條藥**洙曰**：一作「草」。甲潤青青，色過棕亭入草亭。苗滿空山慚取譽，**趙曰**：公自喻也。根居隙地怯成形。**趙曰**：今所種之藥在空隙之地，欲成似物之形，而怯於人之所易見也。

陪李七司馬皂江上觀造竹橋即日成往來之人免冬寒入水聊題短作簡李公（三）（二）首

補注 **鶴曰**：梁權道編此詩在寶應元年成都作，然後有詩題云「李司馬橋了承高使君自成都回」，則橋不在成都，詩亦不在成都作甚明。當是上元二年冬在蜀州作，詳見後篇注。

伐木爲橋結構同，褰裳不涉往來通。**洙曰**：孫炎曰：「揭衣褰裳。」曹顔遠：「褰裳不足難。」天寒白鶴歸華表，**趙曰**：橋前二柱曰華表柱。昔有白鶴集於柱上，有云：「有鳥有鳥丁令威，三千年吾其歸。」日落青龍見水中。**洙曰**：橋影落水中，如青龍。顧我老非題柱客，**洙曰**：見「登橋必題柱」注。知君才是濟川功。**洙曰**：説命：「若濟巨川，用（汲）（汝）作舟楫。」合歡却笑千年事，驅石何時到海東。**洙曰**：秦始皇作石塘，欲過海看日出處。有神人能驅石下海，石去不速，神輒鞭之，石皆流血。**趙曰**：言與賓客落橋之成而歡飲，因笑往事之勞，徒驅石也。

把燭橋成夜，迴舟客坐時。天高雲去盡，江迴月來遲。衰謝多扶病，招邀屢有期。 **洙曰**：謝惠連詩：「輟策共駢筵，並坐相招邀。」**異方乘此興，樂罷不無悲。** **趙曰**：公流落旅寓而不能歸，所以有悲也。

李司馬橋了承高使君自成都迴上元二年作[一]。

補注 **鶴曰**：高適上元二年與成都尹崔光遠同平段子璋，光遠以不能戢將士大掠，天子怒，以適代光遠，故適在成都。今詩云：「已傳童子騎青竹，總擬橋東待使君。」按九域志，蜀州東至成都一百里，則是時適守蜀爲甚明矣[二]。若謂在彭州，則成都在彭州之南也，九域志謂南至成都九十二里。此詩同上篇，爲上元二年作。

向來江上手紛紛，三日成功事出群。已傳童子騎青竹，總擬橋東待使君。 **洙曰**：并州小兒騎竹馬，以迎郭伋使君。

[一] 二，原漫漶不清，此據四庫本及後文黄鶴注。

[二] 爲，疑爲「州」之訛。

江上值水如海勢聊短述值，一作「置」。寶應元年作。

補注鶴曰：梁權道編在永泰元年成都詩内，今考詩云「新添水檻供垂釣」，則是初作水檻時作。按公廣德二年作水檻詩云「游子久在外，門户無人持。高岸尚爲〔客〕（谷），何傷浮柱攲」，是公自閬州歸，水檻已攲損矣。今云「新添」，當在寶應元年春作。

爲人性僻耽佳句，語不驚人死不休。老去詩篇渾漫與，春來花鳥莫深愁。趙曰：耽佳句而語驚人，言其平昔如此。今老矣，所爲詩則漫與而已，無復著意於驚人也，故寄語花鳥無用深愁耳。新添水檻供垂釣，故著浮槎替入舟。焉得思如陶謝手，令渠述作與同游〔一〕。見「陶謝不枝梧」注。

寄杜位洙曰：位京中宅近西曲江，詩尾有述。上元二年作。

補注鶴曰：詩云「玉壘題書心緒亂」，當是上元二年自成都赴青城時作。詩云「悲君已是十年流」，蓋自天寶十一載至今爲十年。

近開寬法離新州〔二〕，想見歸懷尚百憂。逐客雖皆萬里去，洙曰：秦議逐客，李斯在逐客中，

〔一〕今，杜陵詩史卷一三、四庫本同此，王洙本卷一三、九家集注卷二六、分門集注卷一三作「令」。
〔二〕開，王洙本卷一三、九家集注卷二六、杜陵詩史卷二三、分門集注卷一九作「聞」。

上書秦王，留斯爲客卿。**趙曰**：謂之皆萬里，則所逐非止杜耳。**悲君已是十年流。****洙曰**：流，竄也。**干戈況復塵****洙曰**：一作「行」。**隨眼，鬢髮還應雪****洙曰**：一作「白」。**滿頭。玉壘題書心緒亂，何時更得曲江游。****洙曰**：玉壘，蜀之坊名也。**趙曰**：玉壘，在青城縣也，此詩公在青城縣，因書寄之。曲江，在唐其游最盛。

題桃樹**趙曰**：此非止因桃而題，其所懷蓋含仁民愛物之心，與夫遏亂喜治之意其詳於逐句下[一]。

補注 **鶴曰**：梁權道謂永泰元年亂定後還成都作，然蔡興宗、魯訔年譜皆云是年四月嚴武卒，五月公下渝、忠，未嘗再至成都，則權道所編爲非。當是廣德二年自閬州歸成都時作，故詩云「天下車書正一家」，謂吐蕃與朝義之亂已息。

小徑升堂舊不斜，五株桃樹亦從遮。高秋總餧貧人實，來歲還舒滿眼花。**趙曰**：言其至秋時實熟，皆以分餧貧者，以其不害來歲之花仍是滿眼，則望復結實，此其爲仁民之心乎！**簾户每宜通乳燕，****洙曰**：乳燕，燕燕雛也[二]。謝玄暉詩：「花叢亂數蝶，風簾入雙燕。」**兒童莫信打慈鴉。****洙曰**：鴉有慈

[一] 其，杜陵詩史卷二一、分門集注卷一〇同此，四庫本作「具」。
[二] 燕燕，四庫本作「燕之」。

孝之名，以其授哺反哺也。**寡妻群盗非今日，天下車書正一家。** **洙曰**：中庸：「天下車同軌，書同文。」**趙曰**：告群盗以天下一家矣，無妄動也。非遏亂喜治之意乎？後漢劉盆子：「天鳳元年，琅邪海曲有吕母者，子爲縣吏，宰以小罪殺之。吕母怨宰，傾家貲密與客以報仇，合衆至數千，吕母自稱將軍，執宰斬之。群盗之起由於吕母。」

舍弟占歸草堂檢校聊示此詩 廣德元年作。

補注 **鶴曰**：詩云「頻爲草堂回」，當是廣德元年避亂在梓、閬時作。梁權道以爲永泰元年亂定後還成都時作，然詩云「東林〔月〕（竹）影薄，臘月更須栽」，若如梁編〔一〕，則其年冬公已在雲安，無容更令臘月栽竹矣。

久客應吾道， **趙曰**：家語載：「孔〔孟〕（子）陳、蔡之厄〔二〕，曰：『吾道其非耶？』」**相隨獨爾來。孰知江路近，頻爲草堂迴。鵝鴨宜長數，柴荆莫浪開。東林竹影薄，臘月更須栽。**

〔一〕梁，四庫本作「梁權道」。
〔二〕孔孟，據杜陵詩史卷二〇、分門集注卷七、孔子家語卷五在厄第二十，乃「孔子」之訛。

暮登四安寺鍾樓寄裴十四，一作「日」。永泰元年作。

補注 **鶴曰**：詩云「暮倚南樓對雪峰」，又云「近市浮煙翠且重」，當是永泰元年在溪上作。

暮倚高樓對雪峰[一]，**僧來不語自鳴鐘。孤城返照紅將斂，**洙曰：夕陽謂之返照。**近市浮煙翠且重。多病獨愁常闃寂，**趙曰：易曰：「闚其户，闃其無人。」王弼注：「闃，寂也。」**故人相見未從容。**洙曰：從容，款曲也。天台賦：「任緩步之從容。」**知君苦思緣詩瘦，**蘇曰：崔浩愛吟詠，一日病起，友人戲之曰：「非子病如此，乃子苦吟詩瘦也。」後爲口實。**太向交游萬事慵。**洙曰：李白有戲贈公詩云：「借問年來何瘦生，只爲從前作詩苦。」趙曰：緣苦詩之故，其在交游也，萬事皆慵廢矣。

觀李固請司馬弟山水圖三首一云「李七」。廣德二年作。

補注 **鶴曰**：詩云「寒天留遠客，碧海挂新圖」，意是廣德二年冬作。

簡易高人意，洙曰：一作「體」。敏功曰：平易也。揚子：「以簡以易。」**匡床竹火爐。**蘇曰：張扶隱居太白山，茅庵、石鼎、匡床、竹火爐、藥壺而已。趙曰：莊子：「騎姬與晉公同匡床而食[二]。」**寒天留遠**

[一] 高，四庫本作「南」。
[二] 騎姬，莊子齊物論作「麗之姬」。

客，碧海挂新圖。雖對連山好，貪看絶島孤。群仙不愁思，冉冉下蓬壺。洙曰：蓬壺，山名，神仙所宅之地。

方丈渾連水，天台總映雲。洙曰：方丈、天台，二仙山。人間長見畫，老去恨空聞。范蠡舟偏小，洙曰：范蠡爲越破吴，功成名遂，乃乘扁舟，泛江湖。變姓名，適齊，爲鴟夷子。王喬鶴不群。趙曰：其圖必畫舟與鶴。王喬事見昔游詩注。此生隨萬物，何處出塵氛。洙曰：莊子所謂「與物轉徙」也。

高浪垂翻屋，洙曰：郭景純詩：「高浪駕蓬萊〔一〕。」崩崖欲壓床。野橋洙曰：一作「樓」。分子細，沙岸繞微茫。紅浸珊瑚短，青懸薜荔長。浮查並坐得，仙老暫相將。

散愁二首乾元二年作。

補注鶴曰：此詩言及李光弼、王思禮，又云「蜀星陰見少」，當是乾元二年初入蜀時作。詩云「聞道并州鎮，尚書訓士齊」，蓋思禮以元年鎮太原，上元元年加司空，二年薨。梁權道編在上元二年成都作，若如梁編，當云司空，不但言尚書也。詳見注。

〔一〕駕，四庫本作「過」，按，文選卷二一郭景純游仙詩七首其六作「駕」。

久客宜旋旆，**蘇曰**：郭規：「久客塞上，宜旋歸旆。故園桃李，想自成蹊，鄉親時復入夢。」興王未息戈。蜀星陰見少，**趙曰**：星以陰而見少。江雨夜聞多。百萬傳深入，寰宇望匪他〔一〕。司徒下燕趙，收取舊山河。**趙曰**：望光弼之深也，弼爲檢校司〔空〕（徒）〔二〕。**補注** **希曰**：百萬，言師〔從〕（徒）之衆〔三〕，如所謂號百萬與百萬之師者。深入，用孔明表中語。光弼以乾元二年七月爲朔方節度使、兵馬元帥，八月爲幽州長吏、河北節度。以敗賊將留希德及收清夷、横野等軍，加檢校司徒。史又云：「光弼急攻趙，一日拔之。」

聞道并州鎮，尚書訓士齊。**洙曰**：并州，太原也，時王思禮爲帥。**補注** **鶴曰**：思禮以收東京，戰數有功，遷兵部尚書，而舊史云遷户部尚書。乾元元年，與子儀圍城相州，軍潰，惟李光弼、思禮軍獨完，尋破思明别將萬餘衆於直千嶺。光弼〔徒〕（徙）河陽，代爲河東節度，治太原，持法嚴整，士不敢犯。幾時通薊北，**洙曰**：范陽、盧龍等也，皆安、史巢穴。當日報關西。**洙曰**：長安以西皆謂之關西。戀闕丹心破，**蘇曰**：辛毗：「值此喪亂，兵戈未定，丹心復將破矣。」霑衣皓首啼。老魂招不得，歸路恐長迷。

〔一〕宇，四庫本作「區」。
〔二〕司空，據九家集注卷二六、舊唐書卷一一〇李光弼傳，乃「司徒」之訛。
〔三〕徒，據四庫本，乃「徒」之訛。

至後廣德二年作。

補注 **鶴曰**：詩云「遠在劍南思洛陽」，又云「青袍白馬有何意」，當是廣德二年冬在嚴武幕中作。

冬至至後日初長，洙曰：周禮：「冬至日在牽牛[一]，影長一丈三尺。」趙曰：漢時宫中綉工以綫量日影[二]，冬至後添一綫也。**遠在劍南思洛陽。青袍白馬有何意，**洙曰：公止服九品服爾。**金谷銅駝非故鄉。**洙曰：金谷園、銅駝陌，皆蜀中故事。鄭曰：皆在漁陽。師曰：金谷園、銅駝街皆不及故鄉之樂。**梅花欲開不自覺，棣蕚一别永相望。**洙曰：棣蕚，言兄弟也。**愁極本憑詩遣興，詩成吟詠轉凄涼。**蘇曰：庾子山云：「本託詩遣興，詩成反使旅思凄涼。」

撥悶彦輔曰：一云「贈嚴二别駕」。永泰元年作。

補注 **鶴曰**：梁權道謂在永泰元年亂定後還成都作，然乘舟取雲安之酒以供醉，辦錢防三老之直以下峽，非成都所當用語，當是永泰元年在忠、渝作。

聞道雲安麴米春，蘇曰：退之詩：「且可勤買抛青春。」國史補：「酒有郢之富水，烏程之若下，滎陽

[一] 至，原漫漶不清，此據國圖全本、四庫本。
[二] 綉，原漫漶不清，此據國圖全本、四庫本。

之土窟春，富平之石凍春，劍南之燒春。」子美聞道雲安麴米春，裴鉶傳奇亦有酒名松醪春，乃知唐名酒多以春。纔傾一酌即醺人。乘舟取醉非難事，下峽銷愁定幾巡。長年三老**洙曰**：舟師名。遥憐汝，**師曰**：俗謂之翁，蓋把〔拖〕（柂）者。捩柂開頭**洙曰**：一作「鳴橈」。捷有神。**洙曰**：初行船曰開頭。已辦青錢防雇直，當令美味入吾脣。一作「身」。

登高新添。廣德元年作。

補注**鶴曰**：寶應元年、廣德元年九月，公皆在梓州，以後篇論之，此詩當是廣德元年作。

風急天高猿嘯哀，**洙曰**：宋玉云：「天高而氣清。」潘安仁：「勁風凄急。」渚清沙白鳥飛迴。無邊落木蕭蕭下，**洙曰**：江賦：「尋之無邊。」楚詞：「洞庭波兮木葉下。」又：「風颯颯兮木蕭蕭。」不盡長江衮衮來。**洙曰**：謂不舍晝夜也。萬里悲秋常作客，**洙曰**：宋玉悲秋。百年多病獨登臺。**洙曰**：相如多病，卧於茂陵。艱難苦恨繁霜鬢，潦倒新停濁酒杯。**洙曰**：嵇康曰：「酒一杯，潦倒粗疏。」

九日廣德元年作。

補注**鶴曰**：詩云「去年登高郪縣北」，當是廣德元年作。

去年登高郪縣北，洙曰：東蜀有郪縣。今日重在涪江濱。趙曰：射洪之江也。鄭曰：寰宇記：江左在縣西二百里[一]。沈曰：蜀有涪州，以涪江得名。補注鶴曰：梓州治郪縣。水經：「涪江水東南合射江。」射江在梓州，而九域志以涪江隸合州，然公未嘗至合州，當是指涪水合於射江而言，故梓亦有涪城縣。苦遭白髮不相放，羞見黄花無數新。世亂鬱鬱久爲客，路難悠悠常傍人。酒闌却憶十年事，腸斷驪山清路塵。洙曰：憶明皇太平之時也，不敢明指，故致意驪山也。蒼舒曰：子美傷時，憂憤發爲辭章，指陳得失，莫不切至，而此注謂其不敢明指，嗚呼謬哉！趙曰：驪山在臨潼縣，即明皇之華清宫也。孫曰：驪山，明皇游幸之地。

秋盡 寶應元年作。

補注鶴曰：詩云「秋盡東行且未迴」，謂寶應元年秋自梓歸迎家，再往梓，故云「茅齋寄在少城隈」，當是其年作。

秋盡東行且未迴，茅齋寄在少城隈。洙曰：蜀之張儀城也。趙曰：公將往於東蜀矣，姑寄草堂

[一] 左，四庫本作「龍」，按，此句太平寰宇記卷八二劍南東道一梓州郪縣作「涪江在縣西二百里。自涪城縣東南流入縣界，合中江，東流入射洪縣界，屈曲二十里，通遂州」，則「左」當爲「在」之形訛，又爲衍文。

於成都也。少城，城內小城也。補注鶴曰：少城，在成都，張仪築。李膺記云：「在大城西，故曰少城。」籬邊老却陶潛菊，洙曰：陶潛詩：「采菊東籬下。」江上徒逢袁紹杯。洙曰：典略曰：「劉松、袁紹於河朔三伏之際晝夜飲酒，以避一時之暑，故河朔間有避暑之飲。」雪嶺獨看西日落，趙曰：西山謂之雪嶺。劍門猶阻洙曰：一作「斷」。北人來。洙曰：言京信尚阻。補注鶴曰：劍川有劍門縣〔一〕，是時吐蕃入寇正般，未幾陷京師，而松、維、保州亦陷，故云。不辭萬里長爲客，懷抱何時得好開。

野望寶應元年作。

補注鶴曰：詩云「金華山北涪水西，仲冬風日始凄凄」，山與水皆在射洪縣。又云「仲冬」，當是寶應元年十一月往射洪作，同時有往射洪縣南途中有作，南之通泉縣等詩。

金華山北洙曰：一作「南」。涪水西，趙曰：金華山、涪水，皆射洪縣也。仲冬風日始凄凄。山連越巂三蜀，水散巴渝下五溪。鄭曰：巂，悉委切，唐韻：「郡名。」十州志：「漢置越巂郡，以隸三蜀。」洙曰：東、西兩川及梁謂之三蜀。田曰：左太沖賦注：「三蜀，蜀郡、廣漢、犍爲也。」洙曰：越巂，郡名也，

〔一〕川，疑爲「州」之訛。

當南蠻之要。李德裕〔置〕（鎮）蜀日置屯〔一〕，以制蠻寇。五溪，屬交趾，馬援征五溪蠻。**鄭曰：**巴、渝，二州。十州記：「太清四年，武陵王於巴陵置楚州，隋改爲渝州。」補注 **希曰：**舊史：「越巂，〔漠〕（漢）郡名〔二〕，武帝置，縣屬郡〔三〕，有越水、巂水。」蜀〔都〕（郡）本一，漢高帝置廣漢郡，武帝又分置犍爲郡，故後人并蜀〔都〕（郡）謂之三蜀〔四〕。通典：「黔中謂之五溪。」注：「謂酉、辰、巫、武、沅等溪也。」獨鶴不知何事舞，飢烏似欲向人啼。射洪春酒寒仍〔録〕（緑）〔五〕，目極傷神誰爲携。

老病大曆元年作。

補注 **鶴曰：**詩云「老病巫山裏」，當是大曆元年夔州作。蓋是年春晚方自雲安還夔州，今云「巫山裏」，則尚在雲安也。

老病巫山裏，稽留楚客中。藥殘他日裏，花發去年叢。夜足霑沙雨，春多逆水風。合

〔一〕置，據分門集注卷五，乃「鎮」之訛。
〔二〕漠，據四庫本，乃「漢」之訛。
〔三〕縣屬郡，當有脱字，舊唐書卷四一地理志四「劍南道越巂郡」作「今縣，漢邛都縣地，屬越巂郡」。
〔四〕蜀都，當爲「蜀郡」之訛。
〔五〕録，據王洙本卷一三、四庫本，乃「緑」之訛。

分雙賜筆，**趙曰**：漢官儀：「尚書令、〔漢〕（僕）、丞，郎，月給赤管大筆一雙。」公爲尚書工部郎，故感而有是句。猶作一飄蓬。**洙曰**：見前注。

黄氏補千家集注杜工部詩史卷之二十六

黄氏補千家注紀年杜工部詩史

貳

〔唐〕杜甫 撰
〔宋〕黄希 黄鶴 補注
彭燕 胡永傑 點校

鳳凰出版社

杜詩宋元注本叢書

劉躍進 主編

黄氏補千家注杜工部詩史卷之十

别唐十五誡因寄禮部賈侍郎廣德二年作。

鮑曰：賈至本傳：「寶應初，轉禮部侍郎。」補注鶴曰：按史：「廣德二年，轉禮部侍郎。永泰元年，加集賢院待制。」當是廣德二年作。

九載一相逢，百年能幾何。洙曰：古詩：「百年能幾何，會少别離多。」蘇曰：陰鷺百年相逢，花朝月夕，高歌酣飲，流宦南北，能得幾何？補注鶴曰：公以天寶十五載丙申避亂，與唐相别，至廣德二年乙未，雖閲十甲子，而實九年，故云。**復爲萬里别，送子山之阿。白鶴久同林，潛魚本同河。未知栖集期，**蒼舒曰：右按，文選謝靈運擬鄴中詩：「末塗幸休明，栖集建薄質。」蘇曰：劉據送蕭款曰：「與君衰老又作别，未知後會栖集何也。」**衰老强高歌。歌罷兩凄惻，**洙曰：燕丹送荆軻入秦，别於易水之上，高漸離擊筑〔一〕，軻歌，髮上衝冠，士皆淚垂。**六龍忽蹉跎。**洙曰：羲和以六龍御日。蹉跎，言遲暮也。師曰：謂衰老

〔一〕筑，原作「缶」，據四庫本改。

也。**相視髮皓白，况難駐羲和。** **師曰：** 謂日月逝矣，歲不我與。**胡星墜燕地，** 燕，胡前切。**師曰：** 旄頭星，主胡云云。謂禄山亂。**漢將仍横戈。** **師曰：** 漢將，即唐將。唐承漢，因謂之漢。猶今承唐，亦謂之唐朝。**補注** **鶴曰：** 胡星，指史朝義。廣德元年已縊死，李懷仙取其首至京師，非爲禄山與思明之死。漢者，謂中國，如前詩云漢虜是也。仍横戈者，以吐蕃未息。**蕭條四海内，人少豺虎多。** **趙曰：** 胡星墜，言今歲上元元年史朝義殺其父思明也。仍横戈，言史朝義襲僞位，復爲亂。戰國策：「衛行人燭過，免胄横戈而進。」**少人慎莫投，多虎信所過。饑有易子食，** **洙曰：** 宋子罕夜登子反床而告病曰〔一〕：「易子而食，析骸而爨。」**獸猶畏虞羅。** **洙曰：** 虞羅，可避之物，而獸曰畏之。至於父子之親，而不能相保，則可知矣。**子負經濟才，** **蘇曰：** 戴逵送王卞曰：「子負經濟之才，幸遇明時，胡爲把犁鋤，老於岩谷乎？」**天門鬱嵯峨。** **趙曰：** 晉石包傳：「天門，泰山之稱。」記云：「太山盤道屈曲而上，凡五十餘盤，經小天門、大天門。」又漢官儀曰：「太山東上七十里〔二〕，至天門。」所以稱嵯峨也。**飄飖適東周，** **洙曰：** 周平王東遷于洛，故謂之東周。**來往若崩波。南宮吾故人，** **洙曰：** 南宮，禮部也。**定功曰：** 按天官書，南宮朱鳥，權、衡。太微，三光之庭。藩臣：將、相、執法、郎位，衆星咸在。漢建尚書百官，府名曰南宮，蓋取象也。蓋南宮由南省，非止稱禮部而已。**趙**

〔一〕反，原作「友」，據四庫本改。

〔二〕上，原作「止」，據四庫本改。

曰：南宫，蓋指言賈侍郎也，故此篇末云云。舊注以南宫爲禮部，非也。補注鶴曰：唐職林云：「舊説，禮部郎中掌省中文翰，謂之南宫舍人。」然則定功謂「南宫猶南省」爲是。**白馬金盤陀。雄筆映千古，**蘇曰：羲、獻筆畫雄勁，映絶千古，非羊欣輩比也。**見賢心靡他。**洙曰：詩：「之死矢靡他〔一〕。」言見賢之心，出於誠一也。**念子善師事，歲寒守舊柯。**洙曰：歲寒，然後知松柏之後凋。以其不易柯葉也。蘇曰：班及：「歲寒雪苦，松柏不易舊柯，雖艱險萬端，君子不易節行矣。」師曰：欲唐公無變節於賈公。**爲吾謝賈公，病肺卧江沲。**師曰：甫有肺疾，不及與賈公會集，徒緬想而已，託唐生以謝罪。

枏木爲風雨所拔嘆

永泰元年五月作。

補注鶴曰：枏木在成都草堂之前。而師以虎倒龍顛喻嚴武之死，則是詩作於永泰元年五月。蓋武以其年四月死。按史，永泰元年三月，大風拔木。而此詩云：「五月髣髴聞寒蟬，東南飄風動地至。」又非三月爲風所拔，師古之説或是。梁權道編在廣德二年，若在其年，則公方自閬州回成都，再依嚴武，不應詩語乃云爾。

倚江枏樹草堂前，故老一云「古老」。**相傳二百年。誅茅卜居總爲此，**趙曰：屈原問漁父

〔一〕死，原作「子」，據四庫本改。

云：「誅鋤草茅，以力耕乎？」五月髣髴聞寒蟬。東南飄風動地至，洙曰：老子曰：「飄風不終朝。」江翻石走流雲氣。洙曰：莊子：「雲氣不待族而雨。」蘇曰：漢四年，大風起東南，江浪翻吼，沙驚石走，林木多折。幹排雷雨猶力爭，根斷泉源起天意。滄波老樹性所愛，浦上童童一青蓋。洙曰：蜀先主舍東南有一木，遥望之，童童若車蓋。野容頻留懼雪霜，行人不過聽竽籟。洙曰：莊子言：「地籟，風作則萬竅怒號。前者唱于而隨者唱喁，泠風則小和，飄則大和。」趙曰：言其聲之鼓動如之。宋玉高唐賦云：「纖條悲鳴，聲似竽籟。」舊注止引莊子地籟，似之而非矣。虎倒龍顛委榛棘，淚痕血點垂胸臆。趙曰：乃下和淚盡，繼之以血也。我有新詩何處吟，草堂自此無顏色。師曰：梗、柟、杞、梓，天下之良材。柟樹爲風雨所拔，喻嚴武死於蜀，甫無所依，故嘆惜之。上元二年，嚴武鎮成都，甫自閬州挈家往依之。武歸朝廷，甫浮游左蜀諸郡，往來非一。武再鎮兩川，奏爲節度參謀，檢校工部員外郎。永泰元年夏，武卒，郭英乂代之。甫失所依，乃泛江移夔州。大曆三年春，下峽，至荆南。詳味此詩，殆爲嚴武而發嘆焉。甫築草堂於成都浣花里，甫爲得此樹，以爲游息覆庇其下，猶賴武以庇焉。今也如虎倒龍顛，是使草堂之人而無所栖託，故云「草堂自此無顏色」。

茅屋爲秋風所破歌永泰元年作。

蘇曰：古之封諸侯，分之以茅土。所謂茅屋者，制節之方州也。風，號令也，所以鼓舞萬民，和四方之義也。天寶十四載，禄山起漁陽之師，詭言奉詔誅楊國忠，是謂義兵；號令天下，陷河北郡縣，是謂茅屋破也。**趙曰**：十二詩，皆上元二年之作。**師曰**：甫以嚴武鎮成都，遂往依之。不幸武死，郭英乂代武爲節度，甫由是見知英乂，託以爲庇。兼與楊子琳、柏正節相約結〔一〕。崔旰殺英乂，并攻楊子琳、柏正節，是卷三重茅之義也。

補注 **鶴曰**：唐自天寶之亂，民不得其居處者甚多，公因茅屋爲秋風所破，遂思廣廈千萬間之庇，其爲憂國憂民之念至矣。師古謂此詩託以諭崔旰之亂，要之，自不必專指旰而作。蓋安、史爲禍於關内、山東、河北者，已爲極盛。吐蕃又復入寇，於是隴、蜀多爲踐擾。廣内且有太一之變，江浙且有袁鼂之禍，二川復有段子璋、徐知道、崔旰，相繼而反。詩所謂床床屋漏無乾處是也。永泰元年夏，公去成都，下忠、渝，草堂已不得而居。秋晚在雲安縣，有雲安九日詩。則是年秋，公已不在成都，豈見茅屋爲秋風所破？其作此詩者，以郭英乂好殺如秋風，公在成都，值嚴武之死，欲再依英乂，而英乂驕縱不可托，故舍之而去。所以託言茅屋爲秋風所破，蓋深有所感傷也。

八月秋高風怒號， **修可曰**：莊子：「大塊噫氣，其名爲風。唯是無作，作則萬竅怒號也。」**卷我屋上三重茅。** **蘇曰**：八月，陰中也。陰以肅殺爲事。秋高風怒號者，秋於五性爲義。天寶十四載十一月九日，范陽節度使安禄山率藩漢兵十餘萬，自幽州南向指闕，詭言起義，以誅楊國忠爲名。其怒號之甚也。卷我屋上三

〔一〕相約結，原作「二約史」，據四庫本改。

重茅者，是時方陷三郡，謂先殺太原尹楊光翽於博陵郡；十二月六日陷陳留郡，殺張介然；九日陷滎陽郡，殺太守崔無詖，故云卷三重茅也。**茅飛度江洒**一作「滿」。**江郊，高者挂罥長林梢，****鄭曰：**罥，古犬切。**下者飄轉沉塘坳。****蘇曰：**分契之臣，悉皆奔逃，濱於患難之側而不顧者。若范陽副使封常清，三與戰，皆不勝，西奔陜。高仙芝鎮陜，棄城，西保渭關。故曰洒江郊也。高者，以義爲高也。林，君也。肅宗即位靈武，玄宗在蜀，長林也。高義之臣，扈從左右，如韋見素、陳玄禮，故曰挂罥長林梢也。塘坳，泥塗也。下者，卑污喪節，處於泥塗。是時，河北二十四郡俱爲所陷，如譙守陽萬石、令狐潮、楊希文、劉貴哲，皆附賊。其後，潮亦説張巡曰：「盍相從以苟富貴？」可謂飄轉而不能自守也。**南村群童欺我老無力，忍能對面爲盜賊。公然抱茅入竹去，脣焦口燥呼不得，****蘇曰：**南，明也。村，鄙也。童，無知也。明明鄙野無知之輩，以我國家師老而莫能爲之敵，所以盜吾土疆，賊吾善良。故令狐潮説張巡曰：「本朝危蹙，兵不能出關，天下事去矣！」豈非欺我老無力也？平原太守顔真卿以食盡援絶，棄郡渡河，於是河北郡縣盡陷賊，豈非對面爲盜賊也？竹，制節也。公然抱茅入竹者，禄山反，顔杲卿、袁履謙緋袍，令與假子守土門，所謂抱茅制節者也。杲卿謂禄山曰：「汝營州牧羊羯奴，竊何恩寵，天子負汝何事，而乃反乎？」禄山怒，縛之，節解而罵不絶，賊鈎斷其舌，杲卿含胡而絶。不獨夫是，張巡保睢陽，使南霽雲詣賀蘭進明告急。賀蘭無意出援兵，且張樂以大享。霽雲言：「城中食盡力屈。」賀蘭不聽，遂截指示信，竟不食而去。豈非呼不得也？**趙曰：**韓詩外傳曰：「乾喉焦唇，仰天而嘆。」曹子建善哉行曰：「來日大難[一]，口燥唇乾。」蓋公參用之也。**歸來倚杖自嘆息。俄頃風定雲墨色，**蘇曰：甫嘗與韋宙同陷賊，遁歸行在所。此所以欲歔嘆息也。方是時，張巡、許遠擣其腹心，而賊勢遂衰，四方掎角，而禄山詭言之，號令無所施，猶風之定也。雲墨色者，雲喻禮樂法度；墨色，不明也。天子蒙塵西幸，忠臣繼踵而陷賊[二]，禮義法度，無自而明。**秋天漠漠向昏黑。布衾多年冷似鐵，嬌兒惡臥踏裏裂。**蘇曰：秋，義也，望天子以義理天下。今也宦豎蔽其明，女謁侈其心，漠漠而無所察治。向昏者，垂老之晚年也。黑，不明也。明皇晚年，高力士導其欲，太真妃迷其情，豈非向昏而黑也？布者，女工之本，儉之所尚也。衾者，所以衣被也。以布爲衾，蓋以恭儉而衣被天下，且置之而不用，所以冷而似鐵。鐵，黑金也，而以斬殺爲事，斬殺則少恩。明皇末年，非惟不知崇儉以衣被天下，又且少恩，以徇太真妃之欲也。嬌兒，太真妃也。卧，安寢也。太真妃搖其安，謂嘗以禄山爲養子，出入宫掖不禁，穢醜稔聞，而明皇不悟。禄山出范陽，與真妃爲内外援，且令進奇禽異物，以蠱帝心。宰相、太子多言其反，太真妃力保之，故帝不信。及漁陽難作，且約太真妃爲之内應。朝廷機謀，禄山靡所不知。豈非踏裏裂也？**床床屋漏無乾處，雨脚如麻未斷絶。**蘇曰：床，人所即以爲安也。床床，四方之所安居者。屋漏無乾處者，謂今皆陷於泥塗。

[一] 大，原作「文」，據四庫本改。
[二] 而，原作「南」，據四庫本改。

是時，滄、趙見拔，博平陷虜，潼關失守，南破宛、洛。張介然、崔無詖，死其城郭，李憕、盧奕、蔣青，死其官。所謂如麻未斷絶者，蓋天下浸淫於塗泥，未有已也。揚雄嘗曰：「震風凌雨，然後知夏屋之爲帡幪。」故甫以雨脚未斷言其亂之滋也。**自經喪亂少睡眠，長夜沾濕何由徹。** **蘇曰**：禄山父子僭竊，於三年之間，四方騷然，不遑安枕，豈非少睡眠也？蜀道尚艱難，靈武未還内，故謂之沾濕何由徹也。**安得廣厦千萬間** **趙曰**：白樂天詩：「我願布裘千萬丈，與君同蓋洛陽城。」然近乎戲語，豈有萬丈之裘乎？若公言千萬間之廣厦，二公之言，自有深旨。**大庇天下寒士俱歡顔，風雨不動安如山。** **蘇曰**：亂而願治，憂而思樂，忠臣義士之常心。甫於是時官卑位下，身親罹之，力無所施，不免傷今思古，而欲得庇覆天下之蒼生。謂其歡然懷歸，尚未忍棄去高祖、太宗之遺烈，故欲復安之，使無震風凌雨之虞。故曰不動安如山也。**嗚呼，何時眼前突兀見此屋，吾廬獨破受凍死亦足。** **蘇曰**：嗟嘆之不足，故永歌之。甫遇亂而願治，其所以嗟嘆永歌者，蓋寫其憂憤之心，冀欲有興衰撥亂之主，而康濟王室，以成巍巍突兀之功。謂之何時者，所望之誠至也。吾廬獨破受凍死亦足者，禄山之亂，天子入蜀，甫走鳳翔，謁肅宗，授拾遺。與房琯少爲布衣交。至德元年七月二十一日，琯敗於陳陶斜，罷相。甫上疏言琯罪細不宜免，肅宗怒，詔吏推問。後意解，出爲華州司功曹，然不甚省録。時寇奪，甫家鄜彌年，孺弱至餓死。繼而棄官去，客秦州，負薪采橡栗自給。故其斷章所以言死亦足也。左傳：「楚申叔展問還無社曰：『有麥麴乎？有山芎藭乎？』」注：「二物可以禦濕，欲使無社逃泥水中。」時子美方爲嚴武所不容，詩之作，其近於此乎？**趙曰**：按，舊注引楚申叔展言，明嚴武所不容。然所引事迹與意大不相同。十二詩皆上元二年之作，嚴武鎮蜀，初則廣德元年，公在梓州，再則廣德二年，公在幕中。故定爲上元元年之秋也。假使舊注不引左氏，又不誤指嚴武，直論詩意，豈有府尹不相容者乎？

入奏行寶應元年作。

彦輔曰：贈西山檢察使竇侍御。【補注】**鶴曰：**考新、舊史、會要諸書，無檢察使，唯有巡察、觀察、按察之名而已。然歐陽詹集乃有送韋檢察詩，又似史失書。梁權道編在廣德二年成都詩内。詩云「綉衣春日當霄漢」，若是二年春，則在梓、閬。送其入奏，却不在成都。詩又云「天子亦念西南隅」，則是西山諸州未没吐蕃前作〔一〕，故詩又云「八州刺史思一戰，三城守邊却可圖」。此行入奏計未卜，密奉聖旨恩宜殊」。詳觀詩語，乃是寶應元年春在成都作。蓋廣德元年、二年春，公俱不在成都，無容詩却云「江花未落還成都」。肯訪浣花老翁無」。以爲二年春在梓州、閬州作。是詩公知嚴武再鎮成都，期於必歸浣花，故有此語。然八州又已没於吐蕃，故定爲寶應元年，更俟博考。

竇侍御，驥之子，鳳之雛。**修可曰：**桓譚新論曰：「善相馬者曰薛公，得馬，惡貌而正走，其名驥

〔一〕没，原作「設」，據四庫本改。

子。」又易林曰〔一〕：「鳳生五雛。」補注希曰：梁元帝啓云：「價匹龍媒，聲有驥子。」又龐統者，德公之從子，德公謂爲鳳雛。晉陸雲幼時，吴尚書閔鴻見而奇之，曰：「此兒若非龍駒，當是鳳雛。」北齊裴景鸞、景鴻，河東聞喜人，并有逸才，河東人呼景鸞爲驥子。**年末三十忠義俱，骨鯁絶代無。**洙曰：唐李吉甫傳：「君有骨鯁之忠臣。」趙曰：骨鯁者，剛正之謂，蓋肉之有骨，而魚之有鯁。**炯如一段清冰出萬壑，**鄭曰：炯，户頂反，光也。**置在迎風寒露之玉壺。**洙曰：漢有迎風、寒露之館。古詩：「瑩若玉壺冰。」言清澈也。**蔗漿歸厨金碗凍，**洙曰：晉張協蔗賦曰：「挫斯蔗以療渴，若漸醪而含蜜。」右按，前漢書禮樂志「秦尊柘漿」，取甘柘汁以爲飲也。蔗與柘同。趙曰：宋玉招魂云：「煼鱉炮羔有蔗漿。」定功曰：前漢禮樂志景星歌：「泰尊柘漿析朝酲〔二〕。」注：「取甘柘汁以爲飲，可解酲也。」柘音蔗。舊注所引，似之而非。**洗滌煩熱足以寧君軀。政一作「整」。用疏通合典則，戚聯豪貴耽文儒。兵革未息人未蘇，天子亦念西南隅。吐蕃憑陵氣頗粗，**洙曰：時吐蕃欲取成都爲東府。**竇氏檢察應時須。運糧繩橋壯士喜，**洙曰：繩橋，以竹繩爲橋也。**斬木火井窮猿呼。**洙曰：火井，地名。鄭曰：在蜀。修可曰：博物志曰：「臨邛有火井，縱廣五尺，深十餘丈。諸葛丞相往觀，後火井益盛。以盆著井，煮鹽得熟。」補注鶴曰：繩橋在成都，即笮

〔一〕林，原作「休」，據四庫本改。
〔二〕析，原作「枏」，據四庫本改。

橋。寰宇記云：「水涸時，以火投井中，即焰出，移時方滅。」今在蓬州，公即指蓬州火井而言。**八州刺史思一戰，三城守邊却可圖。** **趙曰：**西山三城也。補注**鶴曰：**按唐志：「劍南節度使，西抗吐蕃，南撫蠻獠，統團結營及松、維、蓬、恭、雅、黎、姚、悉等八州兵馬。」三城，當是青海三城。**此行入奏計未小，密奉聖旨恩宜殊。繡衣春當霄漢立，**漢：「綉衣御史。」**綵服日向庭闈趨。** **洙曰：**老萊綵服以娱親。**修可曰：**束晳補亡詩：「眷戀庭闈。」**省郎京尹必俯拾，** **蘇曰：**薛光戲友人曰：「古人云：『青紫可俯拾。』吾令尹亦可俯拾。」**江花未落還成都。肯訪浣花老翁無？** **洙曰：**一云「公來肯訪浣花老」。**爲君酤酒滿眼酤，與奴白飯馬青芻。** **洙曰：**又云携酒肯訪浣花老，爲君着衫捋髭鬚。**師曰：**吐蕃分三道入寇，欲取成都爲東府。竇氏以御史出檢察諸州軍儲器械，得以便宜入奏，甫作是詩以贈之。驥子、鳳雛，皆不凡也。逆耳之言，比之骨鯁。漢武帝置迎風、寒露之館。玉壺貯冰，言其瑩澈也。蔗漿，可以除煩。天子方憂吐蕃，不無内熱，今竇生入奏忠言，上沃帝心，如蔗漿然，疏通其施爲，無所蔽也。太宗皇后竇氏，侍御正其族也，故云戚聯豪貴。雖云外戚，尤好儒學。西南隅，謂蜀也。須，乃軍興所須也。蜀人以竹索爲橋，謂之繩橋。地理志：「邛州有火井縣，在州西六十二里。」斬木，將以爲栅。猿依於木，今既盡斬之，則猿窮而失所，是以號呼。八州，謂彭、加、黎、簡、嚴、陵、雅、邛。三城，謂姚、維、松，皆當吐蕃之衝。兵有攻有守，八州可攻，三城可守。奏其事於朝廷，以取天子之命。甫謂必蒙殊恩，省郎、京尹，如俯拾地芥。行色當春秋間，可還成都，故云「江花未落」也。漢暴勝之衣綉衣，持斧出使，故云「綉衣春當霄漢立」。立，謂立對于天陛。甫築草堂，居成都浣花里，自稱浣花翁。滿眼酤，謂滿前士卒皆有勞也。甫約寶歸來，不遺是賤，儻賜光訪，當酤酒宴集，下至車從僕隸，皆待以殊禮，蓋所以尊重於寶故也。

大雨 寶應元年作。

補注 **鶴曰**：按公寶應元年建卯月成都春旱説云：「蜀自十月不雨，抵建卯，非雩之時，奈久旱何。」意此詩是寶應元年在浣花作。故詩云：「西蜀冬不雪，春農尚嗷嗷。上天回哀眷，朱夏雲鬱陶。」乃夏方雨至，而梁權道編在廣德二年。若在其年夏，則公自閬州歸，在嚴公幕中，豈有「敢辭茅葦漏」等句？

西蜀冬不雪，春農尚嗷嗷。**洙曰**：搜神記曰：「萬物樵枯，百姓嗷嗷。」言旱甚也。**蘇曰**：呂尚曰：「方今亢陽，百卉俱槁，東作不入，民嗷嗷而怨嗟，望修仁德厭此。」武王從之。上天回哀眷，**蘇曰**：漢文帝：「上天昭明，曲回衷眷，憫此黎民。」朱一作「清」。夏雲鬱陶。**洙曰**：謝靈運詩：「幽居猶鬱陶。」**趙曰**：孟子載：「象謂舜：『鬱陶思君耳。』」蓋鬱結於陶窑之義，故可使於朱夏之雲也。執熱乃沸鼎，纖絺成縕袍。**洙曰**：詩：「誰能執熱。」劉陶：「養魚沸鼎。」秋興賦：「釋纖絺。」語有「衣敝縕袍」。風雷颯萬里，霈澤施蓬蒿。敢辭茅葦漏，已喜黍豆高。三日無行人，二**洙曰**：一作「大」。江聲怒號。**洙曰**：蜀都賦：「帶二江之雙流。」莊子：「萬竅怒號。」**禹偁曰**：二江，涪江、巴江也。補注 **希曰**：寰宇記云：「秦李冰穿二江於成都城中，皆可行舟，今謂内江、外江是也。蜀都賦云：『帶二江之雙流。』故有雙流縣。又按風俗通云：『秦昭王遣李冰爲蜀太守，開成都兩江，溉田萬頃[一]。』又唐志：「成都府有二江府。」流惡邑里清，矧兹遠江皋。趙曰：左傳：「有汾、澮流其惡。」今言大雨所蕩，亦流出穢惡也。荒庭步鸛鶴，洙曰：蓋鶴鳴則雨應也。隱几望波濤。沉痾聚藥餌，頓忘所進勞。趙曰：言以沉痾之故，而聚藥餌，今得大雨清凉，於是頓忘供進藥餌之勞也。則知潤物功，可以貸不毛。洙曰：諸葛亮傳：「五月渡瀘，深入不毛。」言不生物也。趙曰：因雨之潤，雖不毛之地，亦假貸而生。補注鶴曰：漢西南夷傳：「不毛之地。」師古注：「不毛，言草木不生也。」陰色静壟畝，勸耕自官曹。四鄰出耒耜，何必吾家操。蘇曰：王褒：「喜見四鄰耒耜之具。」

揚旗廣德二年作。

彦輔曰：三年夏六月，成都尹鄭公置酒公堂，觀騎士試新旗幟。俯曰：代宗大曆三年，甫離峽中，之荆南。夏六月，鄭公置酒公堂，觀騎士旗幟。將平吐蕃之難，而作此詩。補注鶴曰：詩云「三州陷犬戎」，蓋指廣德元年十二月吐蕃陷松、維、保三州，則詩作於廣德二年。詩又云「江雨颯長夏，府中有餘清」，蓋公是時在嚴武

[一] 溉，原作「既」，據四庫本改。

幕府〔一〕，故云。

江洙曰：一作「風」。雨颯長夏，石曰：夏日長，故云長夏。颯，動也。府中有餘清。蘇曰：張敞：「新秋雨過民事簡，府中景物餘清。」我公會賓客，肅肅有異聲。君平曰：鄭公持軍嚴肅，有殊異聲名。初筵閱軍裝，羅列照廣庭。庭空六洙曰：一作「四」。馬入，蘇曰：任安等六馬騎，直入安西都護府。駮騃揚旗旌。鄭曰：上布可切，下五可切，馬摇頭也。洙曰：甘泉賦：「崇丘陵之駮騃兮。」駮騃，山阜之高貌也。迴迴偃飛蓋，洙曰：劉公幹詩：「迴迴自昏亂。」曹子建詩：「飛蓋相追隨。」倪曰：迴迴，勢迴旋也。熠熠迸流星。洙曰：河東賦：「掉奔星之流稱〔二〕。」又校獵賦：「曳彗星之飛旗。」來纏洙曰：一作「衝」〔三〕。風飆急，去擘山岳傾。彭曰：言揚旗去來之狀，其疾速若此。材歸俯身盡，洙曰：鮑昭詩：「俯身散馬蹄。」妙取略地平。虹蜺就掌握，舒卷隨人輕。洙曰：高唐賦：「蜺爲旌。」王冗賦〔四〕：「曳招摇之修旗，婉若虹之垂天〔五〕。」選：「虹旗攝麾而就卷。」三州陷犬戎，趙曰：言去年十一月，吐蕃陷松、維、

〔一〕在，原作「有」，據四庫本改。
〔二〕稱，四庫本作「旌」，據漢書揚雄傳所引，當作「旃」。
〔三〕衝，原作「衝」，據四庫本改。
〔四〕冗，當作「沉」。
〔五〕婉若，據初學記卷二三所引，當作「若婉」。

保三州。**但見西嶺青。公來練猛士，欲奪天邊城。** **蘇曰**：班超謂將佐曰：「與君等仗天子之威靈，擒氏羌，奪天邊之城，斷其左臂與月氏首，亦不易也。」補注 **鶴曰**：按史：「廣德元年十二月丙申，吐蕃陷松、維二州。」唐志，松、維、保三州，皆云廣德元年没吐蕃。通鑑云：「吐蕃陷松、維、保三州及雲山、松築二城，西川節度使高適不能救，於是劍南、山西諸州亦入於吐蕃。」今詩云「三州陷犬戎，但見西嶺青」，正謂此。如王彦輔、徐俯之説，皆非。且嚴武以永泰元年四月卒，安得更在大曆三年？若以爲在永泰元年武未卒之前作此，詩中必言拔當狗城、克鹽川城，何爲却無一語及之？今詩又云「公來練猛士，欲奪天邊城」，謂欲攻吐蕃，是年九月果敗之。**此堂不易升，** **洙曰**：言食人之禄，當懷人之憂也。 **蘇曰**：王戎見陸達，議論久之。退，回視達居堂曰：「吾終日不易升此堂。」**庸蜀日已寧。吾徒且加餐，休適蠻與荆。** **洙曰**：見「近聞犬戎遠遁逃」注。書：「庸、蜀、微、盧。」古詩：「上言加餐飯。」王仲宣七哀詩：「復棄中國去，遠身適荆蠻。」**趙曰**：相勸加餐飯，而不必捨去，以嚴公之故也。 **師曰**：甫終去蜀之荆蠻，且爲是辭，以美鄭公云。

溪漲 寶應元年作。

補注 **鶴曰**：以前篇大雨詩論之，當是寶應二年夏作。二江之聲，且至於怒號，浣花豈容不泛溢〔一〕？梁權

〔一〕 溢，原作「溢」，據四庫本及詩文改。

道編在廣德二年，恐非。且舊次在戲贈友之前。戲贈友云「元年建巳月」，則此作於寶應元年亦無疑。如梁所編，則是年秋客嚴公幕中，不應詩却云：「當時浣花橋，溪水纔尺餘。秋夏忽泛溢，豈惟入吾廬。」又可知是寶應元年在浣花作。是年秋，公送嚴公至縣。

當時浣花橋，溪水纔尺餘。白石一作「月」。**明可把，**洙曰：艷歌行：「水清石自見。」**趙曰：**水清之所也。其淺可涉，故中有行車。詩：「白石鑿鑿。」**水中有行車。**洙曰：華陽風俗録：「浣花亭在州之西南，當江流至之清淺，而石可見也。」甫有宅在焉。**秋夏忽泛溢**〔一〕**，豈唯入吾廬。**洙曰：莊子：「秋水時至，百川灌河。」陶潜詩：「吾亦愛吾廬。」**蛟龍亦狼狽，況是鱉與魚。**洙曰：七發説濤云：「其旁作而奔起也，六駕蛟龍，附從太白。」又云：「横暴之極，魚鱉失勢。」**趙曰：**狼與狽本二獸，各半其體，相附而行，苟失其一，則無據矣。故倉皇失據者謂之狼狽。**師曰：**蛟龍喻君子，魚鱉喻小人。**兹晨已半落，歸路跬步疏。**馬嘶未敢動，**趙曰：**跬，音丘弭切，舉一足也，與頣同。荀子云：「不積跬步，無以致千里。」**逢原曰：**半步曰跬。**前有深填淤。**衣虚切。**田曰：**前漢溝洫志：「填淤反壤之害。」顔師古曰：「填淤，謂壅泥也。」**師曰：**君子遇險而止，此處亂世之道也。補注 **希曰：**溝洫志淤音於庶反，而公作平聲。東坡亦云「楚麥滿河淤」，後

〔一〕泛，原作「汎」，據四庫本改。

山亦云「乞我黄淤千里秋」。**青青屋東麻，散亂床上書。** 蘇曰：陳璋亂後歸中條，與兄琳書曰：「窗牖網蜘蛛，几案蒙塵，床書散亂，鄰星零替，憫然不聊生意。」**不意遠山雨，夜來復何如。我游都市間，晚憩必村墟。** 趙曰：言晝日游成都市，晚必憩息於村墟。村墟，指言草堂也。**乃知久行客，終日思其居。**

戲贈二友 寶應元年作。

〔補注〕鶴曰：詩云「元年建巳月」，其年公在成都，是月玄宗升遐。焦校書、王司直，當是居於成都，公故與之友善。詩作於其年。

元年建巳月， 洙曰：肅宗去上元三年年號，止稱元年，月以斗建辰爲名也。師曰：肅宗止稱元年，復以月建之辰稱月，蓋法上古之制也。年號自漢武帝方有之，甫特於此年以元年建巳月爲稱，記肅宗之立上古制。不然，何以謂之詩史乎？**郎有焦校書。** 〔補注〕鶴曰：焦校書，意在焦遂，與李白號爲「酒八仙」者。唐史拾遺云：「遂口吃，對客不出一言，醉後，酬結如注射。」今詩云「自誇足膂力」，又云「欲得東擒胡」，豈醉後語耶？**自誇足膂力，能騎生馬駒。一朝被馬踏，脣裂板齒無。壯心不肯已，欲得東擒胡。** 趙曰：公使魏武帝樂府云：「老驥伏櫪，志在千里。烈士暮年，壯心不已。」師曰：胸腸之間曰膂。生馬駒，其馬未調習者。板，大齒也。仲尼嘗譏子路「暴虎馮河，死而無悔」，爲其好勇故也。此詩雖云諧戲，亦爲好勇者之戒。

元年建巳月，官有王司直。補注鶴曰：即公作短歌行，見王郎司直者。短歌行云「焦眼高歌望吾子」，則與之友厚有素。王嘗得西諸侯，舟經錦水，乃有此作與？馬驚折左臂，骨折面如墨。洙曰：國語：「望之如墨。」駑駘漫染泥，何不避雨色。師曰：觀此詩有「何不避雨色」之句，蓋爲躁進者之戒云。勸君休嘆恨，未必不爲福。洙曰：此詩所諷，近白居易新豐折臂翁。趙曰：淮南子云：「塞上翁馬亡入胡，人皆吊之。曰：『何知非福？』居數月，其馬引胡駿馬而歸，人皆賀之。曰：『何知非禍？』及家富馬良，其子好騎，墮而折體，人又吊之。曰：『何知非福？』居一年，胡人大入，丁壯戰死者十九，其子獨以跛，故父子得獲相保。」舊注引居易折臂翁，穿鑿矣。

觀打魚歌寶應元年作。

補注鶴曰：公以寶應元年秋送嚴武至綿州，此詩乃其時作。故詩云：「綿州江水之東津。」

綿州江水之東津，魴魚鱍鱍色勝銀。洙曰：詩：「魴魚赬尾。」鱍鱍，跳躍貌。修可曰：爾雅曰：「魴，魾也。今之鯿魚是。」陸璣疏曰：「魴魚，廣而薄，肥甜而少肉，細鱗，魚之美者也。」補注鶴曰：唐子西將家游治平院詩注：「蓋老杜所謂東津者也。」詩正義云：「衛人垂一魴之餌以釣鰥〔一〕，鰥過而不視。」則魴爲中

〔一〕衛，原作「衡」，據四庫本改。

中國。」漁人漾舟沉大網，截江一擁數百鱗。衆魚常才盡却棄，赤鯉騰出如有神。洙曰：陶弘景本草曰：「鯉最爲魚中之主，形可愛，又能神變，乃至飛越山湖，所以琴高乘之也。」潛龍無聲老蛟怒，迴風颯颯吹沙塵。饔子左右揮霜刀，鱠飛金盤白雪高。洙曰：西征賦：「饔人縷切，鑾刀若飛。應刃落俎，靃靃霏霏。」徐州秃尾不足憶，漢陰槎頭遠遁逃。洙曰：秃尾、查頭，皆魚名。補注希曰：張景陽七命曰：「乃命支離，飛雙鍔，紅肌綺散，素膚雪落。」漢中鯿魚肥美，襄陽禁捕，遂以槎斷水，因謂之槎頭縮項鯿。張敬兒爲刺史，齊高帝取此魚，敬兒作書進曰：「奉槎頭縮項鯿一千八百頭。」故峴潭云：「試垂竹竿釣，果得槎頭玉。」魴魚肥美知第一，既飽歡娱亦蕭瑟。趙曰：廣州記曰：「魴魚廣而肥甜，魚之美者也。」君不見朝來割素鬐，咫尺波濤永相失。師曰：綿州屬西川道。魚善變化，乃龍之類。老蛟怒，惡傷其類也。秃尾、槎頭、縮項，皆魚之名。既飽歡娱亦蕭瑟，謂樂極則哀繼之。春秋：「隱公矢魚於棠。」聖筆書之以爲譏。甫此詩初叙得魚之樂，而末則有「咫尺波濤永相失」之句，豈非得聖人危亡之戒耶？

〔一〕水，原脱，據四庫本補。

又觀打魚寶應元年作。

補注鶴曰：詩云「東津觀魚已再來」，當是同上年作。雖廣德元年公再至綿，乃春晚。詩云「干戈兵革門未止」，蓋指吐蕃與史朝義之亂未息而言也。

蒼江漁子清晨集，設網提綱萬洙曰：一作「取」。**魚急。能者操舟疾若風，撐突波濤挺叉入。**洙曰：顏回濟於觴深之泉，見操舟者若神。西征賦：「徒觀其鼓枻回輪，洒鈎投網，垂餌出入，挺叉來往也。」定功曰：莊子云：「津人之操舟若神。」潘安仁西征賦：「垂餌出入，挺叉往來。」**小魚脱漏不可紀，半死半生猶戢戢。大魚傷損皆垂頭，屈强泥沙有時立。**鄭曰：屈强，正作倔，渠勿切，梗戾也。洙曰：蜀志曰：「武陽小魚，大如針，一斤千頭。蜀人以爲醬。」七發云：「其根半死半生。」**東津觀魚已再來，主人罷鱠還傾杯。日暮蛟龍改窟穴，**趙曰：以言打魚之故，而驚動神物也。**山根鱣鮪隨雲雷。**修可曰：郭璞注爾雅曰：「鱣，大魚，似鱏而鼻短，口在頷下，體有斜行，甲無鱗，肉黄。江東人呼爲黄魚。」補注鶴曰：詩注云：「鱣，大鯉。」鮪，説文云：「鮥也。」詩正義云：「似鱣而青黑。」周禮𣋌人：「春獻（王）鮪〔一〕。」鮪，春時始出，故特獻之。**干戈兵革門未已，**一云「干戈革門尚未已」。**鳳凰麒麟安在哉。吾徒胡爲縱**

〔一〕王，原脱，據四庫本補。

此樂，暴殄天物聖所哀。**洙曰**：春秋繁露曰：「恩及蟲魚，則麒麟至。」孝經援神契曰：「德至鳥獸，則鳳凰翔。」**師曰**：自禄山之亂，干戈日尋。「蛟龍改窟穴，鱣鮪隨雲雷」，喻賢人君子遇亂而遁迹也。聖人仁及草木昆蟲，今於戰鬥之際，復暴殄天物若此，仁人君子忍爲之乎？補注 **希曰**：書武成云：「暴殄天物，害虐蒸民。」借此以喻取魚之虐也。

越王樓歌寶應元年作。

補注 **鶴曰**：寶應、廣德，公皆至綿。而此詩當是寶應元年初至時作。詩云「綿州州府何磊落」，蓋創見之辭也。

綿州州府何磊落，顯慶年中越王作。 **洙曰**：太宗子越王貞也。顯慶，中宗年號。**趙曰**：作者言其作綿州也。補注 **鶴曰**：按新、舊史，越王貞，太宗第八子，未嘗爲綿州。第始封漢王，漢與綿爲鄰耳。前乎貞有衛王泰，以貞觀二年封越王，後乎貞有趙王係，以乾元二年封越王。然亦皆未嘗刺綿州。且顯慶非中宗年號，乃高宗年號，凡五年，在龍朔之前。王洙爲非。此詩云「顯慶年中越王作」，又云「君王舊迹今人賞」，意是中、睿宗曾受此封，及刺此州，故曰君王。蓋史失書。**孤城西北起高樓，** **洙曰**：古詩：「西北有高樓，上與浮雲齊。」**碧瓦朱甍照城郭。** **趙曰**：神仙傳：「蔡少霞夢人記書新宫銘〔一〕，

〔一〕 記，四庫本作「請」。

有云：『碧瓦鱗差』。」沈佺期詩：「紅日照朱甍。」**樓下長江百丈清，山頭落日半輪明。君王舊迹今人賞，轉見千秋萬古情。**

海棕行寶應元年作。

鄭曰：棕字以意逆之，當作子冬切。**趙曰**：海棠記載李贊皇公云：「花木以海爲名者，悉從海上來。」

補注鶴曰：詩云「左綿公館清江瀆，海棕一株高入雲」，則棕在綿州，乃云寶應元年至綿州作。唐子西將家游治平院詩云：「江邊勝事略尋遍，不見海棕高入雲。」注云「即老杜所謂東津者」，則館與棕皆在涪江之東津也。

左綿公館清江瀆，師曰：綿州，涪水所經，涪居其右，綿居其左，故曰左綿。**海棕一株高入雲。**修可曰：古樂府：「高城上入雲。」**龍鱗犀甲相錯落，蒼棱白皮十抱文。自是衆木亂紛紛，**趙曰：王長元吉古意云〔一〕：「況復飛甍夜，木葉亂紛紛。」**海棕焉知身出群。移栽北辰不可得，時有西域胡僧識。**師曰：北辰，喻君也。夫大材生非其地，人無識者，其與衆木紛亂，何以異乎？中國無人識而胡僧識之，正仲尼欲居九夷之意。**補注鶴曰**：北辰，以喻京師帝居。言欲移其種於京師，而不可得也。此木在當時

〔一〕王長元吉，據玉臺新詠卷四所引，當作「王元長」。

已不識其自何得名[一]，宜趙、鄭亦不得而知也。漢武帝穿昆明池底，得黑灰[二]，問東方朔，朔曰：「不經，可問西域胡法蘭。」法蘭，蓋博物者也。公以當時不識其爲何木，故及之。

姜楚公畫角鷹歌寶應元年作。

補注 鶴曰：姜皎以誅竇懷貞等有功，進殿中監、楚國公，其子慶初亦襲封楚國公。此未詳爲誰畫。詩云「此鷹寫真在左綿」，則是公寶應元年送嚴武至綿州之時作。

楚公畫鷹鷹戴角，殺氣森森洙曰：一云「如」。**到幽朔。觀者貪愁掣臂飛，**趙曰：如在幽、朔見此鷹之殺氣，蓋名鷹出於此地也。**畫師不是無心學。此鷹寫真在左綿，却嗟真骨遂虛傳。梁間燕雀休驚怕，亦未摶空上九天。**師曰：書曰：「宅朔方，曰幽都。」幽，陰也。朔，北也。幽、朔，肅殺之方。此鷹殺氣，窮極幽、朔。掣臂，謂掣臂韝而欲飛。物有異質，而世所未嘗睹，人見之必駭而不信。畫師不是無心學，蓋恐人未之信也。末章譏朝廷之士稱才角出者，率有虛名，而無實效。

[一] 木，原作「本」，據四庫本改。
[二] 灰，原作「便」，據四庫本改。

嚴氏溪放歌寶應元年作。

彦輔曰：時郭英乂代嚴武鎮蜀，粗暴，不能容甫，故有公卿獨驕之作。**補注** **鶴曰**：永泰元年四月庚寅，嚴武薨。五月癸丑，詔郭英乂節度劍南。今詩云「秋宿霜溪素月高」，詩與事不合。詳考詩云「劍南歲月不可度，邊頭公卿仍獨驕」，當是寶應元年避徐知道亂，入梓州時所作。詩云「東游西還力實倦，從此將身更何許〔一〕。知子松根長茯苓，遲暮有意來同煮」，意嚴二即嚴氏別駕，梓州人，故云「東游西還」。後篇相從歌，亦同時之所作也。

天下甲馬未盡銷，豈免溝壑常漂漂。劍南歲月不可度，**洙曰**：成都在劍嶺之南。邊頭公卿仍獨驕。**趙曰**：此謂居邊之守臣也。謂之獨，蓋有跋扈不遵王命之意。舊注謂時郭英乂代嚴武鎮蜀，粗暴，則固然矣。然英乂乃成都尹，豈得謂之邊頭公卿乎？非公詩本意。費心姑息是一役，肥肉大酒徒相要。**洙曰**：此詩譏邊臣顧望，不爲朝廷憂也。**趙曰**：禮記謂：「小人之愛人也以姑息。」吕氏春秋曰：「肥肉厚酒以自强。」嗚呼古人已糞土，獨覺志士甘漁樵。況我飄轉無定所，**洙曰**：時甫方避地流徙，無所依止。終日戚戚忍羈旅。秋宿霜溪素月高，喜得與子長夜語。東游西還力實倦，從此

〔一〕從，原作「作」，據四庫本及詩文改。

將身更何許。知子松根長茯苓，遲暮有意來同煮。**趙曰：**楚辭：「傷美人之遲暮。」此末句傷歲晚矣，欲服餌長生之藥也。**師曰：**甫意欲暮年與嚴氏同隱溪，故云。補注**希曰：**淮南子説山訓：「千年之松，下有茯苓，上有兔絲。」注云：「茯苓，千歲松脂也。」又陶隱居注本草「兔絲」條：「舊言下有茯苓，上有兔絲。」史記龜筴傳云：「下有茯苓，上有兔絲。」又云：「茯苓，千歲之松脂也。」

相從歌寶應元年作。

魯曰：贈嚴二別駕，時方經崔旰之亂。**師曰：**崔旰殺郭英乂，成都亂。適東川，與嚴別駕相游從，一見如舊，故作此。補注**鶴曰：**魯、師二注及梁權道編，皆以爲永泰元年梓州避亂時作。然崔旰之亂在是年閏十月，公已次雲安矣。當是寶應元年避徐知道反，入梓州時作此詩，乃寶應元年，故詩云「成都亂罷氣蕭索，浣花草堂亦何有」。若在永泰元年作，則是時決意下忠、渝矣，豈復更十步一回首於草堂也？

我行入東川，十步一回首。**梅曰：**憶舊隱也。**成都亂罷氣蕭瑟，浣花草堂亦何有？****師曰：**草堂爲賊焚，故云云。**梓州豪俊大者誰，本州從事知名久。****趙曰：**指豪俊者謂嚴二也。**師曰：**梓州屬東川，嚴二爲梓州別駕，如今之通判，乃梓州人，爲本州從事。補注**鶴曰：**于定國條州大小爲設吏員，治中、別駕，諸郡從事，秩六百石。又續通典云：「唐以堂吏朱儉爲華州別駕，給事郎蕭倣駁曰：『別駕，古爲治中從事，與刺史別乘。』則別駕稱從事，其來尚矣。」**把臂開樽飲我酒，酒酣擊劍蛟龍吼。烏帽拂塵青螺**

銅盤燒蠟光洙曰：一作「炎」。**吐日，**安石曰：銅盤，燭臺盤，承淚者。**夜如何其初促膝。**洙曰：言將以紫綬易緋衣。促膝，言膝相近也。**粟，紫衣將炙緋衣走。**趙曰：指言從人也。青螺粟，則帽之紋也。

入則促膝密語。**黄昏始扣主人門，**師曰：新相知也。**誰謂俄頃膠在漆。**洙曰：古詩：「以膠投漆中。」師曰：古云：「自謂膠漆堅，不如雷與陳。」甫一見嚴二，便如膠漆之固。**萬事盡付形骸外，**趙曰：莊子曰：「索我於形骸之外。」**百年未見歡娱畢。神傾意豁真佳士，久客多憂今愈疾。高視乾坤又可愁，一軀交態同悠悠**〔一〕。逢原曰：翟公云：「一貧一富，乃知交態。」悠悠，泛交也。甫視乾坤之内雖大，相知者皆泛泛爾。**垂老遇君未恨晚，似君須向古人求。**洙曰：魏志張邈傳後：「陳登，字元龍。劉備曰：『若元龍文武膽志，當求之於古人耳。』」晉：「王戎從弟衍，字夷甫。帝聞其名，問戎曰：『夷甫當時誰比〔二〕？』戎對曰：『未見其比，當從古人中求耳。』」

短歌行寶應元年作。

洙曰：贈王郎司直。補注鶴曰：王郎司直，即前所賦戲友云「官有王司直」者。梁權道編在永泰元年成

〔一〕軀，四庫本作「體」。
〔二〕時，四庫本作「是」，據晉書王戎傳，當作「世」。

都詩內，然不應與前作相去三年，意同是寶應元年作。

王郎酒酣拔劍斫地歌莫哀， **修可曰**：史記：「武帝時，齊人有東方生，名朔。時坐席中，酒酣，據地歌曰云云。」**我能拔爾抑塞磊落之奇才。豫樟翻風白日動，** **洙曰**：吴都賦：「木則楓柟豫樟[一]。」言材之美者。**鯨魚跋浪滄溟開，** **洙曰**：鯨，魚之大者。吴都賦：「長鯨吞航。」**趙曰**：以大魚比之。崔豹古今注：「鯨，海魚也。大者數千里，小者千丈。鼓浪成雷，噴沫如雨[二]。」**且脱劍佩休徘徊。** **蘇曰**：張華遇魯銍於滻水，華曰：「且脱劍佩，于此徘徊何？」命爲之，匆速如是。」**西得諸侯棹錦水，** **洙曰**：錦水，蜀江也。**欲向何門趿珠履。** **洙曰**：孟嘗君養客三千，皆躡珠履。**趙曰**：鄒陽云：「何王之門不可曳長裾乎？」**仲宣樓頭春已深，** **洙曰**：仲宣，王粲也。有樓在荆州。**青眼高歌望吾子。** **洙曰**：阮籍能爲青白眼，以重輕人。**眼中之人吾老矣。** **師曰**：錦水，蜀中有濯錦江。王司直得蜀中刺史。刺史，古之諸侯。甫欲依之爲門下客，如仲宣之依劉表，望其青顧，故云「青眼高歌望吾子」。吾子，指王司直。眼中之人，謂甫素善司直，司直必念其衰老而眷遇之也。**補注** **希曰**：儀禮：「望吾子之教也。」注：「吾子，相親之辭。」文選陸士衡答張士然云：「感君桑梓義，髣髴眼中人。」

[一] 柟，原作「稱」，據四庫本改。
[二] 沫，原作「珠」，據四庫本改。

短歌行廣德元年作。

魯曰：送祁録事歸合州，因寄蘇使君。〔補注〕**鶴曰**：詩云「君今起柂春江流」，又云「余亦沙邊具小舟」，意是廣德元年梓州作。公在梓州有詩云「應須理舟楫，長嘯下荆門」，正是時也。故此詩舊次在草堂、四松之前，而梁權道編在永泰元年亂後還成都作。考是年四月，嚴武死，公五月下忠、渝，秋已至雲安，而今詩云「君今起柂春江流」，則非永泰元年所作甚明，況崔旰之亂，至大曆元年方粗定。

前者途中一相見，人事經年記君面。 **洙曰**：古者有半面之交。**趙曰**：經年之中，徒記君面而已，不得再相見也。**後生相動** **洙曰**：一作「勸」。**何寂寥，君有長才不貧賤。** **洙曰**：陳平傳：「張負曰：『人固有好美如陳平而長貧賤乎？』」**君今起柂春江流，** **趙曰**：柂，所以行大舟也。**余亦沙邊具小舟。幸爲達書賢府主，** **趙曰**：指言合州蘇使君也。**江花未盡會江樓。**

草堂廣德二年作。

洙曰：草堂在成都浣花里。楊子琳之亂，甫去草堂，亂後復歸也。〔補注〕**鶴曰**：當是廣德二年自梓、閬歸成都，依嚴武時作。故有「賤子且奔走，三年望東吴」、「不忍竟舍此，復來薙榛蕪」之句。若是避崔旰之亂，何至涉三年而始歸？梁權道信王注而編在永泰元年，非也。詳見注。

昔我去草堂，蠻夷塞成都。今我歸草堂，成都適無虞。請陳初亂時，反覆乃須臾。蘇曰：曹參曰：「事反覆於須臾之間。」大將赴朝廷，群小起異圖。洙曰：時崔寧入朝，留其弟寬守成都，楊子琳等乘間來襲。子琳與邛州柏正節同叛。中宵斬白馬，盟歃氣已粗。洙曰：穀梁傳：「齊桓衣裳之會十有一，未嘗有歃血之盟。」蘇秦説趙，令會天下之將，通質，刳白馬而盟。漢高祖刑白馬盟。孟子：「五霸，桓公爲盛。葵丘之會，諸侯束牲載書而不歃血。」西取邛南兵，北斷劍閣隅。補注鶴曰：公以寶應元年秋避成都之亂，去草堂，入梓州。殆是草堂方畢工而遂去也。是年七月，徐知道反。大將赴朝廷，謂嚴武以召去爲京兆尹。廣德二年，武再鎮蜀，公復往依之，於是始歸草堂。王洙以爲是崔寧入朝，楊子琳爲亂。然崔旰、楊子琳之亂，乃是永泰元年冬，是時公在雲安矣。洙第以「西取邛南兵」之句，信其爲柏正節同亂。然寶應元年，方於邛州置鎮南軍，羌、渾、奴剌西寇梁州。梁即興元府，在成都之北。或者取邛南之兵以斷劍閣之路爾。況謂之「蠻夷塞成都，始聞蕃漢殊」，是專指羌胡而言。群小賊臣，因之爲亂者也。大曆三年，崔寬攻敗子琳，始復成都。若果候子琳之亂平而復歸，則其春公已發白帝城，下峽，泊江陵矣。布衣數十人，亦擁專城居。始聞蕃漢殊。洙曰：楊子琳爲瀘州刺史，柏正節爲邛州刺史。其勢不兩大，洙曰：兩大不相事。始聞蕃漢殊。洙曰：子琳本賊帥也，杜鴻漸表以爲刺史。西卒却倒戈，賊臣互相誅。洙曰：子琳爲寧妾任氏所敗走，爲王守仙所誅。焉知肘腋禍，自及梟鏡徒。洙曰：前漢郊祀志：「梟，鳥名，食母。破鏡，獸名，食父。黄帝欲絶其類，使百吏祠皆用之。破鏡如貙而虎眼。漢五月五日，作梟羹賜百官。」義士皆痛憤，紀綱亂相踰。一國實三公，**洙曰**：僖五年左氏：「狐裘尨茸，一國三公，吾誰適從？」萬人欲爲魚。**趙曰**：左傳昭公元年：「劉定公嘆禹之功曰：『微禹，吾其魚乎？』」光武紀：「百萬之衆，可使爲魚。」唱和作威福，孰肯辨無辜。眼前列杻械，背後吹笙竽。談笑行殺戮，濺血滿長衢。到今用鉞地，**洙曰**：左傳：「至於用鉞。」風雨聞號呼。鬼一作「人」。妾與鬼馬，**趙曰**：已殺其主矣，則妾謂之鬼妾，馬可謂之鬼馬。如匈奴以亡者之妻爲鬼妻也。色悲充爾娱。國家法令在，此又足驚吁。賤子且奔走，三年望東吴。弧矢暗江海，難爲游五湖。不忍竟舍此，復來薙榛蕪。**鄭曰**：薙，他計切，除草。**蘇曰**：安謂，隋文帝召爲博士，性便山水。復來舊隱，薙草徘徊而去。後辭官不起。入門四松在，步屧**洙曰**：一云「步屧」。**鄭曰**：徒協切，城上垣。萬竹疏。**趙曰**：宋書：「袁粲爲丹陽尹，常步屧白楊郊野間。」舊犬喜我歸，低徊入衣裾。鄰舍喜我歸，沽酒携胡蘆。**洙曰**：一云「提榼壺」。大官喜我來，遣騎問所須。補注**希曰**：大官，謂嚴武。魏文帝書云：「今遣騎新鄴〔一〕。」城郭喜我來，賓客隘村墟。天下尚未寧，健兒勝腐儒。**洙曰**：黥布傳：「上對衆折隨何：『爲天下，安用腐儒哉！』」補注**鶴曰**：健兒，兵士

〔一〕新，四庫本作「詣」，據三國志吴質傳，當作「到」。

也。舊史「至德二載，蜀都健兒賈秀等五千人謀逆。上皇御蜀郡樓，討平之」是也。又「京師召募十萬衆，號天武健兒」。**飄飄風塵際，何地置老夫。於時見疣贅，**鄭曰：上羽求切，結痛也；下之鋭切。趙曰：莊子云：「附贅挂疣。」此公自以傷見剩，其身在天地間如之。**骨髓幸未枯。飲啄愧殘生，食薇不敢餘。**洙曰：莊子：「駢拇疣贅。」養生：「澤雉又十步一啄〔一〕，百步一飲。」嵇康：「采薇山阿。」趙曰：倣古詩：「食蕨不願餘。」師曰：嚴武鎮成都，卒於永泰元年。夏間，朝廷有詔崔光遠代，甫年未老而不見用，故云「骨髓幸未枯」。食薇不敢餘，謂其貧也。薇，菜之薄者。

四松 廣德二年作。

補注 鶴曰：詩云「別來忽三歲」，按公以寶應元年去成都，游綿、梓、閬，廣德二年春再歸，恰三年。故又云「避賊今始歸，春草滿空谷」，而草堂詩亦有「入門四松在」之句。

四松初移時，大抵三尺强。別來忽三歲，離立如人長。趙曰：禮記：「離坐離立。」師曰：甫詩云「賤子且奔走，三年望東吴」，則知甫去草堂及歸時，凡涉三歲。**會看根不拔，莫計枝凋傷。幽色幸秀發，**趙曰：王褒：「曄曄而秀發。」**疏柯亦昂藏。所插小藩籬，本亦有堤防。終然振撥損，**鄭

〔一〕 又，四庫本在「養生」上。

曰：上直庚切，下比末切。**洙曰**：謂有所觸動也。**師曰**：道曰振撥，觸撼貌。**補注希曰**：振，觸也。韻作除庚切。撥，正如蕩詩所謂「本實先撥」也。韻釋云：「理也，絶也，除也。」此當是以除絶言。**得愧千葉黄。**

補注希曰：愧，一本作「恡」。**敢爲故林主，師曰**：甫傷兵亂民尚不保其故居，況吾敢爲故林之主，而欲保四松之無損乎？**黎庶猶未康。避賊今始歸，春草滿空堂。蘇曰**：嵇紹一日復一日篇云：「去日晝樓歌管沸，歸來春草滿空堂。」詩語困，即借句，今杜工部往往全用古人語，斯亦無害詩人之工也。**覽物嘆衰謝，及兹慰凄凉。洙曰**：前詩有「入門四松在」。**清風爲我起，洒面若微霜。趙曰**：張茂言[一]：「穆如洒清風。」陸機連珠云：「秋風夕洒面。」**足以送老姿，洙曰**：一云「足爲送老姿」。**聊待偃蓋張。趙曰**：抱朴子云：「天陵偃蓋之松。」**我生無根蔕，配爾亦茫茫。有情且賦詩，事迹兩可忘。勿矜千載後，慘澹蟠穹蒼。**

水檻廣德二年作。

補注鶴曰：詩云「游子久在外，門户無人持」，當是廣德二年自梓、閬回草堂時作。梁權道編在永泰元年

[一] 張茂，當作「張茂先」或「張華」。

作，非。

蒼江多風飆，雲雨晝夜飛。茅軒駕巨浪，洙曰：郭景純詩：「高浪駕蓬萊。」焉得不低垂。游子久在外，門户無人持。高岸尚爲谷，洙曰：高岸爲谷，深谷爲陵。何傷浮柱攲。趙曰：張平子西京賦：「跱游極於浮柱，結重欒以相承。」注：「三輔名梁爲極，作游梁置浮柱上也。」扶顛有勸誡，恐貽識者嗤。洙曰：危而不持，顛而不扶，則將焉用彼相矣。既殊大厦傾，可以一木支。洙曰：大厦將傾，非一木可支。臨川視萬里，何必欄檻爲。人生感故物，慷慨有餘悲。趙曰：韓詩外傳載：「孔子出游少源之野，有婦人哭甚哀。問之，婦人曰：『向刈蓍薪，亡吾簪，是以哀。非傷亡簪，不忘故也。』」師曰：持，守也。詩云：「高岸爲谷，深谷爲陵。」萬物皆有變易，於水檻何恨乎？水檻駕于巨浪之上，爲水所蕩動，浮柱攲側，此亦常理。但顛危必用扶持，譬若大厦非一木所能支。危而不持，則將焉用彼相。此甫含蓄意思，諷朝廷乏材〔一〕，當顛危之際，莫有扶持者矣。「臨川視萬里，何必欄檻爲」，蓋言王者以天下爲度，當一視同仁，恩及無外，不可有此疆爾界之辨，諷肅宗示人不廣耳。

〔一〕乏，原作「之」，據四庫本改。

破船廣德二年作。

補注 **鶴曰**：詩云「緬懷遡舊丘，鄰人亦已非」，當是廣德二年再歸草堂後作。末句云「所悲數奔竄，白屋難久留」，明是年果下忠、渝。

平生江海心，宿昔具扁舟。豈惟清溪上，日傍柴門游。 **趙曰**：此言志在江海，豈局促於青溪上，旁柴門而游爲事乎？**蒼皇避亂兵[一]，緬懷遡舊丘。鄰人亦已非，野竹獨修修。船舷不重扣，** 舷，胡田切。**洙曰**：江賦：「詠采菱以扣舷[二]。」**埋没已經秋。仰看西飛翼，下愧東逝流。故者或可掘，新者亦易求。所悲數奔竄，白屋難久留。** **蘇曰**：賈復見耿弇曰：「子非久留白屋之士。」風雲會合，子當平步天衢耳。」後果如其言。**師曰**：亂兵，謂崔旰之亂，甫往梓州。舊丘，故林也，指草堂。鄰人亦已非，謂流離也。甫去成都凡三載，向者所泛扁舟，埋没於泥沙，故船舷不堪重扣。舷，船傍也，扣之以節歌。甫在東川，未及西歸，故云「仰看西飛翼，下愧東逝流」。故者或可掘，謂破船。

[一] 皇，原作「湟」，據四庫本改。
[二] 舷，原作「舩」，據四庫本改。

營屋永泰元年作。

補注 鶴曰：「愛惜已六載，兹辰去千竿」，當是永泰元年作。蓋公上元元年營草堂時已植竹，堂成詩所謂「籠竹和煙滴露梢」，草堂詩所謂「步堞萬竹疏」是也。意公正月歸溪上時營屋故作。

我有陰江竹，師曰：甫植萬竹於草堂故云。**能令朱夏寒。**夢符曰：右按，梁元帝纂要曰：「夏曰朱夏。」又爾雅：「夏爲朱明。」**陰通積水内，高入浮雲端。**趙曰：枚乘詩曰：「美人在雲端。」**甚疑鬼物憑，**蘇曰：王肅行大白，見山林秀茂，曰：「疑有神物所憑。」**不顧翦伐殘。東偏若面勢，**師曰：謂植竹以蔭東射之日，隨其所向之勢。**户牖永可安。愛惜已六載，兹晨去千竿。蕭蕭見白日，洶洶開奔湍。度堂匪華麗，養拙異考槃。**趙曰：詩「考槃在阿」、「考槃在澗」。考，成也。槃，樂也。今公言養拙而已，非若碩人之在澗、在阿而後成其樂也。**草茅雖薙葺，衰疾方少寬**[一]。趙曰：除草曰薙。言雖有薙葺之勞，而吾之衰病可寬也。**洗然順所適，此足代加餐。寂無斤斧響，**師曰：甫築草堂，茅茨不翦，椽柱不斲削，蓋順其所適也，故云「寂無斤斧響」。**庶遂憩息歡。**

[一] 疾，四庫本作「病」。

青溪驛奉懷張員外十五兄之緒永泰元年作。

補注 **鶴曰**：青溪驛在嘉州犍爲縣。此詩當是永泰元年去成都，經嘉州，下忠、渝時所作，故詩有「佳期付荆楚」之句。

漾舟千山内，日入泊荒渚。 **蘇曰**：荒，作枉，曲渚也。謝靈運詩：「弭棹歸枉渚。」**趙曰**：謝靈運西陵遇風詩：「漾舟陶嘉月。」莊子：「日入而息。」文選：「通波激枉渚[一]。」**我生本飄飄，今復在何許。** **洙曰**：言猿鳥猶能聚其儔侶，而人不能致於安適。則甫之羈困可見矣。**月明游子静，畏虎不得語。中夜懷友朋，乾坤此深阻。浩蕩前後間，佳期付荆楚。** **趙曰**：浩蕩，流放之貌。楚辭：「志浩蕩而傷懷。」非，此言水也。**師曰**：甫離蜀中，移居夔州。今又自夔下峽，欲之荆南，夜宿青溪驛而有此作。故末章云「佳期付荆楚」。今復在何許，言此行不知駐足於何所也[二]。猿與鳥尚得以類相聚，甫今别張員外，中夜懷之，曾猿鳥之不若乎？虎喻盜賊也。不得語，恐奸人窺伺之，亂世匿迹若此。

[一] 波，原作「陂」，據四庫本改。
[二] 行，原作「作」，據四庫本改。

屏迹永泰元年作。

補注 **鶴曰**：詩云「年荒酒價乏〔一〕」，當是永泰元年作。是年正月，公歸溪上。雖廣德二年、永泰元年皆可謂之年荒，然詩又云「衰年甘屏迹，幽事供高卧」，可見公在幕府而歸溪上矣〔二〕。又云「鼂開萍葉過」，則是夏作。若在廣德二年，則公方入幕，不應更云「日并園蔬課」。梁權道編在寶應元年，殊不知是年五月公已去成都，入綿、梓。又史不書饑，詳見詩注。

衰年洙曰：一作「顏」。**甘屏迹，幽事供高卧。鳥下竹根行，鼂開萍葉過。年荒酒價乏，日并園蔬課。**趙曰：蓋以乏酒價之故，則并課園蔬賣之，以充估直也。補注 **鶴曰**：唐食貨志云：「唐初無酒禁。乾元元年，京師酒貴，肅宗以廩食方屈，乃禁京城沽酒，期以麥熟如初。二年，復禁酤。廣德二年，定天下酤户以月收税。」五行志：「廣德二年秋，關輔饑，米每斗千錢。永泰元年饑，京師米斗千錢。」此云年荒，當是永泰元年。蓋廣德二年秋，關輔方飢，而此詩乃夏初作，若在其年，不應先事而言，故知爲永泰元年夏初作無疑。肅宗於干戈未定之時，猶能以年飢禁酤酒，而代宗米斗千錢之歲，方且定天下酤户以收税。此公所以因詩以傷世變也。**猶酌甘泉歌，**洙曰：一云「獨酌甜且歌」。**歌長擊樽破。**修可曰：世説：「王大將軍每酒

〔一〕價乏，原作「乏價」，據四庫本及詩文改。
〔二〕溪，原作「漢」，據四庫本改。

後輒詠魏武樂府，曰：『老驥伏櫪，志在千里。烈士暮年，壯心不已。』以如意打唾壺，壺盡缺。」子美長歌而擊樽破，有類於此。

贈別賀蘭銛廣德元年作。

鄭曰：銛，思廉切。**補注**　**鶴曰：**詩云「國步初返正」，當是廣德元年公在梓、閬州作。賀蘭銛欲下東，故詩又云「遠赴東吴春」。梁權道編在永泰元年，而師古又以「遠赴湘吴春」爲公移居夔州，既而下峽，適荆吴，蓋失之不考也。詳見詩注。

黄雀飽野粟，群飛動荆榛。**趙曰：**此比時人之蹇淺也。**今君抱何恨，寂寞向時人。****趙曰：**此傷賀蘭而問之。**老驥倦驤首，****洙曰：**騏驥逢伯樂之知，驤首長鳴。**趙曰：**暗使戰國策：「汗明見春申君曰：『夫驥之齒至矣，服鹽車而上太行，漉汗灑地，白汗交流，而不能上。伯樂遭之，下車攀而哭之，解紵衣以幕之。驥於是俯而噴，仰而鳴，聲達於天，仰見伯樂之知已也。』」今云倦，則以無伯樂而倦也。**蒼鷹愁易馴。****高賢世未識，固合嬰飢貧。國步初返正，****洙曰：**時初復京師。**乾坤尚風塵。****洙曰：**史思明猶據張河、朔。**補注**　**鶴曰：**唐蔣乂云：「中宗即位，春秋已壯，而母后篡奪以移神器，賴張柬之等國祚再復，蓋曰反正，不得爲中興。凡非我失之，自我復之，爲中興，漢光武、晉元是也。自我失之，因人復之，晉孝惠、孝安是也。」以人所言，則肅宗可爲中興，不可爲反正。當是謂代宗自陜回，而吐蕃之亂未息。若如王、師注，則詩乃乾第用高帝紀「撥亂世，反之正」之語。然詩云「我戀岷下芋」，則公作詩時在蜀無疑。代宗以廣德元年復京師，而史思明又以其年縊死，則所謂風塵者，特指吐蕃之亂甚明。**悲歌鬢髮白，遠赴湘吳春。我戀岷下芋，君思千里蓴。**洙曰：岷山之下沃壄，下有踆鴟〔二〕，至死不飢。師古曰：「踆鴟，芋也。千里蓴羹，未下鹽豉。」師曰：岷山，蜀中之山，地産芋魁，可以充糧，凶年不能飢。甫既去蜀，故戀岷山之芋。吳地出蓴菜、鱸魚。昔張翰，吳人也，在洛守官，忽思蓴菜，遂去官而歸。賀蘭在蜀，故思吳中之蓴。舉其物，則思其人，相思故也。補注希曰：漢翟方進傳：「童謠云：『飯我豆食羹芋魁。』」華陽國志：「汶山郡有人芋如蹲鴟。」賀蘭銛在蜀，欲赴湘、吳，而自以尚戀岷下之芋，未能去蜀，故云。**生離與死別，自古鼻酸辛。**洙曰：楚詞云：「悲於生別離。」高唐賦：「孤子寡婦，寒心酸鼻。」

黃氏補千家注杜工部詩史卷之十

〔一〕 乂，原作「又」，據四庫本改。
〔二〕 踆，四庫本作「蹲」。

黄氏補千家注紀年杜工部詩史卷第十一

杜鵑大曆元年作。

洙曰：華陽風俗録：「鳥有杜鵑者，其大如鵲而羽烏〔一〕，聲哀而吻有血。土人云春至則鳴，聞其初聲者，則有離别之苦，人皆惡聞之，惟田家候其鳴則興農事。」識者謂此詩上四句非詩，乃題下甫自注爾，後人誤寫。**蘇曰：**或者謂前四句非詩也，蓋甫於題下自記杜鵑事，後人誤寫之耳。或曰：正古之謡語，豈復以韻爲限耶？**補注****鶴曰：**先君嘗謂：文君白頭吟詞云：「郭東亦有樵，郭西亦有樵。」杜公此詩前四句或本此。又舊本題注云：「上皇幸蜀還，肅宗用李輔國謀，遷之西内。上皇悒悒，而甫此詩感是而作。」舊注如此，所以編在廣德年間。然詩云「雲安有杜鵑」，又云「值我病經年」，則是大曆元年春在雲安作。蓋公在雲安與夔多病，所以有「老病巫山裏」之句。若在廣德間，則公在梓、閬，不應言雲安，意譏崔旰、子琳輩。

西川有杜鵑，東川無杜鵑。涪南無杜鵑，雲安有杜鵑。我昔游錦城，結廬錦水邊。**洙曰：**子美結廬在浣花里。有竹一頃餘，喬木上參天。**蘇曰：**上林苑喬木參天，松篁陰合，珍禽奇獸，自然

〔一〕烏，四庫本作「鳴」，則字當屬下讀。

駢集。趙曰：曹子建詩：「荆棘上參天。」杜鵑暮春至，哀哀叫其間。我見常再拜，重是古帝魂。趙曰：鮑昭行路難云：「中有一鳥名杜鵑，云是古時蜀帝魂。」公所用蓋出於此也。至若此篇，常再拜而重之不能，拜而淚下，則尊君之意，前人所不到。生子百鳥巢，百鳥不敢嗔。一作「喧」。仍爲餧其子，洙曰：世説：「杜鵑養子於百鳥巢，百鳥共養其子而不敢犯。」禮奉若至尊〔一〕。洙曰：成都記曰：「杜宇亦曰杜主，自天而降，稱望帝。好稼穡，教人務農，治郫城。亦曰望帝，至今蜀人將農者必先祀杜主。時荆州人鱉靈死，其尸泝流而上，至汶山下復生，見望帝。望帝因以爲相，號曰開明。會巫山壅江，人遭洪水，開明爲鑿通流，有大功，望帝因以其位禪焉。後望帝死，其魂化爲鳥，名曰杜鵑，亦曰子規。」又云：「子規深春乃有聲，曰且怨，與北之思歸樂都不同也。洛京東西多此鳥，人以爲子規者，誠妄矣。」又云：「宇禪位于開明，升西山隱焉。時適三月，子規鳥鳴，故蜀人悲子規鳥。」鴻雁及羔羊，有禮太古前。行飛與跪乳，識序又知恩〔二〕。洙曰：晉羊祜雁賦：「鳴則相和，行則接武。前不絶貫，後不越序。」春秋繁露曰：「凡贄，卿用羔，羔有角而不用，如好仁者。執之不鳴，殺之不諦，類死義者。羔飲其母必跪，類知禮者。故羊之爲言猶詳，故以爲贄。」趙曰：謂成行列而飛，所以謂之雁序也。聖賢吾法則，付之後世傳。君看禽鳥情，猶解事杜鵑。今忽暮

〔一〕奉若，四庫本作「若奉」。
〔二〕又，原作「文」，據四庫本改。

春間，值我病經年。身病不能拜，淚下如迸泉。**修可曰：**劉越石扶風歌：「據鞍長嘆息，下淚如流泉。」

引水大曆元年作。

魯曰：夔俗無井，皆以竹引山泉而食。蟠屈山腹間[一]，有至於數百丈者。**補注鶴曰：**詩云「雲安沽水奴僕悲，魚復移居心力省」，當是大曆元年至夔州作。

月峽瞿塘雲作頂，
洙曰：庾仲雍荆州記曰：「巴楚有明月峽。」**趙曰：**本朝史寰宇記於渝州載有明月峽，以石穴圓似之，故以名。

亂石峥嶸俗無井。
洙曰：楚俗山居，負水而食，故高者引水。雲安無泉，尤難得水，故云。**補注鶴曰：**夔與雲安有鹽井，而罕有鑿井汲泉者。故公作信行遠修水筒詩云：「雲端竹筒拆，雲表山石碎。觸熱藉子修，通流與厨會。往來四十里，荒險崖谷大。」使其可井，安至引泉如是遠也。

雲安沽水奴僕悲，魚復移居心力省。
洙曰：後漢地理志：「魚復屬巴郡，古庸國。」左傳文十年「魚人逐楚師」是也。**修可曰：**魚復即夔州矣。今之倚郭奉節縣，乃漢之魚復縣也。**補注希曰：**雲安，唐爲夔州屬縣。本朝開寶中，置雲安軍，以縣隸軍。通典、唐志：奉節縣，漢魚復縣，隋人復故地，貞觀二十三年始更名爲奉節。夔本魚

〔一〕蟠，原作「幡」，據四庫本改。

國故也。**白帝城西萬竹蟠，接筒引水喉不乾。人生留滯生理難，斗水何直百憂寬。** **洙曰：** 莊子：「期斗升水之活〔一〕。」**趙曰：** 盧照鄰秋風至詩：「還思不動行，賴此百憂寬。」

青絲 廣德二年作。

補注 **鶴曰：** 此詩言僕固懷恩之亂，當是廣德二年作。按史，是年八月反，通鑑以爲二年正月。懷恩與河東都將李竭誠潛謀取太原，辛雲京殺竭誠，懷恩使其子瑒將兵攻之，瑒敗，門渝次〔二〕。

青絲白馬誰家子，粗豪且逐風塵起。 **洙曰：** 樂府有白馬篇。梁元帝詩：「宛轉青絲鞚。」**趙曰：** 南史侯景傳：「初，大同中，童謠曰：『青絲白馬壽陽來。』及景之叛，乘白馬青絲以應讖也。」**師曰：** 謂祿山反。補注 **希曰：** 蓋以侯景之比僕固懷恩。以懷恩誘吐蕃、回紇入寇，故曰「且逐風塵起」。黃庭經：「問誰家子在我身。」**不聞漢主放妃嬪，近靜潼關掃蜂蟻。** **洙曰：** 誅貴妃也。**趙曰：** 此公戒約粗豪子之辭。**師曰：** 哥舒翰爲賊所破，陷兩京。肅宗鳩義兵，收復兩京，如掃蜂蟻。補注 **希曰：** 肅宗復京師，而乾元元年出宮女三千人。今代宗歸京師，而不聞有此，故云。通鑑云「高暉率麾下三百騎東走，至潼關，守將李日越擒而

〔一〕期斗升水之活，四庫本作「斗升之水活我」。
〔二〕門渝次，四庫本作「之榆次」，據資治通鑑卷二二三，乃「圍榆次」之訛。

殺之」，在廣德元年。此詩作於廣德二年，故曰「近静」。**殿前兵馬破汝時，十月即爲蠻粉期。** **趙曰：**告以必破亡之證也。**蔡曰：**按通鑑：「廣德二年，吐蕃入長安，諸軍亡卒及鄉曲無賴相聚爲盜。丁巳，以太子賓客薛景先討之。」所以有「殿前兵馬破汝時」之句。**師曰：**殿前兵馬乃神策軍，天子親征，群盜望風而敗。

補注 **鶴曰：**殿前兵馬乃神策軍。通鑑云：「初，肅宗以陝西節度使郭英乂領神策軍，使内侍魚朝恩監其軍。英乂入爲僕射，朝恩專將之。及代宗幸陝，朝恩舉在陝兵與神策軍迎扈，悉號神策軍。天子幸其營。及京師平，朝恩遂以軍歸禁中，自將之。然尚未得比北軍。至永泰元年，僕固懷恩與吐蕃、回紇入寇，自上六軍屯苑中，朝恩以神策軍從，而勢寖盛。分爲左右廂，居北軍之右矣。」懷恩以永泰元年三月死于鳴沙，「蠻粉」之語驗矣。**未如** **洙曰：**又作「知」。**面縛歸金闕，** **洙曰：**欲其歸降天子也。左傳：「克許，許子面縛銜璧。」**萬一皇恩下玉墀。** **洙曰：**時降者皆受節鎮，河北之患，自此起矣。**趙曰：**教以悔過歸命，庶幾皇恩寬宥之也。

近聞永泰元年作。

補注 **鶴曰：**梁權道謂永泰元年雲安作。觀詩云「渭水逶迤白日静，隴山蕭瑟秋雲高」，蓋言關隴無吐蕃之亂，當時永泰元年，子儀與回紇定約，吐蕃聞之，夜引兵遁時作。

近聞犬戎遠遁逃， **洙曰：**説文解字曰：「赤狄，本犬種也，故字犬子。」匈奴聞漢兵大出，老弱奔走，敺畜產遠遁逃[一]。**牧馬不敢侵臨洮。** **洙曰**：臨洮，郡名也。賈誼過秦論：「胡人不敢南下牧馬。」**蘇曰**：班超鎮西域[二]，醜虜屈膝不敢南向牧馬。**趙曰**：今之洮州也。**渭水逶迤白日净，隴山蕭瑟秋雲高。**

補注 **鶴曰**：洮州雖是臨洮郡，而岷州亦有臨洮，皆屬隴右。舊史：「寶應元年十二月，陷臨洮。」通鑑云：「廣德元年七月，入大震關，盡取河西、隴右之地。」京兆有渭南縣，華州有渭津關。隴山，按唐志，在渭州西南。隴山有六盤關，西北五里有吐蕃會盟壇。今渭水逶迤，與日俱静，隴山蕭瑟，其雲自高，則可見其無事矣。**崆峒五原亦無事，北庭數有關中使。** **洙曰**：言通和也。**趙曰**：突厥通好也。或云回紇等不附吐蕃，亦遣使中國。其説亦是。補注 **鶴曰**：崆峒山占原州、岷州。五原謂鹽州，天寶元年更郡曰五原。又五原或亦指關隴而言，時吐蕃歸國，故曰「無事」。突厥在廣德二年亦嘗寇豐州，今云「數有關中使」，殆皆通和矣。**似聞贊普更求親，舅甥和好應難棄[三]。** **夢符曰**：右按，唐吐蕃傳：「其俗謂强雄曰贊，丈夫曰普，故號君長曰贊普。」**趙曰**：先帝昔嘗和親，以公主嫁贊普矣。補注 **鶴曰**：通鑑與新、舊史皆云：永泰元年三月庚戌，吐蕃請和，詔宰臣元載、杜鴻漸，與蕃使同盟於興唐寺。吐蕃傳亦云，而皆不載請和之辭，意是復來求親，而史失書之。

[一] 毆，原作「歐」，據漢書卷九四上匈奴傳改。
[二] 域，原脱，據四庫本補。
[三] 甥，原作「生」，據四庫本改。

漁陽廣德元年作。

彦輔曰：時禄山平，以雍王遥領范陽、盧龍節制而不出閤。**趙曰**：按通鑑：「十月，以雍王适爲天下兵馬元帥。」舊注以雍王受節制而不出閤，非是。補注**鶴曰**：按史：「寶應元年八月乙亥，魯王适徙封雍王〔一〕。明年，廣德元年十月壬申，雍王爲關内兵馬元帥。二年正月，爲皇太子。」舊史：「廣德二年二月己巳朔，册天下兵馬元帥、尚書令雍王适爲皇太子。」此詩云「赫赫雍王都節制」，當是廣德二年前作。梁權道編在永泰元年，是年，雍王爲皇太子已一年。王洙以爲一作「前節制」，則可以爲在永泰元年作，却與「猛將飄然恐後時，本朝不入非高計」等句不合。

漁陽突騎猶精鋭，**鮑曰**：光武曰：「吾聞漁陽、上谷突騎，天下精兵。」**修可曰**：引漢光武謂馬武曰：「漁陽、上谷突騎，欲令將軍將之。」又引唐六典注：「蔡邕曰：『冀州强弩，幽州突騎，天下之精也。』」其説是。補注**希曰**：晁錯傳：「輕車突騎。」師古曰：「突騎，言其驍鋭，可用衝突敵人也。」**赫赫雍王都節制。****洙曰**：都，一作「前」。**猛將飄然恐後時，本朝不入非高計。****洙曰**：禄山已破，而朝廷不能革其積弊，復以盧龍授藩鎮，故李懷仙、朱滔之屬得以跋扈，竟不爲朝廷所有也。**趙曰**：按編年通載：「十月，雍王适大敗史朝義，將以汴州降。十一月，薛嵩等皆以五州降。」是歲公在梓，聞雍王之勝，尚聞河北猶未有入朝者，故告諭諸將

〔一〕雍王，原作「雍上」，據四庫本改。

等，飄然而來，已爲後時，而乃不入本朝，豈高計乎？舊注殊不考按，乃云「禄山已破，而復以盧龍授藩鎮，故李懷仙、朱滔之屬得以跋扈」，非也。按朱滔反，乃是德宗建中三年，李懷光反，乃是德宗興元元年。以雍王适爲雍王遥，李懷光爲懷仙，此皆疑誤學者，不可不辨也。**蘇曰**：李靖：「西羌犯塞，若不深入虜庭，擣其巢穴，實非高計。」**禄山北築雄武城，舊防敗走歸其營。繫書請問燕耆舊，今日何須十萬兵。** **洙曰**：按新書言：「禄山計天下可取，逆謀日熾，遂乃築壘范陽北，號强武，峙兵積穀。」**趙曰**：此篇上兩句，舉往事以懲警之也。言禄山初爲走計，而竟不保耳。

黄河二首 廣德二年作。

鮑曰：「黄河北岸海西軍」「胡人高鼻動成群」，謂吐蕃入寇。舊注謂禄山，非也。「黄河西岸是吾蜀」，鄭公軍也，謂當狗之戰。舊注謂明皇、肅宗，非也。**補注** **鶴曰**：鮑注是，當在廣德二年作。梁權道編在永泰元年。是年與廣德二年，米斗皆千錢，皆可云「欲須供給家無粟」。然永泰元年八月，僕固懷恩及吐蕃、回紇、党項羌、剌渾奴寇邊[一]，時公已在雲安。意是廣德二年。

黄河北岸海西軍，椎鼓鳴鐘天下聞。鐵馬長鳴不知數，胡人高鼻動成群。 **洙曰**：禄山

[一] 剌渾奴，據舊唐書卷二代宗本紀、資治通鑑卷二二三，當作「渾、奴剌」。

之反，皆漁陽突騎，及所養同羅、降奚、契丹曳落河并誘置諸蕃，皆胡騎也。**趙曰**：黄河之北，大海之西，則河北一帶之州郡也。此篇言椎鼓鳴鐘，體面如此，而使胡人動成群而來，斯乃罪其不能致力於禦之乎？李陵重報蘇武書云：「吟嘯成群，聽之不覺淚下。」

黄河西岸是吾蜀，欲須供給家無粟。願驅衆庶戴君王，混一車書棄金玉。 **洙曰**：時明皇在蜀，肅宗起靈武。**趙曰**：此篇憫蜀人困於供給，而終之以願君王之無侈靡也。如傳云「不寶金玉」之義。

自平 大曆二年作。

補注 **鶴曰**：按舊史：「廣德元年十二月甲辰，宦官市舶使呂太一逐廣南節度張休，縱兵大掠廣州。」今詩云「自平宮中呂太一，收珠南海千餘日」，則詩當作於大曆二年。蓋自廣德元年十二月，太一方反，平之必在二年，至大曆二年爲三年，故曰千餘日也。梁權道編在永泰元年，與此不合。

自平宮中呂太一，收珠南海千餘日。 **洙曰**：呂太一，代宗時爲廣南市舶使，逐刺史張休而反。**蘇曰**：「自平宮中呂太一」，世莫曉其義，而妄者以爲唐有自平宮。偶讀玄宗實録，有宮中呂太一，叛於廣南。**定功曰**：宮中，當作「中官」，見舊唐史帝紀。**師曰**：東坡嘗云：「讀杜詩，不識太一之義。及覽拾遺，見有呂寧爲太一宮使，領廣南市舶，逐刺史張休而叛，乃曉太一非人名，官號也。」**補注** **鶴曰**：石林燕語云：「宮觀置使，自祥符始。」蓋自王公旦爲玉清昭應宫使也，元祐間方有太一宫使。而師云拾遺有吕寧爲太一宫使，疑唐末有此官號，且史書廣州市舶使吕太一反，既曰市舶使，不應更以太一官號爲稱。又，凡書反者，皆以名不以官，此當是名太一。舊史云「宦官市舶使吕太一」，則定功曰「宫中當作中官」爲是。又考舊史李勉傳：「勉除江西觀察使，賊帥陳莊連陷江西州縣，偏將吕太一、武日昇，相繼背叛。勉與諸道力戰，悉攻平之。」然則爲市舶使矣，何爲又爲賊帥之偏將？意是太一叛後，又從賊帥爲亂。況武日昇既以名稱，則吕太一非以官稱亦明。勉在江西，當是廣德間。隆興石幢載牧守名爵，李勉在張鎬之後〔一〕、魏少游之前，而少游以大曆二年代去。鎬以廣德二年九月，卒於江西觀察等使。又舊史代宗紀：「九月辛酉，命洪州刺史李勉副知選事」，則勉是廣德二年九月到江西，而平太一必在初到之年。今詩云「自平宫中吕太一，收珠南海千餘日」，則詩殆作於大曆二年，其年公在夔。

近供生犀翡翠稀，洙曰：時太一反，賦不上供也。**復恐征戍干戈密。蠻溪豪族小動揺，世封刺史非時朝。**洙曰：時溪洞蠻酋歸順者，皆世授刺史。師曰：廣連蠻洞守官不務懷輯，則群蠻相率而叛，珠璣、犀象、翡翠之類，所以不來貢也。自平吕太一之後，節制者得其人，是以南海收珠凡三載矣。近來供貢稀少，復恐鎮守者不能懷柔，妄舉兵征誅群蠻，此群蠻不復來貢矣。唐太宗之時，應溪蠻來歸者，皆封刺史。不以時朝，不比内諸侯，姑務羈縻而已。補注 鶴曰：按唐志，嶺南道厥貢金銀、孔翠、犀象，而諸州貢翠羽者，歡、

〔一〕 在，原作「與」，據四庫本改。

桂、交、欽四州而已，唯歡併犀角貢之。自平吕太一之後，所供近又稀少，蓋以干戈復密，蠻豪復摇，是時桂州山獠反故也。舊史：「大曆二年九月，桂州山獠陷州城，刺史李良遁去。」新史亦云。所以有「蠻溪豪族小動摇」之句。**蓬萊殿裏諸主將，才如伏波不得驕。** **趙曰：** 言汝輩才如馬伏波，可以辦征南之事，而輒不得驕悍也。**師曰：** 太宗時，諸將之才，率類馬援，故不敢驕慢悖命，傷今不然。昔漢馬援爲伏波將軍，群蠻畏服。

除草 大曆元年作。

洙曰： 去葴也。**蘇曰：** 葴草，蜀中謂之毛葴。毛芒可畏，觸之如蜂蠆，治風疹。以此草點之，一身失去。葉背紫者入藥。葴，山韮也。**補注** **鶴曰：** 詳味詩意，雖曰喻小人之衆多，所宜芟除，亦是用除草以寫意，故有「疾惡信如讎」之句。以後篇考之，當是大曆元年在夔州作。梁權道編在永泰元年雲安詩内。

草有害於人，曾何生阻修。 **洙曰：** 言草之毒者，不必生於阻修之處，雖平夷之地，亦有之也。**其毒甚蜂蠆，** **蘇曰：** 梁準：「小人之言行，甚於蜂蠆，蜂蠆尚可去，小人不可去故也。」**趙曰：** 蓋葴之上皆芒刺，觸之能螫人也。**其多彌道周。** **洙曰：** 道周，道兩旁也。**清晨步前林，江色未散憂。芒刺在我眼，** **洙曰：** 霍光驂乘，上内嚴憚之，若有芒刺在背。**蘇曰：** 馬援見謟佞輩，如芒刺在眼中。**焉能待高秋。霜雪一霑凝，**洙曰**：一作「衣」。蕙葉亦難留。**師曰**：春以喻賞，秋以喻罰。焉能待高秋，急於去小人也。蘭蕙香草，以比君子。今與蘋草同殺，喻政刑無辨，善惡莫分。荷鋤先童稚，**洙曰**：陶徵君詩：「荷鋤稚子倦。」**劉曰**：先者以身率。日入仍討求。**修可曰**：莊子云：「日入而息。」轉致水中央，豈無雙釣舟。**晏曰**：禮：「薙人掌殺草。有水火之化，以釣舟載而致之水，此水化也。」頑根易滋蔓，**洙曰**：左傳：「無使滋蔓。」敢使依舊丘。**師曰**：小人立黨，其黨滋盛。敢使依舊丘，謂小人不可近也。自兹藩籬曠，更覺松竹幽。芟夷不可闕，疾惡信如讎。**洙曰**：左傳隱六年：「周任有言曰：爲國家者，見惡，如農夫之務去草焉，芟夷藴崇之，絶其本根，勿使復殖，則善者使信之矣。」**師曰**：松竹有操，君子自守之象。小人既去，則君子道長，而松竹得遂其生養之性也。此篇大有含蓄，詳玩之，頗有味矣。

客居大曆元年作。

趙曰：此雲安詩。補注**鶴曰**：詩云「今又降元戎，已聞動行軒」，謂杜鴻漸帥蜀。按史，大曆元年二月壬子，杜鴻漸爲山南西道、劍南東西川、邛南、山西等道副元帥。則是詩當在大曆元年春晚欲還夔州時作，所以有「舟子候利涉」之句。

客居所居堂，前江後山根。下塹萬尋岸，蒼濤鬱飛翻。葱青衆木梢，**洙曰**：沈休文詩：

趙曰：沈休文詩：「傾壁復邪竪〔一〕。」子規晝夜啼，壯士斂精魂。趙曰：千字疑誤。豈自渝州明月峽至夔州西陵峽而下，水路有四千里乎？阮籍詠懷：「精魂自漂淪。」峽開四千里，水合數百源。趙曰：千字疑誤。豈自渝州明月峽至夔州西陵峽而下，水路有四千里乎？補注希曰：按峽程記：「瀘、合、遂、蜀四郡，皆峽之郡，自䜌江、桔柏池、導等江，至此二百八十里，會于峽前，次荆門，都四百五十灘。」蜀在西川，而瀘在東川，水有數百源，則其迂回自源徂末，未必無四千里也。人虎相半居，相傷終兩存。蜀麻久不來，吴鹽擁荆門。洙曰：蜀人以麻布貿易吴鹽也。趙曰：以商旅貨易吴鹽不行之故也。西南失大將，鮑曰：謂鄭公卒也。商旅自星奔。洙曰：時崔旰殺郭英乂也。修可曰：劉孝標廣絶交論：「靡不望影星奔。」補注鶴曰：蜀多産麻，成都尚載之貢籍，吴蜀商旅每以麻鹽爲貿易。崔旰殺郭英乂，蜀中大亂，商旅以道阻，爲之奔散，故蜀麻不出峽，而吴鹽空擁於荆門也。柴門詩亦云：「風煙渺吴蜀，舟楫通鹽麻。」大抵蜀富於麻，而荆多鹽，如夔、萬等州有鹽監、鹽井，亦荆州地也。今又降元戎，已聞動行軒。洙曰：時除杜鴻漸爲成都尹。舟子候利涉，亦憑節制尊。我在路中央，生理不得論。洙曰：甫依嚴武，武死，英乂粗暴，不能容，旋有崔寧之亂。此甫所以進退不能也。趙曰：公言其欲南下以歸長安，到處留滯而未能，今尚在半路也。舊注云：「甫欲依嚴武，武死，英乂不能容。」大非是。卧愁病脚廢，徐步視小園。短畦帶碧草，悵望思王孫。洙曰：思嚴武也。修可曰：劉安

〔一〕復，四庫本作「忽」。

招隱辭曰：「王孫游兮不歸，春草生兮萋萋。」**鳳隨其皇去，** **鮑曰**：豈鄭公之夫人亦繼亡也。**籬雀暮喧繁。** **洙曰**：言賢者亡而小人喧競也。時崔寧、楊子琳、柏正節更來成都。**蘇曰**：王符隱居不仕，自嘆曰：「鸞鳳思見而不可得，籬雀終日喧人耳目，何其繁也。」**覽物想故國，** **蘇曰**：王仲宣：「周覽春物，緬想故國花草。」**十年別荒村。日暮歸幾翼，北林空自昏。** **趙曰**：上句以譬能歸者幾人，下句以譬故居所在，徒自昏暗，而無有歸栖之翼也。**安能覆八溟，爲君洗乾坤。** **洙曰**：時厭亂久矣。故甫前有「洗兵馬」，此有「洗乾坤」之説也。**稷、契易爲力，犬戎何足吞。** **趙曰**：但得稷、契，而用之易爲力耳。彼吐蕃、犬戎，何足吞乎？**儒生老無成，** **蘇曰**：孔安國云：「儒士懦弱，到老無成立矣。」**臣子憂四番。篋中有舊筆，情至時復援。** **洙曰**：詩所謂「以寫我憂」也。

客堂大曆元年作。

補注 **鶴曰**：詩云：「栖泊雲安縣，消中内相毒。」又云：「石暄蕨芽紫，渚秀蘆笋緑。」當是大曆元年春在雲安作。梁權道編在永泰元年，殆未察是年公尚在成都也。

憶昨離少城， **洙曰**：成都之内城謂之少城。**趙曰**：指言成都也。蜀都賦云：「亞以少城，接乎其西。」注云：「少城，小城也，在大城西。」補注 **希曰**：圖經云：「秦張儀築少城。」李膺記：「在大城西，故曰少城。」而今異楚蜀。捨舟復深山，窅窕一林麓。**蘇曰**：龐説愛山，至牛條，嘆曰：「欲得此窅窕林麓，采薪種藥，足以投老。」後隱中山，果召不起，號曰太平逸民，隋文帝詔嘉之。栖泊雲安縣，**洙曰**：雲安屬夔。消中内相毒。舊疾甘載來，衰年得無足。死爲殊方鬼，**洙曰**：李陵書云：「没爲異域之鬼。」頭白免短促。**洙曰**：不爲天也。老馬終望雲，南雁意在北。**洙曰**：馬望雲、雁意在北，以所居非故國，此自喻也。別家長兒女，欲起慚筋力。**趙曰**：禮曰：「老者不以筋力爲能。」客堂序節改，具物對羈束。石暄蕨芽紫，**洙曰**：謝靈運詩：「野蕨漸紫苞。」渚秀蘆笋緑。**洙曰**：蘆，竹笋也。楚人謂之荻芽。**補注**鶴曰：爾雅釋蕨蘼：「舍人曰：『蕨，一名蘼，初生無葉。』」詩召南云：「言采其蕨。」陸（機）〔璣〕疏云：「蕨，山菜也。初生似蒜，莖紫黑色。」又釋蘆云：「詩衛風碩人云：葭菼揭揭。」陸（機）〔璣〕云：「亂，或謂之荻，至秋堅成，則謂之萑。其初生三月中，其心挺出其下，本如箸，以鋭之而細，其萌爲虇。江東人呼蘆笋爲虇。」巴稼**洙曰**：一作「鶩」。紛未稀，**趙曰**：舊本作「巴鶩」，非是，當作「稼」。劉章云：「深耕概種〔一〕，立苗欲疏。」公言紛未稀，則苗猶多耳。徼麥早向熟。悠悠日動江，漠漠春辭木。臺郎省才俊，**趙曰**：謂省郎也。公時爲尚書工部員外郎，故稱臺郎。自顧亦已極。**洙曰**：甫先授左拾遺〔二〕。前輩聲名人，**蘇曰**：張融：

〔一〕概，原作「鋤」，據四庫本改。

〔二〕左，原作「右」，據四庫本改。

「前輩聲名，映照今古。」埋没何所得。居然綰章紱，**趙曰**：謂緋魚也。受性本幽獨。平生憩息地，必種數竿竹。**洙曰**：王子猷所居必種竹，自云不可一日無此君。事業只濁醪，**洙曰**：恨賦：「濁醪夕引。」**修可曰**：李善注恨賦「濁醪夕引」之下，引嵇康與山巨源書曰：「濁醪一杯，彈琴一曲。」營葺但草屋。上公有記者，累奏資薄禄。**洙曰**：嚴武奏甫，授劍南參謀。主憂豈濟時，身遠彌曠職。**洙曰**：曠職，於職事無所親也。**補注希曰**：主憂，一本作「生憂」。書云：「無曠庶官。」注：「曠，空也。位非其人爲空官。」舊注謂於職事無所親，非公之意。循文廟算正，**洙曰**：循文，守文也。廟，廟堂也。算，籌算也。獻可天衢直。**洙曰**：左傳：「獻可替否。」易：「何天之衢。」尚想趨朝廷，毫髮裨社稷。形骸今若是，進退委行色。**洙曰**：傷不得行其志耳。

石硯永泰元年作。

趙曰：平侍御也。**補注鶴曰**：詩云「奉使三峽中」，當是平持節出使至峽中，或是指其至夔。梁權道編在永泰元年雲安詩内。

平公今詩伯，**天覺曰**：伯，長也。**補注希曰**：張植語友人曰：「二陸乃今詩伯也。」秀發吾所羨。奉使三峽中，**孫曰**：瞿塘、明月、巫峽也。**補注希曰**：李陵與蘇武書：「丁年奉使，白首而歸。」長嘯得石硯。師曰：晉劉琨長嘯却胡騎。時峽中亂，平侍御持節出使，靖其亂，長嘯雍容，不勞智力。巨璞禹鑿餘，洙曰：禹開鑿以疏江河。趙曰：此使鑿字，正言石也。郭景純賦云「巴東之峽，夏禹疏鑿」是也。異狀君獨見。其滑乃波濤，其光或雷電。聯坳各盡墨，詠曰：坳，硯穴也。聯坳，謂雙穴相并。各盡墨，謂盡墨力，所謂發墨也。多水遞隱見。蔿曰：謂溫潤出水也。揮洒容數人，十手可對面。比公頭上冠，正質未爲賤。趙曰：平公爲侍御，故云。頭上冠者，獬冠也。獬豸，一角獸，而能觸邪，此所以爲正質。當公賦佳句，況得終清宴。公含起草姿，洙曰：曹子建詩：「公子愛敬客，終宴不知疲。」起草，掌綸綍也。補注希曰：諸葛豐傳：「願賜清宴。」太宗時，名儒學士，時召草制敕，未有名號。至德後，天子召集賢學士於禁中草書詔，雖宸翰所揮，亦資其檢討，謂之視草。茲云起草，謂自草者。不遠明光殿。洙曰：明光殿，霍去病藉以避暑。修可曰：漢殿名。三秦記曰：「明光殿以金爲阯，玉爲階。」元后傳「成都侯商嘗病，欲避暑，從上借明光宮」是已。致于丹青地，知汝隨顧眄。

三韻三篇 永泰元年作。

補注鶴曰：此詩當是永泰元年作。蓋以代宗信任元載、魚朝恩，而士之易節者，争出其門。二人在廣德、永泰間，其權特盛。如華原令顧繇言載子伯和等招權受賂，則繇坐流錦州；如顏真卿言論事不當先白宰相，而真卿坐貶峽州別駕。魚朝恩勢傾朝野，而劉希暹、王駕鶴從而佐之，以階顯擢。故公此詩譏當時輕於趨附者，詳味則其意自著。師謂末篇指牛、李用事，官曹混濁，恐未必然。

高馬勿唾面，洙曰：唾，一作「捶」。趙曰：當作「捶面方有義」。**長魚無損鱗。辱馬馬毛焦，困魚魚有神。君看磊落士，不肯易其身。**洙曰：馬魚尚不可輕，士有被褐而懷玉者，其可輕乎？師曰：高馬、長魚有異於類，尚不輕，況拔萃之士，嘗晦其迹，其可以被褐輕賤之乎？

蕩蕩萬斛舡，趙曰：釋名曰：「船二百斛曰舠，三百斛曰艇。」而趙石虎造萬斛之舟，今取其大者以比興也。**影若揚白虹。起檣必椎牛，**洙曰：椎牛，言祭也。**挂席集衆功。**趙曰：椎牛所以享衆功，至於用牛，則人徒之衆，可見船之大。又可知舊注謂以牛祭非是。**自非風動天，莫置大水中。**洙曰：言才大不可小用也。趙曰：得大風而後飽其帆也，出鮑昭舞鶴賦「箕風動天」。

烈士惡多門，洙曰：晉政多門。**小人自同調。**洙曰：以其同而不和也。趙曰：字出謝靈運「誰謂古今殊，異代可同調」。**名利苟可取，殺身傍權要。何當官曹清，爾輩堪一笑。**洙曰：譏移附勢以致名位者[一]。師曰：晉政多門，謂政出於不一。小人自同調，謂小人挾私，互相黨同。孔子云：「富而可求也，雖執鞭之士，吾亦爲之。如不可求，從吾所好。」名利豈可苟求，權要豈可苟附。唐玄宗之時，牛、李用事，官曹

〔一〕移附勢，四庫本作「附權勢」。

混濁。禄山，一武夫，而求平章事。儻遇英明之主，澄汰闒冗，則斯輩也，直付之一笑耳。此詩譏趨炎附勢者。

柴門 大曆元年作。

補注 **鶴曰**：詩云：「泛舟登瀼西，回首望兩崖。」又云：「東城乾旱天，其氣如焚柴。」當是大曆元年夏末，求居於瀼西時作。所以又有「蕭瑟灑秋色」之句。若云是大曆二年，則是年無旱，又自瀼西遷居東屯矣。

泛舟登瀼西， **洙曰**：楚俗以山谷間水可涉者爲瀼，其涉也，謂之踏瀼。秦俗以堰水爲瀼，皆謂之瀼。**趙曰**：夔州惟有東瀼溪，見水經注。瀼東、瀼西，則水兩傍之名。今云登瀼西，則舟已泊而登其岸也。舊注有踏瀼之説，非也。**迴首望兩崖。** **革曰**：兩崖，峽也。**東城乾旱天，其氣如焚柴。** **蘇曰**：甘土安其熱氣[一]，過如焚柴。**趙曰**：爾雅云：「祭天曰燔柴，積薪而焚之也。」**補注** **鶴曰**：按唐五行志：「永泰二年，關內大旱，自三月不雨，至於六月。」永泰二年，改大曆元年。「東城指夔，自蜀言之，夔居東也，故舊爲巴東郡。」**長影没窈窕，餘光散唅呀。** **趙曰**：唅音憾，哺也。呀音虚加反，張口也。而公所用，無乃唅呀乎？蓋唅呀注云：「谷中也。」**大江蟠嵌根，** 嵌，口銜切。**歸海成一家。** **洙曰**：禹貢：「九州之水，皆入于海。」**趙曰**：嵌

[一] 甘土安，四庫本作「言亢旱」。

岩之根也，出莊子。下衝割坤軸，洙曰：海賦：「又似地軸，挺拔而争回〔一〕。」竦壁攢鏌鋣。趙曰：巫峽之竦，蓋如鏌鋣之劍矣。蕭瑟灑秋色，氣洙曰：一作「氛」。昏霾日車。洙曰：日車，見前注。峽門自此始，洙曰：夔州爲夷門也。鄭曰：峡，以脂切，夔州名。最窄容浮查。禹功翊造化，疏鑿就欹斜。趙曰：江賦：「巴東之峽，夏后疏鑿。」巴渠决太古，蘇曰：巫峽記：「巨渠開石，决太古之積水。」衆水爲長蛇。蘇曰：赴壑如長蛇，蓋本於此矣。風煙渺吴蜀，舟檝通鹽麻。洙曰：鹽麻，見前客居詩注。我今遠游子，飄轉混泥沙。趙曰：江賦：「或混淪乎泥沙。」萬物附本性，約身不願奢。茅棟蓋一床，趙曰：沈休文詩：「茅棟嘯蹲鴟。」清池有餘花。濁醪與脱粟，洙曰：濁醪，嵇康事。脱粟，公孫弘事。在眼無咨嗟。山荒人民少，地僻日夕佳。洙曰：陶淵明詩：「山氣日夕佳。」貧病洙曰：一作「賤」。固其常，富貴任生涯。老於干戈際，宅幸蓬蓽遮。石亂上雲氣，杉清延月華。賞妍又分外〔二〕，理愜夫何誇。洙曰：漢書：「理得則不怨。」足了垂白年，趙曰：畢卓：「拍浮酒船中，便足了一生。」後漢班超書：「今超年已垂白矣。」敢居高士差。師曰：差，輩也。敢以高士爲伍。書此豁平昔，迴

〔一〕 拔，原作「扶」，據四庫本改。
〔二〕 分，原作「父」，據四庫本改。

首猶暮霞。

貽華陽柳少府大曆元年作。

鄭曰：華，胡化切。補注**鶴曰**：華陽，唐屬成都。詩云「俱客古信州」，又云「南方六七月，出入異中原」，當是大曆元年在夔州作。

繫馬喬木間，**趙曰**：劉琨詩：「繫馬長松下。」**問人野寺門**。**師曰**：柳少府寓居於野寺，甫尋訪之，故云。**柳侯披衣笑**，**蘇曰**：苻堅見張育，育披衣出，喜曰：「苻堅來矣！」欣然握手絶倒。**見我顔色温**。**并坐石堂下**，**洙曰**：一云「堂下石」。**俛視大江奔**。**火雲洗月露**，**趙曰**：東坡云：「火雲無時出，未受月露洗。」蓋出於此。**絶壁上朝暾**。**鄭曰**：暾，他昆切，日始出。**洙曰**：謝靈運詩：「早聞夕飆隱，晚見朝日暾〔一〕。」補注**希曰**：山海經云：「大荒之中，暘谷上有扶桑，日始出也。」朝日始出謂之暾。楚辭少司命：「暾將出兮東方。」注：「日始出東方，其容暾暾而盛貌也。」**自非曉相訪**，**觸熱生病根**。**洙曰**：觸，冒也。**趙曰**：晉程曉詩：「可憐褦襶子，觸熱到人家。」**南方六七月**，**出入異中原**。**老少多暍死**，**趙曰**：熱病謂之暍。

〔一〕朝日，原作「日月」，據四庫本改。

武王下車而扇暍。**蘇曰**：暍，許葛切，熱貌。漢明帝徙河南人實河北，老少途中無水，暍熱死數百人。**汗踰水漿翻。** **趙曰**：世説載：「鍾會、鍾毓見魏文，毓面有汗，帝問曰：『何以汗？』對曰：『戰戰皇皇，汗出如漿也。』」**俊才得之子，筋力不辭煩。** **趙曰**：俊才得柳少府，所以不辭筋力之煩而往謁也。**指揮當世事，** **師曰**：自此句以下，謂柳生負經綸之志。言及國家未寧，慷慨悲憂，其義氣上排帝閽。帝閽，天門也。觀柳生之義，概可與知己者論，不可爲俗人道也。**補注** **希曰**：指揮字見陳平傳。**語及戎馬存。涕淚濺我裳，悲氣排帝閽。** **洙曰**：思玄賦：「叫帝閽使闢扉兮，睹天皇于瓊宫。」**補注** **希曰**：揚雄甘泉賦亦云：「選巫咸兮叫帝閽。」**鬱陶抱長策，** **洙曰**：書：「鬱陶乎予心。」長策，良策也。有良策而不見用，故鬱陶。**義仗知者論。吾衰臥江漢，但愧識璵璠。** **洙曰**：潘正叔云：「寸晷惟寶，豈無璵璠。」言己之所識，止璵璠而已，以美柳侯也。**文章一小伎，於道未爲尊。** **趙曰**：後漢楊賜傳云：「浩作賦説，以蟲〔一〕篆小伎見寵於時。」**補注** **鶴曰**：班固幽通賦：「操末伎猶必然兮。」選任彦昇作王憲集序：「昉嘗以筆札見知，思以薄伎，效德古人。」以文爲伎多矣，新史以文爲藝，亦由此也。**起予幸班白，因是託子孫。** **趙曰**：「起予者商也」，言柳少府起發予於班白衰老之間，因此相見而有子孫可託之幸也。**俱客古信州，** **洙曰**：夔乃古信州也。**程曰**：春

〔一〕 蟲，原作「史」，據四庫本、後漢書卷五四楊賜傳改。

秋時魚國，漢爲魚復縣，梁、隋皆爲巴東郡，唐初改爲信州，又爲夔州[一]。補注 鶴曰：夔，在梁已謂之信州，唐武德二年，避皇外祖諱，改信爲夔，故曰古信州。若止是唐初改爲信州，不得爲古也。潁州，舊亦謂信州，然此詩爲夔州而言。**結廬依毀垣。相去四五里，徑微山葉繁。時危挹佳士**[二]**，况免軍旅喧。醉從趙女舞，歌鼓秦人盆。**洙曰：楊惲書：「家本秦也，能爲秦聲。婦趙女，雅善鼓瑟。酒後耳熱，仰天撫缶，而呼嗚嗚。」李斯書：「隨俗雅化，佳冶窈窕，趙女不立於側也。夫擊甕叩缶，彈箏搏髀，而歌呼嗚嗚，快耳者，真秦之聲也。」趙曰：古稱燕歌趙舞，趙女出李斯傳。秦人盆者，又如李斯所謂「擊甕而叩缶者真秦聲也」。盆，即甕缶之變稱耳。而鼓盆則莊子「鼓盆而歌」。舊注妄引楊惲傳，爲雜矣。**子壯顧我傷，我歡兼淚痕。餘生如過鳥，故里今空村。**趙曰：張景陽詩：「忽如鳥過目。」師曰：柳生年少，傷甫衰老。甫喜悲相半，故云「我歡兼淚痕」。餘生，殘年也。過鳥，言其疾。甫傷故鄉經兵革後，唯空村而已，此生蹉跎，不獲一歸。

同元使君舂陵行并序大曆二年作。

補注 鶴曰：按史：「次山當代宗立，授著作郎。久之，拜道州刺史。」西原蠻傳云：「乾元初，西原、環、古

[一] 夔州，四庫本作「潁州」。
[二] 挹，原作「把」，據四庫本改。

等州殺黄乾曜〔一〕，以餘衆詣桂州降。其種落張侯等復合兵内寇，陷道州，邢濟擊平之。餘衆復圍道州，元結固守不能下。」而次山陽華岩銘乃是永泰二年丙午五月作，則次山是時在春陵。此詩云「漂泊公孫城。呼兒具紙筆」，當是大曆二年在夔州作。題云同元使君春陵行，無義，同當作「簡」，序所謂「簡知我者」，簡訛而爲同耳。

覽道州元使君結春陵行兼賊退後示官吏作二首，志之曰：當天子分憂之地，效漢官良吏之目。今盜賊未息，知民疾苦，得結輩十數公，落落然參錯天下爲邦伯，萬物吐氣，天下少安，可待矣。不意復見比興體制，微婉頓挫之詞，感而有詩，增諸卷軸。簡知我者，不必寄元。

遭亂髮盡**洙曰**：一作「遽」。白，轉衰病相嬰。沉綿盜賊際，狼狽江漢行。嘆時藥力薄，爲客羸瘵成。**趙曰**：此言非不進藥，以嘆時之故，憂思奪之，其病雖痊，而藥力減半也。吾人詩家秀，博采世上名。粲粲元道州，前聖畏後生。**洙曰**：粲粲，言美之盛也。史：「三女爲粲。」論語：「後生可畏。」觀乎春陵作，欻見俊哲情。復覽賊退篇，結也實國楨。賈誼昔流慟，**洙曰**：賈誼上疏：「可爲慟哭者三。」匡衡常引經。**洙曰**：匡衡上疏陳便宜，及朝廷有政議，傳經以對。道州憂黎庶，詞氣

〔一〕黄，原作「源」，據四庫本改。

浩縱横。洙曰：道州，元結也。劉公幹：「君侯多壯思，文雅縱横飛。」**兩章對秋月，洙曰：**一作「水」。一**字偕洙曰：**一作「階」[一]。**華星。趙曰：**魏文帝詩：「華星出雲間。」**致君唐虞際，洙曰：**見「致君堯舜上」注。**純樸憶大庭。洙曰：**大庭氏也。**蘇曰：**崔列：「此方人多純樸，吾大庭氏之遺民也。」**師曰：**賈誼陳治安之策曰：「可爲流涕慟哭者。」匡衡每朝廷有論議，常引經以對。道州指元結之守道州，志在憂民，嘗抗兩章，詞氣激於忠義，一字不虚設，欲致君爲堯、舜之君，使民風純樸如大庭氏。故甫比之賈誼與匡衡也。**何時降璽書，洙曰：**前漢循吏傳：「二千石有治效，輒以璽書勉勵焉。」**用爾爲丹青。趙曰：**莊子：「爲丹青則藻縟王猷，粉飾治具。」**獄訟久衰息，洙曰：**漢禮樂志：「百姓素樸，獄訟衰息也。」**豈惟偃甲兵。悽惻念誅求，薄斂近休明。**補注**鶴曰：**按史云：「結拜道州刺史，爲民營舍給田，免徭役，流亡歸者萬餘。」又按，結作道州刺史廳壁記云：「自至此州，見井邑丘墟，其民幾盡。試問其故，不覺涕下。前政刺史，或有貪猥惛弱，不分是非，但以衣服飲食爲事。數年之間，蒼生蒙以私欲，兼之公家驅迫，非奸惡彊富，殆無存者。」此公所謂息訟偃兵，不以誅求重斂爲事，亦本春陵、賊退二篇憂及黎庶而云。久字，亦本作永。**乃知正人意，不苟飛長纓。洙曰：**陸士衡詩：「長纓麗且光。」**趙曰：**長纓者，冠冕之飾，以嘆其不苟且在冠冕之中也。**凉飆振**

[一] 階，四庫本作「皆」。

南岳，洙曰：南岳，衡山也。之子寵若驚。洙曰：老子：「寵辱若驚。」色沮金印大，趙曰：周伯仁云：「今年殺諸賊奴，取金印如斗大繫肘。」興含滄溟清。洙曰：溟，一作「浪」。趙曰：孺子歌曰：「滄浪之水清兮，可以濯我纓。」我多長卿病，洙曰：長卿，司馬相如也，病渴。日夕思朝廷。肺枯渴太甚，漂泊公孫城。洙曰：白帝城，公孫述所據。呼兒具紙筆，蘇曰：陸士衡有客篇：「有客遠方來，過我漏蓬蓽。瓦罍酌松醪，呼兒具紙筆。」隱几臨軒楹。作詩呻吟內，墨淡字欹傾。感彼危苦詞，庶幾知者聽。師曰：司馬相如字長卿，病渴，甫亦有是疾。公孫城，乃夔州。是時甫客居于此，思慕朝廷，未嘗一日忘君。隱几，倚几也。呻吟，苦痛之聲，乃爲渴疾所苦。字欹傾，病中書字横斜也。危苦詞，謂道州春陵之作。

寄狄明府大曆二年作。

補注 鶴曰：詩云「胡爲漂泊岷漢間」，當是在夔州作。又云「不見十年官濟濟」，當是避亂時相別。自天寶戊戌至大曆丁未爲十年，蓋大曆二年也。

梁公曾孫我姨弟，洙曰：狄仁傑封梁國公。母之姊妹之子曰姨弟。不見十年官濟濟。大賢之後竟陵遲，浩蕩古今同一體。比看伯叔四十人，有才無命百寮底。洙曰：沉下位也。今者兄弟一百人，幾人卓絶秉周禮。洙曰：閔元年：「齊仲孫湫來省難，及還，公問：『魯可取乎？』對曰：『魯秉周禮，未可動也。」言猶守先王法度也。此詩言兄弟雖多，能守梁公之法幾人爾。**在汝更用文章爲，長兄白眉復天啓。** **洙曰**：馬良兄弟五人，并有才名，鄉里諺曰：「馬氏五常，白眉最長。」良眉中有白毛，因以是爲稱。**汝門請從曾公説，** **洙曰**：梁公也。**太后當朝多巧計。狄公執政在末年，濁河中不污清濟**〔一〕。**洙曰**：言獨立於朝，不移於衆邪。**趙曰**：謝玄暉始出尚書省詩：「紛紛亂朝日，濁河污清濟。」**國嗣初將付諸武，公獨廷諍守丹陛。** **洙曰**：武后當朝，革唐爲周，欲以武三思爲儲貳。以問宰相，皆莫敢對。仁傑獨曰：「臣每觀天下，未厭唐德〔二〕。」**禁中册决詔房陵**〔三〕，**洙曰**：房陵，中宗所在。**前洙曰**：一作「滿」。**朝長老皆流涕。** **洙曰**：狄仁傑傳：「初，中宗在房陵。而吉頊、李昭德皆有匡復讜言，則天無復辭意。唯仁傑每從容奏對事，無不以子母恩情爲言，則天亦漸省悟，召還中宗。」**太宗社稷一朝正，漢官威儀重昭洗。** **洙曰**：后嘗夢雙陸不勝，仁傑對曰：「雙陸不勝，無子也。」因進説：「文皇帝身陷鋒鏑而有天下，以傳子孫。陛下因監國，掩而有之。又欲以三思爲後，且子母與姑侄孰親？若立三思，廟不附姑。」后感悟，即日迎中宗，復唐社稷。漢光武紀：「人見司隸僚屬，皆歡喜不自勝。老吏或垂泣曰：『不圖今日復見漢官威儀。』」時

〔一〕 中，四庫本作「終」。
〔二〕 唐，原作「君」，據四庫本改。
〔三〕 册决，四庫本作「决策」；詔，王洙本作「請」。

危始識不世才，**蘇曰**：楊修謂曹適曰：「時危始見不世之才，如孔文舉輩是也。」誰謂荼苦甘如薺。**洙曰**：衛風谷風詩：「誰謂荼苦，其甘如薺。」汝曹又宜裂土食，身使門户多旌棨。**洙曰**：裂土，一作「列鼎」。賢者之後宜有土。**趙曰**：杜田引唐制：節度使就第賜旌節，三品以上門立戟。後漢匈奴傳注曰：「有衣之戟曰棨。」補注**希曰**：裂土，即武成「分土」之義，謂裂地分國也。子虛賦「蜺旌」注：「羽毛染以五采，綴以縷爲旌。」韓延壽傳「幢棨」注：「棨，有衣之戟也。其衣以赤黑繒爲之。」胡爲飄泊岷漢間，干謁王侯頗歷詆。**洙曰**：詆，訐也。息夫躬歷詆漢朝公卿。況乃山高水有波，秋風蕭蕭露泥泥。**洙曰**：謝詩：「凝露方泥泥。」**鄭曰**：泥，奴禮切，濃露也。虎之饑，下巉嵒；蛟之横，出清泚。早歸來，黃污人衣眼易眯。**歐曰**：眯，莫禮切，物入眼中。莊子：「簸糠眯目。」**師曰**：眯，物入眼。古詩云：「昔爲掌上珠，今爲眼中刺。」補注**希曰**：陸機所謂「京洛多風塵，素衣化爲緇」之意。又「元規塵污人」。一作「塵」。土污人眼中易眯。

寄韓諫議注大曆元年作。

師曰：地理志：「岳州巴陵郡，在岳之陽，故曰岳陽。有君山、洞庭湖、湘江。」韓注以諫爲職，直言陳天下事，代宗不悦，貶岳陽。注適意游君山，棄人間事，將爲長往之計。甫思之，故有此作。補注**鶴曰**：詩云「今我不樂思岳陽，身欲奮飛病在床」，當是大曆元年在夔州作。公是時抱病，詩多言之。梁權道以詩云「美人娟娟隔秋水」，謂是其年秋作。

今我不樂思岳陽，洙曰：岳陽，巴陵也，屬湖南。**身欲奮飛病在床。**洙曰：詩：「静言思之，不能奮飛。」**美人娟娟隔秋水，**洙曰：詩人以美人比君子，故詩有「彼美人兮，西方之人兮」。趙曰：公時在夔，而韓在岳，斯爲隔秋水矣。補注希曰：楚辭亦多言美人，云「滿堂兮美人」之類是也。列女傳：「趙靈女鼓瑟而歌曰：『美人熒熒兮，顏若之英。』」**濯足洞庭望八荒。鴻飛冥冥日月白，**余曰：揚子：「鴻飛冥冥，弋人何慕焉。」**青楓葉赤天雨霜。**洙曰：選詩：「曉霜楓葉丹。」趙曰：鮑昭詩：「窮秋九月荷葉黄，北風驅雁天雨霜。」**玉京群帝集北斗，**洙曰：玉京，帝居也。五方各有帝，唯北極爲至尊。夢符曰：右按，晉天文志：「北極五星，北辰最尊者也。北斗七星，在太微北，七政之樞機，陰陽之元本。故運乎天中，而臨制四方，以建四時，而均五行。人君之象，號令之主。」趙曰：群帝，如諸王三公之類。以言天上五方之帝、三十三天之帝，雖稱帝而於大帝爲卑，故稱群帝也。**或騎麒麟翳鳳凰。**洙曰：集仙傳：天人降王妙想，皆乘麒麟、鳳凰、龍、鶴、大鳥是也。**芙蓉旌旗煙霧樂，**洙曰：楚詞：「搴芙蓉兮木末。」**影動倒景摇瀟湘。**洙曰：郊祀志：「登遐倒景。」注：「在日月之上，反照，故其影倒也。」趙曰：言瀟湘，言韓在岳陽也。**星宫之君醉瓊漿，**洙曰：楚詞：「瑶漿蜜勺，實羽觴。華酌既陳，有瓊漿。」**羽人稀少不在傍。**趙曰：楚詞：「仰羽人於丹丘。」

似聞昨者赤松子，恐是漢代韓張良。昔隨劉氏定長安，帷幄未改神慘傷。**洙曰**：張良，其先韓人也。高祖立蕭相國。良乃稱曰：「家世相韓，今以三寸舌，爲帝者師，封萬户，位列侯，此布衣之極，於良足矣。願棄人間事，欲從赤松子游耳。」師古曰：「赤松子，仙人號也，神農時爲雨師。」高祖曰：「運籌帷幄之中，決勝千里之外，吾不如子房。」國家成敗吾豈敢，色難腥腐餐楓香。**洙曰**：鮑明遠詩：「何時與汝曹，啄腐共吞腥。」**趙曰**：神仙傳：「壺公留費長房於群虎之中，長房不恐。又内石室中，頭上有大石，茅繩懸之，諸蛇嚙繩欲斷，長房不移。公往撫之，曰：『可教矣。』又命噉穢臭惡非常，長房色難之。公乃嘆而謝遣之，曰：『子不得仙也，今以子爲地主。』」周南留滯古莫惜，**洙曰**：太史公留滯周南。南極老人應壽昌。**洙曰**：春秋元命苞云：「老人星，治平則見，見則主壽。」美人胡爲隔秋水，焉得置之貢玉堂。**師曰**：欲得此美德之人，貢之玉堂，以輔天子，不宜隱於此也。**補注** **希曰**：谷永傳：「損椒房玉堂之盛寵。」師古曰：「玉堂，嬖幸之宫。」又，揚雄傳：「上玉堂。」晉灼曰：「黄圖有大玉堂、小玉堂殿。」此當是用揚雄傳中字。雖然，「玉堂」本出黄庭經，所謂「玉堂絳宇盡玄宫」是也。

課伐木并序大曆元年作。

補注 **鶴曰**：詩云「客居課奴僕」，今以前篇客居詩考之，當是大曆元年夏夔州作。

課隸人伯夷、幸秀、信行等入谷斬陰木，**洙曰**：冬官：「輪人爲輪，斬三材必以時。」注：

「材在陽，則以仲冬斬之，在陰，則以仲夏斬之。」此并據山虞云。人日四根止，維條伊枚，洙曰：詩：「終南何有，有條有枚。」正直挺然。晨征暮返，委積庭内。我有藩籬，是缺是補。載伐篠簜，洙曰：禹貢揚州：「篠簜既敷。」注：「篠，竹箭。簜，大竹。」鄭曰：篠，先了切，竹小者。簜，徒沆切，大竹也。伊杖支持，則旅次於小安。山有虎，知禁，若恃爪牙之利，必昏黑搪突。鄭曰：搪，徒郎切。突，陀没切，觸也。夔人屋壁，列洙曰：一作「立」〔一〕。樹白菊，鏝爲墻，鄭曰：鏝，謨官切，杇也〔二〕。實以竹。示式遏，爲與虎近，混淪乎無良。賓客憂洙曰：一作「齒」。害馬之徒，洙曰：莊子：「黄帝於襄城下，見牧馬童子，而問理天下。童子曰：『爲天下，何異乎牧馬？去其害馬者。』」苟活爲幸，可嘿息已。作詩付宗武誦。

長夏無所爲，客居課奴僕。清晨飯其腹，持斧入白谷。青冥曾巔後，趙曰：張平子南都賦言木有曰：「攢立叢駢，青冥芉眠。」謝靈運詩：「築觀基曾巔。」邁曰：曾巔，高山也。十里斬陰木。修可曰：周禮：「山虞，仲冬斬陽木，仲夏斬陰木。」鄭玄注：「陽木生南山，陰木生北山。」蘇曰：韓信廟記：「斬十

〔一〕立，原作「列」，據四庫本改。
〔二〕杇，原作「何」，據四庫本改。

里陰木，鑿五尋巨石也。」人肩四根已，亭午下山麓。尚聞丁丁聲，洙曰：天台賦：「羲和亭午。」詩：「伐木丁丁。」功課日各足。蒼皮成委積，素節相照燭。借汝跨小籬，當仗洙曰：一作「當材」。若虛竹。空荒咆熊羆，乳獸待人肉。蘇曰：廉頗別傳曰：「乳虎飢怒而待人肉，豈有棄於齒牙之間也。」不示知禁情，豈唯干戈哭。城中賢府主，師曰：嘆美夔守也。處貴如白屋。蘇曰：戴憑富貴，如歸閭里，白屋食列鼎[一]，常思黃粱。蕭蕭理體净，洙曰：治道貴清净。蜂蠆不敢毒。蘇曰：葛稚川與兒出戲，誤捉蜂蠆，不敢毒螫。其父嘉之，鄉里皆推重。補注鶴曰：賢府主當是柏都督。公嘗爲柏都督作謝上表，正是初到夔時。表云：「先之以簡易，開之以業産，均之以賦斂，終之以敦勸，畢禁將士之暴[二]。」正理净之意也。虎穴連里閭，堤防舊風俗。泊舟滄江岸，久客慎所觸。舍西崖嶠壯，雷雨蔚含蓄。墻宇資屢修，衰年怯幽獨。爾曹輕執熱，蘇曰：杜周兵馬輕執熱而深入，已成虜功，不可旌賞。爲我忍煩促。秋光近青岑，季月當泛菊。報之以微寒，共給酒一斛。蘇曰：徐邈：「酒一斛，餅三事。」師曰：甫泛舟自蜀來泊，止于此，要當戒慎，無觸此禍。又況舍西山嶠雄壯含蓄，猛獸極多，墻壁貴乎修葺，是以課隸斬木取竹，以爲扞禦之備。爾輩，指信行等。冒熱取竹木，宜有以勞之，泛菊伊邇，給酒一斛，以

[一] 白屋，四庫本作「曰每」。
[二] 畢，原作「暴」，據四庫本改。

報其勞，仍以慰餘寒爾。

園人送瓜大曆元年。

趙曰：此太平遣官送園中瓜也。師曰：時柏公守夔，遣人送瓜。補注鶴曰：詩云「柏公鎮夔國」，正是公爲柏都督作謝上表者。大曆元年夏作。

江間雖炎瘴，瓜熟亦不早。柏公鎮夔國，滯務兹一掃。鄭曰：柏中丞也。補注鶴曰：以公爲夔府柏都督謝上表云：「察臣劍南區區，恐失臣節。」當是柏貞節。如柏茂林，則大曆元年二月方爲邛南防禦使，八月又爲邛南節度使，不應在夔也。滯務兹一掃，言新政之敏也。食新先戰士，洙曰：成十年傳：「桑田巫言：『晉侯不食新矣。』」逸曰：食新，嘗新也。共少及溪老。師道曰：共少，分甘也。溪老，甫自稱。傾筐蒲鴿青，鴿，葛合切。師曰：青瓜色如蒲鴿。蒲鴿、狸首，皆瓜名也。滿眼顔色好。竹竿接嵌竇，鄭曰：嵌，丘銜切。嵌岩，山險也。師曰：嵌竇，岩泉也。引注來鳥道。師曰：鳥道，乃飛鳥之道，高貌。沉浮亂水玉，洙曰：魏文帝：「浮甘瓜於清泉。」赤松子服水玉。沈曰：寒水玉，水精也。補注希曰：山海經云：「堂庭之山多水玉。」注：「水精也。」本草以玻瓈爲水玉，陳藏器云「是千歲冰化爲之」。愛惜如芝草。落刃嚼冰霜，開懷慰枯槁。許以秋蔕除，洙曰：謝玄暉詩：「殘翩似秋蔕。」仍看小童抱。洙曰：

一作「飽」。東陵迹蕪絶，楚漢休征討。洙曰：東陵，邵平種瓜之地也。園人非故侯，種此何草草。趙曰：此兩押草字，豈東坡所云兩耳義不同，故得重用邪？師曰：草草，辛苦貌。

信行遠修水筒大曆元年作。

洙曰：引水筒也。師曰：信行乃童行也。補注鶴曰：課伐木序證之，當是大曆元年在夔作。信行即前所謂隸人伯夷、幸秀、信行。師曰信行乃童行，然既與幸秀同謂之隸人，茲又「清净僕夫内」[一]，恐非童行。姓譜自有姓信者，無乃以不茹葷及清净爲童行耳。

汝性不茹葷，清净僕夫内。秉心識本源，洙曰：一云「根」。於事少滯礙。雲端水筒坼，林表山石碎。洙曰：鮑明遠詩：「雲端楚山見，林表吴岫微。」觸熱藉子修，通流與厨會。往來四十里，荒險崖谷大。日曛驚未餐，洙曰：曛，黑也。貌赤愧相對。浮瓜供老病，裂餅嘗所愛。洙曰：何曾傳：「蒸餅上不坼作十字，不食之。」趙曰：公食餅則裂而與之，乃常所私愛信行者也，故繼以「於斯答恭謹」。於斯答恭謹，足以殊殿最。洙曰：文賦：「考殿最於錙銖。」注：「下功曰殿，上功曰最。」詎要

[一] 又，四庫本作「云」。

方士符，何假將軍蓋。**趙曰：**意是貳師將軍拔刀刺山，而飛泉出事，但無「蓋」字耳。行諸直如筆，用意崎嶇外。**定功曰：**直如筆，言其有用而不邪曲也。故後魏古弼，太武嘉其直而有用，賜名曰筆[一]，以其頭尖，又名尖頭奴，時人呼之爲筆公，後改曰弼。

槐葉冷淘大曆二年作。

補注 **鶴曰：**詩云「新麪來近市」，則公是時不居城郭，當是遷居瀼西時作，大曆二年。故詩又云：「願隨金騕褭，走置錦屠蘇。路遠思恐泥，興深終不渝。獻芹則小小，薦藻明區區。」意公作冷淘以餉人，并賦此侑之。

青青高槐葉，采掇付中厨。**洙曰：**曹子建：「豐膳出中厨。」新麪來近市，汁滓宛相俱。**洙曰：**以槐葉溲麪爲冷淘，取其碧鮮可愛。入鼎資過熟，加餐愁欲無。碧鮮俱照箸，香飯兼苞蘆。**蘇曰：**蜀人呼魚鮓爲苞蘆。經齒冷於雪，勸人投比珠[二]。願隨金騕褭，**洙曰：**金騕褭，馬也。**趙曰：**騕褭，神馬名。盧照鄰詩：「漢朝金騕褭。」補注 **希曰：**漢武帝紀：「更黄金爲麟趾褭蹏。」應劭曰：「古有駿馬名騕褭，赤喙黑身，一日行萬五千里也。」走置錦屠蘇。**洙曰：**蜀人元日入香藥漬酒而飲，謂之屠蘇。**修可**

〔一〕筆，原作「弼」，據四庫本改。
〔二〕比，原作「此」，據四庫本改。

曰：屠蘇，屋名，或作「屠蘇」。玉篇云：「屠蘇，庵也。」通俗文：「屋平曰屠蘇。」廣韻曰：「屠蘇，草庵。」又屠蘇酒，元日飲之，可除瘟氣。」則屠蘇有二義，是詩「走置錦屠蘇」，乃屋也，非酒。古樂府劉孝威結客少年場行：「插腰銅匕首，障月錦屠蘇。」**路遠思恐泥，**乃計切。**洙曰：**語：「致遠恐泥。」**興深終不渝。獻芹則小小，洙曰：**野人有美芹而獻於君者。**薦藻明區區。洙曰：**左傳：「蘋、蘩、薀、藻之菜，可羞於王公，獻於鬼神。」補注**希曰：**楚元王傳：「豈爲區區之禮哉！」**師古曰：**區區，謂小也。說文云：「芹，楚葵也。」**萬里露寒殿，洙曰：**上林賦：「過鳷鵲，望露寒。」露寒，漢殿名。**開冰清玉壺。洙曰：**鮑昭詩：「清如玉壺冰。」**君王納涼晚，此味亦時須。**

行官張望補稻畦水歸

大曆二年作。

補注**鶴曰：**詩云：「東屯大江北，百頃平若桉。六月青稻多，千畦碧泉亂。」當是大曆二年公未還東屯時作。是年秋，公始自瀼西還居也。

東屯大江北，洙曰：一云「枕大江」。**鄭曰：**屯，徒渾切，聚也。**百頃平若桉。饒曰：**六尺爲步，步百爲畝，畝百爲頃。**六月青稻多，千畦碧泉亂。插秧適云已，引溜加溉灌。更僕往方塘，洙曰：**更僕，以番次更代使之也。劉公幹：「方塘含白水。」**決渠當斷岸。洙曰：**西都賦：「決渠降雨。」**趙曰：**

鮑明遠蕪城賦：「崪若斷岸。」公私各地著，洙曰：食貨志：「理民之道，地著爲本。」師古云：「謂安土也。」著，陟略切。補注希曰：張騫傳亦云：「土著，謂有城郭常居，不隨畜牧移徙也。」浸潤無天旱。主守問家臣，洙曰：陸韓云：「庶子及家臣。」分明見溪畔。竿竿炯翠羽，剡剡生銀漢。趙曰：曹子洛神賦云[一]：「或拾翠羽。」廣雅云：「天河謂之天漢，亦曰銀漢也。」師曰：剡剡，竹末削殺貌。補注希曰：竿竿，善本作「芊芊」。翠羽，蓋喻禾之青秀。鷗鳥鏡裏來，關山雪邊看。秋菰成黑米，洙曰：菰米，雕胡也。趙曰：鏡裏、雪邊，皆言畦水之明潔也。精鑿洙曰：一作「觳」。傳白粲。夢符曰：按鄭氏釋詩「俾疏斯稗」云：「米之率，糲十，粺九，鑿八，侍御七[二]。」趙曰：精鑿，出左傳「粢食不鑿」，音作鑿，謂治米使白。晁曰：傳，合也，以菰米合白粲炊飯。玉粒足晨炊，紅鮮任霞散。趙曰：蘇秦所謂「米貴如玉」也。終然添旅食，作苦期壯觀。洙曰：史韓信傳：「晨炊蓐食。」楊惲：「田家作苦。」趙曰：魏文帝云：「旅食南館。」遺穗及衆多，我倉戒滋蔓。趙曰：詩云：「遺秉滯穗，伊寡婦之利。」師曰：利於人而嗇於己之意。

[一] 曹子，四庫本作「曹植」。
[二] 十，據毛詩傳箋，當作「七」。

催宗文樹雞柵大曆元年作。

補注 **鶴曰**：公以大曆元年暮春，自雲安還居夔州，而此詩云「吾衰怯行邁，旅次展崩迫」，又云「喧呼山腰宅。課奴殺青竹」，當是大曆元年作。山腰宅，蓋客居也。客居詩云：「客居所居堂，前江後山根。」

吾衰怯行邁，**耒曰**：遠行曰邁。旅次展崩迫。**趙曰**：易旅卦：「有旅即次。」任彥昇辭奪辭啓曰：「不任崩迫之情。」愈風傳烏雞，**洙曰**：本草：「以烏雌雞治風。」秋卵方漫喫。**趙曰**：春卵可以抱育，而秋卵充食而已。自春生成者，隨母向百翮。驅趁制不禁，喧呼山腰宅。課奴殺青竹，**洙曰**：楚人以火炙竹，去其汗，謂之殺青，欲其耐久也。終日憎赤幘。**洙曰**：赤幘，雞之有冠。**趙曰**：小説載：「空窑有怪，或居之。中夜有赤幘而來，問其怪類，答曰：老雄雞也。」踏藉盤案翻，塞蹊使之隔。墻東有隙地，可以樹高柵。避熱時來歸，問兒所爲迹。織籠曹其内，令人不得擲。稀間可突過，觜爪還污席。我寬螻蟻遭，彼免狐貉厄。應宜各長幼，自此均勍敵。籠柵念有修，近身見**洙曰**：一作「知」。損益。**洙曰**：言非特制難而已〔一〕，於近身之事，亦可知損益也。明明領處分，一一當剖析。不昧風雨晨，**洙曰**：風雨晦明〔二〕，不亂其鳴也。亂離減憂戚。**洙曰**：雞鳴之詩，序詩者以爲亂世

〔一〕 難，四庫本作「雞」，是。

〔二〕 風雨晦明，四庫本作「晦明風雨」。

則思君子。子美之減憂戚，其可見矣。其流則凡鳥，其氣心匪石。洙曰：以不改其度也。倚賴窮歲晏，補注希曰：剖，一本作「剳」。歲晏，一本作「晚歲」[一]。撥煩去洙曰：一作「及」[二]。冰釋。趙曰：莊子：「渙若冰將釋。」未似尸鄉翁，拘留蓋阡陌。洙曰：祝雞翁居尸鄉山下，養雞百餘輩，有名字，呼名則種別而至。販雞及賣子。見列子傳。

園官送菜并序大曆元年作。

園官送菜把，本數日闕。矧苦苣、馬齒，掩乎嘉蔬，傷小人妒害君子，菜不足道也，比而作詩。趙曰：三曰比之義。補注鶴曰：因園官送苦苣、馬齒，而傷小人之害君子。公蓋傷時，亦以自傷也。題曰「園官」，皆指夔州公園而言，故首云「常荷地主恩」，地主謂太守也。當在大曆元年作。

清晨蒙菜把，常荷地主恩。趙曰：國語：「越王以會稽三百爲范蠡地，曰：『後世有敢侵蠡之地者，皇天后土，四鄉地主正之。』」守者愆實數，略有其名存。苦苣刺如針，馬齒葉亦繁。青青嘉蔬

[一] 晚歲，原作「歲晏」，據四庫本改。
[二] 及，原作「皮」，據四庫本改。

色，埋没在中園。洙曰：此序所以言小人害君子也。趙曰：公言所送止苦苣、馬齒莧爾，而所謂嘉蔬者，未嘗摘以相遺也。張載登成都白菟樓云：「原隰植嘉蔬。」師曰：嘉蔬比君子，苦苣、馬齒比小人，言小人掩君子，君子不得其所。園吏未足怪，世事固堪論。嗚呼戰伐久，荆棘暗長原。師曰：老子曰：「大軍之後，必有凶年，荆棘生焉。」乃知苦苣輩，傾奪蕙草根。洙曰：蕙草，薰草也。小人塞道路，爲態何喧喧。又如馬齒盛，氣擁葵荏昏。洙曰：葵荏，嘉蔬也。趙曰：苦苣、馬齒如小人，可知葵荏正以言嘉蔬蕙草雖不可爲蔬，而要之君子之比。師曰：蕙草香，有君子之象。蕙草見奪於苦苣，以比君子爲小人所勝也。小人得志，則作態驕淫矜誇，靡所不至，故云「爲態何喧喧」。葵荏嘉蔬，又爲馬齒昏塞，足見小人勢盛，君子道消也。補注希曰：葵如戎葵、兔葵、楚葵、菸葵，荏如荏菽、桂荏，皆嘉種，見爾雅也。點染不易虞，師曰：喻君子爲小人所汚。絲麻雜羅紈。一經器物内，永挂粗刺痕。趙曰：以苦苣、馬齒，一經器物所盛，則更久遠挂粗刺之痕，然則君子固宜傷所染矣。師曰：喻國家爲小人所敗。國者，天下之大器也。志士采紫芝，放歌避戎軒。洙曰：古有紫芝之歌，神仙所作。趙曰：皇甫謐高士傳：「秦世坑黜儒術，四皓作歌曰：『莫莫高山，深谷逶迤。曄曄紫芝，可以療飢。』」畦丁負籠至，感動百慮端。

上後園山脚大曆二年作。

補注鶴曰：詩云「自我登隴首，十年經碧岑」，又云「朱夏熱所嬰，清旦步北林」，當是大曆二年夏作。按，公以乾元二年己亥入隴右，大曆三年戊申爲十年，然二年正月已出峽，今首云朱夏，則是二年夏無疑。詩又云「故園暗戎馬」，謂同華節度使周智光反。其年正月，郭子儀討之，而去年正月，吐蕃亦陷原州也。

朱夏熱所嬰，清旦步北林。小園背高岡，挽葛上崎崟。天覺曰：崎崟，山也。曠望延駐目，飄颻散疏襟。潛鱗恨水壯，洙曰：水壯則非潛鱗之所居也。去翼依雲深。洙曰：蓋避難地不可不深遠也。趙曰：以譬隱淪之士，須幽曠深遠而後可。勿謂地無疆，洙曰：坤厚載物，德合無疆。劣於山有陰。洙曰：山北曰陰。時喪亂，九州分裂，孰若山陰之可以避亂也。石𣙸遍天下，田曰：唐韻曰：「𣙸，音原，木名，皮可食。」或云善本止是「石原」。蓋平地曰原。鄭曰：𣙸，實如甘蕉，而皮可食。沈曰：石𣙸，其子如芎藭[一]，其皮可以禦飢。時天下荒亂，小民轉溝壑，水陸並載石𣙸以充（飢）[二]。水陸兼浮沉。自我登隴首，十年經碧岑。劍門來巫峽，薄倚浩至今。洙曰：自鳳翔赴同谷，由同谷入蜀，沿流下峽，皆山水鄉也。故園暗戎馬，骨肉失追尋。時也無消息[三]，老去多歸心。志士惜白日，趙曰：古詩：「志士惜白日。」久客藉黄金。洙曰：古詩：「徒有萬里志，欲行囊無金。」敢爲蘇門嘯，庶作梁父吟。

[一] 藭，原作「窮」，據四庫本改。
[二] 飢，原脱，據四庫本補。
[三] 也，四庫本作「危」。

洙曰：阮籍嘗登蘇門山，有真人在焉，籍對之長嘯。及歸，至半嶺間〔一〕，聞喈然有聲，若數部鼓吹，乃前人嘯也。諸葛亮好爲梁父吟。師曰：甫不敢以真人自居，但效諸葛躬耕嘯詠而已。此謙辭也。

驅豎子摘蒼耳大曆二年作。

趙曰：蒼耳，今所謂羊負菜也。在詩則謂之卷耳。補注鶴曰：豎子，即獠奴阿段〔二〕。公以大曆二年遷居赤甲、瀼西，皆在奉節縣北三十里。此詩云「江上秋已半，林中瘴猶劇」〔三〕，又云「侵星驅之去，爛漫任遠適」，則非在城郭中語，當是大曆二年秋作。

江上秋已分，林中瘴猶劇。畦丁告勞苦，洙曰：畦丁，種田者，猶今之佃民。無以供日夕。蓬莠猶不燋，野蔬暗泉石。卷耳況療風，洙曰：見本草。補注希曰：苓耳也，形似鼠耳〔四〕，叢生，如盤。陸璣疏云：「可煮爲茹，四月生子，如婦人耳璫，幽人謂爵耳是〔五〕。」童兒且時摘。洙曰：一云「童僕先時

〔一〕間，原作「門」，據四庫本改。
〔二〕阿，原作「陳」，據四庫本改。
〔三〕詩，原作「注」，據四庫本改。
〔四〕形，原作「刑」，據四庫本改。
〔五〕幽，原作「豳」，據四庫本改。

摘」。**侵星驅之去，爛熳任遠適。放筐亭午際，洗剥相蒙冪。** **趙曰**：洗其土，剥其毛。**登床半生熟，** **趙曰**：登食床也。或作「生菜」，或作「熟食」。**下箸還小益。** **趙曰**：小益，謂療風也。**加點瓜薤間，依稀橘奴迹。** **洙曰**：李衡以橘爲木奴，故江左有橘奴號。**亂世誅求急，黎民糠籺窄。** **夢符曰**：按前漢陳平傳：「或謂平何食而肥若是，其嫂疾平不視家生産，曰：亦食糠覈耳。」晉灼曰：「覈，一音紇。京師人謂粗屑爲紇頭。」**飽食復何心，荒哉膏粱客。** **夢符曰**：按唐柳芳氏族論曰：「三世有三公者曰膏粱，有令僕者曰華腴。」**富家厨肉臭，戰地骸骨白。** **洙曰**：言天下荒亂，飢饉薦仍，而在位者無救恤之意。**寄語惡少年，黄金且休擲。** **洙曰**：燕太子者，得荆軻，與之臨池，軻以瓦抵蛙，太子命捧金以進，軻用抵之。又進，軻曰：「非爲太子愛金，乃臂痛爾。」**趙曰**：梁元帝古意詩：「中有惡少年，伎能專自得。」

昔游大曆元年冬作。

補注 **鶴曰**：詩云「景晏楚山深」，當是在夔州作。故公到雲安有南楚詩，蓋夔在春秋爲魚國，後乃屬楚。

昔者與高李， 高適、李白。**晚登單父臺。** **洙曰**：宓子賤嘗爲單父宰。**鮑曰**：按唐志，單父屬宋州。補注 **鶴曰**：單父，古邑，隋於縣置戴州。貞觀十七年，乃廢縣，屬宋州。本朝爲單州，治單父。與高、李同游，時在開元二十五年。**寒蕪際碣石，萬里風雲來。** **琪曰**：言其地廣遠也。**師曰**：甫昔與高適、李白同登是臺，眺望山東之地，沃野萬里，遂叙其地豐富如此[一]。自禄山反於山東，風俗凋弊，傷今不如昔也。補注希曰：書：「太行、恒山，至于碣石。」注：「二山連延，東北曰碣石。」唐志河北道：「其名山曰碣石。」與高、李登單父臺，時雖嚴冬，宜見寒蕪之遠，而不應遠見河北。按齊地記，渤海東有碣石，謂之渤碣。河北亦魏渤海地，齊地渤碣者，在渤海之東爾。**桑柘葉如雨，飛藿共徘徊。**師曰：桑柘所養蠶，葉潤澤如雨。藿乃葵藿。人食嘉蔬，以藿爲賤。藿生子，隨風飛徘徊，蓋言蔬菜厭飫有餘故也。**清霜大澤凍，禽獸有餘哀。是時倉廩實，洞達寰區**洙曰：一作「宇」。**開。**洙曰：此言開元之際也。時天下富庶，民俗殷阜，山澤河隍之賦，府庫充積，不可勝計。**猛士思滅胡，**洙曰：時任蕃將，務邊功。**將帥望三台。**洙曰：時邊帥有帶平章事者[二]，安禄山以求宰相不得而遂反。**君王無所惜，駕馭英雄才。幽燕盛用武，**洙曰：時禄山擊契丹[三]，無寧歲。**供給亦勞哉。吴門轉粟帛，泛海陵蓬萊。**洙曰：時韋堅於望春樓下，鑿溝以通漕，大置南海珍貨，舟尾相銜，數十里不絶，因作樓觀之。補注鶴曰：吴門即蘇州。唐運江淮租賦，以給幽、燕之師，故泛東海以達之蓬萊。蓬萊在東海中，故云「泛蓬萊」。**肉食三十萬，獵射起黄埃。**夢符曰：按，春秋左

[一] 此，原作「比」，據四庫本改。
[二] 帥，原作「師」，據四庫本改。
[三] 契丹，原作「契舟」，據四庫本改。

傳曰：「肉食者鄙，不能遠謀[一]。」**蘇曰**：王起虚養肉食之士三十餘萬[二]，一朝社稷災變，無一夫委身爲朝廷者。**賦詩獨流涕，亂世想賢才。有能****洙曰**：一作「君能」。**市駿骨，莫恨少龍媒。****洙曰**：古有市駿馬骨而得駿馬者，以喻尊士之似賢，則必得真賢。**隔河憶長眺，青歲已摧頹。****洙曰**：肅宗渡河，入靈武也。**不及少年日，無復故人杯。****商山議得失，****洙曰**：四皓也。議得失，謂安漢太子也[三]。**蜀主脱嫌猜。****洙曰**：蜀主，劉備也，爲曹操嫌猜。**吕尚封國邑，****洙曰**：封於營丘，號齊。**傅説已鹽梅。****洙曰**：作相也。**師曰**：以比能用賢也，傷今不然。**景晏楚山深，水鶴去低回。****師曰**：陶潛歸去來辭云：「鳥倦飛而知還。」亦此意也。**龐公任本性，携子卧蒼苔。****洙曰**：龐德公也，與妻子隱於鹿門山。孟子曰：「窮則獨善其身，達則兼善天下。」上之數公，皆能乘時以有爲者也。甫自悲不得其時，則莫若效龐公之潔已爾。

黄氏補千家集注杜工部詩史卷之十一

[一] 不，四庫本作「未」。
[二] 王起，四庫本作「正言」。
[三] 安，原作「按」，據四庫本改。

黄氏補千家集注杜工部詩史卷之十二

往在大曆元年作。

補注 **鶴曰**：永泰元年正月下制有云：「勞還罪己之念。」故此詩云：「一朝自罪己，萬里車書通。」蓋述當時之事也。當是大曆元年作。

往在西京時，胡來滿彤宫。 **魯曰**：胡，禄山也。**中宵焚九廟，** **趙曰**：彤宫，天子之宫也。天子七廟，而王莽增爲九廟，以其盛者言之也。此篇首述明皇天寶十五載安禄山陷長安也。**雲漢爲之紅。解瓦飛十里，繐帷紛曾空。** **洙曰**：繐帷，廟中素帷也。**疚心惜木主，一一灰悲風。** **洙曰**：疚心，心如有疚也。木主，神主也。史記：「武王伐紂，載木主而行。」**補注** **希曰**：漢光武紀注：「神主，以木爲之。」又後志注：「毁廟之主，藏廟外。户之外，四牖之中，有石函，曰宗祏。」舊史：「九廟神主，爲賊所焚。至德二載十一月，新成九廟神主，上親告享。」**合昏非鐵騎**〔一〕，**補注** **希曰**：魏志注：「曹公列鐵騎五千，爲十里陣。」**清旭**

〔一〕非，四庫本作「排」。

散錦驂。**洙曰**：一云「幪」。**鄭曰**：驂，亡東切，驢子也。**修可曰**：古樂府紫騮馬曲：「金鞍覆錦幪。」錦驂，鞍帕也。**賊臣表逆節，相賀以成功。是時妃嬪戮，連爲糞土叢。洙曰**：王昭君辭：「昔爲匣中玉，今爲糞上英。」**當宁陷玉座，趙曰**：天子當宁而立。謝玄暉銅雀臺詩：「玉座猶寂寞。」玉座，帝座也。時禄山及吐蕃兩陷京邑，天子出奔也。**白間剥畫蟲**。**定功曰**：何平叔景福殿賦：「皎皎白間，離離列錢。」張銑注曰：「白間，窗也。以白塗之，畫以錢文。猶言綺疏、青瑣之類。」**師曰**：白間，牖扆也。畫蟲，畫雉以飾之。**不知二聖處，洙曰**：玄宗、肅宗。**私泣百歲翁。車駕既云還，楹角欻穹崇。洙曰**：代宗自陝還，先修九廟。楹角，廟楹也。魯丹楹刻桷。**趙曰**：此述肅宗至德二載復京師也。**師曰**：欻，忽也。穹崇，高貌。**故老復涕泗，祠官樹椅桐**。**師曰**：守祠之官種此木，將以興禮樂。**宏壯不如初，已見帝力雄**。**洙曰**：時屢臻喪亂，國力凋弊，雖未及未焚之前，而已見帝力之雄矣。**前春禮郊廟，祀事親聖躬**。**趙曰**：此述乾元元年朝享于太廟，有事於南郊也。**微軀忝近臣，黄曰**：甫爲拾遺諫官，得以親近天子，故曰近臣。**景從陪群公**。**洙曰**：廣德元年春，享廟及郊。**夢符曰**：文選東都賦云：「天官景從，祲威盛容。」補注**鶴曰**：按舊史：「乾元元年夏四月辛亥，九廟成，備法駕，迎神主入新廟。甲寅，上親享九廟，遂有事于圓丘。」新史同。而今云前春，殆與史異。是年四月癸卯朔，甲寅是爲十二日，不應言春，疑有誤。王洙云「廣德二年春，享廟及郊」，而是年公在閬中，無容更預陪祀。**登階捧玉册，洙曰**：玉册，册文也。**峨冕聆洙曰**：一作「耿」。**金**

鐘。**趙曰**：聆，舊本作「耿」，非也。聆，蓋言聆金奏也。峨冕聆金鐘，則奉祠者具法服也。**侍祠恧先露，掖垣邇濯龍。****洙曰**：侍祠之官恧暴露，猶假濯龍門，即宗廟未至全備爾。**夢符曰**：後漢桓帝祠老子於濯龍宫。**趙曰**：得預其事者爲榮，其有合預侍祠，而不幸先露，所以慚恧矣。史有先朝露，以言臣之不幸也。紫垣者，紫掖之垣也。濯龍，池名也。薛綜注載洛陽圖經曰：「濯龍，池名。故歌曰：『濯龍望如海，河橋渡似雷。』」天子**惟孝孫，五雲起九重。****洙曰**：韓愈賀慶雲表：「按沈約宋書云：慶雲五色者，太平之應。」孝經援神契曰：「王者，德至山陵，則慶雲出。」補注 **鶴曰**：天子指代宗。自此下言宫廟遭禄山、吐蕃擾踐，故曰「俎豆腐膻肉，罘罳行角弓」。**鏡奩换粉黛，翠羽猶葱朧。****趙曰**：鏡奩，乃供后廟神御之物也。翠羽，乃飾神御之物也。出曹子建詩「或拾翠羽」。**前者厭羯胡，****洙曰**：明皇時，禄山陷長安。**後來遭犬戎。****洙曰**：代宗時，吐蕃陷長安。**俎豆腐****洙曰**：一云「羴」。**膻肉，罘罳行角弓。****蒼舒曰**：漢文帝紀：「七年夏六月，未央宫東闕罘罳災。」崔豹古今注云：「罘罳，屏也。罘者，復也。罳者，思也。臣朝君至屏外，復思所奏之事於其下。」顔師古注：「罘罳，謂連闕曲閣也。以覆重刻垣墉之處，其形罘罳然，一曰屏也。」又禮記云：「疏屏，天子之廟飾也。」鄭注云：「屏，謂之樹，今浮思也。」唐蘇鶚演義稱：「罘罳，織絲爲之，輕疏浮虚，象羅網交文之狀。蓋宫殿檐户之間也。」段成式酉陽雜俎稱：「上林間多呼殿榱桷護雀網爲罘罳。」余謂二説皆通。以罘罳爲網，則結繩爲之，施於宫殿檐楹之間，如蘇鶚之説是也。以罘罳爲屏，則刻木爲之，施於城隅門闕之上，如成式之言是也。

然就二説之中，段氏之説爲長。補注希曰：韓安國傳注：「師古曰：『以木曰弧，以角曰弓。』」安得自西極，申命空山東。盡驅詣闕下，士庶塞關中。趙曰：言令始終歸順爲王之臣也。主將曉逆順，元元歸始終。一朝自罪己，趙曰：禹、湯罪己，其興也勃焉。萬里車書通。余曰：記中庸：「天下書同文，車同軌。」後漢光武：「車書共道。」鋒鏑供鋤犁，征伐聽所從。趙曰：供鋤犁，則以兵器爲農器也。征伐而聽其所從，或爲農，或爲民也。冗官各復業，蘇曰：黄忠放冗官瑣材，盡歸農業，免虚耗府庫。補注希曰：申屠嘉傳：「冗官居其中。」師古曰：「冗謂散輩也，如今之散官。」土著還力農。趙曰：當用兵擾攘之際，有冗濫爲官者，各令復業。土著户口，前日失耕種者，今還力穡，以爲農也。君臣節儉足，朝野歡呼洙曰：一作「娱」。同。洙曰：張景陽詩：「朝野多歡娱。」中興似國初，繼體如太宗。端拱納諫諍，蘇曰：趙襄子清穆端拱，開納諫諍訐直之臣。和風日冲融。赤墀櫻桃枝，補注希曰：梅福傳：「涉赤墀之上。」應劭曰：「以丹淹泥，塗殿上也。」隱映銀絲籠。千春薦陵寢，永永垂無窮。洙曰：言薦櫻桃奉宗廟，無所窮極也。定功曰：月令：「仲夏之月，羞以含桃，先薦寢廟。」注：「櫻桃也。」漢惠帝出離宫，叔孫通曰：「古者春秋嘗菓，方今櫻桃可獻，願陛下出，因取櫻桃獻宗廟。」京都不再火，涇渭開愁容。歸號故松柏，老去若飄蓬。歐曰：使京都奠枕，涇渭之民頓豁愁容，得以歸號墳墓。惟甫衰老若飄蓬然，不獲還故鄉，故自傷也。

雷大曆元年作。

補注 **鶴曰**：舊史：「永泰二年春旱，至六月庚子始雨。是年改大曆元年。」自雲安遷居夔州。兹云「南方瘴癘地」，又云「峽中喧擊鼓」，當是大曆元年夔州作。永泰元年春旱，至四月乃雨，而公是年秋方寓雲安，此當是大曆元年作無疑。

大旱山岳燋，修可曰：莊子：「大旱金石流，土山焦。」**密雲復無雨。**洙曰：小畜卦：「密雲不雨。」**南方瘴癘地，罹此農事苦。封内必舞雩，峽中喧擊鼓。**洙曰：周禮：「司巫，若國大旱，則率巫而舞雩。」神農求雨書曰：「祈而不雨，則曝巫，曝巫不雨，則積薪擊鼓而焚神仙。」**真龍竟寂寞，土梗空俯僂。**洙曰：土梗，土龍也。葉公好龍，而真龍入室。**吁嗟公私病，稅斂缺不補。**蘇曰：何儵曰：「今兵革不止，稅賦尚缺，科斂非一，家貧，無物補助。」**故老仰面啼，瘡痍向誰數。**趙曰：季布傳：「瘡痍未瘳。」**暴尪或前聞，鞭巫非稽古。**修可曰：禮記：「穆公召縣子而問焉，曰：『天久不雨，吾欲暴尪而奚若？』曰：『天則不雨，而暴人疾子，虐，毋乃不可歟？』或以爲尪，非巫也，瘠病之人，其面上向。俗謂天哀其病，恐雨入其鼻，故爲之旱，故僖公欲焚之。**請先偃甲兵，**蘇曰：武王問，太公：「請先偃甲兵，乃創天下，長久之基也。」武王喜之。**處分聽人主。萬邦但各業，一物休盡取。水旱其數然，堯湯免親睹。**洙曰：堯九年之水，湯七年之旱，其數然也。**上天鑠金石，**蘇曰：武帝時夏旱，張惠嘆曰：「歊陽如是，金石銷鑠。何況苗稼耶？請陛下修政以告上天。」武帝遂減膳，果獲甘澍。群盗亂豺虎。**洙曰**：招魂曰：「十日并出，流金鑠石。」七哀詩：「盗賊如豺虎。」二者存一端，愆陽不猶愈。**趙曰**：以盗賊與旱爲二也。就二者之中，言雖愆陽而旱不猶勝於盗賊乎？**補注** **希曰**：永泰、大曆年，崔旰首亂，兩川爲之騷動。又連遭旱，然旱猶愈於盗賊，謂盗賊之禍尤慘也。昨宵殷其雷，殷，於隱切。風過齊萬弩。復吹霾翳散，虚覺神靈聚。氣暍腸胃融，汗滋衣裳污。**洙曰**：一作「腐」。吾衰尤拙計，失望築場圃。**洙曰**：「九月築場圃」注：「春夏爲圃，秋冬爲場。」

火大曆元年作。

洙曰：楚俗，大旱則焚山擊鼓，有合神農書。**補注** **鶴曰**：詩首云「楚山經月火，大旱則斯舉」，當是大曆元年在夔州作。

楚山經月火，大旱則斯舉。**趙曰**：此燒山以求雨之詩。舊俗燒蛟龍，驚惶致雷雨。爆嵌魑魅泣，爆，皮教切。崩凍嵐陰昈。**鄭曰**：昈，侯古切，日光也。又文彩。**趙曰**：言冰雪下墮，其文采明昈於嵐陰之間[一]。羅落沸百泓，**鄭曰**：烏宏切，水深也。根源皆萬古。青林一灰燼，雲氣無處所。**趙曰**：言青林既灰燼矣，雲氣無所止泊也。出宋玉高唐賦：「風止雨霽，雲無處所。」入夜珠赫然，新秋照牛女。**補注** **鶴曰**：永泰二年，關中大旱，自三月不雨，至于六月。今夔州以旱而舉火燒山，詩乃云「入夜珠赫然，新秋照牛女」，殆是山南七月猶未雨也。風吹巨焰作，河棹騰煙柱。勢欲焚崑崙，光彌焮洲渚。**鄭曰**：焮，香靳切，炙也。**趙曰**：左傳：「火所焮燎。」腥至燋長蛇，聲吼**洙曰**：一云「吼爭」。纏猛虎。神物已高飛，**趙曰**：指言神龍也。不見石與土。爾寧要謗讟，徒谷切。憑此近熒侮。薄關長吏憂，甚昧至精主。遠遷誰撲滅，**洙曰**：書：「若火燎于原，不可嚮邇，其猶可撲滅？」將恐及環堵。流汗卧江亭，更深氣如縷。

七月三日亭午已後較熱退晚加小凉穩睡有詩因論壯年樂事戲呈元二十一曹長大曆元年作。

補注 **鶴曰**：按史，永泰二年三月不雨，至六月方雨。而今詩云「閉目逾十旬，大江不止渴。退藏恨雨師，

[一] 嵐，原作「風」，據四庫本改。

健步聞旱魃」，當是其年作。是年改大曆元年。公初至夔州，故詩又云「衰年旅炎方」。

今兹商用事，蘇曰：應瑒秋日燕山陰序云：「商飆用事，金帝持衡。」餘熱亦已末。覺範曰：末，無也。衰年旅炎方，洙曰：炎方，南方。趙曰：公時在夔，爲楚地，故云「旅炎方」。生意從此活。亭午減汗流，修可曰：梁元帝纂要云：「在午曰亭午。」北鄰耐人聒。晚來爽烏匼，薌曰：烏匼，不舒貌，風爽人烏匼之懷。筋力蘇摧折。夢符曰：右按，子美曰「馬頭金匼匝」，所謂烏匼，即烏巾也。閉目逾十旬，大江不止渴。退藏恨雨師，健步聞旱魃。洙曰：雨師，行雨神也。神異經曰：「南方有人長二三尺，走行如風，名曰旱魃，所見之國大旱也。」補注 希曰：河東賦：「呵雨師於西東。」又大人賦：「召屏翳，誅風伯，刑雨師。」園蔬抱金玉，無以供采掇。趙曰：言其貴而難得，如金玉也。密雲雖聚散，徂暑終衰歇。前聖眘焚巫，眘，古慎字。洙曰：魯僖公欲焚巫，而臧文仲止之。武王親救暍。洙曰：武王見暍人，王自左擁而右扇之。見世説。陰陽相主客，時序遞回斡。洙曰：陰陽相推而用事，則四時斡流而爲寒暑。灑落唯清秋，昏霾一空闊。蕭蕭紫塞雁，南向欲行列。趙曰：言清秋則昏霾一掃空矣。塞雁是時有南向之行列，不必以熱爲念也。欻思紅顏日，霜露凍階闥。胡馬挾雕弓，鳴弦不虛發。洙曰：弦不虛發，中必決眦。趙曰：此思少年乘寒射獵之事，而感嘆年老也。長鈚逐狡兔，突羽當滿月。趙曰：鈚，音批，韻書云：「箭也。」突羽，又言所用箭，其羽奔突而疾，故曰突羽。當滿月，言挽弓如滿月，當其挽滿之間也。補注鶴曰：子虛賦：「左烏號之雕弓。」又：「滿白羽。」文穎曰：「引弓盡箭鏑。」茲云滿月，亦言引之使滿如月。薛注既非，師注亦失。月下豈發矢之時？突如突騎之突，謂衝突也。**惆悵白頭吟，**洙曰：古樂府有此吟，疾人相知，以新間舊，不能至白首也。趙曰：祖出卓文君以相如置妾之故〔一〕，以其不能至於白首，而爲此吟。故公借用耳。詠曰：此句傷衰老也。**蕭條游俠窟。**定功曰：郭景純游仙詩：「京華游俠窟。」舊注引前漢游俠傳，即非窟字出處矣。**臨軒望山閣，縹緲安可越。高人鍊丹砂，**天覺曰：高人，指元曹長也。**未念將朽骨。少壯迹頗疏，**洙曰：疏，縱誕也。**歡樂曾倏忽。杖藜風塵際，老醜難翦拂。**蘇曰：北史：「盧思道翦拂吹嘘，長其光賈〔二〕。」趙曰：劉孝標絶交論言：「翦拂使其長鳴。」**吾子得神仙，本是池中物。**洙曰：周瑜：「蛟龍得雲雨，非復池中物也。」**賤夫美一睡，煩促嬰詞筆。**洙曰：張華：「煩促每有餘。」趙曰：言我非若子之得神仙，俱美一睡而已。

牽牛織女

大曆元年作。

補注鶴曰：荆楚歲時記：「七月乞巧。」夔，楚地，無忘舊俗。此詩當是公至夔之初年，因所見而賦之。

〔一〕祖出，四庫本作「蓋本」。
〔二〕光，原作「先」，據四庫本改。

梁權道亦編在大曆元年。然詩云「世人亦爲爾，祈請走兒童。稱家隨豐儉，白屋達公宫」，則不獨楚俗然也。

牽牛出河西，織女處其東。蘇曰：焦林天斗記云：「天河之西，有星煌煌，與參俱出，謂之牽牛。天河之東，有星微微，在氐之下，謂之織女。」萬古永相望，鄭曰：望，武方切。七夕誰見同。神光意洙曰：一作「竟」。難候，此事終蒙朧。颯然精靈合，蘇曰：東海記：「神龍交，即風濤颯然。精靈符合，水爲之渾。」何必秋遂通。洙曰：周處風土記：「七月七日，其夜灑掃於庭，露施几筵。設酒脯時果，散香粉於河鼓、織女。言此二星神當會。少年感懷私願，見天漢中有奕奕正白氣，有光曜五色，以此爲徵，見者便拜而乞願。」亭亭新妝立，龍駕具曾空。修可曰：南齊謝朓七夕賦云：「回龍駕之容裔。」言織女之渡河也。補注希曰：天有九重，故曰曾空。謝靈運「躡足循廣除，瞬目矖曾穹」是也。世人亦爲爾，祈請走兒童。稱家隨豐儉，補注希曰：禮記檀弓：「稱家之有無。」白屋達公宫。趙曰：白屋，貧人之屋。如周公下白屋之士。公宫，公侯之家也。出左傳「有守於公宫」。鄭曰：白屋，草舍也。以白茅茨覆，故云。膳夫翊堂殿，鳴玉凄房櫳。盧紅切。曝衣遍天下，洙曰：竹林七賢傳：「舊俗以七月七日曝衣。時南阮富，所曝皆錦繡，北阮貧，乃立長竿，標大布犢鼻於庭中，曰：『不能免俗。』」北阮，阮咸也。曳月揚微風。蛛絲小人態，曲綴洙曰：一作「掇」。瓜果中。洙曰：荊楚歲時記：「七夕，婦人結綵樓，穿七孔針，於中庭以乞巧。有喜子網於瓜上，則以爲得巧。」初筵裛重露，鄭曰：裛，乙業切，潤也。日出甘所終。嗟汝未嫁女，秉心鬱忡忡。防身動如律，竭力機杼中。**洙曰**：姚萇：「婦女精力竭於機杼，尚不能支持西北之費，倉庫日耗減矣。」雖無舅姑事，敢昧織作功。明明君臣契，咫尺或未容。義無棄禮法，恩始夫婦恭。小大有佳期，戒之在至公。**趙曰**：公以君臣比夫婦之義也。君臣相契於咫尺之間，臣苟有虧，君或不容之矣。爲婦者可不慎乎？蓋因織女每歲有期，爲不可亂，則爲人女，爲人婦者，當慎守至公之戒也。方圓苟齟齬，**鄭曰**：上壯所，下偶許切。不相值也。丈夫多英雄。**洙曰**：一云「勿替丈夫雄」。**夢符曰**：楚詞九（辨）（辯）：「圓鑿而方枘兮，吾固知其齟齬而難入。」**師曰**：詳味此詩，託意牛女，東西間隔，必無私合之期。孟子云：「男子生而願爲之有室，女子生而願爲之有家。此人之至情也。雖然，不待父母之命，媒妁之言，鑽穴隙相窺，逾墻相從，則父母國人皆賤之。臣之事君，苟不以其道而進，何異於逾墻相從乎？」詩：「二之日，鑿冰沖沖。」又：「士如歸妻，迨冰未泮。」桃華，於仲春以記昏姻之時。未嫁之女，秉心於鑿冰沖沖之月，以禮防閑，如法律然。竭力機杼，無故不出外闈，豈有私相會合耶？譬如君臣，相去咫尺，非其義則不相從，契合必以道也。況夫婦之間，其可棄禮法爲私會哉？始或不恭，終則乖睽，故云「恩始夫婦恭」。然小大各有期會，要在至公無私邪也。丈夫英雄之氣，苟非君臣道合，殆若方鑿圓枘，了不相入，況牛女之東西乎？

毒熱寄簡崔評事十六弟大曆元年作。

補注鶴曰：詩云：「大暑運金氣，荆揚不知秋。林下有塌翼，水中無行舟。千室但掃地〔一〕，閉關人事休。」當是大曆元年作。是年春旱，至六月始雨。觀詩所云，則夔七月猶未雨也。

大暑洙曰：一作「火」。**運金氣，**洙曰：五行相生，以成四時。夏，火也，秋，金也。金當代火，而畏火，故金氣伏而火盛，所以熱也。趙曰：大暑，當作「大火」。詩曰：「七月流火。」月令：「孟秋之月，盛德在金，大火流而運金氣，所以爲八月矣。」**荆揚不知秋。**補注希曰：荆揚，一本作「荆州」。唐志：「夔州屬山南道，古荆、梁二州之域。」時已七月，而尚不知有秋意，蓋以旱甚故也。漢五行志：「金氣病而木沴之。」**林下有塌翼，**洙曰：陳孔璋檄：「垂頭塌翼，莫所憑恃。」蘇曰：王子淵：「丈夫苟失志，如雕鶚損羽翮，豈塌翼垂頭於林下乎？」趙曰：鳥以熱而難飛也。**水中無行舟。**修可曰：書云：「罔水行舟。」**千室但掃地，**蘇曰：李篆曰：「赤眉盜過，千室掃地俱盡也。」**閉關人事休。老夫轉不樂，旅次兼百憂。蝮蛇暮偃蹇，**蘇曰：宋純嶺南行云：「蝮蛇偃蹇於道周，客子悲辛而躑躅。」**空床難暗投。炎宵惡明燭，況乃懷舊丘。**修可曰：鮑照結客少年場云：「去鄉三十載，復得還舊丘。」蘇曰：戴深曰：「秋風已動歸思，況更懷舊隱林丘，如此

〔一〕但，原作「皆」，據四庫本及詩文改。

一洒，令人心折。」開襟仰内弟，執熱露白頭。補注 鶴曰：舅之子與内兄弟。陸厥韓卿有答内兄顔盻希叔詩是也。束帶負芒刺，蘇曰：葛殷：「昨日束帶見人，卑折躬揖，如負芒刺。吾欲裂巾毁冠，偃仰林下。」接居成阻修。何當清霜飛，會子臨江樓。載聞大易義，諷興詩家流。藴藉異時輩，檢身非苟求。夢符曰：右按，前漢孔稚圭等論曰〔一〕：「咸以儒宗居宰相位，服儒衣冠，傳先王語，其醖藉可也。」又唐權德輿：「醖藉風流，自然可慕。」皇皇使臣體，信是德業優。趙曰：指崔評事必爲使也。補注 鶴曰：皇皇者華，毛氏曰：「皇皇，猶煌煌也。」楚材擇杞梓，夢符曰：右按，春秋左傳：「楚令尹子木問聲子曰：晋大夫與楚孰賢？對曰：晋卿不如楚，其大夫則賢，皆卿材也。如杞梓皮革，自楚往也。唯楚有材，晋實用之。」漢苑歸驊騮。短章達我心，理爲洙曰：一云「待」。識者籌。洙曰：孔融：「附此短章，聊伸我心素。」趙曰：驊騮，所以美崔言，漢苑則漢有大宛之馬，蓋指崔評事也。

壯游大曆元年作。

魯曰：按新史本傳言：「公少貧不自振，客齊趙吴越間。李邕奇其才，先往見之。」師曰：此篇叙壯年經

〔一〕孔稚圭，誤。按，引文見漢書卷八一匡張孔馬傳贊，故應作「孔光」。

游之迹。補注鶴曰：詩云「鬱鬱」「客殊方」，當是在夔州。公在夔詩，多言殊方，又云「群兇」，當是指崔旰輩。此詩作於大曆元年。

往者又云「往昔」。十四五，出游翰墨場。洙曰：阮籍：「昔年十四五，志尚好書詩。」趙曰：謝宣遠賦張子房詩：「粲粲翰墨場。」補注希曰：西京賦：「視往者之遺館。」斯文崔魏徒，洙曰：崔鄭州尚、魏豫州啓心。以我似班楊。洙曰：班固、揚雄。七齡思即壯，開口詠鳳皇。蘇曰：張華五歲能詩，見畫鳳皇，觀久之。客命詠之，隨口即成，人皆嘆服。九齡書大字，有作成一囊。性豪業嗜酒，嫉惡懷剛腸。修可曰：嵇叔夜與山巨源書：「剛腸嫉惡，輕肆直言，遇事便發。」脱略小時輩，結交皆老蒼。飲酣視八極，俗物都茫茫。洙曰：孔文舉薦禰衡表：「嫉惡若讐。」恨賦：「脱略公卿，跌宕文史。」東下姑蘇臺，洙曰：史吴世家：「越伐吴，敗之姑蘇。」越絶書曰：「闔廬起姑蘇臺，三年聚材，五年乃成，高見三百里。」已具浮海航。到今有遺恨，不得窮扶桑。洙曰：山海經：「大荒之中，暘谷上有扶桑。」陸機云前緩聲歌：「總轡扶桑底。」補注鶴曰：楚辭少司命：「照吾檻兮扶桑。」注云：「東方有扶桑之木，其高萬仞。日下浴於暘谷，拂其扶桑，爰始而登，照耀四方。日以扶桑爲捨檻。」王謝風流遠，洙曰：王戎、謝安。闔廬丘墓荒。洙曰：吴越春秋曰：「吴王闔廬死，葬於園西北，名曰虎丘。葬之三日，白虎居其上，故號虎丘。」補注希曰：闔廬冢在閶門外。劍池石壁仄，長洲芰荷香。洙曰：枚乘遺吴王書：「修治上林，不如長洲之苑。」

孟康曰：「以江水洲爲苑也。」韋昭曰：「長洲在東吳。」吳都賦：「帶朝夕之濬池[一]，佩長洲之茂苑。」鄭曰：寰宇記云：「蘇州長洲縣，吳長洲苑也。」補注鶴曰：按九域志：「蘇州有干將墓，在閶門外[二]。」子虛賦注張揖曰：「干將，韓王劍師也。」賈誼傳注應劭曰：「莫邪，吳大夫也，作寶劍，因以爲名。」莫邪爲吳大夫，而干將墓又在吳，宜有劍池在其郡。爾雅釋菱云：「菱，今之水中芰。」字林云：「楚人名菱曰芰，可食。」國語「屈到嗜芰」是也。又釋荷郭云：「今河東人呼荷花爲芙蓉，北方人便以藕爲荷，亦有蓮爲荷也。」**嵯峨閶門北，**洙曰：陸士衡吳越行：「吳越自有始，請從閶門起。閶門何峨峨，飛閣跨通波。」**清廟映迴塘。**洙曰：文王之廟也。修可曰：清廟，非文王之廟，乃吳文帝孫和廟也。子皓改葬和，號明陵。又分吳郡、丹陽爲吳興郡，置太守，四時奉祠，立寢堂，號曰清廟。補注鶴曰：按吳志：「寶鼎元年十月，永安山賊施但聚數千人，劫皓庶弟永安侯謙出烏程，取孫和陵上鼓吹曲蓋。」其置吳興，所以藩衛明陵，亦在其年。則明陵在烏程縣。故九域志：「湖州亦云有吳文帝廟，有碑。」今詩乃云「廟在閶門之北」，豈公之所指者，乃和故宅以爲廟？**每趨吳太伯，撫事淚浪浪。枕戈憶勾踐，渡浙想秦皇。**洙曰：皇覽曰：「太伯冢在吳縣北海里聚，去城十里。」越王勾踐既逃會稽之耻，反國，苦身焦思，出則嘗膽，卧則枕戈。秦始皇過丹陽，至錢塘，臨浙江，水波惡，乃從峽中渡，上會

[一] 濬，原作「濬」，據四庫本改。
[二] 閶，原作「將」，據四庫本改。

稽，祭大禹，望于南海，而立石，刻紀秦德。補注 鶴曰：九域志：「蘇州有吴太伯廟，又有勾踐廟，而會稽亦有勾踐廟。又有秦皇山，乃秦始皇刻石之所。」吴喜志林云：「錢塘江口有浙山，因以爲名。」今詳詩，殆是公自姑蘇過會稽也。**蒸魚聞匕首，**洙曰：史刺客傳：「吴公子光之欲殺王僚也，得專諸，善待之。後具酒請王僚，使專諸置匕首魚腹中而進之，以刺王僚。僚已死，光自立爲王，是爲闔廬。」**除道哂要章。**洙曰：朱買臣，吴人也。常從會稽守邸者寄居飲食，及拜爲太守，買臣衣故衣，懷其印綬，步歸郡邸。直上計時，會稽吏方相與群飲，不視買臣。入室中，守邸與共食，食且飽，少見其綬。守邸輕之，前引其綬，視其印，會稽太守章也。守邸驚。買臣遂乘傳去，會稽聞太守且至，發民除道。入吴界，見故妻，夫妻治道，買臣令後車載到太守舍，給食之。**越女天下白，**蘇曰：風俗記：「梁援曰：天下之女白，不如越溪之女肌晳。」**鑑湖五月凉。**定功曰：梁任昉述異記：「軒轅氏鑄鏡湖邊，因得名。今有軒轅磨鏡石尚存，石畔常潔，不生蔓草。」蘇曰：郄詵曰：「憶前年五月泛鑑湖，凉風吹面，殊不識炎熱。」**剡溪藴秀異，**鄭曰：剡，縣名，時冉切。**欲罷不能忘。歸帆拂天姥，**洙曰：謝靈運登臨海嶠詩〔一〕：「暝投剡中宿，明登天姥岑。」田曰：吴越郡國志：「天姥山與括蒼山相連。」師曰：自「東下姑蘇臺」至此，謂游吴、越之地。補注 鶴曰：案道經云〔二〕：「兩火一刀可以逃。」言剡中多名山，

〔一〕臨，原作「文」，據四庫本改。
〔二〕案，原作「集」，據四庫本改。

可以避災也。故漢、晉以來，多隱逸之士。沃州天姥是其處。又白居易沃州山記云：「東南山水越爲首，剡爲面，沃州天姥爲眉目。」**中歲貢舊鄉。****洙曰：**按新史本傳：「甫少貧不自振，客游吴越齊趙間，舉進士不第。」**氣劘屈賈壘，**劘，莫婆切。**洙曰：**賈山傳贊：「賈山自下劘上。」屈原、賈誼。壘，喻戰壘也。**目短曹劉墻。****洙曰：**目，一作「日」。曹子建、劉公幹文章也。**忤下考功第，****洙曰：**武德舊令：考功員外郎監試貢舉人，貞觀以來，乃員外郎專掌貢舉。至開元中，後貢舉於禮部。**獨辭京尹堂。放蕩齊趙間，裘馬頗清狂。春歌叢臺上，****洙曰：**叢臺，趙王之臺也，在邯鄲。**冬獵青丘旁。****洙曰：**青丘，地名。**鄭曰：**青丘，千乘縣。齊景公有馬千駟，畋於青丘。補注**鶴曰：**博物志：「營與青同海，東有青丘，齊有營丘。」太康地記云：「東方少陽，其色青，其氣清，歲之首，事之始，故以青爲名。」高后紀：「趙王宫叢臺災。」師古曰：「連聚非一，故名叢臺。蓋本六國時趙王故臺。」**呼鷹皂****洙曰：**一作「紫」。**櫪林，逐獸雲雪岡。射飛曾縱鞚，****洙曰：**鮑昭詩：「幽并重騎射，飛鞚越平陸。」**引臂落鶖鶬。****洙曰：**引，一云「跋」。**蘇侯據鞍喜，****洙曰：**蘇謂胄曹蘇預也。**忽如携葛彊。****洙曰：**山簡舉鞭問葛彊：「何如并州兒？」**師曰：**自「放蕩齊趙間」至此句，謂游齊趙之地。**快意八九年，西歸到咸陽。****師曰：**按史：「甫客游吴越，還自舊鄉，以進士舉，不中第。遂游齊趙間，凡八九年，復歸京師。」**許與必詞伯，賞****洙曰：**一作「貴」。**游實賢王。曳裾置醴地，****洙曰：**楚元王敬申生，置醴以代酒。**奏賦入明光。****洙曰：**玄宗朝饗，而甫獻大禮三賦。補注**希曰：**明光，漢宫名。

太初四年起明光殿。師古曰：「三輔黄圖：『在城中，近桂宫。』」元后傳：「成都侯商病，欲避暑，從上借明光宫。」師古曰：「明光宫在城内，近桂宫。」**天子廢食召**，**蘇曰**：嚴光見光武，廢食召見。**群公會軒裳。脱身無所愛**，**洙曰**：帝奇其材，使待詔集賢，命宰相試文章，擢西河尉，不拜。**痛飲信行藏。黑貂不免弊**，**洙曰**：蘇季子不用於秦，而黑貂裘弊。**斑鬢兀稱觴**。**洙曰**：秋興賦：「班鬢彪以承弁。」閑居賦：「稱萬壽以獻觴。」**唐曰**：兀，兀坐也。**杜曲晚耆舊**，**洙曰**：晚，一云「换」。**四郊多白楊**。**洙曰**：言死者衆也。**何曰**：白楊，乃墳上之草也。**坐深鄉黨敬**，**何曰**：今復推甫爲長老，故云云。**日覺死生忙。朱門任傾奪**，**劉曰**：朱門，權貴也。傾奪，争權也。**赤族迭罹殃**。**洙曰**：楊子解嘲：「客徒欲朱丹其轂，不知一跌赤吾之族。」**國馬竭粟豆**，**蘇曰**：伍子胥曰：「國無粟支凶年，馬無豆秣，越兵將至，誰復勍敵？」**官雞輸稻粱**。**洙曰**：時五坊有供奉鬥雞，又有鬥雞使。**蘇曰**：漢靈帝養雞數千，民輸雞食。**舉隅見煩費**，**洙曰**：舉一隅則衆費可知矣。**引古惜興亡**。**洙曰**：言引古而辨今，則足以知其興亡，而可痛惜也。**河朔風塵起**，**洙曰**：禄山起於河朔。**蘇曰**：吴壯〔一〕：「河朔風塵澒洞，玁狁跳梁。」**岷山行幸長**。**洙曰**：玄宗幸蜀。**兩宫各警蹕**，**補注**希曰：文三王傳：「出稱警，入稱蹕。」師古曰：「警者，戒肅也；蹕，止行人也。言出入者，

〔一〕吴壯，四庫本作「此言」。

互文耳，出亦有趩。」漢儀注：「皇帝輦動，左右侍帷幄者稱警，出殿則傳趩，止人清道也。」兩宮，謂明皇、肅宗俱在外。**萬里遥相望。** **洙曰：** 肅宗即位於靈武。**崆峒殺氣黑，少海旍旗黄。禹功亦命子，涿鹿親戎行。** **洙曰：** 以廣平王爲天下兵馬元帥，王，肅宗之子代宗也。**修可曰：** 東宫故事，天子比大海，太子爲少海。淮南子云：「九州之外，乃有八寅。東方曰少海，崆峒在西，少海在東。」「河朔風塵起，岷山行幸長」，則東西南北皆不寧也。禹功亦命子，啓戰於甘之野，正指太子爲元帥。黄帝與蚩尤戰於涿鹿，指肅宗親征。**翠華擁吴岳，** **洙曰：** 翠華，天子羽葆也。**螭虎噉豺狼。** 噉，音淡。**蘇曰：** 邵平曰：「秦鹿既走，螭蛟狼虎，遞相食噉。」**補注** **鶴曰：** 隴州吴山縣有西鎮吴山祠。漢書地理志：「吴岳在汧縣，而隴州爲汧陽郡。又有汧源、汧陽縣。」詳見青陽峽詩。言肅宗即位於靈武，而靈與隴俱屬關内道，故云螭與虎在豺狼視之爲尊，而今反爲豺狼所噉。喻禄山殺戮士夫及主將也。**爪牙一不中，胡兵更陸梁。** **洙曰：** 房琯敗于陳濤，賊既得志，愈陸梁矣。**補注** **希曰：** 甘泉賦：「飛蒙茸而走陸梁。」晉灼曰：「走者陸梁而跳也。」**大軍載草草，** **韓曰：** 草草，辛苦貌。**凋瘵滿膏肓。** **夢符曰：** 左傳：「秦使醫緩視晉侯疾[一]，曰：『肓之上，膏之下，攻之不可達，針之不可及，藥不至焉，不可爲也。』」**韓曰：** 謂民困疲之甚。**備員竊補袞，** **洙曰：** 譏時相也。**憂憤心飛揚。上感**

〔一〕秦，原作「晉」，據四庫本改。

九廟焚，**洙曰**：天子九廟。下憫萬民瘡。**蘇曰**：漢景帝一日不悦，群臣請問其故。帝曰：「兵戈之後，朕憫萬民瘡痍未合。不覺形于顔色，群臣皆惻然。」斯時伏青蒲，**洙曰**：史丹傳：「元帝欲易太子，丹聞上獨寢，直入卧内，伏青蒲上，泣諫。」應劭曰：「以青規地曰青蒲，非皇后不得至此。」補注 **鶴曰**：史丹傳注服虔曰：「以青緣蒲席也。」孟康曰：「以蒲青爲席，用蔽地也。」而王洙所注，獨引應劭之説，故兼存之。廷諍守御床。**洙曰**：王陵面折廷諍。衛瓘託醉，跪帝床前，以手撫床曰：「此座可惜。」君辱敢愛死，**洙曰**：主憂臣辱，主辱臣死。檀弓：「申生不敢愛其死。」赫怒幸無傷。**洙曰**：詩：「王赫斯怒。」聖哲體仁恕，**師曰**：自此句以下，復叙肅宗收復京師。宇縣復小康。哭廟灰燼中，鼻酸朝未央。**洙曰**：時天子收復京師，先素服哭廟，而後受朝。補注 **鶴曰**：舊史肅宗紀云：「九廟爲賊所焚，上素服哭於廟，三日，入居大明宫。」小臣議論絶，**蘇曰**：崔宏曰：「陛下一言及四方，蔽小臣訩訩之議論。」老病客殊方。鬱鬱苦不展，**蘇曰**：東方朔鬱鬱不得展舒志氣。羽翮困低昂。秋風動哀壑，碧蕙捐微芳。**洙曰**：陸士衡塘上行：「江蘺生幽渚，微芳不足宣。淑氣與時殞，餘芳隨風捐。」之推避賞從，去聲。**洙曰**：介之推從晉亡，賞不及，亦不言，後避賞入山。漁父濯滄浪。**洙曰**：漁父歌曰：「滄浪之水清，可以濯吾纓。」榮華敵勛業，歲暮有嚴霜。吾觀鴟夷子，才格出尋常。**蘇曰**：鄭康成才格迥出尋常輩。**趙曰**：言榮華與勛業相敵，不可妄求也。然歲聿暮而嚴霜降，則傷其遲暮，無復勵勛業，以取榮華矣。所慕者若范蠡，泛舟浮海，變姓名，號鴟夷子。其高舉遠引，乃出尋常之才格也。群凶逆未定，側佇英俊翔。

阻雨不得歸瀼西甘林大曆元年作。

補注 **鶴曰**：詩云：「三伏適已過，驕陽化爲霖。欲歸瀼西宅，阻此江浦深。」當是大曆元年作。按，其年夏旱，七月洛水溢，河南諸州亦水。他州史不書，往往亦然，特不爲害，故不書。夔於是時，江浦宜深矣。公雖大曆二年方自赤甲遷瀼西，而此詩又云「客居暫封植」，以客居詩互考之，乃是公初至夔時嘗暫居，故曰「客居」。

三伏適已過，洙曰：陰陽書曰：「夏至後第三庚爲初伏，第四庚爲中伏，立秋後初庚爲末伏。」王彪之井賦：「三伏焦暑，亢陽重授。」詠曰：以金伏畏火故熱。補注 鶴曰：漢郊祀志：「作伏祠。」孟康曰：「六月伏也。」師古曰：「伏者，謂陰氣將起，迫於殘陽而未得升，故爲藏伏，因名伏日也。立秋之後以金代火，金畏於火，故至庚日必伏。庚，金也。」**驕陽化爲霖。欲歸瀼西宅，阻此江浦深。壞舟百板坼，**師曰：自此句以下，叙阻雨舟破，恐泥不可濟，故思歸也。**峻岸復萬尋。篙工初一棄，恐泥勞寸心。佇立東城隅，悵望高飛禽。**趙曰：此言望瀼西而阻於渡涉，恨無羽翼以飛去也。**草堂亂玄圃，不隔崑崙岑。昏渾衣裳外，曠絶同層陰。園甘長成時，三寸如黃金。諸侯舊上計，厥貢傾千林。**洙曰：禹貢：「淮海惟楊州，厥包橘柚錫貢。」蜀都賦：「戶有橘柚之園。」漢武紀「計偕」注：「計者，上計簿也。」補注 鶴曰：按唐志，夔州貢柑橘。諸侯，謂夔守也。邦人不足重，所迫豪吏侵。客居暫封植，日夜偶瑤琴。趙曰：甘可用入貢，以奉至尊，非不貴也。而邦人反不足爲重者，無他，苦於豪吏之侵奪故耳。邦人既不重之，惟客居尚可封植也。虚徐五株態，側塞煩胸襟。焉得輟兩足，杖藜出嶇嵚。洙曰：謝靈運云：「舉目眺嶇嵚。」條流數翠實，偃息歸碧潯。拂拭烏皮几，趙曰：謝眺詠烏皮隱几詩曰：「蟠木生附枝，刻削豈無施。」喜聞樵牧音。蘇曰：郄詵數日山行，喜聞樵語牧唱，洗盡五年塵土腸胃，欣然倚驂臨水，久之而去矣。令兒快搔背，蘇曰：袁安卧負暄頽檐，頗覺和暢，四肢舒展，令兒搔背，甚快人意。脱我頭上簪。洙曰：見「憑久烏皮綻」注。

雨三首大曆元年作。

趙曰：此篇主用巫山之雨爲意。補注鶴曰：前一首用巫山之雨爲意，其在夔州作無疑。而第二首趙次公云：「以挂帆言之，則爲京南〔一〕；以白露言之，則時大曆三年之秋。」今以「殊俗狀巢居」之言，疑止可用於夔州。況第三首云：「連檣荆州舟，有士荷戈戟。南防草鎮慘，霑濕赴遠役。」豈非有如「趙卿飛百艘」而至者？若

〔一〕京南，據後文趙次公注，當作「荆南」。

在江陵作，不應詩又云「空山中宵陰」，當是大曆元年在夔州作。然三篇非一時作，後人以其同在夔作，故總題曰三首。

峽雲行清曉，煙霧相徘徊。風吹蒼江樹，雨洒石壁來。淒淒生餘寒，殷殷兼出雷。白谷變氣候，朱炎安在哉。高鳥濕不下，居人門未開。楚宮久已滅，幽珮爲誰哀。**趙曰**：神女賦：「於是摇珮飾，鳴玉鸞。」侍臣書王夢，賦有冠古才。冠，古亂切。冥冥翠龍駕，多自巫山臺。**洙曰**：楚襄王夢與神女遇，宋玉作高唐賦曰：「旦爲朝雲，暮爲行雨。朝朝暮暮，陽臺之下。」楚詞：「雷填填兮雨冥冥。」**趙曰**：謝朓七夕賦：「回龍駕之容曳〔一〕。」

青山淡無姿，白露誰能數。**趙曰**：暗用佛書「雨露皆有頭數」之義。片片水上雲，蕭蕭沙中雨。殊俗狀巢居，曾臺俯風渚。**洙曰**：楚地面水背山，俗多架木爲居，以就地勢。佳客適萬里，**蘇曰**：顔才〔二〕：「惟佳客感秋風適萬里，夫復何日重把此一巵，臨行我心傷悲。」沉思情延佇。挂帆遠色外，驚浪滿吴楚。**趙曰**：此實道其事，而别無託興。舊注以驚浪比永王，誤矣。以永王璘之叛，自是至德二載，此詩以挂帆言之，則爲荆南矣；以白露言之，則時乃大曆三年之秋，不亦相遠乎？久陰蛟螭出，**洙曰**：

〔一〕 曳，四庫本作「裔」。
〔二〕 顔才，四庫本作「此言」。

言世久晦而賊民者出也。**寇盜**洙曰：一云「冠蓋」。**復幾許。**蘇曰：劉後主曰：「冠蓋復有幾人。」趙曰：古詩：「相去復幾許。」

空山中宵陰，微冷先枕席。回風起清曉，萬象萋已碧。洙曰：古詩：「回風動地起。」**落落出岫雲，渾渾倚天石。日假何道行，**洙曰：天文志：「日有行黄道，有行赤道者。」時久雨陰晦，不知日之所行何道。**雨含長江白。連檣荆州船，**洙曰：江賦：「舳艫相屬，萬里連檣。」**有士荷戈戟。南防草鎮慘，霑濕赴遠役。群盜下辟山，總戎備强敵。水深雲光廓，鳴櫓各有適。**趙曰：公有羡慕之辭。**漁艇息**一云「自」。**悠悠，夷歌負樵客。**趙曰：思其上遠適之興不可，則又思其次也。漁人之舟，自如樵客之放夷歌，蓋亦足樂矣。**留滯一老翁，書時記朝夕。**洙曰：甫既無所施於世，所書者時而已。趙曰：留滯於此，爲可傷也，姑書時節，記朝夕而已。

又上後園山脚 大曆二年秋作。

補注 鶴曰：前有上後園山脚詩，爲大曆二年夏作，則此詩乃其年秋作，故詩云「秋風亦已起」。

昔我游山東，憶戲東岳陽。補注 鶴曰：唐志：「開元二十一年，分山南爲東西。」以壯游詩考之，公游齊趙在「忤下考功第」之後[一]。舊史：「開元二十四年，始以禮部侍郎掌貢舉。」則公下第，蓋在開元二十四年之前，而游山東，二十四、五年間。東岳即齊地，岳在兖州也。**窮秋立日觀，矯首望八**一云「北」。**荒。****洙曰**：顔延年曰：「日觀臨東溟。」**朱崖著毫髮，****洙曰**：朱崖，海南州也。遠望若毫髮然。**碧海吹衣裳。****洙曰**：碧海，海也。**蓐收困用事，玄冥蔚强梁。****洙曰**：蓐收，秋神也。玄冥，冬神也。言四時相代而用事，則休者困，而王者强梁矣。**逝水自朝宗，鎮名各其方。****洙曰**：言逝者無所止，而止者不易其所也。**平原獨憔悴，農力廢耕桑。非關**一云「北關」。**風露凋，曾是戍役傷。****洙曰**：民之貧困非天時，傷於戍役而已。**補注****鶴曰**：平原，當是指德州。唐德州爲平原郡。公言至趙時事。按，開元二十四年，張守珪使禄山討奚、契丹，戍役爲民害，故平原以此而廢耕桑。**於時國用富，足以守邊疆。朝廷任猛將，遠奪戎馬場。****洙曰**：於時，言當時也。當玄宗富盛之時，不能節用自守，而委任蕃將，求功夷狄也。**到今事反覆，故老淚萬行。龜蒙不可見，况乃懷故鄉。****洙曰**：龜蒙山也。去東岳近而尚不可見，况故鄉乎？**補注****鶴曰**：九域志云：「兖州有龜山。」而書云：「青州有蒙羽。」按詩云：「奄有龜蒙。」禹貢云：「蒙羽其藝者。」龜蒙，當是二山。今謂龜蒙尚且不再見，則欲見長安爲尤難。傷開元、天寶以來好求邊功，而今反起吐蕃

[一] 忤，原作「許」，據四庫本改。

之亂，而征役尤頻。故末云：「哀彼遠征人，去家死路傍。」肺萎屬久戰，骨出熱中腸。憂來杖匣劍，更上林北岡。瘴毒猿鳥落，峽乾南日黄。秋風亦已起，江漢始如湯。洙曰：苦熱行：「赤坂横西阻，火山赫南威。身熱頭且痛，鳥墮魂來歸。湯泉發雲潭，焦煙起石圻。」登高欲有往，蕩析川無梁。洙曰：欲有所行，而無所由也。哀彼遠征人，去家死路傍。不及祖父塋，纍纍冢相當。洙曰：魏懷舊賦：「冢纍纍以接隴。」華表丁令威歌：「何不學仙冢纍纍。」

雨大曆二年作。

補注鶴曰：詩云：「窮荒益自卑，飄泊欲誰訴。」又云：「宿留洞庭秋，天寒瀟湘素。杖策可入舟，送此齒髮暮。」當是大曆二年夔州作。時欲下峽入荆湘，明年遂行。是年，吐蕃寇邠、靈州，京師戒嚴，故云「兵戈浩未息」。

山雨不作埿，江雲薄爲霧。晴飛半嶺鶴，風亂平沙樹。明滅洲景微，隱見岩姿露。拘悶出門游，曠絶經目趣。消中日伏枕，卧久塵及屨。蘇曰：羊充不仕，隱中條山，辟穀，每卧即浹旬，至有塵滿草屨。豈無平肩輿，趙曰：肩輿，轎子也。王(子)猷聞顧辟疆有名園〔一〕，乘平肩輿而徑入。

〔一〕子，原脱，據四庫本補。顧，原作「觀」，據四庫本改。

莫辨望鄉路〔一〕。**兵戈浩未息，蛇虺反相顧。** **蘇曰**：孔融曰：「豺虎相食，蛇虺相防。」**悠悠邊月破，**

蘇曰：李恢秋日詞云：「邊月破鏡飛，塞雁斷行數。」**鬱鬱流年度。針灸阻朋曹，** **洙曰**：針灸所以救療也，譬良友朋也。**糠籺對童孺。** **洙曰**：時既乏良朋，所對者童孺而已。糠籺，言非實德也。**趙曰**：以久病，故須針灸以安養，故與朋友阻隔，如賈島言「多病人疏」也。此句言貧食糠籺，與童孺相對而已。**補注** **希曰**：

陳平傳：「亦食糠覈耳。」孟康曰：「覈，麥糠中未破者也。」晉灼曰：「覈音紇，京師人謂粗屑爲紇頭。」**一命須屈色，新知漸成故。窮荒益自卑，飄泊欲誰訴。** **趙曰**：以嚴武辟公爲節度參謀，所謂「一命」也。公既受命矣，則當屈色以下之。**尫羸愁應接，俄頃恐違**一云「危」。**迕。浮俗何萬端，幽人有高步。**

趙曰：左太冲詠史：「高步追許由。」**龐公竟獨往，** **洙曰**：龐德公也。未嘗入州府，夫妻相敬如賓。劉表不能屈。後携妻子入鹿門山不反。**補注** **希曰**：淮南王莊子要略：「江海之士，山谷之人，輕天子細萬物而獨往。」**尚子終罕遇。** **洙曰**：後漢逸民傳：「尚長字子平，隱居不仕，肆意游五岳名山，竟不知所終。」謝靈運詩：「畢聚類尚子。」**宿留洞庭秋，** **洙曰**：漢書：「宿留贅言。」**趙曰**：宿留，音秀溜。出漢書。如言等候也。公蓋言候秋時，可以登舟而往矣。**補注** **希曰**：郊祀志：「宿留海上。」師古曰：「謂有所須待也。宿，先就反。

〔一〕鄉，四庫本作「江」。

留，力就反。」天寒瀟湘素。杖策可入舟，送此齒髮暮。

贈李十五丈別大曆元年作。

補注 鶴曰：李十五丈即文嶷秘書也，其父子俱賢，故詩中用玄成、子山事。考公有寄李十五秘書詩二首云「衣冠八尺身」，又云「玄成負文彩」，而此詩亦云「不聞八尺軀，長受衆目憐」，又云「玄成美價存」，於以知爲文嶷也。寄李之詩在大曆元年夏作，則此詩乃其年秋作也。詳見注。

峽人鳥獸居，其室附層巔。洙曰：魏都賦：「蠻陬夷落，譯導而通者，鳥獸之氓也。」下臨不測江，中有萬里船。多病紛倚薄，趙曰：謝靈運詩：「抽疾相倚薄。」少留改歲年。絶域誰慰懷，開顔喜名賢。孤陋忝末親，等級敢比肩。人生意頗洙曰：一作「氣」。合，相與襟袂連。一日兩遺僕，三日一共筵。揚論展寸心，壯筆過飛泉。修可曰：曹子建作王仲宣詩：「思若湧泉。」又李廣利拔刃刺山，飛泉湧出。玄成美價存，洙曰：〔章〕（韋）賢少子玄成[一]，復以明經，歷位至丞相。故鄒魯諺曰：「遺子黄金滿籯，不如教子一經。」子山舊業傳。洙曰：庾信字子山，父肩吾，爲梁太子中庶子，掌書記。

[一] 章，據杜陵詩史卷二五、分門集注卷二〇、九家集注卷一二，乃「韋」之訛。

徐陵及信，并爲抄撰學士。信父子在東宮，出入禁闥，文并綺麗。世號徐庾體。不聞八尺軀，常受衆目憐。且爲辛苦行，蓋被生事牽。北迴白帝棹，南入黔陽天。鄭曰：黔陽，屬武陽郡，今辰州三亭縣，而黔陽故城即漢故事縣。汧公制方隅，洙曰：汧，李之所封。定功曰：汧公，李勉也。按舊史，上元初爲梁州刺史，山南道防禦使。李十五丈在峽中，往謁之。故公作詩以别之，以李之所封也。補注鶴曰：唐黔州黔中郡，屬江南道。黔中采訪使，治黔州，與李勉爲梁州刺史、山南道防禦使，似不相關。又大曆初，勉已不在梁州，意是勉爲江西觀察使時，治在洪州。其曰「南入黔陽天」者，謂其由黔陽以入豫章也。况此詩首云「峽人鳥獸居，其室附層巔。下臨不測江，中有萬里舡」。詩在夔州作甚明。若李勉上元初爲梁州刺史，李十五丈往謁之，則公時在成都，不應詩乃云。考宰相世系、宗室世系與會要諸書，自李勉外，餘無封汧國者。然新史謂嶺南節度使，召歸，進工部尚書，封汧國公。而舊史謂大曆七年拜工部尚書，及滑亳節度，却不言封汧國。若如新史云自嶺南歸封汧國，勉大曆四年方入嶺南，其歸在五年以後，公已死矣，無容言汧公。疑有誤。雖舊史帝紀，上元二年建丑月，李勉爲梁州刺史。然是時亦未封公。又大曆二年，李勉已召還京尹。若李十五丈果出峽往謁之，則此詩作於大曆元年秋，故有「解榻秋露懸」之句。以勉在洪州，所以用陳蕃事。更俟博識。迴出諸侯先。封内如太古，時危獨蕭然。清高金莖露，正直朱絲絃。洙曰：西都賦：「抗仙掌以承露，擢雙立之金莖。」鮑明遠詩：「清如玉壺冰，直如朱絲繩。」黨錮傳：「直如絃，死道邊。」昔在堯四岳，今之黃潁川。洙曰：四岳，分掌四岳之諸侯。黃霸爲潁川太守，有治狀。此皆美李汧公也。于邁恨不同，所思無由宣。山深水增波，解榻秋露懸。客游雖云久，亦思月再圓。**師曰**：李文待甫正當秋月，甫以客游既久爲辭，主人更要月再圓，言挽留之誠意也。晨集風渚亭，**師曰**：謂李文餞別也。醉操雲嶠篇。操，七到反。**蘇曰**：徐陵醉中作白雲出渚嶠篇，明日酒醒，讀之自驚，以爲神助。陳統見而心降。**師曰**：此句謂送之以詩也。丈夫貴知己，**趙曰**：史記：「士伸於知己而屈於不知。」歡罷念歸旋。**師曰**：謂酒罷將歸，惜別之意也。

贈鄭十八賁大曆元年作。

補注 **鶴曰**：詩云：「數杯資好事，異味煩縣尹。」當是在雲安作。賁乃鄭十七之弟，公有答鄭十七郎一絶，其間有「把文驚小陸」，即其人也。梁權道編在大曆元年夔州詩内。以鄭十七絶句考之，當是元年雲安作。

温温士君子，令我懷抱盡。**師曰**：詩云：「温其如玉。」鄭賁有温潤君子之德，使我得展盡底蘊，無有遺恨。靈芝冠衆芳，安得闕親近。**趙曰**：芝以比鄭。蓋靈芝人所喜見者，故不可闕於親近也。遭亂意不歸，竄身迹非隱。**洙曰**：以避亂也。**趙曰**：山濤吏非吏，隱非隱。細人尚姑息，**趙曰**：禮記：「小人之愛人也以姑息。」吾子色愈謹。高懷見物理，識者安肯哂。卑飛欲何待，捷徑應未忍。**洙**

曰：不欲枉尺而直尋也。**修可曰**：張衡應間曰：「捷徑邪至，我不忍以投步，干進（求）容，我不忍（以）歙扇[一]。」盧藏用傳：「士大夫指嵩山、終南爲仕塗捷徑。」**示我百篇文，詩家一標準。** **蘇曰**：屈平文詞乃詩家標準也。**補注** **希曰**：尚書序云：「典、謨、訓、誥、誓、命之文，凡百篇。」**羈離交屈宋，** **洙曰**：屈原、宋玉。**牢落值顔閔。** **洙曰**：顔淵、閔子騫。**水陸迷畏** **洙曰**：一作「長」。**途，藥餌駐修軫。古人日已遠，青史字不泯。** **趙曰**：青史者，殺青竹簡之史也。江文通云：「啓丹青并圖青史。」詩云：「靡國不泯。」**步趾詠唐虞，追隨飫葵堇。數杯資好事，異味煩縣尹。心雖在朝謁，力與願矛盾。抱病排金門，衰容豈爲敏。** **師曰**：衰老欲排金馬門，尤非本意。**補注** **希曰**：揚雄傳：「歷金門。」應劭曰：「金馬門也。」排字本樊噲傳，所謂排闥也。

殿中楊監見示張旭草書圖大曆元年作。

補注 **鶴曰**：唐志：「殿中省監一人，掌天子服御之事。」南齊有内外殿中監。以後篇送楊監赴蜀見相公詩云「送子清秋暮」，則此同是大曆元年作。按賀知章傳：「張旭，吴郡人，善草書而好飲。醉後號呼狂走，時人

〔一〕求、以，原脱，據四庫本補。扇，應作「肩」。

號之爲張顛。」

斯人已云亡，草聖秘難得。**趙曰**：漢張伯英善草書，人謂之草聖。及兹煩見示，滿目一凄惻。**蘇曰**：孫登曰：「人事凄凉，滿目凄惻。」**補注** **希曰**：選賦：「步寒林而凄惻。」悲風生微綃，**洙曰**：潘安仁詩：「凱風揚微綃。」萬里有古色〔一〕。**師曰**：言有古人氣象。鏘鏘鳴玉動，落落群松直。連山蟠其間，溟漲與筆力。**趙曰**：言筆力浩汗，若溟渤之漲水也。**師曰**：自「鏘鏘鳴玉動」至此句，皆言草書之狀。有練實先書，臨池真盡墨。**洙曰**：張伯英善草書，凡家之衣帛，必先書而後練。臨池學書久，池水盡黑。人謂之草聖。俊拔爲之主，**泰伯曰**：俊拔，言筆力超越人也。暮年思轉極。未知張王後，**趙曰**：張伯英、王羲之。誰并百代則。嗚呼東吴精，**洙曰**：張乃蘇州人也。逸氣感清識。**趙曰**：張旭之逸氣感楊監之清識。楊公拂篋笥，**安石曰**：謂秘藏也。舒卷忘寢食。**蘇曰**：李成得王逸少帖，舒卷披玩，寢食俱忘。示兒曰：「此吾傳家之寶也。」念昔揮毫端，不得觀酒德。**趙曰**：公嘗曰：「張旭三杯草聖傳。」晉劉伶善飲而有酒德頌。

〔一〕有，四庫本作「起」。

楊監又出畫鷹十二扇大曆元年作。

補注 鶴曰：題云「又出」，則是與前詩同時作。

近時馮紹正，能畫鷙鳥樣。明公出此圖，無乃傳其狀。殊姿各獨立，清絶心有向。疾禁千里馬，氣敵萬人將。洙曰：壯其快疾勇敢也。夢符曰：漢文帝時，有獻千里馬。關羽、張飛，萬人敵。憶昔驪山宫，冬移含元仗。洙曰：玄宗盛時，常以冬十月幸温泉宫，時肆獵。補注 希曰：舊史：「東内曰大明宫，正殿曰含元。驪山在昭應縣，高宗已後，常居東内。」故幸驪山則移含元之仗也。天寒大羽獵，此物神俱王。趙曰：莊子曰：「澤雉十步一啄，百步一飲。神雖王，不善也。」當時無凡材[一]，百中皆用壯。洙曰：時寧王有高麗赤鷹，尤俊異，帝獵則置之駕前，號決雲兒。補注 希曰：史記：「養由基善射，百發百中。」用壯字，本易大壯卦。粉墨形似間，識者一惆悵。干戈少暇日，真骨老崖嶂。爲君除狡兔，會是翻鞲上。補注 鶴曰：此四句，蓋傷人無掃除凶亂也。狡兔指崔旰輩。

[一] 當，原作「雷」，據四庫本改。

送殿中楊監赴蜀見相公大曆元年作。

趙曰：相公，杜鴻漸也。大曆元年授劍南節度使。**補注鶴曰**：按史：「永泰二年二月，杜鴻漸以黄門侍郎平章事帥蜀。是年十一月，改大曆元年。明年六月入朝。」此詩云「送子清秋暮」，當是元年秋作。

去水絶還波，洙曰：古詩：「長江無迴波。」**洩雲無定姿。**洙曰：陸機賦：「有輕盈之艷狀，無實體之真形。」**人生在世間，聚散亦暫時。離别重相逢，偶然豈定期。送子清秋暮，風物長年悲。**趙曰：淮南子云：「木葉落，長年悲。」**豪俊貴勛業，邦家頻出師。相公鎮梁益，軍事無孑遺。**補注鶴曰：杜鴻漸爲劍南東西川副元帥，故云「鎮梁益」。詩：「靡有孑遺。」**解榻再見今，**洙曰：陳蕃禮徐穉，别置一榻，去則縣之，來則解。**用才復擇誰。況子已高位，爲郡得固辭。**補注鶴曰：唐百官志：「殿中監一人，從三品。」則其位誠高矣。爲郡之語，楊殆有請。故云。公亦微寓是時子之清風已盛。**難拒供給費，慎哀漁奪私。**洙曰：言不以道取也，如漁人之漁焉。蘇曰：張曙秉權勢，漁奪貧民私帑。**干戈未甚息，紀綱正所持。泛舟巨石横，登陸草露滋。山門日易久，當念居者思。**趙曰：此公自言也。左傳有「居、行者」之語。師曰：甫意謂已能逐奸邪，苟能用之，則亦軒然而奮矣。

黄氏補千家集注杜工部詩史卷之十二

黄氏補千家集注杜工部詩史卷之十三

秋行官張望督促東渚耗洙曰：一作「刈」。稻向畢清晨遣女奴阿鄭曰：烏葛切，小女，本作咹。稽豎子阿段往問大曆二年。

洙曰：文十年：「王在渚宫。」注：「小洲曰渚。」補注鶴曰：官，猶言門官。漢高帝紀：「有功勞，行田宅。」師古曰：「行，音行酒之行，猶付與也。」今使之領田，故曰行官。東渚，即東屯。按公大曆二年秋自瀼西居東屯，此詩當其年秋晚作。耗稻，謂蒲稗之能爲禾害者，當去之。

東渚雨今足，佇聞粳稻香。洙曰：謝靈運詩：「滮池溉粳稻。」説文：「粳，稻屬也。稻，稌也。」

補注希曰：東渚，猶楚詞所謂「北渚」。渚，小涯也。爾雅釋稌稻曰：「別，名也。」七月云：「十月穫稻。」説文云：「沛國謂稻爲糯秔，稻屬也。」字林云：「糯，黏稻。粳稻，不黏者。」本草以秔米、稻米爲二物。秔與粳，古今字。鶴曰：佇聞粳稻香，則是稻未可刈。耗稻，不當曰一作「刈」。故下云：「上天無偏頗，蒲稗各自長。人情見非類，田家戒其荒。功夫競搰搰，除草至岸傍。」又云：「豐苗亦已穊，雲水照方塘。有生固延蔓，静一資堤防。」皆是謂去耗稻也。上天無偏頗，蒲稗各自長。洙曰：匈奴傳：「朕聞天不頗覆，地不偏載。」謝靈運顧湖中作：「蒲稗相因依。」人情見非類，洙曰：前漢朱虚侯章請爲呂太后言耕田，高后兒子畜之，笑曰：「顧乃父知田耳！若生而爲王子，安知田乎？」章曰：「臣知之。」太后曰：「試爲我言田。」章曰〔一〕：「深耕穊種，立苗欲疏，非其種者，鋤而去之。」太后默然。師古曰：「以斥諸呂也。」穊，稠也。穊種者，言多生子孫也。田家戒其荒。洙曰：前漢武帝紀：「野荒田苛也。」功夫競搰搰，除草置岸傍。洙曰：食貨志：「芸，除草也。」莊子天地篇：「搰搰然，用力甚多。」搰，苦骨反。穀者命之本，客居安可忘。洙曰：命之，一云「今土」。范子計然曰：「五穀者，萬民之命，國之重寶也。」晉書：「黎元以穀爲命。」青春具所務，勤懇免亂常。吴牛力容易，并驅動莫當。洙曰：驅，去聲。動莫當，一云「紛游場」。世説：「滿奮云：吴牛見月而喘。」齊還詩：「并驅從兩牡兮。」世説：「今之水牛生江淮，故謂吴牛。」趙曰：容易，言牛力最多，不以爲難也。并驅，則雙駕之也。場者，疆場之場。豐苗亦已穊，鄭曰：穊，幾利切，稠也。雲水照方塘。洙曰：劉公幹詩：「方塘含白水。」有生固蔓延，静一資堤防。督領不無人，提携頗在綱。洙曰：携，一作「挈」。書盤庚：「若網在綱，有條而不紊。」荆揚風土暖，洙曰：周禮曰：「揚州、荆州，宜稻。」肅肅候微霜。尚恐主守疏，用心未甚臧。洙曰：臧，善也。趙曰：主守，指行官張望。清朝遣婢僕，寄語逾

〔一〕章，原作「意」，據四庫本改。

崇岡。西成聚必散，洙曰：書：「平秩西成。」不獨陵我倉。洙曰：詩：「我倉既盈。」潘安仁籍田賦「我倉如陵，我庾如坻」也。豈要仁里譽，洙曰：里仁爲美。感此亂世忙。洙曰：非欲賙施[一]，以要仁里之譽，蓋亂世不可不蓄積以爲給也。北風吹蒹葭，蟋蟀近中堂。洙曰：北風，冬風也。言歲向冬矣。詩十月「蟋蟀入我床下」，故近中堂。荏苒百工休，鬱紆遲暮傷。洙曰：禮月令：「霜降百工休。」謝宣遠詩：「履運傷荏苒。」陸士衡詩：「紆鬱游子情[二]。」謝琨詩：「遲暮獨如何。」師曰：詳味此詩，託意於除惡以佑善人。其終篇在於聚而能散，以閔亂離之困乏，使甫爲政，其意必有見于世者，惜其莫之用也。

覽柏中丞兼子姪數人除官制詞因述父子兄弟四美載歌絲綸大曆元年作。

洙曰：按唐書，柏氏無顯人，惟柏耆傳云：「將軍良器之子，元和中人，不顯州郡。」甫又有詩寄柏學士林居。趙曰：此詩有「戮力自元昆」，意其柏貞節也。然竊有疑焉。公詩又有柏學士林居、柏大兄弟詩、柏二別駕詩，豈可指言柏貞節之家乎？俟明識下之[三]。補注鶴曰：唐史唯柏耆、柏良器有傳，而俱未嘗有事於蜀，當是

[一] 賙，原作「凋」，據四庫本改。
[二] 情，原作「清」，據四庫本改。
[三] 下，四庫本作「辨」，字通。

柏茂林與柏貞節。然公有記柏學士林居及柏大兄弟山居詩，皆言其精典籍，開書卷，與此詩言軍功不同。按六典：「太子中允二人，正五品下，職擬黄門侍郎。」此詩云「方當節鉞用」，又云「吾病日回首，雲臺誰討論。作歌挹盛事，推轂期孤騫」，當是大曆元年到夔後作，是時柏都督在夔。按公有送田四弟將軍以夔州柏中丞命起居江陵衛公，疑中允是中丞二字之誤耳。唐職官志、百官志，中丞正四品下，六典，正五品上，於賢臣官則尊之。句頗叶。

紛然喪亂際，見此忠孝門。**洙曰**：晉卞壼傳：「翟湯嘆曰：父死於君，子死於父。忠孝之道，萃於一門。」蜀中寇亦甚，柏氏功彌存。深誠補王室，戮力見元昆。**洙曰**：魏書：「重以王室多故。」爾雅：「先生爲昆。」漢高紀「戮力」注：「并力也。」**趙曰**：父子兄弟有功於行陣，則詩人宜以忠孝稱之。三止錦江沸，獨清玉壘昏。**洙曰**：左太冲蜀都賦：「廓靈關而爲門，包玉壘而爲宇。」注：「玉壘，山名。」華陽國志：「錦江，言蜀人織錦，濯其中則鮮明，故曰錦江。」成都記：「玉壘山，導江縣西北三十里。」**趙曰**：傳所謂「以湯止沸」也。寰宇記曰：「濯錦江，係之華陽縣。」公自入蜀，見成都之亂，蓋寶應元年徐知道反，永泰元年崔旰反，殺郭英乂，大曆三年七月楊子琳以瀘州刺史反，此錦江三沸也。玉壘，山名，今永康軍即是也。**補注** **鶴曰**：作此詩時，楊子琳未反，當是指段子璋反，崔光遠攻之，兵不戢，因而大掠。又徐知道、崔旰反，爲錦江之三沸。按九域志，玉壘山在茂州，而唐志云山在彭州，蓋彭州西北至茂州山八十里，茂州與蜀州且爲鄰，蜀與邛又爲鄰，豈非柏茂林爲邛州刺史，與楊子琳、李昌夔同起兵討崔旰？故云。舊史代宗紀：「永泰二年二月，邛州刺史柏茂林充邛南防禦使、劍南西山兵馬使，八月又爲邛南節度使，從杜鴻漸請。」而王注云「杜鴻漸表柏貞節爲邛州刺史」，殆止據新史鴻漸而言。又茂林爲防禦使時，崔旰亦爲茂州刺史、充劍南西山防禦使，當是玉壘指旰而言。詩云「方當節鉞用」，即是茂林爲邛南節度使矣。**高名入竹帛，**洙曰：鄧禹曰：「垂功名於竹帛。」新**渥照乾坤。**洙曰：渥，恩也。**子弟先卒伍，芝蘭壘璵璠**〔一〕。洙曰：謝玄與從兄朗爲叔父安所器重，曰：「譬如芝蘭玉樹，生於庭階。」**同心注師律，**洙曰：易：「師出以律。」**灑血在戎軒。**洙曰：後漢贊二十八將：「有來群后，捷我戎軒。」梁吴均：「袖間血灑地。」補注鶴曰：舊史云柏茂林，而新史杜鴻漸、崔寧傳俱以爲柏貞節。然詳味「子弟先卒伍」「同心注師律」「奉公舉骨肉，誅叛經寒温」等語，意茂林與貞節爲兄弟誅叛，謂共攻崔旰也。故送蜀州柏二别駕將中丞命往江陵有「遷轉五州防禦使」之句，公爲夔府柏都督謝上表，其中有云「察臣劍南區區，恐失臣節」，則都督不是茂林。蓋茂林大曆元年二月方授邛南防禦使，八月又爲邛南節度使，不應又爲夔府都督。其都督却是柏貞節，而中丞則茂林也。**絲綸實具載，**洙曰：禮記緇衣：「子曰：『王言如絲，其出如綸。王言如綸，其出如綍。』」言出彌大者也。**紱冕已殊恩。**洙曰：文選班固西都賦：「紱冕所興。」**奉公舉骨肉，誅叛經寒温。金甲雪猶凍，朱旗塵不翻。**洙曰：陸佐公石闕銘：「朱旗萬里。」補注鶴曰：天寶九載七月，諸衛應隊仗所用緋色旗旛并改爲赤，其諸節度使亦准此。崔旰以永泰元年

〔一〕 壘，四庫本、王洙本作「疊」。

十月反，柏當起兵去，至大曆元年三月方休兵，宜其甲爲雪涷，上句所謂「誅叛經寒温」是也。**每聞戰場説，欻激懦氣奔。聖主國多盜，賢臣官則尊。方當節鉞用，必絶祲沴**音戾。**根。**趙曰：以其有功，必使之膺節鉞之用，必絶祲沴之根，以報朝廷。**吾病日迴首，雲臺誰再論。**洙曰：後漢馬武等傳二十八將論云：「永平中，顯宗追感前世功臣，乃圖畫二十八將於南宫雲臺上。」**作歌挹盛事，推轂期孤騫。**洙曰：前漢鄭當時：「推轂士及官屬丞吏，誠有味其言也。」注言：「薦舉人如車轂之輪轉。」此詩注柏中允爲柏耆。按新、舊二史所載，耆上入鎮州説王承宗，諭承元移鎮及使李同捷，以擅殺同捷流放至賜死[一]，而詩中乃言效力於成都，又云「三止錦江沸」，即非耆矣。切疑爲柏貞節。崔旰之殺郭英乂也，貞節與瀘州楊子琳帥師以討之。杜鴻漸鎮蜀，表授邛州刺史。二史皆於傳無所考信，故未能修去闕之，以俟有聞者。師曰：求忠臣於孝子之門。戮力，并力也。元昆，長兄也。時崔旰殺郭英乂，柏貞節與楊子琳討平之。然貞節父子兄弟，皆盡忠孝之節，率先士卒，注意師律，流血於兵。重其英聲義氣，載之絲綸，天子褒以紱冕，其皇恩已優渥矣，故云「新渥照乾坤」。芝蘭，香草。璵璠，美玉。芝蘭與璵璠相疊，謂舉族皆賢也。誅叛經寒温，謂討賊歷涉歲時。金甲雪猶涷，言威嚴可畏，賊不寒而慄。朱旗塵不翻，謂靈旗所指，煙塵遂息也。故聞柏氏之風者，懦夫亦爲之激昂，

[一] 放，原作「收」，據四庫本改。

故曰「欻激懦氣奔」。聖人因多難而興國家，多盜而能解紛治劇，此其所以爲聖人，故云「聖主國多盜[一]」。置官本以待賢士，惟臣之賢始尊之以官，故云「賢臣官則尊」。祲沴，不祥之氣。苟朝廷用柏氏秉節鉞，必能止不祥之禍[二]。甫以多病，甘自退縮，惟回首屬望柏氏畫像雲臺，再論其功，故云「雲臺誰再論」。柏氏孝忠萃于一門，此亦唐家之盛事也。故甫作詩以歌其事，庶幾天子命之爲帥，推轂而遣，其勢騫揚，特出衆人之表，故曰「期孤騫」也。説者皆以柏者止於入鎮説王承宗，非也。

聽楊氏歌大曆元年作。

補注 **鶴曰**：詩云：「江城帶素月，况乃清夜起。老夫悲暮年，壯士淚如水。」當是在夔州，從舊次及梁權道，編爲大曆元年作。

佳人絶代歌，獨立發皓齒。 **洙曰**：前漢外戚傳：「李延年侍上起舞，歌曰：『北方有佳人，絶代而獨立。』」以其顔色特異，當代無匹也。**夢符曰**：按楚詞：「朱唇皓齒，嫭以姱些。比德好閒，習以都些。」又古樂府雜曲：「從來著名惟趙子，復有丹唇發皓齒。一嬌一態本難逢，如畫如花定相似。」**定功曰**：阮籍詠懷詩[三]：

[一] 主，原作「王」，據四庫本及詩文改。

[二] 禍，四庫本作「患」。

[三] 阮籍，據文選卷二九雜詩六首，當爲「曹植」。

「南國有佳人，榮華若桃李。朝游江北岸，夕宿瀟湘沚。時俗薄朱顔，誰爲發皓齒。」**滿堂慘不樂，****洙曰：**前漢刑法志：「古人有言曰：滿堂飲酒，有一人向隅而悲泣，則一堂皆爲之不樂。故一人不得其平，爲之凄愴於心。」**響下清虚裏。****洙曰：**一作「浮雲裏」。**江城帶素月，****洙曰：**謝希遠月賦：「素月流天。」**況乃清夜起。****洙曰：**曹子建：「中夜起長嘆。」**老夫悲暮年，壯士淚如水。****洙曰：**世説：「王敦每酒後，輒詠魏武帝樂府，曰：『老驥伏櫪，志在千里。烈士暮年，壯心不已。』以如意打玉唾壺，唾壺盡闕。」荆軻歌於易水之上，士皆淚垂也。**玉杯久寂寞，****洙曰：**山海經曰：「犬戎國有一女子，方跪進玉杯食。」韓子曰：「紂爲象箸，而箕子怖。以爲象箸必不加於土鉶，必將犀玉之杯。象箸玉杯，必不羹菽藿，則必薦豹胎。」**金管迷宫徵。****洙曰：**世之議樂者，以絲不如竹，竹不如肉。言肉聲勝於絲竹，則金石固當有間矣。孟嘉語也。**趙曰：**以玉杯之寂寞，言不敢爲聲，以「金管迷宫徵」，言其聲之不逮於歌，皆以形容歌聲之妙。**勿云聽者疲，愚智心盡死。****洙曰：**韓娥過宋〔一〕，人辱之，娥曼聲而哭，長幼皆泣下。宋人謝之，娥乃曼聲而歌，老幼皆喜躍。言聲感人心之如此也〔二〕。**古來傑出士，豈待一知己。****洙曰：**孟子曰：「豪傑之士，雖無文王猶興。」**吾聞昔秦青，傾側****洙曰：**一云「倒」。**天下耳。****修可曰：**列子曰：「昔薛譚學謳於秦青，未窮青之技，自謂盡之，遂辭歸。青

〔一〕過，四庫本作「遇」。

〔二〕如此也，四庫本作「甚至於如此」。

弗止，餞於郊衢，撫節悲歌，聲振林木，響遏行雲。譚乃謝，求返，終身不敢言歸。」**趙曰：**傾天下之耳，則非特一知己而已。

荆南兵馬使太常卿趙公大食刀歌永泰元年作。

補注 **鶴曰：**唐志：「天下兵馬元帥，下有前軍、中軍、後軍兵馬使。」此詩云「問兵刮寇超下牢」，當是在夔作。梁權道編在大曆元年。然是年冬，蜀中無事。當是永泰元年冬，崔旰反時，蜀中大亂，夔隸荆南，節度趙公刮寇至此。

太常樓船聲嗷嘈， **洙曰：**漢武鑿昆明池，始製樓船，上建樓櫓。蓋官有樓船將軍。**問兵刮寇超下牢。** **洙曰：**下牢，楚地。補注 **鶴曰：**牧州本治下牢戍。夷陵縣有下牢鎮，與江陵相近。**趙曰：**同此而上至夔，故曰超下牢。當是永泰元年冬，崔旰反，趙自荆南來禦寇，駐于白帝。公是冬在雲安，與之相遇，故曰「白帝寒城駐錦袍，玄冬示我胡國刀」。**牧出令奔飛百艘，** **夢符曰：**牧，州牧也。令，縣官也。牧出令奔，同赴軍事也。艘，船也。劉備遣關羽乘船數百艘，皆會於江陵。**猛蛟突獸紛騰逃。白帝寒城駐錦袍，** **洙曰：**華陽國志：「先主征吴於夷道[一]，還屯於巴東，治魚復縣，公孫述更名白帝。」**玄冬示我胡國刀。壯士短**

〔一〕 主，原作「王」，據四庫本改。

衣頭虎毛，洙曰：莊子說劍：「庶人之劍，蓬頭突鬢垂，曼胡之纓，短後之衣。」憑軒拔鞘所交切。天爲高。翻風轉日木怒號，平聲。冰翼雲淡傷哀猱。奴刀切。鐫錯碧罌鸊鵜膏，洙曰：爾雅注：「鸊鵜，似鳧而小。」膏，中潤刀。鋩鍔洙曰：一云「銛鋒」。已瑩虛秋濤。洙曰：王褒頌：「巧冶鑄干將之樸，清水淬其鋒，越砥斂其鍔。」注：「鋒刃芒端。」秋濤，言其色之澄徹如此。鬼物撇捩亂坑壕，撇，匹蔑切。捩，練結切。蒼水使者捫赤絛，洙曰：搜神記曰：「秦時有人夜渡河，見一人丈餘，手橫刀而立，叱之。乃曰：『吾蒼水使者也。』」龍伯國人罷釣鼇。洙曰：列子湯問：「龍伯之國，有大人，一釣而連六鼇，合負而趨歸其國焉。」芮公迴首顏色勞，洙曰：芮公，荊南節度使。補注鶴曰：唐唯有豆盧欽望、豆盧寬封芮公，而非在大曆間。按，舊史衛伯玉傳：「廣德元年拜江陵尹，充荊南節度觀察等使。大曆初丁母憂，朝廷以王昂代其任，伯玉潛諷將吏不受詔，遂起，復爲節度使。大曆十一年入覲，卒。」則荊南自廣德元年至大曆十一年節度使乃衛公，非芮公。疑衛訛爲芮。然王兵馬使二角鷹詩亦云「荊南芮公得將軍」，何也？師云：「是趙芮公，未知何所本。」分閫救世用賢豪。洙曰：分閫，謂閫內事寡人制之，閫外之事將軍制之。賢豪，趙公也。趙公玉立高歌起，補注希曰：桓温表：「抗節玉立，誓不辱死。」攬環結佩相終始，萬歲持之護天子。得君亂絲與君理，洙曰：隱四年傳：衆仲曰：『以德和民，不聞以亂，猶治絲而棼之。』」蜀江如綫針如水。洙曰：蜀水至瞿塘，則爲峽所束，如綫焉。荊岑彈丸心未已，洙曰：言有以一丸泥封大散關也。賊臣惡子休干紀。**洙曰**：史記：「誅鋤干紀。」陸士衡：「宣三年傳：「王孫滿曰：『昔夏之方有德也，鑄鼎象物，百物而爲之備，使民知神奸。故民入川澤山林，不逢不若，魑魅魍魎，莫能逢之。』」注：「魑，山神也，獸形。魅，怪物。魍魎，水神也。」妖腰亂領敢欣喜。用之不高亦不痹，音婢，又音卑。不似長劍須天倚。**修可曰**：荆楚故事曰：「襄王與唐勒、景差、宋玉等，游於雲陽之臺。王謂左右曰：『能爲大言者乎？』唐勒曰：『壯士怒兮絶天柱，北斗戾兮泰山夷。』景差曰：『狡士猛毅，撼摇覆載，鋸牙鋸雲聲其大，吐舌萬里唾一世。』玉曰：『方地爲輿，圓天爲蓋，彎弓挂扶桑，長劍倚天外。』王曰：『善。』」吁嗟光禄英雄弭，大食寶刀聊可比。丹青宛轉麒麟裏，光芒六合無泥滓。**洙曰**：言終用此刀，澄清六合，畫象麒麟閣。

王兵馬使二角鷹永泰元年作。

補注 **鶴曰**：悲臺哀壑之中，有萬里之長江。此言夔也。當是永泰元年冬，王扞寇至夔時作。按舊史：「衛王大曆初丁母憂，朝廷以王昂代其任，伯玉潛諷將吏不受詔，遂起復再任。」王得非昂乎？

悲臺蕭瑟石巃嵸，**洙曰**：潘岳西征賦：「巃嵸逼迴。」注：「巃嵸，高大貌也。」哀壑杈枒浩呼洶。中有萬里之長江，**夢符曰**：按世説：「有人譏周僕射與親友言戲穢雜無檢節，周曰：『吾若萬里長江，何能千里一曲？』」即周顏也〔一〕。迴風滔日孤光動。角鷹翻倒壯士臂，將軍玉帳軒勇氣。二鷹猛腦絛徐墜，**洙曰**：見黑白二鷹詩注。**趙曰**：舊本作「徐侯鐩」，殊無理義，王介甫善本作「絛徐墜」，於理或然。晉潘足苦雨行賦云〔二〕：「始蒙瀎而徐墜。」目如愁胡視天地。杉雞竹兔不自惜，孩虎野羊俱辟易。音壁易。**趙曰**：項羽傳：「楊喜追羽，羽叱之，人馬辟易。」師古注曰：「辟易，謂開張而易其本處。」韝上鋒棱十二翮，**洙曰**：鮑明遠：「昔如韝上鷹。」將軍勇銳與之敵。將軍樹勛起安西，崑崙虞泉入馬蹄。白羽曾肉三狻猊，**夢符曰**：按楚辭：「囚虛元於虞淵。」注：「虞淵，日所入也。」淵與泉同。**洙曰**：白羽，箭也。猊，獅子也，一走五百里。**鄭曰**：狻，先丸切。猊，五兮切。【補注】**希曰**：即列子所謂「駕八駿之乘，升崑崙之丘」。子虛賦：「滿白羽。」文穎曰：「引弓盡箭鏑爲滿。以白羽羽箭，故言白羽。」敢決豈不與之齊。荆南芮公得將軍，亦如角鷹下翔一云「入翔」。雲。惡鳥飛飛啄金屋，**洙曰**：謂賊陷長安。安得爾輩開其群，驅出六合梟鸞分。**洙曰**：使君子小人各得其所也。**師曰**：悲臺、哀壑、長江，先言荆楚風景，故述角鷹之所由出也。巃嵸，高大貌。杈枒，不齊貌。鷹有角，亦若馬有肉駿也。軒勇氣，亦謂青油幕下，軒昂其勇氣也。杜田云軒昂氣，恐理或不然。王兵馬與徐侯鐩，皆趙芮公猛將，故以二鷹猛腦況之。愁胡，謂思胡

〔一〕周顏，當作「周顗」。
〔二〕潘足，當作「潘尼」。

地。辟易，退却貌。不自惜，言不保其性命。鞲以皮，謂其臂也。安西都護府、崑崙、虞泉，皆在西。白羽，乃箭名。三狻猊，喻西域三部。王公起於安西，嘗擒西域胡酋，其勇決似鷹，故託以美之。金屋，謂天子黄金闕也。惡鳥，喻史思明殘黨猶陷長安。故子美欲得王公驅其群，以清六合，使君子小人各得其所，而不雜揉。故曰「梟鸞分」。梟，食母之鳥。

甘林大曆二年作。

補注 鶴曰：詩云「捨舟越西岡」，必是自東屯登瀼西。梁權道編在大曆元年。然詩中言貨豆實送王畿，以添軍旅之用。蓋以大曆二年，吐蕃寇近畿，子儀屯涇陽，京師戒嚴，故又云「戎馬何時稀」。是秋公居東也。

捨舟越西岡，洙曰：謝靈運：「舍舟眺迴渚。」入林解我衣。青芻適馬性，好鳥知人歸。修可曰：曹子建：「好鳥鳴高枝。」晨光映遠岫，洙曰：陶潛：「晨光熹微。」謝玄暉：「窗中列遠岫。」夕露見日晞。遲暮少寢食，清曠喜荆扉。洙曰：荆扉，柴門也。經過倦俗態，在野無所違。試問甘藜藿，洙曰：莊子：「藜藿不糝。」未肯羡輕肥。洙曰：子路：「願乘肥馬，衣輕裘。」喧静不同科，出處各天機。洙曰：莊子：「其嗜欲深者，乃天機（淺）矣[一]。」趙曰：天機雖三出莊子，而今所用則「蚿曰『予動吾天

[一] 淺，原脱，據四庫本補。

機』」，主自然也，舊注非。**勿矜朱門是，**洙曰：郭景純：「朱門何足榮，未若託蓬萊。」**陋此白屋非。**洙曰：蕭望之傳：「周公致白屋之士。」師古曰：「白屋，謂白蓋之屋，以茅覆之，賤人所居也。」**明朝步鄰里，長老可以依。**洙曰：公孫弘身食一肉，脱粟飯。此言民雖困賦斂，猶能致意於賓客，故曰可依也。**時危賦斂數，**色角切。**脱粟爲爾揮。相攜行豆田，秋花藹菲菲。子實不得吃，貨市送王畿。盡添軍旅用，迫此公家威。**洙曰：言賦斂煩重而民無餘貲。迫此公家威，在上者苛急也。趙曰：言豆雖結實，而長老者不得吃也。補注鶴曰：按舊史：「大曆元年閏十月丁未，百寮上表，以軍興急於糧餉，請納職田以助費。十二月敕諸州科斂百姓，致户口凋弊。二年三月，又税青苗地田，命御史府差使徵之。」可見賦斂之數。貨豆以送王畿，蓋以此徵取之苛[一]，故云「迫此公家賦」。**主人長跪辭，戎馬何時稀。我衰易悲傷，屈指數賊圍。勸其死王命，慎莫遠奮飛。**趙曰：詩：「不能奮飛。」

雨永泰元年作。

補注鶴曰：公以永泰元年至雲安，明年方遷居夔州郭。今詩云「亢陽乘秋熱，百穀亦已棄」，蓋言其年秋

[一] 苛，原作「奇」，據四庫本改。

旱，當是其年在雲安作[一]。詳見詩注。

行雲遞崇高，洙曰：蓋雲行則施雨。飛雨藹而至。潺潺石間溜，汩汩松上駛。亢陽乘秋熱，百穀亦已棄。洙曰：陽過亢則旱，而無歲望矣。皇天德澤降，燋卷有生意。趙曰：應璩與岑瑜書云：「頃者炎旱，日更甚，沙礫銷鑠，草木燋卷也。」前雨傷卒暴，今雨喜容易。不可無雷霆，間作鼓增氣。補注鶴曰：舊史：「永泰元年春大旱，四月乙巳始雨。七月又旱。以久旱，遣近臣録囚。是年自春無雷，六月始雷。」佳聲達中宵，所望時一致。洙曰：以其應期也。清霜九月天，髣髴見滯穗。洙曰：遺秉滯穗，伊寡婦之利。郊扉及我私，洙曰：郊扉，一云「栽耘」。詩：「遂及我私。」我圃日蒼翠。恨無抱甕力，庶減臨江費。洙曰：子貢過漢陰，見一丈人方爲圃畦，鑿隧而入井，抱甕而出灌。杜曰：峽內無井，取江水飲之。

鄭典設自施州歸

宋曰：春秋時巴國界，秦昭王置黔中郡，梁改爲施州。補注鶴曰：六典：「典設局，典設四人，從六品

[一] 其年在，原作「在其年」，據四庫本改。

下，掌太子湯沐灑掃鋪陳之事。」裴冕以附李輔國，貶施州，移澧州。而大曆二年自澧州拜左僕射，則是時當在永泰元年冬作，故詩云「孟冬方首路」，詩見後寄裴施州詩注。永泰元年冬作。

吾憐滎陽秀，冒暑初有適。名賢慎出處，不肯妄行役。**洙曰**：言其以義而動也。**師曰**：出處，君子之大致，不可妄動。鄭公雖冒暑有適，蓋以鄭子每乏，是以南謁裴施州，亦以義動，不肯妄行役也。旅兹殊俗遠，竟以屢空迫。**洙曰**：回也庶乎，屢空。南謁裴施州，氣合無險僻。攀援懸根木，登頓入矢石。**洙曰**：言險阻也。**補注** **希曰**：叔孫通傳：「漢王方蒙矢石争天下。」青山自一川，城郭洗憂戚。聽子話此邦，令我心悦懌。其俗則純樸，不知有主客。温温諸侯門，禮亦如古昔。敕厨倍常羞，杯盤頗狼藉。**洙曰**：言雖幽遠，而敬客之意，不異於中華也。史滑稽傳：「履舄交錯，杯盤狼藉，堂上燭滅，主人留髡而送客。」時雖屬喪亂，事貴賞**洙曰**：一作「當」。匹敵。中宵愜良會，裴鄭非遠戚。群書一萬卷，博涉供務隙。他日辱銀鉤，**洙曰**：銀鉤，書也。言字體交連，勁曲如銀鉤。森疏見矛戟。**夢符曰**：按北史：「李義深有當世才用，而心險峭。時人語曰：『矛戟森森李義深。』」倒屣喜旋歸，**洙曰**：蔡邕倒屣而迎王粲。**趙曰**：倒屣，不上鞋踵也。畫地來所歷。**鄭曰**：畫，去聲。乃聞風土質，又重田疇辟。刺史似寇恂，列郡宜競借。**鄭曰**：如字，又音迹。**洙曰**：見「權宜借寇恂」注。北風吹瘴癘，羸老思散策。渚拂蒹葭塞，**洙曰**：一作「寒」。嶠穿蘿蔦冪。**補注** **鶴曰**：蒹葭，見上注。詩注：「蔦，一名女蘿。」故合而言之曰蔦蘿。羃，如伍子胥「羃面」之羃。此身仗兒僕，高興潛有激。孟冬方首路，洙曰：顏延年：「改服飾徒侶，首路跼險難。」强飯取崖壁。嘆爾疲駑駘，汗溝血不赤。洙曰：言非良馬也。修可曰：馬援銅馬相法曰：「汗溝欲深長。」漢書曰：「大宛國多善馬，汗血，言其先天馬子也。」終然備外飾，駕馭何所益。補注 希曰：選詩：「終然謝大伐[一]。」我有平肩輿，前途猶準的。翩翩入鳥道，師曰：鳥道，謂飛鳥之道，蓋言高險也。庶脱蹉跌厄。上倉何切，下徒結切。

種萵苣并序 鄭曰：上烏禾切，下勤吕切。大曆元年作。

既雨已秋，堂下理小畦，隔種一兩席許萵苣，向二旬矣，而苣不甲坼，伊人莧青青。趙曰：別本「伊人」作「獨野」。傷時君子，或晚得微禄，轗軻不進，因作此詩。補注 鶴曰：序曰「堂下理小畦」，堂即客堂也。詩云「枯旱於其中，炎方慘如燬」，謂大曆元年大旱，自三月不雨，至于六月。當是其年作。

陰陽一錯亂，驕蹇不復理。枯旱於其中，炎方慘如燬。趙曰：詩：「王室如燬。」言陰陽乖繆

〔一〕夭，原作「大」，據四庫本改。

而致旱也。植物半蹉跎，嘉生將已矣。雲霞欻奔命，師伯集所使。**洙曰**：以旱而物無生意也。**趙曰**：漢書：「嘉生之類。」注：「專指爲禾。」狄仁傑傳：「風伯清塵，雨師灑道。」**補注** **希曰**：郊祀志：「神降之嘉生。」師古曰：「嘉生謂衆瑞。」河東賦：「叱風伯於南北兮，呵雨師於東西。」指麾赤白日，澒洞青光起。雨聲先已風，散足盡西靡。**趙曰**：謝朓詩：「森森散雨足。」**端本曰**：澒洞，雲色起貌。散足，言雨散作而止足也。已風，猶言止風。風止則雨降。西靡，謂斜雨向西也。山泉落滄海，霹靂猶在耳。終朝紆颯沓，信宿罷蕭洒。堂下可以畦，呼童對經始。**洙曰**：經始，言初無畦，而始經構之也。苣兮蔬之常，隨事蓺其子。破塊數席間，荷鋤功易止。兩旬不甲坼，空惜埋泥滓。**趙曰**：易云：「百穀草木，皆甲坼。」選：「奮迅泥滓。」野莧迷汝來，宗生實於此。**修可曰**：揚子雲蜀都賦：「其竹則宗生族攢，俊茂豐美。」又左思吴都賦：「楠櫨之木，相思之樹，宗生高岡，族茂幽阜。」此輩豈無秋，亦蒙寒露委。翻然出地速，滋蔓户庭毁。因知邪干正，掩抑至没齒。**洙曰**：言苣爲莧所蕪，以喻賢者爲小人見掩抑也。賢良雖得禄，守道不封己。**趙曰**：言賢良之人得位則不恣，非似邪佞得位而封己，亦猶嘉蔬之苣，出地則不滋，非似野莧之得而滋蔓也。國語：「叔向曰：『引黨以封己。』」注曰：「封，厚也。」擁塞敗芝蘭，衆多盛荆杞。**洙曰**：小人衆也。**趙曰**：芝蘭所以壅塞，以荆杞之衆多也。非特苣耳。中園陷蕭艾，老圃永爲耻。登于白玉盤，**洙曰**：漢官儀曰：「封禪壇有白玉盤。」藉以如霞綺。莧也無所施，胡

顔入筐篚。 **洙曰：**有其文者，必有其容，有其容者，必有其德。喻小人雖有掩抑之才，而終不爲邦家所用。**師曰：**胡顔，謂强厚顔也。野莧始雖盛，及萵苣生長，登于白玉之盤，藉以如霞之綺，遂使彼無所用，不猶强顔入吾筐篚之内，不亦無耻乎？以喻小人掩君子，一旦登于玉堂，則小人將何顔而居猶朝乎，終亦不用而已矣。

秋風二首大曆元年作。

補注 **鶴曰：**詩云巫山，又云上牢、下牢，皆是夔州所作。詩又云「要路何日罷長戟，戰自青羌連百蠻」，蓋以廣德、永泰，吐蕃與党項羌、渾、奴剌入寇而言，當是大曆元年。

秋風淅淅吹巫山，上牢、下牢修水關。 **洙曰：**上牢、下牢，皆峽内地名。水關，關津也。**鄭卬曰：**與上牢相連。荆州記：「峽江突起最險處，山復陡下，名下牢關。」**吴檣楚柂牽百丈，** **洙曰：**檣柂、百丈，皆船上器用也。**夢符曰：**按今湖湘間行舟，以竹相續爲索，以引上水舟，謂之百丈。**暖向神都寒未還。要路何日罷長戟，戰自青羌連白蠻。** **趙曰：**舊本作「百蠻」，善本作「白蠻」，極是。蓋巂州以西有烏蠻、白蠻也。公於夔詠懷詩云：「絶塞烏蠻地。」補注 **鶴曰：**青羌謂吐谷渾，其先居于徙河之青山，又界内有青海，乾封元年，封青海國王。白蠻在東謝蠻之南，東謝蠻又在黔州之西數百里。**中巴不得消息好，暝傳戍鼓長雲間。** **洙曰：**戍鼓，戍樓鼓也。

秋風淅淅吹我衣，東流之外西日微。**洙曰**：東流，言逝而不反也。日微，言迫遲暮也。天清小城擣練急，**洙曰**：爲征戍者爲寒衣也。石古細路行人稀。**洙曰**：以商旅未通也。不知明月爲誰好，早晚孤帆他夜歸。會將白髮倚庭樹，故園池臺今是非。**洙曰**：時經喪亂也。**師曰**：百川東流，其勢順然也。喻天下當效順于天子。月，臣道也。日，君道也。月微乃其常，日不當微。西日微，喻京師爲賊所陷，代宗出幸。擣練急，謂婦人送征戍之衣。行人稀，謂商旅不通也。故園池臺今是非，傷故里爲寇焚蕩也。

久雨期王將軍不至大曆元年作。

補注 **鶴曰**：詩云「十月荆南雷怒號」，當是大曆元年作。詳見注及後篇寄王十將軍承俊詩。

天**洙曰**：一作「山」。雨蕭蕭滯**洙曰**：一云「帶」。茅屋，空山無以慰幽獨。**趙曰**：楚辭曰：「幽獨處乎山中。」鋭頭將軍來何遲，**洙曰**：傳言白起頭小而鋭。令我心中苦不足。數看黄霧亂玄雲，時聽嚴風折喬木。泉源泠泠雜猿狖，泥濘漠漠飢鴻鵠。歲暮窮陰耿未已，人生會面難再得。**趙曰**：古詩：「會面安可知。」李延年歌：「佳人難再得。」憶爾腰下鐵絲箭，射殺林中雪色鹿。

前者坐皮因問毛〔一〕，知子歷險人馬勞。異獸如飛星宿落，鄭曰：宿，思救切，列星也。應弦不礙蒼山高。安得突騎只五千，崒然眉骨皆爾曹。走乎亂世相催促，一豁明主正鬱陶。憶洙曰：一云「恨」。昔范增碎玉斗，洙曰：鴻門之會，漢王使張良獻玉斗於范增，增碎之。未使吴兵著白袍。趙曰：南史：「梁人陳慶之麾下悉白袍，所向披靡。」昏昏閶闔閉氛祲，十月荆南雷怒號。洙曰：時賊據京師，十月而雷，變異也。趙曰：即吴之閶闔門也。舊注云「時賊據京師」，是大曆二年，京師晏然矣。鄭曰：祲，子鴆切，精氣感祥。補注希曰：禮樂志：「游閶闔。」應劭曰：「大門。」此蓋京師，而云永泰元年吐蕃、回紇、党項羌、渾、奴剌屢入寇〔二〕，京師戒嚴。趙注謂大曆二年，京師晏然矣。按史，其年九月、十月，却有吐蕃之擾，又戒嚴。唯元年無事。鶴曰：公嘗賦雷詩云：「巫峽中宵動，滄江十月雷。」按大曆元年，史書冬無雷，則陰閉而陽從，亦宜有雷。匡衡傳：「天人之際，精祲有以相蕩。」師古曰：「祲，謂陰陽氣相侵。」

別李秘書始興寺所居大曆二年作。

補注鶴曰：李秘書有二，一李十五秘書，一李八秘書，此當是大曆二年在夔州別李十五丈秘書。公有贈

〔一〕因，原作「困」，據四庫本改。
〔二〕奴，原作「如」，據舊唐書改。

李十五丈别詩：「(且)爲辛苦行〔一〕，蓋被生事牽。」又云：「長受衆目憐。」惟其坐事之薄，故居於寺。

不見秘書心若失，及見秘書失心疾。鄭曰：既見君子，我心則降。**安爲動主理信然，我獨覺子神充實。重聞西方止觀經，**洙曰：佛，西方之教，其法有大觀大覺也。補注希曰：止觀經，蓋摩訶止觀，是經凡十卷。昔天台僧湛然嘗爲止觀輔行傳弘訣，又述止觀科文云：「昔天寶十四年，臨安私記。元年建巳月，請再書。勘校未周，衆已潛寫。屬海隅喪亂，法侶星移，或將入潭衡，或持往吴楚。寶應於浦陽重勘云云。」今詩作於大曆初，則重聞之義亦見矣。**老身古寺風泠泠。妻兒待米又云我。且歸去，他日杖藜來細聽。**

縛雞行

鄭曰：縛，伏約切。大曆元年作。

補注鶴曰：詩云「注目寒江倚山閣」，當是大曆元年冬寓居夔西閣時作，故又云「小奴縛雞向市賣」。

小奴縛雞向市賣，雞被縛急相喧争。家中厭雞食蟲蟻，不知雞賣還遭烹。蟲雞於人何厚薄，吾叱奴人解其縛。雞蟲得失無了時，注目寒江倚山閣。趙曰：人之得失，如雞如蟲。

〔一〕且，原脱，據詩文補。

又且相仍，何時而了乎。至於「注目寒江倚山閣」，則所思遠矣。近世惟黄魯直達此詩之旨，其書酺池寺書堂云：「小黠大癡，螳螂捕蟬，有餘不足夔憐蚿。退食歸來北窗夢，一江風月趁漁船。」可與言詩者，當自解也。**師曰**：愛蟲則害雞，愛雞則害蟲，利害得失，要在權其輕重而爲之。除寇則勞民，愛民則養寇，其理亦猶是也。與其養寇，孰若勞民？與其食蟲，孰若存雞？

負薪行

魯曰：峽民男爲商，女當門户，坐肆於市廛，擔負於道路者，皆是婦人也。**蘇曰**：海南亦有此風，每誦此詩以喻父老，然亦未易變其習也。補注**鶴曰**：與下篇最能行同時作。負薪行以言夔州之女，最能行以言夔州之男。故一以昭君，一以屈原喻之。當是大曆元年，公初到夔，見其習俗如此，故作。梁權道編在二年。然詩云「地褊衣寒困石根」，未必至二年冬方有作也。大曆元年作。

夔州處女髮半華，四十五十無夫家。更遭喪亂嫁不售，一生抱恨堪咨嗟。土風坐男使女立，趙曰：陸機詩：「土風清且嘉。」**應當門户女出入。**趙曰：晉傳玄豫章行曰：「男兒當門户，墮地自生神。」今公詩却云女當門户也。補注**鶴曰**：毛詩汝墳曰：「遵彼汝墳，伐其條枚。」蓋君子從役於外，而婦人爲樵薪之事。又古詩云「健婦持門户」，則女當門户，從事樵薪，其來已久。趙何爲於公此句爲創見也？**十猶八九負薪歸，賣薪得錢應供給。**補注希曰：爾雅：「檟，采薪、即薪。」釋曰：「郭云：『指解今樵薪，一名槻，一名采薪，一名即薪。今江東、閩中，多女人負擔采薪也。』」至老雙鬟只垂頸，野花山葉銀釵並。筋力登危集市門，死生射利兼鹽井。洙曰：夔有鹽井。面粧首飾雜啼痕，地褊衣寒困石根。若道巫山女粗醜，何得此有昭君村。一云「北」。師曰：售，賣也。夔有鹽井，婦人當門户，或負薪販鹽以自給，其女粗醜可知。蒼舒曰：按夔州圖經，王嬙字昭君。漢紀注云：「南郡姊歸人。待詔掖庭，元帝竟寧元年，匈奴虜韓邪單于來朝，帝賜單于待詔掖庭王嬙爲匈奴閼氏。」按樂府解題云：「帝後宫既多，乃使畫工圖形，按圖召幸。宫人皆賂畫工，多者十萬，少不減五萬。昭君自恃其貌，獨不與。乃惡圖之。及後匈奴入朝，選美人配之，昭君當行。及入辭，光彩射人，悚動左右。天子方重失信外國，悔恨不及，窮按其事，畫工毛延壽、陳敞、劉白、龔寬、楊杜、樊青，皆棄市。」

最能行大曆元年作。

補注 **鶴曰**：此篇雖以歸州舟人最能操舟而作〔一〕，然首云「峽中丈夫多在水」，則不獨指歸州人也。與負薪行同大曆元年作。

峽中丈夫絶輕死，少在公門多在水。富豪有錢駕大舸，加我切。貧窮取給行艓子。洙

〔一〕歸州，四庫本作「夔州」。下同。

曰：峽人富則爲商旅，貧則爲人操舟，以地居山水之間，瘠惡無以耕也。修可曰：博雅曰：「舸，舟也。」又揚雄方言：「南楚、江水、湘，凡船大者謂之舸。」艓，小舟，言輕如小葉也。師曰：艓音葉。小兒學問止論語，大兒結束隨商旅。欹帆側柂入波濤，鄭曰：柂，正船木。撇旋梢濆無險阻。鄭曰：旋，隨戀切。洙曰：撇、旋、梢、濆，皆操舟者所能也。補注鶴曰：毛詩汝墳孔氏曰：「墳，謂崖岸，狀如墳墓。」而爾雅曰：「汝爲濆。」天曰：「汝有濆。」董氏曰：「謂大水溢出，別爲小水。」故知墳當作「濆」。郭璞引「遵彼汝墳」以證爾雅，晉世詩本猶爲濆也。水之回者曰旋曰渦。郭景純江賦「盤渦石轉」是也。峽江多渦旋，能没人舟，故撇旋梢濆，不以爲險者，夔州長年爲最能。梢猶泊，撇猶過也。朝發白帝暮江陵，頃來目擊信有徵。瞿塘漫天虎鬚怒，洙曰：鬚，一作「眼」。夔州長年與最能。趙曰：言行瞿塘峽與虎鬚灘甚易也。補注鶴曰：趙注以虎鬚爲灘名，甚是。按峽程記：自鑾江桔柏池，凡三百八十江，會于峽前。次荆門，都四百五十灘。此應是其一。如狼尾灘、虎牙灘是也。其有瞿塘，不與三峽之數。此鄉之人氣量窄，誤競南風疏北客。洙曰：左傳：「南風不競。」若道士無英俊才，何得山有屈原宅。洙曰：屈原有宅在歸州。定功曰：後漢郡國志注：「荆州記：秭歸縣北一百里，有屈平故宅。方七頃，累石爲屋基。今地名樂平。」

寄裴施州永泰元年作。

補注鶴曰：裴冕以附李輔國，表輔國親昵術士劉烜充山陵使判官。烜坐法，冕坐貶施州。數月，移澧州，復徵爲左僕射，以大曆四年十二月卒。按舊史，大曆二年二月戊寅，以澧州刺史裴冕爲左僕射，則是詩在永泰元年冬作。蓋史云刺施州止數月，遂移澧州，而由山陵使坐貶在廣德元年九月丙申，而此詩云「幾度寄書白鹽北，苦寒贈我青羔裘」，故定爲在永泰元年冬。梁權道編在大曆二年，殊不考也。

廊廟之具裴施州，洙曰：潘安仁：「器非廊廟姿。」**宿昔一逢無此流。金鐘大鏞在東序，洙曰：**禮樂之所在也。**夢符曰：**按詩：「賁鼓維鏞。」大鐘曰鏞。書曰：「天球河圖在東序。」鐘鏞以言至和所自出。東，陽位也。**冰壺玉衡懸清秋。洙曰：**氣宇之清澈也。**夢符曰：**按文選：「清如玉壺冰。」書曰：「在旋璣玉衡，以齊七政。」**自從相遇減多病，三歲爲客寬邊愁。堯有四岳明至理，洙曰：**堯建四岳，以共治天下。**漢二千石真分憂。洙曰：**宣帝曰：「我與共理者，惟良二千石乎？」**幾度寄書白鹽北，洙曰：**施州在白鹽山之北也。**趙曰：**白鹽者，夔州之山。此裴使君寄書與公，義甚明也。舊注云「施州在鹽山之北」，非矣。補注**鶴曰：**按九域志，施州北至夔州三百餘里，則夔州在施州之南，不應云「寄書白鹽北」。殆謂公在白鹽山之東北，故自瀼西移東屯云：「白鹽危嶠北，赤甲古城東。」**苦寒贈我青羔洙曰：**一作「絲」。**裘。霜雪迴光避錦袖，蛟龍動篋蟠銀鉤。洙曰：**龍蛇、銀鉤，皆字體也。言所惠之書，如龍蛇、銀鉤，屈蟠交連。**趙曰：**今藏裴公銀鉤於其中，所以龍蛇動於篋也。**紫衣使者辭復命，再拜故人謝佳政。將老已失子孫憂，後來況接才華盛。趙曰：**言我將老而免憂子孫，無他，以後來之人相接，有裘君諸子才華之盛美矣。**師曰**：東序，殷學也。金鐘、大鏞，乃禮樂之器，言能文之以禮樂也。冰壺、玉衡，言其清和也。甫以施州比堯之四岳，漢之二千石。施州在白鹽山之北，甫屢得其惠書與羔裘。霜雪迴光避錦袖，蓋言裘也。龍蛇動篋蟠銀鉤，蓋言書字體勢也。紫衣使者辭復命，言朝廷必遣使辟召之也。

奉贈薛十二丈判官見贈大曆二年作。

補注 **鶴曰**：詩云「忽忽峽中睡，悲風方一醒」，又云「老夫自汲澗，野水日泠泠」，當是大曆二年秋在東屯作。時吐蕃寇邠、靈州，京師戒嚴，故又云「龍蛇尚格鬥，洒血暗郊坰」。

忽忽峽中睡，悲風方一醒。西來有好鳥，爲我下青冥。師曰：甫有渴疾，故忽忽不樂，至秋風稍蘇，故云「悲風方一醒」。西有崑崙山，王母與漢武帝相會于此，常有青鳥爲使。甫以薛十二有仙姿，故以況之。**羽毛净白雪，慘澹飛雲汀。**趙曰：晉道壹道人之言雪曰「先集其慘澹」也。**既蒙主人顧，舉翮唳孤亭。持以比佳士，及此慰揚舲。**趙曰：劉勰彌勒石像碑云：「似揚舲游水。」高曰：揚舲，行舡也。**清文動哀玉，**趙曰：此言佳士之文，清如玉聲之哀，蓋環佩之類。**見道發新硎。**洙曰：莊子：「屠牛坦，刀刃若發新硎。」唐曰：薛之善屬文，復能知道，故云。**欲學鴟夷子，**洙曰：貨殖傳：「范蠡浮江湖，改姓適齊，爲鴟夷子。」注顔師古曰：「自號鴟夷者，言若盛酒之鴟夷，多所容受，而可卷懷，與時張弛。」陳遵傳曰：「自用如此，不如鴟夷也。」待勤燕山銘。洙曰：竇憲勒功燕然，班固爲之銘。誰重斷蛇劍，洙曰：一云「口重斬邪劍」。漢高有斬蛇劍。致君君未聽。洙曰：伊尹致君堯、舜。趙曰：此言利器。如漢朱雲所用之劍而未施，有致君之術業而君未用。志在麒麟閣，見「今代麒麟閣」注。無心雲母屏。洙曰：後漢鄭弘爲太尉，時舉第五倫爲司空，班次在下。每正朔朝見，弘曲躬自卑，上遂聽置雲母屏風，分隔其間。由此爲故事。師曰：昔范蠡號鴟夷子。鴟夷子，乃韋囊也。甫勉薛莫學鴟夷子泛湖，當如竇憲立功，勒銘于燕然山，畫象麒麟閣。無徒若鄭洪爲帝寵眷，賜以雲母屏隔坐而已。卓氏近新寡，豪家朱門扃。相如才調逸，銀漢會雙星。洙曰：司馬相如初游臨邛，臨邛之富人卓氏有女，名文君，新寡，善琴。相如因以琴心挑之，遂爲夫婦。晏曰：雙星，牛郎、織女也。客來洗粉黛，日暮拾流螢。晏曰：車胤聚螢讀書。不是無膏火，勸郎勤六經。老夫自汲澗，野水日泠泠。我嘆黑頭白，君看銀印青。卧病識山鬼，爲農知地形。洙曰：九章有山鬼。補注 希曰：漢百官表：「凡吏人比二千石以上，銀印青綬。」秦本紀告祖龍死事，亦有山鬼字。誰矜坐錦帳，洙曰：漢百官志：「郎官給錦帳。」苦厭食魚腥。東南兩岸坼，孫曰：謂峽江也。横水注滄溟。碧色忽洙曰：一云「苦」。惆悵，風雷搜百靈。洙曰：見「茲山朝百靈」注。空中石一云「有」。白虎，赤節引娉婷。補注 希曰：石，善本作「右」。赤節，猶絳節也。自云帝里女，洙曰：云，一云「季」。文選：「我天帝之季女。」噀雨鳳皇翎。洙曰：弄玉，帝女也，乘鳳皇仙去。師曰：欒巴噀酒爲雨，故云「噀雨」。襄王薄行迹，莫學冷如丁。洙曰：丁，丁令威也。去家一千年始一歸也。千秋一拭淚，夢覺有微馨。洙曰：見宋玉高唐賦云。人生相感動，金石兩青熒。洙曰：李廣射石虎没羽。揚子雲曰：「至誠則石金爲開。」選賦：「琳珉青熒。」丈人但安坐，休辨渭與涇。洙曰：無分清濁也。龍蛇尚格鬥，洒血暗郊坰。吾聞聰明主，治國用輕刑。洙曰：尚德也。銷兵鑄農器，今古歲方寧。文王日儉德，俊乂始盈庭。洙曰：詩：「濟濟多士，文王以寧。」言爲國當藉材也。榮華貴少壯，豈食楚江萍。洙曰：楚昭王渡江，得一物，大如斗，色赤。以問孔子，孔子曰：「此萍實也。」師曰：至誠則金石爲開。甫言薛能以至誠相感動，能移此以感人主，使之輕刑消兵，務從節儉，搜求賢俊，如是，則天下不期治而自治。薛於此可以掇取榮華於年少之日，豈但如甫客寓荆楚而食萍實也哉？

暇日小園散病將種秋菜督勒耕牛兼書觸目大曆元年作。

補注 鶴曰：詩云：「不愛入州府，畏人嫌我真。及乎歸茅宇，傍舍未曾嗔。」文云：「江村意自放，林木心所欣。」當是大曆二年瀼西作。雖東屯、瀼西俱有茅屋，東屯詩所謂「東屯復瀼西」，「來往皆茅屋」是也[一]。然園圃在

[一] 往，原脱，據詩文補。

瀼西。

不愛入州府，畏人嫌我真。洙曰：襄陽耆舊記：「龐德公在沔水上，至不入襄陽城。」及乎歸茅宇，洙曰：一云「及歸在茅屋」。旁舍未曾嗔。趙曰：漢高祖適從旁舍來。老病忌拘束，應接喪精神。趙曰：使人應接不暇。補注希曰：揚雄解嘲：「但費精神於此。」江村意日放，林木心所欣。秋耕屬地濕，山雨近甚匀。冬菁飯之半，牛力晚來新。修可曰：張平子南都賦：「春卵夏笋〔一〕，秋韭冬菁。」注：「菁，蔓菁也。」補注希曰：坊記注：「葑，蔓菁心。陳、宋之間謂之葑。」陸（機）〔璣〕：「葑，蕪菁。幽人或謂之芥。」方言云：「蘴蕘，蕪菁也。」深耕種數畝，未甚後四鄰。嘉蔬既不一，名數頗具陳。荆巫非苦寒，采擷接青春。飛來兩白鶴，暮啄泥中芹。補注希曰：爾雅：「芹，楚葵。」釋曰：「郭云：今水中芹〔二〕。」按本草陶注：「二月、三月作英時，可作葅。」又有渣芹，别本注云：「有兩種，荻芹、赤芹。」雄者左翮垂，損傷已露筋。一步再流血，尚經一作「驚」。矰繳勤。三步六號叫，志屈悲哀頻。鸞皇不相待，側頸訴高旻。杖藜俯沙渚，爲汝鼻酸辛。趙曰：宋玉賦：「寒心酸鼻。」

〔一〕卵，四庫本作「花」。
〔二〕今，原作「令」，據四庫本改。

寫懷二首大曆二年作。

補注鶴曰：詩云：「鄙夫到巫峽，三歲如轉燭。」按公永泰元年至雲安，大曆元年移居夔州郭，三年下峽，此當是大曆二年作，故云「三歲」。詩又不云「負暄候樵牧」「歲暮日月疾」，殆二年冬也。

勞生共乾坤，何處異風俗。冉冉自趨競，行行見羈束。趙曰：古樂府：「冉冉幕中趨。」古詩：「行行重行行。」**無貴賤不悲，無富貧亦足。**洙曰：言貴賤貧富，一委順之而已，所謂樂天之命者。趙曰：賤之所以悲者，以貴形之也，故無貴則賤者不悲。貧之所不足者，以富形之也，故無富則貧者亦足。**萬古一骸骨，**洙曰：同歸於死。**鄰家遞歌哭。鄙夫到巫峽，三歲如轉燭。**洙曰：言光景之迅速也。**全命甘留滯，忘情任榮辱。**洙曰：一歸之於真。**朝班及暮齒，日給還脱粟。**趙曰：公嘗爲左拾遺，今又爲工部員外郎，則所謂班。公時年五十六矣，所謂暮齒。然「日給還脱粟」而已，蓋其貧故也。**編蓬石城東，**洙曰：編蓬以庇風雨。**采藥山北**一作「林」。**谷。**洙曰：許徵君詢詩：「采藥白雲偎，略以肆所養。」許畋隱居北山，采藥讀易，自號太易先生。漢武三召不起。補注鶴曰：石城在夔州。虎牙行云「壁立石城横塞起」，又觀公孫弟子舞劍器詩云「瞿塘石城草蕭瑟」是也。**用心霜雪間，不必條蔓緑。非關故安排，**洙曰：謝靈運詩：「居當以待終，處順故安排。」**曾是順幽獨。**洙曰：謝靈運詩：「安排徒空言，幽達士如弦直，小人似鈎曲。曲直吾不知，負暄候樵牧。**洙曰**：後漢童謡：「直如弦，死道邊〔二〕，曲如鈎，封公侯。」趙勝負暄坐睡風檐，候樵牧之歸。**趙曰**：列子楊朱篇曰：「昔者宋國有田夫，暨東作，自曝於日，顧謂妻曰：『負日之暄，人莫知者。以獻吾君，當有重賞。』」**師曰**：冉冉，無氣貌。人趨兢於物，則氣喪矣。凡百所行，但見羈束不自由也。君子當安乎富貴貧賤，樂天知命而不憂。甫檢校工部，故云朝班。暮齒，乃晚年也。編蓬，所以禦風雨。采藥，所以療衰病。雖不特達，然能守其節操，不爲紛華所變，故云「用心霜雪間，不必條蔓緑」。孟子曰「古者以利爲本」，人當安時處順，不用注意安排，排著則是以利爲本。是以達理之士，其直如弦。負暄，炙背也。

夜深坐南軒，明月照我膝。驚風翻河漢，梁棟已出日。群生各一宿，飛動自儔匹。吾亦驅其兒，營營爲私實。**洙曰**：一作「室」。天寒行旅稀，歲暮日月疾。榮名忽**洙曰**：一作「感」。中人，**洙曰**：楚辭：「以薄寒中人。」世亂如蟣虱。**定功曰**：顔延年曰：「亂世人事如蟣虱。」古者三皇前，滿腹志願畢。胡爲有結繩，陷此膠與漆。**洙曰**：言三皇之前，民未有知，結繩之後，民僞日起，而是非交構，如膠漆然。**趙曰**：莊子曰：「待繩約膠漆而固者，是侵其德也。」禍首燧人氏，厲階董狐筆。**洙**

〔一〕鳴琴，原作「幽獨」，據四庫本改。
〔二〕死道邊，原脱，據四庫本補。

曰：燧人火化，而争欲之心生。董狐直筆，而是非之端起。故以燧人爲禍首，以董狐爲厲階也。**君看燈燭張，轉使飛蛾密。**洙曰：言愈察則愈繁。**放神八極外，俛仰俱蕭瑟。**趙曰：莊子：「其疾俯仰之間，再撫四海之外也。」補注鶴曰：爾雅及漢禮樂志俱云「西極」，而此乃云「八極」，蓋本過秦論云「并吞八荒」，而師古曰：「八荒，八方荒忽極遠之地也。」**終契如往還，**洙曰：一云「終然契如真」。**得匪合**洙曰：一云「金」。**仙術。**師曰：甫以私居口體爲累，不免驅兒營治生計，以爲口實故也。榮名忽中人，謂暮年檢校工部。三皇之前，其風淳，士欲寡而自足。結繩之後，巧僞日滋，如膠漆然。是以燧人火化而争欲之心起，董狐直筆而是非之端生，此甫所以有禍首、厲階之語也。有燈則有蛾，有蛾則有争。要在放神俯仰，無所凝滯，視死生如往還。

可嘆大曆四年作。

補注鶴曰：詩云「太守頃者在南山」，則詩作於李勉大曆二年入朝爲京尹後，當是大曆四年勉入廣時，公在潭州作。梁權道編在大曆元年夔州詩内，不考勉是時尚未爲南山守也。

天上浮雲如白衣，斯須改變如蒼狗。洙曰：言雲本無衣，人以爲衣，人以爲狗而已。趙曰：浮雲固變態不常之物，然初爲白衣，變爲蒼狗，譬萬事之變，不可名狀也。補注希曰：維摩經：「是身如浮雲，須臾變滅故。」此用其意而變其語。**古往今來共一時，人生萬事無不有。**洙曰：非特雲也，古今人事，亦如此者旅。近者抉眼去其夫，洙曰：一云「昧」。河東女兒身姓柳。趙曰：不喜其夫，如抉眼中之物而去之。東北人方言，不喜見者，每曰抉眼。補注希曰：抉眼云出吴世家伍子胥事。丈夫正色動引經，酆城客子王季友。群書萬卷常暗誦，孝經一通看在手。貧窮老瘦家賣履，好事就之爲携酒。豫章太守高帝孫，引爲賓客敬頗久。洙曰：宗室也。趙曰：惟王季友正色引經。在唐文粹惟載季友詩。觀公全篇所云，則王佐之才矣。補注鶴曰：按豫章圖經：「唐王季友，酆城人，家貧賣履，博極群書，李勉引爲賓客。正色引經，勉甚敬之。」善爲詩，見元結篋中集。又隆興有石幢，載牧守名爵，李勉在張鎬之後，魏少游之前。而鎬以廣德二年九月卒，勉以其年九月繼之。舊史代宗紀：「廣德二年九月辛酉，命洪州刺史李勉副知選事。」又舊史李勉傳：「大曆二年來朝，拜京兆尹，兼御史大夫。」故詩曰「太守頃者在南山」，以京兆有南山而云。然則詩當作於二年後也。勉大曆四年十二月已在廣，平馮崇道、朱濟之亂，則其刺廣亦在其年後。當德宗之初，加平章公、檢校左僕射，可謂不負公「李也疑丞曠前後」之句。聞道三年未曾語，小心恐懼閉其口。太守得之更不疑，人生反覆看亦醜。趙曰：言人生相得，氣合則勿疑。若更反覆，則旁人看之亦醜也。明月無瑕豈容易，紫氣鬱鬱猶衝斗。洙曰：明月之珠，紫氣衝斗，見張華傳。時危可仗真豪俊，二人得置君側否。太守頃者在南山，邦人思之比父母。王生早曾拜顔色，高山之外皆培塿。上都苟切，下路苟切。洙曰：魏都賦：「培塿之與方壺。」修可曰：左傳曰：「部婁無松柏。」説文曰：「培塿，小土山。」方言曰：「冢[一]，秦晉之間謂之培塿。」風俗通曰：「培塿者，即阜之類也。今齊魯之間，山之小高者曰培塿。」**用爲羲和天爲成，用平水土地爲厚。**洙曰：堯：「羲仲、和仲。」書：「地平天成。」又：「禹平水土。」**王也論道阻江湖，李也疑丞曠前後。**洙曰：三公論道經邦，左輔右弼，前疑後丞。趙曰：王也可以論道，而留滯於江湖，阻隔於致身。李也可爲疑丞，而天子前後用闕斯人也。**死爲星辰終不滅，**洙曰：見「方朔爲歲星」注。**致君堯舜焉肯朽。吾輩碌碌飽飯行，風后力牧長迴首。**洙曰：風后、力牧，黃帝時良臣也。師曰：衣無情而狗有情，如衣猶之可也，變而爲狗，則甚矣。古今人事變更，有同浮雲。河東柳氏之女，疾其夫貧醜，抉眼以去其夫王生。然王生通經孝友之士也，見愛於太守李侯，而見惡於其妻[二]，亦足見人生反覆，萬事變更，如浮雲然，茲可嘆也。帝王世紀云：「黃帝夢大風吹，天下塵垢皆去，復夢人執千鈞之弩，驅羊數萬群。帝嘆曰：『風天號令，垢去土，后在也。豈有姓風名后者哉？千鈞之弩，畢力能遠，驅羊萬群，牧民爲善。豈有姓力名牧者哉？』乃得風后於海隅，力牧於大澤。」甫以王、李二人比之風后、力牧，可以論道，可以丞疑，以輔王室。故回首以眷思之。

[一] 冢，原作「家」，據分門集注卷二五改。
[二] 妻，原作「惡」，據四庫本改。

觀公孫大娘弟子舞劍器行并序大曆二年作。

大曆二年十月十九日，夔府别駕元持宅見臨潁李十二娘舞劍器，壯其蔚跂，問其所師。曰：「余公孫大娘弟子也。」開元三載，余尚童稚，記於郾城觀公孫氏舞劍器渾脱，瀏灕上力周切，下力支切。頓挫，獨出冠時。自高頭宜春、梨園二伎坊内人，洎外供奉，曉是舞者，聖文神武皇帝初，公孫一人而已。玉貌錦衣，况余白首。今兹弟子亦非盛顔，既辯其由來，知波瀾莫二。撫事慷慨，聊爲劍器行。往者吴人張旭善草書書帖，數嘗於鄴縣見公孫大娘舞西河劍器，自此草書長進，豪蕩感激。即公孫可知矣。

【補注】**鶴曰：**大曆二年十月，公雖在東屯，而今序云「夔州别駕元持宅見李十二娘舞劍器」，殆是公暫出府中也。

昔有佳人公孫氏，一舞劍器動四方。觀者如山色沮喪，天地爲之久低昂。**敏功曰：**言不自安也。㸌如羿射九日落，㸌音酷。**洙曰：**堯時，十日并出，堯令羿射，中九日，日烏皆死，墮其羽翼。矯如群帝驂龍翔。來如雷霆收震怒，罷如江海凝清光。**洙曰：**皆言舞劍器迴旋疾徐變態也。絳唇珠袖兩寂寞，**洙曰：**蕪城賦：「玉貌絳唇。」**敏功曰：**謂公孫已死也。晚**洙曰：**一作「脱」。有弟子傳芬芳。**饒曰：**李十二娘傳其術。臨潁美人在白帝，**饒曰：**白帝即夔州魚復縣，甫於此見之。妙舞此曲神揚揚。與余問答既有以，感時撫事增惋傷。先帝侍女八千人，**晁曰**：先帝指元宗也[一]。公孫劍器初第一。五十年間似反掌，風塵澒洞昏王室。梨園子弟散如煙，女樂餘姿映寒日。**夢符曰**：按唐志：「元宗既知音律，又酷愛法曲，選坐部女子弟三百教於梨園，號皇帝梨園弟子。宫女數百，亦爲梨園弟子，居宜春北院。」**洙曰**：禄山之亂，梨園弟子及雜伎皆流散也。補注 **希曰**：開元初至大曆，故曰五十年間。安禄山入京師，命搜捕百官、宦者、宫女等，每獲數百人，輒衛洛陽。自是，其散如煙之不可收矣。金粟堆南木已拱，**洙曰**：見「金粟堆南松柏裏」注。左傳：「墓木拱矣。」江淹恨賦：「拱木斂魂。」**趙曰**：金粟堆在明皇泰陵之北。瞿塘石城草蕭瑟。玳筵急管曲復終，**夢符曰**：按古樂府今日樂相樂行：「綺殿文雅遒，玳筵歡趣密。」又曰：「歌朱唇動愛神舉，洛陽少童邯鄲女。古稱渌水今白紵，催弦急管爲君舞。」樂極哀來月東出。老夫不知其所往，足繭荒山轉愁疾。**洙曰**：足重繭也，言奔走流落而足重繭爾。**趙曰**：公自言去留未定，今徒足繭荒山。足耳胝如繭也[二]，所謂重既累繭是也[三]。補注 **希曰**：淮南子：「楚欲攻晉，墨子聞之，自晉趨而十日十夜，足重繭而不休息，至於郢，見楚王。」

[一] 元，避宋聖祖諱，遵照底本。
[二] 足耳，九家集注卷一三作「耳足」，則「耳」當屬上讀。
[三] 既，九家集注作「趼」。

虎牙行

洙曰：虎牙，灘名也，險絶。蕭銑僭江陵日，屯兵于此，後常爲屯戍之地。**鮑曰**：虎牙，山名。盛弘之荆州記：「郡西泝江六十里，南岸有山，名荆門；北岸有山，名虎牙，二山相對，楚西塞也。」〔補注〕**鶴曰**：後漢志：「南郡夷陵有荆門，有虎牙山。」荆州記曰：「荆門，江南虎牙，江北虎牙，有文如虎，荆門上合下開。」今詩云「八荒十年防盗賊」，當是大曆二年作。又云「犬戎鎖甲聞丹極」，指吐蕃寇邠、靈，京師戒嚴也。

秋風欻吸吹南國，天地慘慘無顔色。洞庭揚波江漢迴，虎牙銅柱皆傾側。洙曰：虎牙、銅柱，并灘名。言江漢之間，亦未寧静也。虎牙，屬南郡，山名。見後漢志。**巫峽陰岑朔漠氣，峰巒窈窕溪谷黑。杜鵑不來猿狖寒，山鬼幽憂雪霜逼。**洙曰：楚九歌有山鬼詩。**楚老長嗟憶炎瘴，**洙曰：以慘急，所以「憶炎瘴」也。〔補注〕**鶴曰**：瘴者，山嵐水毒，與草莽沴氣，鬱勃薰蒸之所成。炎方地脉疏而氣洩，谿陽不收，人爲長燠所暵，膚理不密，又爲山水草莽之氣所寇，故成瘴。今云巫峽陰岑，常多朔漠之氣。老者憶南方之瘴，蓋傷兵戈連年，殺氣日盛也。**三尺角弓兩斛力。**洙曰：弓短而勁，力不能勝也。**壁立石城横塞起，金錯旌竿滿雲直。**洙曰：時多防戎也。**漁陽突騎獵青丘，**洙曰：禄山之反，皆漁陽突騎。漁陽，燕、薊。青丘，内地，屬洛陽。**犬戎鎖甲聞丹極。**洙曰：犬戎，吐蕃也。丹極，帝居也。時吐蕃陷京師。**八荒十年防盗賊，**〔補注〕**鶴曰**：此句上疑脱一句。爾雅以「觚竹、北户、西王母、日下謂之四荒」，而賈誼始爲「并吞八荒」之説，師古言之矣。見上注。征戍誅求寡妻哭，**洙曰**：以征役而在外，故多寡妻。遠客中宵淚霑臆。

錦樹行大曆二年作。

[補注]**鶴曰**：詩云：「荒戍之城石色古，東郭老人住青丘。飛書白帝營斗粟，琴瑟几杖柴門幽。」當是大曆二年東屯作。

今日苦短昨日休，歲云暮矣增離憂。**洙曰**：時不我與，而不知老之將至也。霜凋碧樹作錦樹，**洙曰**：木華經霜而紅，故若錦然。萬壑東逝無停留。**洙曰**：聖賢之傷時者，莫不寓意於此。孔子所以有川上之嘆。荒戍之城石色古，東郭老人住青丘。**趙曰**：東郭，夔州之郭也。老人，公自言。[補注]荒戍之城，當是指赤甲城。城，公孫述所築。寰宇記云：「奉節縣北三十里，與舊白帝城相連。」青丘，豈非指東屯？以其在東，故曰青。飛書白帝營斗粟，琴瑟几杖柴門幽。青草萋萋盡枯死，天驥跛足隨犛牛。**洙曰**：天馬隨犛牛，喻君子而隨小人。**趙曰**：草枯則無以充天馬之飼，與犛牛無異矣。犛牛，蠻中牛也。自古聖賢多薄命，**洙曰**：伯夷之餓死，孔子之栖栖，顏回之夭，孟軻之坎軻，皆薄命之聖賢也。奸雄惡少封公侯。**洙曰**：漢祖之起，所取侯者，皆屠沽刀筆之人。故國三年一消息，終南渭水寒悠悠。五陵

豪貴反顛倒，鄉里小兒狐白裘。 **洙曰**：五陵，漢帝五陵也。言當貴者賤，當賤者貴。是皆傷時也。**夢符曰**：按史記：「秦囚孟嘗君，昌説幸姬求解，姬曰：『願得君狐白裘，直千金，以獻昭王。』有客能狗盜，入秦宮藏，盜得狐白裘獻之。遂得歸齊矣。」又禮：「士不衣狐白。」**生男墮地要膂力，生女富貴傾邦國。** **趙曰**：傅玄豫章行：「男兒當門户，墮地自生神。」生男有膂力，可以用武致功，則一生之間，所取富貴，傾動邦國。與美人容貌「一顧傾人城，再顧傾人國」不同。**莫愁父母少黃金，天下風塵兒亦得。** **洙曰**：天下風塵，則奸邪得志。**師曰**：日短、歲暮，皆傷老之將至，而歲不我與也。飛書白帝，謂有所請丐也。天馬跛足隨氂牛，喻君子失所而混居小人之中。聖賢命薄，惡少封侯，「五陵豪貴反顛倒，鄉里小兒狐白裘」，皆嘆亂世，貴者反賤，賤者反貴。如小人徒有膂力，動取富貴，蓋以天下風塵故也。

赤霄行

蘇曰：嚴武一日欲殺甫及章彝，集吏於門。武出，冠挂于簾者三。左右白其母，奔救，得止。獨殺彝。於是有赤霄行，以叙其事。**趙曰**：此篇乃遭侮而感嘆之作。**補注** **鶴曰**：蘇注云爲嚴武作，而梁權道編在大曆二年夔州詩内。若梁編爲是，則是時武死已兩年，不應方形之詩。末云「老翁慎莫怪少年」，當是指郭英乂，與莫相疑行同是永泰元年作。故莫相疑亦有「晚將末契託年少」之句，詳見前注。

孔雀未知牛有角，渴飲寒泉逢觝觸。 **洙曰**：以非類也。非類，故不相知，不相知而相從，則見辱矣。赤霄玄圃須往來，翠尾金花不辭辱。趙曰：玄圃在崑崙山上，之別名見葛仙傳。晉左九嬪孔雀賦云：「擢翠尾之修莖。」江中淘河嚇飛燕，銜泥却落羞華屋。趙曰：淘河者，鵜鶘也。飛燕從江上來，爲淘河所疑，意謂燕争其魚而嚇之。歸華屋之上，負此羞耻，銜泥而却落也。皇孫猶曾蓮勺困，洙曰：孝宣帝紀：「帝初爲皇孫，高材好學。然亦喜游俠，數上下諸侯，常困於蓮芍鹵中。」如淳曰：「爲人所困辱也。」蓮芍縣有鹽池，縱廣十餘里，鄉人名爲鹵中。蓮音輦，芍音灼。衛莊見貶傷其足。洙曰：出左傳：「刖鮑牽而逐高石〔一〕，人來招牽之弟鮑國而立之。鮑國相施氏忠，故齊人取以爲鮑氏後。仲尼曰：『鮑莊子之知不如葵，猶能衛其足。』」注：「葵，傾葉向日，以蔽其根。言鮑牽居亂不能危行言孫。」衛作鮑。老翁慎莫怪少年，葛亮貴和書有篇。趙曰：老翁，公自指言也。少年，則所見辱之子也。陳壽所上諸葛亮集二十四篇，而貴和第十一。此公所以託言不能和則必召辱矣。丈夫垂名動萬年，記憶細故非高賢。洙曰：言不可録小怨，而棄大德也。趙曰：此見公胸懷之廓落，無宿憾矣。漢文帝與匈奴書曰：「朕與單于捐細故。」師古注：「細故，小事也。」師曰：博物志：「孔雀尾多變色，或紅或黄，有如雲霞，其色無定。」爾雅釋鳥：「鵜，鴮、鸅。」郭璞注：「今之鵜鶘也，好群飛，沉水食魚，俗呼爲淘河。」孔雀與牛非其類，猶君子小人非其類。不虞小人，反爲小人中傷。淘河、飛燕，銜泥以污華屋，猶小人居朝，反爲污辱。皇孫、鮑莊，已見「内翰」注。語云：「君子坦蕩

〔一〕刖，原作「前」，據四庫本改。

蕩。」此甫末章有「貴和」句，而不記録其小怨。不然，何以見君子之大？

前苦寒行二首大曆元年作。

補注 **鶴曰**：詩云：「去年白帝雪在山，今年白帝雪在地。」當是大曆元年正月公在雲安作。詳見注。

漢時長安雪一丈，牛馬毛寒縮如蝟。 **修可曰**：西京雜記：「漢元封二年，大雪，深一丈，野中烏獸皆死，牛馬踡縮如蝟。」**鄭曰**：蝟，于貴切，蟲似豪猪者。**楚江巫峽冰入懷，虎豹哀號又堪記。秦城老翁荆揚客，** **洙曰**：公，杜陵人，乃秦地也。**慣習炎蒸歲絺綌。玄冥祝融氣或交，手持白羽未敢釋。** **趙曰**：以楚地多熱故也。白羽，言扇也。

去年白帝雪在山，今年白帝雪在地。 補注 **鶴曰**：舊史：「永泰元年正月癸巳，雪盈尺。二年正月丁巳朔，大雪平地二尺。」而新史不書。新史務簡嚴，而事物之紀，多不該盡。如斯之類非一，觀唐史者當合新、舊書并觀之。永泰元年白帝之雪，公雖不見，殆得於所聞也。**凍埋鮫龍南浦縮**〔一〕，**趙曰**：此言水涸少也。**寒刮肌膚北風利。楚人四時皆麻衣，** **趙曰**：楚地多熱，故四時寒衣〔二〕，以雪爲訝也。**楚天萬里**

〔一〕鮫，四庫本作「蛟」，字通。
〔二〕寒，分門集注卷二作「麻」。

無晶輝。三足之烏足恐斷，羲和迭送將安歸。洙曰：言陰盛陽弱，日不能破群陰也。趙曰：淮南子曰：「日中有踆烏。」注云：「踆，趾也，謂三足烏也。」羲和，日御也。以雪而烏斷，則羲和馭日車，失其所歸矣。皆以形容雪深之意。

後苦寒行二首

補注鶴曰：同上年作。

南紀巫廬瘴不絶，太古以來無尺雪。洙曰：世説：「南州謂之炎方，地温無雪。」補注鶴曰：公有詩云「巫山不見廬山遠」，則今云巫廬，乃合二山而言。然廬山居大江之南，未若巫山之逼於炎瘴，豈至太古以來無尺雪也？且公嘗爲桂州賦詩，猶云「雪片一冬深」，豈廬山之不桂若？無乃詩人甚其辭耳。蠻夷長老怨苦寒，崑崙天關凍應折。玄猿口噤不能嘯，白鵠翅垂眼流血，安得春泥補地裂。

晚來江門洙曰：一云「間」。失大木，猛風中夜飛白屋。白屋見甘林詩注。天兵斷斬青海戎，殺氣南行動坤軸。補注鶴曰：按史：「永泰元年八月，吐蕃、迴紇、党項羌、渾、奴刺寇邊。九月，寇醴泉、奉先。党項羌、渾、奴刺又寇同州、盩厔。十月，吐蕃又與迴紇寇邊，寇奉天、同州、興平，周智光、郭子儀、李迴方等敗之。」殺伐之多，故有是句。蜀爲坤維，所以云「動坤軸」。青海戎，指吐蕃。不爾苦寒何太酷，洙曰：疑殺戮太過也。巴東之峽生凌澌，彼倉迴幹人得知。

晚晴大曆二年作。

補注 **鶴曰：**詩云「高唐暮冬雪壯哉」，當是二年冬作。蓋以元年春到夔，而是年史書「冬無雪」，三年春又已下峽，故知爲二年詩。

高唐暮冬雪壯哉，舊瘴無復似塵埃。**洙曰：**峽中每嵐瘴起，如塵埃翳天。崖沉谷没白皚皚。江石缺裂青楓摧，南天三旬苦霧開。**洙曰：**舞鶴賦：「嚴嚴苦霧。」赤日照耀從西來，六龍寒急光徘徊。**洙曰：**六龍，日馭也。補注 **希曰：**高后紀：「徘徊往來。」師古曰：「徘徊，猶彷徨不進之意。」照我衰顔忽落地，**洙曰：**言見陽而熙也。口雖吟詠心中哀。未怪及時少年子，揚眉結義黄金臺。**洙曰：**燕昭築黄金臺，以禮郭隗。鮑照詩：「豈伊白璧賜，時起黄金臺。」汩乎吾生何飄零，支離委絶同死灰。**洙曰：**支離，言不爲時所用也。莊子：「支離既久，心可使如死灰。」

復陰大曆二年冬作。

補注 **鶴曰：**同是大曆二年冬作。詩云「昨日晚晴今日黑」，「晚晴」即前所賦之詩也。

方冬合沓玄陰塞，昨日晚晴今日黑。萬里飛蓬映天過，孤城樹羽揚風直。江濤簸岸黄沙走，雲雪埋山蒼兕吼。君不見夔子之國杜陵翁，牙齒半落左耳聾。洙曰：夔州，古夔子國也。杜陵，子美故里也。

夜歸大曆二年作。

補注 **鶴曰**：詩云「峽口驚猿聞一個」，則是在夔作。又云：「夜來歸來衝虎過，山黑家中已眠卧。」則是在瀼西居時作，大曆二年。

夜來歸來衝虎過，山黑家中已眠卧。傍見北斗向江低，仰看明星當空大。**洙曰**：明星夜半則見。庭前把燭嗔兩炬，峽口驚猿聞一個。白頭老罷舞復歌，補注 **希曰**：後漢廉范傳：「交縛兩炬。」南史蔡興宗傳：「范慶宗曰：老罷私門，兵力頓闕。」杖藜不睡誰能那。

寄柏學士林居大曆元年作。

補注 **鶴曰**：詩云：「荆揚春冬異風土，巫峽日夜多雲雨。」當是大曆元年夔州作。又云「盗賊縱横甚密邇」，非指崔旰，即指周智光也。

自胡之反持干戈，天下學士亦奔波。洙曰：避亂奔散，如波之奔。**嘆彼幽栖載典籍，蕭然暴露向山阿。**洙曰：暴露，言無所休庇也。漢書：「衣冠暴露。」**青山萬里静散地，白雨一洗空垂蘿。亂代飄零予到此，古人成敗子如何。荆揚春冬異風土，**洙曰：風土記：「荆、揚之間，春寒而冬暖，所以爲異。」**巫峽日夜多雲雨。**洙曰：神女朝爲雲，暮爲雨。**赤葉楓林百舌鳴，**洙曰：楓木凡經霜則葉赤。百舌，鳥也。**黄泥**一作「花」。**野岸天雞舞。**洙曰：天雞，鳥名。謝靈運詩：「天雞弄和風。」**盗賊縱横甚密邇，形神寂寞甘辛苦。幾時高議排金門，各使蒼生有環堵。**洙曰：使民各安其居也。

寄從孫崇簡大曆二年作。

補注 鶴曰：詩云：「嵯峨白帝城東西，南有龍湫北虎溪。」則是在夔作。又云「與汝林居未相失」，似是大曆二年作，時在赤甲瀼西也。牧童，一本作「牧豎」。

嵯峨白帝城東西，南有龍湫北虎溪。吾孫騎曹不記馬，修可曰：世説：「王子猷爲桓冲騎曹參軍[一]，相問曰：『卿何署？』答曰：『不知何署。時牽馬來，似是馬曹。』又：『所管幾何？』曰：『何由知數。』

[一] 猷，原作「獻」，據四庫本改。

又問：『馬死多少？』曰：『未知生，焉知死？』」業學尸鄉多養雞。洙曰：見崔樹雞柵詩注。龐公隱時盡室去，武陵春樹他人迷。洙曰：龐德公携妻子，盡室入鹿山。武陵春樹，桃源也，漁人迷路而入。與汝林居未相失，近身藥裹酒長携。牧叟樵童亦無賴，莫令斬斷青雲梯。洙曰：文選注：「仙者以雲而升，故謂之雲梯。」

西閣曝日大曆元年作。

補注鶴曰：詩云：「凜冽倦玄冬，負暄嗜飛閣。」當是大曆元年居西閣時作。

凜冽倦玄冬，負暄嗜飛閣。洙曰：負暄，以背向日也。晝曰：列子楊朱篇：「宋國有田夫，暨春作，自曝於日，不知有綿纊狐貉。顧謂妻曰：『負日之暄，人莫知者，以獻吾君，將有重賞。』」趙曰：梁元帝纂要曰：「冬曰玄英，亦曰玄冬。」羲和流德澤，顓頊愧倚薄。洙曰：曹子建：「悲風鳴我側，羲和逝不留。重陰潤萬物，何懼歲不周。」毛髮具自和，肌膚潛沃若。洙曰：沃若，暖也，如以湯沃然。太陽信深仁，衰氣欻有託。欹傾煩注眼，容易收病脚。流離木杪猿，翩仙山顛鶴。洙曰：何敬祖：「連翩御飛鶴。」謝靈運詩：「仰看條上猿。」朋知苦聚散，哀樂日已作。補注鶴曰：朋知，一本作「用知」。非八哀詩云「斷此朋知展」。醉爲馬墜詩「朋知來問腆我顔」，公蓋屢用此二字也。即事會賦詩，人生忽如昨。

古來遭喪亂，賢聖盡蕭索。洙曰：自古喪亂之世，聖賢不得其所，故蕭索也。胡爲將暮年，憂世心力弱。師曰：負暄，炙背也。嗜，好也。羲和，日御也。顓頊，北帝也。倚薄，謂陰氣迫人。沃若，暖貌。欹傾，謂展轉向日。病脚藉暖氣煦之，則易收。猿鶴喜日，和則流離布散，翩仙軒舉。人生貴隨時之宜，不必傷今不如古昔。古來聖賢遭喪亂之世，亦皆蕭索失所，豈獨甫乎？何必憂世，而至於心之弱也？

水閣朝霽奉簡嚴雲安大曆元年作。

補注 鶴曰：「晚交嚴明府，矧此數相見。」又首云：「東城抱春岑，江閣鄰石面。」當是大曆元年春在雲安作。梁權道編在大曆三年。然是年正月，公已出峽矣，未必是。朝日作朝旭。

東城抱春岑，江閣鄰石面。崔嵬晨雲白，朝日射芳甸。洙曰：謝玄暉有：「雜英滿芳甸。」雨檻卧花叢，風床展書卷。鈎簾宿鷺起，丸藥流鶯囀。呼婢取酒壺，續兒誦文選。晚交嚴明府，矧此數相見。數，色角切。

晚登瀼上堂大曆二年作。

補注 鶴曰：大曆二年三月，公自赤甲移居瀼西。此詩云「繫馬林花動」，又云「山田麥無隴」，當是其時作。

故躋瀼岸高，頗免崖石擁。開襟野堂豁，**趙曰**：文選賦：「向北風而開襟。」繫馬林花動。雉堞粉如雲，**鄭曰**：堞，徒葉切，城上垣也。**夢符曰**：按公羊傳：「五板而堵，五堵而雉，百雉而城。」堞，城墻。馬，面也。文選鮑明遠蕪城賦：「以板築雉堞之盛，井幹烽櫓之勤。」山田麥無隴。春氣晚更生，江流静猶湧。四序嬰我懷，群盗久相踵。黎民困逆節，天子渴垂拱。**洙曰**：時喪亂既久，民困於賊後，天子播遷，未獲收復也。**趙曰**：天子皇皇於廟謨，不得垂衣拱手。補注 **鶴曰**：按舊史：「大曆二年正月戊寅，敕同、華二州，頃因盗據，民力凋殘，宜給復二年，一切蠲免。」黎民之困，不獨此也。詳考元年以乾元已來，天下用兵，議於天下地畝青苗上量配税錢，以充百官俸，則其困非止於逆節矣。群盗久相踵，謂崔旰、周智光相繼而叛也。所思注東北，深峽轉修聳。衰老自成病，郎官未爲冗。凄其望吕葛，**洙曰**：以世亂，思得良臣如吕望、諸葛者。**趙曰**：可以有爲於世，而嘆其衰病也。謝靈運詩：「欽聖若旦暮，懷賢亦凄其。」不復夢周孔。**洙曰**：如周公、孔子，不可夢見矣，又况得見之乎？濟世數嚮時，斯人各枯冢。楚星南天黑，蜀月西霧重。**趙曰**：以况風塵昏蔽，道路阻隔也。安得隨鳥翎，迫此懼將恐。**師曰**：楚地有瀼東、瀼西，地高可以登眺，故云「頗免崖石擁」。雉堞，矮墻也。麥無隴，言麥茂熟。静猶湧，言無風而波。逆節，指禄山之亂。渴垂拱，謂未收復京城。所思注東北，甫以東北爲寇所擾，不能無憂思也。深峽轉修聳，言困于楚峽，不聞朝廷消息，是以「衰老自成病」也。郎官未爲冗，言不見用，故思得賢俊如吕望、諸葛、周、孔之徒，出爲國家整頓，奈何斯人骨已朽矣。「楚星南天黑，蜀月西霧重」，庶民惟星，卿士惟月，復嘆楚、蜀數昏亂，是以甫欲隨鳥翅奮飛而去也。

敬寄族弟唐十八使君大曆三年。

補注鶴曰：案公有巫山縣汾州唐使君十八弟宴别詩，蓋公大曆三年下峽時，與唐相别於巫山，而此詩云：「春江洪濤壯，谷轉頗彌旬。」又云：「登陸將首途，筆扎枉所申〔一〕。歸期蹋病肺，叙舊思重陳。」當是别後唐寄書，而公賦此以簡之。是時猶未出峽也。

與君陶唐後，盛族多其人。聖賢冠史籍，枝泒羅源津。洙曰：甫自撰萬年縣君京兆杜氏墓銘云：「其先系統於伊祁〔二〕，分姓於唐杜。」春秋傳云：「穆叔謂之世禄，其在兹乎。」漢高紀贊曰：「范宣子亦曰：祖自虞以上爲陶唐氏，在夏爲御龍氏，在商爲豕韋氏，在周爲杜氏。」注：「唐、杜，二國名。」補注鶴曰：唐宰相世系表云：「杜氏出祁姓，帝堯裔孫劉累之後，在周爲唐杜氏。成王滅唐，以封弟帝叔虞，改封唐氏子孫於杜城，京兆杜陵是也。」然則唐與杜蓋同族也〔三〕。**在今最磊落，巧僞莫敢親。介立實吾弟，濟時肯**

〔一〕扎，四庫本作「札」，二字古通。以下不再一一注明。
〔二〕系，原作「孫」，據四庫本改。
〔三〕同，原作「何」，據四庫本改。

殺身。物白諱受玷，行高無污真。得罪永泰末，放之五溪濱。洙曰：漢黄瓊：「嶢嶢者易爲污，嶢嶢者易爲缺。」四子講德：「青蠅不能穢垂棘。」詩：「白圭之玷，尚可磨也。」語：「殺身以成仁。」馬援傳：「武陵五溪蠻夷。」注：「雄、滿、酉、撫、辰，所謂五溪也。」趙曰：所以明得罪之由，以不受污玷而致然。鸞鳳有鎩翮，鎩，所戒切。先儒曾抱麟。洙曰：顔延年詠嵇中散詩：「鸞翮有時鎩。」鎩，殘也。劉越石詩：「誰云聖達節，知命故不憂。宣尼悲獲麟，西狩涕孔丘。」注：「孔子亦抱麟而泣。」雷霆劈長松，骨大却生筋。一失不足傷，念子孰自珍。泊舟楚宮岸，戀闕浩酸辛。除名配清江，厥土巫峽鄰。洙曰：清江，屬施州。鄭曰：清江，溪名，在施州。本漢江巫縣地，今夔州巫山縣。補注鶴曰：施州爲清江郡。水經云：「水色清，照十丈，故名。」厥土，字本禹貢。按九域志，施與夔爲鄰，在夔之南三百餘里。登陸將首途，筆扎杠所申。歸朝跼病肺，叙舊思重陳。春風洪濤壯，洙曰：顔延年：「春江壯風濤。」劉越石：「棄置勿重陳，重陳令心傷。」谷轉頗彌旬。趙曰：郭景純江賦：「盤渦谷轉。」我能况中流〔一〕，搪突鼉獺瞋。洙曰：鼉獺瞋，言爲小人所怒也。長年已省柂，洙曰：省，視也。柂，舟尾正船者。長年操舟者，視柂則將行矣。慰此貞良臣。趙曰：欲春時乘船而往，得一見唐公，以相慰也。師曰：盛族之後，枝泒蓄大，故

〔一〕况，四庫本作「泛」。

多産聖賢。介立，爲人孤介也。唐使君以介特不徇時輩，爲讒佞中傷，代宗之時，遂斥於五溪。自古賢士困厄，
無代無之。然長松雖遭霹靂，猶有再生之期，一失又何足傷也。時唐公泊舟于楚岸以見甫，復惠以書。甫意欲
乘春以視之，慰其寥索，故有「春風洪濤壯，唐突鼉獺瞋」之語。省柂，言具船將行矣。甫病渴，無復還朝，惟樂
與朋舊叙懷，故云「歸朝跼病肺，叙舊思重陳」。

釋悶 廣德二年作。

補注 鶴曰：詩云：「四海十年不解兵，犬戎也復臨咸京。」謂吐蕃以廣德元年入寇，陷京師。前此禄山陷
京師，今又爲吐蕃陷之，故云「犬戎也復臨咸京」。自天寶十四載乙未，禄山反時起兵，至廣德元年爲十年，兵不
解也。此詩當是廣德二年作。故又曰「天子亦應厭奔走」，時在閬州，故自稱江邊老翁。而梁權道編在大曆三
年，第本舊次也。

四海十年不解兵，犬戎也復臨咸京。**洙曰**：自禄山、思明之亂方已，而吐蕃復陷京城。**蒭曰**：咸
謂咸陽，即西京也。失道非關出襄野，**蒼舒曰**：按莊子：「黃帝將見大隗乎具茨之山，至于襄城之野，七聖
皆迷，無所問塗。」揚鞭忽是過胡城。**修可曰**：世説：「王敦作逆，明帝騎巴鎮馬，賫一金鞭，至湖，陰察軍
形。敦晝夢日繞其城，忽然驚覺，曰：『營中有黃鬚卑奴來，何不縛取？』命騎追之，不及也。」**炎曰**：避寇者奔
走迷道，故有是句耳。豺狼塞路人斷絶，**洙曰**：豺狼，盜賊也。烽火照夜尸縱横。**洙曰**：漢制，有寇

則舉烽燧。言寇亂未平，則烽火照夜也。**天子亦應厭奔走，**洙曰：時帝幸陝。趙曰：車駕雖歸長安，而有乞還洛巡悔之説[一]。**群公固合思升平。但恐誅求不改轍，**朋曰：譏賦斂之重也。**聞道嬖孽能全生。**洙曰：指程元振也。時元振用事，媒蝎大臣，故吐蕃入寇，功臣不肯用命。符曰：代宗不能正其典刑。**江邊老翁錯料事，眼暗不見風塵清。**

黄氏補千家集注杜工部詩史卷之十三

[一] 悔，分門集注卷一二、九家集注卷一四作「海」。

黄氏補千家注杜工部詩史卷之十四

八哀詩并序寶應、廣德至大曆初所作。

補注 鶴曰：八詩非一時所作。如李光弼詩云「洒淚巴東峽」，嚴武詩云「悵望龍驤塋」，武以永泰元年夏薨，而旐出江漢，舟轉荆衡，已是數月，今復葬罷，而悵望其塋，則二詩在夔州作無疑。如李邕詩云：「君臣尚論兵，將帥接燕薊。朗誦六公篇，憂來豁蒙蔽。」則是史朝義未死之前，正經營河北之日，當在廣德元年之前。總序云「傷時盜賊未息」，蓋自寶應、廣德至大曆初有此作，故云「前後存沒，遂不詮次」。梁(懷)(權)道編在大曆二年，特自其成而云耳。

傷時盜賊未息。興起王公、李公，嘆舊懷賢，終于張相國。八公前後存殁，遂不詮次焉。洙曰：王仲宣、張景陽皆作七哀詩，黄鳥哀三良，亦其義也。

贈司空王公思禮

彦輔曰：按思禮傳：「加守司空，上元二年，以疾薨，贈太尉，謚曰武烈。」

司空出東夷，童稚刷勁翮。端本曰：謂修整其儀矩。追隨燕薊兒，穎鋭洙曰：一作「脱」。物不隔。洙曰：王思禮，營州城傍高麗人也。少習戎旅，隨節度使王忠嗣至河西，與哥舒翰對爲押衙。高麗，東夷也。服事哥舒翰，意無流沙磧。洙曰：及翰爲隴右節度使，思禮爲翰押衙。無流沙磧，言其輕視夷狄，不以爲意也。補注鶴曰：流沙磧，自是兩地名。禹貢：「弱水餘波入于流沙。」楚辭招魂：「西方之害，流沙千里。」注：「沙流而行。言西方之地，厥土不毛，流沙滑滑，晝夜流行，縱横千里。」西州有礌石磧，北庭都護府有小磧。開元二十八年八月乙亥，磧西節度使蓋嘉運敗突騎施于賀邏。餘見送遠詩注。未甚拔行間，犬戎大充斥。敏功曰：充斥，言盛大也。短小精悍姿，屹然强寇敵。定功曰：前漢嚴延年爲人短小精悍，敏捷於事，雖子貢、冉有通於政事，不能絶也。趙曰：按史，加思禮金城太守。安禄山反，翰爲元帥，奏思禮赴軍。玄宗曰：「吐蕃有釁，唯倚思禮。」且觀玄宗之言，則思禮在金城時，能敵吐蕃可知矣。補注希曰：史記：「郭解爲人短小精悍。」貫穿百萬衆，出入由咫尺。馬鞍懸將首，蘇曰：辛倚破匈奴，常懸蕃將首於鞍前。齊太祖見而賞愛。倚能騎射，尤妙文墨。甲外控鳴鏑。夢符曰：右按，前漢書：「冒頓作鳴鏑，習勒其騎射。」應劭曰：「髐箭也。」洗劍青海水，孫曰：青海在山東。刻銘天山石。洙曰：思禮以拔石堡城功，在行間除右金吾衛將軍，充關西兵馬使。趙曰：皆戰勝而深入也。班固爲竇憲刻銘燕然山。敏功曰：唐薛仁貴傳：「將軍三箭定天山。」補注希曰：哥舒翰築神威軍於青海上，吐蕃至，擊破之。又築城於青海中龍駒島。

吐蕃屏迹，不敢近青海。事見通鑑。又唐志：「伊州伊吾縣，有析羅漫山，亦名天山。又西州有天山軍。自州西南有南平、安昌兩城，百二十里至天山。又有天山縣。」九曲非外蕃，其王轉深壁。夢符曰：右按，唐會要：「景龍四年，贊普請昏，以左衛大將軍楊矩爲送金城公主使。吐蕃因請河西九曲之地以爲公主湯沐之邑。矩遂奏，與之。吐蕃既得九曲，其地肥良，尤與唐地接近。自是復叛。」思禮事哥舒翰，以功授右衛將軍、關西兵馬使，從其討九曲也。飛兔不近駕，晁曰：馬名飛兔，善走躍，復能飛，其駿快可知矣。鷙鳥資遠擊。趙曰：飛兔，古之神馬。山海經曰：「鷙鳥之擊。」曉達兵家流，飽聞春秋癖。修可曰：漢藝文志云：「兵家者流，凡百八十二家也。」晉杜預雖爲將軍，而有左傳癖。胸襟日沉静，肅肅自有適。洙曰：裴楷目夏侯玄云：「肅肅如入宗廟中，但見禮樂器。」師曰：自「短小精悍姿」至此句，皆美思禮之辭。潼關初潰散，萬乘猶辟易。饒曰：辟易，退却奔走之貌。偏裨無所施，元帥見手格。洙曰：禄山之反也，思禮從翰守潼關，密語翰誅國忠，又欲以三千騎劫之。翰不從，遂至於敗。思禮爲偏裨，而謀不見從，翰遂被禽。元帥，翰也。萬乘，天子也。辟易，播遷也。太子入朔方，至尊狩梁益。胡馬纏伊洛，中原氣甚逆。蘇曰：蒙將軍一日謂扶蘇曰：「今天色黯淡，回視中原，其氣甚逆。吾慮者，恐不測之禍在其中。」後果如其言。肅宗登寶位，塞望勢敦迫。洙曰：翰既敗，潼關不守，玄宗幸蜀。太子從百姓之請，遂入靈武圖興復，乃即位以從人望。思禮奔行在。公時徒步至，請罪將厚責。際會清河公，間道傳玉册。天子拜跪畢，讜議果冰釋。**洙曰**：思禮至行在，上責其不堅守，坐纛下，將斬之。會房琯在蜀，奉太上皇册命至，諫上，以爲可收後效，遂釋之。**蘇曰**：徐偶數上書明劉向事，讜議訣論，即日冰釋。**翠華卷飛雪，熊虎亘阡陌。****趙曰**：翠華，天子之旗。上林賦：「建翠華之葳蕤。」卷飛雪，言其時在冬。周禮曰：「熊虎爲旗。」所謂亘阡陌，言兵旗之多也。舊注引「如虎如貔」，却是言兵旅，非是。**屯兵鳳凰山，帳殿涇渭闢。****洙曰**：天子所在，以帳爲殿，象宫闕臺殿也。**趙曰**：庾肩吾詩：「回川入帳殿。」鳳凰山，鳳翔山名。涇渭，則在平凉，乃渭州。**金城賊咽喉，詔鎮雄所搤。****洙曰**：思禮既釋，尋副房琯，戰便橋，不利，更爲關内行營節度，河西、隴右、伊西行營兵馬使，守武功以控賊。及廣平王收復，思禮入清宫。**補注** **鶴曰**：元宗出奔，夜將半，至金城縣。金城，即京兆府之興平。元宗在興平，王思禮自潼關至，始知哥舒翰被擒，以思禮爲河西、隴右節度使，即令赴鎮，收散卒，以俟東討。事見通鑑。然蘭州亦有金城縣，又有金城關，正屬隴右道節度，治鄯州。金城雖在蘭州，而去鄯爲近，詩云「詔鎮雄所搤」，蓋爲此。不以京兆、金城而言也。**禁暴清無雙，爽氣春淅瀝。****師曰**：和爽之氣，如春風然。**巷有從公歌，野多青青麥。****洙曰**：言賊不敢犯境土也。**及夫哭廟後，復領太原役。****洙曰**：郭子儀收復兩京，時太廟爲賊所焚，權移神主於大内長安殿。上皇謁廟請罪，及元弼鎮河陽，制以思禮爲太原尹、北京留守、河東節度使，兼御史大夫。貯軍糧百萬，器械精鋭，尋加司空。**補注** **希曰**：前此積石軍麥熟，吐蕃輒來獲之，無能禦者，邊人謂之吐蕃麥莊。哥舒翰嘗伏兵於其側，虜至，夾擊之，無一人得返者，自是不敢復來。今繼以王公爲節度，故麥尤盛。舊注失之。又肅宗還京，素服向廟，哭三日。蓋是至德二載。而領太原，在乾元二年七月。**恐懼禄位高，悵望王土窄。**趙曰：在我之禄位，則恐其高，本朝之土地，則恨其窄。又以美其謙忠。**不得見清時，嗚呼就窀穸。**洙曰：左傳：「唯是窀穸之事。」**永繫五湖舟，**洙曰：范蠡事勾踐，既滅吴，乘扁舟，泛五湖。**悲甚田横客。**洙曰：田横死，賓客聞之從死者五人。言思禮賓客尤甚於横也。**千秋汾晉間，事與雲水白。**言思禮撫御積畜之才，在汾晉之間者，與雲水無晦也。**昔觀文苑傳，豈述廉藺績。**洙曰：廉頗、藺相如，古之名將，言有武功不必責之文德也。**嗟嗟鄧大夫，士卒終倒戟。**洙曰：鄧景山，曹州人，亦爲太原尹、北京留守。至太原，以鎮撫紀綱爲己任，檢覆軍吏隱没者，衆懼。有一偏將，將抵罪當死，諸將各請贖其罪，景山不許。其弟請以身代，又不許。其弟請納馬一匹，以贖兄罪。衆咸怒曰：「我等人命輕如一馬乎？」軍衆憤怒，遂殺景山。補注 鶴曰：舊史云：「王思禮上元二年四月薨，管崇嗣代爲太原尹。數月，召景山代崇嗣。」及至，未幾以受馬被殺，亦在上元二年。公因景山亦尹太原，而不若思禮有統御積蓄之才，故於詩尾言之，亦以顯思禮之功也。

故司徒李公光弼

司徒天寶末，北收晉陽甲。趙曰：光弼加檢校司徒在至德二載，尋遷司空矣。今止云司徒，則據爲司徒以前事而稱其官耳。按史云，安禄山反，郭子儀薦其能，持節河東節度副使。晉陽，則河東之太原也。胡騎攻吾城，愁寂意不愜。人安若泰山，薊北斷右脅。朔方氣乃蘇，黎首見帝業。洙曰：賊將史思明等四僞帥來攻城，光弼麾下，衆不滿萬，皆烏合之人，賊以太原屈指可取。光弼伺其怠出擊，大破之，斬首十餘萬級。又破思明于嘉山，而河北歸順者十餘郡。朔方，河北也。二宮泣西郊，師曰：二宮，謂肅宗與皇后。九廟起頹壓。洙曰：見前篇「及夫哭廟後」注。未散河陽卒，思明僞臣妾。復自碣石來，火焚乾坤獵。補注鶴曰：通鑑云：「史思明至德二載，以所部十三郡及兵八萬來降。李光弼以思明終當叛亂，明年，乾元元年，果分軍爲三，一出邢洛，一出冀貝，一自洹水趨魏。」故云「僞臣妾」。唐志：「碣石山在平州石城縣。」又嬀州懷戎縣有居庸塞，東連盧龍、碣石。」高視笑禄山，公又大獻捷。洙曰：乾元二年，爲天下兵馬元帥，與九節度兵圍安慶緒於相州，拔有日矣。史思明自范陽來救，屢絶糧道，光弼身先士卒，苦戰，勝之。思明因殺慶緒，即僞位。縱兵河南，賊勢甚熾。光弼遂檄官吏，引兵入三城，賊憚光弼，不敢西犯宮闕。遂戰於中潭西，大破逆黨。趙曰：高視笑禄山，言思明笑禄山而自矜也。獻捷，則傳所謂獻俘太廟。異王册崇勛，小敵信所怯。定功曰：光弼以功封臨淮王，非謂「非劉氏不王」也。小敵怯，謂北邙之敗也。擁兵鎮河汴，千里初妥帖。洙曰：光弼以臨淮王鎮河汴。蘇曰：張遜上隋文帝表云：「幅員暫寧，千里安帖。」青蠅紛營營，風雨秋一葉。内省未入朝，死淚終映睫。修可曰：按唐史：「北邙之敗，魚朝恩羞其策謬，深忌光弼功高，而程元振尤嫉之。及來瑱爲元振譖死，光弼愈恐。吐蕃寇京師，代宗詔入援。光弼畏禍，遷延不敢行。帝還長安，因拜東都留守，察其去就。光弼以久須詔不至，二年疾篤，薨。**大屋去高棟，**洙曰：高棟，大屋所恃而安，喻光弼朝廷之所倚賴也。**長城掃遺堞。**洙曰：倚光弼如長城，今其死矣，是掃遺堞也。**平生白羽扇，**洙曰：諸葛武侯持白羽扇指麾三軍，言人亡而所用之物存爾。**零落蛟龍匣。雅望與英姿，惻愴槐里接。**洙曰：命京兆尹第五倫監護喪事，葬於三原。詔宰臣百官，祖送於延平門外。前漢槐里屬右扶風，武帝茂陵、昭帝平陵在。趙曰：槐里，豈葬地乎？以詔百官送葬延平門外。按長安志，延平門乃在郭西，而前漢槐里屬右扶風，今之鳳翔府，正在長安之西矣。補注希曰：潘岳關中記：「三輔舊治長安城中，長吏各在其縣。光武東都之後，扶風出治槐里，馮翊出治高陵。」則槐里屬扶風甚明。**三軍晦光彩，烈士痛稠疊。直筆在史臣，將來洗箱篋。**洙曰：言平生功名，書在史册也。**吾思哭孤冢，南紀阻歸楫。**趙曰：南紀，楚之分。公自南紀往歸長安，則可以弔光弼之英魂，今阻而不能，故云。**扶顛永蕭條，未濟失利涉。**洙曰：時未至大治，而光弼亡，如濟江而失舟也。**疲薾竟何人，**鄭曰：薾，乃結切，疲也。**洒涕巴東峽。**趙曰：巴東峽，指言夔州。舊注指爲荆州，非是。

贈左僕射鄭國公嚴公武

鄭公瑚璉器，華岳金天晶。洙曰：以其得山岳之孕精也。趙曰：武，挺之之子，華州華陰人。爾雅曰：「華爲西岳。古有帝王之號，曰金天氏。」補注希曰：金天，亦精西，而言如「爽氣金天豁」是也。豈爲古有金天氏？寰宇記亦云：「嚴挺之，華州人。」昔在童子日，已聞老成名。嶷然大賢後，復見秀骨清。閲書百紙洙曰：一云「氏」。盡，落筆四座驚。歷職匪父任，嫉邪常力争。趙曰：言武初離蔭補，其後自致身，累遷殿中侍御史。所謂嫉邪者，乃御史之職。而嘗力争，乃武之能矣。漢儀尚整肅，洙曰：時武爲侍御史。胡騎忽縱横。飛傳自河隴，逢人問公卿。趙曰：飛傳，則傳遽之報也。河隴西東，蜀口之道，有飛傳自河隴來，武必詢問公卿爲誰。補注希曰：高帝紀：「乘傳詣洛陽。」如淳曰：「急者乘一乘傳。」師古曰：「傳者，若古之驛。古者以車，後又單置馬，謂之驛騎。」飛傳，其一乘傳歟？司馬相如論蜀檄：「建節往，馳四乘之傳。」又文紀「除關，無用傳」注張晏曰：「傳，信也。」不知萬騎出，雪涕風悲鳴。受詞劍閣道，謁帝蕭關城。洙曰：河隴、劍閣、蕭關城事，新、舊二史皆不載。鄭曰：渭州清原縣乃武州舊治。蕭關縣，按其地，即漢朝那縣，在原州西一百八十里。龍朔中，故於白草軍城置蕭關。補注鶴曰：唐志「：大中五年，以原州蕭關置武州。按九域志，鎮戎軍乃原州平高縣地，有蕭關古城。漢文帝十四年，匈奴入蕭關，即此地也。西北與靈州爲鄰，蓋武赴靈武行在，故云。寂寞雲臺仗，洙曰：庾信哀江南：「非無北闕之兵，猶有雲臺之仗。」飄颻沙塞旌。江山少使者，笳鼓凝皇情。補注希曰：霍光傳云：「使者旁午。」而今云「江山少使者」，可知其時矣。淮南王安傳亦云「使者道長安來」。**壯士血相視，忠臣氣不平。密論正觀體，**洙曰：正觀，太宗撥亂反正時。**揮發岐陽征。**洙曰：時肅宗理兵鳳翔。**感激動四極，聯翩收二京。**定功曰：史云：「至德初，武赴肅宗行在，房琯薦爲給事中。已收長安，拜京兆尹。」則固有建議收復者矣。**西郊牛酒再，**洙曰：沈休文碑：「牛酒日至，壺漿塞陌。」西郊，謂文王也。牛酒，謂擊牛釃酒享士也。**原廟丹青明。**洙曰：叔孫通願爲原廟。注：「原，重也，先以有廟，今更立之也。」**匡汲俄寵辱，**洙曰：匡衡、汲黯。趙曰：以武之諫諍，如匡、汲也。既拜京兆尹矣，而坐房琯事，貶巴州。此則寵之所辱也。**衛霍竟哀榮。**趙曰：武爲東川及劍南節度，則遷謫之中，雖可哀而亦榮也。補注 希曰：北史王洛兒傳論：「生受恩遇，没居哀榮。」**四登會府地，三掌華陽兵。**趙曰：武爲京兆少尹，又爲京兆尹，爲成都尹、劍南節度，又復節度劍南，此爲「四登會府」。書曰：「華陽黑水惟梁州。」則東川、西川，皆華陽也。**京兆空柳色，**洙曰：色，一云「市」。張敞爲京兆尹，走馬章臺街。唐詩有章臺柳是也。**尚書無履聲。**洙曰：前漢哀帝擢鄭崇爲尚書僕射，數求見諫諍。上初納用之。每見曳革，上笑曰：「我識鄭尚書履聲。」**群烏自朝夕，**洙曰：漢成帝時，御史府中列柏樹，常有野烏數千，栖宿其上，晨去暮來，號曰朝夕烏。烏去不來者數月，長者異之。後果廢御史大夫，是其徵也。**白馬休橫行。**趙曰：漢張湛爲光禄大夫，常乘白馬。光武每有異政，輒曰：「白馬生且復諫矣。」**諸葛蜀人愛，**洙曰：陳壽言：「蜀人愛亮，雖甘棠之詠召公，鄭人之歌子産，未足爲過也。」**文翁儒化成。**洙曰：文翁之守蜀，召下縣子弟以爲學官弟子，爲除更繇，高者補郡吏，以爲孝弟力田，由是大化。蜀之學於京師者，比齊魯。**公來雪山重，公去雪山輕。** **洙曰**：雪山，西山也。言輕重在公，而不在山。**記室得何遜，** **洙曰**：梁書：「何遜爲建安王記室，王愛文學之士，日與游宴。又爲廣陵王記室，復隨府於江州。」**韜鈐延子荆。** **洙曰**：晉孫楚字子荆，參石苞驃騎軍事。**四郊失壁壘，** **洙曰**：失壁壘，言無屯戍也。此美武能鎮静也。**虚館開逢迎。** **洙曰**：開閣以禮士也。**堂上指圖畫，軍中吹玉笙。** **師曰**：言公鎮静蜀中，惟以宴樂圖畫，與衆共樂，無防盗之憂也。**豈無成都酒，憂國只細傾。時觀錦水釣，問俗終相并。** **趙曰**：上句，雖成都有醇酒，國難不敢盛爲宴飲也。下句，言車騎之出，非專爲閑游，終以問俗爲事也。**意待犬戎滅，人藏紅粟盈。** **趙曰**：犬戎，指吐蕃也。武再節度劍南，日破吐蕃七萬衆于當狗城。然其意終待盡滅，而人免誅求，使粟至於紅腐也。**以兹報主願，庶或** **洙曰**：一云「獲」。**裨世程。炯炯一心在，** **洙曰**：炯炯，明貌。**沉沉二竪嬰。** **洙曰**：晉侯疾，求醫于秦，秦伯使醫緩爲之。未至，公夢疾爲二竪子曰：「彼良醫也，懼傷我焉，逃之。」其一曰：「我居肓之上，爾居膏之下，若我何？」醫至，曰：「不可爲也。在肓之上，膏之下，攻之不可，達之不及，藥不至焉，不可爲也。」公曰：「良醫也。」**顔回竟短折，** **洙曰**：顔回年二十九蚤死〔一〕，武終時年四十。

〔一〕「二十九」，四庫本作「三十二」。

賈誼徒忠貞。**師曰：**公之意在於報主，不幸疾化，故比之回、誼，謂年少而殂也。**飛旐出江漢，****趙曰：**武卒於蜀，舟行而歸。**孤舟轉荆衡。****洙曰：**荆衡，乃楚地也。**虚爲馬融笛**〔一〕**，蘇曰：**後漢馬融精覈術數，性好音律，能吹笛。爲督郵，無留事，獨卧郡平陽鄔中，有洛客舍逆旅，吹笛。融去京師逾年，暫聞，悲甚而樂之，作長笛賦。**悵望龍驤塋。****田曰：**武帝以謡言拜王濬爲龍驤將軍，至太康六年卒，葬柏谷，小大營塋城。舊注以龍驤名墓，非是。**空餘老賓客，身上愧簪纓。****洙曰：**武在蜀，辟甫爲參謀。補注**鶴曰：**觀此詩而謂莫相疑行、貧交行、赤霄行爲武而作，可乎？「空餘老賓客，身上愧簪纓」之句，無怨恨之意也。不唯此，其哭嚴僕射歸櫬云：「一哀三峽暮，遺後見君情。」又可知矣。

贈太子太師汝陽郡王璡

鄭曰：璡，資辛切。補注天寶九載卒，贈太子太師。

汝陽讓帝子，**洙曰：**讓皇帝憲，本名成器，睿宗長子，立爲皇太子。以玄宗有討平韋氏之功，成器懇讓儲位，封爲寧王。薨謚曰讓皇帝。長子汝陽郡王璡也。**眉宇真天人。虬鬚似太宗，****洙曰：**書生相太宗

〔一〕爲，四庫本作「横」，王洙本作「無」。

曰：「龍鳳之姿，天日之表，又有虬鬚也。」色映塞外春。師曰：謂貌和雅也。往者開元中，主恩視遇頻。出入獨非時，禮異見群臣。師曰：玄宗以璡父讓位於己，故眷遇之恩，異於諸王，出入宫禁，不以時也。愛其謹潔極，洙曰：新史采此語。倍此骨肉親。從容聽朝後，或在風雪晨。忽思格猛獸，洙曰：江都王力格猛獸。苑囿騰清塵。羽旗動若一，萬馬肅駪駪。洙曰：三禮圖：「全羽爲旞，析羽爲旌。所謂注旄於竿首也。」詩：「駪駪征夫。」注：「衆多之貌。」詔王來射雁，拜命已挺身。箭出飛鞚內，洙曰：言王從帝獵苑中，帝詔王射雁也。上又回翠麟。洙曰：又，一作「入」。翻然紫塞翮，修可曰：崔豹古今注曰：「秦所築長城，土色皆紫，故云紫塞。」下拂明月輪。趙曰：言雁下而拂弓也。皆言王射獵之精絶。胡人雖獲多，天笑不爲新。洙曰：長楊賦：「上將大誇胡人以多禽獸，令胡人手搏之，自取其獲。上親臨觀焉。」天笑，天子之笑也。夢符曰：右按，仙傳拾遺：「木公與一玉女投壺，設有不入者，天爲之噓唏。」注：「噓唏，開口而笑也。」王每中一物，手自與金銀。袖中諫獵書，扣馬久上陳。趙曰：言王雖隨獵矣，而有書諫獵也。諫獵書，暗以司馬相如比之。竟無銜橛虞，洙曰：相如書曰：「且夫清道而後行，中路而馳，猶時有銜橛之變。」橛音掘。聖聰矧多仁。官免供給費，水有在藻鱗。洙曰：以其諫獵而罷，故官免供給之費，而物亦得所。趙曰：非特止獵，且不漁也。匪唯帝老大，皆是王忠勤。晚年務置醴，門引申白賓。洙曰：璡歷太僕卿，賀知章、褚庭誨爲詩酒之交。天寶初，終又加特進。楚元王既至楚，以穆生、白生、申公爲中大夫。初，元王敬禮申公等，穆生不嗜酒，元王每置酒，嘗爲穆生設醴。師古曰：「醴，甘酒也。少麴多米，一宿而熟。不齊之矣。」道大容無能，永懷侍芳茵。洙曰：言己無能，而惟王之所容。侍芳茵，言侍王也。好學尚貞烈，義形必霑巾。洙曰：義形於色。揮翰綺綉揚，篇什若有神。川廣不可泝，趙曰：言自別之後，流落於蜀，欲上見王，則「川廣不可泝」也。墓久狐兔鄰。洙曰：張孟陽七哀詩：「借問誰家墳，皆云漢世主。狐兔窟其中，蕪穢不復掃。」宛彼漢中郡，洙曰：王弟瑀早有才望，偉儀表。天寶十五載，從玄宗幸蜀，至漢中，因封漢中王。文雅見天倫。補注鶴曰：璡以天寶九年卒，而此詩作於永泰、大曆間，故曰「墓久狐兔鄰」。公廣德元年，又與漢中王瑀會于梓州，故章梓州水亭詩有「近屬淮南至」之句。今因懷感，而及其天倫，故有此句。而末又云「何以開我悲，泛舟俱遠津」也。何以開我悲，泛舟俱遠津。温温昔風味，少壯已書紳。洙曰：書之紳帶也。語：「子張書諸紳。」舊游易磨滅，衰謝多酸辛。

贈秘書監江夏李公邕

長嘯宇宙間，高才日陵替。蘇曰：王粲曰：「小人日覺得志，高才日覺陵替。夫造物者，其意於賢愚何如哉？」古人不可見，前輩復誰繼。憶昔李公存，詞林有根柢。洙曰：唐文苑傳：「李邕，廣陵江都人。少知名，在長安，李嶠、張廷珪并薦邕詞高行貞，堪爲諫諍官。」蘇曰：潘安仁文章瑰瑋。友人謂潘：「詞林繁茂，根柢衍密。不然，何妙秀發如斯？」聲華當健筆，灑落富清製。風流散金石，追琢山嶽鋭。洙曰：邕早擅才名，尤長碑頌，中朝衣冠，天下寺觀，多出其手。情窮造化理，學貫天人際。洙曰：董仲舒言：「天人相與之際。」干謁走其門，蘇曰：羊叔子：「吾非干謁走人門。」碑版照四裔。各滿深望還，森然起凡例。洙曰：杜預左氏傳序：「發凡以言例。」邕雖貶黜在外，人亦多賫金帛，往求其文也。蕭蕭白楊路，洞徹寶珠惠。趙曰：墳墓之路幽昏，而得邕之文，如寶珠之洞徹以照之，所以爲惠。龍宮塔廟湧，浩劫浮雲衛。洙曰：雲，一作「空」。夢符曰：右按，南史：「阿育王，佛滅度後，一日一夜造八萬四千塔。」梵言塔，華言廟也。仙傳拾遺：「昆明池龍宮有仙方三十六首。」趙曰：浩劫，無窮之劫也。度人經曰：「唯有元始浩劫之家，部制我界，統乘玄都也。」龍宮之塔廟，得邕之文，亘歷浩劫，而浮雲衛護之也。宗儒俎豆事，故吏去思計。趙曰：俎豆事，言作修學校記、文宣王廟記之屬也。去思計，言使者太守縣令替罷，而作頌政碑之屬。眄睞已皆虚，跋涉曾不泥。向來映當時，豈獨勸後世。洙曰：自「蕭蕭白楊路」至此，皆邕所造碑事也。豐屋珊瑚鈎，麒麟織成罽。紫騮隨劍几，洙曰：高紀：「賈人毋得衣罽。」師古曰：「罽，織毛，若今氍及氍毹之類。」鄭曰：說文曰：「西湖毳布也。」義取無虚歲。趙曰：豐屋，大屋也。珊瑚鈎，屋中之簾鈎。織成罽，則罽上所織者，麒麟也。既以紫騮馬，而又隨之以寶劍與憑几，此數者皆富貴家物，不惜以餽邕矣。「義取無虚歲」，則以文得財矣。新史云：「奉金帛請其文，前後所受巨萬計。」分宅脱驂間，感激還未濟。洙曰：吴志：「周瑜推道南大宅以舍孫策，與策爲友，升堂拜母，有無通共。」史記：「越石父賢，在縲絏中，晏子出，遭之塗，解左驂贖之，延入爲上客。」邕之急於養士如此。衆歸賙給美，擺落多藏穢。趙曰：在衆人，則歸其能賙給；在邕之身，則雖多藏，而能擺落其穢也。獨步四十年，風聽九皋唳。洙曰：邕知名長安中，死天寶初。四十年間，可謂獨步矣。累獻詞賦，甚稱玄宗旨。後因上許中使臨索其新文，以文章徹天聽，故有「九皋唳」云。嗚呼江夏姿，趙曰：此黄香也。漢人語云：「天下無雙，江夏黄童。」竟掩宣尼袂。洙曰：孔子獲麟，反袂拭面，稱吾道窮。補注希曰：雖用漢人語，亦以邕父善本江夏人，故云。曹憲傳：「同郡魏模、公孫羅，江夏李善〔一〕，相繼傳授者也。」往者武后朝，引用多寵嬖。否臧太常議，洙曰：邕有批韋巨源謚議，文士推重之。面折二張勢。洙曰：初，邕爲左拾遺，俄而御史中丞宋璟奏侍臣張昌宗兄弟有不順之言，請付法斷。則天初不應，邕在陛下，進曰：「璟言事關社稷，望陛下可其奏。」則天色解，始允。宋璟既出，或謂邕曰：「子名位尚卑，若不稱旨，禍福將不測，何爲造次如是？」邕曰：「不顛不狂，其名不彰。」衰俗凜生風，排蕩秋旻霽。忠貞負冤恨，趙曰：以邕忠正爲人所陷。宫闕深

〔一〕才，據新唐書儒學傳，乃「李」之訛。

旒綴。趙曰：此言天子深居九重，不加省察也。放逐早聯翩，低垂困炎厲。洙曰：邕始以與張柬之善，貶雷州。玄宗初，又貶崖州，後召還，爲姚崇所嫉，貶柳州。又爲張説所惡，發陳州。贓事抵死，會赦免，貶欽州。邕少有名，累被貶逐，後進不識，京洛阡陌聚觀，以爲古人，或將眉目有異，衣冠望風，尋訪門巷。又中使臨問，索其新文。復爲人陰中，竟不得進用也。日斜鵩鳥入，魂斷蒼梧帝。趙曰：言其悲愁，如賈誼鵩鳥賦云：「庚子日邪，鵩集余舍。」帝舜之狩，至蒼梧而死，今之梧州也。榮一作「策」。枯走不暇，星駕無安稅。趙曰：榮枯之不常，故奔走不暇，所以無安息稅駕之地。詩：「星言夙駕。」幾分漢廷竹，洙曰：漢制，以竹使符分給郡守。邕累爲刺史，故曰「幾分」也。夙擁文侯篲。洙曰：魏文侯擁篲以迎朋友。終悲洛陽獄，事近小臣斃。禍階初負謗，易力何深嚌。洙曰：邕與柳勣馬一匹，及勣下獄，吉温令勣引邕議及休咎事，遂誅。趙曰：天寶初，柳勣有罪下獄，邕嘗遺勣馬，故吉温使引邕嘗以休咎相語，陰賂遺，竟杖死北海郡。伊昔臨淄亭，酒酣託末契。洙曰：甫有陪李北海宴歷下亭詩是也。補注希曰：唐志：齊州濟南郡，本齊郡，天寶元年更名臨淄。然青州亦有臨淄縣，此當是言齊州歷下亭也。重叙東都別，朝陰改軒砌。朝，直遥切。論文倒崔蘇，洙曰：崔信明、蘇源明，二人皆以文章擅世。指盡流水逝。近伏盈川雄，洙曰：唐文苑傳：「楊炯爲盈川令，卒。張説曰：『楊盈川文思如懸河，注酌之不竭。既優於盧照鄰，亦不減王勃。』」未甘時進麗。洙曰：張説曰：「李嶠之文，如良金美玉，無施不可。」李嶠爲時進故也。**是非張相國，相扼一危脆。**趙曰：指張説也。邕素輕，與張説相惡。公詩言張説以相國勢力所能勝，邕特一身危脆，易於一扼耳。**争名古豈然，**洙曰：魏文帝典論云：「文人相輕，自古而然。」**鍵捷欻不閉。**趙曰：邕於關鍵則捷急而欻然不閉，所以召禍。**倒及吾家詩**〔一〕**，曠懷掃氛翳。慷慨嗣真作，咨嗟玉山桂。**洙曰：郤詵云：「崑山片玉，桂林一枝。」**鍾律儼高懸，鯤鯨噴迢遞。**師曰：鍾律，喻詩有法度。鯤鯨，喻其雄健。**坡陁青州血，**師曰：坡陁，高聚貌。青州血，謂死所。**蕪没汶陽瘞。**洙曰：邕葬所也。補注鶴曰：青州是爲北海郡，乃邕守此郡。李林甫忌之，因傅以罪，詔就郡杖殺之。又唐志：「武德二年，以北海、營丘、下密，置濰州。又置連永、平壽、華池、汶陽等十三縣，六年皆省。」今云汶陽者，殆指舊縣地而言。邕客葬於此，故云瘞。**哀贈竟蕭條，恩波延揭厲。**洙曰：代宗時，國恩例得贈秘書監。**子孫存如綫，舊客舟凝滯。**趙曰：存如綫，傷李其無後也。舊客，則公自傷其流落於外，未能乘扁舟以往也。**君臣尚論兵，將帥接燕薊。朗詠六公篇，**洙曰：邕有張、桓等五王洎狄相六公詩。**憂來豁蒙蔽。**趙曰：嘆時之多艱。當復如邕者，慷慨有所陳説，故詠其所作六公詩，以解憂也。公自注云：「桓彦範、敬暉、崔玄暉、張柬之、袁恕己也，洎狄相六公。」六公篇詠，具載邕傳。

〔一〕倒，四庫本作「例」。

故秘書少監蘇公源明

武功少也孤，**趙曰**：源明，京兆武功人，故直以此名之。徒步客徐兖。讀書東岳中，十載老墳典〔一〕。**洙曰**：按新史：「源明初名預，字弱夫。少孤，寓居徐、兖，工文辭，有名。」時下萊蕪郭，忍飢浮雲巘。**補注** **鶴曰**：東岳、萊蕪，俱屬兖州。萊蕪，兖州屬邑名。唐志云：「本隸淄州，武德六年，省入博城，長安四年，以廢嬴縣復置。」九域志：「淄州有萊蕪舊城，淄南去兖四百里。」而九域志又云：「萊蕪東北去兖州三百里。」疑不能「時下」。然東岳，唐在乾封縣，亦在兖之東北。岳與萊蕪爲近，蓋自東岳時下萊蕪也。負米晚爲身，每食臉必泫。**洙曰**：子路爲親百里負米，源明養不及親，負米自爲而已，故每食必泫。夜字照爇薪，**夢符曰**：右按，文士傳：「侯瑾字子瑜，家貧，傭賃。暮輒燒柴薪以讀書。獨處一室，如對尊賓。」垢衣生碧蘚。庶以勤苦志，報兹劬勞願。**洙曰**：以己勤苦之志，報父母劬勞也。學蔚醇儒姿，**洙曰**：賈山涉獵書記，不能爲醇儒。文包舊史善。**師曰**：源明嘗私著國史，後史館采其語用之，故云云。灑落辭幽人，歸來潛京輦。射策君東堂，宗匠集精選。制可題未乾，乙科已大闡。**洙曰**：源明天寶中及進士第，更試集賢院。漢書顏師古曰：「射策者，謂爲難問疑義，書之於策。量其大小，署爲甲乙之科。列而

〔一〕 老，四庫本作「考」。

置之，不使彰顯。有欲射者，隨其所取，得而釋之，以知優劣。」文章日自負，掾吏亦累踐。趙曰：累遷太子諭德。晨趨閶闔内，足踏宿昔跡。鄭曰：古典切，胝也。一麾出守還，洙曰：源明累遷太子諭德，出爲東平太守，故召爲國子司業也。夢符曰：右按，文選云：「屢薦不入官，一麾乃出守。」黄屋朔風卷。不暇陪八駿，虜庭悲所遣。趙曰：朔風卷，則明皇乘輿以禄山反而出狩。源明不得扈從，而留虜庭，每悲恨以遺懷耳。八駿事，周穆王乘八駿以出游。平生滿樽酒，蘇曰：阮迷愛詩，好飲，足不迹公卿大夫之門。水邊林下，放懷自若。張翰相顧遇，問其所欲，迷曰：「平生滿樽酒，活計一張琴。」翰嘆伏曰：「真傲逸奇士，非我輩比也。」斷此朋知展。憂憤病二秋，有恨石可轉。洙曰：安禄山陷京師，源明以病不受僞官。趙曰：詩曰：「我心匪石，不可轉也。」其二秋憂憤，則石可轉，而吾心不轉焉。此言源明不污賊也。肅宗復社稷，得無逆順辨。洙曰：肅宗復兩京，權考功郎中，知制誥。范曄顧其兒，趙曰：范曄坐謀反誅，臨刑醉，其子藹亦醉，取地土及果皮以擲曄。曄問曰：「汝瞋我耶？」藹曰：「今日何緣瞋，但父子同死，不能不悲。」李斯憶黄犬。洙曰：李斯傳：「二世二年七月，具斯五刑，論腰斬咸陽市。顧謂其中子曰：『吾欲與若復牽黄犬，俱出上蔡東門，逐狡兔，豈可得？』」言受僞官之人，如范、李之顧戀也。秘書茂松意，洙曰：源明後以秘書少監卒。茂松意，以不變節於奸危[一]，如松柏不爲風霜所奪也。**載從祠壇墠。前後百卷文，枕藉皆禁臠。****趙曰：**禁臠，言其文之美也。出晉元帝始鎮建業，每得一豚，以爲珍膳。項上一臠，尤美，輒以薦帝。呼爲禁臠。**篆刻揚雄流，溟漲本末淺。****趙曰：**揚雄以賦爲童子雕蟲篆刻，然竟爲長楊、羽獵賦，見稱於時。溟漲，謂其文波瀾浩汗，雖溟海之漲，其本末比之猶爲淺。**青熒芙蓉劍，犀兕豈獨剸。****洙曰：**吴越王允常取純鈎劍示薛燭，曰：「光乎如屈陽之華，沉沉如芙蓉始生於湖。」王子淵頌：「巧冶鑄干將之樸，水斷蛟龍，陸剸犀兕。」**反爲後輩褻，予實苦懷緬。煌煌齋房芝，事絶萬手搴。****鄭曰：**搴，九輦切，取也。**洙曰：**漢武帝大興祠，齊房生芝而作歌。肅宗時，宰相王璵以祈禬進勸，上興祠禱事，禁中稍崇淫祀。源明數進時政得失。**垂之俟來者，正始徵勸勉。****趙曰：**源明所言，可以垂後世法，乃正始之道也。**不要懸黄金，胡爲投亂贙。****修可曰：**按爾雅：「贙有力。」注云：「出西海大秦國，似狗，多力，獷惡。」炙轂子載贙銘曰：「爰有獷獸，厥形似犬。飢則馴服，飽則反眼。出于西海，名之曰畎。」**趙曰：**所以美之且危之也。乳贙，謂乳虎也。蓋言安媢則黄金可惡，而切直犯上之怒，不啻投飢贙也。贙，乎犬切。**結交三十載，****洙曰：**任彦升哭雲僕射：「結歡三十載，生死一交情。」**吾與誰游衍。****洙曰：**新史亦言：「源明雅善杜甫、鄭虔。」**滎陽復**

[一] 奸，杜陵詩史卷二一、分門集注卷二二同此，四庫本、九家集注卷一四作「難」。

冥寞〔一〕，罪罟已横罥。洙曰：上户孟反，下音畎。謂鄭虔也。嗚呼子逝日，始泰則終蹇。長安米萬錢，凋喪盡餘喘。趙曰：言源明未死間，猶及肅宗反正之後，時已向泰矣。而源明死後，時復屯蹇，所以有米萬錢，而至凋喪也。舊注所引非。舊注云：「是時乘大盗之餘，國用乏屈。史思明陷洛陽，有詔幸東京，源明以方旱飢，陳十不可以諫，上嘉其直，遂罷東幸。」補注鶴曰：二注俱非。不過言源明死時，適值歲歉而已。舊史：「廣德二年，自秋及冬，斗米千錢。」今云「長安米萬錢」，蓋以一斛言之。史不言蘇與鄭死之年，以此詩及長安米價論之，當是其年。蘇、鄭相繼而死，故云「滎陽復冥寞」，後詩又云「凶問一年俱」。戰伐何當解，歸帆阻清沔。尚纏漳水疾，洙曰：劉公幹：「余嬰沉痼疾，竄身清漳濱。」趙曰：公言在雲安，不得泝沔以歸。永負蒿里餞。洙曰：蒿里，送士大夫庶人挽歌。蘇曰：徐翔之姪陵泣曰：「永負蒿里之哀，東門相餞。」

故著作郎貶台州司户滎陽鄭公虔

鶢鶋至魯門，不識鍾鼓饗。洙曰：莊子至樂篇：「昔者海鳥止於魯郊，魯侯御而觴之于廟，奏九韶

〔一〕榮，王洙本、分門集注卷二三作「滎」。

以爲樂，具太牢以爲膳，鳥乃眩視，憂悲不敢食一臠，不敢飲一杯，三日而死。此以己養養鳥也，非以鳥養養鳥也。」海鳥，鶢鶋也。孔子謂臧文仲：「不智者三，而祀鶢鶋一也。」注：「鶢鶋止於魯東門，文仲使國人祀也。」孔翠望赤霄，愁思雕籠養。洙曰：孔翠，翡翠、孔雀也。其志在丹霄，然終不免樊籠之愁者，以其質之，異於衆禽也。故鸚鵡賦：「彼鷙鶚、鶤鴻、孔雀、翡翠，或陵赤霄之際，或託絶垠之外。翰羽足以沖天，觜距足以自衛。然皆負矰纓繳，羽毛入貢。何者？用於人者然也。」趙曰：言鄭公如鶢鶋，如孔翠，非鍾鼓所能樂之，雕籠所能拘之也。滎陽冠衆儒，早聞名公賞。地崇士大夫，況乃氣清爽。洙曰：文藝傳：「鄭虔，鄭州滎陽人。天寶初，爲協律郎。」天然生知姿，學立游夏上。神農或闕漏，黄石愧師長。趙曰：鄭虔自著書外，又選胡本草七卷，故公所言補闕，乃神農本草之所不載也。張良遇黄石公爲師。令公言愧者，愧則不敢爲虔之師長也。藥纂西極名，兵流指諸掌。貫穿無遺恨，薈蕞何技癢。鄭曰：薈，烏外切。蕞，祖外切，小貌。痒，以兩切，本作癢。圭臬星經奥，蟲篆丹青廣。洙曰：按新史：「虔集撰當世事，著書八十餘篇，有窺其藁者，上書告虔私撰國史。虔倉皇焚之，坐謫十年。名其書爲會粹。」孔子作春秋，游夏不能贊皇猷，虔私撰國史，是出其上也。神農、黄石、藥纂、兵流，皆古書也，言虔無不貫穿，復通游藝，星經、丹青之類。趙曰：圭臬，言其善地理也。選言：「陳圭置臬。」圭者，土圭，所以測日影。臬者，表臬，所以度廣狹。蟲篆，言能書丹青，又言能畫。子雲窺未遍，蘇曰：劉蔦語陳貞曰：「吾腹中書，皆揚子雲窺未遍者。」方朔諧太枉。趙曰：言虔能知荒遠之所在也。東方朔每言其所指，皆神仙之處，故云諧枉，猶太迂也。神翰顧不一，體變鍾兼兩。修可曰：書苑曰：「虔善草隸。」吕總云：虔書如風送雲收，霞催月上。」鍾兼兩，鍾繇、鍾會也，父子善隸書，皆盡其妙。或云兼兩，車也。漢吴恢爲南海太守，欲殺青寫書。子祐諫曰：「此書若成，則載之兼兩。」注：「車有兩輪，故稱。」文傳天下口，蘇曰：相如片文隻字，朝出而暮傳天下。古詩云：「高文滿天下，藉藉喧萬口。」大字猶在榜。昔獻書畫圖，新詩亦俱往。滄洲動玉陛，寡鶴誤一響。三絶自御題，四方尤所仰。洙曰：虔自寫其詩并畫以獻，帝大書其尾曰：「鄭虔三絶。」寡，一作「宣」。嗜酒益疏放，洙曰：虔嗜酒疏放，故杜甫贈詩云：「賴得蘇司業，時時與酒錢。」蘇司業，源明也。蘇曰：陶潛、阮籍輩嗜酒疏放，逸山野，終免其禍，當世莫及其高，見自全之機。彈琴視天壤。形骸實土木，親近唯几杖。趙曰：言親近於天子，今以言几杖，則未嘗暫離之意。未曾寄官曹，突兀倚書幌。洙曰：虔初坐謫，還京師，上愛其材，欲置左右。以不事事，更爲置廣文館，以虔爲博士。虔聞命，不知廣文曹司何在，訴宰相，曰：「上增國學，置廣文館以居賢者，令後世言廣文博士自君始，不亦美乎？」晚就芸香閣，洙曰：遷著作郎。魚豢典略云：「芸香，辟紙魚蠹，故藏書臺稱芸臺。」胡塵昏坱莽。曾曰：坱莽，廣貌。反覆歸聖朝，點染無滌蕩。趙曰：虔值禄山反，爲受虔水部郎中，因稱風緩，求市令，潛以密章達靈武。故言無一點所染，不煩澆蕩之意。老蒙台州掾，泛泛浙江槳。洙曰：禄山反，遣張通儒劫百官，置東都。僞授虔水部郎中，因稱風緩，求攝市令，潛以密章達靈武。賊平，免死，貶台州司户參軍。**履穿四明雪，飢拾楢溪橡。****洙曰**：四明、楢溪，皆浙江地名。言虔貧困，拾橡而食之。**定功曰**：按唐史，虔以汚禄山僞官，貶台州司户。四明及楢溪，皆屬台州。孫綽賦云：「登陸則有四明、天台。」【補注】**鶴曰**：楢溪雖未詳在何郡，而四明山不屬天台。唐云：「明州，以境有四明山爲名。」九域志云：「其山有四面，各産異木不雜。」又孔曄會稽記曰：「四明山，高峰軼雲，連岫蔽日。」今云履穿其雪，亦第言經從其山耳，非指在台州。**空聞紫芝歌，不見杏壇丈。****洙曰**：莊子漁父篇：「孔子游乎緇帷之林，休坐乎杏壇之上。弟子讀書，孔子弦歌鼓琴奏曲。」**天長眺東南，秋色餘魍魎。****洙曰**：天台賦：「始經魍魎之塗，卒踐無人之境。」**師曰**：言荒僻也。**別離慘至今，班白徒懷曩。春深泰山秀**〔一〕**，葉墜清渭朗。劇談王侯門，野税林下鞅。****洙曰**：鮑明遠詩：「無田税歸鞅。」**操紙終夕酣，時物集遐想。****師曰**：自「春深秦山秀」至此，追憶昔時與虔聚會于關中，春和秋涼之日，或劇談，或解鞅，操紙賦詩，把酒酣飲。今詞場疏闊，故傷之。**詞場竟疏闊，平昔濫吹奬。****趙曰**：指言昔與鄭游於詞翰之場，而今竟疏遠間闊。又憶鄭之平昔，濫有推奬於己。**百年見存没，牢落吾安放。****洙曰**：一云「仿」。**趙曰**：孔子將死，子貢曰：「泰山其頹，吾將安仰？梁木其壞，吾將安放？」**蕭條阮咸在，出**

〔一〕泰，四庫本作「秦」，王洙本作「秦」，注曰「一作泰」。

處同世網。 **洙曰：**阮咸，阮照子也。任達不拘，雖處世，不交人事。**補注** **鶴曰：**鄭審當是與玄爲兄弟，故謂「阮咸在」。如杜位乃公之從弟，而云「阿咸家」是也。東坡本此，故與子由詩云：「頭上銀旛笑阿咸。」審雖謫江陵，而有宅在夔，公嘗過其湖亭，有詩。又選：「世網嬰我等。」此詩當是大曆元年作。**他日訪江樓，含凄述飄蕩。** **洙曰：**著作與今秘書監鄭君審篇翰齊價，謫江陵，故有「阮咸」「江樓」之句。**趙曰：**阮籍與其姪共爲竹林之游，今以阮咸比鄭審，故云「阮咸在」。

故右僕射相國張公九齡

相國生南紀， **師曰：**滔滔江漢，南國之紀。說者援是詩，以江漢爲南紀，非也。蓋南紀乃分野名。廣天文志云：「東循嶺徼，達甌閩中，是謂南紀。所以限蠻夷也。」張相國，曲江人，曲江隸韶州，正嶺徼甌粤之地。大抵自江漢以南皆謂之南紀，非特江漢而已。**補注** **希曰：**史記：「秦莊襄王薨，太子政立，尊呂不韋爲相國。」又：「高后病甚，迺令梁王呂產爲相國。」前漢百官公卿表：「相國、丞相，皆秦官。」張公相明皇，故云。**金璞無留礦。** **洙曰：**張九齡父爲韶州別駕，因家于始興，今爲曲江人。九齡幼聰敏，善屬文。十三以書干廣州刺史王方慶，大嗟賞之，曰：「此子必能致遠。」金玉未成器曰礦，言九齡成器早，故不留礦也。**趙曰：**言已爲金，而不復留在礦，以譬張曲江出而應用，不復退縮也。**仙鶴下人間，獨立霜毛整。** **洙曰：**言九齡之出也，如仙鶴然，潔白修整。矯然江海思，蘇曰：阮熙：「年來浩然起江海之思。」復與雲路永。師曰：言其志趣高遠，前程亦不淺也。寂寞想土階，未遑等箕潁。洙曰：堯土階三尺。想土堦，有致君堯、舜之心也。有致君之心，故未遑於箕、潁。箕，山也。潁，水也。巢父、許由所隱之地。上君白玉堂，倚君金華省。洙曰：由玉堂、金華省，言直登清華之地。趙曰：此言張曲江爲校書郎，爲左拾遺，爲左補闕，爲中書舍人，爲集賢院學士是也。補注希曰：玉堂、金華，皆殿名。翼奉疏：「孝文躬行節儉，其時未央宮無高門、武臺、玉堂、金華之殿。」又李尋傳：「久污玉堂之署。」揚雄傳：「上玉堂。」又「鄭寬中、張禹，朝夕説書於金華殿中」。今張公爲拾遺、補闕及中書舍人，切近於君，皆可謂之玉堂。開元十三年，改麗正修書院爲集賢殿書院。侍講學士、侍讀直學士，而公爲學士，故云「倚君金華省」。碣石歲峥嶸，天地日蛙黽。師曰：碣石山在安禄山所據之方。峥嶸，高大貌。禄山有叛志，嘗自高大，視天地間如蛙黽然，全無忌憚。相國料其有反意，屢請于帝。補注希曰：此却非指齊地碣石而言。蓋謂安禄山在河北，日自强大。唐志：「河北名山曰碣石。」爾雅：「在水者黽。」釋曰：「一名耿黽，一名土鴨，狀似青蛙，而腹大。」陶注本草云：「俗名土鴨，其鳴甚壯。」又云：「一種小形，善鳴，唤爲蛙。」此言禄山强恣，天下之人，籍籍有言如蛙黽，而明皇獨不知也。鶴曰：楚辭謬諫云：「蛙黽游乎華池。」注：「喻讒諛弄口得志也。」退食吟大庭，何心記榛梗。洙曰：大庭，古至治之國也。言九齡雖退食之間，未嘗忘致治也。榛梗，言不以嫌猜爲心也。骨驚畏曩哲，鬒變負人境。洙曰：鬒，黑髮也，變而爲白，以負人事而已。謝玄暉詩：「誰能鬒不變。」趙曰：上句言畏其不逮故前人，下句憂其髮白而將老，皆傷功名之不立也。雖蒙換蟬冠，右地恧多幸。趙曰：此乃侍中事，而史不載。漢官儀：「侍中冠，武帝大冠加金璫，附蟬爲文，貂尾爲飾，謂之貂蟬也。」下句則以九齡以尚書右丞相罷，言在右也，已慚恧而多幸，何者？有林甫之嫉，仙客之憾，則得此爲幸矣。敢忘二疏歸，洙曰：疏廣爲漢太子太傅，謂兄子受曰：「吾聞知足不辱，知止不殆，豈如父子相隨出關，歸老，不亦善乎？」遂上疏乞骸骨，上許之。公卿設祖道，供帳東都門外。痛迫蘇耽井。蘇曰：神仙蘇耽種橘鑿泉以救時疫，病者食橘葉飲泉即愈。趙曰：神仙傳：「蘇仙翁名耽，忽辭母去。母曰：『使我如何存活？』仙翁曰：『明年天降疫疾，庭中水檐邊橘樹可以代養。』」紫綬映暮年，荆州謝所領。洙曰：初，九齡爲相，薦長安尉周子諒爲監察御史。至是，子諒以妄陳休咎，上親加詰問，令於朝堂決殺之。九齡坐引非其人，左遷荆州大都督府長史。補注 希曰：漢公卿表：「丞相，金章紫綬。」庾公興不淺，洙曰：庾亮鎮武昌，諸佐吏殷浩之徒，乘月登南樓，俄而不覺亮至，將起避之。亮徐曰：「諸君少住，老子於此興不淺。」便據胡床，與浩等談詠。其坦率如此。黄霸鎮每静。洙曰：循吏傳：「黄霸獨用寬和爲治，擢爲揚州刺史、潁川太守，治爲天下第一。自漢興，言治民吏，以霸爲首。」賓客引調同，洙曰：謝靈運詩：「異代可同調。」諷詠在務屏。詩罷地有餘，篇終語清省。一陽發陰管，趙曰：謂如黄鍾之律也，言其詩之和而可聽耳。淑氣含公鼎。趙曰：謂如大烹之和也。言其詩之美，而可味於口。乃知君子心，用才文章境。洙曰：九齡善屬文，有集二十卷。散帙起翠螭，倚薄巫廬并。趙曰：

言開散曲江文帙，神物欻起，其高至并巫、廬之山也。廣雅云：「龍無角曰螭。」**師曰**：公有集二十卷，荆人刻之碑。翠螭，即碑頭刻螭文也。「倚薄巫廬并」，巫、廬二山，其才氣能與二山之氣相倚迫也。**綺麗玄暉擁，洙曰**：謝朓字玄暉，少有美名，爲文綺麗。**牋誄任昉騁。洙曰**：任昉字彦升，長於牋誄。**自我一家則，未闕隻字警。洙曰**：史記序：「勒成一家。」傳序：「隻字之褒。」**千秋滄海南，名繫朱鳥影。趙曰**：韶州即滄海之南。朱鳥，南方之宿。當時謂九齡爲「滄海遺珠」，則有名稱矣。**歸老守故林，戀闕悄延頸。趙曰**：九齡在荆州之久，封始興縣伯，請還展墓也。戀闕，言其心不忘君也。**波濤良史筆，蘇曰**：班孟堅信知一代良史，下筆善惡瀾翻而昭著。**無絶大庾嶺。洙曰**：恨賦：「終蕪絶於異域。」九齡自荆州請歸拜墓，因遇疾卒，年六十八，謚曰文憲。至德初，上皇在蜀，思九齡先覺安禄山面有反相，乃下詔褒贈司徒。**趙曰**：意謂九齡之文，如波濤之翻，可充良史之筆。惜乎蕪没隔絶於大庾嶺之外也。補注**鶴曰**：無，一本作「蕪」。趙注乃爾，善本作「無」字爲是。張公之文，何嘗蕪絶，公意謂良史之筆，當紀其初，終無絶於庾嶺也。如先知禄山反相，不與林甫同惡，皆史筆所當書，殆公之所望於史筆者。前篇李光弼詩云：「直筆史臣在，將來洗箱篋。」亦此意也。南康記云：「漢兵擊吕嘉，衆潰。有神將成是嶺，以其姓庾，因謂之大庾。又以其上多梅而先發，亦曰梅嶺。」按武帝元鼎四年，南越相吕嘉殺漢將楊千秋，函封漢使節置塞上，即此嶺。張公居於嶺外，故云。**向時禮數隔，制作難上請。趙曰**：此言帝眷已衰，難以制作，上請於朝也。**再讀徐孺碑，猶思理煙艇。**

蘇曰：謝安石理五湖煙艇。**趙曰**：徐孺，漢之高士也，曲江爲之墓碣。公之句意，謂今再讀之，而猶思理煙艇，則以慕徐孺高風，而不忘江漢之念。

醉爲馬墜諸公携酒相看大曆二年作。

補注 **鶴曰**：詩云：「騎馬忽憶少年時，散蹄迸落瞿塘石。」當是在夔州作，而梁權道編在大曆三年。按公是年出峽，有贈南卿兄瀼西岸園詩曰：「正月喧鶯末，兹辰放鷁初。」則公是年正月已去夔，若是時伏枕，則是月豈能發舟？當是二年作。

甫也諸侯老賓客，蘇曰：卜子夏見魯大夫曰：「商也，諸侯門下老賓客爾，思以恢弘仲尼之道，賢大夫宜如何？」**罷酒酣歌拓金戟。騎馬忽憶少年時，蘇曰**：許褚騎馬過新豐，淚下不止。客問其故，褚曰：「憶少年時，挾矢躍馬，醉戲於此。回首五十年事，不覺淚下。」**散蹄迸落瞿塘石。禹偁曰**：瞿唐，峽名。時甫在夔，故言及此。**白帝城門水雲外，低身直下八千尺。粉堞電轉紫游韁，洙曰**：粉堞，城堞也，以堊土塗之，故曰粉堞。韁，馬韁，以紫絲爲之，故曰紫韁。**禹偁曰**：電轉，言其疾也。**東得平岡出天壁。逢原曰**：言山立與天齊高也。**江村野堂争入眼，垂鞭嚲鞚凌紫陌。逢原曰**：嚲鞚，謂俯勒其馬也。**向來皓首驚萬人，自倚紅顔能騎射。趙曰**：言雖以我皓首爲驚，而自謂其年少時能騎射，今亦尚能也。

安知決臆追風足，**洙曰**：決臆，縱意也。追風，言馬足疾，可以追風也。**趙曰**：追風，太宗十驥之名。朱汗驂驔猶噴玉。**趙曰**：朱汗，即汗血也。崔液上元夜游詩：「驂驔始散東城曲，倏忽還逢南陌頭。」穆天子傳：「王東游於黄澤，時人語曰：黄之澤，其馬歕玉。」不虞一蹶終損傷，人生快意多所辱。職當憂戚伏衾枕，况乃遲暮加煩促。**趙曰**：張茂先云：「煩促每有餘。」朋知來問腆我顔，**洙曰**：腆，厚也。杖藜强起依僮僕。語盡還成開口笑，提携别掃清谿曲。酒肉如山又一時，初筵哀絲動豪竹。**琪曰**：大管也。共指西日不相貸，**琪曰**：言欲暮須痛飲，不相假貸。喧呼且覆杯中渌。何必走馬來爲問，君不見嵇康養生被殺戮。**洙曰**：嵇康注養生論，後以事坐誅。

李潮八分小篆歌大曆二年作。

余曰：邵氏聞見録云：「韓退之石鼓詩，體子美八分歌也。」補注**鶴曰**：巴東逢李潮，當是在夔州作。蓋夔本巴東郡也。梁權道編在大曆三年。然是年正月公夔詩但云：「逾月求我歌，我今衰老才力薄。潮乎潮乎奈爾何。」無分别語，意是二年。

蒼頡鳥迹既茫昧，字體變化如浮雲。**洙曰**：蒼頡，黄帝臣也，觀鳥迹而爲文字。自蒼頡之後，字體變易，如浮雲焉，無定體也。陳倉石鼓又已訛，**趙曰**：韓退之詩：「周綱陵遲四海沸，宣王憤起揮天戈。

鎸功勒成告萬世，鑿石作鼓隳嵯峨。」鄭曰：陳倉，山名。在鳳翔寶雞縣。**大小二篆生八分。**洙曰：周太史籀始創大篆。唐蘇載記：「石鼓文謂之周宣王獵碣，共十鼓，其文則史籀大篆。」漢蔡邕，字伯喈，爲中郎將。正六經於太學石壁，天下摹學。邕大篆入妙品。小篆者，秦丞相李斯删古文複篆及史籀之書也。斯作蒼頡篇，胡毋敬作博學篇，皆取史籀大篆，或頗改所謂小篆。師曰：書苑云：「八分書者，秦羽人上谷王次仲飾隸書爲之。鍾繇謂之章程書。王愔曰：『王次仲始以古書方廣，少破勢。』建中初，以隸書作楷法，字方八分。始皇得次仲文，簡略赴急疾之用，甚善之。」蔡姬別傳曰：「臣父邕言八分書割程邈隸字，法去八法。李斯小篆去二分，取八分，故曰八分書。」蔡希總曰：「王次仲以楷法局促，更引而伸之，爲八分，故號八分書。」張懷瓘云：「八分，本謂之楷書。楷者，法也。漸若八字分散，故名八分。」補注鶴曰：鳳翔府寶雞縣，本陳倉縣。寰宇記云：「石鼓山在縣南二十許里。石形如鼓，其數有十。蓋紀周宣王畋獵之事，其文即史籀之迹。秦燔詩、書，廢古訓，而官獄多事，乃令下杜人程邈作小篆。」唐張懷瓘書斷云：「蔡邕八分入神，隸入妙。」又云：「張昶八分，碑在華縣。今華山所存漢碑凡四，華亭一碑，乃昶分書也。」**秦有李斯漢蔡邕，**見上注。**中間作者寂不聞。嶧山之碑野火焚，棗木傳刻肥失真。**洙曰：嶧山碑，李斯書也。爲野火所焚，人惜其文，故以棗木傳刻。按史記：「始皇二十八年，東行郡國，上鄒嶧山。於是刻之於石，以頌秦德。」補注鶴曰：嶧山碑，即李斯所書秦詔者。本朝劉跂以大觀二年春，訪於泰山絶頂，見其巋然依叢石間。其高不逾四尺，厚約二尺有奇。石皆殘缺，四面周圍悉有刻字。總二十二行，行十二字。其十二行是始皇解，其十行是二世詔。歐陽公云：「今俗傳嶧山碑，史記不載，其字特大，不類泰山存者。其不傳刻爾。」又云：「江休復嘗自至泰山頂上，視秦所刻石處，云四面皆石，無草木，而野火不及，故能若此之久。」然則在公所謂野火焚者，亦聞聽之誤歟。**苦縣光和尚骨立，**定功曰：苦縣屬陳國，故城今在亳州。趙曰：野火焚，謂李斯書也。尚骨立，謂蔡邕書也。故於嶧山之碑，則傷棗木之失真；於苦縣之碑，則喜其有骨立也。師曰：續漢書云：「桓帝夢見老子，令左悺於賴鄉祠之。詔陳相邊韶立祠兼刻石，即蔡伯喈八分書。」又靈帝紀：「光和五年，始置鴻都門生。」注云：「召能爲尺牘，工書鳥篆者。時南陽人師宜官稱八分爲最大，則一字徑丈，小則方寸。」以是考之，疑苦縣蔡邕書，光和師宜官書也。詳觀此歌，嶧山之碑謂李斯書也，苦縣謂蔡邕書也。然苦縣之祠立於桓帝之延熹，而光和乃靈帝年號，豈非祠立於延熹，而碑刻於光和乎？蓋延熹至光和纔十年之近爾。或謂光和爲伯喈所書華山碑，苦縣老子朱龜碑，未知孰是。**書**洙曰：一作「畫」。**貴瘦硬方通神。**蘇曰：羊欣曰：「古將軍筆畫勁硬，妙絕通神。」**惜哉李蔡不復得，吾甥李潮下筆親。尚書韓擇木，騎曹蔡有鄰。開元已來數八分，潮也奄有二子成三人。**洙曰：韓擇木，昌黎人，官至工部尚書、散騎常侍。工八分，師蔡邕法，風流閑嫿，號伯喈中興。蔡有鄰，濟陽人，官至胄曹參軍。善八分，始拙弱，至天寶中，遂精妙，相、衛間多其筆迹。**況潮小篆逼秦相，快劍長戟森相向。八分一字直百**洙曰：一作「千」。**金，**鄭曰：程邈見李斯書，曰：「此一字直千金。」**蛟龍盤拏肉屈强。**鄭曰：屈，九勿切，亦作「淈」。洙曰：言筆迹奇怪勁屈，如蛟龍之盤拏也。**吳郡張顛誇**

草書，草書非古空雄壯。**洙曰**：張旭，吴郡人，官至右率府長史，時善草書。言：「吾見公主檐夫争路而得其意，後又觀公孫氏舞劍器而得其神。」飲醉輒草書，揮筆大叫，以頭濡墨水中，天下呼爲張顛。醒後自視以爲神，人謂之草聖。豈知吾甥不流宕，**鄭曰**：宕，徒浪切，過也。丞相中郎丈人行。**洙曰**：丞相，斯也。中郎，邕也。「丈人行」，尊老之稱也。補注**鶴曰**：此詩云：「惜哉李蔡不復得，吾甥李潮下筆親。」則潮乃公之甥。然爾雅云：「姑之子爲甥，舅之子爲甥，妻之昆弟爲甥，姊妹之夫爲甥。若帝館甥于貳室，則壻亦可謂之甥。」未知潮之父母爲誰。丈人行，乃本蘇武傳。王注云「尊老之稱」，亦本師古而云耳。巴**洙曰**：一作「江」。

東逢李潮，逾月求我歌。我今衰老才力薄，潮乎潮乎奈汝何！

别蔡十四著作 大曆元年作。

補注**鶴曰**：「憶念鳳翔都，聚散俄十春。」按公至德二載丁酉在鳳翔，至大曆元年丙午，爲十春，當是其年作。詩又云：「主人薨城府，扶櫬歸咸秦。」主人謂郭英乂，爲崔旰所殺。蔡訪郭於成都，值其死，遂扶其櫬以歸。公與蔡相逢於巴道。巴道云者，尚未至夔，意在雲安。蓋郭以永泰元年閏十月薨，而此詩云：「積水駕三峽，浮龍倚長津。揚舲洪濤間，仗子濟物身。」非峽中冬間事，當是大曆元年春嚴武死，而公有詩哭其歸櫬。又有詩，預八哀之一。今郭英乂死，公寧作詩以别扶櫬，而無語以及郭？謂少年行、赤霄行、莫相疑行爲武作，是乎？

賈生慟哭後，寥落無其人。洙曰：賈誼上書言時事，六可爲慟哭。安知蔡夫子，高義邁等倫。蘇曰：朱雲意爭超邁等倫，映絶今古。獻書謁皇帝，志已清風塵。流涕灑丹極，萬乘爲酸辛。天地則創痍，朝廷當一云「多」。正臣。異才復間出，洙曰：間出，猶間生也。周道日惟新。使蜀見知己，别顔始一伸。主人薨城府，扶櫬歸咸秦。趙曰：史記云：「士伸於知己。」主人指郭英乂於永泰元年爲崔旰所殺，故言薨。巴道此相逢，洙曰：巴道，蜀道也。相如論蜀文：「巴蜀之士。」會我病江濱。憶念鳳翔都，聚散俄十春。我衰不足道，但願子意陳。稍令社稷安，自契魚水親。洙曰：蜀先主得孔明，猶魚之得水也。我雖消渴甚，敢忘帝力勤。尚思未朽骨，復睹耕桑民。洙曰：民安於耕桑，則至治之世然也。積水駕三峽，浮龍倚長津。趙曰：郭景純游仙詩：「高浪駕蓬萊，浮龍倚長津。」亦實道三峽中事。揚舲洪濤間，蘇曰：馬藻揚舲槮檝，語笑於洪濤之間。仗子濟物身。鞍馬下秦塞，王城通北辰。趙曰：秦塞則出陸矣，北辰言帝居也。玄甲聚不散，兵久食恐貧。洙曰：兵聚而食貧也。趙曰：班固燕山銘曰：「玄甲曜日。」注：「鐵甲也。」補注鶴曰：霍去病傳已云：「發蜀國玄甲軍。」師古曰：「玄甲，謂甲之黑色也。」是時崔旰反，而柏茂材等并起兵討之，蜀中大亂，故云。窮谷無粟帛，使者來相因。若馮南轅使，洙曰：又作南轅使。書札到天垠。洙曰：使者，徵斂之使也。相因，言來相繼。漢書：「陳陳相因。」古詩云：「遺我一書札。」垠，岸也。趙曰：窮谷，指夔州也。來相因，不斷也。此言方用兵須食，而頻遣使者來至窮谷，如此則南轅之使，可馮其史而附書也。

別李義大曆二年作。

彦輔曰：公自言杜與李同出於陶唐氏，故此詩言「余亦忝諸孫」也。詩云「中外貴賤殊」，乃與義爲表昆弟，非李、杜同出陶唐氏。**補注鶴曰**：詩云：「三峽春夏交，江山雲霧昏。正宜且聚集，恨此當離樽。」當是在夔州。梁權道編在大曆三年，然三年正月公已出峽，不應與義聚集於三峽。春夏之交，當是二年三月末作。

神堯十八子，十七王其門。**道國及舒國，實惟親弟昆。****鮑曰**：高祖二十二子，道王元慶、舒王元名、衛懷王玄霸、楚哀王智雲，皆先薨。太子建成、巢王元吉，以事誅，詔除籍。故止言十八。太宗有天下，故有十七子封王也。**中外貴賤殊，****師曰**：義宗姓爲内，甫異姓爲外，故云「貴賤殊」。**余亦忝諸孫。****趙曰**：詳味詩意，則李義者，道國之裔孫，而公則舒國後裔之外孫也。舊注云：「公自言杜與李同出於陶唐氏。」是何等語？**補注鶴曰**：彦輔之説是。蓋有中表、外表，故云「自謂忝諸孫」，則公之父祖，雖是舒國之外孫，而於道國，亦可謂之孫也。**丈人嗣王業，****趙曰**：丈人，指言李義之父也。嗣王業，則繼嗣前王之業也。舊注云「襲封謂之嗣王」，其説誤矣。**之子白玉温。****趙曰**：稱李義也，謂其温如玉也。**道國繼德業，請從丈人論。****趙曰**：申言丈人乃道國之後，其能繼其德業者，請從李義之父言之也。**丈人領宗卿，****洙曰**：宗正卿也。

肅穆古制敦。**馬曰**：肅穆，欽和貌。古制敦，謂敦厚宗族也。【補注】**鶴曰**：唐宗室世系表，道國之後爲宗正卿者有二：曰徵、曰諫，未詳義之父爲誰。又道王元慶傳云有九子。先朝納諫諍，**馬曰**：先朝，指太宗也。直氣橫乾坤。子建文章壯，河間經術存。**洙曰**：曹子建能文。漢河間王能明於經術，獻禮樂，建三雝之教。温克富詩禮，【補注】**希曰**：温，一本作「爾」。骨清慮不喧。洗然遇知己，談論淮湖奔。**洙曰**：言談論鋒起，若淮湖奔狂，不可涯涘也。**蘇曰**：梁衡曰：「見王戎談論，如淮湖傾注源流，莫可擬此而測掩也。」憶昔初見時，小襦**洙曰**：一作「孺」。繡芳蓀。**洙曰**：文選：「芳蓀紫綺爲上襦。」襦，袴也。**趙曰**：自「經術存」而下，皆言李義。襦，短衣也。賈誼過秦論云：「寒者利短褐。」注曰：「一作短小襦。」舊注妄添文選五言詩爲七字，云「芳蓀紫綺爲上襦」，何輒附會如此？【補注】**鶴曰**：霍光傳：「璧珠璣玉衣。」師古曰：「漢儀注：以玉爲襦，如鎧狀，連綴之，以黃金爲縷。」匈奴傳[一]：「服繡袷綺衣，長襦錦袍各一。」叙傳：「在於綺襦紈袴之間。」晉灼曰：「白綺之襦，冰紈之袴也，并貴戚子弟之服。」觀此，則襦不可以爲袴。又百姓歌廉范曰：「平生無襦今五袴。」則襦下於袴也。楚辭湘君注：「蓀，芳草。」當是繡芳蓀於襦上，如繡袷也。長成忽會面，慰我久疾魂。三峽春冬交，江山雲霧昏。正宜且聚集，恨此當離樽。莫怪執杯遲，我衰涕唾

[一] 傳服，原作「服傳」，據漢書匈奴傳乙正。

煩。**洙曰**：王仲宣詩：「杯行遲解嘲，涕唾流珠沫。」**趙曰**：舉杯怪我獨執之遲，蓋以「涕唾煩」故也。舊注引「但訝杯行遲」，却是訴主人行杯之遲耳，何干此義？**重問子何之，西上岷江源。洙曰**：順流爲沿，逆流爲泝。自夔入蜀，泝流也，故曰西上。**願子少干謁，蜀都足戎軒。誤失將帥意，不如親故恩。洙曰**：甫幾不能脱嚴武之暴，又爲郭英乂所不容，有是句。**少年早歸來，梅花已飛翻。努力慎風水，洙曰**：言世苦風波也。**趙曰**：舟行之所當慎也。**豈惟數盤飧。猛虎卧在岸，蛟螭出無痕。洙曰**：言所在皆害人者也，此皆譏時。**王子自愛惜，老夫困石根。生别古所嗟，發聲爲爾吞。洙曰**：王子，稱李義也。困石根，言得其地也。吞聲，言聲出而復吞也。

送高司直尋封閬州大曆二年作。

補注 **鶴曰**：司直，大理寺官。後魏永安二年，高穆奏置司直十人，覆理御史檢核事。唐制六人，寺有疑讞則參議之。詩云：「萬里長江邊，邂逅一相遇。」又云：「西謁巴中侯。」當是在夔州作。梁權道編在大曆三年。然詩又云：「伏枕聞别離，疇能忍漂寓。」是年正月公出峽，未嘗言病，意是大曆二年。觀老病、山裏之詩與小園散病諸作可知也。

丹雀銜書來，洙曰：文王之時，赤雀銜書，集於周社。**暮栖何鄉樹。驊騮事天子，辛苦在道路。**洙曰**：丹雀，異也。驊騮，駿也。言駿異處非其位。**趙曰**：尚書中候曰：「赤雀、丹書入豐，止於昌前。昌拜稽首受之。」舊注模棱，所引非是。驊騮事，列子周穆王駕八駿之乘有曰「右服驊騮」，此言高司直通籍事主，故以丹雀之於文王，驊騮之於穆王比之。**司直非冗官，荒山甚無趣。****洙曰**：司直，華選也。而在荒山，此所以無趣。**借問泛舟人，胡爲入雲霧。****與子姻婭間，既親亦有故。****洙曰**：姻婭，猶言姻聯也。詩：「瑣瑣姻婭。」非特親也，又有舊故。**萬里長江邊，邂逅一相遇。****洙曰**：邂逅，言不期而遇也。**長卿消渴再，公幹沉綿屢。****洙曰**：長卿，相如也，病渴。劉公幹詩：「余嬰沉痼疾，竄身清漳濱。」**趙曰**：公自言其病與相如、公幹同。**清談慰老夫，開卷得佳句。****時見文章士，****蘇曰**：枚叔見司馬犬子遠寄詩，喜而謂室家曰：「不意開卷得此佳句，瓊瑰南金，不足貴也。」**欣然淡情素。****伏枕聞別離，疇能忍漂寓。****良會苦短促，溪行水奔注。****熊羆咆空林，****蘇曰**：古詩：「熊羆呼林寒。」言小人得志自肆之意也。**游子慎馳騖。****西謁巴中侯，****洙曰**：閬爲巴中。**趙曰**：巴中侯，則封閬州也。官艱險則高，君之不憚遠如此。**艱險如跬步。****師曰**：半步曰跬。巴蜀路險難行，故云如跬步。**主人不世才，先帝常特顧。****洙曰**：主人，巴中侯也。**拔爲天軍佐，****洙曰**：天軍，禁軍也。**趙曰**：必嘗佐禁旅之任。**崇大王法度。****師曰**：主人，指巴中侯。玄宗常擢之爲禁軍副將，持軍整肅。故云「崇大王法度」。**淮海生清風，南翁尚思慕。****趙曰**：言淮海，則必爲楊州等處官。南公者，南方之老人也。**師曰**：南翁，甫自稱，以留滯於南方也。補注 希曰：漢天文志：「虚危南有羽林天軍。」在唐有天武、健兒、神武、天騎，亦以此爲天軍耶？南翁，即如項羽傳所謂南公。趙注「南方之老人」者，乃服虔云。**公宫造廣厦，木石乃無數。** **趙曰**：建廣厦於官府者也。凡官府貴處，謂之公宫。左傳：「構其公宫。」舊注謂「幕府方須才」，不知此乃述封閬州事，非指高司直也。**師曰**：言天子正再造王室，人材雖多，一柱尚未用。蓋言房琯見貶閬州，訓練征戍之兵，故甫託司直以勞問之。**初聞伐松柏，猶卧天一柱。** **趙曰**：此言廊廟之具矣，非封閬州，不足以當之。神異經云：「崑崙有銅柱焉，其高入天，所謂天柱也。」**我瘦洙曰**：一作「病」。**書不成，蘇曰**：郭贇久疾，書不成，攲傾倒側。經月自讀，亦不能識。何况兒童搭耶？**成字讀亦誤。爲我問故人，勞心練征戍。** **洙曰**：此詩觀末章，則閬州是房琯也。**趙曰**：故人，指封閬州也。

遺懷大曆元年作。

補注 **鶴曰**：詩云「繫舟卧荆巫」，當是在夔州作。詩又云：「亂離朋友盡，合沓歲月徂。吾衰將焉託，存殁再嗚呼。」蓋此詩言昔與高適、李白同游吹臺，今二公盡去世，而公獨在。蓋李白以寶應元年卒，而高適今又以永泰元年卒，故曰「存殁再嗚呼」。此當是大曆元年作，故曰「繫舟卧荆巫」。

昔我游宋中，鄭曰：宋州也。禹貢豫州城，秦改爲梁國。漢文帝封子民爲梁王，於曜陽置宋州。**惟**

梁孝王都。洙曰：宋即古大梁也。名今陳留亞，洙曰：陳留屬汴州也。劇則貝魏俱。洙曰：貝、魏，州名，在河西。劇，大也。邑中九萬家，高棟照通衢。舟車半天下，主客多歡娛。趙曰：主則本處人，客則浮寄者。補注鶴曰：唐志云：「宋州本梁郡，天寶元年更名，户十二萬四千有奇。」舊史云：「舊領縣七，户一萬一千三百。天寶領縣十，户一十二萬四千二百有奇。」而今稱「邑中九萬家」，何也？本朝九域志作於哲宗〔一〕，其時主户六萬五千四百九十，客户二萬五千八百四十，共亦不過九萬。又云：「孝王有大功，景帝爲之廣睢陽，大治宫室，制度法長安。」自應棟宇之美。主客，蓋指主户、客户而言，未必分本處與游寄而言也。白刃讎不義，黄金傾有無。殺人紅塵裏，報答在斯須。洙曰：言多豪傑也。文三王傳：「梁孝王武始立爲代王，四年徙爲淮陽王，十二年，因梁懷王揖入朝墮馬死，無子國除，遂徙王梁。後七國反，梁王城守睢陽。梁最爲大國，居天下膏腴地，北界泰山，西至高陽。」趙曰：鮑明遠詩：「失意杯酒間，白刃起相讎。」憶與高李輩，高適、李白。論交入酒壚。師曰：甫昔與適、白嘗游此。酒壚，埋罌於地也。相如滌器，文君當壚也。兩公壯藻思，得我色敷腴。洙曰：世説：「王濬仲爲尚書令，着公服，乘軺經黄公酒壚中過，顧謂後車客曰：『吾昔與稽叔夜、阮嗣宗共酣飲此壚，竹林之游，亦預其末。自嵇夭亡，阮亦亡，便爲時所羈紲。今日視此雖近，邈若山河。』」兩公，李、高也，言李、高得我而後懽悦，故敷腴也。氣酣登吹一作「文」。臺，懷古視平蕪。**洙曰**：吹臺，梁王歌臺也，今謂之繁臺。**鄭曰**：在開封縣南五里。**蘇曰**：新唐本傳云：「甫與李白、高適過汴州，酒酣，登吹臺，慷慨懷古，人莫能測。」蓋謂此也。**補注** **希曰**：唐子西平臺賦序云：「平臺，梁王劉武作也。班史稱平臺，唐稱吹臺。世以謝靈運嘗爲雪賦，則又謂之雪臺。舊説在大梁城東北，如淳、晉灼云大梁城東二十里，今在城東南。蓋漢距今千歲，城郭凡幾變，則聞見之異，宜哉。」九域志云：「吹臺即繁臺，本師曠吹臺，梁孝王增築，在今汴州。」與新史所謂「甫與李白、高適過汴州，酒酣，登吹臺」合。公昔游詩云：「昔者高與李，晚登單父臺。寒蕪際碣石，萬里風雲來。」蓋懷古而視之也。芒碭雲一去，雁鶩空相呼。**洙曰**：前漢高祖隱於芒碭山澤間，吕后與人俱求，常得之。高祖怪問，后曰：「季所居上，常有雲氣，故從往，常得季。」雲去，乃人亡也，不欲指言之爾。人亡，雁鶩相呼。**師曰**：謂懷古也。先帝正好武，**師曰**：先帝謂玄宗好事邊功也。寰海未凋枯。**洙曰**：言方盛之時也。猛將收西域，長戟破林胡。**洙曰**：玄宗之時，開拓境土。如安禄山、王君㚟、張守珪、王忠嗣輩，皆以邊功爲己任。故張説獻鬥牛以箴之，而上不之改。百萬攻一城，獻捷不云輸。**趙曰**：攻取豈無勝負耶，但獻捷而已，未嘗言輸而不勝。組練棄如泥，**洙曰**：吴人大破楚軍，楚之免者，惟組練三百而已。組，組甲。練，被練也。尺土負一作「勝」。百夫。**趙曰**：争一尺之土，以百夫爲償，則不惜人之命。拓境功未已，元和辭大鑪。**洙曰**：謂政失其平和矣，繼有安、史之亂。**趙曰**：莊子曰：「吾將以天地爲大鑪。」亂離朋友盡，合沓歲月徂。**晁曰**：合沓，相繼貌。吾衰將焉託，存殁再嗚呼。蕭條益堪愧，獨在天一隅。洙曰：一云「蕭條疾益甚，愧獨天一隅」。乘黄已去矣，凡馬徒區區。洙曰：乘黄，駿馬也，喻賢者。凡馬，喻常才。蘇曰：古駿馬行：「飛黄汗血已去矣，駑駘凡馬徒區區。」補注鶴曰：詩正義云：「黄騂曰黄，謂黄而騂色。」又唐百官志：「尚乘局奉御二人，直長十人，掌内外閑廄之馬。左右六閑，一曰飛乘。」不復有顔鮑[一]，洙曰：顔延年、鮑明遠。常作荆州參軍，作蕪城賦以諷宋臨海王。又比高、李二公。繫舟卧荆巫。洙曰：荆州、巫峽也。鄭曰：在白帝城及南郡。臨餐吐更食，常恐違撫孤。趙曰：蓋恐違戾撫養高、李二公之孤也。此其爲朋友之義。

君不見簡蘇徯大曆元年作。

補注鶴曰：蘇徯嘗入湖南之幕，公既有詩别之，又有送蘇徯兵曹適桂州詩云「早作諸侯客」，則徯在大曆初，摧頽爲甚，故此詩以折桐喻之。梁權道編此與後一篇同在大曆三年，而别蘇徯詩乃在元年，今以後篇贈蘇徯考，當在元年。

君不見道邊廢棄池，君不見前者摧折桐。百年死樹中琴瑟，洙曰：蔡邕取爨下桐爲琴。趙

[一]「不復有顔鮑」及「洙曰」云云，原脱，據四庫本補。

曰：異苑載：「吴平在勾章，州門外忽生一株桐，上有謡歌之聲。平惡而斫，其後桐自遷立於故根上。又聞歌聲曰：『死樹今更青，吴平尋當歸。』」桐林所以爲琴瑟，今言死樹猶可爲之，譬士終有用也。舊注所引非。**一斛舊水藏蛟龍。**洙曰：積水成淵，蛟龍生焉。**丈夫蓋棺事始定，**洙曰：古詩：「蓋棺事乃已。」言死而後已也。蘇曰：劉毅曰：「丈夫兒蹤迹不可尋常便混群小中，蓋棺事方定矣。」補注希曰：韓詩外傳：「學而不已，闔棺乃止。」**君今幸未成老翁，**趙曰：魏文帝與吴質書云：「已成老翁，但未白頭耳。」**何恨憔悴在山中。深山窮谷不可處，霹靂魍魎兼并困。狂風。**蘇曰：鮑休清溪賦：「霹靂破石，狂風驚林。」

贈蘇徯大曆元年作。

補注鶴曰：詩云「巴蜀倦剽劫」，「幽薊已削平」，當是大曆元年作。剽劫，指崔旰之徒爲亂。是時河北盡平故也。蘇徯自蜀赴湖南，公有別蘇徯赴湖南幕詩，乃同時作。故此詩亦云：「君今下荆楊，獨帆如飛鴻。」梁權道編在大曆三年，恐非。

異縣昔同游，各云厭轉蓬。洙曰：古詩：「爲客若轉蓬。」言如蓬之隨風，無所定止也。**別離已五年，尚在行李中。**洙曰：左傳：「秦、晉圍鄭，燭之武夜見秦伯，曰：『若舍鄭以爲東道主，行李之往來，供其困乏。』」注：「行李，使人。」**戎馬日衰息，乘輿安九重。**洙曰：天子之門九重。乘輿，天子所乘輿。時京師初復，天下漸平也。**趙曰**：以車駕嘗因吐蕃陷京師而幸陝，今稍平定，復還長安，爲九重之安矣。補注**鶴曰**：戎馬衰息，非謂復京師，天下漸平也。且廣德元年復京師之後，無歲無吐蕃、党項羌、渾、奴剌之禍。至永泰元年，僕固懷恩誘回紇、吐蕃、吐谷渾、党項、奴剌數十萬衆俱入寇，京城震恐。十月，郭子儀與回紇再定約，吐蕃引兵夜遁，京師解嚴，自是戎馬始少息。此詩作於大曆元年，故云。黄庭經：「坐在金臺城九重。」後以喻天子之門，亦如楚辭所謂九關。**有才何栖栖，將老委所窮。****趙曰**：公每自負矣，故不以言才爲嫌。微生畝云：「丘何爲是栖栖者歟？」**爲郎未爲賤，****洙曰**：傒爲宣義郎。子美檢校工部員外郎，非以階官也。後篇云「雖爲尚書郎」，可證矣。**其奈疾病攻。子何面黧黑，焉得豁心胸。****趙曰**：指言蘇傒也。列子云：「面目黧黑。」**巴蜀倦剽劫，下愚成土風。****洙曰**：崔旰之亂也。**幽薊已削平，****洙曰**：禄山所節鎮處也。**荒徼尚彎弓。****洙曰**：時思明未平。**趙曰**：安、史之亂雖已削平，而猶有盜賊也。補注**鶴曰**：王注既以巴蜀剽劫爲崔旰之亂，又云「時思明未平，何不考之甚也」。廣德元年，史朝義已縊死矣，安得思明尚未平？巴蜀之亂非一，五年之間，段子璋、徐知道、崔旰之變相繼，而盜賊隨起，安得不倦於剽劫，真是下愚習以爲風也。**斯人脱身來，豈非吾道東。****洙曰**：後漢鄭玄學於馬融，辭歸，融一然謂門人曰[一]：「鄭生今去，吾道東矣。」

〔一〕「一」，分門集注卷一七作「喟」。

乾坤雖寬大，所適裝囊空。肉食哂菜色，少壯欺老翁。蘇曰：呂安謂嵇康曰：「我輩稍有菜色，反爲肉食輩所哂。徒知其外，而不知内也。」周澤謂諸齊郎曰：「若年少壯，不可欺老翁。翁胸中有書萬餘卷，若輩未到此田地。」諸人皆慚悚，無一語對。況乃主客間，古來偪側同。君今下荆揚，獨帆如飛鴻。二州豪俠場，人馬皆自雄。一請甘飢寒，再請甘養蒙。洙曰：養蒙，欲其晦迹以自全也。

寄薛三郎中大曆二年作。

補注 鶴曰：詩云：「峽中一卧病，瘧癘終冬春。春復加肺氣。」又云：「我未下瞿塘，空念禹功勤。高秋却束帶，鼓柁視清旻。」當是大曆二年。

人生無賢愚，飄飖若埃塵。蘇曰：丁固：「人生無賢與愚，百年之後，俱成糞壤。」又黄玘：「利名聚散，若風中埃塵，去來不足校輕重。」自非得神仙，誰免危其身。與子俱白頭，役役洙曰：一云没没。常苦辛。雖爲尚書郎，不及村野人。憶昔村野人，蘇曰：馬融曰：「我輩仕途，不及村野之人，雞豚社飲，足以自樂。我輩區區塵土，豈有此況味。」其樂難具陳。趙曰：一云「歡樂難具陳」。藹藹桑麻交，公侯爲等倫。天未厭戎馬，我輩本常貧。子尚客荆州，我亦滯江濱。峽中一卧病，瘧癘終冬春。春復加肺氣，此病蓋有因。早歲與蘇鄭，洙曰：蘇鄭，蘇源明、鄭虔是也。痛飲情相親。

二公化爲土，嗜酒不失真。洙曰：蘇、鄭亦皆嗜酒。予今委修短，豈得恨命屯。聞子心甚壯，所過信席珍。洙曰：席珍，席上之珍也。上馬不用扶，每洙曰：一作「思」。扶必怒嗔。賦詩賓客間，揮灑動八埏。乃知蓋代手，洙曰：可蓋覆當代也。漢書：「功業蓋代。」蘇曰：李密：「蓋代手段不可容易施呈也。」才力老益神。青草洞庭湖，洙曰：青草、洞庭，皆湖名也。鄭曰：二湖俱在巴陵。東浮滄海漘。君山可避暑，洙曰：君山，在洞庭湖心。況足采白蘋。子豈無扁舟，往復江漢津。我未下瞿塘，空念禹功洙曰：又作禹力。勤。聽説松門峽，吐藥攬衣巾。趙曰：聞松門峽之好，則方喫藥而吐之，遽攬衣巾思去。鄭曰：松門峽，巴中地名。高秋却束帶，鼓枻視清旻。鳳池日澄碧，濟濟多士新。余病不能起，健者勿逡巡。趙曰：健者，薛璩也。紹勃然曰：「天下健者，豈惟董公？」上有明哲君，下有行化臣。洙曰：行化臣，謂承流宣化之大臣也。

大覺高僧蘭若大曆四年作。

楷曰：和尚去冬往湖南。若，爾者切。補注鶴曰：詩云：「巫山不見廬山遠。」當是在湖南作。而梁權道編在大曆二年夔州詩内。若在夔州作，何以言巫山不見？詩又云：「香爐峰色隱晴湖。」雖廬山有香爐峰，而衡岳亦有之。唐志：「武宗即位，廢浮圖法，天下毀寺四千六百，招提、蘭若四萬。」然則蘭若殆小於寺者？有高僧傳、續高僧傳，載僧之德行高者。大曆四年作。

巫山不見廬山遠，趙曰：廬公，惠遠也。**松林蘭若秋風晚。**洙曰：蘭若，寺也。一云「蘭」，蘭草也；若，杜若也。修可曰：釋氏要覽曰：「蘭若者，梵言阿蘭若，唐言無諍。」四分律云：「空静處。」薩婆多論云：「閑静處。」智度論云：「遠離處。」大悲經云：「阿蘭若者，離諸忽務故。」數説不同，其實無諍也。注以爲蘭草與杜若，非也。**一老猶鳴日暮鍾，諸僧尚乞齋時飯。**補注希曰：楞嚴經云：「食辨擊鼓，衆集撞鍾。」又毗羅三昧經云：「佛爲法惠菩薩説四食時：一旦時，爲天食。二午時，爲法食。時佛斷六趣，因令問三世佛，故制日午爲法食正時也。」僧祇律云：「午時日影過一髮一瞬，即非時也。」又起因世經：「佛教過中不食，爲齋。」又晉書：「佛圖澄齋時，至流水側，從腹旁孔中引臟腑洗之。」**香爐峰色隱晴湖，**洙曰：香爐峰，廬山之勝境也。勢如香爐，上有飛泉。趙曰：遠法師廬山記曰：「東南有香爐，上孤峰秀起。」**種杏仙家近白榆。**洙曰：神仙董奉居廬山，治病，重者種杏五株，輕者一株，號董仙杏林。趙曰：近白榆，言其所居之高，近乎星辰也。古詩曰：「天上何所有，歷歷種白榆。」**飛錫去年啼邑子，**洙曰：高僧傳有飛錫而赴齋者。定功曰：要覽又云：「昔高僧隱峰游五臺，出淮西，擲錫飛空而往西天。比丘持錫有二十五威儀，凡室中不得著地，必挂於壁牙。故釋子稱游行僧爲飛錫，安住僧爲挂錫。」孫綽天台賦云：「應真飛錫以躡虛。」趙曰：言其去冬往湖南也。注云：「得真道之人，執錫杖而行於虛空，故云飛也。邑子，同邑之子也。」補注希曰：尹翁歸傳：「于定國欲屬託邑子兩人。」**獻花何日許門徒。**洙曰：高僧傳：「僧有戒行嚴潔，天女來獻花。」

趙曰：後分經載：「釋伽爲靜慧仙人時，獻五蓮花於燃燈佛。」此獻花之祖也。其在佛僧，則謂諸弟子之來從者爲門徒也。

黄氏補千家集注杜工部詩史卷之十四

黄氏補千家集注杜工部詩史卷之十五

憶昔行大曆三年後作。

補注 **鶴曰**：詩云：「更討衡陽董鍊師，南游早鼓瀟湘柂。」當是大曆三年出峽後作。權道編在荆南詩内。

憶昔北尋小有洞，洪河怒濤過輕舸。加我切。**洙曰**：茅君内傳：「大天之内，有玄中之洞三十六所，第一王屋山之洞，圍萬里，名曰小有清虚之天。」至於廣雅：「南楚、江湘，凡船之大者謂之舸。」**辛勤不見華蓋君，艮岑青輝慘么麽。**亡果切。劉良曰：「小也。」**洙曰**：葛仙翁傳：「崑崙山一曰玄圃臺，一曰華蓋，仙人所居。」**趙曰**：公昔游云：「昔謁華蓋君，深求洞宫脚。玉棺已上天，白日亦寂寞。暮升艮岑頂，巾几猶未却。」詳考洞詩之意，公游王屋，本欲謁華蓋君，適值君死也。**千崖無人萬壑静，三步回頭五步坐。**修可曰：曹公祭橋玄文有曰：「車過三步。」李陵别蘇武詩曰：「轅馬顧悲鳴，五步一彷徨。」**秋山眼冷魂未歸，仙賞心違淚交墮。****洙曰**：謝靈運曰：「賞心樂事，四者難并。」陸機：「中心若有違。」**趙曰**：上句言望華蓋君招之而不來也，下言欲爲仙賞之游而事與願違，所以悲泣也。宋玉招魂有「魂兮歸來」。**弟子誰依白茅**洙曰：一作「石」。**室，盧老獨啓青銅鎖。****鄭曰**：盧遨見淮南子。**巾拂香餘擣藥塵，階**洙曰：一作

「前」。除灰死燒丹火。玄圃滄洲莽空闊，洙曰：十洲記曰：「崑崙山三角：一角正于北辰星輝，名曰閬風嶺，其一角正西曰玄圃臺，其一角正西曰崑崙宮。」修可曰：葛仙傳云：「崑崙一曰玄圃也。」滄洲，十洲之一洲也。金節羽衣飄婀娜。鄭曰：上於可切，下奴可切，美也。落日初霞閃餘映，洙曰：以黄金爲節，鳥羽爲衣。漢武帝拜欒大爲五利將軍，使衣羽衣，立白茅上，受印。注：「以鳥羽爲衣，取其神仙飛翔之意。」趙曰：王仲宣詩：「山岡有餘映。」倏忽東西無不可。洙曰：言其飛翔無所往而不可。松風磵水聲合時，磵，居晏切。青兕黄熊啼向我。洙曰：兕如野牛，青，皮堅厚可以爲鎧，嶓冢之山，其數多。補注希曰：兕，似牛，青色。徒然咨嗟撫遺迹，至今夢想仍猶佐。趙曰：公在山中，愁寂不堪，撫華蓋君之遺迹，而夢想猶見之也。秘訣隱文須内教，晚歲何功使洙曰：一云「收」。願果。更討洙曰：一云「覓」。衡陽董鍊師，洙曰：董鍊師，神仙也，隱於衡陽。趙曰：以爲求仙，須得有功行，而傳秘訣，不見華蓋君矣，却思南游而訪董鍊師也。南游早鼓瀟湘柂。洙曰：晉庾闡楊都賦：「青雀飛艫，余皇鼓柂。」師曰：神仙有三十六洞天，第一王屋山之洞，名曰小有清虛天，仙人所居。艮岑，崑崙東北之岑。甫昔游小有洞，不憚辛勤，冀遇仙賞。時盧道人結茅山下居焉，甫謁之，訪其仙術。昔淮陽王有鴻寶枕中秘訣，其文字隱之，不以示人，故曰秘訣，隱文須内教。董鍊師隱於衡陽，即董京威也。補注鶴曰：道經中有大梵隱語，即隱文之類也。董鍊師乃昔游詩所謂董先生者。方公游王屋山時，董在東蒙，今在衡嶽，故云。南游，一作「南浮」。如司馬子長浮湘泛沅之浮。

魏將軍歌大曆二年作。

補注 **鶴曰**：夔州嘗號臨江軍，而此詩云「臨江節士安足數」，徐師川亦云「甫自稱臨江節士」，當是大曆二年作，而梁編在三年荆南作。

將軍昔著從事衫， **鄭曰**：著，陟略切。**洙曰**：别駕，亦曰治中從事。孔恂爲别駕從事。**蘇曰**：吴起暫卸戰衮，學著從事衣衫。**趙曰**：初爲幕官於元帥府耳。**鐵馬馳突重兩銜。** **洙曰**：銜，銜勒也。**蘇曰**：漢靈帝飛黄良駿，重銜交轡。**趙曰**：馬勒重銜，則戰馬之謹也。**被堅執鋭略西極，** **洙曰**：前漢高祖紀：「朕親被堅執鋭。」師古曰：「被堅，謂甲胄也。執鋭，謂利兵也。」爾雅：「西至於邠國，謂之西極。」**崑崙月窟東嶄岩。** **鄭曰**：嶄，仕咸切，石高峻貌。**洙曰**：相如賦：「嶄岩參差。」揚雄長楊賦：「西壓月窟，東震日城。」**君門羽林萬猛士，惡若哮虎子所監。** **洙曰**：監，領也。君門羽林，禁旅也。漢有羽林軍。詩：「噉如虓虎。」言其勇也。**五年起家列霜戟，** **彦輔曰**：門列棨戟也。**蘇曰**：楊素起家五年，門列棨戟。韓休語子曰：「爾輩豈不見楊將軍乎？不數年，門列畫戟。況爾輩堂堂然，獨守蠹簡，學組繡對偶，比楊將軍遠矣。」**趙曰**：言將軍驟貴如此。**一日過海收風帆。** **趙曰**：言將軍遠征而利於速戰。**平生流輩徒蠢蠢，長安少年氣欲盡。**趙曰**：觀將軍富貴功名而然矣。魏侯骨聳精爽緊，華嶽峰尖見秋隼。**趙曰**：清秋之隼鳥也。凡鷙鳥以秋而健，所以比之。**俯曰**：謝承後漢書：「竇武上疏曰：『奉承詔命，精爽隕越。』」補注 希曰：左傳昭元年：「是以有精爽，至於神明。」星纏寶校金盤陁，**時可曰**：星纏寶校金盤陀，馬裝也。顏延年赭白馬賦云：「具服金組，兼飾丹臒。寶校星纏，鏤章霞布。」注：「以金組丹臒飾其裝具，如星霞之布。」**蒼舒曰**：按文選張平子東京賦：「龍輈華轙，金鍐鏤鍚。方釳左纛，鉤膺玉瓖。」注：「蔡邕曰：金鍐者，馬冠也，高廣各五寸，上加三華形，在馬髦前。」鍐，切鏤雕飾也，當顱刻金爲之。詩曰：「鉤膺鏤鍚。」所謂寶校，此其具也。第尊卑之制殊耳。又古樂府：「白馬金具裝，横行潦水旁。」夜騎天駟超天河。**洙曰**：天官書：「漢中四星曰天駟，房一星曰天良，旁八星絶漢曰天漢。」**彦輔曰**：天官書：「漢中四星曰天駟。」使此者，以言御厩耳。欃槍熒惑不敢動，**鄭曰**：上初銜切，下楚耕切，災星。**洙曰**：欃槍，妖星。熒惑，火星。不敢動，言畏其威也。**蘇曰**：司馬仲達曰：「星拱帝座，熒惑欃槍，焉敢動。」補注 希曰：大人賦：「攬欃搶以爲旌兮。」張揖曰：「彗星爲欃搶。」師古曰：「初咸、初耕反。」翠蕤雲旓相蕩摩。**鄭曰**：旓，所交切，旌旗旒也。**洙曰**：翠蕤雲旓，皆旗也。相蕩摩，舒閑也。**夢符曰**：右按，文選：「啓翠華之葳蕤。」又張平子西都賦：「棲鳴鳶，曳雲旓。」又子虚賦：「錯翡翠之葳蕤。」注徐廣曰：「錯音措。或作『錯紛翠蕤』。」吾爲子起歌都護，**洙曰**：漢遣王吉護匈奴南北兩道，故曰都護。**趙曰**：古樂府有丁督護歌。酒闌插劍肝膽露，鉤陳蒼蒼風玄武。**洙曰**：一本云「玄武暮」。隋天文志：「鈎陳六星在紫宫中。」故天子殿前亦有鈎陳，所以法天也。蒼蒼，言其明也。玄武，亦明星也。**趙曰**：鈎陳，星名。玄武，闕名。**安石曰**：三輔舊事曰：「未央宫北有玄武闕。」舊本誤以「武」字爲韻，云「風玄武」，極無義理，徒誤學者。以鈎陳則蒼蒼，以玄武則暮，言當酒闌插劍之時。**萬歲千秋奉明主，**趙曰：申言將軍監軍於殿前矣。**臨江節士安足數。**彦輔曰：夔州號臨江。**趙曰**：言將軍乃天子之節士，非特臨江王節士而已。**修可曰**：臨江節士，史失其名，唯古樂府載宋陸厥臨江王節士歌曰「節士慷慨，髮上衝冠。彎弓挂石水，長劍竦雲端」是也。**俯曰**：夔州號臨江軍。甫欲將軍效漢王吉，都護蕃漢。而臨江節士，又安足數。甫自稱臨江節士。

北風大曆元年作。

補注 **鶴曰**：詩云「十年殺氣盛」，當是大曆元年。而云「洞庭秋欲雪」，則公大曆三年冬，至岳陽詩也。梁權道亦編在是年詩内。

北風破南極，洙曰：北，陰也，南，陽也。北風破南極，喻小人道長，而見君子道消也。**朱鳳日威**洙曰：一作「低」。**垂。**洙曰：喻君子不得志。**洞庭秋欲雪，鴻雁將安歸。**蘇曰：諸葛瑾曰：「方今南北鼎沸，東西兵革不止，冥冥之鴻雁，吾與汝將安歸？」**趙曰**：「南極」所以言楚地，「北風破南極」而朱鳳威垂，「洞庭秋欲雪」而鴻雁安歸？此言值時如此，於是乎失所也。威垂，無氣象之貌。**十年殺氣盛，六合人煙稀。**

蘇曰：劉述曰：「强秦既衰，鹿走中原。劉項并起，兵戈沸海，人煙稀少。」補注 希曰：相如傳：「六合之内。」師古曰：「天地四方謂之六合。」**吾慕漢初老，時清猶茹芝。** **蘇曰**：漢初老，四皓之徒也。龐德公云：「時清物阜，吾亦茹芝之术。」**趙曰**：自天寶十四年至此，十三年矣，而云「殺氣盛」，則舉其大數耳。商山四皓避秦之亂，方漢之初，可以出矣，而猶茹芝焉。則以畏禍之心，未能已也。

客從大曆四年作。

補注 **鶴曰**：詳觀詩，當是大曆四年作。梁權道以爲大曆三年。

客從南溟來，遺我泉客珠。珠中有隱字，欲辨不成書。 **趙曰**：任昉述異記：「南海鮫人室水居如魚，不廢機織，其眼泣則出珠。」鮫人，即泉仙也，又名泉客。**緘之篋笥久，以俟公家須。開視化爲血，哀今徵斂無。** **趙曰**：必用「泉客珠」，言其珠從眼泣所出也，至於化爲血矣。猶慮公家之徵斂，而無以供之。**師曰**：此詩寓意公家徵斂而索其所無有之物，詩云「俾出童羖」是也。補注 **鶴曰**：按史，大曆四年三月，遣御史税商錢。此詩故託珠以諷徵斂之及於商賈也。

白馬大曆三年作。

補注 **鶴曰**：詩云：「近時主將戮，中夜商於戰。」當是大曆三年荆南作。

白馬東北來，空鞍雙貫箭。可憐馬上郎，意氣今誰見。近時主將戮，中夜商於戰。洙曰：商，或作「傷」。蘇曰：張儀欺楚王以商於之地。鮑曰：商州也，舊屬楚。楚世家注：「在今順陽郡，南鄉、丹水二縣有商城，在於水中。」乃知商於爲商州，即張儀欺楚王之地也。蔡伯世曰：乃潭州詩。主將，謂崔瓘也。東溪先生誤以主將之戮爲禄山之亂，而又以白非戰馬。昔侯景之亂，舉軍皆白馬青袍，而謂非戰馬，可乎？趙曰：商於，當作「傷於」。按商於，山名，在虢州，與此潭州之亂無相干，斷不可取。師曰：商於，楚地。此詩殆爲永王璘叛於楚而作，故有「中夜傷於戰」之句。補注鶴曰：帝王世紀云：「禼始封於商，則今上洛縣，亦秦相商君之邑。張儀詐以商於之地六百里賂楚，即此地。」唐爲商州上洛郡，治上洛縣。大曆三年二月，商州兵馬使劉洽殺其刺史殷仲卿，此詩爲仲卿作也。詩云：「白馬東北來，空鞍雙貫箭。可憐馬上郎，意氣今誰見。」馬上郎指仲卿，謂仲卿已死，而徒有馬負空鞍也。舊注何不考而徒爲紛紛之論。**喪亂死多門，嗚呼涕如霰。**趙曰：屈原九歌哀郢篇云：「涕淫淫其如霰。」師曰：梁簡文帝述霸賦：「孟夏守節，雄風吹甸。晚解纜於鄉津，涕淫淫其若霰。」

白鳧行大曆二年作。

補注鶴曰：李巡曰：「野曰鳧，家曰鶩。」又爾雅釋曰：「水鳥也。」公以自喻。詩云「終日忍飢西復東」，如公在夔[一]，自瀼西而遷東屯。師注亦云：「化爲白鳧似老翁，傷遲暮也。」當是大曆二年作。

君不見黄鵠高於五尺童，化爲白鳧似老翁。洙曰：似，一作「象」。故畦遺穗已蕩盡，天寒歲暮波濤中。洙曰：歲，一作「日」。此杜公自喻也。鱗介腥膻素不食，終日忍飢西復東。魯門鶢鶋亦蹭蹬，聞道如今猶避風。洙曰：見八哀詩鄭虔詩注。師曰：鶢鶋，海鳥。止於魯東門，爲避風也。喻甫亂依夔州。補注希曰：爾雅「爰居」釋曰：「爰居，海鳥也，大如馬駒，一名雜縣。漢釋曰時琅琊有之。」[二]

蠶穀行大曆三年作。

補注鶴曰：詩云：「天下郡國向萬城[三]，無有一城無甲兵。」當是大曆三年荆南作。去年與其年周智光反，吐蕃寇邠、靈州，京師戒嚴。桂州山獠反，商州、幽州兵馬使并反，楊子琳又陷成都，亦可謂天下皆用兵也。

天下郡國向萬城，無有一城無甲兵。洙曰：時盜賊充斥，天下皆用兵也。焉得鑄甲作農器，

[一] 如，疑當作「知」。
[二] 釋曰，四庫本同此，疑爲衍字。
[三] 向萬城，原脱，據四庫本及詩文補。

修可曰：家語載回曰：「回願得明王聖主輔相之，使鑄戟以爲農器。」**一寸荒田牛得耕。牛盡耕田蠶亦成。不勞烈士淚滂沱，男穀女絲行復歌。** **趙曰**：烈士見平日牛不得耕，又蠶無所成，則涕淚滂沱。今也，見牛耕而男穀，蠶成而女絲，則喜而行歌焉。**師曰**：時寇盜滿天下，男廢耕，女廢織，故傷今而思古也。

折檻行大曆三年作。

補注 **鶴曰**：詩云：「白馬將軍若雷電。」當是指崔旰作亂，尋爲西川節度使，大曆三年四月入朝，五月又加檢校左散騎常侍，未幾，又加檢校工部尚書。皆杜鴻漸不能除惡，從而引之要路，當時在廷無一人敢言。故有感於朱雲折檻而賦此。朱雲傳注云：「檻，軒前欄也。」賦此詩在荆南。

嗚呼房魏不復見，秦王學士時難羨。 **洙曰**：房玄齡、魏徵也。初，太宗爲秦王，既平天下，開文學館以待四方之士。於是以杜如晦、房玄齡并以本官兼弘文館學士，圖其形狀，且顯爵土。命褚亮爲像贊，藏之書府，號十八學士。給五品珍膳，分爲三番，更直宿於閣下。預入閣者，時人謂之曰登瀛洲。**青襟胄子困泥塗，白馬將軍若雷電。** **洙曰**：時方貴武而賤文也。**定功曰**：魏寵德每戰每陷陣，與關羽交戰，射羽中額。時德常乘白馬，羽軍時謂白馬將軍。」若雷電，則言馬之駿驟。大意言武人之寵幸，故其威勢如此。補注 **鶴曰**：青襟胄子，謂國子生。胄子二字，本出於書，而潘岳閑居賦亦云：「兩學如一，右延國胄。」時方尚武，故困泥塗。」千載少似朱雲人，至今折檻空嶙峋。**洙曰**：朱雲請尚方斬馬劍以斬佞臣張禹，帝怒，將雲下，欲斬之。雲攀檻，檻折。後欲理檻，帝曰：「勿理，故以旌直臣也。」**修可曰**：左太冲魏都賦：「榱題黮黤，階陥嶙峋。」注：「嶙峋，高也。」**鄭曰**：嶙，離珍切。峋，思遵切。深崖貌。婁公不語宋公語，尚憶先皇容直臣。**洙曰**：婁師德、宋璟也。言互以正救爲心。張嘉貞代璟爲相，閱堂桉，見其危言讜議，未嘗不大聲嘆息也。

朱鳳行大曆五年作。

補注 **鶴曰**：此詩爲衡州刺史陽中丞濟作也。大曆五年，臧玠殺崔瓘，濟攝連帥之職以討賊。故託衡山朱鳳以喻之。「側身長顧求其群」，謂率澧州刺史楊子琳、道州刺史裴虬、廣州刺史李勉同討玠也。當是大曆五年。師云：「鳳以喻君子。時甫困於荆、衡，不得其志，欲引其類以進，澤及下民，而爲小人之所疾。」併存之，以俟明辨。

君不見瀟湘之山衡山高，山巔朱鳳聲嗷嗷。**趙曰**：此篇是託興君子小人甚明，朱鳳乃衡山上之物也，因其物而有作，乃以爲興矣。韻書云：「嗷嗷，衆口愁也。」詩：「哀鳴嗷嗷。」側身長顧求其群，翅垂口噤心甚勞。下愍百鳥在羅網，黄雀最小猶難逃。願分竹實及螻蟻，盡使鴟梟相怒號。**洙曰**：時亂離日久，賢者思引其類，有爲而不可得者也。

惜別行送向卿進奉端午御衣之上都

補注鶴曰：詩云：「尚書勛業超千古，雄鎮荆州繼吾祖。裁縫雲霧成御衣，拜跪題封賀端午。」當是大曆三年荆南作。

肅宗昔在靈武城，洙曰：禄山之亂，肅宗即位靈武。指揮猛將收咸京。趙曰：天寶十五年九月，裴冕奉皇太子即皇帝位，是爲肅宗。明年九月，復京師。向公泣血洒行殿，洙曰：大子在外，故曰行殿。佐佑卿相乾坤平。趙曰：平乾坤，非獨卿相之伍，乃向公佐佑之也。向卿無所考其名。補注鶴曰：孔光傳：「領宿衛，供養行内。」師古曰：「行在所之内中。」此云行殿，乃其義也。逆胡冥寞隨煙燼，洙曰：消滅如隨煙燼也。卿家兄弟功名震。麒麟閣畫鴻雁行，洙曰：言兄弟俱畫像於麒麟閣也。紫極出入黄金印。補注鶴曰：禮記：「兄弟之齒雁行也。」以向卿兄弟有功，期之畫像麒麟閣，出入紫極。棄謂已俱畫也。紫極，謂北極。紫微垣有上相。金印，謂漢丞相金印紫綬。尚書勛業超千古，雄鎮荆州繼吾祖。洙曰：祖，謂杜預也。趙曰：尚書鎮荆州，言李之芳也。繼吾祖，則公自言杜預也。預在晉爲鎮南大將軍，都督荆州諸軍事。師曰：尚書，指向卿之父珣鎮荆南。昔向秀繼杜預節鎮于此，故云「繼吾祖」。補注鶴曰：公以大曆三年至荆南，是時衛伯玉爲節度，尹荆南。大曆初，加檢校工部尚書，故云。詳見前注。裁縫雲霧成御衣，拜跪題封賀端午。向卿將命寸心赤，青山落日江潮白。趙曰：言向卿行歷之景物也。卿

到朝廷説老翁，漂零已是滄浪客。 **師曰**：時珣遣子向卿奉端午御衣之上都，故有此作。滄浪客，乃屈原也，甫自喻。

醉歌行大曆三年作。

洙曰：贈公安少府，請顧八題壁。**補注** **鶴曰**：詩云：「是日霜風凍七澤，烏蠻落照銜赤壁。」當是大曆三年，公至公安時作。而粱權道編在天寶十三年詩内。若以爲在天寶末作，則公未嘗至其地，無容寫時景如此。又公有戲簡顏十少府詩，正與此合。顧八，即顧八分文學，名況。

神仙中人不易得， **趙曰**：世説：「王恭美姿儀，嘗披鶴氅裘，涉雪而行。孟昶見之，嘆曰：『真神仙中人也。』」**顏氏之子才孤標。** **洙曰**：顏氏，公安少府也。**補注** **鶴曰**：神仙中人，正以顏氏爲尉用之。梅福爲南昌尉，謂之神仙尉。又李白贈瑕丘王少府詩亦云：「飄飄神仙氣。」公有官亭夕坐戲簡顏十少府詩，則顏氏之子蓋顏十也。**天馬長鳴待駕馭，秋鷹整翮當雲霄。** **洙曰**：言負駿逸之才，以待用也。**趙曰**：漢禮樂志：「天馬徠，龍之媒。」**君不見東吳顧文學，** **洙曰**：顧況，吴人。**君不見西漢杜陵老。** **洙曰**：前漢都長安，後漢都雒陽，長安在雒陽之西，故前漢謂之西漢。杜公，長安杜陵人也。**詩家筆勢君不嫌，詞翰升堂爲君掃。** **蘇曰**：王子敬過戴安道草堂，飲酣，安道求子敬文。子敬攘臂大言曰：「我辭翰雖不如古人，與君一掃素壁。」今山陰草堂碑是也，辭翰俱美。**趙曰**：公自言詩家之詞與顧君筆勢之翰，升顔少府之堂，各爲之一掃也。**是日霜風凍七澤，洙曰**：子虛賦：「楚有七澤。」**蘇曰**：王子威寒賦：「霜風沍凍合七澤。」**烏蠻落照銜赤壁。洙曰**：施、黔，烏蠻之域也。赤壁，地名。周瑜破曹公於赤壁。**酒酣耳熱忘頭白，洙曰**：楊惲曰：「酒酣耳熱，聲嗚嗚而歌秦聲。」**修可曰**：魏文帝與吳質書曰：「昔日游處，每至觴酌流行，絲竹并奏，酒酣耳熱，仰面賦詩，忽然不自知其樂。」**感君意氣無所惜，蘇曰**：鄭球：「感意氣倜儻，醉何所惜。」**一爲歌行歌主客。洙曰**：爲，一本云「醉」。**趙曰**：主則顔少府，客則公與顧也。**師曰**：歌主客，發揚主客之德也。

歲晏行大曆三年作。

補注 **鶴曰**：詩云：「去年米貴闕軍食，今年米賤大傷農。」當是大曆三年次岳州作。按舊史：「大曆二年十月甲申，減京官職田三分之一充軍糧。又十一月乙丑，率百官京城士庶出錢以助軍。」

歲云暮矣多北風，瀟湘洞庭白雲中。漁父天寒網罟凍，莫徭射雁鳴桑弓。定功曰：隋地理志：「長沙郡雜有夷蜑，名曰莫徭。自言其先祖有功，常免徭役，故以爲名。」補注 **鶴曰**：漢五行志：「女童謡曰：『檿弧箕服。』」師古曰：「山桑之有點文者。木弓曰弧。」兹云「桑弓」，蓋以檿爲之。**去年米貴闕軍**

食，今年米賤大傷農。 **洙曰**：穀貴則傷民，穀賤則傷農。**高馬達官厭酒肉，此輩杼軸茅茨空。** **洙**
曰：言在位者不知爲政，但厭酒肉而已。詩「大東小東」，國困於役，而曰「杼軸其空」。補注**鶴曰**：舊史：「大
曆二年二月，郭子儀自河東來朝。元載、裴冕、第五琦、黎幹各出錢三十萬，置宴於子儀之第。三月，魚朝恩宴
子儀、宰相、節度、度支使、京兆尹於私第。子儀亦置宴于其第。田神功宴于其第。時以子儀元臣，寇難漸平，
乃置酒，連宴公卿大臣，列坐於席者百人。子儀、朝恩、神功一宴，費至十萬貫。」嗚呼，一宴之費，至於如此。曾
不知民間杼柚之空，方且以爲蹈舞王化，酣酒爲樂。朝恩、神功固不足責，而子儀亦復爲之，惜哉。此杜公所以
形之詩也。**楚人重魚不重鳥，** **洙曰**：一作「肉」。**蘇曰**：風俗通云：「吳楚之人嗜魚鹽，不重禽獸之肉。」**汝**
休枉殺南飛鴻。 補注**希曰**：管子：「桓公曰：夫鴻雁春北而秋南，不失其時。」又楚辭：「雁雝雝而南飛。」
此詩之意，亦似王符傳所謂：「有以貨得雁門太守，而皇甫規問：『卿在郡食雁乎？』」**况聞處處鬻男女，割**
慈忍愛還租庸。 **洙曰**：唐制，授人以口分世業田。凡授田者，丁歲納粟稻，謂之租。用人之力，歲不過二十
日。不役者，日爲絹三尺，謂之庸。時民力困故，於是有鬻男賣女以還租、庸、調者。**往日用錢捉私鑄，今**
許 **洙曰**：一云「來」。**鉛錫和青銅。** **洙曰**：唐制，盗鑄者死，没其家屬。至天寶間，盗鑄益甚，雜以鐵錫，無
復錢形，號公鑄者，爲官爐錢。補注**希曰**：唐志：「德宗時，江淮多鉛錫，錢以銅蕩，外不盈斤兩，銷千錢爲銅
六斤。」大抵江淮多惡錢，其來已久。不獨德宗時爲然，如天寶初，富商奸人已潛往江淮，以良錢一易惡錢五，入

長安市矣。志云德宗時者，殆指其甚者而言耳。此詩可補史之闕。**刻泥爲之最易得，好惡不合長相蒙。** **師曰**：長相蒙，謂上下相蒙蔽，無復糾察也。**萬國城頭吹畫角，此曲哀怨何時終。**

夜聞觱篥大曆三年作。

鄭曰：上必吉切，下力質切。補注**鶴曰**：詩云：「夜聞觱篥滄江上。」當是大曆二年夔州作。蓋公夔州詩屢云滄江也。梁權道編在三年離公安次岳州詩内，徒惑於「不見江湖行路難」之句。詩又云「天地干戈滿」，以是年周智光反，吐蕃兩入寇，京師戒嚴，桂州山獠又反，故云。

夜聞觱篥滄江上，衰年側耳情所嚮。鄰舟一聽多感傷，塞曲三更欻悲壯。 **趙曰**：胡笳有出塞曲、入塞曲也。**積雪飛霜此夜寒，孤燈急管復風湍。君知天地干戈滿，** **洙曰**：地，一作「下」。**不見江湖行路難。** **洙曰**：湖，一作「湘」。**師曰**：樂部曰：「觱篥者，笳管也，卷蘆葉爲頭，截竹爲管，出於胡地。制法角音，九孔漏聲，五音咸備。唐編入鹵部，名爲笳管。」通典曰：「觱篥，本名悲慄，出於胡中。其聲悲。東夷有卷桃皮爲之者，亦出南蠻。」雜録云：「觱篥者，龜茲國樂。」風湍，謂風雜湍水之聲。行路難，白居易之所作也。

發劉郎浦大曆三年作。

鮑曰：先王納吴女處也。吕温詩云：「吴蜀成婚此水潯，真珠步障幄黄金。誰將一女輕天下，欲换劉郎鼎峙心。」**鄭曰：**在荆州。**宋曰：**浦屬峽州，甫擬下峽，過衡陽，有此作。補注**鶴曰：**按十道志：「劉郎浦在荆州」。當是大曆三年往公安時作。

挂帆早發劉郎浦，疾風颯颯昏亭午。夢符曰：右按，江陵圖經：「劉郎浦在石首縣。」浦，或作「伏」。**趙曰：**自公安縣欲往岳州，所經行之處。**孫曰：**亭，高貌，謂日正高也。**舟中無日不沙塵，岸上空村盡豺虎。**洙曰：**言多盜賊也。**趙曰：**張孟陽云：「盜賊如豺虎。」**十日北風風未迴，客行歲晚尤相催。白頭厭伴漁人宿，黄帽青鞋歸去來。**趙曰：**雖在江湖，厭與漁人爲伴，乃欲深藏高隱矣。**沈曰：**黄帽，乃籜冠。青鞋，乃芒鞋也。

暮秋枉裴道州手札率爾遣興寄近呈蘇渙侍御大曆四年作。

補注**鶴曰：**裴虬爲道州刺史，即大曆五年平臧玠者。此詩當是大曆四年在潭州作。時蘇侍御在潭。

久客多枉友朋書，素書一月凡一束。蘇曰：**王价避居遠郊，一月之中，得親知書僅成一束。但虚詞寒温而已，空煩眼力，使人厭接，又倦回答。**趙曰：**古詩云：「客從南方來，中有尺素書。」**虚名但蒙寒暄**

問，泛愛不救溝壑辱。趙曰：晉王獻之嘗與兄徽之、操之詣謝安，三兄多言俗事，獻之寒暄而已。孟子云：「志士不忘在溝壑。」**齒落未是無心人，舌存恥作窮途哭。**洙曰：張儀從楚相飲，相亡璧，門下意張儀盜璧，共笞掠之。妻曰：「子每讀書游説，安得此辱？」儀曰：「視吾舌在不？」妻笑曰：「舌在。」儀曰：「足矣。」阮籍遇窮途則哭。**道州手札適復至，紙長要自三過讀。盈把那須滄海珠，**夢符曰：右按，唐書：「閻立本謂狄仁傑曰：君可謂滄海遺珠矣。」趙曰：王筠於書三過五抄。**入懷本倚崑山玉。**洙曰：言得裴書，勝珠之盈把。倚裴如崑山玉也。蘇曰：世説：「毛曾與夏侯玄共坐，時人謂『蒹葭倚玉樹』也。」**撥棄潭州百斛酒，**洙曰：步兵厨中貯酒數百斛。**蕪没瀟岸千株菊。使我晝立煩兒孫，令我夜坐費燈燭。**洙曰：言得書而有所思也。趙曰：煩兒孫者，煩其侍立也。**憶子初尉永嘉去，**鄭曰：永嘉，温州縣。補注 鶴曰：公有送裴二尉永嘉詩。**紅顏白面花映肉。軍符侯印取豈遲，**趙曰：軍符則爲節度使，侯印則封侯矣。補注 希曰：文帝紀注應劭曰：「銅虎符第一至第五，國家當發兵，遣使者至郡合符，符合乃聽受之。」張晏曰：「符以代古之珪璋，從簡易也。」師古曰：「謂郡守爲符者，謂各分其半，右留京師，左以與之。」又按百官表：「諸侯王金璽。凡吏秩比二千石以上，皆銀印。」師古曰：「古者印璽通言，今則尊卑有別。」又漢儀：「六百石、四百石至二百石以上，皆銅印。」此皆謂裴作郡也。**紫燕緑耳行甚速。**趙曰：言初爲尉之少年，而材之俊逸。紫燕，文帝良馬。列子：「周穆王駕八駿之馬而左緑耳。」洙曰：言負超軼之才也。師曰：道州負超逸之才，其視軍符侯印，取之若其甚速，豈困於永嘉一尉乎。聖朝尚飛戰鬥塵，濟世宜引英俊人。黎元愁痛會蘇息，夷狄跋扈徒逡巡。授鉞築壇聞意旨，洙曰：晉禮志：「漢、魏故事，遣將出征符節，即授節鉞於朝堂。」漢高祖築壇拜韓信。聞意旨，言當與此事也。頹綱漏網期彌綸。洙曰：勉興滯補廢也。郭欽上書見大計，洙曰：干寶著論，思郭欽之謨，而誤戎狄之有釁。御史大夫郭欽言：「戎狄强獷，歷世爲患，今西北方戎狄雜居，恐百代之後爲患。宜及平吴之功，以復上郡。」帝不許。劉毅答詔驚群臣。洙曰：晉武帝嘗顧謂劉毅曰：「朕方漢之何如主？」對曰：「桓、靈也。」帝曰：「朕克己爲理，方之桓、靈，不亦甚乎？」對曰：「桓、靈賣官錢入公府，陛下賣官錢入私門。以此言，則知也。」他日更僕語不淺，洙曰：儒行：「孔子對魯哀公曰：『遽數之不能終其物，悉數之乃留更僕，未可終也。』」注：「僕，太僕也。君燕朝則正位，掌擯相。更之者，爲久將倦，故使之相代也。」明公論兵氣益振。鄭曰：振，之人切。傾壺簫管黑白髮，洙曰：黑，一作「理」。言得書而愁去，白髮再黑。儛劍霜雪吹青春。洙曰：項莊舞劍。儛與舞同。宴筵曾語蘇季子，後來傑出雲孫比。趙曰：蘇季子，蘇秦也。徐穉傳：「角立傑出。」爾雅：「七世孫曰雲孫。」故自季子至侍御，取其最遠者言之。茅齋定王城郭門，藥物楚老漁商市。趙曰：定王城乃潭州漁商市，亦潭州之地。市北肩輿每聯袂，補注 鶴曰：茅齋，謂蘇侍御所居，與公同在長沙，故每肩輿來聯袂。公有爲蘇大侍御涣作記異詩，序云：「旅于江側，凡是不交州府之客，肩輿忽訪老夫舟檝而已。」郭南抱甕亦隱几。**洙曰**：抱甕，見「汲井歲榾榾」注。莊子齊物論：「南郭子綦隱几而卧。」**無數將軍西第成，洙曰**：衛青傳：「上爲青治第，令視之。曰：『匈奴未滅，無以家爲。』」**趙曰**：後漢馬融爲大將軍西第頌，頗爲正直所羞。舊注引衛青治第事，非是。**補注鶴曰**：北，借以喻諸將平安、史之亂，各矜其功，於京師置大第也。漢有東第、北第、西第，皆因其地云。如相如傳所謂東第，師古曰：「居帝城之東。」賜夏侯嬰北第，以近北闕也。**早作丞相東山起。洙曰**：謝安起於東山也。**趙曰**：班固曰：「山東出相。」舊注引謝安事，非是。公亦何拘於西對東邪？**烏雀苦肥秋粟菽，蛟龍欲蟄寒沙水。洙曰**：烏雀方得時，而蛟龍退藏，甫自喻也。**蘇曰**：漢末，兵戈蝟起，鹿門隱公嘆曰：「秋稔菽粟，烏雀甚肥，而鸞鳳何悴焉。」又鮑宰云：「鸞鳳栖荆艾，蛟龍蟄寒水。」言小人升騰，君子淹滯不見用也。**天下鼓角何時休，陣前部曲終日死。趙曰**：傷時干戈之未息，以引下句，激昂二公之致功名也。**附書與裴因示蘇，此生已愧須人扶。致君堯舜付公等，早據要路思捐軀。補注希曰**：平原君傳：「公等録録。」

奉贈李八丈判官大曆四年作。

補注鶴曰：詩云：「秋枯洞庭石，風颯長沙柳。」當是大曆四年在潭州作。舊注：「李八丈，名曛。」

我丈時英特，宗枝神堯後。洙曰：神堯，唐高祖也。**珊瑚市則無，洙曰**：珊瑚，至珍也，非市中所有之物。騄驥人得有。趙曰：騄耳與騏驥，穆天子八駿中有之，故曰「人得有」。早年見標格，秀氣衝星斗。洙曰：劍埋於豐城，而氣衝星斗之間，言不可掩也。事業富清機，蘇曰：曹顔遠思友詩：「精義測神奥，清機發妙理。」官曹正獨守。頃來樹嘉政，皆已傳衆口。艱難體貴安，冗長吾敢取。洙曰：言於艱難之際，能脱略細務也。蘇曰：漢文帝：「冗長中似人者，亦可采取。」趙曰：凡物之剩者爲冗長。長，去聲。陸機文賦：「今言爲政本分之外，其如物之冗長者，吾不取之。」區區猶歷試，炯炯更持久。討論實解頤，操割紛應手。洙曰：前漢匡衡曰：「匡説詩，解人頤。」注：「使人笑不能止也。」趙曰：莊子：「得之於心，應之於手。」篋書積諷諫，宫闕限奔走。趙曰：雖有諫書之多，積滿朝篋，而身則限不能造宫闕也。又詩曰：「駿奔走。」入幕未展材，洙曰：材，一作「懷」。夢符曰：右按，晉史：「郄超在桓温幕下，謝安在外，望見超，曰：『郄生可謂是入幕之賓也。』」秉鈞孰爲偶。洙曰：鈞，鈞衡也。詩：「秉國之鈞。」言作相。所親問淹泊，泛愛惜衰朽。趙曰：論語：「泛愛衆。」如殷仲文云：「廣筵散泛愛。」遂以爲朋友之呼矣。垂白亂南翁，委身希北叟。洙曰：馬融傳論：「得北叟之後福。」淮南子：「北叟失馬，人皆吊之。北叟曰：『此何詎不爲福？』居數月，其馬將駿馬而歸，人皆賀之。對曰：『此何詎不爲禍？』家富馬良，其子好騎，墮而折髀，人皆吊之。對曰：『此何詎不爲福？』居數年，胡夷大入，丁壯者皆控弦而戰，塞上之人，死者十九。此獨以跛之故，父子相保也。」趙曰：前漢項籍使范增説項梁云：「南公稱曰：楚雖三戶，亡秦必楚。」注云：「南公，南方之老人也。」北叟,出班固幽通賦云:「北叟頗識其倚伏。」則指塞上之翁爲北叟。不知事則用淮南子,而塞翁失馬,字則班固也。**真成窮轍鮒,**洙曰:轍中之鮒呼莊周,求斗水之活。**或似喪家狗。**洙曰:孔子世家:「累累如喪家狗。」**秋枯洞庭石,風颯長沙柳。高興激荆衡,知音爲回首。**趙曰:水落石出,所以爲枯也。洞庭、長沙,荆與衡,皆相連之地。師曰:洽聞記:「拂林國出珊瑚,生水底。大船載鐵網,下水取之。」騏驥、緑耳,天下之良馬。二物不可多得,喻李公人所稀有。曹顔遠思友詩:「清機發妙理。」公有機謀,故能建立事業,又能守官,忠正所親。言李與杜同出陶唐氏。南翁,甫自稱,言寓居荆南也。北叟,塞翁也。甫委身之窮達,希慕乎北叟。洞庭、長沙,皆荆南之地。知音爲回首,言有所思於李也。

别董頲大曆三年作。

補注鶴曰:詩云:「窮冬急風水,逆浪開舡難。」蓋云董自岳陽泝漢水而之鄧也。當在大曆三年作。詩又云「老夫纜亦解」,公是時亦有適潭之期矣。

窮冬急風水,逆浪開帆難。士子甘旨闕,不知道里寒。洙曰:急於養父母,故不知道里寒。**有求彼樂土,**洙曰:詩:「適彼樂土。」**南適小長安。**趙曰:光武紀注曰:「小長安,故城在今鄧州。」公今詩言「逆浪開帆」,若在潭州言之,逆浪則往衡州而南矣。補注鶴曰:小長安,當是指鄧。後云漢陽、峴首,乃適鄧之所經行也。別我舟檝去，覺君衣裳單。素聞趙公節，兼盡賓主歡。已結門廬望，無令霜雪殘。**趙曰：**趙公必知鄧州也。董以甘旨之闕，離母而往鄧，故用母主事。齊王孫賈之母謂賈曰：「汝朝出而晚來，則吾倚門而望。」無令霜雪殘，則囑其早歸也。老夫纜亦解，**蘇曰：**山濤帖曰：「子幾日挂席東下，老夫得風亦解纜矣。人別宜慎重。」脱粟朝未餐。**夢符曰：**右按，前漢公孫弘傳：「弘食一肉，脱粟飯。」師古曰：「纔脱粟而已，不精鑿也。」飄蕩兵甲際，幾時懷抱寬。**蘇曰：**王逸少曰：「懷祖不來，寒食俯至，天氣晴明，不見容貌。使吾幾時寬此懷抱。」漢陽頗寧静，**洙曰：**漢陽軍也，在岳陽。峴首試考槃。**鄭曰：**峴，胡典切，山名，在襄陽縣東十里。**洙曰：**詩：「考槃在澗。」**趙曰：**峴首在襄州，與鄧州相近。公因董君之往鄧，故語及之。當念著白帽，采薇青雲端。**洙曰：**管寧不應州郡之辟，常著白帽。**趙曰：**公嘗有云：「白帽應須似管寧。」考之本傳云：「常著皂帽。」而杜佑通典作「白帽」，豈今國志誤邪？采薇則四皓之事也。**師曰：**孝子薦其甘旨，董以甘旨有闕，急於奉親，故不知道里之寒。小長安乃武都也。明皇幸蜀後改爲西京，故云小長安。或曰鼎陽縣有小長安故城，在今鄧州南陽郡西。漢陽軍在岳陽，甫以此地寧静，欲寄居之，故云「試考槃」。考槃，成其樂也。**補注** **希曰：**管寧傳雖云「著皂帽」，而南史和帝紀：「百姓皆著下屋白紗帽。」故云。又見寄峽州劉使君詩。

奉送魏六丈佑少府之交廣大曆三年作。

鄭曰：海南郡。**補注** **鶴曰**：詩云：「遇我蒼梧陰。」按蒼梧山在道州，今云「陰」，當在潭、岳。公大曆四年自岳之潭，而今詩又云「解帆歲云暮」、「戎馬闇天宇」，則是三年在岳州作。是年八月、九月，吐蕃寇邠州、靈州，京師戒嚴，故云。若四年，則無外夷之變。

賢豪贊經綸，功成空名垂。子孫不振耀，洙曰：一云「子孫没不振」。**歷代皆有之。鄭公四葉孫，**洙曰：鄭公，徵也。**長大常苦飢。**蘇曰：安諒長大，常苦飢寒，負薪拾黍，未嘗不帶書，暇即誦習，後以三傳馳名。**衆中見毛骨，猶是麒麟兒。**趙曰：寶志見徐陵，謂曰：「此兒天上石麒麟也。」嵇紹謂其友曰：「琅邪王毛骨非常，殆非人臣之相。」**磊落正觀事，致君樸直詞。**洙曰：鄭公在正觀時，多所獻替。新史言：「犯顔正諫，議者謂雖賁育不能過。」**家聲蓋六合，行色何其微。**洙曰：謂佑行色不稱家聲也。莊子：「孔子説盗跖歸，遇柳下季，曰：『今者車馬有行色。』」**遇我蒼梧陰，**鄭曰：舜葬處。**忽驚會面稀。議論有餘地，公侯來未遲。**趙曰：蒼梧，桂州之地。古詩：「主稱會面難。」莊子曰：「刃有餘地。」**虚思黄金貴，**洙曰：一作「遺」。**自笑青雲期。**趙曰：貴，當作「遺」。方在貧困之中，故思以黄金饋之。青雲期，言貴達如在青雲之上，自笑其期之遠也。**長卿久病渴，武帝元同時。**洙曰：蜀人楊得意爲狗監侍上，上讀子虚賦而善之，曰：「朕獨不得與此人同時哉。」得意曰：「臣邑人司馬相如自言爲此賦。」上驚，乃召問相如。趙曰：此魏佑病而能文，不如相如之遇也。師曰：虛思黄金貴，言黄金不足羨也。自笑青雲期，以卑宦爲可哂也。甫有渴疾，故自比相如。相如雖遇武帝，官亦不甚顯也。季子黑貂敝，得無妻嫂欺。洙曰：蘇季子未用，黑貂裘敝。又出游數歲，大困而歸，兄弟嫂妹妻妾皆切笑之。尚爲諸侯客，獨屈州縣卑。南游炎海甸，趙曰：言其爲少府也。浩蕩從此辭。洙曰：之交、廣也。師曰：炎海，即南海。甸，謂郊甸。浩蕩，遠貌。窮途仗神道，洙曰：正也。世亂輕土宜。師曰：言避亂而輕去鄉土也。解帆歲云暮，可與春風歸。出入朱門家，華屋刻蛟螭。玉食亞王者，洙曰：洪範：「惟辟玉食。」樂張游子悲。趙曰：以其爲客也。侍婢艷傾城，綃綺輕洙曰：一作「煙」。霧霏。掌中琥珀鍾，行酒雙逶迤。新歡繼明燭，梁棟星辰飛。兩情顧眄合，珠碧贈於斯。夢符曰：右按，博雅：「碧，瓐玉也。」司馬相如子虛賦：「錫碧金銀。」趙曰：言珠碧，則交、廣之所有也。上貴見肝膽，下貴不相洙曰：一作「見」。疑。心事披寫間，氣酣達洙曰：一云「遠」。所爲。錯揮鐵如意，莫避珊瑚枝。洙曰：石崇傳：「崇與王愷爭豪，武帝每助愷。嘗以珊瑚樹賜之，高二尺許，枝柯扶疏，世所罕比。愷以示崇，崇便以鐵如意擊之，應手而碎。愷既惋惜，崇曰：『不足恨。』乃命左右，悉取珊瑚樹，高三四尺者六七株。」始兼洙曰：一作「無」。逸邁興，終慎賓主儀。趙曰：雖氣之豪邁，而賓主之儀，不可不慎也。師曰：負此逸興，要在慎賓主之儀，斯能全其交。如甫之於嚴武，不慎其儀，幾爲武所殺。故甫以是戒之。戎馬闇天宇，嗚呼生别離。

别張十三建封大曆四年作。

補注 鶴曰：詩云「相逢長沙亭」，當是潭州，大曆四年作。建封嘗爲徐州節度，朝覲京師，賦朝天獻壽詩。

嘗讀唐實録，師曰：實録，國史也。國家草昧初。洙曰：未治之初也。補注 鶴曰：唐藝文志：今上實録二十卷，敬播、顔胤撰，房玄齡監修。貞觀實録四十卷，許敬宗撰。又有皇帝實録三十卷。」公所讀者其此，故知草昧時事。劉裴建首議，龍見尚躊躇。師曰：初高祖鎮太原，劉文静、裴寂首建議，勸帝舉大事，帝猶未允。賴秦王贊之，遂起兵。故曰「龍見尚躊躇」。秦王撥亂姿，一劍總兵符。洙曰：撥亂，謂撥開其亂也。漢書：「撥亂反正。」漢高祖持三尺劍取天下。汾晉爲豐沛，洙曰：汾、晉，唐公故鄉，喻若漢祖之豐、沛也。暴隋竟滌除。宗臣則廟食，洙曰：漢以蕭、曹爲宗臣。子美以裴、劉比蕭、曹，故曰宗臣。廟食，配享於廟也。後祀何疏蕪。趙曰：以子孫之不顯達也。彭城英雄種，宜膺將相圖。爾惟外曾孫，倜儻汗血駒。洙曰：建封，劉文静外孫也。汗血駒，天馬種。倜儻，言其不羈之才。眼中萬少年，用意盡崎嶇。洙曰：少年雖衆，用意無若建封者。相逢長沙亭，洙曰：長沙，潭州。乍問緒業餘。洙曰：緒業，世緒所業也。乃吾故人子，童丱聯居諸。揮手灑衰淚，仰看八尺軀。内外名

家流，風神蕩江湖。 **范雲堪結交，** **洙曰：** 梁書：「范雲初與高祖遇於齊竟陵王子良邸，又嘗接里閈。高祖受禪，雲嘗侍讌，高祖謂臨川王宏等曰：『我與范尚書少親善，申四海之敬，今爲天下主，此禮既革，汝宜代我呼范爲兄。』二王下席拜，與雲同車還尚書省。時人榮之。雲好節尚奇，專趣人之急。少時與領軍長史王駭善，駭亡於官舍，貧無宅居，雲乃迎喪還家，躬營唅斂。」**嵇紹自不孤。** **洙曰：** 嵇康與山濤結神交。康臨誅，謂其子紹曰：「山公在，汝不孤矣。」**師曰：** 甫得建封，可以囑託其子，故曰「嵇紹自不孤」。**擇材征南幕，** **洙曰：** 杜預爲征南將軍。**潮落回鯨魚。** **載感賈生慟，** **洙曰：** 賈誼吊屈原文：「彼尋常之汙瀆兮，豈能容吞舟之魚。横江湖之鱣鯨兮，固將制於螻蟻。」**復聞樂毅書。** **洙曰：** 樂毅爲燕伐齊，燕惠王疑之，使騎劫代毅。毅畏誅，遂降趙。惠王遺毅書且謝之，毅亦報書焉。夏侯玄見其書，以爲知機合道，以禮終始。**趙曰：** 既爲幕客，而主人不禮之，故如鯨魚之去落潮矣[一]。得無激昂慟哭，欲有陳於朝廷，而又有與主人絶之書乎？**主憂急盜賊，師老荒京都。** **洙曰：** 人君方以盜賊爲急憂。師久無功，故曰老。**舊丘復税駕，** **趙曰：** 言主憂臣辱之時，勉建封之必往，無止息於舊丘也。**大厦傾宜扶。** **君臣各有分，管葛本時須。** **趙曰：** 管仲於齊，諸葛亮於先主，君臣相契，皆定分也。又勉建封之行矣。**雖當霰雪嚴，未覺栝柏枯。** **洙曰：** 言不以

[一] 潮，原作「湖」，據四庫本改。

歲寒變易也。禹貢：「㭢幹栝柏。」**高義在雲臺，洙曰**：見「圖畫在雲臺」注。**嘶鳴望天衢。趙曰**：以駿馬比之，可以致遠也。**羽人掃碧海，功業竟何如。洙曰**：十洲記言：「蓬萊山在碧海之中，水皆碧色，故曰碧海。」言當此之際，建功業者，如羽人掃碧海，難爲功爾。**趙曰**：羽人，神仙也。以其飛騰，如有羽毛焉。楚辭：「仰羽人於丹丘。」掃碧海，以言其無一塵一芥之污也。蓋澄清天下之譬乎？以建封爲羽人，其所望之深矣。

人日寄杜二拾遺

上元二年蜀州刺史高適作。

趙曰：適於肅宗時爲李輔國毀短，下除太子詹事。未幾，蜀亂，出爲彭州刺史，又遷蜀州。**補注**　**鶴曰**：公大曆五年追酬詩序云：「往居成都時，高任蜀州刺史，人日見寄詩，自枉詩已十餘年。」則此合在上元元年作。然上元元年人日，公未有草堂，殆是二年人日作而寄之。

人日題詩寄草堂，洙曰：草堂，在浣花溪上。**遥憐故人思故鄉。洙曰**：故人，謂甫也。故鄉，謂長安也。**柳條弄色不忍見，梅花滿枝空斷腸。洙曰**：空，一作「堪」。**身在南蕃無所預，洙曰**：南，一作「遠」。**趙曰**：南蕃，指甫寄居荆楚之地。無所預，言不預朝政也。**心懷百憂復千慮。今年人日空相憶，明年此日知何處。洙曰**：此，一作「人」。**一卧東山三十春，豈知書劍與風塵。洙曰**：與，一作「老」。風塵，言盜賊起也。**龍鍾還忝二千石**〔一〕，**趙曰**：龍鍾，行不進貌。二千石，謂其爲蜀州刺史也。**愧爾東西南北人**。**洙曰**：孔子曰：「丘也，東西南北之人也。」則以孔子歷聘比杜公矣。**趙曰**：按集，甫有詩曰「甫也東西南北人」故也。

追酬故高蜀州人日見寄并序大曆五年作。

補注 **鶴曰**：大曆五年正月二十一日，臧玠未亂，公在潭州。此詩當在潭州作，故詩云：「瀟湘水國旁黿鼉。」

開文書帙中，檢所遺忘。因得故高常侍適往居在成都時，高任蜀州刺史，人日相憶見寄詩。淚灑行間，讀終篇末，自枉詩已十餘年，莫記存沒，又六七年矣。老病懷舊，生意可知。今海內忘形故人，獨漢中王瑀與昭州敬使君超先在。愛而不見，情見乎辭。大曆五年正月二十一日，却追酬高公此作，因寄王及敬弟。

自蒙蜀州人日作，不意清詩久零落。今晨散帙眼忽開，迸淚幽吟事如昨。**洙曰**：迸淚，

〔一〕 還，原作「遠」，據王洙本、四庫本改。

言不可制也。昨，言近如昨日也。**嗚呼壯士多慷慨，合沓高名動寥廓。歎我凄凄求友篇，感時鬱鬱匡君略。** **洙曰**：鬱鬱，不伸貌。言有匡君之略，不得伸也。**錦里春光空爛熳，瑶墀侍臣已冥寞。** **趙曰**：適爲刑部侍郎、散騎常侍，乃天子玉墀之從臣。今追言其死而冥寞也。補注 **希曰**：任豫益州記：「錦里在州南。」華陽國志：「成都萬里橋南岸道西有城，故錦官也，命曰錦里。」瑶墀，亦如禮樂志所謂瑶堂。師古曰：「以瑶爲飾。」**瀟湘水國旁黿鼉，** **趙曰**：公今和此詩，乃在潭州，故言潭州景也。**鄠杜秋天失雕鶚。** **蘇曰**：劉向亡，父老嘆曰：「鄠邑杜陵何期，風霜失于雕鶚也。」補注 **希曰**：楚人嘗獻黿於鄭靈公。蓋水國所常有也。嘗食之，似鱉而大，至百斤，體具衆肉。詩正義云：「鼉似蜥蜴，四尺，長丈餘，甲如鎧，皮堅可以冒鼓。」上林賦云：「擊鴻鼉之鼓。」爾雅「王鳩」，郭云：「雕屬，江東呼爲鶚。」鄒陽傳：「鷙鳥累百，不如一鶚。」孟康曰：「大雕也。」師古曰：「鶚自大鳥而鷙者耳，非雕也。」又李廣傳「射雕」，師古曰：「大鷙，鳥名。」公嘗進雕賦云：「雕者，鷙鳥之殊特，搏擊而不可當。」**東西南北更堪論，白首扁舟病獨存。** **趙曰**：以答高君東西南北之句，且言其扁舟在潭也。補注 **希曰**：東西南北，用孔子語。貨殖傳：「乃乘扁舟。」孟康曰：「持舟也。」**遥拱北辰纏寇盜，** **洙曰**：北辰象帝居，時猶爲盜據，未獲收復。**欲傾東海洗乾坤。** **洙曰**：思滌去昏亂也。**邊塞西蕃最充斥，** **洙曰**：西蕃，吐蕃也。充斥，猶縱横也。**衣冠南渡多崩奔。** **洙曰**：南渡，避亂也。崩奔，蒼黄貌。**趙曰**：晉元帝渡江，而衣冠皆南渡。今因借其意。**鼓瑟至今悲帝子，** **洙曰**：湘妃，堯之女也，故曰帝子。傳言湘靈鼓瑟也。**趙曰**：公在潭州，故用潭州事，以爲悲焉。**曳裾何處覓王門。洙曰**：鄒陽傳：「何王之門不可曳長裾？」此言愛漢中王而不見也。**文章曹植波瀾闊，洙曰**：曹植，陳思王也。**服食劉安德業尊。洙曰**：劉安，淮南王，與八公著書，言服食神仙事也。**長笛誰能洙曰**：一云「鄰家」。**亂愁思，夢符曰**：右按，後漢馬融傳：「有雒客舍逆旅吹笛，融云：『京師逾年，暫聞，甚悲而樂之。』遂作長笛賦。」**昭州詞翰與招魂。洙曰**：昭州，敬使君。**趙曰**：嵇康序云：「鄰人有吹笛者，發聲寥亮，追思曩昔游宴之好，感音而嘆，故作賦云。」今公追思高蜀州而及之。

蘇大侍御訪江浦賦八韻記異并序大曆四年作。

補注 **鶴曰**：「蘇大侍御渙，靜者也」至「亦記老夫傾倒於蘇至矣」，乃詩之序，不當以爲題。合題曰蘇大侍御訪江浦賦八韻記異并序。以暮秋枉裴道州手札率爾遣興寄呈蘇渙詩考之，當是大曆四年潭州作。而梁權道編在岳州詩內。然前詩云「定王城郭門」「肩輿每聯袂」等句，可知在潭不在岳甚明。

蘇大侍御渙，靜者也。旅于江側，凡是不交州府之客，人事都絕久矣。肩輿江浦，忽訪老夫舟檝而已。茶酒內，余請誦近詩，肯吟數首，才力素壯，詞句動人。接對明日，憶其湧思雷出，書篋几杖之外，殷殷留金石聲。賦八韻記異，亦記老夫傾倒於蘇至矣。

龐公不浪出，**趙曰**：後漢龐德公居峴山之南，未嘗入城府。蘇氏今有之。**洙曰**：言亦不交州府也。再聞誦新作，突過黄初詩。**趙曰**：文帝爲魏太子，七子從之游，皆能詩。如謝靈運、江文通，皆擬其作。黄初，文帝即位年號也。乾坤幾**洙曰**：一作「泊」。反覆，揚馬宜同時。**洙曰**：司馬相如、揚雄，亦蜀人也。**師曰**：言世代變遷，而名終不歇，可與揚雄、相如齊名於當時也。今晨清鏡中，勝食齋房芝。**洙曰**：元封二年，芝生甘泉齋房。歌云：「齋房産草，九莖連葉。」**師曰**：清鏡中，指江上。勝食齋房芝，言咀味蘇涣之詩過於靈芝也。余髮喜却變，白間生**洙曰**：一作「添」。黑絲。**趙曰**：變白爲黑，以聞其詩之故。昨夜舟天接，**洙曰**：一作「接天」。湘娥簾外悲。百靈未敢散，**洙曰**：言百靈聞誦詩而皆來也。風破**洙曰**：一作「波」。寒江遲。**趙曰**：宗慤曰：「願乘長風，破萬里浪。」

送重表姪王砅評事使南海大曆四年作。

鄭曰：砅，理厲切。水深至心曰砅。今作厲。補注**鶴曰**：詩云「番禺親賢領」，謂李勉爲廣州刺史，當是大曆四年春岳州作。詳見注。

我之曾老姑，爾之高祖母。爾祖未顯時，歸爲尚書婦。**洙曰**：新唐書：「王珪母李氏。珪，正觀十年拜禮部尚書。」修可曰：西清詩話云：「唐王珪微時，母李氏嘗云：『子必貴，但未見與汝游者。』珪一日引房、杜過之，母曰：『汝貴無疑。』」所載止此。質之子美是詩「我之曾老姑，爾之高祖母」，則珪母杜氏，非李氏也。且一婦人，識真主於側微，其事甚偉。史闕而不録，是詩載之爲悉，世號詩史，信不誣也。隋朝大業末，房杜俱交友。趙曰：王珪與房玄齡、杜如晦同學於文中子，則交友可知矣。長者來在門，荒年自糊口。洙曰：陳平門多長者車轍。左傳隱十一年：「糊其口於四方。」家貧無供給，客位但箕帚。俄頃羞頗珍，寂寥人散後。入怪鬢髮空，吁嗟爲之久。自陳剪髻鬟，鬻市充杯酒。洙曰：晉陶侃母常剪髮具酒食，延賓客。上云天下亂，宜與英俊厚。向竊窺數公，經綸亦俱有。趙曰：王珪與元齡、如晦善。母李嘗曰：「兒必貴，然未知所與游者何如人。」會元齡等過其家，李窺，大驚曰：「二客，公輔才，汝貴無疑。」次問最少年，虬髯十八九。子等成大名，皆因此人手。下云風雲合，龍虎一吟吼。願展丈夫雄，得辭兒女醜。秦王時在坐，真氣驚户牖。趙曰：秦王，太宗也。太宗有虬髯。易曰：「雲從龍，風從虎。」馬援曰：「乃知帝王自有真也。」及乎正觀初，尚書踐台斗。洙曰：珪，正觀中以侍中輔政。夫人常肩輿，上殿稱萬壽。洙曰：夫人以命婦預朝會也。六宮師柔順，法則化妃后。蘇曰：班姬著内訓，訓六宫。作女箴、婦誡，化及妃后。補注鶴曰：三代之制，諸侯之婦曰夫人。唐外命婦之制，文武官一品國公母妻爲國夫人，三品以上妻爲郡夫人。王珪貞觀中爲侍中，唐侍中正二品，則其母爲郡夫人也。通典云：「古者天子后立六宫，三夫人、九嬪、二十七世婦、八十一御妻，以聽天下之内治。」又鄭玄云：「帝嚳有四妃，以象后妃四星。」唐因隋制，皇后之下，有貴妃、淑妃、德妃、賢妃。**至尊均嫂叔，盛事傳不朽。鳳雛無凡毛，五色非爾曹。**趙曰：古有鳳將雛之曲。南史：「謝超宗作殷淑儀誄，帝大嗟賞，謂謝莊曰：『超宗殊有鳳毛。』」**往者胡作逆，乾坤沸嗷嗷。**洙曰：謂安禄山作亂也。**吾客左馮翊，爾家同遁逃。**洙曰：避亂也。**争奪至徒步，塊獨委蓬蒿。逗留熱爾腸，十里却呼號。自下所騎馬，右持腰間刀。左牽紫游繮，飛走使我高。**洙曰：公言避亂日，輟白馬載我使走，免難於危險之中。昔鄴下童謡曰：「青青御路楊，白馬紫游繮。」**苟活到今日，寸心銘佩牢。**洙曰：懷輟馬之恩也。**亂離又聚散，宿昔恨滔滔。水花笑白首，**蘇曰：阮紹泛西池云：「白首登畫舡，反慮水花笑。」水花、水芝，皆蓮也。趙曰：公言在潭州濱於江，故云。**春草隨青袍。**洙曰：哀江南賦：「青袍如草。」趙曰：以言王評事往南海也。**廷評近要津，節制收英髦。**趙曰：言南海節度使幕中要賢材也。補注希曰：漢宣帝地節三年，初於廷尉置左右平，員四人。後漢光武省右平，唯有左平。魏晋以來，直謂之廷尉評。見六典注。唐天寶中，緣邊禦戎之地，置八節度使，得以專制軍事。節制之名本於此。故常衮節度使制云：「統節制之師。」此言廣南節度使也。**北驅漢陽傳，南泛上瀧舠。**鄭曰：瀧，力公切，又音雙。舠，都高切。洙曰：漢陽，地名。傳，傳車也，如今之乘驛是矣。舠，小舟也。右按，嶺南人名急湍曰瀧。趙曰：傳，郵馬之謂也。自漢南而往，故曰「漢陽傳」。以有使南海之役，故曰「上瀧舠」。**師曰**：傳有十二義。漢文帝紀曰：「關無用傳。」
此符傳也。以木爲之，書符於其上，又以一板封之，所以爲信也。傳，亦謂之棨，或有用繻者，終軍所棄是也。
高祖紀曰：「乘傳詣洛陽。」此傳驛之傳也。廣韻云：「南人名湍爲瀧。」又州名，在廣南。音雙。舡三百斛曰
舠。舠，短也。江南所爲名，短而廣，安而不傾危也。北驅，謂自北驅車而來，遂從此南泛海而往也。**補注鶴**
曰：先君嘗官郴，郴與韶連贛地相接。鶴嘗自郴之桂陽之益漿問舟，繇贛水之源，以達於南安之上猶，過所謂
瀧者凡三。蓋衆石束隘，水自上湍瀉，舟師藉群力逆挽而下，土人稱之爲瀧。先君未之見，而聞其説，故有詩
云：「溪注三瀧險，山連五嶺雄。」案韻書，瀧止收在四江内，閭江切，而於一東二冬皆不收，則不當如鄭云力公
切，趙云呂紅切也。**家聲肯墜地，利器當秋毫。** **洙曰**：肯墜地，言能自振立，不令委墜。虞詡曰：「不逢
錯節盤根，何以知爲利器也？」**番禺親賢領，** **洙曰**：縣名，屬廣州也。**趙曰**：必宗室之子爲節度也。**鄭曰**：
番禺，廣州屬縣。**補注鶴曰**：九域志：「廣州有番山、禺山」。山海經云：「桂林八柱在賁禺東。」賁禺，即番禺。
按舊史：「大曆三年十月，以京兆尹李勉爲廣州刺史，充嶺南節度使。五年，勉猶一出兵，共討臧玠」。則所謂
親賢者，蓋指勉也。**籌運神功操。大夫出盧宋，** **趙曰**：廣州節度使清白者四：裴迪先、李朝隱、宋璟及
盧奐。所以比大夫於盧、宋，而又謂出其上也。**寶貝休脂膏。洞主降接武，** **趙曰**：謂廉潔而不汚於貨利
也。昔漢孔奮清潔，身處膏脂，而未嘗自潤。降，户江切。廣南有溪洞蠻，其長謂之洞主。禮記曰：「堂上接
武。」言相繼而降也。**海胡舶千艘。** **夢符曰**：右按，番禺雜編：「蕃商遠國運奇貨，非舶不可市。」舶録：「劉

向曰：『獨檣舶，深五十餘用；三木舶，深五十餘肘。』西域以肘爲度。」李虔通俗文曰：「晉曰舶。」**趙曰**：舶，大舡也。舡總名曰艘，猶今言幾隻也。**我欲就丹砂，跋涉覺身勞。** **洙曰**：葛洪聞交趾出丹砂，求爲句漏令。至，廣州刺史鄧洪留洪，乃止羅浮山鍊丹。**安能陷糞土，有志乘鯨鰲。或驂鸞騰天，聊作鶴鳴皋。** **洙曰**：見「李白騎鯨魚」注。別賦：「駕鶴上漢，驂鸞騰天。」**趙曰**：鯨，莫大之魚也。鰲，巨鰲也。**師曰**：〔宋〕（末）章羨王砅領此〔一〕，得就丹砂以鍊養，故有「驂鸞鳴鶴」之語。

詠懷二首大曆四年作。

補注 **鶴曰**：詩云「飄飄桂水游」、「南爲祝融客」，又云「風濤上春沙」、「逆行少吉日」，當是大曆四年春自岳州上潭州時作。

人生貴是男， **洙曰**：莊子：「榮啓期三樂，亦曰：『人之所貴者男也，而予幸得之一樂也。』」**丈夫重天機。** **洙曰**：莊子：「天機不張。」注：「不露也。」**未達善一身，得志行所爲。** **洙曰**：孟子：「窮則獨善其身，達則兼善天下。」**嗟余竟轗軻，將老逢艱危。胡雛逼神器，逆節同所歸。河洛化爲血，公侯

〔一〕宋，據杜陵詩史卷三二、分門集注卷九，乃「末」之訛。

草間啼。洙曰：胡雛，安、史也。逼神器，言陷長安也。安、史亂，河洛之間，格鬥尤甚，故云「化爲血」。公卿奔竄，故啼於草間也。西京復陷没，翠蓋蒙塵飛。洙曰：吐蕃陷京師，天子幸陝，故云。補注希曰：河洛既陷，而京師亦爲禄山所破，故曰「復陷」，非謂代宗時再陷於吐蕃。下句云「兩宫棄紫微」可證。若謂代宗幸陝，不得謂之「兩宫」。萬姓悲赤子，兩宫棄紫微。洙曰：玄、肅二宫也。倏忽向二紀，奸雄多是非。本朝再樹立，未及正觀時。日給在軍儲，上官督有司。洙曰：國用尚乏，不免上下督責也。高賢迫形勢，豈暇相扶持。疲薾苟懷策，栖屑無所施。洙曰：言上下顧忌，無所施爲也。先王實罪己，愁痛正爲兹。洙曰：禹、湯罪己，漢武哀痛之詔，皆先王之事也。歲月不我與，蹉跎病於斯。夜看豐城氣，洙曰：見「紫氣衝牛斗」注。回首蛟龍池。齒髮已自料，意深陳苦詞。師曰：轗軻，不得志之貌。紫微垣，乃帝座也。奸雄多是非，言禄山敗，思明又起也。正觀時，米斗三錢，行旅不賫糧。今國用尚乏，上下督責，故云「未及正觀時」。高賢迫形勢，言進用者皆以勢援，何暇扶持於甫哉。疲薾，甫自言衰老，雖懷策略，何所施設。豐城獄有寶劍，氣衝牛斗。蛟龍得雲雨，非是池中物。甫自視齒髮黯凋，不復若寶劍、蛟龍之亨奮也。

邦危壞法則，聖遠益愁慕。師曰：言禄山紊紀綱，聖人已遠，不復見三代之治也。飄飄桂水游，鄭曰：郴州、桂陽水北流入連州。桂陽縣，在桂水之陽。悵望蒼梧暮。洙曰：桂水出會稽，禹崩之地。蒼梧，舜葬之所。補注鶴曰：湘水出靈川之海陽，行百里，分南北。北下曰湘，南下曰灕。桂州居湘、灕方分之地。公以湘水自桂州而來，故云桂水。蒼梧山在道州。鄭以爲桂陽水，而公未嘗至郴。王以出會稽，而非岳陽所經之道。潛魚不銜鈎，走鹿無反顧。洙曰：皆避難意。夢符曰：右按，左氏傳：「古人有言曰：『鹿死不擇音』。鋌而走險，急何能擇？」皦皦幽曠心，拳拳異平素。洙曰：亂離之際，不得遂其平昔幽曠之心，而反拳拳然。言屈身以求其全也。衣食相拘閡，鄭曰：牛代切，外閑也。朋知限流寓。風濤上春沙，十里侵江樹。逆行少吉日，師曰：謂經歷風波之險也。時節立復度。井竈任塵埃，舟航煩數具。牽纏加老病，瑣細隘俗務。萬古一死生，胡爲足名數。多憂污桃源，拙計泥銅柱。鄭曰：泥，乃計切。師曰：昔秦人避亂於桃花源，今我泥于銅柱山，其計甚拙，又且多憂，得無污辱於桃源乎？未辭炎瘴毒，擺落跋涉懼。虎狼窺中原，焉得所歷住。洙曰：盜賊充斥，不可爲久住計。葛洪及許靖，避世常此路。賢愚誠等差，自愛各馳騖。師曰：葛洪、許靖，皆避世之士。其賢如彼，愧吾之愚，困於馳騖。洙曰：揚雄曰：「方其有事，則聖賢馳騖不足。」羸瘠且如何，魄奪針灸屢。擁滯僮僕慵，稽留篙師怒。洙曰：稽留，遲滯也。篙師，舟人也。終當挂帆席，天意難告訴。南爲祝融客，洙曰：祝融峰，地多神仙所居。鄭曰：衡山上有祝融峰。勉强親杖屨。結託老人星，羅浮展衰步。師曰：祝融司南方。茅君内傳曰：「大天之内，有地中之洞天三十六所。羅浮之洞，周回五百里，名曰朱明曜真之天。」羅浮山記曰：「羅浮者，蓋總稱焉。二山合體，謂之羅浮，在增城、博羅二縣之境，有神仙所居。」南極星中有老人星。

黄氏補千家注杜工部詩史卷之十五

黄氏補千家注杜工部詩史卷之十六

送顧八分文學適洪吉州大曆三年作。

補注鶴曰：公在公安，嘗使顧書醉歌行於尉廨之壁，則是公與顧相遇於公安，今顧又適江西，故送以此詩。詩云「遠作辛苦行，舟檝無根蔕」，又云「崩騰戎馬際，所在移長吏」，當是大曆三年在公安作。是年吐蕃寇邠、靈州，商州兵馬使劉洽殺刺史殷仲卿，幽州兵馬使朱希彩殺節度使李懷仙，皆是其年也。梁權道編在大曆四年岳州詩内。

中郎石經後，八分蓋憔悴。 **洙曰**：蔡邕熹平中表求正定六經文字，靈帝許之，邕乃自書册于碑，使工刻，立於太學門外。兩京記云：「正觀中，得邕石經數段。邕能八分書。」**補注鶴曰**：臨漢石經與今文不同者殊多，石刻在洛陽，本在洛宫前御史臺中，年久摧散，洛人時時得之。黄長睿東觀餘論云：「得其石本，論語之末題云：『書與博士臣左立郎中臣。』『書』上、『臣』下皆缺，當是著書者姓名，或云此即蔡邕書。又有一版公羊，其末云：『谿典、諫議大夫臣馬日磾、臣趙㦸、臣劉弘、郎中臣張文、臣蘇陵、臣傅楨。』『雜』下『谿』上缺，『谿』上當是『堂』，謂堂谿典也。」此蓋鴻都一字石經。然經各異手書，不皆蔡邕書。」歐公集古録云：「興唐寺石經藏讚，皆其作者自書，而八分者數家，惟蔡有鄰著其姓氏。有鄰名重當世[一]，杜甫嘗稱之於詩。其爲阮咸所書小字[二]，與三代器銘何異？」此詩言中郎石經，初亦未嘗言邕盡書之，雖一字亦可以石經名也。漢禮樂志：「纖微癄瘁之音作。」師古曰：「癄瘁，謂減縮也。」公之意亦謂自邕之後，八分不多見也。顧侯運鑪錘，鄭曰：錘，之瑞切，鍛也。洙曰：運鑪錘，言能鍛鍊以成一家之書。夢符曰：右按，莊子曰：「無莊之失其美，據梁之失其力，黄帝之亡其智，皆在鑪錘之間耳。」筆力破餘地。蘇曰：黄刊見蔡邕八分書，曰：「筆力尚可破餘地。」昔在開元中，韓蔡同贔屭。鄭曰：上平祕切，下虚器切。洙曰：開元中，韓擇木、蔡有鄰二人善八分，事見李潮八分歌注[三]。修可曰：張平子西京賦：「綴以二華，巨靈贔屭。」注：「贔屭，作力之貌。」玄宗妙其書，是以數子至。御札早流傳，揄揚非造次。洙曰：明皇師韓擇木，嘗於彩牋上八分書賜張説。三人並入直，洙曰：韓、蔡、顧三人也。恩澤各不二。顧於韓蔡内，辨眼工小字。分日示諸王，鈎深法更秘。洙曰：顧文學八分外，尤能小字也。文學與我游，蕭疏外聲利。追隨二十載，浩蕩長安醉。高歌卿相宅，文翰飛省寺。視我楊馬間，洙曰：視公如揚雄、司馬相如。白首不相棄。驊

[一] 世，歐陽脩集古録跋尾卷六作「時」。
[二] 阮咸，據歐陽脩集古録跋尾卷六，乃「苑咸」之訛。
[三] 事，杜陵詩史卷三二、分門集注卷一六同此，九家集注卷一六作「書」，當爲「書」之訛，當屬上讀。

驄入窮巷，**蘇曰**：顔倚訪原憲，憲曰：「騂騮亦肯入窮巷？」必脱黄金轡。**趙曰**：顧君騎騂騮相訪。脱黄金轡，言其富貴也。一論朋友難，遲莫敢失墜。古來事反覆，相見横涕泗。嚮者玉珂人，誰是青雲器。**洙曰**：此事之反覆也，言貴者未必賢。才盡傷形體，**洙曰**：一作「骸」。病渴污官位。**洙曰**：司馬病渴。李尋曰：「久污玉堂之署。」故舊獨依然，危時話顛躓〔一〕。**鄭曰**：躓，音致。我甘多病老，子負憂世志。胡爲困衣食，顔色少稱遂。遠作苦辛行，順從衆多意。舟檝無根蔕，蛟鼉好爲祟。況兼水賊繁，特戒風飆駛。**師曰**：駛，音山吏切，疾也。崩騰戎馬際，往往殺長吏〔二〕。子干東諸侯，勸勉防縱恣。補注**鶴曰**：洪、吉，在唐皆隸江南道，自長安言之則爲東，故曰東諸侯。洪乃西道采訪使所治，故又曰「請哀瘡痍深，告訴皇華使」。邦以民爲本，魚飢費香餌。**趙曰**：言當厚施予，以恤民爲本也。請哀瘡痍深，告訴皇華使。使臣精所擇，進德知歷試。惻隱誅求情，**洙曰**：當勤恤民困也。固應賢愚異。**洙曰**：不可一概爲苛急，當存賢愚之用心爾。烈士惡苟得，俊傑思自致。**趙曰**：皆以指言顧文學，所以責望之深也。贈子猛虎行，出郊載酸鼻。**洙曰**：陸士衡樂府猛虎行：「渴不

〔一〕危時，杜陵詩史、分門集注同此，四庫本、王洙本卷八、九家集注作「時危」。

〔二〕「崩騰戎馬際，往往殺長吏」二句，原脱，據四庫本、王洙本補。

飲盜泉水，熱不息惡木陰。惡木豈無枝，志士多苦心。」此皆勉其自振立也。**師曰**：書苑云：「唐明皇好圖畫，工八分，章草豐茂英特。初張説爲麗正殿學士，獻詩，明皇自於彩牋上八分書讚曰：『德重和鼎，功逾濟川。詞林秀發，翰苑光鮮。』」所謂御札流傳者，此也。辨眼，言於字中最號明眼者也。神農本草云：「珂，貝類，大如鰒，皮黄黑而骨白，以爲馬飾，生南海。勒謂之珂。」晉阮咸，字仲容。顔延年五君詠曰：「仲容青雲器。」青雲，言器之高遠也。按，齊書：「江淹夢得五色筆，由是文章日新。後夢有人稱郭璞，取之，後爲詩絶無美句，時人謂之才盡。」甫謙言己才已盡，況又病渴，豈可污辱官位？是以下文有「我甘」之語。

上水遣懷大曆四年作。

補注 **鶴曰**：詩云：「一紀出西蜀，于今向南斗。」當是大曆四年入潭州時作，故曰上水。按，公以天寶十四載冬避亂離長安，自關隴入蜀，至大曆三年春出峽，故曰一紀，非謂在蜀一紀而始出也。趙注以爲公自乾元二年入蜀，至大曆五年離蜀，而在楚地恰十二年，大非。蓋公不是大曆五年出蜀。魯訔年譜却以爲四年自岳入潭時作。

我衰太平時，身病戎馬後。蹭蹬多拙爲，洙曰：蹭蹬，失勢貌。**趙曰**[一]：潘耀：「老夫蹭蹬任

[一] 趙曰，九家集注卷一六、林繼中杜詩趙次公先後解輯校己帙卷之四皆無此注，疑爲「蘇曰」之訛。

意，拙於生事。」安得不皓首。驅馳四海内，童稚日餬口。**洙曰**：左傳：「餬其口於四方。」注：「餬，鬻也。」但遇新少年，少逢親舊友[一]。低顔下色地，故人知善誘。後生血氣豪，舉動見老醜。**洙曰**：言少年不相知，但以老醜見欺而已。李固曰：「一日朝會，見諸侍中，並皆年少，更無一宿儒大人可顧問〔曰〕（者）[二]，誠可嘆息也。」**補注** **希曰**：阮籍詩：「朝爲美少年，夕暮成老醜。」窮迫挫曩懷，常如中風走。**鄭曰**：中，陟仲切。**洙曰**：傷〔出〕（世）態之薄也。朱叔元與彭寵書：「伯通獨中風狂走，自捐盛時。」一紀出西蜀，于今向南斗。**趙曰**：公自乾元二年入蜀，至大曆五年離蜀而在楚地，乃南斗之分，恰十二年矣。孤舟亂春華，暮齒依蒲柳。**洙曰**：暮齒，暮年也。顧〔況〕（悦）曰[三]：「蒲柳之姿[四]，望秋先零。」言其易衰也[五]。冥冥九疑葬，聖者骨已朽。蹉跎陶唐人，鞭撻日月久。**洙曰**：陶唐，帝堯氏也。山海經曰：「蒼梧之川[六]，其中有九疑山，舜所葬之處。」九山相似，行者疑惑，故名曰九疑。中間屈賈輩，讒毁竟

[一] 親舊，杜陵詩史卷三〇、分門集注卷一二同此，四庫本、九家集注卷一六、王洙本卷八作「舊親」。
[二] 曰，杜陵詩史卷三〇、分門集注卷一二同此，據後漢書卷六三李固傳，乃「者」之訛，九家集注無此字。
[三] 顧况，據九家集注、世説新語卷上言語，乃「顧悦」之訛，晉書卷七七顧悦之傳、卷九二顧愷之傳作「顧悦之」，則「顧况」乃「顧悦」之訛，後又脱「之」字。
[四] 之姿，杜陵詩史卷三〇、分門集注卷一二同此，九家集注、晉書顧悦之傳作「常質」。
[五] 易，原漫漶不清，此據國圖全本、四庫本。
[六] 川，杜陵詩史、分門集注、九家集注同此，四庫本作「山」。

自取。鬱没二悲魂〔一〕，蕭條猶在否。修可曰：屈原汨羅之沉，賈誼長沙之謫，皆眼前楚地之可吊者也。崷崒清湘石，逆行雜林藪。篙工密逞巧，洙曰：操舟者矜其能也。氣若酣杯酒。歌謳互激遠〔二〕，回斡明受授。善知應觸類，各藉穎脱手。洙曰：穎脱，喻敏捷也。古來經濟才，何事獨罕有。趙曰：回斡，轉其船也。相呼相命以求水脈，謂之受授。善知此者，應能觸類以推，凡事皆藉鋒。穎脱，見之手乃能妙絶也。欲求經濟天下，如操舟之妙，何獨罕有乎？蒼蒼衆色晚，熊挂玄蛇吼。黄羆在樹顛，正爲群虎〔手〕（守）。趙曰：詩疏曰：「熊能攀緣上高樹，見人則顛倒投地而下也。」柳子厚作熊説云：「鹿畏貙，貙畏虎，虎畏羆。」觀公詩意，以羆在樹而守虎明矣。羸骸將何適，履險顔益厚。庶與達者論，吞聲混瑕垢。

遣遇大曆四年作。

補注 鶴曰：詩云「開帆駕洪濤」，見其爲上水而作，當是大曆四年春自岳之潭作，故又曰「春水滿南國」。若自潭泝流入衡，則時皆不合，四年、五年公雖皆入衡，然皆是夏初。

〔一〕没，四庫本作「悒」。
〔二〕遠，四庫本作「越」。

磬折辭主人，開帆駕洪濤。洙曰：莊子漁父篇：「夫子曲腰磬折。」言其恭也。饒曰：腰曲如磬之折。春水滿南國，朱崖雲日高。洙曰：朱崖，南海地名，漢賈捐之罷擊朱崖。鄭曰：即潭州之丹崖。舟子廢寢食，飄風争所操。洙曰：乘風而行也。我行匪利涉，謝爾從者勞。石間采蕨女，鬻菜洙曰：一作「市」。趙曰：輸官曹。丈夫死百役，暮返空村號。洙曰：譏役斂煩重也。聞見事略同，刻剥及錐刀。趙曰：所聞所見皆似此，應官曹之誅求也。左傳云：「錐刀之末。」刻剥及錐刀，則非特取其大者，雖錐刀之瑣未猶及之也。貴人豈不仁，視汝如莠蒿。索錢多門户，洙曰：誅求不一也。喪亂紛嗷嗷。奈何黠吏徒，漁奪成逋逃。洙曰：奸黠吏也。漁，如漁獵，然不以法也。逋逃，走竄也。自喜遂生理，花時甘緼袍。洙曰：語：「衣敝緼袍。」師曰：甫睹百姓困於賦役，又自喜遂其生理，雖遇花時而衣緼絮，所甘心不辭也。

解憂大曆四年作。

補注 鶴曰：此詩當是大曆四年自岳入潭時作。詩云「向來雲濤盤，衆力亦不細」，乃舟行有所阻礙，藉衆力牽挽而過，若是順流，自不勞衆力。梁權道亦編在其時。

減米散同舟，路難思共濟。向來雲濤盤，洙曰：雲濤盤，灘名，極爲險阻。衆力亦不細。趙曰：此言雲濤之間盤轉未出，乃方言，謂之盤灘。散米與同舟之人，所以謝其用力也。舊注言險阻，非是。呀坑洙曰：一作「帆」。瞥眼過，鄭曰：呀，虚加切。趙曰：呀坑者，淤坑如口之呀開也。飛櫓本無蒂。得失瞬息間，致遠宜恐泥。百慮視安危，分明曩賢計。茲理庶可廣，拳拳期勿替。師曰：雲濤盤至險之灘，實藉衆力操舟，故得利涉。譬患難之際，賴衆力扶持，故得國安。甫之減米，亦爲國者憂以天下之意也。呀坑，乃灘口。飛櫓無根蒂，言至危也。

宿鑿石浦大曆四年作。

補注鶴曰：詩云「仲春江山麗」，正是大曆四年自岳入潭時宿此，遂賦詩。蔡興宗年譜云「春初發岳陽，泛洞庭，往潭州，尚有春日岳麓山道林二寺行」，今宿此而云仲春，則浦在洞庭之上，近於潭矣。

早宿賓從勞，仲春江山麗。飄風過無時，舟檝不敢繫。趙曰：莊子曰：「泛乎若不繫之舟。」風而不繫，則流蕩矣。回塘澹暮色，日没衆星嘒。缺月殊未生，洙曰：缺，殘也。青燈死分翳。洙曰：青，言無光也。窮途多俊異，亂世少恩惠。趙曰：俊異之士在窮途，則膏澤不下於民，而亂世少蒙其恩惠。即非是亂世少恩惠，以致俊異之窮。舊注非。鄙夫亦放蕩，草草頻卒歲。斯文憂患餘，聖哲垂彖繫。洙曰：聖人作易，與民同憂患也。其言象皆示於彖繫。趙曰：易曰：「作易者，其有憂患乎？」師曰：言彖、繫之作在仲尼不遇之日。自古文士多因憂患中而作文，甫是詩之作，蓋亦憤懣而有所激耳。

早行大曆四年作。

補注 **鶴曰**：詩云「高帆終日征」，當是溯流赴湖南時詩。又云「干戈未揖讓」，蓋謂隔年九月吐蕃入寇，白元光破吐蕃二萬於靈武，靈武又奏破六萬也。大曆四年作。

歌哭俱在曉，行邁有期程。孤舟似昨日，聞見同一聲。飛鳥數求食，潛魚亦獨驚。前王作網罟，設法害生成。**趙曰**：鳥數出求食，所以自飽；魚既潛而猶驚，所以求活[一]。而小民利之，網羅其鳥，罟罩其魚，害物之生成。此公反傷前王之設法也。易曰：「作結繩而爲網罟，以佃以漁。」**碧藻非不茂，高帆終日征。干戈未揖讓，崩迫開其情。****洙曰**：以干戈未寧，故崩迫而情僞日開也。**趙曰**：開放此情懷於終日征行之間也。**師曰**：網罟，先王所以養民，後世反以此而害物。賦斂，所以平民，後世反以此而肆暴。碧藻非不茂也，征帆終日淩轢，所以不能遂性。微物尚然，況百姓乎？

[一] 活，九家集注卷一六作「安」。

過津口大曆四年作。

南岳自兹近，湘流東逝深。 **洙曰：**南岳，衡山也。湘流，湘江也。**和風引桂楫，** **趙曰：**梁元帝烏栖曲云：「沙棠作船桂爲楫。」**春日漲雲岑。回道過津口，而多楓樹林。** **趙曰：**阮籍詩：「湛湛長江水，上有楓樹林。」**白魚困密網，黄鳥喧嘉音。物微限通塞，惻隱仁者心。** **趙曰：**物之通塞，雖微不足道，而仁者於物，每惻隱其困塞。**師曰：**鳥喧嘉音，魚困密網，或塞或通，亦猶人有幸有不幸。此所以惻隱仁者之心也。**甕餘不盡酒，膝有無聲琴。聖賢兩寂寞，眇眇獨開襟。** **洙曰：**傷時無君子，故獨開襟而已。

【補注】**鶴曰：**詩云「南岳自兹近，湘流東逝深」，當同是大曆四年春作。

次空靈岸大曆四年作。

鄭曰：空靈，當作「空舲」。酈元水經：「湘水縣有空舲峽。」十道四番志云：「湘水空舲灘。」【補注】**鶴曰：**雖寰宇記云空舲峽在（秭）〔秭〕歸縣東百二十五里，然後篇云「午辭空靈岑，夕得花石戍」，則無容午在歸州，而夕至潭州也。況首句云「沄沄逆素浪」，則是自岳泝潭甚明，若是自夔下峽，則爲順流矣。當是大曆四年春作。潭州自有空靈灘也，況詩與題俱爲「空靈」，與「空舲」自不同。

沄沄逆素浪，**鄭曰**：沄〔一〕，音雲。落落展清眺。幸有舟檝遲，得盡所歷妙。空靈霞石峻，**補注** **希曰**：湘中記云：「湘水而綱〔二〕，雖深五六丈，見底了了。石子如樗蒲矢，五色鮮明，白沙如霜雪，赤岸如朝霞。」此云霞石，蓋亦指岸石如朝霞也。楓栝**洙曰**：一作「枯」。**鄭曰**：古活切，木名。隱奔峭。**趙曰**：謝靈運云〔三〕：「徒旅若奔峭。」李善注云：「淮南子曰：岸峭者必陀。許慎曰：陀，落也。」然奔亦落之義。青春猶無私，白日亦偏照。**洙曰**：爲山嶺障閡，故偏照也。**蘇曰**：陳嬪妃：「白日昭然，亦有偏照之處。」可使營吾居，終焉托長嘯。**師曰**：逆素浪，言泝流也。展清眺，言去高峽之阻，漸入寬平之鄉。栝，乃栝柏也。奔，謂奔流。峭，謂峰峭。白日亦偏照，言崗巒互爲日所出没。甫至此，喜其景物佳，欲托居焉，故曰終焉托長嘯。毒瘴未足憂，兵戈滿邊徼。嚮者留遺恨，耻爲達人誚。迴帆覬賞延，佳處領其要。

宿花石戍大曆四年作。

鄭曰：鄧慎思云在峽州，鳳臺子以謂此詩在潭衡之間作，謂在巴峽非也。十道志：「潭州湘潭縣，北二十

〔一〕沄，原渤，據國圖全本、四庫本、杜陵詩史卷三〇、分門集注卷一一補。
〔二〕而綱，據藝文類聚卷八水部上總載水引湘中記，乃「至清」之訛。
〔三〕云，四庫本作「詩」。

里有錦石區。」疑花石即錦石。補注鶴曰：按唐地理志：「潭州有淥口、花石二戍。」又詩云「地蒸南風盛，春熱西日暮」，當是大曆四年春入潭州作無疑。詩云「誰能扣君門，下令減租賦」，謂其年二月遣御史稅商錢。又云「山東殘逆氣」，謂楊子琳反，殺夔州別駕張忠。

午辭空靈岑，夕得花石戍。洙曰：空靈，在歸州。花石，唐屬(陜)〔峽〕州。鮑曰：唐志：「潭州長沙有花石戍。」舊注云(陜)〔峽〕州，妄也。夢符曰：右按，歸州圖經：「空舲峽東西十四里，在峽州夷陵縣界。」水經云：「江水歷峽，東逕宜昌縣之插竈下。」酈道元曰：「江之左岸，絕崖壁立數百丈，飛鳥所不能過栖。有一火燼，插在崖間，望見長數尺。父老傳言，昔洪水時人泊船岸側，以餘燼插之，至今在焉。」岸疏開闢水，洙曰：一作「山」。自白狗峽至空靈山、花石，皆開闢之峽。木雜今古樹。地蒸南風盛，春熱西日暮。四序本平分，氣候何回互。茫茫天造間，理亂豈恒數。繫舟盤藤輪，杖策古樵路。罷人不在村，鄭曰：罷，音疲。洙曰：罷人，言民困於征役而罷敝。不在村，謂其不安居也。野圃泉自注。柴扉雖蕪没，農器尚牢固。山東殘逆氣，吴楚守王度。洙曰：安史之亂，王命之所及者，吴、楚、蜀而已。夢符曰：右按，左傳：「史倚相誦祈招之詩曰：祈招之愔愔，式昭德音。思我王度，式如玉，式如金。」誰能扣君門，下令減征賦。洙曰：憫下情不上達也。師曰：下令減征賦，言無人以重斂請於君，薄賦以恤民也。

早發大曆四年作。

補注 **鶴曰**：詩云「早行篙師怠，席挂風不正」，亦以船上水而言，當同是大曆四年作。

有求常百慮，斯文亦吾病。以兹朋故多，窮老驅馳併。 **趙曰**：以斯文自任，衆所共知，而朋交故舊之多自是驅馳頻併矣。**早行篙師怠，席挂風不正。** **洙曰**：席，張席以爲帆也。風不正，不順也。**昔人戒垂堂，** **洙曰**：謂千金之子[一]，坐不垂堂。**今則奚奔命。** **修可曰**：傳云：「一歲七奔命。」**濤翻黑蛟躍，日出黄霞映**[二]。**洙曰**：鮑明遠詩：「騰沙鬱黄霧，翻浪揚白鷗。」**煩促瘴豈侵，頹倚睡未醒。** **洙曰**：未，一作「還」。**鄭曰**：醒，新佞切。**僕夫問盥櫛，暮顔** **洙曰**：一作「末」[三]。**靦青鏡。** **鄭曰**：靦，他典切。**洙曰**：暮，衰也。靦，愧也。言暮顔衰醜，有愧於對鏡也。**隨意簪葛巾，仰慚林花盛。側聞夜來寇，幸喜囊中净。艱危作遠客，干請傷直性。** **洙曰**：謂有求於人也。**薇蕨餓首陽，** **洙曰**：史記：「伯夷、叔齊不食周粟，隱於首陽山下，采薇蕨而食之，遂至餓死也。」**粟馬資歷聘。** **洙曰**：六國以粟馬資儀、秦，使之歷聘。**賤子欲適從，疑誤此二柄。** **洙曰**：謂采薇及歷聘也。**師曰**：昔夷齊不食周粟，餓於

[一] 謂，杜陵詩史卷三〇、分門集注卷一一同此，九家集注卷一六作「傳曰」。

[二] 霞，四庫本、九家集注、王洙本卷八作「霧」。

[三] 末，四庫本作「朱」，王洙本卷八、分門集注作「未」。

首陽，蘇秦、張儀資六國以歷聘，此二柄者，一出一處，使人疑誤。今甫欲適從其一，故云「賤子欲適從」。適，音的，〔生〕（主）也。

次晚洲 大曆四年作。

補注 **鶴曰**：詩云「棹經垂猿把，身在度鳥上」，當是大曆四年入潭時。春漲如此，故詩首云「坡陁風濤壯」。又云「中原未解兵」，謂吐蕃去年入寇。

參錯雲石稠， **洙曰**：參錯，雲石相互雜然也。**坡陁風濤壯。** **洙曰**：坡陁，泛濫貌。風濤，風浪也。**趙曰**：顏延年詩：「春江壯風濤。」**晚洲適知名，** **梅曰**：晚洲非素有名，因子美而名彰也。**秀色固異狀。**

棹經垂猿把，身在度鳥上。 **洙曰**：水漲而船所經者高也。**趙曰**：張〔所〕（載）論曰：「白猿、玄豹藏於檽櫨，何以知其接垂條於千仞？」則可謂之垂猿矣。梁虞騫詩：「澄潭寫度鳥。」**擺浪散帙妨，危沙折花當。**

師曰：花當，乃花根也。**羈艱暫愉悦**〔一〕**，羸老反惆悵。** **洙曰**：暫愉悦，次晚洲也。反惆悵，嘆行役也。

中原未解兵，吾得終疏放。 **洙曰**：兵未解而得疏放，以不見用於世也。

〔一〕艱，杜陵詩史卷三〇、分門集注卷一一同此，四庫本、九家集注卷一六、王洙本卷八作「離」。

望嶽大曆四年作。

補注**鶴曰**：詩云「南嶽配朱鳥」，又云「行邁越瀟湘」，當是大曆四年初至潭望見，遂賦此。

南嶽配朱鳥，秩禮自百王。**洙曰**：（書）：五月南巡狩，至于南岳。衡山，釋山：「又云霍山，爲南岳。」衡之與霍皆一山有兩名，南岳本自以兩山爲名，而學者多以霍山不得爲南岳，又云漢武帝始名之，斯不然矣。衡山一名霍山，言萬物霍而大也。**趙曰**：荆州記：「衡山者，五岳之南岳。」秩，則尚書「咸秩無文」之秩，秩，等也，所謂五嶽視三公。補注**希曰**：大宗伯鄭注：「五嶽，南曰衡。」又，漢武帝嘗移嶽神於天柱山，今土人皆呼天柱山爲南嶽，然此專以衡而言。秩禮，正舜典所謂「望秩于山川」，何必更引周書注「如其秩次望祭之」？**欻吸領地靈，****洙曰**：地之百靈。顏延年詩：「邑社總地靈。」**趙曰**：江文通雜擬詩：「欻吸鵾雞悲。」注云：「猶俄頃也。」**鴻洞半炎方。****邦家用祀典，****趙曰**：王褒四子講德論：「洪洞朗天。」言天地之神光若有相通，明朗於天也。**在德非馨香**[一]。補注**希曰**：正用書「黍稷非馨，明德惟馨」之語。**巡守何寂寥，有虞今則亡。****洙曰**：自戰國縱橫，而巡守之禮亡矣。有虞，舜也。謂五年一巡守。**洎吾隘世網，行邁越瀟湘。****趙曰**：公之所以行邁者，以世網隘窄，故欲曠懷於江湖之上也。**渴日絕壁出，****趙曰**：難逢日霽，以望其

[一] 非，四庫本作「惟」。

峰，於日如渴也，蓋如渴雨之渴。**漾舟清光旁。祝融五峰尊，峰峰吹低昂**〔一〕。**紫蓋獨不朝，争長嶫相望。** **洙曰：** 祝融，峰名也，朱陵、祝融、紫蓋、石菌、芙蓉，所謂五峰也。争長，言相峙而立，有如争之也。**趙曰：** 考衡山記，有芙蓉峰、紫蓋峰、石門峰〔二〕，而韓退之詩曰：「紫蓋連延接天柱，石廩騰擲（推）（堆）祝融。」則又有天柱峰、祝融峰爲五峰。舊注以朱陵補之，非也。**恭聞魏夫人，群仙夾翱翔。** **洙曰：** 魏夫人，神仙也。**田曰：** 夫人諱華存，字賢安，晉司徒（寄）（舒）之女也。幼純讀書，喜神仙。其後四仙人降，車從鮮盛，夫人既與仙者游，盡傳其秘術。咸和八年終〔三〕，壽八十二〔四〕。舊説以謂夫人實不死，以杖代尸而升天。扶桑大帝君授夫人青瓊之板，丹籙之文，治南岳。**有時五峰氣，散風如飛霜。牽迫限修途，未暇杖崇岡。** **洙曰：** 言爲行邁拘限，未暇策杖而登崇崗也。**歸來覬命駕，沐浴休玉堂。三嘆問府主，曷以贊我皇。牲璧忍衰俗，神其思降祥。** **洙曰：** 吴都賦：「玉堂對霤，石室相距。」注：「皆仙人所居。」又云：「玉堂，府主所居也。」故有三嘆之問，謂世亂俗薄，祀典闕不舉，欲贊之於是帝。崇牲璧，則神必降祥於此矣。**師曰：** 衰亂之俗，廢祀典而不舉，今甫欲以牲璧禮神，庶使岳神贊翊吾君而降福祥矣。

〔一〕 吹，四庫本、杜陵詩史卷八、分門集注卷四、王洙本卷八、九家集注卷一六皆作「次」，疑爲「次」之訛。
〔二〕 石門峰，九家集注作「石囷峰」。
〔三〕 咸和八年，顔真卿晉紫虛元君領上真司命南嶽夫人魏夫人仙壇碑銘（顔魯公集卷九）、太平廣記卷五八魏夫人作「咸和九年」。
〔四〕 八十二，九家集注、顔真卿晉紫虛元君領上真司命南嶽夫人魏夫人仙壇碑銘、太平廣記卷五八魏夫人作「八十三」。

湘江宴餞裴二端公赴道州大曆四年作。

補注 鶴曰：裴虬大曆五年四月已出軍，共平臧玠之亂，而公亦去潭之衡，當是四年夏作。

白日照舟師，朱旗散廣川。趙曰：楚詞云：「青春受謝白日照。」群公餞南伯，肅肅秩初筵。洙曰：餞，謂群公祖餞也。南伯，謂道州南邦也。詩：「賓之初筵，左右秩秩。」亦整肅貌。補注 希曰：王制云：「二百一十國爲州，州有伯。」商之州長曰伯，虞、夏及周皆曰牧。」一州牧二伯佐之，雖非後來郡守之制，然公以道爲南州之州，因曰南伯，遂及之。鄙人奉末眷，佩服自早年。洙曰：謂於裴有親也。早年，少年也，自少已佩服其德矣。義均骨肉地，懷抱罄所宜。盛名富事業，無取愧高賢。不以喪亂嬰，保愛金石堅。洙曰：言宜以功業著盛名，使無愧於高賢，無嬰於喪亂，以變名節，宜保之若金石之固。此子美以骨肉之義，故其所言及此。趙曰：高賢，指裴端公也。保愛，謂保身之意，舊注非。計拙百寮下，氣蘇君子前。會合苦洙曰：又作「共」。不久，哀樂本相纏。交游颯向盡，宿昔浩茫然。促觴激百慮，掩抑淚潺湲。洙曰：重別有所感也。熱雲集曛黑，闕月未生天。洙曰：九歌：「横流涕兮潺湲。」謝靈運詩：「朝游窮曛黑。」古詩：「三五明月滿，四五蟾兔闕。」白團爲我破，華燭蟠長煙。夢符曰：

右按，梁元帝燭賦[一]：「長袖留賓待華燭，（燭）燼落，燭華明。花抽珠漸落，珠懸花更生。」又古樂府三婦艷詩：「大婦留芳褥，中婦對華燭。」**鴰鶡催明星，**鄭曰：鴰，古活切。鶡，何葛切。蘇曰：魏文帝早起，戒途至新林，聞鴰鶡催天明，明星落林表。今江湖水邊有之。補注鶴曰：按韻書：「鴰，古活切。麋鴰，鳥名也。鶡，何葛切，似雉。」釋云：「似雞」。爾雅釋曰：「字林云：鶬鶡，似伯勞而小。」**解袂從此旋。上請減兵甲，下請安井田。永念病渴老，附書遠山巔。**師曰：道州南邦也，州長曰伯。肅肅，敬也。鄙人，甫自稱。於裴有末親，是以欲其盡懷抱以告之。自「盛名富事業」以下皆戒之之辭，宜以功業著盛名，使無愧於高賢，無以喪亂嬰懷抱，保全節操如金石之堅。甫之自爲計則拙，其爲道州謀則氣義宏矣，故云「氣蘇君子前」。會合苦不久，言欲別去，樂極而哀繼之也。颯，衰颯也，交游之（而）（中）衰替向盡[二]，平昔契舊回首茫然，況今促觴行遽，寧不感激萬慮而淚落潺湲乎？別筵夜熱，團扇爲之摇破。鴰鶡催曙之鳥，夜已闌矣。始分袂旋歸，故甫又以兵甲井田爲戒，古人謂贈人以言者，此也。

題衡山縣文宣王廟新學堂呈陸宰大曆五年作。

補注鶴曰：衡山，唐初隸潭州，神龍三年始屬衡州。公以大曆五年至衡山，當是其年作。按禮樂志：

[一] 燭賦，據藝文類聚卷八〇火部燭，乃「對燭賦」之訛。
[二] 而，據杜陵詩史卷三一、分門集注卷二〇，當爲「中」之訛，四庫本作「侶」，當爲館臣臆改。

「貞觀四年，詔州縣學皆作孔子廟，開元二十七年謚文宣王。」

旄頭彗紫微，無復俎豆事。**洙曰**：旄頭，胡星也。彗，彗星也。紫微，帝宮也。喻禄山亂中原，陷長安也。世亂，俎豆之事不講，故云「無復」也。**趙曰**：按晉天文志：「昴七星，天之耳也。又爲旄頭，胡星。」彗紫微，言其犯帝座。彗、孛在天文志俱爲妖星。**補注**希曰：漢文(帝)紀注：「文穎曰：孛、彗、長三星，其占略同云云。彗星光芒長，參參如埽彗。大法，孛、彗，多爲除舊布新，火災[一]。」金甲相排蕩，青衿一憔悴。**洙曰**：蓋民狃於戰争，不遑學校也。嗚呼已十年，儒服弊于地[二]。**洙曰**：不振也。征夫不遑息，學者淪素志。我行洞庭野，欻得文翁肆。侁侁胄子行，**鄭曰**：侁，疏臻切，行貌。若舞風雩至。**洙曰**：文翁爲蜀郡守，興建學校，以教蜀人，故風俗大變，可比齊魯。侁侁，整肅貌。胄子，謂元子以下至卿大夫子弟從學者，若舞風雩而至也。語曰：「風乎舞雩。」**趙曰**：語疏：「雩者，祈雨之祭名，使童男女舞之，因謂其處爲舞雩。」周室宜中興，孔門未應棄。是以資雅才，涣然立新意。**洙曰**：周室，借周以喻唐也。言唐所以宜中興，則孔門豈可棄乎？雅才，陸宰也，新學資之而成爾。衡山雖(卜)(小)邑，首唱恢大義。**洙曰**：世亂而衡山能首建學校也。因見縣尹心，根源舊宮閟。**洙曰**：詩·閟宮，頌僖公能復周公

[一] 火災，四庫本作「之災」，按，漢書卷四文帝紀八年注引文穎曰作「火災」。
[二] 弊，四庫本作「敝」，字通。

之宇也。講堂非曩構，大屋加塗塈。**鄭曰**：巨至切〔一〕，仰塗也。補注**鶴曰**：尚書：「既勤垣墉〔二〕，惟其塗塈茨。」注：許氣反。說文云：「仰塗也。」廣雅云：「塗也。」馬云：「塈色，一音故愛反。」下可容百人，墻隅亦深邃。何必三千徒，始壓戎馬氣。**洙曰**：言文德足以服遠也。林木在庭户，密幹疊蒼翠。有井朱夏時，轆轤凍階戺。**鄭曰**：上盧谷切〔三〕，下落胡切〔四〕。圓轉水。戺，鉏里切，砌也。耳聞讀書聲，殺伐災髣髴。芳未切〔五〕。**趙曰**：聞讀書而樂，被殺伐之災，在此特覺其髣髴而已。補注**鶴曰**：長楊賦：「從者彷彿，骫屬而還。」師古曰：「讀曰髣髴。」則「髴」未嘗作芳未反〔六〕。故國延歸望，衰顔減愁思。南紀收波瀾，**洙曰**：言能以文德易暴亂也。**趙曰**：洗波瀾之氛妖。西河共風味。**洙曰**：史記：「子夏居西河教授，爲魏文侯師。」共風味者，言人樂其教也。采詩倦跋涉，載筆尚可記。**趙曰**：言采詩之官倦跋山涉水之勞，而不來采之，則史官載筆尚可記陸宰之美也。高歌激宇宙，凡百慎失墜。**洙曰**〔七〕：尚可

〔一〕「巨」上，四庫本有「塈」字，按，杜陵詩史卷三二、分門集注卷六同此。
〔二〕垣墉，四庫本作「墉垣」。
〔三〕上，杜陵詩史、分門集注卷六同此，四庫本作「轆」。
〔四〕下，杜陵詩史、分門集注卷六同此，四庫本作「轤」。
〔五〕「芳」上，四庫本有「髴」字，按，杜陵詩史、分門集注同此。
〔六〕反，四庫本作「切」。
〔七〕「洙曰」之注，據九家集注卷一六，應在「載筆尚可記」句下，此誤乃承杜陵詩史而致。

記，一云「記奇異」。**師曰**：青衿，謂學士，以青緣領也。文翁肆，指縣學。後漢高彪有雅才而訥於言，雅才，指陸宰。塈，塗壁也。昔僖公修泮宮而服淮夷，今陸宰爲是學，文德自足以懷遠，何必三千之徒始壓戎兵氣乎？殺伐災髣髴，言此邦絃誦之樂，兵革之患少也。南紀改波瀾，言變其荆楚輕剽之風，而恩波廣被也。昔子夏居西河教授，今陸宰與之同，其風使人咀味其教也。太師采詩以觀民風，今采詩之官倦於跋涉，使陸宰德政不聞于上，甫尚得以是篇而記其事，以備國史之失墜也。

入衡州 大曆五年作。

補注 **鶴曰**：大曆五年，公在潭，以臧玠之亂，遂入衡州，故作此詩。詩所以云：「元惡迷是似，聚謀泄康莊。竟流帳下血，大降湖南殃。」按舊史：大曆五年四月，湖南都團練使崔瓘爲兵馬使臧玠所殺，據潭州爲亂，澧州刺史楊子琳、道州刺史裴虬、衡州刺史陽濟各出軍討之〔一〕。公以四年春自岳陽至潭如衡，畏熱復歸潭，今以兵亂再入衡州。又有「遠歸兒侍側，久客幸脱免」等句。

兵革自久遠，興衰看帝王。 **趙曰**：兵革不息，徒自歲月之久，而興起其衰微，自看帝王之舉耳。**漢儀甚照耀，胡馬何猖狂。** **趙曰**：光武爲司隸校尉，父老見之，曰：「今日復見漢官威儀。」今言唐法度未

〔一〕陽濟，四庫本、舊唐書卷一一代宗紀作「楊濟」。

改，故以比之。胡馬，追言安史之亂。**老將一失律，清邊生戰場。**洙曰：失律，失法律也。易曰：「失律，凶。」**君臣忍瑕垢，河岳空金湯。**洙曰：言避亂出行，城池不守也。左傳：「國君含垢，瑜瑾匿瑕〔一〕。」言有所容也。金，謂金城。湯，謂湯池。趙曰：傳曰：「國君含垢。」言君相初含容奸逆，不即誅戮，故使河岳之地雖是金城湯池，而失守如空之也。**重鎮如割據，**洙曰：安史亂後，天下裂爲藩鎮，賦不上供，如割據焉。**輕權絶紀綱。軍州體不一，**洙曰：各自爲政也。**寬猛性所將。嗟彼苦節士，素於圓鑿方。**洙曰：九辨云：「圓鑿而方枘兮，吾固知其鉏鋙而難入。」趙曰：苦節，指崔瓘也。按唐史：「以士行修謹聞，大曆中爲湖南觀察使，將吏寬弛不奉法〔二〕，少以禮法繩之〔三〕。」**寡妻從爲郡，兀者安短墻。**趙曰：言寡妻平日遭擾，自從崔太守爲郡之後，如兀足者安於堵墻之下，不復驚動也。**凋弊惜邦本，**洙曰：惜民之凋弊也。**哀矜存事常。**趙曰：言不妄刑罰，哀矜其人。**旌麾非其任，**洙曰：言非其人也。**府庫實過防。恕己獨在此，多憂增内傷。偏裨恨酒空〔四〕，卒伍單衣裳。**洙曰：厚自奉養，而不恤軍旅也。趙曰：瓘之修謹，

〔一〕瑜瑾，杜陵詩史卷三二、分門集注卷一一同此，四庫本、九家集注卷一六作「瑾瑜」；按，「國君含垢瑜瑾匿瑕」，左傳宣公十五年作「瑾瑜匿瑕，國君含垢」。

〔二〕將吏寬弛，杜陵詩史同此，九家集注、新唐書卷一四一崔瓘傳作「時將吏習寬弛」，則脱「時」「習」二字。

〔三〕少，九家集注作「每」，新唐書崔瓘傳作「稍」。

〔四〕恨酒空，四庫本、王洙本卷八、九家集注作「限酒肉」。

既如上所云，然於是委以旌麾之任，則悉其人。防於府庫之費，而吝於賜予。〔一〕又以裨將卒伍衣食之不繼，則遂以召亂如下文所云也。**元惡迷是似，聚謀洩康莊。****夢符曰**：右按，爾雅曰：「五達謂之康，六達謂之莊。」**趙曰**：元惡，指臧玠也。以兵殺崔瓘，遂據潭州。**竟流帳下血，大降湖南殃。****洙曰**：代宗時，湖南兵馬使臧玠殺其帥崔瓘，王國良因之而反。**烈火發中夜，高煙燋上蒼。至今分粟帛，殺氣吹沅湘。****鄭曰**：沅湘，二水名。沅在象郡，湘即湘江。**福善理顛倒，明徵天莽茫。****洙曰**：九歌：「令沅湘兮無波。」**趙曰**：書：「天道福善禍淫。」又：「明徵定保。」**銷魂避飛鏑，累足穿豺狼。隱忍枳棘刺，遷延胝研瘡**〔二〕。**洙曰**：言避亂奔走，危窘如穿豺狼間行也。心痛悼喪亂，如忍棘刺，手足胝胼而成瘡〔三〕。**遠歸兒侍側，猶乳女在旁。久客幸脫免，暮年慚激昂。****洙曰**：幸於免患也。**蕭條向水陸，汩没隨漁商。報主身已老，入朝病見妨。悠悠委薄俗，鬱鬱回剛腸。****洙曰**：老而不可報王，病不可入朝，故不免委身薄俗，鬱鬱回剛腸而已。**參錯走洲渚，****洙曰**：謝靈運詩：「臨圻阻參錯。」**春容轉林篁。**

〔一〕「趙曰：瓘之修謹」至「而吝於賜予」數句，杜陵詩史、分門集注同此，九家集注作「灌之修謹，既如上所云，然於是委以旌麾，則非其所任。蓋爲帥在寬猛適中，施予不吝，豈可過防於府庫之費乎」，林繼中趙次公杜詩先後解輯校已帙卷八與九家集注略同。

〔二〕研，杜陵詩史、分門集注同此，四庫本作「胼」，王洙本卷八作「趼」，九家集注卷一六作「趼」，蕭滌非主編杜甫全集校注卷二〇校云：「『趼』『研』『胼』俱是誤字，作『趼』是。」

〔三〕胼，九家集注作「趼」。

片帆在郴岸，鄭曰：郴，丑林切，桂陽縣。通郭前衡陽。華表雲鳥埤，賓彌切。名園花草香。旗亭壯邑屋，烽櫓蟠城隍。趙曰：三代世表「會旗亭下」注：「市樓也，立旗於上，故名旗亭。」選賦：「抗旗亭之嶢嶭。」烽櫓者，設烽燧於櫓也。櫓者，城上守禦望樓。城隍者，城下之壕也[一]。中有古刺史，洙曰：言其愛民蒞事如古刺史。盛才冠岩廊。趙曰：武帝制曰：「舜游岩廊之上。」文穎注：「殿下小屋也。」扶顛待柱石，獨坐飛風霜。趙曰：言刺史乃柱石之臣。獨坐，御史也。風霜，則御史之任。補注 希曰：霍光傳：「將軍爲國柱石。」師古曰：「柱者，梁下之柱；石，承柱之礎。言大臣負國重任，如屋之柱及其石也。」光武改御史長史復爲中丞，與尚書令、司隸校尉朝會皆專席而坐，京師號「三獨坐」，言其尊也。故孫樵記室新書亦云：「内榮獨坐。」公指衡州刺史楊濟、道州刺史裴虬而云，故公詩稱虬爲裴端公，稱濟爲陽中丞。昨者間瓊樹，高談隨羽觴。洙曰：公自言得侍刺史如間瓊樹，然陸士衡詩「羽觴不可算」注：「羽觴，謂其置鳥羽於觴，以急飲也。」余曰：晉束皙傳：「羽觴隨波。」蓋言觴輕如鳥羽之飛也。原叔謂急飲，恐非。無論再繾〔繾〕（綣），已是安蒼黃。劇孟七國畏，洙曰：前漢游俠傳：「劇孟以俠顯，吳、楚反，時條侯爲太尉，乘傳東討，至河南得劇孟，喜曰：『吳、楚舉大事而不求劇孟，吾知其無能已。』天下騷動，大將軍得之，若爲一敵國

[一] 城下之壕也，九家集注作「池之無水者」。

云。』」**馬卿四賦良。**洙曰：司馬相如，字長卿，有子虛、上林賦、哀二世賦、大人賦。**門闌蘇生在，**洙曰：蘇生，侍御渙。**勇鋭白起强。問罪富形勢，凱歌懸否臧。**趙曰：劇孟、馬卿以比刺史，白起以比蘇渙。公自注：「蘇生，侍御渙。」則渙在崔公漼之幕，而其人勇鋭，故用白起以比其爲將。**氛埃期必掃，蚊蚋焉能當。**趙曰：氛埃、蚊蚋以比臧玠。**橘井舊地宅，仙山引舟航。**趙曰：橘井，在郴州。神仙傳：「蘇耽將仙，謂其母曰：『以庭前橘葉，神使病（春）（者）以井水服〔一〕，病即愈。』」仙山，則指言蘇耽所仙之山。公謀欲往郴，故云引舟航也。**此行厭暑雨，厥土聞清涼。**洙曰：言親刺史之德，而亡炎暑。趙曰：此指言郴州矣。公詩意曰〔二〕：「郴州頗凉冷，橘井尚凄清。」舊注所引却是衡州，又無比德之意。**諸舅剖符近，**趙曰：公詩每以崔姓爲舅，豈剖符爲刺史乃崔侍御漼者乎？**開緘書札光。蘋蘩命屢及，磊落字百行。江總外家養，**洙曰：陳書：「江總，字總持，七歲而孤，依于外氏。聰敏有至性，舅吴平光侯蕭勵名重當時，多所鍾愛。」**謝安乘興長。**洙曰：謝安寓居會稽，出則漁弋山水，入則言詠屬文，無處世意。又與孫綽等泛海，吟嘯自若。放情丘壑，每游賞必以妓女從也。**下流匪珠玉，擇木羞鸞凰。**洙曰：下流，自言也，言己非珍異，

〔一〕神，疑爲訛字或衍文。按，九家集注此注作：「神仙傳：『蘇耽將仙，謂其母以庭前橘葉一片，水一杯，使病者以水服橘葉，病即愈。』」

〔二〕詩意曰，據九家集注，乃「詩有曰」之訛。

然得所託也。**趙曰**：公自謙其爲人特下流耳，非是珠玉之珍也。傳曰：「窮猨投林，豈暇擇木。」公之意，自謙其不暇擇木，非若鸞鳳非梧桐不栖，故羞鸞鳳也。**我師嵇叔夜，****趙曰**：公自言其放曠懶散如嵇康。**世賢張子房。****趙曰**：公自有注：「以美張勸也。」**柴荆寄樂土，****趙曰**：言〔柳〕〔郴〕州也[一]。**鵬路觀翱翔。****洙曰**：寄居樂土，當(日)觀刺史爲朝廷拔用也[二]。**趙曰**：觀，則所以指衡州刺史。鵬路，莊子〔云〕九萬里者也[三]。

風雨看舟前落花戲爲新句大曆五年作。

趙曰：此全篇言落花。補注 **鶴曰**：公在潭只船居，「蘇大渙肩輿江浦，訪老夫舟檝」之語可驗。今看舟前落花，乃是在潭，大曆五年作。

江上人家桃樹枝[四]，**春寒細雨出疏籬。影遭碧水潛勾引，****趙曰**：古樂府薄命篇云：「艷花勾

[一] 柳州，杜陵詩史、分門集注同此，據九家集注、四庫本，乃「郴州」之訛。
[二] 日，原脱，據九家集注、杜陵詩史、分門集注補。
[三] 云，原脱，據九家集注、杜陵詩史、分門集注補。
[四] 樹，四庫本作「李」。

引落。」**風妬紅花却倒吹。吹花困癲旁舟楫**[一]**，水光風力俱相怯。赤憎輕薄遮人懷，** **趙曰：** 赤憎，方言也。遮之爲言「輒」也，如「遮莫鄰雞下五更」之「遮」。**珍重分明不來接。** **洙曰：** 一作「折」。**蘇曰：** 劉公幹居鄴下，一日桃花爛熳，值諸公子進賞，久之遂去。公幹問僕曰：「損花乎？」僕曰：「無，但愛賞而已。」公幹曰：「珍重輕薄子，不來損折，使老夫酒興不空也。」遂飲花下，作放歌行。」補注 **鶴曰：** 公嘗有「生憎柳絮白於綿」之句，赤憎猶「生憎」，殆皆方言也。薛宣傳：「得爲公分明之。」師古曰：「分明，謂考問使知清白也。」**濕久飛遲半欲高，縈沙惹草細於毛。蜜蜂胡蝶生情性，偷眼蜻蜓避百勞。** **師曰：** 是時甫在舟中，睹江上佳景，春風細雨，碧水紅花相映帶，不勝喜樂，因戲爲新句以歌詠之。雖眼前之事皆可樂，然猶有輕薄可憎者，但惟珍重謝之，分明不來相接，以至微物猶能縈涉。惹草蜂蝶尚生情性，況人而不能無動情乎。蜻蜓避百勞，百勞惡鳥，恐爲所害，言人豈不如蜻蜓，尚能全身遠害乎？補注 **鶴曰：** 爾雅云：「鶪，伯勞也。」釋曰：李巡云：「伯勞，一名鶪。」陳思王惡鳥論云：「伯勞以五月鳴，應陰氣之動。陽氣爲仁養，陰爲殘賊殺，伯勞蓋殘害之鳥也。其聲鶪鶪，故以其音名云。」月令「仲夏之月，鶪始鳴」是也。又云：春秋傳曰：「少皞氏以鳥名官，伯趙司至。」伯趙，鶪也，以夏至來，冬至去。杜注云：「伯趙，伯勞也。」此二句亦喻細民側目於賊民之長吏也。

〔一〕 旁，四庫本作「傍」，字通。

清明大曆五年作。

補注 **鶴曰**：詩云「長沙千人萬人出」，又云「此都好游（相）（湘）西寺[一]，諸將亦自軍中至」，當是大曆五年作。是時臧玠未亂，諸將所以亦事游賞。魯訔年譜亦編在是年。

著處繁華矜是洙曰：又云「務足」。**日，長沙千人萬人出。渡頭翠柳艷明眉，争道朱蹄驕齧膝。**洙曰：朱（達）（建）平善相馬[二]，魏文帝將出，取馬入，（達）（建）平曰：「此馬今日死矣。」及將乘，馬惡香，齧帝膝，帝使殺之。趙曰：以朱飾其蹄耳，舊注非。公蓋使王褒聖主得賢臣頌曰：「駕齧膝，驂乘旦。」張晏注：「皆良馬名。」補注 希曰：孟康云：「良馬低頭口至膝，故曰齧膝。」亦一說。**此都好游湘西寺，諸將亦自軍中至。馬援征行在眼前，**洙曰：伏波將軍馬援征交阯女子徵側，復又擊武陵五溪蠻夷。**葛强親近同心事。**洙曰：葛强，山簡愛將也。**金鐙下山紅粉**洙曰：一作「日」。**晚，牙檣捩柂青樓遠。**夢符曰：右按，廣韻：「鐙，與『燈』同。」又魏鯨魚燈賦：「寫載其形，記于金燈。」又郭景純江賦：「舳艫相屬，萬

[一] 相，國圖全本、四庫本作「湘」；按，元詹光祖本與國圖全本板式、文字相同，可能爲同一版本，而此處元詹光祖本作「相」，國圖全本作「湘」，或係原刻確實不同，或係國圖全本經後人朱筆所補筆之故。國圖全本多有後人朱筆添補筆畫之情況，如卷一二雨三首其三「水深雲光廓」之「廓」字，元詹光祖本缺末筆，國圖全本不缺，經我們核對中國國家圖書館所拍原本此頁照片發現，國圖全本此字末筆係後人朱筆所補；由於我們所用國圖全本係中國國家圖書館複製後影像本，朱筆全部變爲黑色，無法斷定究爲朱筆所補或原刻，所以這裏尚需存疑。

[二] 朱達平，據九家集注卷一六、太平御覽卷三七二人事部十三膝引魏志，乃「朱建平」之訛。

里連檣。」埤蒼曰：「檣，帆柱也。」又（司馬）相如子虚賦：「浮文鷁，揚旌枻。」張揖曰：「枻，柂也。」古樂府劉生詩：「大路起青樓。」又古曲：「青樓臨大道，游俠盡淹留。」趙曰：捩柂，轉船也。青樓，則所祓禊之處岸上有之也。出古樂府劉生詩。紅粉，義非，當作「紅日」。古時喪亂皆可知，人世悲歡暫相遣。弟姪雖存不得書，干戈未息苦離居。逢迎少壯非吾道，況乃今朝更祓除。洙曰：祓除，上巳也。束晳曰：「周公城洛邑，因流水以泛觴，後人相緣，因爲盛集。」趙曰：周禮：「女巫掌歲時祓除釁浴。」鄭注：「如今三月三日上巳往水上之類。」唐氣朔：「大曆五年三月三日清明。」以清明值上巳，則祓除之義尤明。師曰：務足，誇多也，所謂門草者，正此意也。馬援以比衡州刺史，葛彊乃山簡愛將，以比刺史之部將也。張正見采桑詩：「倡妾不勝愁，結束下青樓。」柂，所以正船。摇柂曰捩檣，尾鋭如牙，故曰牙檣。苦難居，謂無定居也。甫老大干謁侯門，俯仰於人，非其本性，故曰「逢迎少壯非吾道」。補注鶴曰：武衛后傳：「帝祓灞上。」孟康曰：「祓，除也。於灞水上，自祓除，今三月上巳祓禊也。」又見後漢志：「明帝永平二年三月上巳日，官民皆潔於東流水上，曰洗濯祓除，去宿垢（灰）（疢）〔一〕，爲大潔。潔者，言陽氣布暢，萬物訖出，始潔之矣。」蔡興宗年譜亦以唐史氣朔考之，與趙注同。

〔一〕灰，四庫本作「灾」，據後漢書禮儀志上，乃「疢」之訛。

岳麓山道林二寺行 大曆五年作。

補注 鶴曰：詩云「潭府邑中甚純古，太守庭中不喧呼」，「今幸樂國養微軀」，皆以爲是大曆四年公初到潭時游之。蔡興宗年譜亦編在是年。詳考詩又云：「暮年且喜經行近，春日兼蒙暄暖扶。飄然班白身奚適，旁此煙霞茅可誅。」若是四年游之，則必不便如衡矣。及其如衡，則畏熱還潭，當思松道清凉，寒生五月，當遂誅茅之願，何爲不復再來？意是五年春題此，方幸樂國，可以養軀，而臧玠之亂，故不償此意也。

玉泉之南麓山殊， 洙曰：玉泉，地名。山足曰麓。**道林林壑爭盤紆。** 修可曰：荆州記：「長沙西岸有麓山，其下有精舍。」宗淵麓山記云：「足曰麓，蓋衡山之足。」趙曰：張（平子）南都賦：「谿壑錯謬而盤紆。」補注 鶴曰：嶽麓寺在湘山之西，自潭而往，必渡湘水。公賦清明詩云：「渡頭翠柳艷明眉。」蓋謂此也。九域志云：「寺有陶太尉井。」高唐賦亦云：「水澹澹而盤紆。」**寺門高開洞庭野，殿脚插入赤沙湖。** 洙曰：洞庭、赤沙，皆湖名。**五月寒風冷佛骨，六時天樂朝香爐。地靈步步雪山草，** 趙曰：楞嚴經云：「雪山大力白牛，食其山中肥膩香草。」**僧寶人人滄海珠。** 洙曰：言性圓明而無瑕纇也。**塔劫宫墻壯麗敵，香厨松道清凉俱。** 夢符曰：右按，梁劉孝威謝東宫賜聖僧餘饌啓曰：「乳糜香飯，素棒粳漿，氣馥上天，薰流下界。」**蓮花** 洙曰：一作「池」。**交響共命鳥，** 洙曰：釋書：「有共命鳥，二首一身。」**金榜雙迴三足烏。** 洙曰：三足烏，言寺額金榜有回鸞反鵲之勢也。趙曰：阿彌陁經：「極樂國常有迦陵頻迦共命之鳥。」金榜，出神異經：「西方有宫，五色黄門，有金榜而銀鏤。」淮南子：「日中有踆烏。」注：「三足烏也。」方丈涉海費時節，玄圃尋河知有無。洙曰：天台賦：「涉海則方丈、蓬萊。」玄圃，乃崑崙也，張騫贊曰：「禹本紀言：河出崑崙，騫窮河源，惡睹所謂崑崙者乎？」暮年且喜經行近，春日兼蒙暄暖扶。飄然班白身奚適，旁此煙霞茅可誅。洙曰：楚詞：「誅鋤草茅，以〔全生〕（力耕）乎[一]。」言當暮年，欲誅鋤草茅，旁此而居也。桃源人家易制度，洙曰：桃源，秦人避難之地。易制度，言世更變也。趙曰：桃源，在今鼎州。易制度，言其宫室樸略，所以制度易爲也。舊注非。橘洲田土仍膏腴。洙曰：橘洲，在長沙。夢符曰：右按，襄陽記：「李衡於武陵龍陽洲上種橘千樹，曰千頭木奴。」師曰：武陵圖經云：「橘洲在龍（陽）縣東北五十里二百步[二]，周回三十里。」補注鶴曰：夢符與師古引武陵橘洲，何關於長沙事？按張舜民南遷録記長沙事云：「橘洲在湘江南北，與州城相等。」又圖經云：「橘洲在長沙縣，周回五里。」漢地理志：「爲九州膏腴。」師古曰：「腹之下肥曰腴，故取喻云。」田蚡傳：「田園極膏腴。」師古曰：「膏腴，謂極肥厚之處。」谷永傳云：「食膏腴之都。」潭府邑中甚淳古，太守庭内不喧呼。昔遭衰世皆晦迹，今幸樂國養微軀。依止老宿亦未晚，洙曰：老宿，僧之年臘高者。富貴功名焉足圖。久爲野客尋幽慣，細學何顒免

〔一〕全生，杜陵詩史卷三一、分門集注卷八同此，據九家集注卷一六、楚辭章句卷六屈原卜居，乃「力耕」之訛。
〔二〕龍縣，據九家集注，乃「龍陽縣」之脱。

興孤[一]。**洙曰**：見「何顒興未忘」注。一重一掩吾肺腑，山鳥山花吾友于。**洙曰**：一重一掩，山也，有如吾肺腑然。**夢符曰**：衛青曰：「吾幸得以肺腑，待罪行間。」南史劉湛傳云：「友于素篤。」補注 **希曰**：劉向傳亦云：「臣幸得托肺腑。」師古曰：「若解謂肺腑相附著，猶言心膂。一説肺謂斫木之肺札，自言於帝室猶肺札附於大木也[二]。」王莽傳亦云：「伏自惟念，得托肺腑。」「友于」二字自見書君陳及論語，何必又引南史？黄魯直改此句曰「山鳥山花共友于」，易一「吾」字，便覺不逮。洪駒甫云：「謂兄弟爲友于者，歇後語也。杜亦未能免俗，何耶？」魯直其舅，亦不免俗也。宋公放逐曾題壁，物色分留與**洙曰**：(一)作「待」[三]。老夫。**師曰**：昔宋之問貶經此，留題在壁，甫至此復得吟詠景物，故曰「物色分留與老夫」。

舟中苦熱遣懷奉呈楊中丞通簡臺省諸公[四]大曆五年作。

補注 **鶴曰**：詩云：「愧爲湖外客，看此戎馬亂。中夜混黎甿，脱身亦奔竄。」又詩中備述陽中丞與裴道州

[一] 何，原漫漶不清，此據國圖全本、四庫本。

[二] 木，原漫漶不清，此據國圖全本、四庫本。

[三] 「作」上，據九家集注，脱「一」字。

[四] 楊，杜陵詩史卷三二、分門集注卷一二同此，四庫本、王洙本卷八、九家集注卷一六及詩中注文作「陽」，按，舊唐書卷一九六下吐蕃下載：「永泰二年二月，命大理少卿兼御史中丞楊濟修好於吐蕃。」卷一一代宗紀載：「(大曆五年)夏四月庚子，湖南都團練使崔瓘爲兵馬使臧玠所殺，玠據潭州爲亂。澧州刺史楊子琳、道州刺史裴虯、衡州刺史楊濟出軍討玠。」

諸公共討臧玠甚詳，當是大曆五年自潭避亂之衡州時作。臺省諸公，謂裴虬與李勉，皆端公也。

愧爲湖外客，看此戎馬亂。中夜混黎甿，脱身亦奔竄。**趙曰：**湖外，言洞庭湖之外，衡州是也。戎馬亂，指言臧玠之亂。**平生方寸心，反掌帳下難。****洙曰：**謂崔瓘見殺也。**嗚呼殺賢良，****洙曰：**按新史：「瓘爲治不煩苛，人便安之，居澧州二年，增户數萬。詔特進五階，以寵異政也。」**不叱白刃散，****趙曰：**舊本「反掌」，蔡伯世本作「反當」，其説是。公自言平生有經世之心，而反當帳下有（上）（難）[一]，至於賊殺賢良，乃不能一叱白刃使散，蓋自以爲愧矣。帳下，指臧玠。賢良，指崔瓘也。**吾非文人特[二]，没齒埋冰炭。****夢符曰：**論語：「管仲奪伯氏駢邑三百[三]，飯蔬食，没齒無怨言。」韓子曰：「冰炭不同器。」**耻以風病辭，胡然泊湘岸。入舟雖苦熱，垢膩可溉灌。痛彼道邊人，形骸改昏旦。****洙曰：**痛彼遇亂而死者。**中丞連帥職，****趙曰：**中丞，陽公也。舊唐書云：「衡州刺史陽濟各出兵討臧玠。」謂連帥乃古之諸侯也。**封内權得按。身當問罪先，縣實諸侯半。****洙曰：**謂陽中丞也，封邑半於古諸侯。**士卒既輯睦，****夢符曰：**左傳：「隨武子曰：昔歲入陳，今兹入鄭，民不罷勞，居無怨讟，而卒乘輯

〔一〕上，據九家集注，乃「難」之誤。
〔二〕文人，王洙本同此，四庫本作「丈夫」，杜陵詩史、分門集注、九家集注作「丈人」。
〔三〕三，原漫漶不清，此據四庫本。

睦，事不奸矣。」啓行促精悍。**師曰**：言督促精鋭强悍之兵以討玠。似聞上游兵，**夢符曰**：項籍傳：「古之王者，地方千里，必居上游。」注：「文穎曰：居水之上流也。游，或作『流』。」師古曰：「游，即『流』也。」稍逼長沙館。鄰好彼克修，天機自明斷。**趙曰**：公自注云：「陽中丞琳問罪[一]，將士皆自澧上達長沙也。」

補注 **鶴曰**：舊史云：「臧玠據潭州爲亂，澧州刺史楊子琳、道州刺史裴虯、衡州刺史陽濟各出兵討之。」道州居湘水之上流，故曰「上游兵」。澧州屬山南道，潭屬淮南道，故曰「修鄰好」。趙謂公自注者，豈公之自注，後人假公以文其説耳。南圖卷雲水，北拱戴霄漢[二]。美名光史臣，長策何壯觀。**田曰**：南圖，蓋莊子鵬飛萬里而圖南事[三]。而「北極奉星辰」，舊注謂畫湖南，非是。**趙曰**：南之所圖，謀欲卷盡雲水也。北拱，所以尊君上也。驅馳數公子，咸願同伐叛。聲節哀有餘，夫何激衰懦。**師曰**：數公子，指澧州刺史楊子琳、道州刺史裴虯、衡州刺史陽濟共出兵伐玠，其英聲節義，足以振激衰懦。偏裨表三上，鹵莽同一貫。**夢符曰**：前漢馮奉世傳：「上曰：大將軍出必有偏裨，又何疑焉。」**師曰**：偏裨，副將也。表三上，謂上章陳臧玠之無罪，言崔瓘之減剋軍士（衣糧），率皆鹵莽不明。始謀誰其間，迴首增憤惋。**趙曰**：裨將上表，而數

[一] 陽，九家集注作「楊」。

[二] 戴，杜陵詩史、分門集注同此，四庫本、王洙本、九家集注作「戴」，「載」當爲「戴」之訛。

[三] 「萬里」上，據九家集注，脱「九」字。

陳不明，同一貫耳。所以問在其間而爲始謀者誰，徒令我回首憤惋也。**宗英李端公，****洙曰：**宗室之英秀也。**田曰：**吕温河間元王孝〔桀〕（恭）贊[一]：「堂堂河間，爲唐宗英。」**趙曰：**端公，李勉也。勉爲御史中丞，大曆中出爲廣州刺史，亦以兵討玠。李肇國史補曰：「御史相呼爲端公。」**守職甚昭焕。變通迫脅地，謀畫焉得算。王室不肯微，凶徒略無憚。此流須卒斬，神器資强幹。****夢符曰：**右按，道德經：「天下神器，不可爲也。爲者敗之，執者失之。」又西都賦：「州郡之豪傑，五都之貨殖，三選七〔選〕（遷）[二]，充奉陵邑。蓋以强幹弱枝，隆上都而觀萬國也。」**扣寂豁煩襟，皇天照嗟嘆。****師曰：**言李公不肯令王室之微，必斬臧玠以幹正神器[三]，亦使兇徒少有憚畏。扣寂，言以詩發寂默而豁煩悶之懷，冀皇天有以知之也。

聶耒陽以僕阻水書致酒肉療飢荒江詩得代懷興盡本韻至縣呈聶令陸路去方田驛四十里舟行一日時屬江漲泊于方田

鄭曰：耒陽，衡州屬縣。**補注** **鶴曰：**耒陽在衡州東南百三十五里。公自衡往耒陽，阻水泊于方田驛，今序

[一] 孝桀，據九家集注及唐文粹卷二三吕温凌煙閣勛臣贊河間元王孝恭、舊唐書卷六〇河間元王孝恭傳，乃「孝恭」之訛。

[二] 七選，據九家集注、分門集注、文選卷一班固西都賦，乃「七遷」之訛。

[三] 斡正，杜陵詩史作「幹正」，分門集注作「斡止」，以「幹正」爲是，如宋劉敞公是集卷五和張洞春雪詩云：「大哉造化力，排斡正穹昊。」

云陸路去方田四十里，謂去耒陽也。又云舟行一日，蓋以溯流也。聶令致酒肉，或以爲致牛肉白酒，公因飫死，爲水所漂，從而爲空墳，以欺人主〔一〕。雖史不能辨其非，唯韓退之一詩能分明之。李觀作補遺傳〔二〕，亦因韓退之有是詩而成耳。鶴詳考公此詩，其云「禮過宰肥羊，愁當置清醥」，則聶所致者未必誠牛肉白酒也。詩終云：「崔師乞已至，澧卒用矜少。問罪消息真，開顔憩亭沼。」則是時方且喜討叛之師已集，而憩於亭沼，蓋知兇渠之亡可待。序云至縣呈聶令者，存至耒陽以與之。後人往往以此遂信其爲死於耒陽，殊不知此後尚有過南岳入洞庭湖詩與登舟適漢陽詩可考也，二詩斷不可謂是四年作。且聶致酒肉已在五年五月間，蓋臧玠以四月庚子反，公奔竄至衡，又至方田，且半旬阻水矣〔三〕。是時肉非可久留，無容醉飽在作詩之後，若詩前嘗痛飲，詩中亦必及之，如「顧以野水添金杯〔四〕，如澠之酒常快意」「喧呼且盡杯中綠」〔五〕「但覺高歌有鬼神」等句，初未嘗以醉爲諱也。溫公詩話云：「元和中，其孫始改葬於鞏縣，元微之爲誌。」今誌乃云祔於偃師，鞏與偃師又異矣。後世安知又不以爲惑？

耒陽馳尺素，見訪荒江眇。義士烈女家，風流吾賢紹。洙曰：尺素，書也。史刺客傳：「聶政殺韓相，自死，其姊嫈伏尸哭，極哀，死政之旁。晉、楚、齊、衛聞之，皆曰：非獨政能也，乃其姊亦烈女也。」昨

〔一〕墳以欺人，原漫漶泐損，此據國圖全本、四庫本。

〔二〕李觀，原漫漶泐損，此據國圖全本、四庫本。

〔三〕阻，四庫本作「沮」，字通。

〔四〕以，據本書卷四蘇端薛復筵簡薛華醉歌，乃「吹」之訛。

〔五〕喧呼且盡杯中綠，前卷二四醉爲馬墜諸公携酒相看詩作「喧呼且覆杯中淥」。

孔休源見狄相孫，許公人倫表。**師曰**：狄相孫，指兼謨也。南史：「孔休源爲晉安王長史，武帝語王曰：孔休源人倫儀表，當師事之。」兼謨善人倫風鑒，〔詳〕(許)聶宰以人倫之表，言聶才宜在翰林，而反屈迹小縣。前期翰林後，屈迹縣邑小。**洙曰**：言聶之才宜在翰苑，而反屈迹縣邑。**趙曰**：蔡伯世本「前期」作「前朝」，〔兵〕(其)說是。豈聶之父或祖嘗任翰林之職乎？知我礙湍濤，**師曰**：以甫阻水也。半旬獲浩漾。**趙曰**：漾，以沼切，大水貌。謝靈運山居賦：「吐泉之浩漾〔一〕。」麾下殺元戎，湖邊有飛旐。**趙曰**：即臧玠殺崔瓘也。潘安仁賦：「飛旐翻以啓路。」孤舟增鬱鬱，僻路殊悄悄。側驚猿猱捷，仰羨鸛鶴矯。禮過宰肥羊，愁當置清醥。**洙曰**：張平子詩：「鬱鬱不得志。」詩：「憂心悄悄。」蜀都賦：「猿狖騰希而競捷。」又：「置酒高堂，觴以醥清〔二〕。」曹子建詩：「烹羊宰肥牛。」言聶以肥羊清醥，乃見於禮也。**鄭曰**：醥，普沼切，酒清曰醥。**修可曰**：曹子建七啓云：「乃有春醥酒〔三〕，康、狄所營。」揚雄酒賦云〔四〕：「其味有宜城醪醴，蒼梧縹清。」(醥清)，酒也〔五〕。杜詩一本作「清縹」，故兩載之。人非西喻蜀，**洙曰**：唐蒙通夜郎，徵發巴蜀吏卒，因軍興

〔一〕泉，九家集注作「泉原」，晉書卷六七謝靈運傳作「泉流」。

〔二〕醥清，九家集注、文選卷四左思蜀都賦作「清醥」。

〔三〕春醥酒，九家集注作「春清醥酒」，文選卷三四曹植七啓作「春清縹酒」，則「醥」上脱「清」字。

〔四〕揚雄，九家集注、杜陵詩史卷三一、分門集注卷一一同此，據藝文類聚卷七二食物部酒引曹植酒賦，乃「曹植」之訛。

〔五〕「酒也」上，據九家集注，脱「醥清」二字。

法，誅其渠帥，巴蜀大驚。上聞之，使相如作檄以責唐蒙，因喻巴蜀人非上本意之事也。**興在北坑趙。** **洙曰：**秦將白起破趙，四十餘萬軍遂降秦，起悉坑之。**方行郴岸靜，未話長沙擾。** **洙曰：**時臧玠殺崔瓘，長沙擾亂也。補注**鶴曰：**郴州與耒陽皆在衡州之東南，衡至郴四百餘里，郴水入衡。公避臧玠之亂，初欲往郴依舅氏，卒不遂。其至方田也，蓋泝郴水而上，故曰郴岸。**崔師乞已至，澧卒用矜少。** **鄭曰：**澧，里第切，荆州湖名。**問罪消息真，開顔憩亭沼。** **洙曰：**聞崔侍御漼乞師于洪府，師已至袁州北，陽中丞琳問罪，將士皆自澧上達長沙。**師曰：**郴岸靜，謂衡州無恙。長沙擾，指玠之亂。崔漼乞師于洪府，師已至袁州北，楊子琳將士又自澧州達長沙，故甫得以開顔而喜叛徒見擒也。

黄氏補千家注杜工部詩史卷之十六

黄氏補千家注杜工部詩史卷之十七

冬日洛城北謁玄元皇帝廟天寶八年作。

洙曰：天寶元年，陳王府參軍田(周)(同)秀上言〔一〕，玄元皇帝降于丹鳳門之通衢，告錫靈符在尹喜之故宅，上遣使就函谷故關尹宅發得之。乃置玄元廟於大寧坊，是秋改爲太上玄元皇帝宮。二年，追尊大聖祖玄元皇帝，仍於天下諸郡爲紫微宮，改譙郡紫微宮爲太清宮。**趙曰**：玄元皇帝，李老君也。**補注** **鶴曰**：梁權道云天寶十一年，公游東都時作。按舊史：「天寶元年，立玄元廟，九月，改太上玄元皇帝宮，天下準此。二年三月壬子，親祠玄元廟，改西京玄元廟爲太清宮，東京廟爲太微宮，天下爲紫極宮。」新史却云：「三月壬子，享于玄元宮，改云云。」今謂十一年游東都作，此詩何爲更曰「廟」？詩所言「五聖聯龍袞」，又却是天寶八年閏六月事。詩云：「翠柏深留景，紅梨迥得霜。風箏吹玉柱，露井凍銀床。」當是其年冬作。蓋天寶九年已歸長安，進三大禮賦矣。賦奏，命宰相試文，授河西尉，不拜，改率府胄曹。十一年未嘗至洛陽也。

〔一〕周，杜陵詩史卷一、分門集注卷六、九家集注卷一七同此，據四庫本及舊唐書卷九玄宗紀下、卷二四禮儀志四、新唐書卷五玄宗紀、卷一三禮儀志三、資治通鑑卷二一五，乃「同」之訛。

配極玄都閟，**洙曰**：配皇等極，老子曰：「是謂配天。」極，玄都觀也。閟，閉也，神也。詩：「閟宫有恤。」**趙曰**：以廟在城之北，故曰配極。玄都，丹臺仙真之所也，故用「玄都」言廟。舊注言玄都觀，妄引妄注，惑亂義理。憑高禁禦長〔一〕。**洙曰**：前(漢)宣紀：「詔池禦未御幸者〔二〕，假與貧民。」注：「禦者，禁苑。」前漢音義曰：「折竹以懸繩連之，使人不得往來謂之禦。」守祧嚴具禮，**洙曰**：周禮〔分〕(春)官〔三〕：「守祧。」注：「遠廟曰祧，遷主之所藏也。」**趙曰**：周禮：「守祧，掌守先王之廟祧。」故監廟者謂之守祧。掌節鎮非常。**洙曰**：地官掌(節注)：「節，猶信也，行者所執之信。掌節，掌守邦節而辨其用，以輔王命利〔四〕。」**趙曰**：必有御賜之信以爲鎮，故得借掌節以爲言。碧瓦初寒外，**琪曰**：碧瓦，琉璃瓦也。初寒外，指冬日也。金莖一氣旁。**洙曰**：劉駼騊詩曰：「縹碧以爲瓦。」班孟堅西都賦：「抗仙掌以承露，擢雙立之金莖。」山河扶繡户，**洙曰**：謂户上繪畫若繡也。梁沈約春風詠：「明珠簾於繡户〔五〕，散芳塵於綺席。」日月近雕梁。**修可曰**：檀約陽春歌：「白日映雕梁。」相近日月，言高大也。仙李盤根大，**洙曰**：神仙傳：「老子，姓李，名耳，字伯陽，楚

〔一〕禦，杜陵詩史、分門集注同此，四庫本、九家集注卷一七作「籞」。
〔二〕禦，四庫本、九家集注、漢書卷八宣帝紀作「籞」。下同。
〔三〕分官，據分門集注、九家集注、周禮注疏卷一七春官宗伯第三「守祧」條，乃「春官」之訛。
〔四〕利，四庫本、分門集注及周禮注疏卷一五地官司徒第二皆無此字，當爲衍文。
〔五〕明，九家集注、玉臺新詠卷九沈約雜詩八詠四首作「鳴」。

國苦縣屬鄉人〔一〕。」盤根大故枝葉繁盛，謂唐室以李爲聖祖也。**猗蘭奕葉光**〔二〕。**洙曰**：漢武故事曰：「孝景王后夢日入其懷，以七月七日生武帝於猗蘭殿。」弈葉，猶累世也。**世家遺舊史**，**洙曰**：史記有老子傳而無世家。**道德付今王**。**洙曰**：老子道德經，明皇御注。**畫手看前輩**，**吴生遠擅場**。**洙曰**：廟有吴道子畫。張平子東京賦：「秦政利觜長距，終得擅場。」**鮑曰**：古人於能事中不獨求誇時輩，須要於前輩中擅場。**森羅移地軸**，**洙曰**：河圖括地象曰：「地有三百六十軸。」**趙曰**：肇論云：「萬象森羅。」海賦：「又似地軸，挺拔而争迴。」**妙絶動宫墻**。**洙曰**：言筆迹巧妙冠絶也。**補注** **希曰**：文選孔融論盛孝章書曰：「今之少年，喜謗前輩。」宫墻，字出論語，今以新改爲玄元宫，故云。魏文帝與吴質書：「公幹五言詩之善，妙絶時人。」然「黄絹幼婦」之碑，在漢已先有此語矣。**五聖聯龍衮**，**洙曰**：唐書：「天寶八年，上親謁太清宫，上聖祖玄元皇帝尊號爲聖祖大道玄元皇帝。高祖、太宗、中宗、睿宗五帝皆加『大聖皇帝』之字〔三〕。」禮器：「天子龍衮。」**千官列雁行**。**洙曰**：丘遲書：「功臣名將，雁行有序。」謂繪五帝侍從也。**冕旒俱秀發**，**洙曰**：禮器：「天子之冕朱緑藻，十有二旒。」**旌旆盡飛揚**。**洙曰**：儀仗也。**翠柏深留景**，**紅梨迥得霜**。**風筝吹玉柱**，**洙**

〔一〕屬鄉，藝文類聚卷七八引神仙傳作「賴鄉」。
〔二〕弈，四庫本作「奕」，字通。下同。
〔三〕高祖，四庫本作「高聖」。「太宗」下，據九家集注、舊唐書卷九玄宗紀下，脱「高宗」二字。

曰：風筝，謂掣筝挂之風際，風至則鳴也。江淹詩：「玉柱揚清曲。」**露井凍銀床**。**洙曰**：古詩：「後園鑿井銀作床，金瓶素綆汲寒漿。」**趙曰**：露地之井也。庾丹秋閨詩：「空汲銀床井。」**身退卑周室**，**洙曰**：史：「老子，周守藏室之吏也。修道德，其學自以隱無名爲務[一]。居國久之[二]，見周之衰，乃遂去。」**經傳拱漢皇**。**師曰**：漢文、景皆崇尚黄帝、老子之術，故云「經傳拱漢皇」。拱，謂用其術以致無爲之治，故垂衣拱手也。**谷神如不死**，**洙曰**：老子：「谷神不死，是謂玄牝。」**養拙更何鄉**。**師曰**：谷所以藏物，谷神猶云藏神。何鄉，謂無所止，猶云何有之鄉。

行次昭陵天寶五年作。

彦輔曰：唐太宗文皇帝之陵也。補注 **鶴曰**：唐地理志：「醴泉縣有九嵕山，昭陵在西北六十里。」舊史云貞觀十年置昭陵於九嵕山[三]，因析雲陽、咸陽二縣置醴泉縣。而新史云十一年二月丁巳營九嵕山爲陵，十年十一月乃葬文德皇后于昭陵。殆因葬后又營陵，故舊史云十年者，紀始事也。今詩題云「行次昭陵」，當是天寶

[一] 自以隱，杜陵詩史、分門集注、九家集注同此，據史記卷六三老子韓非列傳，乃「以自隱」之倒誤。

[二] 國，九家集注、史記卷六三老子韓非列傳作「周」。

[三] 云，原漫漶似「去」，此從國圖全本、四庫本。

五年自東都歸長安時作。詩云「幽人拜鼎湖」，則是未奏賦授官前也。**群雄問獨夫。**洙曰：獨夫，以失道而無助也。書：「獨夫紂。」群雄，如李密之流也。**舊俗疲庸主，**洙曰：舊俗，謂隋氏庸主煬帝疲困也〔一〕。**讖歸龍鳳質，**洙曰：讖書也。唐太宗龍鳳之姿。**威定虎狼都。**洙曰：蘇秦傳：「秦虎狼之國。」謂先定關中也。**天屬尊堯典，**洙曰：父子，天屬也。尊堯典，謂循功典法也〔二〕。師曰：高祖禪位於太宗，猶堯之禪位於舜，故云。**神功協禹謨。**魯曰：謂親定九州也。趙曰：謂禹成厥功，而書有大禹謨也。補注希曰：高祖謚神堯，又遜位如堯，故以其法度爲堯典。太宗有九功之德，可歌如禹也。**風雲隨絶足，**趙曰：魏文與孫權送馬書曰：「中國雖饒馬，其知名絶足，亦時有之矣。」師曰：時李靖之徒皆以風雲之會，隨馬足而奮也。**日月繼高衢。**洙曰：日月，謂相繼而明也，謂高祖禪位。**文物多師古，**洙曰：文物，典章。左傳：「文物以紀之。」師古，謂以古爲師，猶稽古也。**朝廷半老儒。**洙曰：太宗之時，朝廷多老儒碩學。趙曰：老儒，謂房杜之徒。**直詞寧戮辱，**趙曰：如魏鄭公、王珪之諫諍。**賢路不崎嶇。**趙曰：言不艱於進用，如用馬周之才也。**往者災猶降，蒼生喘未蘇。指揮安率土，蕩滌撫**

〔一〕「謂隋氏」句，杜陵詩史卷六、分門集注卷六同此，當有脱訛，九家集注卷一七作「謂隋民舊染污俗，庸主煬帝疲困也」。

〔二〕功，杜陵詩史、分門集注同此，九家集注作「其」。

洪鑪。**歐陽曰**：謂陶成天下如洪鑪爾。壯士悲陵邑，**洙曰**：陵邑，陵廣也〔一〕，有奉邑。幽人拜鼎湖。**洙曰**：鼎湖，黄帝鑄鼎，鼎成而仙去，後世名其地爲鼎湖。**趙曰**：言天變未弭，而「指麾安率土，蕩滌撫洪鑪」，則言太宗之意猶欲勤兵於遠也。立志方如此，遽爾升遐，故繼之以有陵邑之悲，鼎湖之拜也。玉衣晨自舉，**洙曰**：上賜霍光玉衣、梓宫，耿秉死，亦賜玉衣。**修可曰**：玉衣，貴人死者珍異之衣。鐵馬汗常趨。**邁曰**：陸佐公：「鐵馬千群。」松柏瞻虚殿，**洙曰**：虚，一作「靈」。塵沙立暝途。寂寥開國日，**洙曰**：謂太宗躬親戎馬，平一天下，開建國社也〔二〕。易：「開國承家。」流恨滿山隅。**師曰**：追想太宗開國之日，今無英雄之主如太宗以安天下，是以流恨也。補注 **鶴曰**：古者陵廟多植松柏，公之祖審言和李嗣真奉使河東詩云：「陵園松柏田。」又顔延年拜陵廟詩：「松風遵路急。」公謁先主廟：「枯木半龍鱗。」謂雙柏是也。昭陵多植松柏，故重經昭陵詩亦云：「再窺松柏路。」又按會昌三年敕〔三〕：「諸陵（相栽）（柏栽）〔四〕，今後每至歲首，正、二、七、八四箇月内，擇日與百姓栽植，畢日縣與安當。」則唐諸陵皆有柏。公作此詩時，明皇任用寖非其人，國勢已不如開元，亂萌危兆，早自可見，故流恨爲之滿山隅也。

〔一〕陵廣，疑爲「陵壙」之誤，「廣」「壙」字通，亦或爲假借。

〔二〕開建國社，九家集注作「開國建社」。

〔三〕三年，唐會要卷二一諸陵雜録作「二年」。

〔四〕相栽，據唐會要卷二一諸陵雜録，乃「柏栽」之訛；四庫本作「植栽」。

贈韋左丞丈濟天寶七年作。

鮑曰：唐韋濟，嗣立子，天寶中爲尚書左丞。補注**鶴曰**：舊史：「天寶七載，韋濟爲河南尹，遷尚書左丞。」見本傳。今詩云「左轄頻虛位，今年得舊儒」，即是其年作。梁權道編在十一載，非。

左轄頻虛位，**洙曰**：晉天文志：「轄星傅軫兩旁，主王侯，左轄爲(主)(王)者同姓，右轄爲異姓。」詩節南山：「尹氏太師，維周之氐。」箋云：「氐，作『桎轄』之『轄』。」**修可曰**：唐六典：「左右丞，掌管轄省事，糾舉憲章。」又舊唐史：「劉洎上疏曰：尚書萬機，實爲政本，是以二丞方於管轄，八座比於文昌。」故以左丞爲左轄。補注**鶴曰**：舊史濟本傳云：「三代爲省轄，衣冠榮之。」白居易爲庾承宣尚書右丞制云：「昔我太宗文皇帝嘗謂：尚書丞百職綱維，事一失中，則天下有受其弊者云云。今乃命承宣操右轄。」然則以二丞爲左右轄，其殆起於公與白耶。**今年得舊儒。****趙曰**：皆以紀韋文也。魏晉以來，左丞得彈奏八座，故傅咸云：「斯乃皇朝之司直，天臺之管轄。」後人用左轄義起於此。舊注引晉天文志以爲星名，非是。**相門韋氏在，經術漢臣須。****洙曰**：漢韋賢及子玄成父子皆以經術爲相。**時議歸前列，天倫恨莫俱。****洙曰**：穀梁云：「兄弟，天倫也。」**趙曰**：指濟兄弟是前輩，爲時議所歸。**鴒原荒宿草，****洙曰**：常棣詩：「脊令在原。」注：「脊令，雝渠也。」箋云：「雝渠，水鳥，而在原，失其常處，猶兄弟之於急難。」檀弓：「曾子曰：朋友之墓，有宿草而不哭。」注：「宿草，謂陳根也。」**趙曰**：惜其一亡，至於宿草已荒。**鳳沼接亨衢。****洙曰**：晉荀勖守尚書令，勖久在中書，專管機事，及失之，甚惘然悵恨。或有賀之者，曰：奪我鳳凰池，諸君賀我耶？」**趙曰**：濟由左丞，可以接鳳池。亨衢，又美其爲中書之貴。**師曰**：此句言累世爲尚書也。補注 **鶴曰**：濟之兄洹亦爲給事中[一]，故云。有客雖安命，**趙曰**：公自言也。衰容豈壯夫。**洙曰**：謂以窮達而肥癯，非壯夫也。家人憂几杖，**洙曰**：几，老者所憑，杖，老者所扶持，謂家人憂其老也。甲子混泥途。**洙曰**：襄三十年傳：「晉悼夫人食輿人之城杞者，絳縣人或年長矣，無子，而往與於食。有與疑年，使之年，曰：『臣小人也，不知紀年。臣生之歲正月甲子朔，四百有四十五甲子矣，其季於今三之一也。』吏走問諸朝。趙孟召之而謝過焉，曰：『武不才，任君之大事，以晉國之多虞，不能由吾子，專在泥途久矣[二]，乃武之罪也[三]。敢謝不才。』遂仕之。」不謂矜餘力，還來謁大巫。**洙曰**：吴志張紘傳：「陳琳答紘書曰：小巫見於大巫，神氣盡矣。」歲寒仍顧遇，日暮且踟躕。**洙曰**：日暮，謂暮齒也。漢書：「日暮途遠。」老驥思千里，**洙曰**：魏武樂府云：「老驥伏櫪，志在千里。」飢鷹待一呼。**洙曰**：魏志：「陳登謂吕布曰：曹公言，待將軍譬如養鷹，然飢則爲用，飽則揚去。」**蘇曰**：楚人云：「飢如鷹，待此一呼。」事見吕氏春秋。君能微感激，亦足慰榛蕪。**洙曰**：明本一云「折骨效區區」[四]。

[一] 洹，據舊唐書卷八八韋思謙傳附韋嗣立傳及韋濟墓誌（載隋唐墓誌彙編陝西卷），乃「恒」之訛，抑或爲避宋真宗趙恒諱而改。
[二] 專，杜陵詩史卷一同此，四庫本、分門集注卷一七、九家集注卷一七、左傳襄公三十年作「使吾子辱」。
[三] 乃，杜陵詩史、分門集注同此，四庫本、九家集注、左傳襄公三十年無此字。
[四] 明本，四庫本、杜陵詩史、分門集注同此，王洙本卷九、九家集注、文苑英華卷二五一無此二字。

趙曰：此又不能無所求也。**師曰**：此詩有意於韋之薦拔，故末章云「君能微感激，亦足慰榛蕪」。

投贈哥舒開府二十韻天寶十二年作。

鄭曰：名翰，其先蓋突厥施酋長哥舒部之裔[一]。補注**鶴曰**：天寶六年十月，帝在華清宫，召哥舒翰見。十一月辛卯，以翰判西平太守，充隴右節度使。八載，命攻石堡城。又天寶十四載，隴右、河西節度使哥舒翰入朝。今詩投贈稱開府，按傳：「十一載，加開府儀同三司。」翰凡三入朝，初以六載十月，次以十一年十二月，又以十四年二月。今詩云「每惜河湟棄，新兼節制通」，又云「茅土加名數」，則是指十二年加河西節度，進封西平後，而在十四年拜太子先鋒兵馬元帥前。梁權道編在天寶十一年，是年翰未爲河西節度及封王，無容先言節制并茅土，當是十二載作爲[二]。十三載又拜太子太保，加實封三百户，此詩不言矣。

今代麒麟閣，何人第一功。 **洙曰**：漢武帝獲麟，作麒麟閣，以畫功臣。漢宣帝甘露三年，上思股肱之美，乃圖畫大將軍霍光等十二人於麒麟閣[三]。高祖即位，論功行封，以蕭何功爲第一。**師曰**：唐制，開府儀同三司者，三公也，從一品官。甫意哥舒翰特膺帝眷，必立大功，爲麒麟閣第一人。**君王自神武，駕馭必**

[一] 突厥施，據舊唐書卷一〇四、新唐書卷一三五哥舒翰傳，乃「突騎施」之訛。
[二] 爲，疑爲「焉」之訛。
[三] 二，據九家集注卷一七、漢書卷五四蘇武傳，乃「一」之訛。

英雄。洙曰：漢刑法志：「高祖躬神武之才，總攬英雄。」吳張昭曰：「人君能駕御英雄。」開府當朝傑，洙曰：齊職儀曰：「開府儀同三司，秦、漢無文。」唐制，開府儀同三司，從一品官。趙曰：翰於天寶十一年加開府儀同三司。補注鶴曰：漢未嘗無文，按通典：「漢文帝元年，用宋昌爲衛將軍，位亞三司。」東觀漢記：「章帝建初三年，使車騎將軍馬防班同三司。殤帝元年，鄧騭爲車騎將軍，儀同三司。」魏志：「黃權以車騎將軍，開府儀同三司。」晉起居注：「羊祜爲車騎將軍，開府如三司之儀。」論兵邁古風。先鋒百勝在，洙曰：勝，一作「戰」。劉牢之爲前鋒，百戰百勝，號爲北府兵，敵人畏之。略地兩隅空。洙曰：漢書：「鄂秋曰：曹參有野戰略地之功。」師曰：北征突厥，西伐吐蕃，略取也，故云兩隅空。青海無傳箭，洙曰：翰築城青海上，吐蕃攻破之，移築龍駒(鼻)〔島〕，吐蕃不敢近青海。趙曰：胡人每起兵，則傳箭爲號。或曰守城之法，更夜傳箭，以驚其睡。天山早挂弓。洙曰：薛仁貴傳：「將軍三箭定天山。」天山即祁連也，匈奴謂天爲祁連。趙曰：早挂弓，則不復用。補注鶴曰：青海、天山，並見八哀王思禮詩。廉頗仍走敵，洙曰：見「廉頗出將頻」注。魏絳已和戎。洙曰：魏絳勸晉侯和戎，以爲有五利，公從之。魏絳盟諸戎，修民事，田以時。既而鄭人來歸，賂晉侯以師悝、師觸、師蠲，歌鍾二肆(具及)〔及其〕鏄、磬，女樂二八，晉侯以樂之半賜魏絳，曰：「子教寡人和戎，八年之中九合諸侯，如樂之和，請與子樂之。」於是魏絳始有金石之樂禮也。每惜河湟棄，新兼節制通。趙曰：翰十二載進封凉國公，兼河西節度使，蓋以河湟之久棄，欲得翰收復之，故使之節度河西也。師曰：河隍，乃河曲築隍以備寇。王忠嗣守河隍，爲寇所敗，翰入朝，陳攻守計。帝以翰領節制，虚心待之，出入朝廷，諸公莫敢比望。**智謀垂睿想，**趙曰：方謀復河隍，而爲帝所繫想。**出入冠諸公。日月低秦樹，乾坤繞漢宮。**趙曰：此言收復之功也。按，傳云：「攻破吐蕃〔共〕（洪）濟收黄河九曲，以其地置〔兆〕（洮）陽郡。」此所謂日月所臨，特低秦樹；乾坤所包，獨繞漢宮。**胡人愁逐北，**趙曰：翰之威武，胡人愁其攻逐而敗北矣。漢書注：「師敗曰北。」舊注引吐蕃盜麥爲翰所破，非是。**宛馬又從東。**鄭曰：宛，於爰切。洙曰：漢伐大宛，得天馬，乃作歌曰：「天馬來，歷無草。徑千里，循東道。」言翰能振威武，故蠻夷畏服，宛馬復來也。**受命邊沙遠，**洙曰：邊沙，一作「軍麾」。翰屢節鎮邊郡。**歸來御席同。**趙曰：邊沙遠，指言河西爲遠。御席同，言復河隍，功成而歸，寵宴之盛。洙曰：翰嘗來朝，帝命高力士賜宴，詔尚食生擊鹿，取血瀹腸生洛河以賜之〔一〕。**軒墀曾寵鶴，**洙曰：左傳：「狄人伐衛，懿公好鶴，鶴有乘軒者。將戰，國人受甲者皆曰：使鶴，鶴實有禄位，余焉能戰？」余曰：邵氏聞見録云：「子美『軒墀曾寵鶴』，左傳注云：『軒，大夫車也。』非軒墀之軒。或以爲病，惟知詩者能辨之。」**畋獵舊非熊。**洙曰：文王將出獵，卜之，曰：「所獲非熊，非羆，非虎，非貔，乃霸王之輔也。」於是文王獵，果遇太公於渭之陽，載歸以爲師。趙曰：言翰之貴寵已如乘軒之鶴，明皇

〔一〕生洛河，四庫本作「爲熱洛河」，杜陵詩史、分門集注作「生洛何」，中華書局點校本新唐書哥舒翰傳作「爲熱洛何」，四庫本新唐書哥舒翰傳及天中記卷四六作「爲熱洛河」。

得之如文王之得吕望。茅土加名數，洙曰：禹貢：「徐州，厥貢惟土五色。」注：「王者封五色土爲社，建諸侯，則各割其方色土與之，使立社。燾以黄土，苞以白茅〔一〕，茅取其潔，黄土取王者覆四方。」名數，謂等其爵位輕重而爲之名數也。趙曰：此言翰進封西平郡王也。山河誓始終。洙曰：高祖即位，封功臣，爲之誓曰：「使黄河如帶，太山若礪，國以永存，爰及苗裔。」於是申以丹書之信，重以白馬之盟。策行遺戰伐，契合動昭融。師曰：策行，言以計用兵，不暇交戰，故云遺戰伐。昭融，言帝之哲鑒也。勛業青冥上，洙曰：須賈謂范睢曰：「不意君能自致於青雲之上。」蘇曰：灌夫致功名勛業，在青冥之上。交親氣概中。蘇曰：五侯門户，棨戟森列，百夫守衛，出入交舊親契，皆在豪英氣概之中，誰敢反目？未爲珠履客，洙曰：春申君客三千餘人，其上客皆躡珠履。已見白頭翁。壯節初題柱，洙曰：公自言壯節有題柱志也。成都記：「昇仙橋。司馬相如初西去，題其柱曰：『不乘赤車駟馬〔二〕，不過此橋。』果以傳車至其處。」生涯獨轉蓬。洙曰：言晚節流離，如蓬之轉風也。曹子建詩：「轉蓬離本根，飄飖隨長風。」幾年春草歇，修可曰：梁元帝云：「既看春草歇。」今日暮途窮。洙曰：主父偃云：「日暮途遠〔三〕。」嵇康書曰：「若道盡途窮則已耳。」軍事留孫

〔一〕苞，杜陵詩史、分門集注同此，九家集注、尚書注疏卷五禹貢注作「苴」。
〔二〕赤，九家集注、杜陵詩史、分門集注同此，四庫本作「高」。
〔三〕途遠，九家集注、史記卷一一二主父偃傳同此，杜陵詩史、分門集注作「遠途」，四庫本作「途窮」。

楚，**洙曰**：晉孫楚，字子荆，才藻卓絶，爽邁不群，多所陵傲，闕鄉曲之譽。年四十餘，始參鎮東軍事，後復參石苞驃騎將軍。楚既負其材氣，頗侮易於苞，初至，長揖曰：「天子命我參卿軍事。」因此而嫌隙遂構，劾參軍不敬府主。楚既輕苞，遂制施敬，於是楚始也[一]。**行間識呂蒙。****洙曰**：吴志：「呂蒙，字子明，年十六[二]，幼，隨〔妹〕（姊）夫鄧當嘗擊賊[三]。時當職吏以蒙年小，輕之曰：『彼豎子，何能爲此？以肉〔餧〕（餒）虎耳。』他日與蒙會，又嗤辱之。蒙大怒，拔刀殺吏，出。俄因校尉袁雄自首，於是袁雄得以因間言蒙於孫策。策奇之，召至左右。」一云「鄉曲輕周處，將軍拔呂蒙」。**防身一長劍，將欲倚崆峒。****洙曰**：一作「防身有長劍，聊亦倚崆峒」。宋玉賦：「長劍耿介倚天（外）[四]。」**師曰**：崆峒山在西，正當吐蕃所入之道，將倚劍崆峒，從翰守節鎮也。

上韋左相二十韻 天寶十三載作。

彦輔曰：按韋見素傳，見素嘗爲左丞相，子倜、鄂位至給事中，孫顗爲尚書左丞也。**鮑曰**：韋見素襲父爵彭城郡公，十三載拜武部尚書，從帝入蜀，詔兼左相。**補注** **鶴曰**：按史，天寶十五載七月，明皇幸蜀，次巴西

[一] 於是，晉書孫楚傳作「自」。
[二] 十六，九家集注、杜陵詩史、分門集注同此，三國志卷五四吴書呂蒙傳作「十五六」。
[三] 妹，四庫本、杜陵詩史、分門集注同此，據九家集注、三國志呂蒙傳，乃「姊」之訛。
[四] 外，據九家集注、藝文類聚卷一九人部三言語載宋玉大言賦補。

郡，以韋見素爲左相。是時天下危亂，不應詩云「八荒皆壽域，一氣轉洪鈞」。當是天寶十三載見素同中書門下平章事時投之，故詩曰「韋賢初相漢」。今題曰左相，乃後來編寫之誤。梁權道編在十一載，是年見素未同平章，況天寶十五載見素爲左相時，公旋陷賊營，無容再投以詩，如「廟堂知至理，風俗盡還淳」，又豈軍興、人主播遷時語？

鳳曆軒轅紀， **洙曰：** 昭十七年傳：「郯子曰：我高祖少皞摯之立也，鳳鳥適至，故紀於鳥，爲鳥師，而鳥名鳳鳥氏，曆正也。」注：「鳳鳥知天時，故以名曆正之官。」史記曰：「黄帝名軒轅。」**龍飛四十春。** **洙曰：** 自玄宗即位至天寶十一載，四十年。十三載，見素爲武部尚書同中書門下平章事。龍飛，玄宗即位也。**八荒開壽域，** **洙曰：** 荒，大也，八方也。歐民庶於仁壽之域〔一〕。**旻曰：** 列子：「遠在八荒之外。」前漢王吉疏：「歐一世之民躋之仁壽之域。」**一氣轉洪鈞。** **洙曰：** 張茂先答何劭詩：「洪鈞陶萬類。」**霖雨思賢佐，** **洙曰：** 高宗命傅説曰：「若歲大旱，用汝作霖雨。」**丹青憶老臣。** **洙曰：** 趙充國以功德，與霍光等列，畫未央宮。成帝時，西羌嘗有警，上思將帥之臣，追美充國，乃召揚雄即充國圖像而頌之。後漢胡廣傳：「靈帝思感舊臣，乃圖畫廣及太尉黄瓊於省内，詔議郎蔡邕爲其頌云。」**應圖求駿馬，** **洙曰：** 梅福傳：「欲以三代之法取當世

〔一〕歐，分門集注卷一七同此，杜陵詩史卷三、四庫本作「毆」，義同，即「驅」之義，九家集注卷一七「趙曰」引漢策（按，指漢書卷二三禮樂志、卷七二王吉傳載王吉上漢宣帝疏）作「驅」。下同。

之士，猶以伯樂之圖求騏驥於市而不可得，亦已明矣。」**趙曰**：此言見素以材見用也。魏曹植獻文帝馬表曰：「臣於先帝世得大宛紫騂一匹，形法應圖。」舊注引梅福傳，非干此也。**驚代得麒麟。** **洙曰**：張揖注相如賦：「雄曰麒，雌曰麟，其狀麇身，牛尾，狼蹄，一角。」**沙汰江河濁，** **洙曰**：言爲吏部日也。北史：「〔新〕(辛)雄爲尚書郎，會沙汰郎官，雄與羊琛等八人俱見留〔一〕。」**調和鼎鼐新。** **鄭曰**：鼐，乃代切〔二〕。**洙曰**：言爲相也。説命：「若作和羹，用汝爲鹽梅。」釋器云：「鼎絶大者謂之鼐。」**韋賢初相漢，** **洙曰**：韋賢，字長孺，授昭帝詩。宣帝本始三年，代蔡義爲丞相。**范叔已歸秦。** **洙曰**：史記：「范睢，字叔，更名姓曰張禄。」王稽載入秦，昭王大説，拜睢爲客卿，封應侯，相秦。」**盛業今如此，傳經固絶倫。** **洙曰**：韋賢兼通禮、尚書，少子玄成復以明經仕至丞相，故鄒魯諺曰：「遺子黄金滿籯，不如一經。」**豫樟深出地，滄海闊無津。** **洙曰**：豫樟，木良材也。滄海，百谷之所歸，其淵不可津涯。**北斗司喉舌，** **洙曰**：李固傳：「陛下之有尚書，猶天之有北斗也。北斗爲天之喉舌，尚書亦爲陛下喉舌。斗斟酌元氣，運平四時，尚書出納王命。」**東方領搢紳。** **洙曰**：郊祀志：「搢紳者弗道。」李奇曰：「搢紳，插笏於紳。紳，大帶也。」臣瓚曰：「縉，赤白也。紳，大帶也。」師

〔一〕羊琛，杜陵詩史、分門集注、九家集注同此，魏書卷七七羊深傳、辛雄傳、北史卷五〇辛雄傳作「羊深」。

〔二〕乃代切，杜陵詩史、分門集注作「曩宰切」。

古曰：「李云搢紳是也[一]。〔子〕（字）本作搢[二]，插笏於大帶之間與革之間耳，非插於大帶也。或作薦紳者，亦謂薦笏於紳帶之間，其義同。」**師曰**：東方朔爲縉紳領袖。或云康王之誥：「太保率西方諸侯入應門左，畢公率東方諸侯入應門右。」時公爲相，率百官，故云「領搢紳」。**持衡留藻鑒**，**師曰**：見素天寶五年爲吏部侍郎，銓序平允，故云「持衡留藻鑒」。**聽履上星辰**。**洙曰**：見素時兼兵部尚書，故云「聽履上星辰」。鄭崇哀帝時爲尚書僕射，數求見諫争，上納用之。每見曳革履上，笑曰：「我識鄭尚書履聲。」**趙曰**：見素爲吏部侍郎，平判皆誦於口，銓選平允，人多德之。上星辰，以言其親帝之旁，猶言上雲霄也[三]。**獨步才超古**，**昱曰**：王粲，字仲宣，曹植曰：「仲宣獨步於漢南。」**餘波德照鄰**。**洙曰**：一云「餘陰照北鄰」[四]。**余曰**：左傳僖三十三年：「波及晉國，君之餘也。」**聰明過管輅**，**洙曰**：魏方伎傳：「管輅，字公明，喜仰視星辰，明天文地理變化之數，徐州號爲神童。」**師曰**：天寶十五年八月，肅宗立，改元至德。十月丙申，有星犯昴，見素言於肅宗曰：「昴者，胡也。禄山將死。」帝曰：「日月可知乎？」見素曰：「福應在德，禍應在刑。昴金，忌火，行當火位，昴之昏[五]，

〔一〕搢紳，九家集注同此，漢書卷二五上郊祀志上作「搢插」。
〔二〕子，四庫本作「縉」，據九家集注、杜陵詩史、分門集注、漢書卷二五上郊祀志上，乃「字」之訛。
〔三〕雲，九家集注、杜陵詩史、分門集注同此，四庫本作「青」。
〔四〕北，杜陵詩史、分門集注同此，九家集注作「比」。
〔五〕「昏」下，杜陵詩史、分門集注同此，九家集注、新唐書卷一一八韋見素傳有「中」字。

乃其時也。」及禄山死，日月皆不差。管輅善天文地理，今見素所言如此，故曰「聰明過管輅」。**尺牘倒陳遵。洙曰：**前漢陳遵：「贍於文辭，惟善書[一]，與人尺牘，主皆藏去，以爲榮。」**豈是池中物，洙曰：**吴周瑜傳、晉劉元海傳並云：「蛟龍得雲雨，非復池中物。」**由來席上珍。無己曰：**記儒行[二]：「儒有席上之珍，以待聘。」**廟堂知至理，風俗盡還淳。魯曰：**此言宰相之能事畢矣。**才傑俱登用，愚蒙但隱淪。趙曰：**公自謂也。**長卿多病久，洙曰：**司馬相如，字長卿，常有消渴病，稱疾閑居，不慕官爵。**子夏索居貧。趙曰：**公以二人自比也。相如常有消渴病，子夏離群索居。索居，蕭索也[三]。**回首驅流俗，生涯似衆人。巫咸不可問，洙曰：**列子：「有神巫自齊來，命曰：『季咸知人生死存亡，禍福壽夭。』」**鄒魯莫容身。洙曰：**莊子盗跖篇：「孔子再逐於魯，削迹於衛，窮於齊，圍於陳蔡，不容身於天下者，豈足貴耶！」**感激時將晚，蒼茫興有神。師曰：**時將晚，傷衰老也。蒼茫，曠遠貌，言興之超遠。**爲公歌此曲，涕淚在衣巾。**

[一] 惟，漢書卷九二陳遵傳作「性」。
[二] 「記」上，據禮記儒行，當脱「禮」字；記儒行，九家集注、杜陵詩史、分門集注作「禮儒行」。
[三] 蕭索，九家集注、杜陵詩史、分門集注同此，四庫本作「蕭條」。

奉贈太常張卿均二十韻天寶十三載作。

彦輔曰：按，唐書：「均，張説之長子也。九載爲大理卿，後出爲建安太守，歲中召還，再遷太常卿。禄山亂，受僞命，特免死，長流合浦。」**補注鶴曰**：按史，均未嘗爲太常卿。舊史帝紀：「天寶十三載三月，均由憲部尚書貶建安太守，還，爲大理卿。」均之弟垍却以太常卿貶盧溪郡司馬，歲中召還，再遷爲太常卿。兄弟貶皆在十三載。今詩當是與垍。垍尚主，多留禁中，所以冀其援引。詩殆作於十一載，舊注非。作是詩時，公方進賦後。

方丈三韓外，**洙曰**：前漢郊祀志：「自齊威宣、燕昭使人入海求蓬萊、方丈、瀛洲三神山者，其傳在渤海中。」魏志：「三韓在帶方之南[一]，東西以海爲限。有三種：一曰馬韓[二]，二曰辰韓，三曰（棄）（弁）韓[三]。」故曰三韓。**補注鶴曰**：王洙注前漢郊祀志云威宣、燕昭事，蓋先見史記封禪書。又魏志三韓，按，通典則云：「馬韓，後漢時通焉。有三種，一曰馬韓，二曰辰韓，三曰弁辰。」與魏志「三曰（棄）（弁）韓」不同。**崑崙萬國西**。**洙曰**：禹貢注：「崑崙在荒服之外，流沙之内，羌髳鬃之屬[四]，皆西戎也。」**建標天地闊**，**洙曰**：天台

[一] 三，杜陵詩史卷三、分門集注卷一七、九家集注卷一七、三國志卷三〇魏書東夷傳無此字。
[二] 一，原漫漶而缺，據國圖全本、四庫本、九家集注、杜陵詩史補。
[三] 棄韓，分門集注同此，據杜陵詩史、九家集注、三國志卷三〇魏書東夷傳，乃「弁韓」之訛。
[四] 羌髳鬃，杜陵詩史、分門集注同此，據九家集注、尚書正義禹貢孔安國注，乃「羌髳」之誤。

賦：「赤城霞起以建標。」**詣絶古今迷。氣得神仙迥，恩承雨露低。** **洙曰**：按唐書：「均弟垍以主婿，玄宗特深恩寵，許於禁中置内宅，侍爲文章，賞賜珍玩不可勝數。時均亦供奉翰林，垍嘗以所賜示均，均戲謂垍曰：『此婦翁與女婿，非是天子與學士也。』」**趙曰**：上四句以譬禁掖之清切，乃神仙之地，唯有仙風道骨者始能游且承恩寵也。此指言張均父子。**補注** **希曰**：詩蓼蕭注：「雨露者〔一〕，天所潤萬物〔二〕，喻王者恩澤不爲遠不及也〔三〕。」**相門清議衆，儒術大名齊。** **魯曰**：均，張説之子，其名與父齊等也。**軒冕羅天闕，琳琅識介珪。** **洙曰**：均、垍俱能文，説在中書，兄弟皆掌綸翰之任。**趙曰**：張均父説，相門之子〔四〕，故曰「相門」。**洙曰**：禹貢：「厥貢球、琳、琅玕。」注：「球、琳，皆玉名。琅玕，石而似珠。」詩崧高：「錫爾介珪，以作爾寶。」箋云：「長尺二寸，謂之介，非諸侯之圭，故以爲寶。」美均爲介珪也。**伶官詩必誦，** **洙曰**：邶詩簡兮序：「仕於伶官。」注：「伶官，樂官也。伶氏世掌樂官而善焉，故後世號樂官爲伶官也。」**夔樂典猶稽。** **洙曰**：書：「后夔典樂。」**趙曰**：此贈太常張卿，復用樂事。太常卿，掌樂者也。**健筆凌鸚鵡，** **洙曰**：後漢禰衡，字正平，有才辯。在黄祖座上爲鸚鵡賦，筆不停綴，文不加點。凌，過也。**銛鋒瑩鸊鵜。** **洙曰**：鸊鵜，水鳥也，膏中瑩

〔一〕雨，詩經小雅蓼蕭毛傳無此字。
〔二〕「所」下，詩經小雅蓼蕭毛傳有「以」字。
〔三〕「遠」下，詩經小雅蓼蕭毛傳有「國」字。
〔四〕相門，杜陵詩史、分門集注、九家集注作「相國」。

刀。**修可曰**：戴暠度關山詩云：「劍瑩鷿鵜膏。」**補注**希曰：爾雅「鷿鷉」注云〔一〕：「膏堪瑩劍。」本草「鷿鷉」條：「刀劍令不綉〔二〕，以膏塗之。」水鳥也。**友于皆挺拔，洙曰**：友于，言兄弟也。**趙曰**：言均、垍兄弟之貴且有勛業也。**公望各端倪。洙曰**：公望各有所歸也。**余曰**：莊子大宗師篇：「反覆終始，不知端倪。」疏云：「端，緒也。倪，畔也。」**通籍踰青瑣，洙曰**：元帝紀：「令從官、給事官、司馬中者，得爲大父母、父母、兄弟通籍。」應劭曰：「籍者，爲二尺竹牒，記其年紀、名字、物色，縣之宫門，案省相應，乃得入也。」謝元暉詩：「既通金閨籍。」漢給事曰〔三〕：「暮入，對青瑣門拜，謂之夕郎。」青瑣，以(清)〔青〕户邊鏤中〔四〕，天子制也，刻爲青瑣文而青塗也。**補注**希曰：元后傳：「赤墀青瑣。」孟康曰：「以畫户邊鏤中〔五〕，天子制也。」如淳曰：「門楣格再重，如人衣領再重，裹者青，名曰青瑣，天子門制也。」**亨衢照紫泥。洙曰**：亨衢，亨塗也。後漢志〔六〕：「漢舊

〔一〕 鷉，原刻似作「鷈」，此從四庫本。
〔二〕 「刀劍」上，據宋唐慎微撰證類本草卷一九，脱「主」字。綉，乃「銹」之訛。
〔三〕 漢給事，四庫本、九家集注、杜陵詩史、分門集注皆同此，據太平御覽卷二二一職官部十九「黄門侍郎」，乃「漢舊儀」之訛。
〔四〕 清，杜陵詩史、分門集注同此，據四庫本、漢書卷九八元后傳「曲陽侯根驕奢，僭上赤墀、青瑣」句下孟康注，乃「青」之訛。「户」上，據漢書元后傳，脱「畫」字。
〔五〕 「以」下，據漢書卷九八元后傳，脱「青」字。
〔六〕 「後漢志」下，據九家集注，脱「注」字。

儀曰：天子信璽六璽，皆以武都紫泥封，青囊[一]，白素裏，兩端無縫，尺一板中約署皇帝[二]。」余曰：易大畜卦：「何天之衢，亨。」**靈虬傳夕箭，**洙曰：梁陸倕新漏刻銘云：「靈虬承龍。」言漏刻之體，以龍承之也。趙曰：箭，浮水之物。鄭曰：虬，居幽切，無角龍。**歸馬散霜蹄。**昱曰：莊子：「馬蹄可以踐霜雪。」**能事聞重譯，**洙曰：前漢平帝紀：「越裳重譯獻雉。」師古曰：「譯，謂傳言也。」道路絶遠，風俗殊隔，故累譯而後乃通。」趙曰：言所能之事，聞播於重譯之蠻夷矣。**嘉謨及遠黎。**余曰：揚子：「或問忠言嘉謨，曰：謨合臯陶之謂嘉。」**弼諧方一展，**洙曰：臯陶謨曰：「謨明弼諧。」**班序更何躋。**洙曰：左傳：「朝以正班，爵之義帥，長幼之序。」**適越空顛躓，**洙曰：莊子逍遥篇：「宋人資章甫而適諸越，越人斷髮文身，無所用，顛躓危困也。」**游梁竟慘淒。**洙曰：鄒陽，齊人，知吴王不可説，是時梁孝王待士，於是陽與枚乘、嚴忌等皆去之。陽從孝王游[三]，羊勝、公孫詭等疾陽，惡之孝王。孝王怒，將殺之，陽從獄中上書而得免。趙曰：公初落魄，嘗適越矣。傳所謂「客吴越」是也[四]。公又嘗游梁矣，贈李白詩所謂「亦有梁宋游」是也。**謬知終畫虎，**洙曰：馬援傳：「初，兄子嚴、敦，並喜譏議，援在交趾，還書戒之曰：效杜季良不得，陷爲天下輕薄子，所謂畫虎不成終類

[一] 青囊，漢官舊儀卷上作「青布囊」。
[二] 尺一板中約署皇帝，漢官舊儀卷上作「尺一板中約署，皇帝帶綬」，「約署」下有注云：「按，此句疑有脱字。」
[三] 陽，杜陵詩史、分門集注同此，九家集注、漢書卷五一鄒陽傳作「梁」，按作「梁」是，當屬上讀。
[四] 「傳」上，據九家集注，脱「本」字。「客吴越」下，九家集注、新唐書卷二〇一杜甫傳有「齊趙間」三字。

微分是醯雞。**洙曰**：莊子田子方篇：「孔子見老聃，出以見顏回，曰：丘之道也，其猶醯雞歟！微夫子之發吾覆也，吾不知天地之大全也。」注：「醯雞者，甕中之蠛蠓也。醯，許西反。」萍泛無休日，**趙曰**：公自譬其無定也。桃陰想舊蹊。**洙曰**：李廣贊曰：「桃李不言，下自成蹊。」**趙曰**：公言其想舊蹊之桃陰，乃懷念舊日見知之人也。吹噓人所羨，騰躍事仍睽。碧海真難涉，**洙曰**：十洲記：「扶桑在碧海之中也，一面萬里，太帝之宮，太真東主君所治之也[一]。」青雲不可梯。**安石曰**：郭璞游仙詩：「靈谿可潛盤，安事登雲梯。」**曾曰**：謝靈運詩：「共登青雲梯。」補注 **希曰**：史記范雎傳：「賈不意君能自致青雲之上。」顧深慚鍛鍊，**洙曰**：韋彪傳：「鍛鍊之吏。」注：「言深文之吏入人之罪，猶工冶，陶鑄鍛鍊，使之成熟也。」**田曰**：張景陽七命曰：「楚之陽劍，歐冶所營，乃鍊乃鑠，萬辟千灌。」注云：「鍛鍊，刻苦成材之義。」此言張卿恩顧我雖深，而自慚鍛鍊之未至耳。舊注所引乃刑罰鍛鍊之義，非是。才小辱提攜。**趙曰**：公自言才能之小，辱張卿之提攜也。檻束哀猿叫，**洙曰**：叫，一作「巧」，淮南子：「置猿檻中，巧捷無所肆其能。」枝驚夜鵲棲。**洙曰**：魏武帝樂府云：「月明星稀，烏鵲南飛。繞樹三匝，何枝可依？」幾時陪羽獵，應指釣璜歸[二]。**趙**

[一] 主，杜陵詩史、分門集注同此，藝文類聚卷八、太平御覽卷六七四道部十六理所作「土」。

[二] 璜歸，王洙本卷七、九家集注、杜陵詩史、分門集注作「璜溪」。

曰：孝成帝時羽獵，而揚雄從焉。幾時陪羽獵，有羨慕其得近清光之意。**鄭曰**：璜，户光切[一]。十道志：「櫟陽有釣漢浦，乃吕望所釣璜溪也。」**師曰**：太公老年見用，今甫亦有意于暮年，故云云。

敬贈鄭諫議十韻 天寶十一載作。

補注 **鶴曰**：諫議大夫，其名起於後漢，韋彪上疏曰「諫議之職，應用公直之士」是也。續通典：「武后龍朔二年，改爲正諫大夫。開元以來，復凡四人，屬門下。」此詩云「旅食歲峥嶸」，又云「使者求顔闔，諸公厭禰衡」，當是天寶十載奏賦後作，謂天子雖召試，而莫有從而薦送之者。梁權道編在十一載爲是。

諫官非不達，詩義早知名。 **趙曰**：爲天子諫官，非不謂之顯達，而於作詩之義又早歲已有名。此專美之也。下句正言其詩可以知名者。**破的由來事，** **洙曰**：言詩句中理，如射之破的也。庾翼謂謝尚曰：「卿若破的，當以鼓吹相賞。」尚應聲中之，翼即以其副鼓吹給之。**先鋒孰敢争。** **趙曰**：破的如射之中，先鋒如戰之勇。王濟與王愷發射，一發射破的。**思飄雲物外，** **洙曰**：外，一作「動」。言詩思遠到也[二]。**趙曰**：如文賦言：「神游萬仞，情騖八極。」舊注引「飄飄有凌雲之氣」，非是。**律中鬼神驚。** **修可曰**：詩律既中，可

[一] 户，杜陵詩史、分門集注作「胡」。
[二] 詩思，杜陵詩史卷三、分門集注卷一七作「詩意思」，九家集注卷一七作「意思」。

驚鬼神，如李白詩云：「詩成泣鬼神。」〔一〕舊注謂如律吕和諧，誤矣。**毫髮無遺恨，** **趙曰：**公言作詩，中有一字一句不佳，雖如毫髮之小，則心自慊慊有遺恨矣。**波瀾獨老成。** **洙曰：**曲盡物理，故無遺恨；才思浩瀚，故如波瀾。**補注** **鶴曰：**陸機文賦：「或沿波而討源，或龍見而鳥瀾。」注云：「或得其妙，則龍見而有光，如水鳥游於波瀾。」**野人寧得所，** **趙曰：**自此而下，皆公自叙也。野人，公自稱耳。**天意薄浮生。多病休儒服，** **晏曰：**莊子田子方篇：「哀公曰：舉魯國而儒服。」**冥搜信客旌。** **趙曰：**欲搜幽冥之地，信客旌所指耳。**築居仙縹緲，** **洙曰：**木玄虛海賦：「神仙縹緲，食玉清涯〔二〕。」**旅食歲崢嶸。** **鄭曰：**鮑明遠舞鶴賦：「歲崢嶸而催暮。」**使者求顔闔，** **洙曰：**莊子讓王篇：「魯君聞顔闔得道之人也，使人以幣先焉。顔闔守陋閭，苴布之衣，而自飯牛，終逃魯君之使。」**諸公厭禰衡。** **洙曰：**禰衡有才辯，氣剛傲，好矯時慢物。曹操怒之，送與劉表。表耻不能容，以江夏太守黄祖性急，故送衡與之，後竟爲祖所殺〔三〕。**將期一諾重，** **洙曰：**辯士曹丘生

〔一〕如李白詩云詩成泣鬼神，分門集注同此，四庫本作「如李白内云詩成泣鬼神」，杜陵詩史作「如李白詩云詩可泣鬼神」，九家集注作「如李白烏夜啼詩可泣鬼神」，按，「詩成泣鬼神」乃杜甫寄李十二白二十韻詩中之句；李白烏夜啼詩可泣鬼神，則唐孟棨本事詩高逸第三中引賀知章評李白詩之語，原文作「賀又見其烏栖曲，嘆賞苦吟曰：此詩可以泣鬼神矣」，當作「如寄李白詩云詩成泣鬼神」爲是。

〔二〕食，四庫本、九家集注、分門集注同此，杜陵詩史、文選卷一二作「餐」。

〔三〕祖，原作「祖」，此從四庫本。

謂季布曰：「楚諺曰〔一〕：『得黄金百斤，不如得季布一諾。』足下何以得此聲於梁楚之間哉？」欻使寸心傾。**洙曰**：謂傾嚮於鄭也。徐庶指心曰：「以此方寸之地。」**鄭曰**：欻，許勿切，暴起也。君見途窮哭，宜憂阮步兵。**洙曰**：阮籍爲步兵校尉，率意命駕，不由徑路，車迹所窮，輒慟哭而反。

奉贈鮮于京兆二十韻天寶十一載作。

鮑曰：鮮于仲通也。紀「十年」書〔二〕：「劍南節度使鮮于仲通及雲蠻戰于西洱河〔三〕，敗績。」不見其爲京兆，豈先爲京兆耶？豈以節度爲京兆耶？唐開元以來在位無鮮于姓者，詩有鮮于萬州，乃其子也。**鄭曰**：鮮于，相然切，漢複姓也。補注**鶴曰**：按，通鑑：「天寶十二載正月，京兆尹鮮于仲通諷選人請爲國忠刻頌，立於省門，制仲通撰其詞。」則仲通爲京兆尹在十一年十一月國忠爲相後也。詩云「獻納紆皇眷，中間謁紫宸」，當是公獻文待詔集賢院後作。梁權道編在十一載，然王鉷得罪，敕國忠鞫之，仍兼京兆尹，蓋在十一載四月。而五月又加京畿關内采訪使，凡鉷所綰，使務悉歸國忠。十一月庚申爲右相。意國忠爲相後，仲通方爲京兆尹，則此詩在十一載十二月作。

〔一〕楚諺，杜陵詩史、分門集注、九家集注作「楚人諺」。
〔二〕年，九家集注卷一七、杜陵詩史卷二、分門集注卷一七同此，四庫本作「載」。
〔三〕雲蠻，九家集注、杜陵詩史、分門集注同此，據新唐書卷五玄宗紀，乃「雲南蠻」之訛。

王國稱多士，**洙曰**：文王詩：「思皇多士，生此王國。」賢良復幾人。異才應間出，爽氣必殊倫。**洙曰**：氣宇清爽，有殊於衆人。**趙曰**：以言鮮于京兆也。始見張京兆，宜居漢近臣。**洙曰**：張敞守京兆尹，其治京兆略循趙廣漢之迹，爲久任職。漢制，出爲二千石，有治狀者，入爲公卿。故曰「近臣」。驊騮開道路，**蘇曰**：淮陰侯韓信語蒯通曰：「觀子與諸郎談論，辨析是非〔一〕，落落可聽，如駑駘駕車，使驊騮開路，非容易追逐也。使人心服，可喜可喜。」見國語別集。鵰鶚離風塵。**洙曰**：猶駿異得路者然也。**趙曰**：驊騮、鵰鶚，言其俊也〔二〕。侯伯知何算，**洙曰**：一作「等」。文章實致身。**趙曰**：此言侯伯之人多矣，至於無算，而鮮于之致身則實以文章也。奮飛超等級，容易失沉淪。**師曰**：言京兆乃輦轂之下，不可驕易而失身。此戒之之辭。脱略蟠溪釣〔三〕，**洙曰**：吕望釣於蟠溪。操持郢匠斤。**洙曰**：莊子：「郢人堊漫其鼻端，若蠅翼，使匠石斵之。匠石運斤成風，聽而斵之，盡堊而鼻不傷，郢人立不失容。」雲霄今已逼，台衮更誰親。**趙曰**：上公應天上三台，衮則衮服。三公一命衮，故得稱衮也。**師曰**：言近天子，必見擢爲公相

〔一〕析，分門集注同此，杜陵詩史作「折」。
〔二〕言其俊也，九家集注作「以比其俊，言其得路」。
〔三〕蟠溪，四庫本、杜陵詩史、分門集注同此，王洙本卷九、九家集注作「磻溪」。下同。

也。**鳳穴雛皆好**，**洙曰**：此言鮮于諸子也。陸雲幼時，閔鴻見而奇之，曰：「此兒若非龍駒〔一〕，當是鳳雛。」**龍門客又新**。**洙曰**：後漢李膺性簡亢，無所交接，唯以同郡荀淑、陳寔爲師友，被容接者名爲登龍門。**師曰**：言門下客皆賢士也。**義聲紛感激**，**洙曰**：劉越石詩：「鄧生何感激。」**敗績自逡巡**。**洙曰**：左傳：「〔巳〕（凡）敵大崩曰敗績〔二〕。」**趙曰**：皆公自謂也，言鮮于之義聲，雖紛然感激之多，而我之敗績，則自逡巡不進耳。**途遠欲何向**，**洙曰**：遠，一作「永」。主父偃曰：「日暮途遠。」**天高難重陳**。**鄭曰**：重，儲用切，再也。**洙曰**：劉越石：「棄置勿重陳。」曹植云：「天高聽遠〔三〕。」**學詩猶孺子**，**洙曰**：一云「子夏」。論語：「小子何莫學夫詩。」又：「子曰：起予者商也，始可與言詩已矣。」**鄉賦念嘉賓**。**洙曰**：鄉賦，猶鄉舉也。鹿鳴：「燕嘉賓。」**不得同晁錯**，**洙曰**：公傳言：「公舉進士不第。」晁錯舉賢良對策高第。**吁嗟後郄詵**。**洙曰**：郄詵曰：「臣舉賢良對策，爲天下第一，猶桂林一枝也。」補注 **鶴曰**：舊史云：「舉進士，不第。」故不得如晁錯、郄詵之擢第。考公壯游詩云：「中歲貢舊鄉。」贈韋左丞云：「早充觀國賓。」蓋嘗得鄉舉，故云「鄉賦念嘉賓」。**計疏疑翰墨**，**時過憶松筠**。**趙曰**：言時已過矣，則思隱於山林。**獻納紆皇眷**，**中間謁紫宸**。**洙曰**：殿

〔一〕非，原漫漶不清，此據國圖全本、四庫本。
〔二〕巳，據九家集注、杜陵詩史、分門集注，乃「凡」之訛，按，「凡敵大崩曰敗績」七字，乃杜預注文，見春秋左傳正義桓公十三年經文「〔二月己巳〕齊侯、宋公、衛侯、燕人戰齊師，宋師、衛師、燕師敗績」句下注，原文作：「大崩曰敗績。」
〔三〕遠，杜陵詩史、分門集注同此，據九家集注、文選卷二〇曹植責躬詩，乃「卑」之訛。

公獻三賦，召試集賢殿[一]。破膽遭前政，洙曰：劉陶傳：「關東破膽。」陰謀獨秉鈞。趙曰：子美對詔，意本望高選，而爲林甫所沮，故有「破膽」「陰謀」之語。師曰：甫以上疏雪房琯，爲當權者所疾，遂見斥逐。故云。微生霑忌刻，萬事益酸辛。交合丹青地，恩傾雨露辰。洙曰：交契在華顯之地，又當沛澤下流之辰，而愁餓死者，以時所不容也。趙曰：丹青地，指言公卿之地也。鹽鐵論曰：「公卿者，神化之丹青。」有儒愁餓死，早晚報平津。洙曰：東方朔傳：「臣朔飢欲死。」平津侯公孫弘開閤延賢人，與參謀議。報平津，喻報鮮于也。趙曰：公以獨餓死爲愁，所賴者在鮮于京兆，如公孫弘故人賓客仰給衣食焉。平津侯，公孫弘也。

名。且隨諸彥集，洙曰：江淹別賦：「金閨諸彥。」方覬薄才伸。洙曰：

贈特進汝陽王二十韻天寶五載作。

彥輔曰：舊注：王名僎，天寶中封爲王、秘書監同正員，父棣王琰。琰，玄宗第四子也。琰妃韋氏，少師之女也。新注：按，唐史：讓皇帝長子璡，封汝陽，位特進。僎位秘書監，此詩乃贈璡，非僎也。璡已見八哀詩云。鮑曰：璡，讓皇帝子。新史書贈太子太師，不書特進，失之。舊史言「小特進[二]，贈太子太師」，與公詩合。

[一] 集賢殿，四庫本、杜陵詩史、分門集注同此，九家集注、新唐書卷二〇一杜甫傳作「集賢院」。
[二] 小，四庫本、杜陵詩史卷三、分門集注卷九同此，據舊唐書卷九五讓皇帝憲傳，乃「加」之訛。

趙曰：公八哀詩太子太師汝陽王璡曰：「汝陽讓帝子。」而舊注又以此爲棣王琰之子，何自眩惑也？此詩在八哀詩所贈之先，蓋其特進時耳。特進正二品，而太子太師從一品也。**補注** **鶴曰**：舊史云：「天寶初，終父喪，加特進。九載卒。」新史不言加特進。而梁權道編在十一載，非。蓋讓皇帝憲以開元二十九年十一月薨，天寶三載璡喪服方終，必其年二月封琳爲嗣憲王時併加璡特進。此詩當在天寶五、六載間。公壯游詩：是開元二十四年下考功第，去游齊趙八、九年，則歸長安在天寶四、五載間。詩云「賞游實賢王」，則從汝陽之游蓋在天寶五、六載間，此詩作於其時。

特進群公表， **洙曰**：漢官儀曰：「諸侯功德優盛，朝廷所敬異者，賜位特進，在三公下。」特進，漢官也，二漢、魏晉以加官表儀表也。**補注** **希曰**：宣帝用太子外祖許廣漢爲平恩侯，位特進，後漢皇后兄弟率爲特進、侯，唐爲文散官，皆崇官盛德罷劇就閑居之。見通典。**天人夙德升。** **洙曰**：邯鄲淳見曹植才辨[一]，歸，對其所知，嘆植之才，謂之天人。夙，早也。**霜蹄千里駿，** **洙曰**：武帝謂劉德爲千里駒。師古曰：「其所言若駿馬可致千里也[二]。」**風翮九霄鵬。** **洙曰**：莊子：「鵬怒而飛，其翼若垂天之雲，摶扶搖而上者九萬里。」**服禮求毫髮，** **趙曰**：言於禮無纖毫違背。**推忠忘寢興。** **聖情常有眷，朝退若無憑。** **洙曰**：不挾貴也。

[一] 辨，九家集注卷一七作「辯」。
[二] 其所，杜陵詩史、分門集注同此，九家集注、漢書卷三六劉德傳「武帝謂之千里駒」句下顔師古注無此二字。

仙醴求浮蟻，洙曰：醴，一作「醞」。師古曰：「醴，甘酒也。少麴多米，一宿而熟，不齊之。」漢書：「楚元王敬禮申公[一]，穆生不嗜酒，王每置酒，嘗爲穆生設醴。」曹子建七啓云：「浮蟻鼎沸，酷烈馨香。」奇毛或賜鷹。蘇曰：隋文帝賜楊素白花角鷹。清關塵不雜，洙曰：會稽典録：「丁寬門無雜賓[二]。」中使日相乘。洙曰：吴志朱然傳：「中使日食之物，相望於道。」晚節嬉游簡，平居孝義稱。自多親棣萼，洙曰：友愛兄弟也。補注鶴曰：舊史讓皇帝傳：「玄宗於興慶宫西南置樓，四面題曰『花萼相輝之樓』，諸王游踐之所，中使相望。或近郊從禽，或别墅追賞。讓皇帝薨，葬于橋陵，號爲惠陵。璡上表懇辭。」新史：「四方所獻酒酪異饌，皆分餉之。」此詩雖述玄宗眷待其父之事，然璡傳亦云：「帝愛之。」誰敢問山陵。洙曰：後漢東平王蒼傳：「帝欲爲原陵、顯節陵起縣邑，蒼聞之，遽上疏諫，帝從而止。」學業醇儒富，洙曰：賈山涉獵書記，不能爲醇儒。辭華哲匠能。秦曰：殷仲文詩：「哲匠感蕭辰。」筆飛鸞聳立，章罷鳳騫騰。洙曰：羨其書翰也[三]。精理通談笑，洙曰：雖談笑，皆精於理[四]。忘形向友朋。洙曰：不驕也。寸腸堪繾綣，昱

[一]「申公」下，據九家集注、漢書卷三六楚元王傳，脱「等」字。
[二]丁寬，杜陵詩史同此，據九家集注、三國志卷五七吴書虞翻傳裴松之注引會稽典録，乃「丁覽」之訛。
[三]羨，杜陵詩史、分門集注同此，九家集注作「美」。
[四]理，杜陵詩史、分門集注、九家集注作「理道」。

曰：板詩[一]：「以謹繾綣。」注：「反覆也。」一諾豈驕矜。洙曰：一諾，見鄭諫議詩注。已忝歸曹植，洙曰：見「天人夙德升」注。何知對李膺。洙曰：後漢杜密傳：「黨錮事起，密與李膺俱坐而名行相次，故時人亦稱李杜。」前有李固、杜喬，故言「亦」也。范滂母曰：「汝得與李杜齊名，死亦何恨？」謂膺、密也。子美對汝陽謙辭也。招要恩屢至，鄭曰：要，伊消切。崇重力難勝。洙曰：子美自言雖蒙招要之恩，而禮意崇重，非力所能勝也。披霧初歡夕，洙曰：衛瓘見樂廣，曰：「見此人，瑩然若披雲霧而睹青天也。」高秋爽氣澄。樽罍臨極浦，鳧雁宿張燈。花月窮游宴，炎天避鬱蒸。石曰：猶河朔避暑之會。硯寒金井水，洙曰：荆州記：「益陽有金井數百，（古）（故）老傳[二]，金人以杖撞地，輒成井。」檐動玉壺冰。洙曰：鮑明遠詩：「清如玉壺冰。」瓢飲唯三徑，洙曰：顔回一瓢，蔣詡三徑。岩栖異一朡。洙曰：謝靈運詩：「栖岩挹飛泉。」謬持蠡測海，洙曰：東方朔論：「以蠡測海。」張晏曰：「蠡，瓠瓢也。」師古曰：「蠡，音來戈反[三]。」師曰：今辱宴會，酒量非公敵，故云。况挹酒如澠。鄭曰：澠，食陵切。洙曰：左昭十二年：「晉侯與齊侯宴，中行穆子相。投壺，晉侯先，穆子曰：『有酒如淮，有肉如坻。寡君中此，爲諸侯師。』中之。齊侯

[一] 板，杜陵詩史、分門集注同此，據毛詩正義大雅，乃「民勞」之訛。
[二] 古，杜陵詩史、分門集注、九家集注同此，四庫本作「故」。
[三] 來戈反，杜陵詩史、分門集注同此，漢書卷六五東方朔傳顔師古注作「來奚反」，疑「戈」爲「弋」之訛。

舉矢，曰：『有酒如澠，有肉如陵。寡人中此，與君代興。』亦中之。」**昱曰**：澠水，出齊國臨淄縣，北入時水。**鴻寶全寧秘**〔一〕，**洙曰**：劉向傳：「上復興神仙方術之事，而淮南有枕中鴻寶苑秘書。」師古曰：「鴻寶苑秘書〔二〕，並道術篇名，藏在枕中，存録之不漏泄也。」**丹梯庶可陵。洙曰**：謝玄暉敬亭山詩：「要欲追奇趣，即此陵丹梯。」**淮王門有客，洙曰**：有，一作「下」。淮南王安之善屬文〔三〕，天下方術之士多往歸焉。於是遂與蘇飛、李向、左昊、田由、雷被、晉昌（時）（等）八人〔四〕，及諸儒大山、小山之徒共講論道德，總統仁義，而著鴻烈解也。**終不愧孫登。洙曰**：晉隱逸孫登傳：「初，楊駿徵高士孫登，遺以布被，登截被於門，大呼曰『斫斫刺刺』，後果如其言。」〔黎余〕（嵇康）幽憤詩曰〔五〕：「昔慚柳下，今愧孫登。」**師曰**：楊駿無德而登諷之，璀無愧於甫，故云云。

重經昭陵天寶九載作。

補注 **鶴曰**：前經昭陵詩是天寶四載，此詩當是在九載作。是年高祖與四宗皆加「大聖」字，五后皆加「順

〔一〕全寧，杜陵詩史同此，四庫本、王洙本、九家集注作「寧全」。
〔二〕苑，原作「死」，此據國圖全本、四庫本、杜陵詩史、分門集注及漢書卷三六劉向傳改。
〔三〕安之，杜陵詩史、分門集注同此，四庫本作「劉安」，九家集注無此二字。
〔四〕左昊，據淮南子叙目，乃「左吳」之訛。晉昌時，杜陵詩史、分門集注作「晉昌時等」，淮南子叙目作「晉昌等」，則「時」本爲「等」之形訛，後又誤作晉昌名中之字。
〔五〕黎余，四庫本、杜陵詩史、分門集注同此，據九家集注、晉書卷四九嵇康傳、卷九四孫登傳，乃「嵇康」之訛。

聖」字，故詩云「宗祀日光輝」「還見五雲飛」，以言天子之孝也。天寶五載，游齊趙歸，應詔退下，復至東都，有八年謁玄元皇帝廟詩，九載歸長安，重經陵下作此。

草昧英雄起， **洙曰**：屯難之時也。**師曰**：草而不齊，昧而不明，言隋末之亂也。**謳歌曆數歸。** **洙曰**：孟子：「謳歌者不謳歌堯之子，而謳歌舜。」論語：「天之曆數在汝躬〔一〕。」言其天命之所在也。**風塵三尺劍，** **洙曰**：高祖曰：「吾以布衣提三尺取天下。」師古曰：「三尺，劍也。」**社稷一戎衣。** **洙曰**：武成：「一戎衣，天下大定。」衣，服也。一著戎服而滅紂，言衆心同也。**翼亮貞文德，丕承戢武威。** **洙曰**：書：「丕顯哉文王謨，丕承哉武王烈。」**師曰**：置文館以招學士，故云云。**聖圖天廣大，** **洙曰**：無不覆燾也。**宗祀日光輝。** **洙曰**：奕葉隆盛也。**陵寢盤空曲，熊羆守翠微。** **洙曰**：陵，山陵也。寢，寢廟也。古詩：「陵寢暮煙青。」**再窺松柏路，還見五雲飛。** **洙曰**：天子有孝感則五雲見。**俯曰**：五雲，五色雲也。【補注】**鶴曰**：唐志注：「長安縣有翠微宫，後改爲翠微寺，昭陵雖在醴泉，而翠微尚可想其臨幸之盛。熊羆，指言居守之兵也。爾雅疏：「未及頂上，在旁坡陀之處，名翠微。」亦是。

〔一〕汝躬，九家集注卷一七、杜陵詩史卷六、分門集注同此，論語堯曰作「爾躬」，尚書大禹謨作「汝躬」。

鄭駙馬宅宴洞中潛曜。天寶四載作。

補注 **鶴曰**：按史：臨晉公主，皇甫淑妃所生，下嫁鄭潛曜。又按，公所撰皇甫淑妃碑：鄭潛曜，尚臨晉公主，乃代國長公主之子，官曰光禄卿，爵曰駙馬都尉。又云：「甫忝鄭莊之賓客，游竇主之山林。」觀此詩與東亭詩亦可知矣。碑云：開元二十三年葬于河南縣，而公主戚然謂左右曰：「自我之西，歲陽再紀。」乃以斯文見托。則是碑作於天寶四載，而詩在其先後也。

主家陰洞細煙霧， **洙曰**：公主家也。陰洞，幽洞也。**留客夏簟青琅玕。** **洙曰**：江淹賦：「夏簟清兮晝不寐。」琅玕，竹也。補注 **希曰**：本草唐注云：「琅玕乃有數種色，是瑠璃之類。且琅玕五色，其以青者爲勝，今出嶲州，自蠻中及于闐國。」此言簟，似之。**春酒杯濃琥珀薄，** **洙曰**：本草：「琥珀是千年茯苓所化。」言酒色如琥珀也。**冰漿椀碧瑪瑙寒。** **洙曰**：陸機苦寒行：「渴飲堅冰漿。」**鄭曰**：碼，音馬。碯，乃老切。石，次玉。**夢符曰**：古樂府湘東王曰〔一〕：「幄中清酒碼碯鍾。」**誤疑茅堂過江麓，** **洙曰**：堂，一作「屋」。**已入風磴霾雲端。** **洙曰**：陸士衡詩：「飛陛躡雲端。」**自是秦樓壓鄭谷，** **洙曰**：秦樓，以秦女弄玉吹簫於樓上得仙，故曰秦樓。鄭谷，以鄭子真耕於谷口，故曰鄭谷。**時聞雜佩聲珊珊。** **洙曰**：孔子入見衛靈公，

〔一〕古樂府湘東王曰，杜陵詩史卷一、分門集注卷一〇作「古樂府湘東王曲」，按「幄中清酒碼碯鍾」出自梁元帝（曾封湘東王）蕭繹烏栖曲，當作「湘東王古樂府」爲是。

夫人南子自絺帷中再拜，環珮玉聲璆然。**師曰**：山海經曰：「崑崙山有琅玕樹，其子似珠，以珠爲簟，如琅玕色。」琥珀出罽賓國，初似桃膠，凝乃成焉。魏文帝碼碯賦序曰：「碼碯，玉屬也。出自西域，文理交錯，有似馬腦，因以名之。」甫有渴疾，故喜飲冰漿。風磴，乃風路也。駙馬富貴，非谷口貧賤之比。雜佩珊珊，指公主之環佩也。

李監宅天寶初作。

補注**鶴曰**：梁權道編在天寶十三年東都作。未詳李監何所人。如梁編在東都作，則在天寶初作。

尚覺王孫貴，**洙曰**：王孫，王者之後，亦相尊敬之稱。韓信傳：「哀王孫。」豪家意頗濃。**洙曰**：豪貴之家也。屏開金孔雀，**洙曰**：隋長孫晟貴盛，嘗畫二孔雀於屏間以擇婿。褥隱繡芙蓉。**洙曰**：刺繡紋爲芙蓉也。**師曰**：隱，如隱几之隱，倚也。且食雙魚美，誰看異味重。門闌多喜色，女婿近乘龍。**夢符曰**：按楚國先賢傳：「孫雋、李元禮俱娶太尉桓玄女〔一〕，時人謂桓叔元兩女婿俱乘龍，言得婿如龍也。」補注**希曰**：光武紀：「郡國異味，不得有所獻。」異味，二字出左傳「子公謂（食）指動，應（嘗）異味」者〔二〕。

〔一〕桓玄，據杜陵詩史卷一、分門集注卷七、九家集注卷一七、藝文類聚卷四〇禮部下婚、太平御覽卷五四一禮儀部二十婚姻下引楚國先賢傳，乃「桓焉」之訛。

〔二〕食，原脱，據四庫本、左傳宣公四年補。嘗，原脱，據四庫本、左傳宣公四年補。者，四庫本無此字。

蕭史善吹簫，秦穆公以女弄玉妻焉。遂教弄玉吹簫，作鳳鳴，鳳凰來止其屋，公爲作鳳臺。一日，弄玉乘鳳，蕭史乘龍，升天而去。

重題鄭氏東亭 **洙曰**：在新安縣[一]。**鮑曰**：即駙馬鄭潛曜。天寶三載作。

補注 **鶴曰**：新安縣在河南府，當是公天寶三年在東都作。前篇宴洞中，是夏作，此詩乃秋作，故詩云：「秋日亂清暉。」天寶八、九載雖又嘗至東都，若是後來作，必題云「再游鄭氏東亭」，不曰「重題」也。謂之「重題」，則紹前一篇[二]，故曰同是載作。

華亭入翠微， **洙曰**：爾雅釋名[三]：「山（水）（未）及上[四]，曰翠微」。**薛曰**：按，爾雅釋山疏曰：「未及頂上，在傍坡陀之處，名翠微。一説山氣青縹色，故曰翠微。」**秋日亂清輝。** **洙曰**：江文通詩：「秋日懸光[五]。」謝靈運：「山水含清輝。」**崩石欹山樹，清漣曳水衣。** **薛曰**：詩：「河水清且漣漪。」水成文曰漣。

〔一〕新安縣，王洙本卷九、九家集注卷一七、杜陵詩史卷八、分門集注卷五作「新安界」。
〔二〕則，原泐損，此據國圖全本、四庫本。
〔三〕爾雅釋名，杜陵詩史、分門集注作「釋名」，按，爾雅中無釋名，「山未及上曰翠微」乃東漢劉熙所撰釋名中語。
〔四〕水，據杜陵詩史、分門集注，乃「未」之訛。
〔五〕秋日懸光，杜陵詩史、分門集注作「秋日懸光輝」，四庫本、文選卷三七江文通望荆山詩作「秋日懸清光」，原刻當脱「輝」字。

紫鱗衝岸躍，紫鱗，魚也。蒼隼護巢歸。向晚尋征路，殘雲傍馬飛。

題張氏隱居二首開元二十四年後作。

補注鶴曰：舊史李白傳云：「少與魯中諸生張叔明等隱於徂徠山，號爲竹溪六逸。」又公作雜述亦云：「魯有張叔卿，聰明深察，是何面目黧黑，不得飽飯喫？」意叔明、叔卿止是一人，「卿」與「明」有一誤耳，不然亦兄弟也。今日張隱居豈非其人歟？詩云「不貪遠害」，與李傳、雜述頗合。梁權道編在天寶十二載東都作，然十二載公在長安，有投哥舒翰詩，及十一載十二月有投鮮于京兆詩，此詩當是開元二十四年後與高李游齊趙時作。蓋詩云「石門斜日到林丘」，而輿地廣記云：「石門，屬齊州。」公嘗與劉九法曹、鄭瑕丘宴集于石門也。

春山無伴獨相求，伐木丁丁山更幽。洙曰：詩：「伐木丁丁。」伐木聲也。澗鳥餘寒歷冰雪〔一〕，洙曰：一云「澗道」。陸機苦寒行：「凝冰結重澗，積雪被長巒。」石門斜日到林丘。洙曰：謝靈運詩〔二〕：「落雪洒林丘。」不貪夜識金銀氣，洙曰：史天官書：「敗軍破國之墟，下積金寶，上皆有氣，不可不

〔一〕鳥，杜陵詩史卷一分門集注卷八同此，四庫本、王洙本卷九、九家集注卷一七作「道」。

〔二〕謝靈運，杜陵詩史、分門集注同此，據九家集注、文選卷二五謝惠連西陵遇風獻康樂詩，乃「謝惠連」之訛。

察。」以不貪，故夜識氣象也〔一〕。**遠害朝看麋鹿游。****洙曰：**伍被諫淮南王曰：「昔子胥諫吳王，不用，乃曰：『臣今見麋鹿游姑蘇之臺。』今臣亦將見宮中生荊棘，露霑衣也。」**乘興杳然迷出處，****洙曰：**言不以出處介意也。**對君疑是泛虛舟。****洙曰：**莊子山木篇：「方舟而濟於河，有虛船來觸舟，雖有褊心之人不怒。人能虛己以游世，孰能害之？」**師曰：**歷冰雪，言甫破雪訪張氏。斜日到林丘，言所居幽遠也。張全身遠害於此，與鹿豕游，説者以麋鹿游姑蘇之臺，則誤矣。虛舟，以喻虛己以游世。

之子時相見，邀人晚興留。補注**希曰：**漢武帝將微行〔二〕，出，過陽河渚〔三〕，作樂。上見趙飛燕而悦之。先是，童謡曰：「燕燕，尾誕誕〔四〕。張公子，時相見。」**濟****洙曰：**一作「霽」。**潭鱣發發，****洙曰：**碩人詩：「鱣鮪發發。」釋文：「鱣，大魚，口在頷下，長二三丈。」江南呼爲黄魚，與鯉全異。」發發，盛貌。**春草鹿呦呦。****洙曰：**詩：「呦呦鹿鳴，食野之苹。」注：「鹿得草，呦呦然，鳴而相呼也。」蘇子卿詩云：「鹿鳴思野草，可以喻嘉賓。」**杜酒偏勞勸，****洙曰：**魏武帝樂府：「何以解我憂，唯有杜康酒。」杜康，造酒者。**張梨不外求。****洙曰：**潘安仁閑居賦：「張公大谷之梨。」**前村山路險，歸醉每無愁。****師曰：**之子，指張氏。鹿食苹則呦呦而求

〔一〕夜識氣象，九家集注作「夜識其氣象」，杜陵詩史、分門集注作「不夜識氣象」。
〔二〕漢武帝，據漢書卷九七孝成趙皇后傳，乃「漢成帝」之訛。
〔三〕陽河渚，據漢書孝成趙皇后傳，乃「陽阿主」之訛。
〔四〕誕誕，四庫本、漢書卷二七中之上五行志第七中之上、卷九七孝成趙皇后傳作「涎涎」。

其類，喻張氏之相招也。張梨不外求，言宴飲惟園果而已，意勤不必豐美其物。盜賊之險可慮，路險宜無愁。

天寶初南曹小司寇舅於我太夫人堂下累土爲山一匱盈尺以代彼朽木承諸焚香瓷甌甌甚安矣旁植慈竹蓋茲數峰嶔岑嬋娟宛有塵外數致乃不知興之所至而作是詩〔一〕天寶元年作。

補注 **鶴曰**：此亦詩之序也，不當爲題，合題曰「假山」。唐志：「吏部員外郎二人，從六品上。一人判南曹。兵部員外郎二人，一人掌貢舉雜請，一人判南曹。皆爲尚書侍郎之貳。」按六典：「南曹在選曹之南，故謂之南曹。」今題曰「南曹小司寇」，則小司寇爲刑部侍郎，而唐未聞以侍郎判南曹，豈郎亦得稱爲小司寇耶？謂之天寶初，專指爲元年，故呂汲公、魯旹俱編此詩在元年。不然則太夫人指公之祖母盧氏，盧以天寶三載卒，公作誌無姓崔者。今從呂、魯譜，爲天寶元年作。

一匱功盈尺， **洙曰**：論語：「子曰：譬如爲山，未成一匱。」注：「匱，土籠也。」**三峰意出群。** **趙曰**：〔革〕（華）山記有云：「其三峰直上，晴霽可睹。」**望中疑在野，幽處欲生雲。慈竹春陰覆，** **師曰**：陸機

〔一〕數致，杜陵詩史卷一、分門集注卷四、王洙本卷九同此，四庫本作「致」，九家集注卷一七作「格致」。

本草疏云〔一〕：「南方生子母竹，今慈竹是也，又謂之孝竹。章帝三年，子母竹生白虎殿前，時謂之孝竹，群臣作孝竹頌。」**補注** **鶴曰**：竹紀云：「慈竹，吴蜀皆有之。其竹藂生，每年笋出，不離藂内。夏月經雨，滴〔庁〕（汁）下地〔二〕，生薦似鹿角〔三〕，色白，堪食，食之已痢。」本朝國初樂史有慈竹詩，以喻兄弟。**香爐曉勢分。** **洙曰**：廬山有香爐峰。**惟南將獻壽，** **洙曰**：詩：「如南山之壽。」**佳氣日氛氲。**

龍門

魯曰：在洛陽之南，遠望雙闕對峙，如門然。**鄭曰**：河南志：「龍門驛，在河南縣南十八里。」**補注** **鶴曰**：詳見游龍門奉先寺注。龍門一山連跨數郡，今詩云「氣色皇居近」，蓋指東京而言。按，公天寶元年在東京，爲姑萬年縣君制服，又爲墓誌。四載又爲皇甫妃、范陽太君盧氏作墓誌。此詩當是其時作，故詩又云「往來時屢改」。天寶元年作。

龍門横野斷，驛樹出城來。 **曾鞏曰**：驛樹，言驛道兩畔之樹也。**氣色皇居近，** **洙曰**：東都也。

〔一〕 陸機，四庫本、九家集注、杜陵詩史、分門集注同此，乃「陸璣」之訛。本草疏，據九家集注，乃「草木疏」之訛，按，草木疏當爲吴陸璣撰毛詩草木鳥獸蟲魚疏之簡稱。
〔二〕 庁，四庫本作「廳」，據酉陽雜俎卷一八廣動植之三木篇，乃「汁」之訛。
〔三〕 薦，酉陽雜俎作「蕈」。

曾曰：言近洛邑也。**金銀佛寺開**。**洙曰**：山有佛寺。**洪覺範曰**：此蓋謂山有奉先寺。佛地有金世界、銀世界。**往來時屢改，川陸日悠哉。相閲征途上，生涯盡幾回**。**趙曰**：在龍門閲視征行之人，盡此生涯能幾回？

贈李白 開元十八年作。

補注 **鶴曰**：按，公昔游詩云：「昔與高李輩，晚登單父臺。」史又云：「甫與李白、高適酒酣登汴州吹臺。」則公游齊趙時，多與白俱。今詩云「痛飲狂歌空度日，飛揚跋扈爲誰雄」，指林甫、禄山俱跋扈也。當是開元十八年在東都作，蓋天寶初白已客會稽矣。

秋來相顧尚飄蓬，**洙曰**：潘安仁詩：「譬如野田蓬，斡流隨風馭〔一〕。」**未就丹砂愧葛洪**。**趙曰**：葛洪以交趾出丹砂，求爲句漏令。**痛飲狂歌空度日，飛揚跋扈爲誰雄**。**洙曰**：跋扈，强梁也。質帝以梁冀横〔二〕，

〔一〕斡流隨風馭，杜陵詩史卷三同此，九家集注卷一七作「轉流隨風飄」，分門集注卷一九、文選卷二六潘岳河陽縣作二首其一作「斡流隨風飄」。

〔二〕横，後漢書卷三四梁冀傳作「驕横」。

〔當〕（嘗）朝群臣〔一〕，目冀曰：「此跋扈公〔二〕。」**趙曰**：北齊高祖謂世子曰〔三〕：「侯景專制河南十四年，常有跋扈飛揚之心。」**補注** **希曰**：漢志：「景星歌：雅聲遠佻〔四〕。」注云：「姚，僄姚〔五〕，言飛揚也。」史記孟嘗君：「勢不兩立爲雄。」陳子昂詩：「可憐（驄）（驄）馬使，白手爲誰雄。」又漢志：「董卓雖跋扈，終竄逃。」

與任城許主簿游南池天寶元年作。

鮑曰：任城，屬兗州。**補注** **鶴曰**：唐志：「任城爲兗州緊縣。」此詩公游齊趙，至兗時所作。以後篇登兗州城樓詩論之，當是天寶元年未改爲魯郡之前作，詳見後注。

秋水通溝洫，城隅進小船。晚凉看洗馬，森木亂鳴蟬。菱熟經時雨，蒲荒八月天。晨朝降白露，遥憶舊青氈。 **洙曰**：王獻之夜卧齋中，而有偷人入室，盗物都盡。獻之徐曰：「偷兒，青氈我家舊物，可特置之。」偷驚走。**師曰**：甫悲秋而思故鄉，故有是句。

〔一〕當，據九家集注、後漢書卷三四梁冀傳，乃「嘗」之訛。

〔二〕公，九家集注、後漢書卷三四梁冀傳作「將軍」。

〔三〕北齊高祖，杜陵詩史、分門集注作「北史齊高祖」，九家集注作「北史齊高歡」，按，北史卷六齊本紀上：「齊高祖神武皇帝，姓高氏，諱歡，字賀六渾。」

〔四〕佻，漢書卷二二禮樂志二作「姚」。

〔五〕兩「姚」字，漢書同此，四庫本作「佻」。

登兖州城樓開元二十九年前作。

補注 **鶴曰**：輿地廣記：「隋大業二年，改兖州爲魯郡。唐武德，克徐圓朗，復曰兖州。天寶元年曰魯郡。」舊史：「上元年，復爲兖州。」今公以開元二十四年前下第，後游齊趙，至此，故曰兖州。」詩當作開元二十九年之前。

東郡趨庭日，洙曰：兖州，漢之東郡。**南樓縱目初。浮雲連海岱，平野入青徐。**洙曰：禹貢：「海、岱惟青州。」又：「海、岱及淮，惟徐州。」**王禹偁曰**：「海、岱、青、徐皆與兖相接。」**孤嶂秦碑在，**洙曰：秦本紀：「始皇東行郡縣，上鄒嶧山，與諸生刻石頌德，李斯作文。」**荒城魯殿餘。**洙曰：王文考魯靈光殿賦序云：「恭王餘之所立，遭漢中微，未央及建章之殿悉皆見隳壞，而靈光巋然獨存。」**從來多古意，臨眺獨躊躇。**師曰：甫感時亂，文風不振，是以懷古臨眺之際，躊躇而不能去矣。

劉九法曹鄭瑕丘石門宴集開元二十四年已後作。

補注 **鶴曰**：瑕丘，本魯負瑕邑，漢屬山陽郡，隋開皇十三年復置爲魯郡，唐復爲兖州，而瑕丘爲兖上縣。石門，屬齊州。此當是開元二十四年已後作。兖與齊爲鄰，至兖則至齊也。

秋水清無底，蕭然浄客心。掾曹乘逸興，洙曰：漢制以曹官爲〔椽〕（掾），如室之〔掾〕（椽）也，言其有所負荷。**趙曰**：題是與劉法曹，故云曹（椽）（掾）〔一〕。鞍馬去相尋。**洙曰**：一云「到荒林」。能吏逢聯璧，**洙曰**：潘岳、夏侯湛每同行，人以爲連璧。華筵直一金。**張詠曰**：文帝惜百金，罷露臺。師古曰以爲〔二〕：「金一兩直十千，則百金者一千緡，乃中人十家之産也。」晚來横吹好，**沈括曰**：後漢班超：「假鼓吹。」注：「古今樂録曰：横吹，胡樂也。張騫自西域傳其法於長安，唯得摩訶兜勒一曲，李延年因之更造新聲二十八解，乘輿以爲武樂〔三〕，後漢以給邊將。」泓下亦龍吟。**洙曰**：馬融長笛賦：「近世雙笛從羌起，羌人伐竹未及已，龍鳴水中不見以已〔四〕，截竹吹之聲相似。」

暫如臨邑至峼山湖奉懷李員外率爾成興 **鄭曰**：峼，當作「厝」，資昔切。縣在臨卬〔五〕，今云「如臨邑至峼山」，故知當作「厝」。天寶四載作。

補注 **鶴曰**：臨邑，唐屬齊州。按，李邕有登歷下古城員外新亭詩，而公和之，自注：「亭對鵲湖。」而今題

〔一〕曹椽，杜陵詩史卷一、分門集注卷一〇作「曹掾」，四庫本及詩文作「掾曹」。
〔二〕師古曰，原作杜詩注家格式，實乃張詠注引顔師古注漢書之文，杜陵詩史、分門集注作「顔師古注以爲」，故改其格式。
〔三〕興，四庫本、杜陵詩史、分門集注、九家集注同此，據後漢書卷四七班超列傳「假鼓吹幢麾」句下注，乃「輿」之訛。
〔四〕以，杜陵詩史、分門集注同此，四庫本、九家集注及文選卷一八馬融長笛賦無此字。
〔五〕臨卬，四庫本、分門集注卷一九同此，杜陵詩史卷一作「臨邛」，疑皆有誤。

云「至嵖山湖奉懷李員外」，則嵖山湖即鵲湖也，疑「嵖」與「鵲」有一誤。李員外，皆以李之芳爲駕部員外郎而云，然李邕，唐隆元年玄宗清内難，召拜殿中侍御史，改户部員外郎，貶崖州舍城丞。開元三年擢爲户部郎中。自是左遷括州司馬、陳州刺史，又貶爲欽州遵化縣，連轉括、淄、滑三州太守。天寶初爲汲郡、北海二太守，六載正月，郎就郡故殺之〔一〕。則邕亦可稱員外。北海郡爲青州，今詩云「暫游阻詞伯，却望懷青關」，蓋公嘗與邕宴歷下亭，而却未嘗與之芳至此也。當是天寶四載作，在邕五載事發之前，是年公西歸咸陽。

野亭逼湖水，歇馬高林間。鼉吼風奔浪，**洙曰**：鼉吼則風起。魚跳日映山。**洙曰**：日暖魚跳躍〔二〕。暫游阻詞伯，却望懷青關。**趙曰**：詞伯，指李員外矣。王充論衡：「文詞之伯也。」李應在青關，故有回望之句。藹藹生雲霧，唯應促駕還。**洙曰**：促駕，猶速駕。**師曰**：詞伯，詞人之長也，指李員外。青關，地名，李之所居。生雲霧，謂天將雨，故〔曾〕（督）車馬速歸也〔三〕。

黄氏補千家集注杜工部詩史卷之十七

〔一〕郎就郡故殺之，新唐書卷二〇二李邕傳作「詔刑部員外郎祁順之、監察御史羅希奭就郡杖殺之」，則「郎」上當有脱文，「故」乃「杖」之訛。

〔二〕躍，九家集注卷一七、杜陵詩史、分門集注作「戲」。

〔三〕曾，據杜陵詩史、分門集注，乃「督」之訛。

黄氏補千家集注杜工部詩史卷之十八

奉寄河南韋尹丈人天寶七年作。

洙曰：甫故廬在偃師，承韋公頻有訪問，故有是詩。**補注** **鶴曰**：按，舊史韋濟傳：「天寶七年，爲河南尹，遷左丞。」唐地理志「河南府偃師」注云：「天寶七年，尹韋濟以北坡道迂，自縣東山下開新道，通孝義橋。」則詩當作於是年。詩云「章甫尚西東」，又云「江湖漂短褐，霜雪滿飛蓬。牢落乾坤大，周流道術空」，可知是時公又去京師而他矣，意在近畿，故詩云「奉寄」。是年韋方拜左丞，公有兩詩贈之，謂之「贈」，則歸京師(後)投贈也。

有客傳河尹，逢人問孔融。 **洙曰**：河尹，河南尹也。孔融，公自比也。**趙曰**：見問者河南尹也，故得以孔融爲比。蓋李膺爲河南尹，而孔融造門爲上客也。**青囊仍隱逸，** **洙曰**：郭璞授業於(鄭)(郭)公，以青囊九書與之，遂開洞五行。後門人竊青囊，未及讀，爲火焚之。**章甫尚西東。** **洙曰**：章甫，儒冠也。孔子生於魯，冠章甫之冠。**鼎食爲門户。** **洙曰**：列鼎而食。門户，閥閲也。**趙曰**：以言河尹之貴。**詞場繼國風，** **洙曰**：詩之國風。**趙曰**：以言河尹之能詩。**尊榮瞻地絶。** **洙曰**：言地望崇重。**疏放憶途窮。** **洙**

曰：阮籍詩：「途窮能無慟？」**濁酒尋陶令**，**趙曰**：陶淵明嘗曰：「偶有名酒，無日不傾。」**丹砂訪葛洪**。**趙曰**：祈心於遐年，故訪葛洪。洪嘗於帝乞爲勾漏令，以出丹砂而就之。**江湖漂短**洙曰：當作「裋」。**褐**，**鄭曰**：裋，臣庚切，敝布襦。褐，胡葛切，短衣。**洙曰**：淮南子：「霜雪亟集，短褐不完。」褐，毛布。**霜雪滿飛蓬**。**洙曰**：詩：「首如飛蓬。」**定功曰**：公此詩作於潭州，適當冬時，述其羈旅流落之狀。上句言短褐爲江湖所漂，下句言飛蓬之髮爲霜雪所滿。**補注** **鶴曰**：「裋褐」二字見史記田文傳，又貨殖傳：「貧者裋褐不完。」裋，布長襦也。褐，偏枲衣也。然唐志：「士服短褐，庶人以白。」則短褐對飛蓬亦是。此非謂真至江湖也，第言流轉道路如此爾。若曰作於潭州，則是大曆四年及五年，是時河南尹乃杜鴻漸及裴冕，無姓韋者。**牢落乾坤大**，**蘇曰**：余絳：失意雲霄，羈思牢落，歸栖無巢，始知乾坤之大。**周流道術空**。**趙曰**：言天地廣大，而我獨牢落，雖挾道術，竟於周流之際成空而無用。**謬慚知薊子**，**洙曰**：後漢方術傳：「薊子訓有神異之道，到京師，公卿以下候之者。坐上常數百人，皆爲設酒脯，終日不匱。**真怯笑揚雄**。**洙曰**：揚雄解嘲曰：「子乃以鴟梟而笑鳳凰。子徒嘆我玄之尚白[一]，吾亦嘆子之病甚[二]，不〔使〕（遭）臾跗、扁鵲[三]，悲夫。」**盤錯神明**

[一] 嘆，杜陵詩史、分門集注同此，四庫本、九家集注卷一八、漢書卷八七下揚雄傳下作「笑」。
[二] 亦嘆，杜陵詩史、分門集注同此，四庫本作「以笑」，九家集注、漢書揚雄傳下作「亦笑」。
[三] 使，杜陵詩史同此，據四庫本、分門集注、九家集注、漢書揚雄傳下，乃「遭」之訛。

尸懼，洙曰：虞詡曰：「不遇盤根錯節，何以知利器？」**謳歌德義豐。**趙曰：如鄭歌子産，漢歌岑君是也。**祝雞翁。**洙曰：後漢地理志：「偃師有（刀）（尸）鄉。」列仙傳：「祝雞翁居尸鄉山下，養雞百餘，各有名字，呼名則種别而至。」補注 鶴曰：土室，謂依土山以爲室，如宿贊公土室詩云「天寒鳥已歸，月出山更静。土室延白光，松門耿疏影」是也。諸杜廬與墓多在河南偃師，故憑孟倉曹覓土**鄉餘土室，難説**洙曰：一作「誰話」。

婁舊莊詩：「平居喪亂後，不到洛陽岑。」則喪亂之前公屢到矣。宜自開元二十九年酹遠祖于洛之首陽，及天寶元年爲姑萬年縣君制服作銘，三年爲皇甫妃、范陽太君盧氏作誌，皆在河南也。所以公死又歸祔於偃師。

對雨書懷走邀許主簿

開元二十九年作。

補注 鶴曰：主簿，即任城許主簿，當是開元二十九年，至兖州與許游南池時相先後。今詩云「東岳雲峰起」，則是在兖州甚明。魯訔年譜引公酹文云二十九年在洛之首陽祭遠祖，則至兖在二十九年之前。梁權道編在天寶十三載，非，蓋是年公在長安。

東岳雲峰起，溶溶滿太虛。震雷翻幕燕，洙曰：左傳：「季（扎）（札）曰〔一〕：『夫子在此，猶燕

〔一〕季扎，杜陵詩史卷一同此，據四庫本、分門集注卷一，乃「季札」之訛，按，據九家集注卷一八、左傳襄公二十九年，「季札」乃「公子朝」之誤。

巢幕上。」**驟雨落河魚。** **洙曰：**河，一作「溪」。**補注** **鶴曰：**幕燕，猶墻烏、門龜之類[一]，謂幕上爲燕形，以係飾者。河魚，乃水面之塵所結成者，如釜生魚也。公秋述懷云[二]：「卧病長安旅次，多雨生魚。」此義也。

座對賢人酒， **洙曰：**魏志：「徐邈爲尚書郎，時禁酒，而邈私飲，至於沉醉。從事趙逢問以曹事[三]，邈曰：『中聖人。』逢白之太祖，甚怒，將軍鮮于輔進曰：『平日醉客謂酒清者爲聖人，濁者爲賢人。邈性修慎，偶醉言耳。』竟坐，得免刑。」**門聽長者車。** **洙曰：**陳平家乃負郭窮巷，以席爲門，然門外多長者車轍。**相邀愧泥濘，騎馬到階除。** **蘇曰：**沈遜見徐陵，陵會文士，騎馬至階除下馬。坐客與陵皆惡之，遜自若。良久，揮玉塵，高談清逸，闔坐傾伏。**師曰：**東岳，泰山也。雲起於泰山，須臾遍天下，雨遂作。長者車，（以）詣許主簿[四]。

[一] 墻，四庫本作「檣」。
[二] 秋述懷，王洙本卷一九題作「秋述」。
[三] 從，四庫本、杜陵詩史、分門集注同此，三國志卷二七魏書徐邈傳作「校」。趙逢，四庫本、杜陵詩史、分門集注同此，據三國志徐邈傳，乃「趙達」之訛。下同。
[四] 以，國圖全本、杜陵詩史、分門集注同無此字，據四庫本補。

巳上人茅齋開元二十九年間作。

歐陽脩曰：僧齊己也[一]，善吟詩，知名於唐。〔補注〕**鶴曰**：梁權道編天寶十二載游山東時作，然舊次與洛、兖所作詩先後，當是開元二十九年間。

巳公茅屋下，定功曰：潘安仁秋興賦序云：「偃息不過茅屋茂林之下。」〔補注〕**希曰**：漢外戚許皇后傳：「幸得免離茅屋之下。」**可以賦新詩。枕簟入林僻，蘇曰**：王弘常携竹簟石枕於林泉僻處，終日偃卧長嘯。**茶瓜留客遲。江蓮搖白羽，洙曰**：白羽，扇也。**天棘蔓洙曰**：當作「蔓」。**青絲。鮑曰**：吕吉甫言當作「天棘薪」[二]，然棘不可以絲爲比。曾子開云恐是巴戟天。今按本草，巴戟雖名三蔓草，而葉似茗，又似麥門冬，亦不可比絲。唯天門冬，注引博物志、抱朴子，一名「巔棘」。圖經言：「春生藤蔓，高丈餘，葉如絲杉而細散。」可以絲爲比。蓋合天門冬、巔棘爲一稱之歟。近有冷齋夜話謂之柳，而不著所出。**蘇曰**：天棘，梵語柳也。伊吾、(日)〔曰〕本竺國呼柳爲天棘。蔓，疑「弄」字，可與正文妥帖。王逸少詩曰：「湖上春風舞天棘。」正信柳非疑也。**田曰**：蔓，作「蔓」。云天棘乃天門冬，非也。**趙曰**：歐陽公善本「蔓」作「蔓」字，蔡伯世云此句最

[一] 齊己，原刻「齊已」之「已」和「巳上人」之「巳」皆作「巳」，古代刻本「己」「已」「巳」不分，均刻作「巳」，但也有黄鶴等以爲「巳上人」應作「已上人」之可能。

[二] 天棘薪，杜陵詩史、分門集注作「夭棘薪」，「天」當爲「夭」之訛，蓋其名來自詩經邶風凱風：「凱風自南，吹彼棘心。棘心夭夭，母氏劬勞。凱風自南，吹彼棘薪。母氏聖善，我無令人。」

疑。學者或以天棘爲柳，妄引近傳東坡事（實）載王逸少詩「（胡）（湖）上春風舞天棘」[一]，非有奧義，疑非坡説。以余考之本草圖經云，則天棘爲天門冬明矣。**補注**希曰：洪駒甫詩話云：「王仲至云：天棘非煙非霧，（日）（自）一種物。出異書。」今意夢者，夢夢然也。仲至弟曰異書，又似不可信。**空忝許詢輩，難酬支遁詞。**洙曰[二]：支遁，字道林，講維摩經，謂無以歷難。許設一難，遁不能復通。趙曰：支遁講維摩經，許詢常設問難。公蓋言我空忝許詢之流，而難酬對支遁，所以美巳上人也。**補注**鶴曰：高僧傳云：「優婆塞支謙，一名越，本月支人，來游漢境。初，漢桓、靈之世，有支讖譯出衆經，有支亮資學於讖，謙又受筆於亮。亮學異書，通六國語，時人語曰「支郎」云。」然則「支」云者，其僧之通稱歟。

房兵曹胡馬開元二十八、九年間作。

補注鶴曰：唐志：東宮、王府、三都、都督府、都護府皆有兵曹。房兵曹未詳何人，以舊次先後，當在開元二十八、九年間。

胡馬大宛名，鄭曰：宛，於爰切。洙曰：漢伐大宛，獲汗血馬，作西極天馬之歌。**鋒棱瘦骨成。**張

[一] 東坡事，四庫本、杜陵詩史、分門集注同此，據九家集注卷一八，脱「實」字，按，東坡事實乃僞蘇注之一種。

[二] 洙曰，分門集注同此，九家集注不署注者姓名，杜陵詩史作「鄭曰」。

耒曰：馬以神氣清勁爲佳，不在多肉，故云云。**竹批雙耳峻**，**趙曰**：後魏賈思勰載相馬經：「耳欲鋭而小，如削筩。」**補注** **希曰**：九懷：「驥垂兩耳。」**風入四蹄輕。所向無空闊，真堪託死生。** **洙曰**：如高歡之的盧，是可託死生，鄭之小駟則異於此。**蘇曰**：齊繆叔見張儀，論議之久，回語子姪曰：「張儀忼慨，真君子，人雖死生堪託，非有中道之意也。」**趙曰**：如劉〔寂〕（牢）之爲慕容垂所逼〔一〕，策馬跳五丈澗而脱也。**驍騰有如此，** **洙曰**：顔延年赭白馬賦：「藝品驍騰。」**萬里可横行。** **蘇曰**：劉章曰：「使我得三尺快刃，立止静兩川兵，四萬里亦可横行〔二〕。」

畫鷹未詳何年作。

補注 **鶴曰**：此詩雖未詳何年在何地賦，然舊次在與李白同尋范十隱居，則不得爲在天寶十三年作。〔懷〕（權）道失之。

素練風 **洙曰**：一作「如」。**霜起，** **張孝祥曰**：言鷹之威猛如風霜也。**蒼鷹畫作殊。㩳身思狡兔，** **鄭曰**：〔㨤〕（㩳），荀勇切。**洙曰**：㩳身，猶〔竦〕（竦）身也。孫楚鷹賦：「擒狡兔於平原。」**側目似愁胡。**

〔一〕劉寂之，四庫本、杜陵詩史卷一、分門集注卷一三同此，據九家集注卷一八、晉書卷八四劉牢之傳，乃「劉牢之」之訛。
〔二〕四，杜陵詩史、分門集注作「甲」，則當屬上讀。

洙曰：隋魏彦深鷹賦：「立如植木，望似愁胡。」**琪曰**：鷹産於岱北[一]，出於胡地。愁胡，謂思胡地也。**絛鏇光堪擿，鄭曰**：絛，他刀切。鏇，徐釧切。圓轆轤也。**趙曰**：所畫絆鷹之絛鏇也，光而堪擿取也。**軒楹勢可呼。庭堅曰**：曰可呼以獵也。**何當擊凡鳥，毛血灑平蕪。**

與李十二白同尋范十隱居開元二十四年後作。

補注**鶴曰**：舊史云：白天寶初已客游會稽，與吴筠隱於剡中。玄宗詔筠赴京師，筠薦之於朝，召與筠俱待詔翰林。久之，以沉醉斥去[二]，乃浪迹江湖。崔宗之謫官金陵，與白詩酒唱和。則天寶十三載未嘗歸兖。梁編爲非，當是開元二十四年後，公游齊、趙，與高、李同至齊、兖時作。舊史又云：「白之父爲任城尉，因家焉。」任城屬兖州。

李侯有佳句，往往似陰鏗。洙曰：陳書阮卓傳：「武威陰鏗，字子堅，五歲能誦賦，日千言，及長，博涉史傳，尤善五言詩，爲當時所重。有集三卷，行於世。」**余亦東蒙客，趙曰**：東蒙，山名，公時在兖州，故云。**洙曰**：語：「夫顓臾，昔者先王以爲東蒙主。」禹貢：「徐州。蒙、羽其藝。」**憐君如弟兄。醉眠秋共被，洙**

[一] 岱，四庫本、杜陵詩史卷一、分門集注卷一六同此，當爲「代」之訛。

[二] 去，四庫本作「出」。

曰：姜肱兄弟同被而寢。**趙曰**：晉祖逖、劉琨情好綢繆，共被而寢。**携手日同行。更想幽期處，還尋北郭生。****洙曰**：列子：「與北郭生連墻而不相通〔一〕。」**趙曰**：北郭生，指言范十隱居也。舊注所引乃南郭生，非是。**補注****鶴曰**：唐志：「蒙山，在沂州新泰縣。」九域志云高士傳「老萊子隱蒙山之陽」是也。沂與兖州爲鄰，公在兖，故爲東蒙客。范非居兖州之北郭，即居任城之北郭也。**入門高興廢**〔二〕，**修可曰**：殷仲文詩：「能使高興盡。」**侍立小童清。落景聞寒杵，屯雲對古城。向來吟橘頌，****洙曰**：張華有橘詩，郭璞有贊，惠連有賦。**修可曰**：楚詞自有橘頌，非橘詩、贊、賦也。今備載之，曰「（后）皇嘉樹，橘徠服兮。受命不遷，生南國兮。深固難（從）（徙），更壹志兮。緑葉素榮，紛可喜兮。曾枝剡棘」云云。**誰欲討蓴羹。****洙曰**：陸機詣侍中王濟，濟指羊酪謂機曰：「卿吴中何以敵此？」答曰：「千里蓴羹，未下鹽豉。」時爲名對。**趙曰**：張翰在齊王冏府，因見秋風起，乃思吴中菰米、蓴羹、鱸魚鱠，曰：「人生貴適志，何能羈宦數千里以要名爵乎？」遂命駕而歸。舊注所引非。**師曰**：甫咀味李白之詩，雖張翰蓴羹之美，不足思也，故云云。**不願論簪笏，悠悠滄海情。****趙曰**：故公無復簪笏之願，而欲寄情江海。

〔一〕北郭，列子卷四仲尼第四作「南郭」。
〔二〕廢，杜陵詩史卷一、分門集注卷八同此，據四庫本、王洙本卷九、九家集注卷一九，當爲「發」之訛。

臨邑舍弟書至苦雨黄河泛溢堤防之患簿領所憂因寄此詩用寬其意開元二十九年作。

補注 **鶴曰：**唐志、輿地廣記並云：臨邑屬齊州，在河南道。按，五行志：「開元二十九年七月，伊、洛及支川皆溢，是秋，河南、河北二十四郡水。」齊其一也，當是其年作，故曰「吾衰同泛梗，利涉想蟠桃」。蟠桃，在齊地。

二儀積風雨，百谷漏波濤。 **洙曰：**老子：「江海爲百谷王。」**聞道洪河拆**〔一〕**，遥連滄海高。職司憂悄悄，** **洙曰：**謂當職司水之官。**郡國訴嗷嗷。舍弟卑栖邑，防川領簿曹。** **洙曰：**堤防也。**尺書前日至，** **洙曰：**韓信傳：「咫尺之書。」**版築不時操。** **洙曰：**以版夾土而築也。書：「得傅説於版築之間。」**難假黿鼉力，** **趙曰：**紀年曰：「周穆王三十七年，東至于九江，〔以〕（比）黿鼉以爲橋梁〔二〕。」**空瞻烏鵲毛。** **洙曰：**淮南子云：「烏鵲填河成橋。」**燕南吹畎畝，濟上没蓬蒿。** **洙曰：**泛濫至於燕南、濟上，皆漂没也。**螺蚌滿近郭，蛟螭乘九皋。** **洙曰：**泛溢，故螺蚌在陸，蛟螭在霄漢。**徐關深水府，碣石小秋毫。** **洙曰：**徐關、碣石，皆地名。書：「碣石入于海。」**張天覺曰：**徐關盡成水府，碣石山爲水所没，其細如秋

〔一〕拆，據王洙本卷九、九家集注卷一八，乃「坼」之訛。

〔二〕以黿鼉以爲橋梁，四庫本作「以黿鼉爲橋梁」，杜陵詩史卷一、分門集注卷四作「此黿鼉以爲橋梁」，九家集注卷一八、藝文類聚卷九水部下橋及初學記卷七地部下橋第七引紀年作「比黿鼉以爲梁」，則上「以」「此」皆「比」之訛。

毫。補注鶴曰：爾雅云：「蚌含漿。」釋曰：「説文云：『蜃屬。』郭云：『即蜃也，老産珠者。』」武帝紀：「至碣石。」文穎曰：「此石著海旁。」師古曰：「碣石，特立之貌。」以特立者如秋毫之小，則水溢可知。又齊地紀云：「渤海東有碣石。」謂之渤海，應是指此而言，詳見上注。徐關，亦指齊地而云。故公送舍弟頻赴齊州〔一〕，亦有「徐關東海西」之句。**白屋留孤樹，青天**洙曰：一作「雲」。**失萬艘。**趙曰：白屋已漂矣，唯孤樹存焉。下句言萬艘乘漲速去，於青（夫）〔天〕長遠之間，（項）〔頃〕刻之中望之若失矣。**吾衰同泛梗，利涉想蟠桃。**洙曰：山海經曰：「東海有山名度索山，有大桃屈盤三千里，名曰蟠桃。」趙曰：蟠桃正在齊地東海度索山，故因水漲可以涉舟望之也。**倚賴**洙曰：一作「却」。**天涯釣，猶能掣巨鰲。**洙曰：龍伯國大人，一釣六鰲。趙曰：列子言：「龍伯之國人，一舉釣六鰲。」師曰：甫意以此職司大手，必能治河，邑之所倚賴也〔二〕，故云云。

過宋員外之問舊莊天寶二、三載作。

補注鶴曰：案，舊史：「宋之問，虢州弘農人。景龍中，再轉考功員外郎。」之問之居雖在虢州，而莊在首陽。「枉道祇從入」，當是開元二十九年至天寶二、三年，公在河南時作。舊史宋之問傳：「中宗增置修文館學

〔一〕頻，蕭注本卷一一校云：「疑是『穎』字之誤。」
〔二〕倚，杜陵詩史、分門集注作「恃」。

士，擇朝中文學之士，之問與杜審言首膺其選，當時榮之。」又之問有送審言詩，有「卧病人事絶，嗟君萬里行」之句。審言死，之問又有景龍二年祭文。公與之有世契，宜過其莊而問者舊也。

宋公舊池館，零落守陽阿。 **洙曰**：守，一作「首」。阿，山之阿。**師曰**：陽阿，乃山之南。時宋員外與弟執金吾居此，甫枉道過之，金吾已死。補注 **鶴曰**：善本作「零蕩」，守陽作「首陽」，是。首陽山在河南府，號與河南爲鄰，故宋有别墅在焉。**枉道祇從入，吟詩許更過。** **趙曰**：凡枉道而游者，猶任其入，况能詩者，而不許其過乎？則公自負可知矣。**淹留問耆老，寂寞向山河。** **趙曰**：淹留，駐迹之義。欲問耆老員外平日之事[一]，所以爲之淹留。員外亡矣，其莊空存，對此山河，徒寂寞耳。**更識將軍樹，悲風日暮多。** **洙曰**：馮異每所止舍，獨居樹下，軍中呼爲大樹將軍。漢光武以此多之。**師曰**：將軍樹，美金吾也。補注 **鶴曰**：舊史：「之問弟之悌有勇力，開元中自右羽林將軍出爲益州長史、劍南節度兼采訪使，尋遷太原尹。」故云將軍。初不曾爲金吾也。

夜宴左氏莊天寶二、三年作。

補注 **鶴曰**：公未得鄉貢之前游吴、越，下第之後游齊、趙。此詩云：「詩罷聞吴詠，扁舟意不忘。」謂因吴

[一] 日，杜陵詩史、分門集注、九家集注同此，四庫本作「昔」。

音而思其地也，則是在游齊、趙時作。未詳左氏莊在〔河〕（何）郡，舊次在過宋之問舊莊後，則左氏莊亦在河南，詩是天寶二、三年間作。

風林纖月落，衣露浄琴張。**饒節曰**：月落露下，言夜深也。暗水流花徑，春星帶草堂。檢書燒燭短，**蘇曰**：韋玄每使子弟讀書，或檢閲文字，燒短燭，燼則罷課，夜常以此爲程。看劍引杯長。**洙曰**：看，一作「説」。看劍，一云「煎茗」。**趙曰**：東坡有云：「引杯看劍話偏長。」正使此句也。詩罷聞吴詠，**蘇曰**：公孫滿寓秦中，月夜聞人吴音棹歌，浩然有歸心，即日命駕歸矣。扁舟意不忘。**趙曰**：惟其聞吴詠，故有扁舟之興。

送蔡希魯都尉還隴右寄高三十五書記

洙曰：時哥舒翰入奏，〔勒〕（勒）蔡子先歸〔一〕。**補注** **鶴曰**：哥舒翰，天寶十四年春入朝，道遇風疾，留京師，勒都尉蔡希魯先歸隴右。故詩以送之，當是其年作。按，舊史：隋置驃騎、鷹揚等府。凡天下守戍兵不成軍，曰牙府，有上、中、下折衝都尉各一人，左右果毅都尉各一人。都尉，掌領五校之屬，以備宿衛，以從師役，總其戎，具資糧，差點教習之法令。凡衛士三百人爲一團，以校尉領之。

〔一〕勒，據四庫本、杜陵詩史卷二、分門集注卷二一、九家集注卷一八，乃「勒」之訛。

蔡子勇成癖，**蘇曰**：張遼養勇鋭成癖，恃才業成癡。彎弓西射胡。**鄭曰**：射，食亦反。**洙曰**：曹子建白馬篇：「宿昔秉良弓，楛矢何參差。控弦破左的，右發摧月支。」健**洙曰**：一作「男」。兒寧鬭死，壯士耻爲儒。**洙曰**：世説：「〔桓〕（祖）車騎使健兒鼓行劫鈔〔一〕。」**趙曰**：强健之兒也，故對壯士，盍自是今日以黥面者爲健兒〔二〕，故學者致疑耳。曹子建詩：「名在壯士籍。」**曰**〔三〕：如項羽目樊噲曰：「壯士也。」補注 **希曰**：健兒，乃軍士之名。按史：「天寶十四年十一月，於京師召募十萬衆，號曰文武健兒。」壯士，亦軍卒之稱，如通鑑云「思明多遣壯士竊官軍裝號」是也。官是先鋒得，材緣挑戰須。**鄭曰**：挑，徒了切。**洙曰**：先鋒，謂先師衆而行也。鋒取鋒鋭之義。挑戰，挑之使戰，如左氏之致師也。身輕一鳥過，**余曰**：歐公詩話云：「初，陳舍人從易偶得杜集舊本，文多脱誤，至送蔡都尉詩『身輕一鳥』，其下脱一字。陳公與數客各用一字補之，或云『疾』，或云『落』，或云『下』，莫能定。後得一善本，乃是『過』字，陳公嘆服，以爲雖一字，諸君亦不能到。」**洙曰**：言輕健如飛鳥也。〔搶〕（槍）急萬人呼。雲幕隨開府，**洙曰**：幕府，以幕爲府。西京雜記：

〔一〕桓，據世説新語卷下任誕，乃「祖」之訛。

〔二〕盍自是今日以黥面者，杜陵詩史、分門集注同此，九家集注作「非今日黥面者」，則「自是」乃「非是」之訛。

〔三〕曰，四庫本作「洙曰」，當爲館臣誤補「洙」字；按，「强健之兒也」至「如項羽目樊噲」云云，九家集注皆爲「趙曰」注文，但其中無「曹子建詩名在壯士籍」之句；杜陵詩史、分門集注分作兩注，分别在「健兒寧鬭死」「壯士耻爲儒」句下，皆署「趙曰」，而「曹子建詩名在壯士籍」之句則在「壯士耻爲儒」下，署「洙曰」；則「曹子建詩名在壯士籍」之上應署「洙曰」，「如項羽目樊噲」云云之上應署「趙曰」，原刻緊接上「趙曰」，不署「趙」字，亦可通。

「成帝設雲幕於甘泉。」春城赴一作「入」。上都。趙曰：此言哥舒之入奏也。天寶十一年冬入朝，今言春城赴上都，豈由冬末而涉春乎？補注鶴曰：文選張景陽詩：「忽如鳥過目。」公用此字也，一字亦有所本。槍急，謂用槍之急，使萬人爲驚呼也。開元十三年四月，敕四軍槍矟有緋、緑、紅、碧之辨。元宗實録：「翰爲河西衙前將，吐蕃大寇邊，翰持半段槍，當其鋒擊之。」此用其事。寶應元年建卯月，以京兆府爲上都，而此詩天寶十四年作，乃先言上都，何耶？蓋古詩號國都多曰上都。按舊史，哥舒翰天寶六年充隴右節度副使，其冬代王忠嗣爲隴右節度支營田副大使，知節度事。而兼河西却在十二年，奏前封丘尉高適爲掌書記。今詩題「送蔡希魯還隴右寄高三十五書記」，則是天寶十四年春翰入朝，非指天寶十一年冬而言也。馬頭金匼匝，鄭曰：上口答，下作答反[一]。洙曰：古詩「白馬黄金羈」，「驄馬金絡頭」。補注希曰：匝，當書作「帀」。駝背錦模糊[二]。趙曰：駝之背負物矣，而以錦帕蒙之，此之謂模糊。咫尺雪山路，洙曰：郭義恭廣志曰：「西域有白山，通歲有雪，亦名雪山。」班超贊曰：「定遠慷慨，專功西域，坦步葱雪，咫尺龍沙。」注：「八寸曰咫。咫尺者，言不以爲遠也。」歸飛西洙曰：一作「青」。海隅。趙曰：謂希魯先（勤）（勒）還隴右也。上公猶寵錫，突將且前驅。趙曰：上公，指哥舒翰，猶有錫命未已，固當少留，則蔡子突將，當往爲前驅以先歸也。

〔一〕「上口答，下作答反」二句，杜陵詩史、分門集注同此，唯「反」作「切」，四庫本作「匼口答反，匝作答反」。
〔二〕模，杜陵詩史、分門集注、九家集注同此，四庫本作「糢」。下同。

補注鶴曰：漢平帝元始元年始置太師、太傅、太保，東漢以後常曰上公。吴詔范慎爲太尉，曰：「宜登上公。」突將，猶飛將、驍將，謂能馳衝，亦突騎之義。**漢使黄河遠，**洙曰：漢使張騫窮河源。趙曰：翰爲河西節度使，故云。**凉州白麥枯。**洙曰：漢桓帝童謡曰：「小麥青青大麥枯，誰當穫者婦與姑，丈夫何在西擊胡。」因君問消息，洙曰：問高消息。**好在阮元瑜。**洙曰：王粲傳：「陳留阮瑀，字元瑜，少受學於蔡邕。建安中，都護曹〔共〕（洪）欲使管記室〔一〕，瑀不爲屈。」師曰：甫因問高適消息，適隨哥舒翰爲掌書記，故比之阮元瑜。在，乃存問之辭。

春日憶李白天寶元年作。

補注鶴曰：詩云「渭北春天樹，江東日暮雲。何時一樽酒，重與細論文」，則是時白在江東也。按，舊史云：白天寶初已客游會稽，與吴筠隱於剡中。乃〔共〕（其）時也。當是天寶元年春作。

白也詩無敵，洙曰：一作「數」。**飄然思不群。**補注希曰：鍾嶸評曹植：「超逸今古，卓爾不群。」又離騷：「鷙鳥之不群。」三國志楊戲評曰：「揚戲商略，意在不群。」**清新庾開府，**洙曰：蕭楊州薦士表：

〔一〕共，四庫本同此，據杜陵詩史、分門集注、九家集注及三國志卷二一魏書王粲傳，乃「洪」之訛。

「辭賦清新。」**鄭曰**：庾信，字子山，爲車騎將軍開府。**俊逸鮑參軍。** **洙曰**：鮑昭，字明遠，爲宋臨海王參軍。

蘇曰：鍾榮曰〔一〕：「鮑參軍詩如野鶻翻雲，良馬走堤，俊逸奔放。」**渭北春天樹，江東日暮雲。** **洙曰**：江淹詩曰：「日暮碧雲合。」**蘇曰**：王濟曰：「雲日暮不成霖雨，空返故山。」此詩微諷，讀者當識意。**李泰伯曰**〔二〕：渭北，甫所居。江東，白之所在也。**何時一樽酒，重與細論文。** **洙曰**：沈休文詩：「勿言一樽酒，明日難重持。」**趙曰**：論文而至於細，始盡其妙矣，非李杜莫造也。亦孟浩然「何時一杯酒，重與李膺傾」〔三〕。**補注** 希曰：魏文帝典論有論文一篇。李白詩自云：「欲向江東去，定將誰舉杯。」此殆因白有是詩，故云。**鶴曰**：孟浩然詩，公用其語意，而易三字，意又高矣。

贈陳二補闕 天寶十三年作。

補注 唐志：「武后垂拱元年，置補闕、拾遺左右各二員，其後各增至六人，掌供奉諷諫，大事廷議，小事上封事。」陳雖未詳其名，然詩云「皂鵰寒始急，天馬老能行」，蓋老儒也。天寶十三年長安作。

〔一〕鍾榮，四庫本、杜陵詩史、分門集注皆同此，此評語乃出自鍾嶸詩品，則「鍾榮」乃「鍾嶸」之訛。
〔二〕李泰伯曰，四庫本、杜陵詩史、分門集注皆同此作「蘇曰」中語，但「集注杜工部詩姓氏」中有李泰伯（李觏），故改爲杜詩注家格式。
〔三〕「重與李膺傾」下無字，杜陵詩史、分門集注同，四庫本有「意」字，九家集注有「者矣」二字，則當脱「者矣」或「意」字。

世儒多汩没，夫子獨聲名。獻納開東觀，洙曰：謝玄暉詩：「獻納雲臺表。」後漢和帝幸東觀，覽書林，閲篇籍，博選術藝之士以充其官。補注希曰：中庸：「聲名洋溢乎中國。」莊子：「以收聲名。」後漢圖書在東觀，華嶠謝秘書監表曰「馬融博通，三入東觀」是也。**君王問長卿。**洙曰：司馬相如，字長卿，蜀人。楊得意爲都監，侍上，上讀子虚賦而喜之，曰：「朕獨不得與此人同時哉！」得意曰：「臣邑人司馬相如自言爲此賦。」上驚，乃召問相如。**皂鵰寒始急，**師曰：皂鵰，御史，以比補闕。補闕，諫官也。**天馬老能行。**洙曰：所謂老而益壯。修可曰：大宛馬，乃天馬之種也。**自到青冥裏，休看白髮生。**洙曰：言自可致於青霄之上，無以老自怠。

寄高三十五書記天寶十三年作。

補注鶴曰：高謂高適也。唐志：節度使有掌書記一人。按，舊史云：「適解褐爲汴州封丘尉，非其好也，乃去位游河(古)(右)。河西節度使哥舒翰異之，表爲左驍衛兵曹，充翰府掌書記。」翰以十二載加河西節度使，十三載拜太子太保，明年入京。而適爲書記亦在十三載，則詩當作於其年[一]。詩云「聞君已朱紱」，是時適未經賜緋，何以有此句？按，史云：玄宗嘉適陳潼關敗亡之勢，至成都方賜緋，除諫議大夫。則在至德二載。

〔一〕其，四庫本作「是」。

〔苦〕（若）是賜緋後寄之，亦不應題曰「書記」。蓋禄山之亂，徵翰討賊，拜適拾遺，仍轉監察御史，佐翰守潼關矣。當是十三載作詩時聞賜緋，故及之，而言者誤也。

嘆息高生老，新詩日又多。美名人不及，佳句法如何。**洙曰**：按，新唐書：「適五十始爲詩，即工，以氣質自高。每吟一篇已，好事者輒傳。」**主將收才子，崆峒足凱歌。****趙曰**：主將，哥舒翰也。翰爲河西節度使，以適爲掌書記。崆峒，隴右山名。足凱歌，以言必勝也。**聞君已朱紱，****蘇曰**：潘岳：「近聞朱紱，猶慰老夫。」**師曰**：朱紱，言增爵秩也。補注 **希曰**：紱，古蔽膝也，象冕服，以韋爲。曹子建：「俯愧朱紱。」易：「朱紱方來。」又韋賢傳：「黼衣朱紱。」師古曰：「朱裳畫爲亞文也。亞，古『弗』字，故因謂之紱。」**且得慰蹉跎。**

送裴二虯作尉永嘉天寶十三年作。

補注 **鶴曰**：裴虯大曆四年爲道州刺史，所謂裴端公者。公有暮秋枉裴道州手札詩：「憶子初尉永嘉去。」考世系表，虯終於諫議大夫，乃洗馬裴之後。此詩云：「隱吏逢梅福，游山憶謝公。扁舟吾已就，把釣待秋風。」則公欲學靈運游山，以償前者不能窮扶桑之恨。梁權道編在天寶十三載，或是，蓋枉手札詩云「軍符侯印取豈遲，紫燕緑耳行甚速〔一〕」，謂七年之間自尉而至於守也。是時公獻三賦，俾集賢委官試文章，但送隸有司，參列選序。以爲儒術難起，遂欲歸故山尋勝概。觀留贈集賢崔于二學士詩可知，其詩與此合。

孤嶼亭何處，天涯水氣中。故人官就此，絶境與誰同。 **趙曰**：故人，指裴二也。絶境，則指孤嶼亭矣。**隱吏逢梅福，** **洙曰**：漢梅福，九江人，補南昌尉。王莽專政，福棄妻子，去九江，至今傳以爲仙。其後見福於會稽，更名爲吴市門卒。所謂隱於吏也。**游山憶謝公。** **洙曰**：謝安石寓居會稽，常往臨安山中，坐石室，臨濬谷，悠然嘆曰：「此亦伯夷何遠？」安雖放情丘壑，然每游賞，必以妓女從也。**趙曰**：謂謝靈運也，爲永嘉守，好游山水，時號謝公。舊注妄引謝安，非是。**扁舟吾已就，** **洙曰**：一作「具」。**把釣待秋風。** **蘇曰**：杜預書曰：「吾本麋鹿心性，强拘名利，欲脱不能。漢水澄明，鯿魚正肥，待得秋風凉冷，吾當把釣，盡此林泉之志。」

城西陂泛舟天寶十三年作。

補注 **鶴曰**：城西陂，即渼陂。公與源少府宴渼陂詩云：「爲愛西陂好，金錢罄一餐。」即此陂也。梁權道編在天寶十三載長安詩内。

〔一〕緑，四庫本作「騄」。

青蛾皓齒在樓船，橫笛短簫悲遠天。春風自信牙檣動，洙曰：庾信賦：「鐵軸牙檣。」宋曰：船檣首〔鐃〕（鋭）如牙〔一〕。遲日徐看錦纜牽。洙曰：吴甘寧以錦纜牽船。魚吹細浪摇歌扇，燕蹴飛花落舞筵。洙曰：以扇自障而歌，故謂之歌扇。程曰：歌扇所以掩口遮羞。不有小舟能蕩槳，百壺那送酒如泉。夢符曰：按，方言：「楫謂之槔，或謂之〔擢〕（櫂）。所以（隱）〔擢〕（櫂）謂之槳。」又前漢地理志：「酒泉郡。」師古曰：「舊俗傳云，城内有金泉之味如酒〔二〕。」

贈田九判官天寶十四年作。

補注 鶴曰：詩云「崆峒使節上青霄，河隴降王款聖朝。」謂哥舒翰天寶十四年春入朝。師云「哥舒翰爲安西都護，辟田梁丘爲判官」是也。河隴，謂翰爲隴右節度，又兼河西節度也。此詩當是十四載春作。

崆峒使節上青霄，河隴降王款聖朝。趙曰：此詩乃哥舒翰獻捷之事。何以明之？崆峒，隴右之山名也，翰於天寶八年爲隴右節度使，與吐蕃戰于石堡城，敗之，拔其城，更號神武軍。上青霄，言領吐蕃降王

〔一〕鐃，分門集注卷一〇同此，據四庫本、杜陵詩史卷四，乃「鋭」之訛。
〔二〕之，杜陵詩史、分門集注同此，四庫本作「其」。按，漢書卷二八地理志作「泉」，疑「之」爲重文號之誤刻，而館臣當爲臆改。

以朝也。**宛馬總肥**洙曰：一作「飛」〔一〕。**春苜蓿，**洙曰：大宛國，漢時通，人嗜蒲桃酒，馬嗜苜蓿。後二師至宛，取善馬，遂采蒲萄、苜蓿種而歸〔二〕。師與趙曰：苜蓿，所以飼馬。補注鶴曰：按唐百官志：「駕部郎中、員外郎，掌按馬。凡驛馬，給地四頃，蒔以苜蓿。」閩中名士傳：「薛令之詩云：『初日上團團，照見先生盤。盤中何所有，苜蓿長闌干。』」謂苜蓿之穗如闌干星之長，春生而〔種〕（秋）成〔三〕。今云「總肥春苜蓿」，謂去年所收者，非食其苗也。**將軍只數漢**洙曰：一云「霍」。**嫖姚。**洙曰：霍去病爲嫖姚校尉。注：「嫖、姚，皆勁疾之貌，今讀音飄飄者，非。」趙曰：指言哥舒也。漢霍去病爲嫖姚校尉，「姚」在漢書音作去聲，而公作平聲。沈存中筆談嘗論之矣，以爲無害於義。**陳留阮瑀誰爭長，**洙曰：王粲傳：「始，文帝爲五官將，及平原侯植，與北海徐幹、廣陵陳琳、陳留阮瑀、汝南應〔璩〕（瑒）〔四〕、東平劉楨並相友善。曹洪欲使瑀掌書記，瑀終不爲屈，太祖辟爲軍謀祭酒。」**京兆田郎早見招。**洙曰：田鳳爲郎端正，入奏事，靈帝目送之曰：「堂堂乎京兆田郎。」**麾下賴君才並入，獨能無意向漁樵。**蘇曰：阮瑀語叔曰：「今涉仕路者，如躍駿馬於薄冰，何苦戀戀，獨無意向漁樵乎？」趙曰：此言主將麾下賴田君之才，與諸俊並入，可獨能無意而甘心於漁樵乎？

〔一〕一，原漫漶而闕，據國圖全本、四庫本補。

〔二〕蒲萄，四庫本作「蒲桃」。

〔三〕種，據四庫本，乃「秋」之訛。

〔四〕應璩，杜陵詩史、分門集注同此，據九家集注、三國志卷二一王粲傳，乃「應瑒」之訛。

贈獻納起居田舍人澄天寶十三載作。

洙曰[一]：一云「贈田起居獻納使」。補注鶴曰：詩云「揚雄更有河東賦，唯待吹嘘送上天」，當是天寶十三載作，詳見注。

獻納司存雨露邊，洙曰：一作「偏」。武后初置匭，以受四方之言，謂之理匭使，玄宗改爲獻納。趙曰：唐制，獻納使掌受封事，以獻天子。補注鶴曰：舊史云：「天寶九載三月庚戌，改匭使爲獻納。」又會要云：「三月十八日，改匭爲獻納。」**地分清切任才賢。**洙曰：劉公幹詩：「拘限清切禁。」趙曰：以田君爲起居舍人，從六品上，隸中書省，斯爲禁近矣。**舍人退食收封事，**洙曰：唐以舍人、給事中知匭事。補注鶴曰：按舊史志：「起居舍人，隋置，貞觀二年省，置起居郎二員。明慶中又置，始與起居郎分在左右，掌起居注，録天子言動，以修記事之史。」未嘗知匭事。其知匭使，自垂拱已來常以諫議大夫及補闕、拾遺一人充使，受納訴狀，每日暮進内，而晨出之也。今云收封事者，殆是以封事裁决其是非爾。蓋中書省亦有起居舍人二員，司左省起居，舍人掌修記言之史，録天子制誥、德音，如記事之制，以紀時政之損益。是時中書舍人掌百司奏議，文武考課皆預裁焉。起居舍人與之同省，故亦得而收封事也。**宫女開函近御筵。**洙曰：函爲匭函也。宫女開函，以所投封事奏御。洙曰：一作「捧」。**曉漏追趨青瑣闥，**洙曰：青瑣，門也。范彦龍詩：「攝官

[一] 洙曰，分門集注卷一九同此，杜陵詩史卷四作「彦輔曰」。

青瑣闥，遥望鳳凰池。」晴窗點檢白雲篇。揚雄更有河東賦，唯待吹噓送上天。洙曰：揚雄，成帝時客有薦雄文有似相如，還，上河東賦。此子美自比雄也，故有「唯待吹噓」之句。補注鶴曰：公既獻三賦，又作封西岳賦欲奏上，故云「揚雄更有河東賦」，亦「賦料揚雄敵」意也。按進賦表云：「惟岳〔一〕，授陛下元弼，克生司空。」又云：「春將披圖視典，冬乃展采錯事。」司空，指楊國忠。舊史：「天寶十三載二月戊寅，右丞相兼文部尚書楊國忠守司空，甲申，授册。」則進賦必在是年，所謂視典、展采，欲在十四年。蔡興宗亦謂進賦在十三載冬，然則是詩乃其年未進賦時投贈也。或謂九年已封華岳，不應公十三載又進賦，按史：「九載正月庚戌，群臣請封西嶽，從之。三月辛亥，西嶽廟災，時久旱，制停封西嶽。」會要云：「天寶九年正月九日，敕以今載十一月有事華山。三月二十七日，西岳廟災，京師旱，遂停封岳之禮。」宜公十三載又奏賦以請，未幾兵戈四起，卒不果行此禮也。

送韋書記赴安西天寶十一年作。

補注鶴曰：公以天寶十年獻三賦，召試文章，進封西嶽表云：「幸得奏賦，待制於集賢。」今詩云「公車留魏志：「鄭〔渾〕（泰）曰〔二〕：孔〔子〕（公）緒能清談高論〔三〕，嘘枯吹生。」

〔一〕惟，王洙本作「維」。

〔二〕鄭渾，後漢書卷一〇〇鄭太傳作「鄭太」，三國志卷一六鄭渾傳注引張璠漢紀作「鄭泰」。

〔三〕孔子緒，後漢書鄭太傳作「孔公緒」。

二年」，當是十一載作。文云「白頭無籍在」，公自謂未受官也。安西都護府治所在龜兹國城内，節度使撫寧西域，是載封常清爲安西副大都護，攝御史中丞，持節充安西四鎮節度，經略、度支、營田副大使，知節度事。

夫子欻通貴，趙曰：欻，音許勿切，有所吹起貌。欻通貴，忽然而貴也。雲泥相望懸。余曰：後漢逸民傳：「吴倉與〔矯〕（喬）仲彦書云〔一〕：『乘雲行泥，栖宿不同。』」白頭無籍在，洙曰：無籍在朝列也。籍，如通籍之籍。朱紱有洙曰：一作「即」。哀憐。趙曰：韋君爲書記，則賜緋矣。有哀憐，則言朱紱之人有哀憐於我。書記赴三捷，洙曰：一作「接」。采薇詩：「豈敢定居，一月三捷。」注：「捷，勝也。」三勝，謂侵、伐、戰。補注希曰：魏太祖以陳琳、阮瑀爲司空軍謀祭酒、掌書記室。宋江夏王恭取丘巨源爲掌書記。唐志〔二〕：「元帥、節度使有掌書記一人。」故韓昌黎徐濠泗三州節度掌書記廳石記云「元戎總齊三軍之事」云云，「凡文辭之事皆出書記」。公車留二年。洙曰：東方朔待詔公車。師古曰：「公車，令屬衛尉，上書者所詣。」欲浮江海去，此别意滄洙曰：一作「蒼」。然〔三〕。趙曰：公自謂也。公自負其才，既見韋之通貴而身留公車，不能無觖望，故欲去而之江海矣。

〔一〕吴倉，後漢書卷一一三逸民列傳喬慎傳作「吴蒼」。矯，據後漢書喬慎傳，乃「喬」之訛。
〔二〕唐志，四庫本作「唐制」。
〔三〕滄，四庫本作「茫」。

陪鄭廣文游何將軍山林十首天寶十二年作。

彦輔曰：東方朔傳：「竇太〔后〕（主）曰[一]：『回輿〔枉〕（柱）路，臨〔妾〕（妄）山林[二]。』」應劭曰：「公主園中有山，謙不敢稱第，故言山林。」**補注** **鶴曰**：何將軍，未詳爲何人。如彦輔注，則是公主園，何將軍乃尚主。雖唐駙馬有爲將軍者，如周道務爲〔古〕（右）驍衛將軍，程懷亮爲寧遠將軍之類，而諸公主列傳無下嫁何氏者，又詩無言公主之意。天寶九年秋七月乙亥，置廣文館於國子監，而鄭虔首膺博士之命，則詩當在天寶十二載作。以此詩第四首及後詩第五首考之，是官未定時游此，罷河西尉、授率府胄曹在十四年。

不識南塘路，今知第五橋。 **趙曰**：於志，在萬年縣郭外之西南。**師曰**：甫詩謂「第五橋東流恨水」，則第五橋乃蜀中橋名。**補注** **希曰**：師云第五橋乃蜀中橋名，然長安亦有之。城中東五十四坊，萬年縣領之，則東南郭亦其所領。後詩云東橋，即此橋也。公題鄭十八著作文詩云[三]：「第五橋東流恨水，皇陂岸側結愁亭。」豈是指蜀中而言？師殆不考鄭貶台州司户在至德二年，而公詩作於乾元元年，是時未入蜀也。**名園依緑水，野竹上青霄。** **洙曰**：北山移文：「干青霄而直上。」**谷口舊相得，** **洙曰**：揚雄曰：「谷口鄭子真不詘其志，耕乎岩石之下，名震于京師。」**趙曰**：谷口，以鄭子真指廣文。**濠梁同見招。** **洙曰**：莊子、惠子同游

[一] 竇太后，杜陵詩史卷二、分門集注卷一〇同此，據九家集注卷一八、後漢書卷六五東方朔傳，乃「竇太主」之訛。
[二] 妄，四庫本作「幸」，據九家集注、杜陵詩史、分門集注、後漢書東方朔傳，乃「妾」之訛。
[三] 文，蕭注本校：「『文』字，當是『丈』字之誤。」今據南宋殘本改。

濠梁之上。平生爲幽興，未惜馬蹄遥。**蘇曰**：蘇博招杜預曰：「山家酒香雞肥，君子不惜道長，馬蹄遥遠，可訪蓬蓽，慰此拳拳耳。」

百頃風潭上，千重夏木清。**趙曰**：舊本「千重」無義，善本作「章」，出前漢食貨志：「大木曰章。」**補注** **希曰**：潭，當是廣運潭，亦在萬年縣。卑枝低結子，接葉暗巢鶯。鮮鯽銀絲鱠，香芹碧澗羹。**洙曰**：謝靈運詩：「銅陵映碧澗。」**趙曰**：碧、澗，皆狀物之語，而薛公補遺以爲地名。名偶同耳，非是。翻疑柂樓底，**鄭曰**：柂，徒可切。晚飯越中行。**師曰**：越地盛有芹魚，行舡中多煮芹鱠魚，故甫有「翻疑柂樓底，晚飯越中行」。

萬里戎王子，何年別月支。**趙曰**：戎王子，説者以爲花名，義固然矣。又言別月支，是必月支之物。**師曰**：月支，西域國名，何將軍嘗征西域，禽其王子歸朝[一]，傳其地花草數種。**補注** **鶴曰**：爾雅「戎菽」，樊光遠舍人、李巡、郭氏皆以爲是胡豆，釋者云：「郭氏等以戎、胡俱是夷名，故以戎菽爲胡豆也。」又「戎葵」，郭云蜀葵，釋者曰：「戎葵，蜀葵，蓋其所自也，因以名之。」鶴謂，尚書牧誓：「以庸、蜀、羌、髳、微、盧、彭、濮八國，皆蠻夷戎狄。」故郭亦以蜀葵爲戎葵也，然則戎王子其此意歟。且爾雅釋唐蒙[二]，曰蒙王女。郭云：「即唐也，是又

[一] 禽，四庫本作「擒」，字通。
[二] 爾雅，原漫漶，乃爲下頁「夢符曰」三字所污，此據國圖全本、四庫本。

名王女。」觀此安知「王子」不知「王女」之爲名也〔一〕？爾雅亦有王蒸、王帚、王芻之名，月令又有王瓜之名，今於「王子」之上加以「戎」字，以言其自戎中來，正猶戎菽、戎葵也。**異花開絶域，滋蔓匝清池。漢使徒空到，**趙曰：張騫於西域止移胡桃、石榴、苜蓿，而不移此所謂戎王子，是爲徒空到矣。**神農竟不知。**趙曰：言此絶域異花不載於神農本草。**露翻兼雨打，開拆漸離披。**趙曰：宋玉云：「白露下衆草兮，奄梧楸而離披。」

旁舍連高竹，疏籬帶晚花。碾渦深没馬，洙曰：碾渦，碾磑間水渦旋也。鄭曰：渦，烏禾切，水回也。**藤蔓曲藏蛇。**洙曰：藏，一作「垂」。**詞賦工無益，**洙曰：無，一作「何」。趙曰：公時爲布衣，故云。**山林迹未賒。**趙曰：言我之蹤迹不久在山林也。**盡捻書籍賣，**趙曰〔二〕：王叔艾嗜酒，家貧，常挾祖父所蓄書籍賣酬酒價。鄭曰：捻，正本作「拈」，如兼切。唐韻：「指取物也。」師曰：何將軍雖武人，家藏書籍多，故甫欲依之以就其書。補注希曰：公以奏賦，止令集賢委學官試文章，再降恩澤，又止送隸有司參列選序。故云詞賦雖工而無益，旅次之久，安得不捻書〔藉〕〔籍〕賣以爲山林之資？**來問爾東家。**夢符曰：文選

〔一〕不知，疑「知」爲「如」字之訛。

〔二〕趙曰，杜陵詩史卷二、分門集注卷一〇同此，疑爲「蘇曰」之誤，按，林繼中杜詩趙次公先後解輯校甲帙卷之二此注下校云：「百家注所引云云，未標出處，不合趙注重出處之體例，且語類僞東坡注，姑存待考。」

陳孔璋爲曹洪與魏文帝書曰：「怪乃輕其東家（丘）[一]，謂爲倩人。」邴原列傳曰：「原游學，詣孫崧[二]，崧曰：『君鄉里鄭君，學者之模範也，君乃舍之，所謂以鄭君爲東家丘也。』原曰：『君以鄭君爲東家丘，以僕爲西家愚夫耶！』」

剩水滄江破，殘山碣石開。趙曰：禹貢：「地名碣石，以其碣起之石矣。」唐書有「殘膏賸馥」之句，賸，俗作「剩」字。師曰：殘山碣石，山水之雄，言何將軍山水之樂，分得滄江、碣石之真趣。緑垂風折笋，紅綻雨肥梅。銀甲彈箏用，洙曰：古詩：「十五學彈箏，銀甲不曾卸。」以銀作指甲，取其有聲。金魚換酒來。洙曰：魚，一作「盤」。阮孚爲常侍，以金貂換酒。興移無洒掃，隨意坐莓苔。蘇曰：鄭子真得酒，以瓦盞瓷瓶，隨意所在，藉芳草快飲。趙曰：此尤見其野逸之興[三]。

風磴吹陰雪，趙曰：磴，石梯之道也。雲門吼瀑泉。鄭曰：瀑，薄報切。師曰：雲門，謂雲擁翼山門。酒醒思卧簟，衣冷欲裝綿。洙曰：欲，一作「得」。野老來看客，河魚不取錢。師曰：野老來看客，言少有人到也。河魚不取錢，言魚賤也。只疑淳朴處，自有一山川。趙曰：淳朴者，太古之世也，

[一] 東家，文選卷四一作「家丘」，則「家」下脱「丘」字。
[二] 崧，原殘損，此據國圖全本、四庫本。
[三] 其，四庫本無此字。「興」下，四庫本有「也」字。

以其山野，乃淳朴處也。

棘樹寒雲色，茵蔯春藕香。**蘇曰：**東方朔好食蘭，以醋鹽拌之，同茵蔯、蘭牙食之。皆笑之，朔自若。**脆添生菜美，****趙曰：**生菜非一美〔一〕，而得茵蔯、春藕，又添其美也。**陰益食單涼。****趙曰：**言鋪食單於棘樹之下，陰益其凉也。謂之益，則山中已凉矣。**野鶴清晨出，****洙曰：**一作「至」。**山精白日藏。****洙曰：**（占）（山）精，鬼魅。**趙曰：**蜀帝得山精，以爲妻。庾信云：「山精鏤寶刀。」**石林蟠水府，百里獨蒼蒼。**

憶過楊柳渚，**鄭曰：**過，古禾切。**走馬定昆池。****洙曰：**唐安樂公主作定昆池，言勝昆明。**趙曰：**皆何將軍山林所經過之處。**補注** **希曰：**安樂公主請昆明池爲私沼不得，乃自鑿定昆池，延袤數里，言可抗訂之〔二〕，是無君父矣。卒死於兵，追貶爲悖逆庶人，其有由矣。**醉把青荷葉，****蘇曰：**李膺醉，手常把青荷葉爲扇障日。**師曰：**青荷葉，酒杯也。**狂遺白接䍦〔三〕。****洙曰：**接䍦，衫也。世説：「山簡爲襄陽守，嘗醉習家高陽池，襄陽小兒歌曰：『山公時一醉，遥造高陽池。日暮倒載歸，酩酊無所知。復乘驄馬去，到著白接䍦。舉手

〔一〕美，九家集注、杜陵詩史、分門集注作「矣」。
〔二〕訂，新唐書卷八三安樂公主傳同此，四庫本作「衡」。
〔三〕䍦，杜陵詩史、分門集注同此，九家集注、四庫本作「羅」。下同。

問葛强，何如并州兒？』」師曰：白接䍦，巾也。刺船思郢客，洙曰：郢客善操舟。解水乞吴兒。洙曰：吴兒善泅。趙曰：南人謂北人爲〔滄〕（傖）父〔一〕，北人謂南人爲吴兒，皆常語也。坐對秦山晚，江湖興頗隨。

床上書連屋，階前樹拂雲。將軍不好武，稚子總能文。醒酒微風入，聽詩静夜分。絺衣挂蘿薜，鄭曰：薜，比激切，或作「壁」。凉月白紛紛。趙曰：白紛紛，言其在薜蘿之間如此也。蘿薜者，藤蘿與薜荔也。

幽意忽不愜，蘇曰：嵇彦不愜幽意，忽然出山。趙曰：暗使世説云：「左太冲作三都賦，初意思甚不愜。」歸期無奈何。出門流水住，師曰：水住，言水歸駐也。回首白雲多。洙曰：一作「雜花多」。自笑燈前舞，誰憐醉後歌。秪應與朋好，風雨亦來過。鄭曰：過，古禾切。

重過何氏五首天寶十三載作。

補注 鶴曰：前詩云：「千章夏木清。」又云：「緑垂風折笋，紅綻雨肥梅。」皆是言夏初景物。今詩云：

〔一〕滄，分門集注同此，據九家集注、杜陵詩史、四庫本，乃「傖」之訛。

「花妥鶯捎蝶，溪喧獺趁魚。」又云：「春風啜茗時。」則是春作。前既以爲天寶十二年作，則此當是十三年春也，故第五首云：「相留可判年。」判年，半年也。又云：「何日霑微禄。」乃是未授官時作，故十三年進封西岳賦表亦云「一匹夫」也。若十四年，則已授河西尉，又改率府胄曹矣，所謂「昔罷河西尉，初興薊北師」是也。

問訊東橋竹，將軍有報書。蘇曰：郝隆：「王將軍近日有邊報。」趙曰：言欲重過主人，所以託爲問訊其竹，而報許之也。倒衣還命駕，洙曰：倒衣，如詩有云：「顛倒衣裳。」高枕乃吾廬。洙曰：陶潛詩：「吾亦愛吾廬。」花妥鶯捎蝶，蘇曰：關中人謂落爲妥。溪喧獺趁魚。趙曰：句法則花枝安妥之際，有鶯捎掠於蝶；溪聲喧沸之中，獺趁魚也。師曰：花妥，言花閑静也。捎，欲捎取之。花無情而鶯有情，溪無意而獺有意，静中有動意，古人立語多如此。補注希曰：曲禮正義云：「妥，下也。」又引庾氏云：「妥，頽下之貌。」蘇氏謂關中人謂落爲妥，是。重來休沐地，真作野人居。師曰：休沐，言此可以〔沐〕（休）歇[一]，爲湯沐之所。

山雨樽仍在，沙沉榻未移。趙曰：樽與榻，皆前日之所設，樽在而榻未移，又見將軍之好客。犬迎曾宿客，鴉護落巢兒。雲薄翠微寺，天青黄子陂[二]。鄭曰：貞觀十二年，於洛南營太和宮，後改爲

[一] 沐，據杜陵詩史卷二、分門集注卷一〇、四庫本，乃「休」之訛。
[二] 黄，四庫本、九家集注卷一八作「皇」。

翠微宫，元和中改爲翠微寺。**趙曰**：舊本作「黄子」，義非。按志所載，皇子陂在萬年縣，以秦葬皇子，起冢陂北原上得名。别無「黄子」之稱。公又有鄭虔詩，云「皇陂岸北結愁亭」是也。**師曰**：山未及上曰翠微。黄叔度〔江〕(汪)汪如千頃陂。翠微、黄子，非寺與陂名，特言其義也。補注 **鶴曰**：唐志既曰元和中改翠微宫爲翠微寺，則不應未改寺而先言之，師説或是。第以「叔度汪汪」之喻黄子陂，恐未必然。**向來幽興極，步屧過東籬。**

落日平臺上，洙曰：梁孝王築東苑，廣睢陽城，大治宫室，爲複道，自宫連屬於平臺三十餘里。如淳曰：「平臺，在大梁東北，離宫所在也。」師古曰：「今其城東二十里所有故臺基，其處寬博，世俗云平臺上〔一〕。」**趙曰**：平臺，應是平穩之臺，别無他義，舊注非是。**春風啜茗時。石欄斜點筆，趙曰**：置硯於石欄之上。**桐葉坐題詩。蘇曰**：黄藏好詩酒，幽居得句，家無紙，即摘桐葉題之。句法膾炙人口，好事者常以毫楮遺之。**趙曰**：題詩於桐葉之上。**翡翠鳴衣桁，鄭曰**：户庚切，杜作側聲用。**師曰**：下浪切。**蜻蜓立釣絲。自今幽興熟，洙曰**：一云「自逢今日興」。**來往亦無期。蘇曰**：謝敦：往來既相熟，相見亦無定期，間暇即造門。

〔一〕世俗云平臺上，杜陵詩史、分門集注同此，漢書卷四七梁孝王武傳顔師古注作「土俗云平臺也」，則「上」乃「也」之訛。

頗怪朝参懶，**洙曰**：樂於安閒，故懶於朝參。朝參，謂入朝參謁。**補注希曰**：自唐以來有朝參之名。應耽野趣長。雨拋金鎖甲，**蘇曰**：李廣云：「金鎖甲未可輕拋，朝廷尚憂西北。」**趙曰**：甲言金鎖，以金綫(蓮)(連)鎖之也。苻堅造金銀細甲〔一〕，金爲綖以縲之，乃其類也。苔臥緑沉槍。**夢符曰**緑沉，精鐵也。北史：「隋文帝賜張奫緑沉槍甲、獸文具裝〔二〕。」武庫賦曰：「緑沉之槍。」**蘇曰**：霍去病：痛苔生槍架，塵滿馬鞍，無復征戰之用。**趙曰**：以緑色之物沈沫其柄也。武(軍)(庫)賦有云：「緑沉之槍舊。」薛云以緑沉爲精鐵，非也。**田曰**：廣志言：「緑沉，古弓名。」劉劭趙郡賦言弓弩亦有「緑沉」「黄間」之號。**師曰**：予嘗博考「緑沉」之義，或以爲漆，或以爲用緑設飾。羲之筆經云：「有人以緑沉漆竹鏤管見遺，藏之多年，實有愛玩。」此以緑沉爲漆。廣志曰：「緑沉，古弓名。」古樂府結客少年場行云：「緑沉明月絃。」此言緑沉，皆謂弓也。弩名黄間，以黄飾之也，弓謂之緑沉，其亦以緑爲飾乎？緑沉槍，疑以緑飾之。三説不同，故並載之。**補注鶴曰**：唐詩選楊巨源上劉侍中詩云：「吟詩白羽扇，校獵緑沉槍。」以「緑沉」對「白羽」，亦猶此以「金鎖甲」對。按唐會要云：「開元十三年四月敕：四軍槍矟，左飛騎用緑紛，右飛騎用緋紛。」疑「紛」字傳寫之誤爲「沉」。何將軍其督左飛騎歟，縱是以緑飾槍(稍)(矟)，亦無害於義。甲名金鎖，槍名緑沉，各以其名言，不妨爲精對也。手自移蒲柳，

〔一〕甲，杜陵詩史、分門集注同此，四庫本及九家集注、杜陵詩史、分門集注所載「薛云」(「夢符曰」)引車潁秦書作「鎧」。
〔二〕緑沉槍甲獸文具裝，北史卷七八、隋書卷六四張奫傳作「緑沉甲獸文具裝」。

家纔足稻粱。看君用幽意，白日到羲皇。洙曰：陶潛高卧北窗，自以爲羲皇上人。趙曰：言白日則有雍容閑暇不盡之意。

到此應嘗宿，相留可判年。師曰：判年，半年也。蹉跎暮容色，洙曰：容色衰暮也。蹉跎，差跌也。悵望好林泉。何日霑微禄，歸山買薄田。斯游恐不遂，把酒意茫然。趙曰：言未霑微禄，此爲布衣時也。公方三十九歲，冬方獻三賦，次年方召試得官，故此言斯游恐不遂其意也。

冬日有懷李白 開元二十九年冬。

補注 鶴曰：古人和詩，第和其意而不和其韻，或有用其一韻者，疑此詩是和李白贈公詩。按段〔承〕〔成〕式酉陽雜俎云：「李集有堯祠贈杜補闕者，老杜也。詩云：『我覺秋風逸，誰言秋氣悲。山將落日去，水與晴相宜。煙歸碧海少，雁度青天遲。相失各萬里，茫然空爾歸。』」蓋用第三韻「遲」字。李詩秋作，而此冬作也。白傳云：「天寶初，客游會稽。」殆是先與公別。今詩云「未因乘興去」，當在開元二十九年冬作。按九域志，青州、汝州俱有堯祠，其是年白去江東，在堯祠賦詩寄公歟？

寂寞書齋裏，終朝獨爾思。更尋嘉樹傳，不忘角弓詩。洙曰：昭二年傳：「晉侯使韓宣子來聘，公享之，韓子賦角弓。既享，宴于季氏，有嘉樹，韓宣子譽之，武子曰：『宿敢不封殖此樹？以無忘角弓。』遂賦甘棠。宣子曰：『起不堪也，無以及召公。』」裋褐風霜入，鄭曰：裋，臣庾切。洙曰：貢禹裋褐不完。師古曰〔一〕：「裋者，謂僮豎所著布長襦也。褐，毛布也。」**還丹日月遲。**洙曰：道經言，還丹能使人長生不死。師曰：還丹，九轉丹也。九遍循環然後成，就服之，可使延年，故云日月遲。**未因乘興去，**洙曰：王子猷乘興訪戴安道。**空有鹿門期。**趙曰：公自言無因乘興如王子猷訪戴而去，徒與白有效龐德公隱鹿門山之期約也。

杜位宅守歲天寶十載作。

鮑曰：天寶十年辛卯，時年四十歲，在京師杜位宅守歲，是以有「四十明朝過」之句。補注鶴曰：詩云「四十明朝過」，則是天寶十載除夜。公九載預獻明年大禮三賦表云：「行四十歲。」則十載爲四十歲無疑。蔡興宗、魯訔與鮑注、趙注俱同，獨梁權道編在天寶十三載爲非。世系表：杜位〔在〕〔出〕襄陽〔居〕〔房〕〔二〕，爲考功郎中、朔州刺史〔三〕。後貶新州。

守歲阿戎家，洙曰：王戎，字濬仲，少阮籍二十歲，而籍與之交。籍與戎父渾爲友，戎年十五，隨父渾在

〔一〕師古曰，原作杜詩注家格式，據漢書卷七二貢禹傳及杜陵詩史卷一、分門集注卷一九，實乃唐人顔師古注漢書之文，故改。
〔二〕在襄陽居，據新唐書卷七二上宰相世系二上「襄陽杜氏」，當爲「出襄陽房」之訛。
〔三〕朔州，新唐書宰相系二上作「湖州」。

郎舍，籍每適渾，俄頃輒去，過視戎，良久然後出。謂渾曰：「共卿語不如與阿戎談。」補注鶴曰：杜位乃公之從弟，有奉送柏二州別駕因示從弟行軍司馬位詩，不應用父子事，王注蓋不知善本作「阿咸」。東坡與子由詩云：「頭上銀旛笑阿咸。」又和章饒二君詩〔一〕：「欲喚阿咸來守歲。」蓋用公此詩也。**椒盤已頌花。**洙曰：周庾信正旦詩：「椒花逐頌來。」蘇曰：周處風俗記：「正旦楚人拜壽，上五辛盤、松柏頌、椒花酒。」**盍簪喧櫪馬，**洙曰：易豫卦：「勿疑，朋盍簪。」古詩：「老驥伏櫪。」**列炬散林鴉。四十明朝過，**趙曰：公三十九歲，冬，預獻明年三大禮賦表云：「甫行年四十載矣。」當强仕之年，官猶未定，宜其感嘆之切，故云。**飛騰暮景斜。誰能更拘束，**蘇曰：徐昉：「真是傲逸之士，誰能拘束於俗禮也。」乃長揖而去。**爛醉是生涯。**

與鄠縣源大少府宴渼陂得寒字。天寶十四年作。

補注鶴曰：鄠縣，屬京兆，夏之有扈國也，陂在其境。梁權道編在天寶十四載。詩云「瓜嚼水精寒」，乃是夏月之作，意是時方授河西尉。

應爲西陂好，金錢罄一餐。蘇曰：隋煬帝宮娃游楊州，見菱芡，曰：「罄錢一餐。」其奢富如此。**飣**

〔一〕 饒，東坡全集卷一四作「錢」。

抄雲子白， **洙曰：** 雲子，雨也。荀子雲賦曰：「託地而游宇，友風而子雨。」**時可曰：** 漢武内傳：「王母謂帝曰：太上之藥，乃有玄光、梨角、風實、雲子。」**趙曰：** 雲子，指言菰米飯也，西陂中則有菰矣。宋玉云：「主人女〔吹〕（炊）香菰之飯[一]。」惟菰米之香滑潔白，足以當雲子之譬也。**師曰：** 漢武帝傳[二]：「王母謂帝曰：太上之藥云云。」内翰以雲子爲雨，誤矣。**補注** **希曰：** 蜀中有雲子石，内翰以爲雨，非矣。**瓜嚼水精寒。無計迴船下，空愁避酒難。** **趙曰：** 言〔王〕（主）人苦相勸酒，無計避之耳。**主人情爛熳，持答翠琅玕。** **師曰：** 翠琅玕，以喻投我之恩重，故以此詩答之。

崔駙馬山亭宴集天寶十三載作。

補注 **鶴曰：** 玄宗二十九女，唯晉國公主下嫁崔惠童，咸宜公主下嫁崔嵩，而會要云：「高都公主下降裴惠童。」雖晉國始封高都，貞元元年徙封晉國，而崔與裴爲異。此詩未辨與誰，然非亂離後作。梁權道編在天寶十四年，今觀詩云「清秋多宴會，終日困香醪」，必非是年作。蓋是年禄山反狀已明，七月表獻馬三千匹，每匹執控夫二人，遣蕃將二十二人部送，上寤。又，輔璆琳受禄山賂事亦泄，上撲殺之。其時上下皆憂，公豈容終日困

[一] 吹，據九家集注卷一八、杜陵詩史卷四、分門集注卷一〇、宋玉諷賦，乃「炊」之訛。
[二] 帝，杜陵詩史、分門集注同此，當爲「内」之訛。

於酒？當在十三年秋作。

蕭史幽栖地，林間踏鳥毛〔一〕。**師曰**：蕭史娶秦女弄玉，故言比崔駙馬。踏鳥毛，謂蕭史與弄玉同跨彩鸞而去也。**洑池何處入**〔二〕，**鄭曰**：洑，房六切。**洙曰**：洄洑之水。**亂石閉門高**。**趙曰**：皆言其幽栖。**客醉揮金椀**，**趙曰**：戴暠詩云：「揮金留客坐。」**詩成得繡袍**。**洙曰**：李白外傳云：「白對明皇撰樂府新詞，得宫錦袍。」**趙曰**：唐武后使東方虬、宋之問賦詩，詩先成者得錦袍。**清秋多宴會**，**彦輔曰**：一云「賞樂」。**終日困香醪**。

九日楊奉先會白水崔明府

天寶十三年作。

補注 **鶴曰**：安禄山以天寶十四年十一月反，公遣家先往奉先。或謂公送家至縣，故有此作，然是時有自京赴奉先詠懷詩云：「歲暮百草零，疾風高岡裂。天衢陰峥嶸，客子中夜發。」與此詩語與時俱不合。按橋陵詩云「呈縣内諸官」，而有「荒歲兒女瘦」「廨宇容秋螢」，時與此合。荒歲，謂十三載饑也。詩又云：「王劉美竹潤。」王與楊音同，當有一誤。時蓋十三年作也。崔與楊皆邑宰，故云「鳧舄共參差」。後有白水明府舅宅喜雨

〔一〕鳥，四庫本作「鳳」。下同。

〔二〕池，杜陵詩史卷四同此，四庫本、王洙本卷九、九家集注卷一八、分門集注卷一〇作「流」。

詩，即崔也。**今日潘懷縣，洙曰**：潘岳自河陽轉懷縣。**同時陸浚儀。洙曰**：陸雲出補浚儀令，縣居都會之委要，爲難理，雲到官肅然。**坐開桑落酒，洙曰**：世説：「桑落河多美酒。」**蘇曰**：桑落河出馬乳酒，羌人兼蒲萄壓之，晉宣帝時來獻，九日賜百僚飲焉。**來把菊花枝。洙曰**：晉陶潛九月九日無酒，宅邊摘菊盈把，望見白衣人至，乃王弘送酒，便飲醉而歸。**趙曰**：有劉墮者，善造酒，熟於桑落之辰，故酒得名焉。庾信從蒲州史君乞酒詩曰：「蒲城桑落酒〔一〕，灞岸菊花秋。」舊注非。**天宇清霜净，洙曰**：言氣宇清徹也。**公堂宿霧披。洙曰**：衛瓘見樂廣曰：「若披雲霧而睹青天。」宿霧披，言每登公堂如披開宿霧也。**晚酣留客舞，鳧舄共差池。洙曰**：王喬爲鄴令〔二〕，旦望必入朝，每至即雙鳧飛來。帝令舉網獲之，乃雙舄也。差池，言舞也。**昱曰**：詩：「差池其羽。」

贈翰林張四學士天寶九年作。

鮑曰：張垍也，張説之子，尚寧親公主，明皇眷之，即禁中置内宅。公詩故云「天上張公〔主〕（子）」，宫中漢

〔一〕蒲城桑落酒，九家集注卷一八、杜陵詩史卷六、分門集注卷三作「蒲城桑落熟」，按，杜陵詩史、分門集注上句下「蘇曰」中引庾信此詩作「蒲城桑落酒」，清倪璠注庾子山集注卷四作「蒲城桑葉落」。

〔二〕鄴，九家集注、杜陵詩史、分門集注同此，據後漢書卷八二上王喬傳，乃「葉」之訛。

客星」也。補注鶴曰：案舊史：「張説在中書，均兄弟已掌絲綸之任。」説開元十九年卒，垍傳云：「垍以主壻[一]，許禁中置内宅，侍爲〔玄〕（文）章。賞賜珍玩，以示均，均戲謂：『此婦翁賜女壻，非天子賜學士。』天寶十三年，貶盧溪郡司馬，〔族〕（旋）召還，遷太常卿。」此題云「贈翰林張學士」，則在未貶司馬前。梁權道編在十四年，非。按詩云：「此生任春草，垂老獨漂萍。」意是天寶九年自河南歸時作，是時未獻賦，故詩不及之。

翰林逼華蓋，洙曰：蔡邕傳：「擁華蓋而奉皇極。」逼，言密邇帝座。蒼舒曰：玄宗初置翰林待詔，以張説、陸堅、張九齡等爲之，掌四方表〔流〕（疏）批答、應和文章。既而又以中書務劇，文書多壅滯，乃選文學之士，號翰林供奉，與集賢學士分掌制誥書敕。開元二十六年，又改翰林供奉爲學士，别置學士院，專掌内命。凡拜免將相，號令征伐，皆用白麻。其後選用益重，而禮遇益親，至號爲内相、天子私人。凡充其職者，無定員，自諸曹尚書，下至校書郎，皆得與選。入院一歲，則遷知制誥。班〔矣〕（次）各以其官[二]，内宴則居宰相之下，一品之上。補注鶴曰：韋執誼翰林故事云：「翰林院在麟德殿西重廊之後，學士院在翰林院之南，别户向東。」以其逼近宸居，故曰逼華蓋。會要云：「開元二十六年，置學士院，在翰林之南[三]，别户東向。是年始改翰林供奉稱學士，俾專内命，於是太常少卿張垍與起居舍人劉光謙等首居之。」**鯨力破滄溟。**趙曰：滄溟乃游泳寬縱之

[一] 壻，原作「瑨」，據四庫本改。下同。
[二] 班矣，據杜陵詩史卷四、分門集注卷一九、新唐書卷四六百官志，乃「班次」之訛。
[三] 「翰林」下，四庫本有「院」字，按，唐會要卷五七「翰林院」條無此字。

地，鯨力破之，則如宗慤云「願乘長風破萬里浪」之「破」矣。**天上張公子，** **洙曰**：公子，公侯之子孫，美張翰林也，故稱天上，言非人間人。**宮中漢客星。** **洙曰**：漢光武引嚴光入論，太史奏客星犯御座甚急。**賦詩拾翠殿，** **蘇曰**：曹子建侍宴拾翠殿，上命賦詩，落筆即成，一座驚服。**佐酒望雲亭。** **趙曰**：拾翠殿在東内大福殿之東南，望雲亭在西内景福臺之西。以其應和文章，且禮遇内〔亭〕（宴）[一]。**紫誥仍兼綰，黄麻似六經。** **洙曰**：翰林學士掌制誥。紫誥，謂以紫泥封誥。黄麻，謂寫誥詞於黄麻紙上。似六經，言訓辭深厚如六經。**㫤曰**：隴右記：「武都紫水有泥，每貢封璽書，故詔誥有紫泥之美。」**趙曰**：凡拜免將相，皆用白麻，而馮鑑續事始：「貞觀十一年，太宗詔用黄麻紙寫詔敕文。」【補注】**鶴曰**：制誥本集賢學士領之，今翰林學士得分掌，故云兼綰。韋執誼翰林故事：「中書用黄白二麻爲綸命重輕之辨，近者所出，獨得用黄麻。」**内分金帶赤，恩與荔枝青。** **洙曰**：翰林拜命日，賜金荔枝帶。**趙曰**：楊文公談苑載：「自樞宰、節度使，賜二十五兩金帶。」**無復隨高鳳，** **洙曰**：高鳳，後漢逸民也。**空餘泣聚螢。** **洙曰**：車胤以綃囊盛螢火照書讀[二]。**趙曰**：此皆公自謂也。舊注謂高鳳逸民也，言翰林之貴，不復與鳳爲偶，殊無意義，豈可以人名對聚螢乎？**田曰**：謂鳳之飛鳴，必在於高。詩云：「鳳凰鳴矣，于彼高岡。」言我不能隨張翰林之高飛，而止餘泣於聚螢爾。**此生任**

[一] 内亭，杜陵詩史卷四、分門集注卷一九同此，據九家集注、林繼中輯校杜詩趙次公先後解輯校甲帙卷五，乃「内宴」之訛。

[二] 綃，九家集注、杜陵詩史、分門集注、四庫本皆作「絹」，「綃」當爲「絹」之訛，按，晉書卷八三車胤傳作「練」。

春草，垂老獨漂萍。**蘇曰**：吴淑云：「此生棄擲，如春江野草，任車馬踐踏。」儻憶山陽會，悲歌在一聽。**洙曰**：山陽，嵇康所居。會，竹林之會。向秀經康山陽舊居，作聞笛賦。

送張二十參軍赴蜀州因呈楊五侍御 天寶十三年作。

補注 **鶴曰**：楊侍御使蜀，而張參軍往依之，故作此詩。張與楊未詳其爲何人。唐志，三都、大都督府、諸州俱有參軍事，掌出使、贊導，武德初改行書佐，尋又改曰參軍事。以舊次考之，當在十三載。

好去張公子，通家別恨添。**洙曰**：兩家相通往來，言至契熟也，此別恨所以添。**補注** **希曰**：漢成帝嘗微行出，過河陽主作樂[一]，上見飛燕而悦之。先是，童謡曰：「燕燕，尾涎涎，張公子，時相見。」蓋帝每微行，常與放俱，而稱富平侯家(人)[二]，故曰張公子。前篇贈張埴言「天上張公子」，今又云。呂東萊謂，凡詩人於姓張者，得曰張公子，如杜牧贈張祐亦曰[三]：「誰人得似張公子。」兩行秦樹直，**補注** **鶴曰**：樹而謂之兩行者，夾路所植之樹也。按會要：「開元二十八年正月十三日，令兩京道路並種果樹。」大曆八年七月，敕諸道官

[一] 河陽，中華書局點校本漢書卷二七中之上五行志校云：「何焯、王念孫都説當作『陽阿』。」

[二] 「家」下，據漢書卷二七中之上五行志，當脱「人」字。

[三] 張祐，文苑英華卷三一三杜牧登池州九峰樓寄張祜詩作「張祜」。

路不得令有耕種，斫伐樹木，其有闕處，勾當補填。」則在唐時道路兩旁皆植樹木。今自長安入蜀，道出於秦，故云。**萬點蜀山尖。御史新驄馬，洙曰：**爲呈楊侍御。桓典拜侍御史，常乘驄馬，京師畏憚，爲語曰：「行行且止，避驄馬御史。」**參軍舊紫髯。洙曰：**爲張赴參軍。郗超（多）髯，府中語曰髯參軍。**皇華吾善處，於汝定無嫌。趙曰：**正以言楊侍御爲皇華之使，乃吾所厚善之人，則於張二十亦必無嫌，所以薦之也。

陪諸貴公子丈八溝携妓納涼晚際遇雨二首天寶十三載作。

補注 **鶴曰：**謂之陪諸貴公子，則是在長安；丈八溝意是天寶元年韋堅所通漕渠，當是天寶十三年。舊史：「大曆元年九月，京兆尹奏開漕渠入苑，闊八尺，深一丈。渠成，上御安福門以觀之。」豈素有是渠〔一〕，至是又開歟？

落日放船好，輕風生浪遲。竹深留客處，荷净納涼時。趙曰：簡文帝晚景納涼詩：「荷净月應來。」**公子調冰水，佳人雪藕絲。洙曰：**謝玄暉詩：「秋藕折輕絲。」**蒼舒曰：**右按，家語：「魯哀公曰：黍以雪桃也。」注云：「雪，拭也。」**片雲頭上黑，應是雨催詩。趙曰：**蓋戲言也。東坡嘗使云：「颯颯催詩

〔一〕渠，四庫本作「溝」。

白雨來。」

雨來霑席上，風急打舡頭。 **洙曰**：急，一作「惡」。**越女紅裙濕，燕姬翠黛愁。** **洙曰**：越多美女，西施，越女也。**趙曰**：枚乘七發：「越女侍側。」鮑明遠舞鶴賦：「燕姬色沮。」**纜侵堤柳繫，** **趙曰**：蓋急雨當避，進舟於岸傍，故侵堤柳而繫纜也。**幔卷浪花浮。歸路翻蕭颯，陂塘五月秋。** **趙曰**：必稱月也，以當五月，炎天而遂成秋，蓋公句法也。

白水明府舅宅喜雨得過字。天寶十三年作。

補注 **鶴曰**：詩云「精禱既不昧，歡娛將謂何。湯年旱頗甚，今日醉弦歌」，則作詩前閔雨，而新、舊史俱不書旱，豈旱不甚，故不書？以九日楊奉先會白水崔明府詩論之，當在天寶十三年作。白水，見上注。

吾舅政如此， **洙曰**：喜雨之應禱，故美其政。**古人誰復過。碧山晴又濕，** **饒曰**：碧山晴又濕，言雨不多而於白水縣最爲優渥也。**白水雨偏多。精禱既不昧，歡娛將謂何。湯年旱頗甚，今日醉弦歌。** **洙曰**：湯有七年之旱。此詩先言精禱，即禱而得雨，故有「醉弦歌」之句。

陪李金吾花下飲天寶十四載作。

補注 **鶴曰**：詩云「醉歸應犯夜，可怕李金吾」，當在長安作。金吾，李嗣業也，詳見注。天寶十四年春作。

勝地初相引，徐行得自娱。見輕吹鳥毳，充芮切。**隨意數花鬚。****鄭曰**：數，所矩切，計也。**細草稱偏坐，香醪懶再沽。**

蘇曰：王逸少居山陰，日凭欄默數花鬚，或摘撚咀嗅，怡然自若，人莫識其意。

蘇曰：張超曰：「香醪遽盡，吾懶再沽，煩爾輩與吾去取。」**醉歸應犯夜，可怕李金吾。****時可曰**：韋述西都新記曰：「京城街衢有金吾曉暝傳呼，以禁夜行，唯正月十五日夜敕許金吾弛禁，前後各一日。故蘇味道上元詩曰：『金吾不禁夜，玉漏莫相催。』」**師曰**：薛夢符補遺引李廣從〔之〕（人）田間飲歸〔一〕，霸陵縣尉止之，今將軍尚不得夜行事，誤矣。**補注** **鶴曰**：六典：「左右金吾衛，大將軍各一人，將軍各二人，掌宫中及京城晝夜巡驚之法〔二〕，以執禦非違。」李嗣業爲左金吾大將軍，禄山反，兩京陷，上在靈武，詔嗣業赴行在謁見。以時論之，李金吾爲嗣業也。

贈高式顔天寶十五載作。

補注 **鶴曰**：詩云「相逢皆老夫」，又云「削迹共艱虞」，當是禄山反後，天寶十五年與高相逢於奉先、白水間作。

〔一〕之，杜陵詩史卷四，分門集注卷一〇同此，據史記卷一〇九李將軍列傳，乃「人」之訛。

〔二〕驚，四庫本作「警」。

昔别是何處，洙曰：是，一作「人」。**相逢皆老夫。故人還寂寞，削迹共艱虞。**洙曰：莊子：「孔子削迹於衛。」自失論文友，空知賣酒壚。師曰：甫少與高適、李白常入酒壚，論文酣詠。自亂離以來相失，今見式顔，亦高、李之類，不能無聳動，故有末句。**平生飛動意，見爾不能無。**趙曰：言一見高公，則平生飛揚轉動之意不能自已也。

贈比部蕭郎中十兄天寶五載作。

甫從姑之子。補注 鶴曰：唐志：「比部屬刑部，郎中、員外郎各一人，掌勾會内外賦斂、經費、俸禄、公廨、勛賜等物。」梁編在天寶十四載長安作。按詩云：「漂蕩雲天闊，沉埋日月奔。致君時已晚，懷古意空存。」則是未獻賦前作，當是天寶五載自河南歸，應詔時。

有美生人傑，洙曰：人中之豪傑，以其傑出，故謂之人傑。漢有三傑。**由來積德門。漢朝丞相系，**洙曰：謂蕭相國何。**梁日帝王孫。**洙曰：梁武帝姓蕭。**蘊藉爲郎久，**洙曰：以蘊藉而爲郎。東觀漢記：「桓榮温恭有蘊藉。」文穎曰：「寬博有餘也。」**魁梧秉哲尊。**洙曰：周勃魁梧奇偉。一音悟[一]。

[一] 一音悟，九家集注卷一八、杜陵詩史卷一、分門集注卷九同此，四庫本上有「梧」字，按，漢書卷四〇張陳王周傳贊曰注引蘇林云作「梧音悟」。

梧者[一]，言其可驚悟。**詞華傾後輩**，**蘇曰**：高鳳詞華，後輩傾惟[二]，宜爲師範。**風雅藹孤騫**。**師曰**：騫，騰也，言飛騰無與之偶，故曰孤騫。**宅相榮姻戚**，**洙曰**：晉魏舒少孤，爲外家甯氏所養。甯氏起宅，相宅者云：「當出貴甥。」舒曰：「當爲外氏成此宅相。」後爲公。**趙曰**：蕭兄，杜家之外孫，故比之爲魏舒也。**兒童惠討論**。**趙曰**：方兒童時，得蕭兄惠以討論之益也。**林敏功曰**：惠，聰慧也。**見知真自幼**，**洙曰**：潘安仁懷舊賦序云：「余十二而獲見於父友東武戴侯、楊君，始見知名，遂〔甲〕（申）之以爲婚姻。」**謀拙愧諸昆**。**洙曰**：子美與蕭爲姑舅之昆仲。**漂蕩雲天闊，沉埋日月奔。致君時已晚，懷古意空存**。**趙曰**：上句言見知於蕭兄已自幼時，而自後謀拙，則每愧諸兄。其謀拙者，何飄蕩於外而不能仕進以致君也[三]？**中散山陽鍛**，**洙曰**：嵇康爲中散大夫，尚性絶巧，而好鍛。王戎自言與康居山陽二十年，未嘗見喜愠之色。**愚公野谷村**。**洙曰**：列子：「愚公移山，而北智叟笑止之。」**修可曰**：韓子：「昔齊威公入山，問父老：『此爲何谷？』答曰：『臣舊畜牛生犢，以子買駒，少年謂牛不生駒，遂持而去。傍鄰以〔目〕（臣）爲愚，遂名爲愚公谷。』」**寧紆**

[一] 梧者，杜陵詩史、分門集注、漢書顔師古同此，九家集注作「悟者」。
[二] 惟，杜陵詩史、分門集注同此，四庫本作「推」。
[三] 「其謀拙者何飄蕩於外而不能仕進以致君也」句，九家集注無「何」字，杜陵詩史、分門集注「致君」下有「故」字。

長者轍，洙曰：陳平以席爲門，而門多長者車轍。陶潛曰：「王公紆轍[一]。」**歸老任乾坤。**

九日曲江 天寶十四年作。

補注 **鶴曰：**梁權道編在天寶十四年詩内。按是年禄山反，自八月已來屢饗士秣馬，莫不共憂，故有「九日意兼悲」「摇蕩菊花期」之句。梁編爲是。

綴席茱萸好，洙曰：風土記：「九月九日，折茱萸房以插頭，言僻邪惡。」**浮舟菡萏衰。**洙曰：蓮莖爲茄，葉爲荷，花爲菡萏，實爲蓮，根爲藕。**季秋時欲半，**洙曰：一作「百年秋已半」。**九日意兼悲。江水清源曲，**瑱曰[二]：西京雜記：「以水源屈曲，故謂之曲江。」補注 **鶴曰：**寰宇記：「曲江池，漢武帝所造，名爲宜春苑。其水曲折，有似廣陵之江，故名之。」**荆門此路疑。**洙曰：桓温以九日宴從事於龍山，孟嘉落帽。龍山，在荆門外。**師曰：**甫云此路疑，疑其風景與曲江相若也。**晚來高興盡，摇蕩菊花期。**師曰：摇蕩，猶云飄蕩，恐復飄蕩不得與菊花相期也。

[一] 轍，杜陵詩史、分門集注同此，九家集注、晉書卷九四陶潛傳作「軫」。
[二] 瑱曰，杜陵詩史卷四、分門集注卷三同此，據九家集注卷一八，當爲「洙曰」之訛。

官定後戲贈天寶十四年作。

鮑曰：天寶十三年，公年四十三，在京師。明皇朝獻太清宮，享太廟及郊，獻賦三篇，帝奇之，使待制集賢院，令宰相陳希烈試文章。爲希烈刻忌，權河西尉，不拜，改衛率府參軍。**補注** **鶴曰**：鮑注謂獻賦在天寶十三載，非。按公十載獻賦，上令待詔集賢院，試文章。十三年再進封西嶽賦表，尚云「一匹夫」，則其時未得官。改衛率府參軍乃在十四年，所謂「昔罷河西尉，初興薊北師」是也。此詩當作於天寶十四年，方官未定，時公贈崔于二學士詩云「故山多藥物」「欲整還鄉旆」，而今詩云：「耽酒須微禄，狂歌託聖朝。故山歸興盡，回首爲風飆。」蓋官已定也。

不作河西尉，淒涼爲折腰。 **洙曰**：陶潛爲彭澤令，郡遣督郵至縣，吏白應束帶見之。潛嘆曰：「吾不能爲五斗米折腰，拳拳事鄉里小人〔一〕。」**老夫怕趨走，率府且逍遥。** **洙曰**：老夫，自言也，謂州縣有趨走之勞，故怕之，率府閑曹，得自肆也。**耽酒須微禄，狂歌託聖朝。** **蘇曰**：皇衡狂歌痛飲〔二〕，〔記〕（託）聖朝之至化。**故山歸興盡，回首向風飇。** **趙曰**：謂須微禄，故無復歸山之興，但臨風回首而已。

〔一〕人，四庫本作「兒」。
〔二〕皇衡，據杜陵詩史卷三、分門集注卷一三、四庫本，當爲「崔獬」之訛。

承沈八丈東美除膳部員外阻雨未遂馳賀奉寄此詩[一]天寶十三年作。

補注 鶴曰：膳部郎中，在隋爲膳部郎，武德三年加「中」字，龍朔二年爲司膳大夫，咸亨元年復爲膳部郎中，其員外郎改復與郎中同。今詩云「清秋便寓直」「經過霖潦妨」，當是天寶十三年作，是年九月淫雨不止，梁權道編在十四載，非。是年禄山詐爲敕書，召諸將討國忠，上下驚愕，若果其年作，不應詩不及之也。

今日西京掾，多除南省郎。 洙曰：府掾四人同日拜郎。師曰：漢制以曹官爲掾，言有所負荷也。補注 希曰：兩漢有決曹掾、賊曹掾，又張湯以兒寬爲奏讞掾，明掾起於漢。西京，即京兆府。掾者，司録、功曹、倉曹、月曹、田曹、法曹、兵曹、士曹，皆可通稱，並正七品下。南省郎，謂禮部。志云：「諸郎中，皆從五品。員外郎，從六品。」沈自七品而升六品也。**通家惟沈氏，謁帝似馮唐。** 趙曰：公自比也。馮唐以白首而見文帝，公四十歲始以獻賦召試，見明皇也。師曰：甫與沈家相通往來，馮唐者老年爲郎[二]，今東美亦然，故以比之。**詩律群公問，** 蘇曰：王仲宣流落荆南，多有名士日問詩律。**儒門舊史長。** 趙曰：謂之舊史，則東美者史官沈既濟之胄也？補注 希曰：宋之問傳：「魏建安後訖江左，詩律屢變，至沈約、庾信，以音韻相婉附，屬對精密。及之問、沈佺期，又加靡麗，回忌聲病，約句準篇，如錦繡成，學者宗之，號爲沈宋。」語曰：『蘇李居前，

[一] 「員外」下，四庫本有「郎」字。
[二] 老年，杜陵詩史卷三、分門集注卷二二同此，四庫本作「年老」。

沈宋比肩。』」佺期嘗爲修文館直學士，既侍宴，帝詔學士等舞回波，佺期爲弄辭悦帝。公舉佺期作詩，既濟作史，以譽東美也。沈約亦修宋書。蘇注非。**清秋便寓直，洙曰**：寓，寄也。晉潘岳兼虎賁中郎將，寄直於散騎省中，故云寓直也。**列宿頓輝光。洙曰**：謂郎官上應列宿也。**未暇申安慰，含情空激揚。司存何所比，膳部默凄傷。趙曰**：言沈丈所存之司，何所比擬乎？公直以比其大父也，蓋公之大父審言嘗爲此官，故因沈〔文〕（丈）而追感矣。**貧賤人事略，經過霖潦妨。禮同諸父長，洙曰**：父長，猶父兄之行也，相尊爾。**恩豈布衣忘。天路牽騏驥，雲臺引棟梁。師曰**：甫末章有意於沈〔文〕（丈），故云「牽騏驥」「引棟梁」也。**馬曰**：淮南子：「雲臺之高。」高注云：「高際於雲。」即非漢之臺名。**徒懷貢公喜，颯颯鬢毛蒼。洙曰**：見「切效貢公喜」注〔一〕：「王陽入仕，貢禹彈冠。」

卷終

〔一〕切，杜陵詩史、分門集注同此，九家集注卷一及本書奉贈韋左丞丈廿二韻詩作「竊」。

「十四五」國家重點出版物出版規劃項目

國家古籍整理出版專項經費資助項目

四川省社會科學重點研究基地「杜甫研究中心」資助項目（項目批准號DFY20185）

黄氏補千家注紀年杜工部詩史

壹

〔唐〕杜甫 撰
〔宋〕黄希 黄鶴 補注
彭燕 胡永傑 點校

杜詩宋元注本叢書

劉躍進 主編

鳳凰出版社

圖書在版編目（CIP）數據

黄氏補千家注紀年杜工部詩史 / （唐）杜甫撰 ；（宋）黄希，（宋）黄鶴補注 ；彭燕，胡永傑點校. -- 南京 ：鳳凰出版社，2024.5
（杜詩宋元注本叢書 / 劉躍進主編）
ISBN 978-7-5506-3762-7

Ⅰ. ①黄… Ⅱ. ①杜… ②黄… ③黄… ④彭… ⑤胡… Ⅲ. ①杜詩－詩歌研究 Ⅳ. ①I207.227.423

中國國家版本館CIP數據核字(2024)第050762號

書名	黄氏補千家注紀年杜工部詩史
著者	〔唐〕杜甫 撰 〔宋〕黄希 黄鶴 補注
點校	彭 燕 胡永傑
責任編輯	李 霏
特約編輯	王晨韻
裝幀設計	陳貴子
責任監製	程明嬌
出版發行	鳳凰出版社(原江蘇古籍出版社) 發行部電話025-83223462
出版社地址	江蘇省南京市中央路165號，郵編:210009
照排	南京凱建文化發展有限公司
印刷	江蘇鳳凰通達印刷有限公司 江蘇省南京市六合區冶山鎮，郵編:211523
開本	890毫米×1240毫米 1/32
印張	53.125
字數	881千字
版次	2024年5月第1版
印次	2024年5月第1次印刷
標準書號	ISBN 978-7-5506-3762-7
定價	468.00圓(全四册)

(本書凡印裝錯誤可向承印廠調换，電話:025-57572508)

總序

劉躍進

據記載，杜甫生前就曾爲自己編過作品集。晚唐以來，各種不同的杜集本子在世間流傳，或編年，或分體，或分類，不一而足。宋代就有「千家注杜」之説。迄今爲止，杜集文獻已有上千種。遺憾的是，宋代「千家注杜」的成果多有散佚，幸賴有若干種集注本保存下來。這也是中國古代典籍傳播中帶有規律性的現象。四部典籍中，别集流傳不易，其注本也容易散佚。相比較而言，總集、選集、叢書、類書等往往成爲古代典籍保存的重要載體。流傳至今的宋元兩代杜集刻本及各類集注本有二十餘種，是非常珍貴的文獻資料，值得重視。如何整理這些珍貴典籍，如何在整理中體現時代特色，是本文討論的重點。

縱觀中國學術發展史，整理典籍文獻主要有三種形式。第一種是單純的字詞注釋和文意疏通。譬如東漢後期鄭玄遍注群經，唐代前期孔穎達主編五經正義，多是如此。這是古籍整理校訂最基本、最重要的方式。第二種是比較系統的資料彙編，多以集注形式呈現。譬如昭明文選李善注、五臣注、六臣注等，清人校訂十三經等，都帶有集成性質。第三種是獨具特色的疏解，如魏晉時期郭象莊子注、王弼周易注老子道德經注，以及清代戴震孟子字義疏證等，多具有思想史價值。這種整理方式與上述兩種恪守文字校勘原則的傳統注釋學很不相同，實際上是一種義理的推衍、思想的闡發。

上述三種古籍注釋形式都很重要，并無高下輕重之分。事實上，對多數讀者來説，如果没有字詞的訓釋，没有典章制度、歷史地理、歷代職官等方面的解説，這些深奥的典籍是很難讀懂的。對學術研究而言，如果没有最基礎的字句注釋工作，所謂集注和義理闡發也就無從談起。所以，單注本的整理依然是今天最應該重視的古籍整理工作。但僅限於此還遠遠不够。古籍整理的首要目的是方便閲讀，更重要的是引導讀者思考文本内容，并對其義理進行闡釋。

筆者在從事國家社科基金重大項目「漢魏六朝集部文獻集成」研究過程中，也在不斷思索這樣的問題：一是探索回歸傳統經典的意義，二是尋求回歸傳統經典的途徑。前者應當没有疑義，後者則見仁見智，理解不同，做法不同，效果也不同。清代阮元在杭州主持詁經精舍，傳經布道，在江西校訂十三經注疏，先後雲集一批重要學者。在此基礎上，他還提出另外一種整理典籍文獻的設想，即通過臚列衆説的方式，把清朝經學研究成果細緻入微地呈現出來。具體來説，就是將各家重要見解分别羅列在經典著作的每句話下面，章分句析，旁羅參證，詳考得失，斷之於心。清朝經學著作的彙集編纂，阮元編有皇清經解，王先謙編有續皇清經解。但這種專題叢書遠没有達到阮元預設的目標。這項工作難度太大，儘管阮元位高權重，資源豐富，最終也没有付諸實際。這種編纂方法，游國恩先生有所嘗試，并取得成功。他主持編纂的離騷纂義、天問纂義等著作，就像阮元設想的那樣，在每句詩下羅列歷代注釋，考訂成果，然後下按語，很多按語都是點到爲止，引而不發，給讀者留下無限想象空間。今天來看，這樣的學問看似樸拙却最有實效，體現了當代學人對歷代整理成果的充分尊重和清晰把握。

杜甫及其相關文獻研究，歷代成果異常豐富，一般説來，幾乎無發掘空間。但筆者認爲，杜甫研究的突破，還是繞不開基本文獻的整理與研究。所謂基本文獻，就是歷代研究成果。隨着電子化時代的來臨、國家經濟實力的增强、數量可觀的珍稀文獻的發現，大規模的集成研究與體現時代特色的深度整理，已成爲當今典籍文獻整理與研究的必然選擇。杜甫及其相關文獻的整理與研究，至少可從以下三方面逐步推進：

一是選擇重要的杜集舊注，校點整理，爲廣大讀者提供閲讀便利，擴大視野。所有從事古籍注釋的人，似乎都有一個夢想，就是希望自己的注解後來居上，成一家之言，爲權威定本。但從學術發展史看，這是很難達到的目標。就杜詩而言，每一位注釋者對於前人的注釋只能是有選擇地截取，十不一二。即便是所謂的集注本，也不可能有文必録。因此，前人注釋原貌，一般讀者往往看不到。久而久之，這些著作很可能就會被遺忘，乃至佚失。正像清代顧千里所説，古書校訂，新本出，舊本亡。所以，他主張不校之校，也就是儘量保持原書面貌。整理前人注釋成果，也往往出現顧千里擔憂的現象。歷代舊注，就是在不斷的注釋中逐漸消亡的。從古書流傳的一般規律講，自然淘汰屬於常態。而從做學問的角度説，最大限度地占有資料，依然是做好學術研究的重要前提。爲此，我們有必要對重要的宋元舊注，如王洙與王琪編定、裴煜補遺的杜工部集，趙次公的杜詩趙次公先後解，舊題王十朋的王狀元集百家注編年杜陵詩史，郭知達的新刊校定集注杜詩，蔡夢弼的杜工部草堂詩箋，黄希、黄鶴的黄氏補千家注紀年杜工部詩史，宋末劉辰翁評點、元代高崇蘭編次的集千家注批點杜工部詩集，佚名的門類增廣十注杜工部詩，佚名的門類增廣集注杜詩，佚名的分門集注杜工部詩，佚名的草堂先生杜工部詩集等給予高度重視，原原本本地加以校訂，讓更多讀者看到舊注全貌。儘管有些著作的作者問題尚存較大争議，但這些著作能保存至今，説明其仍有重要的參考價值。

二是系統地彙總杜集珍本文獻，影印出版，爲學術界提供系統的而不是零碎的資料。中國國家圖書館、浙江圖書館、成都杜甫草堂都曾編輯出版所藏杜甫詩集目録，周采泉編杜集書録、張忠綱等編杜集叙録都是綜合性的杜集目録。這類目録，就像杜甫研究的導引圖，爲讀者按圖索驥提供方便。不無遺憾的是，有目無書，讀書人還是要望洋興嘆。黄永武編杜詩叢刊，收録宋元至清代重要杜集三十五種，日本吉川幸次郎編杜詩又叢，補選七種杜詩文獻。這些草創工作，篳路藍縷，雖多有缺失，但也確實爲學術研究提供了豐富資料，學者無不稱便。很多學者期待這樣一部著作，能將歷代重要杜集版本彙編成册，整體推出，倘能如此，必將開創杜甫研究新局面。

根據當代學者研究，現存宋元以來重要的杜集白文本、全集箋注本、分體分類注本、評點本、讀杜札記、杜詩選本等，在四百種以上。其中，宋元刻本以及相當數量的孤本、稀見本等最值得珍惜，在現有條件下應該儘量全部影印出版。否則，這些珍稀古籍總是藏在深宫，不僅讀者無法閲讀，更叫人擔心的是，如果發生如絳雲樓失火那樣的意外，這些孤本可能就永遠在世間消失，造成不可挽回的損失。

習近平總書記强調，「讓收藏在博物館裏的文物、陳列在廣闊大地上的遺産、書寫在古籍裏的文字都活起來」。道理很簡單，保護是爲了更好地應用；讓古籍發揮更大的作用，纔是最好的保護。從這個意義上説，系統地彙總杜集珍本文獻，影印出版，不僅是爲學術界服務，也是爲了更好地保存古籍、充分利用古籍，爲今天的文化建設服務。

三是彙集宋元舊注於一編，體現深度整理的時代特色。

杜集宋元舊注，存世無多。各家見解有何區別，前後承繼關係如何，僅就一本書而言，很難説清楚，只有逐字逐句地比對衆家，纔能了然於心。從這個角度看，杜集舊注的整理尚有拓展的空間。目前，可以從兩個方面入手。一是散佚著作，如果數量較大，就像林繼中杜詩趙次公先後解輯校那樣，逐家輯録出來，單獨成册。據此，讀者可以看到各家的學術主張、思想傾向。另外一種方法，就是將各家之説彙輯在杜詩各句之下，將有助於讀者對杜詩文字訓釋、創作背景以及思想内容的理解。這項工作看似雜然臚陳、薄殖淺陋，實則異常繁難、錯綜交糾，個人能力有限，勢難完成。這就需要集體的智慧，綜貫百家，逐步推進，最終完成。這項工作，可以先以某一時期、某一地區的杜注研究爲中心，由點及面、發覆抉疑，將來逐漸擴大開來，把所有宋元舊注彙爲一編，借此校訂異文、辨析是非，并提出進一步研究的前沿問題。

新時代要有新的學術氣象和研究方法。彰顯時代特色的文獻整理，尤其是歷代經典的系統整理，還有很多工作要做，還有漫長的路要走。從系統整理杜甫文獻入手，走近經典、理解經典，爲創造新時代經典提供有益的學術借鑒和豐富的思想資源，這應當成爲我們這一代人的共識，也是我們這一代人的責任。

目録

第一册

卷之一

卷之二

卷之四

卷之五

卷之六

卷之七

卷之八

卷之九

第二册

卷之十

卷第十一

卷之十三

卷之十四

卷之十六

卷之十七

卷之十八

第三册

卷之十九

卷之二十

卷二十一

卷之二十二

卷之二十三

卷之二十四

卷之二十五

卷之二十六

第四册

卷之二十七

卷之二十八

卷之二十九

卷之三十

卷之三十一

卷之三十二

卷之三十三

卷之三十四

卷之三十五

前言

黄氏補千家注紀年杜工部詩史，或稱黄氏補千家集注杜工部詩史（以下簡稱補注杜詩），由南宋黄希、黄鶴父子相繼完成。

黄希，字夢得，一字仲得，號「師心先生」，撫州臨川郡宜黄縣待賢鄉姑川人。乾道二年（一一六六）進士，曾官郴縣，後任永新令。博學，能詩文。入仕前在鄉里即頗有聲譽，廣授門徒。與洪邁、楊萬里、董居誼父子等有交往。黄鶴，字叔似，自號「牧隱」。有集名北窗寓言。〔一〕

補注杜詩卷首黄鶴黄氏補注杜工部年譜辨疑後序曰：

〔一〕楊萬里春風堂記，清蕭玉春修、李煒纂永新縣志卷六建置志縣署，中國方志叢書，成文出版社有限公司一九七五年版，第四四〇—四四一頁；辛更儒箋校楊萬里集箋校附録二補遺據明萬曆吉安府志收録，可參看，中華書局二〇〇七年版，第十册，第五二九二頁。董居誼序，補注杜詩卷首。清札隆阿等修，程卓樑等纂宜黄縣志卷二二人物，中國方志叢書，成文出版社有限公司一九七〇年版，第二四五頁。清蕭玉春修、李煒纂永新縣志卷一〇職官志名宦，第八一一頁。

鶴先君未第時，酷嗜杜詩，頗恨舊注多遺舛。嘗補緝，未竟而逝。又欲考所作歲月於逐篇下，終不果運力，未必不賫恨泉下也。鶴不肖，常恐無以酬先志，乃取槧本集注，以遺稿爲之正定。凡經據引者，不復重出。又輒益以所聞，於是稍盈卷帙。每詩再加考訂，或因人以核其時，或蒐地以校其迹，或摘句以辨其事，或即物以求其意，所謂千四百餘篇者，雖不敢謂盡知其詳，亦庶幾十得七八矣。吕汲公年譜既失之略，而蔡、魯二譜亦多疏鹵，遂更爲一譜，以繼於後。……嘉定丙子三月望日，臨川黄鶴書。

董居誼序曰：

公之子鶴過而道舊，出其紀年補注詩史一編，蹙然請曰：「鶴先人生平嗜此，恨舊注舛疏，補訂未竟，賫志以殁。不肖勉卒先業，餘三十年……」退披其編，詩以年次，意隨篇釋，冠以譜辨，視舊加詳。……寶慶二年三月清明日，郡人董居誼仁甫序。

由上引可知，黄希早年便酷嗜杜詩，閑暇對舊注未到之處進行補充，並逐篇考訂創作年月。可惜這項工作未能完成，他便帶着遺憾逝世了。黄希去世後，其子鶴繼承先人未盡志業，對每首詩都力求辨明作時，探究行蹤，考校本事，發掘意旨，最終告竣。有鑒於吕大防、蔡興宗、魯訔等人所作杜詩年譜之簡略粗疏，黄鶴遂更爲年譜辨疑一卷，時在嘉定丙子（一二一六）。至寶慶二年（一二二六），請董居誼作序。父子前後相繼，用了數十年時間，纔有了補注杜詩這部傳世的皇皇巨著。

黄鶴生前對此書當有過兩次刊刻。宋趙希弁撰讀書附志別集類一中最早著録了此書：

黄氏補千家集注杜工部詩史三十六卷外集二卷

右唐杜甫少陵之詩也。嘉定中，臨川黄希夢得及其子鶴叔似所補也。外集上卷詩二十九首，下卷祭遠祖當陽君文、祭外祖祖母文、爲閬州王使君進論巴蜀安危表、東西兩川説，凡四篇。以唐書本傳冠于前，而吕汲公年譜附于後云。〔一〕

董居誼序曰：

退披其編，詩以年次，意隨篇釋，冠以譜辨，視舊加詳。

趙希弁所見本有正集三十六卷，外集兩卷，書前冠以唐書本傳，書後附以吕大防年

〔一〕宋晁公武撰、孫猛校證郡齋讀書志校證附讀書附志，上海古籍出版社一九九〇年版，第一一七〇頁。按，「使」原作「史」，據校記改。

今傳董居誼所序本卷首又有吴文跋、集注杜工部詩姓氏、吴元所集録之少陵先生杜工部草堂詩史傳序碑銘、黄鶴自撰之黄氏補注杜工部年譜辨疑、目録，無外集兩卷。顯然和趙希弁所見本不同。黄鶴請董居誼作序、吴文作跋，是在他撰成年譜辨疑十年之後，中間相隔甚久，當是經過修改删補後欲以重刊而專門請兩人爲之。可見，在黄鶴生前，補注杜詩至少有過兩次刊刻，趙希弁、董居誼所見者分别爲初刻本和删補後重刻本[一]。

補注杜詩後世既有宋本流傳，也有元代翻刻本、校正重刻本、清代重刻本等流傳[二]。今天尚存者有以下十種：

一、中國國家圖書館藏三十六卷本（簡稱「國圖全本」）。此本原爲完顔景賢、袁克文、潘宗周、寶禮堂等先後收藏，今藏中國國家圖書館[三]。卷首無年譜辨疑，卷二、卷三〇、卷三四有部分闕佚。此本以前一直被視作宋刻，元詹光祖本出土後，因兩者文字、板式相

[一] 黄鶴兩次刊刻的具體情況，可參看胡永傑黄氏補注杜詩黄鶴成書刊刻時間考辨，中國文學研究二〇二三年第一期。
[二] 參看房新寧、李川黄氏補千家注紀年杜工部詩史的版本流傳，蘭臺世界二〇一〇年第六期（三月下）。
[三] 參看北京圖書館古籍善本書目，書目文獻出版社一九八七年版，第二〇二八頁。

同，始改稱元詹光祖月崖書堂刻本[一]。杜集珍本文獻集成（宋元卷第一輯）據以影印出版。

二、元詹光祖月崖書堂重刊本（簡稱「元詹光祖本」）。此本一九七〇年出土於山東鄒縣（今鄒城市）九龍山明魯荒王朱檀墓，現藏山東博物館。卷首、正文各卷完整，卷三十二末有「武夷詹光祖至元丁亥重刊于月崖書堂」牌記，但避宋諱，諱字至寧宗之嫌名「廓」字，乃係據宋本翻刻。中華再造善本叢書據以影印出版。

三、中国國家圖書館藏元刊殘本。現存卷一至卷二十九、卷三十三至卷三十六共三十四卷，及年譜辨疑一卷[二]。

四、臺灣「國家」圖書館藏元至元壬午（十九年，一二四二）建刊殘本。題作黃氏補千

[一] 參看袁克文寒雲手寫所藏宋本提要廿九種（載於宋版書考録，北京圖書館出版社二〇〇三年版，第一六三—一六六頁），潘宗周寶禮堂宋本書録（上海古籍出版社二〇〇七年版，第二八〇—二八一頁），北京圖書館古籍善本書目（集部，第二〇二八頁），中國古籍善本書目集部卷二三，第八三九號（上海古籍出版社一九九八年版，第六八頁）。按，據我們點校時核對，兩本文字確實未見差異，但它們卷首卻略有不同，且元詹光祖本避宋諱，表明乃據宋本翻刻。抑或元詹光祖本和國圖藏此本確爲同版，但也不能完全排除元詹光祖本係據和國圖此本相同的宋本翻刻這一可能性。所以，爲慎重起見，本書不徑稱之爲元詹光祖本。又因國圖還藏有黃氏補注杜詩元刊殘本，所以本書簡稱此本爲「國圖全本」。

[二] 北京圖書館古籍善本書目，第二〇二八頁。中國古籍善本書目集部卷二三，第八四〇號，第六八頁。

家集注杜工部詩史，原書共三十七卷，今存目録一卷，正文十一卷（卷四至卷七、卷十三至卷十五、卷二十至卷二十三），共計十二卷；以及卷首傳序碑銘（闕第一頁）和年譜辨疑[一]。傅增湘藏園群書經眼録對此本有過描述：「目後有木記如下：『書肆所刊詩集甚多，而工部詩史尚缺，本堂因得公廩善本，詳加校正。歲在辛巳之春，令工綉梓，文成乃壬午之菊節，因以紀歲月云。』鈐有『東宫書府』十一叠朱文大印。按：此本劉文興送來一閲，刊印雖精，而氣味殊薄，且宋諱不避，恐爲元初所覆也。」[二]

五、臺北故宫博物院圖書館藏本，共十八册。係沈仲濤捐贈。此本被定爲宋寶慶二年建刊本[三]，但丁延峰存世杜集宋刻本輯録考察指出[四]，其行款、字體和元詹光祖本完全相同，而且卷三二末頁（即元詹光祖本有刻記之頁）闕佚，疑爲書商裁去。則此本可能也是元詹光祖本。

[一] 據臺灣「國家」圖書館網站介紹及「古籍與特藏文獻資源」中所公佈之該本縮微膠卷。又可參看由墨林元版黄氏補千家注紀年杜工部詩史考論，文載杜甫研究學刊二〇二一年第一期。

[二] 傅增湘藏園群書經眼録卷一二集部一，中華書局一九八三年版，第一〇二九—一〇三〇頁。

[三] 參看「國立故宫博物院」善本舊籍總目，「國立故宫博物院」一九八三年版，第一〇一四頁。

[四] 見杜甫研究學刊二〇一〇年第四期。

六、臺北故宫博物院圖書館藏清乾隆間文淵閣四庫全書本（簡稱「四庫本」），二十六册[一]。此本臺灣商務印書館景印文淵閣四庫全書（第一〇六九册，集部八　别集類）曾影印出版。

七、中國國家圖書館藏文津閣四庫全書本。洪業杜詩引得序云：「業所用者爲燕京大學圖書館藏翰林院舊藏四庫館抄校底本。雖間有殘闕，可以國立北平圖書館所藏文津閣四庫全書本校補而讀也。」[二]此本商務印書館二〇〇五年文津閣四庫全書曾影印出版。

八、浙江圖書館藏文瀾閣四庫全書本。周采泉杜集書録云曾見原鈔者二册，丁氏所補鈔者二十四册。又云：「今四庫本不僅無年譜，亦無吴元所集録之傳、序、碑、銘、詩紀及董、吴兩序，豈文瀾閣本補鈔未全耶？所録之詩，起陪李北海宴歷下亭，終于送魏二十四司直充嶺南掌選崔郎中判官兼寄韋韶州詩，自來杜集編年，從無以此兩詩爲起訖者。且既爲編年體，何以所録之詩時有重出？」[三]

[一] 據臺灣「國家」圖書館網站所公佈。
[二] 洪業等杜詩引得，上海古籍出版社一九八五年版，序第二〇頁。
[三] 周采泉杜集書録內編卷二，上海古籍出版社一九八六年版，第六六頁。

九、文溯閣四庫全書本。文溯閣四庫全書原藏遼寧省瀋陽市文溯閣，現藏甘肅省蘭州市北山九州臺文溯閣四庫全書藏書館。文溯閣四庫全書尚存，其中補注杜詩當亦見存。

十、四庫館抄校底本。傅增湘藏園群書經眼録著録此本云：「舊寫本，朱絲闌，九行二十一字。題『臨川黄希夢得補注』『臨川黄鶴叔似補注』二行。卷中館臣鈎行改字甚多，粘有校簽，蓋四庫館鈔書底本也。前有『翰林院典籍廳關防』。（景樸孫遺書。丁卯）」〔一〕

另外，中華再造善本總目提要（金元編）提及成都杜甫草堂也藏有一本補注杜詩（非全本）〔二〕。實則此本乃從國圖四庫全書本中抄得，僅一册。

傳世補注杜詩雖皆爲黄鶴重刻本系統，但各本文字又不盡相同，就我們校勘所用三個版本而言，其中國圖全本、元詹光祖本保留了宋刻面貌。四庫本文字與前二本差異較

〔一〕傅增湘藏園群書經眼録卷一二集部一，中華書局一九八三年版，第一〇三〇頁。
〔二〕中華再造善本總目提要（金元編），國家圖書館出版社二〇一三年版，第一一八四—一一八五頁。

多，應出於館臣的校勘、臆改。

四庫全書總目曰：

黄氏補注杜詩三十六卷内府藏本

宋黄希原本，而其子鶴續成之者也。……大旨在於案年編詩，故冠以年譜辨疑，用爲綱領。而詩中各以所作歲月注於逐篇之下，使讀者得考見其先後出處之大致。其例蓋始於黄伯思，後魯訔等踵加考訂，至鶴父子而益推明之，鈎稽辨證，亦頗具苦心。其間牴牾不合者，如贈李白一首，鶴以爲開元二十四年游齊趙時作，不知甫與白初未相見，至天寶三（原作「十」，此據文淵閣四庫全書改）四載，白自供奉被放後，始相遇於東都。觀甫寄白二十韻詩所云「乞歸優詔許，遇我宿心親」者，是其確證。鶴説殊誤。又鄭駙馬宅宴洞中一首，鶴謂與重題鄭氏東亭詩皆在河南新安縣作，不知長安志有蓮花洞，在神禾原，鄭駙馬之居，即詩所云洞中，並不在新安，不可與東亭混而爲一。又高都護驄馬行，鶴以爲天寶七載作，考高仙芝平小勃律後，以天寶八載方入朝，詩中有「飄飄遠自流沙至」語，則當在八載，而非七載。又遣興詩「赫赫蕭京兆」句，鶴以京兆爲蕭至忠，不知至忠未嘗官京兆尹，詩中所指當是蕭炅。又喜雨一首，鶴謂永泰元年所作，考詩末甫自注「浙右多盜賊」語，正指寶應元年袁晁之亂，詩當作於是年，時甫方在梓閬間，故有「巴人」之句。鶴説非是。似此者尚數十條，皆爲疏於考核。又題與詩皆無明文，不可考其年月者，亦牽合其一字一句，强爲編排，殊傷穿鑿。然其考據精核者，後來注杜諸家亦往往援以爲證。故無不攻駁其書，而終不能廢棄其書焉。[一]

補注杜詩集録「洙曰」「蘇曰」「坡曰」「十朋曰」者，爲數頗多。「洙曰」指北宋王洙注，因今存王洙編杜工部集並無注文，可能係後人僞托王洙之名而成。「蘇曰」「坡曰」指蘇軾注，但大多爲僞托之作，非皆出蘇軾。「十朋曰」當也係後人托名王十朋而爲之。補注杜詩卷二〇空囊詩「囊空恐羞澀，留得一錢看」句下黄希補注云：「蘇注已盡，似不必更注此，第蘇注多引小説，又或以爲非蘇所注，故又筆之於後。」卷二六遣悶奉呈嚴公二十韻題下「蘇曰」後黄鶴補注則云：「益知注第因史有是言云耳，豈真東坡之言哉？」卷二五贈王二十四侍御契四十韻詩「秋月解傷神」句下黄希補注更明確指出：「秋月倍傷神，乃東坡

[一] 永瑢等撰四庫全書總目卷一四九集部，中華書局一九六五年版，第一二八一頁。

夫人語，今乃引此，必非東坡之言也。胡元任、葛常之、嚴敦常諸公皆以爲老杜事實者，考之史傳，略不見一事，閩、蜀所刊杜集又以入注。余固知其僞也，不敢遽去，亦俾後人得以考其僞。今復證以此事，益可知其僞矣。」可知黃希、黃鶴於集注中收入僞蘇注等，主要目的是儘可能全面地保存前人注釋，而非不辨是非的誤收。

凡例

一、補注杜詩現存版本完整者主要有三種：山東博物館藏明魯荒王朱檀墓出土元至元丁亥（二十四年）武夷詹光祖月崖書堂重刊本（簡稱「元詹光祖本」）、中國國家圖書館藏三十六卷全本（簡稱「國圖全本」）。按，館中還藏有該書元刻本殘本，如此簡稱意在避免與之混淆）、四庫全書據内府藏本鈔本（簡稱「四庫本」）。元詹光祖本雖爲元代重刊，但避宋諱，集注文字和更早的王狀元集百家注編年杜陵詩史、分門集注杜工部詩相近（包括一些訛誤也具有沿襲性），應爲（或接近）黄鶴原刻的原貌。國圖全本原來被認爲係宋刻本，後鑒定爲與元詹光祖月崖書堂刻本係同一版本；該本卷首缺年譜辨疑，董居誼序、吴文跋次序顛倒，卷二一、卷三〇、卷三四又有一定缺佚，不及元詹光祖本完善。四庫本爲清人鈔本，避清諱，書名、題名用簡稱，詩文、集注文字也和上述兩本有較多差異，實乃後來校改所致。此次整理以中華再造善本影印山東博物館藏元詹光祖月崖書堂重刊本爲底本。

二、此書之名，元詹光祖本目録、各卷首尾，多題作「黄氏補千家集注杜工部詩史」，有時又題作「黄氏補千家注紀年杜工部詩史」「黄氏補千家注杜工部詩史」，還有一處題「黄氏補諸儒集注杜工部詩史」（卷二四末），其他如題「杜工部詩」（卷八末），題「卷終」（卷一八末），乃是因版面不足而省寫，情況不一。國圖全本題名與元詹光祖本同。四庫本題作「補注杜詩」，四庫全書總目卷一四九題作「黄氏補注杜詩」，皆爲簡稱。按，董居誼所作此書序云：「公（黄希）之子鶴過而道舊，出其紀年補注詩史一編。」則應以「黄氏補千家注紀年杜工部詩史」爲是。故此次整理，書名取底本卷一首尾所題之「黄氏補千家注紀年杜工部詩史」，各卷首尾題名仍從底本之舊。

三、底本中訛脱衍倒之處，若隨文有校改，則以〔〕標示原文，以（）標示正、補之文。〔〕單獨標示者，爲衍文；（）單獨標示者，爲脱補之文；〔〕（）聯合標示者，〔〕内爲原文，（）内爲校正之文。明顯爲脱衍、訛舛者，非必要不出校記。底本殘損處文字，大都據國圖全本、四庫本徑補，不加（）號。校勘所據主要版本有：

文淵閣四庫全書本補注杜詩（簡稱「四庫本」）；

宋王洙編次、王琪校刊、裴煜補遺宋本杜工部集（國家圖書館出版社二〇一九年影印上海圖書館藏本，簡稱「王洙本」）；

宋郭知達編九家集注杜詩（中華書局一九八二年影印南宋寶慶元年新刊校定集注杜詩，簡稱「九家集注」）；

王狀元集百家注編年杜陵詩史（江蘇廣陵古籍刊印社一九八一年影宋本，簡稱「杜陵詩史」）；

分門集注杜工部詩（中華再造善本影印中國國家圖書館藏宋刻本，簡稱「分門集注」）；

蕭滌非主編、張忠綱全書終審統稿杜甫全集校注（人民文學出版社二〇一四年版，簡稱「蕭注本」）。

四、底本中的異體字、簡體字等，根據不同情況，一般改爲通行繁體字。人名、地名及可能産生歧義者，保持原貌。避諱字缺筆者補全，其餘遵照底本，必要時於第一次出現處出校。

五、此次整理，詩題及集注前所標注姓、名、字等，爲簡明起見，不加專名綫、書名綫。

序

居誼兒時，聞先君樂道永新大夫黃公之賢，至則令出拜，且曰：「此鄉先生可師法者也。」居誼雖不敏，心竊識之。及壯，讀公之文，知其博覽群書，於經史子集、章句訓詁，靡不通究，於是有感先君所以幸教小子之意，欲就正焉，而公則仙去矣。晚歲杜門，公之子鶴過而道舊，出其紀年補注詩史一編，蹙然請曰：「鶴先人生平嗜此，恨舊注舛疏，補訂未竟，齎志以歿。不肖勉卒先業，餘三十年，所謂千四百篇者，不敢謂盡知工部意，庶幾十七八矣。盍爲我序之。」退披其編，詩以年次，意隨篇釋，冠以譜辨，視舊加詳。至謂耒陽迺瘞宗文，高都護之非適，吕太一之非官，又皆意逆而得之，往往前輩或未及，不但成先志而已。昔杜預注春秋左傳，世以預爲丘明忠臣，黃氏父子用功此詩，謂非忠於工部不可。然春秋繫年日，書甲子，預以曆法推考，有未合則歸之史誤，工部雖號「詩史」，凡所紀述非必如春秋書法之密，後數百年而生，必欲一一推見當時歲月先後亦難矣。矧詩自風雅而下，惟工部爲宗。其淵深浩博，後人莫窺涯涘，有謂「工部胸中凡幾國子監」，又謂「不行一萬里，不讀萬卷書，不可以觀杜詩」。近世鋟板，注以「集」名者毋慮二百家，固宜鈎析證辨，無復餘藴。而補遺訂謬，方來未已。信知工部之詩，可觀不可盡。然吾於是編，又得以窺黄氏家學之懿，慰滿夙心云。寶慶二年三月清明日，郡人董居誼仁甫序。

跋

山谷嘗謂：「老杜作詩無一字無來處，第恨後人讀書少，不足以知之。」今生乎數百載之後，欲探古人之心於數百載之前，凡諸家箋注之所未通者，皆斷以己見，自非胸中有萬卷書，其敢任此責耶？黄氏之於此詩，蓋如班、馬父子之作史，凡兩世用工矣。積兩世之學以研精覃思，是宜援據淹該，非諸家之所敢望也。博洽君子以諸家舊注，與此合而觀之，則是非得失，當有能辨之者。寶慶丙戌仲夏，富沙吴文跋。

集注杜工部詩姓氏

唐昌黎先生韓氏名愈，字退之。有詩題子美墳。

唐元氏名稹。

太原王氏名洙，字原叔，翰林學士、兵部郎中、知制誥、史館修撰。注子美集，先古詩，後近體，計三十六卷。

建安王氏名昱，字公旦，建陽人。度支員外郎、秘閣校理。

臨川王氏名安石，字介甫，撫州臨川人。拜左僕射，謚文公。

鳳臺王氏彦輔和。注子美詩四十九卷。自號鳳臺子。

王氏名瀓，鳳臺子之子。

王氏名端仁，鳳臺子之孫。

巨野王氏名禹偁，字元之，濟州巨野人。翰林學士、知審官院兼通進銀臺封駁司。

建安王氏名楷。

王氏名杞。

王氏名琪，字君玉。

王氏逢原。

王氏深父。

王氏立之直方。

王氏性之。

永嘉王氏名十朋，字龜齡。集注編年詩史三十二卷。

建安王氏名紆。

眉山蘇氏名軾，字子瞻，眉州眉山人。謚太師文忠公。著釋事。

蘇氏養直。

西蜀趙氏次公，字彦材。著正誤。

西蜀趙氏夔，字堯卿。

趙氏彦材。

趙氏元序。

西蜀師氏名古。著詳説二十八卷。

師氏尹民瞻。

嘉興魯氏訔，編注子美詩一十八卷。

廬陵歐陽氏名修，字永叔，吉州永豐人。謚文忠公。

豫章黄氏庭堅魯直。

黄氏少度。

謝氏邁幼槃。

淮海秦氏觀少游。

秦氏少儀。

宛丘張氏耒文潛。

永嘉張氏器先。

鄄城張氏名詠，字復之，濮州鄄城人。謚忠定公。

張氏天覺。

張氏名逸。序蜀本子美詩一十卷。

歷陽張氏孝祥安國。

張氏伯玉，續子美集。有詩。

河東薛氏蒼舒，續注子美詩。

薛氏夢符，廣注子美詩。

薛氏綜。

薛氏士昭。

薛氏元肅。

城南杜氏修可，續注子美詩。

杜氏名田，字時可。著補遺。

杜氏定功。

河南尹氏名洙，字師魯。起居舍人、直龍圖閣。

臨川晏氏名殊，字同叔。謚元獻公。

臨川劉氏名敞。

東萊徐氏字居仁。編次門類詩。

徐氏俯師川。

徐氏君平。

徐氏持晦。

吕氏大防，撰年譜。

東萊蔡氏伯世，撰年譜。

蔡氏天啓。

蔡氏絛。

西蜀孫氏倬瞻民。

孫氏彦忠。

西蜀程氏演季良。

程氏天祐。

宋氏名祁，撰唐書子美傳。

西蜀宋氏援正輔。

宋氏彦材。

遁齋陳氏正敏。

后山陳氏名師道，字無己，一字履常，號彭城居士。

陳氏希仲。

陳氏元龍。

陳氏體仁。

陳氏德溥。

南豐曾氏名鞏，字子固，建昌南豐人。擢試中書舍人。

曾氏公袞。

盱江李氏覯泰伯。

李氏彭商老。

李氏希聲。

李氏名觀，補遺子美傳。

臨安李氏堯祖唐卿。

李氏厚德載。

沈氏括存中。

胡氏撰子美草堂序。

苕溪胡氏仔。

胡氏銓邦衡。

唐氏庚子西。

梅氏聖俞。

韓氏駒子蒼。

馬氏存子才。

潘氏大臨邠老。

潘氏大觀仲達。

孫氏名僅，撰子美詩序。

孫氏子尚。

孫氏何。

洪氏芻駒父。

洪氏琰玉父。

洪氏朋龜父。

洪惠僧覺範。

河南邵氏博伯温〔一〕。

橘林石氏敏若。

九江夏氏名竦，字子喬，江州人。樞密使，封英國公。

夏氏倪均父。

何氏覬人表。

蘇州何氏泓。

高氏荷子勉。

饒氏節德操。

晁氏冲之叔用。

〔一〕邵博，字公濟，邵伯温次子。「博」字或衍。

晁氏補之。

姑蘇丁氏修。

永嘉丁氏鎮叔。

丁氏惠安。

縉雲鮑氏文虎，著譜論。

蘄陽林氏敏功，字子仁，蘄州人，贈高隱處士。

林氏敏修子敬。

林氏子來。

林氏明仲。

林氏致明。

長樂鄭氏卬，著釋文。

楊氏符信祖。

汪氏革信民。

汪氏藻彦章。

汪氏端本子之。
汪氏洋養源。
建安余氏葵。
東漢詩僧祖可正平。
李氏錞希聲。
真隱詩僧善權巽中。
元氏不伐。
曹氏夢良。
傅氏藻薦可。
鹿氏伯可。
任氏居實文孺。
吴氏憲。
吴氏季南。
吴氏明可。

吴氏少雲。

賈氏巖老[一]。

崔氏肅之。

萬氏先之。

萬氏申之。

萬氏大年。

永嘉甄氏雲卿。

龔氏實之。

芮氏國器。

馮氏方圓仲。

喻氏叔奇。

毛氏叔度。

〔一〕巖老，元詹光祖本、國圖全本漫漶不清，據四庫本補。

朱氏邦翰。

永嘉 項氏用中。

周氏成祖。

上蔡 謝氏良佐顯道。

謝氏逸無逸。

少陵先生杜工部草堂詩史傳序碑銘

建安吴元景秀　集録

唐新書杜工部傳　宋祁　奉敕撰

甫字子美，少貧不自振，客吴楚[一]齊趙間。李邕奇其材，先往見之。舉進士不中第，困長安。玄宗開元二十五年，甫預京兆薦貢，而考工下之。天寶十三載，玄宗朝獻太清宫，饗廟及郊，甫奏三賦三篇。帝奇之，使待制集賢院，命宰相試文章，擢河西尉，不拜，改右衛率府胄曹參軍。數上賦頌，數，色角切，頻也。因高自稱道，且言：「先臣恕、預以來，承儒守官十一世，迨審言，以文章顯中宗時。臣賴緒業，自七歲屬辭，且四十年，然衣不蓋體，常寄食於人，竊恐轉死溝壑，伏惟天子哀憐之。若令執先臣故事，拔泥塗之久辱，則臣之述作雖

[一] 楚，百衲本新唐書（國家圖書館出版社二〇一四年版）作「越」。

不足鼓吹六經，至沉鬱頓挫，隨時敏給，揚雄、枚皋可企及也。有臣如此，陛下其忍棄之？」會禄山亂，天子入蜀，天寶十四載，安禄山反於范陽。明年，改元至德。六月，禄山犯長安，車駕幸劍外。七月，即位靈武。甫避走三川。三川縣屬鄜州。肅宗立，自鄜州羸服欲奔行在，爲賊所得。至德二年，亡走鳳翔上謁，拜左拾遺[一]。與房琯爲布衣交，琯時敗陳濤斜，又以客董廷蘭，罷宰相。甫上疏言：「罪細，不宜免大臣。」帝怒，詔三司雜問。宰相張鎬曰：「甫若抵罪，絶言者路。」帝解[二]。甫謝，且稱：「琯宰相子，少自樹立爲醇儒，有大臣體，時論許琯才堪公輔，陛下果委而相之。觀其深念主憂，義形於色，然性失於〔間〕〔簡〕。酷嗜鼓琴，廷蘭托琯門下，貧疾昏老，依倚爲非，琯惜人情，一至玷污。臣嘆其功名未就，志氣挫衄，衄，尼六切。觀陛下棄細録大[三]，所以冒死稱述，涉近訐激，違忤聖心。陛下赦臣百死，再賜骸骨，天下之幸，非臣獨蒙。」然帝自是不甚省録。時所在寇奪，甫家寓鄜，彌年艱窶，孺弱至餓死，因許甫自往省視。從還京師，出爲華州司功參軍。乾元元年，甫自左拾遺移華州掾。關輔

[一] 左拾遺，百衲本新唐書作「右拾遺」。

[二] 帝解，百衲本新唐書作「帝乃解」。

[三] 觀，百衲本新唐書作「覬」。

饑，輒棄官去，客秦州，負薪采橡栗自給。流落劍南，乾元二年夏，甫棄官，去華之秦。十月，發秦州。十二月，離同谷至劍南。結廬成都西郭。上元元年，成都尹裴冕爲甫卜築草堂於浣花溪以居。召補京兆功曹參軍，不至。會嚴武節度劍南東西川，往依焉。廣德元年，甫補京兆功曹，不赴。明年，鄭國公嚴武復出節度劍南東西兩川。武再帥劍南，表爲參謀，檢校工部員外郎。武以世舊，待甫甚善，親詣其家[一]。甫見之，或時不巾，而性褊躁傲誕，嘗登武床[二]，瞪視曰：「嚴挺之乃有此兒！」武亦暴猛，外若不爲忤，中銜之。一日，欲殺甫及梓州刺史章彝，集吏於門，武將出，冠鉤于簾三，左右白其母，奔救得止，獨殺彝。魯訔曰：以甫詩考之，嚴武來鎮蜀，章彝已交印入覲，史當失之。武卒，崔〔盱〕（旰）等亂，甫往來梓、夔間。大曆中，出瞿塘，下江陵，泝沅、湘以登衡山，因客耒陽。耒陽縣在衡州之東南。游嶽祠，大水遽至，涉旬不得食。縣令具舟迎之，乃得還。令嘗饋牛炙白酒，大醉，一夕卒，年五十九。夕，或作「昔」。元嘗考之於詩，子美以大曆五年夏四月湖南兵馬使臧玠殺其團練使崔灌，乃避地入衡州。至耒陽，游嶽祠，以大水涉旬不得食。耒陽縣

[一] 詣，百衲本新唐書作「入」。
[二] 登，百衲本新唐書上有「醉」字。

令聶侯具舟迎之，水漲，遂泊方田驛，子美以詩謝之。繼而沿湘流，將適漢陽，暮秋歸秦，有詩留別湖南幕府親友。則秋已還潭，暮秋北首，豈以是夏而溺死耒陽，乃復有此作耶？蓋子美之卒，當在衡、湘之間，秋冬之際。元氏墓誌略見本末，唐史氏惑於劉斧摭遺小説之言，曰：「子美由蜀往耒陽，以詩酒自適。一日，過江上洲中，飲醉不能復歸，宿酒家。是夕，江水暴漲，子美爲驚湍漂泛，其尸不知落於何處。玄宗還南内，思子美，詔求之。聶令乃積空土於江上，曰：『子美爲白酒牛炙脹飫而死，葬於此矣。』以此聞玄宗。」故唐史氏因有「牛炙白酒，大醉，一夕卒」之語。信哉，史氏之訛明矣。甫放曠不自檢〔一〕，好論天下大事，高而不切。少與李白齊名，時號「李杜」。嘗從白及高適過汴州，酒酣登吹臺，吹，赤僞切。今東京城東南隅繁臺是也。慷慨懷古，人莫測也。數嘗寇亂，挺節無所污。爲歌詩，傷時橈弱，情不忘君，人憐其忠云。

贊曰：唐興，詩人承陳、隋風流，浮靡相矜。至宋之問、沈佺期等，研揣聲音，浮切不差，而號律詩，競相沿襲。逮開元間，稍裁以雅正。然恃華者質反，好麗者壯違，人得一概，皆自名所長。至甫，渾涵汪茫，千彙萬狀，兼古今而有之，他人不足，甫乃厭餘，殘膏剩

〔一〕放曠，百衲本新唐書作「曠放」。

馥，沾丐後人多矣。故元稹謂：「詩人以來，未有如子美者。」甫又善陳時事，律切精深，至千言不少衰，世號「詩史」。昌黎韓愈於文章慎許可，至歌詩，獨推曰：「李杜文章在，光焰萬丈長。」誠可信云。

唐杜工部墓誌銘

元稹 撰

叙曰：余讀詩至杜子美，而知古人之才有所總萃焉。始堯、舜之君臣以賡歌相和〔一〕，是後，詩人繼作，歷夏、殷、周千餘年，仲尼緝拾選練，取其干預教化之尤者三百篇，其餘無聞焉。騷人作而怨憤之態繁，然猶去風、雅日近，尚相比擬。秦、漢已還，采詩之官既廢，天下俗謡民謳、歌頌諷賦、曲度嬉戲之詞，亦隨時間作。至漢武賦柏梁詩，而七言之體興〔二〕，蘇子卿、李少卿之徒，尤工爲五言。雖句讀、文律各異，雅、鄭之音亦雜，而詞意闊遠〔三〕，指事言情，自非有爲而爲，爲，上于僞切，下如字。則文不妄作。建安之後，建安乃〔魏文帝〕

〔一〕之，元稹元氏長慶集（文學古籍刊行社一九五六年影宋鈔本）作「時」。
〔二〕興，元氏長慶集作「具」。
〔三〕闊，元氏長慶集作「簡」。

（漢獻帝）年號。天下文士遭罹兵戰，曹氏父子曹操、曹丕。鞍馬間爲文，往往横槊賦詩，槊，音朔，矛屬也。故其遒文壯節〔一〕，抑揚怨哀，悲離之作，怨，一作「冤」。尤極於古。晉世風概稍存。齊、宋之間，教失根本，士子以簡慢矯飾〔二〕，舒徐相尚；文章以風容色澤、放曠精清爲高，蓋吟寫性靈、流連光景之文也。意義格力，固無取焉〔三〕。陵遲至於梁、陳，淫艷刻飾、佻巧小碎之詞劇，佻，敕聊切，偷也。一無「劇」字。又宋、齊之所不取也。唐興，學官大振，歷世之文，能者互出，而又沈、宋之流沈佺期、宋之問。研練精切，穩順聲勢，謂之爲律詩。由是而後，文變之體極焉。然而好古者遺近〔四〕，務華者去實，效齊、梁則不逮於魏、晉，工樂府則力屈於五言，律切則骨格不存，閑暇則纖穠莫備。至於子美，蓋所謂上薄風、雅〔五〕，下該沈、宋，言奪蘇、李，蘇武、李陵。氣吞曹、劉。吞，一作「奮」。曹植、劉楨。掩顏、謝之孤高，顏延年、

〔一〕遒文壯節，元氏長慶集無。
〔二〕矯飾，元氏長慶集作「歙習」。
〔三〕固，元氏長慶集無。
〔四〕好古，元氏長慶集作「莫不好古」。
〔五〕雅，元氏長慶集作「騷」。

謝靈運。雜徐、庾之流麗，徐陵、庾信。盡得古人之體勢〔一〕，而兼昔人之所獨專矣〔二〕。如使仲尼考鍛其旨要〔三〕，尚不知圖其多乎哉。圖，一作「貴」。苟以爲能所不能，無可無不可〔四〕，則詩人已來，未有如子美者。是時，山東人李白亦以奇文取稱，時人謂之「李杜」。余觀其壯浪縱恣，擺去拘束，模寫物象及樂府歌詩，誠亦差肩於子美矣。至若鋪陳終始，排比聲韻，大或千言，次猶數百，詞氣奮邁而風調清深〔五〕，奮，一作「豪」。屬對律切而脱棄凡近，則李尚不能歷其藩翰，況壼奥乎！壼，一作「堂」。予嘗欲條析其文，體別相附，與來者爲之準，特病懶未就爾。適遇子美之孫嗣業，啓子美柩之襄祔事於偃師〔六〕，偃師縣屬今河南府。途次于荆楚〔七〕，荆州江陵府也。雅知余愛言其大父之爲文，拜余爲誌。辭不能絶〔八〕，余因係其官閥而銘其卒

〔一〕人，元氏長慶集作「今」。
〔二〕昔，元氏長慶集作「今」。
〔三〕如，元氏長慶集無。
〔四〕無不可，元氏長慶集作「不可」。
〔五〕奮，元氏長慶集作「豪」。
〔六〕柩之，元氏長慶集作「之柩」。
〔七〕楚，元氏長慶集無。
〔八〕能，元氏長慶集作「可」。

葬云。

係曰：晉當陽成侯姓杜氏，下十世而生依藝，令於鞏。鞏縣屬河南府。依藝生審言。審言善詩，官至膳部員外郎。審言生閑，閑生甫。閑爲奉天令。甫字子美，天寶中，獻三大禮賦，明皇奇之，命宰相試文。文善，授右衛率府胄曹[一]。屬京師亂，玄宗天寶十四載，安禄山反於范陽。步謁行在，拜左拾遺。歲餘，以直言失官，出爲華州司功。肅宗至德二年，甫走鳳翔，上謁肅宗，授左拾遺。乾元元年，因言房琯不宜罷相，遂自拾遺出掾華州。尋遷京兆功曹[二]。代宗廣德元年，甫補京兆功曹，不赴。劍南節度使嚴武廣德二年，嚴武以黄門侍郎再出鎮劍南東西兩川。狀爲工部員外郎，參謀軍事[三]。旋又棄去，扁舟下荆、楚間，竟以寓卒，旅殯岳陽，大曆五年夏，甫避臧玠之亂，入衡州，沿湘流，將適漢陽，暮秋將歸秦。是歲秋冬之交，卒于衡、岳之間，藁葬耒陽。至元和中，其孫始歸葬於河南鞏縣，元微之爲誌。今耒陽有甫墓，是豈微之但爲誌而不克遷，或已遷而故冢尚存耶？享年五十有九。夫人弘農楊氏女，父曰司農少卿怡，四十九年而終。嗣子曰宗武，病不克葬，

[一] 右衛率府胄，元氏長慶集作「甫」。

[二] 功曹，元氏長慶集作「事」。

[三] 狀爲工部員外郎參謀軍事，元氏長慶集無。

歿，命其子嗣業。嗣業以家貧無以給喪[一]，收什乞丐[二]，焦勞晝夜，去子美歿後餘四十年，然後卒先人之志，亦足爲難矣。

銘曰：維元和之癸巳，粤某月某日之佳(晨)(辰)，合窆我杜子美於首陽之山前。按後漢書桓榮傳：首陽山在今偃師縣之西北。嗚呼！千歲而下，曰此文先生之古墳。

題杜子美墳 韓愈 撰

何人鑿開混沌殼？二氣由來有清濁。孕其清者爲聖賢，鍾其濁者成愚樸。英豪雖没名猶嘉，不肖虚死如蓬麻。榮華一旦世俗眼，忠孝萬古賢人芽。有唐文物盛復全，名書史册俱才賢。中間詩筆誰清新？屈指都無四五人。獨有工部稱全美，當日詩人無擬倫。筆追清風洗俗耳，心奪造化回陽春。天光晴射洞庭秋，寒玉萬頃清光流。我常愛慕如飢渴，不見其面生閑愁。今春偶客耒陽路，凄慘去尋江上墓。召朋特地踏煙蕪，路入溪村數百

[一] 以家，元氏長慶集無。
[二] 什，元氏長慶集作「拾」。

步。招手借問騎牛兒，牧兒指我祠堂路。入門古屋三四間，草茅緣砌生無數。寒竹珊珊摇晚風，野蔓層層纏庭户。升堂再拜心惻然，心欲虔啓不成語。一堆空土煙蕪裏，虚使詩人嘆悲起。怨聲千古寄西風，寒骨一夜沉秋水。當時處處多白酒，牛炙如今家家有。飲酒食炙今如此，何故常人無飽死。子美當日稱才賢，聶侯見待誠非喜。洎乎聖意再搜求，奸臣以此欺天子。捉月走入千丈波，李白入水捉月。忠諫便沉汨羅底。屈原沉湘。固知天意有所存，三賢所歸同一水。過客留詩千百人，佳詞繡句虚相美。墳空飫死已傳聞，千古醜聲竟誰洗。明時好古疾惡人，應以我意知終始。

遺補杜子美傳

李觀　撰

唐杜甫子美詩有全才，當時一人而已。洎失意蓬走天下，由蜀往耒陽，依聶侯，不以禮遇之。子美忽忽不怡，多游市邑村落間，以詩酒自適。一日，過江上洲中，飲既醉，不能復歸，宿酒家。是夕，江水暴漲，子美爲驚湍漂泛，其尸不知落於何處。洎玄宗還南内，思子美，詔天下求之。聶侯乃積空土於江上，曰：「子美爲白酒牛炙脹飫而死，葬於此矣。」以此事聞玄宗。吁！聶侯當以實對天子也，既空爲之墳，又醜以酒炙脹飫之事，子美有清才者也，豈不知飲食多寡之分哉？詩人皆憾之，題子美之祠[一]，皆有感嘆之意，知非酒炙而死也。高顒宰耒陽，有詩曰：「詩名天寶大，骨葬耒陽空。」雖有感，終不灼然。唐賢詩曰：「一夜耒江雨，百年工部墳。」獨韓文公詩，事全而明白，知子美之墳空土也，又非因酒炙而死耳。

杜工部詩史舊集序[二]

王洙

敘曰：杜甫字子美，襄陽人，徙河南鞏縣。曾祖依藝，鞏令；祖審言，膳部員外郎；父閑，奉天令。甫少不羈，天寶中[三]，獻三賦，召試文章，授河西尉，辭不行，改右衛率府胄曹。天寶末，以家避亂鄜[四]，獨轉陷賊中。至德二載，竄歸鳳翔，謁肅宗，授左拾遺。詔許至鄜迎家。明年，收京，扈從還長安。房琯罷相，甫上疏，論琯有才，不宜廢免，肅宗怒，貶

[一] 祠，四庫本作「詞」。
[二] 王洙本作「杜工部集記」。
[三] 中，王洙本作「十三年」。
[四] 鄜，王洙本作「鄜州」。

琯邠州刺史，出甫爲華州司功。屬關輔饑亂，棄官之秦州。又居成州同谷，自負薪采梠，餔糒不給。遂入蜀，卜居成都浣花里，復適東川。久之，召補京兆府功曹，以道阻不赴。欲如荆楚。上元二年，聞嚴武鎮成都，自閬挈家往焉〔一〕。武歸朝廷，甫浮游左蜀諸郡，往來非一。武再鎮兩川，奏爲節度參謀、檢校工部員外郎，賜緋。永泰元年夏，武卒，郭英乂代武，崔旰殺英乂，楊子琳、柏正節戈兵攻旰〔二〕，蜀大亂〔三〕，甫逃至梓州。亂定，歸成都，無所依，乃泛江，游嘉、戎，次雲安，移夔州〔四〕。大曆三年春，下峽，至荆南，又次公安，入湖南，泝沿湘流，游衡山，寓居耒陽。嘗至嶽廟，阻暴水，旬日不得食。耒陽聶令知之，自具舟迎還。五年夏，一夕，醉飽卒，年五十九。觀甫詩與唐實録，猶概見事迹，比新書列傳，彼爲踳駁。傳云「召試京兆兵曹」，而集有官定後戲贈詩，注云「初〔受〕（授）河西尉，辭改右衛率府胄曹」。傳云「遁赴河西，謁肅宗於彭原」，而集有喜達行在詩，注云「自京竄至鳳翔」。傳云「嚴武卒，乃游東蜀，依高適」。

〔一〕閬，王洙本作「閬州」；往，王洙本作「往依」。
〔二〕戈，王洙本作「舉」。
〔三〕蜀，王洙本作「蜀中」。
〔四〕移，王洙本作「移居」。

既至，而適卒」，按適自東川入朝，拜右散騎常侍，乃卒，又集有忠州聞高常侍亡詩[一]。傳云「扁舟下峽，未維舟而江陵亂，乃游襄、衡」，而集有居江陵及公安詩至多。傳云「甫永泰二年卒」，而集有大曆五年正月追酬高蜀州詩及别題大曆年者數篇。甫集初六十卷，今秘府舊藏，通人家所有稱大小集者，皆亡逸之餘，人自編摭，非當時第叙矣。蒐裒中外書，凡九十九卷，古本二卷[二]，蜀本二十卷，集略十五卷，樊晃序小集六卷，孫光憲序二十卷，鄭文寶序少陵集二十卷，别題小集二卷，孫僅一卷，雜編三卷。除其重複，定取千四百有五篇。凡古詩三百九十有九，近體千有六。起太平時，終湖南所作。視居行之次，若歲時爲先後，分十八卷，又别録賦、筆、雜著二十九篇爲二卷，合二十卷。意兹未可謂盡，它日有得，尚副益諸。寶元二年十月，翰林學士、兵部郎中、知制誥、史館修撰王洙原叔記[三]。

[一] 亡，原作墨丁，國圖全本同，據四庫本補。
[二] 二，王洙本作「一」。
[三] 「翰林學士」以下，王洙本作「王原叔記」。

讀杜工部詩集序　孫僅

叙曰：五常之精，萬象之靈。不能自文，必委其精、萃其靈於偉傑之人以涣發焉。故文者，天地真粹之氣也，所以君五常、母萬象也。縱出横飛，疑無涯隅；表乾裏坤，深入隱奥。非夫腹五靈，精心萬象，靈神合冥會〔一〕，則未始得之矣。夫文各一，而所以用之三，謀、勇、正之謂也。謀以始意，勇以作氣，正以全道。苟意亂思率，則謀沮矣；氣萎體瘵，則勇喪矣；言蕪辭蕪，則正塞矣。是三者迭相羽翼，以濟乎用也。備則氣淳而長，剥則氣散而涸。中古而下，文道繁富。風若周，騷若楚，文若西漢，咸角然天出，萬世之衡軸也。後之學者，瞽實聾正，不守其根，而好其枝葉，由是日誕月艶，蕩而莫返。曹、劉、應、楊之徒唱之，曹植、劉楨、應璩、楊修。沈、謝、徐、庾之徒和之，沈休文、謝靈運、徐〔陸〕（陵）、庾信。争柔鬥葩，聯組擅繡，萬鈞之重，爍爲錙銖，真粹之氣，殆將滅矣。洎夫子之爲也，剔陳、梁，亂齊、宋，抉晉、魏，瀦其淫波，遏其煩聲，與周、楚、西漢相準的。其夐邈高聳，則若鑿太虚而噭萬籟；其馳驟怪駭，則若仗天策而騎箕尾；其首截峻整，則若儼鈎陳而界雲漢。樞機日

〔一〕「非夫腹五靈」三句，古逸叢書本杜工部草堂詩箋作「非夫腹蘊五靈，心精萬象，神合冥會」。

月，開闔雷電，昂昂然神其謀，挺其勇，握其正，以高視天壤，趨入作者之域，所謂真粹氣中人也。公之詩支而爲六家，孟郊得其氣焰，張籍得其簡麗，姚合得其清雅，賈島得其奇僻，杜牧、薛能得其豪健，陸龜蒙得其贍博，皆出公之奇偏爾，尚軒軒然自號一家，爀世烜俗，後人師擬不暇，矧合之乎？風、騷而下，唐而上，一人而已。是知唐之言詩，公之餘波及爾。於戲！以公之才，宜器大任，而顛寇虜，汩没蠻夷者，屯於時耶，戾於命耶，將天嗜厭代，未使斯文大振耶？雖道振當世，而澤化後人，斯不朽矣。因覽公集，輒泄其憤以書之。

杜工部詩後集序　王安石

序曰：予考古之詩，尤愛杜甫氏作者。其辭所從出，一莫知窮極，而病未能學也。世所傳已多，計尚有遺落，思得其完而觀之。每一篇出〔一〕，自然人知非人之所能爲，而爲之

〔一〕每，四部叢刊本臨川先生文集上有「然」字。

者，惟其甫也，輒能辨[一]。予之令鄞，縣名，屬明州。客有授予古之詩，世所不傳者二百餘篇，觀之，予知非人之所能爲，而爲之實甫者，其文與意之著也。然甫之詩其完見於今者，自予得之。世之學者，至乎甫而後爲詩，不能至，要之不知詩焉爾。嗚呼！詩其難，惟有甫哉！自洗兵馬下，序而次之，以示知甫者，且用自發焉。皇祐壬辰五月日，臨川王安石序。

成都草堂詩碑序

胡宗愈

序曰：草堂先生謂子美也。草堂，子美之故居。因其所居，而號之曰草堂先生。先生自同谷入蜀，遂卜成都浣花江上，萬里橋之西，爲草堂以居焉。唐之史記[二]，前後抵牾。先生至成都之年月不可考。其後，先生寄題草堂云：「經營上元始，斷手寶應年。」然則先生之來成都，殆上元之初乎？嚴武入朝，先生送武至巴西[三]，遂如梓州。蜀亂，乃之閬州，

[一] 辨，臨川先生文集作「辨之」。
[二] 唐之史記，杜工部草堂詩箋作「唐史」。
[三] 至，杜工部草堂詩箋作「之」。

將游荆楚〔一〕。會武再鎮兩川，先生乃自閬州挈妻子歸草堂，武辟先生爲參謀。武卒，蜀又亂，先生去之東川，移居夔州，遂下荆渚，泝沅湘，上衡山，卒於耒陽。先生以詩鳴於唐，凡出處去就〔二〕、動息勞佚、悲歡憂樂、忠憤感激、好賢惡惡，一見於詩，讀之可以知其世。學士大夫謂之「詩史」。其所游歷，好事者隨處刻其詩於石，及至成都則闕然。先生之故居〔三〕，松竹荒凉，略不可記。今丞相呂公鎮成都〔四〕，復作草堂於先生之舊址，繪先生之像於其上。宗愈假符於此，乃録先生之詩，刻石置於草堂之壁間〔五〕。先生雖去此，而其詩之意，有在於是者，亦附其後，庶幾好事者於以考先生去來之迹云。元祐庚午，資政殿學士、中大夫、知成都軍府事胡宗愈序。

〔一〕游，杜工部草堂詩箋作「赴」。

〔二〕去就，杜工部草堂詩箋無。

〔三〕〔五〕之，杜工部草堂詩箋無。

〔四〕今，杜工部草堂詩箋無。

編次杜工部詩序

魯訔

騷人雅士，同知祖尚少陵，同欲模楷聲韻，同苦其意律深嚴難讀也。余謂少陵老人初不事艱澀左隱以病人[一]，其平易處，有賤夫老婦所可道者。至其深純宏妙[二]，千古不可追迹。則序事穩實[三]，立意渾大，遇物寫難狀之景[四]，紓情出不説之意，借古的確，感時深遠。若江海浩渼，渼，以沼切，大水貌。風雲蕩汩，蛟龍黿鼉出没其間而變化莫測，風澄雲霽，象緯回薄，錯峙偉麗，細大無不可觀。離而序之，次其先後。時危平，俗媺惡，山川夷險，風物明晦，公之所寓舒局，皆可概見。如陪公杖屨而游四方，數百年間，猶對面語[五]，何患於難讀耶！名公巨儒，譜叙注釋，是不一家，用意率過，異説如蝟。余因舊集，略加編次，古詩近體，一其先後，摘諸家之善，有考於當時事實及地理、歲月，與古語之的然者，聊注其下。若其意律，乃詩之六經，神會意得，隨人所到，不敢易而言之。叙次既倫，讀之者如

〔一〕左，杜工部草堂詩箋作「索」，疑是。
〔二〕妙，杜工部草堂詩箋作「遠」。
〔三〕則，杜工部草堂詩箋作「其」。
〔四〕寫，杜工部草堂詩箋作「爲」。
〔五〕對，杜工部草堂詩箋作「有」。

親罹艱棘虎狼之慘，爲可驚愕；目見當時甿庶，被削刻，轉塗炭，爲可憫。因感公之流徙，始而適，中而瘁，卒至爲少年輩侮忽以訖死，爲可傷也。紹興癸酉五月晦日，丹丘冷齋魯訔序。

增修王原叔編次杜詩後記　王琪

近世學者，争言杜詩。愛之深者，至剽（括）（掠）句語，迨所用險字而模畫之，沛然自以絶洪流而窮深源矣。又人人購其亡逸，多或百餘篇，少或數十句[一]，藏去矜大，復自以爲有得。翰林王君原叔尤嗜其詩，家素蓄先唐舊集，及采秘府名公之室，天下士人所有，得者悉編次之，事具於記。於是杜詩無遺矣。子美博聞稽古，其用事非老儒博士罕知其自出，然（訛）缺久矣。後人妄改而補之者衆，莫之遏也。非原叔多得其真，爲害大矣。子美之詩詞，有近質者，如「麻鞋見天子」「垢膩脚不襪」之句。所謂轉石於千仞之山，勢也。學者尤效之而過甚，豈遠大者難窺乎！然夫子之删詩也，至于檜、曹小國，寺人、女子之詩，苟中

[一] 少或，王洙本作「小」。

法度，或取而弦歌〔一〕。善言詩者，豈拘於人哉！原叔雖自編次，余病其卷帙之多而未甚布。暇日與蘇州進士何君瑑、丁君修得原叔家藏及今古諸集，聚于郡齋而參考之，三月而後已。義有兼通者，亦存而不敢削，閲之者固有淺深也。而又吴江邑宰河東裴君煜取以覆視，乃益精密，遂鏤于板，庶廣其傳。或俾余序于篇者，曰：如原叔之能文，稱于世，止作記于後。余竊慕之，且余安知子美哉，但本末不可闕書，故概舉以附于卷終。原叔之文，今遷于卷首云。嘉祐四年四月望日，姑蘇郡守太原王琪後記。

增注杜工部詩序 王彦輔

唐興，承陳、隋之遺風，浮靡相矜，莫崇理致。開元之間，去雕篆，黜浮華，稍裁以雅正。雖絺句繪章，人得一概，各争所長，如大羹元酒者則薄滋味，如孤峰絶岸者則駭廊廟，穠華可愛者乏風骨，爛然可珍者多玷缺。逮至子美之詩，周情孔思，千彙萬狀，茹古涵今，無有端涯，森嚴昭焕，若在武庫，見戈戟布列，蕩人耳目。非特意語天出，尤工於用字，故

〔一〕或，王洙本作「咸」，疑是。

卓然爲一代冠，而歷世千百，膾炙人口。予每讀其文，竊苦其難曉，如義鶻行「巨顙折老拳」之句〔一〕，劉夢得初亦疑之，後覽石勒傳，方知其所自出。蓋其引物連類，掎摭前事，往往而是，韓退之謂「光焰萬丈長」，而世號爲「詩史」，信哉！予時漁獵書部，嘗妄注緝，且十得五六。宦游南北，因循中輟。投老挂冠，杜門家居，日以無事，行樂之暇，不度蕪淺，既次其韻，因閲舊注，惜不忍去，搜考所知，再加鐫釋。然予不幸病目，無與乎簡牘之觀，遂命子澂洎孫端仁參夫討繹，俾之編綴，用償夙志，尚愧孤陋，未臻詳盡。在昔聖人，猶曰「有所不知，丘蓋闕如」。顧惟聞見之寡，兹所不免，但藏篋中，以貽來裔，非敢示諸博古之君子。按鄭文寶少陵集張逸爲之序，又有蜀本十卷。自王原叔内相再編定杜集二十卷，後姑蘇守王君玉得原叔家藏於蘇州進士何瑑、丁修處，及今古諸集，相與參考，乃曰義有兼通者，亦存而不敢削。故予之所注以蘇本爲正云。時洪宋八葉明天子之在御政和紀元之三祀下元日序。

〔一〕折，據分門集注疑當作「拆」。

杜少陵詩音義序　鄭卬

讀少陵詩，如馳鶩晉、楚之郊，以言其高，則鄧林千岩，梗楠杞梓，扶疏摩雲；以言其深，則溟波萬頃，蛟龍黿鼉，徜徉排空。拭眦極目，方且心駭神悸，莫知所以。若其甄别名狀，實難爲功，韓退之推其「光焰萬丈長」，殆謂是矣。國家追復祖宗成憲，學者以聲律相飭，少陵矩範，尤爲時尚。於其淹貫群書，比類賦象，渾涵天成，奇文險句，厭人目力，讀者未始不以搜尋訓切爲病。卬近因與二三友質問，爰就隱奥處著爲音義。至夫人物地理、古今傳志，咸極討論，施之新學，不亦可乎？時紹興改元歲次辛亥長至後五日，長樂鄭卬序。

跋杜子美詩并序　鄭卬

余讀李元賓補遺傳及韓退之題杜工部墳詩，皆自摭遺所載，疑非二公所作。然大曆、元和，時之相去猶未爲遠，不當與本集抵牾若是，大抵後之好事者托而質之也。甞考子美以大曆五年四月臧玠殺崔灌〔一〕，由是避地入衡州，至耒陽，游嶽祠，以大水，涉旬不得食，耒陽聶令具舟迎之。水漲，遂泊

〔一〕灌，四庫本作「瓘」。錢大昕新唐書糾謬校補（鳳凰出版社二〇一六年版）已指出新唐書紀傳之分歧。

方田驛，子美詩以謝之。繼而沿湘流，將適漢陽，暮秋歸秦，有詩別湖南幕府親友，豈以夏而溺死耒陽，復有此作？蓋其卒在潭、岳間，秋冬之際。元微之誌銘亦略見本末。作史者惑於摭遺之説，遂有「牛炙白酒一宿卒」之語。信史之誤，余不可以不辨。長樂鄭印謹跋。

杜子美之於詩，實積衆家之長，適當其時而已。昔蘇武、李陵之詩長於高妙，曹植、劉公幹之詩長於豪逸，陶潛、阮籍之詩長於冲澹，謝靈運、鮑昭之詩長於峻潔〔一〕，徐陵、庾信之詩長於藻麗，於是子美窮高妙之格，極豪逸之氣，包冲澹之趣，兼峻潔之姿，備藻麗之態，而諸家之作所不及焉。然不集諸子之長，子美亦不能獨至於斯也，豈非適當其時故耶？孟子曰：「伯夷，聖之清者也；伊尹，聖之任者也；柳下惠，聖之和者也；孔子，聖之時者也，孔子之謂集大成。」嗚呼，子美亦集詩之大成者歟！

讀子美詩

孫何

世系留唐中〔二〕，丘封寄耒山。高名落身後，遺集出人間。逸氣應天與，淳風自我還。

〔一〕昭，避武后諱，遵照底本。
〔二〕中，分門集注作「史」，疑是。

李白從

鋒鋩堪定霸，徽墨可繩奸。進退軍三令，迴旋馬六閑。楚詞休獨步，周雅合重删。先達，王維亦厚顔。庖刀盡餘刃，羿彀肯虚彎。聖域分中土，天樞奪要關。逍遥登禁闥，偃蹇下塵寰。麗思蘇幽蟄，神功鑿險艱。語成新體句，才折好官班。誰氏傳軒冕，何人得佩環。朱弦本疏越，黄鳥浪綿蠻。元白詞華窄，錢郎景象慳〔一〕。蜀峰愁杳杳，湘水浪潺潺。子欲探驪頷，吾思攦虎斑。毛錐應穎脱，燕石竟疏頑。已襲蘭兼菊〔二〕，無嫌蒯與菅。二南如有得，高躅願追攀。

子美畫像　歐陽修

風雅久寂寞，吾思見其人。杜君詩之豪，來者孰比倫。生焉一身窮，死也萬世珍。言苟可垂後，士無羞賤貧。

〔一〕慳，原作「鏗」，據四庫本改。
〔二〕已，原作「巴」，據四庫本改。

子美畫像　王安石

吾觀少陵詩，謂與元氣侔。力能排天斡九地，壯顔毅色不可求。浩蕩八極中，生物豈不稠。醜妍巨細千萬殊，竟莫見以何雕鎪。惜哉命之窮，顛倒不見收。青衫老更斥，餓走半九州。瘦妻僵前子仆後，攘攘盜賊森戈矛。吟哦當此時，不廢朝廷憂。嘗願天子聖，大臣各伊周。寧令吾廬獨破受凍死，不忍四海赤子寒颼颼。傷屯悼屈止一身，嗟時之人我所羞。所以見公畫，再拜涕泗流。推公之心古亦少，願起公死從之游。

讀子美集　張伯玉

寂寞風騷主，先生第一材。詩魂躔斗壁，筆力撼蓬萊。運動天樞朽，奔騰地軸摧。萬蛟盤險句，千馬夾雄才。勢走岷峨盡，辭含混沌來。剖山無鵲石，傾厩盡龍媒。薦擢誇〈三賦〉，飄零放一杯。艱難行蜀道，感激上燕臺。日月兵前没，江湖笑裏開。獨吟千載後，肝膽洗塵埃。

觀子美畫像 楊蟠

文光萬丈照詞林，獨步才難一代欽。塵土未論今日貌，篇章空憶舊時心。寂寥冠劍無由作，零落丹青豈復吟。師法望公千載後，仰風三嘆感知音。

黃氏補注杜工部年譜辨疑

臨川黃鶴撰

先生姓杜氏，名甫，字子美，本襄陽人，後徙河南鞏縣。按唐宰相世系表，襄陽杜氏出自晉當陽侯預少子尹，字世甫，晉弘農太守。二子：綝、弼。綝字弘固，奉朝請，生襲。襲生標，標生冲，冲生洪泰。二子：祖、顒。顒生景仲。而先生作萬年縣君京兆杜氏墓誌云：「曾祖某，隋河内郡司功參軍，獲嘉縣令。王父依藝，皇監察御史、洛陽鞏縣令。考審言，修文館學士、尚書膳部員外郎。」舊史杜易簡傳云：「易簡，襄陽人，周硤州刺史叔毗曾孫。從祖弟審言，次子閑，閑生甫。」又杜甫傳云：「曾祖依藝，終鞏令。祖審言，終膳部員外郎。父閑，終奉天令。」元微之誌云：「晉當陽侯下十世而生依藝。」然則自杜尹至先生爲十三世，故先生酹遠祖晉鎮南將軍文云「十三葉孫」，又先生有示從孫濟、寄從孫崇簡、示姪佐、因示從弟行軍司馬位詩，而濟、崇簡、佐、位皆出景仲下，意叔毗與景仲爲兄弟，易簡、審言出叔毗下，獲嘉即叔毗之子，是爲先生高祖。

睿宗先天元年壬子

先生生於是年。蔡興宗引元微之墓誌、王原叔集記，魯訔引唐書列傳，皆云「先生年五十九歲，卒於大曆五年」，則當生於是年。魯又引公上大禮賦表云：「臣生陛下淳樸之俗，行四十載矣。」天寶十載奏賦，年三十九，逆數公今年生。吕汲公云：「公生先天元年癸丑，天寶十三載奏賦。」若果十三載奏賦，則先生四十三歲矣。梁經祖集譜亦云「十三載奏賦」，今考通鑑、唐宰相表及酹遠祖文，以開元二十九年爲辛巳，祭房公文以廣德元年爲癸卯，則先天元年爲壬子無疑。如魯謂「十載奏賦」，則是年辛卯，恰四十歲，不可謂之年三十九，何以表謂之「行四十載」？案朝獻太清宫賦首云「冬十一月，天子納處士之議」，又云「明年孟陬，將攄大禮」，則是九載庚寅預獻賦，故年三十九，表宜云「行四十載」。又按舊史天寶十載云：「是秋，霖雨積旬，墻屋多壞，西京尤甚。」公作秋述云「秋，杜子卧病長安旅次，多雨生魚，青苔及榻」，又云「我棄物也，四十無位」，則是十載年四十。其生於是年又無疑。

先天二年癸丑，改開元元年

是年八月，明皇即位，改元開元。揚經祖集譜云[一]：「先天元年壬子八月，玄宗即位。」非。

開元二年甲寅

開元三年乙卯

先生在郾城。觀公孫弟子舞劍行序云：「開元三年，余尚童稚，記於郾城觀公孫氏舞劍器。」吕譜云：「是年纔四歲，年必有誤。」案先生壯游詩云「七齡思即壯，開口詠鳳皇」，以七歲能詩，則四歲而記事，非不能矣。魯譜引進雕賦表中語爲證，亦是。

開元四年丙辰

[一] 揚經祖，先天元年條引作「梁經祖」，是。

開元五年丁巳

開元六年戊午

是年，先生七歲。壯游詩云「七齡思即壯，開口詠鳳皇」，則自是年能詩矣。故進雕賦表云：「臣素賴先人緒業，自七歲所綴詩筆，向四十載矣，約千有餘篇。」今所存纔十一，王原叔集記云「千四百有五篇」者，多是後來所作。

開元七年己未

開元八年庚申

是年，先生九歲。壯游詩云：「九齡書大字，有作成一囊。」

開元九年辛酉

開元十年壬戌

開元十一年癸亥

開元十二年甲子

開元十三年乙丑

是年，先生十四歲。壯游詩云：「往昔十四五，出游翰墨場。」

開元十四年丙寅

是年，先生十五歲。出游選場，崔鄭州尚、魏豫州啓心稱之，故壯游詩云「斯文崔魏徒，以我似班揚」。

開元十五年丁卯

開元十六年戊辰

開元十七年己巳

先生乾元元年戊戌，有因許八寄江寧旻上人詩云：「不見旻公三十年。」旻，江寧僧也。逆數其年，則游旻越[一]，至江寧，當在是年。然上大禮賦表云「浪迹於陛下豐草長林，實自弱冠之年」，則十九年辛未，公方二十歲，當以表爲是，詩特舉成數而言耳。

開元十八年庚午

開元十九年辛未

是年，先生二十歲。以進大禮賦表所云，則游吴越當起於今。自是，下姑蘇，渡會稽，數年方歸。

[一] 旻越，國圖殘本、四庫本同，據文意疑當作「吴越」。

開元二十年壬申

開元二十一年癸酉

開元二十二年甲戌

是年，先生自越歸，赴鄉舉，故云「歸帆拂天姥，中歲貢舊鄉」。上韋左丞詩云：「甫昔少年日，早充觀國賓。」是年方二十三歲，宜謂少年矣。

開元二十三年乙亥

是年，先生下第。明年春，以禮部侍郎掌貢舉，則謂之「忤下考功第」，當在今年。蓋唐制年年貢士也。案選舉志：「每歲仲冬，州、縣、館、監舉其成者送之尚書省。」舊史云：「天寶初，應進士，不第。」非。

開元二十四年丙子

案舊史：「是年三月乙未，始移考功貢舉，遣禮部侍郎掌之。」新史選舉志云：「二十四年，考功員外郎李昂爲舉人詆訶，帝以員外郎望輕，遂移貢舉於禮部，以侍郎主之。禮部選士自此始。」魯譜謂「開元二十六年戊寅春，從禮部，以春官侍郎主之」，不知何據而云？壯游詩云：「忤下考功第，拜辭京尹堂。放蕩齊趙間，裘馬頗清狂。」則下第必在是年之前，游齊趙必在是年之後。詩又云：「快意八九載，西歸到咸陽。」而先生天寶五載歸京師應詔，故游齊趙當在今年後。又大曆五年酬寇十侍御云：「往别郇瑕地，於今四十年。」自今年至大曆五年，雖方三十五年，亦舉成數而言也。

開元二十五年丁丑

先生游齊趙。案新史：「嘗從李白及高適過汴州，酒酣登吹臺，慷慨懷古。」蓋白家於任城，適以家貧客梁宋，以求丐取給，故先生與之定交，遣懷詩所謂「憶與高李輩，論交入酒壚。兩公壯藻思，得我色敷腴」是也。其登吹臺雖未定何年，然必在是年後。又云「先帝正好武，寰海未彫枯。猛將收西域，長戟破林胡」，則先生登吹臺時，明皇正有事於西戌。考通鑑：「開元二十五年，崔希逸自涼州南入吐蕃境二千餘里，至青海西，大破之。二十六年春，杜希望攻吐蕃新城，拔之，以其地爲威戎軍。」蓋其時也。

開元二十六年戊寅

開元二十七年己卯

開元二十八年庚辰

開元二十九年辛巳

是年，先生在河南。有祭遠祖晉鎮南將軍於洛之首陽，又有冬日懷李白詩。案李白傳云「白天寶初，客游會稽」，則與先生別，當在今年，故詩有「未因乘興去」之句。

天寶元年壬午

是年，先生在河南，爲萬年縣君京兆杜氏作誌。萬年，先生之姑也，即范陽太君誌所謂適裴榮期者。案誌云：「天寶元年六月二十九日，遷殯于河南縣平樂鄉。有兄子甫，紀德於斯，刻石於斯。」又有詩，題云「天寶初，南曹小司寇於我太夫人堂下，壘土爲山」，而詩云「惟南將獻壽」，其曰「太夫人」者，豈非先生指祖母范陽太君盧氏而言？若以爲先生之母，則此後不聞先生有欒棘之憂。或謂先生之母微，故誌〔史〕（中）不言介婦有崔氏，然先生何爲有與諸舅詩，又皆秀而仕者？京兆誌又云，甫昔卧病於我諸姑，姑之子久病，女巫至曰：處楹之東南隅吉。姑遂易子之地以安我，我是用存，而銘之爲義姑。蓋先生之母早亡，乃育於姑，而至於有成也。

天寶二年癸未

是年，先生在河南。

天寶三載，是年正月甲申，改年爲載

是年五月五日，先生祖母范陽太君盧氏卒於陳留之私第。審言前娶薛，再盧氏也。八月旬有六日，葬于河南之郾師，先生作誌云「某等遭内艱」云云，當是代叔父作。而誌又云「薛氏所生子，適曰某，故朝議大夫。次曰并，幼卒，報復父讎，國史有傳。次曰專，歷開約尉〔一〕，先是不禄」。而不及先生之父閑爲奉天令，何也？若以爲是時閑猶無恙，誌代其作，此後又不聞先生居父喪，且并年十三歲死，宜無婦，而誌「家婦盧氏，介婦鄭氏、魏氏、王氏」，則是四婦。而所載子，何爲與并止四人？則云「某等遭閔凶」，又似指父名而言，而鄭氏即先生之正母，更俟博考。陳子昂祭審言文在景隆二年，則審言卒後四年，先生始生，三十七年，盧氏始卒，第未詳閑以何年卒也。

天寶四載乙酉

是年夏，先生在齊州，有陪李北海宴歷下亭詩。爲開元皇帝皇甫淑妃作墓碑云：「公

〔一〕開約，當作「開封」。

主戚然謂左右曰：自我之西，歲陽載紀云云。於是下教有司，爰度碑板。」案爾雅：「自甲至癸，爲歲之陽。」妃以開元二十三年乙亥十月癸未朔薨，其月二十七日葬于河南縣龍門之西北原，故至今年乙亥爲「歲陽載紀」矣。公主即臨晉公主，下嫁滎陽鄭潛曜，鄭有園亭在河南新安縣，先生嘗游之，故碑云「忝鄭莊之賓客，游竇主之園林」。又有鄭駙馬宅宴洞中詩、重題鄭氏東亭詩，詩當作於天寶二、三年間。

天寶五載丙戌

是年，先生以天子詔天下有一藝詣轂下，遂西歸應詔。有行次昭陵詩云「幽人拜鼎湖」，有今夕行云「咸陽客舍無一事」，乃西歸時詩。蔡譜云：「是年，有飲中八仙歌。」徒以李適之四月罷政及先生西歸而云。案史：「李白嘗侍帝，醉，使高力士脱靴。力士素貴，耻之，摘其詩以激楊貴妃。帝欲官白，妃輒沮止。白自知不爲親近所容，益驁放不自修，與賀知章、李適之、汝陽王璡、崔宗之、蘇進〔一〕、張旭、焦遂爲酒八仙人。」而賀知章以天寶

〔一〕蘇進，當作「蘇晉」。

三載去國，白亦還山。凡歌所言，皆天寶二、三年事，意是天寶六、七載從汝陽王游時爲王作也。壯游詩云「賞游實賢王」，蓋在西歸咸陽之後。

天寶六載丁亥

是年，先生應詔退下，作天狗賦。序云：「天寶中，上冬幸華清宮，甫因至獸坊，怪天狗院列在諸獸院。」又云：「尚恨其與凡獸近。」賦云：「吾君儻意耳尖之有長毛兮，寧久被斯人終日馴狎已。」蓋喻己也。案舊史：「天寶六載冬十月，幸温泉，改爲華清宮。」明年冬，公又至東都，故知賦在今年作。十一載，上鮮于京兆詩云：「且隨諸彦集，方覬薄材伸。破膽傷前政，陰謀獨秉鈞。微生霑忌刻，萬事益酸辛。」正謂是年應詔，李林甫忌人斥己，建言：草茅徒以狂言亂聖聽，請付尚書試問。無一中者，故云。魯譜謂「上韋左丞詩在是年」，不考是年濟未拜左丞。

天寶七載戊子

是年，先生在長安。有寄河南韋尹詩。案舊史：「天寶七載，韋濟爲河南尹，遷左丞。」詩云「江湖漂裋褐，霜雪滿飛蓬。牢落乾坤大，周流道術空」，蓋謂游吴越齊趙多年而無所成，非旅寓而寄之也。及韋遷左丞，則有上韋左丞二詩，此在長安親上之，故曰「上」。詩云「今欲東入海，即將西去秦」，蓋應詔下，復有意於遠游。明年，果在東都，又有高都護驄馬行。

天寶八載己丑

先生在河南。有冬日洛城謁玄元皇帝廟詩。詩云「五聖聯龍袞」，蓋是年閏六月，加謚高祖及四宗「大聖」字，故云。

天寶九載庚寅

先生是年進三大禮賦，又嘗進雕賦。案進雕賦表云：「自七歲所綴詩筆，向四十載矣。」與進三賦表云「行四十載矣」，語意相同。故知進雕賦在是年進三賦之先，若以爲在後，必如進封西岳賦表云「奏賦，待制於集賢，委學官試文章」矣。魯譜云：「是年十一月，封華嶽。」殊不知雖許封嶽，而是年廟災及旱，遂詔停封。先生十三載方進封西岳賦而請封也。又有兵車行。

天寶十載辛卯

先生在京師，以奏賦，明皇奇之，命待制集賢院，召試文章。有秋述，有杜位宅守歲詩。秋述云：「我四十也。」杜位守歲云：「四十明朝過。」

天寶十一載壬辰

先生在京師。十一月，楊國忠拜相，鮮于仲通除京兆尹。先生有上鮮于京兆詩，又有太常張卿詩，鮮于詩云：「交合丹青地，恩傾雨露辰。有儒愁餓死，早晚報平津。」張詩云：「吹噓人所羨，騰躍事仍睽。」當是其年召試文章，止送有司參列選序，故云。呂譜：「上韋左相詩云：『鳳歷軒轅紀，龍飛四十春。』以玄宗即位至是爲四十年，故知在今年作。」按史：「天寶十五載七月，明皇幸蜀，以韋見素爲左相。」今不應先云「左相」。又案宰相表：「天寶十三載甲午，韋見素爲武部尚書、同中書門下平章事，知門下省事。」當是其時投之。故詩云：「韋賢初相漢。」蔡譜謂：「是歲，苦雨潦，閱六旬，上謂宰相非其人，罷陳希烈，拜韋見素。時明皇在位四十三年。蓋詩僅略舉成數[一]，非若進賦之可據。」此説是。吕譜又以麗人行入今年，謂丞相者爲楊國忠，而不知國忠今年十一月方爲右相，當是十三載。蔡譜謂次歲以後詩爲是。

天寶十二載癸巳

先生在京師。有上哥舒翰詩云：「幾年春草歇，今日暮途窮。」有留贈集賢院崔于二學士詩云：「天老書題目，春官驗討論。倚風遺鶂路，隨水到龍門。竟與蛟螭雜，寧無燕雀喧。」又云：「儒術誠難起，家聲庶已存。故家多藥物，勝概憶桃源。欲整還鄉旆，長懷禁掖垣。謬稱三賦在，難述二公恩。」崔、于二學士當是試文之人，試後，止降恩澤，送隸有司，參列選序，故起故山之興。

〔一〕僅，原作「得」，據四庫本改。

天寶十三載甲午

按舊史：「是年二月戊寅，右相兼文部尚書楊國忠守司空，餘如故。甲申，司空楊國忠受册。」而先生進封西岳賦表云[一]：「維岳授陛下元弼，克生司空。」又云：「頃歲，有事於郊廟，幸得奏賦，待制於集賢，委學官試文章，再降恩澤，乃猥以臣名實相副，送隸有司，參列選序。」則進封西岳賦當在是年，蓋未授河西尉也。魯譜云：「此賦當在未封西岳前，而紀封華岳在九載，又當考也。」魯蓋不考九載廟災及旱，詔停封，故先生進賦在今年。有秋雨嘆，有上韋左相等詩。

天寶十四載乙未

是年，先生授河西尉，不樂，改授率府胄曹，故官定戲贈曰：「不作河西尉，凄凉爲折腰。老夫怕奔走，率府且逍遥。」而夔府書懷云：「昔罷河西尉，初興薊北師。」則改授率府胄曹，當在是年之冬，蓋是年十一月禄山反也。詩史云「薊北反書未聞，已逸身畿甸」爲

[一] 西，原作「四」，據四庫本改。

非。若先已竄逸，則改授無容在初興師之時矣。吕與蔡譜俱云「十一月初赴奉先，故有赴奉先詠懷詩」，然詩不言禄山反狀，但言歡娛聚斂以致亂。又詩云：「豈知秋未登，貧窶有倉卒。」當是上年秋雨艱食時作，非避亂時詩甚明。

天寶十五載丙申

是年七月，明皇幸蜀。七月甲子，肅宗即位於靈武。先生五月自奉先往白水，依舅氏崔十九翁，有高齋詩三十韻。六月，又自白水往鄜州，有三川觀水漲詩。按本傳云：「聞肅宗立，自鄜羸服奔行在，爲賊所得。」則在是年八月。故有月夜、九日藍田崔氏莊、哀王孫、悲陳陶、悲青坂、對雪等詩。

至德二年丁酉

是年春，先生在賊中。有元日寄韋氏妹詩，云：「不見朝正使，啼痕滿面垂。」又有春望、憶幼子、一百五夜對月、大雲寺贊公房等詩。亦嘗至東都，豈非爲賊送與囚者爲列？故有鄭駙馬池臺喜遇鄭廣文同飲詩，云「燃臍郿塢敗」，指禄山死也。又駙馬池臺在河南新安縣。夏，得脱賊中，故述懷詩云「今夏草木長，脱身得西走」。謁肅宗於鳳翔，有喜達行在所詩。六月一日，有奉謝口敕放三司推問狀，時結銜云「宣義郎行左拾遺」，則拜拾遺必在五月。按史帝紀、宰相表，是年五月丁巳，房琯罷相。先生上疏救琯，肅宗怒，詔三司推問，中書侍郎、同平章事張鎬救之，就令鎬宣口敕，宜放推問，故有謝狀。鎬拜同平章在琯罷之前四日也。六月十二日，又有同遺補薦岑參諫官狀。八月，放還鄜州，省妻子。北征詩云：「皇帝二載秋，閏八月初吉。杜子將北征，蒼茫問家室。」又有徒步歸行，當是八月得墨敕。閏月初一日方行，九月復京師，十月丁卯肅宗至自靈武。先生亦還京師。有臘日及送鄭虔貶台州等詩。

乾元元年戊戌

是年春，先生在諫省，有春宿左省、曲江對酒、答岑補闕、送賈閣老出汝州等詩。夏有端午日賜衣詩。六月出爲華州司功，有酬孟雲卿詩，云「明朝牽世務，揮淚各西東」。又有出金光門與親故别、望岳等詩。七月，有爲華州郭使君進滅殘寇形勢圖狀，有策進士文。元微之誌云：「左拾遺歲餘，以直言出華州司户。」蓋至德二載五月爲拾遺，至今六月爲歲餘，第不知以言何事而出。有悲往事詩云「移官豈至尊」，當是左右有不樂者。是時，苗晉卿爲侍郎，王嶼同平章，而李麟、崔圓、張鎬皆先一月罷也。冬尚留華，有至日遣興寄北省舊閣老兩院故人詩，云「孤城此日堪腸斷」是也。魯與蔡譜謂「棄官至東都」。有閿卿姜七少府設鱠及湖城遇孟雲卿劉顥宅飲宿等詩，當是冬晚至東都。

乾元二年己亥

是春，先生自東都回華州。按史：「三月丁亥，以旱降死罪，流以下(原之)。四月壬寅，詔減常膳服御。」舊史亦云：「四月癸亥，以久旱徙市，雩祭祈雨。」先生賦夏日嘆，故有「萬民尚流冗，舉目唯蒿萊」之句。本傳：「關輔飢，棄官去，客秦州。」當在其年七月末。蓋華下苦熱，詩云「七月六日苦炎蒸」，則是月初尚在華。又秦州雜詩二十首多言秋時景物。去秦州，赴同谷縣，有發秦州詩，云「漢源十月交，天氣如秋涼」，指同谷十月如此，則去秦亦必在十月。故至寒硤有詩云「况當仲冬交，泝沿增波瀾」。考秦至成之界，垂二百里，又七十里至成，今寒硤尚爲秦地，而已交十一月，則先生去秦，又可知在十月之末。至同谷，不及月，遂入蜀，有發同谷縣詩，云「賢有不黔突，聖有不暖席」。趙注云：「公嘗自注此詩云：『乾元二年十二月一日，自隴右赴劍南。』」今書雖無此注，而木皮嶺詩云「季冬攜童稚，辛苦赴蜀門」，水會渡詩云「微月没已久」，可知爲十二月初也。至成都不出此月，故詩云「季冬樹木蒼」，是時裴冀公冕牧蜀。

乾元三年庚子，改上元元年

是年，先生在成都，裴公爲卜成都西郭浣花寺居，高適詩云「聞道招提客」是也。二月，裴歸朝，以京兆尹李若幽後賜名國楨。爲成都尹。舊史李國楨傳云：「爲京兆尹。上元初，改成都尹，兼御史大夫、充劍南節度使。」而先生未嘗與之交，故詩文無一語及之。是年，先生營草堂，詩所謂「經營上元初」是也。堂成詩云「緣江路熟俯青郊」，又云「飛來語燕定新巢」，則三月堂已成。自是居草堂，間嘗至外邑，有〔賦〕（赴）青城縣出成都寄陶王二少尹。

上元二年辛丑

是年二月，李若幽入爲殿中丞。癸亥，以崔光遠爲成都尹、劍南節度使。四月，劍南東川節度兵馬使段子璋反，陷綿州，高適同崔光遠討子璋，伏誅。先生有贈花卿，云「子璋髑髏血模糊，手提擲還崔大夫」是也。按舊史：「光遠收段子璋，以將士肆剽劫，光遠不能禁，肅宗遣監軍中使按其罪，光遠憂恚成疾，上元二年十月卒。」而紀云「建子月卒」，舊史高適傳又云：「天子怒光遠不能戢軍，乃罷之，以適代光遠爲成都尹。」而紀云「建丑月以嚴武爲成都尹」，則適未嘗代光遠，意光遠罷後，適攝成都，故先生無詩稱其爲尹也。若適果代光遠爲尹，先生近在草堂，不應詩文中無一字及之。是時，適爲蜀州刺史。史謂適由太子賓客出爲蜀州刺史，遷彭州，然先生有李司馬橋了承高使君自成都回詩，云「已傳童子騎青竹，總擬橋東迓使君」。按九域志：「成都在蜀州之東、彭州之南。」以此知適爲蜀州甚明。自元年至今年，成都更李若幽、崔光遠、高適，然後嚴武至，而諸譜皆不載。若李與崔宜與先生弗合，宜無可考。百憂集行云「即今倏忽已五十，强將笑語供主人」，當是爲崔、李而云。或謂指高適、嚴武，然適、武俱有舊，適又攝尹不久，未必是指二人。秋，作唐興縣客館記，記云「中興之四年」，又云「辛巳秋分，大餘二，小餘二千一百八十八，杜氏之老記已」。

寶應元年壬寅

是年四月，代宗即位。先生在成都。上嚴武説早，蓋建卯月也。七月，武歸朝，公送武至綿州，有送嚴侍郎到綿州同登樓及奉濟驛重送嚴公詩。是時，嚴武未拜黄門侍郎，其曰「送嚴侍郎」者，後來所題也。先生送武去成都，旋有徐知道之亂，因入梓州。徐知道反，雖史不書平亂之人，然武入朝後，不聞别除成都尹。按舊史高適傳云：「代宗即位，吐蕃寇隴右，漸逼京畿，適練兵於蜀，臨吐蕃南境，以牽制之，師出無功，而松、維等州陷。代宗以黄門侍郎嚴武代還。」當是崔光遠不能戢兵，罷成都，時適止攝節度事，而武乃正除，故武受命距光遠卒時纔一月，意今年七月武召還後，適方正除西川節度，故廣德元年練兵臨吐蕃南境。然先生與適素厚，何以送武至綿遂入梓，復歸成都迎家往梓、閬，及嚴武再鎮成都，乃始歸草堂，豈非中間與適頗睽舊好故爾？不然，何無一詩及之？又何挈家優游東川？師古謂貧交行爲嚴武作，今疑爲適作也。

廣德元年癸卯

是年三月辛酉，葬玄宗。庚午，葬肅宗。嚴武爲山陵橋道使。先生在梓州，補京兆府功曹，不赴。有春日登梓州城樓、陪李使君泛江、又陪李使君登惠義寺等詩。又嘗送辛員外暫至綿州，詩云「直到綿州始分首」，又云「殘花悵望近人開」，當是三月。秋八月，與漢中王瑀同會于章梓州水亭。蓋梓州刺史，春夏是李，秋冬是章彝。九月壬戌，是爲二十三日，在閬州祭房琯，有警急詩。魯譜云：「系云：『時高公適領西川節度。』」而詩注則云「趙曰」，又非先生所系也。詩云「才名舊楚將」，謂適爲楊州都督而云。若果爲適作，亦嘆其師出無功耳。冬十月，吐蕃陷京師。十二月，吐蕃陷松、維州。先生時在閬州，故巴山詩云：「巴山遇中使，云自陝城來。盜賊還奔竄，乘輿恐未回。」又有收京、西山、王命、征夫等詩。吕譜謂「是年嚴武再鎮西川，奏甫節度參謀、檢校工部員外郎」，蓋不考武入蜀與奏參謀皆在二年。是年冬晚，又略至梓，所以發閬州詩有「别家三月一得書」之句。

廣德二年甲辰

是春，先生復自梓往閬州。嚴武再鎮蜀，復自閬歸草堂依武。與王十四侍御云「猶得見殘春」[一]，則歸成都在春晚。嚴武奏爲節度參謀、檢校工部員外郎，賜緋魚袋。有揚旗詩，系云：「二年夏六月，成都尹鄭公置酒，觀騎士新旗幟。」有立秋日雨院中有作詩，則入幕必在是年六月。史云：「梓州刺史章彝，舊亦武判官，以微事忤武，召赴行在，殺之。」而先生有詩寄章十侍御，乃云「河内猶宜借寇恂」，又云「朝覲從容問幽反，勿云江漢有垂綸」，何也？魯、蔡譜云：「武來領蜀，彝已交印，史當失之。」然彝方是廣德元年夏至梓，未應得代，其曰「朝覲」者，必是章入奏，故云。自是彝不見有別除，而先生亦無詩及之，似果爲武所殺。秋有和嚴公軍城早秋、院中晚晴懷西郭茅舍、到村、宿府、遣悶、陪鄭公秋晚北池臨眺等詩。冬，有初冬詩，云「垂老戎衣窄」，蓋以是年十月，嚴武攻吐蕃鹽川城，故着戎衣也。又有至後詩。

永泰元年乙巳

是年正月三日，先生自成都院中歸溪上，有詩。舊史代宗紀：「永泰元年四月庚寅，

[一] 猶得見殘春，出自將赴成都草堂途中有作先寄嚴鄭公五首其二，黄鶴誤引。

成都尹嚴武薨。五月癸丑，以郭英乂爲成都尹。」先生與英乂有舊，有奉送郭中丞赴隴右節度使詩，蓋與英乂也。然志不相合，遂去草堂，下忠、渝。有去蜀詩云「五載客蜀郡」，宴戎州揚使君東樓詩云「輕紅擘荔枝」，又有渝州候嚴六侍御不到先下峽、宴忠州使君宅、題忠州龍興寺所居院壁等詩，蓋先生以是年六月至忠州，故有是作。其至雲安，亦是時。自秋徂冬，俱在雲安。十二月一日三首其一云「雲安縣前江可憐」，蓋可知也。吕譜云：「嚴武平蜀亂，甫游東川，除京兆功曹，不赴。」不考是年四月武已死，又未嘗平蜀亂，其除京兆功曹，亦在廣德二年也。

永泰二年丙午，改大曆元年

是年春，先生在雲安。故客堂詩云「石暄蕨芽紫，渚秀蘆笋緑」，移居夔州郭詩云「春知催柳别」，則移居在春晚也。有爲夔州柏都督謝上表。課伐木詩云「城中賢府主」，園人送瓜詩云「相公鎮夔國」，園官送菜詩云「常荷地主恩」，皆指柏而云，柏當是貞節也。終歲居夔州。

大曆二年丁未

是年春，先生居赤甲。按詩云「卜居赤甲遷居新，兩見巫山楚水春」，則是今年春方遷赤甲。暮春，又遷居瀼西，有題瀼西草屋詩，云「久嗟三峽客，再與暮春期」。秋，又移居東屯，秋晚復自東屯歸瀼西，各有詩。

大曆三年戊申

是年春，先生出峽。案贈南卿兄瀼西果園四十畝云「正月喧鶯末，茲辰放鷁初」，當是正月去夔；三月至江陵，有呈江陵幕府諸公詩，云「白屋開花裏，孤城秀麥邊」，又有暮春江陵赴馬大卿詩。秋晚，遷公安縣，有移居公安縣衛大郎詩，云「水煙通徑草，秋露接園葵」，又有公安送韋二少府、公安懷古等詩。憩此縣數月。歲暮，去之岳州，有泊岳陽城下、登岳陽樓等詩。

大曆四年己酉

是年正月，先生自岳陽之潭，有宿青草湖、湘夫人祠、入喬口等詩。至潭，未幾，入衡，有發潭州詩。至衡，畏熱，復回潭，有回棹詩、登舟將適漢陽詩。又有風疾舟中伏枕書懷呈湖南親友詩，云「故國悲寒望，群雲慘歲陰。鬱鬱冬炎瘴，濛濛雨滯淫」，又云「春草封歸恨，桃花費獨尋」，又云「瘞夭追潘岳，持危覓鄧林」，當在是年冬晚作。不然，即次年春作。是年，先生必有哭子之戚，故用「瘞夭」事。按先生在夔時，宗文、宗武俱無恙，而元微之誌止云「嗣子宗武，病不克葬」，則宗文爲早世，意所謂「瘞夭」即宗文也。耒陽縣北之墳，豈非瘞宗文者？後世不考，遂因「牛酒」之語，從而附會，以爲葬先生于此也。

大曆五年庚戌

是年春，先生在潭州，寓舟居。四月，臧玠殺崔瓘，先生避亂至衡山，有題衡山縣文宣王廟新學堂呈陸宰詩。入衡，將如郴州依舅氏，故入衡州詩云「諸舅剖符近」，魯譜謂「諸舅」爲崔偉，前有送二十三舅録事攝郴州詩。或是先生如郴，因至耒陽訪聶令，經方田驛，阻水旬餘，聶致酒肉。而史云「令嘗饋牛炙白酒，大醉，一夕卒」。嘗考先生謝聶令詩有云「禮過宰肥羊，愁當置清醥」，其詩至云「興盡本韻」，又且宿留，驛近山亭，若果以飫死，豈復更能爲是長篇，又復游憩山亭？以詩證之，其誣自可不攻，况元微之誌與舊史初無此說。摭遺謂：「玄宗還南内，思子美，詔天下求之。聶侯乃積空土於江上，曰：『死葬於此矣。』」然玄宗至自成都，時先生在諫省，及升遐，時先生又在成都。寶應元年玄宗升遐，距大曆五年先生之死又已十歲，其敢欺世如此。韓昌黎詩力辨其非，鄭卬、李觀從而正之，所恨不曾引詩爲據。秋，下洞庭，故有暮秋將歸秦奉留别親友詩。又有洞庭湖詩，云「破浪南風正，回竿畏日斜」，言「南風」「畏日」，又云「回竿」，則非四年所作甚明。當是是年自衡州歸襄陽經洞庭詩也。元微之誌云：「扁舟下荆楚，竟以寓卒，旅殯岳陽。其後嗣業啓柩，襄祔事於偃師，途次於荆，拜余爲誌，辭不能絶。」吕汲公亦云：「夏還襄、漢，卒於岳陽。」魯譜云：「其卒當在衡、岳之間，秋冬之交。」衡在潭之上流，與岳不相鄰，舟行必經潭，然後至岳，當云在潭、岳之間。蔡譜以史爲是，以吕爲非，蓋未之考耳。

鶴先君未第時，酷嗜杜詩，頗恨舊注多遺舛。嘗補緝，未竟而逝。又欲考所作歲月於逐篇下，終不果運力，未必不賫恨泉下也。鶴不肖，常恐無以酬先志，乃取槧本集注，以遺稿爲之正定。凡經據引者，不復重出。又輒益以所聞，於是稍盈卷帙。每詩再加考訂，或因人以核其時，或蒐地以校其迹，或摘句以辨其事，或即物以求其意，所謂千四百餘篇者，雖不敢謂盡知其詳，亦庶幾十得七八矣。吕汲公年譜既失之略，而蔡、魯二譜亦多疏鹵，遂更爲一譜，以繼於後。先生積著誠多，而不幸不偶，此不足論。獨嘗謂至成都未幾，裴冀公還朝，繼帥者李國楨、崔光遠、郭英乂，自宜與之弗合。顧與高適定交最早，相知最深，其爲西川節度，先生何以翻然舍之而東，曾不如依嚴武之爲密且久？蜀人師氏以貧交行爲武作，今疑爲適而作也。以此知先生賦性特剛，少不如意，則不能曲徇苟合，故不爲當時所容。身後又復醜以牛酒之事，曾不知果以飫溺，尚能爲令賦詩，且事游憩乎？耒陽之墳，豈非宗文早世，先生所謂「瘞夭」者？而後世附會，滋爲人惑。因書于首，以俟博識。嘉定丙子三月望日，臨川黄鶴書。

黄氏補注辨疑杜工部年譜終

黄氏補千家注紀年杜工部詩史卷之一

前劍南節度參謀宣義郎檢校尚書工部員外郎賜緋魚袋　杜甫　撰

臨川黄希夢得　補注

臨川黄鶴叔似　補注

奉贈韋左丞丈廿二韻[一]天寶七載作。

鮑曰：韋濟，韋嗣立(子)，天寶中授尚書左丞，史有傳，附嗣立後。**師云**：甫爲華州司功，作此詩辭韋左丞。**補注** **鶴曰**：前漢百官志：「成帝建始四年初置尚書，員五人，有四丞。」後漢志：「左、右丞各一人。」師云「是貶華州司功後作」，則當在乾元元年，而梁權道編在天寶十一載，師注爲非。若在乾元元年，不應詩中無一語及禄山之亂與夫爲拾遺、貶司功之意。魯訔年譜謂此詩在天寶六載，而不知是年濟未拜左丞。按舊史：「天寶七載，濟爲河南尹，遷尚書左丞。」公以「天寶六載，詔天下有一藝者赴轂下」，遂自河南歸應詔，而林甫忌人斥

[一] 廿二，國圖全本、四庫本同，國圖殘本作「三十」，王洙本作「二十二」。

己，建言「乞先下尚書省問」，遂無一中者。公由是退下，故詩云「主上頃見徵，青冥却垂翅」，當是七載作。此詩只陳情，當在贈韋左丞丈詩之後。

紈袴不餓死，**洙曰**：前漢班氏叙傳曰：「王鳳薦班伯宜勸學，召見宴昵殿。上方鄉學，鄭寬中、張禹朝夕入説尚書、論語於金華殿中，詔伯受焉。數年，金華之業絶，出與王、許子弟爲群，在於綺襦紈袴之間，非其好也。」晉灼曰：「白綺之襦，冰紈之袴也。」師古曰：「紈，素也。綺，今之細綾也。」**趙曰**：丹墀步紈袴之童。儒冠多誤身。**洙曰**：莊子曰：「儒者冠圜冠者，知天時。」儒行曰：「冠章甫之冠。」前漢酈食其傳：「沛公不喜儒，諸客冠儒冠來者，沛公輒解其冠，溺其中。」**師曰**：杜甫生於睿宗先天元年，死於代宗大曆五年，年五十有九，歷睿宗、玄宗、肅宗、代宗凡四朝也。天寶十三年，獻三賦，玄宗命宰相試以文章，授河西尉，不行。天寶十四年，安禄山亂，甫挈家避亂鄜州，陷賊中。肅宗至德二載，脱身歸鳳翔府，上謁肅宗，肅宗授以左拾遺。當是時，房琯以宰相總兵與賊戰。琯，儒者，用春秋車戰之法，爲賊所敗，由是得罪。甫上疏，論琯不宜廢，肅宗怒，貶甫爲華州司功。甫既不得志，聞李白在山東，將爲山東之游，遂作此詩辭韋左丞，明己無罪而去。觀甫嘗有憶李白詩之句「何時一樽酒，重與細論文」，蓋謂此行爲尋李白故也。紈袴，貴游子弟之服。餓之義有二：絶粒曰餓，不食禄亦曰餓。若伯夷、叔齊餓于首陽，采薇而食，不食周禄，正此餓也。當禄山之亂，武夫悍卒皆以軍功取封侯，其子弟自襁褓至于老死，誰有不食禄者？獨文儒之士不能擐甲出戰，皆寂寥不見用，以此誤身者多矣。蓋嘆武夫得志，傷吾道之不用也。丈人試静聽，賤子請具陳。**洙曰**：易師：「貞，丈人吉。」注：「丈人，嚴莊之稱也。」應璩百一詩：「避席跪自陳，賤子實空虛。」鮑昭東武吟：「主人且勿喧，賤子歌一言。」**趙曰**：伍子胥謂漁父曰：「性命屬天，今屬丈人。」**師曰**：丈人指韋左丞。又，賤子，甫自謂也。**補注** **希曰**：風俗通曰：「易師：『貞，丈人。』非徒取尊老，亦須德行先人也〔一〕。」又疏廣傳：「宜從丈人所勸說君。」師古曰：「丈人，嚴莊之稱，故親而老者皆稱焉。」南史：「謝靈運謂孟顗曰：『丈人生天當在靈運後，成佛當在靈運前。』」**甫昔少年日，早充觀國賓。** **洙曰**：少，一作「妙」。賈誼：「洛陽年少。」**定功曰**：沈休文別范安成云：「平生少年日。」**趙曰**：易：「觀國之光，利用賓于王。」**彥輔曰**：杜嘗策名薦書也。**師曰**：天寶十三載，甫獻三賦，召試文章，故云。**補注** **鶴曰**：按公本傳「嘗舉進士不第」，故壯游詩云「中歲貢舊鄉，忤下考功第」。殆是公嘗預京兆貢舉，故云。唐初，考功員外郎試進士，志云「開元二十四年，以考功郎李昂爲舉人詆訶，帝以員外郎望輕，徙禮部，以侍郎主之」，則公預舉在二十四年之前，時方二十餘歲，宜自謂少年也。師云「獻三賦，召試」，則非後言「主上頃見徵」，亦不是言「獻賦」，乃「天寶六載，詔天下有一藝者赴轂下」。**讀書破萬卷，下筆如有神。** **洙曰**：魏文帝典論云：「傅武仲下筆不能自休。」孔文舉表：「性與道合，思若有神。」**蘇軾曰**：仲舒答策，下筆疑有神助。**趙曰**：梁孝元帝之敗，焚圖書十四萬卷，曰：「讀書萬卷，猶有今日。」故焚之。中着一「破」字，則字着力而新奇矣。**補注** **希曰**：北史崔瞻傳：「不讀五千卷，無入此室。」今謂破萬卷而下筆有神，正用此意。**賦料**

〔一〕 德，原作「往」，據四庫本改。

揚雄敵，詩看子建親。蘇曰：揚子雲曰：「長卿之賦，不似從人間來，其神化所至。」即子雲學長卿爲賦，故雅推服。趙曰：雄傳：「嘗好辭賦，每擬相如。」故公於賦則言敵揚雄。黄曰：曹植，字子建，善屬文，著責躬、公讌等詩。後人謂：「天下才共一石，子建獨得八斗。」鍾嶸品子建詩云：「原出國風，卓爾不群。」故公於詩言親子建。親之者，言與之近也。彦輔曰：杜於詩賦，蓋以二人爲準。補注鶴曰：考公進雕賦表云「自七歲所綴詩筆，向十四載矣，千有餘篇」云云。「臣之述作，雖不足以鼓吹六經，先鳴諸子，至於沉鬱頓挫，隨時敏捷，而揚雄、枚臯之流，庶可跂及」，故此詩亦云賦敵揚雄、詩親子建。然今所傳詩，多是天寶末年亂離之後所作，前所謂千有餘篇者，今已不可盡見，惜哉！**李邕求識面，**洙曰：李邕，見文苑傳。廣陵江都人。父善，嘗注文選。邕少知名長安，李嶠等薦邕詞高行直，堪爲諫官，由是召拜左拾遺。玄宗東封，獻賦稱旨。尤長碑頌，中朝衣冠，多持金帛，往求其文。修可曰：北齊神武自太原來朝，見宋游道曰：「常聞其名，今日始識其面。」**王翰願卜鄰。**洙曰：卜，一作「爲」。唐文苑傳：「王翰，并州晉陽人。少豪蕩不羈，發言立意，自比侯王，日聚英豪，從禽擊鼓，恣爲歡賞，文士祖詠、杜華嘗在座。」彦輔曰：左傳曰：「惟鄰是卜。」師曰：「破萬卷」謂識破其理，如中庸曰：「君子之道，語大，天下莫能載；語小，天下莫能破。」大抵人誰不讀書，識破其理者寡矣。故孔子曰：「默而識之。」甫既識破萬卷之理，縱横妙用，無施不可，故下筆之際，如有神異。漢揚雄嘗作甘泉等賦，魏曹子建，其兄常欲殺之，子建七步成詩。甫以揚雄之賦與己相敵體，以子建之詩但親近於己，是甫以詩才自負，謂子建所不若也。唐李邕有才名，後進想慕，求識其面，以至道塗聚觀，傳其眉目有異。唐王翰，文士也。杜華嘗與游從。華母崔氏云：「吾聞孟母三徙，吾今欲卜居，使汝與王翰爲鄰。」蓋愛其才故也。甫以文章知名當世，士大夫皆想慕之，故以李邕、王翰自比。自謂頗挺出，洙曰：一作「生」。彦輔曰：一作「特」。立登要路津。洙曰：古詩：「何不策高足，先據要路津。」致君堯舜上，再使風俗淳。洙曰：伊尹致君堯舜。又魏杜恕舉明主於唐虞之上。此意竟蕭條，行歌非隱淪。洙曰：前漢：「朱買臣家貧，好讀書。艾薪樵，賣以給食，擔束薪，行且誦書，其妻亦負戴相隨，數止買臣，毋歌謳道中。買臣益疾歌，妻羞之，求去。其後，買臣獨行歌道中，負薪墓間。」宋顏延年詠嵇中散詩曰：「立俗遷流議，尋山結隱淪。」謝脁敬亭詩：「隱淪既已托。」鮑昭詩：「孤賤長隱淪。」趙曰：列子載：「林類年且百歲，拾穗行歌。」張湛注云：「古之隱者也。」師曰：挺者，特也。路與津者，衝要之所，乃人物輻湊之地，以譬顯達也。官有清有要，清而不要則無權，要而不清則拘於俗，既清且要乃爲美官。甫方召試文章，以清要自期，必謂特出，登于要路津，豈期授以河西尉？故此意寥寂，不獲致君與澤民也。隱淪者，隱逸之士也。甫既不見大用，辭河西尉，又不能隱居林下，其貧賤如朱買臣，負薪行歌於路，必爲隱淪之徒所非議矣。騎驢三十載，洙曰：任昉詩：「結歡三十載，生死一交情。」陶潛：「閑居三十載。」彦輔曰：後漢獨行傳：「向相或騎驢入市，乞丐於人。」旅食京華春。定功曰：魏文帝與吳質書：「旅食南館耳。」郭璞詩曰：「京華豪俠春。」朝扣富兒門，鄭曰：朝，陟遥切，早也。扣，去苟切，擊也。又苦候切，義同。暮隨肥馬塵。殘杯與冷炙，洙曰：顏氏家訓云：「唯不可令有稱譽，見役勳貴，處之下座，以取殘杯冷炙之辱。戴安道猶遭之，况爾曹乎！」蘇曰：吳起嘗嘆曰：「丈夫兒事未濟，甘晦休山林，焉能逐浮薄子，苟冷炙殘杯焉。」**到處潛悲辛。修可曰**：鮑昭野鶴賦：「對鐘鼓之悲辛。」**師曰**：驢，賤者所乘也。得志則乘高車大馬，貧賤則跨驢而已。昔李白以文章待詔翰林，後放逸不檢，遂流落不用，嘗爲華陰令所辱。令致，對云：「曾遇龍巾拭吐，御手調羹，天子殿前尚與吾走馬，華陰縣裏不與我騎驢。」初貴，故走馬；後貧賤，故出騎驢。甫既辭河西尉，貧。在京師，自未獻賦之前，迨今凡三十年矣。獻賦時，年四十三。「京華」者，言京師乃繁華之地，當春月，貴游相追逐，繁弦脆管，無處不有，甫獨旅食于此，其寂寞可知。故「朝扣富兒門」，投刺求見〔一〕，暮則隨其後塵，爲當朝士大夫所薄如此。「殘杯」謂饔之餘者，香已埋歇。柔肉曰炙，「冷炙」謂宿炙也。甫既貧賤，糊口京師，貴游薄之，惟待我以殘杯與冷炙，深使人暗地抱辛酸也。**主上頃見徵，彦輔曰**：漢雜事：「宣帝時，蔣蒲與子方召見徵。」**欻然欲求伸。洙曰**：易曰：「尺蠖之屈，以求伸也。」**青冥却垂翅，蘇曰**：李斯曰：「丈夫兒提筆鼓吻，取富貴易，君舉杯，何青冥之翮與鷃共垂翅乎？」**修可曰**：屈原悲回風云：「據青冥而攄虹。」注：「青冥，雲也。」**洙曰**：後漢馮異傳：「始雖垂翅，終能奮翼澠池。」**蹭蹬無縱鱗。洙曰**：王褒聖主得賢臣頌曰：「沛乎若巨魚縱大壑。」海賦：「蹭蹬，窮波失勢貌。」**甚愧丈人厚，甚知丈人真。趙曰**：「厚」言其相待之厚，如後漢云「所以慰藉之甚厚」。「真」言其懷抱之真，如莊子云「其爲人也真」。**每於百寮上，尹曰**：史：「相國位諸侯王、百寮之上。」**猥誦佳句新。洙曰**：杜詩云：「爲人性癖耽佳句，

〔一〕投，原作「拯」，據四庫本改。

語不驚人死不休。」**竊效貢公喜，洙曰**：貢公，貢禹也。前漢王吉傳：「吉字子陽，與貢禹爲友，世稱『王陽在位，貢公彈冠』，言其取舍同也。」**修可曰**：劉孝標廣絶交論曰：「王陽登而貢公喜。」**難甘原憲貧。洙曰**：仲尼弟子傳：「原憲在草澤中，子貢相衛而結駟連騎，排藜藿，入窮閻，過謝原憲，憲攝敝衣冠見子貢。子貢耻之，曰：『夫子豈病乎？』憲曰：『吾聞之，無財者謂之貧，學道而不能行謂之病。若憲，貧也，非病也。』子貢慚而去。」**焉能心怏怏，洙曰**：韓信傳：「信知漢王畏惡其能，稱疾不朝。由此怨望，居常怏怏，羞與絳、灌等伍。」周亞夫傳：「此怏怏，非少主臣也。」**趙曰**：吴越春秋：「吴王僚之母謂王曰：公子光心氣怏怏，常有愧恨之色。」**衹是走踆踆。鄭曰**：踆，七倫反。**洙曰**：踆踆，行走貌。張平子西京賦：「大雀踆踆。」**今欲東入海，洙曰**：語曰：「乘桴浮于海。」又曰：「少師陽、擊磬襄入于海。」**趙曰**：此詩人欲去之意，造語如此，非真有東海之役也。**即將西去秦。洙曰**：李斯上秦始皇書：「今乃却賓客，以棄諸侯，使天下之士，退而不敢西向，裹足不入秦〔一〕，此所謂藉寇兵而賫盗糧。」**尚憐終南山，洙曰**：周庾信有駕幸終南山詩。地理志稱扶風武功縣東有大山，古文以爲終南。左傳昭四年曰：「荆山〔中〕（終）南，九州之險，是周地之名山。」**鄭曰**：福地記云：「其山東接驪山、太華，西連太白、隴山，北去長安八十里，南入楚塞，連蜀東西數百里，亦曰中南。」**回首清渭濱。洙曰**：吕

〔一〕足，原作「走」，據四庫本改。

望垂釣於渭水，得玉璜，遂爲帝師。**修可曰**：潘安仁西征賦言長安之境曰：「南有玄灞素滻，北有清渭濁涇。」**常擬報一飯，洙曰**：史記范雎傳：「雎爲將軍，散家財物盡，以報所嘗困厄者。一飯之恩必償，睚眦之怨必報。」李固傳：「切感古人一飯之報。」注：「謂靈輒也。」孔融：「一飯之惠必報。」**況懷辭大臣。趙曰**：以一飯之恩，常欲如靈輒之報宣子。況大臣相知，不獨一飯耳，其去之懷爲如何。**白鷗波洙曰**：一作「没」。**浩蕩，蘇曰**：「波」乃「没」字也。古詩云：「没白鷗之浩蕩。」若作「波」字，乃上下句不相符，信「没」字耳。宋敏求云：「鷗不善没，改作波。」殊不知鷗之滅没於煙波間，最爲自然。善，舊本作「没」。禽經云：「鳧善浮，鷗善没。」當以「没」字爲是。**洙曰**：謝朓詩：「浩蕩别親知。」潘岳河陽詩：「洪流何浩蕩。」**趙曰**：或取流放之貌，離騷云「怨靈修之浩蕩」。或取曠遠之貌，如楚辭曰「志浩蕩而傷懷」。**補注希曰**：離騷注云：「浩猶浩浩，蕩猶蕩蕩，無思慮也。」以此二字形容鷗之出没波間，而我之無所繫着自見矣。**萬里誰能馴。洙曰**：顔延年詠嵇中散詩曰：「鸞翮有時鎩[一]，龍性誰能馴。」**師曰**：主上，謂肅宗也。至德二載，肅宗見徵。徵，召也。召授左拾遺。「欻」即倏忽，欻然如屈蠖久蟄，志欲求伸。甫當此時，將謂得所施爲，遂上疏論房琯事，不期貶華州司功，故云「青冥却垂翅，蹭蹬無縱鱗」。青冥，天也。蹭蹬，失勢之貌。青天可以飛騰，今反垂翅；巨魚可以縱壑，今反蹭蹬，蓋傷其得罪也。唯韋丈與甫相厚善，而知甫爲人真率，故及于此。韋丈愛甫，蓋重其詩才，每於百寮之上，

[一] 鎩，原作「鍛」，據四庫本改。

謂於宰相前，常稱誦其佳句，故有拾遺之擢。當此時，喜得韋丈推引，故效貢公喜得王陽在位也。今乃復見貶黜，貧賤又如原憲，誠使人所難甘矣。雖然，如是亦安能怏怏於朝廷，祇是不免奔走，托食於他鄉也。踆踆，奔走之狀。山東，瀕海之郡。唐都長安，長安即秦地。甫欲適山東，故云「東入海」。秦地在西，甫既適東，必離去于西秦，故云「西去秦」。終南山與渭水皆秦地山水。甫將東入海，尚眷眷於終南清渭者，不忍棄君而去也。自古忠臣身在畎畝，心不忘君一飯之恩，猶擬報之，矧嘗食人之禄，其忍遽忘乎君？詩家獨推重杜甫，蓋取其不忘君之意也。大臣，謂左丞也。左丞與甫厚善，其判别之情，得無懷思乎？雖然如是，甫之無官守言責，其進退綽綽然有餘裕，真若鷗在浩蕩之波，去來自得，誰能馴狎哉？王荆公常以「波」字爲「没」字，其謬甚也。鷗善浮没，何必獨言没耶？如前輩諸公，因舉杜詩「身輕一鳥過」之句，坐間皆忘「過」字，因共補之。或言「下」，或言「疾」，竟不似「過」字之爲渾成也。則知「没浩蕩」，亦不如「波浩蕩」之自然。

送高三十五書記天寶十二載作。

傳曰：適年過五十，始留意詩什。爲哥舒翰府掌書記，從翰入朝，盛稱之於上前，拜拾遺。**鮑曰：**高書記，適也，字達夫，渤海人。宋州刺史張九皋奇之，舉有道，調封丘尉，不得志，去，客河西。河西節度使哥舒翰表爲左驍衛兵曹參軍、掌書記。**師曰：**適爲武威郡鎮帥哥舒翰府掌書記，故甫送以此詩。補注**鶴曰：**按史：「天寶十二載，楊國忠奏以哥舒翰兼河西節度使。十三載五月，奏前封丘尉高適爲掌書記。」故送以此詩。十四載十二月，翰守潼關，降安禄山。然通鑑乃謂：「八載，上命隴西節度哥舒翰帥隴右、河西等處，以兵攻石堡城。」意十二載作此詩，詳見寄適詩下。

崆峒小麥熟，且願休王師。 **夏竦曰**：肅州，昔月支之地，漢武時爲武威酒泉郡。崆峒在郡東。**洙曰**：爾雅「四極」：「北載斗極爲崆峒之山。」**蘇曰**：武帝欲討西戎，耿遂諫曰：「今崆峒小麥方熟，陛下宜休王師。」帝從。**修可曰**：按史記：「黄帝西至于崆峒。」韋昭注曰：「在隴右。」九域圖志云：「岷州和政郡有崆峒山。」**補注** **希曰**：按寰宇記：「禹迹之内，山名崆峒者三：一在臨洮，一在安定，一在汝州。」黄帝問道之所，專指汝州。此當是指臨洮而言。蓋河西節度治涼州，而洮、涼在唐并隸隴右。**鶴曰**：唐志：「崆峒山雖在岷州和政郡溢樂縣，而州乃義寧二年析臨洮、和政置，其實臨洮郡也。」按通鑑：「天寶六載，王忠嗣使哥舒翰擊吐蕃，累功至隴右節度副使。每歲積石軍麥熟，吐蕃輒來穫之，無能禦者，邊人謂之吐蕃麥莊。翰先伏兵於其側，虜至，斷其後，夾擊之，無一得反。自是不敢復來。」積石軍，在廓州達化縣廓，去岷不遠。**請公問主將，焉用窮荒爲？** **彦輔曰**：「窮荒」謂窮兵武，貪土地也。**師曰**：西北地寒時晚，小麥熟，是五月之時。穀麥者，民之司命。今麥正熟，願休兵，使邊民得穫麥。請適問翰何用窮荒之地，俾民不得穫麥。夷狄之地，乃窮荒所在，譬如石田不可以耕。**補注** **希曰**：漢文紀「四荒之外」，師古注曰：「戎狄荒服，故曰四荒。」言其荒忽，去來無常也。唐置河西節度使，本以斷隔羌胡，而哥舒翰貪功生事，攻吐蕃石堡，喪士卒數萬，又遣兵開屯田於赤嶺，戍兵爲吐蕃所没，此蓋不知窮荒之無用也。**饑鷹未飽肉，側翅隨人飛。** **洙曰**：魏志：「吕布因陳登求徐州牧，不得，布怒。登喻之曰：「登見曹公言：待將軍譬如養虎，當飽其肉，不則噬人。公曰：不如卿言，譬如養鷹，饑則爲用，飽則揚去。」布乃解。」載記：「慕容垂猶鷹也，飢則附人，飽則高飛。」**高生跨鞍馬，**彥輔曰：古詩云：「鞍馬光照地。」**有似幽并兒。**洙曰：曹子建白馬篇：「白馬飾金羈，連翩西北馳。借問誰家子，幽并游俠兒。」山簡云：「舉鞭問葛彊，何如并州兒。」鄭曰：舜分冀州爲幽州、并州。二州多游俠之士。師曰：鷹之爲用，可飢不可飽，飽則飛去，飢而後可用也。譬如高適豪傑之士，其肯爲哥舒翰用，是故卑微其官，使之發激立功，鷹不飢不肯側翅以隨人，高適官不薄亦不肯隨翰往武威，此必然之理也。幽并二州，逼近羌戎，其俗皆習鞍馬馳射。高適本儒生，今能跨馬，有似幽并之兒，以其文武兼資故也。**脱身簿尉中，**鮑曰：適以封丘尉不得志去，故云。**始與捶楚辭。**洙曰：捶，主蘂切。韓愈云：「判司卑官不堪説，未免捶楚塵埃間。」鮑曰：謂唐時參軍簿尉受杖，非也。今詳杜所言，捶有罪者也。退之江陵途中云：「栖栖法曹掾，何處事卑陬？何况親犴獄，敲榜發奸偷。」此豈身受杖，如漢諸署郎耶？余曰：邵氏聞見録云：「杜牧之寄姪阿宜詩云：『一語不中治，鞭捶身滿瘡。』蓋唐參軍簿尉有罪加撻罰，如今之胥吏也。」高子勉見山谷云爾。予初疑其不然，因讀唐史，代宗命劉晏考所部官善惡，刺史有罪者，五品以上劾治，六品以上杖訖奏，參軍簿尉不足道也。」**借問今何官，觸熱向武威？**洙曰：前漢：「武威郡，故匈奴休屠王地。武帝太初四年開。」隋志：「舊置涼州，後周置總管府。大業初，府廢。」李泰伯曰：程曉詩：「觸熱到人家。」**答云**洙曰：一作「言」。**一書記，所愧國士**

知。**洙曰**：陳琳，袁本初書記之士[一]。又阮瑀管書記之任。豫讓曰：「中行以衆人畜我，我故衆人事之。智伯以國士遇我，我故國士報之。」**人實不易知，更須慎其儀。** **洙曰**：更，一作「尤」。儀，一作「宜」。范雎傳：侯嬴請信陵君曰：人固未易知，知人亦未易。**昱曰**：抑詩：「敬慎威儀。」**十年出幕府，自可持旌麾。** **洙曰**：麾，一作「旗」。李廣傳：「幕府省文書。」晉灼曰：「將軍職在征行，無常處，所在爲治，故言幕府。幕，大也。或曰：衛青征匈奴，絶大漠，大克獲，帝就拜大將軍於幕中府，故曰幕府。」師古曰：「二説皆非也。幕府者，以軍幕爲義，古字通用。軍旅無常居止，故以長幕言之。廉頗、李牧市租皆入幕府，此則非因衛青始有其號。又，幕大之義乖。」**彦輔曰**：「旌」謂旌旗，「麾」蓋將兵者所建。世説曰：「掘尾蓋。」**此行既特達，足以慰所思。** **洙曰**：一云「亦足慰遠思」。**男兒功名遂，亦在老大時。** **師曰**：今高適脱身於簿尉中，已免捶楚之憂矣。武威即凉州，「觸熱」謂小麥熟正當五月之時。書記掌撰兵符、軍檄、露布之類。甫問高適今已辭捶楚而爲何官，蓋適之行期，觸冒暑熱，向武威郡爲掌書記而已。然愧荷哥舒翰以國士禮，與之結知，甫因戒之曰：人相結知，不爲易得，當小心謹慎其儀，無恃才高，驕傲於主將，則爲失己失人也。大將行兵，無宮室可居，惟以青油幕爲府，以避風雨，故云幕府。唐制，從軍歲久者，始得大郡。高適今在幕府爲書記，十年間出，須得大郡，故云「自可持旌麾」。析羽爲旌，所持以指麾也，故曰旌麾。適之此行，已辭捶楚，他日立功，復持旌麾，豈

[一] 初，原作「祕」，據四庫本改。

非特達乎？足以慰甫懷思之情，而無所恨也。自古大丈夫，功名成遂，亦在晚年，不必皆少達也。文選云：「嘉穀不早熟，大器當晚成。」甫既勉以「十年出幕府」，恐嫌於遲暮，故有下句爾。**常恨結歡淺，**李希聲曰：左傳云：「願結歡於二三君。」**各在天一涯。**洙曰：古詩：「相去萬餘里，各在天一涯。」**又如參與商，中腸安不悲。**洙曰：蘇武詩：「昔爲鴛與鴦，今爲參與辰。」王正長雜詩云：「王事離我老，殊隔過參商。」左傳昭元年：「子産曰：『昔高辛氏有二子，伯曰閼伯，季曰實沈，居於曠林，不相能也。日尋干戈，以相征討。後帝不臧，遷閼伯于商丘，主辰，商人是因，故辰爲商星。遷實沈于大夏，主參，唐人是因，以服事夏、商，故參爲晉星。』」**驚風吹**洙曰：一作「飄」。**鴻鵠，不得相追隨。**余曰：張良傳：「鴻鵠高飛，一舉千里。」**黄塵翳沙漠，**潘大觀曰：曹植賦：「揚黄塵之冥冥。」**念子何當歸。**洙曰：前漢匈奴傳：「隔以山谷，壅以沙漠。」盧諶贈崔温詩：「北眺沙漠垂。」曹子建樂府：「少小去鄉邑，揚聲沙漠垂。」蘇武詩：「欲展清商曲，念子不能歸。」補注 希曰：漢武帝〔祀〕(紀)：「衛青將軍絶幕。」應劭曰：「幕，沙漠也。匈奴南界。」臣瓚曰：「沙土曰漠。」**邊城有餘力，早寄從軍詩。**洙曰：王仲宣云：「從軍征遐路，訓彼東南夷。」陸士衡樂府詩有從軍行：「苦哉遠征人，北成長城阿。」師曰：古云：歌歡希遇，愁別多逢。蓋人生天地間，爾東我西，是以結歡淺，故云「各在天一涯」。辰、參二星不相得，各居一方，人之離别不獲會聚者似之。甫生平既與適少相歡會，今又執别，如參與商，中腸安得不悲慘也？「驚風」者，回飆也。鴻鵠一舉千里。漢書：「陳勝云：『燕雀安知鴻鵠之志？』」然鴻鵠得疾風吹噓，其勢高舉遠引，彼燕雀之徒，豈得相追隨也？鴻鵠喻適，甫以燕雀自譬，恨不得追隨於適而去也。沙磧曰漢，武威乃邊郡，與沙漠相連。風揚黃塵，障翳人目，豈宜久居？不知歸期當在何日，或邊城無寇，綽有餘暇，早寄詩什，庶知適之安否。昔王粲有從軍詩，適本文墨之士，不以軍事廢擲篇章，甫之所囑者以此。

贈李白 開元二十四年作。

補注 **鶴曰**：詩云「李侯金閨彥，亦有梁宋游」，當是開元二十四年下考功第後，游齊、趙時作。按公壯游詩云：「放蕩齊趙間，裘馬頗清狂。快意八九載，西歸到咸陽。」則歸京師在天寶四、五載。而李白傳云「天寶初，已隱剡中」，則此詩當在於開元二十四、五載作。蓋公詩云「二年客東都」，又云「亦有梁宋游」，殆是初游齊、趙時。梁權道編在十二載，非。

二年客東都，所歷厭機巧。 **彥輔曰**：東都，洛陽也。前漢地理志：「周人之失，巧僞趨利。」**余曰**：葛屨詩，其民機巧趨利。**野人對羶腥，** **彥輔曰**：潘岳秋興賦序：「僕，野人也。」杜亦自謂爲郊野人耳。周禮注：「犬腥羊羶。」**蔬食常不飽。** **趙曰**：此意似雖日見羶腥之物，而其食猶未厭乎藜藿，所以對之而增愧，則甫之貧困無資可見矣。補注 **希曰**：論語云：「蔬食菜羹。」魏毛玠布衣蔬食。**豈無青精飯？使我顏色好。** **杜田曰**：陶隱居登真隱訣載：「太極真人青精乾石䭀飯。」注云：「以南燭草木，煮汁漬米爲

補注希彭祖云：「霍山有道士鄧伯元者，受青精石飯之法。」真誥云：「大宛有青精先生〔一〕、清靈真人。」上仙靈方云：「服之，使人顏童聰明，延年無疾。」**鶴曰**：神仙傳：「鄧伯元、王玄甫俱在霍山服青精飷，音信，又音峻。而本草圖經「南燭」條下，亦言之詳。道藏清靈真人王君傳載：「太極真人青精乾石飷飯。」昔西域王若以南燭草爲之飯。」又唐（玄）宗幸嵩山，至逍遥谷，見室中大瓠，問潘師正，答曰：「中有青飷。」服食得道。」上乃命道士葉法善往江東造青飷飯。**苦乏大藥資**，**修可曰**：丹書抱丹山人大藥證云：「夫大藥者，須鍊沙中汞，能取鉛裏金。黄芽爲根蔕，水火鍊功深。」**山林迹如掃**。**趙曰**：四句通義，離爲兩端則語意不相接。蓋詩人不以文害辭，以青精飯可謂之大藥矣。真誥云：「霍山有道者鄧伯元，受青精石飯之法，内見五藏，色如嬰孺。」豈不謂之大藥乎？而青精飯法，其所用之物，如以南燭草木葉漬青稻米炊之。張君房云：「青稻米如豫章西山青米、吴越青龍稻草是也。」此亦費尋討，不以謂之大藥資乎？**彦輔曰**：北山移文曰：「乍低枝而掃迹。」**師曰**：李白將爲梁、宋之游，甫作此詩贈之。東都，洛陽也。唐初都長安，後都洛。東都自安、史再陷之後，民物貧窶，故機巧趨利，風俗浮薄。甫二年客居于此，睹兹機巧之俗，甚厭惡之。傷昔日之不然也。「羶腥」謂兵後東都居民肝腦塗地，風揚羶腥之氣。野人，甫自稱也。「蔬食不飽」謂物踴貴。青精，神仙之所服食。有黄精，有青精，色黄者爲黄精，色青者爲青精，亦若天黄、地黄、人黄也。本是一種，

〔一〕先，原作「光」，據太平御覽卷六百七十一引登真隱訣改。

根浮于上者爲天黄，沉于下者爲地黄，生于中者爲人黄。青精食之既久，能益人顔色，長年却老。藥有大有小，仙亦有小大也。有天仙，有地仙；藥有丹砂、黄金，爲藥之上者，故云「大藥」。甫既客居東都，無大藥之資，將隱于山林，求青精食之，亦可以駐顔色，奈何山林人迹如掃，謂兵火之後，絶無人煙故也。蓋嘆東都之不可居。**李侯金閨彦**〔一〕，**鮑文虎曰**：白嘗供奉翰林，故云。**洙曰**：江文通别賦：「金閨之諸彦。」注：「金閨，金馬門也。謝玄暉出尚書省詩：「既通金閨籍。」**彦輔曰**：按李陽冰作白集序云：「天子賜金閨。」**脱身事幽討。** **鮑曰**：本傳：「白自知不爲親近所容，求還山，帝賜金帶放還。」**趙曰**：李白宜通籍金閨，以不得志，遂浮游四方，此爲事幽討也。**亦有梁宋游，** **洙曰**：顔延年北使洛塗，出梁、宋郊。**鮑曰**：白時得還，與公同在洛，將適梁、宋也。後在梁亦與公同游，故遺懷詩云：「昔我游關中，得梁孝王都。憶與高李輩，論交入酒壚。」**趙曰**：梁謂汴州，今之東京。宋謂宋州，今之南京也。**方期拾瑶草。** **蘇曰**：東方朔與友人書曰：「不可使塵網名韁拘鎖，怡然長嘯脱去，十洲三島，相期拾瑶草，吞日月光華，共輕舉爾。」**趙曰**：「瑶草」事，雖出於山海經「姑瑶之山，帝女死焉，化爲瑶草，服之者媚於人」，而「瑶草」字，江淹登廬山詩「瑶草正翕艴」，别賦云「惜瑶草之徒芳」，蓋以仙境之物美言之耳。今子美正承江淹而用之也。**師曰**：漢時，凡待詔者，必於金馬門。美生曰「彦」，李白嘗待詔翰林，故云「金閨彦」。「幽討」謂窮討幽趣。梁、宋即今之東京開封府

〔一〕彦，原作「深」，據四庫本改。

是也，本魏地，號曰大梁。其地有香爐峰，神仙所居之迹。瑶草乃珊瑚樹之類，仙家用以合丹藥服餌。時李白擺脱翰林之職，將以窮討幽趣，故爲梁、宋之游，拾瑶草以服食。蓋白之爲人放曠，不樂仕宦，有意於神仙，後以入水捉月，或者以爲尸解。

游龍門奉先寺開元二十四年作。

魯訔曰：龍門，在西京河南縣。地志曰：「闕塞山，一名伊闕，而俗名龍門。」**補注** **鶴曰**：唐志：「河南自有龍門山。志云：「即導河至龍門之地。」土記云：「梁山北有龍門，并在河中之境，故河中有龍門關、龍門倉。」九域志云：「河南縣有龍門鎮，又有闕塞山，云即龍門。」薛仁貴傳云：「絳州龍門人。」則絳州亦有龍門。公自秦赴同谷，道經龍門鎮，則秦、成間又有龍門。嘗考絳至河中不滿三百里，馮翊至河中不滿百里，兩地相接。又地理志：「河南即春秋時屬魏地，後魏兼置雍州，乃屬秦州。」宜此山之跨數郡。是詩乃公開元二十四年後游東都時作。

已從招提游，更宿招提境。 **洙曰**：僧史：「後魏始光元年，創立伽藍，爲招提之境。隋大業中，改寺爲道場，唐復爲寺。」**師曰**：釋氏書，招提、菩薩，皆古佛號，故寺謂之招提，或名伽藍，或名道場，其實一也。**田**

曰：僧輝記云：「招提者，梵言拓門提奢[一]，唐言四萬僧物，後人傳寫之誤，以拓爲招[二]，又省去「門奢」二字[三]，止稱招提。【補注】**鶴曰**：唐史：「武宗毀寺四千六百，招提蘭若四萬。」蓋在唐招提次於寺之名也。又梁會稽沙門惠皎撰高僧傳云：「漢始有沙門，其精舍在雒陽西雍白馬寺是也。相傳云外國國王毀諸寺，唯招提寺未及毀。夜有白馬繞塔悲鳴，因改招提以爲白馬寺。」**陰壑生靈籟，昱曰**：莊子齊物篇：「汝聞人籟而未聞地籟，汝聞地籟而未聞天籟。」注：「簫也，音賴。」**彥輔曰**：沈佺期西岳詩：「陰壑以永閉。」**師曰**：山南曰陽，山北曰陰。以其背陽，故爲重陰沍寒之地。風聲爲天籟，水聲爲地籟，笙竽爲人籟，靈籟即風也。靈者善也，如雨曰靈雨。**月林散清影。洙曰**：梁昭明太子鍾山解講：「暾出岩隱光，月落林餘影。」**師曰**：萬物之影，無如月影最清，謂之金波，蓋取其清也。古云：「人間何處無風月，纔到僧坊分外清[四]。」蓋言奉先寺風聲、月影皆佳致也。**天闕洙曰**：一作「閱」。**象緯逼，蘇軾曰**：「閱」字當作「闕」，或作「闊」。蔡天啓云：「古本作『闚』。史：『以管窺天。』」王介甫云：「當作『天閱對雲卧』爲清切。」蔡絛云：「韋述東都記：龍門號雙闕，以與天内峙。若天闕焉。此游龍門寺詩用『闕』字又何疑？」**十朋曰**：王直方詩話亦云。**夢符曰**：按山謙之丹陽記：

[一] 拓門，原作「招門」，據四庫本改。
[二] 拓，原作「寺」，據四庫本改。
[三] 門，原作「門」，據四庫本改。
[四] 坊，四庫本作「房」。

「王茂弘南望牛頭山兩峰，曰：天闕也。」**彦輔曰**：庾肩吾經禹廟詩：「侵雲似天闕。」**補注**希曰：廣記：「凡輿地有石者，皆以門名之。故彭州有天彭山，兩山相對，其形如門，謂之天彭門，亦曰天彭闕。」按龍門本闕塞山，又名伊闕山，則以龍門爲〔之〕（天）闕無疑矣。**雲卧衣裳冷。趙次公曰**：鮑昭升天行有「雲卧恣行天」，孟浩然有「雲卧晝不起」也。**欲覺聞晨鐘，鄭曰**：覺，居妙切〔一〕，寤也。**令人發深省。蘇曰**：陶淵明聞遠公議論，謂人曰：「令人頗發深省。」**彦輔曰**：庾信詩：「山寺響晨鐘。」杜言人境俱静，則發越塵慮，無不省覺。**師曰**：天闕者，龍門也。按地理志：「今河南郡，春秋時地屬魏，後魏兼置雍州，及屬秦州，今龍門縣在府東一百八十里。古耿國有龍山，即禹所鑿。」三秦記云：「魚鱉上之即爲龍，否則點額而還〔二〕。」兩山對峙如門然，故曰龍門。龍門乃天之闕門也。王介甫以「天闕」不可對「雲卧」，改爲「天閲」。閲，視也，視天上象緯逼近。殊不知此詩乃詠龍門，有取於闕，其理必然。二十八宿爲經，五星爲緯。象緯逼，言龍門山之高也。山高則多雲霧，夜宿此寺，如卧雲中，衣裳皆冷潤。釋氏有聲聞、緣覺耳，有所聞而悟，未若心解之爲上也，其悟道則一。如香嚴和尚一日掃庵，瓦礫擊竹作聲，忽然大悟。又如道吾聞巫吹角，瞥地大省，此得乎聲聞而有所覺者也。甫言睡覺忽聞晨鐘，令人深有省悟，其亦香嚴、道吾之儔得於聲聞、緣覺者耶？

〔一〕妙，原作「如」，據四庫本改。
〔二〕還，原作「遠」，據四庫本改。

望嶽開元二十四年。

補注鶴曰：按公詩云「忤下考功第，放蕩齊趙間」，乃在開元二十四年後。又公有游梁、登單父臺、山脚寺詩，皆至兗時先後作也。大曆五年，公酬寇十侍御詩「往別郇瑕地，於今四十年」，則至兗乃開元二十三、四年間。雖至大曆五年，方三十六年，舉成數而言耳，當是其時作。

岱宗夫如何？齊魯青未了。洙曰：書：「岱宗泰山，爲四嶽所宗。」風俗通云：「泰山，山之尊者。一曰岱宗。岱，始也；宗，長也。」鄭曰：升中告代于此。是山爲五嶽之長，故曰「岱宗」。師曰：「岱宗天」，猶云「楚天」之類。徐曰：按王原叔、吕居仁、王彦輔、魯訔并作「夫」，獨師本作「天」字說。師曰：泰山跨齊、魯二國之境，眺望其山之青已窮齊、魯，而其山之(青)未窮，故曰「青未了」也。補注希曰：爾雅「中有岱嶽」釋曰：「岱嶽，泰山也。此言中國也。泰山東近海。」禹貢：「海岱惟青州。」然則「齊魯青」，殆是指三州，言岱嶽跨三州之境而「青未了」也。**造化鍾神秀，**洙曰：晉孫興公游天台賦序：「天台者，蓋山嶽之神秀也。」陳書：「虎丘山者，吴之神秀。」師曰：鍾，聚也。詩云：「崧高維嶽，維嶽降神。」凡名山大川皆有神異，天地造化，鍾聚神秀之氣于此。**陰陽割昏曉。**趙曰：言其山之長、大。如史記言：「崑崙，日月所相避隱爲光明也。」「割」字，如「大制不割」之「割」。割者，分也。師曰：割者，分也。陰陽，日月也。此山既高，日月迭昏曉也。**蕩胸生曾雲，**鄭曰：蕩，他浪切。曾，昨陵切，經也，經過之雲。洙曰：公羊曰：「觸石而出，膚寸而合，不崇朝而遍天下者，泰山之雲也。」張衡南都賦：「涓水蕩其胸。」趙曰：蕩，滌也。舊注引南都賦「涓水蕩其胸」，本言水流如蕩滌地之胸，今言「蕩胸生曾雲」，則借言雲之潤氣蕩滌人胸也。陸機文賦有「曾雲之峻」，注：「曾，積也。」**彥輔曰**：庾肩吾山詩：「曾雲靄峻嶺。」**師曰**：曾雲，杜詩通作「層」，即雲勢重疊而起。泰山出雲，須臾遍太虛而爲雨，以其有功於民，故祀之。雲生于山，人登山，故雲蕩其胸。**決眥入歸鳥。****夢符曰**：右按，子虛賦稱「射藝之妙，所中者必決裂」，其目眥也。杜子美望嶽以言觀覽之遠，攄決其目力，入飛鳥之群，與「射」了無相干，明矣。**趙曰**：眥，目睫也，音墻細切。按子虛賦本言射而決裂獸之眥，詩人取好事穩則借用之，蓋「決眥入歸鳥」，則人目眥決裂，入鳥之歸處，言所望之遠也。**會當凌絶頂，一覽衆山小。****師曰**：登臨山之絶頂，俯視衆山，其培塿歟？衆山知尊乎大嶽，衆流知宗乎滄海，當安、史之亂，僭稱尊號，天子蒙塵，其朝宗之義爲如何？甫望嶽之作，末章云「一覽衆山小」，固知安、史之徒乃培塿之細者，又何足以上抗巖巖之大也哉！**補注** **希曰**：公爲此詩時，安、史未亂，師注未是。

陪李北海宴歷下亭天寶四載作。

洙曰：平邑人。時邑人蹇處士等在坐。北海，漢平壽縣也，後漢北海國，在北齊置北海，唐屬青州。**鄭曰**：亭，李之芳所作。歷下，春秋戰國時并屬齊，秦屬齊郡，漢韓信伐齊，至歷下，乃此地。漢文帝分置濟南，景帝改爲濟南郡，唐復爲齊州。**補注** **鶴曰**：歷下在齊州，以有歷山，故得名。歷山，即舜耕之山也。李北海即李邕。按新、舊史：「邕，廣陵人。開元二十三年爲括州刺史，後歷淄、滑二州刺史。天寶初，爲汲郡、北海二太守。五載，奸贓事發，又嘗與柳勣馬，勣下獄，吉温吏引邕，李林甫素忌邕，因傳以罪，詔祁順之、羅希奭就郡杖殺之。」乃六載正月辛巳。此詩當作於天寶四載。梁權道編在天寶十一載者，非。蓋是年邕死已六年，又嘗見唐朝請郎、行淮陰縣令清河張松質有謝娑羅樹書石刻書與海州李使君，首云「開元十一年五月五日李使君」，若謂是邕，不應與史所言「天寶初爲太守」者相距二十年，又公是年方十二歲。

東藩駐皁蓋，洙曰：後漢志：「中二千石皆皁蓋。」趙曰：邕爲青州太守，京師爲東，故稱「東藩」，則上林賦「齊列爲東藩」也。**北渚凌清河。**洙曰：一作「青荷」。陸士衡詩：「永嘆遵北渚。」趙曰：屈原湘夫人云：「帝子降兮北渚。」「清河」則指言濟河，濟河謂之清濟故也。**海右**洙曰：一作「内」。**此亭古，**謝逸曰：此亭乃李之芳所創，居海之右。此亭作之久矣，故云「古」。**濟南名士多。**蘇曰：吴帝：「濟南英豪屈宅，多出名士。」趙曰：海在東而州在西，則謂之「海右」，宜矣。「濟南」則指齊州，「名士」則題注所謂邑人蹇處士等也。**雲山已發興，**師曰：選詩：「青雲却炎暉。」「雲山發興」，謂喜得炎暉之却也。**玉佩仍當歌。**尹曰：後漢左雄上言云：「九卿位亞三事，班在大臣，行有佩玉之節，動有庠序之宜。」魏武帝短歌行：「對酒當歌。」趙曰：言既有雲山之清興，又有玉佩之人歌以侑飲，取詩「瓊琚玉佩」者也。薛引左傳「佩玉蕊」以爲證，乃是佩玉，非玉佩也。**修竹不受暑，交流空湧波。**師曰：傍有修竹，清陰森爽，了無暑氣，雖曲水流觴，竟不如此，故云云。補注 希曰：濟河與鵲湖互見，所以謂之交流，亦前句「北渚凌清河」之意。蘊

真愜所遇，落日將如何。洙曰：謝靈運詩：「表靈物莫賞，蘊真誰爲傳。」江淹詩：「悠悠蘊真趣。」師曰：蘊真者，謂此亭韜藏真趣，俗士莫知，惟賢者遇此非常欣愜，奈何興未闌而日已西頹，故嘆云云。**貴賤俱物役，從公難重過。**趙曰：文選：「有牽以物役。」此非特言邕當之官而各别，又見公之不趨貴以爲詩矣。彼淺丈夫者，冀宵燭之末光，分玉斝之餘瀝，而不知耻，與公有間矣。師曰：貴，指言李北海。賤，甫自謂也。貴賤雖殊，其爲事物所役則一。人生天地間，勞形體，疲精神，歡會時少，怨别時多，恐此一會罷，難與公再獲過，此甫所悵惜也。

登歷下古城員外新亭 天寶四載北海太守李邕作。

洙曰：本傳云：「李邕，天寶初爲汲郡、北海二太守。」時李之芳自尚書郎出齊州司馬，作此亭。歷下，齊州。春秋戰國正屬齊，秦屬齊郡，漢韓信伐齊至歷下，即其地。文帝分置濟南，景帝改爲濟南郡，宋、後周同。隋初，郡廢。煬帝初置齊州。唐復爲齊州，或爲淄郡，復爲濟南郡。補注 鶴曰：按新、舊史，之芳未嘗爲齊州司馬，開元末爲駕部員外郎。天寶十三載，禄山奏爲范陽司馬。及禄山起逆，自拔歸西京。今題云「員外新亭」，亦初不指其爲司馬，以宴歷下亭考之，當是天寶四載作此詩。

吾宗固神秀，洙曰：謝宣遠答靈運詩：「華宗誕吾秀，之子紹前胤。」公有譜系，自言李、杜同出，故言吾宗也。夢符曰：右按，此亭乃李之芳所構，詩乃北海太守李邕爲之芳作也。注言「李、杜同出」，其誤甚矣。

趙曰：題下公自注云「李之芳出齊州司馬，製此亭」，今邕言「吾宗」，蓋指李之芳耳。此意甚易曉。**體物寫謀長。****洙曰**：陸士衡文賦：「體物而瀏亮。」潘岳西征賦：「摹寫舊豐，製造新邑。」**形制開古迹，****趙曰**：舊有此亭，而之芳新之，杜公前篇所謂「海右此亭古」也。**師曰**：人禀神秀之氣，能體物景，寫其謀謨，創造此亭，頗有長人之智。然即其古城而開敞之，故云「形制開古迹」。**曾冰延樂方。****鄭曰**：曾，昨棱切，重也。**趙曰**：謝靈運詩：「峨峨曾冰食。」**師曰**：曾冰者，諸家多不曉其義，殊不知重陰沍寒之氣，排煩暑，爽情思，可以延引歡笑，此其術也。方，乃術也。**太山雄地里，巨壑眇雲莊。****洙曰**：陳江總鐘銘：「舟移巨壑。」**高興泊煩促，****洙曰**：張茂先答何邵詩：「煩促每有餘。」**永懷清典常。****洙曰**：詩：「維以不永懷。」易：「既有典常。」**含弘知四大，****洙曰**：易：「含弘光大，品物咸亨。」老子：「域中有四大：天大，地大，道大，王亦大。」**出入見三光。****洙曰**：日、月、星爲三光，亦謂之三辰。又前漢郊祀志：「三光，天文也。」**負郭喜粳稻，****洙曰**：左太冲詠史詩：「陳平無産業，歸來翳負郭。」蜀都賦：「粳稻漠漠。」謝靈運會吟行：「滮池溉粳稻。」**趙曰**：蘇秦曰：「使我有洛陽負郭田二頃，安能佩六國相印乎？」**安時歌吉祥。****洙曰**：莊子人間世篇：「吉祥止止。」**趙曰**：莊子：「安時處順。」邕詩多有出處，然公集中録邕首唱之詩於此，豈取其同法門耶？**師曰**：地理志：「此古城枕太山之麓，極爲雄壯，又襟帶濟水。」「巨壑」即溪壑之接，濟水者是也。水氣在天爲雲，「雲莊」即雲氣也，聚如莊然。莊者，藏聚之義。眇，言襟帶之遠也。上句有「曾冰」，故下言「高興」。泊煩促，謂陰涼之氣，爽人故也。典常，言李之芳以常道化民，風俗肅清，人懷其惠，永永不忘。含弘者，謂古城廣遠，無所不包，足見其有四大之制。太山高大，日月星辰，迭爲隱見，一出一入，皆憑高可以望而見之。負郭者，倚郭也。黍粘曰稻。穀者，民之司命。太守者，民之師帥。太守登臨，所以觀民風，豈徒從事於游覽而已哉！今睹負郭粳稻之稔，足知爲康樂之時，吉祥兆于此，故從而歌之也。

亭對鵲湖天寶四載，和李北海登歷下新亭作。

洙曰：公自注：亭對鵲湖。**趙曰**：李北海唱之於前，而公和之於後。**補注** **鶴曰**：「亭對鵲湖」四字，乃是公和李邕詩而自注云爾。初非以爲題，合題曰「和李邕登歷下新亭」，以前篇當是天寶四載作。

新亭結構罷，洙曰：左太冲招隱詩：「岩穴無結構。」何平叔景福殿賦：「結構則修梁彩制。」謝玄暉郡内高齋詩：「結構何迢遞。」**隱見清湖陰**。**洙曰**：謝惠連西陵遇風詩：「分袂澄湖陰。」注：水南曰陰。**趙曰**：亭對鵲湖，故云。或隱或見於清湖之陰者，言昏明異候也。句如謝惠連「行雲星隱見」是也。**迹籍臺觀舊，鄭曰**：觀，古玩切。釋名：「觀，於上觀望也。」**趙曰**：此亭乃圖籍所載，舊有臺觀之迹。**氣溟海岳深**。**趙曰**：言東海、太山之氣，相與冥接也。**彦輔曰**：隋江總碗賦：「副君海停岳峙。」**圓荷想自昔，遺堞感至**

今。**彥輔曰**：陳祖孫登詠荷詩：「圓荷承日暉。」**洙曰**：遺堞，城堞也。**趙曰**：指物感慨〔一〕，蓋詩人之興。**鄭曰**：堞，城上垣也。**補注鶴曰**：圓荷，以言湖中所植者。亭在古城，故曰遺堞。前詩云「海右此亭古」，李云「形制開古迹」是也。齊有古祝阿城，乃春秋諸侯同盟於此城者。亦有晏嬰城。**芳宴此時具，彥輔曰**：謝朓賦曲水宴詩：「嘉樂具矣，芳宴在斯。」**哀絲洙曰**：一作「絃」。**千古心。蘇曰**：何敬祖聽陰子堅彈琴。古人不見，「哀絲」上寫出千古之意心。**主稱壽尊客，洙曰**：曹子建樂府：「主稱千金壽，賓奉萬年酬。」**筵秩宴北洙曰**：一作「密」。**林。洙曰**：詩：「賓之初筵，左右秩秩。」**趙曰**：詩：「鬱彼北林，因所宴賓。」在北林，故借用之詩。**不阻蓬蓽興，洙曰**：傅長虞贈何劭：「歸身蓬蓽廬。」蓽，荊織門也。禮：「蓽門圭竇。」**趙曰**：蓽，音畢，官韻注云：「藩落也。」謂亭處幽遠，故有蓬蓽之興。**得兼洙曰**：一作「兼得」。**梁甫吟。洙曰**：陸士衡詩：「齊僮梁甫吟。」諸葛亮躬耕隴畝，好爲梁甫吟。**趙曰**：諸葛亮登山，作梁甫吟，蓋在野之一歌也。其詩曰：「步出齊城門，遥望蕩陰裏。里中有三墳，纍纍正相似。問是誰家冢？田强古冶子。力能排南山，文能絶地理。一朝被讒言，二桃殺三士。誰能爲此謀？相國齊晏子。」觀此，則見公之深意矣。**師曰**：此詩乃甫和李北海之詩。然李公之詩，何以得集于杜詩之內？蓋謂李公唱之，甫和之，遂見其本末之由，故先編李公詩而以甫詩繼于後也。新亭乃李之芳所創者。水南曰陽，水北曰陰。清湖乃鵲湖也。按地理志：歷下亭居鵲湖之

〔一〕慨，原作「概」，據四庫本改。

北。故云「隱見清湖陰」。臺觀舊，謂後齊築作臺觀猶存，之芳特因其舊迹，敞以新亭。氣溟海岳深，謂此城憑太岳，襟帶滄海，海岳之氣，溟濛然而深邃矣。李之芳疏鵲湖，種圓荷，修飾雉堞，至今人感思之。如召公聽訟甘棠下，後人思之而不忘，以爲勿翦勿伐。遺堞者，城上矮墻也。哀絲，乃琴瑟之聲哀怨。此時俱，謂諸賓客畢集于此。千古心，謂歷下之城，廢興非一代，睹今感昔，哀樂之情，一寫之琴瑟而已。主稱壽者，稱舉也，言主人重客，故舉觴爲壽。北林，謂此亭居鵲湖之北，林木森爽，筵設於此，尊卑之位，秩秩然有次序。蓬窗華户，甫自言貧賤之居。諸葛亮常作梁甫吟。梁甫吟者，山東之音也。凡人思鄉，各爲本土之音。杜甫，西人也，今客山東，寧無思鄉之情？然對酒當歌，必有所感傷，故云「不阻蓬華興，得兼梁甫吟」，意謂家不阻限東西，其興爲如之何，猶得兼爲梁甫之吟，不亦善乎？

玄都壇歌寄元逸人天寶十一載作。

師曰：元逸人，隱道士也。有神仙術，甫作詩寄贈之。補注**鶴曰**：道書有玄都，所謂「禹封五符，秘以金英之函，檢以玄都之印」是也。壇在子午谷中。詩作於天寶十一載。

故人昔隱東蒙峰，已佩含景蒼精龍。 **洙曰**：論語：「夫顓臾，昔者先王以爲東蒙主。」以蒙山在東，故曰東蒙。地理志：「泰山蒙陰縣。」禹貢徐州「蒙羽其藝」，故云「蒙地」也。**蘇曰**：壺翁云：「吾當佩含景，駕蒼精，逍遥於絳闕赤城。」含景，日月之精華。蒼精，東方之蒼龍也。佩，服也。**趙曰**：蒼精，龍劍也。**蔡曰**：

春秋繁露曰：「劍佩於左，蒼龍之象。」詠曰：後漢公孫端劍銘有云：「從革庚辛，含景吐商。」**故人今居子午谷，獨在陰崖結茅屋。**洙曰：王莽傳：「莽以皇后有子孫瑞，通子午道，從杜陵直絶南山，徑漢中。」師古曰：「今京城直南山有谷，通梁、漢道，名子午谷。」**屋前太古玄都壇，青石漠漠常風寒。子規夜啼山竹裂，**蘇曰：竇誼居蜀之津源，放浪不羈，月夜子規啼庭竹，誼曰：「當山竹裂，吾可歸峨峰。」是夕，竹裂，黎明命駕，遁於峨峰。武帝三徵不起。劉曰：前輩詩云：「子規枝上月三更。」常以夜啼山中，嫌其夜啼聲哀怨，故燒竹爆裂，以驚飛也。**王母晝下雲旗翻。**一作「蟠」。洙曰：離騷：「載雲旗之逶迤。」九歌：「乘回風兮載雲旗。」修可曰：王母，鳥名。故子美以對「子規」。酉陽雜俎云：「齊郡函山有鳥，足青，觜赤黃，素翼，絳顙，名王母使者。」又王椿齡云：「其尾五色，長二三尺許，飛則翩翩，正如旗狀。」劉曰：周穆王與王母會於瑤池，雲旗霓裳擁簇，自天而下。詩言此，蓋取其與神仙往來之意。補注 希曰：公詩屢用「王母」字，大概指王母而言，必以人對，或以地對，如小兒、函關等是也。今以對「子規」，則修可之説是，蓋子規夜啼而山竹爲之裂，王母晝下而如雲旗之翻，粲然可觀耳。**知君此計誠長往，芝草琅玕日應長。**洙曰：後漢逸民傳：「長往之軌未殊。」十洲記：「鍾山在北海之子地，仙家數十萬，耕田種芝草，課計頃畝。」本草：「青琅玕，生蜀郡平澤。」蘇業注云：「琅玕有數種，是琉璃之類，火齊寶也。琅玕五色具，以青者入藥爲勝，出嶲州以西烏白蠻中及于闐國。」靈異兼圖載：「琅玕，青色，生海中云海底，以網挂得之。初出水紅色，久而青黑，枝柯似珊瑚，而上有孔竅如蟲蛀，擊之有金石之聲，乃與珊瑚相類。」禹貢：「雍州厥貢球琳琅玕。」爾雅云：「西北之美者，有崑崙墟之璆琳琅玕。」孔安國、郭璞皆以爲石之似珠者，而山海經云：「崑崙山有琅玕，是石之美者，明瑩若珠之色，而其狀森植耳。」**鐵鎖高垂不可攀，致身福地何蕭爽。****洙曰**：三秦記云：「終南太一山左右三十里内名福地，西有石室靈芝。」**趙曰**：詩人逆料其如此，如乾州金精山，女仙張麗英升仙之地，有鐵鎖下垂，然則詩人逆料元逸人之長往，亦復然乎？**師曰**：按神仙訣録有天仙、地仙，三十六洞天、八十一福地，由地仙積累功行，遂超升天仙。今逸人致身福地，已爲地仙之流，何其瀟灑清爽，神氣不凡故也。

今夕行 天寶五載作。

補注 **鶴曰**：以「咸陽客舍一事無」，當是天寶五載自齊、趙西歸至咸陽時作。

今夕何夕歲云徂，**洙曰**：唐詩綢繆云：「今夕何夕，見此良人。」韋孟諷諫詩：「歲月其徂，年其逮耇。」**鮑曰**：謂除夕也。若曰歲月其徂，同一冬可耳。指今夕爲歲徂，其除夕明矣。**更長燭明不可孤。****洙曰**：宋玉招魂：「娛酒不廢，沉日夜些。蘭膏明燭，華燈錯些。」**趙曰**：孤負之孤。李陵書「陵雖孤恩，漢亦負德」是也。**師曰**：今世誤多用「辜」字，殊不知辜乃辜罪之辜，而非孤負之孤。**咸陽客舍一事無，相與博塞。****洙曰**：一云「賭博」。**爲歡娛。****洙曰**：説文曰：「博，局戲，六箸十二棋。古者烏曹作博。」尹文子曰：「博盡關塞之宜，得周通之路。」説苑曰：「塞，行棋相塞，謂之塞也。」管子曰：「秋行五政：一曰秋禁，博塞也。」莊子：「問穀奚事，博塞以游。」塞，先代反。師曰：漢書注云：「行棋也，行棋子以相塞，即今世取棋也。」**馮陵大叫呼五白，**師曰：五白，即今之骰子。李白詩有「連呼五白行六博」，蓋古人用六隻骰，今人亦然。**袒跣不肯成梟盧。**洙曰：一作「牟」。招魂曰：「菎蔽象棋有六博，分曹并進遒相迫[一]。成梟而牟呼五白，晉制犀比費白日。」宋劉毅字希樂，於東府聚樗蒲大擲，一判應至數百萬，餘人并黑犢以還，唯劉裕及毅在後。毅次擲得雉，大喜，褰衣繞床，叫謂同坐曰：「非不能盧，不事此耳。」裕惡之，因挼五木，久之，曰：「老兄試爲卿答。」既而四子俱黑，其一子轉躍未定，裕厲聲喝之，即成盧。毅意殊不快也。梟，勝也，(借)(倍)勝爲牟。五白，博齒也。趙曰：楚辭招魂有「成梟而牟呼五白」。注：五白，五木也。梟，勝也。盧，勝之名也。韓非子載匡倩對齊宣王之語曰：「博者貴梟。」又慕容寶與黃李根等樗蒲，寶危坐，誓之曰：「世言樗蒲有神，若富貴可期，頻得三盧。」於是三擲盡盧，袒跣大叫也。補注 鶴曰：趙注乃引宋玉招魂，其注「倍勝爲牟」，梟當成牟，又呼五白以助投也。五白，博齒也，初不云是五木。**英雄有時亦如此，邂逅豈即非良圖。**趙曰：如劉裕、劉毅、慕容等皆一世英雄，猶如此蒲博，則今夕邂逅相遇，未必非良圖。所謂良圖，則毅、裕以卜成事，寶以卜富貴也。**君莫笑劉毅從來布衣願，家無儋石輸百萬。**洙曰：南史：「桓玄聞劉毅起兵，曰：毅家無儋石之儲，樗蒲一擲百萬，共舉大事，何謂無成？」前漢蒯通傳：「守儋石之儲者，闕卿相之位。」應劭曰：「齊人名小甖爲儋石，

[一] 遒，原作「猶」，據四庫本改。

受二斛。」晉灼曰：「石，斗石也。」師古曰：「儋者，一人所負儋也。」師曰：詩言及此，蓋以博弈者世之所賤，以爲不美之事，甫以客舍歡笑，無害於理，孰謂非良圖乎？儋石，言一儋石。儲無儋石，家至貧也。劉毅家無儋石，一擲百萬，其志已見於布衣窮時，及後舉大事，無不如志，由此推之，人之志量其可已耶？甫貧賤中雖有大志，奈何時命不利，此所以有喻乎「袒跣不肯成梟盧」也。

貧交行天寶十一載作。

補注**鶴曰**：師云公作此詩爲嚴武，爲非。意是公獻賦後寓京華，故人莫有念之者，故有此作。所以梁權道從舊次，編在天寶十一載爲是。又疑爲高適作。

翻手作雲覆手雨，紛紛輕薄何須數。 **蘇曰**：陳暄曰：「徐、庾輩數輕薄兒，時勢作威福，何必數耶？」**師曰**：甫之作此，爲嚴武而作也。甫與嚴武素相厚善，及武鎮西川，甫往依之。嘗醉登其床，曰：「嚴挺之乃有是兒！」武仗劍，欲殺之，母救止。夫武始待甫甚厚，今以小嫌欲殺之，其輕薄如此，何足數乎！補注**鶴曰**：廣德二年，武再鎮蜀，公又依之。雖新史有「登床瞪視」之語，而舊史獨無。新史止據范攄雲溪友議而云。觀公八哀詩，其爲武而作者，稱述既至；而哭其歸櫬者，又有「遺後見君情」之句，使公果有憾於武，則身後不復更有稱述矣。又疑公與高適素厚，及適爲西川節度，公乃舍之而東，必俟嚴武再鎮成都，然後始歸草堂，則此詩既知其非爲武作，又可知與適交道少乖，或者因適而作也。不然，適在成都，公何無一詩及之？二說必有能辨者。舊次在天寶中，梁權道編在十一載，亦知其非爲武作矣。按公秋述云「杜子卧病長安旅次，多雨生魚，青苔及〔塌〕（榻）。常時車馬之客，雨不來」，又云「我棄物也，四十無位」，正當天寶十一載，疑以此而作。**君不見管鮑貧時交，此道今人棄如土。** **洙曰**：史：「管仲少時與鮑叔牙游，鮑叔終善遇之。管仲曰：『吾始困，嘗與鮑叔賈，分財利，多自與，鮑叔不以我爲貪，知我貧也。吾嘗與鮑叔謀事而更窮困，鮑叔不以我爲愚，知時有利不利也。吾嘗三仕三見逐於君，鮑叔不以我爲不肖，知我不遭時也。吾嘗三戰三走，鮑叔不以我爲怯，知我有老母也。公子糾敗，召忽死之，吾幽囚受辱，鮑叔不以我爲無耻，知我不羞小節而耻功名不顯於天下也。生我者父母，知我者鮑子也。』鮑叔既進管仲，以身下之，天下不多管仲之賢而多鮑叔能知人。」

兵車行天寶九載作。

師曰：此行爲唐玄宗而作。初，用張九齡爲相，開元中，號爲賢君，其後用李林甫、楊國忠之徒，從事吐蕃，訖唐之世，吐蕃爲患。補注 **鶴曰**：呂公、梁權道皆爲天寶十一載作。然以「且如今年冬，未休關西卒」，當是九載，詳見注。

車轔轔， **洙曰**：秦國風有「車轔轔」。注：「轔轔，衆車聲也。」列子傳：「衛靈公與夫人夜坐，聞車聲轔轔，至闕而止。夫人曰：此蘧伯玉也。」**馬蕭蕭，** **洙曰**：車攻詩：「蕭蕭馬鳴。」注：「言不喧譁。」**行人弓箭各在腰。** **蔡伯世曰**：行人，行役之人也。**耶娘妻子走相送，** **彥輔曰**：杜元注云：「古樂府云：『不見耶娘哭子聲，但聞黃河之水流濺濺。』」**塵埃不見咸陽橋。**何覬曰：咸陽橋，即長安城外橋。兵行塵埃坌起，故橋爲之不見也。**牽衣頓足欄道哭，**蘇曰：楚人與蒲騷戰，兵行，父老牽衣哭于道。彥輔曰：魏文帝見挽船士兄弟辭別詩：「妻子牽衣袂，落淚沾懷抱。」王溫舒頓足嘆。後漢書：「百姓遮道。」説文曰：「欄，門遮也。」師曰：頓足者，足踊於地，爲之困頓。補注鶴曰：天寶十載，募兵無應者，楊國忠遣御史分捕，繫送軍前。舊制：百姓有勛，免征役。於是國忠先取高勛。行者愁怨，父母妻子送之，所在哭聲振野，此詩所以有咸陽橋、欄道哭之句。**哭聲直上干雲霄。**洙曰：孔德璋書：「干雲霄而直上。」**道旁過者問行人，行人但云點行頻。**師曰：點行者，漢史謂之「更行」，以丁籍點照上下，更換差役。玄宗數出兵，故點行之法頻。**或從十五北防河，**師曰：防河謂築堤，備河水泛决。**便至四十西營田。**洙曰：防河、營田，皆役也。顏師古曰：「營田，如漢趙充國獻營田之策，無事則耕，有事則戰，寓兵於農之意。」補注鶴曰：唐食貨志云「唐開軍府，以捍要衝，因隙地以置營田，天下屯總九百九十四，司農寺每屯三頃，鎮諸軍每屯五十頃」云云，有警則以兵，若夫千人助役。**去時里正與裹頭，**洙曰：里正，一里之長。高荷曰：「里正，即今之保正也。」彥輔曰：按律疏：「里正掌追呼催督。」鮑曰：蜀亂，兵戈不止，東川咸用老弱，俱戰亡，又括鄉里少小爲之，里正與裹頭擐甲。**歸來頭白還**洙曰：一作「猶」。**戍邊。**洙曰：鮑明遠東武吟：「少壯辭家去，窮老還入門。」韓駒曰：古者及丁方裹頭，少年裹頭行役，及歸來，頭已白，還又屯戍邊疆，蓋言役使無已故也。**邊庭流血成海**

水，洙曰：後漢：「卧鼓邊庭。」主父偃傳：「古之人君一怒，必伏尸流血。」書：「血流漂杵。」揚子：「川谷流人
之血。」武皇洙曰：一作「武帝」。開邊意未已。洙曰：嚴助傳：「武帝好征伐四夷，開置邊郡。」班固曰：
「武帝廣開三邊。」君不聞漢家山東二百州，彦輔曰：按十道四蕃志：「關以東七道，凡二百一十一州。」千
村萬落生荆杞。趙曰：此托漢以言之，舊引通典「置天下州郡」，誤矣。然言山東者，太行山之東也。昔言
山東，即古之晉地。今之河北，杜牧所謂山東，言不得不王是也。彦輔曰：阮籍詩：「堂上生荆杞。」師曰：甫
意以武皇喻玄宗。是時，楊國忠專權，引安禄山爲將，領漁陽突騎，生事邀功于四夷。其後反叛，山東二百州皆
陷于賊，無復唐有。玄宗殊不悔悟，豈不若武帝開邊不知止乎？補注希曰：古所謂山東，乃今之河北、晉地是
也。今所謂山東，古之齊地，青、齊是也。杜牧所言山東，指今之河北二百州，正謂太行以東，冀州之域。縱有
健婦把鋤犂，彦輔曰：健婦耕，則夫被征戍可知。古詩：「不能如沮溺，相隨把鋤犂。」禾生隴畝無東西。
蘇曰：漢末喪亂，禾與莠俱滿壟畝，人多迷昏，東西莫辨。師曰：疆埸不修，禾生壟畝，不成倫理，故曰「無東
西」也。詩云「衡從其畝」，謂一從一衡，各有東西之辨，傷今不然。况復秦兵耐苦戰，鄭曰：耐，奴登切，又
奴代切。蘇曰：白起曰：「燕、趙勇敵秦兵，勁鋭耐戰，戰苦不怯，陣陣皆克勝，故關中不可不取也。」被驅不
異犬與雞。長者雖有問，役夫敢伸恨。且如今年冬，未休關洙曰：一作「隴」。西卒。洙曰：一
云「役夫心益憤。」如今縱得休，休爲隴西卒」。彦輔曰：杜前言山東，後言關西，明無不用兵處也。補注鶴曰：

通鑑：「九載，冬十二月，關西游奕使王難得擊吐蕃，克五橋，拔樹敦城。縣官急索租，**彦輔曰**：舊本云「縣官云急索」。**洙曰**：霍光傳：「縣官，天子也。」宣元六王傳：「不敢指斥天子，故謂之縣官。」嚴助傳：「租稅之收，足以給乘輿之御。」租稅從何出？**蘇曰**：孔文舉曰：「兵革未止，久旱苗槁，民實瘦乏，州縣苦於徭役，民既空虛，租斂復何從出？」**師曰**：唐置租庸調法。租出穀，庸出絹，調出兵，縣官索租甚緊，欲給關西之師，民户消耗無所從出，況耕夫出征，田萊多荒，將何以供其求乎？信知生男惡，反是生女好。生女猶是嫁比鄰，比，音毗。**趙曰**：比鄰，乃曹子建詩：「萬里猶比鄰。」舊引爲王粲，誤矣。陳琳詩：「生男慎莫舉，生女哺宜脯。」杜公以役夫之苦，故云「生男惡」也。生男埋没隨百草。**師曰**：生男，人之所喜；生女，人之所賤，此常理也。今以生男爲惡、生女爲好，蓋男兒充丁驅之戰，埋没草野，曾不如生女尚得嫁比鄰，或時相見。此皆有所相感，而激爲是言。君不見青海頭，**洙曰**：哥舒翰傳：「築神威軍於青海上，吐蕃至，攻破之。又築城於青海中。」郭元振傳：「青海、吐蕃密邇蘭、鄯。」**趙曰**：時有事於吐蕃，乃青海之地，哥舒翰所立功處也。古來白骨無人收。**洙曰**：蔡文姬詩：「城郭爲山林，庭宇生荆艾。白骨不知誰，縱横莫覆蓋。」潘安仁關中詩：「肝腦塗地，白骨交衢。」新鬼煩冤舊鬼哭，天陰雨濕聲**洙曰**：一作「悲」。啾啾。**洙曰**：左傳文二年：「吾見新鬼大，故鬼小。」王元長策秀才云：「肺石少不冤之民，棘林多夜哭之鬼。」**修可曰**：陳寵爲廣漢太守，先是，洛陽城南，每陰雨，常有哭聲。寵聞而疑其故，使吏按行問，還言世亂時，此地多死亡者，而骸骨不得葬。寵盡收葬之，自是哭聲遂絶。**趙曰**：啾字，王逸楚辭注曰：「鳴聲也。」閑居賦：「管啾啾而并吹。」**師曰**：青海軍迫近吐蕃，北邊地郡也。昔文王殯枯骨，當世歸其仁，今玄宗屢與吐蕃戰于青海，兵敗，死者不復收葬，使新舊之鬼，或冤或哭，無所依歸，其視文王之仁爲如何哉？鬼神依人而作，有所主則有所歸，故不爲病。葬者，藏也。謂鬼神依藏于此。鬼以新舊言之，則知戰鬥相仍，死者相繼踵也。

高都護驄馬行天寶七載作。

師曰：高適爲哥舒翰掌書記，甫嘗送以詩云「十年出幕府，自可持旌麾」，至是爲安西都護，其言豈不有徵？**補注** **鶴曰**：按新、舊史，適未嘗爲安西都護，乃高仙芝。按本傳：「開元末，爲安西副都護、四鎮都知兵馬使。天寶九載，討小勃律，是年八月，以小勃律王并妻還連雲堡，於是大食諸胡七十二國皆降附。未幾，擢仙芝鴻臚卿，假御史中丞，代夫蒙靈察爲四鎮節度使，又加左金吾衛大將軍。」此詩當作於天寶七載，梁權道雖知非高適，編之於天寶十一載。然仙芝九載已入朝，拜開府儀同三司，又爲羽林大將軍，不應詩題尚曰「高都護」。

安西都護胡青驄，聲價欻然來向東。 **洙曰**：唐安西郡，東至烏耆鎮，去交河郡七百里，〔西〕（南）鄰吐蕃，西連疏勒，去葱嶺七百里，北拒突厥。貞觀初，置西都護府於西州。顯慶中，移於龜茲城。顔延年赭白馬賦「聲價隆振」，又曰「欻聳躍以驚鴻」。**補注** **希曰**：舊史：「貞觀二十四年，平高昌，以其地置四州，於西州置安西都護府。」後漢袁紹曰：「坐作聲價。」欻，暴起也。莊子「朝菌」注云：「欻，生芝也。」張平子思玄賦：「欻神化而蟬蜕兮。」鶴曰：唐會要：「吐谷渾界青海，周迴八九百里，中有小山，放馬於其上，言得龍種。嘗得波斯草馬，放入海中，因生驄駒，日行千里，故世上有青海驄。」此名「胡青驄」，或本此。**此馬臨陣久無敵，與人一心成大功。**趙曰：臨陣、成功，指言高都護所御也。**功成惠養隨所致，**洙曰：顔延年賦：「願終惠養蔭本枝兮。」**飄飄**一作「飖」。**遠自流沙至。**劉曰：天馬歌：「天馬徠，從西極。涉流沙，九夷服。」**雄姿未受伏櫪恩，**洙曰：顔延年賦：「弭雄姿以奉引。」魏武樂府：「老驥伏櫪，志在千里。」梁元帝謝馬啓：「矧伊伏櫪，彌結懷恩。」**猛氣猶思戰場利。**洙曰：隋魏彦深賦：「資五方之猛氣。」趙曰：言雖居皂棧，而非馬之本心，故思奮於戰場以爲利耳。**腕促蹄高如踣鐵，**趙曰：腕欲促，蹄欲高，又穩如踣鐵，皆馬之奇也。**交河幾蹴曾冰裂。**洙曰：唐安西去交河七百里。顔延年賦：「經玄蹄而雹散，歷素支而冰裂[一]。」趙曰：曾冰，是冰名。東方朔神異記曰：「北方有曾冰萬里，厚百丈。」今公言交河西邊之地，有曾積之冰，馬幾度蹴踏之而破裂。舊引顔賦「經玄蹄而雹散，歷素支而冰裂」，非是，蓋賦謂騎射耳。玄蹄、素支皆射帖名，而雹散、冰裂皆射帖聲，與馬踏冰裂之義，豈相干乎？**五花散作雲滿身，**孝祥曰：西域傳：「大宛國多善馬，嶠山上有馬不

[一] 支，原作「皮」，據四庫本改。下同。

可得，因取五色牝馬置其下，與集生駒[一]，號天馬子。」**趙曰**：此言馬之貴，如曰「個個五花文」是也。**萬里方看汗流血。** **洙曰**：天馬歌「體容與，泄萬里」，又曰「霑赤汗，沫流赭」。顔延年賦：「膺門沫赭，汗溝走血。」應劭曰：「大宛馬汗血霑濡也。」**趙曰**：汗血之姿，非萬里無以見。**長安壯兒不敢騎，走過掣電傾城知。** **趙曰**：言馬之行如電，舉國皆知。舊引傅玄詩「童女掣電策，童兒挽雷車」，非其義。**宋曰**：馬善行者，追風逐電，走過如掣電，蓋言疾也。不敢騎，畏其太疾。**青絲絡頭爲君老，何由却出横門道。** **鄭曰**：横，音光。**洙曰**：梁簡文帝紫騮馬詩「青絲縣玉鞚」，又云「宛轉青絲鞚」。莊子：「穿牛鼻，絡馬首。」**馬曰**：方肅宗中興，安、史之難已平，吐蕃不敢入寇，故此馬老於絡頭，無緣再出横門，甫厭亂願治之心可見。

天育驃騎歌

天寶末年作。

洙曰：天育，馬廐名。驃，匹妙切。**趙曰**：名「驃」則所畫馬名。補注 **鶴曰**：唐會要：「貞觀二十一年八月十七日，骨利幹遣朝貢獻馬，其中十四尤駿，太宗各爲製名，其六曰飛霞驃。」按新、舊史、唐會要諸書，唐無「天育」名廐，當是天寶末年作，故詩云「見之坐右久更新，年多物化空形影」。梁權道編在十一載。

吾聞天子之馬走千里， **洙曰**：荀子曰：「騏驥一日千里。」穆天子傳曰：「天子之八駿：赤驥、盗驪、

[一] 駒，原作「騎」，據四庫本改。

白義、逾輪、山子、渠黄、驊騮、騄耳。」神異經曰：「西南大宛、宛丘有良馬，其大二丈，鬣至膝，尾委於地，蹄如〔汙〕(汗)，腕可握，日行千里，至日中而汗血。」**今之畫圖無乃是。** **洙曰：** 莊子曰：「齊景公好馬，命使善畫者圖之，訪似者，期年不得。」今人君考古籍以求賢，亦不可得也。 **趙曰：** 出荀勖所上穆天子傳中云：「天子之馬走千里。」蓋所謂八駿也。今張景順畫圖，無乃是穆天子之馬乎？**是何意態雄且傑，駿尾蕭梢朔風起。** **蘇曰：** 漢天馬曲曰：「尾蕭梢兮朔風起，足銀砧兮破層冰。」雖用古人語，而琢句法，混然天成，不假翰墨蹊徑，若非織綃大手不能到此。 **師道曰：** 蕭梢者，摇尾之貌。朔風起，即北風，取其寒。馬之良者，不怕寒，嘶風踏雪，愈有精神。**毛爲緑縹兩耳黄，** **鄭曰：** 縹，普沼反，青黄色也。 **琪曰：** 賈誼賦：「驥垂兩耳。」**眼有紫焰雙瞳方。** **洙曰：** 史：「周穆王得騄耳之駟。」相馬經曰：「馬眼欲紫艷光，口中欲赤色。」顔延年賦：「雙瞳夾鏡，兩權協月。」**矯矯**一云「矯然」。**龍性** **彦輔曰：** 一云「矯龍性逸」。**合變化，** **洙曰：** 崧高詩：「四牡蹻蹻。」顔延年賦：「龍性誰能馴。」**卓立天骨森開張。** **修可曰：** 蔡邕作庾侯碑曰：「英風發於天骨。」袁彦伯三國名臣贊曰：「天骨疏朗。」言人而公借用耳。 **師曰：** 馬有龍性，負天骨，合能變化，殆非常馬之比。開張，壯大之貌。甫自喻於良馬，謂己之才非凡俗輩可擬。**伊昔太僕張景順，監牧攻駒**一云「考牧神駒」。**閲清峻。** **洙曰：** 一作「老牧神駒閲清峻」。唐兵志：「唐之初起，得突厥馬二千匹，又得隋馬三千於赤岸澤，徙之隴西，監牧之制始於此。其官領以太僕，初用太僕少卿張萬歲字景順領群牧。自貞觀至麟德四十年間，馬七十萬六千，置八坊岐、幽、涇、寧間，地廣千里。」廐牧令：「諸牧牧馬，四歲游牝，五歲責課一百匹，每年課駒六十，其二十歲以上，不在課限。」**趙曰**：唐兵志：「監牧之制，其官領以太僕。」今公詩所謂太僕張景順，乃開元時人，舊注便安排作張萬歲，自是貞觀時人，誤學者多矣。今按張説作開元十三年隴右監牧頌德碑，其序云：「元年，牧馬二十四萬匹。十三年，乃四十三萬匹。上顧謂太僕少卿兼秦州都督、監牧都副使張景順曰：『吾馬幾何？其蕃育，卿之力也。』對曰：『帝之力也，仲之令也，臣何力之有焉？』」**遂令大奴守天育，蘇曰**：舊本作「大奴守天育」，子瞻題子美天育驃騎圖後作「大奴字天育」，蓋天育爲大奴字也，今定猶有石本。**趙曰**：大奴，王毛仲也。毛仲父，高麗人，坐事，没爲官奴，守天育。則唐兵志云「毛仲領内外厩」，所謂天育乃厩名也。補注**鶴曰**：按唐志，總十二門者爲二厩，一曰祥麟，一曰鳳苑而已。其後，但增八坊、八監，無以天育爲。子瞻之説，謂是毛仲字，然既曰大奴，不應又曰天育。又，中着守字，爲難解，當是云守天子所育之馬而已。**別養驥子憐神俊。洙曰**：宋顏延年天馬狀曰：「降靈驥子，九方是選。」梁元帝答齊國騑馬書曰：「價匹龍媒，聲齊驥子。」世説：支遁常養數匹馬，或言：「道人亦畜馬？」支遁曰：「貧道重其神俊耳。」**當時四十萬匹馬，張公嘆其材盡下。洙曰**：儀鳳三年，少卿李思文檢校隴右諸牧監方稱使。爾後，或戎狄外侵，牧圉乖散。洎乎垂拱，潛耗太半。開元初，牧馬二十四萬匹。十三年，加至四十五萬匹。補注**鶴曰**：按毛仲本傳：「初監馬二十四萬，後乃至四十三萬匹。」馬之蕃盛，蓋以毛仲舉職所致，其曰四十萬者，舉其成數而言之耳。**故獨寫真傳世人，見之座右久更新。年多物化空形影，嗚呼健步無由騁！如今豈無騕褭與驊騮？**騕，於皎切。褭，奴了切。洙曰：魯國黄伯仁爲龍馬頌曰：「逾騕褭之體勢，逸飛菟之高蹤，兼驥騄之美質，逮騂騮之足雙。」漢書音義：「騕褭者，神馬也。赤喙，黑身，與飛菟者同也。」補注希曰：南秦録：「吕光討西域平，上疏曰：『龜兹録三十六門之中，入其國城，天驥、龍麟、騕褭萬計盈厩。』」時無王良伯樂死即休。歐陽曰：王良善御，伯樂善相馬。孟子：「齊景公使嬖奚與王良乘，返命曰：天下之良工也。」史：「伯樂名孫陽，嘗過虞坂，見駕鹽車馬曰：此良馬也。取而試之，果然。又有鬻馬者，三日不售，伯樂去而視之，回而睨之，明日，其價三倍。」趙曰：韓退之有言曰：「世有伯樂，然後有千里馬；千里馬常有，而伯樂不常有。」此乃「豈無騕褭、驊騮，而時無伯樂」之謂。公因題畫已死之驃，故起末句「死即休」之意，亦猶人抱出群之材，而不遇知己以死爲可嗟矣。

白絲行天寶十一載。

師曰：按唐史，竇懷貞後娶韋后乳媪王，所謂莒夫人者，軒然不慚，以自婿於后。又附宗楚客、安樂公主以取貴仕，爲素議所斥。韋氏敗，太平公主干政，又傾己附離，素節盡矣，故甫作此以譏之。補注鶴曰：梁權道編在天寶十二載作。按竇懷貞，開元元年已伏誅，公生於先天元年，則當懷貞之死纔兩歲，去天寶十二載又四十年，何爲遽作此詩？師古之注不知何所本，意是托懷貞以諷附李林甫、楊國忠者，然林甫十一載十一月薨，楊國忠是月爲右相也。

繰絲須長不須白，趙曰：須長不須白者，以絲爲羅與錦，則有五色之爲章，且以之爲舞衣，則須長以足用而已，不必白而後受采也。補注 希曰：首反「羔裘素絲」之義，以譏當時失德之士。**越羅蜀錦金粟尺。**洙曰：禮記：「夫人繅三盆（手）〔一〕。」魏文帝詔群臣曰：「每得蜀錦，殊不相似。」趙曰：越羅、蜀錦，天下之奇細也。金粟尺，邊幅尺度之足也。尺以金粟飾之，富貴家之物也，此何遜詩所謂「金粟裏搔頭」是矣。**象床玉手亂殷紅，**鄭曰：殷，烏閑切，赤黑色。**萬草千花動凝碧。**洙曰：孟嘗君至楚，獻象床，直千金，公孫戌諫令勿受〔二〕，乃止。趙曰：言越羅、蜀錦積在象床之多，玉手擇取之，則殷紅之段相亂矣。萬草千花，則以言錦上、羅上之繁紋也。**已悲素質隨時染，**一作「改」。**裂下鳴機色相射。**食亦切。洙曰：漢紀：「童子魏照謂郭泰曰：欲以素絲之質，附近朱藍。」墨子：「悲絲謂其可以黑。」古詩：「纖纖擢素手，札札弄機杼。」趙曰：素絲既染，則織爲羅錦，故曰「色相射」。鮑昭詩：「繅絲復鳴機。」**美人細意熨帖平，**鄭曰：熨，紆物切，火展帛也。**裁縫滅盡針綫迹。**趙曰：此詩句言縫爲舞者之衣。**春天衣着爲君舞，蛺蝶飛來黃鸝語。**趙曰：鮑昭白紵歌云：「催絃急管爲君舞。」此因言舞而言蛺蝶飛者，以况舞之輕，而黃鸝語以况歌之好矣。**落絮游絲亦有情，隨風照日宜**一作「疑」。**輕舉。**洙曰：前郊祀志：「逢興輕舉。」趙曰：此言舞之態，

〔一〕手，原脱，據四庫本補。

〔二〕戌，原作「成」，據四庫本改。

其身之輕，可舉而仙去。〔芻〕〔蒭〕曰：曹子建詩：「長袖隨風。」**黄曰**：庾肩吾詩：「桃紅柳絮白，照日復隨風。」**香汗清塵污顔色**，**洙曰**：一作「香污清塵似顔色」。**趙曰**：陳梁雜歌詩云：「朱顔潤紅粉，香汗沾玉色。」「清塵」，一作「輕」，非是，當以清爲正，古詩「空床委清塵」也。**開新合故置何**一作「相」。**許**。**洙曰**：古詩云：「新人工織縑，故人工織素。織縑無一匹，織素五丈餘。以縑持比素[一]，新人不如故。」**趙曰**：謂舞衣稍故，而合之以言人情之喜新，故言「開新」者矣。而合故不着，將於甚處置之？嘆其必委棄也。**君不見才**一作「志」。**士汲引難，恐懼棄捐忍羈旅**。**洙曰**：郭泰機答傅咸詩：「皎皎白素絲，織爲寒女衣。寒女雖妙巧，不得秉杼機。天寒知運速，況復雁南飛。衣工秉刀尺，棄我忽若遺。人不取諸身，世事焉所希。況復以朝餐，曷由知我飢？」**師曰**：今懷貞爲韋氏、楚客之所汲引，雖得爵禄，奈公論之所棄忍何。故甫托意於懷貞，以戒後來。

秋雨嘆三首天寶十三載作。

洙曰：此詩刺時之暴虐，故取詩「北風其凉」意。**補注** **鶴曰**：天寶十三載秋，大霖雨，六旬不止，帝憂。楊國忠取禾之善者獻之，曰：「雨雖多，不害稼也。」五行志云：「天寶十三載秋，大霖雨。」又云：「以苦雨潦，罷陳希烈，相韋見素。」此詩當是其年作。

[一] 比，原作「此」，據四庫本改。

雨中百草秋爛死，階下決明顔色鮮。 **修可曰：**本草圖經云：「決明，夏初生苗，七月有花，黄白色。」**趙曰：**百草以秋而多雨，則爛死也，宜矣。而決明方以鮮明之色，黄花翠葉而獨榮，以譬君子在患難之中而獨立也。**著葉滿枝翠羽蓋，** **彦輔曰：**東京賦：「樹翠羽之高蓋。」**開花無數黄金錢。** **定功曰：**神農本草：「決明子，生龍門川澤間，與石決明同功，皆主明目，故有決明之號。」圖經云：「夏初生苗，根帶紫色，葉似苜蓿而大，七月有花，黄白色，其子作穗，似青菉豆而鋭也。」**彦輔曰：**此傷特立獨行之君子不得時也。**凉風蕭蕭吹汝急，恐汝後時難獨立。** **堂上書生空白頭，** **洙曰：**莊子：「魯侯讀書堂上。」**蘇曰：**邵平、魯堂白頭書生，焉敢輕議朝廷事。**臨風三嗅馨香泣。** **洙曰：**語：「子路共之，三嗅而作，嗅香而泣。」傷己之不見用而無救於時也。**蘇曰：**陳江總重九日見菊花，采視之久，謂席上賓客曰：「元亮若見，必不使混於蕕草中。」至醉，又語客曰：「三嗅，三憶古人，使人三泣。」衆客慘然。**師曰：**百草爛死，言虐政害物也。決明，佳蔬也，食之能決去眼昏，以益其明，喻九齡引忠諫諍，開其聰明，去其昏蔽。時林甫進用在上，九齡罷黜在下，不以不用而憔悴其色，故云「階下決明顔色鮮」。葉滿枝，花無數，不以風雨而摇落，喻君子遭患難而節操愈固，不凋喪也。凉風，以譬刻薄之小人，時林甫、國忠之徒擠陷九齡，雖九齡獨立自守，恐亦不免禍也，故云「凉風蕭蕭吹汝急，恐汝後時難獨立」。堂上書生，甫自謂也。空白頭，爲國家憂，故頭白。昔王羲之當晉亂，終日撚花鬚嗅香，顰蹙無言，時人不會其意，蓋憂晉國之亂故也。今甫「臨風三嗅」，傷九齡有馨香之德而爲奸人所逐，寧不憂思而泣乎？

再吟

蘭風伏雨洙曰：伏，一作「長」。一云「東風細雨」。安石曰：伏作「仗」。黄曰：伏當作「長」。秋紛紛，趙曰：闌珊之風，沉伏之雨，言其風雨之不已也。「闌」如謝靈運「闌暑」之闌，「伏」如左傳「夏無伏陰」之伏也。舊引楚辭「光風泛崇蘭」，以伏爲三伏，非是。四海洙曰：一云「萬里」。八荒同一雲。洙曰：一作「萬里同一雲」。詩：「上天同雲。」彦輔曰：風言號令，雨言德澤，雲障蔽，令萬里一同，見陰小之盛也。去馬來牛不復辯，濁涇清渭何當分。洙曰：莊子：「秋水時至，百川灌河。涇流之大，兩涘渚涯之間，不辯牛馬。」趙曰：以多雨而水漲岸遠，所以不辯馬牛也。蒭曰：潘岳西征賦：「北有清渭濁涇。」補注希曰：左傳僖四年：「風馬牛不相及。」疏云：「馬逐上風而去，牛逐下風而來，故曰不相及也。」木頭生耳黍穗黑，趙曰：唐俚語云：「春雨甲子，赤地千里。夏雨甲子，乘舡入市。秋雨甲子，木頭生耳。」出朝野僉載。一本作「禾頭」，非是。蓋禾粟無生耳者，木頭生耳則栮是已，黍穗黑則壞爛矣，故農夫無所望也。農夫田父無消息。城中斗米換衾裯，蘇曰：漢末，天下大荒，米每斗十餘緡。京房持一衾，於長安中換陳米一斗。人皆易子而食。補注鶴曰：舊史：「天寶十三載秋，霖雨積六十餘日，物價暴貴，人多乏食。」故舉京房之事以明之。相許寧論兩相直。師曰：蘭風，謂剪蘭之風。伏雨，謂三伏暑毒之雨。皆非能生物者也，以喻毒虐之政。四海八荒同一雲，言普天皆罹其害。馬童而牛角，涇濁而渭清，此易辨也。風雨冥晦，馬牛不能辨，涇渭不能分，以譬昏亂之世，忠邪賢否，混淆無别。華黍：「時和歲豐，宜黍稷也。」黍宜於高燥，稷宜於下濕，雨暘得中，故黍稷咸宜。黄帝之世，五日一風，十日一雨。今苦雨，木頭盡生耳，黍稷盡黑，林甫爲宰相，不能燮調。可知古者役民，歲不過三日，恐妨農時也。今農夫田父皆負戈行役，過期不反，是以田萊多荒，年凶穀踴，京師之内，一衾一裯纔換斗米，但得相許，何暇論貴賤之價相當與不相當乎？玄宗窮兵四夷，民貧物貴如此，其視正觀中米斗三錢〔一〕，得無愧耶？

又吟

長安布衣誰比數，鄭曰：所矩切，説文：「計也。」**反鎖衡門守環堵。洙曰：**陳風：「衡門之下，可以栖遲。」注：「衡門，横木爲門，言淺陋也。」記：「儒有一畝之宫，環堵之室。」莊子讓王篇：「原憲居魯，環堵之室。」韋玄成傳：「使得自安衡門之下。」師古曰：「衡門，謂横一木於門上，貧者之所居也。」陶潛：「環堵蕭然，不蔽風日。」**老夫不出長蓬蒿，洙曰：**莊子庚桑楚篇：「鑿垣墻而殖蓬蒿。」左傳昭十六年：「斬艾蓬蒿藜藋，而共處之。」江淹詩：「顧念張仲蔚，蓬蒿滿中園。」趙岐三輔決録注曰：「張仲蔚隱身不仕，所居蓬蒿没人。」**稚子無憂走洙曰：**一作「奏」。**風雨。雨聲颼颼催早寒，鄭曰：**颼，疏鳩切，風貌。正作颷。**胡雁翅**

〔一〕正，避宋仁宗諱，遵照底本。

濕高飛難。 **洙曰**：古詩：「願爲雙鴻鵠，奮翅起高飛。」**趙曰**：雁本高飛之物，以雨多翅濕，而難於高飛，亦興物以自況。**炎曰**：庾信喜雨詩：「雁濕斷行來。」**秋來未曾見白日，** **炎曰**：魏文帝秋霖賦：「悲白日之不暘。」**泥污后** **洙曰**：一作「厚」。**土何時乾。** **洙曰**：宋玉九辯：「皇天淫溢而秋霖兮，后土何時兮得乾。」此詩刺賢者退處，而民漸溺於塗炭也。**師曰**：長安，京城也，唐都長安。布衣，深衣也，以練布爲之。衡門，謂横一木以爲楣。堵，墻也。環繞其墻以爲守禦。衡門環堵，貧者之居也。長安繁華之地，貴游乘高車，駕駟馬，甫困於布衣，誰復有比？數者，言不得備數而已。是以杜門却掃，安於貧賤。老夫不出長蓬蒿，言者舊之臣，隱遁不出，賢路荆棘，惟乳臭小子，當權見用，無能爲國家憂慮，但樂禍幸災而已。稚子指禄山，楊貴妃養爲義子，杜詩云「稚子敲針作釣鉤」是也。詩人多以風雨譬患難，如「風雨所飄摇」之類，禄山爲將，生事邊疆，非樂禍幸災而何？故云「走風雨」。雨聲颼颼催早寒，言寒之來有漸，譬禄山叛謀漸著。大夫以道去就者，雁之比也。禄山叛，衣冠陷於胡者，不可勝數，雖欲脱身南來，勢有不可，故云「胡雁翅濕高飛難」。當是時，玄宗幸蜀，駕已出京城，人無知者，軍民官吏瞻望天子，杳無消息，故云「秋來未曾見白日」。禄山從范陽長驅而來，普天之民咸墜塗炭，故云「泥污后土何曾乾」。

嘆庭前甘菊花 天寶十三載作。

洙曰：此詩譏小人在位，賢人失所也。補注 **鶴曰**：天寶十三載，長安作。公蓋自傷見用之晚，當是獻西嶽賦後。

檐一作「階」。前甘菊移時晚，趙曰：菊以移晚而花遲，故爲失所爾。青蕊重陽不堪摘。明日蕭條盡醉醒，殘花爛熳開何益。籬邊野外多衆芳，采擷細瑣升中堂。洙曰：苿苢詩：「薄言采之，薄言擷之。」趙曰：此詩蓋刺餘子碌碌皆得貴近，言芳菲不謂之才也，特細瑣而已。言升中堂，則貴近之意。公之言傷時細碎微瑣者用，而出類者廢也。念茲空長大枝葉，結根失所纏風霜。洙曰：古詩：「結根太山阿。」邁曰：南史：「劉彦節子俣詩：城上草，植根非不高，所恨風霜早。」師曰：甘，谷名，漢武帝西置甘、凉、瓜、沙等州。其谷產菊，可以入藥。移晚，謂失其時也。盡醉醒者，人盡泛菊而醉，唯我無菊可泛，但醒而已。殘花雖開，已無況味，夫復何益？此正與屈原不遇其時而云「舉世皆醉，唯我獨醒」之意同。甘菊喻君子，衆芳、細瑣以喻小人。君子不遇時，不見采擢，小人反獲超升，登于廟堂之上，此與隰桑詩「小人在位，君子在野」無異也。然賢者所涵養雖大，奈何結托不得其人，故至於失所而埋没乎風霜。甫作此詩，觀其辭意含蓄，其情可知矣。

醉時歌天寶十二載作。

魯曰：按新唐書：「鄭虔，鄭州滎陽人，天寶初爲協律郎。」彦輔曰：贈廣文館學士鄭虔。補注鶴曰：以「杜陵野客人更嗤，被褐短窄鬢如絲」，當是天寶十載獻賦後，上封西嶽賦，降恩澤，送有司參列選序前，疑在天寶十三載春作。蓋公詩云「日糴太倉五升米」，事在十二載之秋也。

諸公衮衮登臺洙曰：一作「華」。**省，廣文先生官獨冷。**洙曰：衮衮，言相繼而登，賢不肖無所辨也。國子監置廣文館博士四人，助教二人，并以文士爲之，領生徒爲進士者，天寶九年置。蘇曰：鍾繇：「諸公皆登臺寺省卿，唯伊予尚卑折下僚。」趙曰：衮衮，出王濟云張華説漢史「衮衮可聽」，言其議論不絶也。明皇愛鄭虔之才，置左右，以其不事事，更爲置廣文館處之，則爲冷官可知。彦輔曰：北齊王晞曰：「非不愛作熱官，但思之爛熟耳。」補注希曰：文選謝琨詩：「總轡出臺省。」廣文館，天寶九載秋七月乙亥置。世以宗正卿爲冷卿，是亦冷官之意。**甲第紛紛厭粱肉，廣文先生飯不足。**洙曰：甲第，甲乙丙丁之次也。陸士衡擬古詩「甲第椒與蘭」，又「甲第崇高闥」。虞子陽詩「甲第始修營」，謂第一宅也。晉書傅咸曰：「今賈竪皆厭粱肉。」田蚡治宅甲諸第。張衡西京賦：「北闕甲第，當道直啓。」此詩傷時多無功而受禄。補注希曰：漢高祖詔：「列侯食邑皆賜大第室。」注曰：「甲乙次第，故曰第。」莊子：「先生不得飽。」又後漢鄭太有田四十頃而食不足，公以鄭廣文故用此意。**先生有道出羲皇，**蘇曰：董遇曰：「道出羲皇之上。」趙曰：暗使陶潛自謂羲皇上人也。**先生有文**洙曰：一作「才」。**過屈宋。**洙曰：一云「所談或屈宋」。晏殊曰：屈原、宋玉。**德尊一代常坎軻，**洙曰：古詩：「坎軻長苦辛。」趙曰：祖出楚辭七諫云：「年既過半百兮，愁坎軻而滯留。」晏曰：王逸注云：「坎軻，不遇也。」**名垂萬古知何用。**孫瞻民曰：昔人爲名，蓋若畫餅充飢者也。杜言鄭名雖大，無益於用。師曰：酒，古人所禁，唯天子燕諸侯則曰不醉無歸。晉竹林七賢，或爲囚飲，或爲豖飲，大抵賢人不遇，則寓意于酒，以自遣適而已，故名曰醉時歌。衮者，衮同也。衮衮，言衮同無別之甚。唐制，御史臺其屬有三院：一曰臺院，二曰殿院，三曰察院。掌糾正百官之罪惡。省有三：一曰中書省，二曰尚書省，三曰門下省。臺、省，清要之職。今也賢不肖無所甄別，使小人得以衮同而登之，是以鄭虔恥與之并進，寧甘心居乎冷官。按唐史，玄宗置廣文館，以虔爲博士。而以「官冷」云者，蓋玄宗方窮兵於邊，不留心經術。其後，官廨頹塌，寓次國子監，由是遂廢，故曰「官獨冷」。甲第，謂楊貴妃兄國忠賜宅京師，以甲乙丙丁爲次第。國忠之進，特以妃寵而爵高禄厚，虔反貧約，不足於飯，詩刺素餐，蓋謂此也。道出羲皇，陶淵明所謂「羲皇上人」是也。屈宋，謂屈原、宋玉。坎軻，不得志之貌。古云：「使我有身後名，不如眼前一杯酒。」生不遇時，死留虚名，果何益哉？自古有才之士，得道者寡矣。由之勇，賜之辨，非無才也。語：「其得道則未焉。」今虔才過屈宋而又道全德備，惜夫坎軻不得志也。**杜陵野客人更嗤，被褐短窄鬢如絲。****洙曰**：後漢：「杜陵屬京兆。」杜預曰：「古唐杜氏也。」老子：「被褐懷寶。」陶淵明詩：「被褐欣自得，屢空常晏如。」**趙曰**：公家於杜陵，故云。又言「杜陵有布衣」，又言「杜陵野老」也。被褐短窄，謂貧者衣短褐耳。**日糴太倉五升米，****蒼舒曰**：前漢東方朔傳：「無令但索長安米。」史記八書：「太倉之粟，紅腐不可食。」陶淵明曰：「不能爲五斗米折腰向鄉里小兒。」**補注****鶴曰**：按舊史：「天寶十二載八月，京城霖雨，米貴，令出太倉米十萬石，減價糶與貧人〔一〕。」公困於長安，故亦在

〔一〕 貧，原作「貴」，據四庫本改。

日糴之數。時赴鄭老同襟期。得錢即相覓，沽酒不復疑。忘形到爾汝，洙曰：文士傳：「禰衡有逸才，與孔融作爾汝交。」孫曕民曰：莊子曰：「養志者忘形。」痛飲真洙曰：一作「直」。吾師。彦輔曰：世説：「王孝伯云：但當得無事，痛飲，讀離騷，可稱名士。」程演曰：莊子：「許由曰：吾師乎？吾師乎？」師曰：甫，杜陵人也。褐，毛褐之衣，賤者所服。孟子云「褐夫」是也。被褐短窄，言貧約，衣不掩脛。日糴，言無宿儲也。太倉米，言陳腐之米，其價廉，賤者所食。五升，言食指寡，足知其貧不能贍養僕妾故也。同襟期，言范、張雞黍之期。鄭老，指虔也。朋友有通財之義，故「得錢即相覓」。杜詩云「賴有蘇司業，時時與酒錢」是也。不復疑者，不以妻子掣肘有嫌疑也。甫與虔相善，稱汝稱我，素於形骸之外，其相忘如此。相忘雖無少長，至若虔之痛飲，真令甫北面不可不屈服也，故曰「真吾師」也。清夜沉沉動春酌，檐洙曰：一作「燈」。前細雨燈洙曰：一作「檐」。花落。宋援曰：陸倕贈僚友詩：「敷文永清夜。」應璩書曰：「酌彼春酒。」趙曰：近乎檐邊之花也。劉邈詩：「檐花初照月。」學者多以檐雨之細如花，遂以檐花爲檐雨之名，非也。師曰：説者謂檐花爲脱花，非也。杜詩云「白花檐外朵」，或云「檐竹如雨，瀉暮檐竹」，則知檐花爲檐前之花，檐竹爲檐前之竹，明矣。補注希曰：曹子建詩：「清夜游西園。」李白詩：「檐花落酒中。」殆是檐邊之花無疑。但覺高歌有鬼神，蘇曰：吴肅醉發耳熱，浩歌春風，疑有鬼神所助。焉知餓死填溝壑。洙曰：昭十三年傳：「擠于溝壑。」左太冲詠史詩：「當其未遇時，憂其填溝壑。」汲黯傳：「臣自以爲填溝壑。」石敏若曰：朱買臣妻曰：「如公等，餓死溝中耳。」相如有才親滌器，洙曰：司馬相如傳：「文君奔相如，俱之臨邛，盡賣車騎，買酒舍，乃令文君當壚，相如身着犢鼻褌，與庸保雜作滌器於市中。」師古曰：「滌，灑也。器，食器也。賤役也。」**子雲識字終投閣。**洙曰：揚雄傳：「王莽時，劉歆、甄豐皆爲上公。莽既以符命自立，即位之後，欲絕其原，以神前事。而豐子尋、歆子棻復獻之，莽誅豐父子，投棻四裔，辭所連及，便收不請。時雄校書天祿閣上，治獄使者來，欲收雄，雄恐不能自免，乃從閣上自投下，幾至死。莽聞之，曰：『雄素不與事，何故在此間？』請問其故，乃劉棻嘗從雄學作奇字，雄不知情。有詔勿問。京師爲之語曰：『惟寂寞，自投閣。』」**先生早賦歸去來，石田茅屋荒蒼苔。**洙曰：陶潛爲彭澤令，是時，郡遣督郵至，吏白：「當束帶見督郵。」潛乃嘆曰：「我不能爲五斗米折腰向鄉里小兒。」乃自解印綬，將歸田野，命篇曰歸去來。石曰：史記：「子胥曰：猶石田無所用。」注：「石田不可耕。」言此亦陶潛「三徑就荒」之意也。**儒術於我何有哉，**洙曰：莊子：「帝力何有於我哉。」**孔丘盜跖俱塵埃。**蘇曰：崔祥曰：「男兒當壯即仕，儒術於我，焉有所損哉？」阮兢曰：「孔丘、盜跖，今爲塵埃。人生不樂，胡爲解憂？」彥輔曰：子美之意，以謂至聖大惡同歸於盡而已。**不須聞此意慘愴，生前相遇且銜杯。**趙曰：劉伶云：「銜杯漱醪。」師曰：清夜沉沉，言人寂也。人寂雨細，寧不發動酒興耶？高歌有鬼神，言聲幽怨也。杜詩云：「時無王良伯樂死即休。」丈夫不以貧賤死生動其心。前輩云：「莫憂身外無窮事，且盡生前有限杯。」今宵有酒，今宵且醉，死生一付之天命，焉知餓死填溝壑乎？觀相如有逸才，武帝嘗曰「朕恨不與斯人同時」，尚且貧賤，滌器賣漿。揚雄善作奇字，劉棻常師之。及獻符瑞事累及雄，雄方校書天祿閣，使者來捕雄，雄投閣自殺。古人不遇，類皆如是，何獨我輩？是以甫勉虔賦歸去來，欲其棄官而去也。石田，乃沙石之田，其田最瘦。虔雖貧，尚有磽田可耕，有茅屋可居，何必效子雲仕於亂世，以速投閣之禍？況儒術遇用武之際，不足負恃，如孔子號爲真儒，終以不遇，老死于行；盜跖横行天下，膾食人肝，其善惡雖不同，而死朽化爲塵埃則一。人生天地間，浮名浮利，皆不足慕，要之終歸一死，生前相遇，且以酒同遣適，其他不足慘愴區區然以爲憂也。

醉歌行天寶十四載作。

俯曰：甫從姪杜勤落第歸，甫作此以别之。**補注** **鶴曰**：詩云「春光淡蕩秦東亭」，當是天寶十四載春在長安作。按史：「十三載秋八月，上御勤政樓，試四科制舉人。前此十二載秋七月，詔天下舉人不得鄉貢，須補國子學生，然後貢舉。」

陸機二十作文賦，**洙曰**：晉陸機字士衡，作文賦云云。汝更小年能綴文。**補注** **希曰**：劉歆傳贊：「綴文之士。」總角草書又神速，世上兒子徒紛紛。**洙曰**：詩甫田：「總角丱兮。」三十國春秋：「封秀總角知名，衛玠總角乘羊車入市。」**趙曰**：草書以遲爲工，所謂「匆匆不及草書」是也。以速爲神，所謂「一筆變化書」是也。驊騮作駒已汗血，鷙鳥舉翮連青雲。**洙曰**：汗血，事見前驄馬行。禰衡傳：「鷙鳥累百，不如一鶚。」詞源一作「賦」。倒流三峽水，**洙曰**：海賦：「吹噓則百川倒流。」**修可曰**：隋藝文傳：「筆有餘力，詞無竭源。」荆州記曰：「巴陵，楚地，有三峽。」峽程記曰：「三峽者，即明月峽、巫山峽、廣澤峽。」其瞿唐、灩滪之類，不係三峽之數。倒流三峽水，謂詞源壯健，可以衝激三峽之水，使之倒流也。**筆陣獨掃千人軍。****修可曰：**王羲之筆陣圖云：「紙者陣也，筆者刃槊也，墨者鍪甲也，硯者城也，本領者將軍也，心意者副將也。」掃千人軍，謂用筆之快利也。補注**希曰：**法書：「衛夫人有筆陣圖矣。」**只今年纔十六七，射策君門期第一。****洙曰：**前漢蕭望之以射策甲科爲郎。師古曰：射策者，謂爲問難疑義，書之於策，量其大小，署爲甲乙之科，列而置之，不使彰顯，有欲射者，隨其所取，得而擇之，以知優劣。射之言投射也。對策者，顯問以政事、經義，令各對之，而觀其文辭，定高下也。後漢劉淑五府辟，不就，帝輿詣京師，不得已而對策第一。**舊穿楊葉真自知，****洙曰：**史周本紀：「蘇厲説白起曰：楚有養由基者，善射者也。去柳葉百步而射之，百發而百中之。」枚乘諫吴王書曰：「養由基，楚之善射者，去楊葉百步而發百中，楊葉之大，加百步焉，可謂善射矣。」**暫蹶霜蹄未爲失。****洙曰：**王褒聖主得賢臣頌：「過都越國，蹶如歷塊。」**偶然擢秀非難取，會是排風有毛質。****趙曰：**上句言科舉一日之長，搴擢英秀亦偶然爾，非難取也。而從姪之不中第，何哉？然會當是時，排擊風露，蓋以其終有連雲之毛質焉。此慰唁之，且復有譏誚也。出鮑明遠書，言水族之狀曰「浴雨排風」。**汝身已見唾成珠，****洙曰：**莊子秋水篇：「蚿謂夔曰：子不見夫唾者乎？噴則大者如珠，小者如霧，雜而下者不可勝數。」**蘇曰：**江淹謂郭鞏曰：「子之咳唾成珠玉，吐氣作虹蜺，非碌碌儔比也。」**夢符曰：**右按，後漢趙壹傳：「咳唾成珠玉。」汝伯何由髮如漆。俯曰：甫謂勤文章，矢口已成珠玉，它日必貴，但恨年老頭白，無由再黑如漆，傷不及見勤之富貴。春光淡沲秦東亭，沲，徒可切。何曰：淡沲，即淡蕩也。秦東亭，即京城門外東亭，送別多於此處。渚蒲牙白水荇青。洙曰：梁江淹石上菖蒲詩：「發步遵汀渚。」詩：「參差荇菜。」釋云：「荇，萎菜也。」陸機云：「浮在水上，根在水底。」梁簡文帝晚春詩：「渚蒲變新節。」補注希曰：許慎說文云：「蒲，水草也。」澤陂傳曰：「蒲草柔滑。」左傳曰：「董陂之蒲，蒲即楚也。」爾雅云：「莕，接余。」郭云：「叢生水中，葉圓在莖，隨水深淺，江東食之。」陸機云：「白莖，葉紫，正圓，徑寸餘，根生水底，浮在水上。」顏氏家訓云：「是水有之，花黃，葉似苗，可爲菹。」風吹客衣日杲杲，洙曰：衛詩伯兮：「杲杲出日。」樹攪離思花冥冥。蘇曰：焦光、仲遜共游陸渾，時春和景妍，遜謂光曰：「何冥冥花樹，攪人離思也？」洙曰：楚辭山鬼：「雷填填兮雨冥冥。」補注希曰：楚辭：「深林杳以冥冥。」注云：「草木茂盛也。」酒盡沙頭雙玉瓶，衆賓已醉我獨醒。洙曰：屈原曰：「舉世皆濁，惟我獨清。衆人皆醉，惟我獨醒。是以見放也。」乃知貧賤別更苦，蘇曰：衛宏失意，送弟遷嶺外，氣塞臆而幾不能言，久之曰：「貧賤中離別更苦。」吞聲躑躅涕泣零。洙曰：古詩「泣涕零如雨」，又「沉吟聊躑躅」，行不進貌。陸士衡擬古詩：「沉思鍾萬里，躑躅獨吟嘆。」鮑昭行路難：「心非木石豈無感，吞聲躑躅不敢言。」何曰：躑躅，行不進貌。在鼻曰涕，在眼曰淚，零落也。吞聲，言哽咽，聲不能達。甫自傷貧賤，已無聊賴，況加以離別，故云「更苦」。

贈衛八處士天寶九載作。

師曰：按唐史拾遺：「甫與李白、高適、衛賓相友善。時賓年最少，號『小友』。」今據杜詩贈衛八云「昔别君未婚」，知此詩乃贈衛賓也。**補注** **鶴曰**：師注爲公與衛賓，而詩云「焉知二十載，重上君子堂」，又云「夜雨剪春韭，新炊間黄粱」，則是春月作，而未詳爲何年。及味詩，又非亂離後語，若如梁權道編在天寶十三載長安詩内，而於「問我來何方」「明日隔山岳」之句不叶。按公開元二十三、四年間下第，游齊、趙時至兗，而是年公方二十四五歲，則衛當愈少，宜其未婚。今詩云二十載重上其堂，則當在十二、三載。而公自九載歸奏賦後，只在長安，歲歲有詩可考，意是六載應詔退下後，又再至東都，以十載行三大禮，而九載又歸奏賦，故九載有冬日洛城北謁玄元皇帝廟詩，中述八載事。此詩當是天寶九載作。是年公方四十，「鬢髮各已蒼」宜矣。漢禰衡爲禰處士，蓋亦隱者之號，以有處士星而名。又唐有隱逸衛大經，居蒲州，衛八亦稱處士，或其族子。蒲至華止百四十里，或是公在華州時至其家，「岳」指華岳而言，若然，則二十載無差矣。

人生不相見，動如參與商。見送高書記詩注。**今此復何夕，共此燈燭光。****洙曰**：見今夕行注。一云「共宿此燈光」。**少壯能幾時，鬢髮各已蒼。****洙曰**：漢武帝秋風辭：「少壯幾時兮奈老何。」陶淵明歸去來辭：「寓形宇宙兮復幾時。」**訪舊半爲鬼，驚呼熱中腸。****洙曰**：魏文帝與吴質書：「昔年疾疫，親故多離其災，徐、陳、應、劉，一時俱逝，痛可言耶！昔日游處，謂百年已分，可長共相保，何數年之間，零落略盡。言之傷心，頃撰其遺文，都爲一集，觀其姓名，已爲鬼録。追思昔游，猶在心目，而此諸子，化爲糞壤，可復道哉？」**修可曰**：孟子：「不得於君則熱中。」注云：「心熱，恐懼也。」焉知二十載，重上君子堂。**趙曰**：王仲宣詩：「高會君子堂。」昔別君未婚，兒女忽成行。怡然敬父執，**直方曰**：曲禮：「見父之執，不謂之進，不敢進。」問我來何方。問答未及已，兒女一作「驅兒」。羅酒漿。**何曰**：詩：「可以挹酒漿。」**蘇曰**：郭育見戴逵，使羅酒漿，兒女進果餟。夜雨剪春韭，**蘇曰**：郭林宗見友人，夜冒雨剪韭，作炊飯，今洛、汭人皆效之。**薛曰**：右按，南史：「周顒云：春初早韭。」補注**希曰**：禮記王制：「庶人春薦韭。」新炊間黄粱。**洙曰**：陶隱居曰：「黄粱本出青、冀，穗大，毛長，穀米俱粗於白粱，食之比他穀最益脾。」主稱會面難，**洙曰**：張平子賦：「主稱露未晞。」曹子建詩：「主稱千金壽。」古詩：「會面安可知。」一舉累十觴。十觴一作「千觴」。亦不醉，感子故意長。**洙曰**：曹穎達詩：「舉觴詠露斯。」**蘇曰**：遠詩詩雄雄。孔文舉百觴亦不醉。**梅曰**：李牧曰：「吴將軍飲數十觴，未見有醉容。」明日隔山岳，世事兩茫茫。

苦雨奉寄隴西公兼呈王徵士天寶十三載作。

彦輔曰：杜元注云：「隴西公，即漢中王瑀。王徵士，琅琊王徹。」補注**鶴曰**：按隴西公瑀至德元年方爲漢中王，爲梁州都督、山南西道采訪防禦使，此詩當在天寶十三載。五行志云：「天寶十三載，苦雨潦。」詩云「仲月來寒風」，即是其年九月。又陸士衡詩：「凄風迕時序，苦雨遂成霖。」久雨，人所患苦也。漢黄憲、姜肱、郭林宗、晉許詢皆謂徵君，即徵士之義也。

今秋乃淫雨，洙曰：月令：「季春行秋令，則天多沉陰，淫雨蚤降。」注：「九月多陰。淫，霖也。雨三日以往爲霖。」洪朋曰：爾雅云：「久雨謂之淫。」楊符曰：蔡邕行述賦：「遘淫雨之經時。」仲月來寒風。群木水光下，萬家洙曰：一作「萬象」。雲氣中。洙曰：唐中宗二年三月，洛城東七里許，地色如水，側近樹木，往來車馬，皆歷歷影見水中，經月餘乃滅。趙曰：此盛言苦雨之狀也。萬家，一作「象」，非是。且既言象，則上不應言群木也。舊引中宗時地色如水事，疑誤後學。所思礙行潦，九里信不通。洙曰：詩雅：「泂酌彼行潦。」流潦也。疏云：「行者，道也。潦者，雨水也。行道上雨水流聚，故云流潦。」趙曰：指隴西公、王徵士之所居，言爲苦雨所隔，斯乃九里不通之謂矣。悄悄素滻路，迢迢天漢東。洙曰：潘岳西征賦：「玄灞素滻。」唐天寶元年，命陝郡太守韋堅引滻水，開廣運潭。悄悄，行旅不通貌。黃曰：詩：「維天有漢，監亦有光。」天漢，銀河也。趙曰：天漢，則中渭橋之所。長安志於中渭橋引三輔黃圖曰：「渭水貫都，以象天漢。」補注 希曰：按唐志，滻爲關內大川。萬年縣有南望春宮，臨滻水，萬年縣在長安城東，宮東有廣運潭。又蕭何傳：「語曰天漢，其稱甚美。」孟康：「言地之有漢，若天之河漢。」臣瓚曰：「流俗語曰天漢，其言常以漢配天，此美名也。」師古曰：「瓚説是。」願騰六尺駒，洙曰：一作「馬」。背若孤征鴻。洙曰：周禮：「凡馬八尺以上爲龍，七尺以上爲騋，六尺爲馬。」趙曰：鴻鵠，高飛遠舉之物。謂之孤征鴻，蓋以其群飛則意猶詳緩，孤飛則欲逐伴而急矣。劃見公洙曰：一作「君」。子面，劃，忽麥切。蘇曰：韓湛昨稠人冠蓋中，劃見面目，已謂非俗人也。**超然歡笑同。奮飛既胡越，**洙曰：詩：「不能奮飛。」古詩：「胡馬依北風，越鳥巢南枝。」趙曰：言如胡越之隔也，王粲所謂胡越之異區也。舊引胡馬越鳥，誤矣。**局促傷樊籠。**洙曰：古詩：「晨風懷苦心，蟋蟀傷局促。」莊子：「澤雉不蘄，畜乎樊中。」注：「樊中，所以籠雉也。」修可曰：南史：「陽休之不樂典選久，曰：『此官實時清華，但妨吾賞，真是樊籠矣。』」趙曰：漢景帝云：「局促如轅下駒。」**一飯四五起，**洙曰：周公一飯三吐哺。蘇曰：李合望弟令，每一飯四五起，望西北。**憑軒心力窮。**洙曰：江文通雜體詩：「憑軒詠堯老。」此言思見君子而不可得也。師曰：春夏多雨水，秋冬多旱乾，此常理也。當旱乾反爲苦雨，乃陰氣淫沴，臣侵君之象，故云「今秋乃淫雨」。立秋之候，涼風始至，今於仲月，寒風早來，陰陽不調，寒暑舛逆，若此水氣在天爲雲，雲行則雨施。杜詩云「安得誅雲師」，今群木皆居水光中，萬象皆在雲氣中，言水潦漲溢，雲氣凝結，以喻天下之民，咸墜於塗炭也。九者，陽數之極。九里至近，奈何爲行潦所礙，雖有所思，欲通音問而不能達，況其遠者乎？是宜素滻之路，天漢之東，悄悄無行人，迢迢相間隔，音問阻絶，不獲相通。陝西有滻水，漢中郡、琅琊皆在天漢之東，甫居西，瑀與徹居東，時阻於禄山之亂，人皆墊溺，是以托意於雨潦，而思瑀與徹也。公子指瑀與徹。劃謂以刀劃開，如披雲霧，獲睹青天是也。甫欲騰跨馬，皆疾若飛鴻，劃見二公子面，與之同歡笑，此述懷思之情。胡在北，越在南，雖然如鳥之奮飛，奈胡越相去之遠，何不免局促於樊籠而不得騁也。詩云：「折柳樊圃。」樊，藩籬也。時兵革遍天下，動則拘礙，無所適往，真若局促樊籠之中，是以寢食不遑安處。一飯之間四五起，問消息，以至憑軒檻，心力窮盡，蓋傷罹亂之世人無所安居有如此也。是詩之寄，豈直爲苦雨而作乎？**嘉蔬没溷濁，洙曰**：郭景純江賦：「挺自然之嘉蔬。」宋玉風賦：「駭溷濁，揚腐餘。」屈平卜居云：「俗溷濁而不清。」**十朋曰**：記：「稻曰嘉蔬。」**時菊碎榛叢。洙曰**：嘉蔬、時菊，刺賢者爲群小所掩翳也。潘安仁詩：「時菊耀岩阿。」**蘇曰**：符朗曰：「甘菊碎雜榛叢，蕙蘭同委蒿艾。」**鷹隼亦屈猛，洙曰**：張華鷦鷯賦：「蒼鷹鷙而受紲，屈猛志以服養。」媄尸禄也。**烏鳶何所蒙。式瞻北鄰居，蘇曰**：王雋曰：「瞻彼北鄰，吹笙食魚。」**取適南巷翁。挂席釣川漲，焉知清興終。師曰**：嘉蔬，所以養人。菊當秋宜得其時，今碎於榛叢，反失其時也。溷濁，塗泥也。蔬與菊，皆喻賢人君子。當禄山之亂，小人得時，賢人君子失所，故有没溷濁、碎榛叢之譬。鷹隼當秋時，宜於擊搏，將帥於斯時出力平賊之秋也。今乃屈猛，蓋言諸將敗衄，是以禄山得以長驅。烏鳶，小民之比也。官兵既敗，小民爲賊焚虜，何所蒙其福耶？蓋言民無所恃，故曰「烏鳶何所蒙」。雨潦阻礙，所向不通，式瞻者止於北鄰，所適者止於南巷，其局促如此，以喻諸郡陷于賊，土地迫蹙，動無所往，是以杜甫嘗有偪仄行，蓋亦如此意也。當是時，賢人雖隱於漁釣，可以保身，故曰「挂席釣川漲，焉知清興終」。挂席，即挂帆也。漁釣之樂，烏有終窮？仕於亂世，誠所憂耳。

同諸公登慈恩寺塔天寶前十載作。

洙曰：時高適、薛璩先有作。李肇國史補[一]：「進士既捷，列名於慈恩寺塔，謂之題名。」貞觀中，劉太真侍郎試慈恩寺望杏園花詩。兩京雜記：「西京外郭城，朱雀街東第三街，皇城東之第一街進業坊慈恩寺，隋無漏寺之故地。武德初，廢。貞觀二十年，高宗在春宫，爲文德皇后所立，故以慈恩爲名。寺西院浮圖六級，高三百尺，永徽三年，沙門玄奘所立。浮圖内有梵本諸經數十匣，浮圖前東街立太宗皇帝撰三藏聖教序及高宗皇帝述聖記，二碑并褚遂良書，立於弘福寺及此寺。」補注 **鶴曰**：玄奘自西域歸，始於寺西建塔，其後頽圮，至長安中更造。嘗觀雁塔題名，有公題字云「杜甫、李雄、李謨」，年月在上第二層，而第二層年月已湮没不可考。謂之「同諸公」，則非止二李，當又别是一時。梁權道編在天寶十三載，不知何據。應在禄山陷京師之前，十載奏賦之後。高注以末句指僞署官而云，非。李適傳云：「自中宗時，天子秋登慈恩浮圖，宰相、學士得從者，獻菊花酒。」蓋以秋來而中、睿宗已晏駕，所以有「回首叫虞舜，蒼梧雲正愁」之句。

高標跨蒼穹，烈風無時休。 **趙曰**：以言其高也。烈風，唯高然後有之。補注 **希曰**：蜀都賦：「陽烏回翼乎高標。」潘安仁詩：「烈烈夕風厲。」**自非曠士懷，登兹翻百憂。** **洙曰**：王仲宣登樓賦：「登兹樓以四望兮，聊暇日以銷憂。」兔爰詩：「我生之後，逢此百憂。」陸士衡詩：「感物百憂集。」**師曰**：甫登此塔俯視，

[一] 補，原作「譜」，據四庫本改。

兵火之後，景物蕭條，寧無憂傷乎？惟曠達之士，對此能遣適耳。**方知象教力，洙曰：**突厥寺碑：「四天之下〔一〕，聞諸象教。」王筠栖頭陀寺碑：「正法既没，象教凌夷。」注：「謂爲形象以教人。」**趙曰：**言巍樓高觀，世間無有，惟托之象教，而後可營焉。**足**一作「立」。**可追冥搜。洙曰：**孫興公天台賦：「非夫遠寄冥搜，篤信通神者，何肯遥想而存之？」**仰穿龍蛇窟，始出枝撑幽。鄭曰：**撑，抽庚切，邪柱也。此塔磴道屈曲，公有「龍蛇窟」之句宜矣。塔每級之下，蓋多枝撑，至其盡級高處，則爲出枝撑幽矣。**七星在北户**，一云「户北」。**河漢聲西流。洙曰：**魏文帝雜詩：「天漢回西流。」**趙曰：**言其高也。吴都賦：「門北户以向日。」於塔言户，則法華經云「佛以右指開寶塔户」也。河漢，天河也。**黄曰：**廣雅云：「天河謂之天漢。」亦曰河漢，以其在西，若聞其流聲焉。**羲和鞭白日，洙曰：**晉傅玄日升歌：「羲和初攬轡，六龍并騰驤。」廣雅曰：「羲和，日御也。」**趙曰：**淮南子云「日馭曰羲和」，故於白日方可以言鞭之。**少昊行清秋。洙曰：**月令：「孟秋之月，其帝少皞。」注：「少皞，金天氏。」晉潘尼云：「朱明送夏，少昊迎秋。」**泰山忽破碎，涇渭不可求。趙曰：**皆言其高也。**補注鶴曰：**慈恩寺在長安南，對玉桉、霧檐諸峰，東枕曲江，北與丹鳳門端若引繩。塔高三百尺，則泰山居東且遠，自應不能争高。涇、渭雖爲關西大川，而韋朝宗引渭水入金光門，置漕於西市，此不可求者，

〔一〕下，原作「不」，據四庫本改。

亦以塔高而水不可見也，故下句云「俯視但一氣，焉能辨皇州」。宣和間，少陵與樊察序雁塔題名〔一〕，亦云杜詩所謂「泰山忽破碎，涇渭不可求」，蓋言其高遠。**俯視但一氣，焉能辨皇州。****洙曰**：謝玄暉詩：「春色滿皇州。」**敏功曰**：潘岳西征賦：「化一氣而甄三才。」天子之都曰皇州。**回首叫虞舜，蒼梧雲正愁。****洙曰**：山海經曰：「南方蒼梧之川，其中有九疑山，舜之所葬。」在長沙、零陵界也。**惜哉瑶池飲，****洙曰**：鮑明遠舞鶴賦：「朝戲乎芝田，夕飲乎瑶池。」穆天子傳：「周穆王觴西王母於瑶池上。」**日晏崑崙丘。****洙曰**：穆天子傳：「天子遂宿于崑崙之阿、赤水之陽，吉日辛酉，天子升于崑崙之丘，以觀黄帝之宫。」紀年曰：「周穆王西征，至崑崙丘，見西王母，止之。」葛仙翁云：「崑崙一曰玄圃，一曰積石，瑶房一曰閬風臺，一曰華蓋，一曰天柱，皆仙人所居之處也。」**趙曰**：此暗紀慈恩寺之事也。南望而遠想蒼梧，則記虞、舜而思高宗之晏駕；西望而遠想瑶池，則記西王母而思文德皇后之不留也。**黄鵠去不息，哀鳴何所投。****洙曰**：韓詩外傳曰：「田饒事魯哀公而不見察，謂哀公曰：『夫黄鵠一舉千里，止君園池，啄君稻粱，君猶貴之，以其從來遠也，故臣將去君，黄鵠舉矣。』」**君看隨陽雁，各有稻粱謀。****洙曰**：禹貢揚州「彭蠡既豬，陽鳥攸居」，注：「隨陽之鳥，鴻雁之屬，冬月所居於此澤。」庾信報趙王賜酒詩：「未知稻粱雁，何以報君恩。」補注 **希曰**：鴻雁事多用稻粱，本出戰國策。又劉孝標廣絶交論：「分雁鶩之稻粱。」庾信詠雁詩亦云：「稻粱俱可忌。」此特略舉一二耳。

〔一〕與，疑衍。

示從孫濟天寶十三載作。

彦輔曰：此詩譏風俗衰薄，雖同姓不能無疑也。補注**鶴曰**：以「權門多噂踏，且復尋諸孫。諸孫貧無事，宅舍如荒村」，則濟所居在長安，當是天寶十三載。宰相世系表：「濟字應物，終給事中、京兆尹。」

平明跨驢出，**師曰**：驢，賤者所跨。補注**希曰**：用公孫述傳跨馬事。**未知**一作「委」。**適誰門。權門多噂踏，****洙曰**：詩十月：「噂踏背憎，職競由人。」噂踏，猶相對談語，背則相憎逐矣。**趙曰**：前漢：「息夫躬交游貴戚，趨走權門。」**且復尋諸孫。****師曰**：權門，乃權貴之門。詩云「噂踏背憎」，謂噂噂沓沓，面前則附耳而語，背後則相譏議，嫌權門多噂踏，是以尋同姓也。**諸孫貧無事，宅舍如荒村。堂前自生竹，堂後自生萱。萱草秋已死，****洙曰**：衛詩伯兮：「焉得諼草，言樹之背。」注：「諼草令人忘憂。背，北堂也。」疏：「堂者，房(堂)(室)所居之地，總謂之堂。房半以北爲北堂，房半以南爲南堂。」**竹枝霜不蕃。****洙曰**：一作「翻」。左傳：「其生不蕃。」**淘米少汲水，汲多井水渾。刈葵莫放手，放手傷葵根。****洙曰**：鮑明遠樂府：「腰鐮刈葵藿。」古詩：「采葵莫傷根，傷根葵不生。結交莫羞貧，羞貧友不成。」**趙曰**：族之有宗，猶水之有源，葵之有根也。水有源，勿渾之而已；葵有根，勿傷之而已。族有宗，則亦勿疏之而已。**阿翁懶墮久，覺兒行步奔。****敏修曰**：阿翁，甫自稱。兒，指濟。行步奔，言其强健，年尚少也。責濟後生不來相顧。**所來**一作「求」。**爲宗族，亦不爲盤飧。****洙曰**：左傳僖二十二年：「晉公子及曹，僖負羈之妻饋盤飧，置璧。」蘇曰：張昭見顧陸曰：「吾也，來爲道義，非因盤飧。」小人利口實，洙曰：頤：「自求口實。」

補注鶴曰：漢官儀：「口實，膳羞之事也。」薄俗難具論。蘇曰：劉章曰：「薄俗好利，炎涼逐勢，難可與論歲寒。」高曰：楊敞：兵戈之後，禮義缺壞，士行凋敝，雖有數子知書，皆污薄俗氣味，難可與論典刑事。勿受外嫌猜，同姓古所敦。洙曰：鮑明遠詩：「明慮自天斷，不受外嫌猜。」趙曰：此亦曹子建詩有「親親義在敦」之義。

九日寄岑參天寶十三載作。

彥輔曰：此詩言君爲奸邪所蔽，而賢人幽憂。補注鶴曰：詩中言雨傷稼，當是天寶十三載作。奸邪，指楊國忠輩也。

出門復入門，雨脚但仍舊。所向泥活活，洙曰：一作「浩浩」。詩：「北流活活。」謝靈運詩：「活活夕流駃。」趙曰：活活，雖云水流聲，而泥之深多，則行爲有聲也。思君令人瘦。洙曰：古詩：「思君令人老，歲月忽已晚。」又詩：「思君令人老，軒車又何遲。」沉吟坐秋一作「西」。軒，飯一作「飲」。食錯昏晝。寸步曲江頭，難爲一相就。蘇曰：王述：子在荆楚，道路阻長，歲云暮矣，難爲相就。趙曰：此所以懷岑生也。岑應在曲江頭，猶寸步耳，而以雨泥故，難於相就也。吁嗟乎蒼生，稼穡不可救。蘇曰：楚深秋潦淫霈，民有憂色，稼穡不可救，飢歲何以支持？蒼蒼者意如之何。**趙曰**：舊本作「呼」。任昌叔本作「乎」，極是。蓋詩云「吁嗟乎騶虞」，取此三字用也。尚書：「海隅蒼生。」注言：「蒼蒼然之生草木也。」閔草木而嘆之，以爲苦雨，稼穡已損，爲不可救也。**安得誅雲師，疇能補天漏。** **洙曰**：雲師名屏翳。廣雅云：「雲師爲之豐隆。」**蘇曰**：久雨不止，郭泰機曰：「憑誰三尺刃，誅雲師，掃除陰氣。」**師曰**：列子湯問：「女媧氏鍊五色石以補其闕。」**趙曰**：蜀有地名漏天。古詩：「地近漏天終歲雨。」【補注】**鶴曰**：開山圖曰：「霍山，南岳。山有雨師、雲師。」注：「雲師如蠶，長六寸，似兔。雨師似蛹，長七八寸，似蛭。雨雲之時，出在石上。」又戎州宜賓縣有大梨、小梨二山石，暮雲霧，四時霖霪，俗謂之小漏天、大漏天。寰宇記：「嶲州亦有漏天。」**大明韜日月，** **趙曰**：晝夜皆雨，而日不見乎晝，月不見乎夜，皆無明矣。**曠野號禽獸。** **趙曰**：惟淫雨淋注，則禽獸無所以安其飛走，故哀號於曠野。**君子强逶迤，小人困馳驟。** **趙曰**：以雨淫於上，泥汨於下，君子雖有車馬，亦强逶迤而已。小人艱於行李之往來，故困馳驟。**維南有崇山，** **洙曰**：詩：「節彼南山。」恐一作「漭」。**與川浸溜。** **趙曰**：前漢書有云：「泰山之溜，可以穿石。」句之意則憂君子之改節也。**是節東籬菊，紛披爲誰秀。** **洙曰**：陶淵明雜詩：「采菊東籬下，悠然見南山。」**饒曰**：簡文帝九日詩：「是節協陽數。」言紛披者暗使。**岑生多新語，性亦嗜醇酎。** **洙曰**：謝惠連雪賦：「酌湘、吴之醇酎。」西京雜記：「漢制：宗廟八月飲酎，用九醞太牢，皇帝侍祠，以正月旦作酒，八月成，名曰酎。一曰九醞，一名醇酎。」晉侯鄢酒賦：「醇酎秋發。」**鄭**

曰：酎，直救切，醇酒也。采采黄金花，何由滿衣袖。**洙曰**：詩：「采采卷耳，不盈頃筐。」又：「終朝采藍，不盈一襜。」言心有所憂而不在所采也。岑生何由而免憂乎？**趙曰**：以不見岑生，意緒無聊，采之不能多也。**師曰**：詩人主文而譎諫，觀甫此詩，多託意於苦雨，不直斥當時事，以意逆志，斯得之矣。

黄氏補千家注紀年杜工部詩史卷之一

黄氏補千家集注杜工部詩史卷之二

送孔巢父謝病歸游江東兼呈李白至德二載作。

洙曰：孔巢父，冀州人，字弱翁。早勤文史，少與韓準、李白、張叔明、陶沔隱於徂徠山，時號「竹溪六逸」。永王璘赴江淮，聞其賢，以從事辟之，巢父察其必敗，側身潛遁，由是知名。後爲潭州刺史、湖南觀察使，未行。會德宗幸奉天，遷給事中、御史大夫。興元元年，使李懷光於河中，巢父遇害。補注**鶴曰**：舊注以爲察永王必敗而不受其辟，乃謝病潛遁，則當在至德二載。然是時，李白因永王流夜郎矣，不應末云「南尋禹穴見李白」。梁權道編在天寶十三載，雖白傳云「天寶初，客游會稽」，又當在十三載，及非巢父不就辟之時，當是巢父至德二載逃還彭澤時作。其曰「南尋禹穴」云者，非曰白在禹穴，殆謂巢父去尋禹穴，若見李白，則道公問訊也。

巢父掉頭不肯住，東將入海隨煙霧。 **洙曰**：不肯住，謂謝病歸江東也。莊子：「鴻濛拊髀，爵躍掉頭，曰：吾弗知也。」**趙曰**：掉頭者，於事不可之狀。補注**希曰**：淵明詩：「彭祖愛永年，掉頭不可住。」**鶴曰**：公嘗作雜述，以爲魯之張叔卿、孔巢父二才士者，聰明深察，辨博閎大，何面目黧黑，常不得飽飯吃。又云巢父執雌守常，吾無所贈若矣。使其不能守常，且有飽飯之望，則應爲永王所留，不復入海，故以富貴爲草頭之露。

詩卷長留天地間， **蘇曰**：吴璿投劉楨詩，楨曰：「學海深淵，非璿敢量。將此卷長留天地間，後知音者賞之。」**釣竿欲拂珊瑚樹。**洙曰：一云「三株樹」。西都雜記：「積草池中有珊瑚樹，高一丈二尺，一本三柯，上有四百六十二條，是南越王趙佗所獻，號爲烽火樹，至夜，光景常欲然。」趙曰：珊瑚樹生海底石上，見晉書大秦國事。以其在海底，故以拂言之也。言巢父歸江東之後，遂乃入海，有此興也。**深山大澤龍蛇遠，**洙曰：襄二十一年傳：「叔向之母妒叔虎之母美，而不使有子，謂其子曰：『深山大澤，實生龍蛇，彼美，吾懼其生龍蛇以禍女。』」**春寒野陰風景暮。**洙曰：一云「花繁草青春日暮」。**蓬萊織女回雲車，**彥輔曰：蓬萊，三山名。小雅：「跂彼織女，終日七襄。」陶隱居真誥：「朱闕內真，以雲車虛轅相適。」**指點虛無引歸路。**定功曰：曹子建：「虛無求列仙。」彥輔曰：相如大人賦：「乘虛無而上假。」**自是君身有仙骨，**蘇曰：栖岩老人見孫登，曰：「君非世俗人，身有神仙玉骨。」彥輔曰：神仙傳：「嚴青居貧，忽有人以一卷素書與青，曰：『汝有仙骨，應得長生。』」**世人那得知其故。惜君只欲苦死留，富貴何如草頭露。**洙曰：一云「我欲苦留君富貴，何如草頭易晞露」。古詩：「薤上朝露何易晞。」彥輔曰：李嶠詩曰：「富貴榮華能幾時。」陸機嘆逝賦曰：「草無朝而遺露。」李善曰：「露之在草，無一朝而有餘。」喻人之居世，無一朝而能，故蘇武傳曰「人生如朝露」。師曰：巢父與李白友善，李白時在江東，巢父欲尋之，問學神仙之術，遂以病辭朝廷，游江東，故云「掉頭不肯住，東將入海隨煙霧」。珊瑚似琉璃，有五色，青者可入藥爲上，生海底。巢父善屬文吟詩，今游江東，以漁釣爲樂，故「釣竿欲拂珊瑚樹」，惟餘詩集留人間，與天地相爲長久而已。昔叔向之母曰：「深山大澤，實生龍蛇。彼叔虎之母美，恐生龍蛇，以禍其族。」巢父棄絶房色，故云龍蛇遠。風景暮，謂晚春執别之時。巢父此行蓬萊，仙人與織女各回轉雲車以迎之，必將指點於神仙之境，蓋以素有仙骨，何患功不成乎？草頭露，言不久日出即乾，巢父輕視富貴，譬如草頭露也。**蔡侯静者意有餘，清夜置酒臨前除。** **洙曰：** 陸士衡擬古：「閑夜命歡友，置酒迎風館。」除，階除也。**彦輔曰：** 魏文帝詩：「清夜延賓客。」**罷琴惆悵月照席，幾歲寄我空中書。** **彦輔曰：** 空中書，未詳。或曰蓋雁書耳。**南尋禹穴見李白，** **洙曰：** 一云「若逢李白騎鯨魚」。史自序：「司馬遷南游會稽，探禹穴。」張晏曰：「禹巡狩至會稽而崩，因葬焉。上有孔穴，或云禹入此穴。」**趙曰：** 禹穴在會稽山上。史記曰：「太史公登會稽，探禹穴。」白時在會稽矣，乃巢父欲入海之路也。**道甫問信今何如。** **洙曰：** 一本云：「巢父掉頭不肯住，東將入海隨煙霧。書卷長携天地間，釣竿欲拂珊瑚樹。我擬把袂苦留君，富貴何如草頭露。深山大澤龍蛇遠，花繁草青風景暮。仙人玉女回雲車，指點虛無引歸路。若逢李白騎鯨魚，道甫問信今何如。」**師曰：** 静，乃蔡侯名，謂懃意有餘也。空中書，謂雁傳書。罷琴惆悵，蓋惜別也。因謂巢父此別，幾年得有書相達，今巢父游江東，尋見李白，煩道甫問其安否，此致意之辭也。**補注** **希曰：** 法華經：「問訊如來。」而何如二字，本禮記。

飲中八仙歌天寶年間作。

修可曰： 蔡絛云：「舡字、眠字、天字、前字各再押，前字凡三押，於古未見其體。嘗質之叔父元度，云：『此歌分八篇，人人各異，雖重押韻無〔異〕（害），亦周詩分章之意也。』」**師曰：** 詩家多爲此歌重疊用韻，天字二，眠字二，前字三，以贈八人，析爲八章，故不爲病。如李商隱作九日詩云「正是龍山落帽時」，又云「乞漿問路知何時」，既曰「丹楓隕葉紛墮飛」，又曰「歸心自逐霜鴻飛」，豈謂贈八人耶？殊不知李、杜之作，蓋有所本，詩祖於風、雅、頌，如著詩云：「俟我於庭乎而，充耳以青乎而，尚之以瓊英乎而。」疊韻之法起于此耳。補注 **鶴曰**：蔡興宗年譜云天寶五載，而梁權道編在天寶十三載。按史，汝陽王天寶九載已薨，賀知章云天寶三載，李適之天寶五載，蘇晉開元二十二年并已死，此詩當是天寶間追舊事而賦之，未詳何年。蓋李白自知不爲親近所容，與知章、李適之、汝陽王璡、崔宗之、蘇晉、張旭、焦遂爲酒八仙人，公所以有此作也。白以寶應元年卒。

知章騎馬似乘船，眼花落井水底眠。 **洙曰**：唐文苑傳：「賀知章，會稽永興人。少以文詞知名，陸象先薦爲太常博士。性放曠，善謔笑，當時賢達皆傾慕之。晚年尤加縱誕，無復規矩，自號『四明狂客』，又稱『秘書外監』，遨游里巷。天寶三載，因病上疏，請爲道士，求還鄉，上許之。」**蘇曰**：阮咸醉，騎馬敧傾，人皆指而笑曰：「個老子騎馬，如乘舡行波浪中。」王祥醉，憑肩輿，頭不舉，歸，其親戲之曰：「子眼花在井底，身在水中，睡亦不醒耶。」**趙曰**：眼花，出吴均詩：「夢中難言見，終成亂眼花。」**師曰**：賀知章善乘舡，安若騎馬，故曰「騎馬似乘舡」。此到用文，杜詩若此類者頗多，如「黃鵠高於五尺童，化爲白鳧似老翁」，亦謂五尺之童高於黃鵠，又爲老翁則似白鳧。井者，目井也，醉人目井皆生花，故曰「眼花落井」。水底眠者，謂醉卧舟中，任其泛泛所之，豈非水底眠乎？說詩者不以文害辭，不以辭害志，蓋謂是也。**汝陽三斗始朝天，** **蘇曰**：北齊王詢好飲，帝一日召詢，詢曰：「待此三斗盡，方去見帝。」帝聞，笑之。**道逢麴車口流涎，恨不移封向酒泉。** **洙**

曰：本集八哀詩有贈太子太師汝陽郡王璡詩，又贈特進汝陽王詩。應劭漢官儀曰：「酒泉城下有泉，味如酒，故曰酒泉。」**蘇曰**：郭弘，漢帝甚寵顧。一日見帝，帝曰：「欲封卿郡邑，何地好？」弘好飲，對曰：「若封酒泉郡，實出望外。」帝笑，果封酒泉郡王。**趙曰**：汝陽王，李璡也。言恨不移封酒泉，見麴車而口流涎，戲其好飲之急。曹操對叔父詐作中風狀，口流涎沫。**師曰**：朝天，言朝天子。按唐史拾遺：「汝陽王璡嘗於上前醉不能下殿，上遣人掖出之，璡謝罪曰：『臣以三斗壯膽，不覺至此。』」麴車，載麴車也。按地理志：「酒泉，今肅州，漢福禄縣地，武帝開之，置酒泉郡，城下有泉，其味甘如酒。」**左相日興費萬錢，飲如長鯨吸百川，** **洙曰**：唐書李適之傳：「一名昌，常山王承乾之孫也。雅好賓友飲，飲酒一斗不亂。夜則宴賞，晝决公務，庭無留事。天寶元年，代牛仙客爲左丞相，後爲李林甫陰中，罷知政事，賦詩曰：『避賢初罷相，樂聖且銜杯。爲問門前客，今朝幾個來。』」晉何曾性奢豪，日食萬錢，猶曰無下箸處。**師曰**：左相，李適之也。唐百官志有左、右僕射，玄宗時改爲左、右丞相。唐酒價賤，每斗三百，酒一石直錢三千，然左相日費萬錢，以斗石當其錢數而通計之，則飲酒凡三石三斗有餘，其視劉伶輩一飲一石，五斗解醒，更高出其右矣。觀其雄飲若此，豈非鯨吸百川之比乎？**補注** **希曰**：按史，適之喜賓客，飲酒至斗餘不亂。今公云「日興費萬錢」，豈是專爲醉己之資？蓋餉客之用俱出於此。若師之説，謂唐酒價每斗三百，以其錢數計之，則適之日飲三石三斗有餘，既無此理，又恐賓客之奉蔑有矣。**銜杯樂聖稱世賢。** **師曰**：酒有清有濁，清者爲聖人，濁者爲賢人。樂聖，言樂聖人也。**余曰**：邵氏聞見録云：「子美此句，世賢二字殆不可曉，或云世當作避字，寫本誤也。蓋左相李適之有直聲，右相李林甫奸邪，適之議論數不同，自免去，詩云『避賢初罷相，樂聖且銜杯』，子美正用適之詩語也。」宗之蕭灑美少年，舉觴白眼望青天，皎如玉樹臨風前。**洙曰**：李白傳：「侍御史崔宗之謫官金陵，與白詩酒唱和。」晉阮籍傳：「能爲青白眼。」阮籍詩：「朝爲美少年。」江淹詩：「風吹玉階樹。」謝玄曰：「譬如芝蘭玉樹，欲使其生於庭階耳。」**師曰**：晉阮籍能爲青白眼，見賢士青其眼，見庸士白其眼。望青天，言以酒笑傲青天也，視造化如小兒耳。皎如玉樹，言姿質潔白，美丈夫也。蘇晉長齋繡佛前，醉中往往愛逃禪。**洙曰**：蘇晉，頲之子。玄宗監國，所下制命，多晉稿定。**修可曰**：晉，頲之子也。逃禪，言逃去而禪坐耳。此東坡所謂蒲褐禪、同夜禪者也。以晉好佛故云爾。**師曰**：蘇晉學浮屠術，嘗得胡僧慧澄繡彌勒佛一本，晉寶之，嘗曰：「是佛好飲米汁，正與吾性合，吾願事之，他佛不愛也。」常於市中飲酒，食猪首，時人無識之者，故甫有「長齋繡佛前」「逃禪」之句。李白一斗詩百篇，長安市上酒家眠。天子呼來不上船，**蘇曰**：舡，方言曰所謂「襟紐」是已。**夢符曰**：右按，關中呼衣襟爲船。詩曰：「何以舟之？」舟亦舡也，其來尚矣。**定功曰**：唐范傳正作白墓碑曰：「元宗泛白蓮池〔一〕，召李白作序，時已被酒，命高將軍扶以登舟。」蜀人謂衣領爲船，妄也。自稱臣是酒中仙。**洙曰**：唐李白字太白，少有逸才，酣歌縱酒。天寶初，與道士吳筠俱待詔翰林。白既嗜酒，日與飲醉於酒肆。玄宗度曲，欲造樂府新詞，丞召白，白已於酒肆醉矣。召入宫，人以水灑面，即令秉筆，頃之，成十餘章，

〔一〕元，避宋聖祖諱，遵照底本。

帝頗嘉之。賀知章曰：「此天上謫仙人也。」**師曰：**不上舡，不即時上舡，以其醉也。帝嘗宴白蓮池，忽欲有所賦，遣人召李白，使者遍長安市上求索之，已見白醉卧于酒家矣。及至帝所，醉不能登舟，帝命力士扶上舡，故云「天子呼來不上舡」。杜贈李白曰「龍舟移棹晚」，蓋謂此爾。或以蜀人衫衿爲舡，蜀方言并無此説。**張旭三杯草聖傳，脱帽露頂王公前，揮毫落紙如雲煙。****洙曰：**張旭善草書而好酒，飲後號呼，狂走索筆，變化無窮，若有神助，時人號爲顛。後漢張奂長子芝伯英尤好草書，衣帛必書而後練。臨池學書，水爲之黑，爲世所寶，寸紙不遺，韋仲將謂之草聖。**趙曰：**漢張芝善草書，號草聖，故以比之。號旭爲張顛，故有「脱帽露頂」之句。**師曰：**聖賢或露頂飲酒，號爲囚飲。張旭善草書，每飲大醉，以頭濡墨，就壁書，及醒，自以爲神，故有「脱帽露頂」之句。**焦遂五斗方卓然，高談雄辯驚四筵。****洙曰：**按新唐書：「白自知不爲親近所容，益驁放不修，與焦遂等爲酒八仙。」**師曰：**唐史拾遺云：「遂與李白號爲酒八仙。口吃，對客不出一言，醉後，酬結如注射。時目爲酒吃。」

曲江三章章五句至德元載作。

彦輔曰：元和中，中書舍人李肇撰國史補[一]，其略曰：「進士既捷，大讌於曲江亭子，謂之曲江會。」曲江

[一] 補，原作「譜」，據四庫本改。

大會在闕試後，亦謂之開宴。天寶元年，敕以太子太師蕭嵩私廟逼近曲江，因上表請移他處。敕二將士爲嵩營造。補注鶴曰：以「曲江蕭條秋氣高」，當是至德元載陷賊中時。若曰乾元元年，則六月已出爲華州掾矣。

曲江蕭條秋氣高，洙曰：謝玄暉觀朝雨詩：「朔風吹飛雨，蕭條江上來。」蘇曰：顔延年曰：「秋高氣爽，倍增蕭索。」修可曰：出宋玉「衆芳蕭條」、班固「原野蕭條」之義。補注鶴曰：寰宇記：「曲江池，漢武帝所造，名爲宜春苑，其水曲折，有似廣陵之江，故名之。」韋述記云：漢爲樂游苑於曲江池，乃世祖以校文之所。又一説：唐明皇封張九齡於此，故號曰「張曲江」。後以秀士每年登科第賜宴於此，蓋不忘校文章之義。楚辭遠游：「山蕭條而無獸兮。」**菱荷枯折隨風濤，游子空嗟垂二毛。**洙曰：僖二十二年傳：「宋公曰：『君子不禽二毛。』」注：「頭白有二色。」**白石素沙亦相蕩，哀鴻獨叫求其曹。**洙曰：禰衡賦：「哀鴻感類。」劉安招隱士：「禽獸駭兮亡其曹。」趙曰：方高秋之時，非特菱荷枯折而已，水既瘦涸，石與沙亦蕩潔而出。鴻鵠失群，哀鳴而相求，皆可感之事也。師曰：按西京雜記：「武帝於曲江頭大營亭館，以爲宴賞之地，號爲勝絶。」玄宗時，敕移太子太師蕭嵩廟于别所，以敞其臺館。憲宗時，每宴進士，必於曲江亭，當時曲江風景，盛傳天下。禄山之亂，焚爇殆盡，況秋氣蕭條，菱荷枯折，轉令人慘傷。甫覽此風物，已非昔日之盛，復自傷年老、兄弟間隔，豈非黍離閔宗周之比乎？

再吟

即事非今亦非古，長歌激越梢林莽，洙曰：蘇武詩：「長歌正激烈。」鄭曰：選：「羅千乘於林莽。」**比屋豪華固難數。**洙曰：堯、舜之世，比屋可封。**吾人甘作心似灰，**洙曰：莊子：「南郭子綦形如槁木，心如死灰。」**弟姪何傷淚如雨。**趙曰：公灰心久矣，弟姪不必傷此而下淚也。定功曰：甫謂老年已灰少游之心，雖屏迹寂寞，無所憾恨，但傷弟姪隔别，是以涕淚如雨。

又吟

自斷此生休問天，修可曰：楚詞天問篇其序曰：「天問者，屈原之所作也。何不言問天？天尊不可問，故曰天問也。」**杜曲幸有桑麻田，**洙曰：杜曲在長安，俗云「城南韋杜，去天尺五」，言近京。蘇曰：第五倫曰：「吾杜曲有田，種麻蓺桑，足免飢凍。」**故將移住南山邊。**洙曰：竇嬰傳：「屏居藍田南山下。」**短衣匹馬隨李廣，看射猛虎終殘年。**洙曰：前漢李廣屏居藍田南山中射獵。廣出獵，見草中石，以爲虎而射之。中石，没羽，視之，石也。他日射之，終不能入矣。廣所居郡，聞有虎，常自射之。趙曰：欲移住南山，則南山之景致足樂也。匹馬射虎，使李廣事。廣正居藍田南山中，此詩人因意使事也。

麗人行天寶十三載作。

曹子建洛神賦云：「睹一麗人，于岩之畔。」劉向別録有麗人歌賦。梁簡文帝箏賦：「命麗人於玉席。」

補注 鶴曰：天寶十二載，楊國忠與虢國夫人鄰居第，往來無期，或并轡入朝，不施障幕，道路爲之掩目。冬，夫人從車駕幸華清宮，會于國忠第，於是作麗人行。梁權道編在十四載。末句云「丞相」者，謂楊國忠。按史與通鑑，十一載，李林甫死，而國忠以十一月庚申爲左相，當是十三載作。

三月三日天氣新，趙曰：晉、宋諸人侍宴曲水，皆以三月三日爲題。唐開元中，都人游賞於曲江，莫盛於中和上巳節，此三月三日所以水邊多麗人也。王右軍蘭亭曲水序曰「天朗氣清，惠風和暢」，此亦天氣清之謂。秦曰：詩云「方秉蕑兮」，則知禊游之事，已起於昭王之前。**長安水邊多麗人。**鄭曰：長安，古雍州地，漢始都此。梅曰：鮑昭蕪城賦曰：「東都妙姬，南國麗人。」**態濃意遠淑且真，**蘇曰：太一仙妃，態濃意遠。乘風馭氣，來往四方。**肌理細膩骨肉勻。**定功曰：宋玉九辯有「靡顔膩理」，東京賦有「擘肌分理」。**繡羅衣裳照暮春，**洙曰：繡，一作「畫」。古詩：「被服羅衣裳。」南都賦：「暮春之禊，元巳之辰。男女姣服，絡繹繽紛。」**蹙金孔雀銀麒麟。頭上何所有？翠微㔩葉垂鬢脣。**洙曰：微，一作「爲」。㔩，一作「匌」。**身後何所見？珠壓腰衱穩稱身。**杜曰：廣韻曰：「㔩彩，婦人髻飾花也。」㔩，音罨。爾雅曰：「衱謂之裾。」郭璞云：「衣後裾。」一本「㔩」作「匌」，「衱」作「被」，非也。**就中雲幕椒房親，**洙曰：班固西都賦云：「後宫則掖庭椒房，后妃之室。」漢官儀曰：「皇后稱椒房，取其蕃實之義也。」詩云：「椒聊之實，蕃衍盈升。」又以椒塗宫室，亦取其温暖，辟除惡氣。師古曰：椒房殿，皇后所居。侯樹謂梁冀曰：「將軍以椒房之重。」西都賦：「成帝設雲幄、雲幕於甘泉殿，世謂三雲殿。」曹子建美女篇：「頭上金雀釵，腰佩翠琅玕。」此指言貴妃兄弟驕盛。**補注**鶴曰：車千秋傳亦云「未央椒房」，師古以爲殿名，皇后所居，以椒和泥塗壁，取其温而芳也。楊國忠嘗謂客曰：「吾本家寒，一旦緣椒房至此，未知税駕之所，不若且極樂。」**賜名大國虢與秦。洙**曰：唐后妃傳：「玄宗楊貴妃有姊三人，皆有才貌，玄宗并封國夫人之號：長曰大姨，封虢國；八姨，封秦國。并承恩，出入宫掖，勢傾天下。歲給錢千貫，爲脂粉之費。」**紫駝之峰出翠釜，洙**曰：峰，一作「珍」。漢書：「大月氏本行國，出一封橐駝。」注：「脊上有一封，高也，如封土然。今俗呼爲犎，音峰。」匈奴傳師古注：「橐駝，言能負橐囊而馱物。」**薛**曰：酉陽雜俎：「將軍曲良翰作駝峰炙。」**水精之盤行素鱗。蘇**曰：漢獻帝水精盤盛鮮膾，賜近臣。**犀箸厭飫久未下，洙**曰：晉何曾日食萬錢，猶云無下箸處。**鑾刀縷切空紛綸**〔一〕。**洙**曰：空，一作「坐」。信南山詩：「執其鑾刀，以啓其毛。」注：「鑾刀，刀有鸞者，言割中節也。」潘安仁西征賦：「饔人縷切，鑾刀若飛。應刃落俎，靃靃霏霏。」**黄門飛鞚不動塵，洙**曰：前漢西域傳：「蒲梢、龍文、魚目、汗血之馬，充於黄門。」凡號黄門，以其給事於黄闥之内。秦、漢皆有黄門侍郎。按外傳：「虢國出入皆乘駿

〔一〕鑾，四庫本作「鸞」。下同。

馬，使小黃門爲御。」薛曰：右按，文選鮑明遠擬古詩：「飛鞚越平陸。」補注希曰：漢百官表師古曰：「日中黃
門謂閹人〔一〕，居禁中，在黃門之内給事者。」御厨絲絡洙曰：一作「絡繹」。送八珍。洙曰：周禮膳夫：「珍
用八物。」注：「珍用淳熬、淳母、炮豚、炮牂、擣珍、漬、熬、肝膋也。」又：「食醫掌八珍之齊。」鮑明遠詩：「八珍
盈雕俎。」薛曰：右按，尚膳貴嚴，故以絲絡護衛之。絲絡，如綺疏也。子美稱此，以見寵予之隆。簫鼓哀吟
感鬼神，洙曰：鼓，一作「管」。漢武秋風辭：「簫鼓鳴兮發棹歌。」詩序：「動天地，感鬼神，莫近於詩。」賓從
雜遝實要津。洙曰：魏文帝與吴質書：「輿論徐動，賓從無聲。」劉向傳：「雜遝衆賢。」古詩曰：「先據要路
津。」後來鞍馬何逡巡，當軒一作「道」。下馬入錦茵。洙曰：鮑明遠詠史詩：「賓御紛颯沓，鞍馬光照
地。」趙曰：當軒下馬，言其氣勢洋洋，旁若無人也。師曰：錦茵，謂地鋪錦褥也。楊花雪落覆白蘋，青鳥
飛去銜紅巾。洙曰：山海經曰：「三危之山，有青鳥居之。」注：「青鳥主爲西王母取食者，(引)(别)自栖息
於此山也。」漢武故事：「七月七日，上於承華殿齋坐中，忽有青鳥從西方來集殿前。東方朔曰：『此西王母欲
來。』有頃，王母至，有二青鳥如烏，夾侍王母旁。」趙曰：青鳥應如鸜鵒之類，豢養馴熟，飛銜紅巾，此止借西王
母以青鳥爲使名之。紅巾，蓋婦人之飾。炙手可熱勢洙曰：一作「正」。絶倫，慎莫近前丞相嗔。洙

〔一〕 日，疑衍。

曰：勢，一作「世」。近，一作「向」。元載時，委左右四人用事，權傾中外，人爲之語曰：「炙手可熱，卓、李、鄭、薛。」言勢焰熏灼，可以炙手也。按新唐書，楊貴妃專房，兄銛、錡、國忠最見寵遇，三姊皆美劭，封韓、虢、秦三國，恩寵聲焰震天下。每命婦入班，雖公主亦不敢就位。臺省州縣奉請托，奔走期會過詔敕，四方獻餉結納，門若市然。時國忠代李林甫爲相，領四十餘使，盛氣驕愎，百僚莫敢相可否，官屬悉苛督句剥相甚。〔文〕（又）便佞，專徇帝嗜欲，不顧天下成敗。**修可曰**：唐史遺：「安樂公主，玄宗之季妹，附會韋氏，熱可炙手，人咸畏之。」

趙曰：炙手可熱，言勢焰薰灼也。舊注引元載事，在杜公之後，非是。丞相嗔，指言國忠，而終篇直指丞相之薰灼，則公之不畏彊禦可見矣。**師曰**：甫有「炙手可熱，慎莫見嗔於丞相」之句〔二〕，所以戒當世之士大夫，無爲譏切其黨，以取禍害。此詩以「麗人」名篇，豈非刺貴妃之黨，徒以艷麗之色寵貴乎？**補注** **希曰**：古樂府：「今日牛羊上丘壟，當時近前面發紅。」

樂游園歌天寶年間作。

彥輔曰：晦日賀蘭楊長史筵醉中作。**補注** **鶴曰**：唐志：「德宗時，李泌請廢正月晦，以二月朔爲中和節，乃著令，與上巳、九日爲三令節。」即是前此以正月晦日爲節。梁權道編在十四載，詳味詩句云「公子華筵勢

〔二〕慎，原作「嗔」，據四庫本改。

最高」等語，皆未經祿山之亂前所作。

樂游古園萃森爽，洙曰：西京記曰：「樂游園，漢宣帝所立。」唐長安中，太平公主於原上置亭游賞，其地四望寬敞。每三月上巳、九月重陽，士女戲，就此祓禊登高，幄幕雲布，車馬填塞，虹彩映日，馨香滿路，朝士詞人賦詩，翌日傳於京師。補注 希曰：唐史太平公主傳云：「始作鄴池樂游原，既敗，賜寧、申、岐、薛四王，都人歲祓禊其地。」**煙綿碧草萋萋長。**洙曰：謝靈運詩：「萋萋春草繁。」江淹別賦：「春草碧色。」**公子華筵勢最高，秦川對酒平如掌。**洙曰：文選：「王粲家本秦川。」周王褒關山篇：「遙遙秦川水，千里長如帶。」沈佺期長安路詩：「秦地平如掌。」補注 鶴曰：三秦記：「長安正南秦嶺，根水流爲秦川。」**長生木瓢示真率，更調鞍馬狂歡賞。青春波浪芙蓉園，**洙曰：魏文帝有芙蓉池作，在鄴都。西園、芙蓉園在城南。曲池坊，臨水亭。進芳門外，即樂游園也。玄宗紀：「廣花萼樓，築夾城至芙蓉園。」王莽傳：「乃西波水之北，郎池之南。」師古曰：黄圖有西波池、郎池，皆在石城南上林中。趙曰：長生木瓢，則木瓢修長而生者。蓋用之以酌，則始爲真率也。**白日雷霆夾城仗。**洙曰：夾，當作「甲」。補注 鶴曰：夾字不當作「甲」。蓋開元二十年嘗築夾城，入芙蓉園。**閶闔晴開映蕩蕩，**洙曰：曹植：「平陸東行日，閶闔天衢通。」前漢禮樂志：「游閶闔，觀玉臺。天門開，淡蕩蕩。」注：「閶闔，天門。蕩蕩，天體堅清之狀。」**曲江翠幕排銀榜。**洙曰：潘安仁籍田賦：「翠幕默以雲布陳。」張正見詩：「即此神仙内，銀榜映仙宮。」沈炯林屋館記：「崑山平圃，銀榜相暉。蓬閬山宫，金臺幄起。」**蘇曰**：姚萇張翠帟繡簾，挂金篆銀榜。**拂水低迴舞袖翻，緣雲清切歌聲上。** **夢符曰**：右按，曹植言「華閣緣雲」，此稱歌聲清切耳。列子云：「薛譚學謳於秦青，辭歸秦，餞於郊衢，撫節悲歌，聲振林木，響遏行雲。」西京雜記：「高帝令戚夫人歌出塞望歸之曲，後宫齊唱，聲入雲霄。」**趙曰**：後漢王延壽魯靈光殿賦：「飛陛揭孽，緣雲上征。」**却憶年年人醉時，只今未醉已先悲。數莖白髮那抛得，** 補注 **希曰**：南史鬱林王(記)〔紀〕：「齊高帝笑曰：『豈有爲人作曾祖而拔白髮者乎？』即擲鏡、鑷。」**百罰深杯亦不辭。** **洙曰**：罰，一作「刻」。**蘇曰**：桑乂在江總席上曰：「推夾杯百罰，吾亦不辭。」**聖朝已知賤士醜，** **洙曰**：揚子曰：「秦之士也賤。」陸機云：「玄冕無醜士。」**一物自荷皇天慈。** **洙曰**：江淹：「一物之微，有足悲者。」又天，群物之祖。**此身飲罷無歸處，獨立蒼茫自詠詩。** **洙曰**：庾信詩：「蒼茫雲貌愁。」梁朱异田飲引：「值寒野之蒼茫。」梁元帝詩：「秋氣蒼茫結孟津。」**趙曰**：蒼茫，荒寂貌。

渼陂行天寶十三載作。

趙曰：渼，音美。士大夫非西人者，多讀爲于亮切，乃蕩漾之漾，遂使鬻書一本直作漾陂行，深誤學者。按長安志：「渼陂在鄠縣西。」十道志云：「陂魚甚美，因名之。」補注 **鶴曰**：陂在京兆鄠縣，以水味美，故配水以爲名。以岑參「携我來游」之句，當是公未薦充近侍前作。又以後篇云「身退豈待官」，乃十三載未授官時作。

岑參兄弟皆好奇，携我遠來游渼陂。師曰：揚雄言「司馬遷好奇」，蓋遷之性，好周游天下。今岑參兄弟携我來游渼陂，豈非若遷之好奇也？補注鶴曰：參至德二載試大理評事、攝監察御史，公同遺補，薦其識度清遠，議論雅正，佳名早立，時輩所仰，充近侍。天地黤慘忽異色，洙曰：王粲登樓賦：「天慘慘而無色。」波濤萬頃堆琉璃。洙曰：西域傳：「罽賓出琉璃。」師古曰：「魏略云：大秦國出赤、白、黑、黄、青、緑、縹、紺、紅、紫十種琉璃，此蓋自然之物也。」蘇曰：王筠詩曰：「扁舟泛西池，衝波碧琉璃。」琉璃汗漫泛舟入，洙曰：張平子賦：「布濩漫汗。」梁簡文詩：「池水净琉璃。」事殊興極憂思集。鼉作鯨吞不復知，蘇曰：徐陵江行：「鯨鯢湧波，鼉蛟作浪。」鄭曰：鼉，徒何切，説文曰：「水蟲，似蜥蜴而長大。」惡風白浪何嗟及。洙曰：詩中谷有蓷：「啜其泣矣，何嗟及矣。」主人錦帆相爲開，洙曰：隋煬帝以錦爲帆。修可曰：陳陰鏗詩曰：「平湖錦帆張。」舟子喜甚無氛埃。洙曰：詩：「招招舟子。」郭璞江賦：「舟子於是搦棹。」趙曰：沈休文詩：「夜静滅氛埃。」鳧鷖散亂棹謳發，洙曰：班固西都賦：「鳥則鳧鷖鴇雁，朝發河海，夕宿江漢，沈浮往來，雲集霧散。」又：「櫂女謳，鼓吹震。」漢武秋風辭：「簫鼓鳴兮發棹歌。」補注希曰：詩有「鳧鷖」，毛氏曰：「鳧，水鳥也。」孔氏曰：「伯鳥鷖沉鳧。」郭璞曰：「似鴨而小，長尾，背上有文，今江東亦呼爲鷖。」陸(機)(璣)疏：「小如鴨，卑脚，短喙，水鳥之謹願者。」鷖，鳧屬。倉頡解詁云：「鷖，鷗也。一名水鴞也。」絲管啁啾空翠來。趙曰：啁，作包切。説文：「啁，嘐也。」楚辭曰：「鶡雞啁哳而悲鳴。」空翠來則晴矣，故絲管乾而啁啾。**沈竿續蔓深莫測，菱葉荷花静如拭。宛在中流渤澥清，**洙曰：詩蒹葭：「宛在水中央。」揚子：「渤澥之島。」蘇曰：按説文「東海之别有渤澥」，故東與海共稱渤海。補注希曰：子虚賦：「浮渤澥。」師古曰：「海别枝也。」**下歸無極終南黑。**補注希曰：終南山在長安。毛萇云：「周之名山，終南也。」**半陂已南純浸山，動影裊窕冲融間。**洙曰：木玄虚海賦：「冲融滉瀁。」**船舷暝戛雲際寺，**洙曰：宋謝靈運詩：「暝還雲際宿。」郭璞江賦：「詠采菱以扣舷。」舷，唇也。**水面月出藍田關。**趙曰：雲際，山名，在鄠縣東南，有大走寺。藍田關，在藍田縣東南。船舷之戛，可聞於雲際之寺，月出之所，可想其當於藍田關，皆以陂之廣大然也。**此時驪龍亦吐珠，**洙曰：莊子列禦寇：「千金之珠，必在九重之淵而驪龍頷下，子能得珠者，必遭其睡也。」**馮夷擊鼓群龍趣。**洙曰：謝惠連雪賦：「馮夷剖蚌列明珠。」注：「馮夷，河伯也。」曹子建洛神賦：「馮夷鳴鼓，女媧清歌。」大人賦：「使靈媧鼓琴而舞。」馮夷，釋文司馬云：「清泠傳曰：『馮夷，華陰潼鄉隄首人也。服八石，得水仙，是爲河伯。』」補注鶴曰：海賦：「水夷俯浪以傲睨。」注：「水夷，水仙人也。」一本作「冰」。郭璞云：「冰夷，馮夷也，人面而承龍。」齊地記。**湘妃漢女出歌舞，**洙曰：曹子建神女賦：「從南湘之二妃，携漢濱之游女。」鄭曰：舜二妃，堯女娥皇、女英，以舜南巡不反，自沉湘而死。漢女，即漢上游女也。**金支翠旗光有無。**洙曰：前漢禮樂志：「金支秀華，庶旄翠旌。」臣瓚曰：「樂上衆飾，有流蘇羽葆，以金爲支，其首敷散，若草木之秀華也。」師古曰：「瓚説是。」司馬相如賦：「建翠華之旗。」梁元帝檄文：「建翠鳳之旗。」北齊祖孝徵詩：「翠旗臨寒道。」**咫尺但愁雷雨至，蒼茫不曉神靈意。** **洙曰**：漢郊祀歌：「靈之車，結玄雲。靈之來，先以雨。」又：「東風飄兮神靈雨。」**趙曰**：舊注引「靈之車來」，冗而非是。**少壯幾時奈老何，向來哀樂何其多。** **洙曰**：漢武秋風辭：「歡樂極兮哀情多，少壯幾時兮奈老何。」**朋曰**：君子遇憂則憂，遇樂則樂，俯仰屈伸，任運而已。詩家體格，其抑揚頓挫，大概若此。首叙鼉作鯨吞之可憂，中叙鳧鷖、菱荷與夫湘妃、漢女之樂，末嘆哀樂相半，故曰「向來哀樂何其多」。凡遺辭命意，常以此爲法也。

渼陂西南臺天寶十三載作。

補注 **鶴曰**：同上年作。

高臺面蒼陂，六月風日冷。 **朋曰**：六月此臺獨冷，以水氣逼人也。**蒹葭離披去，** **趙曰**：詩：「蒹葭蒼蒼。」其物則陂岸有之矣。**補注** **鶴曰**：蒹，萑之未秀；葭，葦之未秀。蒹葭至於秋成，然後謂之萑葦。已上見爾雅。**天水相與永。** **洙曰**：謝靈運詩：「空水共澄鮮。」**懷新目似擊，** **洙曰**：謝靈運詩：「懷新道轉迥。」又莊子：「目擊而道存。」**接要心已領。** 要，一作「惡」。**鄭曰**：要，於消切。**仿像織鮫人，** **洙曰**：搜神記：「南海之外有鮫人，水居如魚，不廢緝績。其人能泣珠。」海賦：「仿像其色。」又：「其垠則有天琛水怪〔一〕，

〔一〕 垠，原作「琅」，據四庫本改。

鮫人之室。」**空蒙辨魚艇。****洙曰**：廣雅曰：「船二百斛以下曰艇。」**趙曰**：空蒙，出謝玄暉朝雨詩「空濛如薄霧」，言若無而空，若有而濛也。蒙即濛字。**錯磨終南翠，顛倒白閣影。****洙曰**：終南、白閣，并山名。終南，五經要義云：「終南山，長安南山也。一名太一。」潘岳關中記曰：「其山一名中南，言在天之中、都之南。」毛詩亦云。**崒增光輝，****洙曰**：一作「陰」。西都賦：「岩峻崒。」**鄭曰**：，自秋切，山峻貌。**乘凌惜俄頃。****洙曰**：謝靈運詩：「恒充俄頃用。」**勞生愧嚴鄭，****洙曰**：嚴陵、鄭子真也。嵇叔夜幽憤詩：「仰慕嚴鄭，樂道閑居。」**蘇曰**：嵇中散曰：「勞生蹤迹，甚愧嚴陵、鄭子真耶。」**修可曰**：嚴湛冥久幽，而不改其操。鄭子真不屈其志，耕於岩石之下。**外物慕張邴。****洙曰**：張良、邴原也。謝靈運詩：「偶與張邴合。」**趙曰**：張良貴極，願棄人間事。邴曼容免官，養志自修。**世復輕驊騮，吾甘雜蛙黽。****趙曰**：重嘆世不我知，而輕驊騮之駿，則欲隱居於陂上焉。**倪曰**：范蠡曰：「吾先君魚鱉之與處，而蛙黽之與同渚。」公詩句之意謂此。補注**鶴曰**：穆天子傳：「用八駿之乘，以飲于枝（詩）（洔）之中，積石之南河。」天子之駿：赤驥、盗驪、白義、渠黄、驊騮、緑耳。爾雅：「在水者黽陶。」注：「本草云：大而青脊者，俗名土鴨，其形甚壯，即此黽也。」陶又云：「一種小形，善鳴，唤名爲蛙者，即郭云青蛙者也。」**知歸俗可忽，取適事莫并。****洙曰**：適，一作「足」。**身退豈待官，****洙曰**：謝靈運詩：「辭滿豈多秩，謝病不待年。」**老來苦便静。****趙曰**：蓋言身欲求退，不必待於爲官之後。舊注引「謝病不待年」，混亂之矣。老子：「功成名遂身退，天之道。」謝靈運詩：「拙疾相倚薄，還得静者便。」况資菱芡足，鄭曰：芡，巨險切。說文云：「雞頭也。」方言曰：「南楚謂之雞頭，北燕謂之葰，青、徐、淮、泗謂之芡葰。」葰，訾隻切。補注希曰：爾雅釋曰：說文云：「葰，楚曰芰，秦曰薢茩。」庶結茅茨迥。從此具扁舟，彌年逐清景。趙曰：范蠡乘扁舟，泛五湖。

戲簡鄭廣文虔兼呈蘇司業源明天寶十四載作。

補注鶴曰：按唐史：「蘇源明以太子諭德，出爲東平太守，時濟陽太守李陵請增領二縣，詔河南采訪使與五太守議，不能決，卒廢。」濟陽志云：「天寶十三載，廢。」「召源明爲國子司業，祿山陷京師，源明不受僞署，肅宗復兩京，擢考功郎。」則爲司業在祿山未亂之前。今詩題云「蘇司業」，當是十四載作。師注謂虔受僞署，竄歸免官，時源明給餉之，非。

廣文到官舍，洙曰：廣文，見一卷醉時歌注。繫馬堂階下。醉即騎馬歸，趙曰：山簡傳：「日暮倒載歸，酩酊無所知。時時能騎馬，倒著白翣羅。」頗遭官長駡。才名三十年，坐客寒無氊。趙曰：唐史稱鄭虔在官，貧約澹如也，乃引杜甫嘗贈以詩曰「才名三十年，坐客寒無氊」，則知公之作真詩史矣。補注希曰：吳隱之爲度支尚書，以竹蓬爲屏風，坐無氊席。三十年，善本云「四十年」。近有蘇司業，時時與洙曰：一作「乞」。酒錢。師曰：虔始爲廣文館學士，性嗜酒，不治事，數爲官長所誚，怡然不以爲意。祿山反，陷于賊，受祿山僞署。後竄歸，坐免官，故至貧寠。惟蘇源明重其才，時時給餉之。公詩云：「得錢即相覓，沽酒不復疑。」蓋謂此也。

夏日李公見訪天寶十四載作。

彦輔曰：一云「李家令見訪」。**補注** **鶴曰**：以「貧居類村塢，僻近城南樓」，則是在長安城南。今詩題云「李公見訪」，一云「李家令見訪」。按宗室世系表，唯蔡王房有炎爲太子家令，讓皇帝房有平爲太子家令，嗣寧王。然平原去讓皇帝五世，不與公同時，疑是李炎。在天寶十四載作。

遠林暑氣薄，公子過我游。 **蘇曰**：阮元瑜：「公子得暇，可過我菊坡游。」**師曰**：公子，指李白也。**補注** **鶴曰**：李白雖是興聖皇帝九世孫，然公凡與之詩，未嘗稱之爲公子，亦未嘗題曰李公。**貧居類村塢，僻近城南樓。** **趙曰**：「貧居類村塢，僻近城南樓」，此所謂城南韋、杜也。**傍舍頗淳樸，所願亦易求。隔屋唤西家，借問有酒不？** **鄭曰**：不，方鳩切，弗也。**墻頭過濁醪，** **蘇曰**：友人見陶侃，侃家貧，無以致誠。其鄰人賢，謂侃曰：「子門有長者軒車，何不延之論當世事？」侃曰：「貧不能備醇餌。」鄰人密於墻頭度以濁酒隻雞，遂成終日之樂。宋朝王冀公過侃廟有詩云：「九重天闔夢搏翼，黄雞白酒鄰舍恩。」名公謂其詩中題。**展席俯長流。清風左右至，** **夢符曰**：江淹詩：「晨飆自遠至，左右芙蓉披。」**客意已驚秋。巢多衆鳥鬥，葉密鳴蟬稠。苦遭此物聒，孰語吾廬幽。**洙曰**：陶淵明詩：「衆鳥欣有托，吾亦愛吾廬。」

水花晚色静，**洙曰**：古今注：「蓮花，一名水旦，一名水芝，一名水花。」補注**希曰**：本草：「水萍，一名水花。」陶隱居云：「此是水中大萍爾，非今浮萍。」藥録云：「五月有花，白色，即非今溝渠所生者，楚王渡江所得非斯實。」庶足充淹留。預恐樽中盡，更起爲君謀。**揚曰**：荷花潔静，猶清人之神思，只恐樂有餘而杯不足，無以延客之歡，故云云。

奉同郭給事湯東靈湫作天寶十三載作。

補注**鶴曰**：靈湫，在驪山温湯之東。梁權道編在天寶十四載，然是年之三月禄山反狀已著，公十一月往奉先，有詠詩，歷言驪山游幸之弊矣。此詩未必在其年作，當在十三載。

東山氣濛鴻，宫殿居上頭。**趙曰**：東山，驪山也。在長安之東。北望雲陽，悉見山阜之形，而恒若雲霧之中，故云氣濛鴻。補注**希曰**：東山，即驪山，天寶元年改爲會昌山。六載，治湯井爲池，環山列宫室，又築羅城，置百司及十宅。開元中，幸，不專在十月。天寶中，未嘗不以十月幸，故曰「君來必十月」。按獵賦：「鴻濛沆茫，碣以崇山。」師古曰：鴻濛沆茫，廣大貌。鴻，胡孔切。濛，莫孔切。古樂府陌上桑：「東方千餘騎，夫婿居上頭。」君來必十月，樹羽臨九州。**洙曰**：湯泉，温泉山，上有宫殿。天寶中，嘗以十月幸之。樹羽。」詩：「崇牙樹羽。」羽，立羽葆蓋也。**趙曰**：言温湯也。長安志云：「開元後，玄宗每歲十月幸温湯，歲盡而歸。」**陰火煮玉泉，噴薄漲岩幽。洙曰**：温泉也。海賦：「陽冰不冶，陰火潛然。」**修可曰**：博物志云：「凡水源有硫黄，其泉則温，故云陰火。」**有時浴赤日，光抱空中樓。洙曰**：山海經：「大荒之中暘谷，上有扶桑，十日所浴。」又曰：「日拂於扶桑，出於暘谷，浴於咸池。」補注 **希曰**：開元十四年十二月乙巳，日色赤如赭。此雖泛言之，因書以見日有時赤。**閶風入轍迹，曠原一作「野」。延冥搜。洙曰**：大人賦：「登閶風而遥集。」莊子：「廣莫之野。」廣原，崑崙東北脚名也。**趙曰**：崑崙，一名閶風。其義則周穆王欲車轍馬迹遍天下之意。謂之欲冥搜，蓋言乘輿自驪山而出，若將訪崑崙而游廣原也。**沸天萬乘動，洙曰**：沸，一作「拂」。**觀水百丈湫。洙曰**：前漢郊祀志：「湫淵，祀朝那。」注：「水清澈可愛，不容穢濁，龍之所居。」**趙曰**：鮑明遠蕪城賦「歌吹沸天」，言其聲之多。補注 **希曰**：萬乘，天子之軍。言玄宗幸湯泉時，觀此龍湫。**幽靈新可佳，洙曰**：幽靈，一作「靈湫」。**王命官屬休。初聞龍用壯，洙曰**：大壯：「九三，小人用壯。」**擘石摧林丘。洙曰**：謝惠連詩：「落雪洒林丘。」**中夜窟宅改，移因風雨秋。趙曰**：天台山賦序：「靈仙之所窟宅。」**倒懸瑶池影，洙曰**：漢郊祀志：「谷永云『登遐倒景，覽觀縣圃』。」如淳曰：「在日月之上，反從下照，故其景倒。」大人賦：「貫列缺之倒景。」**趙曰**：此以狀湫之深廣險激。公詩又於過驪山之下曰「瑶池氣鬱律」，舊注引「倒景」以證倒懸，非是。**屈注蒼江流。味如甘露漿，揮弄滑且柔。翠旗淡偃蹇，洙曰**：九歌：「靈旗偃蹇兮姣服。」枚乘七發：「旌旗偃蹇。」相如賦：「建翠華之旗。」注：「以翠羽爲旗上葆也。」**趙曰**：蒼江，當作「滄」。謝朓詩：「迴〔瞰〕（瞰）滄江流。」揮弄，出郭璞賦「揮弄灑珠」。滑且柔，取周禮「柔而滑」。**雲車紛少留**。**薛曰**：楚詞：「乘回風兮載雲車。」**簫鼓蕩四溟**，**洙曰**：漢武帝：「簫鼓鳴兮發棹歌。」顔延年：「笳鼓震溟洲。」**異香泱漭浮**。**鄭曰**：泱，烏朗切。漭，模朗切。**洙曰**：木玄虛海賦：「泱漭浮。」七啓：「入乎泱漭之野。」**蛟人獻微**一作「徵」。**綃**，**洙曰**：吴都賦：「泉室潛織而卷綃。」注云：「鮫人織輕綃於泉室以賣之。」**趙曰**：蛟人水居，南海之外有之，善織綃。**曾祝沈豪牛**。**魯曰**：穆天子傳：「賜文山之民：豪牛豪馬。」補注**希曰**：祝，謂祝史。漢郊祀志：「使先聖之後，能知山川，敬於禮儀，明神之事者，以爲祝。」師古曰：「祝，謂主祭祀之贊詞者。」沈牛雖見司馬相如賦，而注以爲水牛，當是祭龍，以牛沈之於水。**百祥奔盛明，古先莫能儔**。**坡陁金蝦蟆**，**魯曰**：相如哀二世賦：「登陂陁之長坂。」補注**希曰**：陂陁二字，先見子虚賦：「罷池陂陁，下屬江河。」陂，音婆。師古曰：音普何反。**出見蓋有由**。**曾曰**：小説：「有人夜見林中光屬天上，如月迹，而視之，有一金背蝦蟆。」**趙曰**：唐五行志有載，蝦蟆色如金者。或云驪山上有古碑載之矣。**至尊顧之笑，王母不遺**一作「肯」。**收**。**洙曰**：大人賦：「吾乃今日睹西王母，暠然白首，載勝而穴處兮，亦幸有三足烏爲之使。」**復歸虚無底，化作長黄虬**。一作「龍與虬」。**飄飄青瑣郎**，**洙曰**：初，秦、漢別給事、黄門之職。後漢并爲一官，故有給事黄門侍郎，掌從左、右，給事中使，〔開〕（闗）通中外，及諸王朝見於殿上，引王就座。日暮，入對青瑣門，拜，故謂之夕郎。宫闕簿曰：「青瑣門，在南宫。」衛瓘注吴都賦曰：「青瑣，户邊青鏤也。」**文采珊瑚鈎**。**洙曰**：西域傳：「罽賓國出珊瑚。」本草云：「生海底，枝柯狀，明潤如紅玉。」**蘇曰**：相如見枚叔文，謂友人曰：「如珊瑚之鈎，璠璵之器，非世間尋常所見也。」**趙曰**：以明潤如玉，故比人之文采也。珊瑚鈎，出纂典記載嵩岳嫁女事，云：「周穆王把酒請王母歌，以珊瑚鈎擊杯而歌。」**師曰**：郭給事能爲文章，如珊瑚之可貴。**浩歌緑水曲，清絶聽者愁**。**洙曰**：馬季長笛賦：「中取度於白雪、緑水。」注：「二曲名。」嵇叔夜琴賦：「初涉緑水，中奏清徵。」**蘇曰**：元温月下聞笛，其聲清絶，同舟數人，倚檣聽久，愁思浩然。**師曰**：緑水，即伯牙高山流水之音，後世製爲法曲，名曰緑水。言給事歌詩清雅絶倫，聽者愁莫能及也。終又叙給事文章收功之意。

夜聽許十誦詩愛而有作天寶十四載作。

補注 **鶴曰**：天寶十四載長安作。從舊次。許十，當是居五臺學佛者，故云「業白出石壁」。

許生五臺賓，業白出石壁。**洙曰**：河北有五臺山。**鄭曰**：五臺，山名。今在河北。其山五巒，環秀巍然，俗謂之五臺，仙人之都也。**趙曰**：此言許生客居五臺，行業精白而出也。佛經以美業爲白，惡業爲黑。達磨嘗曰：「當勤修白業。」**大觀曰**：石壁字暗使。列子載：「趙襄子狩於中山，有一人從石壁出，隨煙上下。」

補注 **鶴曰**：代州有五臺縣，又有五臺山。旌異記曰：「雁門有五臺山，山形五峙。」白業，出楞嚴經。又法華經云：「一切衆生，作黑業者，黑業相續；作白業者，白業不斷。」**余亦師粲可，身猶縛禪寂。** **洙曰：**師粲善詩。**修可曰：**粲、可，乃六祖僧粲及慧可二禪師，乃禪中祖師，故子美師之，非師粲善能詩者也。**趙曰：**粲則僧粲，可則慧可。傳燈云：「正與達磨世次相接。」公方與許生共學性空事，故云許生已業白而出，吾猶縛禪空而未脱也。縛字出佛書，其語曰：「貪著禪味，是菩薩縛。」縛則不能解也。補注 **希曰：**傳燈録誌〔云歌〕（歌云）：「律師〔詩〕（持）律自縛。」**何階子方便，謬引爲匹敵。** **趙曰：**此言有何因階，得子垂方便之行，而以爲之匹也。舊注以爲田子方，非。**離索晚相逢，包蒙欣有擊。** **洙曰：**易：「九二，包蒙。」「上九，擊蒙。」**誦詩渾**一作「混」。**游衍，四座皆**一作「俱」。**辟易。** **洙曰：**項羽傳：「人馬俱驚，辟易數里。」**應手看捶鉤，** **鄭曰：**捶，子果切。又之累、之睡二切。**洙曰：**莊子知北游：「大馬之捶鉤者，年八十矣，而不失豪芒。大馬曰：『子巧歟？』曰：『臣有守也。臣之年二十而好捶鉤。於物無視也，非鉤無察也，是用之者，假不用者也以長得其用，而況乎無不用者乎？物孰不資焉？』」**趙曰：**莊子：「輪扁斲輪，得之於心，應之於手。」**清心聽鳴鏑。** **洙曰：**前漢匈奴傳：「冒頓作鳴鏑，出獵，左右皆隨鳴鏑而射殺頭曼。」應劭曰：「髐箭也。」**鄭曰：**鏑，丁歷切，矢鋒也。**精微穿溟涬，** **鄭曰：**溟，亡頂切。涬，户頂切。**洙曰：**莊子：「大同乎涬溟。」注：「與物無際。」**趙曰：**帝系譜曰：「天地初起，溟涬濛鴻。」舊注引莊子，終非本出，杜公不敢倒用也。**師曰：**謂詩之精微，與天地之氣相貫穿。**飛動摧霹靂。** **洙曰：**公羊注曰：「雷疾而甚者爲震，震與霆皆謂霹靂也。」**陶謝不枝**

梧，**洙曰**：陶潛、謝玄暉、靈運、惠連之徒。項籍傳：「諸將讋服，莫敢枝梧。」臣瓚曰：「小柱爲枝，斜柱爲梧。」**師曰**：霹靂，雷霆之威，謂詩思飄然飛動，雖霹靂之威，亦爲摧沮也。**風騷共推激。紫鸞自超詣，洙曰**：紫鸞，當作「紫燕」，字之誤也。西京雜記：「文帝自代還，有良馬九。其第五馬，名紫燕。」**翠駮誰剪剔。洙曰**：爾雅：「駮如馬，鋸牙，食虎豹。」**君意人莫知，人間夜寥闃。蘇曰**：羲之一日披襟立池上，無語。羊欣曰：「人莫知君意何也。」**趙曰**：寥闃，寂静之義。

橋陵詩三十韻因呈縣内諸官天寶十三載作。

鮑曰：開元三年六月，睿宗崩。十月，葬橋陵。公故有是詩。**師曰**：天子之墳曰山陵，取其高大之義。

補注 **鶴曰**：橋陵，在奉先西北三十里。梁權道編在天寶十四載，然公以十四載十一月往奉先，而此詩云「廨宇客秋螢」，又不言禄山之事，但言「荒歲兒女瘦」，當是十三載物價暴貴、人多乏食時，往見諸官而作此詩。

先帝昔晏駕，洙曰：漢天文志：「宫車晏駕。」注：「天子當晨起早作，而方崩殞，故稱晏駕者，凡臣子之心，猶謂宫車晚出也。」**趙曰**：先帝指言睿宗也。**茲山朝百靈。洙曰**：海賦：「竭盤石，栖百靈。」**崇岡擁象設，沃野開天庭。洙曰**：張平子西京賦：「廣衍沃野。」**夢符曰**：右按，楚詞招魂：「象設君室，静安閒些。」**即事壯重險，洙曰**：易：「習坎，重險也。」天台賦：「履重險而逾坂。」沈休文云：「即事既多矣。」**論功**

超五丁。洙曰：蜀王本紀曰：「天爲蜀王生五丁力士，能徙山。」補注鶴曰：寰宇記云：「蜀王開明下五葉，有開明尚，始立宗廟。時天生五丁，能徙山，每一王死，輒爲立大石，長三丈，重千鈞，爲墓誌。」今賦橋陵故云。坡陁因厚地，洙曰：相如二世賦：「登坡陀之長坂。」却略羅峻屏。修可曰：孫綽詩：「遠山却略羅峻屏。」雲闕虚冉冉，洙曰：天台賦：「雙闕雲竦以夾路。」風松肅泠泠。洙曰：顏延年拜陵廟詩：「松風遵路急。」離騷〔十〕(七)諫：「下泠泠而來風。」石門霜露白，玉殿莓苔青。洙曰：孫綽賦：「踐莓苔之滑石。」宫女晚知署，祠官朝見星。洙曰：以其勤恪而虔於從事也。空梁簇畫戟，修可曰：隋薛道衡：「空梁落燕泥。」陰井敲銅瓶。中使日夜繼，補注希曰：自唐以來，内官謂之中使。惟王心不寧。豈徒恤備享，尚謂求無形。趙曰：禮記：「備物之享。」禮云：「視於無形。」孝理敦國政，神凝推道經。洙曰：莊子：「用志不分，乃凝於神〔一〕。」瑞芝産廟柱，好鳥鳴一作「巢」。岩扃。修可曰：曹子建詩：「好鳥鳴高枝。」高岳前崒嵂，洪河左瀅濴〔二〕。鄭曰：上烏定切，下于扃切。小水也。洙曰：西都賦：「右界褒斜、龍首之險，帶以洪河、涇、渭之川。」趙曰：高岳，指嵩山也。洪河，指言橋陵之左，是洪河所過也。金城

〔一〕凝，原作「疑」，據四庫本改。
〔二〕濴，四庫本作「瀠」。

蓄峻趾，洙曰：班固賦：「建金城之萬雉，乃鑿墉之趾，以益其高也。」**修可曰：**金城，地名。漢地理志：「秦地西有金城、武威。」唐以金城爲蘭州郡。公以金城對沙苑，其爲地名可知。**補注鶴曰：**金城本隋始平縣，景龍四年，中宗送金城公主入蕃別於此，因改爲金城縣，屬京兆。華州亦有金城宮，武德二年廢，顯慶三年復置，與橋陵近，故應指此而言。如修可所注，非寰宇記云。**沙苑交回汀。補注鶴曰：**沙苑，一名沙阜，在馮翊縣南十二里。即西魏文帝大統三年，周太祖爲相國，與高歡戰於沙苑，大破之。以其戰處宜六畜，置沙苑監，多植柳，於苦泉側置羊牧。唐六典：「沙苑監，掌牧養隴右諸牧牛羊，監同州馮翊、朝邑兩縣界。」寰宇記又云：「沙苑，古城，在朝邑縣南十七里。」又按，唐高祖武德七年，校獵沙苑。**永與奥區固，洙曰：**西都賦：「防禦之阻，則天地之奥區焉。」**川原紛眇冥。居然赤縣立，洙曰：**張衡慮圖曰：「崑崙東有赤縣之州，風雨有時，寒暑有節。」史記：「鄒衍著書，云中國名赤縣，内自有九州，外亦如赤縣州者有九。」**趙曰：**蒲城縣，本屬同州。開元四年，以縣之豐山建睿宗橋陵，改爲奉先縣，仍隸京兆府，十七年升爲赤，故公詩言赤縣。舊注引「崑崙東有赤縣」，非是。**補注希曰：**舊史：「奉先縣以管橋陵。開元十七年，制官員同赤縣。寶應二年，又置玄宗泰陵於縣東北。」按舊史：「上皇親拜五陵，至橋陵，見金粟山上有龍蟠鳳翥之勢，謂侍臣：『吾千秋後，當葬此地。』」後以廣德元年二月辛酉葬。廣德元年，即寶應二年也。是年十一月，改爲廣德。**臺榭争岧亭。洙曰：**江淹詩：「岧亭南樓期。」**官屬果稱是，聲華真可聽。蘇曰：**二陸聲華，使人可服。**王劉美竹潤，洙曰：**爾雅：「東南之美，有會稽之竹箭焉。」晉江逌竹賦：「有嘉生之美竹。」**裴李春蘭馨。洙曰：**説文：「蘭，香草也。」**鄭氏才振古，洙曰：**

詩：「振古如兹。」注：「振，自也。」**啖侯筆不停。**啖，杜覽切。**洙曰**：王、劉、裴、李、鄭、啖皆當時赤縣官也。**趙曰**：禰正平鸚鵡賦序：「筆不停綴。」**遺辭必中律，洙曰**：陸士衡文賦：「放言遺辭，良多變矣。」**利物常發硎。鄭曰**：硎，奚經反，硎石也。**洙曰**：莊養生篇：「庖丁爲文惠君解牛，文惠君曰：『譆，善哉！技蓋至此乎？』庖丁對曰：『臣之刀十九年，而所解數千牛矣，而刀刃若新發於硎。』」**綺繡相展轉，琳琅愈**一作「逾」。**青熒。洙曰**：禹貢雍州：「厥貢球、琳、琅玕。」注：「皆玉名。」西都賦：「琳珉青熒。」**側聞魯恭化，洙曰**：後漢魯恭爲中牟令，專以德化爲理。**秉德崔瑗銘。洙曰**：後漢崔瑗高於文辭，今座右銘傳於世。**太史候鳧影，王喬隨鶴翎。**見終明府水樓并昔游詩注。**朝儀限霄漢，趙曰**：此公之自述也。知縣入朝矣，而公不得預朝，此所以自嘆耳。**客思迴林坰。洙曰**：謝靈運詩：「相送越林坰。」**趙曰**：爾雅：「林外謂之坰。」**轗軻辭下杜，洙曰**：孝宣紀：「尤樂杜、鄠之間，率常在下杜。」師古曰：下杜，即今之杜城。**飄颻凌濁涇。吕曰**：詩：「涇以渭濁。」**補注希曰**：唐志：「關内大川：涇、渭。」公自杜陵往奉先，故度涇水。潘岳賦：「此有清渭濁涇。」**鶴曰**：涇水本濁，而後人襲舛，多以爲涇清。詩云「涇以渭濁」，猶謂涇以渭而見其濁也，初非言渭濁。**諸生舊短褐，趙曰**：使貧者衣短褐也。**旅泛一浮萍。洙曰**：古詩：「泛泛江漢萍，漂蕩水無根。」王逸曰：「自比如萍，隨水浮游。」**荒歲兒女瘦，暮途涕泗零。吕曰**：漢主父偃曰：「日暮途遠，吾故倒行而逆施。」詩：「涕泗滂沱。」**主人念老馬，洙曰**：韓詩外傳曰：「昔者，田子方出見老馬於野，喟然有志，問於御者，曰：『故公家畜也，罷而不爲用，故放出。』田子方曰：『少盡其力，而老棄其身，仁者之不爲也。』束帛贖之。窮士聞之，知所歸心焉。」**廨宇容秋螢。流寓理豈愜，****趙曰：**謝靈運擬王粲詩序云：「家本秦川貴公子。遭亂流寓，自傷情多也。」**窮愁醉未醒。****修可曰：**史記：「虞卿非窮愁，亦不能著書以自見於後世。」**何當擺俗累，浩蕩乘滄溟。****蘇曰：**蘇勛：「何時擺脱俗累，乘一葉，泛滄溟之浩蕩，偃仰視八極，挹瓊漿丹砂，吾志足矣。」

沙苑行天寶十三載作。

補注鶴曰：當是天寶十三載，群牧都使奏就群校交點馬時作。而梁權道編在天寶十四載，其年禄山反狀已成，上下交憂，果如詩史云「薊北反書未聞，已逸身幾旬」，則是時豈復誇詠苑馬如是也？

君不見左輔（白沙）白如水[一]**，繚以周墻百餘里。****洙曰：**前漢京兆尹、左馮翊、右扶風謂之三輔。班固西都賦：「有上囿禁苑[二]，繚以周墻，四百餘里，其中乃有大宛之馬。」百官公卿表注：「馮，輔也；翊，左也。」三輔故事曰：「上林連綿四百餘里。」**補注鶴曰：**唐志：「同州馮翊郡，上輔。」苑在馮翊，故云。寰宇記云：「一名沙阜，在馮翊縣南十二里。即西魏文帝大統三年，周太祖爲相國，與高歡戰於沙苑。以其戰處宜六

〔一〕白沙，原脱，據四庫本補。
〔二〕囿，原作「郊」，據四庫本改。

畜，置沙苑，多植柳，於苦泉側置羊牧。」餘見上注。**龍媒昔是渥洼生，汗血今稱獻於此。** 洙曰：前漢禮樂志：「天馬徠，龍之媒。」元狩三年，馬生渥洼水中，作天馬歌曰：『霑赤汗，沬流赭。』」神異經：「大宛馬，蹄如汗，腕可握，日行千里，至日中汗血〔一〕，乘者當以綿絮纏頭。」**苑中騋牝三千匹，** 洙曰：詩定之方中：「騋牝三千。」毛氏注：「馬七尺曰騋。騋馬，牝馬也。」風俗通曰：「馬一匹，俗説相馬及君子與人相匹。或曰馬夜行目明，照前四丈，故曰一匹。或説馬死賣得一匹帛。或云春秋左氏説：『諸侯相贈，乘馬束帛。帛爲匹，與馬之相匹耳。』」**豐草青青寒不死。** 洙曰：詩：「湛湛露斯，在彼豐草。」古詩：「青青河畔草。」**食之豪健西域無，** 食，音嗣。趙曰：寒時草當死，而沙苑之地宜草，雖寒而不死，以之食馬則豪健，雖西域出馬之地，亦無此豪健也。**每歲攻駒冠邊鄙。** 洙曰：攻，一作「牧」。周禮夏官：「廋人掌十有二閑之政教，以阜馬、佚特、教駣、攻駒。」注：「攻駒，乘其蹄齧者。閑之。」又校人：「春執駒。」鄭司農云：「執駒無令近母，攻駒也。二歲曰駒，三歲曰駣。」月令：「仲夏頒馬政。」注云：「教駣，攻駒之類也。」**王有虎臣司苑門，入門天厩皆雲屯。** 洙曰：矯矯虎臣。西都賦：「披飛廉，入苑門。」劉表傳：「雲屯冀馬。」陸機詩：「胡馬如雲屯。」補注 希曰：列子言：「北人之居，望之若雲屯然。」**驌驦一骨獨當御，** 鄭曰：上息逐切，下色莊切。洙曰：左傳定三年：

〔一〕血，原作「紐」，據四庫本改。

「唐成公如楚，有兩驌驦馬。」**春秋二時歸至尊。** **趙曰：** 虎臣所掌之馬雖多，而其中唯驌驦一種之骨充御，故一年之中，春秋兩次進之。舊注引周禮：「日中而出，日中而入。」注：「春分出之，秋分入之。」非是。**至尊內外馬盈億，伏櫪在坰空大存。** **洙曰：** 開元初，牧馬二十四萬匹。十三年，加至四十五萬匹。魏武云：「老驥伏櫪，志在千里。」詩魯頌：「駉駉牡馬，在坰之野。」**趙曰：** 言櫪中坰外，空大存之，而不如驌驦之駿異也。

補注 **鶴曰：** 唐會要：「天寶十三載，隴右群牧都使奏差張通儒、鄭遵意交點三十三萬五千七百九十二匹，內二十萬八千一匹草馬。」又王毛仲傳：「初監馬二十四萬，後乃至四十三萬，牛羊皆數倍。從帝東封，取牧馬數萬，馬每色一隊，相間如錦繡。」其曰盈億，詩人誇大之辭也。**逸群絶足信殊傑，** **洙曰：** 顏延年賦：「伊逸倫之妙足。」魏文帝與孫權馬書曰：「此馬善，中國雖饒馬，其如此絶足亦少。」曹毗馳馬射賦：「何逸群之奇駿。」**倜儻權奇難具論。** **鄭曰：** 上他歷切，下他朗切。不羈也。**洙曰：** 禮樂志：「俶儻精權奇。」顏延年賦：「雄志倜儻精權奇。」**纍纍塠阜藏奔突，** 塠，都回切。**往往坡陁縱超越。** **洙曰：** 列仙傳：「蘇耽騎鹿，遇險絶處能超越，語人曰：『龍也。』」**趙曰：** 言沙苑之地，其高者塠阜，則馬之奔突可藏；其稍峻處坡陁，則馬能超越，以美馬之適性且材健也。文選：「凌邁超越。」**角壯翻同麏鹿游，** **洙曰：** 顏延年賦：「分馳迴場，角壯永埒。」前漢伍被傳：「見麋鹿游姑蘇臺。」**浮深簸蕩黿鼉窟。** **洙曰**：龐公傳：「（栖）黿鼉穴於深淵之下[一]。」**師曰**：此篇，甫寓意於禄山而爲之。若曰唐家諸將爲不少，玄宗皆以凡材視之，獨以兵權委之禄山，甚見寵貴，故云「驌驦一骨獨見御」，終使禄山難制，奔突、超越，一日反於范陽，河北爲之震蕩，豈非「簸蕩黿鼉窟」乎？**泉出巨魚長比人，丹砂作尾黄金鱗。** **師曰**：甫既以馬比禄山，又以魚比史思明，蓋思明乃禄山將，相繼而叛，故甫托意焉。**豈知異物同精氣，雖未成龍亦有神。** **趙曰**：龍，或魚所化，或馬所爲，故「異物同精氣」也。出易「精氣爲物」。舊注引「原蠶」事，非是。

驄馬行天寶十四載作。

彦輔曰：太常梁卿敕賜馬也，李鄧公愛而有之，命甫製詩。補注**鶴曰**：此詩乃天寶十四載作。

鄧公馬癖人共知， **洙曰**：晉杜預爲春秋傳，時王濟解相馬，又甚愛之，而和嶠頗聚斂。預常稱濟有馬癖，嶠有錢癖，武帝謂預曰：「卿有何癖？」曰：「臣有左傳癖。」**趙曰**：馬乃梁卿受賜於君，不可以予人，鄧公愛而取之，非是。故公詩以馬癖譏之也。**初得花驄大宛種。** **洙曰**：西域傳：「大宛國多善馬，嶠山上有馬

〔一〕栖，衍文。參見後漢書卷八十三龐公傳。

不可得，因取五色牝馬置其下，與集生駒，號天馬子。」補注希曰：太宗嘗所乘馬，有名玉花驄者。又洛中記異：「天寶中，大宛進汗血馬，其六曰桃花叱。」據明皇製名「百花鞏」，其此種歟？**夙昔傳聞思一見，**希聲曰：南史蕭摩訶「千聞不如一見」。**牽來左右神皆竦。雄姿逸態何崷崒，**上自秋，下昨没切。洙曰：顏延年賦：「弭雄姿以奉引。」西都賦：「岩峻崷崒。」傳玄鷹賦：「雄姿邈世，逸氣横生。」**顧影驕嘶自矜寵。**趙曰：在人有顧影自憐者矣，在馬亦宜然，故使自矜寵也。**隅目青熒夾鏡懸，**洙曰：顏延年賦：「雙瞳夾鏡，兩權協月。」又：「睨影高鳴。」西都賦：「琳珉青熒。」趙曰：張衡西京賦：「猛毅髬髵，隅目高匡。」注云：「隅目，謂目有角也。」**肉騣碨礧連錢動。**碨，烏罪切。礧，力罪切。洙曰：爾雅：「青驪驎驒。」今連錢驄也。梁帝紫騮馬詩：「金絡飾連錢。」蘇曰：余在岐下，見秦州進一馬，騣如生，項下重胡側立，倒毛生肉端〔一〕。蕃人云：「此肉騣也。」乃知鄧公驄馬行「肉騣」當作「肉騣」。**朝來久試華軒下，未覺千金滿高價。**洙曰：韓子：「馬似鹿者直千金。」又漢：「使壯士持千金，請宛善馬。」江淹詩：「許史乘華軒。」補注鶴曰：弘執恭詩：「馬鞚千金驄。」**赤汗微生白雪毛，**洙曰：東觀漢記曰：「武帝歌：天馬霑赤汗。」今親見其然，血從前髆上小孔中出。**銀鞍却覆香羅帕。**洙曰：徐敬業詩：「汗馬躍銀鞍。」周弘正詩：「銀鞍耀紫韁。」**卿家舊物**

〔一〕　騣如生項下重胡側立倒毛生肉端，九家集注卷二作「騣如牛項垂胡，側立顛倒，毛生肉端」。

公能取，一作「有之」。天厩真龍此其亞。洙曰：周禮：「凡馬八尺以上爲龍。」趙曰：天厩真龍，乃天子所御之馬也。非天子所賜，不得而有之。晝洗須騰涇渭深，朝趨可刷幽并夜。洙曰：顔延年賦：「旦刷幽燕，晝秣荆楚。」吾聞良驥老始成，此馬數年人更驚。豈有四蹄疾如鳥，洙曰：七命曰：「鶩紅陽之飛燕，驂唐公之驌驦。」馬融曰：「驌驦，馬也。」不與八駿俱先鳴。洙曰：穆天子傳曰：「八駿：赤驥、黑驪、白義、渠黄、驊騮、騄耳。」時俗造次那得致，雲霧晦冥方降精。洙曰：春秋考異記曰：「地生月精爲馬，月數十二，故馬十二月而生。」修可曰：有雲霧而降精，此所以爲神異。瑞應圖曰：「龍馬者，河水之精。」近聞下詔喧都邑，肯使騏驎地上行。彦輔曰：肯使，一作「知有」。趙曰：將下詔取之，爲天子之御矣。希聲曰：末章歸功於鄧公，以此馬喻鄧公，非塵世所能容，只恐天詔一下，騰踏帝庭矣。

去矣行廣德二年作。

鮑曰：天寶十四載，歲次乙未，公年四十四，在率府。數上賦頌，不蒙采録，欲辭職，遂作去矣行。師曰：此詩爲嚴武作。補注鶴曰：梁權道編在天寶十四載長安詩内，與鮑注同，豈非以明朝且入藍田山故云？然味「君不見鞲上鷹，一飽則飛掣。焉能作堂上燕，銜泥附炎熱」，豈是在長安時語？公在長安，上賦投詩，唯恐君相莫我知，而卒無其遇，豈類鞲鷹之飽？未免如附炎之燕。當是廣德二年在嚴武幕中作，所以永泰二年正月遂歸溪上。「入藍田山」云者，止是承上「餐玉」之句耳，非真去爲藍田之人也。師注爲是。

君不見鞲上鷹，鄭曰：鞲，古侯切，射臂決也。**一飽則飛掣。**尺列切。洙曰：鮑明遠詩：「昔如鞲上鷹，今似檻中猿。」魏志：「呂布因陳登求徐州牧，不得，布怒。登喻之曰：『登見曹公，言待將軍譬如養虎，當飽其肉，不則噬人。公曰：不如卿言，譬如養鷹，飢則爲用，飽則颺去。』布乃解。」史滑稽傳注：「鞲，臂捍也。」**焉能作堂上燕，銜泥附炎熱？**洙曰：古詩：「翩翩堂前燕。」又：「思爲雙飛燕，銜泥巢君室。」湛方古懷春賦：「燕銜泥而來往。」附炎，附勢也。趙曰：如鷹之飽而高，不學燕之戀而附，此賢人義士不阿附於權貴之門也。**野人曠蕩無靦顔，**鄭曰：靦，他典切。**豈可久在王侯間？**蘇曰：江淹曰：「野人疏散曠蕩，無名利拘繫，靦顔見公等。」趙曰：野人，公自謂也。字出左傳「野人予之」。云曠蕩者，以言懷抱之閑曠也。公無慚顔，豈肯曳裾於王侯之間乎？沈休文奏彈王源：「明月曠顔，曾無愧畏。」**未試囊中餐玉法，明朝且入藍田山。**洙曰：周禮天官玉府：「王齊則供食玉。」注：「玉是陽精之純者，食之以禦水氣。」鄭司農云：「王齊當食玉屑。」前漢地理志：「藍田山出美玉，在長安。」李預傳：「預居長安，每羨古人餐玉之法，乃采訪藍田，躬往攻掘，得若環璧雜器形者，大小百餘，稍得粗黑者，亦篋盛以還，而至家觀之，皆光潤可玩。預乃椎七十枚爲屑，日服食之。」

自京赴奉先縣詠懷五百字天寶十四載作。

洙曰：天寶十四載十一月初作。奉先，屬京兆郡，緣皇家陵寢。武后分置醴泉縣。**鄭曰**：唐開元四年，改同州蒲城爲奉先，以奉睿宗橋陵。**師曰**：甫時妻子在奉先縣，故甫往省家焉。禄山反，作此。補注**鶴曰**：吕汲公、蔡興宗、魯訔、梁權道皆謂在天寶十四載十一月作。今考詩中但言遠戍之卒，及述歡娱聚斂以致亂之因，而不及禄山之事，豈非禄山反書未至時賦此？唐史拾遺云：「禄山反書未聞，公已潛畿甸。」或是。

杜陵有布衣，老大意轉拙。**洙曰**：前漢地理志：「杜陵屬長安京兆尹。」注：「古杜伯國，漢宣帝葬此，因曰杜陵。長安南五十里。」**趙曰**：杜陵，公所居之地。**許身一何愚，竊比稷與契。****蘇曰**：子美自許稷、契，人未必許也。然其詩曰「舜舉十六相，身閑道與高。秦時用商鞅，法令如牛毛」，此是稷、契輩口中語也。**居然成濩落，****洙曰**：莊子「瓠落無所容」，猶郭落也。落，零落也。濩，胡落切。**白首甘契闊。****洙曰**：擊鼓詩：「死生契闊。」毛氏曰：「契闊，勤苦也。」陸士衡贈弟士龍詩：「安得携手俱契闊。」**蓋棺事則已，****大臨曰**：劉毅云：「丈夫兒蹤迹不可尋，常便混群小中，蓋棺事方定矣。」**此志常覬豁。窮年憂黎元，嘆息腸**一作「腹」。**内熱。****洙曰**：孟子：「不得於君則熱中。」謝靈運詩：「窮年迫憂患。」**取笑同學翁，浩歌彌激烈。****洙曰**：蘇武：「長歌正激烈，中心愴以摧。」補注**希曰**：楚辭少司命：「浩歌晃兮激烈。」**非無江海志，瀟洒送**一作「迭」。**日月。****洙曰**：莊子：「身居江海之上，心游魏闕之下。」**生逢堯舜**一作「爲」。**君，不**

忍便永訣。洙曰：江淹賦：「誰能寫永訣之情者乎？」當今廊廟具，構夏豈云缺。洙曰：叔孫通傳贊：「廊廟之材，非一木之枝。」潘尼詩：「廣厦構衆材。」又：「大厦須異材，廊廟非庸器。」潘安詩：「器非廊廟姿，屢出固其宜。」葵藿傾太陽，物性固莫一作「難」。奪。洙曰：曹植求通親表：「若葵藿之傾太陽，雖不爲回光，然向之者誠也。」陸機園葵詩：「朝榮東北傾，夕穎西南晞。」顧惟螻蟻輩，但自求其穴。胡爲慕大鯨，輒擬偃溟渤。洙曰：木玄虚海賦：「其魚則横海之鯨，突杌孤游戛，岩嶅偃高濤。」趙曰：韓非子：「千丈之堤，以螻蟻之穴潰。」求其穴，言當自安分求穴以安耳，何爲必欲慕學大鯨之處大海乎？以兹悟生理，獨耻事干謁。兀兀遂至今，忍爲塵埃没。終愧巢與由，晁曰：巢父、許由也。未能易其節。沉飲聊自遣，洙曰：顔延年詠劉參軍詩：「韜精日沉飲。」放歌頗愁絶。歲暮百草零，疾風高岡裂。洙曰：長門賦：「天飄飄而疾風。」阮籍詩：「寒風振山岡。」天衢陰峥嶸，洙曰：易：「何天之衢，亨。」客子中夜發。洙曰：江淹詩：「客子淚已零。」王粲詩：「客子多悲傷。」霜嚴衣帶斷，指直不得結。凌晨過驪山，御榻在嵽嵲。洙曰：西京賦：「托喬基於山岡，直嵽嵲以高居。」驪山，温湯。博物志：「凡水源有石硫黄，其泉則温。」漢武帝故事云：「驪山温湯，初，秦始皇砌石起室，漢武帝又加修飾。」唐置温湯監，隸司農。補注鶴曰：按唐志：「驪山在昭應縣，有宫在山下。」咸亨二年，始名温泉。天寶元年，更驪山曰會昌山。七載，又更曰昭應。明皇開元、天寶間，無歲不幸温泉，故云「御榻在嵽嵲」也。蚩尤塞寒空，蹴踏崖谷滑。**鄭曰**：蹴，七六切，蹋也。**洙曰**：史：「黃帝殺蚩尤於涿鹿，後冢上常有赤氣出，如匹絳帛，民呼爲蚩尤旗。」又星名。**趙曰**：蚩尤，乘輿前導之旗也。塞寒空而蹴踏崖谷，言其多也。舊注引蚩尤戰，又指星名，非。瑤池氣鬱律，羽林相摩戛。**洙曰**：穆天子傳：「觴王母於瑤池之上。」漢宣帝紀：「羽林孤兒。」注：「天有羽林大將之星。」林，喻若林木之盛；羽，若羽翼鷙擊之意。」張平子西京賦：「隱轔鬱律。」**趙曰**：羽林，扈駕之軍，其所樹之如林，故言相摩戛。**補注**鶴曰：按志，京兆有蚩尤冢，或謂其冢之高，至塞寒空，然詩意未必指此。趙以爲乘輿前導之旗乃是，蓋本所謂駕以蚩尤之旗也。瑤池，即新史所謂「湯泉爲池，環山列宮室之築，羅城置百司十宅」。會要云：「左右羽林軍，垂拱元年五月二十七日置，領羽林郎六千人。至天授二年二月三十日，又改爲左右羽林衛。」君臣一云「聖君」。留歡娛，**洙曰**：張景陽詩：「朝野多歡娛。」江淹詩：「太平多歡娛。」樂動殷樛嶱。**修可曰**：當作「膠葛」。相如子虛：「張樂乎膠葛之寓。」**曾曰**：甘泉賦：「其相膠轕。」蓋亂貌。賜浴皆長纓，**洙曰**：江淹詩：「長纓皆俊乂。」陸機詩：「長纓麗且鮮。」與宴一作「讌」。非短褐。彤庭所分帛，本自寒女出。**洙曰**：趙皇后傳：「庭中彤朱，而殿上髹漆。」西都賦：「玉階彤庭。」郭泰機詩：「皎皎白素絲，織爲寒女衣。寒女雖妙巧，不得秉杼機。」**趙曰**：彤庭，天子之庭，以丹飾之也。鞭撻一作「箠」。其夫家，聚斂貢城闕。聖人筐篚恩，實一作「願」。欲邦國活。**洙曰**：鹿鳴：「又實幣帛筐篚，以將其厚意。」**逸曰**：南史：「王廣之子珍國字德重，爲南淮太守，郡境苦飢，乃發粟散財，以賑窮之。高帝手敕云：『卿愛人活國，甚副吾意。』」臣如忽至理，君豈棄此物。多士盈朝廷，仁者宜戰慄。洙曰：詩：「濟濟多士。」語：「使民戰慄。」趙曰：上句皆申戒之辭，謂當君王賜予之幣帛，出於寒女之夫鞭撻所貢，宜戰慄而求活國之事，然後爲仁也。況聞内金盤，盡在衛霍室。洙曰：内金盤，上方器用也。衛霍室，勛臣家也。趙曰：衛、霍皆以后戚而貴，蓋以比楊國忠輩矣。中堂有神仙，煙霧蒙玉質。暖客一云「暖蒙」。貂鼠裘，洙曰：魏書曰：「鮮卑有貂鼠子，皮毛柔軟，故天下爲裘。」悲管逐清瑟。勸客駝蹄羹，蘇曰：陳思王製駝蹄羹，一甌費千金，自勸陳琳、劉公幹輩食，後號爲七寶羹。霜橙壓香橘。洙曰：橙出穰縣者勝。蜀中有給客橙，似橘而非，若柚而香。朱門酒肉臭，路有凍死骨。洙曰：孟子：「庖有肥肉，廄有肥馬，民有飢色，野有餓莩。」蘇曰：吴起：「朱門大路，酒肉臭不可過，焉知凍死者盈路，餓而填溝壑者不忍視？」榮枯咫尺異，惆悵難再述。北轅就涇渭，官渡又改轍。洙曰：官渡，地名。曹操、袁紹相持之處。群水從西下，極目高崒兀。疑是崆峒來，恐觸天柱折。洙曰：列湯問：「共工氏與顓頊争爲帝，怒而觸不周之山，折天柱，絶地維，故天傾西北，日月星辰就焉；地不滿東南，故百川水潦歸焉。」史記：「黄帝西至於崆峒。」韋昭曰：「在隴右。」河梁幸未折，枝撑聲窸窣。上息七切，下蘇骨切。行旅相攀援，川廣不一作「且」。可越。老妻寄異縣，十口隔風雪。洙曰：古樂府：「他鄉各異縣，展轉不相見。」誰能久不顧？庶往共飢渴。入門聞號咷，幼子飢一作「餓」。已卒。洙曰：易同人：「先號咷後笑。」**吾寧捨一哀，里巷猶嗚咽。所愧爲人父，無食致夭折。豈知秋未**一作「禾」。**登，貧窶有倉卒。**補注希曰：光武詔「倉卒蕪〔窶〕（蔞）亭」云云。**生常免租稅，名不隸征伐。撫迹猶**一作「獨」。**酸辛，平人固騷屑。**洙曰：劉越石：「備辛酸之苦。」**默思失業途，**一作「徒」。**因念遠戍卒。憂端齊**一作「際」。**終南，澒洞不可掇。**澒，胡孔切。掇，都活切。趙曰：淮南子曰：「未有天地，鴻濛澒洞，莫知其門。」師曰：甫念彼遠戍之兵，其積憂悶，與山齊高，奈天下澒洞，未可遽掇而絶之也。澒洞，亂貌。補注希曰：許慎注淮南子云：「澒，讀如項羽之項。洞，讀如同游之同。」今諸韻切，蓋云水銀也。當從許注及淮南子說、說文。獨孤及觀海詩：「澒洞吞百谷，周流無四垠。」

白水縣崔少府高齋三十韻天寶十五載作。

洙曰：天寶十五載五月作。白水屬馮翊郡同州。秦文公分清水爲白水，即漢彭衙。鮑曰：肅宗元年，乃明皇天寶十五載也，歲次丙申。五月，公年四十有五，在奉先，以舅崔氏爲白水縣尉，故適白水有是詩。鄭曰：十道志：「同州白水，漢粟邑，南界臨白水，魏文改爲此縣。」補注鶴曰：按舊史云：「白水，隋縣。」公以天寶十五載夏，自奉先來依舅氏崔十九，故首曰「客從南縣來」，「況當朱夏赫」，此詩當在是年五月。詩云「知是相公軍，鐵馬雲霧積」，指哥舒翰軍未敗而言也。六月丙戌，翰與祿山戰於靈寶西原，敗績。

客從南縣來，浩蕩無與適。洙曰：古詩：「客從遠方來。」蘇曰：姚萇云：「四溟浩蕩，困鱗無所適耳。」補注希曰：白水，在同州西北一百二十里。而同州又在京兆東北二百五十里。公自奉先來，故以奉先爲南縣。旅食白日長，洙曰：唐書：「朱克融輩皆旅食長安。」况當朱炎赫。高齋坐林杪，鄭曰：亡沼切，木末也。信宿游衍闃。洙曰：左傳：「再宿曰信。」鄭曰：衍，于綫切。闃，苦激切，寂静也。清晨陪躋攀，傲睨俯峭壁。睨，五計切。洙曰：海賦：「馮夷俯浪以傲睨。」崇岡相枕帶，曠野懷一作「回」。咫尺。洙曰：嵇康賦：「托峻嶽之崇岡。」始知賢主人，贈此遺愁寂。危階根青冥，曾冰生淅瀝。洙曰：招魂：「層冰峨峨。」謝惠連雪賦：「霰淅瀝而生集。」趙曰：青冥者，青雲杳冥之際。楚辭：「據青冥而攄虹。」上有無心雲，下有欲落石。泉聲聞復息，動静隨所激。蘇曰：郭伋曰：「君不見幽谷之鐘而不自鳴，人擊即聲。人之動静，亦隨所擊，然後應之也。」鳥呼藏其身，有似懼彈射。食亦切。吏隱適一作「通」。情性，洙曰：王喬、梅福皆吏隱也。補注希曰：汝南先賢傳：「郭欽吏隱於蟻陂之陽。」兹焉其窟宅。洙曰：海賦：「瑰奇之所窟宅。」天台賦：「靈仙之所窟宅。」白水見舅氏，洙曰：左傳：「晉文公謂子犯曰：『所不與舅氏同心者，有如白水。』投其璧於河内。」薛曰：右按，子美近體詩有白水明府舅氏宅喜雨詩，即知白水者，地名，非晉文公所謂白水明矣。諸翁乃仙伯。補注希曰：集仙傳大茅君傳：「有紫陽左公、太極仙伯。」又神仙王知遠母夢靈鳳集，因而有娠。僧寶志曰：「生子當爲神仙宗伯。」其後，知遠謂弟子曰：「吾漸游洞府仙曹，除吾爲少室仙伯。」杖藜長松陰，修可曰：莊子載：「原憲杖藜應門。」作尉窮谷僻。**洙曰**：梅福作尉，人謂之仙尉。**爲我炊雕胡，逍遥展良覿。** **洙曰**：西京雜記：「太液池邊皆雕胡、紫蘀、緑節之類。菰之有米者，長安謂爲雕胡。」謝靈運詩：「引領冀良覿。」**趙曰**：菰米爲飯極滑，長安人謂爲雕胡。出宋玉諷賦曰：「主人之女，爲臣炊雕胡之飯，勸臣食也。」**補注** **希曰**：禮天官：「醫師，凡會膳食之宜，魚宜苽。」注云：「苽，雕胡也。」淮南子原道訓：「浸潭苽蔣。」許氏注云：「浸潭之間，以生苽蔣實。苽者，蔣實也，其米曰雕胡。」爾雅：「蘧蔬。」注云：「似土菌，生菰草中。」菰草根相結而生，謂之苽葑。至秋結實，乃雕胡米也。又楚辭招魂：「五穀六仞，設胡粱只。」注：「苽，粱。蔣實，謂雕胡也。」言楚國土地肥美，堪用種植五穀。又有苽粱之飯。」又子虚賦：「東墻雕胡。」**坐久風頗怒，晚來山更碧。相對十丈蛟，欻翻盤渦坼**〔一〕。**洙曰**：海賦：「盤渦谷轉。」**師曰**：自「相對十丈蛟」以下，寓意於禄山之叛。十丈蛟，喻禄山也。**何得空裏雷，殷殷尋地脈。** **洙曰**：殷，於謹切。詩：「殷其雷。」長門賦：「雷隱隱而響起。」**煙氛藹崷**一作「嶜」。**崒，魍魎森慘戚。崑崙崆峒顛，迴首如不隔。前軒頽**一作「推」。**反照，巉絶華岳赤。** **洙曰**：爾雅曰：「落光反照於東，謂之反景。」劍閣銘云：「大行孟門，豈云巉絶。」**補注** **希曰**：同州，西與南至華州，皆不滿百里，故華岳見於前軒。**兵氣漲林巒，川光雜鋒鏑。知是相公軍，鐵馬雲霧**一作「煙」。**積。** **趙曰**：天寶十四載，禄山反，帝召哥舒翰守潼關。明年，拜尚書左僕射，故云相公軍也。**玉觴淡無味，胡羯**

〔一〕坼，原作「析」，據四庫本改。

豈强敵？長歌激屋梁，淚下流衽席。洙曰：蘇武詩：「長歌正激烈。」曹植賦：「若朝日之照屋梁。」**趙曰：**黄香天子頌曰：「獻萬年之玉觴。」**本中曰：**黄庭内景經：「淡然無味。」此言至尊旰食，雖御酒而無味。然有相公之軍，胡羯亦不足敵也。**晏曰：**屋梁，出宋玉神女賦曰：「日朝出照屋梁。」舊注引曹植賦，誤矣。**人生半哀樂，天地有順逆。慨彼萬國夫，休明備征狄。**一作「敵」。**猛將紛填委，廟謀**洙曰：光武「明明廟謨。」**蓄長策。**洙曰：前漢匈奴傳：「制百蠻之長策。」劉公幹詩：「職事相填委。」**東郊何時開，**洙曰：書：「命畢公保釐東郊。」**帶甲且未釋。欲告清宴疲，難拒幽明迫。三嘆酒食傍，何由似平昔。**程曰：魏子曰：「唯食忘憂，三嘆何也？」曰：「或賜二小人酒，不夕食。饋之始至，恐其不足，是以嘆。中置，自咎，曰豈將軍食之而有不足，是以再嘆。及饋之畢，願以小人之腹爲君子之心，屬饜而已。」獻子辭梗陽人。**趙曰：**借用閻没、女寬當饋而三嘆。今公所嘆，嘆其不若往日太平之時也。

三川觀水漲二十韻天寶十四載作。

鮑曰：天寶十五載乙亥，禄山陷京師，公徒步避寇鄜州三川縣有是詩，時七月也。**補注鶴曰：**三川，唐屬鄜郡，爲洛交郡。舊史云：「華池水、黑水、洛水之三水會同，因名。」鮑注與梁權道所編，皆以爲天寶十五載作。蔡興宗以爲五月避地鄜州有此作，而魯訔以爲七月寓於鄜州有此作。然詩云「我經華原來」，按公天寶十四載十一月自京兆之奉先，明年夏自奉先之白水，賦高齋詩已是五月。又自白水之鄜州，故回經華原。是年，史不書水并雨，而今詩言水爲甚，考彭衙行亦云「一旬半雷雨」「竟日數里間」，故此詩亦云「雲雷屯不已」，是公去白水北行即值水，亦可以補史之闕。鄜州在馮翊之北，而彭衙亦在馮翊、白水縣之北，殆是赴靈武時所經如此。其曰華原者，謂華原郡。北至防州百八十里，防北至鄜百十里耳。馮翊在華原東百八十里，豈非公自白水西北至華原，又自華原北至防，復自防北至鄜也？後有玉華宫詩，可知至防無疑。玉華宫，在防州宜君縣。

我經華原來，不復見平陸。 **洙曰**：華原屬京兆郡，後魏置北雍州，西魏改爲宜州，又置北地郡，尋改爲通川郡。武德初，復爲通州，罷郡。補注**鶴曰**：唐志：「義寧二年，以華原、宜君同官，置宜君郡，并置土門縣以隸之。武德元年曰宜州。貞觀十七年，廢，省宜君、土門，以華原同官隸雍州。垂拱二年，更華原曰永安。神龍二年，復以永安曰華原。天祐三年，李茂貞墨制，以縣置耀州，故九域志云「京兆西至耀州百八十里」，則京兆至華原亦然。**北上惟土山，連天走窮谷。火雲無時出，** **洙曰**：一云「出無時」。**魯曰**：隋盧思道納涼賦：「火雲赫而四舉。」**飛電常在目。自多窮岫雨，行潦相豗蹙。** **鄭曰**：上呼回切，相擊也。**洙曰**：海賦：「磊匒匌而相豗。」**蓊匌川氣黄，** **鄭曰**：上音烏，下口答切。又音溘匝。**群流會空曲。清晨望高浪，忽謂陰崖踣。** 蒲北切。**恐泥竄蛟龍，** 泥，乃計切。**登危聚麋鹿。** **洙曰**：海賦：「狐貜登危而雍容。」**枯查卷拔樹，礧磈共充塞。** **鄭曰**：查，士街切。礧，洛罪；磈，口罪切，不平也。**聲吹鬼神下，** **趙曰**：礧，磈石也。聲吹，言其聲之吼。**勢閱人代速。不有萬穴歸，何以尊四瀆。** **洙曰**：海賦：「江河既道，萬穴俱流。」薛曰：右按，爾雅：「江、河、淮、濟，是爲四瀆。」趙曰：公詩作於離亂之中，意在衆所歸往，以尊王也。及觀泉源漲，反懼江海覆。漂沙拆岸去，鄭曰：漂，匹妙切，浮也。洙曰：海賦：「飄沙礐石，蕩颷島濱。」漱壑松柏禿。洙曰：海賦：「漱壑生角。」乘凌破山門，迴斡到地軸。洙曰：春秋括地象：「去地有三千六百軸。」海賦：「似地軸挺拔而争迴。」交洛赴洪河，及關豈信宿。應沉數州没，如聽萬室哭。穢濁殊未清，風濤怒猶蓄。洙曰：江賦：「乃鼓怒而作濤。」何時通舟車，昱曰：中庸：「舟車所至。」師曰：南北阻隔，舟車不通，而云何時者，厭亂願治之辭也。陰氣不黲黷。鄭曰：上千敢，下徒卜切，垢黑也。趙曰：何時得水落而舟車可通，且陰氣開朗而不黲黷？選有「上慘下黷」。浮生有蕩汩，吾道正羈束。人寰難容身，師曰：謂當兵革擾攘，吾道拘束不得騁，武夫悍卒正得志之秋，人寰難容身，天地雖大，若無所往。石壁滑側足。雲雷屯不已，艱險路更跼。渠玉切，促也。普天無川梁，欲濟願水縮。洙曰：魏文帝雜詩：「欲濟河無梁。」陸機詩：「怨彼河無梁，引領望大川。」因悲中林士，未脱衆魚腹。洙曰：詩：「肅肅兔罝，施於中林。」王康琚反招隱：「今雖盛明世，能無中林士？」屈原答漁父云：「寧赴湘流，葬於江魚腹中。」舉頭向蒼天，安得騎鴻鵠。趙曰：陸士衡擬西北有高樓云：「思駕歸鴻羽。」

大雲寺贊公房四首至德二載作。

補注 鶴曰：大雲寺在長安。以「泱泱泥污人，听听國多狗。既未免羈絆，時來憩奔走」，知是至德二載陷賊中時作。

燈影照無睡，心清聞妙香。 修可曰：維摩經曰：「有國名衆香，佛號香積，其界皆以香作樓閣，其國如來無文字說，但以衆香令諸天人得入律行，菩薩各坐香樹下，聞斯妙香，即獲得藏三昧。」補注 希曰：增一經有妙香三種，謂多聞香、戒香、施香。此三香逆風順風，無不聞之，最勝無等。**夜深殿突兀，風動金琅璫。** 補注 希曰：「琅璫」二字，見漢書王莽傳、西域傳，皆以爲長瑣。又，後漢司徒崔烈以琅璫瑣公。今所用非謂瑣，自指爲鈴鐸，故蘇子瞻有「風動琅璫月向西」之句，洪龜父有「琅璫鳴佛屋」之句，要皆本公此詩。**天黑閉春院，地清栖暗芳。玉繩回斷絶，** 洙曰：玉繩，星名。**鐵鳳森翱翔。梵放時出寺，鐘殘仍殷床。** 趙曰：鐵鳳，舊注引陸倕石闕銘「銅雀鐵鳳之工」，其說是。蓋施雀鳳於屋脊上者。梵放，蓋佛事至梵音必唱而誦之，故寺外可聞也。殷，上聲，「殷其雷」之殷。補注 希曰：薛綜西京賦注云：「圓闕上作鐵鳳凰，令張兩翼，舉頸敷尾。」東坡詩云「鐵鳳橫空飛絲繪」，又非聽風聲鳴鐵鳳，其意若不同。**明朝在沃野，** 洙曰：沃野千里。**苦是塵沙黄。** 饒曰：時西郊逆賊拒官軍未已。**童兒汲井華，慣捷瓶上手。** 修可曰：按本草：「井華水令人好顔色，與諸水有異。」謂井中水，平旦第一汲者。霑洒不濡地，掃除似無帚。**洙曰**：周禮：「宫人，凡寢中之事掃除。」**趙曰**：洒濡地則沮洳，掃有帚則除塵根也。明霞爛複閣，**洙曰**：明，一作「晨」。**夢符曰**：廣韻：「複，重也。」又古詩：「阿閣三重階。」〔補注〕**希曰**：漢書高紀：「從複道上。」如淳曰：「複，音復。上下有道，故謂之複。」阿房宫賦亦云：「複道行空。」霽霧搴高牖。**修可曰**：梁元帝詩：「能令雲霧搴。」側塞被徑花，飄飄委墀柳。**洙曰**：九辯云：「皋蘭被徑兮，斯路漸非。」艱難世事迫，**蘇曰**：陳衡曰：「世路艱難，老夫迫於生事。」隱遁佳期後。**洙曰**：郭璞游仙詩：「山川隱遁捷。」晤語契深心，那能總鉗口。**洙曰**：鉗口結舌。**蘇曰**：袁紹曰：「諸大夫見晁错，總皆鉗口，莫敢措一辭。今諸侯分土，公等何計？」奉辭還杖策，暫别終回首。**洙曰**：曹操奉辭出征，房玄齡杖策謁軍門。王粲詩：「回首望長安。」**趙曰**：奉辭，相奉而辭别之。舊注引奉辭出征，其義非。泱泱泥污人，听听國多狗。**鄭曰**：听，魚斤切。**洙曰**：九辨：「猛犬狺狺而迎吠兮，關梁閉而不通。」**鮑曰**：天寶十五年七月，賊將張通儒收録衣冠，污以僞命，不從者殺之。公晦迹幽隱，故云「泱泱泥污人，听听國多狗」。既未免羈，一作「寓」。絆，**洙曰**：吾慕容垂猶鷹也，宜急其羈絆。時來憩奔走。**趙曰**：於此未免羈絆，則亦僅能時來憩息耳。近公如白雪，執熱煩何有。**趙曰**：詩：「誰能執熱，逝不以濯。」心在水精域，**洙曰**：清净境土也。**趙曰**：江總大莊嚴寺碑云：「光遍水精之域。」蓋佛寺莊嚴，皆以金寶故也。衣霑春雨時。洞門盡徐步，深院果幽期。**馬曰**：謝靈運詩：「平生協幽期。」**師曰**：甫與贊公有期於洞門，徐步以待，雖春雨沾衣，不爲之避，禮遇之誠可見矣。到一作「倒」。扉開復閉，撞鐘齋及茲。醍醐長發性，洙曰：釋經言：「聞正法，如食醍醐然。」覺範曰：世説云：「淳酪養性，人無妒心。」則醍醐之能發性，抑可知已。此釋經所以取喻正法也。飲食遇扶衰。把臂有多日，洙曰：絶交論：「把臂之交。」開懷無愧辭。黄鸝度結構，紫鴿下罘罳。余曰：漢文帝紀：「未央宫東闕罘罳災。」師古曰：罘罳，謂連闕曲閣也。以覆重刻垣墉之處，其形罘罳然。罘罳〔一〕，屏也。罘，音浮。愚意會所適，花邊行自遲。湯休起我病，微笑索題詩。洙曰：沙門惠休姓湯氏，善屬文。趙曰：僧湯惠善詩與文，以比贊公也。

細軟青絲履，光明白氎巾。鄭曰：氎，達協切，毛布也。深藏供老宿，取用及吾身。洙曰：以白氎布爲巾，以供老宿之物而奉吾，所以言其敬。時可曰：南史：「高昌國有草，實如繭中絲，如細纑，名爲白氎，國人取織以爲布。」自顧轉無趣，交情何尚新。道林才不世，洙曰：支遁字道林，有才辯。惠遠德過人。洙曰：高僧惠遠有宿德。雨瀉暮檐竹，風吹春一作「青」。井芹。天陰對圖畫，最覺潤龍鱗。師曰：天陰對圖畫，言二人相對，如畫圖中人。揚子：「攀龍鱗，潤龍鱗。」言攀附贊公而有所

〔一〕罳，原作「曰」，據四庫本改。

滋潤也。

哀江頭至德二載作。

補注**鶴曰**：至德二載九月癸卯，復京師。十月壬子，復東京。而是詩云「春日潛行曲江曲」，當是作於是年春。蓋謂之潛行，又謂「黃昏胡騎塵滿城」，乃陷賊時所作明矣。梁權道亦編在是年。

少陵野老吞聲哭，**洙曰**：野老，甫自稱。少陵，杜陵也。**春日潛行曲江曲。****師曰**：西京雜記：「京城龍華寺南有流水屈曲，謂之曲江。在秦時爲宜春苑，漢時爲樂游苑。」玄宗開元中，鑿池引水，環植花木，爲京師勝賞之地。遭禄山焚劫之後，荒凉可知也。**江頭宮殿鎖千門，細柳新蒲爲誰緑？****洙曰**：康駢劇譚録：「曲江池，本秦愷州。開元中，疏鑿爲妙境，花卉周環，煙木明媚，都人游玩，盛於中和節。江側菰蒲葱翠，柳陰四合，碧波紅蕖，湛然可愛。」唐鄭注傳「大和九年」注言：「秦中有災，宜興力役以禳之。文宗因吟杜甫詩云：『江頭宮殿鎖千門，細柳新蒲爲誰緑？』始知天寶四年，曲江四面多樓臺行宮，乃敕公卿家住於曲江、昆明二池，起造亭觀，詔神策兩軍造紫雲樓、綵霞亭，內出牌以賜之。」**憶昔霓旌下南苑，****洙曰**：宋玉高唐賦：「霓爲旌。」唐曲池坊南有南苑。**苑中萬物生顏色。昭陽殿裏第一人，****鄭曰**：昭陽，漢殿名。**同輦隨君侍君側。****洙曰**：李白詩云：「漢宮誰第一？飛燕在昭陽。」謂楊妃也。**輦前才**一作「詞」。**人帶弓箭，****洙曰**：干寶注周禮云：「對舉曰輦。」唐制，內官才人七人。**蘇曰**：晉宣帝出獵長春苑，輦前才人皆乘寶馬，帶畫弓、白羽箭。補注**希**

曰：漢成帝游於後庭，嘗欲班婕妤同輦載，班辭曰云云。上善其言而止之。唐后妃傳：「唐因隋制，皇后之下，有九夫人、九嬪及婕妤九人、美人九人、才人九人、寶林二十七人、御女二十七人。玄宗以後，下復有四妃。非是。乃置三妃以代三夫人，又置六儀、四美人、七才人。」白馬嚼一作「嚙」。囓黃金勒。翻身向天仰射雲，射，食亦切。一箭一作「笑」。正墜雙飛翼。趙曰：按，明皇雜録：「上幸華清宮，貴妃姊妹各購名馬，以黃金爲銜勒。」洙曰：西都賦：「招白鷳，下雙鵠。」又：「矢不單殺，中必疊雙。」明眸皓齒今何在，洙曰：曹子建云：「皓齒内鮮，明眸善盼。」血污游魂歸不得。蘇曰：北齊初，大戰累年不解。王襄曰：「吾親知言爲游魂，歸故山不得。」趙曰：公此詩作於至德二載之春。血污游魂，則天寶十五載六月丁酉，上皇車駕次馬嵬，賜貴妃自盡。清渭東流劍閣深，去住彼此無消息。人生有情淚沾臆，江水一作「草」。江花豈終極？黃昏胡騎塵滿城，欲往城南忘南北。洙曰一云「望城北」。黃曰：甫朝哀江頭，暮又聞史思明連結吐蕃入寇，欲往城南省家，倉皇之際，心曲錯亂，忘南而走北也。甫家居城南。

哀王孫至德元載作。

彥輔曰：韓信至城下釣，漂母哀之。飯信，信謂漂母曰：「吾必重報母。」怒曰：「大丈夫不能自食，吾哀王孫而進食，豈望報乎？」王深父曰：安禄山驚潼關，玄宗倉卒西幸，諸嗣王及公主之在外者，皆不及從，其後多爲祿山所屠，鮮有脱者。此詩記而哀之。補注鶴曰：詩云「切聞〔太〕（天）子已傳位」，當在至德元載七月作。詳見注。

長安城頭頭白烏，洙曰：或謂頭字當作「頸」，蓋烏無頭白者。夜飛延秋門上呼。蘇曰：神堯初得天下，夜有飛鵲數百，皆集延秋西門呼鳴，至夜分方散。補注希曰：通鑑云：「上御勤政樓，下制云欲親征，皆莫之信。移仗北内，命陳玄禮整比六軍，上獨與貴妃姊妹、皇子、妃主、皇孫及親近宦官宫人出延秋門。妃、主、皇孫之在外者，皆委之而去。是日，百官猶有入朝者，至宫門猶聞漏聲，三衛立仗儼然。門既啓，則宫人亂出，中外擾攘，王公士民四出逃竄。」又向一作「來」。人家啄大屋，屋底達官走避胡。洙曰：唐書：「木椓達官（怕）[一]。」趙曰：白烏之號，不祥也。天寶十五載，祿山陷潼關，明皇幸蜀，從延秋門出，烏飛號於門上，暗言乘輿之出也。乘輿既出矣，公卿寧不逃避邪？金鞭斷折九馬死，骨肉不待同馳驅。腰下寶玦青珊瑚，玦，古穴切。洙曰：左傳：「晉侯佩太子以金玦。」可憐王孫泣路隅。問之不肯道姓名，蘇曰：陳遺過武功道中，逢異人，曰：「子先辱後榮。」遺與語，答問俱有理。遺怪而問姓名居住，不答。乃長揖下路，入竹林中，不知所之。但道困苦乞爲奴。趙曰：齊建安王子真被誅，入床下，叩頭乞爲奴贖死，不從。已經百日竄荆棘，身上無有完肌膚。高帝子孫盡高準，龍種自與常人殊。洙曰：漢高祖爲人

〔一〕怕，原脱，據四庫本補。

隆準而龍顏。應劭注曰：「隆，高也。」李斐曰：「準，鼻也。」趙曰：隋文帝子勇，勇子儼雲，昭訓所生，乃雲定興女。文帝喜曰：「皇太孫何謂生不得其地？」定興奏曰：「天生龍種，所以因雲而出。」**豺狼在邑龍在野，王孫善保千金軀。** **洙曰**：易：「龍戰於野。」光武紀：「讖曰：『四夷雲集龍鬥野。』」**趙曰**：仿陸士衡「願保金石軀」。又沈約雜詩：「坐喪千金軀。」補注 **鶴曰**：謂安、史據兩京，而玄宗、肅宗俱在外也。其時，王孫在長安者，皆未遇害，詩故不及之。蓋史云「天寶十五載八月癸巳，肅宗即位」，而通鑑以爲「七月甲子即位。丁卯，安禄山使孫李殺霍國長公主及王妃駙馬等。己巳，又殺皇孫及郡縣主二十餘人」。**不敢長語臨交衢，且爲王孫立斯須。** **洙曰**：周禮疏云：「舞交衢。」崔豹古今注：「大注交衢。」**師曰**：長，音仗，乃剩言也。交衢，謂路相交错，要衝之所。甫與之問答，不敢私言，但共立少頃，恐爲奸人窺伺故也。**昨夜東**一作「秦」。**風吹血腥，東來橐駝滿舊都。** **洙曰**：師古曰：「橐駝，言能負囊橐而馱物也。」史思明傳：「禄山陷南京，以駝運兩京御府珍寶於范陽，不知紀極。」**鮑曰**：東來橐駝，謂賊自東都進也。舊都，謂長安也。**朔方健兒好身手，** 補注 **希曰**：詩云：「好人服之。」注云：「好人，好女手之人。」**昔何勇鋭今何愚。** **洙曰**：世説：「桓車騎過江時，公私儉薄，自使健兒鼓行劫鈔。」**師曰**：哥舒翰領朔方兵守潼關，爲賊所敗故云云。**竊聞天子已傳位，** **洙曰**：明皇傳位於肅宗。**聖德北服南單于。** **蘇曰**：霍光曰：「聖德北服單于，南化蠻貊，民俗淳厚，士各守職。」**花門剺面請雪耻，** 剺，憐題切。**洙曰**：時回紇助順。**師曰**：南單于，即回紇也。花門，乃回紇地名。甫有留花門詩。回紇以花門自號。剺面，謂披其面皮，示誠悃也。**夢符曰**：後漢耿秉卒，匈奴聞之，舉國號泣，或至梨面流血。梨，即剺字。剺，劃也。古通用。**慎勿出口他人狙**。**師曰**：狙，竊聽也。甫欲王孫慎密其事，恐爲諜者所得〔一〕。**哀哉王孫慎勿疏，五陵佳氣無時無**。**洙曰**：漢高帝葬長陵，惠帝葬安陵，景帝葬陽陵，武帝葬茂陵，昭帝葬平陵，謂之五陵。**趙曰**：後漢王伯阿望春陵城曰：「氣佳哉，鬱鬱葱葱。」**師曰**：玄宗幸蜀，諸王流離，不見收録，安知五陵佳氣中，無天子出乎？故以勿疏爲戒。補注**鶴曰**：五陵謂獻陵、昭陵、乾陵、定陵、橋陵。舊注引漢五陵，非也。

悲陳陶天寶十五載作。

鮑曰：天寶十五載十月辛丑，房琯及禄山戰於陳陶斜，敗績。癸卯，琯又以南軍戰，敗績。公故有是詩。**蘇曰**：琯之敗，唐傳作陳陶斜，杜詩作陳陶，未知孰是。琯既敗，猶欲持重有所伺，而中人促戰，遂大敗，故後篇云「焉得附書與我軍，忍待明年莫倉卒」。補注**鶴曰**：當是天寶十五載十月辛丑，房琯陳陶戰敗後作。是年十月辛巳朔，辛丑乃十月二十一日。梁權道編在是年賊陷中詩内。蔡興宗就謂冬有悲陳陶、悲青坂。

孟冬十郡良家子，**洙曰**：漢趙充國始爲騎士，以六郡良家子。房琯傳：「十月庚子，師次便橋。辛

〔一〕諜，原作「諜」，據四庫本改。

丑，一軍先遇賊於咸陽縣之陳陶斜，接戰，琯軍敗績。」**血作陳陶澤中水。**〔補注〕**希曰**：陳陶斜在咸陽縣，而公詩止云陳陶。蓋斜者山澤之名，故又曰陳陶澤。**野曠**一作「廣」。**天清**一作「晴」。**無戰聲，四萬義軍同日死。** **洙曰**：爲賊所傷殺者四萬餘人，存者數千而已。〔補注〕**鶴曰**：王洙所注，本通鑑。按房琯本傳亦云：「殺卒四萬，血丹野，殘衆纔數千，不能軍。」**群胡歸來血洗箭，**血，一作「雪」。**仍唱**一作「撚箭」。**胡歌飲都市。都人回面向北啼，日夜更望官軍至。** **洙曰**：一云「前後官軍苦如此」。王深父序云：「至德元載，宰相房琯以車師戰禄山之黨，而陳陶敗績。」**趙曰**：此言朔方、安西、回紇、大食兵相助討賊，然夷狄之性，不無殘擾，故都人不願胡兵討賊，只望官軍至也。**師曰**：禄山焚劫暴虐，都人怨之而思唐德，遂有「望官軍」之句。肅宗一舉而復兩京，豈非因民謳吟思唐之心乎？

悲青坂

天寶十五載作。

〔補注〕**鶴曰**：此唐紀所謂「癸卯，又以南軍戰，敗績」。南軍，楊希文所將。乃天寶十五載十月二十三日。

我軍青坂在東門，天寒飲馬太白窟。 **魯曰**：在岐州郿縣，去長安三百里。太白山亦在扶風郡縣。〔補注〕**鶴曰**：陳希文將軍將南軍，自宜壽入。宜壽，即扶風盩厔縣，天寶元年更名曰宜壽。陳陶方敗一日而再戰，我氣折而彼方鋭，自應復敗。史記匈奴傳：「秦築長城以備胡，其下有泉窟，可以飲馬，征人路出於此而傷悲，故釋子蘭、陳琳俱有飲馬長城窟詩。**黃頭奚兒日向西，**補注 **希曰：**奚兒，謂祿山所發同羅、奚、契丹、室韋之衆，如使何千年、高邈傳奚騎二十，及使安志忠將精兵軍土門。志忠，奚人是也。黃頭，如所謂黃頭奴、黃頭郎。**數騎彎弓敢馳突。** **洙曰：**匈奴傳：「士力能彎弓，盡爲甲騎。」**趙曰：**前篇悲陳陶則辛丑之敗也，此篇悲青坂則癸卯之敗也。以兩敗各散而歸，所以言「日向西」，其餘散騎猶敢馳突，以言其暴掠不改也。**山雪河冰野蕭颸，青是烽煙白人骨。焉得附書與我軍，忍待明年莫倉卒。** **趙曰：**房琯戰於陳陶斜，不利，猶欲持重，而牽於邢延恩所促戰，故敗。而公詩有「忍待明年」之戒，所以重傷之也。補注 **希曰：**西京雜記：「有倉卒客，無倉卒主人。」

黃氏補千家集注杜工部詩史卷之二

黄氏補千家集注杜工部詩史卷之三

述懷至德二年作。

彦輔曰：此以下自賊中竄歸鳳翔作。晉阮籍嘗作詠懷詩八十餘篇，爲世所重。補注**鶴曰**：公以至德元載陷賊，今詩云「去年潼關破」，又云「今夏得西走」，當是二年夏拜拾遺後作，故又有「涕淚受拾遺」之句。

去年潼關破，**鄭曰**：潼，徒紅切，水名，出廣漢。上有關，名潼關。**妻子隔絶久**。**洙曰**：新玄宗紀：「天寶十五年，安禄山僭號於東京。賊將安慶緒犯潼關，哥舒翰軍敗退。翰至潼關，爲其帳下火拔歸仁以左右數十騎執之，降賊，關門不守。京師駭，河東、華陰、上洛等皆委城而走，上乃謀幸蜀也。」補注**希曰**：公陷賊而妻子在鄜州，故云隔絶。**今夏草木長**，**洙曰**：陶淵明詩：「孟夏草木長。」**脱身得西走**。**洙曰**：按新唐書：「天子幸蜀，甫走避三川。肅宗立，自鄜州羸服奔行在，爲賊所得。至德元年亡走，謁帝鳳翔。」**麻鞋見天子**，**蘇曰**：焦卓見文帝，麻鞋烏帽，舉動詳正，奏對明敏，帝呼爲高士。**衣袖露兩肘**。**朝廷慜生還**，**鄭曰**：慜，眉殞切。**親故傷老醜**。**涕淚受拾遺**，**洙曰**：按新書言：「甫至德二年，亡走鳳翔，上謁，授右拾遺。」補注**鶴曰**：通典云：「唐武后垂拱中，置左右補闕、左右拾遺，以掌供奉諷諫。開元以來，尤爲清選。」又流離主恩厚。柴門雖得去，未忍即開口。**趙曰**：不欲違天顔也。寄書問三川，不知家在否。**洙曰**：三川在鄜州。按本傳：「甫寄家三川，艱窶彌年，孺弱至餓死者。」比聞同罹禍，殺戮到雞狗。**蘇曰**：黄巾犯渭上，雞犬俱殺戮盡，數千里斷絶人煙。補注 **希曰**：通鑑，禄山「始自京畿、鄜、坊至於岐、隴皆附之，至是西門之外率爲敵壘」，故云。山中漏茅屋，誰復依户牖？摧頽蒼松根，地冷骨未朽。**蘇曰**：吊王褒文云：「西山地冷，靈骨未朽，秀氣矗然。君既長卧，復鍾後賢。」幾人全性命，盡室豈相偶。嶔岑猛虎場，鬱結回我首。自寄一封書，今已十月後。**趙曰**：十月後，非冬之十月也。何以明之？公往問家屋，乃在閏八月初吉耳。此詩在閏八月之前所作也。反畏消息來，寸心亦何有。漢運初中興，生平老耽酒。**洙曰**：魏曹植賦曰：「若耽於觴酌，流情縱佚，先王所禁，君子所失。」沈思歡會處，恐作窮獨叟。

偪側行乾元元年作。

彦輔曰：贈畢耀。一云「偪偪行」。篇中字亦作「偪偪」。西征賦：「駢闐偪側。」補注 **鶴曰**：詩云「東家蹇驢許借我，泥滑不敢騎朝天」，當是乾元元年爲拾遺在京師作。

偪側何偪側，**修可曰**：西京賦：「駢羅偪側。」補注 **希曰**：子虚賦：「偪側泌瀄。」我居巷南子巷北。可恨鄰里間，十日不一見顔色。洙曰：江淹古别離詩：「願一見顔色，不異瓊樹枝。」自從官馬送還官，行路難行澀如棘。洙曰：古樂府有行路難。我貧無乘非無足，昔者相遇今不得。實不是愛微軀，一云「慵相訪」。又非關足無力。補注希曰：遇字乃過字。梁莊肅家本無實與又二字。徒步翻愁官長怒，此心炯炯君應識。洙曰：潘安仁寡婦賦：「目炯炯而不寢。」鄭曰：炯，户頂切，光也。曉來急雨春風顛，睡美不聞鐘鼓傳。東家蹇驢許借我，定功曰：七諫云：「駕蹇驢而無策兮，又何路之能極。」補注希曰：賈誼弔屈原賦：「騰駕罷牛，驂蹇驢兮。」師古曰：跛也。泥滑不敢騎朝天。已令請急會通籍，洙曰：令，郎丁切。一云「已令把牒還請假」。元帝紀「通籍」注：「籍者爲二尺竹牒，記其年，紀名字、物色，縣之宫門，省禁相應，乃得入也。」武后時，太學生請急，后亦省視之。男兒性命絶可憐。焉能終日心一作「神」。拳拳，洙曰：中庸：「回之爲人也，得一善則拳拳服膺，弗失之矣。」注：「拳拳，奉持之貌也。」憶君誦詩神凜然。辛夷始花亦一作「又」。已落，蘇曰：韓文公感春詩：「辛夷花最高先開。」辨證云：「此花，江南地暖，正月開；北地寒，二月開。初發如筆，北人呼爲木筆，其花最早，南人呼爲迎春。」趙曰：本草云：「正月、二月開花，既落而無子，夏秋復著花。」言花之開落，所以顯人之易老。況我與子非壯年。街頭酒價常苦貴，師曰：禄山以來，京城蕭索，百物踴貴，何獨酒乎？甫以酒貴爲苦，傷時之意，於此可見。方外酒徒稀醉眠。速宜相就飲一斗，恰有三百青銅錢。洙曰：宋鮑昭行路難：「且願得志數相就，床頭恒有沽酒錢。」**趙曰**：真宗問近臣唐酒價，衆莫能對。丁晉公獨曰：「每斗三百。」上問：「何以知之？」丁引此詩以對。**補注** **鶴曰**：按唐食貨志：「乾元元年，京師酒貴，肅宗以粟食方屈，原禁民沽酒。斯以麥熟如初。二年，饑，復禁酤。」廣德二年，禁天下酤，以月收税。建中元年，罷之。三年，復禁酤，置釀酒斛，收直三千。」今以公此詩言之，斛收三千，非特起於建中，然則丁晉公知杜詩而不知史也。

北征至德二年作。

鮑曰：至德二載，公自賊竄歸鳳翔，謁肅宗，授左拾遺。時公家在鄜州，所在寇多，彌年艱窶，孺弱至餓死者。有墨制，許自省視。八月之吉，公始北征，徒步至三川迎妻子，故有是詩。**蘇曰**：北征詩識君臣之大體，忠義之氣與秋色争高，可貴也。**補注** **鶴曰**：楚辭九懷：「駕玄螭兮。」北征詩述在路及到家之事，當在羌村後至德二載九月作，故云「菊垂今秋花」。

皇帝二載秋，閏八月初吉。 **補注** **希曰**：按唐紀：「是年閏月甲寅，安慶緒寇好畤，渭北李光進敗之。」此詩云初吉，乃是其月初一日。其曰「怵惕久未出」，殆是久得此命而未敢行也。**杜子將北征，蒼茫問家室。** **蘇曰**：胡混自金陵歸永安，蒼茫下馬，問里人曰：「家室何在？」**趙曰**：皇帝，言肅宗也。二年，言至德二年也。自鳳翔歸鄜州，此之謂「北征」也。**維時遭艱虞，朝野少暇日。顧慚恩私被，詔許歸蓬蓽。**

洙曰：時房琯得罪，甫上言：琯罪細，不宜免。帝怒，詔三司推問。甫謝，因稱琯「宰相子，少自樹立，有大臣

門」。**修可曰**：傳長虞詩：「歸身蓬蓽廬。」拜一作「奉」。辭詣闕下，一云「閣

體」。帝不省録，詔放甫歸鄜省家。**怵惕久未出**。補注**鶴曰**：漢有熛闕、鳳闕、東闕、北闕，故云。三輔故事云鳳闕圜。又「怵惕」二字出禮

記。**雖乏諫諍姿，恐君有遺失**。**炎曰**：言諫免瘖。**趙曰**：甫不忍輕去其君，恐君又有過舉，而欲諫諍之。

君誠中興主，經緯固密勿。**東胡反未已，臣甫憤所切**。**洙曰**：東胡，禄山也，憤其亂也。**揮涕戀**

行在，**炎曰**：天子行幸所在，曰行在。補注**希曰**：漢武帝紀：「徵詣行在所。」**師古曰**：天子或在京師，或出

巡狩，不可豫定，故言行在所。**道途猶恍惚**。**魯曰**：言心憂也。**乾坤含瘡痍，憂虞何時畢**。**靡靡逾**

阡陌，補注**希曰**：成紀：「出入阡陌。」又食貨志：「商君開阡陌。」**人煙眇蕭瑟**。**洙曰**：靡靡，猶遲遲也。

詩：「行邁靡靡。」蕭瑟，言人皆避亂無留房者。**所遇多被傷，呻吟更流血**。**回首鳳翔縣，旌旗晚明**

滅。**洙曰**：時肅宗在鳳翔。**前登寒山重，屢得飲馬窟**。**洙曰**：古樂府有飲馬寒山窟行。**邠郊入地**

底，涇水中蕩潏。**洙曰**：邠州，古豳國。昔公劉據豳。其地，開元十三年，改豳州爲邠。周禮雍州：「川曰

涇汭。」補注**希曰**：按九域志：「涇水在涇州。」而邠州西距涇州才百五十里，涇水之所通也，故曰中蕩潏。**猛**

虎立我前，蒼崖吼時裂。**菊垂今秋花，石戴**一作「帶」。**古車轍**。**青雲動高興，幽事亦可悦**。

山果多瑣細，羅生雜橡栗。**鄭曰**：橡，徐兩切，櫟實也。**或紅如丹砂，或黑如點漆**。**曾曰**：玉白若

截肪，黄如蒸栗，赤若丹砂，黑如點漆。**雨露之所濡，甘苦齊結實**。補注**希曰**：雨露既濡，見禮記。**緬**

思桃源内，益嘆身世拙。**洙曰**：桃源，秦俗避亂之所。補注**希曰**：桃源山在鼎州。淵明記：「晉太元中，武陵人捕魚忘路，忽逢桃林，夾岸數百步，無復雜果，人云秦時避世至此。」坡陀望鄜畤，上芳無切，下諸市切。**洙曰**：鄜畤，漢武郊祀之所；春秋時，白狄之地。**修可曰**：前郊祀志：「秦文公夢黃蛇自天而下屬地，其口止於鄜衍。文公問史敦，敦曰：『此上帝之徵，君祠之。』於是，作鄜畤，用三牲郊祀白帝焉。」以此考之，鄜畤乃文公所作，非漢武也。谷岩互出没。我行已水濱，我僕猶木末。**洙曰**：木末，言猶遠也。鴟鳥一作「梟」。鳴黃桑，野鼠拱亂穴。夜深經戰一作「中」。場，寒月照白骨。**蘇曰**：李隱塞上行云：「寒月上征壘，沙與骨共白。胡馬中夜嘶，斷腸穹廬客。」潼關百萬師，往者散何卒。遂令半秦民，殘害爲異物。**洙曰**：翰以兵二十萬守潼關，及其敗也，火拔歸仁曰：「公以二十萬，一日覆敗，持是安歸？」遂執以降賊。**修可曰**：魏文帝與吴質書：「元瑜長逝，化爲異物。」況我墮胡塵，及歸盡華髮。**洙曰**：甫先陷賊而亡歸。經年至茅屋，妻子衣百結。**蔡曰**：董先生衣百結。慟哭松聲迴，悲泉共幽咽。平生所驕兒，顔色白勝雪。見耶背面啼，垢膩脚不襪。**蘇曰**：徐貴妃幼時隱於庶人家，滿身膩垢，短衣，脚無襪，齊皇后見而奇其相，以萬金易而育之。**修可曰**：沈佺期被彈詩云：「窮困多垢膩。」補注**希曰**：南史：「陰子春身服垢汚，脚數年一洗。」床前兩小女，補綻纔過膝。海圖坼波濤，舊繡移曲折。天吴及紫鳳，**魯曰**：天吴，水神也。**修可曰**：木玄虚海賦：「天吴乍見而髣髴。」山海經云：「朝陽之谷，有神曰天吳，是爲水伯。虎身，人面，八手，八足，八尾，青黄色。丹穴山有鸑鷟，鳳之屬也，如鳳，五色而多紫。」**趙曰**：天吳，海圖所畫之物；紫鳳，所繡之物也。**顛倒在短**一作「裋」。**褐**。**修可曰**：當作「裋」，音豎，蓋傳寫之誤也。方言曰：「關西謂襜褕短者爲短褐。」前漢：「貢禹短褐不完。」師古曰：「裋，謂童豎所着之襦。褐，毛布也。」**老夫情懷惡，嘔泄卧數日**。**洙曰**：一作「數日卧嘔泄」。**蘇曰**：邵平不喜聞是非名利事，輒聞即甚惡，數日嘔泄。古詩：「是非添嘔泄。」**那無**一作「能」。**囊中帛，救汝寒凜慄。粉黛亦解苞，衾裯稍羅列。瘦妻面復光，癡女頭自櫛。學母無不爲，曉妝隨手抹。移時施朱鉛，洙曰**：宋玉登徒子好色賦：「臣東家之子，著粉則太白，施朱則太赤。」**狼籍畫眉闊**。補注 **希曰**：史記淳于髠傳：「杯盤狼藉。」**生還對童稚，蘇曰**：郭攸：「吾幸生還故鄉，喜對幼稚[一]，雖死，心亦足矣。」**似欲忘飢渴**[二]。**問事競挽鬚，蘇曰**：林喆自回中還鄉，兒童輩皆問事，争挽鬚鬢。**定功曰**：桓伊撫箏[三]，謝安挽其鬚，曰：「使君於此不凡。」**誰能即嗔喝。翻思在賊愁，甘受雜亂聒。新歸且慰意，生理焉得說。至尊尚蒙塵，洙曰**：僖二十四年傳：「臧文仲對曰：『天子蒙塵于外，敢不奔問官守？』」**幾日休練卒。仰看天色**

[一] 喜，原作「善」，據四庫本改。
[二] 似，原作「以」，據四庫本改。
[三] 桓伊撫箏，原作「曹子建時」，據四庫本改。

改，坐覺妖氣一作「氛」。豁。**蘇曰**：張子房曰：「幾日妖氣開豁，天宇明靜。」陰風西北來，慘澹隨回鶻。**洙曰**：一作「胡紇」。唐書回鶻傳云：「回紇，其先匈奴也。元魏時號高車部，或曰敕勒，訛爲鐵勒，臣于突厥。至隋，韋紇復叛去，自稱回紇。」回鶻，言勇鷙猶鶻然。其王願助順，其俗喜馳突。**蘇曰**：張騫曰：「西羌人俗喜馳馬門射。」送兵五千人，**洙曰**：時回紇以兵五千助順。**補注鶴曰**：會要：「至德二年正月，肅宗駕在彭原。四月，官軍爲賊將安守忠所敗於青渠北，乃遣中官竇誠使於回鶻，令發其兵。九月，回鶻遣太子葉護領蕃兵四千餘人來助討賊，遂收東京。葉護請且歸靈夏已北，取馬收范陽。」驅馬一萬匹。此輩少爲貴，四方服勇決。所用皆鷹騰，破敵過一作「如」。箭疾。**洙曰**：回紇至隋曰韋紇，其人驍彊，初無酋長，逐水草轉徙，善騎射，喜盜鈔。聖心頗虛佇，時議氣欲奪。**趙曰**：言主上雖虛心以待其破賊，然時議恐畢竟爲害，所以氣欲奪也。伊洛指掌收，西京不足拔。官軍請深入，蓄鋭伺具發。此舉開青徐，旋瞻略恒碣。**補注希曰**：書：「太行、恒山，至于碣石。」故曰「恒碣」。昊天積霜露，正氣有肅殺。禍轉亡胡歲，勢成擒胡月。胡命其能久？**洙曰**：史思明傳：「優相謂曰：『胡命盡乎？』」皇綱未宜絶。憶昨狼狽初，**定功曰**：酉陽雜俎云：「狼、狽，是兩物。前足絶短。每行，駕兩狼，失則不能動，故世言乖者爲狼狽。」事與古先別。奸臣競葅醢，**鄭曰**：葅，臻魚切。同惡隨蕩析。不聞夏殷衰，中自誅褒妲。**洙曰**：褒姒、妲己也。此言誅楊貴妃也。周漢獲再興，宣光果明哲。**魯曰**：周宣王、漢光武也。**桓桓陳將軍，洙曰**：陳將軍，玄禮也。首謀誅貴妃、楊國忠。補注**希曰**：書牧誓：「勗哉，夫子尚桓桓。」注：「桓桓，武貌。」爾雅：「桓桓，威也。」釋曰：「嚴猛之貌。」周頌桓篇：「桓桓武王。」**仗鉞奮忠烈。蘇曰**：汲黯仗鉞宣風，奮於忠烈。**微爾人盡非，于今國猶活。定功曰**：孫楚爲石仲容與孫皓書曰：「愛民活國，道家所尚。」**淒涼大同殿，寂寞白獸闥。洙曰**：大同、白獸，皆禁中宮殿名也。補注**鶴曰**：會要：「大和三年十月，敕修南内大同殿十三間。」漢有白虎殿，唐高祖名虎，故改曰獸。**都人望翠華，洙曰**：司馬相如曰：「建翠華之旗。」**佳氣向金闕。蒼舒曰**：右按，神異經：「東北大荒中，有金闕，高百丈。上有明月珠，徑三丈，光照千里。中有金階，西北入兩闕中，名天門。」**園陵固有神，洙曰**：園陵，天子所葬之處。**掃灑數不缺。煌煌太宗業，樹立甚宏達。**

得舍弟消息乾元元年作。

補注**鶴曰**：其弟在河南，而公西去，故云「猶有淚成河，經天復東注」。當是乾元元年在華州作。

風吹紫荆樹，色與春庭暮。花落辭故枝，風回反無處。洙曰：周景式孝子傳曰：「古有兄弟忿，欲分異，出門見三荆同株，接葉連陰，嘆曰：『木猶欣聚，况我而殊哉？』又田真兄弟欲分〔一〕，其夜，庭前三荆便枯，兄弟嘆之，却合，樹還榮茂。」**骨肉恩書重，漂泊難相遇。猶有淚成河，經天復東注。** **洙曰：**世説：「人問顧長康哭桓宣武之狀如何，曰：『鼻如廣莫風，眼如懸河決，聲如振雷破山，淚如傾河注海。』」

徒步歸行至德二載作。

彦輔曰：贈李特進。自鳳翔赴許州，途經邠州作。**補注** **鶴曰：**李特進，意是李嗣業，詳見至德二年作。故有「鳳翔千官且飽飯，白頭拾遺徒步歸」之句。

明公壯年值時危，經濟實藉英雄姿。 **洙曰：**天下英雄，惟操與使君。**國之社稷今若是，武定禍亂非公誰？** **趙曰：**魏賀拔軌稱宇文泰曰：「宇文公文足經國，武能定亂。」**鳳翔千官且飽飯，衣馬不復能輕肥。** **曾曰：**語：「乘肥馬，衣輕裘。」**青袍朝士最困者，白頭拾遺徒步歸。** **洙曰：**甫謁上於鳳翔，受左拾遺。**人生交契無老少，論交何必先同調。** **洙曰：**一作「論心誰謂」。古今殊異，代可同調。**妻子山中哭向天，須公櫪上追風驃。** **修可曰：**崔豹古今注：「始皇七馬，一曰追風。」廣韻曰：「馬黄白

〔一〕田，原作「曰」，據國圖全本、四庫本改。

色曰驃。」**師曰**：追風驃，言李公有驃騎，疾可追風逐電，甫欲就之一借，櫪馬槽也。補注**鶴曰**：按李嗣業本傳：「京兆高陵人，因隨高仙芝平勃律，加特進。禄山反，肅宗追之。至鳳翔，上謁，肅宗喜曰：『卿至，賢於數萬衆。』嗣業忠毅憂國，不計居産，有宛馬十匹。」

玉華宮至德二載作。

師曰：自此詩以下至羌村，乃甫趨鄜路逢所經見，兼述抵家情況。補注**鶴曰**：唐志：「貞觀二十一年，建玉華宮於坊州宜君縣之鳳凰谷。」會要云：「二十一年七月十二日，造殿曰玉華殿。」太宗有玉華宮銘。公至德二載往鄜時作。果州亦有玉華宮。九域志云：「唐神龍中，見黄雲赤霧，凝然翳前，後三日，但聞斤斧之聲。暨霧散雲斂，有宮花出。在果州。上聞其事，賜名玉華宮。」然非其詩所題者。

溪回松風長，**梅曰**：苻堅墓在此宮前，有溪曰醽醁，蓋取溪色如酒色之碧也。溪回，言回遠也。惟回遠，故松風不歇。**蒼鼠竄古瓦**。**不知何王殿**，**遺構絶壁下**。**陰房鬼火青**，**洙曰**：許慎云：「兵死之血爲鬼火。」燐者，鬼火之名。補注**希曰**：九思：「鬼火號熒熒。」**壞道哀湍瀉**。**洙曰**：書：「説築傅岩之野。」注：「傅氏之岩在虞、虢之界〔一〕，通道所經，有澗水壞道，常使胥靡刑人等護此道。」**萬籟真笙竽**，**秋色**

〔一〕虢，原作「號」，據四庫本改。

一作「氣」。**正蕭灑**。**洙曰**：莊子齊物篇：「子綦曰：『汝聞地籟而未聞天籟。』子游曰：『地籟則衆竅是已，人籟則比竹是已，敢問天籟？』子綦曰：『夫吹萬不同，而使其自已也。』」**美人爲黄土，況乃粉黛假**。**當時侍金輿，故物獨石馬**。**梅曰**：潘岳：「美人歸重泉。」列子：「粉白黛黑，佩環，雜芷若。」**蘇曰**：梁隱過茂林，覽遺迹，了無故舊碑文，考驗往事，獨石馬在茂草中。**憂來藉草坐，浩歌淚盈把**。**冉冉征途間，誰是長年者**。**洙曰**：天台賦：「萋萋之纖草。」又：「嗟人生之短期，孰長年之能執。」

九成宮至德二載作。

魯曰：武德元年，廢麟游郡，置鄜州，有九成宮，即隋仁壽宫也。補注**鶴曰**：地理志：「隋仁壽宫，義寧元年廢，貞觀五年復置，永徽元年曰萬年宫，乾封二年復曰九成宫，在鳳翔府麟游縣。」當是至德二載經鄜州作，故詩云「天王守太白」，又云「我行屬時危」。

蒼山入百里，崖斷如杵臼。**曾宫憑風迥**，一作「迴」。**岌嶪土囊口**。**洙曰**：西京賦：「狀嵬峨，以岌嶪也。」宋玉風賦：「夫風起於青蘋之末，盛怒於土囊之口。」**立神扶棟梁，鑿翠開户牖**。**敏修曰**：魯靈光：「神靈扶其棟宇。」**其陽産靈芝**，**蘇曰**：隋文帝：「終南山陽石柱上，産金花芝十莖。」補注**希曰**：終南在長安，而九成宫在麟游縣，蘇引「終南山陽産金花芝」，非。當是産九成宫所枕山之陽。**其陰宿牛斗**。

洙曰：西都賦：「其陽則崇山隱天，幽林穹谷。其陰則冠以九峻，陪以甘泉。」天台賦：「蔭牛宿以曜峯。」趙曰：以言其高。**紛披長松倒，揭巘怪石走。**巘，魚列切。趙曰：洞簫賦：「若凱風紛披。」魯靈光殿賦：「飛陛揭孽緣雲上。」**哀猿啼一聲，客淚迸林藪。**洙曰：宜都山川記曰：「峽中猿鳴至清，諸山谷傳其響，泠泠不絶，行者歌：三聲淚霑衣。」補注希曰：古樂府：「巴東三峽巫峽長，猿鳴三聲淚霑裳。」山谷謂：「但以柳怨之音，和爲數叠。」惜其聲今不傳。**荒哉隋家帝，製此今頽朽。**洙曰：楊素爲隋文帝營仁壽宫，規構鴻侈，文帝怒曰：「素爲吾掊怨天下。」素懼，封倫曰：「毋恐，后至當自免。」既而果然。**向使國不亡，焉爲巨唐有？雖無新增修，尚置官居守。**補注鶴曰：志云：「周垣千八百步，并置禁苑及府庫官寺等，太宗、高宗嘗臨幸。」舊史志云：「九成宫，總監一人，副監一人，丞一人，簿一人，録事一人，府三人，史五人。」**巡非瑶水遠，**洙曰：王元長曲水序：「夏后兩龍，載驅璿臺之上；穆滿八駿，如舞瑶水之陰。」言周穆王游於崑崙山，其西王母與宴於瑶池之上。**迹是雕墻後。**洙曰：五子之歌：「峻宇雕墻。」**我來屬時危，仰望嗟嘆久。天王守太白，**洙曰：趙充國傳：「今太白高，深入者勝。天王，天子也。守太白，待時而進也。」趙曰：守，音狩。太白，山名。守之爲義，言肅宗在鳳翔也。補注希曰：太白山在鳳翔府郿縣，天王謂肅宗也。**駐馬更回首。**

羌村三首至德二載作。

[補注]鶴曰：此詩當在至德二載秋至鄜時作。

峥嶸赤雲西，馬曰：赤雲西，謂返照雲漢皆赤色。[補注]希曰：雲，一作「城」。孔靈符會稽記曰：「赤城，山名，色皆赤，狀如雲霞。」今借用也。日脚下平地。洙曰：楚詞云：「載赤雲而陵太清。」西都賦云：「岩峻崷崒，金石峥嶸。」注：「峥嶸，高秀也。」柴門鳥雀噪，歸客千里至。洙曰：歸客，一云「客子」。妻孥怪我在，驚定還拭淚。世亂遭飄蕩，生還偶然遂。[補注]希曰：陸賈新語：「乾鵲噪而行人至。」鄰人滿墻頭，感嘆亦歔欷。洙曰：歔欷，感泣也。夜闌更秉燭，相對如夢寐。蘇曰：謂更互秉燭照之，恐尚是夢也。作更字讀，則失其意甚矣。師曰：相聚與夢想，不知其所以，此語乃天然混成，了無斧鑿痕耳。

晚歲迫偷生，晁曰：晚歲，謂暮年也。還家少歡趣。嬌兒不離膝，畏我復却去。憶昔好追涼，趙曰：晉安王薄晚逐涼詩：「向夕紛暄屏，追涼飛觀中。」[補注]鶴曰：後漢仲長統傳：「濯清水，追涼風。」故繞池邊樹。蕭蕭北風勁，撫事煎百慮。洙曰：江淹詩：「伏枕懷百慮。」賴知禾黍收[一]，洙曰：

[一] 知，原作「如」，據四庫本改。

禾黍，一作「黍秫」。**趙曰**：言黍秫，極是。蓋黍秫所以造酒，與下句相應。已覺糟床注。**魯曰**：糟床，即酒醡也。如今足斟酌，且用慰遲暮。**夢符曰**：按，離騷經：「恐佳人之遲暮。」

群雞正一作「忽」。亂叫，客至雞鬥争。**洙曰**：一云「正生」。驅雞上樹木，始聞扣柴荆。父老四五人，**蘇曰**：謝脁過鄴中，貴交零落，有田畯野老四五人慰脁曰：「道左商旅樵人。」問我久遠行。手中各有携，傾榼濁復清。**洙曰**：徐邈曰：「酒清者爲聖人，濁者爲賢人。」酒頌：「挈榼提壺。」苦辭酒味薄，黍地無人耕。兵革既未息，兒童盡東征。請爲父老歌，**洙曰**：漢祖宴父老，歌大風。艱難愧深情。歌罷仰天嘆，四坐淚縱横。**師曰**：時玄宗幸蜀，肅宗撫慰之，道有所未盡。是何父子之恩，反不若鄰里之深情乎？四坐淚下而仰嘆，深爲朝廷嘆惜此爾。

新安吏乾元二年作。

王深父曰：乾元二年，郭子儀等九節度之師圍安慶緒於鄴。時不立元帥，以中官魚朝恩爲觀軍容宣慰使，師遂潰於城下，諸節度各還本鎮，子儀保河陽，詔留守東都。此詩蓋哀出兵之役。**師曰**：從新安吏以下至無家别，乃乾元元年所作。肅宗以至德二年改元乾元，時九節度使兵圍安慶緒於相州，大敗而還。朝廷調諸郡兵益急，雖次丁盡行，秦之謫戍，無以加此。補注 **鶴曰**：新安吏至無家别當是乾元二年作。今以無家别「五年委溝溪」之句論之，祿山以天寶十四載叛，至乾元二年乃五年，師云「乾元元年，九節度敗」，蔡云「二年，九節度潰於相州」。按舊史：「二年三月壬申，九節度兵潰。」新史云：「師潰於滏水。」梁權道編在至德二載，非。蔡興宗年譜却以乾元二年春，公留東都，有新安吏、石壕吏等詩。

客行新安道，洙曰：新安，地名。補注鶴曰：新安，縣名，唐屬河南府。九域志云有二鄉，兹其所以爲小縣歟。**喧呼聞點兵。**洙曰：古木蘭詩：「昨夜見軍帖，可汗大點兵。」**借問新安吏，縣小更無丁。府帖**一作「符」。**昨夜**一作「日」。**下，次選中男行。中男絶短小，何以守王城。肥男有母送，瘦男獨伶俜。**洙曰：潘安仁寡婦賦：「少伶俜而偏孤。」伶，音零。俜，無成單孤貌。修可曰：古猛虎行：「少年惶且怖，伶俜到他鄉。」**白水暮東流，青山猶**一作「聞」。**哭聲。莫自使眼枯，收汝淚縱横。眼枯却見骨，天地終無情。我軍取**一作「至」。**相州，**洙曰：時九節度圍相州而師潰也。**日夕望其平。豈意賊難料，**蘇曰：吴起：「出兵不可輕戰，賊勢難料。」**歸軍星散營。**趙曰：乾元初，詔子儀率李光弼等九節度兵二十萬討慶緒，於相州圍之，慶緒求救於史思明。王師不利，南潰，諸節度引還，故公今詩云云。**就糧近故壘，練卒依舊京。**補注希曰：通鑑：乾元二年二月，郭子儀等使圍鄴城，築壘再重，穿塹三重，壅漳水，灌之城中。自冬至春，安慶緒堅守以待史思明。人皆以爲克在朝夕，而諸軍無統帥。官軍出，即散其營。諸軍人馬牛車，日有所失，樵采甚艱，天下饑饉，轉餉者爲思明殺戮。由是，諸軍乏食，人思自潰。三月壬申，官軍潰於南。**掘壕不到水，牧**一作「看」。**馬役亦輕。** **洙曰**：此言子儀保河陽，詔留守東都。**況乃王師順，撫養甚分明。送行勿泣血，僕射如父兄。** **鄭曰**：郭子儀也。補注**希曰**：子儀以朔方軍斷河陽橋，保東京，東京士民驚駭，散奔山谷。子儀在河陽，將謀城守，人又驚奔，諸將繼至，衆及數萬，議捐東京，退保蒲、陜。都虞候張濟曰：「蒲、陜薦飢，不如守河陽。」子儀從之，用濟役所部兵，築南、北兩城而守之。子儀至德二載授尚書僕射，乾元元年進中書令，而此詩第云「僕射」，何也？無乃當時人熟於僕射之名故云。

潼關吏至德二載作。

王深父曰：安禄山反，哥舒翰以潼關擊賊，翰敗，禄山遂陷長安。其後，又復長安，頓增飾餘險。此詩蓋刺非其人，則舉以棄之；得其人，雖舊險亦足以恃，不必衆而持無益也。補注**鶴曰**：哥舒翰天寶十五載六月潼關失守，京師遂陷。今詩云「修關還備胡」，當是至德二載收京後詩。又云「要我下馬行」，必歸京時作。

士卒何草草？築城潼關道。大城鐵不如，小城萬丈餘。 **薛曰**：潤洲圖經：「城號鐵甕城，吴孫權所築。」又世説曰：「若湯池鐵城，無可攻之勢。」補注**鶴曰**：潼關在華州華陰縣，河水自龍門南流，激華山而東，故名潼關。天寶十四載，禄山反，詔河西節度使哥舒翰爲皇太子前鋒兵馬元帥，令率衆二十萬守潼關。明年六月，翰爲賊所敗，關門不守。今復築城故云。**借問潼關吏，修關還備胡。** 修關，一作「築城」。

要我下馬行，要，於宵切。爲我指山隅。連雲列戰格，飛鳥不能逾。胡來但自守，豈復憂西都？丈人視要處，窄狹容單車。**蘇曰**：李左車云：「井陘之道，車不得方軌，騎不得成列。」補注**鶴曰**：李陵書曰：「足下昔以單車之使，適萬乘之虜。」又後漢來歙以單車來使。單車如驛騎，單置一馬。艱難奮長戟，千古用一夫。**洙曰**：匈奴贊：「厲長戟勁弩之械。」劍閣銘：「一人荷戟，萬夫趑趄。」蜀都賦：「一夫守隘，萬夫莫向。」哀哉桃林戰，百萬化爲魚。**洙曰**：武成：「放牛桃林之野。」注：「桃林在華山東。」西京賦：「左有崤函重險，桃林之塞。」陸士衡詩：「眷言懷桑梓，無乃化爲魚。」補注**希曰**：陝州有桃林府，而此乃指潼關之戰，當是華山之東者。請囑防關將，慎勿學哥舒。**洙曰**：唐哥舒翰，突騎施首領哥舒部落之裔也。蕃人多以部落稱，始以爲氏。翰至潼關，次于靈寶縣之西原，與賊交戰，官軍南迫險峭，北臨黄河，因爲凶徒所乘。王師自相擠排，墜於河，翰降於賊，禄山僞署翰司空。諸將光弼等皆爲書，罪不死節，後爲安禄山所殺。**師曰**：今肅宗既收復兩京，儻不更選賢將，事之成敗，未可知也。故甫有「慎勿學」之句。

石壕吏乾元二年作。

王深父曰：驅民之丁壯，盡置死地，而猶急其老弱，雖爲閭左之戍不堪也。嗚呼，其時急矣哉。補注**鶴**

曰：觀「急(應)河陽役」之句〔一〕，當是乾元二年，九節度之師潰，子儀斷河陽橋，以餘衆保東京時作。而梁權道編在至德二載，非。

暮投石壕村，洙曰：石壕，地名。鄭曰：澠池有二崤：東壕土崤，西爲石崤。石崤，即石壕矣。有吏夜捉人。老翁逾墻走，老婦出門看。吏呼一何怒，婦啼一何苦。聽婦前致詞，三男鄴城戍，洙曰：江淹：「飛蓋游鄴城。」王粲：「歌舞入鄴城。」魏都也。補注希曰：按舊史，武德元年，以魏郡置相州。天寶元年，改爲鄴郡。乾元元年，復爲相州。二年，而爲鄴城。孰爲舊也。一男附書至，一作「到」。二男新戰死。存者且偷生，吕曰：李陵曰：「陵豈偷生之士？」死者長已矣。室中更無人，所有乳下孫。孫有母未去，出入無完裙。洙曰：一作「孫母未便出，見吏無完裙」。老嫗力雖衰，洙曰：文穎曰：「幽州及漢中皆謂嫗爲媼。」請從吏夜歸。急應河陽役，沈曰：河陽，東都也。猶得備晨炊。師曰：時三節度屯兵於此，以禦慶緒。兵敗，無丁可抽，故老嫗請赴河陽之役，以供炊爨而已。夜久語聲絶，如聞泣幽咽。天明登前途，獨與老翁别。

〔一〕應，原脱，據四庫本補。

新婚别乾元二年作。

王深父曰：先王之政，新有婚者期不使，政出於刑名，則一切衆而已。此詩所怨，盡其常分，而能不忘禮義。余是以録之。

兔絲附蓬麻，引蔓故不長。 **洙曰**：古詩：「與君爲新婚，兔絲附女蘿。」詩頍弁：「蔦與女蘿，施於松柏。」蔦，寄生也。蘿，兔絲、松蘿也。在草曰兔絲，在木曰松蘿。」**趙曰**：兔絲當附松柏，而乃附蓬麻，爲不得其所矣。**補注** **希曰**：爾雅：「唐、蒙、女蘿、兔絲。」釋曰：「唐也，蒙也，女蘿也，兔絲也，一物而四名。」本草并以唐蒙爲一名。吕氏春秋云：「或謂兔絲無根，不屬地，茯苓是也。」抱朴子曰：「兔絲之草，下有茯兔之根。」内篇亦云。陸（機）（璣）疏云：「今兔絲連草上生，黄赤如金，合藥兔絲子是也。」**嫁女與征夫，不如棄路傍。** **洙曰**：蘇子卿詩：「結髮爲夫妻，恩愛兩不疑。」**補注** **希曰**：詩衛風氓：「總角之宴。」毛傳云：「總角，結髮也。」又前漢「結髮翰墨」。**蘇曰**：周述生而怪異，父曰：「不如棄置路傍。」母弗許，後文章有名。**結髮爲妻子，**「結髮而戰」[一]。**席不暖君床。** **洙曰**：孔席不暇暖。**蘇曰**：王簡棲：「君床席未暖，遽蒙棄逐。」**暮婚晨告别，無乃太怱忙。君行雖不遠，守邊赴**一作「戍」。**河陽。** **洙曰**：河陽，東都也。**妾身未分明，何以拜姑嫜。** **夢符曰**：前漢廣川王：「去爲幸姬陶望卿作歌曰：『背尊章，嫖以忽。』」顔師古曰：「尊章，言舅

[一] 戰，原作「載」，據四庫本改。

姑也。」吕曰：陳琳飲馬長城窟行云：「善事新姑嫜。」此「姑嫜」字所出也。師古曰：「姑之夫曰嫜。」父母養我時，日夜令我藏。生女有所歸，洙曰：婦人謂嫁曰歸。雞狗一作「犬」。亦得將。君今死生地[一]，沉痛迫中腸。趙曰：鮑昭詩：「沉痛切中腸。」誓欲隨君往，形勢反蒼黄。洙曰：北山移文：「蒼黄翻覆。」蘇曰：韓遂：「形勢不可欺，軍馬蒼黄，擊其左右。」勿爲新婚念，努力事戎行。洙曰：古詩：「努力加餐飯。」婦人在軍中，兵氣恐不揚。蒼舒曰：前漢：「李陵與單于戰，陵曰：『士氣少衰而鼓不起者，何也？軍中豈有女子乎？』始軍出時，關東群盗妻徙邊者，隨軍爲卒妻婦，大匿軍中。陵按得，皆劍斬之。」自嗟貧家女，久致一作「致此」。羅襦裳。鄭曰：襦，人朱切，短衣也。羅襦不復施，洙曰：淳于髡云：「羅襦襟解。」對君洗紅妝。仰視百鳥飛，大小必雙翔。人事一作「生」。多錯迕，與君永相望。無方切。趙曰：宋玉風賦：「回穴錯迕。」注云：「雜錯交迕也。」

垂老别乾元二年作。

王深父曰：軍興之甚，至於老者亦介胄，則又甚於閭左之戍矣。補注鶴曰：乾元二年，安慶緒爲史思明

[一] 死生，四庫本作「往死」。

所殺，而思明自河南分爲四道，會於汴。自是東京與鄭、滑等州，相繼陷没，而防守愈急，此當是其年冬晚作。梁權道編在至德二載，非。

四郊一作「方」。**未寧静，**洙曰：曲禮：「四郊多壘，卿大夫之辱也。」**垂老不得安。子孫陣亡盡，**蘇曰：衛隆曰：「吾宗世業儒，值此離亂，子孫不慣操戈，陣亡皆盡。」**焉用身獨完。投杖出門去，同行爲辛酸。幸有牙齒存，所悲骨髓**一作「肉」。**乾。男兒既介胄，長揖别上官。**洙曰：酈食其長揖高祖。左思詩：「長揖歸田廬。」**老妻卧路啼，歲暮衣裳單。孰知是死别，且復傷其寒。此去必不歸，**蘇曰：主父偃：「此行斷當不復歸矣，吾吐詞與物多忤。」**還聞勸加餐。**洙曰：古詞：「上言加餐食。」**土門壁甚堅，杏園度亦難。**洙曰：史思明傳：「李光弼出土門，收常山郡。郭子儀以朔方蕃、漢二萬人，自土門而至常山，軍威遂振。」趙曰：時土門、杏園設備以待史思明，時思明已殺安慶緒，自立爲帝矣。與天寶十五載潼關既潰之後，思明爲安禄山攻土門，陷常山時事皆相遠。補注 鶴曰：土門縣，按舊史，土門舊屬宜州，貞觀十七年廢。咸亨二年，又割富平、華原、蒲城縣，宜改爲美原，屬京兆。若顔魯公乾元元年歲次戊戌十月庚申，祭伯父濠州刺史云：「二兄杲卿任常山郡太守，忠義憤發，首開土門，擒斬逆豎。」唐置鎮州常山郡獲鹿縣，有土門關，即舊井陘關。哥舒翰至土門軍，入浴，遘疾。及李光弼以朔方兵五千出土門，東救常山，皆在常山之西，却非此詩所指者。此與杏園俱在長安。乾元元年十月，郭子儀引兵自杏園濟河南是也。公詩多用土門，事各不同，當以詩意詳之。**勢異鄴城下，縱死時猶寬。**補注 希曰：鄴下城，謂相州。以土門壁堅，非若九節度之師，不半年而潰於相州也。**人生有離合，豈擇衰盛**一作「老」。**端。憶昔少壯日，遲迴竟長嘆。** **洙曰**：鮑昭詩：「臨路獨遲迴。」**萬國盡征戍，**一云「東征」。**烽火被岡巒。** **洙曰**：蜀都賦：「岡巒糾紛。」鮑昭：「烽火入咸陽。」**積尸草木腥，** **洙曰**：晉天文志：「太陵中，一星曰積尸，明則死人如山。」**蘇曰**：衛紹累年兵戈不解，積尸遍野，草木皆腥，狐驕馬肥。**流血川原丹。** **洙曰**：楊子：「川谷流人之血，原野厭人之肉。」**何鄉爲樂土，** **洙曰**：詩：「適彼樂土。」**安敢尚盤桓。棄絶蓬室居，塌然摧肺肝。** **洙曰**：曹植詩：「哀哉傷肺肝」，又「顧念蓬室士」。**蘇曰**：張約過金陵，回首淚不能止，心肝摧折。**師曰**：痛念國家急難征戍，烽火何鄉不有。吾豈能獨安不慮哉？不敢盤桓，義也。塌然傷別，仁也。詩之意，不忘仁與義，此甫幾乎風雅之作矣。

無家別乾元二年作。

師曰：杜詩言無家者，蓋離別不成家計爾。**補注** **鶴曰**：梁權道編在至德二載，而詩云「永痛長病母，五年委溝壑」，殆謂天寶十四載乙未禄山反時調役，至乾元二年已亥爲五年。又曰「賤子因陣敗」，正指九節度之師潰相州而言。

寂寞天寶後，園廬但蒿藜。 **洙曰**：喪亂園廬殘破也。**我里百**一作「萬」。**餘家，世亂各東西。**

存者無消息，死者爲一作「委」。塵泥。**蘇曰**：梁竦：「賢愚貴賤，一死皆爲塵泥，造化豈有彼此之異？」賤子因陣敗，歸來尋舊一作「故」。蹊。久行見空巷，日瘦氣慘淒。**蘇曰**：王齊累日飢腸，慘淒覺瘦。但對狐與狸，竪毛怒我啼。**洙曰**：苦寒行：「熊羆對我蹲，虎豹夾路啼。」言田里荒蕪，人迹罕少，惟狐狸爾。四鄰何所有，一二老寡妻。**洙曰**：四鄰，所居之鄰近也。人多死於征役，所居者惟有一二寡婦爾。宿鳥戀本枝，安一作「敢」。辭且窮栖。**洙曰**：人情之戀故鄉，如宿鳥之戀本枝也，雖窮栖且安辭矣。方春獨荷鋤，**蘇曰**：潘勗見陸機曰：「今天下三分，兵戈騷屑，吾當獨荷鋤山谷，采芝朮，養此衰朽，不復有意於世間事也。」日暮還灌畦。縣吏知我至，召令習鼓鞞。**洙曰**：張景陽詩：「人聞鼓鞞聲。」雖從本州役，**曾曰**：盧諶詩：「肯謂鄉曲譽，謬充本州役。」內顧無所携。近行止一身，遠去終轉迷。家鄉既蕩盡，蕩，徒沆切。**劉曰**：謝靈運詩：「家鄉皆掃盡。」遠近理亦齊。永痛長病母，五年委溝溪。生我不得力，**蘇曰**：陳涉：「人言父母生我，不得力，吾試憑三尺，逐秦鹿，使群兒洗目，看享富貴。」見函谷碑。終身兩酸嘶。人生無家别，何以爲蒸黎。**洙曰**：傷不得養父母。

夏日嘆乾元二年作。

補注 **鶴曰**：乾元二年三月丁亥，以旱降死罪流以下原之。四月壬寅，詔減常膳服御。舊史又云：「四月癸亥，以久旱徙市雩祀祈雨。」而梁權道編在至德二載在鳳翔行在授拾遺時作，而史不書其年旱，觀詩殆與乾元二年事合，蔡興宗年譜却以乾元二年華州作。

夏日出東北，陵天經中街。洙曰：中街，黄道之所經也。夢符云：右按，前漢書天文志：「日有中道，月有九行。中道者黄道，一曰光道。光道北至東井，去北極近；南至牽牛，去北極遠；東至角，西至婁，去極中。夏至至於東井，北近極，故晷短；立八尺之表，而晷景長尺五寸八分。冬至牽牛，遠極，故晷長；立八尺之表，而晷景長丈三尺一寸四分。春秋分日至婁、角，去極中，而晷中；立八尺之表，而晷景長七尺六分。此日去極遠近之差、晷景長短之制。去極遠近難知，要以晷景。晷景者，所以知日之南北也。」**朱光徹厚地，**趙曰：楚辭：「陽杲杲其朱光。」**鬱蒸何由開。**洙曰：晉天文志：「夏至極起，而天運近北，而斗去人遠，日去人近，南天氣至，故蒸熱也。」漢書：「昴、畢爲天街。」應璩書曰：「處涼臺而有鬱蒸之煩。」張景陽詩：「朱光馳北陸。」**上蒼久無雷，無乃號令乖。**洙曰：易傳：「當雷不雷，陽德弱也。」郎顗傳：「雷者號令，其德生養。號令殆廢，當生而殺，則雷反作，其時無歲。」趙曰：言君令之不時。**雨降不濡物，**趙曰：言彼相之無澤。**良田起黄埃。**蘇曰：隋煬帝時大旱，任安曰：「上蒼久不降甘雨，良田黄埃勃起。」**飛鳥苦熱死，池魚涸其泥。**洙曰：鮑昭苦熱行：「身熱頭且痛，鳥墮魂家歸。」**萬人尚流冗，舉目唯蒿萊。**蘇曰：鮑昭賦：「上古壘，望蒿萊，盡目力。」沈曰：晉灼曰：「蒿萊、荆棘，舉目皆是。」**至今大河北，盡作虎與豺。**洙曰：言大河之北，民皆飢餓相吞，如豺虎也。**浩蕩想幽薊，洙曰**：幽州、薊門，禄山境也。**王師安在哉。**補注**希曰**：按史：「乾元二年三月丁亥，以旱降死罪，原之，流民給復。」通鑑亦云：「天下飢饉」。又九節度圍鄴城，諸軍乏食自潰，正與詩合。**對食不能餐，趙曰**：蔡琰詩：「飢當食兮不能食。其餘。」**我心殊未諧。眇然貞觀初，難與數子偕。洙曰**：君子以爲傷今思古之詩。**師曰**：太宗貞觀初，米斗三錢，行旅不賫糧。房、杜、王、魏之徒，皆當時名臣。君臣之間，諫行言聽，遂使膏澤下於民，號令一無乖繆。故甫傷今思古，而欲與數子偕，不可得矣。

夏夜嘆 乾元二年作。

補注**鶴曰**：同上年。

永日不可暮，洙曰：劉公幹詩：「永日行游戲。」**炎蒸毒我**一作「中」。**腸。洙曰**：言熱自中起，故毒我腸也。**安得萬里風，飄飖吹我裳。蘇曰**：相如夢仙引云：「悠悠夢到無何鄉，天風飄飖吹我裳。」**洙曰**：天色久陰，淫雨不止。潘章曰：「安得萬里長風，掃此陰翳也。」**趙曰**：陸士衡前緩聲歌云「長風萬里舉」也。**昊天出華月，洙曰**：劉休玄詩：「芳年有華月。」**茂林延疏光。仲夏苦夜短，開軒納微凉。洙曰**：謝靈運詩：「不怨秋夕長，恒苦熱夜短。」**虛明見纖毫，洙曰**：陶潛詩：「夜景湛虛明。」**羽蟲亦飛揚。**

蘇曰：李靳雜感：「月華滿院寒，飛揚羽蟲亂。」物情無巨細，自適固其常。洙曰：詩：「熠燿宵行。」羽蟲也。念彼荷戈士，洙曰：詩候人：「荷戈與役。」窮年守邊疆。何由一洗濯，執熱互相望。無方切。師曰：兵革以來，雨暘失序，甫苦於旱熱，因睹羽蟲夏夜飛揚而適其性，乃念彼荷戈之士執熱而不得一濯，君天下者不能推好逸惡勞之心，與衆共之，豈所謂爲民父母也哉？竟夕擊刁斗，刁，音雕。喧聲連萬方。洙曰：李廣傳：「程不識正部曲行伍營陣〔一〕，擊刁斗至明，軍自便。」孟康曰：「刁斗，以銅作鐎，受一斗。晝炊飯食，夜擊持行，名曰刁斗。今在滎陽庫中也。」西域傳：「斥堠七百餘人，五分夜擊刁斗自守。」青紫雖被體，蘇曰：韓耀：「雖青紫被體，鐘鼎列前，皆非吾所欲也。但得衡山一峰，嘯臥雲間，吾心足矣。」補注 鶴曰：通鑑云：「至德二載五月，子儀與王思禮合軍於潏西，與安守忠戰，敗後，府庫無積蓄，專以官爵賞功。及清渠之敗，專以官爵收散卒，由是，應募入軍者，一切衣金紫。」不如早還鄉。洙曰：李白蜀道難云：「錦城雖云樂，不如早還家。」北城悲笳發，鸛鶴號且翔。洙曰：豳詩：「鸛鳴於垤。」補注 希曰：公夏在華，七月之秦。北城，指秦而言也。鸛鶴，言軍士。況復一作「懷」。煩促倦，激烈思時康。魯曰：張茂先詩：「煩促每有餘。」蘇子卿詩：「長歌正激烈。」

〔一〕程不識，原作「陳不識」，據四庫本改。

留花門至德二載作。

鮑曰：按唐志：「甘州有留花門山堡，東北千里至回鶻衙帳。」是年八月，廣平王爲元帥，以朔方、吐蕃、回紇諸兵討賊，公逆知其害，故言「麥倒桑折辛」。曰「花門既須留，原野轉蕭瑟」，言其爲農桑害也。**趙曰**：花門，即回紇之別名也。**補注** **鶴曰**：葉護請留兵沙苑，在至德二載十月。此詩作於是年。花門非回紇之別名，唐志有花門山堡，又東北千里至回鶻牙帳，故以名之。

北門一作「方」。**天驕子，飽肉氣勇決。** **洙曰**：前漢匈奴傳：「單于遣使遺漢書曰：『南有大漢，北有强胡。胡者，天之驕子也，不爲小禮以自煩。今欲與漢闓大關，取漢女爲妻，歲給遺酒糵萬石、稷米五千斛、雜繒萬匹，它如故約，則邊不相盗矣。』」又「匈奴居北邊，君王以下，咸食畜肉，衣其皮而已。」**高秋馬肥健，** **洙曰**：趙充國曰：「秋馬肥，變必起矣。」李廣：「以臨古北平盛秋。」師古曰：盛秋馬肥健，恐虜爲寇也。**挾矢射漢月。自古以爲患，** **洙曰**：書戒「蠻夷猾夏」，詩稱「戎狄是膺」，春秋有「道守在四夷」，久矣，夷狄之爲患也。四子講德論：「夫匈奴者，百蠻之最强者也。天性蹇驕，習俗桀暴，業在攻伐，事在獵射，兒能騎羊，走箭飛鏃，詩人所歌，自古患之如此。」**詩人厭薄伐。** **洙曰**：周懿王時，王室遂衰，戎狄交侵。至懿王曾孫宣王，興師命將，以征伐之。詩人美大其功曰「薄伐玁狁，至於太原」，言逐出之。**修德使其來，羈縻固不絕。** **洙曰**：語：「遠人不服，則修文德以來之。」贊曰：「其慕義而貢獻，則接之以禮讓，羈縻不絕，使曲在彼，蓋聖王制御蠻夷之常道也。」應劭漢官儀曰：「馬曰羈，牛曰縻，言四夷如牛馬之受羈縻也。」胡爲傾國至，出入暗金闕。中原有驅除，隱忍用此物。洙曰：王莽贊曰：「聖王之驅除云爾。」蘇林曰：「王莽爲光武驅除也，「驅逐蠲除以待聖人也。公主歌黃鵠，洙曰：西域傳：「烏孫使使獻馬，願得尚漢公主。漢元封中，遣江東王建女細君爲公主以妻焉。公主至其國，自治宮室。居歲時，再與昆莫。會置酒飲食，以幣帛賜王左右貴人。昆莫年老，言語不通，公主悲愁，自爲作歌曰：『吾家嫁我兮天一方，遠托異國兮烏孫王。穹廬爲室兮旃爲墻，以肉爲食酪爲漿。居常土思兮心内傷，願爲黃鵠歸故鄉。』天子聞而憐之。」趙曰：乾元元年，肅宗以幼女寧國公主嫁回紇可汗，故云歌黃鵠。補注 希曰：高紀：「女子公主。」如淳曰：「天子嫁女諸侯，必使諸侯同姓者主之，故謂公主。」師古曰：天子不親主婚，故謂公主。君王指白日。洙曰：詩大車：「謂予不信，有如皎日。」皎，白也。我言之信，有如皎然之白日，指白日以爲誓盟約。連雲屯左輔，百里見積雪。洙曰：左輔，馮翊郡也。趙曰：此指言回紇留左輔之爲害也。長戟鳥休飛，蘇曰：呂布曰：「長戟霜戈，鳥亦不能飛度，吴人何患耶？」哀笳曉幽咽。田家最恐懼，麥倒桑枝折。趙曰：時殘害麥與桑，故田夫懼之。沙苑臨清渭，洙曰：沙苑，馮翊郡界。補注 希曰：沙苑在同州馮翊縣南十七里。唐志：「同州雖不言渭水，而同與華鄰。華陰有漕渠，自苑西引渭水，可下其臨渭。」泉香草豐潔。蘇曰：王臻至漾陂，愛其泉香，草木豐秀，遂編茅讀書，精通三傳。渡河不用船，千騎常撇烈。一云「滅没」。胡塵逾太行，洙曰：太行，山名。雜種抵京室。花門既須留，原野轉蕭瑟。洙曰：丘希範書：「姬漢舊邦，無取雜種。」王深父留花門序云：「肅宗之復兩京，藉回紇之師助焉。雖幸成功，而朝野更被其毒。語曰：『人無遠慮，必有近憂。』以天子之尊，推誠仗順，集中國之智力，滅一狂賊，豈有不足哉？顧引勍虜入於腹心之地，卒不危禍其社稷者僅耳。」補注鶴曰：葉護奏以軍中馬少，請留其兵於沙苑，自歸取馬，還爲掃除范陽餘孽。沙苑在同州，同州爲京師近輔，故前云「連雲屯左輔」也。

塞蘆子至德二載作。

王深父序云：徹其西備而争利於東，非所以固國者也。補注鶴曰：蘆子關在延州延昌縣北，以備吐蕃。今詩云「思明割懷、衛，秀岩西未已」，按通鑑：「至德二載十二月甲子，史思明以所部十三郡及兵八萬來降，并帥其河東節度使高秀岩亦以所部來降。」則此詩作於未降之前。

五城何迢迢，洙曰：沈存中云：「延州今有五城，説者謂舊有東西二城，夾河對立。高萬典郡，始展南、北、東三關。」乃知天寶中有五城，謂高始展，非也。鮑曰：唐志，延州延昌縣，北有蘆子關。又「夏州」注：「長慶四年，節度使李祐築烏延、宥州、臨塞、陰河、陶子與塞。」蘆子蓋五城名也。迢迢隔河水。邊兵盡東征，洙曰：文六年：「知秦之不復東征。」城内空荆杞。洙曰：阮嗣宗詩：「堂生荆杞。」補注鶴曰：張説嘗爲朔方軍節度大使，往巡五城，措置兵馬。説之所治靈州，靈與延俱屬關内道。按舊唐史注：「朔方節度使所管有定遠城，西受降城，中受降城，東受降城及豐安軍。靈距延六百里。」又通鑑云：「唐自武德以來，開拓邊境，連西域，皆置都督府、州、縣。開元中，置朔方、隴右、河西、安西、北庭諸節度使以統之。歲發山東丁壯爲戍卒，繒帛爲軍資，開屯田，供糗糧，設監牧畜馬牛，軍城戍邏，萬里相望。及禄山反，邊兵精鋭者皆征發入援，謂之行營。所留兵單弱，胡虜猶蠶食之。」然則是詩之作，蓋先事而慮也，卒召吐蕃之禍，蓋由不以此爲意。**思明割懷衛，**洙曰：史思明，雜種胡人也。天寶十四載，隨安禄山反河陽。懷、衛盡陷於賊。**秀岩西未已。**洙曰：高秀岩，哥舒翰麾下將也。後爲思明僞河東節度使，降肅宗。補注希曰：高秀岩，天寶八載爲哥舒翰裨將，攻石堡城，詳知西事，故有意於西也。秀岩爲禄山守大同，唐大同軍防禦使雲州刺史領之。唐志：「大同川及天德爲大同城故地，在豐州中受降城。」**迴略大荒來，**洙曰：山海經曰：「大荒之中，有山名曰大荒之山，日月所入，是謂大荒之野。」**崤函蓋虚爾。**洙曰：項籍贊：「秦孝公據崤函之固。」師古曰：崤謂崤山，今陝縣東二崤是也。函谷，今桃林縣南洪溜澗是也。虚，言其無備禦爾。**延州秦北户，關防猶可倚。焉得一萬人，疾驅塞蘆子。岐有薛大夫，旁制山賊起。**岐，一作「源」。補注鶴曰：薛大夫，當是御史大夫薛景仙，以檢校户部尚書兼尹鳳翔，敗安禄山。**近聞昆戎徒，爲退三百里。**蘇曰：蕭詵與衛人戰，日退三百里。**蘆關扼兩寇，深意實在此。誰能叫帝閽，胡行速如鬼。**洙曰：揚雄甘泉賦：「選巫咸兮叫帝閽。」時官兵止知東討，收復河洛，而不知蘆子之可塞。公懼有乘隙而起者，故有此作。

彭衙行天寶十五載作。

彦輔曰：左文二年：「晉侯及秦師戰於彭衙。」注：「遏江縣西北有彭城。」**魯曰：**馮翊郡合陽縣西有彭衙城。**補注** **鶴曰：**史記：「秦文公分清水爲白水縣。」即此地。漢爲彭衙縣，故城在白水縣東北六十里。當是天寶十五載適白水後，七月聞肅宗即位靈武，公赴行在時作，故有「夜深彭衙道，月照白水山」句。

憶昔避賊初，北走經險艱。夜深彭衙道，月照白水山。**補注** 希曰：同州馮翊郡有白水縣，在州之西北。而鄜州亦在州北，延州又在鄜之西北，不滿七十里，皆公所經之途也。此詩殆是記初避賊時事，非謂歸鄜如此也。**盡室久徒步，逢人多厚顏。**洙曰：書五子之歌：「顏厚有忸怩。」**參差谷鳥吟，**一作「鳴」。**不見游子還。**師曰：前年秋七月避賊，次年春尚不得還，故有此句。**癡女飢咬我，啼畏猛虎聞。懷中掩其口，**蘇曰：王莽五歲，語尤乖，父聞之，急掩其口，抱於懷中。**反側聲愈嗔。小兒强解事，故索苦李餐。**强，巨兩切。**一旬半雷雨，泥濘相攀牽。**濘，乃定切。**既無禦雨**一云「禦濕」。**備，徑滑衣又寒。有時經**一作「最」。**契闊，竟日數里間**〔一〕。**野果充糇糧，**洙曰：詩擊鼓：「死生契闊。」詩公劉：「乃裹糇糧。」**卑枝成屋椽。早行石上水，暮宿天邊煙。少留同家窪，**烏瓜切。**欲出蘆**

〔一〕間，原作「閒」，據四庫本改。

子關。故人有孫宰，高義薄曾雲。洙曰：陸士衡文：「高義薄雲天。」同家窪、蘆子關，皆地名。補注希曰：關在延州延昌縣北，公欲往而孫宰延之。孫其山川之宰歟？延客已曛黑，洙曰：曛黑，薄暮也。謝靈運詩：「朝游窮曛黑。」張燈啓重門。暖湯濯我足，剪紙招我魂。洙曰：宋玉爲屈原招魂。從此出妻孥，相視涕闌干。洙曰：言淚之墮也。闌干，衆多貌。趙曰：談藪：「王元景使梁，劉游綽送之，泣下，元景無淚，謝曰：『卿勿怪我，別後闌干。』」闌干，淚不斷之貌。補注鶴曰：漢息夫躬絶命辭云：「涕泗流兮萑蘭。」臣瓚曰：「萑蘭，涕泣闌干也。」又左太冲吴都賦：「金溢磊砢，珠琲闌干。」五臣注云：「多也」。又曹子建善哉行：「月參横北斗闌干。」蓋星有闌干，若衆多不絶之象，所以薛令詩云「苜蓿長闌干」，喻其如星長且多也。衆雛爛熳睡，師曰：衆雛，指諸子昆弟也。喚起霑盤餐。彦輔曰：僖公二十三年：「晉公子重耳過曹，曹大夫僖負羈饋盤餐置璧焉，公子受餐反璧。」趙曰：爛熳，言睡之熟也。誓將與夫子，永結爲弟昆。遂空所坐堂，安居奉我歡。師曰：惟孫宰尚義，以所坐之堂而館我，况復以盤餐，禮之加恤，故甫誓與之結爲兄弟，示其親愛之誠，不相忘也。誰肯艱難際，豁達露心肝。別來歲月周，胡羯仍構患。胡官切。補注希曰：公以天寶十五載避寇入鄜，今云「歲月周」，即是指明年至德二載而言。所謂「胡羯仍構患」，謂史思明等引兵共十萬寇太原。及安慶緒立，使尹子奇歸、擅及同羅、奚兵十三萬趨睢陽。事見通鑑云。何當有翅翎，飛去墮爾前。趙曰：胡羯之患，蓋指言安慶緒。蓋慶緒於正月弒父而襲僞位也。公既陷賊，而脱身達行在所，故寄此詩，感其恩，懷其人矣。

義鶻行乾元元年作。

彦輔曰：感鳥獸猶見義而動也。**補注** **鶴曰**：詩云「近經潏水湄，此事樵夫傳」，當是乾元元年在長安作。

陰崖有蒼一作「二」。**鷹，養子黑柏巔。白蛇登其巢，吞噬恣朝餐。**噬，一作「之」。**雄飛遠求食，雌者鳴辛酸。力强不可制，黄口無半存。** **蘇曰**：定遠侯過隍中，玉門、燉煌氐羌〔一〕，掃殄殆盡，黄口亦無存者。**趙曰**：陰崖，出長笛賦：「惟鐘籠之奇生兮，於終南之陰崖」。朝餐，出楚辭：「胥瓊以朝餐也。」黄口，出家語：「孔子見羅者，所得雀皆黄口也。」**其父從西歸，**一作「來」。**翻身入長煙。斯須領健鶻，痛憤寄所宣。斗上捩孤影，** **鄭曰**：捩，練結切，拗捩也。**噭哮來九天。** **鄭曰**：上古吊切。深聲。下許交切。**修鱗脱遠枝，巨顙拆老拳。** **時可曰**：石勒與李陽鄰居，争漚麻池，日相毆擊。及貴，乃召陽與酣謔，引陽臂笑曰：「孤往日厭卿老拳，卿亦飽孤毒手。」**高空得蹭蹬，** **洙曰**：海賦「蹭蹬」，波失勢貌。**短草辭蜿蜒。折尾能一掉，** **洙曰**：江賦：「揚鬐掉尾。」左傳：「尾大不掉。」**飽腸已皆穿。生雖滅衆**

〔一〕玉，原作「至」，據四庫本改。

鏟[一]，死亦垂千年。物情有報復，快意貴目前。補注希曰：晉（同頟）（周勰）：「人生幾時，但當快意。」茲實鷙鳥最，洙曰：孔融云：「鷙鳥累百，不如一鶚。」補注希曰：爾雅「鷹醜」釋曰：「說文：『隼，鷙鳥也。』」急難心炯然[二]。洙曰：詩棠棣：「兄弟急難。」功成失所往，用捨何其賢。近經潏水湄，補注鶴曰：韻釋云：「潏水在京兆杜陵。」此事樵夫傳。飄蕭覺素髮，洙曰：潘安仁：「班鬢彪以承弁，素髮颯以垂領。」凜欲衝儒冠。洙曰：欲，一作「烈」。藺相如怒髮衝冠。人生許與分，亦在顧眄間。聊爲義鶻行，永激壯士肝。蘇曰：陸遜時政論曰：「不以典刑善惡，焉能激壯士之肝膽耶？」

畫鶻行至德二年作。

一作「畫雕」。補注鶴曰：肅宗還京，公在扈從之列，以至德二年十月入長安。今云見之高堂[三]，是其年作。

高堂見生一作「老」。鶻，補注希曰：楚辭招魂云：「翡翠帷幬，飾高堂些。」注云：「張之高堂以樂

[一] 滅，原作「減」，據四庫本改。
[二] 炯，原作「憪」，據四庫本改。
[三] 今，原作「令」，據四庫本改。

君。」颯爽動秋骨。初驚無拘攣，洙曰：曹褒傳「群寮拘攣」，猶拘束也。潘安西征賦：「陋吾人之拘攣。」何得立突兀。乃知畫師妙，巧刮造化窟。寫此神俊姿，洙曰：支道林云：「憐其神俊。」趙曰：李賀云：「筆端造化天無功。」蓋出於此。充君眼中物。烏鵲滿樛枝，洙曰：詩：「南有樛木。」釋文云：「木下曲曰樛。樛，下垂也。」趙曰：謝玄暉詩云：「樛枝聳復低。」軒然恐其出。側腦看青霄，寧爲衆禽没。長翮如刀劍，人寰可超越。唐曰：舞鶴賦：「歸人寰之喧卑。」乾坤空峥嶸，洙曰：鮑明遠：「歲峥嶸而催暮。」粉墨且蕭瑟。緬思一作「想」。雲沙際，自有煙霧質。吾今意何傷，顧步獨紆鬱。洙曰：舞鶴賦：「煙交霧凝，若無毛質。」陸士衡詩：「紆鬱游子情。」趙曰：劉希夷邊城夢還詩云：「沙撲地起煙霧質。」所以言其真質也。

黄氏補千家集注杜工部詩史卷之四

瘦馬行至德二年作。

補注 **鶴曰**：爲房琯作。當琯敗在至德元年十月，今云「去歲奔波逐餘寇」，則是二年作明矣。是年，琯罷相。

東郊瘦馬使我傷，骨骼硉兀如堵墻。骼，一作「骸」。**洙曰**：郭璞江賦：「巨石硉矹以前却。」禮：「觀者如堵墻。」**鄭曰**：硉，郎兀切，危石也。**沈曰**：骨高貌。絆之欲動轉欹側，此豈有意仍騰驤。**洙曰**：西京賦：「仍奮翅而騰驤。」細看六印帶官字，**洙曰**：唐令：「諸掌牧馬，以小官字印印右膊；以年辰印印右髀；以監名依左右廂印印尾側。至二歲起，脊量强弱〔一〕，漸以『飛』字印左廂髀、膊，細馬俱以龍形印印項左，官馬賜人者以『賜』字印，配諸軍及充傳送驛者以『出』字印，并印右頰。」衆道三軍遺路傍。皮乾剥落雜泥滓，毛暗蕭條連雪霜。去歲奔波逐餘寇，驊騮不慣不得將。士卒多騎内厩馬，惆悵恐

〔一〕脊，原作「春」，據唐會要改。

是病乘黄。 **洙曰**：乘黄，古之神馬，亦名飛黄，皆有角，日行萬里。淮南子云：「天下有道，飛黄伏皂。」一云「神黄」，獸名。龍翼馬身，黄帝乘而登仙。**當時歷塊誤一蹶，**音厥。**薌曰**：王褒聖主得賢臣頌：「過都越國，蹶如歷塊。」**委棄非汝能周防。見人慘澹若哀訴，失主錯莫無晶光。**補注**希曰**：鮑昭行路難云：「今日見我顔色(老)〔一〕，眼花錯莫與先異。」**天寒遠放雁爲伴，**一作「侶」。**日暮不**一作「末」。**收**一作「衣」。**烏啄瘡。誰家且養願終惠，** **洙曰**：顔延年赭白馬賦：「願終惠養，陰本枝兮。」**更試明年春草長。** **師曰**：按唐史：「房琯有宰相器，其才亦長。於戰時，帝命琯將兵與賊戰陳濤斜。琯，儒者。不知兵，用春秋車戰法，爲賊所敗。帝怒，斥琯爲邠州刺史。」甫此詩寓意於琯之見棄，而朝廷寡恩，莫之終惠，甫欲再試用之，以盡其所長，斯可矣。故末章有「誰家且養願終惠，更試明年春草長」之句。

送率府程録事還鄉乾元元年作。

洙曰：程携酒饌，相就取别。補注**鶴曰**：按唐六典：「太子左右衛率府，有録事、參軍二人，掌監印發付，勾稽以爲。隋置，唐因之。」今詩云「世梗悲路澀，東風吹春冰」，當是乾元元年在諫省時作。

〔一〕老，原脱，據四庫本補。

鄙夫行衰謝，洙曰：鄙，賤也。自稱，故曰鄙夫。抱病昏妄集。常時往還人，記一不識十。程侯晚相遇，與語才傑立。洙曰：徐穉：「角立傑出。」薰然耳目開，頗覺聰明入。千載得鮑叔，末契有所及。洙曰：管仲與鮑叔爲友。意鍾一作「中」。老柏青，義動修蛇蟄。師曰：言程公辭官歸鄉，如龍蛇之蟄以藏身，故其高義可以聳動於人。若人可數見，饒曰：語：「君子哉若人！尚德哉若人！」慰我垂白泣。趙曰：杜欽傳：「紀陽侯與欽子業書曰：『誠哀老姊垂白。』」師古曰：「垂白者，言白髮下垂也。」生別無淹晷，百憂復相襲。内愧突不黔，洙曰：揚雄曰：「孔席不暖，墨突不黔。」庶羞一云「明似」。以賙給。素絲挈長魚，碧酒隨玉粒。蒼舒曰：戰國策：「粒米如玉。」修可曰：碧筒酒，以蓮莖得名。此言碧酒，乃酒之色，非碧筒也。酒譜曰：「安期先生與神女會於圜丘，酣玄碧之酒。」途窮見交態，洙曰：阮籍詩：「途窮能無慟？」鄭當時：「一貧一富，乃知交態。」蘇曰：潘遜至漢中，見姪英，曰：「今日窮途失適，舉目添愁，其世態交情可見。」楊朱之悲使然也。世梗悲路澀。洙曰：潘正叔詩：「世故尚未夷，崤函方險澀。」東風吹春冰，泱莽后土濕。洙曰：謝玄暉詩：「晨光復泱漭。」師曰：祿山反，范陽在東，故云「東風吹春冰」。冰有兵革之象。泱莽后土濕，言率土之民，皆陷於塗泥也。念君惜羽翮，既飽更思戢。莫作翻雲鶻，聞呼向禽急。

晦日尋崔戢李封乾元元年作。

補注 **鶴曰**：晦日謂正月晦日，當是乾元元年歸京師時作。詳見注。

朝光入甕牖， **洙曰**：賈誼過秦論：「陳涉，甕牖繩樞之子。」「戸」一作「方」。**寢驚敝裘。** **洙曰**：論語鄉黨：「寢不尸。」**起行視天宇，** **黄曰**：陶淵明詩：「昭昭天宇闊。」**春氣漸和柔。興來**一云得興。**不暇懶，今晨梳我頭。出門無所待，徒**一作「徙」。**步覺自由。杖藜復恣意，** **蘇曰**：林鳳：「恣意携杖藜，看竹過南溪。」**免值公與侯。晚定崔、李交，會心真罕儔。** **田曰**：是時，蓋言與崔、李定交相會，以心不以迹也。**每過得酒傾，**一作「契」。 **鄭曰**：過，古禾切。**二宅可淹留。喜結仁里歡，** **趙曰**：張平子思玄賦：「匪仁里其焉宅？」**况因令節求。** 補注 **鶴曰**：唐以正月晦日爲令節。至正元五年正月十一日敕：「自今以後，以二月一日爲中和節，先敕三令節集會，今宜以中和節代晦日。」**李生園欲荒，舊**一作「有」。**竹頗修修。引客看掃除，隨時成獻酬。崔侯初筵色，已畏空樽愁。** **洙曰**：孔融曰：「樽中酒不空。」**未知天下士，至**一作「志」。**性有此不？草牙既青出，蜂聲亦暖游。思見農器陳，何當甲兵休。上古葛天氏，不貽黄屋憂。** **洙曰**：屋，一作「綺」。上林賦：「聽葛天氏之歌。」范蔚宗詩：「黄屋非堯心。」**師古曰**：黄屋，車上之蓋也，皆天子之儀。補注 **希曰**：漢制：副車，黄屋左纛，如金根之制，行則從後。**至今阮籍等，熟醉爲身謀。** **洙曰**：籍傳云：「籍本有濟世志，屬魏、晉之際，天下多故，名士少有全者。籍由是不與世事，遂酣飲爲常。鍾會數以時事問之，欲因其可否而致之罪，以酣醉獲免。」威鳳高其翔，一云「自高翔」。時天下大亂，賢者退處若威鳳，然高其翔而不下，全身遠害也。宣帝紀：「威鳳爲寶。」晉灼曰：「鳳之有威儀者也。」長鯨吞九州。洙曰：謂盜賊縱横，如長鯨之吞并九州也。地軸爲之翻，洙曰：海賦：「又似地軸，拔而争迴。」百川皆亂流。當歌欲一放，淚下恐莫收。濁醪有妙理，蘇曰：王商見于存飲濁酒，商笑曰：「君子何苦好此物耶？存曰：「自有妙理，非公所知。」庶用慰沉浮。師曰：自古賢者不得志，多適意於酒，況濁醪之有妙理乎？

雨過蘇端至德二年作。

洙曰：端置酒。補注鶴曰：詩云「妻孥隔軍壘」，當是至德二年作。

雞鳴風雨交，洙曰：鄭國風：「風雨凄凄，雞鳴喈喈。」師曰：雞鳴，思君子之詩。寓意思憶蘇端，故乘雨而過之。久旱雨亦好。補注鶴曰：按舊史：「至德二年三月癸亥，大雨，甲戌方止。」故云。杖藜入春泥，無食起我早。蘇曰：夏侯：「無食不寐，使我早起。」諸家憶所歷，一飯一作「飽」。迹更掃。洙曰：言交態之薄也。蘇曰：邵平曰：「交態浮薄，吾甘自養。或有親知，家得一飯即掃，遂不復再扣門矣。世態由此見也。蘇侯得數過，數，色角切。歡喜每傾倒。也復可憐人，呼兒具梨棗。濁醪必在眼，盡醉攄懷抱。紅稠屋角花，碧委墻隅草。親賓絶談謔，喧鬧慰衰老。况蒙霈澤垂，糧粒或自保。妻孥隔軍壘，撥棄不擬道。**趙曰**：阮籍詠懷：「一身不自保，何説戀妻子？」今於糧粒或自保之，下言「妻子隔軍壘」，亦使此矣。撥棄不擬道，亦自淵明「撥置且莫念」之變也。**師曰**：天寶十五年，甫携家三川。是詩末章云「妻孥隔軍壘」，則知此詩之作，在至德二年也。補注**希曰**：詩：「樂爾妻孥。」注云：「孥，子也。」

喜晴至德二年作。

補注**鶴曰**：以前篇雨過蘇端詩考之，當是至德二年。此詩作於是年三月甲戌雨止之後，梁權道亦編在是年。

皇天久不雨，既雨晴亦佳。出郭眺西郊，蕭蕭春增華。青熒陵陂麥，**洙曰**：西都賦：「琳珉青熒。」莊子外物篇：「青青之麥，生於陵陂。」窈窕桃李一作「杏」。花。**洙曰**：曹子建詩：「容華若桃李。」詩：「窈窕淑女。」春夏各有實，我飢豈無涯。干戈雖横放，**鄭曰**：横，户孟切。慘淡鬥龍蛇。甘澤不猶愈，且耕今未賒。丈夫則帶甲，婦女終在家。力難及黍稷，得種菜與麻。千載商山芝，**洙曰**：前漢王貢兩龔傳：「漢興，有園公、綺里季、夏黄公、甪里先生。此四人者，當秦之世，避而入商雒深山，以待天下之定也。自高祖聞而召之，不至。」往者東門瓜。**洙曰**：蕭何傳：「邵平者，乃故秦東陵侯。秦破，爲布衣，貧，種瓜長安城東，瓜美，故世謂『東陵瓜』，從邵平始也。」阮詩：「昔聞東陵瓜，近在青門外。」**趙曰**：以四皓采芝，邵平種瓜，皆避秦之亂，其道爲不可貶也。其人骨已朽，**洙曰**：朽，一作「滅」。史記：「老子曰：『子所言者，其人與骨皆朽也。』」此道誰疵瑕。**洙曰**：左傳：「不汝疵瑕。」英賢遇轗軻，**洙曰**：古詩：「坎軻長辛苦。」楚詞：「轗軻不遇。」坎與轗同。遠引蟠泥沙。**洙曰**：賈誼傳：「鳳縹縹而高逝，固自引而遠去。」揚子：「龍蟠于泥。」顧慚昧所適，迴首白日斜。**師曰**：甫自愧昧於所適，不能脱身晦迹，回首自顧，恨年已老矣，故云。漢陰有鹿門，**洙曰**：後漢逸民傳：「漢陰老父，桓帝幸竟陵，過雲夢，臨沔水，百姓莫不觀者，老父獨耕不輟。又龐公襄陽人也，居峴山之南，未嘗入城府。後携其妻子登鹿門，采藥不反。」襄陽記：「鹿門山，舊名蘇嶺山。」補注 **希曰**：漢陰郡爲金州，而鹿門在襄陽。今云「漢陰有鹿門」，何也？公第以鹿門在漢水之陰，非指漢陰郡而言也。蒼海有雲查。音槎。**趙曰**：按張華博物志載：「舊説天河與海通。世有人居海渚者，年年八月浮槎，去來不失。斯人多賫糧，乘槎而去。奄至一處，遥望宫中多織婦，見一丈夫牽牛渚次飲之，驚問曰：『何由至此？』人問：『此是何處？』答曰：『君還至蜀，訪嚴君平則知之。』後至蜀，問君平，曰：『某年月日有客星犯牛宿。』計年月日，正是人到天河時也。」焉能學衆口，**蘇曰**：吴芮曰：「吾焉能學衆兒女口，嗜棗栗瓜果耶？」咄咄空一作「同」。咨嗟。**洙曰**：世説：「殷中軍被廢，在信安，終日恒書空作字。

楊州吏人尋議之，竊視，唯作『咄咄怪事』。」范雲至殿門不得入，但云咄咄而已。中軍，殷浩也。

蘇端薛復筵簡薛華醉歌天寶十五年作。

補注 **鶴曰**：梁權道云：「至德二年賊中作。」然詩中無陷賊之意，似是天寶十五年正月朔日。是時，方討禄山，所以只云「惡聞戰鼓悲」。若京師已陷，身在城中，不應詩中無一語及之，豈能快意於酒，復簡薛華之詩，而自詩歌詠如此？詩曰「願吹野水添金杯」，在城南故云。

文章有神交有道，端復得之名譽早。愛客滿堂盡豪傑，開筵上日一作「月」。**思芳草。**趙曰：尚書：「正月上日。」孔安國注：「上日，朔日也。」故玉燭寶典以正月一日爲上日。**安得健步移遠梅，**師曰：此詩末章言「氣酣日落西風來」，則知此上日爲日出時。「開筵思芳草」，嘆無花可賞也，故有「移遠梅」之句。補注 希曰：健步，即伉步。宣紀：「選伉健善騎射者。」**亂插繁花向晴昊。千里猶殘舊冰雪，百壺且試開懷抱。垂老惡聞戰鼓悲，急觴爲緩憂心搗。**洙曰：小弁詩：「我心憂傷，惄焉如搗。」趙曰：謝靈運詩：「急觴蕩幽默。」**少年努力縱談笑，**洙曰：樂府：「少壯不努力，老大徒傷悲。」補注 希曰：光武紀：「老父指曰『努力』。」又翟方進傳：「努力謂諸生學問。」**看我形容已枯槁。**洙曰：漁父篇：「顏色憔悴，形容枯槁。」**座中薛華善醉歌，歌辭自作風格老。**蘇曰：盧蒙見江總文，嘆曰：「格老詞麗，非後生輩所到。」**近來海内爲長句，汝與山東李白好。何劉沈謝力未工，**洙曰：梁何遜八歲能詩賦文章，與劉孝綽并見重於世，世謂之何、劉。世祖著編，論之云：「詩多而能者沈約，少而能者謝朓、何遜。」又劉孝綽七歲能屬文，每作一篇，朝成暮遍，好事咸誦諷傳寫，流聞絶域。又沈約傳：「謝玄暉善爲詩，任彦升工於文章，約兼而有之，然不過也。」**才兼鮑昭愁絶倒。**洙曰：晉衛玠談道，平子絶倒。修可曰：宋景公筆録曰：「今人多誤鮑照爲鮑昭，李商隱詩有『肥烹鮑照葵』之句。昔金陵人得地中石，刻作鮑照，蓋武后名昭，唐人讀昭爲照爾。鮑昭作鮑明遠。」**諸生頗盡新知樂，**洙曰：少司命云：「樂莫樂兮新相知。」**萬事終傷不自保。氣酣日落西風來，願吹野水添金杯。**蘇曰：阮籍與人野飲，酒盡，興未盡。籍曰：「焉得東風吹野水添此壺，使金杯不空耶？」**如澠之酒常快意，**洙曰：左傳：「有酒如澠。」**亦知窮愁安在哉。忽憶雨時秋井塌，古人白骨生青苔，如何不飲令心哀！**韓曰：陳歆曰：「古人白骨遍野，雨生莓苔，在生胡不飲酒？」

病後過王倚飲贈歌天寶十三年作。

補注 鶴曰：梁權道雖編在至德二年自行在還長安時作，然詩中略不及遭亂而病之意。終云「但使殘年飽吃飯，只願無事長相見」，蓋傷爲時輩所忽。按公秋述詩云「秋，杜子卧病長安，旅况多雨，當時車馬之客，雨不來」，又云「四十無位」，當是天寶十三年。與「素知賤子甘貧賤，酷見凍餒不足耻」之句合耳。**麟角鳳觜世莫識，**韓曰：喻王倚生非其時，世人莫識之。**煎膠續絃奇自見。**蒼舒曰：右按，東方朔十洲記：「仙家煮鳳喙麟角，合煎作膠〔一〕，名之續絃膠，一名連金泥。此物能連屬弓弩斷絃。又，斷折之金以膠連，使力折，繫他處，乃斷續處不復斷也。」**尚看王生抱此懷，在於甫也何由羨。且遇王生慰疇昔，素知賤子甘貧賤。酷見凍餒不足耻，**蘇曰：王子淵曰：「吾守道，處凍餒，亦不足爲耻。」補注希曰：檀弓：「疇昔之夜。」左太冲詩：「疇昔覽穰苴。」**多病沉年苦無健。王生怪我顔色惡，答云伏枕艱難遍。瘧癘三秋孰可忍，**希曰：周禮：「疾醫皆有癘疾」，又云「秋時有瘧寒疾」。語：「是可忍也，孰不可忍也。」**寒熱百日相交戰。頭白眼暗坐有胝〔二〕，**鄭曰：丁尼反，皮厚也。**肉黄皮皺命如綫。**與線同。**惟生哀我未平復，爲我力致美肴膳。遣人向市賒香粳，唤婦出房親自饌。長安冬菹酸且緑，金城土酥静如練。**蘇曰：土酥，即今之蘆菔也，其種蘭皋，金城尤佳。魏夫人帖云：「膾土酥如練，秦人呼爲地酥，能解麵毒。」補注鶴曰：金城乃京兆府屬縣。按唐志：「景龍二年，中宗送金城公主降吐蕃至此，改始平爲金城。至德二年，更名興平。又蘭州爲金城郡五泉縣，舊爲金城，有金城關。」土酥雖秦地所出，

〔一〕合，原作「金」，據雲笈七籤改。
〔二〕有，原作「不」，據四庫本改。

而必是病中所須，當從蘇注爲是。**兼求富豪**洙曰：一作「畜豪」，一作「畜豕」。**且割鮮，**洙曰：西都賦：「割鮮野食。」趙曰：金城，秦地也，有駝。金城自能爲酥，其名土酥。老杜身在秦州，而食長安之冬葅、金城之土酥，且求畜豕而割鮮焉，非肴饌也。魯曰：畜豕，作畜豪，非。**密沽斗酒諧終宴。**師曰：言禮意無盡也。**故人情味晚誰似，令我手脚輕欲漩。老馬爲駒總不虛，**洙曰：詩角弓：「老馬反爲駒，不顧其後。」注：「已老矣，而孩童慢之。」箋云：「此喻幽王見人，反侮慢之，遇之如幼稚，不自顧念。後至年老，人之遇己，亦將然也。」**當時得意況深眷。但使殘年飽喫飯，只願無事長相見。**師曰：甫傷年老，時輩所忽，既傷交態刻薄。末章遂美王生無事與長相見也。

奉先劉少府新畫山水障歌 天寶十四年作。

補注 鶴曰：梁權道編在至德二年還京時作。公扈從肅宗歸京師時正紛擾，劉少府豈應畫山水爲障？當是先赴奉先日作。畫在禄山未反前，是天寶十四年，故終曰「吾獨胡爲在泥滓，青鞋布襪從茲始」，不曾言避亂與爲拾遺也。

堂上不合生楓樹，怪底江山起煙霧。聞君掃却赤縣圖，洙曰：史記孟子傳：「中國，名曰赤縣神州。」趙曰：京邑屬縣，有赤有畿，其浩穰者爲赤。奉先乃今之蒲城縣也。劉少府善畫，杜公聞其掃赤縣圖，乘興更遺作滄洲之幽趣也。補注 希曰：按唐地理志注：「奉先次赤，故蒲城縣。開元四年更名，隸京兆。

劉爲奉先尉，以其邑之山水爲障，故曰「掃却赤縣圖」。乘興遣畫滄洲趣。**洙曰**：謝玄暉詩：「既歡懷祿
情，復協滄洲趣。」畫師亦無數，好手不可遇。**蘇曰**：戴逵云：「世之畫者，比比皆是，但好手者亦難遇。」
對此融心神，知君重毫素。**趙曰**：左太冲招隱：「前有寒泉井，聊可瑩心神。」又賦云：「唯毫素之所凝。」
豈但祁岳與鄭虔？**洙曰**：祁岳、鄭虔，當世善畫者。筆迹遠過楊契丹。得非玄圃裂，**洙曰**：離
騷：「朝發軔於蒼梧，夕余至乎玄圃。」圃在崑崙山，所以有仙人居焉。無乃瀟湘翻。**洙曰**：王徵君詩：「窈
藹瀟湘空。」悄然坐我天姥下，耳邊已似聞清猿。**洙曰**：天姥，山名也。謝靈運登臨嶠詩〔一〕：「哀猿響
南巒。」又：「明登天姥岑。」**黃曰**：吳越郡國志：「天姥山與括蒼山相連，石壁上有字，高不可識。春月則聞蕭
鼓之聲。」反思前夜風雨急，乃是滿城鬼神入。元氣淋漓障猶濕，真宰上訴天應泣。**趙曰**：本
朝錢希白洞微志云：「無雲而雨，謂之天泣。」野亭春還雜花遠，**洙曰**：丘希範書：「雜花生樹。」漁翁暝
踏孤舟立。滄浪水深青溟闊，欹岸側島秋毫末。不見湘妃鼓瑟時，至今斑竹臨江活。**夢符**
曰：右按，楚詞遠游章云：「使湘靈鼓瑟兮，令海若舞馮夷。」張華博物志：「舜死，二妃淚下，染竹即斑，死爲湘
水神，故曰湘妃。」劉侯天機精，愛畫入骨髓。**十朋曰**：徐邈云：「吾見王貴畫入骨髓，愛恨吾學不到奇妙

〔一〕嶠，原作「嬌」，據四庫本改。

處。**自有兩兒郎，揮灑亦莫比。大兒聰明到，能添老樹巔崖裏。小兒心孔開，貌得山僧及童子。**趙曰：禰衡曰：「大兒孔文舉，小兒楊德祖。」**若耶溪，**洙曰：越溪也。**雲門寺，**十朋曰：南史：「何胤字子季，隱居不仕。會稽山多靈異，往游焉，居若耶山雲門寺。」補注 希曰：何胤蓋在爲民曹尚書而後辭官隱於此也。**吾獨胡爲在泥滓？青鞋布襪從此始。**蘇曰：謝玄暉曰：「胡爲翰墨場屋中没？會稽山水奇秀，布襪青鞋，鶡冠竹杖，吾志從此始矣。」

湖城東遇孟雲卿復歸劉顥宅宿宴飲散因爲醉歌乾元元年作。

補注 鶴曰：湖城屬虢州。詩首句云「疾風吹塵暗河縣」，指河南也。當是乾元元年自華游東都作。梁權道以爲至德二年歸長安時作，非。魯訔知之，故年譜云：「冬出潼關，東征洛陽道。史不載，明年春末，方歸華。」

疾風吹塵暗河縣，洙曰：楊給事誄：「軼我河縣。」趙曰：長門賦：「天漂漂而疾風。」**行子隔手不相見。**洙曰：管子：「道途揚塵，十步不相見也。」**湖城城南一開眼，駐馬偶識雲卿面。**補注 希曰：湖城縣，唐屬虢州。唐志云：「義寧六年至乾元三年更名天平，大曆四年復舊。」九域志云：「至河南餘四百里而爲鄰郡。」公乾元元年冬，自華東征洛陽，故云「疾風吹塵暗河縣」。是年兩京已復，故下又云「驅車復同軌」。

況非劉顥爲地主，**趙曰**：左傳：「地主致餼」。言人爲地之主也。懶回鞭轡成高宴。**蘇曰**：宋宗昨見王齊，遂成高臺之宴。清談如玉屑落金盤，使人懶回鞭轡，繼燭飛玉觥。劉侯嘆我携客來，置酒張燈促華饌。且將款曲終今夕，休語艱難尚酣戰。**趙曰**：淮南子曰：「魯陽公與韓戰，戰酣日暮，援戈而麾之，日爲之反三舍。」照室紅爐促曙光，縈窗素月垂文練。天開地裂長安陌，寒盡春生洛陽殿。**洙曰**：時盜賊充斥，而肅宗理兵，議收復也。**趙曰**：句法使謝惠連，云：「春生鳷鵲樓。」豈知驅車復同軌，**洙曰**：書同文，車同軌。可惜刻漏隨更箭。**洙曰**：陸佐公新漏刻銘：「銅史司刻，金徒抱箭。」人生會合不可常，庭樹雞鳴淚如綫。**洙曰**：張衡古別離曲云：「雞鳴庭樹枝，客子振衣起。別淚落如綫，相顧不能止。」**趙曰**：傳所謂「中國不絶如綫」。

閿鄉姜七少府設鱠戲贈長歌乾元元年作。閿音聞。

補注 **鶴曰**：閿鄉屬虢州，即潼關在其邑。公乾元元年冬自華州至東都，故有「東歸貪路自覺難」，當是其年作。而師云「言東之三川取妻子」，梁權道又編在至德二年長安作，俱非。唯魯訔年譜知之。

姜侯設鱠當嚴冬，昨日今日皆天風。**趙曰**：漢高皇（言）（后）八年，太尉入未央宫擊呂産，天風大起。河凍未漁不易得，一作「黄河水漁」。鑿冰恐侵河伯宫。饔人受魚鮫人手，**洙曰**：周禮天官

「内饔」:「饔,和也。熟食曰饔,割、亨、煎,和之稱。」潘安仁西征賦:「饔人縷切,鑾刀若飛,應刃落俎,靃靃霏霏。」**洗魚磨刀魚眼紅。**補注 **希曰**:史記:「樊噲曰:『人爲刀俎,我爲魚肉。』」續世説:「周玄豹有袁、許,見王都形若鯉魚,難免機刀。」**無聲細下飛碎**一作「素」。**雪,有骨已剁觜春葱。****洙曰**:七啓云:「纍如疊縠,離若散雪。輕隨風飛,刃不轉切。」七命云:「范公之鱗,出自九溪,赬尾丹腮,紫翼青鬐。命支離,飛霜鍔,紅肌綺散,素膚雪落。」觜,平聲。**偏勸腹腴愧年少,****蒼舒曰**:按,禮記:「冬右腴。」鄭氏曰:「腴腹下也。」漢書:「九州膏腴。」師古曰:「腹之下肥曰腴。」補注 **希曰**:禮記:「冬右腴。」説者謂冬時陽氣下在魚腹,凡陽氣所在之處肥美,故云腴。公其取此。又黄魯直云:「魚腹下肥處,燕人膾腥方寸,切其腴以獻貴者,蓋古風也。」南史何妃傳:「楊郎好年少。」又漢趙堯夫傳。**軟炊香飯**一作「粳」。**緣老翁。落碪何曾白紙濕,**碪,音砧。**放箸未覺金盤空。新歡便飽姜侯德,****洙曰**:詩:「既飽以德。」**清鶬異味情屢極。****大臨曰**:左傳云:「必嘗異味。」**東歸貪**一作「貧」。**路自覺難,欲別上馬身無力。可憐爲人好心事,於我見子真顔色。****師曰**:言姜侯禮貌,非僞爲也。**不恨我衰子貴時,悵望且爲今相憶。**

戲贈閿鄉秦少府短歌乾元元年作。

鮑曰:唐志:「閿鄉屬陝郡。」補注 **鶴曰**:詩云「去年行宮當太白」,當是乾元元年歸京師時作。

去年行宫當太白，鮑曰：謂肅宗駐鳳翔也。唐志：「鳳翔府郿縣有太白也。」**朝迴君是同舍客。**師曰：至德二年，甫爲拾遺，故云朝迴。**同心不減骨肉親，每語見許文章伯。**洙曰：唐文三變，王、楊爲之伯。趙曰：王充論衡有云：「文辭之伯。」魏陳琳與吴張紘書云：「此間率少於文章，易爲雄伯。」**今日時清兩京道，**洙曰：乾元元年，肅宗收復兩京。**相逢苦覺人情好。昨夜邀歡樂更無，多才依舊能潦倒。**洙曰：嵇康書：「知吾潦倒粗疏，不切事情。」晏曰：潦倒，衰老之貌。

李鄠縣丈人胡馬行乾元元年作。

鄭曰：鄠，扶古切，扶風縣名。補注鶴曰：此詩云「前年避胡過金牛」，又云「洛道時再清」，當是乾元元年作。

丈人駿馬名胡騮，前年避胡過金牛。洙曰：金牛，地名。余曰：昔秦欲伐蜀，無路通，遣人告蜀王曰：「秦有金牛，其糞成金，使蜀迎之。」蜀王命五丁力士開山取金牛。路纔通，秦伐蜀，取其國，因號所開之山曰金牛。」補注希曰：言避胡於金牛，回見天子於靈州，當是天寶十五年。又按唐志：「武德三年，以興元府西縣置褒州，析利州之綿谷置金牛縣。」而九域志乃以三泉縣有金牛鎮。余注乃揚雄蜀土本記所云。三泉本屬興元府。**迴鞭却走見天子，朝飲漢水暮靈州。**洙曰：漢水，漢江水也，在楚地方域。靈州，靈武郡。唐理：「迴樂縣秦屬北地郡。」趙曰：肅宗即位靈武，故「迴鞭見天子」，則自漢水而來靈州。補注希曰：興元府爲漢中郡。漢水在嘉州。**自矜胡騮奇絶代，乘出千人萬人愛。一聞説盡急難材，**趙曰：急難材，如劉備之的盧，一躍三丈，過檀溪，以免劉表之追。劉牢之馬，跳五丈澗，以脱慕容垂之逼也。**轉益愁向駑駘輩。頭上鋭耳批秋竹，脚下高蹄削寒玉。**梅曰：黄伯仁龍馬頌：「耳如剡筒，目象明星。」**始知神龍别有種，不比俗馬空多肉。洛陽大道時再清，**趙曰：已收復東京矣。**累日喜得俱東行。鳳臆龍鬐**一作「麟鬐」。鄭曰：渠伊切，馬鬣也。**未易識，**沈曰：伯樂相馬經云：「鳳臆龍鬐。」言馬胸如鳳，馬鬣如龍，真良馬也。**側身注目長風生。**師曰：言馬有精神也。

送長孫九侍御赴武威判官至德二年作。

補注 鶴曰：京州武威郡，唐屬隴右，乃河南節度之所治。詩云「奪我同官良」，乃至德二年公爲拾遺時。

驄馬新鑿蹄，師曰：後漢桓典爲御史，常乘驄馬，時人語曰：「行行且止，避驄馬御史。」**銀鞍被來好。**洙曰：徐敬業：「汗馬濯銀鞍。」**繡衣黄白郎，**洙曰：漢侍御史有繡衣直指，持斧捕盜。**騎向交河道。**洙曰：漢侯應上書：「車師前國，王治交河城，河水分流繞城下，故號交河。」唐安西去交河郡七百里。補注 希曰：西州爲交河郡，有交河縣。注：「自縣北八十里有龍泉館，又北入谷百三十里，經柳谷，渡鞏沙嶺，百六十里，經石會漢戍，至北庭都護府城。」**問君適萬里，取别何草草。天子憂涼州，嚴程到須早。**

馬曰：蘇曰：嚴顏爲左校曰：「久不得江左信息，爾宜嚴程勉力，早到甚妙。」去秋群胡反，不得無電掃。風激電掃。**補注** **希曰**：去秋，當是指至德元年。通鑑：「吐蕃陷威戎、神武、定戎、宣威、制勝、金天、天成等軍，石堡城、百笞城、雕窠城。」在鄯、廓、河等州并陷，兩涼州爲節度之所治〔一〕，不可使失，故天子憂之，正後詩所謂「須存武〔陵〕威郡」之意也。此行收遺氓，風俗方再造。族父領元戎，**洙曰**：元戎，元帥也。**補注** **鶴曰**：董賢傳：「統辟元戎。」師古曰：「元戎，大衆也。」族父謂杜鴻漸。按本傳，至德二年，爲遷河西節度使，在平兩京前。今作詩却在已平兩京後，故下止云「東郊尚烽火」。名聲閣中老。奪我同官良，飄飄按城堡。使我不能餐，令我惡懷抱。若人才思闊，**饒曰**：若人，羨長孫侍御也。溟漲稱絶島。樽前失詩流，**蘇曰**：房炳見嵇康歸山陰，曰：「今日樽前，失我詩流。」塞上得一作「多」。國寶。皇天悲送遠，**洙曰**：九辨：「皇天平分四時，竊獨悲此凜秋。」雲雨白浩浩。東郊尚烽火，朝野色枯槁。西極柱亦傾，如何正穹昊。**洙曰**：列湯問篇：「折天柱。」又云：「常怒流於西極。」**蘇曰**：徐貞曰：「憑君寄語數執事，方今天柱傾反穹昊，何計以正？」

〔一〕 兩，疑應作「而」。

送樊二十三侍御赴漢中判官至德二年作。

【補注】鶴曰：當是至德二載，肅宗在鳳翔，故詩云「天子從北來，頓兵岐、梁下」。時未復京師，又有「兩京陷未收」之句。漢中，唐興元府，本梁州。梁，蓋山南西道采訪使之所治。

威弧不能弦，蘇曰：司馬遷：「剡木爲弧，以威四方。」然弧不能安弦，自發其威，安弦者人。君子有道不能自彰，使彰名者，亦人也。」揚雄河東賦：「彏天狼之威弧。」**自爾無寧歲。**洙曰：易：「弦木爲弧，剡木爲矢。弧矢之利，以威天下，蓋取諸睽。」國語：「姜氏告於公子曰：『自子之行，晉無寧歲。』」師曰：玄宗開元初，天下富實，自謂四方無虞。荒縱酒色，武備皆弛，是不能以弧矢威天下也。禄山一旦乘隙而叛，自此紛亂，略無寧歲。**川谷血横流，**洙曰：揚子：「川谷流人之血。」**豺狼沸相噬。**蘇曰：崔甫曰：「干戈未止，狼虎相噬。」**天子從北來，**黄曰：言肅宗即位於靈武。**長驅振凋敝。頓兵岐梁下，**洙曰：肅宗理兵鳳翔。**却跨沙漠裔。**師曰：沙漠裔，指漢中郡，謂跨歷楚、漢諸州，并皆整兵從帝東討。**二京陷未收，四極我得制。**修可曰：爾雅釋地：「東至於泰遠〔一〕，西至於邠國，南至於濮沿，北至於祝栗，謂之四極。」注：「此四方遠極之國名。」歐陽曰：肅宗以太子稱尊號，雖云「偏據一方」，而四極之廣，皆爲總制，何命而不從乎？【補注】希曰：漢禮樂志：「四極爰轃。」師古曰：「四方極遠之處也。」爾雅：「東至秦遠，西至邠國，南至濮沿，北至祝栗，

〔一〕泰，原作「秦」，據十三經注疏爾雅注疏改。下同。

謂之四極。」蕭索一作「瑟」。漢水清，緬通淮湖稅。使者紛星散，洙曰：古詩：「星使日夜馳。」王綱尚旒綴。洙曰：長發詩：「爲下國綴旒。」又公羊傳：「君若贅旒然。」泰伯曰：「言其危而欲絶也。」南伯從事賢，君行立談際。趙曰：南伯，指言漢中主將也。從事，指言樊爲判官也。言南伯與從事俱賢，相投在立談間耳。生知七曜曆，洙曰：月令：「命太史司天曆，候日月星辰，七曜爲經，二十八宿爲紀。」修可曰：北史：「劉焯博學洽聞，如九章算術、周髀、七曜書，莫不覈其本根，窮其秘要。」手畫三軍勢。洙曰：馬援於帝前，聚米爲山谷，指畫形勢，開示衆軍，所從道徑，往來曲折，昭然可曉。帝曰：「虜在吾目中矣。」定功曰：張安世子千秋與霍光子禹俱擊烏桓還，詔大將軍光問千秋鬥戰方略，山川形勢。口對兵事，畫成地圖，無所忘失。師曰：漢中係荆湖南路。南伯，言南方諸侯之長。從事，乃幕府屬内官也。南伯從事賢，謂樊侍御之賢。爲漢中判官，謀事有成功，只在立談之間，可收其功。「生知七曜，手畫三軍」，蓋知天文與地理也。冰雪浄聰明，雷霆走精鋭。幕府輟諫官，朝廷無此例。至尊方旰食，洙曰：左傳：「伍奢曰：『楚君大夫其旰食乎？』」旰，晏也。仗爾布嘉惠。補闕暮徵入，柱史晨征憩。洙曰：老聃爲柱下史。補注 鶴曰：謂樊以侍御史爲判官，同御史在殿柱之間，亦謂之柱下史。秦改爲侍御史，張蒼自秦時爲御史，主柱下，方書即其任也。正當艱難時，洙曰：天步艱難。蘇曰：吴起正當艱難之際，舉兵深入，唯慮糧不繼。陷彼逆計，更宜度而行之。實籍長久一作「大」。計。回風吹獨樹，趙曰：周王褒送葬詩：「平原看獨樹，皇亭望列亭。」又庾信詩：「回風即送師。」**白日照執袂。慟哭蒼煙根，山門萬里閉。居人莽牢落，游子方迢遞。****夢符**音弟。**徘徊悲生離，****洙曰**：九章：「悲莫悲兮生別離。」**局促老一世。****洙曰**：古詩：「蟋蟀相局促。」**蘇**曰：前漢灌夫傳：「上怒内史曰：『公平生數言魏其、武安長短，今日廷論，局促效轅下駒。』」**陶唐歌遺民，****洙曰**：左傳：「吴季札聞唐之歌，曰：『思深哉！其有陶唐氏之遺民乎？』」**後漢更列**一作「別」。**帝。恨無匡復姿，**一作「資」。**聊欲從此逝。****洙曰**：吾亦從此逝矣。**師曰**：唐繼堯後，故云「有陶唐之遺民」，亦若孟子云「其故家遺俗，流風善政，猶有存者」。漢承文、景之餘澤，遭王莽篡奪，不失其天下。光武因民謳吟思漢，遂建中興之業。肅宗亦然，故云「後漢更列帝」。甫自恨當艱難日，無匡復之才，以佐天子，但從此長往山林，因勉樊生，當努力以贊中興云。

送從弟亞赴安西判官至德二年作。

洙曰：一云「河西」。**鮑曰**：亞，字次公。肅宗在靈武，上書論當世事，擢校書郎。杜鴻漸節度河西，奏署幕府，故云「舍弟草中來，蒼然請論事」。補注 **鶴曰**：詩有「須存武威郡」之句，當是河西判官。梁權道編在至德二年鳳翔作。按詩云「宗廟尚成灰」，是時京師猶未復也。

南風作秋聲，**蘇曰**：王澄：「曉來南風，漸作秋聲，故山杞菊苗，吾當從事於斯矣。」**師曰**：南風，生養之風。今作秋聲，殺氣盛也。時禄山反，河北二十四郡皆陷没於賊，安得陰陽調和？南風作秋聲，蓋有田也。**殺氣薄炎熾。**洙曰：南風作秋聲，言當生育而有肅殺聲。**盛夏鷹隼擊，**洙曰：月令：「立秋之日，鷹隼乃擊。」**時危異人至。令弟草中來，蒼然請論事。詔書引上殿，奮舌動天意。**洙曰：動天意，言君意爲之回動也。蘇曰：李斯奮三寸舌，取富貴。**兵法五十家，爾腹爲篋笥。**洙曰：兵法，見漢藝文志。邊韶腹便便，五經笥。蘇曰：張敞聽郝焜説書，從容語左右曰：「萬卷書郝腹爲篋笥收貯乎？」**應對如轉丸，**洙曰：漢祖從諫若轉圜。修可曰：開元遺事：「張九齡每與賓客議論，滔滔不竭，如下坂走丸，時人服其俊辨。」**疏通略文字。經綸皆新語，**洙曰：如屯卦：「君子以經綸。」陸賈造新語。**足以正神器。**蘇曰：李斯：「扶正神器，四海歡心。」**宗廟尚爲灰，君臣俱**一作「皆」。**下淚。**洙曰：九廟爲賊所焚也。**崆峒地無軸，**補注鶴曰：崆峒，隴右山名。清海，即哥舒翰築應龍城處。皆河西節度統之。説見後注。**清海天軒輊。**洙曰：言天地未安也。鄭曰：輊，乍利切。車後傾曰軒，前傾曰輊。夢符曰：後馬援：「夫居前不能令人輊，居後不能令人軒。」注：「軒輊，輕車也。」**西極最瘡痍，**趙曰：季布傳：「瘡痍未瘳。」**連山暗烽燧。**彦輔曰：唐六典云：「唐鎮戍烽候所至，大約相去三十里，其逼邊者，築城以致之。其放煙有一炬、二炬、三炬、四炬者，每日初夜舉一炬，謂之平安火，餘則隨賊多少而爲差。」程曰：光武紀：「修烽炬。」注云：「前書音義曰：『邊方捕警急作土臺，臺上作桔槹，頭上兜笭，以薪草置其中，常低之，有寇即然火舉之以相告，曰烽。

又多積薪，寇至即燔之，望其煙，曰燧。晝則燔燧，夜則舉烽。』」帝曰大布衣，**魯曰**：左傳：「衛文公大布之衣。」藉卿佐元帥。坐看清流沙，**洙曰**：書曰：「被於流沙。」所以子奉使。歸當再前席，**洙曰**：文帝前席賈生。適遠非歷試〔一〕。**洙曰**：舜歷試諸艱。須存武威郡，爲書長久利。孤峰石戴驛，快馬金纏轡。黄羊飫不羶，蘆酒多還醉。踴躍常人情，慘澹苦士志。安邊敵何有？反正計始遂。**洙曰**：唐書：「天子反正。」補注**希曰**：漢高祖紀：「群臣曰：『帝起微細，撥亂世，反之正。』」師古注：「反，還也。還之正道。」吾聞駕鼓車，**洙曰**：漢文以千里馬駕鼓車。**修可曰**：後漢循吏傳：「建武十三年，異國有獻名馬，日行千里，詔以馬駕鼓車。」孝文止却千里馬，無駕鼓車之説。不合用騏驥。龍吟回其頭，夾輔待所致。**洙曰**：左傳：「夾輔周室。」

送韋十六評事充同谷防禦判官至德二年作。

洙曰：安禄山大亂，甫與韋宙同陷賊，後皆遁歸行在。**鮑曰**：注以爲宙。宙，乃舟之子，仕宣宗時，非此所送人也。補注**鶴曰**：至德二年作。故詩云「今歸行在所」，又云「鑾輿駐鳳翔」也。

〔一〕歷，原作「虚」，據四庫本改。

昔没賊中時，潛與子同游。今歸行在所，洙曰：天子行幸所在，曰行在。王事有去留。洙曰：詩：「王事靡盬。」偪側兵馬間，洙曰：偪側，見上。鄭曰：偪，彼側切。迫也。亦作「逼」。主憂急良籌。洙曰：史范雎云：「主憂臣辱。」子雖軀幹小，趙曰：劉曜（詩）（討）陳安於隴城，安死，人謡曰：「壠城健兒有陳安，軀幹雖小腹中寬。」老一作「志」。氣横九州。補注希曰：北山移文：「霜氣横秋。」挺身艱難際，張目視寇讎。修可曰：摘用孟子曰：「視君如寇讎。」朝廷壯其節，奉詔令參謀。鑾輿駐鳳翔，同谷爲咽喉。洙曰：西都賦：「乘鑾輿。」鳳翔府，扶風郡。同谷郡，今成州。西扼弱水道，洙曰：禹貢：「弱水既西。」孝祥曰：十州記云：「鳳麟洲在西海之中，四面有弱水繞之。」南鎮枹罕陬。洙曰：一作「氐羌陬」。唐安鄉郡河州理枹罕縣。枹罕，故羌侯邑。枹，音孚，本枹鼓字也。補注希曰：唐志云：「安昌郡，本枹罕郡。又有枹罕縣在隴右道，與弱水同道，所謂『大川河洮，弱羌休屠』之澤也。」此邦承平日，剽劫吏所羞。洙曰：漢地理志：「推剽掘冢。」師古曰：推殺人而剽劫之也。况乃胡未滅，控帶莽悠悠。府中韋使君，道足示懷柔。令姪才俊茂，二美又何求。受詞太白脚，洙曰：太白山，在武功縣南，去長安三百里。十朋曰：録異記：「金星之精，墜於終南，號爲太白。其精化爲白石，狀如美玉，常有紫氣覆之。」泰伯曰：地圖記曰：「太白山甚高，上常積雪，無草木。半山有雲如瀑布，則澍雨，人常候，驗如離畢焉。」走馬仇池頭。洙曰：成州上禄縣有仇池也。晉永嘉末，爲氐羌文茂所據。歐陽曰：三秦記曰：「仇池山，上廣百頃，平如砥。其南北有山路，東西懸絶百仞，一夫守道，萬夫莫向，山勢自然，有樓櫓却敵之狀。上有崗阜泉源。」史記謂「秦得百二之固」也。**馬曰**：南史：「武興國，本仇池。楊難當自立爲秦王。」本朝同州河池，乃故地也。**補注** **希曰**：後漢書云：「氐人所居也。方百頃，四面斗絶。」其山下石上玉，形如覆壺，在今成州上禄縣。**古色沙土裂，洙曰**：色，一作「邑」。前書音義曰：「沙土曰漠。」即今磧也。**積陰霜雪稠。洙曰**：一作「積雪陰雲稠」。**羌父豪猪靴，羌兒青兕裘。趙曰**：宋玉招魂：「君王親發兮憚青兕。」**吹角向月窟，洙曰**：顔延年歌：「月竁來賓。」竁，窟也。月窟，西極。長楊賦：「西壓月窟。」**泰伯曰**：樂録曰：「蚩尤率魑魅與黄帝戰于涿鹿，帝乃命吹角爲龍鳴以禦之。」**蒼山旌旆愁。鳥驚出死樹，趙曰**：吴平爲句章，州門前忽生一株青桐樹，上有歌謡之聲，平惡而斫之。平隨軍北虜，首尾三年，死樹欻自還立於故根上，樹巔空中歌曰：「死樹今更青，吴平尋當歸。」故公詩又曰「百年死樹中琴瑟」。**龍怒拔老湫。洙曰**：湫水，在涇州界，興雲雨。土俗：亢旱，每於此求之。相傳云龍之所代也，天下山川限曲有之。**古來無人境，今代横戈矛。**

修可曰：孫興公天台賦序：「踐入無人之境。」**蘇曰**：范蠡：「今日横戈簇矛，相持之場，皆古來無人之境。」**傷哉文儒士，憤激馳林丘。中原正格鬥，洙曰**：相抱而殺之，曰格。**蘇曰**：宋玉見襄王曰：「方今强秦恣横，六邦鼎沸，韓、魏蜂起，中原格鬥不息。願王練兵訓士，待其不虞。」王善之。**趙曰**：陳林飲馬長城窟行云：「男兒寧當格鬥死。」**後會何緣由。百年賦命定，豈料沉與浮。且復戀良友，握手步道周。魯**

曰：詩：「有杕之杜，生于道周。」釋文：「周，曲也。」韓詩：「右也。」師曰：「道周」，即道邊也。論兵遠壑净，亦可縱冥搜。師曰：冥搜，即搜吟也。題詩得秀句，蘇曰：陸士龍：「題詩對南山，日晚得秀色。」札翰時相投。

送李校書二十六韻乾元元年作。

鮑曰：李舟也。國史補言：「舟好事，與妹書曰：『釋迦生中國，設教如周孔。周孔生西方，設教如釋迦。天堂無則已，有則君子生。地獄無則已，有則小人入。』」則其人可知。公固極稱道。**補注** **鶴曰**：按唐宰相世系表：「李舟字公受，爲虔州刺史、隴西縣男。」今詩云「乾元元年春，萬姓始安宅」，當是其年在諫省時作。

代北有豪鷹，**師曰**：大鷹也。生子毛盡赤。**趙曰**：譬李舟也。渥洼騏驥兒，一作「種」。**趙曰**：東方朔曰：「騏驥、緑耳，天下良馬也。」尤異是龍脊。一作「虎」。**趙曰**：爾雅曰：「騮馬黄脊。」李舟名父子，清峻流輩伯。人間好妙年，不必鬚白晳。**趙曰**：左昭二十六年：「冉豎曰：『有君子白晳鬚。』」十五富文史，十八足賓客。十九授校書，二十聲輝一作「燀」。赫。衆中每一見，使我潛動魄。自恐二男兒，辛勤養無益。**秦曰**：二子：一曰宗文，一曰宗武。甫既羡李舟，自愧子不若，故云。乾元元一作「二」。年春，萬姓始安宅。**洙曰**：乾元，肅宗年號。收復京師，民始安居。**蘇曰**：張湯：

「萬姓蘇息，始安厥宅。」補注鶴曰：肅宗以至德二年十月癸亥至靈武，乾元元年安慶緒將元皓且降，免陷賊州
三歲稅，天下非租庸，無輒役使，萬姓安宅，當止是元年。舟也衣綵衣，趙曰：列女傳：「老萊子孝養二親，
着五色綵衣，卧地爲小兒啼。」告我欲遠適。倚門固有望，斂衽就行役。洙曰：詩：「父曰：嗟，予子
行役。」趙曰：戰國策：「齊王孫賈之母謂賈曰：『汝朝出而晚來，則吾倚門而望；汝暮出而不還，則吾倚閭而
望。』」馬曰：陶淵明勸農四言云：「敢不斂衽。」南登吟白華，洙曰：白華，孝子之潔白也。已見楚山碧。
蘇曰：景差至蒲騷，見宋玉曰：「不意重見故人，慰此去國戀王之心。昨到夢澤，喜見楚山之碧，眼力頓明。今
又會故人，閉目心足矣。」藹藹咸陽都，冠蓋日雲積。洙曰：張景陽：「藹藹，言氣象。咸陽，古雍郡也。
冠蓋，士大夫也。雲積，言其多也。」何時太夫人，洙曰：文帝紀：「列侯妻稱夫人，列侯死，子復爲列侯，乃得
稱太夫人。」堂上會親戚。洙曰：潘安仁閑居賦：「太夫人在堂。」汝翁草明光，洙曰：漢武帝紀：「太初
四年秋，起明光宫。」凡掌制誥文字，謂之視草。趙曰：後漢尚書郎直宿於建禮門，奏事明光殿，下筆爲詔誥，出
語爲誥令。在唐則中書舍人也。晁曰：凡掌制誥必有草，故爲之起草。補注鶴曰：按世系表，則「汝翁」當是
名岑，終水部郎中、眉州刺史。天子正前席。歸期豈爛漫，別意終感激。顧我蓬屋姿，洙曰：曹子
建：「顧念蓬室士。」謬通金門籍。洙曰：謝玄暉出尚書省詩：「既通金閨籍。」師曰：甫爲拾遺故云云。小
來習性懶，晚節一作「歲」。慵轉劇。每愁悔吝作，如覺天地窄。羨君齒髮新，行已能夕惕。

洙曰：易乾卦：「夕惕若厲。」臨岐意頗切，對酒不能吃。**修可曰**：李陵詩：「對酒不能酬。」回身視緑野，慘澹如荒澤。老雁忍春飢，哀號待枯麥。**趙曰**：漢時謡：「大麥青青小麥枯。」時哉高飛燕，絢練新羽翮。**洙曰**：老雁，甫自喻也。時燕，喻李校書。**趙曰**：赭白馬賦云：「别輩超群，絢練夐絶。」注：「絢練，疾也。」長雲濕褒斜，**洙曰**：西都賦：「右界褒斜隴陂之險。」**修可曰**：後漢順帝罷子午道，通褒斜路。褒斜，谷名。南谷名褒，北谷名斜，首尾七百里。鄭子真所耕，在此谷口。斜，余遮切。漢水饒巨石。補注**希曰**：魏石門銘云：「皇魏正始元年，漢中獻褒斜地。」三秦記云：「褒斜，漢中谷。」禹貢注：「漢水出於漾，漾水東南流爲沔水，至漢中，東流爲漢。」兹同褒斜言之，殆是舟往山南云。無令軒車遲，**洙曰**：古詩：「思君令人老，軒車來何遲。」哀疾悲宿昔。**師曰**：甫與舟有宿昔之歡，况當老而有此别，儻或來遲，無以慰哀疾，寧免悲思之乎？

洗兵馬乾元二年作。

洙曰：收京後作。補注**鶴曰**：此詩當是乾元二年春作。末云「田家望望惜雨乾」，蓋二年春無雨也。梁權道編在元年，恐非。

中興諸將收山東，**趙曰**：山東，河北也。安禄山反，先陷河北諸郡。至二京已復，慶緒奔于河北之後，史思明等降，而諸郡盡復，故曰中興。捷書日報清晝同。河廣傳聞一葦過，洙曰：衛詩：「誰謂河廣？一葦杭之。」胡兒命在破竹中。洙曰：晉杜預傳：「今兵威已振，譬如破竹，數節之後，迎刃而解，無復著手處也。」祇殘鄴城不日得，補注希曰：河廣，指衛州，謂子儀破賊十萬於衛州，獲安慶緒弟慶和，進攻衛州，崔光遠拔魏州。是時，相州未復，所以有「不日得」之句。獨任朔方無限功。趙曰：指言郭子儀也，素爲朔方節度使，時專任子儀。京師皆騎汗血馬，趙曰：汗血馬出大宛，蓋胡馬也。皆騎汗血馬，以言回紇騎胡馬之多。回紇餧肉蒲萄宮。沈曰：餧肉，出張耳傳：「如以肉餧虎，何益？」則視回紇爲虎，以言強暴爲患也。孝祥曰：蒲萄宮，見景龍文館記云「中宮召近臣，宴東蒲萄園，奏以宮樂」，謂此園耳。補注希曰：大宛馬皆汗血，其先天馬子也。又前漢禮樂志：「天馬歌云：『霑赤汗。』」又北史：「遮逸國獻汗血馬。」又回紇，謂至德初，葉護太子率兵四千，助國討賊，葉護入見，宴賜加等。按唐志注：「華原縣有蒲萄園宮。」已喜皇威清海岱，洙曰：禹貢：「海岱惟青州。」常思仙仗過崆峒。洙曰：王元長策：「崆峒有順風之請。」廣成子在崆峒山，黃帝順下風膝行，進而問道。三年笛裏關山月，黃曰：臨風對月，足快人意。關山者，家鄉所在也。萬國兵前草木風。修可曰：周王褒燕歌行云：「無復漢地關山月，唯有漠北薊城雲。」蘇曰：趙肅：「萬國兵革振動，如雄風之偃草木，其悲聲非一。」成王功大心轉小，鮑曰：乾元元年，徙封俶爲成王。郭相謀深古來少。洙曰：郭子儀也。司徒清鑒懸明鏡，洙曰：言李光弼。尚書氣與秋天杳。洙曰：指言僕固懷恩。**蘇曰**：晏子歸謂諸大夫曰：「司徒氣論，杳若秋天明月，誰可量其遠近高下？」**趙曰**：尚書，指言王思禮。思禮收東京，戰數有功，遷兵部尚書。江子之以爲房琯，非是。**劉曰**：按至德二年，琯罷相，卒貶邠州刺史。舊注作懷恩，非是。**秦曰**：據本傳，復兩京，懷恩雖有功，止詔加鴻臚卿。其後，乾元二年方召入爲工部尚書。今公詩是收復兩京後，豈却是懷恩耶？**二三豪俊爲時出，整頓乾坤濟時了。東走無復憶鱸魚，**彦輔曰**：張翰見秋風起，乃思吴中蓴羹鱸魚，遂命駕東歸。南飛覺有安巢鳥。**洙曰**：古詩云：「越鳥巢南枝。」**趙曰**：曹孟德詩云：「烏鵲南飛。」**青春復隨冠冕入，紫禁正耐煙花繞。**趙曰**：乾元元年正月，上皇授皇帝以傳國璽。此時衣冠併入而定矣，故公今詩云。紫禁，紫宫之禁也，蓋以紫微帝座得名。**鶴駕通宵鳳輦備，**蒼舒曰**：右按，漢宫闕疏：「白鶴，太子之所居，凡人不得輒入。」**魯曰**：劉向列仙傳云：「王子喬，周靈王太子晉也。好吹笙，作鳳鳴。七月七日於緱氏山頭乘白鶴，舉手謝時人而去。」故後世稱太子之駕曰鶴，駕宫曰白鶴，禁曰鶴禁。**雞鳴問寢龍樓曉。**趙曰**：文王爲世子，雞初鳴，至寢門外，問内豎之御者曰：「今日安否？何如？」**無己曰**：文選：「王融字元長，曲水詩序曰：『儲后睿哲在躬，出龍樓而問豎，入虎闈而齒胄。』」注：「龍樓，漢太子門名也。」補注 **希曰**：成紀：「出龍樓門。」張晏曰：「門樓上有銅龍，若白鶴、飛廉之爲名也。」**攀龍附鳳勢莫當，天下盡化爲侯王。**洙曰**：楊子：「攀龍鱗，附鳳翼。」時攀附而立功者皆有恩。**汝等豈知蒙帝力，**洙曰**：莊子曰：「帝力何有於我哉。」**時來不得誇身强。關中既留**

蕭丞相，**洙曰**：蕭何餉餽，不絶糧道。幕下復用張子房。**洙曰**：高祖曰：「運籌帷幄之中，吾不如子房。」張公一生江海客，身長九尺鬚眉蒼。**蘇曰**：謂張鎬也。蕭嵩薦之曰：「用則帝王師，不用則窮谷一叟耳。」徵起適遇風雲會，**洙曰**：二十八將論：「咸能感會風雲。」補注**希曰**：陸機江蘺曰：「蒙被風雲會。」扶顛始知籌策良。**洙曰**：語：「顛而不扶。」青袍白馬更何有，**定功曰**：庾信哀江南賦：「青袍如草，白馬如練。」後漢今周喜再昌。寸地尺天皆入貢，補注**鶴曰**：法黄庭經「寸田尺宅可治生」語。奇祥異瑞爭來送。不知何國致白環，**洙曰**：丘希範書：「白環西獻，楛矢東來。」世本曰：「舜時，西王母獻白環及佩。」復道諸山得銀甕。**洙曰**：禮運：「山出器車。」注：「器車，謂若銀甕丹甑。」隱士休歌紫芝曲，**安石曰**：皇甫謐高士傳：「秦世道滅德消，坑黜儒術，四皓於是退而作歌曰：『莫莫高山，深谷逶迤。曄曄紫芝，可以療飢。唐虞世遠，吾將何歸？駟馬高蓋，其憂甚大。富貴之畏人兮，不如貧賤之肆志。』乃共入商洛，隱地肺山。」詞人解撰河清頌。**歐陽曰**：鮑昭，元嘉中，河、濟俱清，當時以爲美瑞，昭爲河清頌。**趙曰**：是歲既收京，而於七月，黄河三十里清如冰，蓋收京之實事也。田家望望惜雨乾，補注**希曰**：按史，乾元二年春旱，乃作此詩云耳。布穀處處催春種。**洙曰**：布穀，鳴鳩也。淇上健兒歸莫懶，**晁曰**：時思明餘黨未殄，故衛、相等州，尚留兵屯，故有「淇上健兒」之句。城南思婦愁多夢。**洙曰**：東山詩：「婦嘆于室。」安得壯士挽天河，**洙曰**：梁沈約詩：「安得壯士馳奔波。」**蘇曰**：蜀相劉文静曰：「方今鼎足宇宙，鑊居黎氓，烏得五丁壯士，挽回天河，洗滌天下之甲兵，車書一同，凶器長不用？皇天后土，豈不知區區之誠哉？」孔明賢之。**净洗甲兵長不用。****洙曰**：武王伐紂，大雨洗兵。

早秋苦熱堆案相仍乾元元年作。

補注 **鶴曰**：嵇康與山濤書：「人間多事，堆案盈几。」按公乾元元年從左拾遺移華州掾，故文集有乾元元年華州試進士策問，又有乾元元年七月爲華州郭使君進滅殘寇形勢圖狀，則公秋初在華州明矣。而師注、魯旹年譜以是詩爲二年作，梁權道以爲元年作。詳「夜中自足蝎，秋後轉多蠅」之句，殆是指當時譖愬之人，必是元年初到華州時作。

七月六日苦炎蒸，**師曰**：至德二載，甫自賊竄歸謁帝，帝授左拾遺。房琯兵敗陳濤斜，帝怒，甫上疏論其罪，帝貶甫爲華州司功，即乾元元年也。是年七月，任華州。西北地早寒，於七月六日猶苦熱。故甫托意以譏群臣，是時賀蘭進明譖琯於帝，并及甫，甫被逐。**對食暫餐還不能。****趙曰**：蔡琰詩曰：「飢當食兮不能餐。」**每愁**一云「常愁」。**夜中**一作「來」。**自足**一作「皆是」。**蝎，**許竭切。**趙曰**：蝎者，螫蟲。中原有之，南中無有。韓退之謫南方，及其歸也，有詩云「照壁喜見蝎」，則每以得歸爲念，故喜。**况乃秋後轉多蠅。束帶發狂欲大叫，簿書何急來相仍。****洙曰**：唐書：「切於簿書期會。」**南望青松架短壑，****趙曰**：江文通郊游詩：「風散松架險。」安得赤脚踏層冰。**蘇曰**：馬融夏夜直館，是夕，蒸燠倍常，如坐甑中，謂同舍曰：「安得披襟赤脚，踏陰山之層冰，洗滌塵熱也。」

立秋後題 乾元二年作。

補注 **鶴曰**：以「罷官亦由人」，知是乾元二年欲棄官時作。

日月不相饒，**蘇曰**：王獻之覽鏡見髮，顧兒童曰：「日月不相饒。村野之人，二毛俱催矣。汝等何不汲汲爲學？寸陰過而不可復得也。」節叙昨夜隔。玄蟬無停號，秋燕已如客。**蘇曰**：張衡旅寓洛汭，生計無聊，有命駕之心。顧梁上燕曰：「秋風已至，想如客興，斯難久留也。」平生獨往願，惆悵年半百。

補注 **鶴曰**：乾元元年，公年四十七，今云「半百」，舉成數而言也。罷官亦由人，何事拘形役。**洙曰**：陶淵明歸去來：「既自以心爲形役，奚惆悵而獨悲？」**師曰**：甫此二篇詩，作於乾元元年至二年。果棄官之秦州。

黄氏補千家集注杜工部詩史卷之四

黄氏補千家集注杜工部詩史卷之五

貽阮隱居昉乾元元年作。

補注 **鶴曰**：以塞上得阮生，當是公自華之秦，作乾元元年秋冬間，詩云「褰裳踏寒雨」是也。

陳留風俗衰，人物世不數。所矩切。**洙曰**：晉書，阮籍字嗣宗，陳留尉氏人也。父瑀，魏丞相掾。子渾，姪咸，咸子瞻，弟孚，咸從子修，孚族弟放，放弟裕，皆陳留人。補注 **鶴曰**：陳留郡，乃汴州。塞上，謂秦隴，乃阮之所隱。而陳留即其父祖之所出也。**塞上得阮生，迥繼先父祖。貧知靜者性，自益毛髮古。****修可曰**：謝靈運過始寧墅詩云：「還得靜者便。」**車馬入鄰家，蓬蒿翳環堵。****洙曰**：江文通詩：「顧念張仲蔚，蓬蒿滿中園。」莊子庚桑楚篇：「鑿垣墻而殖蓬蒿。」記儒行：「儒有一畝之宫，環堵之室。」張景陽詩：「環堵自摧毁。」**清詩近道要，****趙曰**：傅咸贈崔伏詩：「人之好我，贈我清詩。」**識字用心苦。****洙曰**：劉棻嘗從揚雄學作奇字，劉歆觀之，泣曰：「空自苦。」**宋曰**：昉善篆隸故云云。**尋我草徑微，褰裳踏寒雨。更議居遠村，避喧甘猛虎。****魯曰**：沈休文詩：「避世非避喧。」補注 **希曰**：晉郭文少愛山水，游名山，歷華陰之崖。又辟山中窮谷無人之地，倚木於樹，苫覆於上而居焉，無壁障。時猛獸爲暴，入室害人，而文獨宿十餘年，卒無患害。**足明箕潁客，榮貴如糞土。洙曰：**陸士衡云：「徐翰少無宦情，有箕、潁之心。」晉語：「玉帛酒食猶糞土也。愛惜糞土，以毀五常，無乃不可乎？」箕，山名。潁，水名。許由、巢父隱處也。**師曰：**「識字用心苦」，時昉踏雨尋訪，甫議欲遠引深遁，謝絕當世，不接喧囂，雖餧猛虎所甘心也。甫謂其真有箕山、潁水之節，視榮貴如糞土然。

遣興三首乾元二年作。

補注鶴曰：塞上，指秦州。以「鄴中事反覆，死人積如丘。豐年孰云遲，甘澤不在早」，當是乾元二年秦州作。

下馬古戰場，四顧但茫然。洙曰：蘇子卿：「行役在戰場。」**蘇曰：**徐昕過洛汭，無復見當日五侯第宅，馳馬四顧，茫然嘆息。**風悲浮雲去，黄葉墜我前。朽骨穴螻蟻，洙曰：**老子：「其人已死，其骨已朽。」陸機挽歌：「豐肌饗螻蟻。」**修可曰：**莊子：「在上爲烏鳶食，在下爲螻蟻食。」舊注引陸士衡詩，蓋出於此。**又爲蔓草纏。洙曰：**江淹恨賦：「試望平原，蔓草縈骨，拱木斂魂。」**故老行嘆息，今人尚開邊。洙曰：**嚴助傳：「武帝時，征伐四夷，開置邊郡。」**蘇曰：**秦彭過五原，見白骨蔽野，駐馬嗟嘆久之，曰：「今人不能艾民瘡痍，尚思興師開邊，豈不憫黎民之性命乎？」**漢虜互勝負，封疆不常全。洙曰：**霍去病云：「漢、匈奴相紛拿，殺傷失當。」秦曰：「孫子：「一勝一負，兵家常事。」安得廉耻一作「頗」。將，三軍同晏眠。師曰：「肅宗已平祿山，思明猶據鄴，甫意欲專事鄴城，奈何肉食者謀不臧，尚與吐蕃再戰，故甫欲得廉頗不邀功之將，唯務安邊，與三軍晏眠，不生事可矣。

高秋登塞一作「寒」。山，南望馬邑州。洙曰：前漢地理志：「馬邑屬雁門郡。」晉太康地記：「秦時建此城，輒崩不成。有馬周旋，馳走反覆，父老異之。因依以築城，遂名爲馬邑。」韓安國傳：「匈奴來請和親，大行王恢議擊。上以恢議，陰使馬邑豪聶翁壹爲間，亡入匈奴，謂單于曰云云。於是，單于穿塞，將十萬騎入武州塞。當是時，漢伏兵三十餘萬，匿馬邑旁谷中，單于覺之，還去。」補注鶴曰：舊注謂馬邑州屬代州，蓋引前漢志。而唐志代州雁門郡却不言，而於成州謂有靜戎軍。寶應元年，徙馬邑州於鹽井城，置代，屬河東。而成屬隴右，而徙置如此，何也？又唐地理志羈縻州內有馬邑州，屬隸秦州，開元十七年置，在秦、成二州山谷間。寶應元年，徙於成之鹽井故城。此詩作於乾元二年，則在秦、成間。降虜東擊胡，壯健盡不留。洙曰：時回紇助順，收復京師，遂進收東都。蘇曰：匈奴寇邊，韓安國悉師向北，少年拒敵，惟老弱留守城邑。穹廬莽牢落，洙曰：匈奴傳：「匈奴，父子同穹廬卧。」師古曰：「穹廬，游帳也。其形穹隆，故曰穹廬。」上有行雲愁。老弱哭道路，願聞甲兵休。洙曰：賈捐之傳：「朱崖反，發兵擊之。諸縣更叛，連年不定，上與有司議長發軍，捐之建議，以爲不可，曰：『當此之時，寇賊并起，軍旅數發，父戰死於前，子鬬傷於後，女子乘亭障，孤兒號道路，老母寡婦，塗泣巷哭。』上以問丞相于定國，對以關東困乏，民難摇動，捐之議是。上遂從之。」鄴中事反覆，死人積如丘。洙曰：事反覆，一云「何蕭條」。憶昔詩云：「鄴城反覆不足怪。」蘇曰：馬良曰：「連年兵火，尸積如丘。」趙曰：兩京雖復平矣，而賊猶保相州。既圍復解，則士卒傷死可知矣。鄴中，乃相州也。補注鶴曰：通鑑：「乾元元年，安慶緒北走。其王暕、宇文寬皆殺其使者來降。慶緒使其將蔡希德、安太清拔之，生擒，咼於鄴市。凡有謀歸者，皆誅及種族，乃至部曲連坐，死者甚衆。」又：「慶緒走，子儀等追之至鄴，慶緒又敗，前後斬首三萬級。慶緒入城固守，求救於史思明，思明乘崔光遠初至魏州，引兵天下，陷魏，所殺三萬人。」故云。諸將已茅土，載驅誰與謀？洙曰：李陵與蘇武書：「陵爲足下當享茅土之薦。」策文：「錫君玄土，首以白茅。」師曰：鄴中叛，服不常人，死如丘山。萬一有變，諸將已富貴，各顧私家，誰與國家謀事哉！此甫爲朝廷憂也。補注希曰：已茅土，不謂李、郭皆封王，如封朔方大將軍孫守亮等九人爲異姓王，李商臣等十三人爲同姓王是也。

豐年孰云遲，甘澤不在早。洙曰：陸機雲賦：「甘澤霶霈。」曹子建詩：「良田無晚歲，膏澤多豐年。」耕田秋雨足，補注鶴曰：按史，乾元二年春旱，故云「甘澤不在早」。是年秋，雨足而禾黍茂，故因以喻當時衡州之士〔一〕。此詩當是其年秋晚作。禾黍已映道。蘇曰：趙益云：「桑麻蔽天，禾黍映壠。」春苗九月交，顔色同日老。勸汝衡門士，時可曰：詩：「衡門之下，可以棲遲。」注：「横木爲門。」蓋貧者之居

〔一〕州，當爲「門」之訛。

也。**勿悲尚枯槁。**洙曰：莊子〔一〕：「枯槁之士。」**時來展材力，先後無醜好。**師曰：此喻衡茅之士久困，一旦遇時立功，以取富貴，安問其先後之不同邪？甫意勉久困之士，譏驟進立功者，不足爲貴。**但訝鹿皮翁，忘機對芳草。**洙曰：列仙傳：「鹿皮翁者，菑川人也。少爲府小吏，機巧，舉手能成器械。岑山上有神泉，人不能至也。小吏白府君，請木工斧斤三十人，作轉輪、懸閣，意思叢生。數十日，梯道四門成，上其巔，作茅舍，自止其房。」

昔游乾元二年作。

補注 **鶴曰**：此詩殆是記昔時游齊、宋中之事。中云「胡爲客關塞，道意久衰薄」，當在乾元二年秦州作。雖云在秦州作，意是紀昨游王屋語也。

昔謁華蓋君，緑袍昆玉脚。人棺已上天，白日亦寂寞。後漢方術傳：「王喬爲葉令後，天下玉棺於堂前，吏人推排，終不摇動。喬曰：『天帝獨召我邪？』乃沐浴服飾，寢其中，蓋便立覆，宿昔葬於城西。其夕，縣車牛皆流汗喘乏，而人無知者。百姓乃爲立廟，號葉君祠。」**暮升艮岑頂，**洙曰：艮岑，東北之岑也。**巾几猶未却。弟子四五人，入來淚俱落。余時游名山，發軔在遠壑。**洙曰：離騷：

〔一〕莊，原作「在」，據四庫本改。

「朝發軔於蒼梧。」又：「朝發軔於天津。」良覿違夙願，**洙曰**：謝靈運詩：「引領冀良覿。」含淒向寥廓。

林昏罷幽磬，竟夜伏石閣。王喬下天壇，微月映皓鶴。**洙曰**：嵇康琴賦：「王喬披雲而下墜。」天台賦：「王喬控鶴以冲天。」王喬傳：「或云即古仙人王子喬也。」劉向列仙傳：「王子喬，周靈王太子晉也。好吹笙，作鳳鳴，游伊、洛間。道士浮丘公接上山，三十餘年後，來於山上，告柏梁曰：『告我家七月七日，待我緱氏山頭。』果乘白鶴駐山頭，望之不得到，舉手謝時人而去。」**補注鶴曰**：天壇，山名，在河南府。晨溪嚮虛駃，**鄭曰**：苦夬切。駃馬日行千里。歸徑行已昨。豈辭青鞋胝，**趙曰**：青鞋，山行之具。胝，足病也。莊子：「手足胼胝。」悵望金匕藥。東蒙赴舊隱，**洙曰**：東蒙，山名。昔者先王以爲東蒙主。**補注希曰**：蒙山在沂州。高士傳：「老萊子隱居於蒙山之陽。」禹貢「蒙羽其藝」是也。瀕東海，故曰東蒙。尚隱同志樂。伏事董先生，**洙曰**：董先生，董京威也。行吟常宿白社之中，時乞市肆，得碎繒，結以自覆。於今獨蕭索。胡爲客關塞，道意久衰薄。**蘇曰**：吳持道意久不怡，神氣覺衰歇。妻子亦何人，丹砂負前諾。**洙曰**：晉葛洪求勾漏令，以鍊丹砂。雖悲鬒髮變，**洙曰**：一云「鬢髮變」。謝玄暉詩：「有情知望卿，誰能鬒不變」。詩：「鬒髮如雲。」**趙曰**：髮之黑者，曰鬒。鬒髮變，言變而爲白也。未憂筋力弱。杖藜望清秋，有興入廬霍。**洙曰**：杖，一作「扶」，一云「衡」。謝靈運詩：「游羅浮，行息必廬霍。」江淹擬靈運詩：「平明登雲峰，杳與廬霍絕。」**補注希曰**：廬山在九江，霍山在衡陽。爾雅：「霍山爲南岳。」釋曰：「南方在霍。霍之義，護也。言太陽用事，護養萬物也。」又云：「衡山，一名霍，言萬物霍然大也。」衡之與霍，一山而有二名。」

幽人 乾元二年作。

洙曰：易履卦：「履道坦坦，幽人貞吉。」又陸士衡詩：「幽人在浚谷。」**補注** **鶴曰**：以「五湖復浩蕩，歲暮有餘悲」，意是大曆三年出峽，歲晚至岳陽作。舊編在秦州詩内。公在秦止數月，以乾元二年十月復秦州入同谷，歲暮入蜀，若在秦作，不應有「歲暮有餘悲」之句。

孤雲亦群游，神物有所歸。 **洙曰**：有，一作「識」。陶淵明詠貧士詩：「萬族各有托，孤雲獨无依。」

麟鳳在赤霄，何當一來儀。 **洙曰**：書：「鳳凰來儀。」漢書：「麟鳳在郊藪。」張協七命：「挂歸翮於赤霄之表。」**趙曰**：張茂先鷦鷯賦序：「彼鷲鶚鵾鴻，或凌赤霄之際。」則鳳言赤霄宜矣。然麟亦謂之在赤霄，學者多疑之。殊不知徐陵之生，寶志曰：「此兒天上石麒麟。」自天而降，亦宜在赤霄矣。**往與惠詢輩，中年滄洲期。** **歐曰**：惠詢輩，謂惠遠、許詢也。**修可曰**：海中十洲，其一曰滄洲。**補注** **希曰**：歐注以爲惠遠、許詢爲惠詢，師注以惠昭、詢玨爲惠詢。雖未能辨，然詩言「蓬萊池」「扶桑日」與夫「把東皇衣」，皆是言東游時，恐惠遠、許詢之説非。**天高無消息，棄我忽若遺。** **洙曰**：詩谷風：「將安將樂，棄予如遺。」郭泰機：「衣工秉刀尺，棄我忽若遺〔一〕。」**内懼非道流，幽人見瑕疵**〔二〕。洙曰：僖七年傳：「不汝瑕疵〔三〕。」**洪濤隱語笑，**洙曰：曹植：「泛舟越洪濤。」晉王凝之風賦：「驅東極之洪濤。」**鼓枻蓬萊池。**洙曰：孫楚賦：「舟人鼓枻而揚波。」史：「漁父鼓枻而去。」蘇曰：方鱓曰：「吾將吞燕日月光華，鼓枻游蓬萊，酌天醴玄漿，還源反腦，爲世外人。青衫木版，非吾所好也。」補注 希曰：子虛賦：「揚旌枻。」張揖曰：「枻，柁也。」師古曰：「枻音曳。」**崔嵬扶桑日，**洙曰：山海經曰：「日出暘谷，浴於咸池，拂于扶桑。」**照曜珊瑚枝。**洙曰：梁元帝馬詩：「照耀珊瑚鞭。」趙曰：珊瑚出於海底石上，有五色，故曰所以照耀。**風帆倚翠蓋，暮把東皇衣。**洙曰：屈平九歌有東皇大一。張平子東京賦：「翠羽之高蓋。」**咽漱元和津，**洙曰：天台賦：「漱以華池之泉。」孝祥曰：黄庭經曰：「口爲玉池太和官，漱咽靈液災不忓。」注云：「口中液水爲玉津。」又中皇經曰：「但服元和，除五穀，必獲寥天，得其寥。」注云：「服元和，謂咽津液。」**所思煙霞微。知名未足稱，局促商山芝。**定功曰：皇甫謐高士傳：「四皓作歌曰：『莫莫高山，深谷逶迤。曄曄紫芝，可以療飢。』」修可曰：漢武帝曰：「局促效轅下駒。」**五湖復浩蕩，歲暮有餘悲。**洙曰：張景陽詩：「歲暮懷百憂。」師曰：幽人，乃幽隱之士。按唐史拾遺：「惠昭、荀珏與甫友善，常以詩相唱酬。」甫此詩思之，故以二子自爲幽人，取易「幽人貞吉」之義。

〔一〕見，原作「在」，據四庫本改。

〔二〕不汝，原作「疵有」，據四庫本改。

神物，龍也。龍翔而雲從，喻聖人出而賢人應之。鳳之爲物，有道則見。今雲未遇神龍，鳳不遇有道之世，雲則無所歸，鳳則不來儀，是以賢人幽隱，此其時也。海上有十洲，乃神仙所居，滄洲是其一也。甫往與二子約：中年功名成，遂爲滄洲之游。自別以來，悄無消息，殆恐二子以予信道不篤，見疵於予，是以棄我若遺，而無所思也。自「洪濤隱語笑」以下，皆叙説滄洲之興。甫意謂若與惠詢輩游滄洲，則必鼓枻以拂扶桑之日，映照珊瑚之枝，順風挂帆，輕倚翠蓋，挹東皇，漱元氣，隱於煙霞之表。雖功名赫赫，未足爲稱；雖四皓歌紫芝，猶爲局促，奈何言不相副，今復飄泛五湖，尚爲羈旅，况年已衰暮，將與物化，豈不爲之悲傷乎？

佳人乾元二年作。

師曰：詩簡兮刺不用賢，云「彼美人兮，西方之人兮」，蓋言賢者有佳美之德。此詩亦以佳人喻賢者，若用新進少年，至於疏棄舊臣，甫寓意有此作，非獨爲佳人之什，讀者可以意會。**補注** **鶴曰**：此詩乾元二年在秦州作。甫，自謂也。亦以傷關中亂後，老成凋喪也。

絶代有佳人， **洙曰**：李延年歌曰：「北方有佳人，絶代而特立。」**幽居在空**一作「山」。**谷。** **洙曰**：詩：「皎皎白駒，在彼空谷。」**自云良家子，** **洙曰**：趙充國傳：「六郡良家子。」**零落依草木。** **補注** **希曰**：阮嗣宗詩：「零落從此始。」魏文帝書曰：「數年之間，零落殆盡。」**關中昔喪敗，**一云「喪亂」。**兄弟遭殺戮。官高何足論，不得收骨肉。** **蘇曰**：崔弘礫於市，骨肉不得收葬。**補注** **希曰**：前漢韓延壽傳：「民有骨肉爭訟。」南史王懿傳：「北土重同姓，謂之骨肉。有遠來相投者，莫不竭力營贍。」續漢書：「冬十月，骨肉合飲食於祖廟。」**世情惡衰歇，萬事隨轉燭。**蘇曰：徐邈：「萬事興衰，轉燭相似，何必計較。」**夫婿輕薄兒，**洙曰：沈休文詩：「長安輕薄貌。」**新人美如玉。**洙曰：一云「已如玉」。古詩：「燕趙多佳人，美者顔如玉。」**合昏尚知時，**定功曰：本草云：「合歡，即夜合也。人家多植庭除間，一名合昏。」陳藏器云：「其葉至昏即合，故曰合昏。」趙曰：佳人自怨之辭。言物之有合有偶，而人之不若也。天覺曰：周處風土記云：「合昏，槿也。」孝祥曰：陸倕刻漏銘曰：「合昏暮卷，蓂莢朝開。」**鴛鴦不獨宿。**洙曰：詩：「鴛鴦于飛。」鄭氏婚禮謁文贊曰：「鴛鴦鳥，雌雄相類，飛止相隨。」趙曰：崔豹古今注曰：「鴛鴦，鳧類也。雌雄未嘗相離，人得其一，一思而死，故謂之匹鳥。」**但見新人笑，那聞舊人哭。**趙曰：李白亦云：「新人如花雖可寵，舊人似玉猶來重。」**在山泉水清，出山泉水濁。**趙曰：此佳人怨夫之辭。逸曰：晉孫綽蘭亭詩序曰：「古人以水喻性，有旨哉斯談。非以澄之則清，混之則濁耶？情因所習而遷移，物因所遇而感興。」**侍婢賣珠回，**洙曰：東方朔傳：「董偃母以賣珠爲事。」**牽蘿補茅屋。**蘇曰：陶景山居賦：「采芝蕈，爲盤蔬，牽藤蘿，補岩屋。景差山齋，雲牽蘿遮，壞籬挽葛，補漏茅。」**摘花不插髮，**修可曰：一作「鬢」。以言其不事妝飾也。**采柏動盈掬。**洙曰：詩：「終朝采緑，不盈一掬。」蘇曰：胡彝隱居衡山，采柏子食，年逾百歲，面類如兒童，少壯追奔不及。**天寒翠袖薄，日暮倚修竹。**趙曰：上句言天色已寒，而翠袖尚薄，下句則所思遠矣。師曰：柏與竹，歲寒不改其操，亦猶君子見逐於君，而吾操守終無改易，此所以爲忠臣貞婦也。

赤谷西崦人家乾元二年作。

崦，衣檢切。**師曰**：按地理志：「秦州有崦嵫山，在赤谷之西。」曹操與劉備戰于此谷，川水爲之丹，因號曰赤谷。甫乾元元年貶華州司功屬，關輔饑亂。乾元二年，遂棄官之秦州，宿于赤谷西崦人家，因有此作。

補注 **鶴曰**：按伊州納職縣亦有赤谷，雖非此詩所記。隴有二赤谷。乾元二年在秦州作。

躋險不自安，洙曰：安，一作「喧」。謝靈運詩：「濟險築幽居。」**出郊已清目。溪回日氣暖，徑轉山田熟。**洙曰：一本作「桃花」。**鳥雀依茅茨，**師曰：言其静也。**藩籬帶松菊。**師曰：言其幽也。**如行武陵暮，欲問桃源宿。**陶潛桃源記曰：「晉太康中，武陵人捕魚，從溪而行，忽逢桃林，夾岸數百步，無雜木，芳華鮮美，落英繽紛，漁人異之。前行窮林盡，見山有小口，髣髴有光，便舍舟步入。初極狹，行四五十步，忽然開朗，邑屋連接，雞犬相聞，男女被髮，怡然自樂。見漁父大驚，問所從來？要還，爲設酒食，云：『先世避秦難，率妻子來此，遂與外隔絶。』」

西枝村尋置草堂地夜宿贊公土室二首

補注 **鶴曰**：贊公謫居秦州，公乾元二年七月自華之秦，意欲居此，故尋置草堂地。西枝村在秦，近郭有岩竇之勝，杉黍之利，贊嘗稱之。公卒以闕輔飢，棄之同谷，當是其年秋晚作，故詩有「天寒日短」之句。出郭眄細岑，眄，莫甸切。**劉曰**：眄，斜視也。披榛得微路。**洙曰**：趙景真書：「涉澤求蹊，披榛覓路。」溪行一流水，曲折方屢渡。贊公湯休徒，**洙曰**：惠休上人姓湯。好靜心迹素。**晏曰**：素，謂質素也。昨枉霞上作，盛論岩中趣。**洙曰**：後漢：「旌車之招，相望於岩中。」怡然共携手，恣意同遠步。捫蘿澀先登，**洙曰**：天台賦：「攬樛木之長蘿。」謝靈運詩：「蔓弱豈可捫？」陟巘眩反顧。要求陽岡暖，**洙曰**：顏延年詩：「陽岡團精氣，陰谷曳煙寒。」若涉陰嶺沍。**洙曰**：左太冲詩：「白雲停陰岡，丹葩曜陽林。」**師曰**：山南曰陽，山北曰陰。山南向陽故暖，山北背陽故沍寒。惆悵老大藤，沉吟屈蟠樹。卜居意未展，杖策迴且暮。**洙曰**：左太冲詩：「杖策招隱士。」層巔一作「天」。餘落日，**洙曰**：謝靈運詩：「築觀基層巔。」草蔓已多露。**洙曰**：盧子諒詩：「凝露霑蔓草。」

天寒鳥已歸，**蘇曰**：鮑昭詩：「天寒日已久，出鳥自知歸。」又云：「天寒幽鳥歸。」月出山更靜。**洙曰**：山，一作「人」。更，一作「已」。土室延白光，松門耿疏影。**洙曰**：謝靈運詩：「牽葉入松門。」躋攀倦日短，語樂寄夜永。**洙曰**：天台賦：「恣語樂以終日。」**趙曰**：天寒則時在冬，故用「日短夜永」。明燃林中薪，暗汲石底一作「泉」。井。大師京國舊，德業天機秉。補注**鶴曰**：贊公，京中大雲寺主，謫秦州安置，故云。從來支許游，**洙曰**：支遁字道林，講維摩經。遁爲法師，許詢爲都講，遁衆謂無以歷難，詢設一難以調，遁不能復通。**興趣江湖迥。數奇謫關塞，洙曰：**李廣數奇，孟康曰：「奇，隻不偶也。」如淳曰：「數爲匈奴所敗，爲奇不偶。」師古曰：「言廣命隻不耦合，孟説是矣。上，所角反。下，居宜反。」**黄曰：**師古以數奇爲命，隻不耦合，則數乃命數之數，非疏數之數也。而音所角反，蓋傳印之誤也。**道廣存箕潁。洙曰：**太丘道廣，廣則難周。謝靈運云：「徐幹有箕、潁之心。」**何知戎馬間，復接塵事屏。**必郢切。**幽尋豈一路，遠色有諸嶺。修可曰：**郭璞詩：「色上遠野嶺，沉吟立夕陽。」**晨光稍曚昽，洙曰：**陶淵明：「恨晨光之熹微。」**更越西南頂。**

寄贊上人乾元二年作。

補注鶴曰：摩訶般若經：「何名上人？佛言：若菩薩一心行阿耨菩提心，不散亂，是名上人。」增一經云：「處世有過，能改者爲上人。」當是乾元二年秦州作。

一昨陪錫杖，洙曰：天台賦：「振金策之鈴鈴。」金策，錫杖也。**補注希曰：**梵云阿若羅，此云錫杖。經云：「又名智杖，又名德杖，顯智信功德本。」**卜鄰南山幽。洙曰：**左傳：「唯鄰是卜。」**年侵腰脚衰，未便陰崖秋。趙曰：**晉潘岳西征賦云：「眺華岳之陰崖。」**重岡北面起，竟日陽光留。茅屋買兼土，**買，一作「置」。**斯焉心所求。近聞西枝西，有谷杉黍**一作「漆」。**稠。亭午頗和暖，洙曰：**天台石田又足收。**夢**賦：「羲和亭午。」**孝祥曰**：御覽載：「日初出曰旭，曰昕，曰晞；在午曰亭午；在未曰昧。」**符曰**：按春秋左傳：「吴將伐齊，子胥曰：『夫得志於齊，猶獲石田也，無所用之。越不爲沼，吴其泯矣。』」今云「石田足收」，則雖無用之田，猶可獲而種也。當期塞一作「寒」。雨乾，宿昔齒疾瘳。徘徊虎穴上，**逸曰**：班超云：「不探虎穴，安得虎子。」面勢龍泓頭。柴荆具茶茗，徑路通林丘。與子成二老，來往亦風流。**洙曰**：謝靈運：「促裝反柴荆。」孫綽風流，爲一時冠。**師曰**：二老，言太公、伯夷避紂之亂，故隱居東海、北海之濱。今甫亦避亂，而卜隱居于此也。

太平寺泉眼乾元二年作。

補注**鶴曰**：太平寺在秦州，而詩云「北風起寒文」，當是乾元二年秋冬之交作。

招提憑高岡，**洙曰**：見「已從招提游」注。**趙曰**：招提，佛寺也。西天謂寺爲招提。疏散連草莽。**洙曰**：景帝紀：「廣薦草莽。」草稠曰薦，深曰莽。出泉枯柳根，汲引歲月古。石間一作「門」。見海眼，**趙曰**：成都記云：「石笋之下是海眼。」**孫曰**：成都府城西門外，道傍有石笋，蜀人言天以鎮海眼。此泉從石中而出，亦如海眼。天畔縈水府。**歐曰**：小説：「潤州爲中原水府。」**修可曰**：張纘南征賦：「曾潭水府。」廣深丈尺間，宴息敢輕侮。青白二小蛇，幽姿可時睹。如絲氣或上，爛熳爲雲雨。**洙**

曰：公羊傳曰：「觸石而出，膚寸而合，不崇朝而遍天下者，太山之雲也。」**山頭到山下，鑿井不盡土。取供十方僧，香美勝牛乳。北風起寒文，弱藻舒翠縷。**舒，一作「勝」。**明涵客衣净，細蕩林影趣。何當宅下流，餘潤通藥圃。三春濕黄精，一食生毛羽。** **洙曰**：嵇康書：「又聞道士遺言，餌朮黄精，令人久壽，意甚信之。」**黄曰**：神農本草：「黄精，久服，輕身延年。」**趙曰**：鑿井自山頭至山下，皆石而已，不能窮盡至於土處也。鑿井之難如此，而得泉眼爲可美。佛經每以牛乳供僧。

夢李白二首大曆二年作。

補注 **鶴曰**：梁權道因舊次編在乾元二年秦州詩内。按，白乾元元年戊戌流夜郎，寶應元年壬寅卒，則此詩不應在乾元二年，當是大曆二年，故公嘗有詩「大曆二年調玉燭，玄元皇帝聖雲孫」。

死別已吞聲， **洙曰**：鮑昭行路難：「吞聲躑躅不敢言。」**生別常惻惻。** **洙曰**：歐陽建：「惻惻心中酸。」楚辭：「悲莫悲兮生別離。」**蘇曰**：馬融：「不忍生別，我心惻惻。」**江南瘴癘地，** **洙曰**：劉孝標：「流離大海之南，寄命瘴癘之地。」**趙曰**：白坐永王璘之累，當誅，郭子儀請解官贖罪，詔長流夜郎。會赦還潯陽，坐事下獄。潯陽，今之江州也，屬江南東路故云。**補注** **鶴曰**：夜郎雖在榮州，在長安視之則江南矣。其因潯陽則江南郡也。**逐客無消息。** **魯曰**：李斯爲秦逐客。**故人入我夢，明我長相憶。** **洙曰**：樂府云：「夢見已在傍，忽覺在他鄉。上有加餐食，下有長相憶。」**恐非平生魂，路遠不可測。**補注 **希曰**：韓非子曰：「六國時，張敏與高惠二人爲友，每相憶不能得見，敏便於夢中往尋，但行至半道，即迷不知路，遂回。」故沈約詩：「夢中不識路，何以慰相思。」又文選樂府：「道遠不可思，宿昔夢見之。」**魂來楓林青，**洙曰：阮籍詩：「湛湛長江水，上有楓樹林。」**魂返關塞黑。今君在羅網，**蘇曰：魏壽云：「婦人女子，一旦陷君在羅網。」**何以有羽翼。**洙曰：時白爲永王事放逐。**落月滿屋梁，**洙曰：宋玉神女賦：「若白月初出照屋梁。」**猶疑照顏色。**彦輔曰：西清詩話云：「太白歷見司馬子微、謝自然、賀知章，或以爲可與神游八極之事，或以爲謫仙人。其風神超邁，英爽可知。後世詞人，狀其風貌者多矣，亦間於丹青見之，俱不若少陵云『落月滿屋梁，猶疑照顏色』。熟味之，百世之下，想見風采，此與李太白傳神詩。」**水深波浪闊，**蘇曰：宋玉：「海水深浩，波浪廣闊，非萬斛舟不可泛。」**無使蛟龍得。**洙曰：續齊諧記：「屈原五月投汨羅而死，楚人哀之，每至此日祭之。漢建武中，長沙人歐回見一人自稱三閭大夫，曰：『吾嘗見祭甚善，然爲蛟龍所苦。今若有惠，可以楝葉塞之，縛以五色絲。此二物，蛟龍所畏也。』」**師曰**：蓋言南海波濤之險，恐其罹淪溺之患。補注 **鶴曰**：舊傳太白溺於采石，而新、舊史俱不及此。觀此詩乃是死後作，故曰「死別已吞聲」，而終云「水深波浪闊，無使蛟龍得」，殆誠有捉月之事。舊史云「竟以飲酒過度，醉死於宣城」，雖隱而彰矣。後篇云「江湖多風波，舟楫恐失墜」，然則誠有是事也。

浮雲終日行，師曰：楚詞云：「日暮碧雲合」，言君昏暗，爲群小所蔽也。游子久不至。洙曰：古詩：「浮雲蔽白日，游子不顧反。」三夜頻夢君，情親見君意。告歸常局促，苦道來不易。江湖多風波，一云「秋風多」。舟楫恐失墜。出門搔白首，蘇曰：諸葛松：「出門無往還，時復搔白首。」若負平生志。蘇曰：季常：「一囊粟俸，拘束塵埃中，負平生山林之志。」冠蓋滿京華，斯人獨憔悴。上昨焦，下秦醉切。洙曰：左太冲詩：「濟濟京城内，赫赫王侯居。冠蓋陰四街，朱輪竟長衢。寂寂楊子宅，門無卿相輿。」孰云網恢恢，洙曰：老子：「天網恢恢，疏而不漏。」將老身反累。蘇曰：稽昴曰：「吾將老矣，反爲牛尾累身。」千秋萬歲名，寂寞身後事。洙曰：張翰曰：「使我有身後名，不如即時一杯酒。」阮籍詩：「千秋百歲後，榮名安所之。」補注 希曰：此蓋傷白身後惟有二孫女[一]，欲終老於青山，而僅葬東麓而已。若曰「江湖多風波，舟楫恐失墜」，殆真溺矣。

有懷台州鄭十八司户 乾元二年作。

洙曰：虔時坐污賊，貶台州司户。補注 鶴曰：虔以至德二載貶台州，是時公在諫省，明年即有「春深逐

[一] 白，原作「自」，據四庫本改。

客一浮萍」之詩矣。此詩首云「天台隔三江」，末云「相望無所成」，當是乾元二年秦、華間作。

天台洙曰：天台，山名。**隔三江**，洙曰：一云「江海」。師曰：天台山，在台州。三江：一錢塘，二楊子，三吳松。補注希曰：山海經云：「岷山，大江所出。崍山〔一〕，中江所出。岷山，北江所出，東注大江。」公時在秦，故言「天台隔三江」也。**風浪無晨暮。鄭公縱得歸，老病不識路。**洙曰：沈休文：「夢中不識路，何以慰相思。」趙曰：暗使韓非子中事：「六國時，張敏與高惠爲友，每相思不能得見，敏便於夢中往尋，但行至半道，即迷不知路。」**昔如水上鷗，**趙曰：何遜詩曰：「可憐雙白鷗，朝夕水上游。」**今如罝中兔。**洙曰：詩：「肅肅兔罝。」蘇曰：王瑀與弟書曰：「我若罝中毚兔，遂能跳躑，恐未免死。」補注希曰：鮑昭詩：「昔如韝上鷹，今如檻中猿。」公蓋用其律。**性命由他人，悲辛但狂顧。**蘇曰：周休悲辛眩旋，時復狂顧。**山鬼獨一脚，**洙曰：一足曰夔，魍魎也。夢符曰：右按，楚詞屈原九歌章句有山鬼。**蝮蛇長如樹。**洙曰：招魂：「蝮蛇蓁蓁，雄虺九首。」**呼號旁孤城，歲月誰與度。從來禦魑魅，多爲才名誤。**洙曰：傳文十八年：「舜流四凶，投諸四裔，以禦魑魅。」山林異氣所生，爲人害者。趙曰：指言鄭公謫爲台州司户。**夫子嵇阮流，更被時俗惡。**洙曰：嵇康書云：「阮嗣宗爲禮法之士所繩，故疾之爲讎。」蘇曰：傅休奕不

〔一〕 崍，原作「峽」，據四庫本改。

言鄭公反謫爲小吏也。補注希曰：台州至海，近三百里，故云海隅。眼暗髮垂素。洙曰：潘安仁秋興賦：「素發颯以垂領。」黄帽映青袍，洙曰：一云「鳩杖近青袍」。非供折腰具。洙曰：黄帽乃竹籜冠。補注希曰：雋不疑傳：「著黄冒。」師古曰：「冒所以覆其首。」師曰：陶潛：「焉能折腰於閭里小兒？」趙曰：黄帽非是，當作「鳩杖」。平生一杯酒，洙曰：沈休文詩：「平生少年日，分手易前期。勿言一樽酒，明日難重持。」見我故人遇。洙曰：古詩：「瀟湘逢故人。」相望無所成，乾坤莽迴互。洙曰：言天地雖大，胡爲其身若無所容乎？

遣興三首乾元元年作。

補注鶴曰：梁權道編在乾元二年秦州作，以「客子念故宅，三年門巷空」，當是乾元元年在華州作。蓋公以天寶十四載携家避亂，至乾元元年爲三年。是時，公之弟在東都，故第二篇言弟，末篇言洛陽，後果暫至東都。

蓬生非無根，漂蕩隨高風。天寒落萬里，不復歸本叢。客子念故宅，三年門巷空。洙曰：曹子建：「轉蓬離本根，飄飄隨長風。何意迴飆舉，吹我入雲中。高高上無極，天路安可窮。顧此游客子，捐軀遠從戎。」魏文帝詩：「客子常畏人。」補注鶴曰：公以天寶十四載乙未十一月避賊往白水，至乾元二年戊戍爲三周年，詳見題注。悵望但烽火，洙曰：匈奴傳：「烽火通甘泉宮。」戎車滿關東。洙曰：詩：「戎車既屆。」生涯能幾何，常在羈旅中。

我今日夜憂，諸弟各異方。不知死與生，何況道路長。洙曰：蘇武詩：「良友遠別離，各在天一方。山海隔中州，相去悠且長。」古詩：「相去萬餘里，各在天一涯。道路阻且長，會面安可知。」避寇一分散，飢寒永相望。豈無柴門歸，欲出畏虎狼。仰看雲中雁，禽鳥亦有行。洙曰：傅休奕：「仰觀雁南翔。」

昔在洛陽時，親友相追攀。送客東郊道，遨游宿南山。洙曰：張景陽詠史詩：「昔在西京時，朝野多歡娛。蕩蕩東都門，群公祖二疏。」曹子建：「鬥雞東郊道。」又：「驅上彼南山。」補注希曰：東郊，指洛陽之東。遨游二字，出馬援傳。煙塵阻長河，樹羽成皋間。洙曰：有瞽：「崇牙樹羽。」羽，旗也。成皋在鞏、洛間。補注希曰：唐志：「河南府有成皋府。」回首載酒地，豈無一日還？洙曰：前漢揚雄傳：「好事者載酒過之。」陶潛：「親朋好事，或載酒肴而往。」丈夫貴壯健，慘戚非朱顏。

遣興五首乾元元年作。

補注鶴曰：此詩當在乾元元年作，禄山前一年死。蓋公以元年六月出爲華州司功，而是詩有「九月猶絺綌」，當是其年秋作。梁權道編在乾元二年秦州詩内。

朔風飄胡雁，師曰：禄山，胡人，故以胡雁比之。慘澹帶砂礫。鄭曰：浪狄切，小石也。洙曰：鮑明遠詩：「朔風充塞起，砂礫自飛揚。」補注希曰：世説：「戴道一道人，善爲辭。當途中逢雪，人問其狀，曰：『先集其慘澹。』」長林何蕭蕭，立之曰：喻大材當亂世蕭條，不見用也。秋草萋更碧。洙曰：古詩：「秋草萋已緑。」立之曰：草喻小人。草逢秋宜凋瘁，今乃萋萋而更碧。北里富薰天，洙曰：左太冲：「北里吹笙竽。」大臨曰：言武夫悍卒，當禄山亂，而能立功取富貴，是以富貴之勢，薰炙天地。高樓夜吹笛。焉知南鄰客，九月猶絺綌。洙曰：精曰絺，粗曰綌。君平曰：隋袁充少時父黨過門，方冬，充尚衣葛，戲充曰：「絺兮綌兮，凄其以風。」充曰：「惟絺惟綌，服之無斁。」南鄰之客，非服絺綌而無斁也。蓋貧而無禦寒之服故耳。公詩又曰「花時甘緼袍」，暮春者，春服既成，花時而緼袍，豈非無春服歟？

長陵鋭頭兒，出獵待明發。洙曰：秦武安君頭小而鋭。趙曰：詩：「明發不寐。」補注希曰：按史，漢高祖葬長陵，在長安四十里。騂弓金爪鏑，白馬蹴微雪。未知所馳逐，但見暮光滅。歸來懸兩狼，洙曰：詩：「并驅從兩狼兮。」師曰：此詩諷國忠以貴妃之兄位宰相，帶劍南節度。「未知所馳逐」，正詩「不狩不獵」之意。「歸來懸兩狼」，正詩「有懸貆」之意也。門户有旌節。洙曰：楊國忠以劍南旌節導駕。趙曰：「旌節」，貴人所建，而羅列於門也。

漆有用而割，膏以明自煎。蘭摧白露下，桂折秋風前。 **洙曰：** 莊子人間世：「山木自寇也，膏火自煎也。桂可食，故伐之；漆可用，故割之。」兩龔死時有老父來吊，哭甚哀，既而曰：『嗟呼，薰以香自燒，膏以明自消。』」阮籍詩：「膏火自煎燒。」**大臨曰：** 膏、漆、蘭、桂皆有用之物，喻賢人君子。所以煎割摧折者，以爲小人所中傷也。**補注希曰：** 蘇子云：「蘭以香致燒膏，以明見消翠，以羽殃身，珠以蚌破裂。」此用其語意。蘇子八卷，目録云「秘書丞臣淳撰」。**府中羅舊尹，沙道尚依然。** **洙曰：** 故事，凡拜相之後，禮絶班行，府縣載沙填路，自私第至于城東，街名沙堤。**赫赫蕭京兆，今爲時所憐。** **洙曰：** 前五行志：「成帝時童謡云云[一]：「故爲人所羨，今爲人所憐。」蕭望之嘗爲左馮翊，後飲鴆自殺。**蘇曰：** 明皇雖誅蕭至忠，常懷之，故子美哀之云云。**趙曰：** 蕭至忠參太平公主逆謀被誅，雖已誅矣，然明皇賢其爲人，心愛不忘，高力士曰：「彼不嘗負陛下乎？」帝曰：「至忠誠國器，但晚謬爾。其始豈不賢哉！」舊注引蕭望之飲鴆自殺，非是。**補注鶴曰：** 蕭至忠以參太平公主逆謀，至先天二年主敗，至忠遁入南山，捕誅之。

猛虎憑其威， **蘇曰：** 郭轀、李鷹如猛虎憑威，下視犬羊。**往往遭急縛。** **洙曰：** 曹操謂呂布：「縛虎，不得不急。」**補注希曰：** 禄山以至德二載爲李猪兒所殺故云。**雷吼徒咆哮，枝撐已在脚。忽看皮寢處，** **洙曰：** 子將食其肉，寢處其皮。**立之曰：** 左襄二十八年：「子雅、子尾怒，盧蒲嫳曰：『譬之禽獸，吾寢處

〔一〕云云，當衍一字。

之矣。』」注曰：「能殺而席其皮。」無復睛閃爍。人有甚於斯，足以勸元惡。**師曰**：禄山之猛可畏，不啻於虎，而終蒙葅醢，亦足以爲元惡之戒矣。朝逢富家葬，前後皆輝光。共指親戚大，緦麻百夫行。送者各有死，不須羨其强。君看束縛去，亦得歸山崗。**洙曰**：吴人殺諸葛瑾，以蘧蒢裹尸，束縛以篾，棄之於石子崗。**十朋曰**：此詩譏貴妃於夙昔之日，勢焰薰炙當世，及禄山亂，死于馬嵬山，瘗于道傍，豈非束縛之比耶？

遣興五首 乾元二年作。

補注 **鶴曰**：乾元二年秦州作。

蟄龍三冬卧，**洙曰**：易：「龍蛇之蟄以存身〔一〕。」老鶴萬里心。**洙曰**：舞鶴賦：「結長悲於萬里。」昔時賢俊人，未遇猶視今。**洙曰**：後之視今，猶今之視昔也。嵇康不得死，**洙曰**：一云「且不死」。孔明有知音。**魯曰**：徐庶薦孔明。又如壟底松，用舍在所尋。大哉霜雪幹，歲久爲枯林。**洙曰**：傷有材而不見用。**師曰**：龍雖蟄於冬，至春則賴以沛霖雨，喻孔明得徐庶之薦，終則見用。鶴雖心在萬

〔一〕身，原作「神」，據四庫本改。

里，奈已老，何喻嵇康日暮途窮，左右無一言之援，是以終死獄中？夫嵇康、孔明，皆賢士也，一則得君，一則失勢，豈非幸不幸耶？

昔者一作「在」。龐德公，未曾入州府。襄陽耆舊閒，處士節獨苦。**洙曰**：後漢逸民傳：「龐德公者，南郡襄陽人也。未嘗入城府，夫妻相敬如賓。」豈無濟時策，一作「術」。終竟畏羅罟。**彦輔曰**：一作「終歲畏罪苦」。林茂鳥有歸，水深魚知聚。舉家隱鹿門，劉表焉得取。**洙曰**：荆州刺史劉表數屈請，不能屈，乃就候之。謂曰：「夫保全一身，孰若保全天下乎？」龐公笑曰：「鴻鵠巢於高林之上，暮而得所栖；黿鼉穴於深淵之下，久而得所宿。夫趨舍行止，亦人之所巢穴也，且各得其栖宿而已，天下非所保也。」因釋耕於壟上，而妻子耘於前。表指而問曰：「先生苦居畎畝，而不肯官禄，後世何以遺子孫乎？」龐公曰：「世人皆遺之以危，今獨遺之以安，雖所遺不同，未爲無所遺也。」表嘆息而去。後遂携其妻子，登鹿門山，采藥不反。**秦曰**：襄陽記云：「鹿門山，舊名蘇嶺山。襄陽侯習郁立神祠於山，刻二石鹿，夾道口，俗因以廟名山。」

陶潛避俗翁，未必能達道。**蘇曰**：墨子：「未必達吾道。」觀其著詩集，頗亦恨枯槁。**趙曰**：因陶潛而有所悟，故於此詩非直詆陶也。陶集中如飲酒詩「雖留身後名，一生亦枯槁」，其他皆類是，豈不謂之「頗恨枯槁」乎？達生豈是足，默識蓋不早。有子賢與愚，何其挂懷抱。**立之曰**：山谷書淵明文，有與五子疏。又命子詩曰：「夙興夜寐，願爾斯才。才之不才，亦已焉哉。」又責子曰：「雖有五男兒，總不好紙筆。」俗人便謂淵明諸子皆不肖，而淵明愁嘆見於詩，所謂「癡兒前不得説夢」也。**黄曰**：子美困於三蜀，蓋不知者詬病，以拙於生事，又往往譏議宗文、宗武失學，故聊寄此詩於淵明，以解嘲耳。

賀公雅吴語，洙曰：賀知章也。蘇曰：陸機雅能吴語，吴兒聞之，皆起歸思。孝祥曰：語林曰：「真長云：『丞相何奇，止能作吴語及細唾也。』」在位常清狂。洙曰：武五子傳：「清狂不惠。」凡狂者，陰陽脈盡濁。今此又不狂似狂者，故言「清狂」也。或曰：「色理清徐而心不惠曰清狂。」清狂，如今白癡。補注鶴曰：舊史云：「知章性放横，善談論，當時賢達皆傾慕之。晚年尤加縱誕，無復規檢，自號四明狂客。」上疏乞骸骨，蘇曰：賈亮疏乞骸骨，三上不答，乃棄官隱中條。黄冠歸故鄉。蒼舒曰：禮記郊特牲曰：「野服黄冠。」黄冠，草服也。爽氣不可致，洙曰：王徽之以手板拄頰云：「西山朝來，致有爽氣耳。」斯人今則亡。魯曰：顔淵今也則亡。補注鶴曰：天寶三載，知章因病恍惚，乃上疏請度爲道士，求還鄉里，上許之。至鄉，無幾壽終。山陰一茅宇，江海日凄凉。洙曰：知章事明皇爲秘書監，自號四明狂客。及秘書外監，晚節尤誕放，請爲道士歸鄉里，以宅爲千秋。觀表，求周官湖數頃爲放生池，有詔賜鏡湖一曲。

吾憐孟浩然，短褐即長夜。修可曰：短當作「裋」，見北征詩注。王仲宣：「長夜何冥冥。」趙曰：南史：「范曄在獄中爲士題扇曰：『即長夜之悠悠。』」賦詩何必多，往往凌鮑、謝。魯曰：鮑照、謝朓。蘇曰：江總詞氣凌鮑、謝，筆迹踵二王。史柄云：「足下新詩，往往氣凌鮑、謝。」趙曰：往往者，忽忽如此也。應璩百一詩「用等稱才學，往往見嘆譽」也。補注鶴曰：舊史：「孟浩然隱鹿門山，以詩自適。年四十，游京師，應進士不第。張九齡鎮荆州，署爲從事，與之唱和，不達而卒。浩然嘗曰：『賦詩何必多？往往凌鮑謝。』此詩蓋公全用其兩句也。**清江空舊魚，**趙曰：浩然嘗有詩曰：「試垂竹竿鋭，果見查頭鯿。」今言清江之内，空有舊魚，而人不見。**春雨餘甘蔗。每望東南雲，**蘇曰：梁瑄不歸，弟璟每見東南白雲，即立望，慘然久之。**令人幾悲吒。**陟駕切，正作咤。修可曰：郭璞游仙詩：「臨川哀年邁，撫心獨悲吒。」趙曰：浩然，襄陽人。襄陽在秦州之東南，公思而不見，故望雲而空悲吒耳。

前出塞九首乾元二年作。

補注 鶴曰：晉劉疇傳有出塞曲。今謂之出塞，當是乾元二年至秦州思天寶間事而爲之。

戚戚去故里，悠悠赴交河。洙曰：陸士衡：「悠悠行邁遠，戚戚憂思深。」蘇曰：古詩：「轉戰交河道。」修可曰：按唐西州交河在伊州西七百里，河水分流繞城下，因以名之。漢侯應上書云：「車師前國，王治交河。」補注 鶴曰：西州交河郡在唐隴右道，郡亦有交河縣，自縣三百七十里至北庭都護府城，備吐蕃之處也。此言調丁屯守之害。**公家有程期，**洙曰：程限，期會也。**亡命嬰禍羅。**劉曰：漢寶榮亡命山林。趙曰：畏公家之期程，而逃亡其命，則必有收捕，禍所及矣。**君已富土境，**蘇曰：徐越：「吾君土境遠，方物富備，而又取炎瘴之地，恐後爲中國患。」**開邊一何多。**師曰：此句譏禄山、國忠之徒，爲國生事於夷狄也。棄骨肉恩豈斷，男兒死無時。走馬脱轡頭，手中挑青絲。捷下萬仞岡，俯身試搴旗。

絶父母恩，吞聲行負戈。**泰伯曰**：李奎被掠，毁冠裂冕，吞聲負戈。出門日已遠，不受徒旅欺。**師曰**：此言離家日久，已習戰鬥之事，故徒旅不能欺也。**竦曰**：蘇武詩：「骨肉枝葉。」**梅曰**：木蘭曲云：「南市買轡頭。」**洙曰**：梁簡文帝紫騮馬詩：「青絲懸玉蹬。」**趙曰**：「宛轉青絲鞚」。絲，馬鞚也。**洙曰**：曹子建：「仰手接飛猿，俯身散馬蹄。」左太冲：「振衣千仞岡。」又斬將搴旗。

磨刀嗚咽水，嗚，一作「呼」。水赤刃傷手。欲輕腸斷聲，心緒亂已久。**洙曰**：鮑昭詩：「行子心腸斷。」**修可曰**：辛氏三秦記：「隴山，天水大坂也。俗歌云：『隴頭流水，鳴聲幽咽。遥望秦川，肝腸斷絶。』故曰嗚咽水。丈夫誓許國，憤惋復何有。**鄭曰**：惋，烏摜切，驚嘆也。功名圖騏驎，**蘇曰**：羊引基曰：「丈夫兒功名立於少壯，時期圖於騏驎，何苦苦守筆硯度日而已。」**鄭曰**：騏驎，漢閣名，圖畫功臣於此。戰骨當速朽。**洙曰**：孔子曰：「死不如速朽。」**師曰**：丈夫以身許國，立功圖像，死何足恤，況□□離别乎。

此勸以義之意。

送徒既有長，丁丈切。**洙曰**：高祖以亭長爲縣送徒驪山。遠戍亦有身。生死向前去，不勞吏怒嗔。**師曰**：足見其强驅人於戰，豈所謂「悦以犯難，民忘其死」者乎？路逢相識人，附書與六親。哀哉兩决絶，不復同苦辛。**洙曰**：國忠領劍南募使，遣戍瀘南，餉路險乏，舉無還者，人人思亂，此詩所以作也。

迢迢萬餘里，領我赴三軍。軍中異苦樂，主將寧盡聞。洙曰：王仲宣從軍詩：「從軍有苦樂，但問所從誰。」師曰：爲將之道，甘苦與衆同之。今將樂而士苦，苦樂之異如此，豈善撫循士卒者乎？**隔河見胡騎，倏忽數百群。我始爲奴僕，幾時樹功勳。**禹偁曰：漢衛青奮於奴僕。

挽弓當挽强，蘇曰：張諒少壯氣鋭，好挽强弓，明帝用爲校尉。補注 希曰：周勃傳注：「服虔曰：『引强弓弩官也。』孟康曰：「如今挽强司馬也。」**用箭當用長。**洙曰：晁錯云：「弩不可以及遠，與短兵同；射不能中，與亡矢同；中不能入，與亡鏃同。」**射人先射馬，擒賊先擒王。**洙曰：前匈奴傳：「月氏欲殺冒頓，冒頓奔歸頭曼。頭曼令將萬騎，冒頓乃作鳴鏑，習勒其騎射，令曰：鳴鏑所射而不悉射者斬。後冒頓以鳴鏑射單于善馬，左右悉射之。冒頓知其可用，遂以鳴鏑射頭曼，左右皆隨之，遂殺頭曼而自立。」師曰：甫謂射馬擒王，不欲多殺傷也。**殺人亦有限，立國自有疆。**蘇曰：左思曰：「列國分王，自有疆界。」**苟能制侵陵，豈在多殺傷。**趙曰：孟子曰：「定于一。孰能一之？不嗜殺人者能一之。」而喜開邊者，乃好大喜功之士。則公之詩，豈不益於教化乎？

驅馬天雨雪，軍行入高山。徑危抱寒石，指落曾冰間。洙曰：陸士衡：「驅馬涉陰山，山陰馬不前。仰憑積雪岩，俯涉堅冰淵。」修可曰：前匈奴傳：「匈奴攻太原，高帝自將兵擊之。會冬雨雪，士卒墮指者十二三。」已去漢月遠，何時築城還。浮雲暮南征，可望不可攀。**師曰**：暮望歸雲，南征不得與之還，是故嘆云云。

單于寇我壘，百里風塵昏。**晁曰**：王僧達詩：「千里暮沙昏。」雄劍四五動，彼軍爲我奔。**夢符曰**：按吴越春秋：「吴王闔閭使干將造劍二枚：一干將，二鏌鋣。陽曰干將，而作龜文；陰曰鏌鋣，而作漫理。雄猶陽也。」**修可曰**：烈士傳：「眉間尺，楚人干將、鏌鋣之子。楚王夫人常於夏納涼而抱鐵柱，心有所感，遂懷孕。後産一鐵，楚王命鏌鋣鑄爲雙劍，一雌一雄，鏌鋣乃留雄而以雌進。楚王劍在匣中，常悲鳴，楚王問群臣，對曰：『劍有雌雄，鳴者雌，憶其雄也。』王大怒，收鏌鋣殺之。眉間尺乃爲其父殺楚王。」虜其名王歸，**修可曰**：前匈奴傳：「霍去病、衛青操兵歸瀚海，虜名王貴人以百數。」繫頸授轅門。**洙曰**：曹子建求自試表：「昔賈誼弱冠，求試屬國，請繫單于之頸而制其命；終軍使越，欲得長纓繫其王，羈致北闕。」**唐曰**：宣帝紀：「單于遣其名王奉獻。」師古注：「名王謂有大名，以別諸小王也。」**韓曰**：轅門，出周禮：「掌舍，掌王之會同之舍，設車宫轅門。」潛身備行列，**蘇曰**：盧綏：「潛身屈志，暫備行列。」一勝何足論〔一〕。**蘇曰**：孫子曰：「一勝一負，兵家常事，不足論也。」

從軍十年餘，能無分寸功。衆人貴苟得，欲語羞雷同。**洙曰**：曲禮「毋雷同」注：「雷之發

〔一〕何，原作「可」，據四庫本改。

聲，物無不同時應者。」**中原有鬥爭，況在狄與戎。** **洙曰**：書：「蠻夷猾夏。」詩：「戎狄是膺。」**丈夫四方志，** **洙曰**：禮射義：「桑弧蓬矢，以射天地。」四方，示男子之有志也。**安可辭固窮。** **琪曰**：語：「君子固窮。」**梅曰**：甫於斯時，寧可固窮，不敢爲國生事，雖無分寸之功，其忠於君可見矣。

後出塞五首 乾元二年作。

鮑曰：天寶十四年乙未三月壬午，安禄山及契丹戰於潢水，敗之。故有後出塞五首，爲出兵赴漁陽也。

補注 **鶴曰**：同是乾元二年作。

男兒生世間，及壯當封侯。 **洙曰**：後漢班超常投筆嘆曰：「無他志略，猶當效傅介子、張騫立功異域封侯，安能事筆硯乎？」梁竦：「大丈夫生當封侯。」**戰伐有功業，焉能守舊丘。** **趙曰**：鮑明遠云：「去鄉三十載，復得還舊丘。」**召募赴薊門，** **洙曰**：鮑明遠：「始隨張校尉，召募到河源。」**吕曰**：召募，字出吴志：「中郎將周祇乞於鄱陽召募。」蓋召謂自隱度而應募，爲召募也。**軍動不可留。千金買馬鞍，百金裝刀頭。** **洙曰**：唐刺史見觀察使，皆抹首靴足，握刀頭，候路左。**閭里送我行，親戚擁道周。** **趙曰**：有杕之杜，生於道周。**班白居上列，** **洙曰**：班白者，不負戴於道路矣。**酒酣進庶羞。** **趙曰**：周禮：「庖人，供喪紀之庶羞。」**少年别有贈，含笑看吴鈎。** **洙曰**：鮑明遠詩：「錦帶佩吴鈎。」**薛曰**：曆按吴越春秋：「吴王分聘歐冶子作名劍五：一曰純鈎，二曰湛盧，三曰豪曹，四曰魚腸，五曰巨闕。秦客薛燭善相劍，吴王取純鈎示之，薛燭曰：『光乎如屈陽之華，沉沉如芙蓉始生於湖，觀其文如列星之行，觀其光如水溢于塘，此純鈎也。』」**修可曰**：吴王闔閭命國中作金鈎，令曰：「善者賞之百金。」有貪王之重賞者，殺其二子，以血釁金，遂成二鈎，獻而求賞。王曰：「爲鈎者衆，子獨求賞，何以異？」作鈎者曰：「吾之作鈎也，殺二子，釁成二鈎。」於是向鈎而呼二子之名曰：「我在此，王不知汝之神也。」聲絶於口，兩鈎俱飛，著父之胸。王大驚，曰：「寡人誠負於子。」乃賞百金，遂服而不離身。見吴越春秋。

朝進東門營，洙曰：夏官大司馬：「師以門名。」疏：「古者軍將，蓋爲營治於國門。魯有東門襄仲，宋有桐門右師，皆上卿爲將軍者。」**暮上河陽橋。洙曰**：李陵詩：「携手上河梁，游子暮何之。」**鄭曰**：河陽，洛邑也。**落日照大旗，馬鳴風蕭蕭。洙曰**：車攻：「蕭蕭馬鳴。」荆軻歌：「風蕭蕭兮易水寒。」**平沙列萬幕，部伍各見招。洙曰**：李廣幕府注：「幕府者以軍幕爲義，軍旅無常居止，故以帳幕言之。」程不識正部曲行伍營陣，擊刁斗。**趙曰**：士卒之多，則將各有一幕，故一部伍之人，各相招認，以居幕也。**中天懸明月，洙曰**：子虚賦：「曳明月之朱旗。」**令嚴夜寂寥。趙曰**：但見月懸中天，正照此夜，而人不囂譁，則令嚴可知。**悲笳數聲動，洙曰**：李陵書：「胡笳互發，牧馬悲鳴。」**沈曰**：笳，居牙切。塞上卷蘆葉以吹。**壯士慘不驕。借問大將誰，恐是霍嫖姚。鄭曰**：嫖，頻妙切。**洙曰**：霍去病爲嫖姚校尉。服虔曰：「嫖姚，勁直之貌。」荀悦漢紀作「票」字。霍去病後爲票騎將軍，尚取嫖姚之字耳。今讀者音票遥，不當其義。十朋曰：衛、霍皆椒房之親，以致顯貴，故比之國忠。然國忠以寵幸進驕暴，不恤士卒，士卒皆疾之，故云「恐是霍嫖姚」。

補注 希曰：服虔曰：「嫖，頻召反。姚，羊召反。」今詩乃平聲。

古人重守邊，今人重高勳。洙曰：重守邊，保其疆場而已。重高勳，則邀功而生事。此後世所以有窮兵黷武之君也。補注 鶴曰：楊國忠雖當國，常領劍南召募使，遣戍瀘南，餉路險乏，舉無還者，舊勳户免行，所以寵戰功。國忠令當行者，先取勳家。**豈知英雄主，出師亘長雲。**鄭曰：亘，居鄧反，極也。**六合已一家，四夷且孤軍。**洙曰：高祖曰：「天下同姓一家，慎毋反。」以六合爲一家。**遂使貔虎士，奮身勇所聞。**洙曰：牧誓：「如虎如貔。」**拔劍擊大荒，**洙曰：見「回略大荒來」注。高祖紀：「拔劍擊柱。」**日收胡馬群。**洙曰：古詩：「胡馬嘶北風。」**誓開玄冥北，**趙曰：玄冥，北方之神也。玄冥北，則玄冥所主之北地也。**持以奉吾君。**洙曰：或擊大荒，或開玄冥之北，爲國生事，持此功以獻捷於君，雖受高爵重禄，不亦厚顔乎？此詩諷國忠之徒。

獻凱日繼踵，洙曰：周禮注：「凱，獻功之樂。」**兩蕃静無虞。**蘇曰：段容曰：「西北安静，二蕃無虞。年穀屢豐，符瑞薦至，正陛下修文養士之際。」趙曰：西北兩蕃已寧矣。**漁陽豪俠地，**洙曰：漁陽，北地也。朱叔元書：「奈何以區區漁陽，結怨天子。」**擊鼓吹笙竽。**洙曰：左太冲：「南鄰擊鍾磬，北里吹笙竽。」

趙曰：燕薊已復而民樂也。雲帆轉遼海，洙曰：遼海，遼東郡。蘇曰：吾欲張片帆，泛日本，轉遼海，采訪海外奇異，非區區守一別駕，折腰於子輩耶？粳稻來東吳。越羅與楚練，照耀輿臺軀。洙曰：昭七年傳：「皂臣輿，僕臣臺。」曹子建：「下逮輿臺。」主將位益崇，氣驕凌上都。邊人不敢議，議者死通衢。洙曰：時好邊功，李林甫任蕃將也。師曰：主將，禄山也。禄山兵還，賞賚無貲，玄宗御承天門，率百官迎迓，禄山恃功高氣凌，公卿誰復敢議其事哉？補注希曰：兩蕃謂吐蕃與奚、契丹，禄山討之。又楊國忠嘗遣劍南留後，李宓率兵十餘萬擊閤羅鳳，敗死西洱河。國忠矯爲捷書上聞，自再興師，傾中國驍騎二十萬騎，屢舉無遺，天下冤之。主將，當指安與楊而言，以其皆生邊患，又矯爲捷書以罔上也。

我本良家子，洙曰：石季倫詩：「我本漢家子。」趙充國傳：「六郡良家子。」出師亦多門。蘇曰：田穰苴戰伐，出師多門。余曰：左成十六年：「晉政多門。」將驕益愁思，身貴不足論。躍馬二十年，恐辜明主恩。洙曰：蔡澤曰：「躍馬疾驅，四十三年足矣。」薛曰：右按，古樂府：「以死報君恩，誰能辜恩眄。」坐見幽州騎，長驅河洛昏。洙曰：時禄山自幽州陷河、洛。曹子建：「幽并游俠兒，長驅陷匈奴。」中夜間道歸，端本曰：藺相如使人奉璧，間道馳歸趙。補注希曰：高祖紀：「從間道走歸。」師古曰：間，空也。投空隙而行，不公顯也。故里但空村。洙曰：顏延年：「去國還故里，幽門蔚蓬藜。」師曰：言國忠聞禄山有變，已陷兩都，遂脱身，自微路歸，恐爲奸盜所獲。故里但空村，言居民盡避胡也。惡名幸脱免，蘇曰：岑永：「幸脱此惡名，當洗耳浣心，老采笋蕨。」**窮老無兒孫。** **蘇曰**：詳味此詩，蓋禄山反時，其將有脱身歸國，而禄山盡殺其妻子者，不出姓名，亦可恨也。

黄氏補千家集注杜工部詩史卷之五

黄氏補千家集注杜工部詩史卷之六

別贊上人乾元二年作。

補注鶴曰：公以關輔饑，乃赴成州，遂以乾元二年十月去秦州。此詩云「歲暮飢餒迫，野風吹征衣」，當是其時作。

百川日東流，客去亦不息。洙曰：謝玄暉詩：「大江流日夜，客心悲未央。」**我生苦漂蕩，何時有終極？**修可曰：曹子建詩：「相思無終極。」**贊公釋門老，放逐來上國。**師曰：贊公與房琯游從，琯既待罪，贊公亦被訐。上國，京師也。**還爲世塵嬰，**洙曰：陸士衡：「牽世嬰時網。」又：「世網嬰我身」。師曰：贊公本脱俗人，今反爲世塵所累。嬰，累也。**頗帶憔悴色。楊枝晨在手，**定功曰：佛經云：「手把青楊枝，遍灑甘露之水。」**豆子兩已熟。**蘇曰：崔玄見習鑿齒曰：「豆子熟矣。」張亘曰：「豆子，眼中黑精也。」言無邪視也。趙曰：今取楊枝字，以見贊當春方爲寺主，來秦州而已見豆熟之際矣。補注希曰：梵綱經：「若佛子，常應二時頭陀，冬夏坐禪，結夏安居。常用楊枝，而菩薩行頭陀時，及游方時，行百里千里，此常隨其身。」任淵云：「詩言贊公道力深妙，楊枝揮灑，便能致雨，以熟豆田。」或然。**是身如浮雲，**君平曰：維摩經：「是身如響，屬諸因緣；是身如浮雲，須臾變滅；是身如電，念念不在。」**安可限南北。** **竦曰**：蔡謨初渡江，曰：「此天所以限南北也。」**異縣逢舊友，初欣寫胸臆。天長關塞寒，歲暮飢凍逼。** **洙曰**：一云「長天關塞遠，歲暮飢寒迫」。**趙曰**：當作「飢寒」字。別留詩在十月，而此云歲暮者，以見將爲歲暮之計，以救飢寒也。**野風吹征衣，欲別向曛黑。** **洙曰**：鮑明遠詩：「野風吹秋木。」謝靈運詩：「朝游窮曛黑。」**馬嘶思故櫪，** **洙曰**：嘶，一作「鳴」。**歸鳥盡斂翼。** **洙曰**：陶潛詩：「歸鳥趨林鳴。」**古來聚散地，** **蘇曰**：長安乃古今聚散榮辱之地，崇山遠水，惟與騷客作愁具。**宿昔長荆棘。** **洙曰**：姑蘇臺詩：「荆棘霜露沾人衣。」**相看俱衰年，出處各努力。** **蘇曰**：王導別阮彦曰：「宜努力爲主。」古詩云：「明時各努力。」**師曰**：此蓋嘆兩都之地。昔與贊公或聚或散於此，今經禄山之亂，盡長荆棘，況二人俱當衰年，出處之迹，可不勉乎？

萬丈潭 乾元二年夏作。

洙曰：同谷縣作。**補注** **鶴曰**：梁權道以爲乾元二年自秦之同谷作，然公以二年十月之同谷，而此詩乃云「何事炎天過，快意風雨會」，其年夏在秦。按公有寄贊上人詩云「徘徊虎穴上，面勢龍泓頭」，兹乃云「龍依積水蟠，窟壓萬丈内」，殆是在秦州作。又嘗以此詩參西枝村尋草堂地詩，大概相類。

青溪合冥寞，神物有顯晦。龍依積水蟠，窟壓 **洙曰**：一作「厭」。**萬丈内。** **洙曰**：天台賦：

「臨萬丈之絶冥。」蹋步凌垠堮，洙曰：西京賦：「靈囿之中，前後无有垠堮。」蹋，渠六切。堮，逆各切。側身下煙靄。前臨洪濤寬，却立蒼石大。山危一徑盡，岸絶兩壁對。削成根虚無，洙曰：顔延年詩：「踐華因削成。」倒影垂澹瀩。洙曰：一作賴。天台賦序：「或倒影於重溟。」鄭曰：瀩，徒對切，猶澹淹也，水帶沙往來貌。如淳曰：「在日月之上，反從下照，故其景倒。」黑知一作「又如」。灣潭底，清見光炯碎。孤雲倒來深，飛鳥不在外。高蘿成帷洙曰：一作「帳」。幄，寒木疊旌旆。修可曰：康協終南行：「楓丹杉碧，叠旌立旆。」遠川曲通流，嵌竇潛洩瀨。造幽無人境，洙曰：天台賦：「卒踐無人之境。」發興自我輩。告歸遺恨多，將老斯游最。閉藏修鱗蟄，出入巨石礙。何事炎天過，快意風雨會。洙曰：雨，一作「雲」。

兩當縣吴十侍御江上宅乾元二年十月作。

俯曰：按地理志：「鳳州兩當縣，州西八十五里，漢故道縣。後魏置兩當，以大散關與嘉陵地勢險隘相當，故云兩當。」補注鶴曰：江，即嘉陵江。乾元二年秦州作。九域志：「秦州西南至成州二百六十里。兩當縣，在鳳州城西。鳳州亦西至成州二百七十里。」殆是公自秦西至同谷，時道經兩當，故作此詩，乾元二年十月也。圖經云：「古老相傳，嘉陵江與朱沮水相會於縣界，故云兩當。」又云：「東京、西蜀，至此三十程，故名兩當。」本朝趙抃自成都被召還朝，宿廣鄉驛，有詩云：「被召趨都景物疏，兩當中夜宿中途。」注云：「圖經云：『東京、西蜀至此，道里均焉。驛在縣中。』」

寒城朝煙淡，洙曰：謝玄暉詩：「寒城一凝眺，平楚正蒼然。」山谷落葉赤。補注鶴曰：鳳州有嘉谷，即嘉陵江所出。陰風千里來，吹汝江上宅。趙曰：詳味詩意，吴侍御遷謫之因，爲辨論良民不是奸細，以此忤權貴而得罪耳。首四句以秦地之時候、景物，言其宅在兩當縣之江上，所以爲之感激也。兩當枕嘉陵江上。鶤雞號枉渚，洙曰：王徽之詩：「窈靄瀟湘空，翛吸鶤雞悲。」謝靈運詩：「弭棹薄枉渚。」楚辭：「朝發枉渚，夕宿辰陽。」沈曰：相如上林賦云：「鶡玄鶴，亂鶤雞。」張揖曰：「鶤雞似鶴，黄白色。」張無盡武陵圖經糾繆云：「武陵之東口，二山，一曰枉山。」吴均宋地居注云：「宋元嘉七年五月，大水，武陵、枉山陷爲枉渚。」太平御覽載湘州記云：「枉山在郡東十七里，有枉焉。山西溪口有小灣，謂之枉渚。」革曰：謹按，兩當縣隸鳳州，乃古雍州之地。子美是詩云「枉渚」，乃渚之斜曲而不直者，非武陵、湘潭之枉渚也。敏功曰：陸雲答張士然詩曰：「通波激枉渚。」注云：「枉渚，曲渚也，亦以斜曲爲義。」田曰：鶤雞，楚地有之。楚辭曰：「鶤雞嘲哳。」日色傍阡陌。補注希曰：漢成帝紀：「出入阡陌。」師古曰：「秦時商鞅所開也。」借問持斧翁，幾年長沙客？洙曰：武帝末，暴勝之爲直指使者，衣繡衣持斧，逐盜長沙。長沙，湖南地名。趙曰：持斧御史事，指言吴侍御也。長沙即潭州，賈誼所謫之地。哀哀失木狖，洙曰：西都賦：「猿狖失木。」淮南子：「猿狖顛墜而失木。」矯矯避弓翮。趙曰：淮南子：「雁銜蘆而翔，以避弋繳。」以比吴之失所也。亦知故鄉樂，未敢思宿昔。昔在鳳翔都，共通金閨籍。洙曰：謝玄暉詩：「既通金閨籍。」趙曰：「金閨」，金馬門也。「共通」者，公爲左拾遺，與吴共通籍也。補注希曰：寶應元年建卯月，復以鳳翔爲西都。天子猶蒙塵，洙曰：僖二十四年傳：「臧文仲曰：『天子蒙塵于外，敢不奔問官守？』」東郊暗長戟。洙曰：書秦誓：「東郊不開。」晁錯曰：「勁弩長戟，射疏及遠。」兵家忌間諜，洙曰：李牧爲雁門將，謹烽火，多爲間諜。此輩常接迹。臺中領舉劾，端本曰：舉善、劾有罪，御史職也。補注希曰：案百官志：「治書侍御史，掌舉劾百寮。」又後漢百官志：「侍御史，十五人。」注：「掌察舉非法，受公卿郡吏奏事，有違失舉劾之。」吴既振職而忤宰相意，是明年。宰相裴冕、苗晉卿、張鎬，未知忤誰。君必慎剖析。不忍殺無辜，洙曰：書：「與其殺不辜，寧失不經。」所以分黑白。上官權許與，失意見遷斥。洙曰：謝靈運詩：「遭物悼遷斥。」師曰：肅宗時，禄山未平，賊遣諜者行反間之言，以中傷朝臣，吴侍御作臺官，正領舉劾之職，每得罪者，必爲之分剖曲直是非之理，不忍濫殺無罪，由是失宰相意，遂見斥，逐於兩當。上官，宰相也。吴侍御雖有所辨明，宰相雖權時從之，必竟不悦，以此故黜之。仲尼甘旅人，洙曰：王弼：「仲尼旅人，則國可知矣。」向子識損益。修可曰：後漢向長字子平，潛隱於家，讀易至損、益卦，喟然嘆曰：「吾知富不如貧，貴不如賤，未知死，何如生耳？」朝廷非不知，閉口休嘆息。洙曰：張厚曰：「此事已知，閉口何勞嘆息？」余時忝諍臣，趙曰：時爲拾遺也。丹陛實咫尺。洙曰：僖九年傳：「天威不違顔咫尺。」相看受狼狽，至死難塞責。

蘇曰：呂産罪雖至死，亦難塞責。補注鶴曰：肅宗即位，次彭原，詔御史論事勿先，曰：「大夫宰相，似有意於聽言矣。」而吴侍御以論良民不是奸細，忤權臣而見斥，杜公亦以論房琯而見疏，今觀「相看受狼狽」之句，可以覘其求言之非誠也。**行邁心多違，**洙曰：詩：「行邁靡靡。」沈休文詩：「江海事多違。」**出門無與適。於公負明義，惆悵頭更白。**趙曰：落句見公之恨深矣。師曰：甫時爲拾遺，其去天子不遠，可以諫矣。坐看吴公之狼狽，雖死不足責。吴公之責，蓋甫自知於吴公有負，是以惆悵，自刻責其非義也，故云「於公負明義，惆悵頭更白」。補注鶴曰：吴公以諫而黜，杜公同在言路，不能辨其屈，徒作詩以自責。異乎范文正公以讜直去國，而余襄公上疏論救亦貶，尹師魯、歐陽公相繼論説，又皆貶降。於此亦見本朝養成士氣，可使沈默偷安者，爲之愧死也。

發秦州乾元二年作。

洙曰：乾元二年，自秦州赴同谷縣紀行十二首。補注鶴曰：按九域志：「秦州西南至成州二百六十五里，同谷乃附邑，當是乾元二年赴同谷時。舊注是矣。

我衰更懶拙，生事不自謀。無食問樂土，洙曰：詩：「適彼樂土。」師曰：同谷在京之南，不經殘破，故云樂土。**無衣思南州。**彦輔曰：楚辭：「嘉南州之炎德。」南州氣暖，故思南州。**漢源十月交，**鮑曰：唐志：「漢源屬同谷郡。」大概美同谷風土多暄，利於貧士，非九月十月之交去秦也。補注希曰：漢源，同谷郡之中下縣，近蜀，故多暖。**天氣涼如秋。草木未黄落，**蘇曰：賈誼：「長沙十月，草木尚未黄落，加之蒸濕，此人甚不宜風土。」**況聞山水幽。**洙曰：水，一作「東」。**栗亭名更佳，**鄭曰：今成州栗亭縣。補注 希曰：九域志：「栗亭在成州東五十里。」亦縣名，而唐志不言。**下有良田疇。充腸多薯蕷，**洙曰：永和初，有采藥於衡山者，道迷糧盡，過息岩下。見一老公，告之以飢，與之食物，如薯蕷，後不復飢。田曰：陶隱居云：「薯蕷，處處有之，掘取食之以充糧。」圖經云：「胡閩中出一種，根如芋而皮紫色，煎煮食之俱美，彼土人呼曰藷，音殊。」山海經云：「景山，北望少澤〔一〕，多藷藇。」音與薯蕷同。**崖蜜亦易求。**蘇曰：崖蜜，乃櫻桃也。陸機詩：「崖蜜珠蒲藍。」王子敬帖云：「山陰崖蜜，珠甘嘉得多尤妙。」本草載：「石蜜，陶隱居云：『即崖蜜也，高山岩石間作之，色青赤，味小嗆，食之心煩，其蜂黑色，似虻。』」劉禹錫云：「崖蜜則是一蜂，如陶所說，出南方岩嶺間，生懸崖上，蜂大如虻房，著崖窟，以長竿刺，令蜜出，承取之，多至三四石，入藥用，勝於凡蜜。」鬼谷子曰：「百花，醴蜜也。崖蜜，櫻桃也。」以子美此詩觀之，十月間恐無櫻桃，則崖蜜更無異議也。補注 希曰：崖蜜，則蜂於崖石上所作之蜜，成州多產此，故貢以蠟燭。李義山蜂詩云：「紅壁寂寥崖蜜盡，碧簾迢遞霧巢空。」唐人大抵稱蜜爲崖蜜也。**密竹復冬筍，清池可方舟。**趙曰：謝靈運登石門最高頂詩：「密竹使徑迷，方舟并兩船。」**雖傷旅寓遠，庶遂平生游。**傷，一作「云」。**此邦俯要衝，實恐人事稠。**補注

〔一〕少，原作「沙」，據郝懿行山海經箋疏改。

希曰：此邦，指秦州而言也。應接非本性，蘇曰：阮嗣宗：「頹倦人事應接進退非吾本性。」趙曰：王子敬過越州，見潭壑澄澈，清流瀉注，云：「山川之美，使人應接不暇。」登臨未銷憂。洙曰：王仲宣登樓賦：「登兹樓以四望，聊暇日以銷憂。」谿谷無異石，塞田始微收。豈復慰老夫，惘然難久留。日色隱孤戍，洙曰：惘，一作「烱」。謝玄暉詩：「日隱澗疑空。」烏啼滿城頭。趙曰：何遜詩：「團團日隱州，烏啼滿城頭。」中宵驅車去，飲馬寒塘流。洙曰：古詩：「飲馬長城窟。」磊落星月高，趙曰：古詩：「兩頭纖纖新月生，磊磊落落向曙星。」蒼茫雲霧浮。修可曰：庾信詩：「蒼茫雲貌同。」大哉乾坤内，吾道長悠悠。師曰：言天地雖寬，而吾道凋喪，若無所容，亦終於此而已矣，故曰「吾道長悠悠」。

赤谷乾元二年作。

補注鶴曰：以晨發赤谷亭，又前有赤谷西崦，則此亭在秦州近境。乾元二年作。

天寒霜雪繁，洙曰：詩：「正月繁霜。」趙曰：孔子曰：「天寒既至，霜雪既降。」游子有所之。洙曰：李陵詩：「游子暮何之。」豈但歲月暮，洙曰：古詩：「凄涼歲雲暮。」又：「歲月忽已晚」。重來未有期。洙曰：蘇武詩：「相見未有期。」晨發赤谷亭，險艱方自兹。洙曰：任彦昇詩：「晨發富春渚。」又云「艱險方自知」。亂石無改轍，洙曰：曹子建詩：「中塗絶無軌，改轍登高岡。」我車已載脂。洙曰：泉水詩：「載脂載轄，還車言邁。」**山深苦多風，**洙曰：魏文帝苦戰行〔一〕：「谿谷多風，霜雪沾衣。」**落日童稚飢。**洙曰：苦寒行：「行行日已遠，人馬同時飢。」**悄然村墟迥，煙火何由追。**趙曰：四望無煙火，公詩言童稚苦飢而村墟尚遠，煙火無所追求，以造飯也。師曰：按地理志：「秦州隴城縣有大隴山，亦曰隴首山。」三秦記云：「其坂九回，上者七日乃越。上有清水四注下，俗歌曰：『隴頭流水，鳴聲幽咽。遥見秦川，肝腸斷絶。』」甫蓋上大隴山故云云，謂其坂九回故也。補注鶴曰：按新、舊史地理志隴城縣下不言有大隴山，師所注，其殆本九域志而言歟？**貧病轉零落**〔二〕，洙曰：一云「飄零」。曹子建：「零落歸山丘。」謝靈運詩：「萬事俱零落。」**故鄉不可思。**洙曰：「鬱鬱多愁思，綿綿思故鄉。」魏文帝苦哉行：「還望故鄉，鬱何壘壘。」**常恐死道路，**洙曰：論語：「寧死於道路乎？」**永爲高人嗤。**洙曰：古詩：「但爲後世嗤。」

鐵堂峽乾元二年作。

補注鶴曰：乾元二年，三峽當是尚屬秦境，詳見注。

山風吹游子，縹緲乘險絶。逢原曰：縹緲，衣裳飛揚貌。**峽形藏堂隍，**立之曰：山臺如堂隍，峽

〔一〕戰，當作「哉」。
〔二〕此句以下本詩并注文，原脱，據四庫本補。

藏于兩山之間。補注鶴曰：九域志：「秦州西北有上峽、下峽。峽口壁，其此峽之分與？」又唐志，成紀有鐵峽。**壁色立積鐵。徑摩穹蒼蟠**〔一〕，**洙曰**：魏文帝：「修條摩蒼天。」常道立：「深谷下無底，高岩暨穹蒼。」**趙曰**：徑之屈蟠而摩天，以言高也。**石與厚地裂。修纖無限竹，嵌空太始雪。** 限，一作「垠」。空，一作「孔」。**威遲哀壑底，洙曰**：殷仲文詩：「哀壑叩虛無。」**徒旅慘不悦。洙曰**：謝靈運詩：「徒旅苦奔峭。」顔延年詩：「改服飾徒旅。」又：「隱閔徒御悲，威遲良馬煩。」**水寒長冰横，魯曰**：謝靈運詩：「石横水分流。」**我馬骨正折。** 旨熱切。**洙曰**：詩：「我馬瘏矣。」荀子：「折筋絶骨。」**生涯抵弧矢，盗賊殊未滅。飄蓬逾三年，趙曰**：飄蓬，出商君書，曰：「夫飛蓬遇飄風而行千里，乘風之勢也。」古詩云：「轉蓬離本根，飄飄畏長風。」**回首肝肺熱。師曰**：弧矢，言盗賊興也。自盗賊竊發以來，生涯抵棄，不成家計。抵，棄也。肝肺熱，言憂則内熱也。

鹽井 乾元二年作。

彦輔曰：蜀都賦：「家有鹽泉之井。」補注**鶴曰**：唐食貨志云：「唐有鹽井六百四十，而黔州有井四十

〔一〕蟠，原作「磻」，據四庫本改。

一，成州、嶲州井各一，果、閬開通井百二十三功，眉、嘉州井十三，梓、遂、綿、合、昌、渝、瀘、資、榮、陵、簡井四百六十。」以井指成州之井而言也。雖地理志言秦州長道縣有鹽，而食貨志所載鹽井則無，故以爲是成州之井。且長道本隸成州，又唐地理志，成州有静戎軍。寶應元年，徙馬邑州于鹽井城置。

鹵中草木白，洙曰：地舄鹵者生鹽。**修可曰：**許慎説文曰：「鹵，鹽池也。東方謂之斥，西方謂之鹵。」又漢宣帝常困於蓮勺鹵中〔一〕。注：「蓮勺縣有鹽池，廣十餘里，其鄉人名鹵中。」師古曰：今在櫟陽縣。**青者官鹽煙。蘇曰：**郭思瑶溪詩話作「直者青鹽煙。」**官作既有程，洙曰：**程，限也。**趙曰：**陳琳詩：「官作自有程。」**煮鹽煙在川。洙曰：**前漢吴王東煮海爲鹽。**汲井歲榾榾，鄭曰：**古忽切，木名。**洙曰：**莊天地篇：「子貢見漢陰丈人，方將爲圃畦，鑿隧而入井，抱甕而出灌，搰搰然用力甚多而見功寡。」**出車日連連。洙曰：**莊駢拇篇：「又奚連連如膠漆纆糾連結也。」**天啓曰：**連連，言運載不輟也。**自公斗三百，轉致斛六千。洙曰：**轉致，言貿易也。斗三百、斛六千，言其利相倍什。補注**希曰：**唐志云：「天寶、至德間，鹽每斗十錢，乾元元年，第五琦爲諸州榷鹽鐵使，盡榷天下鹽斗，加時價百錢而出之，爲錢一百一十。」此詩作於乾元二年，何以乃云「斗三百」？當是天下艱危，因民所急而税之，劉晏之策行而愈昂矣。**君子慎止足，修可**

〔一〕勺，原作「白」，據四庫本改。

曰：張景陽詠史詩：「達人知止足。」小人苦喧闐。我何良嘆嗟，物理固自然。洙曰：一云「亦固然」。
魯曰：物有利則人争取之，此理之自然，何可嘆嗟乎。

寒峽乾元二年作。

魯曰：寒峽、雲門皆秦地名。補注 鶴曰：乾元二年作。秦、成大抵多峽，然秦至成之界，垂二百里，又七十里至成，今公自十月去秦，而至此已仲冬之交，則此峽當在秦州之境。

行邁日悄悄，洙曰：詩：「行邁靡靡。」又：「憂心悄悄」。黄曰：遠行曰邁。山谷勢多端。雲門轉絶岸，積阻霾天寒。洙曰：爾雅釋天：「風而雨土爲霾。」寒峽不可度，我實一作「貧」。衣裳單。況當仲冬交，師曰：甫自秦至此已十一月，故云「仲冬交」，甫於詩皆以年月紀，欲後世有所考其行止也，不然，何以謂之詩史乎？泝沿增波瀾[一]。野人尋煙語，行子旁水餐。此生免荷殳，鄭曰：荷，何佐切，負也。洙曰：候人詩：「荷戈與殳。」蘇曰：劉肅退居嵩嶺，恬然自樂，謂兒姪曰：「爾輩當勉力井舂，此生何望青雲致身，儻免荷戈執殳，其幸亦非細。」未敢辭路難。

[一] 沿，原作「公」，據四庫本改。

法鏡寺乾元二年作。

補注 **鶴曰**：同上，是乾元二年作。詩云「愁破崖寺古」，意尚在秦州也。

身危適他州， **黄曰**：身危，謂避關輔之饑也。**勉强終勞苦。** **蘇曰**：陶侃：「勉强仕宦，終亦勞心苦力，但歸老田園，養此疲薾可矣。」**神傷山行深，** **秦曰**：山行深，謂經九曲坂，頗令人傷神。補注 **希曰**：荀粲妻亡，不哭而神傷。**愁破崖寺古。嬋娟碧鮮净，** **洙曰**：吴都賦「檀欒嬋娟，玉潤碧鮮」，謂竹。**趙曰**：碧鮮，言竹也。竹謂之嬋娟。唐孟郊有三嬋娟詩曰：「竹嬋娟，月嬋娟，人嬋娟也。」補注 **希曰**：竹謂之嬋娟，蓋起於楚辭初放云：「便娟之修竹兮，寄生於江潭。」注：「便娟，好貌。」**蕭摵寒籜聚。** **鄭曰**：摵，子六切，又所隔切。**洙曰**：謝靈運詩：「初篁苞緑籜。」盧子諒詩：「摵摵芳葉零。」**回回山根水，** **洙曰**：山，一作「石」。劉公幹詩：「回回自昏亂。」**冉冉松上雨。洩雲蒙清晨，** **洙曰**：魏都賦：「窮岫泄雲，日月恒翳。」顔延年詩：「泄雲已漫漫，夕雨亦凄凄[一]。」**田曰**：洩與泄同，泄猶出也。**初日翳復吐。** **洙曰**：曹子建詩：「微陰翳陽景。」**朱甍半光炯，** **鄭曰**：甍，謨耕切。炯，古迥切，光也。**户牖粲可數。** 色主切。**拄策忘前期[二]，出一作「高」。** **蘿已亭午。** **洙曰**：天台賦：「羲和亭午。」**定功曰**：廣雅：「日在午。」**冥冥子規叫，** **洙曰**：子

[一] 夕，四庫本作「多」。
[二] 拄，原作「往」，據四庫本改。

規，一名杜宇，蜀人以爲望帝魂。**趙曰**：谷説云望帝化爲子規〔一〕。**補注** **希曰**：子規，春鳥也，春深乃鳴。今仲冬之交，而其聲已聞，地氣之暖，使然也。公去秦以赴，南州之暖可見矣。**微徑不復取**。**師曰**：甫欲少憩此寺，奈聞子規聲，起人思鄉，况徑陌微窄，難以取就，一游於是前邁，故云云。

青陽峽乾元二年作。

補注 **鶴曰**：詩謂之塞外，又謂「東笑蓮花卑」，則非秦地矣。又云「昨憶逾隴坂」，當是乾元二年作。

塞外苦厭山，南行道彌惡。 **師曰**：天下山惟南最多，甫自秦適同谷，是自北之南也。**岡巒相經亘，** **洙曰**：盧子諒詩：「岡巒挺茂樹。」**雲水氣參錯。** **洙曰**：謝靈運詩：「溯流觸驚急，臨圻阻參錯。」**林迴峽角來，天窄**一作「穿」。**壁面削。磎西五里石，** **鄭曰**：磎，苦奚反，今作溪。**奮怒向我落。仰看日車側，** **洙曰**：後漢李尤九曲歌：「安得力士翻日車。」**俯恐坤軸弱。** **蘇曰**：張化曰：「日車轉側，羲和無功。」**趙曰**：淮南子注曰：「乘車駕以六龍。」坤軸，即地軸也。此言落石之聲勢，以其聲震天，而日車爲之側，其勢可以壓地，而坤軸爲之弱也。**魑魅嘯有風，**上魌知切，下明祕切。**洙曰**：天台賦：「始經魑魅之塗。」鮑明

〔一〕谷，當作「俗」。

遠蕪城賦：「水魅山鬼，野鼠城狐。風嗥雨嘯，昏見晨趨。」蘇曰：何遜詩：「林間夕風生，隔水魑魅嘯。」工部言亂世無正人，使魑魅向風而嘯。**霜霰浩漠漠。昨憶逾龍坂，**洙曰：四愁詩：「欲往從之隴坂長。」趙曰：漢書天水郡注：「有大坂名曰隴坂。」偶曰：秦州記曰：「隴坂九曲，不知高幾里。」**高秋視吴岳。**泰伯曰：周禮：「雍州，其鎮曰嶽山。」注云：「吴岳也。」漢志：「吴山在汧縣西。」彭曰：國語謂之西吴，秦都咸陽，以爲西岳。**東笑蓮花卑，**見「蓮峰望忽開」注。**北知崆峒薄。**見「聊欲倚崆峒」注。補注 希曰：吴岳在隴州。廣雅曰：「岳謂吴岳也，頂五峰。」周禮職方氏：「雍州山曰嶽。」漢書地理志：「吴岳在汧縣西，古（文）（又）謂之州〔一〕。」秦都咸陽，以爲西岳，此公自華之秦時所見也。吴岳之高，東卑蓮峰，北薄崆峒，今之青陽峽，猶見其「突兀趁人」也。蓮峰在泰山，崆峒在岷州。**超然侔壯觀，**古亂切。洙曰：景福殿雖咸池之壯觀，夫何足以比鮮？趙曰：言青陽峽山超峙而起，可侔吴岳之壯觀。**已謂殷寥廓。**殷音隱。洙曰：天台賦：「太虛寥廓而無閡。」**突兀猶趁人，及兹嘆冥寞。**嘆，一作「欲」。趙曰：謂至其趁人之際，嘆神造之冥寞而不可測也。

龍門鎮乾元二年作。

補注 鶴曰：龍門鎮在河南縣，然非秦州往成州之路，詩又云「沮洳棧道濕」，殆是成州亦有鎮與之同名。

〔一〕州，據漢書地理志，當作「汧山」。

又詩云「防虞此何及」，嚴礪元和中，嘉陵江二百里通漕，以饋成州戍兵，其在此與？

細泉兼輕冰，沮洳棧道濕。 **洙曰**：魏汾沮洳：「潤濕之處，故爲沮洳。」漢高紀：「燒絶棧道。」師古曰：「棧即閣也，今謂之閣道。」**不辭辛苦行，迫此短景急。** **洙曰**：舞鶴賦：「急景凋年。」**歐曰**：「短景急」，言日短急於奔程也。**石門雲雷**一云「雪雲」。**隘，**一作「溢」。**古鎮峰巒集。旌竿暮慘澹，風水白刃澀。胡馬屯成皋，** **趙曰**：成皋，鞏、洛之地，意言安、史之兵耳。舊以回紇，非也。是時乾元二年之冬，回紇未反，不可妄引也。補注 **鶴曰**：胡馬，指史思明。按史，乾元二年九月庚寅，思明陷東京及齊、汝、鄭、滑四州。**防虞此何及。** **洙曰**：言已後時矣。**嗟爾遠戍人，山寒夜中泣。** **洙曰**：陸士衡詩：「苦哉遠征人，拊心悲何如。」

石龕乾元二年作。

補注 **鶴曰**：石龕，在成州近境。同是乾元二年作。

熊羆咆我東，咆，蒲交切。**虎豹號我西。** **洙曰**：魏武帝苦寒行：「熊羆對我蹲，虎豹夾路啼。」號，胡刀切。補注 **希曰**：楚辭招隱士：「虎豹鬥兮熊羆咆。」又九思：「將升兮高山，上有兮猿猴；將入兮深谷，下有兮虺蛇；左見兮鳴鵙，右睹兮呼梟。」爾雅曰：「熊羆醜。」又：「羆如熊，黄白文。」**我後鬼長嘯，我前狨又**

啼。 鄭曰：狨，而中切，獸也，山鬼。雨嘯見前。蘇曰：楊大年云：「狨之形，似鼠而大，尾長，作金色，生川峽深山中。人以藥矢射殺之，取其尾，爲卧褥鞍被坐氈之用。狨甚愛惜其尾，既中毒，即囓斷其尾以擲之，惡其爲身害也，蓋輕捷善緣木猿之類。」趙曰：四我，乃公之新格，劉琨扶風歌止曰「鹿游我前，猿戲我側」兩句而已。**天寒昏無日，山遠道路迷。** 蘇曰：梁謂入黔中，山遠林茂，鳥道欹危，煙霧冥暗，咫尺路迷。**驅車石龕下，仲冬見虹霓。** 蘇曰：惠帝時，仲冬虹霓，晝見三日，國政頽圮，節令不時，諸侯弄權。師曰：虹，陰氣也。孟冬三月，虹不見，今見於仲冬，謂陰勝於陽，有臣侵君之象。**伐竹者誰子**，竹，一作「木」。補注鶴曰：黄庭經：「問誰家子在我身？」**悲歌上**一作「抱」。**雲梯。** 趙曰：雲梯，字起於墨子曰：「公輸班爲雲梯。」**爲官采美箭，五歲供梁齊。** 趙曰：爾雅：「東南之美者，有會稽之竹箭也。」梁謂汴州，齊謂今之山東，皆安、史之兵所在也，故采箭以供官用矣。補注希曰：本禹貢注：「箘、簵，美竹。」云可以爲箭。自天寶十四載至今乾元二年爲五年。**苦云直簳盡，** 鄭曰：簳，口旱切，亦作「笴」。**無**一作「應」。**以充提携。** 洙曰：仲冬之月，日短至，則言伐木取竹箭，堅成極時。蘇曰：郭璞：「秋日携杞，菊親與大。」鮑曰：貧者無以獻，聊不空手，充提携故也。**奈何漁陽騎，颯颯驚蒸黎。** 趙曰：漁陽騎，指言安慶緒之兵也。師曰：禄山反，長驅陷兩京，天下震駭故云。颯颯，如風之疾也。

積草嶺乾元二年作。

補注 **鶴曰**：詩云「卜居尚百里，休駕投諸彥。邑有佳主人，情如已會面」，則積草嶺在同谷縣邊境，公將到縣，得縣令書，故云。

連峰積長陰， **詠曰**：謂草木陰翳也。**白日遞隱見。** **鄭曰**：遞，待禮切，更也。見，形甸切。**詠曰**：言日光映射，一有一無也。**颼颼林響交，慘慘石狀變。山分積草嶺，路異明水縣。** **蘇曰**：劉安微時，爲明水縣吏。**旅泊吾道窮，** **希聲曰**：仲尼曰：「吾道窮矣。」王弼曰：「仲尼，旅人。」**衰年歲時倦。卜居尚百里，休駕投諸彥。** **洙曰**：江淹云：「金閨諸彥。」**蘇曰**：季尤休駕沐浴，投諸英彥。**趙曰**：屈原有卜居篇。諸彥，出謝靈運擬鄴中詩序有云：「二三諸彥。」舊注所引在後矣。**邑有佳主人，情如已會面。** **趙曰**：古詩：「古稱會面難。」**來書語絶妙，** **蘇曰**：沈約：「得來書，詞語絶妙，筆墨遒勁，無一糁塵俗氣味，可愛。」**遠客驚深眷。食蕨不願餘，茅茨眼中見。** **洙曰**：陸士衡詩：「髣髴眼中人。」**趙曰**：左太冲詠史詩：「飲河期滿腹，貴足不願餘。」補注 **希曰**：南史：「王彧字景文，袁粲見之，稱其風流。或云：『景文比謝叔原，猶爲野父。』粲惆悵良久，曰：『但眼中不見此人。』」

泥功山乾元二年作。

補注 **鶴曰**：唐志云：「成州，寶應元年設。吐蕃貞元五年於同谷縣之西境泥功山置行州。」自秦至成不滿三百里，涉兩月乃至，爲詩十有二，備言辛苦飢寒之狀。觀其時，想其時，爲長太息也。

朝行青泥上，暮在青泥中。泥濘非一時，濘，乃定切。**版築勞人功。不畏道路**一作「途」。**永，反將**一云「乃將」，一云「及此」。**汨没同。****趙曰：**公言反同版築之人，同汨没於泥中也。**白馬爲鐵驪，****洙曰：**馬青色曰驪。**小兒成老翁。哀猿**一作「猱」。**透却墜，死鹿力所窮。****趙曰：**詩「野有死鹿」故用之。鹿之所以死，以力窮於泥中走困也。**寄語北來人，後來莫忽忽。**

鳳凰臺乾元二年作。

魯曰：此詩思見太平之君子也。**鄭曰：**酈道元水經：「水南徑槃頭郡東，而南合鳳溪水，水上乘蜀水於廣業郡，南逕鳳溪，中有二石，雙高，其形若闕。漢時有鳳凰止其上，故謂之鳳凰臺。北去郡三里。」**補注** **鶴曰：**乾元二年赴同谷時作。

亭亭鳳凰臺，**洙曰：**謝惠連詩：「亭亭映江月。」西京賦：「干雲霧以上達，狀亭亭以迢迢。」**師曰：**乃秦弄玉與蕭史吹簫于此，所謂「鳳凰臺上憶吹簫」是也。**端本曰：**亭亭，高貌。**北對西康州。****鄭曰：**地理志：「河北郡，後周改曰鳳州，領同谷，舊曰白石，置廣業郡。西魏改曰同谷，後周置康州，大業初廢。」唐地理：「成州同谷郡，武德元年，以同谷置西康州。貞觀元年，州廢。西魏槃頭郡亦唐興州之長舉縣也。」**西伯今寂寞，**

鳳聲亦悠悠。洙曰：西伯，文王也。西伯時，鳳鳴於岐陽。師曰：文王七年受天命，鳳鳴於岐岳而興王道，自文王既没，鳳聲亦息而不聞。是詩寓意，傷當世賢者不進，蓋鳳之爲物，有道則見，無道則隱，喻賢者出處之道。山峻路絶蹤，石林氣高浮。安得萬丈梯，爲君上上頭。恐有無母雛，飢寒日啾啾。我能剖心出，飲啄慰孤愁。心以當竹實，炯然忘外求。血以當醴泉，豈徒比清流。所重王者瑞，敢辭微命休。夢符曰：春秋元命苞：「周成王時大治，鳳凰來舞於庭，成王乃援琴而歌曰：『鳳凰翔兮於紫庭，余何德兮以感靈。』」又瑞應圖曰：「鳳，王者之嘉瑞。」補注希曰：爾雅釋鳳，郭云：「瑞應鳥，雞頭，蛇頸，燕頷，龜背，魚尾，五彩色。」天老曰：『出於東方君子之國，翱翔四海之外，見則天下大安寧。』」坐看綵翮長，舉意八極周。自天銜瑞圖，一云「圖讖」。飛下十二樓。洙曰：十洲記曰：「崑崙山有十二玉樓。」圖以奉一作「獻」。至尊，修可曰：春秋元命苞：「黄帝游元扈、洛水之上。」注：「元扈，石室也。」「與大司馬容光等臨觀，鳳銜圖置帝前，帝再拜受圖。」鳳以垂鴻猷。薖曰：鴻猷，大道也。鳳乘鴻猷，所以表大道。再光中興業，一洗蒼生憂。深衷正爲此，群盗何淹留。師曰：此甫所以感鳳而思見賢人，以致治平之效也。

乾元中寓居同谷縣作七首乾元二年作。

魯曰：同州，縣名。補注鶴曰：公乾元二年十二月至同谷，以十二月入蜀，寓居同谷，才一月耳。

有客有客字子美，**洙曰**：以其寓居，故自稱有客。子美，甫字也。白頭亂髮一云「短髮」。垂過耳。歲拾橡栗隨狙公，**洙曰**：按，新史言：「甫居同谷縣，拾梠以自給，兒女有至餓殍者。」**夢符曰**：右按，列子：「宋有狙公愛狙而養之，先誑之曰：『與若芧，朝三而暮四，足乎？』衆狙皆起而怒，俄而曰：『與若芧，朝四而暮三，足乎？』衆狙皆伏而喜。」注：「芧，栗也。」補注**鶴曰**：莊子：「狙公賦芧，曰：『朝三暮四。』衆狙皆怒。」疏曰：「芧，橡子也，似栗而小。」史謂云「客秦州，負薪采橡栗自給」，豈獨在秦然也？今殆至成，亦然。天寒日暮山谷裏。中原無書歸不得，手脚凍皴皮肉死。**鄭曰**：皴，七倫切，皮細起也。**師曰**：甫自傷飢寒不得歸鄉，悲風爲生，天爲之與動，况人乎？嗚呼一歌兮歌已哀，悲風爲我從天一作「東」。來。

其二

長鑱長鑱白木柄，**鄭曰**：鑱，鋤銜切。吴人云犁鐵，説文：「鋭也。」我生托子以爲命。黄精一作「黄獨」。無苗山雪盛，**蘇曰**：木栩貧居嘉陽，常負鑱采黄獨，一日雪盛不獲。黄精，當作「黄獨」，往時儒者不解黄獨，改作「黄精」。魯直云：「以予考之，黄獨是也。」本草「赭魁」注：「肉白，皮黄也。漢人蒸食之，山東人呼爲土芋，江西人呼爲土卵，蒸食之，類芋魁。」補注**希曰**：諸本皆作「黄精」，一本作「黄獨」，王内翰故云一作「黄獨」。本草「芋」條下云：「芋魁，一名黄獨。」山雪，一本作「山日」。芋得日曬，則其苗損而下實，故公云

「無苗山日盛」。**鶴曰**：本草云：「黄精久食，輕身延年，故河南歲貢。」今公寓同谷，已是仲冬，則山日無應云「盛」，芋又已收，意只是采黄精，亦猶拾橡栗也。黄精是時無苗，又值山雪之盛，所以有「子空歸來」之句。若芋，則種有定所，不勞負鑱入山矣。**短衣數挽不掩脛。鄭曰**：胡定切，脚脛也。**洙曰**：甯戚叩角歌曰：「短布單衣，不及其肘。」**此時與子空**一作「同」。**歸來，男呻女吟四壁静。洙曰**：相如家居徒四壁立。**嗚呼二歌兮歌始放，閭**一作「鄰」。**里爲我色惆悵。洙曰**：首章大哀其窮，次章人亦哀其窮矣。**師曰**：閭里尚爲之惆悵，况親戚舊故乎？

其三

有弟有弟在遠方，一作「各一方」。**三人各瘦何人强？洙曰**：後漢趙孝弟禮爲賊所得，將食之，孝自縛，請賊曰：「禮瘦，不如孝肥。」賊感其意，俱舍之。**生别展轉不相見，洙曰**：樂府：「他鄉各異縣，展轉不相見。」**胡塵暗天道路長。洙曰**：詩：「道阻且長。」**東飛駕鵝後鶖鶬，鄭曰**：駕，古牙切。鳥名，鶖，七由切；鶬，七剛切。**洙曰**：揚雄傳：「豈駕鵝之能捷鶩？」鶬，惡禽也。鶬，九頭，詩：「有鶖在梁。」[補注]**鶴曰**：楚辭謬諫：「畜鳧駕鵝，雞鶩滿堂壇兮。」注：「畜養鵝鶩，親近小人，滿於堂壇。」又大招：「鶤鴻群晨雜鶖鶬。」今公云喻史思明據東都也。**安得送我置汝傍？嗚呼三歌兮歌三發，汝歸何處收兄骨。洙**

曰：收，一作「取」。僖三十二年：「殽有二陵，必死是間。余收爾骨，非時已窮而已，而兄弟之親，亦莫知其存云。」

其四

有妹有妹在鍾離，**魯曰**：地理志：「濠州，鍾離郡。」良人早殁諸孤癡。長淮浪高蛟龍怒，十年不見來何時？一作「遲」。扁舟欲往箭滿眼，杳杳南國多旌旗。嗚呼四歌兮歌四奏，林猿爲我啼清晝[一]。**洙曰**：猿非有情者，而亦爲之啼，則窮可知矣。**蘇曰**：舊作竹林，後人改爲林爲猿，今本皆因之。蔡絛云：「崇寧間，有貢士同州來，籠一禽，大如雀，色正青，善鳴，問其名：『此竹林鳥也。』少陵於詩，必紀其處，以明風俗方物，詔於後人，豈易改也？」**師曰**：猿乃無知之物，今爲我啼，蓋哀傷之至也。

其五

四山多風溪水急，寒雨颯颯枯樹濕。一云「樹枝濕」。黄蒿古城雲不開，白狐一云「玄狐」。

[一] 林，其上原衍「竹」字。

跳梁黃狐立。**鄭曰**：跳，徒聊切，躍也。我生胡爲在窮谷，中夜起坐萬感集。**洙曰**：謝靈運詩：「千念集日夜，萬感盈朝昏。」王康琚詩：「哀風中夜起。」補注**希曰**：書：「中夜以興。」陸士衡：「中夜嘆息。」

嗚呼五歌兮歌正長，魂招不來歸故鄉。**洙曰**：招魂曰：「魂兮歸來。」**師曰**：甫身雖寓同谷，而魂夢未嘗忘故鄉，可謂思鄉之甚也。

其六

蘇曰：六歌一篇，爲明皇作也。明皇以至德二年至，自蜀居興慶宮，謂之南內。明年，改元乾元，時持盈公主往來宮中，李輔國常陰候其隙間之，故上元二年常遷西內。

南有龍兮在山湫，**逸曰**：湫，龍潭也。古木巃嵸枝相樛。**鄭曰**：巃，盧紅切。嵸，子紅切。**洙曰**：劉安招隱士：「桂樹生叢兮山之幽，偃蹇連卷兮枝相樛，山氣巃嵸兮石嵯峨。」**敏功曰**：樛乃枝曲下垂貌。

木葉黃落龍正蟄，**洙曰**：秋風辭：「草木黃落雁南飛。」蝮蛇東來水上游。蝮，芳福切。**洙曰**：招魂曰：「蝮蛇蓁蓁。」**敏修曰**：龍蟄，喻天子失勢。蝮蛇東來，喻祿山從山東來。補注**希曰**：南有龍，喻玄宗在南內。木葉黃落龍正蟄，喻玄宗蒙塵。蝮蛇東來，謂史思明陷魏州，非喻祿山從山東來，是時祿山死久矣。我行怪此安敢出，拔劍欲斬且復休。嗚呼六歌兮歌思遲，思，相吏切。**洙曰**：一作「怨遲遲」。溪壑爲

我回春姿。 **洙曰：** 鄒衍被讒，仰天而泣，五月爲之降霜，則士之怨憤，足以感通於造物而然矣。

其七

男兒生不成名身已老， 三一作「十」。 **年飢走荒山道。** 補注 **希曰：** 三年飢走，謂自天寶十五載避亂至今也。 **長安卿相多少年，富貴應須致身早。** **師曰：** 肅宗中興，所用皆後生晚進，元勛舊德如郭子儀，尚見齟齬，它可知也，故云云。 **山中儒生舊相識，但話宿昔傷懷抱。** **嗚呼七歌兮悄終曲，仰視皇天白日速。** **洙曰：** 江文通詩：「青春速天機，素秋馳白日。」傷時不我留也。 **師曰：** 云白日速，蓋傷日月逝矣，歲不我與，所謂「富貴不來年少去」是也。

發同谷縣乾元二年作。

鄭曰： 同州，縣名。 **師曰：** 乾元二年，甫寓同谷，屬同谷饑歉，又自同谷入蜀。此詩以下，皆沿道紀行。補注 **鶴曰：** 爲同谷郡治。同谷，公以乾元二年十二月至，不盈月，遂行。趙註成都府詩云「公嘗自注此詩云『乾元二年十二月一日，自隴右赴劍南』」，不知據何本而云。然水會渡詩云「微月已没久」，則發於一日。或是。

賢有不黔突，聖有不暖席。 **洙曰：** 文子曰：「墨子無黔突，孔子無暖席。」補注 **希曰：** 淮南子務修訓曰：「孔子無黔席。」班固答賓戲曰：「孔席不暖，墨突不黔。」二書雖異文，而意皆聖賢之不安逸也。况我飢愚人，焉能尚安宅？洙曰：聖賢尚不免此，吾豈能安宅乎？始來兹山中，休駕喜一作「嘉」〔一〕。地僻。奈何迫物累，一歲四行役。大臨曰：詩：「父曰：『嗟！予季行役。』」師曰：一歲之中，凡四行役，夏發華州；十一月離秦州，故詩云「漢源十月交」；十一月至成州，故云「仲冬見虹霓」；十二月發同谷，故云云。忡忡去絶境，杳杳更遠適。停驂一作「驂」。龍潭雲，回首白崖石。一作「虎崖」。臨岐别數子，握手淚再滴。洙曰：江淹詩：「樽酒送征人，握手淚如霰。」雖舊情深知，洙曰：一云「交情無舊深」。趙曰：公於同谷寓居未久，蓋多新交，而惜别之情，則如故舊之深遠。窮老多慘戚。平生懶拙意，偶值棲遁迹。洙曰：郭景純詩：「京華游俠客，山林隱遁棲。」去住與願違，趙曰：嵇康云：「事與願違。」却慚林間翮。洙曰：陶潛：「遲遲出林翮。」蘇曰：裴嚀法注不能如願，四海干戈未息，出門無食，仰見飛鳥，顧子曰：「吾弗如此物，羽翮飲棲，出入自得。」長嘆久之。孝祥曰：林間鳥尚得林憩，而甫奔走無定居，反有愧於林間之翮乎？

〔一〕嘉，原作「加」，據四庫本改。

木皮嶺乾元二年作。

補注鶴曰：嶺在成州之西境，入蜀忙道經此。詩云「季冬携童稚，辛苦赴蜀門」，當是乾元二年十二月作。

首路栗亭西，洙曰：首，音狩，謂命車向西行也。尚想鳳凰村。馬曰：依悒不忍去之意。補注鶴曰：栗亭、鳳凰村皆在成州。公嘗賦鳳凰臺詩云：「亭亭鳳凰臺，北對西康州」。地理志云：「同谷縣置西康州。」則臺與村在成州之北，而栗亭在州東也。季冬携童一作「幼」。稚，辛苦赴蜀門。魯曰：即劍門也。南登木皮嶺，艱險不易論。補注鶴曰：蜀在成州之南，故曰南登。汗流被我體，洙曰：喻蜀檄：「流汗相屬。」大觀曰：漢史：「汗流洽背。」祁寒爲之暄。洙曰：書：「冬祁寒〔一〕。」遠岫争輔佐，千岩自崩奔。洙曰：雪賦：「瞻山則千岩俱白。」謝靈運詩：「圻岸屢崩奔。」始知五岳外，別有一作「見」。他山尊。趙曰：張昶華山碑云：「山莫尊於岳。」仰干一作「看」。塞大明，俯入裂厚坤。師曰：自「遠岫争輔佐」以下托意，譏禄山不知君臣之義，岫尚左右輔佐此山之尊，千岩爲之崩奔，如千官奔走以趨王事者也。「別有他山尊」，喻禄山僭稱帝號，大明君道也。「仰干塞大明」，言禄山自高大，干犯國紀，而掩蔽於君。「俯入裂厚坤」，言郡縣之地爲禄山所割據也。再聞虎豹門，洙曰：劉安招隱士：「虎豹鬥兮熊羆咆。」蘇曰：徐庶見孔

〔一〕祁，原作「初」，據四庫本改。

明曰：「虎豹再門，必有一傷。先生何法以格之？」孔明曰：「使三分，即無門矣。」**屢蹋風水昏。高有廢閣道，**洙曰：棧道也。**摧折如短轅。**短，一云「斷」。**下有冬青林，**洙曰：今之梗柟也。鮑曰：木名，經冬不凋，今所在多有之。**石上走長根。西崖特秀發，焕若靈芝繁。潤聚金碧氣，**洙曰：蜀都賦：「金馬馳光而絶影，碧雞儵忽而曜儀。連珠金碧之岩，必辱鳳舞之使。」**清無沙土痕。憶觀崑崙圖，**一作「墟」。**目擊玄圃存。**洙曰：玄圃、涼風在崑崙中，見淮南子。炎曰：莊子：「目擊而道存。」南史：「梁簡文自於玄圃講老、莊。」補注希曰：崑崙第二級，名曰玄圃。周穆王駕八駿之乘，升崑崙之丘，賓于西王母，觴于瑶池之上。又神仙傳曰：「崑崙，一名玄圃，一名積石。瑶房，一曰閬風室，一曰華蓋，一曰天柱。」又楚辭天問：「崑崙、縣圃，其尸安在？」注：「崑崙，山名，在西北，元氣所出，其巔曰縣圃，縣圃乃上通於天也。」**對此欲何適？默傷垂老魂。**

白沙渡乾元二年作。

補注鶴曰：渡之水徑槃頭郡，東南合鳳溪水，水上乘蜀水於廣業郡者也。又唐志云：「元和中，節度使嚴礪自興州長舉縣，西流嘉陵江二百里，通曹以饋成州戍兵。」詩作於乾元二年十二月。

畏途隨長江，洙曰：莊子：「畏途者十，殺一人，則父子兄弟相戒。」蓟曰：釋文云：「險阻，道可畏懼者也。」渡口下絶岸。**趙曰**：海賦：「絶岸千丈。」差池上舟楫，差，初加切。杳窕入雲漢。天寒荒野外，日暮中流半。我馬向北嘶，**洙曰**：古詩：「胡馬嘶北風。」山猿飲相唤。水清石礧礧，魯水切。沙白灘漫漫。**洙曰**：沈休文：「歸海水漫漫。」迴一作「條」。然洗愁辛，**蘇曰**：王夷甫：「得書洗我愁辛。」多病一疏散。**蘇曰**：嚴助游陸渾山，嘆曰：「多病無聊，來此疏散，以釋沉鬱之興。」高壁抵嶔崟，**洙曰**：一作「岑」。上去金切，下鋤針切。洪濤越凌亂。**洙曰**：曹植：「泛舟越洪濤。」惠連：「清波時凌亂。」臨風獨回首，**蘇曰**：王筠臨風長想英猷，時復回首東望。攬轡復三嘆。**朋曰**：范滂攬轡，慨然有澄清天下之志。**趙曰**：左傳：「置食三嘆。」禮記：「一唱三嘆。」**師曰**：甫遭亂離，故忘於奔走羈旅，是以有范滂澄清之志，奈何時不見用，亦止於再三咨嗟，傷不得其志也。

水會渡乾元二年作。

魯曰：一云「水回渡」。補注**鶴曰**：渡名水會，即前所謂合鳳溪也。詩云「微月没已久」，當是乾元二年十二月初至此。

山行有常程，中夜尚未安。**蘇曰**：寇恂中夜悲愁，不得安寢。微月没已久，崖傾路何難。**洙曰**：謝靈運詩：「崖傾光難留。」**蘇曰**：程煜：「傾崖斷路，人馬不通。如逢泥木，去住多難。」**趙曰**：丘希範云：「崖傾嶼難傍。」**大江動我前，**洙曰：謝玄暉詩：「大江流日夜。」**洶若溟渤寬。**洙曰：鮑明遠詩：「穿池類溟渤。」**篙師暗理楫，**洙曰：謝靈運詩：「理棹遄還期。」夢符曰：右按，左太沖吴都賦：「篙工楫師，選自閩禺。習御長風，狎玩靈胥。責千里於寸陰，聊先期而須臾。」**歌笑輕波瀾。**蘇曰：謝朓新城路上詩：「吴兒未習水，歌笑欺波瀾。」**霜濃木石滑，風急**一作「烈」。**手足寒。入舟已千憂，**洙曰：謝靈運詩：「入舟陽已微。」**陟巘仍萬盤。**洙曰：詩：「陟則在巘。」趙曰：仿陸士衡詩「仰陟高山盤」。**回眺**一作「出」。**積水**一作「石」。**外，**補注 鶴曰：常是作積石。蓋積石山在河州，而成與岷、河、鳳三州不遠，河州又有鳳林縣，疑是鳳溪、鳳州、鳳凰村同得名。**始知衆星乾。遠游令人瘦，衰疾慚加餐。**洙曰：古詩：「思君令人老。」又：「努力加餐飯。」謝靈運：「衰疾當在斯。」楊曰：曹子建：「沉憂令人老。」又：「吾得行遠游，遠游欲何之？」

飛仙閣乾元二年作。

補注 鶴曰：自此上棧道矣。飛仙，以言其高。乾元二年作。

土門山行窄，土，一作「出」。**微徑緣秋豪。**洙曰：一云「徑微上秋豪」。蘇曰：張儀過太行曰：「微徑穿雲，仰視緣雲，若秋毫蟠折。」**棧雲闌干峻，梯石結構牢。**洙曰：見「新亭結構罷」注。**萬壑欹疏**

林，一作「竹」。**趙曰**：顧愷之：「萬壑争流。」積陰帶奔濤。寒日外淡泊，長風中怒號。**洙曰**：莊子：「風作則萬竅怒號。」歇鞍在地底，始覺所歷高。往來雜坐卧，人馬同疲勞。**蘇曰**：李陵人疲馬勞，一日三戰。浮生有定分，飢飽豈可逃？**蘇曰**：吴律：「飢飽榮瘁，人之定分，非所苟欲可得也。」嘆息謂妻子，我何隨汝曹？**洙曰**：馬援傳：「吾欲使汝曹聞人過失，如聞父母之名。」

五盤乾元二年作。

魯曰：謂棧道盤屈有五重。**補注** **鶴曰**：在漢中郡之境。乾元二年作。

五盤雖云險，山色佳有餘。**洙曰**：陶潛詩：「山氣日夕佳。」仰凌棧道細，**洙曰**：道，一作「閣」。漢祖入漢中，燒絶棧道。俯映江木疏。地僻無網罟，**蘇曰**：宋玉出游，見山鳥自得，玉嘆曰：「此中林幽地僻，無網罟彈射，宜爾盡其天年也」。水清反多魚。**趙曰**：揚雄云：「水至清則無魚。」公據所見而反用之也。好鳥不妄飛，**師曰**：淵明云：「鳥倦飛而知還。」甫自傷奔走，曾好鳥之不若也。野人半巢居。**洙曰**：禮運：「冬居橧巢。」王康琚皆在太平時，亦有巢居。子選巢居，知天寒。喜見淳樸俗，**天啓曰**：莊子：「澆淳散樸。」坦然心神舒。東郊尚格鬥，**蘇曰**：范曾：「東郊金革不息，尚思格鬥戰壘。滿目政散民流，田畝蕪没，寧不心痛？」巨猾何時除。**洙曰**：東京賦：「巨猾間亹。」故鄉有弟妹，流落隨丘墟。**洙**

曰：曹子建詩：「零落隨丘山。」成都萬事好，豈若歸吾廬。洙曰：古詩：「行客雖云樂，不如早旋歸。」李白詩：「錦城雖云樂，不如早還家。」

龍門閣乾元二年作。

補注 洙曰：前詩云「高有廢閣道」，道即棧也。或云棧，或云閣，非樓閣也。乾元二年作。

清江下龍門，魯曰：按，地理志：「施州青江郡。」補注 鶴曰：水經云：「水色清照十丈，故名龍門。」即龍門鎮所謂「沮洳棧道濕」。茲云閣者，在山巔，彼所謂「沮洳」，港水之下流。蓋龍門之山盤紆，連亘爲廣，所以名列數郡。絶壁無尺土。趙曰：謝靈運云：「晨策尋絶壁。」長風駕高一作「白」。浪，洙曰：郭景純詩：「吞舟浮海底，高浪駕蓬萊。」浩浩自太古。洙曰：古詩：「浩浩陰陽移。」危途中縈盤，洙曰：一云「縈盤道」。仰望垂綫縷。滑石欹誰鑿，浮梁裊相拄。洙曰：西京賦：「峙游極於浮柱。」趙曰：滑石自是石之滑，浮梁自是梁之浮。舊注所引雖傍見，而其義非也。目眩隕雜花，頭風吹過雨。洙曰：一云「過飛雨」。趙曰：滑石之欹，浮梁之裊，皆難行之地，故目生眩，頭生風矣。目眩，出史「心亂目眩」。目昏眩，如見雜花之隕落。頭風，出「魏太祖讀陳琳檄草頭風自愈」。頭或生風，如過雨之吹。皆言其地險絶而然也。百年不敢料，洙曰：潘安仁詩：「人生天地間，百年孰能要？」補注 希曰：諸葛亮死軍中，人爲之語：「死諸葛亮，走生仲達。」宣王曰：「吾便料生，不料死也。」隊與墜同。一隊那得取。飽聞一作「知」。經瞿塘，洙曰：瞿塘，峽名。足見渡大庾。洙曰：大庾，嶺名。趙曰：以龍門閣之險峻，推言而比之也。瞿塘峽在巫之下，大庾嶺在虔州之前。終身歷艱險，恐懼從此數。師曰：瞿塘、大庾不若此閣道爲險之至，甫至此恐懼，若屈指數險阻之處，當從此爲始也。

石櫃閣乾元二年作。

補注 **鶴曰**：詩云「季冬日已長」，當是乾元二年十二月初辭之後也，自此方入蜀，故曰「蜀道多草木」。

季冬日已長，**唐曰**：日自至節後旋長，宫中以紅綫量日影長，至日添一綫。山晚半天赤。**何曰**：謂反照也。蜀道多草花，江間饒奇石。**洙曰**：江淹詩：「崦山多靈草，海濱饒奇石。」石櫃曾波上，臨虚蕩高壁。**夢符曰**：郭璞江賦：「迅雖臨虚以騁巧，孤獲登危而雍容。」清暉回群鷗，**洙曰**：謝靈運詩：「山水含清暉。」暝色帶遠客。**洙曰**：謝靈運：「林壑斂暝色。」羈栖負幽意，感歎向絶迹[一]。信甘孱懦嬰，**鄭曰**：上鋤山切，下奴卧切。弱也。不獨凍餒迫。優游謝康樂，**洙曰**：晉謝玄暉也。**修可曰**：謝

[一] 歎，原作「歡」，據四庫本改。

玄暉封康樂公，孫靈運襲其封，與何長瑜等以文章賞會，共爲山澤之游。詩家稱康樂，乃靈運，非玄暉也。以南史考之，謝密傳云：「謝渾爲韻語獎勸靈運等曰：『康樂誕通度，實有名家韻。』」因是，詩注以康樂爲謝玄暉，故詳辨之云。**放浪陶彭澤。****洙曰**：陶潛爲彭澤令。**吾衰未自由，謝爾性有適。****洙曰**：有，一作「所」。**師曰**：謝、陶輩優游放浪[一]，無所繫滯，令甫未能自由，比於二子適性之樂，頗有感焉。

桔柏渡乾元二年作。

鄭曰：桔，居屑切。補注**鶴曰**：當是蜀之衆水於此會而下荆南，故詩云「東逝不可要，高通荆門路，闊會滄海潮」。又峽程記云「瀘、合、遂、蜀四州，皆峽之郡，自巒江、桔柏、池導等渡至此，二百八十江會於峽前」云云，則桔柏乃江之名。

青冥寒江渡，**趙曰**：楚辭：「據青冥而攄虹。」青青冥冥，高遠之貌。**駕竹爲長橋。竿濕煙漠漠，****洙曰**：一云「竹竿濕漠漠」。謝玄暉詩：「生煙紛漠漠。」**江水風蕭蕭。****洙曰**：水，一作「永」。荆軻餞易水：「風蕭蕭兮易水寒。」**連笮動嫋娜，****鄭曰**：笮，側柏切。嫋，乃了切。娜，奴可切。**洙曰**：連竹索而爲梁，謂之笮。前漢：「邛、笮之君。」補注**鶴曰**：成都之笮橋，即此類也。**征衣颯飄颻。急流鴇鶂散，**上博好切，下

[一] 放，原作「故」，據四庫本改。

五歷切。**洙曰**：西都：「蒼鴰鴰鶂。」**趙曰**：郭璞上林賦注曰：「似雁，無後趾也。」絶岸黿鼉驕。**魯曰**：鴰鴰，喻舟船也。黿鼉，喻橋梁也。驕，壯也。西轅自兹異，東逝不可要[一]。高通荆門路，闊會滄海潮。孤光隱顧眄，游子悵寂寥。無以洗心胸，前登但山椒。**洙曰**：桔柏，乃文州、嘉陵二江合流處也。東下入渝，合通荆門矣。**蒼舒曰**：右按，廣韻：「椒，山頂。」文選：「税鑾登山椒。」**十朋曰**：謝惠連詩：「悲猿響山椒。」漢武帝李夫人賦：「釋馬山椒。」廣雅曰：「土高四墮曰山椒。」謝莊月賦：「菊散芳於山椒。」

劍門乾元二年作。

魯曰：自蜀出漢中皆自是，故以門名。背有閣道，在梓潼郡東北，蜀之險會。**補注** **鶴曰**：按，唐志：「劍門縣在劍州。」乾元二年作。文選張孟陽劍閣銘：「惟蜀之門，作固作鎮。是曰劍閣，壁立萬仞。」

惟天有設險，**洙曰**：北有劍門，天設之險。**蘇曰**：許襄：「關河阻絶，乃天設險，以全其封疆[二]。」**孝祥曰**：易：「天險不可升，地險山川丘陵，王公設險以守其國。」劍閣一作「門」。天下壯。**蘇曰**：嚴助至蜀，見劍門關，乃嘆曰：「天下壯險，扼隘喉衿，莫過此關也。」連山抱西南，石角皆北向。**洙曰**：劍山土石皆北

[一] 不，原作「余」，據四庫本改。
[二] 疆，原作「强」，據四庫本改。

向，如拜伏狀。**趙曰**：此言蓋謂地形勢雖險，而趨中原自然之勢。觀劍門山雖抱西南，而石角北向則有面內之義。**兩崖崇墉倚**，**趙曰**：詩：「其崇如墉。」張協玄武館賦云：「崇墉四匝。」**刻畫城郭狀**。**洙曰**：蜀都賦：「金城石郭，兼匝中區。既麗且崇，實號成都。」**一夫怒臨關**，一作「門」。**百萬未可傍**。**洙曰**：蜀都賦：「一人守隘，萬夫莫向。」張孟陽劍閣銘：「一人荷戟，萬夫趑趄。」傍，一作「仰」。**珠玉走中原**，**蘇曰**：陳陟：「珠玉無脛，遍走中原，何也？」**岷峨氣淒愴**。**洙曰**：岷，青城山。峨，峨眉山也。**趙曰**：珠玉之於中原，必著「走」字者，或曰：「古之言珠玉曰『無翼而飛，無脛而行』，非謂人之所携持若飛走也。」岷山，在成都之西，青城山是也。峨山，在成都之西南，峨眉山是也。遠人困於誅求，而淒愴之氣，見於岷、峨，以二山無情之物，猶且淒愴，則有情之民可知矣。**三皇五帝前**，**蘇曰**：王子淵：「三皇五帝前事，臣不可知。」蓋無書可考也。**雞犬各相放**。**洙曰**：相，一云「自」。蜀至秦，方與中國通。**後王尚柔遠**，**洙曰**：書：「柔遠能邇。」**職貢道已喪**。**田曰**：朱雲：「諸侯分權，擅據割地土，不復有職貢之道。」**至今英雄人**，**蘇曰**：章邯：「遂使英雄之輩，遞相睚眦。」**高視見霸王**。於況切。**并吞與割據**，**洙曰**：李特送流人，至劍門，箕踞四顧，太息曰：「劉禪有此形勢，而束手於人乎？」遂潛謀割據。**極力不相讓**。**吾將罪真宰**，**趙曰**：莊子：「若有真宰存焉，而不得其眹。」**意欲鏟疊嶂**。鏟，楚產切。**蘇曰**：袁盎曰：「諸公欲鏟連疊嶂，而造物復如何？」**恐此復偶然，臨風默惆悵**。**趙曰**：末四句，則公忠憤之辭矣。**師曰**：恐當肅宗中原未平之日，偶復有爲割據之禍者，是以臨風惆悵，而爲國家默爲之慮也。

鹿頭山乾元二年作。

彦輔曰：按，地理志：「漢州德陽縣有鹿頭山。」補注**鶴曰**：唐志：「德陽縣有鹿頭關，必以山而得名。」乾元二年作。

鹿頭何亭亭，補注**鶴曰**：九域志：「鹿頭關，唐高崇文陷劉辟於此。」寰宇記曰：「自綿州羅江縣界，迤逦入漢州德陽縣界，古老云：『昔有張鹿頭於此造，因以爲名』。」**是日慰飢渴。****趙曰**：西都賦之言宫室曰：「狀迢迢以亭亭。」陸士衡詩：「願保金石軀，慰妾常飢渴。」**連山西南斷，俯見千里豁。****洙曰**：自秦入蜀，川嶺重複，極爲險阻，及下鹿頭關，東望成都，沃野千里，葱鬱之氣，乃若煙霞靄然。**游子出京華，劍門不可越。****洙曰**：京華，一云「咸京」。**蒼舒曰**：張孟陽劍閣銘曰：「惟蜀之門，作固作鎮。是曰劍閣，壁立萬仞。」酈元水經注曰：「劍成北去大劍三十里，連山絶險，飛閣相連，故謂之劍閣。」**田曰**：鍾會平蜀，至綿谷，語左校曰：「山川懸遠，已盡咫尺。劍門不可開越，何計入蜀？公可籌度。」**及兹阻險盡，始喜原野闊。殊方昔三分，霸氣曾間發。**間，居莧切。**師曰**：昔魏、吴、蜀三分天下，劉備據此一方，以建霸王之業。**天下今一家，****韓曰**：今肅宗中興，天下已一家矣。**雲端失雙闕。****夢符曰**：古樂府仙人篇：「閶闔正嵯峨，雙闕萬丈餘。」又天台賦：「雙闕雲竦以夾路。」**趙曰**：雲端，祖出枚乘樂府曰：「美人在雲端，天路隔無期。」雙闕，祖於元聖本紀曰：「許申欲觀帝意，曰：『帝坐華堂，面雙闕，君之榮願得矣。』」公詩言失雙闕者，以天下既一家，皆爲臣屬，故所僭擬天子之闕不復見矣。**悠然想楊馬，繼起名硉兀。** **鄭曰**：硉兀切，危石也。**洙曰**：左太冲蜀都賦：「江漢炳靈，世載其英。鬱若相如，㵎若君平。王褒暐暐而秀發，揚雄含章而挺生。」有文一作「才」。**令人傷，** **師曰**：楊、馬二子皆蜀人，有文章，皆不顯用於漢。甫至此，追思二子，亦若己之不遭其時也。**何處埋爾骨？紆餘脂膏地，** **高曰**：紆餘，廣遠貌。脂膏地，言其肥沃也。**慘澹豪俠窟。** **洙曰**：蜀都賦：「外負銅梁於岩渠，内函要害以膏腴。」**趙曰**：成都，富饒之地，故公指爲脂膏也。豪俠窟，見郭璞云：「京華游俠窟。」公變其字爾。**杖鉞非老臣，宣風豈專達？冀公柱石姿，論道邦國活。斯人亦何幸，公鎮踰歲月。** **趙曰**：公，謂僕射裴冀公冕也。言裴公爲尹，尚有歲月之期，此斯人之所以幸也。此句可以見杜公初來成都，非爲嚴武而來也。【補注】**希曰**：按，舊史裴〔日〕冕傳〔一〕：「肅宗移幸鳳翔，罷冕知政事，遷右僕射。兩京平，以功封冀國公。尋加御史大夫，充劍南西川節度使。又入爲右僕射。」

〔一〕 日，當衍。

成都府乾元二年作。

修可曰：是詩，子美寓意深矣。淮南子曰：「西垂，景在樹端，謂之桑榆也。」**説曰**：桑榆之景，理無遠照。今也日薄桑榆，而其光翳翳，止足照我衣裳，則不能遠照矣，以喻明皇以太上皇居西内也。初月不高出，衆星尚争光，而喻肅宗即位未久，而史思明之徒尚在也。蓋肅宗立於天寶之丁酉，而子美乾元庚子至成都，以其時考之，故知其寓意如此也。**鄭曰**：劍南西路，蜀州也。補注**鶴曰**：公以乾元二年十二月至成都，而玄宗以上元元年七月遷於西内，今詩云「季冬樹木蒼」，則是初到成都時作，先明皇遷西内半年。修可謂「托意明皇遷西内，肅宗即位未久，而安、史之徒尚在」，恐未必然。

翳翳桑榆日，**洙曰**：歸去來：「景翳翳以將入。」東觀記：「收之桑榆。」江淹：「曾是迫桑榆，歲暮從所東。」**趙曰**：桑榆，晚日也。**照我征衣裳**。**蘇曰**：團團江上月，照我征衣裳。**趙曰**：阮嗣宗詠懷詩曰：「灼灼西隤日，餘光照我衣。」**我行山川異，忽在天一方**。**蘇曰**：曹植與陳琳疏曰：「昔與子西園聯鑣，游泳語笑，向今忽睽別，在天一方，後會邈然，莫可得也。」古詩：「各在天一方。」**劉曰**：成都偏在西，故云天一方。**但逢新人民**，**洙曰**：曹子建：「不見舊耆老，但睹新少年。」山川阻遠別，後會日月長。」**未卜見故鄉。大江東流去**，**洙曰**：謝玄暉：「大江流日夜。」**游子去日長**。**洙曰**：短歌行：「去日苦多。」**曾城填華屋**，**鄭曰**：填，陟刃切，定也。**趙曰**：曾城，層起之城。淮南子云：「崑崙山，上有曾城九重華屋。」**季冬樹木蒼**。**洙**

曰：西都賦：「靈草冬榮。」**趙曰**：前於發同谷縣題下，公自注云：「乾元二年十二月一日，自隴右赴劍南紀行」，而今詩云「季冬樹木蒼」，則至成都，乃是月也。喧然名都會，吹簫間笙簧。**洙曰**：曹子建：「名都多妖女，京洛出少年。」詩：「吹笙鼓簧。」信美無與適，**洙曰**：王仲宣登樓賦：「雖信美而非吾土兮，曾何足以少留。」側身望川梁。**洙曰**：四愁詩：「側身西望涕沾裳。」魏文帝詩：「欲濟河無梁。」鳥雀夜各歸，中原杳茫茫。**趙曰**：觀衆鳥識巢而夜歸，乃思其中原故鄉之地而不得返。初月出不高，衆星尚爭光。**師曰**：初月，喻肅宗初即位。衆星，喻安、史之徒與天子抗衡。自古有羈旅，我何苦哀傷。**師曰**：此乃甫自窮之辭。

黄氏補千家集注杜工部詩史卷之六

黄氏補千家集注杜工部詩史卷之七

石笋行上元元年作。

彦輔曰：成都記：「石笋及林亭池石之地，雨過必有小珠，或青黄如粟者，亦有細孔，可以貫絲。」**田曰：**杜光庭石笋記云：「成都子城西曰興義門，金容坊有通衢，幾百五十步，有石二株，挺然聳峭，高丈餘，圍八九尺。」耆舊傳云：「其名有六：曰石笋、曰蜀妃闕、曰沈犀石、曰魚凫仙壇、曰西海之眼、曰五丁石門。」皆非也。圖經云：「石笋街乃秦寺之遺址，殿宇樓臺咸以金寶飾之，爲一代之勝概。」又云：「蜀之城壘，方隅不正，以景測之石笋，於南北爲定，無所偏邪。」今按，石笋在衙西門外，僅百五十步，二株雙蹲，一南一北。北笋長一丈六尺，圍極於九尺五寸；南笋長一丈三尺，圍極於一丈二尺。南笋蓋公孫述時折，故長不逮北笋。**趙曰：**此篇作於上元元年，是年李輔國離間二宫，擅權之迹甚彰，故因賦石笋而指譏李輔國也。**師曰：**甫意謂此石必是古者卿相墓前表識，後世妄加緣飾，謂爲海眼，以蒙蔽愚俗。蓋譏禄山、國忠，以微賤小臣，蒙蔽玄宗，致天寶末年之禍。然誣辭謬語，君子當致察。**補注** **鶴曰：**此詩趙注以爲作於上元元年，爲李輔國離間二宫而作。按通鑑：「上元元年七月，輔國矯稱上語，迎上皇遊西内。」此詩云「蒙蔽媚悦」，其事隱而彰。終云「安得壯士擲天外，使人不疑見本根」，蓋恨去輔國輩之不速，卒爲盗殺，猶不顯誅之可惜。

君不見益州城西門，陌上石笋雙高蹲。徂尊切。**洙曰：**成都記：「石笋，城西門百餘步，亦呼爲石笋隅落。相隅西南數步，不對，各折爲五六段，相續以立，人云五丁擔，亦曰蜀王妃墓表。益州城郭皆不直，此蓋正東西也。」陌，一作「街」。**古來**一云「老」。**相傳是海眼，苔蘚食盡波濤痕。田曰：**成都記：「距石笋二三尺，每夏月大雨，往往陷作土穴，泓水湛然。以竹測之，深不可及。以繩繫石而投其下，愈投而愈無窮。凡三五日，忽然不見。嘉祐春，牛車碾地，忽陷，亦測而不能達。父老甚異，故有海眼之説。」**趙曰：**華陽風俗記：「蜀人曰：『我州之西，有石笋焉。天地植之，以鎮海眼，動則洪濤大濫。』」**雨多往往得瑟瑟，洙曰：**每雨過，人多得瑟瑟。**蒼舒曰：**按博雅：「瑟瑟，碧珠也。」杜陽雜編有「瑟瑟幕，其色經明靈薄[一]，無與爲比。」

此事恍惚難明論。恐是昔時卿相墓，立石爲表今仍存。洙曰：揚雄蜀王本紀云：「武都丈夫化爲女子，蜀王納以爲妃，無幾物故，乃葬於成都郭中，以石作鏡一枚，表其墓。」華陽國志曰：「王哀念之，遣五丁之武都擔土，爲妃作冢立石，俗今名爲石笋[二]。」**補注希曰：**寰宇記：「望帝禪位于鱉令，號開明。下五葉，有開明尚，始立宗廟。時天生五丁力士，能徙山，蜀王負力，不爲戰備。每一王死，輒爲立大石，長三丈，重萬鈞，以爲墓識。今石笋是也，晏曰笋里[三]。」**惜哉俗態好蒙蔽，亦如小臣媚至尊。政化錯迕失大體，蘇**

[一] 經明靈薄，據捫蝨新話卷三所引，當作「輕明虛薄」。
[二] 俗今，四庫本作「今俗」。
[三] 晏，據太平寰宇記，當作「號」。

曰：趙充國：「近見大臣，全失燮理，政化錯迕，陰陽不時，多失大體。」坐看傾危受厚恩。**洙曰**：時林甫、國忠傾覆王室。嗟爾石笋擅虛名，後生未識猶駿奔。**洙曰**：詩：「駿奔走在廟。」安得壯士擲天外，**洙曰**：梁沈約詩：「安得壯士駐奔羲。」使人不疑見本根。**洙曰**：華陽風俗録云：「蜀人曰：『我川之西，有石笋焉，天植之以鎮海眼，動則江濤大濫。』四方之人，有來觀者，則奇而怪之。」贊皇公曰：「夫笋之爲狀也，亭亭揭峭，高然若削，圭芒天成，神矣！」今小大相因，叠至八九節，束以鐵鼓，出於人力，又何神乎？遂命抽去鐵鼓，寂然而神怪不作。」**趙曰**：此八句，正以專指李輔國「坐看傾危受厚恩」，言輔國之寵幸也。舊注却云：「是時林甫、國忠用事，而公譏之。」大非是。

石犀行上元二年秋作。

魯曰：成都記：「石犀在李太白廟内。」**補注** **鶴曰**：李冰作石犀以厭水災。而上元二年秋八月，灌口損户口，故作是詩，然意亦有所寓也。

君不見秦時蜀太守，刻石立作三犀牛。**洙曰**：華陽國志：「秦孝文王以李冰爲蜀守，冰作石犀五頭，以壓水精，穿石犀於江南，命曰犀牛里。後轉爲耕牛二頭，一在府市橋門，今所謂石牛門；一在淵中。又自前堰上分，穿羊摩江、灌口，西於玉女房下，自涉郵作三石人，立水中。與江神要，水竭不至足，盛不没肩。」成都記亦云「石犀五」，今云「三犀牛」，未詳。自古雖有厭勝法，**洙曰**：匈奴傳：「上以太歲厭勝所在。」師古注漢高紀云：「蕭何初立未央宫以厭勝之術。」**天生江水向**一云「須」。**東流。**洙曰：莫愁歌：「河中之水向東流。」**蜀人矜誇一千載，泛溢不近張儀樓。**洙曰：按圖經：「秦張儀築少城，在大城西。」又周地圖云：「張儀築城，屢壞不能立。忽有一龜周旋，巫依龜行巡築，遂得立。今有龜化橋。」成都記云：「張儀樓在子城南，高一百尺。初築此城，雖曰附龜，蓋以順江山之勢，正即爲耕矣，乃作此樓而定南北焉。」**今年灌口損户口，此事或恐爲神羞。**洙曰：武成：「以濟兆民，無作神羞。」左襄十八年：「苟捷有功，無(作)神羞〔一〕。」補注鶴曰：寰宇記云：「灌口山，在西嶺有天彭闕。」尺云〔二〕：「灌口鎮，在彭州九隴縣，鎮城西有玉女神祠，祠之西有蜀守李冰祠。」今年水損户口，所以爲李冰之羞。按舊史帝紀：「上元二年七月，霖雨，至八月方止，墻宇多壞，漉魚道中。」今年乃是上元二年秋，故下云「終藉堤防出衆力，高擁木石當清秋」。**終藉堤防出衆力，高擁木石當清秋。先王作法皆正道，詭怪何得參人謀。**趙曰：厭勝者，詭怪之事，爲不足憑，故水終有時而爲害；堤防者，正道，故終藉人力以爲堤防也。**嗟爾三犀不經濟，缺訛只與長川逝。**趙曰：此公之寓意於三犀，指廟堂無經濟之人。乾元二年乃吕諲、李現、李揆、第五琦同平章事，未幾，以罪去。**但見元氣常調和，自免洪濤恣凋瘵。**洙曰：曹子建詩：「泛舟越洪濤。」趙曰：「謂元氣之調，特在乎得

〔一〕作，原脱，據四庫本補。
〔二〕尺，疑當作「又」。

人，蓋宰相以爕理陰陽爲事也。」安得壯士提天綱，再平水土犀奔茫。洙曰：陳蕃傳：「志清天綱。」舜典：「咨禹，汝平水土。」定功曰：沈約云：「安得壯士駐奔羲。」師曰：玄宗時用李林甫、楊國忠爲政，致有滔天之禍，其亦石犀之擅虚名者乎？甫托意黜之。

杜鵑行上元元年作。

補注 鶴曰：觀其詩意，乃感明皇失位而作，當是上元元年遷西内後。太平寰宇記言：望帝以德不如鱉令，因禪位于鱉令，號開明，遂自亡去，化爲子鵑鳥〔一〕，故蜀人聞杜鵑鳴曰「是我望帝」也。

君不見昔日蜀天子，化爲杜鵑似老烏。趙曰：按蜀記：「昔有姓杜名宇，號望帝。宇死，俗傳化爲子規鳥，一名鵑。蜀人聞子規鳥，皆曰望帝，遂於鵑字加杜姓，謂之杜鵑，又直謂之杜宇。」**寄巢生子不自啄，群鳥至今爲哺雛。雖同君臣有舊禮，骨肉滿眼身羈孤。業工竄伏深樹裏，四月五月偏號呼。**補注 鶴曰：通鑑：「上元元年七月丁未，李輔國矯稱上語，迎上皇游西内。至睿武門，輔國將期射生五百騎，露刃遮道，曰：『皇帝以興慶宫湫隘，迎上皇遷居大内。』上皇驚，幾墜。力士曰：『李輔國何得無禮！』叱下馬云云。陳玄禮、高力士及舊宫人，皆不得留左右。丙辰，高力士流巫州，王承恩流播州，魏悦流溱州，陳

〔一〕子，四庫本作「杜」。

玄禮勒致仕，置如仙媛於歸州，玉真公主出居玉真觀。上皇以不懌，因不茹葷，辟穀，浸以成疾。」詩云「雖同君臣有舊禮，骨肉滿眼身羈孤」，又云「業工竄伏深樹裏」，蓋謂此也。**其聲哀痛口流血，所訴何事常區區。爾豈摧殘始發憤，羞帶羽翮傷形愚。蒼天變化誰料得，萬事反覆何所無**〔一〕。**豈憶當殿群臣趨。** **趙曰：**鮑昭行路難云「中有一鳥名杜鵑，言是古者蜀帝魂。聲音哀苦鳴不息」云云，「豈憶往日天子尊？」今公所謂「哀痛口流血」及末句「憶群臣趨」，蓋出於此也。**師曰：**時祿山反，陷兩京，明皇西走幸蜀，既失帝位，奈何又棄骨肉，而孤寓他邦云云。肅宗即位靈武，不能即遣迎還明皇，而使之羈孤在蜀。明皇由是悒怏不得意，至於化去，其亦不免於怨傷乎。甫之言頗有深意。**補注** **希曰：**師注謂「明皇幸蜀失位，肅宗即位靈武，不能迎還，使之羈孤，悒怏化去」，則非。蓋此詩專譏肅宗爲李輔國所間，故曰「萬事反覆何所無，豈憶當殿群臣趨」。

戲作花卿歌

上元二年作。

彥輔曰：高適傳：「梓州副使段子璋反，以兵攻東川節度李奐，適率州兵與西川節度使崔光遠攻子璋，斬之。西川牙將花敬定者，恃勇，既誅子璋，大掠東蜀，天子怒之。」**師曰：**甫爲花卿痛惜之。**補注** **鶴曰：**按史：

〔一〕萬事反覆何所無，王洙本叠此句。

「上元二年四月壬午，段子璋反。」此詩當是其年成都作。舊史俱作「花驚定」。

成都猛將有花卿， **魯曰：** 花卿，家在丹棱東館鎮，至今血食其鄉，本朝封爲忠應公。**學語小兒知姓名。** **用如快鶻風火生，** **蒼舒曰：** 南史：「曹景宗謂所親曰：『我昔在鄉里，騎快馬如龍，覺耳後生風，鼻尖出火，此樂使人忘死，不知老之將至。』」**余曰：** 易家人卦，巽上離下，爲風自火出，風生於火，自内而出也。象曰：「風自火出，家人。」**見賊唯多身始輕。** **洙曰：** 漢光武見大敵則勇。**綿州副使着柘黄，** **洙曰：** 綿州副使，段子璋也。着柘黄，僭乘輿服色。**趙曰：** 公詩云綿州，則梓州字誤傳爲綿州乎？」柘黄，天子之服也。

補注 **鶴曰：** 史云：「劍南東川節度兵馬使段子璋反，陷綿州、遂州。」按舊史，東川節度治梓州，管梓州、綿、劍、普、陵、榮、遂、合、渝、瀘等，則不當云綿州副使。然是時治綿州，趙未之考也。**我卿掃除即日平。** **子璋髑髏血模糊，手提擲還崔大夫。** **洙曰：** 子璋，即段子璋也。崔大夫，崔光遠也。**李侯重有此節度，** **洙曰：** 李侯，東川節度使李奐也。**趙曰：** 段子璋既攻東川，則李奐必失節度矣。以花卿斬之，則李侯復保有節度焉。**人道我卿絶世一作「代」。無。** **既稱絶世無，天子何不喚取守京都？** **洙曰：** 譏其掠奪也。**黄曰：** 子美作花卿歌，雄壯激昂，讀之想見其人也。

補注 **希曰：** 舊史崔光遠傳：「上元二年，兼成都尹，充劍南節度、營田觀察處置使，仍兼御史大夫。及段子璋反，東川節度使李奐敗走，投光遠。卒將花驚定討平之。將士肆其剽取，婦女有金銀釧，兵士皆斷腕以取之數千人，光遠不能禁。肅宗遣監軍中使按其罪，光遠憂恚疾卒。」然則花卿豈容獨免乎？「天子何不喚取守京都」之句，雖譏之，亦傷之也。

贈蜀僧閭丘師兄上元元年作。

彥輔曰：太常博士均之孫。補注鶴曰：詩云「我住錦官城」，當是上元元年秋冬作，故詩云「粳稻卧不翻」。

大師銅梁秀，洙曰：左思蜀都賦：「於東則左綿巴中，百濮所充。外負銅梁於巖渠。」田曰：太平御覽載張孟蜀都賦注云：「銅梁，山名也。」按，其山有桃枝、竹，東西連亘三十餘里。山履之，上平整，遠望諸山，此獨秀也。山在合州界銅梁縣。補注鶴曰：按唐志：「山南道，古荆、梁二州之域。其名山：嶓冢、熊耳、銅梁、巫、荆、峴。」十道志云：「銅梁山，在涪江之南七里，然梓州、合州俱有之。」益部舊傳云：「昔楚襄滅巴子，封庶子於漢江之南，號銅梁侯。」高僧傳：「晉惠亮，大師，小師。」籍籍名家孫。安石曰：籍籍，名聲之盛也。嗚呼先博士，炳靈精氣奔。洙曰：蜀都賦：「近則江漢炳靈，世再其英。鬱若相如，燏若君平。王褒暐曄而秀發，揚子含章而挺生。」師曰：炳靈，言英靈顯赫也。惟昔武皇后，臨軒御乾坤。多士盡儒冠，墨客靄雲屯。洙曰：揚子雲上長楊賦，故籍翰林以爲主人，子墨爲客卿以諷。當時上紫殿，不獨卿相尊。洙曰：謝玄暉直中書省：「紫殿肅陰陰。」補注希曰：成紀：「行幸甘泉，郊太畤，神光降及紫殿。」世傳閭丘筆，師曰：閭丘文筆，號爲大手。峻極逾崑崙。洙曰：禹本紀：「崑崙高二千五百里，日月所相避隱爲光明也。」鳳藏丹霄暮，一作「穴」。龍去白水渾。洙曰：東京賦：「世祖龍飛白水。」青熒雪嶺東，洙曰：西都賦：「琳瑨青熒。」沈曰：「雪嶺在蜀，一名太白山。」補注希曰：雪嶺，在維州之南二百六十里。碑碣舊製存。田曰：東蜀牛頭山下，有閭丘均撰瑞聖寺磨崖碑，嚴政書。寺今改爲天寧羅漢禪院。斯文散都邑，高價越璵璠。洙曰：均以文名，當時四方碑碣，多出其手。晚看作者意，趙曰：郄生見王導詩，嘆曰：「晚見作者妙意。」梅曰：作者，指均也。妙絶與誰論。洙曰：陸韓卿：「賦歌能妙絶。」吾祖詩冠古，同年蒙主恩。補注鶴曰：吾祖，謂杜審言。按本傳：「武后召審言，將用之，問：『卿歡喜否？』審言蹈舞謝，后令賦歡喜詩，嘆重其文，授著作郎，遷膳部員外郎。時與均同朝。神龍初，坐交適張易之，流峰州。入爲國子監主簿、修文館直學士，卒。」其卒在景龍二年，宋之問有祭文云云。豫章夾日月，歲久空深根。洙曰：見「豫章深出地」注。小子思疏闊，豈能達詞門。蘇曰：宗戳讀淵明詩，撫卷嘆曰：「小子疏略，焉能達文詞之門閫，使人有愧赧之心。信乎，一世之真儒。」窮愁一揮淚，洙曰：愁，一作「秋」。陸士衡詩：「揮淚嘆流離。」相遇即諸昆。我住錦官城，洙曰：成都記：「錦城，以江山明麗，錯雜如錦。」兄居祇樹園。鄭曰：祇，翹移切。洙曰：金剛經：「佛在舍衛國祇樹給孤獨國。」田曰：楞嚴經云：「祇洹精舍。」注云：「祇洹，林樹名。唄云祇陁洹，或云逝多。此云戰勝，即太子名，林王是彼，故云勝林精舍。」地近慰旅愁，往來當丘樊。天涯歌滯雨，粳稻臥不翻。漂然薄游倦，始與道旅敦。旅，一作「侶」。景晏步修廊，而無車馬喧。洙曰：陶淵明：「結廬在人境，而無車馬喧。」夜闌接軟語，落月如金盆。洙曰：法華經：「又以軟語。」一云「言詞柔軟」。補注希曰：維摩經云：「大富梵行，所言誠諦，當以軟語。」漠漠世界黑，一作「空」。驅驅争奪繁。唯有摩尼珠，可照濁水源。洙曰：言性照圓明，如摩尼珠然，雖識濁水，而不爲污濁所累也。田曰：圓覺經：「譬如清凈摩尼寶珠，映於五色，隨方各現。」宣室志云：「馮翊嚴生，家漢南峴山，得一珠如彈丸色。胡人曰：『此西國清水珠也。若至濁水，冷然洞澈矣。』以三十萬易之而去。」師曰：「摩尼珠，以喻法性圓明，清凈不染塵垢。」甫奔走盗賊間，健羨閭丘不爲污濁所累，故云云。

泛溪上元元年作。

補注鶴曰：溪，謂浣花溪也。當是上元元年秋晚作。是時公已居溪上。

落景下高堂，進舟泛迴溪。洙曰：謝靈運：「對嶺林迴溪[一]。」誰謂築居小，洙曰：謝靈運：「躡險築幽居。」未盡喬木西。遠郊信荒僻，秋色有餘凄。練練峰上雪，馬曰：練練，白貌。纖纖雲表霓。童戲左右岸，洙曰：岸，一云「峰」。一云「兒童戲左右」。趙曰：江淹麗色賦：「色練練而欲奪。」吴筠詩：「練練波中月。」皆取白之義。師曰：童戲，甫之子宗文、宗武也。罟弋畢提攜。翻倒荷芰亂，指

〔一〕林，四庫本作「臨」。

揮逕路迷。 **趙曰：** 莊子曰：「畢弋多鳥亂於上，網罟多魚亂於下。」網罟以取魚，畢弋以取鳥。今謂「畢提攜」者，乃是畢盡之畢，言兒戲至盡攜網罟、畢弋以取魚鳥。**師曰：** 恐小兒之迷道，故指揮之。**得魚已割鱗，采藕不洗泥。人情逐鮮美，物賤事已**一作「迹」。**睽。** **趙曰：** 公因目前實事起意，以雖小兒猶知好新而厭故也。**師曰：** 開元中物賤，今兵火以來，百物踴貴，與向者已睽異矣。**吾村靄暝姿，** **程曰：** 言日已黑矣。**異舍雞亦栖。蕭條欲何適，** **洙曰：** 沈休文：「蕭條何所欲。」**出處庶可齊。衣上見新月，霜中登故畦。濁醪自初熟，東城多鼓鼙。** **蘇曰：** 應璩過温水〔一〕，見孟嘉，問曰：「何適？」嘉曰：「欲歸東城，濁酒狂歌，度此疲耳。」璩曰：「今狼虎滿野，鼓鼙聲多，我輩無措手足矣。」古詩云：「暮出城東路，鼓鼙愁殺人。」**師曰：** 東城多鼓鼙，言禄山亂范陽也。〔補注〕**希曰：** 東城，謂史思明上元元年入東京。通鑑云，六月，田神功破史思明之兵於鄭州。又史思明遣其將田承嗣、王同芝、敬江、薛鄂徇淮西、陳、許、衮鄆、曹州是也。

題壁上韋偃畫馬歌上元元年作。

鮑曰： 朱景玄畫斷：「韋偃伯父工龍馬，父鑾工山水松石。偃又工仙僧、老松、異石。人知其善畫馬，不

〔一〕水，四庫本作「泉」。

知松石更工。」補注鶴曰：以後韋偃爲雙松圖歌考之，偃時在成都，此當是上元元年成都作。

韋侯別我有所適，鄭曰：韋侯，韋偃也。知我憐君一作「渠」。畫無敵。戲拈彥輔曰：一云「試拈」。禿筆掃驊騮，欻見騏驎出東壁。洙曰：顏延年白馬賦：「欻聲躍以鴻驚。」驊騮，良馬也。騏驎，瑞獸也。一匹齕草一匹嘶，齕，下没切。坐看千里當霜蹄。當，丁浪切。時危安得真致此，與人同生亦同死。洙曰：莊子：「馬蹄可以踐霜雪，齕草飲水。」趙曰：末章寓意遭時艱危，安得此真馬以濟患艱，免使甫困躓道路，故云「與人同生亦同死」。

戲題王宰畫山水圖歌上元元年作。

彥輔曰：王宰畫筆丹青絶倫。補注鶴曰：畫斷：「王宰畫山水樹木，出於象外。」梁權道謂上元元年成都作。若如泰伯之說，云公托意言永王璘反，吴松江爲之阻絶。時李光弼在并州，欲得李來平之。至德二年，與舊次不同。按史，上元元年，劉展反，陷潤州、升州、蘇州，乃吴松江。或者公托意以此。

十日畫一水，五日畫一石。能事不受相促迫，王宰始肯留真迹。壯哉崑崙方壺一作「丈」。圖，洙曰：列湯問：「渤海之東。」注：「世傳大海與天海通，其中有五山：一曰岱嶼，二曰圓嶠，三曰方壺，四曰瀛洲，五曰蓬萊。」又「周穆王宿于崑崙之阿」云云。挂君高堂之素壁。巴陵洞庭日本東，洙

曰：巴陵，岳陽也。洞庭在其左。海東有日本國。**赤岸水與銀河通，本中曰**：南兖州記曰：「瓜步山東五里，江有赤岸山，南臨江中。」郭景純江賦：「鼓洪濤於赤岸。」**趙曰**：巴陵郡，岳州也，洞庭在焉。赤岸，在真州。**中有雲氣隨飛龍。洙曰**：莊子：「姑射山有神人，乘雲氣，御飛龍，而游乎四海之外。〔一〕」**舟人漁子入浦溆，山水盡亞**一作「帶」。**洪濤風。洙曰**：江賦舟子、涉人。又「蘆人漁子」。海賦：「舟人漁子，徂南極東。」**尤工遠勢古莫比，咫尺應須論**一作「千」。**萬里。夢符曰**：南史竟陵王子良傳：「賁，宇文焕能書善畫，於扇上圖山水，咫尺之内，便同萬里爲遥。矜慎不傳，自娱而已。」**補注 希曰**：世説：「袁彦伯爲謝安司馬，諸人送瀨鄉，嘆曰：『江山寥落，居然有萬里之勢。』」又湘東王蕭繹讀畫品，蕭育常畫扇上爲山，咫尺之内而爲萬里之遥。**焉得并州快剪刀，蘇曰**：索靖見顧愷之畫，欣然曰：「恨不帶并州快剪刀來，欲剪松江半幅紋練歸去。」古詩曰：「借君快剪刀，輕綃剪波去。」**剪取吴松半江水。趙曰**：吴松，言吴地之松江也。**泰伯曰**：甫托意言永王璘反漢中，吴松江爲之阻絶不通，時李光弼守并州，所攻必下。喻以快剪刀，言其斷也。意欲得光弼之將，平漢中，以通吴松，故云云。

〔一〕「中有雲氣隨飛龍」及「洙曰」云云，原脱，據四庫本補。

題李尊師松樹障子歌乾元元年作。

補注 鶴曰：梁權道從舊編，謂上元元年成都作。然玄都壇在長安，今云「時危慘澹來悲風」，當在乾元元年諫省作。

老夫清晨梳白頭，玄都道士來相訪。補注 鶴曰：按公玄都壇歌云：「故人今居子午谷，獨在陰崖結茅屋，（屋）前太古玄都壇〔一〕。」則玄都壇在長安。又會要云：「長安京城朱雀街有玄都觀，隋開皇二年移置之。」握髮呼兒延入户，彦輔曰：周公一沐三握髮。手提新畫青松障。障子松林静杳冥，憑軒忽若無丹青。陰崖却承霜雪一作「露」。幹，洙曰：馬季長長笛賦：「生於終南之陰崖。」偃蓋反走虬龍形。老夫平生好奇古，對此興與精靈聚。已知仙客意相親，更覺良工心獨苦。遹曰：韓宏曰：「良工用心，何苦刻如斯。」松下丈人巾屨同，偶坐似一作「自」。是商山翁。洙曰：商，一云「南」。四皓隱於商山，避秦室之亂。補注 鶴曰：晉王羲之傳：「似是馬曹。」悵望一云「惆悵」。聊歌紫芝曲，洙曰：四皓歌曰：「燁燁紫芝，可以療飢。」時危慘淡來悲風。師曰：玄都壇，名道士受籙，皆於此壇。「障子松林静杳冥」，言畫松無聲也。「已知仙客意相親」，言有歲寒之操也。昔四皓遭秦亂，隱于商山，歌紫芝，甫傷

〔一〕 屋，原脱，據四庫本補。

時盜賊擾攘，悵望四皓，而想其高躅，故云「時危慘淡來悲風」。

古柏行 大曆元年作。

洙曰：傷其有才而不得用也。**補注** **鶴曰**：此詩雖指成都孔明廟而言，而詩云「憶昨路繞錦亭東」，則不在成都作。豈非大曆元年至夔見先主武侯廟，遂追憶錦亭所見而成？舊編并梁權道俱以爲上元元年，殆未詳詩中語也。惟趙注云：「此乃追言成都先主廟之柏。」蓋公近自離成都而來夔，故止可言「憶昨」。

孔明廟前有老柏，**彦輔曰**：成都記云：「諸葛公廟在先主廟故宅城西，復立素像。先主廟西院即武侯廟，前有雙大柏，古峭可愛。」**補注** **希曰**：成都記：「先主廟在府南八里，惠陵東七十步。」又云：「諸葛公廟在先主廟故宅城西，内有相國段公古柏文。」故此詩云：「憶昨路繞錦亭東，先主武侯同閟宫」。**柯如青銅根如石。霜皮溜雨四十圍，黛色參天二千尺。** **趙曰**：孔明爲蜀相，成都則先主廟而武侯祠堂附焉，夔州則先主廟、武侯廟各别。今詠柏，專是孔明廟而已，豈非夔州柏乎？公詩集中，其在夔也，屢有孔明廟詩。於夔州十絶云：「武侯祠堂不可忘，中有松柏參天長。」以絶句證之，則此乃夔州之詩明矣。**正敏曰**：「沈内翰譏子美此句，以謂四十圍配二千尺爲太細長，不知子美之意，但言其色而已。猶言其翠色蒼然，仰視高遠，有至於二千尺而幾於參天也。若如此求疵，則二千尺固未足以參天，而詩人謂峻極于天者，更爲妄語。善論詩者，正不應爾。**君臣已與時際會，樹木猶爲人愛惜。** **洙曰**：宣九年：「思其人猶愛其樹，况用其道而不恤其人乎。」劉歆曰：「思其人猶愛其樹，况宗其道而毁其廟乎。」**雲來氣接巫峽長，****洙曰**：宜都山川記曰：「巴東三峽巫峽長。」**月出寒通雪山白。****趙曰**：巫峽在夔之下，巫峽之雲來，而柏之氣與接，雪山在夔之西，雪山之月出，而柏之寒與通，皆言其高大者也。**憶昨路繞錦亭東，先主武侯同閟宫。****洙曰**：詩：「閟宫有恤。」**趙曰**：此乃追言成都先主廟之柏。蓋杜公近方離成都而來夔，故言「憶昨」也。**崔嵬枝幹郊原古，窈窕丹青户牖空。落落盤踞雖得地，冥冥孤高多烈風。****趙曰**：杜篤首陽山賦曰：「長松落落。」沈約高松賦曰：「鬱彼高松，栖根得地。」**扶持自是神明力，****夢符曰**：右按，孫興公天台賦：「嗟台岳之所異挺，實神明之所扶持。」**蘇曰**：劉禪自是神明扶持，非人力能致。**正直元因造化功**〔一〕。**大厦如傾要梁棟，****尹曰**：耿恭謂岑彭曰：「方今漢基頽圮，英雄寒餓〔二〕，如大厦傾，求天下之義士，要爲梁棟。子何如此寒餓〔三〕，不乘時取萬户侯，復侯何時耶？」**補注** **希曰**：合注以和嶠千丈松事。**萬年迴首丘山重**〔四〕。去聲。**不露文章世已驚，未辭翦伐誰能送。****洙曰**：甘棠：「勿翦勿伐。」**苦心豈免容螻蟻，香葉終經宿鸞鳳。**

〔一〕功，四庫本作「工」。
〔二〕餓，四庫本作「飢」。
〔三〕寒餓，四庫本作「飢寒」。
〔四〕年，四庫本作「牛」。

趙曰：謝靈運：「後漢書：『方儲遭母憂，種松柏，鸞栖其上。』」志士幽人莫怨嗟，古來材大難爲用。**洙曰**：莊子：「吾有大樹，人謂之樗。其大本擁種而不中繩墨〔一〕，立之塗，匠者不顧。今子之言，大而無用，衆所同去。」**蘇曰**：張華：「志士蓄怨，幽人含嗟，朝廷雖下哀詔，誰肯出松蘿岩穴？」

戲韋偃爲雙松圖歌上元元年作。

補注 **鶴曰**：詩云「我有一匹好東絹」，指東川梓州鵝溪絹而言，則此詩作於成都。從舊次，在上元元年。

天下幾人畫古松，一作「樹」。畢宏已老韋偃少。**洙曰**：畢宏，亦畫工也。**鄭曰**：宏，大曆二年爲給事中。絶筆長風起纖末，**洙曰**：長笛賦：「其應清風也，纖末奮蕱。」滿堂動色嗟神妙。**蘇曰**：蕭綈春晏時，金甌七發七中，滿堂賓客動容，嗟服神妙。兩株慘裂苔蘚皮，屈鐵交錯迴高枝。白摧朽骨龍虎死，黑入太陰雷雨垂。松根胡僧憩寂寞，庞眉皓首無住著。偏袒右肩露雙脚，**洙曰**：金剛經：「偏袒右肩，右膝着地。」**修可曰**：楞嚴經云：「名無住行，名無着行。」公取而合用之也。葉裏松子僧前落。韋侯韋侯數相見，我有一匹好東一作「素」。絹。重之不減錦繡段，**洙曰**：四愁詩：

〔一〕擁種，四庫本作「臃腫」。

「美人贈我錦繡段。」補注希曰：我有，出毛詩。三國志李衡：「州里有千樹木奴，不責汝衣食，歲止一匹絹，亦可用矣。」又，鵝溪，地名，在梓州鹽亭縣。出絹甚良，時人謂之鵝溪絹，即東絹也。已令拂拭光凌亂。洙曰：謝惠連：「清波時凌亂。」請公放筆爲直幹。師曰：畢宏、韋偃皆唐之善畫者也。白摧朽骨龍虎死，謂松枝也。黑入太陰雷雨垂，謂暗碧之色也。偏袒右肩露雙脚，言胡僧之狀也。東絹，謂山東大練也。

喜雨永泰元年作。

補注鶴曰：按史：「永泰元年四月己巳，自春不雨，至是而雨。」當是永泰元年。而梁權道編在上元二年，而史不言是年有旱，兼滄江是指夔州雲安。

春旱天地昏，日色赤如血。趙曰：公極言旱日之可畏。舊注引前漢：「河平元年，日色赤如血。」按，成帝本紀及天文志皆無之，乃晉：「光熙元年五月壬辰、癸巳，日光四散，赤如血流，照地皆赤。甲午又如之。」舊注妄引，有誤後學。農事都已休，兵戈況騷屑。巴人困軍須，慟哭厚土熱。補注希曰：唐爲巴東郡，夔州本信州巴東郡，武德二年更名。又有巴州及壁州，亦有巴東縣。巴人當是三巴之人。其困軍須者，謂嚴武。雖隔年敗吐蕃于當狗城，又克吐蕃鹽川城，而未撤其備也。滄江夜來雨，真宰罪一雪。補注希曰：滄江，指夔州雲安而言。按，公有雷詩云：「巫峽中宵動，滄江十月雷。」又云：「霹靂楚王臺。」於以知滄江之爲夔州雲安，即夔之境。**穀根小蘇息，沴氣終不滅。何由見寧歲，** **洙曰**：國語：「自子之行，晉無寧歲。」**趙曰**：沴氣，陰陽錯謬之氣也。沴，音戾。莊子曰：「陰陽之氣有沴。」**解我憂思結。崢嶸群山雲，交會未斷絶。** **修可曰**：周禮：「陰陽之所交，風雨之所會。」**安得鞭雷公，滂沱洗吴越。** **蘇曰**：阮立曰：「吴楚久旱，塵氛翳日，昨夜一雨滂沱，洗滌俱盡，苗稼稍覺蘇息。」**師曰**：天地昏，言煙塵四起，騷屑不安貌。時永王璘反，漢中、吴越之間，盗賊乘之而起，巴峽間困於餽輓，怨氣上感，農月爲之大旱。故甫意欲鞭雷公，滂沱下雨，一洗吴越之亂。吴越平，則人獲安居，天時自得，何憂旱乾哉。**補注** **鶴曰**：舊注以吴越爲永王璘之亂。按史，永王璘至德元年冬反，而公是時在賊營，不應及巴人，當是永泰元年作此。史云：「四月己巳，有春不雨，至是而雨。」故詩云春旱。及七月，又以久旱，遣近臣録囚，則是年自春至秋多旱。洗吴越者，謂袁晁自台州反，陷信、明等州，方伏誅，而歙州人又殺其刺史。是年春，公在嚴武幕中，秋寓夔州雲安縣。

太子張舍人遺織成縟段 廣德二年作。

補注 **鶴曰**：梁權道編在上元二年成都作，然詩有云「來瑱賜自盡」，而瑱伏誅在廣德元年正月，當是廣德二年在成都作。公自謂田舍翁，則再歸草堂時也。

客從西北來，遺我翠織成。 **洙曰**：古詩：「客從遠方來，遺我一端綺。」**開緘風濤湧，** **蘇曰**：吴翰開緘，詞采璀璨，筆勢若風動濤湧。**中有掉尾鯨。** **洙曰**：江賦：「揚鬐掉尾。」又：「介鯨乘濤以出入」。逶迤邐水族，瑣細不足名。**師曰**：自「開緘風濤湧」至此句，皆叙織段之紋。客云充君褥，承君終宴榮。**修可曰**：曹植詩：「終宴不知疲。」**安石曰**：宴榮，乃安榮也。空堂魑魅走，**師曰**：言堂上無所有，鬼神驚駭此物也。高枕形神清。**梅曰**：謂爽人神思也。領客珍重意，顧我非公卿。留之懼不祥，施之濕柴荆。服飾定尊卑，大哉萬古程。**洙曰**：左傳：「服之不衷，身之災。」**蘇曰**：王剪留之，懼不祥，生其間，去之可也。**韓曰**：程，謂法度。補注**希曰**：古者服用，各有程式。故經制定，則卑不敢踰尊，此公所以不留鯨錦也。舊注引「車服以庸」，非。今我一賤老，短褐更無營。**趙曰**：短褐者，蓋短窄之褐也。煌煌珠宮物，寢處禍所嬰。**蘇曰**：段植有送九華戰袍，漲玉腰帶〔一〕。植曰：「珠宮貴物，非武人所服之章。」**趙曰**：珠宮，指言龍宮也。楚辭云：「貝闕號珠宮。」嘆息當路子，干戈尚縱橫。掌握有權柄，衣馬自肥輕。**洙曰**：語：「乘肥馬，衣輕裘。」李鼎死岐陽，實以驕貴盈。來瑱賜自盡，**鄭曰**：瑱，陟刃切。襄州節度使。氣豪直阻兵。**洙曰**：上元三年，肅宗追瑱入京，裴茂稱瑱屈强難制，宜早除之。代宗潛令裴茂圖之。瑱擒茂妻子於江漢。瑱入朝謝罪，代宗含怒〔二〕。寶應二年，貶瑱播州縣尉，翌日，賜死於鄠縣，籍没其家。補注**希曰**：按舊史：「李鼎上元元年嘗代崔光遠爲鳳翔尹，充本府及秦隴觀察使。」新史：「廣德元年

〔一〕漲，四庫本作「甗」。
〔二〕代宗，四庫本作「肅宗」。

正月壬寅，來瑱削在身官爵，長流播州，尋賜死于路。」昔聞黄金多，**洙曰**：蘇季子位高金多。坐見悔吝生。奈何田舍翁，**洙曰**：漢祖起田舍翁。受此厚貺情。錦鯨卷還客，始覺心和平。振我粗席塵，**蘇曰**：胡誼家貧，讀書不憚寒暑，所卧床上，唯粗席、布衾、木枕而已。愧客茹藜羹。**洙曰**：王子淵頌：「羹藜含糗者，不足論太牢之滋味。」**趙曰**：莊子：「藜羹不糝。」舊注所引字倒矣。**師曰**：甫傷兵革之際，生民有不得其食，不得其居處者，我何忍獨安于此？又自卷以還客，始覺心和平。足知甫之所養於中者宏深，雖伯夷何以加此。

丈人山上元元年作。

洙曰：青城山記云：「此山爲五岳之長，故名。」丈人山有丈人觀。補注**鶴曰**：考公有赴青城縣暫如新津詩，當是上元元年，而梁權道編在二年成都。又青城山記：「昔甯封先生栖於此岩之上，黄帝築壇，拜爲五岳丈人，晉代置觀。」

自爲青城客，**沈曰**：玄中記：「蜀郡青城山有洞穴，爲三道，西北通崑崙。」茅君傳：「青城，十洞天之一也。」補注**希曰**：青城山在漢中郡，有斗。開山經云：「斗山五穴，通崑崙。」唐志：「蜀州有青城縣，縣有青城山。」蜀州本析益州置，公至成都，故曰「青城客」。不唾青城地。**趙曰**：唾地者，有所惡而唾也。不唾其地，所以敬之也。爲愛丈人山，丹梯近幽意。**洙曰**：謝玄暉敬亭山詩：「要欲返奇趣，即此陵丹梯。」丈人

祠西佳氣濃，洙曰：陶潛：「山氣日夕佳。」後漢：「鬱鬱葱葱氣佳哉。」**緣雲擬住最高峰。洙曰**：靈光殿賦：「飛陛揭孽，緣雲上征。」**掃除白髮黄精在，洙曰**：世説：「黄精久服，反老爲少。」**君看他時冰雪容。洙曰**：姑射神人，肌膚若冰雪。

百憂集行上元二年作。

補注 **鶴曰**：詩云「即今倏忽已五十」，當是上元二年辛丑作。公生於壬子，至是年恰五十。按，公以乾元二年十二月至成都，是時裴冀公爲尹。上元元年三月，以京兆尹李若幽尹成都，若幽後賜名國禎。二年三月，以崔光遠尹成都，與高適共討段子璋。史云：「花驚定既誅子璋，大掠東蜀，天子怒，以高適代光遠。」然光遠是年建子月卒，而建丑月，又除嚴武尹成都，則適代光遠在成都才一二月爾，意正是攝尹也。公至成都兩年間，更四尹，高適與公爲舊友，然爲尹時，公獨無詩與之，何也？集中所與詩，止是守彭、蜀時與入爲常侍時與之，頗疑在成都合。蓋寶應六年，嚴武歸朝後，適爲尹時，公全在東川，及武再領成都方歸也。

憶年十五心尚孩，洙曰：魯昭公十九年：「而猶有童心。」**趙曰**：孩者，可提之童也。十五乃志學之時，心未免於孩，故云尚孩。**健如黄犢走復來。庭前八月梨棗熟，一日上樹能千迴。即今倏忽已五十，蘇曰**：舊本作「即今年才五六十」，魯直云：「此語似『方六七十，如五六十』。」**師曰**：此詩作於上元

坐卧只多少行立。强將笑語供主人，元年辛丑。是年在蜀，年四十九歲，詩云「已五十」，舉大數然。**悲見生涯百憂集。**補注 **鶴曰：**公生於壬子，上元二年辛丑恰五十歲。**師曰：**主人，指郭英乂。英乂鎮成都，甫客依之。然是年英乂未鎮成都，是年李若幽、崔光遠與指回，高適爲西川節度，時公素與適善，豈强供笑語？觀史云「若幽後賜名國禎，爲政急性操下，光遠無學任氣，宜與公不合。然國禎二月已去成都，光遠十一月卒，當是爲光遠作。王筠行路難云：「百憂俱集斷人腸。」**入門依舊四壁空，****洙曰：**相如家居，徒四壁立。**老妻睹我顔色同。癡兒未知父子禮，叫怒索飯啼門東。****蘇曰：**班超幼年每索飯，稍遲即叫怒，父曰：「此子異日當爲萬户侯。」後果然。

投簡成華兩縣諸子

天寶十年作。

補注 **鶴曰：**梁權道編在上元二年成都作，是以成華爲成都、華陽兩縣〔一〕。此二縣，唐志故云次赤。然詩云「長安苦寒誰獨愁」，又言南山之豆、東門之瓜，皆長安京兆事，當是天寶間在長安作。今以「鄉里兒童項領成，朝廷故舊禮數絶。自然棄擲與時異」之句，意是十年召試後，送隸有司參選時作，疑是與咸陽、華源二縣，咸誤作成也。

〔一〕成華，「華」原脱，據四庫本補。

赤縣官曹擁材傑，洙曰：十洲記：「神州赤縣。」**軟裘快馬當冰雪。長安苦寒誰獨悲，杜陵野老骨欲折。**洙曰：杜陵屬京兆。**南山豆苗早荒穢，**洙曰：楊惲傳詩曰：「田彼南山，蕪穢不治。種一石豆〔一〕，落而爲萁。人生行樂耳，須富貴何時。」**青門瓜地新凍裂。**洙曰：見「往者東門瓜」注。補注鶴曰：南山、青門俱在縣境内。南山，即志所謂「引南山水入京城」，又謂「尹黎幹自南山開漕渠，抵景風、延喜門，入苑以漕炭薪」。青門，即城東門。三輔黄圖曰：「長安城東第一門曰青門，或曰霸城門。」**鄉里兒童項領成，**洙曰：節南山詩：「四牡項領〔二〕。」**朝廷故舊禮數絶。自然棄擲與時異，況乃疏頑臨事拙。饑卧動即向一旬〔三〕，**洙曰：劉公幹詩：「彌曠十餘旬。」**弊裘何啻聯百結。**洙曰：見「女子衣百結」注。**君不見空墻日色晚，此老無聲淚垂血。**

徐卿二子歌上元二年作。

補注鶴曰：公至成都時，徐知道爲西川兵馬使，上元二年七月反。徐卿或者爲知道，如荆南兵馬使太常

〔一〕石，四庫本作「傾」。
〔二〕牡，原作「壯」，據四庫本改。
〔三〕向，原作「尚」，據四庫本改。

趙卿是也。從舊〔一〕，以爲上元二年作。

君不見徐卿二子生絶奇，感應吉夢相追隨。**洙曰**：詩：「吉夢維何，維熊維羆。」孔子釋氏親抱送，并是天上麒麟兒。**洙曰**：徐陵年數歲，家人携見寶志上人，志以手摩頂曰：「天上石麒麟也。」大兒九齡色清澈，**洙曰**：楊子：「吾家之童，烏九齡而與我玄文？」**趙曰**：禰衡有云：「大兒孔文舉，小兒楊德祖。」故公屢用也。秋水爲神玉爲骨。**蘇曰**：司馬太子見王岳，謂客曰：「此兒神如秋水而清澈，骨如皓玉之美秀。」小兒五歲氣食牛，**洙曰**：尸子：「虎豹之駒，雖未成人，已有食牛之氣。」滿堂賓客皆迴頭。**洙曰**：謝希逸月賦：「滿堂賓客，回皇如失。」吾知徐公百不憂，積善衮衮生公侯。**洙曰**：易：「積善之家。」**趙曰**：言其生不絶也。衮衮，乃不絶之義。丈夫生兒有如此二雛者，名位豈肯卑微休。**趙曰**：王充論衡：「位雖卑微，行苟離俗，必與之友。」**補注** **希曰**：風俗通：「禮云：『十尺爲丈，成人長也。』里語：『八尺男子。』夫者，膚也，言其知能膚敏弘毅也。」

病柏大曆元年作。

補注 **鶴曰**：此詩以郭英乂爲崔旰所殺而作。按史：「永泰元年閏月辛亥，崔旰反，寇成都。郭英乂奔靈

〔一〕從，原作「後」，據四庫本改。

池，韓池殺之。」當是大曆元年作。梁權道編在上元二年成都詩内。

有柏生崇岡，洙曰：琴賦：「惟倚吾之所生兮，托峻嶽之崇岡。」童童狀車蓋。洙曰：車，一云「青」。十朋曰：蜀志：「先主舍東南角籬上有桑樹，高丈餘，遥望童童如車蓋，往來者皆怪此樹非凡，謂當出貴人。先主與諸兒於樹下戲言：『吾當乘此羽葆車蓋。』」又齊書：「太祖宅南有桑樹，狀如車蓋，上從兄敬宗謂曰：『此樹爲汝生也。』」偃蹇龍虎姿，主當風雲會。洙曰：乘風雲之會。神明依正直，故老多再拜。蘇曰：王褒歸蜀，過竇稽，父老遮路再拜，餉以壺漿。豈知千年根，中路顔色壞。出非不得地，蟠據亦高大。歲寒忽無憑，洙曰：歲寒，然後知松柏之後凋。日夜柯葉改。洙曰：禮器：「如松柏之有心，貫四時，不改柯易葉。」趙曰：本有歲寒之姿，今柏病之，故云「日夜顔色改」也。丹鳳領九雛，哀鳴翔其外。洙曰：建康實録：「鳳將九雛，再見於豐城，衆鳥從之。」蘇曰：東海何承天除著作，年已邁，諸佐郎并年少。荀伯呼爲嬭母，承天云：「卿當言『鳳凰將九子』，嬭母何言耶？」鴟鴞志意滿，養子穿穴内。客從何鄉來，趙曰：仿古詩：「客從何方來。」竚立久籲怪。静求元精理，浩蕩難倚賴。洙曰：穿，一作「窟」。元精，一作「無根」。趙曰：字出後漢：「元精所生，王佐之臣。」師曰：此詩寓意傷郭英乂也。英乂鎮成都，爲人端直，蜀人重之，不幸爲崔旰所殺，其諸孤哀泣，若無所訴，故有「哀鳴翔其外」之句。鴟鴞，惡鳥，喻崔旰既害英乂，竊據成都，故有「養子穿穴内」之句。

黄氏補千家集注杜工部詩史卷之七

黄氏補千家集注杜工部詩史卷之八

病橘上元二年作。

洙曰：此詩傷物失所，而至於困悴也。補注鶴曰：十道志言：「蜀云家有鹽泉之井，有橘柚之園。」在成都因病橘而思物之失所，故作在上元二年。

群橘少生意，洙曰：群，一作「伊」。補注希曰：晋書殷仲文傳：「顧大司馬府中老槐，嘆曰：『此樹婆娑，無復生意。』」雖多亦奚爲。惜哉結實小，洙曰：一作少。酸澀如棠梨。補注鶴曰：爾雅釋棠曰：「陸機疏云：『赤與白棠同，但子有赤白美惡。白色爲白棠，少酸滑美。赤棠子澀而酸，無味。俗語云澀如杜，是也。』」剖洙曰：一作「割」。之盡蠹蟲，采掇爽其宜。洙曰：其，一作「所」。詩芣苢：「薄言采之，薄言掇之。」紛然不適口，洙曰：莊子：「柤梨橘柚，皆可於口。」豈止存其皮。蕭蕭半死葉，洙曰：七發：「其根半生半死。」未忍别故枝。玄冬霜雪積，洙曰：劉公幹詩：「自夏涉玄冬。」况乃迴風吹。嘗聞蓬萊殿，蘇曰：唐太宗蓬萊殿九月九日宴群臣酒，行遍賜湖南新橘，宰相以下，皆有詩謝。羅列瀟湘姿。洙曰：瀟湘有橘田、橘州。此物歲不稔，玉食失光輝。洙曰：失，一作「少」。天子玉食，周禮「共食玉」，謂入貢王府也。補注希曰：古詩云：「此物何須用」。〔一〕尚書云：「惟辟玉食。」張晏注漢書云：「玉食，珍食也。」韋昭云：「諸侯備珍異之食。」漢陳咸傳：「泰侈玉食。」師古云：「玉食，美食如玉也。」**寇盜尚憑陵，當君減膳時。**洙曰：天子徹樂減膳。**汝病是天意，**師曰：甫謂史思明未平，天子嘗膽，每遇凶年禍亂，則必減食徹樂，示自刻責。今橘病不貢，無乃天意使吾君減徹乎？**吾諗罪有司。**洙曰：諗，一云「愁」。**憶昔南海使，奔騰獻荔枝。百馬死山谷，到今耆舊悲。**洙曰：唐書：「楊貴妃嗜荔枝，必欲生致之。乃置騎傳送，走數千里，其味未變，已至於京師也。」田曰：漢和帝紀：「舊南海獻龍眼荔枝，十里一置，五里一堠，奔騰險阻，死者繼路。」修可曰：公借其事以譏楊妃。舊注引唐書，其說非。唐所貢乃涪州荔枝，由子午道而往，非南海也。補注希曰：南海獻荔枝，事見東觀漢紀。蜀賦云：「旁挺龍目〔二〕，側生荔枝。」荔枝之品，閩中第一〔三〕，蜀川次之，嶺南爲下。

枯椶上元二年作。

洙曰：此詩傷民困於重斂也。補注鶴曰：詩云「傷時苦軍旅」，當是上元二年時蜀有段子璋之變。

〔二〕旁挺，原脱，據四庫本補。
〔三〕閩，原作「關」，據四庫本改。

蜀門多棕櫚，**洙曰**：棕，一作「栟」。南都賦：「其木則栟櫚，結根竦本，垂條嬋媛。」**鄭曰**：櫚，力居切。栟櫚，木名，有葉無枝。高者十八九。其皮割剥甚，雖衆亦易朽。徒布如雲葉，青青歲寒後。交横集斧斤，凋喪先蒲柳。**洙曰**：布，一作「有」。説文云：「楊柳，即蒲也。」**夢符曰**：北史：「韋世康與子弟書曰：『耄雖未及，壯年已謝，霜早楸梧，風先蒲柳。』」又：「顧悦之髮早白，帝問其故，對曰：『松柏之姿，經霜猶茂；蒲柳之質，望秋先零。』」**補注** **希曰**：爾雅：「楊柳，蒲。」釋曰：「楊，一名蒲柳，生澤中，可爲箭笴。」夫棕櫚竦本困敷葉，歲寒不凋。而今乃先蒲柳易零之物而喪，則其他賦斂可知矣。傷時苦軍乏，一物官盡取。**鄭曰**：此苟切。嗟爾江漢人，生成復何有。有同枯棕木，使我沉嘆久。死者即已休，生者何**洙曰**：一作「能」。自守。**趙曰**：猶棕之未剥者，終復遭剥也。啾啾黄雀啅，**鄭曰**：竹角切，又作啄。側見寒蓬走。念爾形影乾，摧殘没藜莠。**洙曰**：蜀人取棕皮以充用，惟軍興誅求尤急。**師曰**：蒲柳之爲物，望秋先零。棕其皮可用，軍興之際，割剥殆盡，譬若江漢之民，困於重斂，然掊刻之吏，刮削苦毒，何異斧斤交集，而民不得保其生耶。黄雀啅，蓋傷其無所托也。蓬逐風飛，喻甫爲客飄蕩。甫既痛嗟割剥之虐，復自悼飄蕩如飛蓬，恐亦埋没，隨藜莠而已。

枯柟上元二年作。

洙曰：此詩傷抱材者老死丘壑，而不材者見用也。**鄭曰**：柟，那含切。葉似桑子，似杏而酸，俗作「楠」。

補注鶴曰：此詩托柟以傷大材不用，故詩云「猶含棟梁具，無復霄漢志。良工古昔少，識者出涕淚」。當是爲房琯作。琯乾元間貶邠州刺史。上元元年遷漢州刺史，是時公在成都。此詩二年作。

楩柟枯峥嶸，洙曰：蜀都賦：「楩柟幽藹於谷底。」劉曰：峥嶸，高貌。鄉黨皆莫記。不知幾百歲，慘慘無生意。上枝摩皇天，洙曰：魏文帝詩：「修幹摩蒼天。」下根蟠厚地。洙曰：易：「坤厚載物。」巨圍雷霆折，萬孔蟲蟻萃。凍雨落流膠，衝風奪佳氣。趙曰：郭璞曰：「今江東夏分暴雨，呼爲凍雨。」引楚辭：「使凍雨兮洒塵。」衝風，隧風也。楚辭大司命曰：「衝風至兮水揚波。」白鵠遂不來，天雞爲愁思。洙曰：謝靈運：「天雞弄和風。」七發：「獨鵠晨號乎其上。」唐曰：天雞，雉也。補注鶴曰：爾雅曰：「鶾，一名天雞，赤羽之鳥也。」注：「逸周書曰：『文鶾，若彩雞，成王時，蜀人獻之。』」釋云：「按汲冢周書王會篇云：『蜀人以文鶾。文鶾者，若翬雉。』孔晁注云：『鳥入文彩若是也。』」猶含棟梁具，無復霄漢志。良工古昔少，識者出涕淚。種榆水中央，補注希曰：爾雅：「榆，白枌。」釋曰：「榆之皮色白者，名枌。」郭云：「枌榆，先生葉，却著莢，皮色白。」詩陳風：「東門之枌。」毛氏注：「枌，白榆也。」成長何容易。截承金露盤，裊裊不自畏。洙曰：西都賦：「抗仙掌以承露，擢雙立之金莖。」師曰：喻君子負大材，不遭明聖之君，而至於困頓失所。小人以柔脆猥瑣之姿，反俾之居廟堂以承重任，其不傾危不可得矣。昔漢武帝爲金人承露，植以修莖。榆，柔脆之木，賤而易長，今用以承露盤，裊裊而危，可不寒心乎。

憶昔二首廣德二年作。

補注**鶴曰**：詩云「犬戎直來坐御床，百官跣足隨天王」，謂廣德元年吐蕃陷京師，代宗幸陝。當是作於廣德二年，故有「願見北地傅介子」之句。而梁權道編在寶應元年梓州作，恐非。

憶昔先皇巡朔方，千乘萬騎入咸陽。**洙曰**：後漢靈帝末，京都童謡曰：「侯非侯，王非王，千乘萬騎上北邙。」**趙曰**：先皇，言肅宗也。肅宗即位靈武，而朔方在靈州之鄰，則車駕所巡矣。**陰山驕子汗血馬，****洙曰**：史：「胡者，天之驕子。」大宛有汗血馬。陰山在遼東外，西千餘里。**趙曰**：驕子，指言回紇也。至德二載，廣平王俶爲兵馬元帥，郭子儀副之，以朔方、安西、回紇、南蠻、大食兵討安慶緒，時回紇兵最有功也。**長驅東胡胡走藏。****趙曰**：東胡，指安慶緒。時廣平王之兵戰於澧水而慶緒敗走。**鄴城反覆不足怪，****趙曰**：慶緒奔河北。明年，蔡希德等復會慶緒，賊復振，以相州爲成安府。鄴城即相州也。**關中小兒壞紀綱。張后不樂上爲忙，****蘇曰**：梁到曰：「壞劉氏紀綱者，數小兒也。」今用權勢者，乃匹夫耳。**趙曰**：東坡先生詩話有曰：「關中小兒亂紀綱，謂李輔國也。張后不樂上爲忙，謂肅宗張皇后也。」按，張后能牢籠干預政事。後與李輔國謀徙上皇，又屢欲危太子，皆張后之惡也。**至今今上猶撥亂，勞心焦思補四方。****洙曰**：今上，代宗也。自爲太子，授天下兵馬元帥。及即位，内平張后、越王之難，外經營河朔。**我昔近侍叨奉引，****洙曰**：往在詩云「我昔忝近侍」，時代宗享郊廟也。此詩亦言代宗時事，然二史皆不載，故不知所任官也。趙曰：奉引供奉之事也。田曰：引唐六典：「補闕、拾遺，武后置，二人，以掌供奉諷諫。」補注鶴曰：垂拱二年二月二十九日，置左右拾遺二人，從八品上，掌供奉諷諫。故大和三年，左拾遺舒元褒等奏，右補闕李虞與御史中丞温造街中相逢，造怒虞不迴避事云：「按國朝故事：供奉官行，除宰相，無迴避。」又云：「拾遺、補闕，官秩雖卑，乃陛下侍臣也。」出兵洙曰：一云「兵也」[一]。整肅不可當。爲留猛士守未央，蘇曰：謂郭子儀奪兵柄入宿衛也[二]。致使岐雍防西羌。補注希曰：禄山之亂，盡發邊兵入討賊，所以吐蕃乘虛而來。岐、雍，當西蜀、河北之地。犬戎直來坐御床，百官跣足隨天王。洙曰：吐蕃陷長安，天子奔陜。趙曰：守未央，東坡以爲郭子儀。按史，程元振以子儀有天下功，醜爲詆譖，肅宗不納其語，然猶留守京師。明年，吐蕃入寇，陷長安。願見北地傅介子，洙曰：傅介子，北地人也，持節使，誅斬樓蘭王安，歸懸首之北闕，封介子爲義陽侯。老儒不用尚書郎。洙曰：木蘭行云：「欲與木蘭賞，不用尚書郎。」師曰：甫嘗爲工部尚書郎中，犬戎之難，甫欲得將如傅介子，以討平之也。

憶昔開元全盛日，修可曰：鮑明遠蕪城賦曰：「當昔全盛之時。」小邑猶藏萬家室。稻米流脂粟米白，公私倉廩俱豐實。洙曰：開元間，承平日久，四郊無虞，居人滿野，桑麻如織，雞犬之音相聞。蘇

[一] 也，四庫本作「出」。
[二] 柄，四庫本作「權」。

曰：段晞曰：「倉廩豐盈，民亦富畜，公私通容，宜舉大事。」**九州道路無豺虎，**洙曰：時開遠門外，西行亘地萬里餘〔一〕，路不拾遺，行者不囊糧，丁壯之人，不識兵器。蘇曰：王融詩：「澄清九州牧，道路無豺虎。」**遠行不勞吉日出。**洙曰：言道路無阻隔，所至皆通達，不必擇日而後出也。**齊紈魯縞車班班，**洙曰：齊紈魯縞，世稱奇偉，强弩之末，不能穿魯縞。桓帝初，京師童謡曰：「車班班，入河間。」言上將崩，乘輿班班入河間，迎靈帝。夢符曰：前漢志：「齊織作冰紈綺繡純麗之物。」師古曰：「紈，素也。」饒曰：山東出厚繒，商販不絶也。**男耕女桑不相失。**梅曰：言民不失其業也。**宫中聖人奏雲門，**洙曰：禮大司樂：「歌大吕，舞雲門，以祀天神。」**天下朋友皆膠漆。**洙曰：後漢陳重、雷義爲友，語曰：「膠漆自謂堅，不如雷與陳。」歐曰：以信義相交接也。**百餘年間未災變，叔孫禮樂蕭何律。**師曰：百餘年間未災變，謂禄山未反。叔孫通爲高祖制禮，蕭何定律令。當是時，禮樂、律令修明。開元之治，幾於三代。**豈聞一絹直萬錢，**蘇曰：河平元年，絹每端直八千。至開元，子美言萬錢，其凶荒，不言可知。補注 希曰：絹直萬錢，非指開元而言也，蓋自天寶以來，物價暴貴，公所以傷不如開元之盛也。**有田種穀今流血。洛陽宫殿燒焚盡，**洙曰：安、史之亂，民困於役，不得耕桑。長安宫殿九廟，焚燒略盡。**宗廟新除狐兔穴。**洙曰：張孟陽七哀詩：「園寢

〔一〕萬里，原作「里萬」，據四庫本改。

化爲墟，周墉無遺堵。狐兔窟其中，蕪穢不復掃。」蘇曰：郭佐近除宮苑荆棘，狐狸窟穴，尚未得平。傷心不忍問耆舊，蘇曰：劉幾重過，故之井邑遷移，田園荒廢，駐馬傷心之久，不復更問耆舊。復恐初從亂離説。小臣魯鈍無所能，洙曰：劉公幹詩：「小臣信頑魯，僶俛安能返。」朝廷記識蒙禄秩。周宣中興望我皇，灑血江漢長衰疾。洙曰：長，一作「身」。宣王承厲王之亂，復修文武之業，周道復興。師曰：玄宗承富貴之餘業，物價極賤。兵興以來，一絹直萬錢。前日種穀之地，今鞠而爲戰場。東都宮殿，盡爲煨燼。宗廟失守，狐兔成群，令人傷心痛首，不忍道及亂離時事。甫自顧魯鈍無能，叨蒙工部禄秩，足認朝廷不即棄捐，唯以周宣中興之功，仰望其君，灑淚江漢之上，惓惓朝廷，無復一預朝會，但衰疾日長，老死而後已。

冬狩行廣德元年作。

魯曰：時梓州刺史章彝兼侍御史留後東川。補注鶴曰：詩云「天子不在咸陽宮」，蓋指代宗幸陝，當是廣德元年作。按，公是年九月至閬州祭房相國，冬回梓州有此及别章使君柳字韻諸詩。梁權道編在寶應元年，非。

君不見東川節度兵馬雄，補注鶴曰：舊史地理志：「劍南東川節度使，治梓州，管梓、綿、普、陵、樂、遂、合、瀘、渝等州。」嚴武傳云：「上皇詔以劍南兩川合爲一道，嚴武成都尹兼御史大夫。」則此詩作於廣德元年，不應更云「東川節度」。按會要云：「上元二年二月，分爲兩川。廣德二年正月八日，後合爲一道。」則廣德元年冬，宜有東川節度也。**校獵亦似觀成功。** **修可曰：**上林賦：「天子校獵。」李奇注云：「以五校兵出獵。」**夜發猛士三千人，清晨合圍步驟同。** **洙曰：**禮：「天子不合圍。」**禽獸已斃十七八，** **洙曰：**西京賦：「僵禽斃獸，爛若磧礫。白日未及移晷，已獮其十七八。」**殺聲落日迴蒼穹。幕前生致九青兕，** **沈曰：**爾雅曰：「似牛。」郭璞曰：「角青色，重千斤。」**馲駝嵬峞垂玄熊。** **鄭曰：**馲駝，有肉鞍，行百里，負千斤，而知水行。嵬，落猥，峞，五毀切，高貌。**東西南北百里間，髣髴蹴踏寒山空。** **洙曰：**羽獵賦：「羡漫泮散，蕭條數千里之外。東西南北，騁嗜奔欲。拖蒼豨，跋犀犛，蹶浮麋。斮巨狿，搏玄猨。」南都賦：「排捷陷扃，蹴踏咸陽。」**有鳥名鸜鵒，力不能高飛逐走蓬，肉味不足登鼎俎，** **洙曰：**鸜鵒賦：「亦何勞於鼎俎？」鵁鶄賦：「毛弗施於器用，肉不登於俎味。」言非薦羞之物也。**劉曰：**左傳：「有鸜鵒來巢，童謡曰：『鸜鵒鸜鵒，往歌來哭〔一〕。』」**胡爲見羈虞羅中。** **深曰：**陳子昂詩：「豈不在遠遊，虞羅所見尋。」**春蒐冬狩侯得同，** **趙曰：**周禮：「春蒐夏苗，秋獮冬狩，本天子之事也，而諸侯同之。」故公詩曰「侯得同」。**使君五馬一馬驄。** **洙曰：**章彝兼侍御史，故云「一馬驄」。**况今攝行大將權，號令頗有前賢風。** **蘇曰：**孫昆昨見耿將軍行師，號令明嚴，頗有前賢威風。**飄然時危一老翁，十年厭見旌旗紅。** **蘇曰：**甪里先生語薪者

〔一〕往歌來哭，原作「往來歌哭」，據四庫本改。

曰：「子十年厭見干戈旌旗，只非今日耶？」**喜君士卒甚整肅，爲我回轡擒西戎。草中狐兔盡何益，**蘇曰：韓擒虎出獵，門人諫曰：「將軍驅旌旆，獵原野，逐獸馳躍以爲樂，雖盡得草棘窟穴狐兔〔一〕，不復有益於君子，宜掃奠塵坌，勒功彝鼎非細事。」韓大喜。**天子不在咸陽宮。**洙曰：時天子避狄。趙曰：此篇蓋廣德二年十月以後作也。八月，吐蕃入寇。十月，陷邠州及奉天，車駕幸陝，故云「不在咸陽宮」也。補注鶴曰：老翁，公自謂也。西戎，指吐蕃。按史：「廣德元年，吐蕃陷隴右諸州，又陷邠州。十月丙子，如陝。」此詩當作於是年十一月。趙注爲是。且是年歲次癸卯，溯至天寶十四載乙未已九年，故云「十年厭見旌旗紅」。天寶九載五月，諸衛與諸節度所用緋色旗幡并改爲赤，所以諸將詩亦云「曾閃朱旗北斗闌」。**朝廷雖無幽王禍，**洙曰：史：「申侯與西夷、犬戎，攻幽王於驪山。」**得不哀痛塵再蒙，**趙曰：明皇以禄山之禍，已蒙塵於蜀矣。今天子又以吐蕃之故，蒙塵於外。**嗚呼，得不哀痛塵再蒙！**洙曰：時代宗在陝，詔徵天下兵，而程元振用事，媒孽大臣，皆疑懼不進，天下無一人應召者。故此詩末章，大有感激也。

韋諷録事宅觀曹將軍畫馬圖引廣德二年作。

補注鶴曰：詩云「君不見金粟堆前松柏裏，龍媒去盡鳥呼風」，當是葬明皇後作。梁權道編在寶應元年

〔一〕狐兔，原作「孤鬼」，據四庫本改。

梓州詩内，恐非。當在廣德二年公再到成都時作。韋諷爲閬州録事，諷之居在成都，詳見後篇注。

國初已來畫鞍馬，神妙獨數江都王。**鄭曰**：名畫記：「江都王緒，霍王元軌之子。」**補注鶴曰**：按史：「緒爲江都王，有名譽，爲金州刺史。」不言其能畫。舊史却云：「緒最有才藝。上元中，封王，謂有才藝。」則畫在其間矣。將軍得名三十載，人間又見真乘黄。**黄曰**：詩大叔于田：「乘乘黄。」**趙曰**：江都王，宗室也。將軍，即曹將軍霸也。明皇雜録云：「陳義、曹霸等善繪畫，時稱神妙。」乘黄，神馬也。曾貌先帝照夜白，**鄭曰**：貌，莫角切。下屢貌同。**洙曰**：明皇馬名。別傳云：「上乘照夜白。」龍池十日飛霹靂。**蒼舒曰**：右按，唐會要：「明皇在藩邸，宅居興慶里，宅有龍池湧出，日以浸廣。至開元中，爲興慶宮。」**趙曰**：以敕所畫神妙而照夜白者，乃真龍耳。蓋真龍在圖，感動龍池中龍如此。内府殷紅馬腦盤，**鄭曰**：殷，烏閑切。婕妤傳詔才人索。**洙曰**：唐制：以婕妤才人代世婦。**鄭曰**：婦官也。**補注希曰**：裴行儉平都支、遮匐，獲碼碯盤，廣二尺，文采粲然。外戚傳：「武帝制婕妤、娙娥、傛華、充依，各有爵位。」師古曰：「婕，言接幸於上。妤，美稱也。婕音接，妤音予。」字或作「倢伃」。然則婕妤，非唐制始有此名。唐制婕妤九人、美人九人、才人九人、寶林二十七人、御女二十七人。碗賜將軍拜舞歸，**鄭曰**：碗，烏管切，或作「椀」。輕紈細綺相追飛。**趙曰**：碗，別本作「盤」。蓋專賜瑪瑙盤，故拜舞歸其從者輕紈細綺也。貴戚權門得筆迹，始覺屏障生光輝。昔日太宗拳毛騧，**鄭曰**：古華切。太宗所乘駿名拳毛騧，乃平劉闥時所乘。近時郭家師子花。洙曰：郭子儀收復京師，代宗以花虬賜之，一名師子驄。今之新圖有二馬，洙曰：新，一作「畫」。復令識者久嘆嗟。此皆騎戰一敵萬，縞素漠漠開風沙。師曰：雖畫縞素之上，而有開拓沙磧之態。其餘七匹亦殊絶，迥若寒空動煙雪。霜蹄蹴踏長楸間，洙曰：曹子建名都篇：「走馬長楸間。」定功曰：莊子：「馬蹄可以踐霜雪。」維摩經：「龍象蹴踏，非驢所堪。」馬官廝養森成列。可憐九馬争神駿，洙曰：漢武帝有九逸。支遁曰：「憐其神駿耳。」顧視清高氣深穩。借問苦心愛者誰，鄭曰：借，資昔切。後有韋諷前支遁。洙曰：支遁，字道林。憶昔巡幸新豐宮，洙曰：新豐宮，驪山也。補注 希曰：文紀：「上幸甘泉。」如淳曰：「蔡邕云：『天子車駕所至，民臣以爲僥幸，故曰幸。』」巡者，本書巡守時巡。地理志：「新豐，秦曰驪邑。」應劭曰：「太上思東歸，於是高祖改築城寺街里以象豐，故曰新豐。」今云「憶昔巡幸新豐宮」，蓋驪山有温泉宮，後改曰華清宮，在新豐縣，後改爲昭應縣。翠華拂天來向東。洙曰：南都賦：「望翠華之葳蕤。」東都賦：「旌旗拂天。」騰驤磊落三萬匹，皆與此圖筋骨同。洙曰：明皇幸驪山，王毛仲以厩馬數萬從，每色爲一隊，相間若錦繡。自從獻寶朝河宗，趙曰：穆天子傳：「天子西征至陽紆之山，河伯、無夷都，是爲河宗。觀春山之寶。」所謂朝河宗者，河宗朝而獻寶也。無復射蛟江水中。洙曰：元封五年，漢武帝自潯陽浮江，親射蛟江中，獲之。君不見金粟堆前松柏裏，龍媒去盡鳥呼風。洙曰：漢武歌曰：「天馬騋，龍之媒。」金粟堆，在玄宗泰陵南。趙曰：唐舊史云：「玄宗至睿宗橋陵，見金粟岡有龍盤鳳翥之勢，謂侍臣曰：『吾千秋萬歲後，宜葬此。』暨升遐，群臣遵先旨葬焉。」**師曰**：自禄山反，馬政荒廢。天子猶不偏，車騎良馬，戰没殆盡。甫傷之，故云。

送韋諷上閬州録事參軍廣德元年作。

補注 **鶴曰**：詩云「十載供軍食」，當是廣德元年。然是年春，公在閬。春晚，自閬再歸成都云。詩當在成都作，不應在閬更送諷上閬州録參也。意諷居於成都，故前篇云韋諷宅觀曹將軍畫。

國步猶艱難， **洙曰**：詩：「天步艱難。」**兵革未衰息。萬方哀嗷嗷，** **修可曰**：鴻雁詩：「哀鳴嗷嗷。」**十載供軍食。** **饒曰**：自天寶十四載至寶應間，凡十載。**庶官務割剥，不暇憂反側。誅求何多門，** **晁曰**：謂斂取非一端也。**賢者貴爲德。** **洙曰**：一云「賢俊愧爲力」。**韋生富春秋，** **洙曰**：高五王傳：「皇帝春秋富。」師古曰：「言年幼也，比之於財，方未匱竭，故謂之富。」**洞澈有清識。操持紀綱地，喜見朱絲直。** **洙曰**：鮑昭白頭吟：「直如朱絲繩。」**補注** **希曰**：漢韓信傳曰：「公小人，爲德不竟。」史記李斯傳：「趙高説二世：『且陛下富春秋。』」喬琳歷四州刺史，嘗謂録事參軍任紹業曰：「子綱紀一郡，能劾刺史乎？」故六帖亦謂之綱紀掾。**當令豪奪吏，** **趙曰**：管子曰：「凡輕重散斂，以時平準，故大賈富家不得豪奪吾人也。」**自此無顔色。必若救瘡痍，先應去蝥賊。** **洙曰**：詩：「去其螟螣，及其蝥賊。」**蘇曰**：吴起曰：「善治田者，先去蟊賊，然後獲實。善治國者，先屏奸佞，然後進賢。」覺範曰：爾雅釋蟲：「食心曰蟊。」何曰：喻害民之吏。揮淚臨大江，高天意凄惻。行行樹佳政，馬曰：樹立也。慰我深相憶。洙曰：此詩欲韋抑暴斂也。

陪章留後惠義寺餞嘉州崔都督赴州同上

補注鶴曰：按唐節度有留後。長慶四年，留後始改爲知院官。又唐志，嘉州在唐爲劍南中郡，不與嶲、黎、雅、戎、松列都督。而九域志云「嘉州，唐中都督」，與此詩題合，當是志誤。公寶應元年雖至梓州，而在秋冬間。此詩云「永願坐長夜，畢景遺炎蒸」，當是廣德元年作。蓋公自寶應元年秋歸成都，迎家于梓，至次年秋，方往閬祭房相國。魯訔年譜亦以爲在今年，獨梁權道編在寶應元年。

中軍待上客，洙曰：晉以郤縠將中軍。孔融謂李膺爲登龍之上客。趙曰：中軍指章留後，上客指崔都督也。令肅事有恒。前驅入寶地，洙曰：縣令負弩前驅。祖帳飄金繩。洙曰：法華經：「國名離垢，琉璃爲地，有八交道，黃金爲繩。」趙曰：前漢疏廣：「故人邑子爲名祖道供帳〔一〕。」蓋摘用之耳。言佛寺、佛居，以七寶爲地。南陌洙曰：一云「伯」。既留歡，補注希曰：食貨志注師古曰：「阡陌田間之道，南北曰

〔一〕名，當作「張」。

阡，東西曰陌。陌，音莫白反。」兹山亦深登。清聞樹杪磬，遠謁雲端僧。**洙曰**：鮑明遠：「雲端楚山
見。」迴策匪新岸，所攀仍舊藤。耳激洞門飈，目存寒谷冰。出塵閟軌躅，畢景遺炎蒸。**洙**
曰：鮑明遠詩：「侵星赴早路，畢景逐前儔。」永願坐長夏，將衰栖大乘。**洙曰**：法華經：「決定説大乘
文，佛自住大乘。」羈旅惜宴會〔一〕，艱難懷友朋。**蘇曰**：曹修客南都，見劉損曰〔二〕：「艱難之際，頗懷朋友。
何時相與抵掌一笑，滌我塵冗。」勞生共幾何，**蘇曰**：魏武帝短歌行：「對酒當歌，人生幾何。」離恨兼相
仍。**蘇曰**：鮑昭詩：「何慚宿昔意，猜恨坐相仍。」**師曰**：章彝權東川節度，故云中軍。中軍，大將也。上客，
指崔都督，言章彝持軍令嚴，今待上客，禮樂無所不用其周。至寶地寺也，祖餞也，祖餞之地，陳設帳幕，故云
祖帳。兹山，即寺也。回策，回鞭也。新岸，即新修路，以備章使君車馬也。甫既送崔都督回，復從舊路攀緣
藤蘿，蓋樂山水之興也。居山間，蹤迹幽閟，盡夏景款。留此寺，遺却炎蒸之氣，故下文有「永願坐長夏」之
句。釋氏有大乘、有小乘，如來謂之大乘教，羅漢果謂之小乘教。甫以衰老之年，欲栖心於大乘。惜宴會，謂
惜别也。

〔一〕惜，四庫本作「傷」。
〔二〕劉損，四庫本作「劉須」。

閬州東樓筵退送十一舅往青城縣得昏字廣德元年作。

補注 鶴曰：青城縣屬蜀州，青城山記云：「青城山有八大洞。」當是廣德元年初至閬時作，故詩云「是時秋冬交，節往顏色昏」。蔡興宗亦以爲詩在此年作。

曾城有高樓，制古丹雘存。 洙曰：梓材：「既勤樸斲，惟其塗丹雘。」注：「塗以漆丹以朱而後成。」趙曰：淮南子：「崑崙之山，有曾城九重。」**迢迢百餘尺，** 洙曰：西京賦：「狀迢迢以亭亭。」古詩：「雙闕百餘尺。」**豁達開四門。雖有** 洙曰：一作「會」。**車馬客，而無人世喧。** 洙曰：陶淵明：「結廬在人境，而無車馬喧。」**游目俯大江，列筵慰別魂。** 洙曰：謝靈運：「得以慰別魂。」**是時秋冬交，節往顏色昏。天寒鳥獸伏**〔一〕，洙曰：登樓賦：「風蕭瑟而并興，天慘慘而無色。獸狂顧以求群，鳥相鳴而舉翼。」**霜露在草根。今我送舅氏，** 洙曰：沈休文詩：「草根積霜露。」詩渭陽：「我送舅氏。」**萬感集清樽。** 洙曰：謝靈運詩：「萬感盈朝昏。」**豈伊山川間，迴首盜賊繁。高賢意不暇，王命久崩奔。** 洙曰：謝靈運詩：「折岸屢崩奔。」**臨風欲慟哭，** 洙曰：賈誼傳。**聲出已復吞。** 師曰：此樓多是送客于此。雖有車馬往來，而去塵市稍遠，故云「而無塵世喧」。顏色昏，謂離別之際，慘澹無顏色也。天寒鳥獸休，鳥獸尚得休息，而

〔一〕伏，王洙本作「休」。

人行役，故傷之也。霜露在草根，此乃萬物歸根之時，而舅氏未能室處，尚往青城，是以使我對酒不能無感懷也。

將適吴楚留别章使君留後兼幕府諸公得柳字韻廣德元年作。

補注 **鶴曰**：詩云「重見衣冠走，黄屋今安否」，當是廣德元年十一月代宗未還京時作。梁權道編在寶應元年，恐非。

我來入蜀門，洙曰：我，一作「甫」。**歲月亦已久。**洙曰：古詩：「歲月忽已晚。」**豈惟長兒童，自覺成老醜。**洙曰：阮籍詩：「朝爲美少年，夕暮成老醜。」**常恐性坦率，失身爲杯酒。**洙曰：古詩：「失意杯酒間。」**近辭痛飲徒，折節萬夫**洙曰：一作「人」。**後。**洙曰：前漢：「郭解年長，更折節爲儉，以德報怨。」**蘇曰**：邢充胸襟恢廓，豈折其高節，挫其鋭志，從萬夫之後，爲參御之徒歟？**趙曰**：此言喪失其身，特以愛酒而已。舊注引失意，非是。**昔如縱壑魚，**洙曰：王子淵頌：「如巨魚之縱大壑。」**今如喪家狗。**洙曰：孔子纍纍然若喪家之狗。**既無游方戀，**趙曰：禮記：「所游必有方。」言父母在，不遠游。公已無父母，故無此戀矣。**行止復何有。相逢半新故，取别隨薄厚。不意青草湖，**洙曰：青草湖在湖南。**扁舟落吾手。**蘇曰：張翰曰：「不意吴江扁舟，落吾手中。」**眷眷章梓州，開筵俯高柳。樓前出騎馬，**

帳下羅賓友。健兒簸紅旗，此樂幾**洙曰：**一作「或」。難朽。日車隱崑崙，**洙曰：**莊子徐無鬼：「若乘日之車。」鳥雀噪户牖。**蘇曰：**徐騏養素曠蕩，居少室山，鳥雀朝夕噪，宿户牖坐隅之間。波濤未足畏，三峽徒雷吼。**洙曰：**七發：「將以八月之望，觀濤乎武陵之曲江。」又云：「雷聞百里，江水逆流，海水上潮，波湧而濤起。混混庉庉，聲如雷吼。」所憂盜賊多，重見衣冠走。中原消息斷，黄屋今安否？**洙曰：**黄屋，斥天子也。**趙曰：**吐蕃陷京師，代宗出狩，而地遠所未知也。終作適荆蠻，**洙曰：**王仲宣七哀詩：「西京亂無象，豺虎方遘患。捐棄中國去，遠身適荆蠻。荆蠻非我鄉，何爲久滯淫？」安排用莊叟。**洙曰：**謝靈運：「居常以待終，處順故安排。」隨雲拜東皇，挂席上南斗。**洙曰：**靈運詩：「揚帆采石華，挂席拾海月。」**趙曰：**屈原九歌有東皇太一，「東皇」所以言楚。春秋説題云：「南斗，吴地也。」東皇之廟，隨雲而拜之；南斗之地，挂席而上之，非適吴楚而然乎。有使即寄書，無使長回首。**蘇曰：**韓斐送李定出上東門，握斐手曰：「因風示信，慰我跂仰。」**定曰：**「有使即寄書，以通安好。」

棕拂子廣德元年作。

補注 **鶴曰：**梁權道編在寶應元年梓州詩內。按公是年至梓已是九月，今詩云「家貧卧炎蒸」、「賴爾甘服膺」，雖曰因物以托意，亦可以考其爲夏作，當是廣德元年夏末間作。

棕拂且薄陋，豈知身效能。不堪代白羽，蘇曰：諸葛亮嘗持白羽扇以指麾；又顧榮伐陳敏，以白羽扇麾之。**有足除蒼蠅。**洙曰：詩：「營營青蠅。」補注希曰：比丘患草蟲，佛聽作拂子，故詩亦云「有足除蒼蠅」。**熒熒金錯刀，**洙曰：四愁詩：「美人贈我金錯刀。」尹曰：李善文選注「金錯刀」云：「續漢書曰：『佩刀，諸侯王黄金錯環。』謝承後漢書曰：『詔賜應奉金錯把刀。』」前漢食貨志曰：「錢，新室更造契刀、錯刀。契刀其環如大錢，身形如刀，長二寸，文曰契刀，刀直五百。錯刀以黄金錯其文，一刀直五千。」熒熒金錯刀，乃佩刀之屬也，如對雪詩云「金錯囊徒罄」，乃是錢刀，而以金錯之也。虎牙行：「金錯旌竿直」。蓋以黄金而錯縷旌竿也。大抵古人之於器物，以黄金錯之，皆謂之金錯，不可以名同，不究其實焉。**擢擢朱絲繩。**洙曰：鮑昭詩：「直如朱絲繩。」**非獨顏色好，亦用顧盼稱。**趙曰：金錯、朱繩二物者，非特以其金朱之好顏色耳，皆係乎人之顧盼也。**吾老抱疾病，家貧臥炎蒸。咂膚倦撲滅，**洙曰：蠅蚋咂膚。**賴爾甘服膺。**洙曰：顏子得一善，則拳拳服膺。**物微世競棄，義在誰肯徵。三歲清秋至，未敢闕緘縢。**師曰：按唐史：「玄宗以李林甫代張九齡相，九齡既不見用，因作白羽扇賦以自見其志。」棕拂其質薄，雖不堪代白羽，猶足以驅除蒼蠅。時林甫以瑣陋之材而代九齡，其材能全無用於朝廷，曾棕拂之不若也。棕拂爲物雖微，有理義在，蓋可用之除蠅，奈何世人不肯徵信其義，而競棄之。甫傷清秋廢置不用，不敢怠於緘藏，冀其他時之復用也。

丹青引廣德二年作。

魯曰：贈曹將軍霸。補注**鶴曰**：丹青，以言曹將軍之能畫也。謝惠連詩：「丹青暫雕換。」李善注引張綱集曰：「圖形丹青。」西漢：「丹青祈畫，何以過子卿？」此詩云「漂泊干戈際」，當是霸遭關内之亂而入蜀。梁權道云寶應元年梓州作，然公有韋諷宅觀曹將軍畫馬詩在廣德二年成都作，若寶應元年先有此詩與霸，則後詩必及之，意其亦廣德二年作。

將軍魏武之子孫，趙曰：魏武，曹公操也。**於今爲庶爲清門。**洙曰：左昭三十二年：「三后之姓，於今爲庶，主所知也。」**英雄割據雖已矣，文彩風流今尚存。**蘇曰：晉羊祜至蜀，愛其山川風物明媚，謂御驂者曰：「揚雄、王褒、君平、相如，雖去數百年，覽其遺蹤，想風流文彩，宛然如在，疑其典刑不泯，範法尚存。」遂追賦四先生詩。**學書初學衛夫人，**洙曰：晉李夫人名衛，善書。**但恨無過王右軍。**洙曰：王羲之善隸書，爲古今之冠。初，羲之爲老嫗書紙扇，謂曰：「但言是王右軍書，以求百錢。」**丹青不知老將至，富貴於我如浮雲。**洙曰：語：「不知老之將至。」又曰：「不義而富且貴，於我如浮雲。」**開元之中常引見，承恩數上南薰殿。**鄭曰：數，色角切，又如字。**凌煙功臣少顔色，**洙曰：唐正觀中，畫李靖等二十四人於凌煙閣。**將軍下筆開生面。**趙曰：凌煙畫像顔色已暗，而曹將軍重爲之畫，故云「開生面」，用字蓋因左氏傳：「狄人歸先軫之元，而面如生也。」**良相頭上進賢冠，**洙曰：後漢志：「進賢冠，古緇布冠也，文儒者之服也。」猛將腰間大羽箭。**洙曰**：太宗嘗自製長弓大羽箭，皆倍常制。褒公鄂公毛髮動，**洙曰**：鄂公，尉遲敬德，褒公，段志。英姿颯爽來酣戰。**趙曰**：淮南子曰：「魯陽公與韓戰，戰酣日暮，援戈而揮之。」先帝天馬玉花驄，**補注鶴曰**：明皇別録：「上乘照夜白、玉花驄。」畫公如山貌不同。是日牽來赤墀下，**洙曰**：劉孝標運命論：「時在赤墀之下。」迥立閶闔生長風。**趙曰**：天門也。李善文選注：「有紫微宫門，名曰閶闔。」言馬之上而生風，以其神駿。詔謂將軍拂絹素，意匠慘澹經營中。**補注希曰**：古樂府：「不知理何事，淺立經營中。」畫品謂：「畫有六法，五曰經營置位。」斯須九重真龍出，一洗萬古凡馬空。玉花却在御榻上，**趙曰**：玉花，先帝之馬也。畫手精妙，盡得其真。榻上庭前屹相向。至尊含笑催賜金，圉人太僕皆惆悵。弟子韓幹早入室，**洙曰**：言得其真迹也，故云入室。亦能畫馬窮殊相。幹惟畫肉不畫骨，**蘇曰**：韓幹善畫馬，大梁人。右丞王維見其畫，遂推奬之，官至太府寺丞。尤工鞍馬，初師曹霸，於後則獨善子美，子美徒以幹畫馬肥大，遂有畫肉之誚。**補注希曰**：張彦遠畫記亦云如此。忍使驊騮氣凋喪。將軍畫善蓋有神，必逢佳士亦寫真。**夢符曰**：顧愷之善丹青，每畫人成，或數年不點目精，人問其故，答曰：「四體妍媸，本無闕少於妙處，傳神寫照，正在阿堵中。」**趙曰**：梁簡文帝詠美人看畫詩云：「可令俱是畫，誰能辨寫真。」即今漂泊干戈際，屢貌尋常行路人。途窮返遭俗眼白，**洙曰**：言識者蓋寡耳。世上未有如公貧。但看古來盛名下，**洙曰**：唐房琯贊曰：「盛名之下，爲難名矣。」**終日坎壈纏其身。**

桃竹杖引 廣德元年作。

洙曰：贈章留後。**蘇曰**：柳子厚詩云：「盛時一失貴反賤，桃笙葵扇安可常。」不知桃笙爲何物，偶閲方言「簟，宋、魏之間謂笙」，方悟桃笙以桃竹爲簟也。梁簡文湘南王獻書云：「五離九折，出桃枝之翠笋。」乃謂桃枝竹簟也。桃竹出巴、渝間。補注 **鶴曰**：梁權道編在寶應元年梓州詩内。今考詩云「老夫復欲東南征」，又云「滅迹於君山湖上之青峰」，則是其時欲下荆、岳。廣德元年公在梓州，亦有詩云「應須理舟楫，長嘯下荆門」。後雖不果，然是年秋入閬州，明年以嚴武再鎮蜀，復歸成都，此詩當在廣德元年作。蓋寶應元年處梓不滿月，雖歸成都迎家，再往梓，又多在外邑。詩又云「忽去雙杖，吾將曷從」，蓋喻嚴武、章彝也。是時武已召還，而公又欲舍彝下東南，故云失雙杖。若梁編在寶應元年，則是年章彝未刺梓州。

江心蟠石生桃竹，趙曰：爾雅謂桃皮，山海經謂桃枝竹也。補注 **鶴曰**：戴凱之竹譜：「桃枝堪爲簟麽也。」竹記云：「桃枝竹，皮滑，可爲席。」又云：「以四寸爲節。」按南越志：「出海南縣，沿海而生，掩映懸翠。」又云：「生蜀地，其實如木，甚堅。」唐志：「合州貢桃竹箸。」合與梓并屬東川，故宜梓潼使君以贈公。按爾雅：「桃枝四寸有節」。注：「今桃枝節間相去多四寸。」尚書顧命：「敷重蔑席」。孔安國云：「篾桃枝竹。」周禮春官司几筵云：「加次席黼純。」注：「次席，桃枝席。有次列成文是也。」文選左太沖賦：「桃笙象簟。」李善引劉淵林注云：「桃笙、桃枝，簟也。」蘇子瞻贈蒲澗長老詩：「已從子美得桃竹。」自注云：「此山有桃竹，可作杖，而士人不知。予始録子美詩遺之。」蒲澗寺在廣州，殆不知渝、合間有此竹。**蒼波噴浸尺度足。斬根削皮如紫玉，江妃水仙惜不得。****洙曰**：江賦：「馮夷倚浪以傲睨，江妃含嚬而矊眇。」注：「馮夷，水仙也。」**梓潼使君開一束，**補注**鶴曰**：梓州，爲梓潼郡，以東倚梓林、西枕潼水故名。時章彝爲梓刺史，故王内翰云此詩贈章留後。**滿堂賓客皆嘆息。憐我老病贈兩莖，出入爪甲鏗有聲。老夫復欲東南征，乘濤鼓枻**餘制切。**洙曰**：一作「棹」。**白帝城。****洙曰**：白帝城在魚腹，有公孫述像也。**路幽必爲鬼神奪，杖****洙曰**：一作「拔」。**劍或與蛟龍争。重爲告曰：杖兮杖兮，爾之生也甚正直，慎勿見水踴躍學變化爲龍。****趙曰**：神仙傳：「壺公遣費長房歸，以一竹杖與之騎。長房騎杖，忽然如眠，便到家，以竹杖投葛陂，顧之乃青龍也。」**石曰**：杖爲物既禀正直之姿，當以正直輔吾無爲化龍而去。**使我不得爾之扶持，滅迹於君山湖上之青峰。****洙曰**：君山在洞庭湖心也。**趙曰**：謝靈運滅迹入靈峰。**噫，風塵澒洞兮豺虎咬人，****鄭曰**：澒，胡孔切。咬，古爻切。**洙曰**：時盗賊害人如豺虎。**忽失雙杖兮吾將曷從？**

師曰：甫意若曰：天下未平，尚賴此杖扶持衰老。流寓遠鄉，苟失雙杖，吾將曷從？

寄題江外草堂廣德元年作。

魯曰：梓州作，寄成都故居。泰伯曰：甫從同谷入蜀，卜居成都。亂，遂走梓州。今於梓州懷思草堂，遂作是詩寄題焉。補注鶴曰：寶應元年，公避徐知道之亂至梓州，今詩云「顧惟魯鈍姿，豈識悔吝先。獨携老妻去，慘澹淩風煙」，蓋謂不能前知徐知道之反也。詩云「經營上元始，斷手寶應年」，則此詩當是廣德元年。

我生性放誕，洙曰：唐賀知章晚節尤誕放。蘇曰：嵇肅生平放誕，性僻泉石，焉能王公大人門下，心緒卑屈？**難欲逃自然。**覺範曰：自然，道也。釋氏謂之逃禪，儒者謂之逃自然。**嗜酒愛風**洙曰：一作「修」。**竹，**蘇曰：吴謨嗜酒，每醉，愛觀風竹，怡然自樂。人或曰：「陶弘景愛聽松風，王子猷愛竹，先生愛風竹，其清氣可相敵矣。」吴笑而不答。**卜居此**洙曰：一作「必」。**林泉。遭亂到蜀江，**俯曰：遭亂，謂禄山反。**臥疴遺所便。**趙曰：謝靈運詩：「臥疴對空床。」**誅茅初一畝，**洙曰：屈原卜居：「誅鋤草茅以力耕。」儒行：「儒有一畝之宫。」**廣地方連延。經營上元始，斷手寶應年。**趙曰：公以乾元元年十二月未至成都，明年即上元元年，乃公建草堂之始。又二年，即寶應元年，乃公成草堂之日也。唐高祖敕云：「使至，知玄堂已成，不知諸作早晚得斷手。」凡營造了當，言斷手者矣。**敢謀土木麗，**彭曰：堂名以草者，取其草創，豈求土木之華麗乎。**自覺面勢堅。**洙曰：東京賦：「審曲面勢。」**臺亭隨高下，敞豁當清川。**

雖有會心侶，蒼舒曰：古樂府短歌：「不羨一囊錢，惟重心襟會。」**數能同釣船。干戈未偃息，安得**

酣歌眠。蛟龍無定窟，黄鵠摩蒼天。**洙曰：**魏文帝詩：「修條摩蒼天。」古來賢達士，**洙曰：**一云「達士志」。補注**希曰：**晉羊祜登峴山：「由來賢達勝士，登此眺望。」寧受外物牽。顧惟魯鈍姿，豈識悔吝先。偶携老妻去，慘澹陵風煙。事迹無固必，**洙曰：**語：「子絶四：毋固、毋必。」幽貞愧雙全。尚念四小松，**趙曰：**易：「幽人之貞吉。」蔓草易拘纏。霜骨不甚長，永爲鄰里憐。**師曰：**以四小松爲念，憫其有剛姿勁節，而爲蔓草所戕，不獲遂其生長之性，故云云。英乂見殺，四子遇害，甫托意傷之。

述古三首寶應元年作。

彦輔曰：此詩傷賢者不得志也。補注**鶴曰：**詩云「經綸中興業，何代無良才」，當是寶應元年代宗即位後作，公時在梓州，詩意主於任賢耳。

赤驥頓長纓，**洙曰：**列子：「周穆王右驂赤驥，左白㦸。」非無萬里姿。**趙曰：**王褒聖主得賢頌：「周流八極，萬里一息。」悲鳴淚至地，爲問馭者誰。鳳凰從天來，何意復高飛。竹花不結實，念子忍朝饑。**洙曰：**劉公幹詩：「鳳凰集南岳，徘徊孤竹根。於心不肯厭，奮翅凌紫氛。」**趙曰：**鵷雛非練實不食。郭象注：「練實，竹實也。」古時君臣合，可以物理推。賢人識定分，進退固其宜。**洙曰：**大臣以道事君，可則進，否則奉身以退。退，一作「用」。**師曰：**昔良驥困於鹽車，遇伯樂，悲鳴若有所訴。鳳非竹實不食，驥有萬里之姿，御非其人，則必困頓於長纓。鳳有應世之瑞，竹花不實，則必困於飢餒。譬君子不逢賢聖之君，不食其禄。古來君臣遇合，可以物理知之，是以賢人進以禮，退以義，知分命之所在，不苟於貪冒寵榮，豈非驥、鳳甘於困頓飢餒之比乎？

市人日中集，洙曰：易：「日中爲市。」**於利競錐刀。**洙曰：江文通云：「競錐刀之利。」**置膏烈火上，**蘇曰：左濟：「如致脂膏於烈火之上，轉增焰熾。今王會諸侯亦然。」趙曰：市人之争利，如膏火之自煎爾。莊子曰：「膏以明自煎。」**哀哀自煎熬。**洙曰：膏火自煎。**農人望歲稔，相率除蓬蒿。**蘇曰：王陵母家，每春暮蓬蒿生，居人相率手除薙之。**所務穀爲本，邪贏無乃勞。**趙曰：張衡西京賦云：「商賈禆販，何必昏於作勞，邪贏優而足恃。」注：「邪，僞也，欺僞之事，自餘贏豐饒足恃也。」**舜舉十六相，身尊道何高。**洙曰：文十八年傳：「昔高陽氏有才子八人，天下之人謂之八愷。高辛氏有才子八人，天下之人謂之八元。此十六族也。堯不能舉，而舜舉之，天下如一，同心戴舜以爲天子，以其舉十六相故也。」**秦時任商鞅，法令如牛毛。**洙曰：商君名鞅，相秦十六年。天資刻薄少恩，變秦法令，宗室貴戚多怨望者，後滅商君之家也。蘇曰：秦法如牛毛，沛公盡革去。師曰：古者敦本而抑末，市人競錐刀之利，如置膏火上，自取煎熬。玄宗之時，利孔百出，聚斂之臣，削民膏血，是知以利爲政，未有不爲亂也。禹、稷躬稼而有天下，則務農重穀，爲國之本。舜舉十六相，惟急親賢，賢人用則民安其業，民安其業，身尊而道高，終享無爲之治。彼始皇任商鞅，壞井田之制，頭會箕斂，民不堪命，雖法令之密如牛毛，然果安能禁人之不爲亂乎？甫意欲敦本，輕徭薄賦，此天下可得而治也。

漢光得天下，祚永固有開。 **洙曰：**記：「有開必先。」**豈惟高祖聖，功自蕭曹來。經綸中興業，何代無良才。** 補注 **希曰：**肅宗中興，以任李輔國而爲其昏蔽，故於父子之倫，且有所虧，則代宗之立，正宜任賢相與經綸中興之業，所以舉漢光武以爲喻。**吾慕寇鄧勛，濟時信良哉。耿賈亦宗臣，羽翼共徘徊。休運終四百，** **洙曰：**范蔚宗獻帝贊曰：「終我四百，永作虞賓。」**圖畫在雲臺。** **洙曰：**雲臺圖功臣像。**蘇曰：**崔融曰：「君不見耿、賈輩，扶顛起仆，漢道中興，圖形雲臺，照耀萬世。」**師曰：**肅宗中興，是亦光武之倫。奈何諸將邀功，養寇以自封，其與寇、鄧、耿、賈輩遠矣。甫意傷肅宗無駕御英豪之策，而作是詩也。

杜工部詩卷之八

黄氏補千家集注杜工部詩史卷之九

冬到金華山觀因得故拾遺陳公學堂

彦輔曰：拾遺，唐陳子昂也。少讀書於金華山。**程曰**：子昂，梓州射洪，在州東南六十里。子昂未達時，在金華讀書，有書堂存焉。甫游金華，因得子昂書堂，遂有此作。補注**鶴曰**：九域志：「州〔一〕，梓州有陳子昂墓。」宜其有書堂在金華，詩題云「冬到金華山」，蓋公寶應元年秋自梓歸成都，迎家再至梓，十一月往射洪，乃是時作。明年廣德元年，雖亦居梓，而冬已在閬，然則作於寶應元年無疑矣。

涪右衆山内，**鄭曰**：涪，扶鳩切，水出徼外，南入漢。補注**希曰**：水經云：「涪江水東南合射江，故梓州云涪右，又有涪城縣。」金華紫崔嵬。**洙曰**：爾雅：「石戴土謂之崔嵬。」陸士衡：「西山何其峻，層曲鬱崔嵬。」上有蔚藍天，**師曰**：金華，神仙有三十六洞天，八十一福地，蔚藍天乃洞天之名，金華山有觀，故云云。垂光抱瓊臺。**洙曰**：孫綽游天台賦：「瓊臺中天而懸居〔二〕。」**趙曰**：蔚藍，則茂蔚之藍，今詩人言水曰挼藍，

〔一〕州，疑衍。
〔二〕懸，原作「顧」，據四庫本改。

則天之青，亦可言蔚藍，近世韓子蒼出汴州即事詩云：「水色山光盡蔚藍。」**繫舟接絶壁，杖策窮縈回。** **洙曰：**陸士衡：「杖策將遠尋。」**趙曰：**謝靈運：「晨策尋絶壁。」**四顧俯層巔，** **修可曰：**謝靈運詩：「築臺基層巔。」**淡然川谷開。雪嶺日色死，霜鴻有餘哀。焚香玉女跪，霧裏仙人來。** **洙曰：**曹植遠游詩曰：「靈鼇戴萬丈，神嶽儼嵯峨。仙人翔其隅，玉女戲其阿。」**陳公讀書堂，石柱仄青苔。悲風爲我起，激烈傷雄材。** **洙曰：**古詩：「長歌正激烈〔一〕。」唐書：「陳子昂，梓州射鴻人，苦節讀書，尤善屬文。後詣闕上書，自稱梓州射鴻縣草莽愚臣，則天召見，奇其對，拜麟臺正字。武后嘗問調元氣以何道，而子昂勸后興明堂、太學，而史臣譏其以王者之事勉女主，故卒爲訕侮而不用也。」**師曰：**子昂遭時無明聖之君，故其才不得展，甫雖傷之，亦自傷也。

陳拾遺故宅寶應元年作，上同。

補注 **鶴曰：**故宅當於書堂不遠，亦在山間，故詩云「悠揚荒山日，慘澹故園煙」。同上年作。拾遺嘗有序送公之祖審言貶吉州司户，有云：「群公愛禰衡之俊，留在京師。」詩又云「同游英俊人」者，亦寓意其祖在同游之列，特不秉輔佐之權耳。

〔一〕烈，原作「洌」，據四庫本改。

拾遺平昔居，大屋尚修椽。蘇曰：郄鑒曰：「修椽大屋，貯青眉粉黛。」悠揚荒山日，慘淡故園煙。位下曷足傷，所貴者聖賢。洙曰：按，子昂勸后興明堂、太學，及條上利便三事，莫非聖賢之先務，具載新書。有才繼騷雅，哲匠不比肩。趙曰：子昂初爲感遇詩三十首，王適見而驚曰：「必爲天下文宗。」故公此篇言：「江左之詩，至子昂而初〔变〕（變），蓋本乎離騷、二雅也。」殷仲文云：「哲匠感蕭辰。」公生楊馬後，名與日月懸。洙曰：揚雄、司馬相如皆蜀人。蘇曰：郭汭曰：「男兒焉能久生，一死足矣。若輩不見晁錯、純信名如日月懸空，誰可掩蔽？吾要明身後名，非苟富貴之徒也。」陳後主壯之。師曰：子昂生於揚雄、司馬相如之後，時雖不同，其名與日月争輝，固不減於二子，二子亦蜀人，故甫言及之。同游英俊人，多秉輔佐權。洙曰：子昂與陸餘慶、王無競、房融、崔泰、盧藏用、趙元最厚善。彦昭超玉價，趙曰：趙彦昭以權幸進，然必有才智者，故以超玉價言之。郭振起通泉。洙曰：郭元振舉進士，授通泉尉，後封代國公，餘見後郭代公故宅。到今素壁滑，洙曰：湛方生曰：「素壁流光。」灑翰銀鈎連。洙曰：索靖書勢曰：「婉若銀鈎，飄若驚鴻。」補注鶴曰：通泉縣在梓州東南一百三十里，元振作尉其邑，而彦昭與元振嘗同爲太學生，故宜同游，壁有題字。彦昭，景龍中又與公之父審言同在修文館，韋續書法墨藪云〔一〕：「點欲

〔一〕讀，據黄庭堅詩集注所引，當作「續」。

堅重如鐵，鈎欲活而有力如銀。」盛事會一時，此堂豈千年。終古立忠義，感遇有遺編。〔一〕洙曰：傳言子昂死，有文集十卷，盧藏用爲之序，盛行於代。趙曰：子昂有感遇詩等篇是也。師曰：時同游之士，多秉輔佐之權〔二〕，獨子昂官不甚顯，至今素壁上尚有諸公墨迹存焉，以此堂經久必壞，不足以傳後代，然忠義之名不朽者，惟感遇詩傳于天下，覽者得以觀子昂之藴矣。

謁文公上方寶應元年作。

補注鶴曰：上方，以言其居之可樂也。佛書有上方世界。翼奉傳云：「上方之清樂也。」孟康曰：「上方謂北與東也，陽氣所萌生，故爲上。」是時當在梓州作。文公，未詳何所人，觀詩可知其爲聞士。寶應元年。

野寺隱喬木，山僧高下居。石門日色異，絳氣横扶疏。洙曰：江文通：「絳氣下縈薄。」注云：「絳氣，赤霞氣也。」窈窕入風磴，丁鄧切。過曰：風磴，風路也。石梯曰磴。長蘿紛卷舒。庭前猛虎卧，洙曰：高僧傳：「僧惠永感虎來馴。」遂得文公廬。俯視萬家邑，煙塵對階除。吾師雨花外，洙曰：高僧傳有講經而天雨花者。補注鶴曰：圓覺經云：「天風吹痿花，更雨新好者。」不下十年餘。

〔一〕編，王洙本作「篇」。
〔二〕秉，四庫本作「兼」。

長者自布金，**洙曰**：給孤長者以黄金側布于祇園地。禪龕只晏如。大珠脱玷翳，白月當空虚。**洙曰**：大珠、白月，言其性之圓明也，故佛書有摩尼珠及水月之説。又曰：「望以前爲白月，望以後爲黑月。」見佛書云。甫也南北人，**洙曰**：檀弓曰：「今丘也，乃東西南北之人。」**革曰**：甫以漂蕩無定居，故云。蕪漫少耘鋤。**師道曰**：謂性地荒而不修也。久遭詩酒污，**師曰**：甫嗜酒好吟，每多因詩酒忤權貴，故云云。何事忝簪裾。**端本曰**：簪裾，士大夫之服。王侯與螻蟻，同盡隨丘墟。願聞第一義，迴向心地初。**洙曰**：第一義，言其教無上也。佛書，修行有十地，以歡喜爲初地。金篦刮眼膜，**師曰**：凡看經明達性本，譬如以金篦刮去眼膜，所視豁然，甫欲文公以無上教開發甫性，使悟無生法。補注 **鶴曰**：梁武帝問達摩：「如何是聖諦第一義。」華嚴經有十回向。東坡云：「此句感慨通達，其於道必有得也。庖丁以牛入，輪扁以輪入，子美蓋以詩入也耶。」予家有石刻，坡所書，説此。又涅槃經：「一目盲人爲治目，故造治良醫，其時，良醫即以金篦刮其眼目。」又見下注。價重百車渠。**洙曰**：法華經：「或有行施金銀、珊瑚、真珠、摩尼、硨磲、瑪瑙。」無生有汲引，兹理儻吹嘘。

奉贈射洪李四丈寶應元年作。

補注 **鶴曰**：後魏置射洪縣，婁縷灘東六里，有射江，語訛爲洪。見舊史：「縣屬梓州。」梁權道編在永泰元年逃亂至梓州作。然詩云「南京亂初定，所向色枯槁。游子無根株，茅齋付秋草」，茅齋指草堂，當是寶應元年七月，徐知道反，公避之至梓州。九月歸成都，迎家居梓州。十一月嘗往射洪，有陳拾遺故宅等詩，當是其時作。

丈人屋上烏，人好烏亦好。洙曰：詩云：「瞻烏爰止，于誰之屋。」注：「富人之屋，烏所集也。」修可曰：尚書大傳曰：「武王登夏臺，以臨殷民。周公旦曰：『愛其人者，愛其屋上烏。』」補注 希曰：劉向説苑乃云：「太史謂武王曰：『愛其人，兼屋上之烏；憎其人者，惡其儲胥[一]。』」非周公之言。人生意氣豁，不在相逢早。趙曰：北史李延壽叙傳載閻信謂其祖李曉之言曰：「古人相知，未必在早。」南京亂初定，所向色枯槁。趙曰：南京，成都府也，肅宗至德二年以蜀郡爲南京。所謂亂初定，指言前年辛丑之歲四月，劍南東川節度使段子璋反，五月崔光遠擊斬之。游子無根株，茅齋付秋草。東征下月峽，挂席窮海島。洙曰：謝靈運：「挂席拾海月。」又海賦：「維長綃挂長席。」萬里須十金，晁曰：漢書：「百金，中人十家之産。」師古注：「古者一兩金直十千，千金則知爲百千。」妻孥未相保。蒼茫風塵際[二]，蹭蹬騏驎老。洙曰：蹭蹬，馬失勢貌。志士懷感傷，心胸已傾倒。

[一] 儲，原作「餘」，據四庫本改。
[二] 茫，原作「忙」，據四庫本改。

早發射洪縣南途中作寶應元年作。

補注鶴曰：射洪縣在梓州東南六十里，今題云早發縣南，當是寶應元年十一月南之通泉時作。

將老憂貧窶，魯曰：詩：「終窶且貧。」窶，賤也。筋力豈能及。征途乃洙曰：一作「復」。侵星，洙曰：鮑明遠：「侵星赴早路。」得使諸病入。鄙人寡道氣，在困無獨立。俶裝逐徒旅，魯曰：顔延年詩：「改服飭徒旅。」修可曰：張平子思玄賦：「占既吉而無悔兮，簡元辰而俶裝。」注：「俶，始也。」達曙陵險澀。洙曰：潘正叔詩：「世故尚未夷，崤函方險澀。」寒日出霧遲，清江轉山急。唐曰：江爲山所激。補注希曰：唐志雖爲清江郡，而公於梓州屢云清江，蓋以射洪水而言，如謂「清江白日落欲盡」之類是也。僕夫行不進，駑馬若維縶。陟立切。趙曰：詩：「縶之維之。」汀洲稍疏散，何曰：岸行坦夷也。風景開怏悒。空慰所尚懷，終非曩游集。衰顔偶一破，勝事難屢挹。茫然阮籍途，更灑楊朱泣。洙曰：阮籍常不由徑路而行，途窮且哭。楊朱泣多歧。師曰：甫遭窮途，至於東西南北，了無定居，安免楊朱之揮淚邪？

通泉驛南去通泉縣十五里山水作寶應元年。

魯曰：地理志：「通泉縣在梓州東南百三十里，去縣十五里，有佳山水，諺號沈家坑。」甫至此覽眺，愛其山水而有是作。補注鶴曰：舊史：「通泉，漢廣漢縣地，隋縣也。」新史：「大曆二年，屬遂州。」此詩作於寶應元年十一月，故詩云「冬温蚊蚋集」。

溪行衣自濕，亭午氣始散。洙曰：天台賦：「羲和亭午，游氣高褰。」**冬温蚊蚋集，人遠鳧鴨亂。**高曰：行人少也。**登頓生曾陰，**洙曰：江文通：「日落長沙渚，曾陰萬里生。」**欹傾出高岸。驛樓衰柳側，縣郭輕煙畔。一川何綺麗，**洙曰：劉公幹詩：「綺麗不可忘。」魯曰：所謂沈家坑也。**盡日窮壯觀。山色遠寂寞，江光夕滋漫。傷時愧孔父，**修可曰：孔子嘆鳳泣麟，皆傷時也。**去國同王粲。**洙曰：王粲，字仲宣，山陽人。避地荊州，嘗思歸，因登樓作賦。趙曰：王粲，漢獻帝西遷，西京擾亂，乃之荊州，依劉表。其七哀詩：「西京亂無家，豺虎方遘患。復棄中國去，遠身適荊蠻。」師曰：昔魏王粲去國來依劉表，甫去杜鄠而游蜀，豈不同王粲之去國乎？**我生苦飄零，所歷有嗟嘆。**

過郭代公故宅寶應元年作。

彥輔曰：郭震，字元振，以字顯，封代國公。補注鶴曰：郭公，魏州貴鄉人也，宅在宣陽里，而未嘗至魏，當是指作尉通泉時所居而言。寶應元年十一月，自射洪之通泉時作，故詩云「我行得遺迹，池館皆疏鑿」。

豪雋初未遇，其迹或脱略。洙曰：江淹賦：「脱略公卿，跌宕文史。」師曰：自昔豪俊之士，多不拘小節，故云云。代公尉通泉，放意何自若。**洙曰：**元振，尉通泉，嘗盜鑄及掠賣部口，以餉遺賓客。及夫登袞冕，直氣森噴薄。**洙曰：**靈運吳都賦：「噴薄沸騰。」**趙曰：**先天二年，郭元振以兵部尚書，復同中書門下。竇懷貞等附太平公主，潛謀不順，玄宗發羽林兵。睿宗聞變，登承天門樓，元振躬率兵侍衛，奏上前，奉詔誅懷貞等。磊落見異人，豈伊常情度。**洙曰：**新書：「武后與語，奇之。素文章，上寶劍篇，遂得擢用。」**趙曰：**此專説譏太平公主事，而舊注又雜之以「武后召見，奇之」，此豈登袞冕時邪？定策神龍後，宮中翕清廓。**洙曰：**按新書：「明皇之誅太平公主，元振獨領軍扈從，事定，宿中書十四日，以功封代國公。」**趙曰：**神龍則中宗即位改元元年，去先天二年凡八年，而學者每疑之，嘗論曰：太平擅寵，自中宗而末，則禍胎在神龍而下也。俄頃辨尊親，指揮存顧托。**趙曰：**太平公主既誅，則君臣之間，玄宗得尊位；父子之間，玄宗得親傳，所以感睿宗付託之意矣。群公見慚色，**趙曰：**玄宗之平亂也，諸宰相皆走伏外省，獨元振總兵扈帝。王室無削弱。迥出名臣上，丹青照臺閣。**劉曰：**元振封代國公，畫像凌煙。我行得遺迹，**洙曰：**一作「址」。**晏曰：**遺迹，故宅也。池館皆疏鑿。壯公臨事斷，顧步涕橫落。高詠寶劍篇，**定功曰：**元振寶劍歌云：「君不見昆吾鐵冶飛炎煙，紅光紫氣俱赫然。良工鍛鍊凡幾年，鑄作寶劍名龍泉。龍泉顏色如霜雪，良工嗟咨嘆奇絶。瑠琉玉匣吐蓮花，錯鏤金環生明月。正逢天下無風塵，幸得相逢君子身。精光黯黯青蛇色，文章片片緑龜鱗。非直結交游俠子，亦曾親近英雄人。何言中路遭棄捐，零落飄淪古獄邊。雖復埋沉無所用，猶能夜夜氣衝天。」神交付冥漠。**修可曰**：潘安仁作夏侯湛誄曰：「心照神交，惟我與子。」南史：「劉訏，字彦度，阮孝緒隱居，不交當世，訏一造之，即顧以神交。」

觀薛稷少保書畫壁寶應元年作。

補注 **鶴曰**：詩云「我行梓州東，遺迹涪江邊」，又云「不知百載後，誰復來通泉」。當是寶應元年在通泉作。

少保有古風，得之陝郊篇。**洙曰**：公詩曰：「驅車越陝郊，北顧臨大河。」**師曰**：周公、召公分陝而治，稷嘗爲古風以美之。惜哉功名忤，但見書畫傳。**洙曰**：稷，薛收之從子，以詞學知名，博雅，尤工隸書。自貞觀、永徽之際，虞世南、褚遂良，時人宗其書迹，自後罕能繼者。稷鋭精模倣，筆態遒麗，當時無及之者。又善畫，博采古迹，睿宗在藩，留意於文學，稷於是特見招引，除太子少保。我游梓州東，遺迹涪江邊。**鄭曰**：涪，扶鳩切，水出徼外，南入漢。**補注** **鶴曰**：寰宇記云：「涪江在梓州郪縣西二百里，梓州治郪縣，而詩云梓州、涪江邊，則寰宇記所云不合，蓋詩第以通泉在州東而言。畫藏青蓮界，**洙曰**：青蓮界，佛寺也。書入金榜懸。**洙曰**：事見「天門日射黃金榜」注。仰看垂露姿，不崩亦不騫。**洙曰**：漢曹喜工篆隸，變懸針垂露之法。詩天保：「不騫不崩。」騫，虧也。鬱鬱三大字，蛟龍岌相纏。**趙曰**：稷所書慧普寺碑上三字，字方徑三尺許，筆劃雄勁。余嘗到慶寺觀之，三字之傍，有贔屭纏捧，乃蛟龍岌相纏也。又揮西方

變，發地扶屋椽。 **趙曰**：其所畫西方變相則亡矣。**慘淡壁飛動，到今色未填。此行疊壯觀，** **師曰**：甫獲觀其故宅與書畫，故云疊壯觀。**郭薛俱才賢。不知千載後，誰復來通泉。** **洙曰**：通泉前有郭代公，後有薛少保，故云郭薛。

通泉縣署屋壁後薛少保畫鶴 寶應元年作。

補注 **鶴曰**：題云「通泉縣署」，當是寶應元年十一月，自梓州之通泉時作。

薛公十一鶴，皆寫青田真。 **洙曰**：晉永嘉記：「青田有雙鶴，生子即便去。」**孫曰**：地理志：「處州青田縣在州東南一百五十里，有雙鶴生子，即便化去，人以爲異。」補注 **希曰**：張彦遠名畫記：「薛稷，字嗣道，善花鳥人物雜畫，畫鶴知名。」又永嘉郡記：「沐溪野去青田九里，有雙鶴，年年生子，長大便去，只餘父母一雙，精白可愛，多云神仙所養。」**畫色久欲盡，蒼然猶出塵。** **修可曰**：北史：「劉歊矯矯出塵，如雲中白鶴。」**低昂各有意，** **洙曰**：薛公畫鶴如返啄疏翎，戾天警露之類，皆隨而名之。**磊落如長人。** **洙曰**：晉嵇紹在稠人中，昂然若野鳥之在雞群。**佳此志氣遠，豈惟粉墨新。** **師曰**：鶴磊落，比之賢人，無塵俗氣象，甫奇其有遠志，豈特悦其粉墨之新麗哉。**萬里不以力，群游森會神。威遲白鳳態，** **洙曰**：揚雄作甘泉賦：「夢吐白鳳。」秋胡詩：「行路正威遲。」**非是倉庚鄰。** **洙曰**：詩七月：「有鳴倉庚。」補注 **鶴曰**：山海經曰「丹穴之山有鳥焉，其狀如鶴，五彩而文，名曰鳳」，故云鳳態。而加白字於其上，以其如白鳳也。爾雅：「倉庚，鵹黄也。」釋曰：「即上黄鳥也。」釋「黄鳥」云：「幽州人謂之黄鶯，一名倉庚，一名商庚。」**高堂未傾覆，幸得慰佳賓。曝露墻壁外，終嗟風雨頻。赤霄有真骨，耻飲洿池津。**師曰：甫托意譏賢者羞食汚君之禄，時不用賢之咎也。**冥冥任所往，脱略誰能馴。**洙曰：有遺支遁鶴者，遁曰：「爾冲天之物，寧爲耳目之玩？」遂放之任所往。

陪王侍御同登東山最高頂宴姚通泉晚携酒泛江寶應元年作。

補注鶴曰：詩云「三更風起寒浪湧」，又云「無使霜露霑人衣」，當是寶應元年十一月公至通泉時作。梁權道云廣德元年，其年春初，公時在梓，而前所謂寒浪、霜露不合。又其春不曾至通泉。明矣

姚公美政誰與儔，不減昔時陳太丘。洙曰：世説：「陳紀，字元方，年十一時，候袁紹，袁公問曰：『卿家君在太丘，遠近稱之，何所履行？』元方曰：『老父在太丘，强者安之以德，弱者撫之以仁，恣其所安，久而益敬。』袁公曰：『孤往者嘗爲鄴令，正行此事，不知卿家君父何師？』元方曰：『周公不師孔子，孔子不師周公。』」**邑中上客有柱史，多暇日陪驄馬游。**洙曰：老子爲柱下史。舊説驄馬御史。補注希曰：驄馬御史，乃是後漢桓典。爲侍御史，執正無所避，常乘驄馬，京師畏之，爲之語曰：「行行且止，避驄馬御史。」東

山高頂羅珍羞，洙曰：晉謝安雖貴，而東山之志不謝。**下顧城郭銷我憂。**洙曰：王粲登樓賦：「聊暇日以銷憂。」**清江白日落欲盡，復携美人登彩舟。笛聲憤怒哀中流，妙舞逶迤夜未休。**洙曰：漢武秋風辭：「携佳人兮不能忘，横中流兮揚素波。簫鼓鳴兮發棹歌，歡樂極兮哀情多。」宋曰：逶迤，即委蛇。**燈前往往大魚出，聽曲低昂如有求。**洙曰：荀子：「瓠巴鼓瑟，游魚出聽。」師曰：自此以上，既陳宴樂之興，遂於末章，有警戒之意，自「三更風起寒浪湧」以下，皆警戒之辭。**三更風起寒浪湧，取樂喧呼覺船重。滿空星河光破碎，四座賓客色不動。請公臨深莫相違，迴船罷酒上馬歸。人生歡會豈有極，無使霜露霑人衣。**洙曰：此言樂極則悲來也。修可曰：此仿謝希逸月賦：「日月既没兮露欲晞，歲方晏兮無與歸。佳期可以還，微霜露霑人衣。」

春日戲題惱郝使君兄廣德元年作。

補注 鶴曰：廣德元年春在梓州作，梁權道編亦同，公亦有春日梓州登樓詩。郝使君，當是居通泉，公在梓州作此以戲之。

使君意氣凌青霄，趙曰：北山移文云：「干青霄而直上。」**憶昨歡娱常見招。細馬時鳴金騕褭，**上於皎，下於了切。修可曰：盧照鄰詩：「漢家金騕褭。」補注 希曰：馬謂之金騕褭，蓋因漢武帝鑄金爲麟趾裹蹄，詩人遂用之，詳見下注。**佳人屢出董嬌饒。** **洙曰：** 嬌饒，名姬也。宋子侯有董嬌饒詩。**東流江水西飛燕，可惜春光不相見。** **趙曰：** 此句以興見招之，後不復見其姬也，故下句有願携之請焉。**願携王趙兩紅顔，** **端本曰：** 王、趙，亦通泉有色之妓。**再騁肌膚如素練。** **通泉百里近梓州，請公一來開我愁。** **蘇曰：** 王戎與公破悶開愁。**補注** **鶴曰：** 王、趙非通泉之妓，當是郝使君之姬妾。寶應元年十一月，公至通泉，時郝招公飲，出二姬以侑樽。明年春，公在梓州，因作此詩以戲之。九域志：「通泉在梓州東南百三十里。」茲云百里者，舉其成數而言耳。**舞處重看花滿面，樽前還有錦纏頭。** **洙曰：** 唐王元寶富而無學識，嘗會賓客。明日，親友謂之曰：「昨日必多佳論。」元寶曰：「但費錦纏頭爾。」**田曰：** 唐明皇宴於清元小殿，自打羯鼓，曲終，戲謂八姨曰：「樂藉今日有幸約供養夫人，請一纏頭。」八姨曰：「豈有大唐天子阿姨無錢用耶？」出三百萬爲一局耳。

天邊行永泰元年作。

補注 **鶴曰：** 詩云「十年骨肉無消息」，當是永泰元年在成都作。是年五月，公下忠、渝，此詩未下忠、渝時所作。詩又云「洪濤滔天風拔木」，永泰元年三月大風故耳。

天邊老人歸未得， **蘇曰：** 陳秀漂泊西平，秋月自嘆：「鴻燕皆歸，天邊老人尚困逆旅悽愴。」**日暮東**

臨大江哭。隴右河源不種田，胡騎羌兵入巴蜀。洙曰：大曆中，吐蕃三道入寇，誡其衆曰：「吾要蜀川爲東府。」連蹈郡邑，而士庶奔亡山谷。趙曰：廣德元年，吐蕃陷隴右，而河源不種矣。十二月陷松、維、保三州，則入巴蜀矣。補注鶴曰：按史，至德二年，吐蕃侵取廓、霸、岷等州及河源、莫門軍。寶應元年，陷臨洮，取秦、成、渭等州。廣德元年，破西山、合水城。明年，入大震關，取蘭、河、鄯、洮等州，於是隴右地盡亡。而通鑑以爲是廣德元年。又云，吐蕃陷松、維、保三州及雲山新築二城，西川節度使高適不能救，於是劍南、西山諸州亦入於吐蕃云。故作此詩[一]。隴右、巴、蜀俱已爲胡騎羌兵所有，胡騎指吐蕃，羌兵指党項、羌、渾、奴剌之類。洪濤滔天風拔木，洙曰：洪濤滔天，言民罹昏墊也。項王圍漢王，大風拔木。前飛禿鶖後鴻鵠。趙曰：鶖，水鳥也。師曰：鶖鶬，九頭鳥。補注鶴曰：唐五行志：「永泰元年三月辛亥，大風拔木。」趙以鶖爲水鳥者，亦以五行志云寶曆五年，有禿鶖森飛，集禁苑。鶖，水鳥也。九度附書向洛陽，十年骨肉無消息。師曰：甫客居天邊，遭兵馬之亂，歸鄉不得，寧不悲傷？時吐蕃分爲三道入寇，一自隴右，一自河源，一自巴蜀，田畝廢而不耕，蜀中騷動，故甫思欲附鶖鶬鴻鵠，奮飛以歸鄉，蓋有所不得也。補注鶴曰：天寶十四年乙未，避賊，與骨肉相離，至永泰元年乙未，已恰十年，其時公之弟在東都。骨肉，殆指弟而言。

〔一〕故，原作「天」，據四庫本改。

大麥行寶應元年作。

補注鶴曰：詳考詩中之事，當是寶應元年成都作。梁權道編在廣德元年梓州詩内。

大麥乾枯小麥黃，婦女行泣夫走藏。洙曰：見「崆峒小麥熟」注。師曰：古詩云：「小麥青青大麥枯，誰爲穫者婦與姑。」補注希曰：後漢五行志：「童謡云：『小麥青青大麥枯。』」此用其語。**東至集壁西梁洋，問誰腰鐮胡與羌。**洙曰：集、壁、梁、洋皆蜀地州郡名。趙曰：此又言吐蕃與回紇也。鮑明遠東武吟：「腰鐮刈葵藿。」師曰：集、壁、梁、洋四州名，時吐蕃入寇，四州之民皆奔竄山谷，腰鐮獲麥，惟羌與胡而已。補注鶴曰：集、壁、梁、洋四州，唐并屬山南西道。按新、舊史、通鑑，寶應元年建卯月，羌、渾、奴剌寇梁州；建辰月，奴剌寇洋州。地理志：成州以寶應元年没吐蕃，成與前四州均爲山南道。」此詩當是指其年吐蕃、羌、渾、奴剌而言。今云「大麥乾枯小麥黃」，正是夏初事，自是年至大曆三年，無歲無吐蕃、党項、羌、渾、奴剌之亂，而俱不在春夏。**豈無蜀兵三千人，**洙曰：一云「千人去」。**部領辛苦江山長。**師曰：時杜鴻漸以蜀兵三千，遏賊衝突，江山蹇澀，士卒至有介胄生蟲而不得休息者，故云「部領辛苦江山長」。**安得如鳥有羽翅，托身白雲還故鄉。**

苦戰行寶應元年作。

補注鶴曰：段子璋以上元二年反，陷遂州、綿州。遂在涪江之南，今詩云「去年江南討狂賊」，當是寶應元年作。

苦戰身死馬將軍，自云伏波之子孫。干戈未定失壯士，蘇曰：牛繪戰死，張先嘆曰：「天下未安，兵戈尚爾，遽失壯士。」趙曰：伏波，漢馬援也。吐蕃去冬陷松、維、保三州，則干戈豈便息邪？補注鶴曰：按舊史：「馬璘年五十六，大曆十二年卒。」新史云：「十一年，卒於軍中。」則璘之死，在公後六七年，無容先有此詩，且新、舊史，未嘗至蜀平子璋亂，疑是爲馬巴州作。故去秋行云「遂州城外巴人稀」，公別馬巴州亦嘗云「功業終歸馬伏波」。**使我嘆恨傷精魂。**蘇曰：山濤曰：「嵇中散就誅，使我失精神，嘆憤而已。」**去年江南討狂賊，臨江把臂難再得。別時孤雲今不飛，時獨看雲淚橫臆。**鮑曰：謂段子璋戰遂州時，公與此事送別江上，今其人已死矣，故有感而作。遂州在涪江少南，故云江南。師曰：馬援爲伏波將軍，嘗云：「大丈夫當死邊野，以馬革裹尸而歸。」唐馬璘讀漢書至此，嘆曰：「使吾祖勛業墜地乎？」時馬璘與吐蕃戰没，失國家壯士，甫是以傷之。去年江南討狂賊，謂於涪江之南，討段子璋之亂也，時甫與馬將軍訣別把臂，今傷其死，甫悵望去年別處，不見雲飛，故思其人而淚下，橫胸臆也。

去秋行寶應元年作。

魯曰：時段子璋反於東川也。補注鶴曰：詩云「去秋涪州木落時」，又云「部曲有去皆無歸。遂州城中漢節在，遂州城外巴人稀」，當是寶應元年作。

去秋涪江木落時，臂槍走馬誰家兒。**蘇曰**：王宏見陸遜曰：「彼陣前臂槍走馬，往來返逐者，誰家小兒？得如此俊偉。」到今不知白骨處，部曲有去皆無歸。遂州城中漢節在，遂州城外巴人稀。**包曰**：上元二年四月，劍南節度兵馬使段子璋反，陷綿州、遂州，刺史嗣虢王巨死之，節度李奂奔于成都，故云漢節在。補注**鶴曰**：子璋陷遂州，意馬巴州領興會攻之，爲子璋所勝，死於遂州，故云漢節在。又上句云「部曲有去皆無歸」，子璋以上元二年四月反，五月伏誅〔一〕，而此詩云「去秋涪江木落時」，恐誤。戰場冤魂每夜哭，空令野營猛士悲。**師曰**：部曲，行伍部有曲。昔蘇武凡十九年留匈奴中，常持漢節，時馬璘死於吐蕃，持節而死。巴人屯守遂州城外，吐蕃兵攻遂州，巴人死盡，故云稀。

光禄坂行寶應元年作。

補注**鶴曰**：崔寧傳云：「寶應初，蜀亂，道路不通。」與此詩所言合，當是寶應元年作，公時在梓州。

山行落日下絶壁，西望千山萬山赤。**洙曰**：山，一作「水」。謝靈運：「日落山照耀。」樹枝有鳥亂鳴**洙曰**：一作「栖」。時，暝色無人獨歸客。**洙曰**：謝靈運：「林壑斂暝色」。馬驚不憂深谷墜，

〔一〕伏，原作「復」，據四庫本改。

草動只怕長弓射。食亦切。安得更似開元中，洙曰：一云「年」。開元初，上勵精理道，天下大治，安西諸國，悉平爲郡縣。道路即今多擁隔。鮑曰：按崔寧傳：「寶應初，蜀亂，山賊乘險，道路不通。」與此詩合。

山寺 寶應元年作。

洙曰：章留後同游，得開字。補注**鶴曰**：公在梓有陪章侍中宴南樓等詩，又有別章留後詩。章，名彝。此詩云「歲宴風破肉」，當是寶應元年自通泉回作。

野寺根石壁，諸龕遍崔嵬。龕，若含切。前佛不復辨，百身一莓苔。**洙曰**：天台賦：「踐莓苔之滑石。」唯有古殿存，世尊多塵埃。補注**希曰**：諸經皆以佛爲世尊，故云。高僧傳：「漢文帝夢金人空飛而至，集群臣以占，傅毅奉答：西域有神曰佛，所夢必是乎。」唯，一本作「雖」。如聞龍象泣，足令信者哀。**蒼舒曰**：右按，王筠栖頭陀寺經曰[一]：「有比丘名曰龍樹。」龍象，猶佛象也。**修可曰**：維摩經云：「菩薩勢力，譬如龍象。」又傳燈録云：「龍象乃鱗毛類中最巨者，猶麒麟之於走獸，鳳凰之於飛鳥。」故經稱僧之出

[一] 筠，當作「簡」。

類者曰龍象，非佛像也。**使君騎紫馬，****蘇曰：**謝靈運出守永嘉，人曰：「騎紫馬者，乃太守也。」永嘉今有紫馬祠尚傳，乃播謝之德也。**捧擁從西來。樹羽静千里，臨江久徘徊。山僧衣藍縷，告訴棟梁摧。公爲顧兵徒，咄嗟檀施開。****夢符曰：**佛書：「信施檀越。」又王簡栖頭陀寺碑曰：「行不捨之檀，施治群有〔一〕。」**吾知多羅樹，却倚蓮花臺。諸天必歡喜，鬼物無嫌猜。**補注**希曰：**兵徒，一本作「賓徒」，一本作「兵從」。佛書：「心中初求，最後檀越，以爲齋主。」注：梵語檀波羅蜜，華言布施，此殆合華、梵之言而云檀。施又云「諸天歡喜」，又云「佛昔修治歡喜海」。**以兹撫士卒，孰曰非周才。窮子失浄處，高人憂禍胎。****洙曰：**福有基，禍有胎。**趙曰：**漢武帝謂臨賀王曰：「汝包藏禍胎也。」**歲晏風破肉，****蘇曰：**蘇章傳：「邊地霜緊，沙風破肉，雖重裘氊帳，寒色可畏。」**荒林寒可迴。思量入道苦，自哂同嬰孩。**

南池廣德元年作。

補注**鶴曰：**公以廣德元年秋往閬，冬回梓，明年春，雖又自梓之閬。今詩云「粳稻共比屋」，又云「高田失

〔一〕治，當作「洽」。

西成，此物頗豐熟」，當是廣德元年秋在閬州作。

崢嶸巴閬間，所向盡山谷。洙曰：巴、閬，蜀中二州也，山多險阻，故云云。安知有蒼池，萬頃浸坤軸。余曰：張華博物志：「地下有四柱，廣十萬里，地有三千六百軸，互相牽也。」呀然閬城南，昱曰：呀，虚加切，張口貌。枕洙曰：一作「控」。帶巴江腹。芰荷入異縣，粳稻共比屋。洙曰：堯比屋可封。補注鶴曰：字林云：「秔稻不黏者。」本草以粳米、稻米爲二物。説文：「沛國謂稻爲穤。」「秔，稻屬也。」皇天不無意，美利戒止足。高田失西成，此物頗豐熟。清源多衆魚，遠岸富喬木。蘇曰：郭元澤近舍溪岸，有磻石，可坐卧，兼喬木蔽日，時曳履投竿，不知塵事。獨嘆楓香林，春時好顔色。南有漢王祠，終朝走巫祝。歌舞散靈衣，洙曰：潘安仁寡婦賦：「仰神宇之寥寥，瞻靈衣之披披。」荒哉舊風俗。高堂亦明王，魂魄猶正直。不應空陂上，縹緲親酒食。淫祀自古昔，蘇曰：左傳：「非所祭而祭，名曰淫祀。」非唯一川瀆。干戈浩茫茫，地僻傷極目。洙曰：楚辭：「目極千里傷春心。」平生江海興，遭亂身局促。趙曰：漢景帝：「局促如轅下駒。」駐馬問漁舟，躊躇慰羈束。蘇曰：邢亢：「駐馬立江中，借問漁舟客。征戰何時停，我亦卜林宅」。師曰：鬼神非其族類，不歆其祀，自古淫祀媚神，徼福者多矣，豈特此一川瀆而已哉？有道之世，鬼神無所施其靈響，甫傷世亂而祀典不舉，固有淫邪之祭，則云「干戈浩茫茫，地僻傷極目」。局促，不得騁之貌，甫謂平生有五湖之興，今羈束亂世而不得騁，是以駐馬問漁舟，而少有所慰者也。

發閬中廣德元年作。

補注**鶴曰：**公廣德元年九月自梓入閬，冬晚復歸梓，明年初春又至閬，此詩云「別家三月一得書」，當是元年冬晚歸梓時作。九域志云：「閬州西至梓州二百二十里。」三月之間，一往反焉，其愁苦可知。

前有毒蛇後猛虎，溪行盡日無村塢。**洙曰：**時盜賊縱横，賦役煩重，而民不安居也。**江風蕭蕭雲拂地，山木慘慘天欲雨。女病妻憂歸意速，秋花錦石誰復數。****趙曰：**此言歸梓州也。秋花錦石，可玩之物，以歸意速，不復數之矣。**別家三月一得書，避地何時免愁苦。****洙曰：**賢者避地。**趙曰：**公以九月自梓往閬，至十二月而復歸梓。

閬山歌廣德二年作。

補注**鶴曰：**以後篇閬水歌云「更復春從沙際歸」，當與此詩同是廣德二年初春之時作。

閬州城東靈山**洙曰：**一作「雪山」。**白，閬州城北玉臺碧。****洙曰：**靈山、玉臺，皆閬山景也。

補注**希曰：**閬州閬中縣有靈山，雖寰宇記綿州巴西郡亦有之，然此明曰在閬州城東。玉臺，則九域志云故老相傳，唐史滕王嘗於此游憩。松浮欲盡不盡雲，江動將崩已一作「未」。崩石。那知根無鬼神會，已覺氣與嵩華敵。趙曰：此言靈山、玉臺也。師曰：五岳，西曰華山，中曰嵩山。凡名山大川，鬼神之所扶持，此山雖不與五岳之數，安知鬼神不會於是。中原格鬥且未歸，應結茅齋看青壁。洙曰：兩相敵曰格鬥。補注鶴曰：格鬥，謂吐蕃犯京師，中原未寧，故歸意且止。看青壁，以閬山如壁之青也。

閬水歌廣德二年作。

補注鶴曰：與閬山歌同廣德二年作。

嘉陵江色何所似，洙曰：「嘉源」注：「源出散關，而入于閬。」師曰：地理志：「閬州閬中郡，城臨閬水，却接連山岡。」補注洙曰：嘉陵江止隶果州，而閬與果爲鄰，故云。石黛碧玉相因依。正憐日破浪花出，趙曰：阮籍：「寒鳥相因依，日出正照水。」更復春從沙際歸。趙曰：費昶雜詞：「春隨楊柳歸。」巴童蕩槳攲側過，趙曰：古歌云「艇子打兩槳」者，扶兩檝而來也。水雞銜魚來去飛。師曰：蓋言魚多也。閬中勝事可腸斷，蘇曰：劉表曰：「故鄉勝事，使人臨風對月，回腸欲斷。」閬州城南天下稀。師曰：城南有曰屏山錯麗如錦屏，號爲天下第一，故曰天下稀。本朝前輩嘗詠福唐詩云：「曉角吹殘十二枝，春風樓閣酒旗飛。杜陵未識三山好，却道閬城天下稀。」蓋閩、蜀同風故也。

三絶句 大曆三年作。

補注 鶴曰：梁權道編在廣德二年，自閬州赴成都時作，徒惑於舊次及鮑注，以「前年渝州殺刺史」爲段子璋陷綿、遂；今年開州殺刺史，爲徐知道反，詳考詩中事，當是大曆三年作，見注。

前年渝州殺刺史，今年開州殺刺史。 鮑曰：崔寧傳所書山賊也。前年渝州殺刺史，謂段子璋陷綿、遂；今年開州殺刺史，謂徐知道之反，有乘亂者。開去成都遠，不知其故。史不書，失之。師曰：步將吴璘殺渝州刺史劉卞以反，杜鴻漸討平之。又部卒翟封殺開州刺史蕭崇之以叛，楊子琳討平之。補注 鶴曰：渝州，唐屬劍南。開州，唐屬山南。杜鴻漸平吴璘，楊子琳平翟封，在大曆元年與三年，詩云「今年開州殺刺史」，則是年作。**群盗相隨劇虎狼，** 趙曰：張孟陽云：「賊盗如豺虎。」師曰：虎狼，喻盗賊也。劇，甚也。**食人更肯留妻子。**

二十一家同入蜀，唯殘一人出駱谷。 蘇曰：十道志云：「駱谷道，西南界入洋州路，屬盩厔〔一〕。」趙曰：魏志「姜維出駱谷圍長安」，即此谷道也。補注 希曰：唐志：「鳳翔府盩厔縣有駱谷關。」九域志亦言：「鳳翔有古駱谷道。」又唐志云：「洋州，駱谷。」此當是言洋州者。**自説二女嚙臂時，** 洙曰：世説：「趙飛燕姊弟少貧微，及飛燕見召，與女弟嚙臂而别。」**迴頭却向秦雲哭。** 師曰：禄山亂，百姓隨玄宗入蜀，凡二十一家。

〔一〕盩，原作「盭」，據四庫本改。下同。

後出駱谷，但存一人飢困，蜀亂勦盡。甫聞其説，自傷妻子皆幸免，是以回頭望蜀而哭，痛斯民之不得其所也。

殿前兵馬雖驍雄，縱暴略與羌渾同。洙曰：時神策軍恣橫。**聞道殺人漢水上，婦女多在官軍中。**師曰：吐谷渾，西羌之種也。殿前兵馬乃王師，奉辭伐罪，以吊其民，秋毫無撓。時天子命陸璀以三千神策軍彈壓蜀中之亂，奈何神策軍橫恣，虜掠婦女，其殘暴更甚於羌、渾，百姓怨之。甫傷朝廷政治不明，縱使殿前之兵，搔動良民若此，豈所謂王師吊民伐罪者乎？

莫相疑行

永泰元年作。

補注 鶴曰：郭英乂帥蜀時，年方三十餘，此詩意是爲英乂作。雖嚴武年少，然於公未嘗不相知，豈有當面輸心背面笑之事？《八哀詩》中《嚴武詩》，可見公待武初終無間，應無此作，當是永泰元年與英乂不合，去成都時作。又觀此詩，《弊廬遣興詩寄武》云「還思長者轍，恐避席爲門」，若武於公果有如詩所云，則去幕府之後，不應詩語猶如此也。

男兒生無所成趙曰：李陵書：「男兒生無所成名。」**頭皓白，牙齒欲落真可惜。憶獻三賦蓬萊宮，自怪一日聲輝赫**[一]。洙曰：天寶中，明皇朝獻太清宮，饗廟及郊，甫時獻《三大禮賦》。**集賢學士如**

[一] 輝，四庫本作「烜」。

堵墻，觀我落筆中書堂。洙曰：新唐書：「甫獻賦，帝奇之，使待制集賢院，命宰相試文章。」按，開元十三年改集仙殿爲集賢殿，麗正殿書院爲集賢殿書院，院内五品以上爲學士，六品以上爲直學士。禮：「孔子射於矍相之圃，蓋觀者如堵墻。」補注希曰：唐百官志：「開元十三年改麗正殿書院爲集賢殿書院，置集賢院侍講學士、侍讀直學士。」又唐制：宰相四人，首相爲太清宫使，次三相皆席館職，如洪文館大學士[一]，集賢殿大學士是也。公以獻賦，命宰相試文章，則集賢學士爲宰相也。**往時文彩動人主，此日飢寒趨路傍。**洙曰：時擢甫爲京兆兵曹，會禄山亂，後寓同谷，采橡自給，男女餓殍者數人。趙曰：至德二載，公授左拾遺，及房琯罷相，甫上疏論琯不宜廢，肅宗怒，出甫爲華州司功。屬關輔飢亂，棄官，寓同谷，自負薪采梠，餔糒不給，遂卜居成都。**晚將末契托年少，**趙曰：陸機嘆逝賦：「托末契於後生。」**當面輸心背面笑。**洙曰：時甫依嚴武，幾爲武所殺。**寄謝悠悠世上兒，不争好惡莫相疑。**師曰：甫獻三大禮賦，天子命宰相試文章，一日聲馳乎天下。如堵墻，言列看之多也。中書堂，即宰相所坐之堂。人主，謂玄宗也。年少，指嚴武也。甫與武父挺之素善，武時尚少，鎮成都，甫往依焉，故云「晚將末契托年少」。甫嘗醉登武床，瞋目曰：「嚴挺之乃有是兒！」武憾其斥父名，拔劍將殺之，賴武母救止乃免。武與甫由是有隙，故甫譏其不以誠相待，而有是作。補注希曰：古詩：「多謝悠悠子，瞻天如戴盆。」

〔一〕洪，避宋宣祖諱，遵照底本。

遭田父泥飲美嚴中丞寶應元年作。

蘇曰：嚴武也，甫與武世舊，故入蜀作之〔一〕。新書言：「甫結廬成都浣花里，與田畯野老相狎蕩。」**補注**

鶴曰：按舊史嚴武傳：「既收長安，以武爲京兆少尹兼御史中丞，以史思明阻兵，不之官。出爲綿州刺史兼劍南東川節度使，兼御史中丞。東川節度，治梓州，上皇詔合兩川爲一道。拜成都尹兼御史大夫。」今曰嚴中丞，則是未爲大夫時所作。蓋公有與嚴中丞、嚴大夫、嚴侍郎、嚴鄭公，先後可辨也。考公説旱云「今蜀自十月不雨，抵建卯非雩之時」，則是説乃寶應元年二月上嚴公。注云：「初，中丞嚴公節制劍南。」此説中又云「管内東西兩川，各遣一使」，則其時但是節制兩川。此詩當是寶應元年春社作。所謂泥飲者，非飲於泥淖之中，乃其醉如泥耳，不然或是上説旱後便雨。梁權道編在廣德二年，非，況詩云「拾遺能住否」，則是未爲參謀時，奏爲參謀，在二年冬春夏間也。

步屧隨春風，屧，先篋切。**禹偁曰：**屧，草履也。隨春風，謂放步也。**村村自花柳。蘇曰：**鮑明遠行樂篇：「村村花柳好。」**田翁逼社日，邀我嘗春酒。趙曰：**宋書：「袁粲爲丹陽尹，嘗步屧白楊郊野，遇士大夫，便呼與酣飲。」**酒酣誇新尹，畜眼未見有。迴頭指大男，渠是弓弩手。洙曰：**籍丁爲兵也。**名在飛騎籍，洙曰：**飛騎，軍名。**趙曰：**倣曹子建白馬篇「名編壯士籍」。**長番歲時久。洙曰：**長番，猶

〔一〕作，當作「依」。

長在直也，言無更代也。補注希曰：會要云：「貞觀十二年十一月三日，於玄武門置左右屯，以諸衛將軍領之，其兵名曰飛騎。」天寶七載敕：「左右羽林軍飛騎，請准後加數，通舊一萬五千爲額，六番上下。」今日長番，則無上下也。前日放營農，洙曰：放營農，歸耕也。辛苦救衰朽。差科死則已，鄭曰：差，楚皆切，簡也。誓不舉家走。今年大作社，洙曰：社祭，所以祈農事也。趙曰：左傳：「鄭子産大爲社。」拾遺能住否。叫婦開大瓶，盆中爲吾取。感此氣揚揚，須知風化首。洙曰：郡守、縣令，風化之首。趙曰：晏子傳：「其御者意氣揚揚。」語多雖雜亂，説尹終在口。朝來偶然出，自卯將及酉。久客惜人情，如何拒鄰叟。高聲索果栗，補注希曰：陶詩云：「但覓梨與栗。」欲起時被肘。洙曰：言屢爲掣肘。蘇曰：孔文舉就里人飲，夜深而歸，家人責其遲，曰：「欲命駕，數數被肘。」工部一世偉人，造語深得要妙，胸中無國子監者，不可讀其詩。師曰：足知甫久客，與鄰叟無一日不如此也。指揮過無禮，未覺村野醜。洙曰：舉止無度，不可責禮法也。月出遮我留，仍嗔問升斗。蘇曰：何憙以春秋知名海内，累詔不仕。嗜酒，每飲不問升斗俱盡，醉中猶長褒貶人，皆欽服其量。補注希曰：晉陸納謂桓温曰：「明公近云飲酒三升，納正可三升，今有一斗，以備杯酌餘瀝。」

黄氏補千家集注杜工部詩史卷之九